올클리어

ALL CLEAR

ALL CLEAR

올클리어

코니 윌리스 장편소설

Connie Willis

아작

일러두기

모든 주석은 옮긴이의 것입니다.

모든

구급차 운전사들

화재 감시원들

공습 감시원들

간호사들

구내식당 직원들

비행기 식별가들

구조대원들

수학자들

주임 사제들

성당지기들

여점원들

합창단 소녀들

사서들

상류 사회 아가씨들

노처녀들

어부들

은퇴한 선원들

하인들

피난민들

셰익스피어 전문 배우들

추리 소설 작가들

제2차 세계대전에서 승리한 그분들에게

여러분은 온갖 실수를 저지를 겁니다.
하지만 여러분이 너그럽고 진실하다면, 그리고 열성적이라면,
여러분은 세상에 해를 입힐 수가,
아니 심지어 심각한 고민거리를 안길 수조차 없습니다.

— 윈스턴 처칠

1

음, 놈이 아직도 안 오네요.
오늘 밤은 좀 많이 늦는군요.

— 런던의 짐꾼이 미국의 종군기자
어니 파일에게 독일 폭격기를 언급하며

런던, 1940년 10월 26일

정오가 되어도 마이클과 메로피는 여전히 스테프니에서 돌아오지 않았고, 폴리는 크게 걱정되기 시작했다. 스테프니는 지하철로 1시간이 안 되는 거리였다. 메로피와 마이클, 아니 '에일린'과 '마이크'(폴리는 그 둘을 가명으로 불러야 한다는 사실을 명심해야 했다)가 월렛 부인의 집에서 에일린의 소지품을 챙겨 옥스퍼드 스트리트로 돌아오는 데 6시간이나 걸릴 리가 없었다. 만약 도중에 공습을 만나 무슨 일이 생긴 거면 어쩌지? 이스트 엔드는 런던에서 가장 위험한 지역이었다.

'26일에는 낮에 공습이 없었어.' 폴리가 생각했다. 하지만 그렇게 따지자면 파젯스 백화점에도 사망자가 다섯 명이 아니어야 했다. 만약 마이크 생각이 맞는다면, 즉 됭케르크에서 하디 일병을 구했기 때문에 사건들의 진행 방향을 바꾸었다면, 무슨 일이든 일어날 수 있었다. 시공간 연속체는 혼돈계이고, 따라서 그 안에서는 사소한 행동 하나만으로도 거대한 효과가 발생할 수 있었다.

하지만 추가 사망자 두 명으로, 더군다나 민간인 사망자 두 명 정도로 전쟁의 진행 방향이 바뀔 가능성은 희박했다. 제아무리 혼돈계라 할지라도 말이다. 런던 대공습에서 사망한 민간인 수는 3만 명, V-1과 V-2 공격에서는 9천 명, 그리고 제2차 세계대전 전체로는 5천만 명이었다.

'마이크가 전쟁에서 지게 하지 않았다는 건 내가 잘 알아.' 폴리가 생각했다. '그리고 역사학자는 40년 넘게 과거로 시간 여행을 해왔어. 만약 역사학자들이 사건들의 진행 방향을 바꿀 수 있었다면 훨씬 전에 그렇게 했을 거야.' 던워디 교수는 런던 대공습과 프랑스 혁명, 그리고 심지어 흑사병 시대에 다녀왔고, 그의 역사학자들은 온갖 시대에서 전쟁, 대관식, 쿠데타를 관찰해왔지만, 그 누구도 역사의 진행 경로를 바꾸는 건 고사하고 불일치 하나 일으켰다는 기록이 없었다.

그건 겉보기와 달리 파젯스 백화점의 사망자 다섯 명은 불일치가 아니라는 뜻이었다. 마저리는 간호사의 말을 오해한 것이 분명했다. 마저리는 자신이 다른 사람의 대화를 일부만 우연히 들었다고 시인했다. 아마도 간호사들은 다른 사고의 희생자에 대해 말했을 것이다. 매릴번도 어젯밤에 폭격당했으며, 위그모어 스트리트도 그랬다. 경험을 통해, 폴리는 구급차들이 한 곳 이상의 사고 지역을 돌며 사망자들을 모아 병원으로 실어 나르기도 한다는 것을 알았다. 그리고 사망했다고 여겨졌던 사람들이 가끔은 살아 있는 것으로 밝혀지기도 했다.

하지만 만약 폴리가 마이크에게, 자신은 전에 연극단원들이 죽었다고 생각했었다는 사실을 말하면, 그는 왜 세인트조지 교회가 파괴될 것이라는 사실을 몰랐는지 폴리에게 캐물을 것이고, 그것 역시 불일치라고 결론 내릴 것이다. 그러니 파젯스 백화점에서 정말로 사망자가 다섯 명이 나온 게 확실해질 때까지 폴리는 그 사실을 마이크에게 숨겨야 했다.

'마저리가 왔을 때 마이크가 여기 없어서 다행이야.' 폴리가 생각했다. '둘이 늦게 돌아오는 게 차라리 잘된 거야.'

그리고 다행히도 폴리의 상사는 마저리를 병원으로 다시 데려갔다. 하지만 그건 폴리가 마저리에게 어떤 간호사가 그 말을 했는지 물을 기회를 놓쳤다는 뜻이기도 했다. 폴리는 그 간호사를 찾아 사망자들에 관해 물어볼 요량으로 자신이 마저리를 병원에 데려다주겠다고 했지만, 스넬그로브 양은 자기가 가겠노라고 고집했다. "그 병원 간호사들에게 한마디 해줘야겠어요. 그 사람들은 대체 무슨 생각인 거랍니까? 그리고 당신도 도대체 무슨 생각이었던 거죠?" 스넬그로브 양이 마저리를 나무랐다. "병원에 누워 있어야 하는 사람이 여기를 와요?"

"죄송해요." 마저리가 뉘우치는 목소리로 말했다. "파젯스 백화점이 폭격당했다는 말을 듣고는 너무 놀라고 걱정되어서 성급한 결론을 내리고 말았어요."

'파젯스 백화점 앞의 마네킹들을 보고 마이크가 그랬던 것처럼.' 폴리가 생각했다. '백베리에 있는 에일린의 강하가 열리지 않는다는 걸 알게 되자 내가 그랬던 것처럼. 그리고 내가 지금 하는 행동도 딱 그래. 마저리가 엿들은 간호사들 얘기에서 사망자가 셋이 아니라 다섯이던 부분은 논리적으로 설명할 수 있어. 그리고 우리를 구하러 아무도 오지 않는 상황도. 구조팀이 오지 않는다는 것이 꼭 옥스퍼드가 파괴되었다는 뜻일 필요는 없어. 조사실에서 격리가 끝난 날짜를 잘못 알았고, 그래서 에일린이 나를 찾아 런던으로 떠난 뒤에 구조팀이 도착했을 수도 있어. 그리고 마이크와 에일린이 아직 돌아오지 않는다는 사실이 꼭 그 둘에게 무슨 일이 일어났다는 뜻일 필요는 없어.' 그냥 둘은 시어도어의 어머니가 비행기 공장에서 근무를 끝내고 돌아오기를 기다려야 하는 상황일 수도 있었다. 아니면 마이크의 물건들을 가지러 오는 길에 플리트 스트리트에 들르기로 했을 수도 있었다.

'둘은 곧 돌아올 거야.' 폴리가 생각했다. '내가 어찌할 수 없는 일에 안달복달하지 말고 뭔가 쓸모 있는 일을 해야 해.'

폴리는 마이크와 메로피, 아니 에일린을 위해 다음 주 폭격 시간과 장소 목록을 작성했고, 제럴드 핍스 말고 이곳에 있을 만한 다른 역사학자들이 누구일지 생각해봤다. 마이크는 역사학자 한 명이 10월 무렵부터 12월 18일까지 이곳에 있을 거라고 말했다. 그 기간에 역사학자가 와서 관측할 만한 일이 뭐가 있을까? 거의 모든 전투는 유럽에서 일어났다. 이탈리아가 그리스를 침공했고, 영국 공군은 이탈리아 함대를 폭격했다. 여기에서는 무슨 일이 일어났지?

코번트리. 하지만 그곳일 리 없었다. 코번트리 성당은 11월 14일에야 폭격당했고, 그곳에 가려고 2주나 먼저 올 리는 없었다.

북대서양에 전투가 있었나? 그 시기 동안 중요한 호송선들이 몇 척 침몰당했지만, 구축함에 타는 건 위험등급 10이 분명했다. 그리고 만약 던워디 교수가 너무 위험한 임무들을 취소했다면….

하지만 1940년 가을은 어디나 위험했다. 그리고 던워디 교수는 분명 뭔가를 허가했다. 첩보전? 아니, 그건 전쟁 후반기가 되어 포티튜드 작전과 V-1, V-2 로켓 허위 정보 작전이 펼쳐지고서야 본격적으로 진행되었다. 울트라 작전은 그 이전에 시작됐지만, 그건 위험등급 10일 뿐 아니라 분기점일 수밖에 없었다. 만약 독일군이 자신들의 에니그마 암호가 깨진 것을 알았다면, 제2차 세계대전의 결과에 분명히 영향을 끼쳤을 것이기 때문이다.

폴리는 승강기를 바라보았다. 가운데 것이 4층에서 멈추고 있었다. '왔네. 마침내.' 폴리가 생각했지만, 내린 사람은 스넬그로브 양이었다. 그녀는 마저리 담당 간호사들의 부주의함에 고개를 설레설레 젓고 있었다. "말이 안 되잖아! 그렇게 여기저기를 돌아다니게 놔두는데 어떻게 환자의 건강이 다시 나빠지지 않을 수가 있겠어." 스넬그로브 양은 혼자 분개하고 있었다. "여기서 뭐 하는 건가요, 세바스찬 양? 왜 점심을 먹으러 가지 않은 거죠?"

'제가 백베리에 갔을 때 에일린을 놓쳤던 것처럼 마이크와 에일린을 놓치고 싶지 않으니까요.' 하지만 그렇게 말할 수는 없었다. "매니저님이 오실 때까지 기다리고 있었어요. 갑자기 손님들이 들이닥칠 경우를 대비해서요."

"그러면, 지금 다녀와요." 스넬그로브 양이 말했다.

폴리는 고개를 끄덕였고, 스넬그로브 양이 코트와 모자를 벗어두기 위해 창고로 들어가자 도린에게 만약 누구든 자기를 찾는 사람이 오면 즉시 알려달라고 말했다.

"어젯밤에 만난 그 공군 조종사?"

'누구?' 폴리는 생각했지만, 곧 군 비행장 이름을 알아내기 위해 도린에게 자신이 댔던 핑계가 떠올랐다. "응." 폴리가 말했다. "아니면 런던으로 오고 있는 내 사촌. 아니면 누구든 간에."

"누가 널 찾으면, 승강기 운전하는 아이를 바로 네게 보낼게. 약속해. 자, 이제 가."

폴리는 우선 계단을 뛰어 내려가 밖으로 나가서 혹시 마이크와 에일린이 오고 있지 않은지 옥스퍼드 스트리트를 살폈고, 다음으로는 다시 계단을 올라가 구내식당의 판매 보조원들에게 군 비행장에 관해 질문했다. 점심시간이 끝날 무렵, 폴리는 원하는 철자로 시작하면서 두 개의 단어로 된, 또는 첫 글자는 달라도 어쨌거나 두 단어로 된 비행장 이름을 대여섯 개쯤 알아냈다.

폴리는 재빨리 4층으로 올라갔다. "나 찾아온 사람 있었어?" 비록 아무도 오지 않은 게 확실했지만, 그래도 폴리는 도린에게 물었다.

"응." 도린이 말했다. "네가 나가고 5분도 안 되었을 때였어."

"그러면 바로 알려달라고 했잖아!"

"그럴 수가 없었어. 스넬그로브 양이 내내 나를 지켜보고 있었단 말이야."

'자리를 비우면 안 된다는 걸 알았는데.' 폴리가 생각했다. '딱 백베리 꼴이네.'

"걱정하지 마. 그 사람은 안 갔어." 도린이 말했다. "네가 점심 중이라고 말했더니 그 여자는 다른 물건들 살 게 있다며…."

"그 여자? 한 명이었어? 젊은 남녀 한 쌍이 아니고?"

"한 명이었어. 그리고 절대 젊지 않았어. 잘 봐줘야 마흔 살일걸. 동그랗게 틀어 올린 머리는 하얗게 세었고, 좀 부스스한 외모에…."

라버넘 양이었다. "뭘 산다고 했는지 말했어?" 폴리가 물었다.

"응." 도린이 말했다. "비치 샌들이랬어."

'그렇겠지.'

"그래서 신발 판매장으로 보냈어. 계절이 지나서 없을 거 같다고 내가 말했지만, 그래도 꼭 확인해보고 싶다고 하더라. 다녀오고 싶으면 내가 네 판매대를 봐줄게. 아, 저기 오네." 승강기가 열릴 때 도린이 말했다.

라버넘 양이 아주 큰 구식 여행 가방을 들고 승강기에서 내렸다. "위번 부인을 만나서 코트를 받았어요." 라버넘 양은 폴리의 판매대 위에 여행 가방을 올려놓으며 말했다. "그리고 받은 김에 아예 당신에게 가져다주면 좋을 거라고 생각했죠."

"오, 그러실 필요…."

"괜찮아요. 리케트 부인에게 물어봤는데, 당신 방을 사촌과 같이 써도 된다고 하더군요. 그리고 하딩 양을 만나 당신의 됭케르크 친구가 쓸 방에 관해 물어봤어요. 안타깝지만, 이미 어떤 나이 든 신사에게 방을 세놨대요. 첼시에 살다가 집이 폭격당한 사람이라네요. 끔찍한 일이지요. 그 신사의 아내와 딸은 폭격에 죽었대요." 라버넘 양이 동정하며 혀를 찼다. "하지만 리어리 부인네에 세놓을 방이 있어요. 3층 뒷방이에요. 식사 포함해서 일주일에 10실링이에요."

"그분도 박스 레인에 사시나요?" 폴리는 만약 그곳이 던워디 교수의 금지 목록에 들어있으면, 이 모든 수고를 한 라버넘 양에게 무슨 핑계를 대야 할지 걱정이 됐다.

"아니요. 모퉁이만 돌면 되는 곳이에요. 베레스포드 코트요."

다행이었다. 베레스포드 코트 역시 금지 목록에 들어 있지 않았다.

"9번지요." 라버넘 양이 말했다. "리어리 부인은 당신 친구가 방을 볼 때까지 아무에게도 그 방을 세놓지 않겠노라고 내게 약속했어요. 아주 살기 좋을 거예요. 리어리 부인은 요리를 정말 잘하거든요." 라버넘 양은 한숨과 함께 덧붙여 말하더니 여행 가방을 열었다.

가방 안에 밝은 녹색이 힐끗 보였다. '아, 이런.' 폴리가 생각했다. 라버넘 양에게 코트에 관해 부탁할 때만 해도 그 생각은 미처 하지 못했다.

"나는 당신의 신사 친구가 입을 모직 오버코트를 구할 수 있기를 바랐어요." 황갈색 레인코트를 꺼내며 라버넘 양이 말했다. "하지만 거기에는 이 버버리밖에 없었어요. 그리고 여자용 코트도 거의 없었죠. 위번 부인의 말에 따르면, 점점 더 많은 사람이 작년 코트로 올겨울을 난다네요. 그리고 안타깝게도, 상황은 더 나빠질 거 같아요. 정부는 내년에는 의복도 배급을…." 라버넘 양은 폴리의 표정을 보고 말을 멈췄다. "이게 아주 따뜻하지 않으리라는 건 나도 알아요…."

"아니요. 제 친구에게 딱 필요한 거예요. 올가을에는 비가 아주 많이 오잖아요." 폴리가 말했지만, 시선은 여행 가방을 향해 있었다. 라버넘 양이 여행 가방에 다시 손을 뻗었고, 폴리는 마음을 다잡았다.

"그래서 당신 사촌을 위해 이걸 구해왔어요." 라버넘 양은 밝은 녹색 우산을 꺼내며 말했다. "끔찍한 색이라는 건 나도 알아요. 그리고 당신 사촌을 위해 내가 구해온 검은 코트와 색이 맞지 않는다는 것도요. 하지만 우산살이 멀쩡한 건 이것뿐이었어요. 그리고 만약 이게 사촌에게 너무 화려한 경우에는《훌륭한 크라이턴》의 소품으로 써도 될 거라 생각했어요. 녹색은 무대에서 잘 보이니까요."

'사람들 속에서도 그렇죠.' 폴리가 생각했다.

"예뻐요. 제 말은, 제 사촌이 이게 너무 밝은 색이라고 생각하지 않을 거라는 거예요. 그리고 연극에 쓰라고 빌려줄 게 분명해요." 폴리는 안도감에 좀 수다스러워졌다.

라버넘 양은 판매대에 우산을 올려놓고 여행 가방에서 검은 코트와 검은 펠트 모자를 꺼냈다. "거기에 검은 장갑은 없더라고요. 그래서 내가 끼던 걸 가져왔어요. 손가락 두 개는 수선을 했지만, 아직 쓸 만해요." 그녀는 장갑을 폴리에게 건넸다. "그리고 위번 부인이 전해달래요. 파젯스 백화점 직원 가운데 비슷한 상황에 처한 사람이 있으면 자신에게 보내랬어요. 그러면 그 사람들 코트도 구할 수 있는지 알아보겠대요." 라버넘 양은 깔끔한 동작으로 가방을 닫았다. "그런데 여기 타운센드 브라더스 백화점에서 프림솔을 파나요? 팔면 어디로 가야 살 수 있는지 알려주겠어요?"

"프림솔요?" 폴리가 말했다. "캔버스 천으로 된 테니스화요?"

"네. 비치 샌들 대신 그것도 괜찮을 거 같아서요. 배의 선원들은 배가 가라앉았을 때 아마 그걸 신고 있었을 거예요. 여기 신발 매장에 물어보았지만 없다고 하더라고요. 고드프리 경은 지하철역 바닥이 얼마나 더러운지 아직 깨닫지 못하는 것뿐이에요. 씹던 껌이랑 담배꽁초랑 그밖에 뭐가 있을지 알게 뭐예요. 이틀 전에는 어떤 남자를 보았는데…." 라버넘 양은 판매대 너머로 몸을 숙이고 속삭였다. "침을 뱉더라고요. 고드프리 경에게는 더 중요한 일들이 많이 있을 거라는 걸 나도 충분히 이해하지만…."

"운동용품 매장에 있을 거예요." 폴리가 말을 자르며 말했다. "6층이에요. 그리고 만약 프림솔이 없으면…." 폴리는 전시 고무 수집 운동이 한창인 지금, 그럴 게 거의 분명하다고 생각했다. "그래도 걱정하지 마세요. 반드시 다른 방법을 생각해낼 수 있을 거예요."

"아무렴요, 세바스찬 양이 누군데 당연히 생각해내겠죠." 라버넘 양이 폴리의 어깨를 가볍게 쳤다. "당신은 아주 똑똑하잖아요."

폴리는 라버넘 양을 승강기까지 데려다주고, 승강기에 타는 것을 도왔다. "6층요." 폴리가 승강기를 운전하는 소년에게 말했고, 이어서 라버넘 양에게 말했다. "정말 감사드려요. 저희를 이렇게 챙겨주시고, 정말 친절하세요."

"그런 소리 하지 말아요." 라버넘 양이 명랑하게 말했다. "이렇게 어려운 때에는 모두가 최대한 서로를 도와야 해요. 오늘 밤 연습에 올 건가요?" 승강기 소년이 문을 당겨 닫을 때 라버넘 양이 물었다.

"네." 폴리가 말했다. "제 사촌이 짐을 푸는 대로 곧바로 갈게요."

'만약 에일린과 마이크가 그때까지 돌아오면요.' 폴리는 자기 판매대로 돌아가며 마음속으로 덧붙였다. 하지만 이제 그녀는 둘이 제때 돌아올 거란 확신이 들었다.

'난 괜히 걱정하는 거야.' 폴리가 우산을 집어 들어 침울한 눈으로 바라보며 생각했다. '그리고 마이크와 에일린에 관해서도 마찬가지일 거야. 둘에게는 아무 일도 일어나지 않았어. 오늘 낮에는 어디에도 공습이 없어. 지하철은 지연된 것뿐이야. 오늘 아침 내가 탄 지하철도 그랬잖아. 그리고 둘이 이곳에 돌아오면 나는 에일린에게 내가 알아낸 비행장들 이름을 알려줄 거고, 그러면 에일린은 "바로 거기야."라고 말할 거고, 우리는 제럴드에게서 강하 지점을 알아낸 거길 통해 집으로 돌아갈 거고, 마이크는 진주만으로 출발할 거고, 에일린은 전승 기념일로 갈 거고, 나는 '런던 대공습 시기

의 삶'을 관찰한 내용을 바탕으로 보고서를 쓰고 열일곱 살 소년의 구애를 물리치는 삶으로 돌아갈 거야.'

그리고 그사이, 폴리는 오늘 저녁 늦게까지 남지 않아도 되도록 미리 판매대를 정돈해두는 게 나았다. 그녀는 우산과 마이크의 레인코트, 에일린의 코트를 챙겨 창고에 갖다 두었고, 마지막 손님이 살펴보던 스타킹을 상자에 다시 넣었다. 그리고 그 상자를 선반에 두기 위해 몸을 돌렸다.

그리고 그때 높아졌다가 낮아졌다 하는, 잘못 알아들으려야 잘못 알아들을 수 없는 공습경보 사이렌이 울리기 시작했다.

2

우리의 오랜 역사 속에서,
우리는 오늘보다 위대한 날을 본 적이 없습니다.
모두가, 남녀 모두가 최선을 다했습니다.

— 윈스턴 처칠, 1945년 5월 8일, 전승 기념일

런던, 1945년 5월 7일

"더글러스, 문이 닫히고 있어!" 페이지가 플랫폼에서 외쳤다.

"서둘러!" 리어던이 재촉했다. "곧 열차가 출발…."

"알아." 더글러스가 말하며 여전히 '티퍼레리로 가는 길은 멀다네'를 부르고 있는 향토방위군 두 명 사이를 비집고 나가려 애썼다. 하지만 그 둘은 단단한 벽을 이루고 있었다. 더글러스는 둘을 에둘러 가려고 해보았지만, 열 명이 넘는 사람들이 객차를 타려고 하면서 그녀를 문에서 객차 안으로 밀고 있었다. 더글러스는 다시 사람들을 밀며 문으로 갔다.

문이 닫히고 있었다. 만약 지금 내리지 못하면, 더글러스는 흥에 겨워 야단법석을 떠는 이 인파 속에서 동료들을 다시는 찾을 수 없을 것이다. "제발 좀 비켜주세요. 여기서 내려야 해요!" 더글러스는 문으로 가기 위해 술에 거나하게 취한 수병 두 명 사이로 몸을 비집으며 말했다. 하지만 둘 사이에는 빠져나갈 공간이 거의 없었다. 그녀는 문이 닫히지 않도록 양 팔꿈치로 문을 버텼다.

"승강장 틈을 조심해, 더글러스!" 페이지가 외치며 손을 내밀었다.

더글러스는 그 손을 잡았고, 발을 내디디며 기차에서 펄쩍 뛰어내렸다. 그리고 발이 플랫폼에 닿기도 전에 기차는 출발해 터널 속으로 사라졌다.

"다행이다!" 페이지가 말했다. "다시는 널 못 볼까 봐 걱정했어."

'못 볼 거야.' 더글러스가 생각했다.

"이쪽이야!" 리어던이 유쾌하게 외치며 플랫폼을 따라 출구로 향하기 시작했다. 하지만 플랫폼은 열차와 마찬가지로 사람들로 꽉 차 있었다. 플랫폼을 빠져나와 터널을 통과해 에스컬레이터까지 가는 데 15분이 걸렸으며, 에스컬레이터에서도 상황은 나아지지 않았다. 사람들은 양철 피리를 불고, 환호성을 지르고, 에스컬레이터를 타고 올라가며 몸을 난간 너머로 내밀고 색종이 조각을 뿌렸고, 어디선가는 베이스 드럼을 치는 소리도 들렸다.

더글러스보다 다섯 계단 위에 있던 리어던이 난간을 잡고 뒤돌아보며 외쳤다. "밖으로 나가기 전에 만날 장소를 정하자! 헤어질 경우에 대비해서!"

"트래펄가 광장에서 보기로 한 거 아니었어?" 페이지가 외쳤다.

"그랬지." 리어던이 외쳤다. "하지만 트래펄가 광장 어디?"

"사자 동상들이 있는 곳?" 페이지가 제안했다. "네 생각은 어때, 더글러스?"

'거긴 안 될 거야.' 더글러스가 생각했다. '사자 동상은 네 개가 있고, 또한 수천 명이 들어찬 광장 한가운데에 있으니까. 맞는 동상을 찾을 수 없는 건 물론이고 설사 찾아간다 할지라도 거기서는 아무것도 볼 수 없을 거야.'

만날 장소는 서로를 볼 수 있는 높은 곳으로 정해야 했다. "국립 미술관 계단!" 더글러스가 다른 둘에게 외쳤다.

리어던이 고개를 끄덕였다. "국립 미술관 계단."

"언제?" 페이지가 물었다.

"자정." 리어던이 말했다.

'안 돼.' 더글러스가 생각했다. '만약 내가 오늘 떠나기로 하면 그곳에 자정까지는 가 있어야 하고, 거기에 가는 데 거의 1시간이 걸릴 거야.' "자정은 안 돼!" 더글러스가 외쳤지만, 그 목소리는 그녀 위쪽 계단에 선 초등학교 남학생이 열심히 불어대는 장난감 호른 소리에 묻혀버렸다.

"자정에 국립 미술관 계단." 페이지가 따라 말했다. "아니면 우리는 다시 호박이 되는 거야."

"안 돼, 페이지!" 더글러스가 외쳤다. "우리는 더 일찍 만나야…."

하지만, 다행히도 리어던이 이미 말하고 있었다. "그때는 안 되겠어. 오늘 밤 지하철은 11시 30분까지만 운행하고, 우리가 돌아가지 않으면 소령님은 우리 목을 칠 거야."

11시 30분. 그건 더글러스가 강하 지점으로 더 일찍 출발해야 한다는 뜻이었다.

"하지만 우리는 여기에 방금 도착했잖아." 페이지가 말했다. "그리고 전쟁은 끝났…."

"우리는 아직 동원 해제가 되지 않았어." 리어던이 말했다. "그때까지 우리는 여전히…."

"네 말이 맞네." 페이지가 동의했다.

"그러면 11시 15분에 국립 미술관 계단에서 만나자. 알겠지? 더글러스?"

'안 돼.' 더글러스가 생각했다. '나는 아마도 그 전에 가야 할 거야. 그리고 너희들이 나를 기다리다가 결국 늦게 돌아가게 되는 건 원치 않아.'

더글러스는 만약 자기가 오지 않으면 먼저 돌아가라고 동료들에게 말해야 했다. "아니, 기다려!" 하지만 리어던은 이미 에스컬레이터 꼭대기에 도착해 좀 전보다 더 많은 인파 속으로 들어가고 있었다. 리어던이 잠시 돌아보며 말했다. "날 따라와, 애들아." 그러고는 아수라장 속으로 사라졌다.

"기다려! 리어던! 페이지!" 더글러스가 외쳤고, 페이지를 따라잡기 위해 움직이는 계단을 올라가려 했지만, 호른을 부는 소년이 길을 막고 있었다. 그녀가 에스컬레이터 꼭대기에 도착했을 때 리어던은 보이지 않았고, 페이지는 이미 회전 개찰구에 거의 다 도착해 있었다. "페이지!" 더글러스가 다시 외치고 페이지 뒤를 쫓아가기 시작했다.

페이지가 뒤로 돌았다.

"기다려줘!" 더글러스가 외쳤고, 페이지가 고개를 끄덕이며 옆으로 비키려 했지만, 사람들에 밀려 개찰구를 통과하고 말았다.

"더글러스!" 페이지가 외치며 거리로 나가는 계단을 가리켰다.

더글러스는 고개를 끄덕이고 그쪽으로 향했지만, 그녀가 페이지가 있던 곳에 도착했을 때, 페이지는 계단을 반쯤 올라간 상태에서 금속 난간에 필사적으로 달라붙어 있었다. "더글러스, 리어던 보여?" 페이지가 아래에 있는 더글러스에게 외쳤다.

"아니!" 더글러스가 외쳤고, 왁자지껄 떠들고 요란스레 웃어대는 인파에 휩쓸려 가지 않으려 몸을 버텼다. 사람들은 계속해서 계단을 올라가 거리로 향하고 있었다. "잘 들어. 떠날 시간까지 모두 그 계단에 모이지 못해도 시간이 되면 기다리지 말고 그냥 가는 거로 하자!"

"뭐라고?" 페이지가 점점 더 요란해지는 소음 너머로 외쳤다. 그들 바로 위에서 중산모를 쓴 남자가 외쳤다. "처칠을 위해 만세 삼창!" 그리고 군중은 그 말에 따라 외쳤다. "만세! 만세! 만세!"

"날 기다리지 말라고 했어!"

"안 들려!"

"몽고메리를 위해 만세 삼창!" 그 남자가 외쳤다. "만세!⋯."

환호하는 군중들은 서로 밀고 밀리며 마치 병에서 코르크 마개가 빠지듯 계단을 올라갔다. 그리고 거리에 빽빽이 들어찬 인파에 합류했다. 그리고 더욱더 큰 소음 속으로 들어갔다. 사방에서 자동차 경적들과 종들이 울려댔다. 콩가 춤을 추는 줄이 구불구불 지나가며 노래했다. "덩 더더더 덩, 우후!"

더글러스는 페이지가 있는 곳으로 가서 그녀의 팔을 잡았다. "기다⋯."

"네가 하는 말 하나도 안 들려, 더글⋯." 페이지가 말을 하다가 멈췄다. "오, 세상에!"

군중이 둘에게 부딪히고, 에워싸고, 지나가며 일종의 소용돌이를 이루었지만, 페이지는 전혀 신경 쓰지 않았다. 그녀는 경외감에 빠진 표정으로 두 손을 가슴에 모으고 서 있었다. "오, 저기, 저 빛을 봐!"

상점들과 극장 입구 위의 대형간판과 세인트마틴 인 더 필즈 교회의 스테인드글라스 창들에 전깃불이 켜져 있었다. 그 불빛들은 넬슨 기념비의 받침대를 밝히고, 사자 동상들과 분수 역시 밝혔다. "이렇게 아름다운 광경은 처음이지 않니?" 페이지가 감탄했다.

비록 5년 동안 등화관제 속에서 살아온 이 시대 사람들이 느끼는 것만큼 아름답게 느낄 수는 없겠지만, 그래도 그 빛은 더글러스의 눈에도 아름다웠다. "응." 트래펄가 광장을 바라보며 더글러스가 말했다.

세인트마틴의 기둥들에는 깃발이 드리워졌으며, 그곳 포치에는 어린 여자아이가 화려하게 불꽃을 튀겨대는 막대 폭죽을 흔들며 서 있었다. 탐조등들이 하늘을 가로질렀고, 광장 저쪽에서는 거대한 모닥불이 타고 있었다. 두 달 전, 아니 2주 전만 해도 저 모닥불은 바로 지금 이 런던 시민들에게 공포와 죽음과 파괴를 뜻했을 것이다. 하지만 이제 런던 시민들은 불길을 보아도 더 이상 어떤 공포도 느끼지 않았다. 그들은 모닥불 주위에서 춤을 추었고, 머리 위로 갑자기 비행기의 엔진음이 들리면 환호성을 지르고 손을 들어 승리를 뜻하는 V를 표시했다.

"아름답지 않니?" 페이지가 물었다.

"응!" 더글러스가 페이지의 귀에 대고 외쳤다. "그리고 있잖아, 만약 내가 11시 15분까지 계단에 나타나지 않으면 나를 기다리지 마."

하지만 페이지는 그 말에 전혀 주의를 기울이지 않고 있었다. "노래 가사랑 똑같아." 페이지는 그 자리에서 꼼짝도 하지 않으며 노래를 부르기 시작했다. "온 세상에 빛이 다시 발할 때…"

근처에 있는 사람들이 페이지를 따라 함께 노래하기 시작했지만, 이윽고 중산모 쓴 사람이 "영국 공군에게 만세 삼창!"이라고 외치자 노래는 만세 삼창으로 변했고, 이어서 취주 악대의 '지배하라 브리타니아여' 연주가 들려오자 다시 그 노래를 합창하기 시작했다.

흥에 겨운 군중은 더글러스와 페이지를 밀며 떼어놓았다. "페이지, 기다려!" 더글러스가 외치며 페이지의 소매를 잡으려 했지만, 미처 그러기 전에 어떤 영국 육군 일병이 더글러스를 붙잡아 자기 쪽으로 돌려 몸을 기울이고 입술에 진한 키스를 하더니 다시 일으켜 세워 원래대로 몸을 돌린 뒤, 다른 여자를 붙잡았다.

그 모든 과정은 1분도 걸리지 않았지만, 충분히 긴 시간이었다. 페이지는 사라지고 보이지 않았다. 더글러스는 마지막으로 봤을 때 페이지가 가던 방향으로 향하며 그녀를 찾아보다가 마침내 포기했고, 광장을 가로질러 국립 미술관으로 향했다.

더글러스는 역과 거리에서 이미 이보다 더 붐빌 순 없을 거라 생각했지만, 나와보니 트래펄가 광장은 그보다도 더 붐볐다. 엄청난 수의 사람들이 넬슨 기념비의 받침대에 앉고, 사자 동상들 위에 올라타 앉고, 분수 옆에 앉고, 미국 수병들이 가득한 지프 위에도 앉아 있었다. 그 지프는 계속 경적을 울리며 광장 중앙을 통과해가려는 불가능한 시도를 하고 있었다.

더글러스가 그 지프를 지날 때, 수병 한 명이 차 문밖으로 몸을 내밀어 그녀의 팔을 잡았다. "태워줄까요, 예쁜 아가씨?" 그가 묻더니 더글러스를 번쩍 들어 지프에 태웠다. 그 수병은 운전사에게 과장된 영국식 악센트로 말했다. "버킹엄 궁전으로 가게, 서두르도록! 그러면 되겠습니까, 아가씨?"

"아니요." 더글러스가 말했다. "저는 국립 미술관에 가야 해요."

"국립 미술관으로 가자, 지브스!" 수병이 명령했다. 하지만 지프는 꼼짝도 하지 못했다. 지프는 사람들에게 완벽히 에워싸여 있었다. 더글러스는 페이지를 찾기 위해 엔진 덮개 위로 기어 올라갔다. "헤이, 예쁜 아가씨, 어디에 가는 거예요?" 더글러스가 일어나자 수병이 말하며 그녀의 다리를 잡았다.

더글러스는 그의 손을 뿌리치고 채링크로스를 돌아보았지만, 페이지나 리어던은 보이지 않았다. 지프가 슬금슬금 앞으로 나아갔고, 그녀는 지프 방풍창을 잡고 몸을 돌려 국립 미술관 계단을 바라보았다.

"비켜요, 아가씨!" 운전하던 수병이 더글러스를 향해 외쳤다. "길이 안 보이잖아요."

지프는 몇 바퀴 구르더니 다시 멈췄고, 더 많은 사람이 엔진 덮개 앞으로 몰려들었다. 수병이 경적을 울리자 사람들은 지프가 지날 수 있을 정도로 양옆으로 길을 비켰고, 지프는 슬금슬금 몇 미터 정도 더 나아갔다.

하지만 국립 미술관 반대 방향이었다. 그녀는 지프에서 내려야 했다. 꿈틀거리며 지나는 콩가 춤 줄에 막혀 지프가 다시 멈췄을 때 더글러스는 그 기회를 놓치지 않고 엔진 덮개에서 내려왔다. 더글러스는 군중을 뚫고 국립 미술관으로 걸으며, 페이지나 리어던이 없는지 계단을 살폈다. 시계가 종을 쳤고, 그녀는 세인트마틴 인 더 필즈 교회를 힐끗 바라보았다. 10시 15분이었다. 벌써?

만약 오늘 밤 돌아갈 생각이라면 11시까지는 지하철역에 가 있어야 했다. 그러지 않으면 강하 지점까지 갈 수 없을 것이다. 그리고 그곳까지는 국립 미술관 계단까지 가는 것보다도 시간이 더 걸릴 것이다. 그러니 지금 돌아서야 했다.

하지만 더글러스는 페이지에게 작별 인사도 없이 떠나기는 싫었다. 사실 진짜로 작별 인사를 할 수는 없었다. 더글러스는 고향에 있는 어머니가 아프다는 핑계를 대야 했다. 엄밀하게 말하자면 무단 이탈이 되겠지만, 전쟁이 끝났으니 어쨌든 며칠 안쪽으로 동원 해제가 되겠지.

더글러스는 원래 오늘 밤에 돌아갈 생각이었다. 지부에 있는 모두가 런던에 있기에 작별 인사 없이 슬그머니 떠나기 쉬워서였다. 하지만 만약 내일 떠난다면, 비록 몰래 빠져나가기는 더 어렵겠지만 마지막으로 한 번 더 모두를 볼 수 있다. 그리고 페이지가 자신을 기다리다가 막차를 놓쳐 곤란한 상황에 빠지는 것도 원치 않았다.

하지만 페이지는 더글러스가 나타나지 않으면 사람들이 너무 붐벼 못 오나보다 생각하며 기다리지 않고 갈 것이다. 이제 전쟁이 끝났으니, 더글러스가 나타나지 않는다고 해서 V-2 폭격으로 죽었을까 봐 걱정할 리 없었다. 그리고 설사 더글러스가 여기에 더 있다 하더라도, 이런 혼란 통에 페이지를 찾는다는 보장도 없었다. 국립 미술관 계단은 사람들로 가득했다. 더글러스는 절대로… 아니, 저기 페이지가 돌난간에 몸을 기대고 초조한 눈으로 인파를 살피고 있었다.

더글러스는 페이지에게 손을 흔들었다. 하지만 수백, 수천의 사람들이 유니언잭을 흔드는 상황에서는 전혀 소용없는 행동이었다. 그래서 더글러스는 사람들을 밀며 단호히 계단으로 향했고, 오른쪽에서 콩가 춤 소리가 '덩덩덩' 하고 들리자 왼쪽으로 방향을 틀었다.

계단은 사람들로 꽉 차 있었다. 더글러스는 좀 덜 붐비리라는 기대를 품고 사람들을 밀며 계단 가장자리로 갔다.

덜 붐비기는 했지만, 약간뿐이었다. 더글러스는 사람들 사이 계단 또는 발을 밟으며 위로 올라가기 시작했다. "죄송합니다… 미안합니다… 죄송합니다."

돌연 심장이 멈출 듯한 날카로운 사이렌 소리가 들렸고, 광장 전체가 조용해지며 그 소리에 귀를 기울였다. 이윽고 그게 공습경보해제 사이렌이라는 것을 깨달은 사람들은 환호성을 질렀다.

더글러스 바로 정면 계단에 우람한 인부가 앉아 있었는데, 그 남자는 두 손으로 머리를 감싼 채 마치 무척이나 슬픈 듯이 흐느꼈다. "괜찮으세요?" 더글러스가 걱정되어 그 남자의 어깨에 손을 올리며 물었다.

그 남자가 고개를 들었고, 혈색 좋은 얼굴에서는 눈물이 흘러내렸다. "괜찮고 말고요." 그 남자가 말했다. "공습경보해제 사이렌 때문에요." 그 남자는 뺨을 닦으며 더글러스가 지나갈 수 있도록 일어섰다. "내 평생 이렇게 아름다운 소리는 처음이거든요."

그 남자는 더글러스의 팔을 잡아주며 다음 계단으로 오르는 걸 도왔다. "자, 가세요, 아가씨. 어이, 이 아가씨가 지나가게 좀 비켜요." 남자가 그 위의 사람들에게 외쳤다.

"고맙습니다." 더글러스가 감사를 표했다.

"더글러스!" 페이지가 위에서 외쳤고, 더글러스가 고개를 들어보니 페이지가 마구 손을 흔드는 게 보였다. 그들은 서로에게 다가갔다. "어디 갔었어?" 페이지가 다그치듯 물었다. "돌아보니까 네가 없는 거야! 리어던 봤어?"

"아니."

"나는 여기에 오면 걔나 다른 애들을 볼 수 있을 줄 알았어." 페이지가 말했다. "하지만 아직 아무도 못 찾았어."

더글러스는 군중을 보며 그 이유를 알 수 있었다. 자료에 따르면 전승 기념일에 트래펄가 광장에는 1만 명이 운집했지만, 오늘 밤 벌써 이곳에는 그 정도로 많은 사람이 와서 웃고 환호하고 모자를 공중에 던져댔다. 저쪽 모퉁이에서는 콩가 춤 줄이 국립 초상화 미술관을 향해 구불거리며 나아갔고, 어느새 아일랜드 지그를 추는 중년 여인들의 줄로 바뀌어 있었다.

더글러스는 이 장면을 모두 머릿속에 담아두려, 자신이 목격하는 이 놀라운 역사적 사건의 세세한 부분까지 전부 기억해두려 애썼다. 노퍽 연대 장교 세 명과 함께 분수에서 첨벙거리는 젊은 여자. 양귀비꽃을 나눠주는 통통한 여자, 그리고 그 여자가 꽃을 내밀자 그녀의 뺨에 키스하는 우락부락해 보이는 군인 둘. 넬슨 기념비에서 여자아이 한 명을 끌어내리려 애쓰는 경찰, 그리고 그런 경찰을 피해 몸을 구부리고 그 경찰의 얼굴에 코끼리 나팔을 부는 여자아이. 그리고 그 행동에 껄껄대는 경찰. 그 사람들은 마치 전쟁에서 이긴 게 아니라 감옥에서 풀려나온 사람들처럼 보였다.

그리고 사실 그랬다.

"봐!" 페이지가 외쳤다. "저기 리어던이 보여."

"어디?"

"사자상 옆에."

"어느 사자?"

"저 사자." 페이지가 가리켰다. "코 일부가 없는 사자."

그 사자 주위에는 수십 명이 둘러서 있었고, 경사진 등과 머리와 (런던 대공습 때 하나가 부서진) 발에 올라간 사람들도 잔뜩 있었다. 수병 한 명은 사자 머리에 자기 모자를 씌운 채 사자의 등에 걸터앉아 있었다.

"사자 정면에서 왼쪽으로 서 있어." 페이지가 방향을 알려줬다. "보여?"

"아니."

"가로등 옆에."

"소년이 무릎으로 타고 올라가고 있는 거?"

“응. 이제 그 왼쪽을 봐.”

더글러스는 페이지가 말한 곳에 서 있는 사람들을 훑어보았다. 모자를 흔들어대는 수병 한 명, 검은색 코트 깃에 적, 백, 청색 장미 매듭 장식을 한 나이 지긋한 여자 둘, 하얀 원피스를 입은 금발 10대 소녀 한 명, 녹색 코트를 입은 빨간 머리의 예쁜….

‘세상에나, 저 여자는 메로피 워드랑 똑 닮았네.’ 더글러스가 생각했다. 그리고 저 믿을 수 없을 정도로 밝은 녹색의 코트는 의상실의 멍청한 기술자들이 이 시대 사람들이 전승 기념일을 축하할 때 입은 거라고 메로피에게 말할 만한 딱 그런 의상이었다.

그리고 그 젊은 여자는 환호성을 지르거나 소리 내 웃고 있지 않았다. 그 여자는 진지한 표정으로 마치 세세한 모습까지 모두 기억하려는 듯이 국립 미술관 계단을 보고 있었다. 그 여자는 분명히 메로피였다.

더글러스는 팔을 들어 그 여자에게 손을 흔들어 보였다.

3

이 전쟁에서 지면 다음이란 없다.

— 에드워드 R. 머로우, 1940년 6월 17일

런던, 1940년 10월 26일

사이렌이 소리를 높였다 낮췄다 하며 울려댄 뒤 잠깐 동안, 폴리는 스타킹 상자를 들고 그대로 서 있었다. 심장이 쿵쾅거렸다. 이윽고 도린이 말했다. "아, 안 돼, 공습이면 안 돼! 오늘은 공습 없이 지나갈 거라고 확신했는데."

'공습 없이 지나가는 게 맞아.' 폴리가 생각했다. '뭔가 착오가 분명해.'

"그리고 마침내 막 손님이 왔는데." 도린이 짜증을 내며 덧붙였다. 그녀는 열리고 있는 승강기를 가리켰다.

'아, 안 돼, 하필 이런 때 마이크와 에일린이 돌아오다니.' 폴리는 서둘러 승강기로 갔지만, 그 안의 사람들은 그 둘이 아니었다. 멋지게 차려입은 젊은 여자 둘이 승강기에서 내렸다. "죄송하지만 공습 중입니다." 스넬그로브 양 역시 다가오며 말했다. "하지만 저희에게 아주 편안하고 특별히 튼튼하게 지은 방공호가 마련되어 있습니다. 세바스찬 양이 두 분을 거기까지 모셔다드릴 겁니다."

"이쪽으로 가시죠." 폴리가 말하고 둘을 데리고 문을 통과해 계단을 내려갔다.

"어휴, 어째." 젊은 여자 가운데 한 명이 말했다. "어젯밤에 파젯스 백화점이 그렇게 됐는데 또…."

"그러게." 다른 여자가 대답했다. "들었어? 다섯 명이 죽었대."

'마이크와 에일린이 여기 없어서 정말 다행이야.' 폴리가 생각했다. 자칫하면 둘이 승강기로 올라오고 있을 때 사이렌이 울려 이곳 방공호로 안내될 수도 있었고, 그랬다면 사망자에 대해 듣지 않을 수가 없었다. 그리고 마이크에게 그게 불일치가 아니라고 설득할 방법이 없었다.

"그 사람들이 파젯스 백화점의 방공호에서 죽었어?" 첫 번째 여자가 걱정스러운 듯이 물었다. 사이렌 때문에 그 여자는 소리를 질러야 했다. 사이렌 소리가 뭉개져 들리던 파젯스 백화점의 계단과 달리, 벽으로 에워싸인 이곳 공간은 매장에 있을 때보다 사이렌 소리를 더욱 크게 증폭시켰다.

"모르겠어." 다른 여자가 소리쳐 대답했다. "요즘은 어디도 안전하지 않아." 그녀는 전날 폭탄을 맞은 택시 이야기를 하기 시작했다.

그들은 거의 지하실에 도착했다. '제발 방공호에 마이크와 에일린이 없어야 할 텐데.' 폴리는 젊은 여자들의 대화를 듣는 둥 마는 둥 하며 생각했다. '제발….'

"만약 내가 내 꾸러미를 그 여자 것과 헷갈리지 않았다면…." 젊은 여자가 말하고 있었다. "우리 둘 다 죽었을 거야…."

사이렌 소리가 그쳤다. 잠시 정적이 뒤따랐고, 이어서 공습경보해제 사이렌이 울렸다.

"가짜 경보네." 다른 젊은 여자가 밝게 말했다. 그들은 계단을 올라가기 시작했다. "우리 편 비행기를 독일 폭격기로 오해한 게 분명해." 그럴듯했다. 하지만 마이크를 설득하기에는 부족했다. 폴리는 마이크와 에일린이 사이렌 소리가 안 들리는 곳에 있었기를 바랐다.

하지만 사망자가 다섯 명이라는 걸 이 여자들이 안다는 사실은 그게 신문에 났다는 걸 뜻했다. 만약 그렇다면 신문 판매대 옆 뉴스판에 그 내용이 분필로 적혀 있고, 신문 파는 소년들은 그 내용을 외치고 다닐 것이다. 마이크가 그 사실을 모를 수가 없었다. 그렇다고 백화점 점원이 손님에게 "사망자 소식은 어떻게 아셨어요?"라고 물을 수도 없었다.

폴리는 자기와 함께 있는 이 젊은 여자들이 그 주제를 다시 꺼내길 바랐지만, 이제 그 둘은 팔꿈치까지 올라오는 장갑 구매에만 오롯이 집중했다. 둘이 어떤 장갑을 살지 결정하는 데는 거의 1시간이 걸렸고, 그 둘이 떠났을 때까지도 마이크와 에일린은 여전히 돌아오지 않았다. '잘됐어.' 폴리가 생각했다. '둘이 사이렌 소리를 듣지 못했을 가능성이 아주 크다는 뜻이니까.' 하지만 이미 2시가 넘었다. 둘은 어디에 있는 걸까?

'신문 판매 소년이 파젯스 백화점에서 사망자가 다섯 명이 나왔다는 헤드라인을 외치고 다니는 걸 마이크가 들은 거야. 그래서 시체들을 보러 시체 보관소에 간 거야.' 폴리가 걱정했지만, 30분 뒤 돌아온 마이크와 에일린은 사망자나 파젯스 백화점에 관해 아무 말도 하지 않았다. 둘은 시어도어네 집에서 지연된 것이었다.

"시어도어가 날 보내지 않으려 했어." 에일린이 설명했다. "걔가 어찌나 떼를 쓰는지 하는 수 없이 동화책 읽어주고 간다고 약속해야 했거든."

"그리고 돌아오는 길에 에일린이 보았던 여행용품점에 들렀어. 지도가 있는지 보려고." 마이크가 말했다. "하지만 그곳은 어젯밤에 폭격당했더라."

"그래도 가게 주인이 거기 있었어." 에일린이 말했다. "그리고 채링크로스 로드에 다른 가게가 있다고 알려줬어. 하지만…."

스넬그로브 양이 도린의 판매대에서 못마땅하다는 눈으로 그들을 노려보고 있었다. "그건 나중에 집에 가면 이야기해줘." 폴리가 말했다. 폴리는 둘에게 코트, 리케트 부인 집의 현관 열쇠, 리어리 부인 집의 주소를 건넸다. "나는 아마 늦을 거야." 폴리가 덧붙였다.

"네가 집으로 오기 전에 공습이 있으면 우리 먼저 지하철역으로 가야 해?" 에일린이 긴장하며 물었다.

"아니. 리케트 부인 집은 안전해." 폴리가 속삭였다. "이제 가. 난 직장을 잃기 싫어. 우리 셋의 유일한 직장이잖아."

폴리는 둘이 떠나는 모습을 지켜보며 그들이 새로운 숙소에 적응하느라 너무 바빠서 파젯스 백화점이나 낮의 공습에 관해 다른 누구와 이야기할 짬이 없기를 바랐다. 폴리는 내일 병원에 가서 사망자가 정말로 다섯 명인지 확인할 계획이었지만, 만약 사망자들 이름이 신문에 실렸다면 내일까지 기다릴 수가 없었다. 폴리는 오늘 밤에 병원에 가야 했고, 가엾은 에일린은 리케트 부인 집의 첫 번째 저녁 식사를 혼자서 감당해야 했다.

하지만 곧장 집으로 가는 게 나을 뻔했다. 마저리는 여전히 면회가 불가능했고, 환자의 입원과 퇴원을 관리하는 엄격한 간호사는 사망자에 대해 아무 정보도 주려 하지 않았다. 폴리는 집으로 돌아왔고, 식사실에서 다들 먹는 소리가 들렸다. 하지만 에일린은 가방을 가지고 응접실에 앉아 있었다.

"넌 왜 저녁 안 먹어?" 폴리가 물었다.

"리케트 부인이 내 배급 수첩을 달라고 했고, 파젯스 백화점에 관해 말했더니 새 배급 수첩을 받기 전에는 자기 집에서 식사할 수 없다는 거야. 마이크는 여기에 없었고….."

"마이크는 어디에 있어? 리어리 부인 집?"

"아니. 마이크는 리어리 부인에게 방을 빌리고 리젠트 스트리트에 있는 여행용품점에 갔다가 예전 집에 들러 옷들을 가지고 온다고 했어. 하지만 늦을 거라면서 기다리지 말고 노팅힐게이트역으로 곧장 가라고, 거기서 만나자고 했어. 오늘 밤에는 공습이 언제 시작해?" 에일린이 초조한 목소리로 물었다.

"쉿." 폴리가 속삭였다. "그런 얘기는 여기서 하면 안 돼. 방으로 올라가자."

"안 돼. 리케트 부인이 말하길, 돈을 내기 전에는 이곳에 있을 수 없다고 했어."

"돈을 내? 나랑 같은 방에 산다고 말 안 했어?"

"했어." 에일린이 말했다. "하지만 10실링 6펜스를 내기 전에는 안 된대."

"그 여자랑 이야기해야겠네." 폴리가 단호히 말하며 에일린의 가방을 집어 들었다. 그녀는 에일린을 방으로 데려가 그곳에 두고 부엌으로 내려와 리케트 부인에게 따졌다.

"제가 이사 들어올 때 그 방이 2인실이라며 이미 두 명분 돈을 다 받으셨잖아요." 폴리가 항의했다. "그러니 돈을 더 받을…."

"당신 아니라도 방을 원하는 사람들은 많아요." 리케트 부인이 말했다. "오늘도 군 간호사 세 명이 방이 있는지 보러 왔어요."

'그리고 당신은 2인실에 돈을 세 배는 물릴 계획이겠지.' 하마터면 폴리는 그렇게 따질 뻔했지만, 쫓겨날 위험을 감수할 수는 없었다. 에일린은 이미 시어도어의 어머니에게 이 집 주소를 주었을 것이고, 리케트 부인은 구조팀이 나타났을 때 그들이 어디로 갔는지 알려줄 인물이 아니었다. 폴리는 추가로 10실링 6펜스를 내고 위층으로 돌아왔다.

그때 라버넘 양이 빈 유리병 하나와 코코넛 껍질이 가득 담긴 가방을 들고 막 방에서 나왔다. "병에 담긴 어니스트의 메시지에 쓰려고요." 그녀가 설명했다. "고드프리 경은 위스키병을 구해달라고 했지만, 그곳엔 브라이트포드 부인의 어린아이들도 있잖아요. 오렌지 주스 병이 더 맞을 거라 생각해서…."

폴리가 말을 잘랐다. "고드프리 경에게 오늘 밤 연습에 제가 갈 수 없을 거라고 전해주시겠어요? 사촌이 이사 들어와서 정리하는 걸 도와야 하거든요."

"오, 그럼요. 사촌이 참 안됐어요." 라버넘 양이 말했다. "죽은 다섯 명 가운데 당신 사촌이 아는 사람이 있나요?"

아, 이런. 라버넘 양도 사망자들에 관해 알았다. 이제 폴리는 마이크와 에일린이 극단원들과도 만나지 못하게 해야 했다.

"그 사람들이 판매 보조원들이었나요?" 라버넘 양이 물었다.

"아니요." 폴리가 말했다. "하지만 그 사고 때문에 굉장히 큰 충격을 받았어요. 그러니 사고에 관해서는 제 사촌에게 아무 말씀도 하지 않으셨으면 해요."

"오, 그래요. 당연하죠." 라버넘 양이 폴리에게 장담했다. "당신 사촌을 더 힘들게 하고 싶지는 않아요." 라버넘 양의 대답이 진심인 건 확실했지만, 라버넘 양 또는 하숙집의 다른 사람들이 실수할 수 있었다. 폴리는 어떻게든 방법을 찾아 내일 마저리를 만나야 했다.

"끔찍한 일이에요." 라버넘 양이 말하고 있었다. "너무나 많은 사람이 죽었어요. 이 전쟁이 어떤 식으로 끝날지 누가 알겠어요?"

"그렇죠." 폴리가 말했고, 다행히 그때 사이렌이 울렸다. "고드프리 경에게 제가 못 가는 이유를 꼭 말해주세요. 미리 감사드려요."

"오, 하지만 공습 중에 이곳에 그냥 있을 생각은 아니겠죠? 그럼 안 되죠, 히바드 양?" 라버넘 양은 검은 우산과 뜨개질감을 들고 자기 방에서 서둘러 나오는 히바드 양에게 물었다.

"오, 안 되죠." 히바드 양이 말했다. "그건 너무 위험해요. 도밍 씨, 세바스찬 양에게 말 좀 해주세요. 사촌이랑 함께 우리와 같이 가야 한다고요."

이러다 지금 당장에라도 밖이 왜 이리 소란스러운가 보기 위해 에일린이 문을 열 수도 있었다. "사촌에게 기본적인 것들을 가르쳐주고 곧바로 방공호로 갈게요." 사람들을 내보내기 위해 폴리가 약속했다. 그녀는 사람들을 계단 아래까지 배웅했다.

"너무 늦지 말아요." 문에서 라버넘 양이 말했다. "고드프리 경은 크라이턴과 메리 아가씨가 나오는 장을 연습하고 싶다고 하셨어요."

"사촌이 있어서 연습에 참여할 수 없을⋯."

"사촌을 데리고 오면 되지요." 라버넘 양이 말했다.

폴리는 고개를 저었다. "제 사촌은 조용한 곳에서 쉬어야 해요." '그리고 사망자가 다섯 명이라는 걸 아는 사람들에게서 떼어놔야 하고요.' "고드프리 경에게 내일 저녁에는 참여하겠노라고 말해주세요. 약속할게요." 폴리가 말하고 계단을 뛰어 올라갔다.

폴리는 리케트 부인도 사람들과 함께 나간 게 확실해질 때까지 기다렸다가 다시 계단을 뛰어 내려와 부엌으로 갔다. 그녀는 불 위에 주전자를 올려 물을 끓이고, 쟁반에 빵, 마가린, 치즈, 나이프, 포크를 담고, 차를 우려 그것들을 에일린에게 가져갔다.

"리케트 부인이 방에서 음식을 먹으면 안 된다고 했어." 에일린이 말했다.

"그러면 즉시 식사 제공을 했어야지." 폴리가 침대 위에 쟁반을 놓았다. "하지만 사실 그렇게 안 해서 다행이야. 이게 저녁 식사 음식보다 훨씬 더 나아."

"하지만 사이렌은?" 에일린이 걱정된 목소리로 말했다. "우리 여기서…."

"공습은 8시 46분에 시작돼." 폴리가 빵에 마가린을 발라 에일린에게 건넸다. "그리고 말했잖아. 여기는 안전해. 이 주소는 던워디 교수님이 안전하다고 허가해주신 목록의 장소야."

폴리는 에일린에게 차를 따라줬다. "오늘 군 비행장 이름을 몇 개 더 알아냈어." 폴리는 말하고 그 이름들을 읽어줬지만, 에일린은 이름마다 고개를 저었다.

"거기가 헨던이 아닐까?" 폴리가 물었다.

"아니야. 미안해. 듣거나 보면 바로 알 수 있어. 지도가 있으면 좋았을 텐데."

"채링크로스 로드의 가게에 들러봤어?"

"응. 하지만 가게 주인은 지도로 뭘 하려고 그러냐고 캐물었고, 온갖 질문을 해댔어. 심지어 마이크에게는 무슨 사고로 다리를 다쳤는지도 물었어. 꼭 우릴 체포당하게 하려고 그러는 거 같았어. 마이크는 그 가게 주인이 우리를 독일 스파이라고 생각한댔어."

"그랬을 거야." 폴리가 말했다. "나라도 그렇게 생각했을걸. 공장들 사진을 찍는다거나, 방위 체계에 대해 질문을 한다거나 하는 따위 수상한 행동을 하는 사람들을 조심해야 한다고 경고하는 온갖 포스터들이 여기저기 붙어 있잖아. 그리고 지도를 사려는 것도 분명히 그 범주에 들어갈 거야."

"하지만 그러면 지도를 어떻게 구해?"

"모르겠어. 타운센드 브라더스 백화점의 서적 매장에 가서 지도책 같은 게 있는지 확인해볼게."

"거기에《ABC 철도 가이드》도 있을까?" 에일린이 물었다.

"응. 그걸로 백베리에 가는 기차 시간표를 확인했어." 폴리가 말했고, 왜 철도 가이드를 쓸 생각을 미처 못했을까 생각했다. 철도 가이드에는 역들이 알파벳 순으로 나와 있었다. 그러니 'ㄷ'이나 'ㅌ', 'ㅍ'로 시작하는 이름의 제럴드의 군 비행장을 찾을 수 있을 것이다. "아이들을 런던으로 데려올 때 《ABC 철도 가이드》를 썼어?"

"아니. 애거사 크리스티의 소설 가운데 ABC를 써서 미스터리를 푸는 게 있어." 에일린이 말했다. "우리도 그걸 써서 우리 미스터리를 풀 수 있을 거야."

'우리 미스터리가 그렇게 간단하다면 그렇겠지.' 폴리가 생각했다.

에일린이 천장을 쳐다보았다. "저거 폭격기 소리야?"

"아니. 빗소리야. 하지만 다행히도…." 폴리가 부드러운 목소리로 말했다. "우리에게는 우산이 있어."

폴리는 쟁반을 가지고 아래층으로 내려갔고, 마이크에게 줄 샌드위치를 만들어 에일린과 함께 노팅힐게이트역으로 갔다. 비는 거세게 내렸고 얼음처럼 차가웠다. 라버넘 양이 에일린에게 코트를 가져다주어 다행이었다. 동시에, 우산도 하나 더 가져다주었으면 좋았을 거라고 아쉬운 마음이 들었다. 에일린의 우산 아래로 몸을 구부린 채 길 모르는 에일린을 끌고 비에 젖고 어두운 거리를 제대로 가는 건 불가능했다. 폴리는 발목까지 차오르는 웅덩이에 두 번이나 빠졌다.

"난 여기가 싫어." 에일린이 말했다. "내가 시어도어처럼 말한다 해도 상관없어. 난 집에 가고 싶어."

"구조팀이 널 찾을 수 있도록 시어도어 어머니에게 새 주소를 알려줬어?"

"응. 그리고 이웃인 오언스 부인에게도. 그리고 스테프니에서 지하철을 타고 오면서 신부님에게 편지를 썼어. 그런데 알프와 비니에게도 내 새 주소를 알려줘야 할까?"

"전에 말했던 그 아이들이야? 건초 더미에 불을 지른 아이들?"

"응." 에일린이 말했다. "그리고 만약 내가 사는 곳을 말해주면, 그 아이들은 그걸 초대로 받아들일 가능성이 커, 그리고 걔네는…."

"끔찍하지." 폴리가 말을 대신 마쳤다.

"응. 그리고 구조팀이 그 아이들이 사는 곳을 알려면 구드 신부님에게 듣는 수밖에 없는데, 내가 이미 신부님에게 내가 사는 곳을 알려드렸기 때문에 구조팀은 그 아이들 주소를 알 필요가…."

"그러면 그 아이들에게 네 주소를 알릴 이유가 없네." 폴리는 말했고, 에일린을 데리고 지하철역 계단을 내려가기 시작하며 극단의 누구와도 마주치지 않기를 바랐다. "마이크가 우리를 만나겠다고 한 곳이 어디야? 에스컬레이터 제일 아래?"

"아니. 비상계단. 옥스퍼드 서커스역에 있는 것 같은 게 여기도 있어."

'좋아.' 폴리가 에일린을 따라 터널을 통과하며 생각했다. '그곳이라면 극단 사람들에게서 안전할 거야. 그리고 만약 마이크가 그 안에서 기다리고 있다면 사람들이 파젯스 백화점에 관해 이야기하는 걸 우연히 들었을 일도 없고.'

하지만 마이크는 그곳에 없었다. 에일린과 폴리는 계단 세 줄을 올라가면서, 그리고 그만큼 다시 내려가며 마이크를 불러보았지만, 대답이 없었다. "옥스퍼드 서커스역으로 가야 하는 걸까?" 에일린이 물었다. "우리가 헤어지게 되면 그렇게 하자고 마이크가 말했잖아."

"아니. 마이크는 곧 돌아올 거야." 폴리가 계단에 앉았다.

"오늘 밤에 리젠트 스트리트에는 공습이 없어, 그렇지?" 에일린이 걱정하는 목소리로 물었다.

"응. 오늘은 시티랑…."

"시티?" 에일린이 천장을 초조하게 바라보며 말했다. "어느 부분?"

"런던을 말하는 게 아니고. 시티. 런던에서 세인트폴 대성당 근처를 뜻해." '그리고 플리트 스트리트랑.' 폴리가 속으로 덧붙였다. "거기는 여기에서 멀어. 그리고 공습 후반부는 화이트채플이고."

"화이트채플?"

"응. 왜? 마이크가 거기에 간 건 아니지?"

"응. 하지만 알프와 비니 호드빈이 그곳에 살아."

'맙소사.' 화이트채플은 스테프니보다 더했다. 그곳은 거의 완전히 파괴되었다.

"거기가 심하게 폭격당했어?" 에일린이 걱정하며 말했다. "아, 어째. 아무래도 그 편지를 찢으면 안 되는 거였나 봐."

"무슨 편지?"

"신부님에게 받은 거. 알프와 비니를 캐나다로 보낼 수 있도록 주선한 편지야. 나는 걔네가 '시티 오브 베나레스호'를 탈까 봐 걱정되어서 그걸 호드빈 부인에게 주지 않았어."

'마이크가 늦어서 지금 이 말을 듣지 않아 다행이야.' 폴리가 생각했다. 폴리는 파젯스 백화점에서 사망자 다섯 명이 나온 게 불일치가 아니라고 마이크를 설득하는 것만으로도 버거울 것이다. 그런데 거기에 더해 에일린이 편지를 전하지 않아서 호드빈 남매가 목숨을 구한 게 아니라고까지 마이크를 설득할 자신이 없었다.

호드빈 남매가 타고 캐나다에 갔을 배는 많았다. 또는 피난민 위원회가 캐나다 대신 호주나 스코틀랜드로 둘을 보냈을 수도 있었다. 그리고 설사 그 아이들이 '시티 오브 베나레스호'에 배정이 되었다 할지라도, 그 배에 타지 않았을 수도 있었다. 기차가 연착될 수도 있었고, 또는 에일린이 말했던 대로 그렇게 못된 아이들이라면 갑판 의자에 등화관제용 줄무늬를 그려 넣거나 불을 지른 죄로 배에서 쫓겨났을 수도 있었다.

하지만 폴리는 마이크가 자기 말을 믿을지 의심이 들었다. 마이크가 파젯스 백화점에 관해 알게 되면 특히 그랬다. 그렇게 되면 마이크는 걷잡을 수 없는 의심에 빠져들 것이고, 자기 때문에 전쟁에 진다고 확신할 테니, 전승 기념일에 관해 말하는 것 말고는 그를 설득할 다른 방법이 없을 것이다. 하지만 전승 기념일에 관해 말을 한다는 것은 그들이 폴리의 데드라인 그리고 그 결과에 관해 알게 된다는 뜻이었다. 그러면 둘은 더욱더 걱정하게 될 것이고, 지금 이런 불일치가 일어난 상황에서….

'마이크보다 먼저 내가 그 사망자들에 관해 알아내야 해.' 폴리가 생각했다. "마이크에게 알프와 비니에 관해서는 말하지 마." 폴리가 에일린에게 말했다. "마이크는 그 편지에 관해 알 필요 없어. 그리고 네가 그 아이들에게 편지를 써서 네 주소를 알려주지 않았다고 말할 필요도 없어."

"하지만 아마도 개네한테 편지를 써야 할 거 같아. 화이트채플이 위험하다고 알려야지."

'그 아이들은 이미 그 사실을 알걸.' "그 아이들에게 네가 사는 곳을 알리고 싶지 않은 줄 알았는데."

"하지만 그 아이들이 캐나다가 아니라 그곳에 있는 건 나 때문이니까 난 그 책임을 져야 해. 그리고 비니는 홍역을 앓은 뒤에 건강이 완전히 회복되지 않았어. 걔는 거의 죽다 살아났고⋯."

"전엔 내게 그런 말 안 했잖아." 폴리가 말했다.

"했어. 그 애는 엄청난 고열에 시달렸고, 나는 뭘 해야 할지 몰랐어. 그래서 그 아이에게 아스피린을 줬고⋯."

그리고 마이크가 그 말 역시 듣지 않아 다행이었다.

"만약 알프와 비니가 위험에 빠진다면⋯." 에일린이 말했다. "그건 내 잘못이야. 내⋯."

"쉿." 폴리가 말했다. "누가 오고 있어."

둘은 귀를 기울였다. 저 아래에서 문이 닫히는 소리가 들리더니, 철계단을 올라오는 걸음 소리가 들리기 시작했다.

"에일린? 폴리? 거기 있어?"

"마이크야." 에일린이 말하고 그를 만나러 계단을 뛰어 내려갔다. "어디 갔었어?"

"보관소에 다녀왔어." 마이크가 말했다.

'아, 이런. 다 끝났어.' 폴리가 생각했다. '마이크는 이미 사망자가 다섯 명인 걸 알아.'

하지만 계단을 올라온 마이크는 기분 좋게 말했다. "군 비행장 이름을 잔뜩 알아냈고, 직장을 구했어. 그러니 폴리의 급료에만 기대어 살지 않아도 돼."

"직장?" 에일린이 말했다. "하지만 일을 하면 제럴드는 어떻게 찾아다니고?"

"〈데일리 익스프레스〉의 통신원으로 고용됐어. 그건 내가 기삿거리를 찾아 밖으로 돌아다닌다는 거지. 군 비행장을 포함해서. 그리고 기사를 쓰면 돈을 받아. 지도를 구할 수가 없어서 〈익스프레스〉 보관소로 갔어. 지난 기사들에 군 비행장들을 언급했는지 살펴보러⋯."

‘신문 보관소를 뜻한 거였구나.’ 폴리가 생각했다. ‘시체 보관소가 아니라.’

“내가 됭케르크에 다녀온 기자였다고 말하니까, 그 자리에서 날 고용했어. 그리고 가장 좋은 건, 나에게 기자 출입증을 줬다는 거야. 그걸 보여주면 군 비행장에 접근할 수 있어. 그러니 이제 우리는 그 비행장이 어디인지만 알아내면 돼.” 마이크는 주머니에서 비행장 목록을 꺼냈다. “딕비는 어때? 아니면 던크스웰은?”

“아니. 그건 두 단어였어…. 내 생각에는.” 에일린이 말했다.

“그레이트 던모우?”

“아니. 생각해봤는데, ‘ㄷ’이 아니라 ‘ㅂ’으로 시작했던 것 같아.”

‘즉, 에일린은 그곳이 무슨 글자로 시작하는지 모른다는 뜻이군.’ 폴리가 생각했다. “박스티드.” 폴리가 말했다.

“아니야.” 에일린이 말했다.

“‘ㅂ’이라.” 마이크가 중얼거리며 목록을 훑어 내려갔다. “벤틀리 프라이어리?”

에일린이 얼굴을 찡그렸다. “좀 비슷한 거 같기는 하지만….”

“베리 세인트에드먼즈?”

“아니. 비슷하게 들리기는…. 아, 모르겠어!” 에일린이 좌절하며 두 손을 들어 보였다. “미안해.”

“걱정하지 마, 우린 알아낼 수 있어.” 마이크가 목록을 구겨버리며 말했다. “군 비행장은 아주 많아.”

“제럴드가 간다고 한 곳에 관해 더 기억나는 건 없어?” 폴리가 물었다.

“없어.” 에일린이 얼굴을 찡그리며 집중했다. “나보고 백베리에 얼마나 있을 건지 물었고, 내가 5월 초라고 대답하니까, 내가 더 오래 머물렀으면 자기가 주말에 나를 만나러 와서 날 즐겁게 해줄 수 있었을 텐데 너무 아쉽다고 했어.”

“어떻게 그럴 건지는 말 안 했어?”

“어떻게? 자동차를 타고 올 건지 기차를 타고 올 건지를 묻는 거야?” 에일린이 물었다. “아니. 하지만 ‘그 깡시골 백베리에도 기차가 가기는 해?’라고 말했어."

"그리고 내가 봤던 날에는…." 마이크가 끼어들었다. "기차 시간표를 확인해야 한다고 말했어."

"좋아." 폴리가 말했다. "그건 군 비행장이 기차역 근처에 있다는 뜻이지. 마이크, 넌 제럴드가 옥스퍼드로 다녀왔다고 했지?"

"응. 하지만 그건 그냥 준비 작업이었어. 임무를 하러 간 게 아니라. 제럴드는 다른 곳으로 가는 기차 시간을 확인하고 있던 걸지도 몰라…."

폴리는 고개를 저었다. "전시 여행은 너무 변수가 많아. 던워디 교수님은 제럴드에게 임무 목적지 근처로 가야 한다고 고집하셨을 거야. 병영 열차 때문에 온갖 지연이 생기니까."

"폴리 말이 맞아." 에일린이 말했다. "어떤 날은 백베리에 아예 기차가 안 오기도 했어."

"그러면 옥스퍼드 근처의 군 비행장을 찾아봐야겠네." 마이크가 말했다.

"또는 백베리나." 폴리가 말했다.

"또는 백베리나. 그리고 기차역 근처, 그리고 이름이 두 단어인 곳, 그리고 ㄷ, ㅍ, ㅌ, ㅂ으로 시작하는 곳. 그러면 굉장히 대상을 좁힐 수 있어. 이제 지도만 찾으면…."

"어떻게 지도를 구할 수 있을지 생각 중이야." 폴리가 말했다. "그리고 공습에 관해 아는 걸 다 적어놨어." 폴리는 다음 주에 있을 공습 목록을 둘에게 건넸다.

"다음 주에는 밤마다 공습이 있는 거야?" 에일린이 말했다.

"응. 독일 공군이 다른 도시들을 공습하는 11월, 그리고 겨울이 시작된 후에는 좀 줄어들지만."

"그 이후?" 에일린이 깜짝 놀라 물었다. "런던 대공습이 언제까지 계속되는데?"

"내년 5월까지."

"5월? 하지만 공습이 줄어들기는 하는 거지?"

"안타깝지만, 아니. 런던 대공습이 가장 심한 건 5월 9일과 10일이었어."

"가장 심한 공습이 그때라고?" 마이크가 물었다. "5월 중순?"

"응. 왜?"

"아무것도 아니야. 상관없어. 그 훨씬 전에 우리는 이곳을 떠날 테니까." 마이크가 기운을 북돋워주려는 듯이 에일린에게 웃어 보였다. "우리는 제럴드가 어디에 있는지만 알아내면 돼. 제럴드가 한 말 가운데 뭔가 힌트가 될 만한 다른 건 기억나는 거 없어? 제럴드와 대화하던 곳이 어디야?"

"두 곳이야. 실험실이랑 운전 허가를 받으러 오리얼 칼리지에 갔을 때. 아, 제럴드가 그것에 관해 한 말이 있어. 제럴드가 자기 임무가 얼마나 중요하고 위험한지 말하고 있을 때 비가 내리기 시작했어. 제럴드는 하늘을 쳐다보더니 진짜 비가 오는지 확인하려는 듯이 손을 내밀었고, 그러더니 내 운전 허가장을 가리켰어. 알잖아, 운전 교습을 받으려면 작성해야 하는 양식. 너도 하나 가지고 있었잖아, 폴리."

폴리가 고개를 끄덕였다. "빨간색과 파란색으로 인쇄된 양식?"

"응. 그거. 제럴드가 그걸 가리키며 말했어. '그건 치우는 게 좋을걸. 아니면 절대 운전을 배우지 못해. 어쨌든 내가 가는 곳에서는 그래.' 그러더니 마치 뭔가 엄청나게 똑똑한 말을 했다는 듯이 소리 내 웃어댔어. 제럴드는 늘 그런 식이야. 자기가 코미디언이라고 착각하지만 걔가 하는 농담은 전혀 안 웃기고, 나는 애초에 그게 무슨 말인지조차 못 알아들었어. 그 농담이 무슨 뜻인지 알겠어?"

"아니." 폴리가 말했고, 서류 양식이 군 비행장과 무슨 관계가 있는지 도무지 연관 관계를 떠올릴 수 없었다. "제럴드가 다른 말 한 건 기억 안 나?"

"또는 네가 제럴드랑 이야기할 당시에 관한 뭐든지." 마이크가 말했다. "그때 무슨 일이 있었어?"

"리나는 누군가와 통화 중이었지만, 그건 제럴드의 임무와는 아무 관계가 없었어."

"하지만 그게 군 비행장 이름을 떠올리게 해줄 수도 있어. 관계가 있든 없든 당시 상황을 최대한 자세하게 떠올려봐."

"개 장난감 공처럼." 에일린이 열렬한 태도로 말했다.

"제럴드가 개 장난감 공을 가지고 있었어?" 마이크가 물었다.

"아니. 애거사 크리스티 소설 가운데 개 장난감 공이 나오는 게 있어."

'에, 그건 확실히 관계가 없는 말이네.' 폴리가 생각했다.

《벙어리 목격자》에." 에일린이 말했다. "처음에는 그게 살인과 아무 상관이 없어 보였는데, 결국 알고 보니 전체 미스터리의 주요 열쇠였지."

"바로 그런 거야." 마이크가 말했다. "모두 다 적어. 그리고 그 덕에 뭔가 떠오르는 게 있는지 보자. 그리고 난 네가 월요일에 백화점들을 들러서 지원서를 썼으면 해."

"타운센드 브라더스 백화점에 사람이 필요하지 않은지 스넬그로브 양에게 물어볼 수 있어." 폴리가 말했다.

"직장 때문이 아니야." 마이크가 말했다. "구조팀이 우리를 찾으러 왔을 때 파일에 에일린의 이름과 주소가 들어 있게 하려는 거지."

'오늘 아침 파젯스 백화점에서 했던 이야기 덕분에 자기가 역사를 바꾼 게 아니라고 마이크가 생각하게 됐다는 뜻이네.' 폴리가 생각했다. 하지만 그들이 잠을 자기 위해 계단참에서 각자의 코트를 덮고 웅크렸을 때, 마이크는 폴리를 흔들어 깨우더니 자기를 따라오라는 손짓을 한 다음, 잠든 에일린을 살금살금 지나 아래 계단참을 향해 계단을 내려갔다.

"파젯스 백화점에 관해 뭔가 더 알아냈어?" 마이크가 속삭였다.

"아니." 폴리가 거짓말을 했다. "너는?"

마이크가 고개를 저었다.

'다행이야.' 폴리가 생각했다. '공습경보가 해제되면 마이크를 데리고 곧장 강하 지점으로 가야겠어. 그곳에 있으면 마이크는 누구와도 말할 수가 없으니까. 내가 병원에서 돌아올 때까지 마이크더러 그곳에 앉아 있으라고 해야지. 여기서 라버넘 양에게 잡혀 어젯밤 폭격으로 사망자가 다섯이 나오는 끔찍한 일이 벌어졌네 어쩌네 하는 소리를 듣지 않고 이곳에서 마이크를 데리고 빠져나갈 수만 있다면 말이야.'

"사망자가 세 명이라고 했지, 맞지?" 마이크가 물었다.

"응. 하지만 내 임플란트에 담긴 정보가 틀렸을 수도 있어. 그…."

"그리고 그 상사, 그 사람 이름이 뭐였지? 페더스?"
"페터스."
"그 사람이 파젯스 백화점에서 일하는 사람들은 모두 무사하다고 말했고."
"응, 하지만…."
"생각을 좀 해봤어. 만약 그 죽은 사람들이 우리 구조팀이라면?"

4

금속으로는 총을 만듭니다!
립스틱 용기를 간직하십시오.
리필을 사십시오.

— 잡지 광고, 1944년

베스날 그린, 1944년 6월

메리는 배수구로 몸을 던져 탤벗과 거의 몸을 겹치듯이 엎드렸고, '풋
풋'거리던 엔진 소리가 갑자기 사라진 정적에 귀를 기울였다.

"도대체 뭐 하는 거야, 켄트?" 아래 깔린 탤벗이 빠져나오려 꿈틀거리
며 말했다.

메리는 탤벗을 다시 배수구 속으로 눌렀다. "머리 숙이고 있어!" V-1이
폭발하기까지는 12초의 시간이 있었다. 11…, 10…, 9…. '제발, 제발, 제
발, 충분히 거리가 떨어져 있기를.' 메리가 기도했다. 7…, 6….

"머리를 숙이고 있으라고?" 탤벗이 꿈틀거리며 말했다. "미친 거야?"

메리는 탤벗을 계속 눌렀다. "눈을 가려!" 메리가 명령했고, 폭발과 함
께 나올 눈부신 섬광을 대비해 눈을 질끈 감았다.

'손으로 귀를 막아야 해.' 메리가 생각했지만, 두 손으로는 탤벗을 누르
고 있어야 했다. 믿기 어렵게도, 탤벗은 여전히 일어나려 애썼기 때문이다.
"엎드려 있어! 비행 폭탄이야!" 메리는 탤벗의 뒤통수에 손을 대고 힘껏 배
수구 바닥에 눌렀다. 2…, 1…, 0….

아드레날린이 솟구친 탓에 숫자를 너무 빨리 센 게 분명했다. 메리는 두 팔로 탤벗을 단단히 껴안고 섬광과 귀가 먹을 듯한 충격이 오길 기다렸다.

탤벗은 더욱더 심하게 꿈틀거렸다. "비행 폭탄?" 탤벗이 몸을 비틀어 빠져나오더니 두 손과 팔꿈치를 대고 일어나며 말했다. "무슨 비행 폭탄?"

"내가 들은 거. 일어나지…." 메리가 말하며 탤벗을 다시 엎드리게 하려 했지만 헛수고였다. "당장에라도 터질 거야. 그건…."

틱틱거리는 소리가 났고, 다시 '풋풋' 하는 소리가 이어졌다. '하지만 이럴 수는 없어.' 메리가 어리둥절해하며 생각했다. 'V-1은 엔진이 멈췄다가 다시 작동하지 않는데….'

"저 소리를 들은 거야?" 탤벗이 물었다. "저건 비행 폭탄이 아니야, 바보야. 오토바이잖아." 그리고 탤벗이 말을 하는 동안, 미군 병사가 몹시 낡아 보이는 드 하빌랜드 오토바이를 타고 모퉁이를 돌아 둘을 향해 속력을 높여 다가오더니 오토바이를 기울이며 멈췄다.

"무슨 일입니까?" 미군 병사가 오토바이에서 재빨리 내리며 말했다. "두 분, 괜찮으십니까?"

"아니요." 탤벗이 진저리치며 말했다. 탤벗은 일어나 앉아 군복 앞면의 흙을 털어내기 시작했다.

"피가 나시네요." 미군 병사가 말했다.

메리는 두려움에 질려 탤벗을 바라보았다. 탤벗의 블라우스에 피가 묻어 있었고, 입과 뺨에도 피가 흘러내렸다. "오, 세상에, 탤벗!" 메리가 외쳤고, 메리와 미군 병사는 손수건을 찾아 주머니를 뒤지기 시작했다.

"무슨 말을 하는 거예요?" 탤벗이 말했다. "어디 피가 난다고 그래요?"

"당신 입에서요." 미군 병사가 말했고, 탤벗은 조심스레 입을 만진 뒤 손가락을 보았다.

"피가 아니에요." 탤벗이 말했다. "이건 립스틱이에요. 아, 이런, 내 립스틱!" 탤벗은 립스틱을 찾아 미친 듯이 주위를 둘러보았다. "구한 지 얼마 되지도 않은 건데. 그건 '진홍빛 애무'란 말이야." 탤벗이 일어나기 시작했다. "켄트가 비행 폭탄 소리를 들었다며 내 손을 쳤을 때 떨어졌는데…, 윽!

아야!" 탤벗은 연석에 다시 주저앉았다.

"다치셨습니다!" 미군 병사가 급히 다가가며 말했다.

"오, 탤벗, 정말 미안해." 메리가 말했다. "난 그 소리가 V-1인 줄 알았어. 신문에서 V-1은 오토바이 소리가 난다고 했거든. 무릎을 다친 거야?"

"응. 하지만 별거 아냐." 탤벗이 말하며 미군 병사의 목에 팔을 둘렀다. "쓰러지며 비틀렸나 봐. 곧 괜찮아질 거…, 윽! 윽! 윽!"

"괜찮지 않습니다." 미군 병사가 말했다. 그는 메리를 돌아보았다. "이분은 걸을 수 없을 거 같습니다. 오토바이를 탈 수도 없을 거 같고요. 차가 있으신가요?"

"아니요. 우리는 덜위치에서 버스를 타고 여기에 왔어요."

"전 괜찮아요." 탤벗이 말했다. "켄트가 부축해주면 돼요."

하지만 두 사람의 부축을 받고도 탤벗은 무릎에 전혀 무게를 싣지 못했다. "인대가 끊어졌습니다." 미군 병사가 탤벗을 다시 연석에 앉히며 말했다. "구급차를 불러야 합니다."

"그건 말도 안 돼요!" 탤벗이 항의했다. "우리가 구급차 대원이라고요!"

하지만 미군 병사는 이미 전화부스를 찾기 위해 오토바이에 타고 있었다. 메리는 그에게 베스날 그린의 교환국으로 전화를 연결해 몇 번으로 통화하면 된다고 알려주었다. "아니, 베스날 그린 말고." 탤벗이 항의했다. "만약 다른 지부가 알게 되면 우리는 웃음거리가 될 거야. 덜위치에 전화하라고 말해줘, 켄트."

메리는 그렇게 했지만, 몇 분 뒤 도착한 구급차는 브릭스턴에서 온 것이었다. "당신네 지부 구급차 두 대는 모두 사고 현장들로 출동을 나가서 저희 쪽에서 왔습니다." 운전사가 말했다. "오늘 독일군이 비행 폭탄들을 미친 듯이 쏴 보냈거든요."

'우리 둘 쪽은 비행 폭탄이 아니었더라고요.' 메리가 침울하게 생각했다.

브릭스턴에서 온 대원은 오토바이 소리를 V-1 소리로 잘못 알아들었다는 말을 담담히 받아들였지만, 메리와 탤벗이 덜위치로 돌아와 같은 말을 하자 모두 깔깔거리며 웃어댔다. "신문에서는 그게 오토바이 소리를 낸다고 했단 말이야." 메리가 변명하듯 말했다.

"맞아. 뭐, 신문에 따르면 세탁기 소리랑도 같을걸." 메이틀랜드가 말했다. "이제는 빨래할 때도 조심해야 할 거 같아, 얘들아."

패리시가 고개를 끄덕였다. "난 속옷을 널다가 내팽개쳐질 위험에 처하고 싶지 않아."

"아주 낡은 드 하빌랜드였어." 탤벗이 메리를 옹호해 말했다. "풋풋거리는 소리가 났고, 비행 폭탄처럼 소리가 멈췄어." 하지만 그 말은 상황을 더 악화시킬 뿐이었다. 동료들은 메리를 '드 하빌랜드', '트라이엄프' 등 그때그때 떠오르는 오토바이 이름으로 불러대며 놀렸고, 문이 세게 닫히거나 찻주전자 물이 끓으며 소리가 나면 누군가가 외치곤 했다. "오, 안 돼, 비행 폭탄이야!" 그리고 뒤에서 메리에게 달려들었다.

이런 장난들에 악의는 전혀 없었으며, 탤벗은 활동적인 임무에서 배제되고 탁상 업무로 돌려져 목발을 짚고 다녀야 했지만, 메리에게 원한이 있는 것 같진 않았다. 오히려 탤벗은 잃어버린 립스틱과 무릎 때문에 무도회에 가지 못한 걸 더 아쉬워했다.

이튿날 아침에 다른 사고 현장에서 지부로 돌아올 때, 메리와 페어차일드는 혹시 립스틱을 찾을 수 있을까 하고 그곳에 가보았지만, 배수관으로 굴러떨어졌든가 아니면 길에 떨어진 걸 본 누군가가 집어 간 모양이었다. 탤벗의 모자는 찾았다. 하지만 차들이 밟고 지나갔기에 수선은 도저히 불가능했다. 그리고 지부로 돌아오는 길에, 둘은 메리가 무도회를 핑계로 보려 했던 철교를 지났다. 철교가 아니라 잔해라는 말이 더 옳았다. "최초로 공격한 비행 폭탄 중 하나에 폭격당했어." 페어차일드가 아무렇지 않게 말했다.

'그 얘기를 조금만 더 일찍 해주지 그랬니.'메리는 생각했다. '그럼 나는 내 임플란트 데이터가 정확하다는 것을 알았을 거고, 탤벗이 다칠 일도 없었을 텐데.'

메리는 자기 때문에 립스틱을 잃어버렸다며 탤벗에게 자기 립스틱을 주려 했지만, 탤벗은 "아니, 그건 너무 분홍색이야."라고 말하고는 구급상자에 있던 파라핀을 녹인 뒤 살균 소독제와 섞어 대체품을 만들었다. 하지만 그 결과물은 지나치게 주황색이었고, 이후 며칠 동안 지부 전체는 사고 현장(어떤 것들은 끔찍했다)에 출동하는 틈틈이 '진홍빛 애무'를 재연할 만한 재료를 찾는 일에 푹 빠졌다.

건포도는 너무 어두웠고, 비트 주스는 너무 보라색이었으며, 딸기는 구할 곳이 없었다. 부러진 계단 기둥에 가슴을 관통당해 죽은 여자의 시체를 옮기던 메리는 그 여자의 피가 자신들이 원하던 그 색감이라는 사실을 깨달았고, 곧이어 그런 생각에 큰 충격을 받으며 자기 자신이 부끄러워졌으며, 남은 시간 동안 다른 동료 대원 누군가도 그 색깔을 알아차릴까 봐 내내 가슴 졸이며 사고 현장을 수습해야 했다. 그래서 지부로 돌아오는 길에 대원들이 누가 옐로우 페릴을 입어야 할 차례인지에 열을 올리자, 메리는 그제야 안도의 숨을 내쉬었다.

하지만 누가 그걸 입을지도 이들이 다시 외출할 수 있어야 가능한 이야기였다. 탤벗의 부상으로 지부에는 일손이 부족했고, 이들은 그전부터 이미 2교대로 일하고 있었다. 그리고 히틀러는 날마다 더 많은 V-1을 보냈다. 신문들은 도버 해변을 따라 방공포들이 배치되었으며 방공 기구들이 런던에서 해변으로 이동되었다고 보도했지만, 그 두 방법 모두 V-1을 제대로 막아내지 못하는 게 분명했다. "정말 궁금한 건…." 지난 24시간 동안 네 번째 사고 현장에 다녀온 캠벌리가 분통을 터뜨리며 말했다. "우리 군인들은 어디에 있느냐 이거야."

'나는 적어도 V-1은 어디에 있는지 알아.' 메리가 생각했다. V-1 로켓들은 원래 떨어져야 할 시간과 장소에 정확히 떨어졌다. 가즈 채플은 6월 18일에 폭격당했고, 20일에는 버킹엄 궁전이 아슬아슬하게 폭격을 피했으며, 플리트 스트리트와 앨드위치 극장과 슬로안 코트 모두 예정대로 폭격당했다. 그리고 담당 구역의 사고들만도 감당할 수 있는 수준을 넘어섰기 때문에, 더는 폭탄 골목을 통해 환자 수송을 하지 않았다. 그래서 메리는 여유를 가지고 동료 FANY를 관찰하는 데 집중했고, 또한 자기 별명에 익숙해지려 애썼다.

일주일 뒤, 메리가 출동실에서 전화기를 담당하고 있을 때 데네월 소령이 들어왔다. "메이틀랜드는 어디 있지?"

"출동 나갔습니다, 소령님. 버비지 로드. V-1입니다."

소령은 짜증이 난 듯했다. "페어차일드는?"

"비번입니다. 리드와 함께 런던에 갔습니다."

"둘이 나간 지 얼마나 됐지?"

"1시간이 넘었습니다."

소령은 더욱 짜증이 난 듯해 보였다. "그러면 자네가 해야겠군." 소령이 말했다. "영국 공군에서 장교 한 명을 태워다달라고 전화가 왔는데, 텔벗은 삔 무릎 때문에 운전할 수 없어. 자네가 대신해야겠어." 소령은 메리에게 접은 종이쪽지를 건넸다. "이게 그 장교 이름이고, 만날 장소, 그리고 자네가 운전해 갈 경로야."

"네, 소령님." 메리가 말했다. '그 장교를 태워야 할 군 비행장이 비긴힐이나 폭탄 골목에 위치한 곳들 가운데 하나가 아니어야 할 텐데.' 쪽지를 펼치며 메리가 생각했다.

다행히도 헨던이었다. 하지만 목적지는 적혀 있지 않았다. "랭 대위를 어디로 모시고 가야 합니까, 소령님?"

"그건 랭 대위가 직접 말해줄 거야." 소령이 말했다. 텔벗에게 맡길 수 없는 이 상황이 심히 아쉬운 눈치였다. "자네는 랭 대위가 가자는 곳으로 데려다주고, 따로 지시가 없는 한 그곳에서 기다렸다가 대위를 다시 태우고 원래 만났던 곳으로 데려다줘. 자네는 11시 30분까지 거기에 가 있어야 해." 그건 메리가 지금 당장 떠나야 한다는 뜻이었다. "다임러를 가져가." 소령이 말했다. "그리고 제대로 군복을 다 갖춰 입고."

"네, 소령님."

"그리고 마침 자네가 가는 곳 근처니까, 에지웨어에 들러서 보급 장교에게 남는 들것이 있는지 물어봐."

"네, 소령님." 메리가 말하고 방을 나가 옷을 갈아입었다. 그리고 지도를 보았다. 헨던은 런던 북서쪽으로 충분히 멀었기에 로켓 공격 범위에서 완전히 벗어나 있었고, 오늘 아침 이곳에서 헨던 사이에는 로켓이 대여섯 대 정도밖에 떨어지지 않았다. 독일군 로켓의 사정거리를 줄이려는 영국 정보부의 계획이 제대로 먹혀들어 가는 게 분명했다.

메리는 소령이 지도에 표시해준 경로를 살펴보았다. 여섯 대의 V-1 가운데 두 대가 그 경로에 떨어졌다. 메리는 소령이 표시한 경로 대신 서쪽으로 윈즈워스까지 가서 다시 북쪽을 향해야 했다. 휘발유가 더 들겠지만, 소령이 제안한 경로는 수송 차량대 따위 때문에 막혔다고 핑계를 댈 수 있었다.

메리는 경로를 따라 헨던으로 출발했고, 에지웨어에 먼저 들러 들것들부터 싣고 싶었지만, 온갖 군용 차량 때문에 길이 막혔다. 그리고 군 비행장에 도착했을 때는 12시가 넘은 뒤였고, 태워야 할 장교는 이미 문가에 나와 초조한 눈으로 손목시계를 보며 기다리고 있었다.

'화를 내지 않았으면 좋겠는데.' 메리가 생각했지만, 차를 세우자 그는 이를 드러내고 웃으며 구급차 쪽으로 껑충껑충 뛰어왔다. 그는 기껏해야 메리 정도 나이였고, 갈색 머리였으며, 소년 같은 매력을 풍기는 잘생긴 얼굴에는 한쪽 입꼬리가 올라간 웃음을 머금고 있었다.

그는 문을 열고 안으로 몸을 숙였다. "어디 있었던 거야, 우리 아름…?" 그 남자는 말을 하다가 멈췄다. "미안합니다. 제가 아는 사람인 줄 알았습니다."

"그랬던 거 같네요." 메리가 말했다.

"아니, 당신이 아름답지 않다는 뜻이 아니고요. 당신은 아름다워요." 남자가 한쪽 입꼬리가 올라간 웃음을 지어 보이며 말했다. "사실 엄청나게 아름답지요."

"저는 랭 대위님을 태우고 가기 위해 제47구급 지부에서 나왔습니다." 메리가 간결하게 말했다.

"내가 랭 대위야." 그 남자가 앞 좌석에 타며 말했다. "텔벗 중위는 어디에 있지?"

"병가 중입니다."

"병가? 그 못된 로켓 폭탄에 맞거나 한 건 아니지?"

"아닙니다." '역사학자에게 맞았죠.' "엄밀하게 말해서는요."

"엄밀하게 말하면 아니라고? 무슨 일이 있던 거야? 심하게 다친 건 아니지?"

"아닙니다. 무릎을 삔 것뿐입니다. 제가 탤벗을 배수구로 밀었습니다."

"탤벗 중위 대신 당신이 나를 태워다주고 싶어서?" 그가 말했다. "기분 좋은걸."

"아니요. V-1 소리를 들었다고 생각했기 때문입니다. 하지만 알고 보니 오토바이 소리였습니다."

"그래서 탤벗 중위는 운전할 수 없고, 그래서 당신이 대신 온 거로군." 랭 대위가 싱긋 웃으며 말했다. "당신이 대신 온 건 우연이 아니군. 이건 운명이야."

'그럴 리가.' 메리가 생각했다. '그리고 당신은 차를 태워주려고 오는 모든 FANY에게 똑같은 말을 했을 거라는 느낌이 드는 건 왜일까?' "어디로 모셔다드릴까요?"

"런던. 화이트홀."

그곳은 폭탄 골목보다는 나았지만 아주 안전하지는 않았다. 일단 그곳에 도착하면 안전할 것이다. 오늘 화이트홀에는 V-1이 떨어지지 않았다. 하지만 헨던과 런던 사이에는 열 대 이상이 떨어졌다.

"화이트홀. 알겠습니다." 메리가 말하고 가장 안전한 경로를 찾기 위해 지도를 펼쳤다.

"지도는 필요 없어." 그가 말하며 메리의 손에서 지도를 빼앗아 접었다. "내가 가는 길을 알려주지." 메리는 엔진 시동을 거는 수밖에 없었다. "그레이트노스 로드를 따라가는 게 가장 빨라. 그 길을 따라 쭉 가다가 첫 번째 우회전 길이 나오면 거기로 들어가면 돼."

"알겠습니다, 대위님." 메리가 말하고 랭 대위가 말한 방향으로 향했고, 무슨 핑계를 대면 그에게서 지도를 다시 받아 그레이트노스 로드를 따라 있는 마을들을 볼 수 있을까 궁리했다.

"분명히 운명이야." 랭 대위가 말하고 있었다. "우리는 만날 운명이었던 게 분명해, 에… 중위, 자네 이름이 어떻게 되지?”

“켄트입니다, 대위님.” 메리가 머릿속으로는 딴생각하며 말했다. 메리는 랭 대위에게, 꼭 에지웨어 로드를 따라 런던으로 가라고 자기 지부 소령이 명령했다고 말을 해야 했다. 그 길이라면 거의 전 경로 동안 V-1 범위 밖에 있을 것이다.

“켄트 중위.” 랭 대위가 엄숙하게 말했다. “운명에 의해 함께하게 된 연인들은 서로를 성이 아닌 이름으로 상대를 불러. 안토니우스와 클레오파트라, 트리스탄과 이졸데, 로미오와 줄리엣. 나는 스티븐.” 랭 대위가 자기를 가리키며 말했다. “자네는?”

“메리입니다, 대위님.”

“대위님?” 그는 짐짓 성난 척하며 말했다. “줄리엣이 로미오를 부를 때 나리라고 불렀을까? 귀네비어가 랜슬롯을 부를 때 기사님이라고 했을까? 뭐, 사실 귀네비어는 그렇게 불렀을 거 같긴 하네. 어쨌든 랜슬롯은 기사였고, 당시에 기사는 기사라고 불러주는 게 관례였으니까. 하지만 난 귀관이 나를 계급으로 부르는 것을 원하지 않아. 그렇게 불리면 내가 꼭 백 살은 된 것 같은 느낌이 든단 말이야.”

‘사실 1백하고 서른 몇 살 정도죠.’ 메리가 생각했다.

“당신의 상관으로서, 나를 스티븐이라고 부를 것을 명령하겠어. 그리고 나는 귀관을 메리라고 부르겠어. 메리….” 랭 대위는 메리를 바라보다가 헷갈린다는 듯이 얼굴을 찡그렸다. “우리가 전에 어디선가 만났던가?”

“아니요.” 메리가 말했다. “이 길로 가면 에지웨어를 통과하나요?”

“에지웨어?” 랭 대위가 말했다. “아니. 그건 반대 방향이야. 이 길은 골더스 그린을 통과해서 가. 그리고 그레이트노스 로드를 남쪽으로 따라가서 핀칠리를 통과하지.”

아, 이런. 오늘 오후에 V-1 한 대가 이스트 핀칠리에 떨어졌고, 골더스 그린에는 두 대가 떨어졌다. “아, 이런, 저는 이쪽이 에지웨어를 통과하는 줄 알았습니다.” 메리가 말했고, 굳이 그런 척하지 않아도 진심으로 당황한 목소리가 나오니 그거 하나는 편했다. “소령님 명령으로 에지웨어의 응급 지부에서 들것들을 실어와야 합니다." 메리는 차 속력을 늦추기 시작했고, 잠시 차를 멈춰 방향을 돌릴 만한 장소를 찾았다. "우리는 돌아가야 합니다."

"안타깝지만, 그건 목적지까지 갔다가 돌아오는 길에 해. 나는 2시에 회의가 있고, 제시간에 도착하지 못하면 나는 목이 날아가 체서 고양이 신세가 될 거야. 그리고 이미 우리는 늦었어. 벌써 12시 30분이야."

골더스 그린에 V-1이 떨어진 시각은 12시 56분과 1시 08분이었다. '랭 대위가 우리 만남이 운명이라고 한 말이 맞지 않기를. 그리고 그 운명이 우리가 V-1에 의해 산산조각이 날 것이라는 내용이 아니기를. 각 V-1 공격으로 난 사망자 숫자를 암기했어야 하는데.' 메리가 생각했다. '그랬다면 오늘 오후에 사망한 영국 공군 대위와 운전사가 있는지 없는지를 알았을 텐데.'

하지만 메리의 임플란트에는 그녀가 가장 있을 만한 곳에 떨어진 모든 로켓에 대한 자료를 넣을 공간이 없었다. 메리가 아는 건 12시 56분에 퀸즈 로드에 하나가 떨어지고 1시 08분에 골더스 그린 밖 어딘가에 떨어진다는 게 전부였다. 그리고 그들은 지금 곧장 그 두 곳을 향해 가고 있었다.

메리의 존재가 사건들에 영향을 미칠 거였다면, 네트는 그녀를 통과시키지 않았을 것이다. 하지만 그렇다고 해서 그게 아무 일도 일어나지 않으리라 철석같이 믿으며 V-1이 떨어질 곳으로 즐겁게 운전해 갈 수 있다는 뜻은 아니었다.

첫째 이유로, 비록 랭 대위는 죽지 않아도 메리 자신은 죽을 수 있었다. 그리고 또 다른 이유로, 랭 대위는 끊임없이 위험과 맞닥뜨리는 직업을 가지고 있었다. 랭 대위가 오늘 오후 죽든 아니면 내일 임무 수행 도중에 죽든 역사의 진행 경로가 바뀌지는 않을 것이다.

하지만 메리에게는 큰 차이가 있었다. 그렇기에 메리는 지금 이 길에서 벗어나야 했다. "내 회의가 끝난 뒤에 곧장 에지웨어로 간다고 약속하지." 랭이 말하고 있었다. "그리고 그 보상으로, 당신과 저녁 식사를 하고 춤을 추겠어. 당신 의견은 어때?"

'그걸로는 내가 죽는 것에 대한 보상이 안 될 거라는 게, 내 의견이지.' 메리가 생각했다.

저 앞에 교차로가 보였다. 기회였다. 메리는 어느 쪽으로 방향을 바꿔야 하는지 다시 묻고, 방향 지시를 잘못 알아들은 척하며 왼쪽이 아닌 오른쪽으로 돌아서 V-1이 떨어지는 영역에서 벗어날 수 있는 길로 들어설 계획을 짰다.

메리는 교차로가 가까워질 때까지 기다렸다가 물었다. "어느 길로 가야 한다고 하셨죠?"

"그냥 이 길로 쭉 가면 돼. 1.5킬로미터만 더 가면 퀸즈 로드가 될 거야. 우리가 전에 어디선가 만난 적 없는 게 확실해?"

"네." 메리가 듣는 둥 마는 둥 하며 대답했다. 메리는 또 다른 교차로들을 찾으며 앞을 주시했다. 그리고 이번에는 묻지 않고 그냥 방향을 바꿔야겠다고 생각했다.

"전에 어디선가 나를 태운 적이 없는 거 확실해?" 랭이 끈질기게 물었다. "지난봄에?"

'확실하고말고.' 메리는 밖의 소리를 들을 수 있도록 랭 대위가 그만 좀 떠들었으면 좋겠다고 생각했다. 만약 V-1 소리를 충분히 일찍 들을 수 있다면 차를 돌리거나 아니면 멈출 수 있었다. 하지만 자동차 엔진 소리 때문에 V-1 소리가 안 들리는 경우도 있었고, 더구나 랭 대위가 옆에서 계속 이렇게 지껄여대면….

"아니면 지난겨울이나?"

"아니요. 저는 덜위치에 온 지 6주밖에 되지 않았습니다." 메리가 말하며 손목시계를 힐끗 보았다. 12시 53분. 그녀는 창문을 내렸다. 아직 아무 소리도 들리지 않았다. 그리고 퀸즈 로드 어디에 V-1이 떨어지는지 정확한 장소를 알지 못….

"정지." 랭이 명령했다. "앞에 화물차가 있어!" 그랬다. 미 육군 수송차가 정지해 있었다. 메리는 하마터면 그 화물차 꽁무니를 들이받을 뻔했다. 메리는 브레이크를 밟았다. 앞의 화물차는 군수품처럼 보이는 화물을 가득 실은 화물차 행렬의 맨 뒤차였다.

'이런, 안 돼.' 메리가 생각했다. 하지만 곧 이 화물차 행렬이 자신의 구원자라는 사실을 깨달았다. "군 수송대입니다." 다임러를 후진하며 메리가 말했다. "추월할 수 없을 겁니다." 메리는 길이 너무 좁지 않기를 바라며 차를 돌리기 시작했다.

"방향을 돌릴 필요 없어." 랭이 창밖으로 몸을 내밀고 앞을 보며 말했다. "앞차가 움직이기 시작했어."

"늦었다고 하셨습니다." 메리가 간결하게 말하고 운전대를 돌려 차를 완전히 회전시켰고, 왔던 길로 재빨리 돌아가기 시작했다.

"그 정도로 늦은 건 아니야." 랭이 말했다. "그리고 회의를 전부 빠지면 그건 오히려 축복이지. 로켓 공격을 막으려면 뭘 해야 하는지 논의하는 완전히 쓸데없는 회의 중 하나거든." 랭이 지도를 꺼내 경로를 진지하게 살폈다. "만약 다음번에 우회전하면 우리는…."

'다시금 V-1을 향해 곧장 가게 되지.' 메리가 생각했다. "지름길을 압니다." 메리가 말하고 우회전이 아닌 좌회전을 하더니 이윽고 다시 좌회전했다.

"이 길은 잘 모르겠는…." 랭이 확신이 들지 않는다는 듯이 말하고는 지도를 힐끗 보았다.

"전에 와봤습니다." 메리가 거짓말을 했다. "왜 쓸데없는 겁니까?" 랭이 더는 지도를 보지 못하게 막기 위해 메리가 물었다. "그 회의 말입니다. 아니면 그 회의에 관해 말하는 게 금지되어 있습니까? 군사 기밀이라든가 그런 겁니까?"

"우리가 비행 폭탄을 막기 위해 뭔가 더 할 수 있는 게 있다면 회의는 군사 기밀이었겠지. 하지만 방공포, 감지 장치, 방공 기구 등 이미 할 수 있는 모든 조치를 다 취했고, 그 어떤 것도 효과가 없었어. 이미 당신과 당신 구급차 지부도 분명 알고 있겠지만."

'그리고 그것들은 곧 여기에 떨어질 V-1들을 막지 못했지.' 메리는 생각하며 위험 지역을 빠져나가기 위해 무시무시한 속력으로 차를 몰았다. 길은 좁고 바퀴 자국들이 나 있었고, 방향을 바꿀 공간이 없었다. 만약 반대편에서 오는 차가 있다면….

뒤에서 나직한 폭발 소리가 들렸다. 12시 56분 V-1이었다. 메리는 두 번째 소리가 들리길 기다렸다. 들린다면, 수송대에 떨어졌다는 뜻이었다. 하지만 그 소리는 들리지 않았다.

"말했다시피, 우리 방어 기술 그 어떤 것도 전혀 효과가 없어." 랭이 차분히 말했다. "비행 폭탄을 막을 수 있는 유일한 방법은 아예 발사를 못 하게 하는 것밖에 없어."

길이 좁아지고 있었다. 메리는 다른 길로 방향을 바꿨지만, 그 길 역시 좁았고, 심지어 바퀴 자국은 더 많았다. 메리는 자기 손목시계를 힐끗 보았다. 1시였다.

메리는 두 번째 V-1이 다리에 떨어지는 1시 08분 이전에 위험 지역을 빠져나가야만 했다. 그녀는 더 빠르게 차를 몰며 방향을 바꿀 만큼 넓은 길이 나오길 기도했다. 차는 보리밭을 지났고, 아까 본 수송대가 출발했을 듯한 군수물 집적소를 지났고, 다시 밭을 지나고, 또 지나고 이윽고 작은 숲을 지났다. 그리고 그 너머로 다리가 보였다.

'왜 아니겠어.' 메리가 생각하며 다시 손목시계를 힐끗 보았다. 1시 06분이었다.

5

우리 모두 호루라기를 갖게 될 것이다.
호루라기가 있으면 우리가 잔해에 묻히더라도
구출에 도움이 되리라고 벤달 씨는 생각하기 때문이다.
나는 그게 꽤 유용하다고 생각한다.
그리고 나는 만약 묻히게 되면 온 힘을 다해 호루라기를 불 것이다.
— 베레 호지슨의 일기, 1944년 2월 28일

런던, 1940년 10월 26일

비상계단의 계단참에 도착하자마자 마이크는 폴리에게 물었다. "만약 구조팀이 우리처럼 파젯스 백화점에서 에일린을 찾고 있었다면?"

"하지만…, 그럴 리 없어." 폴리가 말을 더듬었다. 사망자들 가운데 일부가 구조팀일 거라는 생각은 한 번도 해본 적이 없었다. 폴리는 그럴 가능성이 있다는 사실에 너무 놀란 나머지, 한순간 그 주장이 너무나도 그럴듯하게 들렸다. 그 주장에 따르면 사망자가 다섯 명인 이유도 설명되었다. 세 명은 원래 죽기로 되어 있던 사람들, 그리고 다른 두 명은 구조팀원.

"왜 그럴 리 없는데?" 마이크가 질문으로 압박했다. "아니면 누군데? 에일린의 상사가 하는 말을 너도 들었잖아. 그곳에서 일하던 사람들 소재는 다 파악됐어. 그리고 왜 아직 사망자들 신원 파악을 할 수 없는지도 설명이 돼. 왜냐하면 더는 신원을 파악해야 할 사람이 없으니까."

"하지만 구조팀은 파젯스 백화점이 폭격당할 걸 알았어. 그러니 그곳에 가지 않았을…."

"우리도 그곳이 폭격당할 걸 알았지만, 갔지. 만약 구조팀이 우리를 봤고, 그래서 우리를 따라온 거였다면? 만약 우리가 승강기를 타고 내려왔다는 걸 구조팀이 몰랐다면 구조팀은 고성능 폭탄이 떨어졌을 때까지도 우리를 찾아 그곳에 있었을 거야."

역사학자와 마찬가지로, 구조팀 역시 임무 수행 중에 죽지 말란 법이 없었다. 그리고 만약 구조팀이 죽은 거라면, 옥스퍼드는 파괴되지 않았고, 콜린 역시 죽은 게 아니었다. 그리고 마이크가 전쟁에서 지게 만든 것도 아니었고.

폴리는 혹시 구조팀이 죽었다고 마이크가 그토록 확신하는 이유가 그 때문이 아닐까 생각했다. 왜냐하면 구조팀이 죽은 것 역시 나쁜 일이기는 하지만, 역사가 바뀌는 것보다는 나았으니까. 또한 마이크의 주장이 맞는다면 왜 아직 구조팀이 나타나지 않았으며, 왜 사망자가 다섯 명인지도 설명되었다.

'사망자가 다섯 명인지는 아직 잘 몰라.' 폴리가 생각했다. '확인해봐야 해.' 그 소식을 마이크가 듣기 전에 먼저 가서 확인해야 했다.

'내일 병원에 가야 해. 그리고 그때까지 마이크를 라버넘 양과 신문에서 떨어뜨려 놓아야 해.' 마이크는 폴리의 강하가 열리는지 확인해야 한다고 말했었다. 이곳을 나가자마자 마이크를 데리고 강하 지점에 간다면….

"공습경보가 해제되면 곧바로 나는 파젯스 백화점으로 돌아갈 거야." 마이크가 말했다. "잔해 속에 아직도 죽은 사람이 묻혀 있을지도 모른다고 말할 거야. 만약 묻힌 게 구조팀이라면, 사람들이 구조팀이 거기 있는 줄 몰라서 찾아보지도 않을 테니까."

"하지만 구조팀이 묻혔다는 말을…."

"구조팀이라는 말을 하지는 않을 거야. 내가 에일린을 기다리는 동안 누군가가 안으로 들어가는 걸 보았노라고 말할 거야. 구조팀을 그냥 거기에 둘 수는 없어. 아마도 아직 살아 있을 거라고."

'아니, 그렇지 않아.' 폴리가 생각했다. '그게 누구든 그 사람들은 이미 죽은 채로 잔해에서 나왔어.' 하지만 폴리는 그 말을 하지 않았다.

"우리는 구조팀을 도와야만 해." 마이크가 말했다.

"우리는 그럴 수…."

"마이크?" 위에서 에일린이 외쳤다. "폴리? 어디 있어?"

"여기 아래!" 마이크가 외쳤고, 에일린이 계단을 철컹철컹 내려오는 소리가 들렸다.

"우리가 확실히 알게 되기 전에는 이 이야기를 에일린에게 하지 마." 폴리가 마이크에게 속삭였다. "에일린은…."

"알아." 마이크도 속삭였다. "말 안 할 거야."

둘이 서 있는 곳으로 에일린이 내려왔다. "날 두고 강하 지점에 가려는 건 아니지?"

"절대 아니야." 마이크가 말했다. "우리는 제럴드 핍스 말고 다른 역사학자 누가 이곳에 와 있을지 생각해보던 중이었어."

"왜 그걸 여기까지 와서 생각해?"

"널 방해하고 싶지 않았거든." 폴리가 말했다.

마이크가 고개를 끄덕였다. "우리는 잠을 잘 수 없었고, 그래서 차라리 그 시간을 유용하게 쓰는 게 낫겠다고 생각했어. 걱정하지 마. 우리는 널 두고 떠나지 않아."

"안 그럴 거라는 거 알아." 에일린이 부끄러워하며 말했다. "미안. 다시 이곳에 혼자 남는다는 생각을 도저히 견딜 수가 없었던 것뿐이야." 에일린은 계단에 앉았다. "그래서 누구 떠오른 사람이 있어?"

'누구든 재빨리 떠올리는 게 좋을 거야, 마이크.' 폴리가 생각했다. '안 그러면 에일린은 우리가 거짓말하는 걸 눈치챌 거야.'

"응." 마이크가 말했다. "잭 소르킨. 하지만 안타깝게도 잭은 미 군함 '엔터프라이즈호'를 타고 태평양에 있어."

"네 룸메이트 찰스는?" 에일린이 물었다. "찰스도 제2차 세계대전에 있지 않아?"

"응. 하지만 찰스 역시 도움이 안 돼. 찰스는 싱가포르에서 임무 수행 중이야."

'오, 이런, 싱가포르라니!' 폴리가 생각했다. '만약 찰스의 강하 역시 열리지 않는다면, 일본군이 도착할 때까지도 계속 그곳에 있게 돼. 아마 잡혀서 전쟁 포로수용소에 갇힐 거야.' 폴리는 마이크가 그걸 깨달았는지 궁금했다. 아니길 바랐다. "또 누가 있어?" 화제를 돌리기 위해 폴리가 물었다. "에일린, 너랑 같은 학년에서는? 제2차 세계대전 임무를 하는 사람 없었어?"

"없을 거야. 다마리스 클라인이 어쩌면…, 아니 그 애는 나폴레옹 전투 임무를 맡고 있었어. 로켓 공격 당시의 임무를 맡았던 그 역사학자는?" 에일린이 폴리에게 고개를 돌렸다. "로켓 공격이 언제 시작됐어, 폴리?"

"1944년 6월 13일." 폴리가 말했다. "그건 너무 늦어서 소용없어. 우리는 지금 이곳에 있는 사람이 필요해."

"그리고 우리는 누가 V-1 공격 당시 임무를 맡았는지 몰라." 마이크가 말했다.

"하지만 만약 다른 누군가를 찾지 못한다면…." 에일린이 말했다. "마이크, 정말로 실험실 사람들이 누구라고 말 안 했어?"

"말을 했을 수도 있지만…." 마이크는 기억을 떠올리려 애쓰며 인상을 찡그렸다.

"사지 르웰린 아닐까?" 폴리가 물었다.

"아니야. 사지는 베아트릭스 여왕 대관식을 관찰하고 있었어. 너도 알잖아, 폴리." 마이크가 말했다. "너희 가운데 데니스 애서튼 아는 사람 있어?"

"수업 시간에 몇 번 본 적 있어." 에일린이 말했다. "하지만 걔랑 얘기해 본 적은 없어. 걔는 뭘 하는데?"

"몰라." 마이크가 말했다. "하지만 1944년 3월 1일부터 6월 5일까지야. 우리에게 도움이 되기에는 역시 너무 늦지. 걔가 뭘 관찰하고 있을 거 같아, 폴리? 이탈리아 전투?"

"아니, 그러려면 더 일찍 왔어야 했을 거야. 그보다는 노르망디 상륙작전의 준비과정을 관찰했을 가능성이 커. 돌아가는 날이 D-데이 하루 전이니 특히 더."

"그건 애서튼이 여기 잉글랜드에 있을 거라는 뜻이네." 마이크가 말했다.

"어디? 포츠머스? 사우샘프턴?"

"응. 또는 플리머스나 윈체스터나 솔즈베리." 폴리가 말했다. "사전 준비 병력은 잉글랜드의 남서부 절반 전체에 걸쳐 퍼져 있었어. 또는 포티튜드를 관찰할 수도 있어. 그 경우에는 켄트에 있을 거야. 아니면 스코틀랜드나."

"포티튜드?" 에일린이 말했다. "그게 뭔데?"

"히틀러와 독일 사령부를 속이기 위한 첩보 작전이야. 연합군이 노르망디가 아닌 다른 곳을 공격할 것처럼 보이게 하려는 작전이었지. 그래서 가짜 군대를 배치하고, 지역 신문들에 거짓 기사를 싣고, 가짜 무선 메시지를 보냈어. '북 포티튜드'는 스코틀랜드에 있었어. 상륙작전이 노르웨이에서 일어나리라고 독일군을 속이는 게 임무였어. '님 포티튜드'는 잉글랜드 남동쪽에 위치했고, 상륙작전이 프랑스의 파드칼레에서 있으리라고 속이는 임무였고."

"즉 데니스 애서튼은 어디에라도 있을 수 있다는 거네." 마이크가 말했다.

"그리고 만약 정보부에서 일한다면 실명을 쓰지 않을 거야." 폴리가 말했다.

"하지만 난 걔가 어떻게 생겼는지 알아." 에일린이 말했다. "키가 크고 머리는 갈색에 곱슬곱슬하고…."

"맙소사." 마이크가 말했다. "나는 이름에 대해서는 생각조차 못 했어. 네 말은, 제럴드 역시 여기서 가명을 쓸 수도 있다는 거잖아. 에일린, 제럴드가 자기 본명을 쓸 건지 아닌지에 관해 뭔가 말한 거 있어?"

"아니."

폴리가 마이크에게 물었다. "걔가 가지고 다니는 편지들에서 걔 이름을 보지 못했어?"

"응." 마이크가 넌더리를 치며 말했다.

"하지만 너와 에일린은 걔가 어떻게 생겼는지는 아는 거지."

"걔가 간다고 한 군 비행장 이름만 떠올리면 되는 건데." 에일린이 안타깝다는 듯이 말했다. "하지만 들으면 분명히 알 수 있어."

"철도 가이드에 있을 거야. 리케트 부인에게 그 책이 있는지 아침에 확인해볼게. 리케트 부인에게 없더라도 타운센드 브라더스 백화점의 서점에 있으니까 괜찮아. 전에 백베리에 갈 때도 그곳에 있는 걸 썼어. 월요일 아침에 한 권 살게. 그리고 그사이, 우리는 좀 자두는 게 최선이야. 좀 쉬고 나면 더 맑은 정신으로 생각할 수 있을 거야.' '그리고 나는 마이크가 내일 아침에 파젯스 백화점에 가지 못하게 할 방법을 궁리해낼 수 있고.' 폴리가 생각했다.

하지만 어떻게? 마이크에게 구조팀을 도울 수 없다고, 역사학자는 사건에 영향을 끼칠 수 없다고 말하면 다시 하디 이야기로 주제가 옮아갈 것이다. 그리고 사망자가 발생한 건 기정사실이고 따라서 노력해봤자 소용없다고 말을 한다면, 아주 냉혹하게 들릴 뿐 아니라 자신들이 처한 상황과 너무나도 비슷했다. 그리고 바라건대, 지금 이 순간에 던워디 교수가 콜린에게 같은 말을 하고 있지 않았으면 했다.

폴리는 자신이 파젯스 백화점에 가야 한다고 마이크를 설득해야만 했다. "페터스 씨는 에일린이나 너보다 나를 못 알아볼 가능성이 더 커." 이렇게 주장하면 되겠지. "내가 옷을 갈아입고 머리를 올리면 특히나 더. 내가 백화점 밖에서 에일린을 기다리고 있는데, 백화점 문이 닫힐 때 사람들 몇이 안으로 들어가는 걸 봤다고 말하면 돼."

마음을 굳힌 폴리는 에일린이 공습경보해제 사이렌을 듣고 깨기 전에 이야기를 마무리하려고 미리 마이크를 깨워 설득해보았지만, 그는 자신이 가야 한다고 고집을 부렸다.

"하지만 너에게 내 강하 지점을 먼저 보여줘야 하지 않을까?" 폴리가 물었다. "만약 내 것이 작동하면 넌 강하를 해서 옥스퍼드로 가서 구조대로 변장한 팀을 보내라고 말할 수 있잖아."

마이크는 고개를 저었다. "우리는 우선 파젯스 백화점부터 갔다가 네 강하 지점으로 갈 거야."

"하지만 에일린에게는 뭐라고 말하고?"

결국 마이크는 에일린을 리케트 부인 집까지 데려다주고, 또한 에일린에게 자신들은 강하 지점에 다녀오겠노라고 말한 다음에 파젯스 백화점에 가기로 동의했다.

그건 완전히 새로운 문제를 낳았다. 만약 그들이 지금 떠나면, 극단과 곧장 만나게 되고, 라버넘 양은 다섯 명의 사망자에 대해 뭔가를 말할 게 거의 확실했다.

"우리가 비상계단에 있다가 나오는 걸 들키지 않도록, 다른 사람들이 다 떠날 때까지 여기서 기다려야 해." 폴리가 말했다. "이곳이 잠기지 않은 걸 사람들이 알게 되면, 모든 사람이 이곳을 쓰려고 들 거야. 그리고 에일린은 더 자게 해야 하고. 런던에 온 뒤로 하루도 제대로 잔 적이 없을 거야."

"좋아." 마이크가 말했고, 에일린을 30분 더 재우는 데 동의했다. 그사이 폴리는 자신이 혼자 밖에 나가 알아볼 수 있도록 마이크가 다시 자길 바랐다. 하지만 마이크는 잠을 자지 않았다. 둘은 에일린을 집까지 데려갔고, 폴리는 누구와도 마주치지 않고 무사히 에일린을 위층 방까지 데려다주었다. 하지만 다시 비가 내리기 시작했음에도 마이크는 곧장 파젯스 백화점으로 가야 한다고 주장했다. 이젠 마이크와 함께 가는 수밖에 다른 도리가 없었다. 폴리는 구조대가 발굴 작업을 하고 있기를 바랐다. 그렇지 않으면 마이크가 직접 구덩이 안으로 내려가보겠노라고 고집을 부릴 것이다.

하지만 그곳에는 구조대가 있었다. 비가 내리는 속에서도 적어도 여섯 명은 되는 사람들이 곡괭이와 삽을 들고 열심히 일했으며, 막 출근한 사고 현장 담당자는 이제까지 저 안에서 한 명이라도 희생자를 꺼냈는지 어떤지를 알지 못했다. "하지만 구조대원들은 저 아래 누군가가 있을 거라 생각하는 게 분명합니다." 세 명이 들어가는 걸 봤다고 마이크가 말하자 담당자가 말했다. "아니면 저렇게 열심히 할 리가 없지요."

마이크는 그 말에 적어도 그 순간만은 만족한 듯 보였다. 그리고 폴리가 지금 가지 않으면 교회에 가는 사람들과 마주친다고 말하자(그 말은 사실이었다. 세인트조지 교회는 없어졌지만, 주임 사제는 세인트비덜퍼스 교회에서 예배를 주관했다), 마이크는 발굴 현장을 떠나 강하 지점으로 가는 데 동의했다.

폴리는 죄책감이 들었다. 비는 점점 거세졌고, 아무리 마이크가 라버넘 양에게 받은 버버리를 입고 있다 해도 차가운 계단에 앉아 있으면 몸이 꽁

꽁 얼 것이다. 하지만 폴리는 사망자들에 관한 진실을 밝혀낼 시간을 벌어야 했다.

그리고 마이크는 비가 내려도 아랑곳하지 않는 듯했다. "이런 날씨면 사람들이 많이 나다니지는 않겠지." 마이크가 말했다. "그러니 빛무리를 들킬 가능성도 더 적을 거야."

비 때문에 사람들이 없을 거라는 마이크의 생각은 옳았다. 거리에는 아무도 없었다. 폴리는 마이크를 데리고 갓 치우기 시작한 잡석 더미를 통과해 뒷골목을 지나 강하 지점이 있는 좁은 통로로 갔다. 폴리가 분필로 벽과 통들에 적어둔 메시지들은 비에 씻겨 나갔지만, 문에 적어둔 것은 아직 남아 있었다. 폴리는 건물 돌출부가 계단과 그 아래 공간 대부분에 비를 막아 주어 다행이라고 생각했다.

"여기는 꽤 말라 있는 듯하네." 폴리가 말했다. 하지만 또한 뭐가 건드렸던 흔적 역시 없었다. 먼지, 나뭇잎, 거미줄들 모두 그대로 있었다.

"여기에 '즐거운 시간을 원하면, 폴리에게 전화 주세요'라고 쓴 거, 너야?" 마이크가 문을 가리키며 물었다.

"응. 그리고 저 통에 화살표를 그렸어." 폴리가 가리키며 말했다. "그리고 뒷면에는 리케트 부인의 주소와 '타운센드 브라더스 백화점'이라고 적어뒀어. 하지만 비 때문에 다 씻겼을 거야. 이렇게 적어두면 구조팀이 왔을 때 나를 찾기 쉬울 거라 생각했어."

"좋은 생각이야." 마이크가 말했다. "병원에 입원했을 때 나도 이렇게 해볼까 생각했어."

"네 강하 장소 위 대포 포좌에 메시지를 남기려 한 거야?"

"아니, 신문에. 우리는 연락란에 메시지를 실을 수 있어."

"메시지를? 어떤 내용으로? '조초한 여행자들은 구조팀이 와서 구해주길 기다리고 있습니다', 이렇게?"

"바로 맞았어. 단지 표현만 좀 바꿔서. 다른 사람들이 싣는 것들과 비슷해 보이면서도 옥스퍼드에서 온 사람은 그게 우리가 보냈으며 무슨 뜻인지를 알 수 있게 만들어야 해."

"'변함없는 무기력으로 내 마음에 상처를 입히네.'" 폴리가 중얼거렸다.

"응?"

"D-데이 전날 BBC를 통해 프랑스 레지스탕스에게 보낸 암호 메시지야. 베를렌의 시에서 나온 거야. '작전 임박'이라는 뜻이지."

"바로 그거야." 마이크가 말했다. "암호 메시지."

"하지만 그건 위험할 수도 있어. 만약 우리를 독일 스파이로 오해라도 한다면….'

"'한밤중에 개가 짖었다'라든가 네가 말한 '변함없는 무기력으로….' 어쩌고 하는 식을 말하는 게 아니야. 나는 'R. T.[1] 금요일 정오에 트래펄가 광장에서 만납시다. M. D.[2]로부터.' 이런 걸 말하는 거지."

폴리는 고개를 저었다. "공공장소에서 만나자는 건 '한밤중에 개가 짖는다'만큼이나 의심받기 쉬워."

"좋아, 그럼 이렇게 하지. 'R. T. 어서 당신을 보고 싶어요. 금요일 정오에 트래펄가 광장에서 만나요. 사랑해요, 폴리킨.'"

"그건 될 거 같아." 폴리가 생각에 잠겨 말했다. 신문의 연락란은 연인들이 주고받는 메시지, 그리고 시골로 피신했거나 폭격으로 거주지가 파괴되어 새로운 주소를 친구나 친지들에게 알리는 메시지들로 가득했다. "하지만 런던에는 신문이 수십 개도 넘어. 어느 신문에 메시지를 실어야 하는데?"

"그건 차차 결정하면 돼." 마이크가 말했다. "그동안은, 씻겨 나간 여기 메시지들을 다시 써야지."

"다시 씻겨 나갈 거야."

"그러면 페인트를 사야지."

"그리고 이 비가 그치길 바라야겠지." 폴리가 돌출부에서 떨어지는 빗방울을 보며 말했다. "우산을 하나 가져다줄까?"

"에일린의 그 밝은 녹색 우산이라면 사양하겠어. 그건 몇 킬로미터 밖에서도 보일걸. 나는 눈에 띄지 않으려 애쓴다는 거 잊었어?"

1 Retrieval Team(구조팀)의 약자
2 Michael Davis(마이클 데이비스)의 약자

“내 건 검은색이야. 그걸 가져올게.” 폴리가 약속했다. “그리고 먹을 것도.” ‘그리고 뜨거운 차를 담은 보온병도.’ 폴리가 생각했다.

‘하지만 마저리부터 만나야 해.’

면회 시간은 10시부터였고, 마이크와 함께 오늘 아침에 하려고 계획한 모든 일을 다 했지만 여전히 8시 30분밖에 되지 않았다. 하지만 폴리가 리케트 부인 집으로 돌아가면, 에일린은 잠에서 깨어 함께 가자고 할 것이다. 그리고 아마도 지금처럼 이른 시간에는 어떤 대답도 안 해주려 하던 지난번의 엄격한 입퇴원 관리 간호사가 아직 출근하지 않았을 것이다.

그 간호사는 정말로 아직 출근하지 않았다. 아주 젊은 간호사만이 거기 있었다. 다행이었다. “제임스 던워디라는 환자가 여기에 있나요?” 폴리가 간호사에게 물었다. “그분이 그제 밤에 이곳에 실려 왔다는 말을 들었어요. 파젯스 백화점에서요.”

간호사는 기록을 확인했다. “아니요. 그런 이름의 환자는 없어요.”

“아, 이를 어째.” 폴리는 고드프리 경이 가르쳐준 연기 기술을 이용해 걱정스레 말했다. “제 친구는 던워디 씨가 분명 여기 있을 거라 생각하고 있었거든요. 제 친구는 던워디 씨랑 파젯스 백화점에서 같이 일하는데, 자기 대신 던워디 씨에 대해 알아봐달라고 했어요. 걔도 폭격으로 좀 다쳐서 직접 올 수가 없어서요. 걔가 던워디 씨 때문에 얼마나 걱정하고 있는지 몰라요. 던워디 씨는 그날 저녁 일찍 실려 왔을 거예요.”

“그날 저녁 저는 비번이었어요. 제가 한번 알아볼게요.” 간호사는 말하더니 어디엔가 갔다가 돌아와 말했다. “그 사고를 담당한 구급차 대원과 통화를 했는데 병원으로 옮긴….” 간호사는 잠깐 머뭇거렸다. “부상당한 희생자는 한 명뿐이래요. 그리고 여자였고요.” 간호사가 잠깐 머뭇거린 건 ‘부상당한 희생자’가 마저리가 말했듯이 병원에 오는 도중 죽었다는 걸 뜻했다.

“하지만 던워디 씨가 여기에 없다면, 그건….” 폴리가 말했고, 손으로 입을 가렸다. “오, 어쩌면 좋아.”

“걱정하지 마세요.” 간호사가 동정하며 말했고, 누군가 듣는 이가 없는지 주위를 재빨리 살폈다. “사망자에 관해 구급차 대원에게 물었는데, 다른 둘 역시 여자였다고 했어요."

'사망자가 다섯이 아니라 셋이야.' "전부 다 파젯스 백화점에서 일하는 사람들인가요?" 폴리가 물었다.

"아니요. 아직 신원 파악을 하지 못했어요."

그러니 사망자가 구조팀일 가능성은 아직도 있었다. 만약 폴리나 에일 린을 구하려는 팀이라면 백화점에서 눈에 띄지 않도록 여자를 보냈을 가능 성이 아주 컸다. 하지만 구조팀은 보통 두 명이었다. 그러나 만약 죽은 이 들이 폴리를 구하러 온 팀과 에일린을 구하러 온 팀 둘 다였다면?

적어도 그건 불일치가 아니었다. "오, 제 친구가 무척 마음을 놓을 거예 요!" 폴리가 진심을 담아 말했다. "뭔가 착오가 있었나 봐요."

폴리는 간호사에게 고맙다고 말한 뒤 서둘러 병원을 나와 계단을 내려 갔다. 그리고 하마터면 남색 망토를 두르고 출근하는 젊은 간호사 한 쌍과 부딪힐 뻔했다. "어젯밤 영국 공군 무도회에 갔다가 멋진 중위를 만났어." 그 가운데 한 명이 이야기하고 있었다. "조종사야. 보스컴 다운 비행장에 있대. 다음 휴가 때 날 만나러 오겠다더라."

보스컴 다운. 그게 제럴드가 있는 비행장은 아닐까? 두 단어였고, 하나 는 'ㅂ', 다른 한 단어는 'ㄷ'으로 시작했다. 그곳이 맞을 거 같았다.

폴리는 사망자에 관한 정보를 얻기 위해 하루를 꼬박 써야 할 거라고 예상했었지만, 이제 문제 두 개를 풀었으니 에일린에게 말했던 일을 하고 마저리를 면회하러 갈 수 있었다. 그건 들킬 수도 있는 거짓말을 하나 덜 해도 된다는 뜻이었다.

하지만 아직 10시가 안 된데다, 어쨌든 파젯스 백화점의 친구에게 얼른 가서 제임스 던워디가 무사하다는 소식을 전하기로 되어 있는 상황에서 다 시 병원 정문으로 들어갈 수는 없는 노릇이었다.

폴리는 지난번에 마저리를 면회하려고 왔을 때 그녀가 어느 병실에 있 는지 이미 알아두었고, 그래서 병실을 물어볼 필요는 없었지만, 만약 입퇴 원 관리 간호사가 폴리가 다시 온 걸 보면….

폴리는 응급실 출입문을 찾아냈고, 눈에 안 띄는 곳에 숨어 있다가 구급차가 도착하고 벨이 울리고 환자들을 구급차에서 내리는 틈을 타서, 시 치미를 뚝 떼고 구급차 대원들과 환자들을 지나쳐 병원으로 들어갔다.

안으로 들어간 폴리는 가장 먼저 보이는 계단을 쏜살같이 올라가 5층에 있는 마저리의 병실로 들어갔다. 그리고 자신이 원하던 정보를 얻기 위해 가상의 환자를 꾸며대며 물어보는 수고를 할 필요가 전혀 없었다는 것을 깨달았다. 그냥 마저리에게 물어보면 알 수 있었다.

"내가 잘못 알았어. 사망자는 다섯 명이 아니라 세 명이래." 일어나 베개에 몸을 기대며 마저리가 말했다. 팔은 삼각 붕대에 매달려 있었다. "그리고 셋 다 파젯스 백화점 직원이 아니었대. 그 사람들이 누구인지, 그곳에서 뭘 하던 건지 모른대. 나처럼 말이야. 만약 내가 죽었으면 내가 저민 스트리트에서 뭘 하고 있던 건지 아무도 몰랐을 거야."

"너는 거기에 왜 간 거였는데?"

"톰을 만나러 간 거였어." 마저리가 말했고, 폴리가 멍한 표정을 짓자 설명했다. "내가 말했던 조종사. 자기랑 도망치자고 졸라댔지만, 나는 거절을 했었지. 하지만 네가 세인트존스 교회에서 거의 죽을 뻔했을 때, '그렇게 못 할 건 또 뭐야? 내일 죽을지도 모르는데. 즐길 수 있을 때 즐겨야지.' 하는 생각이 들었어."

폴리의 심장이 두근거리기 시작했다. "나 때문에 생각을 바꿨던 거야?"

"응. 그날 아침에 너를 보았을 때, 네 치마는 찢어지고 얼굴은 온통 횟가루투성이였잖아. 그런 널 보니 네가 하마터면 죽었을 수도 있었겠다는 생각이 들었어. 그리고 나도 언제든 죽을 수 있고. 그리고 그때까지 나는 타운센드 브라더스 백화점에서 일하는 것 말고 달리 해본 게 없더라고. 그래서 나는 이렇게 아무것도 해보지 않고 죽지는 않겠노라고 결심했고, 다음번에 톰이 나왔을 때, 그러니까 네가 어머니를 만나러 간 금요일이었는데, 나는 톰에게 같이 도망치겠다고 말했어."

그리고 마저리는 톰을 만나러 갔다가 폭격 때문에 잔해에 묻혔고 하마터면 죽을 뻔했다. '그리고 나 때문에 그렇게 된 거야.' 폴리가 생각했다. '마저리를 그곳으로 보낸 건 나야.'

그동안 폴리는 마이크가 하디를 구한 게 아니라고, 하디는 마이크의 회중전등이 없었어도 다른 보트를 보았을 거라고, 또는 다른 보트에 의해 구조되었을 거라고 말하며 마이크를 안심시켜왔다. 하지만 지난 금요일에 마저리가 저민 스트리트에 간 데는 다른 이유가 없었다. 부러진 팔과 금이 간 갈비뼈, 잔햇더미에 며칠 동안이나 깔렸던 일, 하마터면 죽을 뻔한 일이 모두 폴리 때문이었으며 다른 이유는 없었다.

'하지만 그건 불가능해.' 폴리는 생각했다. '역사학자는 사건들을 변경할 수 없어. 네트가 그걸 허용하지 않아.'

'마이크 말이 맞는 게 아니라면.' 폴리는 세인트폴 대성당에서 본 불발탄이 갑자기 떠올랐다. 그 폭탄이 일요일이 아닌 토요일에 제거되었다는 역사 기록이 오류가 아니라면? 만약 그 시간 차이가 불일치라면?

6

기만은 단순히 남을 속이는 것이 다가 아니다.
기만은 게임이며, 어쩔 수 없는 이유들로 인해
극도로 진지하게 이뤄지며 또한 위험한 결과를 낳는 게임이다.

— *제2차 세계대전 영국 첩보부 매뉴얼*

켄트, 1944년 4월

"왕비님을?" 어니스트가 말했다. "나는 왕비님을 만나러 갈 수 없어. 세스와 함께 탱크에 바람을 넣느라고 밤을 꼬박 새웠어. 나는 크로이던에 가서 〈클라리온 콜〉에 이번 주 신문 기사들과 편지들을 전해줘야 해. 이미 〈서드베리 주간 쇼핑객〉 마감을 놓쳤다고. 다른 곳도 그럴 수는 없어."

"그것보다는 왕비님이 더 중요하잖아. 어제 쓰던 게 뭐였지? 가든파티?" 프리즘이 말했다.

"티파티. 브래들리 필드에서 막 도착한 제21공수부대 장교들을 위한 거야. 그게 중요한 게 아니야. 중요한 건 이 기사들이 일정대로 실려야지, 안 그러면 군대 움직임들을 완전히 다시 잡아야 한단 말이야."

"프리즘이 도와줄 거야." 몽크리프가 말했다. "그리고 어쨌든, 이건 2시간 정도밖에 안 걸려. 돌아온 뒤에도 기사를 보낼 시간은 충분해."

"어젯밤 세스가 탱크에 바람을 넣자고 할 때도 그런 식으로 말했지."

"알았어. 하지만 이건 아주 가까운 곳이야. 모포드 하우스야. 림브리지에서 몇 킬로미터만 더 가면 돼."

"채서블이 대신 가면 안 돼? 아니면 그웬돌린이나?"

"그웬돌린은 이미 그곳에 가서 준비 중이야. 그리고 채서블은 오마하 캠프에 가서 병영 식당 텐트에 굴뚝을 달고 있어."

"병영 식당 텐트에 굴뚝이 왜 필요한데? 거기엔 실제로 밥 먹을 사람도 없잖아."

"하지만 밥 먹을 사람들이 '있는 것처럼' 보여야 하니까." 프리즘이 말했다. "그리고 넌 꼭 가야만 해. 네가 가야 거기서 일어나는 일들에 관해 써서 런던의 신문사들에 보내지."

런던의 신문사들이라면 기사가 〈클라리온 콜〉에 실릴 때보다 훨씬 더 큰 관심을 받는다는 걸 뜻했다. 사진과 함께라면 특히 더 그랬다. 또한 엘리자베스 왕비를 만날 기회였으며, 남 포티튜드의 직원이라면(그리고 역사학자라면) 누구든 그 기회를 잡기 위해 어떤 대가도 마다치 않을 것이다. 게다가 상황을 보아하니 어니스트가 원하든 원하지 않든 어차피 그곳에 가야만 하는 듯했다. "내 카메라를 가져가야 해?" 어니스트가 물었다.

"아니. 런던 신문사들이 자기네 사진 기자들을 데려올 거야. 너는 잠옷만 챙겨가면 돼." 프리즘이 말했다. "이제 가자. 늦었어."

"대답하기 곤란한 게 아니라면…." 모두 직원용 차량에 타고, 몽크리프가 운전할 때 어니스트가 말했다. "왜 내가 잠옷을 입고 왕비님을 만나야 하는데?"

"왜냐하면 너는 부상당했으니까." 몽크리프가 말했다. "발이 부러진 것 정도면 될 거야." 그는 뒷좌석의 어니스트를 돌아보았다. "네 발에 깁스하고 목발을 줄 거야. 네가 목이 부러진 쪽을 더 좋아하는 게 아니라면 말이야."

"지금 이 친구가 무슨 소리를 하는 건지 알아듣겠어?" 어니스트가 몸을 앞으로 숙이고 프리즘에게 물었다.

"우리는 병원 개원식에 참석하는 거야." 프리즘이 설명했다. "모포드 하우스를 군 병원으로 개조했어. 상륙작전에서 부상당해 이송된 군인들을 치료할 거야."

"상륙작전은 아직 일어나지 않았잖아. 그런데 어떻게 부상자가 있다는 거야?"

"없지. 우리는 트리폴리에서 부상당했어. 또는 몬테 카시노나. 네가 좋아하는 곳으로 골라."

"하지만…."

"우리는 그냥 그런 척하는 것뿐이야." 프리즘이 성마르게 말했다. "네가 쓸 기사에는 그 병원이 현재는 환자가 몇 명뿐이지만 수용 인원은 6백 명이고, 앞으로 그 지역에서 넉 달에 걸쳐 열게 될 다섯 개의 새 병원 가운데 하나라고 하면 돼."

"그러면 상륙작전이 7월 중순 예정이라는 것을 아주 자연스럽게 누설하는 결과를 낳겠지." 어니스트가 말했다. "그래서 왕비님이 병실들을 방문하는 모습을 보이는 거야?"

"병실 하나만." 프리즘이 말했다. "리본 커팅용으로 하나만 꾸밀 수 있었어. 도버의 병원에 남는 침대가 더는 없었고, 모포드 여사는 오후에 사진 몇 장 찍자고 자기 집 전체를 병원으로 바꾸는 걸 반기지 않았어."

"오후?" 어니스트가 말했다. "아까는 2시간이면 된다고 했잖아."

"그럴 거야. 왕비님을 환영하는 연설이 있을 거고, 병실 방문이 있고, 차를 마실 거야. 왕비님은 1시에 도착하셔."

"오늘 오후 1시?" 세스가 외쳤다. "그건 몇 시간이나 뒤잖아. 그리고 어니스트와 나는 아직 아침도 못 먹었어. 왜 꼭 지금 떠났어야 하는 건데?"

"말했잖아." 프리즘이 차분하게 말했다. "왕비님이 오신다고. 왕족을 기다리게 할 수는 없어. 그리고 준비하는 것도 도와야 하고."

"하지만 나는 몹시 배가 고프다고!" 세스가 말했다.

"그리고 나는 오후 4시까지 크로이던에 가 있어야 해. 안 그러면 이번 주 신문에 내 기사를 실을 수 없어."

"그러면 다음 주에 실어야지."

"지난주에도 넌 그렇게 말했잖아." 어니스트가 말했다. "이런 식이면 상륙을 한 다음에도 기사를 싣지 못할 거야. 상륙 작전용 기사를 상륙한 뒤에 실어서 뭐에 쓸 건데?"

"좋아." 프리즘이 말했다. "그곳에 도착하면 브랙넬 여사에게 전화해서 너 대신 알제논이 기사를 크로이던에 가져다주게 할게."

전혀 쓸모없는 제안이었다. "아직 기사를 다 쓰지 못했어." 어니스트가 말했다. "어젯밤에 다 쓸 계획이었지만 대신 투우사 역을 했단 말이야."

"망토 대신 탱크를 썼지." 세스가 탱크에 달려든 황소와 얽힌 어제의 모험담을 늘어놓기 시작했고, 프리즘과 몽크리프 둘 다 그 이야기를 아주 재밌어했다.

"오늘은 그런 위험한 일이 없을 거야." 몽크리프가 말했다. "그리고 걱정하지 마. 기사 쓸 시간이 충분하도록, 늦지 않게 돌아갈 테니까."

'그리고 돌아가면 분명 또 탱크에 바람을 넣으러 가야 하겠지.'

"위험하다는 말이 나와서 말인데…." 프리즘이 말했다. "너, 이거 읽어봐야 해." 프리즘은 뒷좌석의 어니스트에게 종이 한 장을 건넸다. "브랙넬 여사가 준 메모야."

"우리에게 주의하라고 보낸 거야." 세스가 말하더니 목소리를 낮추어 불길하게 속삭였다. "우리 중에 스파이가 있대."

어니스트는 프리즘에게서 종이를 낚아챘다. "스파이?"

"응." 세스가 말했다. "의심스러운 행동을 하는 자, 특히 지역 관습을 잘 모르는 사람들을 주의해서 살피래. 그리고 우리 임무에 관해 그 누구와도 이야기하지 말라고 하고. 그 상대가 아무리 해가 없고 믿음이 간다 할지라도 말이야. 독일 스파이일 수 있으니까. 예를 들어, 오늘 아침의 그 황소."

"농담거리가 아니야." 프리즘이 말했다. "정보가 샐 경우, 상륙작전 전체가 위험에 빠질 수 있어."

"알아." 세스가 말했다. "하지만 브랙넬은 대체 우리가 누구에게 말을 할 거라 생각하는 거지? 우리가 보는 사람들이라고 해봤자 여기 있는 어니스트를 빼면 짜증을 내는 농부들뿐이잖아."

"그리고 내가 이야기를 하는 사람들이라고는 왜 내 기사가 늘 늦는지를 알고 싶어 하며 짜증을 내는 편집자들뿐이고." 어니스트가 말했다. 그는 대화 주제를 스파이에서 다른 것으로 돌려야만 했다. "그리고 내가 왕비님과 차 마시느라 마감 시간을 지키지 못했다고 말하면 편집자들은 안 믿을 거야. 그런데 왕비님을 뭐라고 불러야 해? 폐하? 비전하?"

"이것 봐! 들었지?" 세스는 어니스트를 가리키며 책망하듯 말했다. "그 지역 문화를 잘 알지 못함. 분명히 의심스러운 행동이지. 그리고 황소 주변에서 아주 이상하게 행동했어. 너 스파이야, 어니스트?" 세스가 말했고, 어니스트가 대답하지 않자 다시 말했다. "대답해봐, 너 스파이야?"

7

우리는 사무실에서 싸울 겁니다….
그리고 병원에서도 싸울 겁니다.

— 윈스턴 처칠, *1940년*

런던, 1940년 10월 27일

폴리가 마저리를 만나고 돌아오자마자 에일린이 말했다. "네가 나간 사이에 페터스 씨가 전화했어. 파젯스 백화점에서 시체 세 구를 발견했대." 그건 폴리가 병원에 갈 필요가 없었다는 뜻이었다.

폴리는 병원에 간 걸 후회했다. 병원에 간 건 시체 숫자를 확인하고 불일치가 없다는 사실을 증명해 마이크가 더는 사건들을 바꾸었다는 걱정을 하지 않도록 하기 위함이었지만, 결국엔 자신이 사건들을 바꾸었다는 사실을 알게 됐을 뿐이었다.

'바보 같은 생각 하지 마.' 폴리가 생각했다. '역사학자는 그럴 수가 없어.' 그리고 던워디 교수가 세인트폴 대성당의 불발탄 제거 날짜를 잘못 기억할 이유는 얼마든지 있었다. 신문이 독일군에게 가짜 정보를 주기 위해 시간을 옮겼을 수도 있었다. V-1과 V-2 공격 시, 신문들은 로켓들이 떨어진 곳을 가짜로 발표했다. 독일군을 속여 목표 거리를 더 짧게 조정하게 하기 위해서였다. 불발탄에 대해서도 비슷한 일을 할 수 있었다. 폭탄을 쉽게 해체할 수 있다고 나치를 속이는 것이다. 아니면 그냥 시간을 잘못 알았을 수도 있었다. 파젯스 백화점에서 간호사들이 시체 숫자를 잘못 알았듯이 말이다.

'난 사망자 숫자가 불일치라고 생각했어.' 폴리는 자신을 다독였다. '그리고 그렇지 않다는 것이 밝혀졌어. 그리고 내가 마지막에 했던 임무를 떠올려봐. 그곳에 있던 몇 주 동안 나는 사건들을 바꾸었다고 확신했지만, 사실은 그렇지 않았어. 모든 일이 내가 그곳에 없었을 경우 벌어진 것과 똑같은 방식으로 일어났어.

그리고 이번 경우도 그럴 거야. 의사들은 마저리가 완쾌될 거라고 말하고 있으니, 마저리가 그 공군 조종사랑 결혼하거나 임신을 하는 것과는 경우가 달라. 며칠 뒤면 마저리는 마치 아무 일도 없었던 것처럼 퇴원해 타운센드 브라더스 백화점에 돌아올 거야. 그리고 나는 마저리가 한 말을 마이크가 알지 못하게만 하면 돼. 그리고 에일린이 호드빈 남매를 '시티 오브 베나레스호'에 태우지 않았다는 말도 하지 못하게 하고.'

폴리는 에일린에게 그 일에 관해 다시는 이야기하지 말라고 주의를 줄까 생각해보았지만, 에일린이 그 이유를 꼬치꼬치 캐묻는 건 원하지 않았다. 그리고 에일린이 먼저 마이크에게 호드빈 남매 이야기를 꺼낼 가능성도 없어 보였다. 그랬다간 마이크가 에일린더러 호드빈 남매에게 편지를 써서 그녀의 주소를 알려주라고 시킬 수도 있었기 때문이다. 어쨌든 지금 에일린의 머릿속엔 파젯스 백화점에서 일어난 일 생각뿐이었다.

"페터스 씨가 그러는데, 사망자 셋은 모두 청소부였대." 에일린이 말했다. "파젯스 백화점 직원이 아니라 셀프리지스 백화점 직원이었고. 아마도 출근하다가 공습을 만났고, 그래서 파젯스 백화점 지하의 방공호로 갔을 거라더라."

그건 마이크와 폴리는 사망자들이 구조팀이었을 거라는 걱정을 더는 하지 않아도 된다는 뜻이었다. '이제 내가 걱정할 건 구조팀의 행방이로군. 그리고 과연 구조팀이 내 데드라인 전에 나타날까 하는 거랑. 그리고 옥스퍼드가 파괴되었을 가능성이랑.'

그리고 '우리도 지하 방공호에 있었을 수 있었어.'라며 그 가능성에 무척이나 놀란 에일린에 대한 걱정이 남아 있었다.

"아니, 우리는 그럴 수 없었어." 폴리가 딱 잘라 말했다. "왜냐하면 나는 공습을 당하는 시간과 장소를 아니까. 기억해?" '어쨌든 12월까지는.'

"네 말이 맞아." 에일린은 안심한 듯 보였다. "어제 스테프니에 갔을 때도 사이렌이 울리지 않을 거라는 걸 아니까 무척이나 안심되었어."

타운센드 브라더스 백화점에서 울린 걸 빼고. 그것 역시 불일치였을까?

"아, 그리고 너에게 묻고 싶은 게 있었어." 에일린이 말했다. "페터스 씨가 그러는데, 파젯스 백화점은 다음 달에 일부 재개장을 할 건데, 내가 다시 일하고 싶은지 알고 싶대. 그리고 나는 뭐라고 대답해야 할지 모르겠어. 내 말은, 그때쯤이면 우리가 여기에 안 있을 수도 있고….""

'있을 수도 있어.'

"마이크에게 물어볼게." 폴리가 말했다. "마이크가 어떤지 확인하고 담요도 갖다주러 지금 가볼 거거든."

"나도 같이 가도 돼?"

"아니. 거기에는 사람들이 너무 많아. 너한텐 오늘 밤에 강하 지점을 알려줄게. 아, 하마터면 잊을 뻔했네. 제럴드가 있는 군 비행장이 어딘지 알아낸 거 같아. 그게 보스컴 다운이었어?"

"아니." 에일린이 말했다. 그녀는 생각에 잠긴 듯했다. "'ㅂ'은 맞는 것처럼 들리지만. 미안해…."

"괜찮아." 폴리는 실망을 감추려 애쓰며 말했다. 이번은 분명히 맞을 거라 자신했었다. "리케트 부인에게 《ABC 철도 가이드》가 있는지 물어보고 올게. 만약 있다면 내가 없는 사이 네가 이름들을 찾아보고 있어줘."

리케트 부인은 철도 가이드를 가지고 있지 않았다. 라버넘 양은 분명 어딘가에 있을 거라며 모든 서랍과 찬장을 뒤져본 뒤에야 말했다. "아, 그러네. 내 조카가 체셔에서 놀러 왔을 때 걔한테 빌려줬어요." 그런 다음 라버넘 양은 연극에 쓰기 위해 어찌어찌 구해온 코코넛 두 개를 꼭 보고 가라고 고집을 부렸고, 또한 자신이 어렸을 때 고드프리 경의 공연을 본 일을 자세히 늘어놓았다. 폴리는 2시가 되어서야 라버넘 양에게서 빠져나올 수 있었고, 마이크가 이미 저체온증으로 죽은 건 아닐까 걱정이 되었다.

마이크는 살아 있었다. 그리고 추위로 이를 덜덜 떨면서도 강하 지점을 떠나길 거부했다. "온종일 근처에 사람들이 있었어. 오늘 밤 공습이 시작되고 나면 강하가 열릴 가능성이 훨씬 더 커질 거야."

"하지만 여기 있다가 얼어 죽으면 아무 소용없어." 폴리가 말했고, 자신이 대신 지키고 있을 테니 그동안 리어리 부인 집에 가서 저녁을 먹으라고 오랫동안 설득했지만 소용없었다.

"여기 왕래가 잦을수록 다른 사람들이 우리를 볼 가능성이 커져." 마이크가 말했다.

"적어도 담요나 뭔가 먹을 게 필요하지 않겠어?"

"아니, 나는 괜찮아. 오늘 밤 공습은 어디야?"

"이스트 엔드, 시티, 이즐링턴."

"다행이네. 그러면 소방대원이나 구조대가 이 근처에 있으면서 빛무리를 보진 않을 거 아냐. 파젯스 백화점 사망자에 관해 뭔가 알아낸 게 있어?"

"응." 폴리는 마이크에게 죽은 청소부 세 명에 관해 말했다.

"그러면 구조팀이 아니었구나. 불일치도 없고. 잘됐네." 마이크는 안심한 듯한 목소리로 말했다. "제럴드의 행방은? 철도 가이드는 구했어?"

"아니, 아직. 하지만 내일 타운센드 브라더스 백화점에서 철도 가이드를 구할 수 있을 거고, 오늘 밤 노팅힐게이트역에 가면 군 비행장들에 대해 더 정보를 얻을 수 있을 거야." 폴리는 극단 동료인 라일라와 비브를 떠올리며 말했다. "더 원하는 거 있어?"

"응, 개인 광고를 실을 신문들을 좀 사다줘. 그리고 에일린에게 제럴드가 또 무슨 말을 했는지 계속 알아봐주고. 에일린의 운전 허가서에 관해 제럴드가 한 농담이 무슨 뜻인지는 알아내지 못한 거지?"

"응. 내가 생각해낸 유일한 건, 영국 공군 조종사들은 해협에 빠질 경우를 대비해서 자기 신분 서류를 방수 지갑에 넣어 다녔다는 것 정도야. 하지만 그 지갑은 빨갛지 않아. 그래서 나는 제럴드가 무슨 의미로…."

"하지만 적어도 그건 제럴드가 군 비행장에 있으리라는 우리의 추측이 옳다는 걸 뜻하지." 마이크가 말했다. "넌 가는 게 좋겠다. 오늘 밤에는 사이렌이 언제 울려?"

"모르겠어." 폴리는 콜린에게서 사이렌 자료를 받기 전에 떠날 수밖에 없었던 상황을 설명했다. "공습은 7시 50분에 시작해. 자, 내 코트 받아. 난 오늘 밤에 하나 빌릴 수 있어." 폴리가 말하며 코트로 마이크의 무릎을 덮어줬다. "그리고 만약 다시 비가 내리기 시작하면 집에 가. 괜히 만용 부리지 말고."

"알았어." 마이크가 약속했고, 폴리는 서둘러 하숙집으로 돌아와 에일린을 데리고 노팅힐게이트역으로 갔다. 그다음에는 에일린에게 홀본역의 도서대여실에 가서 《ABC 철도 가이드》가 있는지 알아보라고 했다.

"만약 철도 가이드가 없으면…." 폴리가 말했다. "신문들을 빌려 와." 폴리는 에일린에게 신문 개인 광고란에 광고를 실어 자신들이 어디에 있는지 구조팀에게 알려주자는 마이크의 아이디어를 말해주었다.

"적당한 광고 예를 어디서 찾을 수 있는지 알아." 에일린이 눈을 반짝이며 말했다. "《살인을 예고합니다》."

"응?" 폴리가 말했다.

"추리 소설이야. 애거사 크리스티가 쓴. 그 책에는 개인 광고가 잔뜩 나와…. 아니, 그건 안 되겠다." 에일린이 침울하게 말했다.

"왜 안 되는데? 홀본역의 도서대여실에는 애거사 크리스티 소설이 몇 권 있어. 그리고 만약 그 책이 거기 없으면 채링크로스 로드의 서점들 가운데 한 곳에는 분명히…."

"아니. 그렇지 않을 거야. 그 책은 전쟁이 끝난 뒤에 출간되었어." 그런 뒤 에일린은 다시 힘을 내며 말했다. "하지만 《부자연스러운 죽음》은 출간되었으니 그걸 쓸 수 있어." 에일린은 센트럴 선으로 가기 시작했다.

"기다려." 폴리가 말했다. "10시 30분 전에는 돌아와야 해. 그 뒤로는 지하철이 끊겨."

"네, 요정 대모님." 에일린이 말했다. "다른 지시 사항은?"

"응. 네 소지품을 주의해. 홀본역에는 소매치기하는 말썽꾸러기 무리가 있어.”

“당연히 그렇겠지. 나는 어딜 가든지 끔찍한 아이들에 에워싸일 운명이 니까. 하지만 적어도 호드빈 남매는 아니니 괜찮아.” 에일린이 말하고 지하철을 타러 갔다. 폴리는 라일라와 비브와 이야기하기 위해 극단이 연극 연습을 하는 디스트릭트 선 플랫폼으로 갔다.

그들은 그곳에 없었다. “무도회에 갔어요.” 라버넘 양이 알려줬다.

“일요일 밤인데요?” 주임 사제가 놀라 말했다.

“미군 위문 협회에서 주관하는 무도회예요.” 라버넘 양이 설명했다. “고드프리 경이 도착하면 뭐라고 할지 모르겠네요. 경은 난파 장면 연습을 무척이나 하고 싶어 했거든요.”

잠시 뒤 도착한 고드프리 경은 이렇게 말했다. “‘불충한 종복들! 어쩜 이렇게 뭐 하나 되는 일이 없을까! 그자들의 비열함이 끝을 모르는구나!’[3] 그 둘의 배신행위로 인해 우리는 구조 장면을 연습하는 수밖에 없군요. 우리는 조난자들이 배의 대포 소리를 듣고 해안으로 달려가는 장면에서 시작할 겁니다.”

그 장면에는 폴리와 고드프리 경만 나왔고, 그 때문에 폴리는 고드프리 경의 〈타임스〉에서 군 비행장들을 찾아볼 시간이 없었다. 이윽고 연습이 끝나고, 폴리는 브라이트포드 부인에게 혹시 아는 군 비행장이 있는지 물었다. 이를 들은 고드프리 경이 비꼬며 말했다. “이제 당신 역시 ‘여기저기에서 솜씨 좋게 춤추며’[4] 우리를 버리고 떠나겠다는 뜻입니까, 메리 아가씨?”

“아니에요.” 폴리는 대답하며 제발 홀본역에 《ABC 철도 가이드》가 있기를 바랐다.

“없더라.” 에일린이 돌아와 말했다. “그리고 신문은 두 개뿐이었어. 사서가 그러는데, 아이들이 폐지 수집 운동 때문에 계속 가져간대. 하지만 애거사 크리스티 작품이 잔뜩 있었어!”

“봐.” 비상계단에 도착하자 에일린은 들뜬 목소리로 말하며 폴리에게 페

---

3 셰익스피어의 《햄릿》과 《끝이 좋으면 다 좋아》
4 셰익스피어, 《폭풍우》

이퍼백 한 권을 보여주었다. "《칼레 기차 살인 사건》[5]이야!"

"이게 개인 광고가 있다고 말한 그 책이야?"

"아니, 그건 애거사 크리스티가 아니라 도로시 세이어스 작품이야. 적어도 내 생각에 광고가 있던 책은 그거야. 어쩌면 《살인은 광고된다》일 수도 있지만, 여하튼 도서대여실에는 둘 다 없었어. 하지만…." 에일린은 다른 페이퍼백을 꺼냈다. "《ABC 살인 사건》은 있었어."

그 책은 《ABC 철도 가이드》와는 상당히 거리가 있었지만, 에일린이 말했던 대로 지명이 잔뜩 나왔고, 어쩌면 에일린의 기억에 도움이 될 수도 있었다. 에일린은 또한 쓰레기통에서 구겨진 〈데일리 미러〉를 주워 왔다.

에일린은 그걸 폴리에게 주었고, 폴리는 군 비행장 이름과 그날 오후에 왜 공습경보가 울렸는지에 관한 정보가 있는지 찾아보기 시작했다. 폭격에 관한 내용은 아무것도 없었다(안심되었다). 하지만 가짜 경보나 비행기 추락에 관한 기사 역시 없었다.

영국 본토 항공전에 관한 기사가 하나 있었다. 영국 공군의 노력이 '전쟁의 진행 방향'을 바꾸었다는 내용이었으며, 군 비행장 이름 몇 개가 들어 있었다.

"비스터?" 폴리가 물었다.

"아니."

"브로드웰?"

"아니."

그린햄 커먼이나 그로브, 빅마시도 아니었다. "혹시 제럴드가 뭔가 다른 말을 한 건 기억 안 나?" 폴리가 에일린에게 물었다.

"유용한 건 없어. 실험실에서 리나가 누구랑 통화하고 있었는데, 프랑스 혁명 임무들의 순서를 바꿨다고 그 상대방이 엄청 화를 내던 건 기억 나."

'그 사람들은 우리처럼 갇히지 않았기를.' 폴리가 생각했다. '그랬다면 그 사람들은 결국 기요틴형을 당할 수도 있으니까.'

---

5 《오리엔트 특급 살인》의 영국판 제목이다.

"기억을 못 하다니, 내가 너무 바보 같아." 에일린이 말했다.

"그게 중요하게 될 줄 전혀 몰랐으니까." 폴리가 에일린을 위로했다. "내일 내가 《ABC 철도 가이드》를 사면 그 군 비행장 이름을 알아낼 수 있을 거야."

"또는 네 강하가 열렸을 수도 있지." 에일린이 기운을 내며 말했다. "그러면 마이크가 지하철역 밖에서 우리를 기다리고 있을 거고, 우리 모두 함께 강하해 갈 수 있을 거야." 하지만 5시가 되어 공습경보해제가 되었을 때, 마이크는 그곳에 없었고 리케트 부인의 집에도 없었다.

"공습이 끝났을 때 잠을 자기 위해 리어리 부인의 집으로 돌아갔을 가능성이 커." 폴리가 말했다.

"강하 지점에 가서 확인해봐야 할까?" 에일린이 물었다.

"아니. 그곳은 아침에 사람들이 너무 많아. 그리고 내가 출근하기 전에 우리는 네 배급 수첩을 받으러 가야 해. 그래야 리케트 부인 집에서 식사할 수 있지."

하지만 새 배급 수첩을 신청하려면 신분 카드가 있어야 하고, 그것 역시 에일린의 핸드백에 있었으며, 에일린은 스테프니에 살았었기 때문에 이곳 사무실에서 새 신분 카드를 신청할 수 없었다. 에일린은 자신이 살던 곳에서 가장 가까운 사무실로 가야만 했다.

"거기가 어디에 있나요?" 폴리가 켄싱턴 사무실의 서기에게 물었다.

"베스날 그린에 있습니다."

"베스날 그린요?"

"네." 서기가 말하고 그들에게 주소를 알려주었다.

"베스날 그린에 오늘 폭격이 있어?" 그곳을 떠나며 에일린이 속삭였다.

"아니." 폴리가 말했다.

"하지만 네 표정이 너무나도…."

"혹시 제럴드가 가겠노라고 한 곳이 아닐까 생각했어. 베스날 그린은 'ㅂ'으로 시작하고 두 단어니까."

"아니. 나는 두 번째 단어는 'ㅍ'으로 시작한다고 거의 확신해."

폴리는 에일린을 보내고 서둘러 출근해 서적 매장으로 갔지만, 철도 가이드는 더 이상 보이지 않았다. "국방성에서 온 남자가 지난주에 가져갔어요." 에셀이 말했다.

'어쩜 이렇게 뭐 하나 되는 일이 없을까?' 폴리가 생각했다. "그러면 철도 지도는 있나요?"

"아니요. 그것도 압수해 갔어요. 독일 놈들 손에 들어가지 못하게요. 침공이 있을 경우에 대비해서요. 놈들이 옥스퍼드 스트리트까지 온다면 지도는 필요 없을 테지만요. 안 그래요?"

"맞아요." 폴리가 말했지만, 폴리가 걱정하는 건 그게 아니었다. 폴리가 걱정하는 건, 국방성에서 '지난주'에 왔다는 점이었다. 왜 지금 침공이 있을 거라 생각하게 된 걸까? 히틀러는 바다사자 작전을 9월 말에 취소했고, 침공을 봄으로 미뤘다.

'만약 그러지 않았다면?' 폴리는 생각했다. '만약 이게 불일치라면?'

그렇다면 그건 엄청난 결과를 몰고 올 수 있었다. 봄이 되었을 때, 히틀러는 러시아 공격에 온 힘을 집중하기 위해 침공을 포기하기로 결정한다. 하지만 만약 히틀러가 지금 침공한다면….

"괜찮아요?" 에셀이 물었다.

"네. 만약 철도 지도가 없다면 잉글랜드의 일반 지도는요?" 폴리가 물었다.

"없어요. 그것도 압수해 갔어요. 가족 누군가가 비행기 식별가인 모양이죠?"

"네." 폴리가 에셀의 오해를 이용해 설명했다. "열두 살이에요."

"제 동생 녀석도 시간만 나면 하늘을 보며 하인켈이랑 스투카를 찾아요."

"제 조카도요." 폴리가 말하며 화제를 군 비행장 쪽으로 돌렸다. 폴리는 에셀에게서 이름 몇 개를 알아냈고, 점심시간에 하나 더 알아냈지만, 두 번째 단어가 'ㅍ'으로 시작하는 건 하나도 없었다.

하지만 폴리가 자기 판매대로 돌아왔을 때 좋은 소식이 기다리고 있었다. 스넬그로브 양은 도런에게, 마저리가 퇴원했으며 곧 타운센드 브라더스 백화점으로 돌아온다고 말한 것이다. 그건 지금 이것이 폴리가 한 다른 임무들과 다를 바 없다는 뜻이었다. 즉 폴리가 사건들을 변경한 것처럼 보였지만, 결국은 모든 게 제대로 풀렸다. 폴리는 시간 여행 이론 그리고 혼돈계의 복잡성을 더 신뢰했어야만 했다.

그리고 역사 수업도 기억했어야만 했다. 나치는 D-데이 작전의 암호를 해독했고, 그로 인해 연합군은 파국을 맞을 수도 있었지만, 무선병이 게르트 폰 룬트슈테트 육군 원수에게 베를렌의 시를 보여주자 그는 그걸 무시했다. 그는 '연합군이 무선으로 공격을 선언할 거라고는 도저히 생각할 수가 없어.'라고 말했다.

그리고 역사 전체에 걸쳐 그런 예가 수백 개 있었다. '끝이 좋으면 다 좋아.' 폴리는 셰익스피어와 고드프리 경을 인용해 생각했고, 오빠가 영국 공군에 있는 세라 스타인버그에게 군 비행장에 관해 질문하는 데 집중했다.

퇴근 무렵, 폴리는 열 개가 넘는 군 비행장 이름을 알아냈다. 폴리는 에일린이 베스날 그린에서 돌아왔을 때 그 이름들을 들려주어 보았지만, 다 아니었다. 에일린도 신분 카드를 받을 수 없었다. "베스날 그린의 서기는 내가 국민 등록소에 가야 한다고 말했어. 하지만 거기는 월요일에 열지 않아."

"오히려 다행일지도 몰라." 폴리가 말했다. "리케트 부인은 월요일 저녁으로 트렌치 파이를 내놓거든."

"그게 뭔데?"

"아무도 몰라. 도밍 씨는 쥐가 재료일 거라고 확신하더라."

"에이, 설마." 에일린이 말했다. "어쨌든, 난 상관없어. 너랑 마이크를 찾았으니 이제 뭐든 견딜 수 있어. 난 톱밥이라도 기꺼이 먹을 거야."

"우리가 목요일에 먹는 리케트 부인의 승리 빵이 그 맛이야." 폴리가 말했다. 폴리는 에일린에게 점심을 사 먹을 돈을 주었지만, 에일린은 받기를 거부했다.

"군 비행장까지 타고 갈 기찻삯을 모아야 하잖아." 에일린이 말했고, 셀프리지스 백화점에 《ABC 철도 가이드》가 있는지 보러 갔다.

없었다. 그리고 〈데일리 헤럴드〉 사무실도 마찬가지였다. 폴리가 퇴근했을 때, 에일린과 마이크는 직원 출입구 밖에서 그녀를 기다리고 있었고, 철도 가이드를 구할 수 없었다고 폴리에게 말했다.

그리고 강하 역시 열리지 않았다. "나는 거기에 2시까지 있었어." 마이크가 말했다. "하지만 빛무리는 전혀 보이지 않았어."

마이크는 2시부터는 쭉 〈헤럴드〉에 붙박여 7월부터 8월까지의 신문을 훑으며 군 비행장 이름을 찾아보았다고 했다. 그리고 다 함께 노팅힐게이트역의 비상계단에 도착하자마자(그곳은 지금껏 겪은 중에 최고로 추웠다), 마이크는 그 비행장 이름들을 에일린에게 말해보았다. "베드포드?"

"아니야." 에일린이 말했다. "두 단어가 확실해."

"비치 헤드?"

"그건 좀 비슷한데…, 아니야."

"에일린은 두 번째 단어가 'ㅍ'으로 시작한다고 생각해." 폴리가 말했다.

마이크가 자기 목록을 확인했다. "벤틀리 프라이어리?"

에일린이 얼굴을 찡그렸다. "아니. 프라이어리가 아니었어. 패독이나 플레이스나…." 에일린은 얼굴을 찡그리고 기억을 떠올리려 애썼다.

마이크가 목록을 다시 확인했다. "ㅍ'은 없어." 마이크가 말했다. "비긴힐은?"

에일린이 머뭇거렸다. "어쩌면…, 잘 모르겠어…. 미안해. 들으면 알 거라 생각했지만, 이제 이렇게 많이 들었는데도, 확신이 안 가…."

"제럴드는 논리적인 선택을 했을 거야." 마이크가 말했다. "영국 본토 항공전이 한창일 때였으니까."

"비치 헤드도 논리적인 선택에 들어가." 폴리가 말했다. "그리고 벤틀리 프라이어리도. 그리고 거기가 옥스퍼드에서 가장 가까워. 어쩌면 거길 제일 먼저 가봐야 할 거야."

"하지만 거기는 그냥 군 비행장이 아니야. 영국 공군 지휘 센터지." 마이크가 말했다. "그건 보안이 더 철저하다는 뜻이고. 비긴힐이 가장 가까워. 거기부터 먼저 가보고 난 뒤에 다른 두 곳에 가보는 게 나을 거 같아. 자, 이제 광고는? 에일린에게 내 생각을 알려줬어, 폴리?"

"응." 폴리가 말했고, 에일린이 아직 출간되지 않은 추리 소설들의 이야기를 늘어놓기 전에 계속해 말했다. "이건 어떨까? '역사학자가 여행과 관련된 일자리를 구합니다. 즉시 시작 가능'?"

"좋은걸." 마이크가 받아 적으며 말했다. "그리고 네가 적었던 걸 변용해서 '광장이나 켄싱턴 가든스나 대영 박물관에서 만나요.'라고 할 수 있어."

"됭케르크에 있던 군인들을 찾는 광고들이 많아." 에일린이 생각에 잠겨 말했다. "이건 어때? '됭케르크에서 마지막으로 목격된 마이클 데이비스의 소재에 대한 정보가 있는 분은 E. 오릴리에게 연락 주십시오.' 그리고 리케트 부인 주소를 넣고."

마이크는 그들이 제안한 것들을 적어 내려갔다. "십자말풀이는?" 마이크가 〈헤럴드〉의 십자말풀이를 가리켰다. "난 우리 이름이 힌트인 걸 하나 만들 수 있어. '이 새는 크래커를 원한다' 또는 '만약 이탈리아의 탑에게 이름이 뭐냐는 질문을 받으면 그 탑은 뭐라고 말할까?' 같은 거."

"절대 안 돼." 폴리가 말했다.

"동음이의어가 잘 안 통해서?"

"아니, 십자말풀이 때문에 하마터면 D-데이가 망쳐질 뻔했기 때문이야."

"어떻게?"

"작전 2주 전에, 최상급 기밀 암호 단어 다섯 개가 〈데일리 헤럴드〉의 십자말풀이에 나와. '오버로드', '멀베리', '유타', '소드'[6], 그리고 기억은 안 나지만 하나 더. 연합군은 독일군이 작전을 눈치챘다고 확신했고, 그래서 작전 전체를 취소하려 했어."

"그랬어?" 에일린이 물었다. "눈치챘어?"

"아니. 그 십자말풀이를 만든 사람은 선생님이었고, 오랫동안 십자말풀이 출제를 해왔어. 그 사람은 군 당국에 말하길, 자기 학생들 그리고 다른 사람들 수십 명이 힌트를 만들었고, 각 힌트가 어느 십자말풀이에 들어갈지는 누구도 전혀 몰랐을 거라고 했어. 그래서 결국 군에선 그게 기묘한 우연이라는 결론을 내렸어."

"진짜로 우연이었어?" 마이크가 물었다.

6　오버로드는 노르망디 상륙작전의 암호명, 멀베리는 노르망디에 세운 이동식 인공항, 유타와 소드는 연합군이 노르망디에 상륙할 지점 5곳 가운데 두 곳의 암호명이다.

"아니. 40년 뒤 〈헤럴드〉는 그에 관한 기사를 실었어. 그 선생님의 학생이었던 사람 한 명이 자기는 육군 장교 둘이 말하는 걸 우연히 듣게 되어 그 단어들이 무슨 뜻인지도 모르고 썼다고 했어."

"하지만 그 십자말 사고는 1944년에 일어나잖아." 마이크가 말했다. "영국 정보부가 지금 십자말풀이를 읽고 있을 것 같지는 않으니까…."

"그렇다면 구조팀 역시 마찬가지일 거야. 개인 광고란을 읽을 가능성이 훨씬 커. '분실물'들이 많이 실리니까. 어쩌면 우리도 그런 광고를 실어야 할지 몰라."

"가령 '분실: 역사학자, 안전한 귀환 시 보상함' 같은 식으로?"

"아니." 폴리가 말했다. "하지만 뭔가 잃어버렸다고 하며 우리 이름과 주소를 실을 수 있어. 이런 식으로. '분실함: 뱅크역의 노던 선 플랫폼에서 갈색 모직 슬리퍼 한 쌍을 잃어버림. 찾아주….'"

"아." 에일린이 말했다. 마이크와 폴리는 궁금한 표정으로 에일린을 바라보았다. "제럴드와 대화한 내용 중에 뭐든 기억나는 게 있으면 아무리 사소한 거라도 말하라고 했잖…."

"제럴드의 군 비행장에 '뱅크'라는 단어가 들어가?" 마이크가 기대감에 차 물으며 자기 목록을 집었다. "글래스톤 뱅크?"

"아니, 그 부분 말고. 슬리퍼 부분."

둘은 멍한 표정으로 에일린을 바라보았다.

"'슬리퍼(slipper)'가 '편차(slippage)'와 발음이 비슷하잖아."

"편차?"

"응. 내가 제럴드와 이야기를 할 때 리나는 통화 중이었고, 누군진 몰라도 그 통화 상대는 다른 누군가의 강하에서 편차가 얼마였는지를 알고 싶어 했어. 그리고 내가 백베리로 돌아갈 때 바드리는 편차의 증가에 관해 누군가와 통화 중이었고, 리나는 지난번에 내가 강하할 때의 편차가 평소보다 크지 않았는지를 물었어."

"평소보다 컸어?" 마이크가 물었다.

"아니. 그리고 내가 리나에게 그렇게 말했더니 '잘됐네요.'라고 하고는 바드리를 바라보았어.”

“리나가 누구와 통화하던 중인지 혹시 알아?”

“아니. 나는 던위디 교수님일 거라 생각했어. 리나가 존댓말을 쓰며 공손하게 말했거든.”

“그리고 증가라고 했어?” 마이크가 열심히 물었다. “감소가 아니라? 확실해?”

“응. 왜?”

‘왜냐하면 너무 작은 편차라는 건 없으니까.’ 폴리가 생각했다. ‘그리고 편차가 작았더라면 우리가 사건을 변경할 수 있는 곳으로 마이크나 나를 보내지 않았을 테니까.’

“실험실에서는 제럴드 핍스에게도 편차에 관해 물었어.” 마이크가 말했다. “네가 갔을 때도 편차에 대해 무슨 말이 없었어, 폴리?”

“편차가 얼마인지 기록했다가 정착 확인 보고 때 알려달라고 했어.”

“얼마나 됐는데?”

“나흘 반. 원래는 한두 시간이어야 했어. 나는 분기점이 있어서 그렇다고 생각했….”

“내 생각은 달라.” 마이크가 흥분해 말했다. “내 생각에 많은 강하에서 편차 증가가 일어났고, 그 증가량이 실험실에서 걱정할 정도로 컸던 거야. 그건 며칠 정도가 아니라는 거지. 몇 주 단위일 거야. 또는 몇 달이었거나.”

“그래서 우리 구조팀이 여기 없는 거고?” 폴리가 말했다. “편차 때문에 구조팀이 11월이나 12월에 가 있다는 거야?”

마이크는 고개를 끄덕였다.

“그러면 우리는 구조팀이 구하러 오길 기다리기만 하면 되는 거네?” 에일린이 좋아하며 말했다.

“아니. 구조팀이 올 때까지 시간이 걸릴 수도 있고, 또한 네가 아직 모를 수도 있지만, 여기는 위험한 곳이야. 하루바삐 작동하는 강하 지점을 찾아 이곳을 최대한 빨리 떠나야 해.”

“하지만 만약 편차가 있다면 제럴드의 강하 역시 안 열리지 않았을까?”

폴리가 물었다.

"설사 작동하지 않았더라도, 제럴드는 편차 문제가 뭔지 우리보다 더 잘 알 수도 있고, 우리가 얼마나 이곳에 있어야 하는지 알 수도 있어. 그건 제럴드를 찾는 게 여전히 우리에게 가장 중요한 일이라는 거지. 그리고 두 번째로 중요한 건 구조팀이 여기에 도착했을 때 우리를 찾을 수 있게 하는 거고. 에일린, 캐롤라인 여사에게서 편지가 왔어?"

"아니, 아직." 에일린은 말하며 폴리를 바라보았다. 호드빈 남매에게 편지를 썼는지 마이크가 물어볼까 봐 두려운 게 분명했다.

"너는, 마이크?" 폴리가 서둘러 물었다. "네 팀이 따라올 수 있도록 빵 조각으로 흔적을 남겨두었어?"

"응. 도버의 병원 그리고 오핑턴 병원의 카모디 간호사에게 편지를 썼고, '왕관과 닻'의 다프네에게도 내 주소를 보냈어."

"다프네가 누구야?" 에일린이 말했다.

마이크는 다프네가 병원으로 면회 왔던 이야기를 해주었다. "다프네는 살트램-온-시의 모두에게 말을 할 거야. 나는 내일 아침 〈익스프레스〉로 가서 '빅토리아역에서 만나요'라는 메시지를 내일 자 신문에 실을 거야. 그리고 '우리의 비긴힐 영웅들'이라는 제목으로 내가 그 신문에 기사를 쓸 수 있는지 알아볼게. 그럴 수 있으면 그 비행장에 접근하기 쉬워지고, 그 일로 돈도 벌 수 있어. 어쩌면 신문사에서 내가 그곳에 가는 차비까지 대줄지도 몰라."

"하지만 우리 모두 가는 거 아니야?" 에일린이 물었다.

"아니. 혼자 가는 편이 더 빨리 갈 수 있고, 더 짧은 시간에 더 많은 걸 알아낼 수 있어."

"그리고 난 일하는 곳을 떠날 수 없어." 폴리가 말했다.

"나도 알아." 에일린이 마지못해 말했다. "다만…, 서로를 찾는 데 이토록 오래 걸렸기 때문에 다시 헤어지는 게 바람직하지 않다는 생각이 들어서."

"우리는 헤어지는 게 아니야." 마이크가 말했다. "우리는 섀클턴이 했던 걸 하는 거야."

"섀클턴? 그 사람도 역사학자야?" 에일린이 말했다.

"아니. 어니스트 섀클턴. 남극 탐험가. 얼음에 갇혔고, 그래서 섀클턴은 동료들을 남겨두고 도움을 청하러 떠났어. 만약 섀클턴이 그러지 않았다면 아무도 그곳에서 빠져나오지 못했을 거야. 내가 하려는 게 바로 그거야. 도움을 청하러 떠나는 거. 만약 제럴드가 비긴힐에 있다면, 내가 너희에게 전화해서 오라고 할게."

"우리 없이 떠나지 않을 거야?"

"당연하지. 너희 둘 다 이곳에서 빼낼 거야. 약속해. 에일린, 그동안 난 네가 백화점들에 네 이름을 올려두면 좋겠어. 그리고 폴리, 너는 계속 철도 가이드를 구해봐."

"그럴게." 폴리가 말했다.

폴리는 《ABC 철도 가이드》를 구하려 애써보았지만, 소용없었다. 폴리는 또한 마이크와 에일린이 암기할 다음 주 공습 목록을 만들었고, 저녁에는 빅토리아역 시계 옆에서 구조팀이 오지 않을까 헛되이 기다렸다(군인들이 다가와 말을 걸었다). 그다음에는 라일라와 비브가 있지 않을까 하는 기대를 품고 연극 연습을 하러 갔다. 둘은 있었지만, 극단은 모두가 출연하는 2막을 연습 중이었고, 그래서 둘에게 질문할 기회가 없었다.

마이크는 금요일에 비긴힐에서 돌아왔다. "아니야." 마이크는 타운센드 브라더스 백화점 폴리의 판매대에 몸을 기대고 말했다. "제럴드 핍스는 비긴힐에 없어. 지상 요원과 조종사들을 한 명도 빠뜨리지 않고 모두 살폈어. 내가 없는 사이 에일린이 군 비행장 이름을 기억해내거나 하지는 못했겠지?"

폴리가 고개를 끄덕였다.

"그럴 거 같았어. 에일린이 살펴볼 새 목록을 가져왔어. 에일린은 리케트 부인 집에 있어?"

"아니." 폴리는 스넬그로브 양이 지켜보고 있지는 않은지 재빨리 주위를 살핀 뒤 말했다. "에일린은 여전히 백화점들에 원서를 내고 있어. 곧 돌아올 거야. 점심시간에 들른다고 했어."

“네 점심시간은 언제야?”

“12시 30분. 어서 오세요, 뭘 찾으세요?”

“어서…? 아, 그래요.” 마이크는 다행히도 갑자기 나타난 스넬그로브 양을 돌아보지 않고 말했다. “스타킹을 좀 보여줘요.”

“네, 알겠습니다.” 폴리가 말하고는 상자를 꺼내 열었다. “이건 아주 좋은 물건이랍니다.”

마이크는 몸을 숙이고 스타킹을 만져보았다. “다른 색깔은 없나요?” 마이크가 물었고, 나직하게 말했다. “12시 30분에 라이언스 코너 하우스에 있을 테니, 에일린과 함께 와.”

“네. 파우더 핑크색과 옅은 베이지색이 있어요.” 그리고 폴리는 마이크에게 매장을 떠날 기회를 주기 위해 덧붙여 말했다. “하지만 아이보리색은 지금 없어요.”

“아, 이런. 제 여자친구는 아이보리색을 원했는데.” 마이크가 말했고, 입 모양으로 ‘12시 30분’이라고 말하며 떠났다.

12시 30분이 되어도 에일린은 여전히 돌아오지 않았다. 폴리는 에일린에게 메모를 남기고 마이크를 만나러 라이언스 코너 하우스에 갔다. 마이크는 외딴 구석 테이블 앞에 앉아 있었다.

“여기서 만나자고 메모 남기고 왔어.” 코트를 벗으며 폴리가 말했다.

마이크가 메뉴판을 건넸다. “으깬 생선살 샌드위치 말고 다른 건 다 동났어.”

“그래도 리케트 부인의 음식보다는 나아.” 폴리가 말했다. 그녀는 마이크에게 종이 한 장을 건넸다.

“군 비행장 이름들이야?”

“아니. 다가올 공습. 가장 심한 건 12일이야. 슬로안 광장 지하철역. 79명이 죽었어.”

“그리고 하루도 빠짐없이 야간 공습이 있네.” 목록을 보며 마이크가 말했다.

“다음 주까지는. 그런 다음에는 공업 도시들로 옮아가. 코번트리, 버밍엄, 울버햄프턴….”

“코번트리?”

“응. 그곳은 14일에 폭격당해. 왜 그러는데?”

“내가 왜 이제까지 그 생각을 못 했지?” 마이크가 흥분해 말했다. “우리는 지금 이곳에 있는 역사학자들만 생각했잖아. 이전에 이곳에 있던 역사학자들 말고.”

“네 말은 1940년 전에?”

“아니, ‘지금’의 이전 말고.” 마이크가 말했다. “옥스퍼드 시간으로 이전. 작년에 제2차 세계대전 임무를 맡은 역사학자들. 아니면 10년 전에나. 네드 헨리나 베리티 킨들처럼. 코번트리가 폭격당하던 날 밤에 둘이 그곳에 있지 않았어?”

“응. 하지만 그건 2년 전…, 아!” 폴리는 마이크가 무슨 말을 하는지 깨달았다. 역사학자들이 ‘언제’에서 과거로 갔는지는 중요하지 않았다. 이건 시간 여행이었다. 1940년 여기에서 네드와 베리티는 지금으로부터 2주 뒤에 코번트리에 올 것이다.

“하지만 네드와 베리티에게 갈 방법이 없어. 우리는 둘이 코번트리 한가운데에, 불길의 중심에 있었다는 것 말고는 정확한 위치를 몰라. 그리고 그곳 역시 아주 위험한….”

“됭케르크보다 더 위험하지는 않아.” 마이크가 말했다. “그리고 두 사람이 있던 장소 하나를 알아. 둘은 대성당에 있었어.”

“불에 타서 무너지고 있을 때였지.” 폴리가 말했다. “거기로 들어가는 건 말도 안 돼. 대성당 주위는 거의 불지옥이었어.”

“하지만 우리가 돌아갈 가장 빠른 길이기도 할 거야. 우리는 네드와 베리티를 찾을 필요가 없어. 강하 지점은 대성당 안에 있었어. 맞지? 우리는 그걸 찾기만 하면 돼.”

“마이크, 우리는 그 사람들의 강하 지점을 쓸 수 없어.”

“왜 안 되는데? 그게 작동한 걸 우리는 알잖아.”

“하지만 그걸 쓸 수는 없어. 왜냐하면 그건 2년 전이잖아. 우리는 우리가 이미 있던 시간으로 갈 수 없어. 그 강하 지점은 옥스퍼드에서 2년 전에 열렸고, 2년 전 우리는….”

“모두 옥스퍼드에 있었지.” 마이크가 말했다. “미안. 내가 무슨 생각을 한 건지 모르겠네. 하지만 메시지를 보낼 수는 있어.”

“메시지?”

“응. 베리티와 네드가 돌아가기 전에 그 둘을 찾아서 실험실에 우리가 있는 장소랑 우리 강하가 열리지 않는다는 사실을 알려주고, 강하를 리셋해 우리 시간에 맞춰 열게 하는 거야. 우리가 그렇게 하지 못할 이유가 없잖아, 안 그래?”

“아니, 있어. 왜냐하면 우리는 그러지 않았으니까.”

“네가 그걸 어떻게 알아?”

“아니, 난 알아. 만약 우리가 그 둘을 찾아 무슨 일이 일어났는지 말했다면, 옥스퍼드는 우리를 이곳에 보낼 때 무슨 일이 일어날지 알았을 거야. 즉, ‘우리’는 여기 오기 전에 이미 무슨 일이 일어날지 알았을 거라는 거지.”

마이크는 그에 대해 잠시 생각했다. “어쩌면 말을 해주면 인과 모순이 생기기 때문에 말을 안 해준 것일지도 몰라. 만약 우리가 이곳에 갇힐 걸 알았다면 우리는 오지 않았을 거야. 하지만 우리는 와야만 했어. 왜냐면 우리는 ‘왔었으니까.’”

“하지만 던워디 교수님은 우리를 보내지 않으셨을 거야. 그분이 얼마나 과보호하는지 너도 알잖아. 네가 부상당했는데 구해낼 수 없다는 걸 아셨으면 던워디 교수님은 절대로 너를 보내지 않으셨을 거야.” ‘그리고 내게 데드라인이 있는 걸 아셨으면 나 역시 절대로 보내지 않으셨을 테고.’

하지만 그런 말을 마이크에게 할 수는 없었다. 그래서 이렇게 말했다. “내 발이 방공 기구 밧줄에 걸릴까 봐 걱정하셨던 분이라고. 우리를 런던 대공습에 갇히게 할 분이 절대로 아니야. 우리가 이곳을 빠져나가게 하려고 네가 코번트리로 가게 할 분도 아니고. 그곳은 도시 전체가 불에 탔어. 그곳에 가는 건 자살 행위야. 너는 여기에 영웅을 관찰하러 온 거지 영웅이 되려고 온 게 아니야.”

"그러면 네드와 베리티 말고 다른 사람을 생각해내야 해. 여기에 누가 또 있었지? 던워디 교수님이 언젠가 런던 대공습에 가지 않았어?"

"몇 번. 하지만….."

"언제야?"

"몰라. 5월 10일과 11일에 있던 심한 폭격을 관찰하신 건 알아. 하원 건물에 있던 화재를 관찰한 이야기를 하신 적이 있거든. 그리고 그건 10일에 있었어."

"그리고 넌 9일과 10일이 대공습에서 가장 심한 폭격이 있던 날이라고 했지?"

"응. 왜?"

"아무것도 아니야. 그보다는 더 빨라야 해. 또 언제 여기 계셨어?"

"몰라. 자기 강하 지점에 가려고 하던 이야기를 하셨던 게 기억나. 그리고 채링크로스 기차역 게이트가 닫혀서 들어갈 수 없었다고 하셨어."

"하지만 날짜는 모르고?"

"응."

"하지만 만약 자기 강하 지점에 가려고 했다는 건 채링크로스역 어딘가에 강하 지점이 있다는 거잖아."

"아니, 그렇지 않아. 강하 지점으로 가려고 기차를 타려던 거였을 수도 있어. 강하 지점은 어디라도 될 수 있어."

"하지만 거길 시작점으로 삼아 알아볼 수는 있지. 그리고 우리 상황에선 사소한 가능성도 놓칠 수 없으니까. 내가 비치 헤드에 있는 동안 네가 그걸 확인해줬으면 해. 내가 비긴힐에서 알아 온 이름들 가운데 하나가 제럴드 핍스의 군 비행장이지 않는 한 말이야. 말이 나와서 말인데, 에일린은 왜 이리 안 오는 거야?" 마이크가 손목시계를 힐끗 보며 말했다. "목록을 읽어 줘야 하는데. 비치 헤드로 가는 차편을 어찌어찌 구했는데, 그 친구는 2시에 떠나. 하지만 만약 내 목록에 제럴드의 군 비행장이 있다면 괜히 그곳으로 가서 시간 낭비를 하고 싶지 않아."

마이크가 계산을 치를 때 에일린이 서둘러 들어오며 말했다. "미안. 메리 마시 백화점에 지원했는데, 계속 기다리게 하더라고."

마이크는 에일린에게 목록을 읽어줬다. 에일린은 이름마다 단호하게 고개를 저었다.

"좋아, 그럼. 비치 헤드네." 마이크가 말했다. 그는 제시간에 차를 타기 위해 서둘러 떠났다. "14일 전에는 돌아올게."

'코번트리에 갈 수 있게 말이지.' 폴리가 생각했다.

폴리는 마이크가 그러지 못하게 막아야 했다. 그건 제럴드의 군 비행장을 찾아야 한다는 뜻이었다.

다음 며칠 동안, 폴리는 점심시간마다 빅토리아역과 세인트팽크러스역에 가 출발 시각 표시판에서 'ㅂ'와 'ㅍ'으로 시작하는 두 단어짜리 지명들을 적느라 시간을 보냈고, 저녁이 되면 고드프리 경의 분노를 사면서 라일라와 비브에게서 군 비행장 이름을 더 알아내려 애를 썼지만, 둘은 거의 도움이 되지 않았다.

"우리는 거의 언제나 헨던의 무도회에 가." 라일라가 말했다.

"토요일에 있어." 비브가 폴리에게 말했다. "너랑 네 사촌도 우리랑 같이 가자."

폴리는 거의 그 제안을 받아들일 뻔했다. 그곳에 가서 조종사들과 춤을 추면서 비행장이 또 어디에 있는지 물어볼 수 있을 테니까. 하지만 폴리는 마이크가 돌아왔을 때 이곳에 없을 게 걱정되었다. 마이크는 코번트리에 가기로 결심할 수도 있었고, 그건 위험할 뿐 아니라 소용없는 짓이기도 했다.

왜냐하면, 설사 마이크가 네드와 베리티를 찾아 그 둘에게 메시지를 전달한다 할지라도, 그건 이런 일이 일어나리라는 사실을 던워디 교수가 '오랫동안' 알고 있으면서도 그런 일이 일어나게 방치했을 뿐 아니라 임무 일정을 짰나는 뜻이 되기 때문이다. 마이크를 됭케르크로 보내고, 에일린을 피난 온 아이들이 홍역에 걸리는 장원으로 보내고, 그들이 옥스퍼드에 들어오는 순간부터 그들을 조종하고 그들에게 거짓말을 했다는 뜻이 되기 때문이다.

'그건 불가능해.' 폴리가 생각했다.

하지만 그렇게 생각하면서도 기억나는 게 있었다. '던워디 교수님은 내게 여분의 돈을 가져가게 했어. 12월 31일까지의 공습을 기억하게 했어. 런던 대공습 전체 기간 동안 폭격당하지 않은 백화점에서 일해야 한다고 고집했어.' 그리고 만약 그들이 메시지를 보냈다면, 던워디 교수는 그들이 제때 구조되었으며 어떤 위험에도 처하지 않았다는 사실을 알았을 것이다.

하지만 만약 던워디 교수가 거짓말을 했다면, 왜 마이크를 곧바로 됭케르크로 보내지 않고 굳이 진주만으로 보내는 일정을 잡게 하고 어휘-억양 임플란트를 하게 했던 걸까? 그리고 리나와 바드리가 그 사실에 대해 알았다면 왜 모두에게 편차 증가에 관해 물어본 걸까?

마이크는 12일이 되어도 돌아오지 않았고, 아무런 연락도 없었다. 비긴힐에 갔을 때는 이렇게 오래 걸리지 않았었다.

'우리에게 말도 없이 코번트리에 간 거면 어쩌지?' 폴리가 생각하며 스타킹 판매대에서 승강기들을 바라보았고, 그중 하나에서 마이크가 나타나기만 바랐다.

마침내 승강기 하나가 열렸지만, 나온 이는 마이크가 아니라 에일린이었다. "두 가지 이유가 있어서 왔어." 에일린이 말했다. "마이크가 비치 헤드에서 돌아올 때까지 제럴드가 있는 군 비행장 이름을 알아내기로 결심했어. 그래서 중고《ABC 철도 가이드》나 영국 공군에 관한 책 또는 뭐가 되었든 간에 군 비행장 이름이 있는 자료를 구하러 중고 서점들을 뒤지고 다닐 거라고 말해주려고 온 거야. 그리고 오늘 채링크로스에 폭격이 없는 걸 확인하고 싶었어."

"오늘 런던에는 낮에 폭격당하는 곳이 없어." 폴리가 에일린을 안심시켰다.

"아, 다행이야. 폭격에 관해 너무 예민하게 굴어 미안해…."

"누군가가 너를 죽이려고 하는데 두려워 예민해지는 건 당연하지." 폴리가 말했다. "여기 온 이유가 두 가지라고 했지?"

"응. 캐롤라인 여사가 왜 답장을 안 하는지 그 이유를 알았거든. 너한테 말해주고 싶었어. 배스컴 부인에게서 편지를 받았는데, 캐롤라인 여사의 남편이 죽었대."

"오, 이런. 그분을 만난 적이 있어?"

"아니. 데네윌 경은 런던 국방성에서 일했어. 그리고 그분이 머물던 집이 폭격을⋯."

"데네윌 경? 너 데네윌 여사 밑에서 일했어?"

"응. 데네윌 장원에서. 왜? 뭔가 잘못된 거야? 데네윌 경을 만났어?"

"아니. 미안, 스넬그로브 양이 이쪽을 보고 있어. 아무래도 가는 게 좋겠어⋯."

"그럴 거야. 캐롤라인 여사에게 위로 편지를 보내도 괜찮을지 네게 물어보고 싶었던 것뿐이야. 내 말은, 내가 하녀로 있었잖아. 캐롤라인 여사는 내가 주제넘은 행동을 한다고 생각할 수도 있겠지만⋯."

폴리가 말을 끊었다. "스넬그로브 양이 오고 있어. 그건 이따가 밤에 이야기하자. 가서 《ABC 철도 가이드》를 찾아봐."

에일린이 고개를 끄덕였다. "군 비행장 목록이나 지도를 손에 넣기 전엔 돌아오지 않을 거야."

에일린은 승강기를 향해 가기 시작했다. "잠깐." 폴리가 뒤를 쫓아 달려가며 말했다. "만약 지도가 있는지 물어볼 거면 조카가 비행기 식별에 관심이 있다고 말해. 그러면 의심받지 않을 거야."

"비행기 식별⋯, 그건 생각도 못 했네." 에일린이 말했다. "폴리, 있잖아, 방금 좋은 수가 생각났어. 아, 이런 11시 방향에 스넬그로브 양이 온다." 에일린이 속삭였다. "저녁에 보자." 그리고 에일린은 서둘러 떠났다.

"세바스찬 양." 스넬그로브 양이 말했다.

"네, 지배인님, 저는 다만⋯."

"마저리 양이 오늘 돌아올 거예요. 그래서 나는 당신이 마저리 양을 도와줬으면 해요. 그래서 만약 괜찮으면 점심시간을 2시로 했으면⋯."

"기꺼이 그러겠습니다." 폴리가 말했고, 그건 진심이었다. 마저리가 직장으로 돌아오고 있었다. 폴리는 마저리가 폭격의 경험으로 너무나 큰 정신적 충격을 받아 더는 런던에 머물지 않으려 할까 봐 걱정되었지만, 마저리는 돌아오고 있었다.

그리고 돌아온 마저리는 거의 예전처럼 혈색이 좋았다. '내가 옳았어.'

폴리가 생각했다. '나는 결과를 바꾸지 않은 거야. 모든 게 마저리가 부상당하지 않았을 경우와 똑같이 진행되었어.'

"네 팔이 나을 때까지 내가 포장을 해줄게." 폴리가 마저리에게 말했다. "내가 두 손으로 하는 것보다 네가 한 손으로 하는 게 훨씬 더 예쁠 게 분명하지만 말이야. 난 도무지 제대로 하지를 못하겠어. 그리고 이제 종이랑 끈은 배급을…."

하지만 마저리는 고개를 저었다. "난 여기 있지 않을 거야. 그냥 모두에게 작별 인사를 하러 온 거야."

"작별 인사?"

"응. 사직서를 냈어."

"하지만…."

"난…, 병원의 간호사들은 내게 무척이나 친절했어. 만약 간호사들이 없었더라면 난 결코 살아남지 못했을 거야. 그리고 그 덕분에 나는 내가 이전쟁에서 과연 얼마나 내 몫을 해왔는지에 대해 생각해보게 됐어. 나는 내가 최선을 다하지 않았기 때문에 히틀러가 옥스퍼드 스트리트를 행군해 오는 꼴은 정말 참고 볼 수가 없어." 마저리는 깊이 숨을 들이마셨다. "나는 육군 간호 부대에 입대했어."

8

우리 집에는 피난 아동 여섯 명이 있어.
아내와 나는 그 아이들이 너무나 싫어서
크리스마스를 위한 무엇인가를 '없애기로' 했지.

— 편지, 1940년

런던, 1940년 11월

'어디 가면 지도를 구할 수 있는지 알아.' 에일린은 생각하며 타운센드 브라더스 백화점을 서둘러 빠져나와 옥스퍼드 스트리트를 걸었고, 화이트채플에 가는 지하철을 타러 지하철역으로 갔다. '알프 호드빈이 지도를 가지고 있어. 비행기 식별용 지도. 왜 이제까지 그 생각을 못 했지?'

알프에게 지도를 얻어 제럴드의 군 비행장 위치를 알 수 있다. 에일린은 그곳 이름을 보면 알 수 있다고 거의 확신했다. 이제 폴리와 마이크는 더 이상 에일린을 아무것도 기억 못 하는 얼간이라 여기지 않을 것이다. 그리고 군 비행장으로 가서 제럴드를 찾아 집으로 돌아갈 수 있으리라.

'만약 알프가 아직 그 지도를 가지고 있다면 말이지만.' 에일린은 생각했다. 그리고 만약 알프가 그 지도를 에일린에게 준다면 말이다. 알프는 거절할 수도 있었다. 에일린이 얼마나 그 지도를 간절히 필요로 하는지 눈치채면 특히나 그럴 것이다. 알프가 거절한다거나 아이들이 에일린 사는 곳을 알아내려고 미행하지 않도록, 알프와 비니가 아직 학교에 있고, 아이들 어머니가 그 지도를 찾아 건네주면 좋겠다고 에일린은 생각했다. 하지만 그건 상관없었다. 에일린은 이제 이곳에 얼마 안 있을 테니까.

에일린은 손목시계를 보았다. 이제 1시였다. 학교가 파하기 훨씬 전에 화이트채플에 도착할 수 있을 것이다. 하지만 알프와 비니는 백베리에 있을 때 걸핏하면 학교를 빼먹었고, 호드빈 부인은 아이들이 학교에 갔는지 아닌지 꼼꼼하게 챙기는 인물이 아닌 듯했다. 그리고 만약 아이들이 집에 있으면….

'아이들에게 뇌물을 줘야 해.' 에일린이 결심했다. '하지만 뭘 준담?'

'뭔지 알겠어.' 에일린이 생각하고 런던탑으로 가는 지하철을 탔다. 런던탑에서 에일린은 제일 먼저 눈에 띄는 기념품 가게에서 참수형을 당한 인물들에 관한 책과 비니가 볼 영화배우 잡지를 산 뒤 화이프채플로 출발했다.

화이프채플로 가는 건 고난의 연속이었다. 디스트릭트 선은 운행하지 않았다. '폴리가 오늘 낮에는 공습이 없다고 했는데.' 에일린이 초조해하며 생각했고, 버스를 타기 위해 계단을 올라갔다. 하지만 피해는 전날 밤의 폭격에 의한 것이었다. 화이트채플에 가까워질수록, 피해 상황은 점점 심해졌다. 필드게이트 스트리트의 중앙에는 거대한 구멍이 파여 있었고, 조금 더 가자 창고의 잔해가 길을 가로질러 널려 있었다.

폴리에게 이스트 엔드가 심하게 폭격당했다는 말을 듣긴 했지만, 에일린은 이 정도로 심할 거라고는 상상도 하지 못했다. 거리마다 집이 적어도 한 채씩은 안으로 무너져 나무와 회벽 더미로 바뀌어 있었다. 다른 집들은 옆집으로 쓰러졌고, 그 집은 다시 그 옆집으로 쓰러지고 그 집은 다시 옆집으로 쓰러지기를 반복하는 것이, 마치 연속해 쓰러진 도미노 같았다.

에일린은 오늘 폭격이 없다는 사실이 고마웠다. 에일린은 폴리와 마이크가 어떻게 폭격을 버텨내는지 의아했다. "익숙해질 거야." 폴리는 말했었다. "몇 주 더 지나면 소리조차 듣지 못할걸." 하지만 그건 진실이 아니었다. 에일린은 여전히 고성능 폭탄의 '쿵' 하는 폭발 소리를 들을 때마다 깜짝 놀랐고, 방공포의 '쿵-쿵-쿵' 소리에 움찔했다. 심지어 사이렌 소리마저 에일린을 공황에 빠져들게 했다. 만약 오늘 이스트 엔드에 공습이 있었다면, 지도든 뭐든 간에 자신이 이곳에 올 용기를 낼 수 있었을지 에일린은 확신이 안 들었다.

커머셜 스트리트에서 버스를 타야 했지만, 거리마다 바리케이드가 쳐졌고, 그래서 에일린은 가저리 레인까지 1킬로미터를 걸어가는 게 더 빠르겠다고 판단했다. 시각은 이미 3시였다. 하지만 걷는 것마저 어려웠다. 거리는 모두 파편들로 바뀌었고, 쓰러지지 않고 여전히 서 있는 집들은 옆면이 무너져 들어갔거나 정면이 찢겨나갔다. 가구들은 거리로 노출되어 있었다. 아침 식사 준비를 하다 만 식탁이 이제는 기울어져버린 부엌 바닥에 서 있었는데, 접시에는 여전히 음식이 담겼다. 또 다른 집은 텅 빈 공간을 향해 계단이 놓여 있었다. 그리고 그 사이에는 모든 것이 납작하게 뭉개졌으며, 그중에는 에일린이 시어도어와 함께 많은 밤을 지냈던 것과 똑같이 생긴 앤더슨 방공호의 주름진 철제 지붕도 있었다.

거리 전체가 파편들로 뒤덮인 곳도 한두 곳이 아니었으며, 에일린은 길을 가던 중에 완전히 길을 잃고 왔던 길로 돌아가 에둘러 가야 했다. 그리고 길을 묻고 또 물어야 했다. 처음에는 가재도구를 가득 실은 손수레를 밀고 가는 나이 지긋한 남자에게, 다음으로는 연석에 앉아 두 손으로 머리를 감싸고 있는 중년 여자에게였다. "가저리 레인요? 저쪽으로 가면 돼요." 그 여자는 내부가 드러난 건물들이 줄지어 선 쪽을 가리키며 말했다. "아직 그곳에 있다면요. 어젯밤에 심하게 폭격당했어요."

'호드빈 부인에게 그 편지를 전했어야 했는데.' 에일린이 죄책감에 사로잡혀 생각했다. 이렇게 끔찍한 곳에 있느니 차라리 어뢰에 격침된 '시티 오브 베나레스호'에 있는 쪽이 알프와 비니에겐 더 안전했을 듯했다. 에일린은 시커멓게 그을리고 껍데기만 남은 집 한 채를 서둘러 지났다. 만약 가저리 레인이 불에 타 잔해가 되었거나 벽돌과 회벽 더미로 바뀌었다면? 만약 알프와 비니가 죽었다면, 그건 에일린의 잘못일까?

하지만 기적적으로, 그곳은 거의 멀쩡한 채로 있었다. 창문에는 압정으로 고정한 두꺼운 판지가 덮였지만, 집들은 여전히 서 있었고, 자랑스레 유니언잭을 휘날리고 있었다. 호드빈 가족이 사는 갈색 목조건물의 앞면에는 빨간 페인트로 '이 워난은 꼭 가파주마, 아돌푸!'라고 적혀 있었다. 알프가 쓴 게 분명했다. 맞춤법이 대부분 다 틀렸기 때문이다. 그 집 창문들 역시 하나만 빼고는 모두 판지로 덮여 있었다. 판지가 없는 그 창문 앞 인도에는 유리 조각들이 널려 있는 거로 보아 이번 폭격에 깨진 게 분명했다.

문은 살짝 열려 있었다. '좋았어.' 에일린이 생각했다. 이번에는 손이 빨 갛고 무시무시한 그 여자를 피할 수 있기를 바랐다. 에일린은 깨진 유리 위를 걸어 자전거 하나, 소화용 소형 손 펌프 하나, 공습 대비대라고 인쇄된 양동이 두 개(하나는 물에 흠뻑 젖은 걸레들이, 다른 하나는 감자 껍질이 가득 들어 있었다)를 지나 작은 현관으로 올라섰다.

에일린의 오른쪽에서 문이 벌컥 열리더니, 손이 빨간 여자가 대걸레를 휘두르며 달려들었다. "나 몰래 지나갈 수 있을 줄 알았어?" 여자는 머리 위로 대걸레를 마치 도끼처럼 들어올리며 말했다. "이번에는 안 돼, 이 못된 새끼야!"

에일린은 대걸레를 막기 위해 두 손을 들어올리며 벽으로 바짝 물러섰다. "저는 에일린 오릴리라고 합니다. 전에 여기 왔었어요." 에일린이 말했고, 여자는 대걸레를 내리더니 총검처럼 앞으로 들었다. "호드빈 부인을 찾아왔어요."

"당신도 찾아오고, 청과물상도 찾아오고, 술집 주인도 찾아오죠." 여자가 비웃으며 말했다. "호드빈 그 여자는 내게 집세를 4주 치나 밀렸어요. 그리고 내 응접실 창문값으로 10실링도 내야 하죠. 히틀러가 잉글랜드 유리창을 거의 다 깼는데, 몇 개 안 남은 것마저 알프 그놈이 깨버렸어요. 돌을 던져대더라고요. 그래서 내가 놈을 잡았더니 누나라는 년이 글쎄⋯."

'꼭 백베리로 돌아온 느낌이네.' 에일린이 생각했다. 백베리에서 에일린은 성난 농부들과 이런 대화를 적어도 열두 번은 했었다. 하지만 적어도 알프와 비니는 살아 있었고, 대공습에 주눅 들지 않은 듯했다.

"그 둘은 반드시 교수형을 당할 거예요. 두고 봐요." 여자가 말했다. "딱 크리펜[7]처럼, 그리고⋯."

7 아내를 독살한 죄로 처형된, 영국에 거주한 미국인 의사

"엄마!" 아파트 안에서 아이의 외침이 들렸다.

"닥쳐!" 여자가 어깨너머로 외쳤다. "만약 그 둘을 찾으면…." 여자가 에일린에게 말했다. "제 엄마에게 말하라고 전해요. 빚진 걸 갚지 않으면 셋모두 길거리에 나앉게 될 거라…."

"엄마!" 아이가 이번에는 더 날카로운 목소리로 외쳤다.

"닥치라고 했잖아!" 여자가 쿵쿵거리며 집으로 들어갔고, 에일린을 두고 문을 거세게 닫았다. 철썩하고 때리는 소리가 들리고 울부짖음이 이어졌다.

에일린은 망설였다. 호드빈 부인이 집에 없는 건 분명했고, 안으로 들어가봤자 소용없었다. 하지만 여기까지 다시 올 생각을 하니 노크라도 해보고 가는 게 낫겠다 싶어졌다. 그리고 할 거면, 좀 전의 그 여자가 대걸레를 들고 다시 나타나기 전에 얼른 해치워야 했다.

에일린은 계단을 올라가 호드빈 가족이 사는 집 문을 두드렸지만 아무 반응도 없었다. "호드빈 부인?" 에일린이 외치며 다시 노크했다.

침묵. "호드빈 부인, 저 오릴리예요. 워릭셔에서 알프와 비니를 집으로 데려온 사람요." 에일린은 안에서 무슨 소리를 들은 거 같았다. "귀찮게 해서 죄송하지만, 부인과 이야기를 좀 해야 해서요."

숨죽인 소리가 더 들렸고, 이어서 '쉿!' 하는 소리가 들렸다. 왠지 비니소리 같았다.

"비니? 안에 있니?"

침묵. "나 에일린이야. 들여보내줘."

"에일린? 그 누나가 여기에는 왜?" 알프가 속삭이는 소리가 들렸고, 좀 더 격렬하게 '쉿!' 하는 소리가 뒤따랐다.

"알프, 비니, 안에 있는 거 알아." 에일린은 문손잡이를 잡고 흔들었다. "지금 당장 이 문 열어."

마치 논쟁하듯 좀 더 숨죽인 목소리들이 들리더니 긁히는 소리가 났고, 잠시 뒤 문이 한 뼘 정도 열리며 비니가 고개를 내밀었다. "안녕하세요, 에일린 언니." 비니가 시치미를 뚝 떼고 말했다. "어쩐 일이에요?"

비니는 기차에서 입었던 여름 원피스 위에 구멍이 뚫린 카디건을 입었으며, 이제는 흙투성이가 된 그 당시의 머리 리본을 했고, 역시 그 당시에 신었던, 흘러내리는 스타킹을 신고 있었다. 머리는 오랫동안 빗지 않은 듯이 보였고, 에일린은 그런 비니의 모습에 가슴이 아팠다.

에일린은 그런 감정을 억눌렀다. "난 알프…."

"우리를 다시 피난시키러 온 건 아니죠?" 비니가 의심이 담긴 목소리로 물었다.

"아니야." 에일린이 말했다. "난 알프와 이야기를 해야 해."

"알프는 여기 없어요." 비니가 말했다. "알프는 학교에 있어요."

"여기 있는 거 알아, 비니…."

"비니가 아니에요. 돌로레스예요. 돌로레스 델 리오처럼요. 영화배우요." 비니가 쓸데없이 덧붙였다.

"돌로레스." 에일린이 이를 갈며 말했다. "알프가 여기 있는 거 알아. 방금 알프 목소리를 들었어." 에일린은 비니 너머로 방 안을 들여다보려 했지만, 보이는 건 그리 깨끗해 보이지 않는 빨래가 널린 빨랫줄뿐이었다.

"아니요, 여기 없어요. 여기에는 엄마랑 나뿐이에요. 그리고 엄마는 자요." 비니가 눈을 가늘게 떴다. "왜 알프를 찾아요? 무슨 문제를 일으킨 건 아니죠?"

'그랬을 가능성이 아주 크지.' 에일린이 생각했다. "아니." 그녀가 말했다. "알프가 비행기 식별용으로 쓰던 지도 기억해?" 에일린은 알프가 안에서 들을 수 있도록 일부러 크게 말했고, 또한 어머니가 깨니 조용히 하라는 말을 비니가 하지 않는 걸 깨달았다.

"알프는 그거 훔치지 않았어요." 비니가 곧장 알프를 옹호하며 말했다. "언니가 줬잖아요."

"알아." 에일린이 말했다. "나는…."

"그건 알프 거예요." 비니가 말했다. 그리고 에일린은 알프가 툭 튀어나와 자기방어를 하지 않는다는 점에 놀랐다. 숨어 있는 건가? 아니면 창문으로 빠져나갔나? 어느 쪽인지 알 수 없었다.

"비니, 아니 돌로레스. 알프가 그걸 훔쳐 갔다고 하는 게 아니야."

"그러면 왜 돌려달라는 거예요?"

"돌려달라는 것도 아니고. 잠시 빌리고 싶은 거야. 찾아볼 게 있거든."

"뭘요?" 비니가 의심이 담긴 목소리로 물었다. "언니가 나치 스파이인 건 아니죠?"

"아니야. 내 친구가 사는 마을을 찾아봐야 해. 마을 이름을 잊어버렸어."

"이름을 모르는데 어떻게 찾아봐요?"

에일린은 이런 식의 문답이 온종일 갈 수 있다는 사실을 경험을 통해 알았다. "내게 지도를 빌려주면 이걸 줄게." 에일린이 말하며 영화배우 잡지를 보여줬다.

비니는 흥미가 있는 듯했다. "그 안에 돌로레스 델 리오도 있어요?"

에일린이 알 리 없는 부분이었다. "응." 그녀는 거짓말을 했다. "그리고 다른 좋은 이름들도 잔뜩 있어. 바버라, 클로뎃…."

"모르겠어요." 비니가 망설이며 말했다. "알프가 알면 엄청 화를 낼 거예요. 비행기 식별을 해야 하면 어떻게 해요?"

"날 안으로 들여보내 주면 여기에서 지도를 보고 갈게." 에일린이 말했지만, 그러자 기대와는 정반대의 효과가 났다.

"난 지도가 어디에 있는지 몰라요. 엄마가 버렸을 거예요." 비니가 말하며 문을 닫으려 했다.

에일린은 비니를 막기 위해 문을 잡았다. "아니면 어머니를 깨워서 내가 왔다고 말씀드려." 에일린이 말했다. "그러면 내가 어머니에게 여쭤볼게." 그러자 놀랍게도, 비니는 겁을 먹은 듯했다.

"이제 가야 해요." 비니가 뒤를 힐끗거리더니 문을 닫으려 했다.

"안 돼, 기다려!" 에일린이 말했다. "비니, 뭔가 문제가 있는 거야?"

"아니요. 난 가야 해요."

"잠깐, 영화 잡지를 갖고 싶지 않아?" 에일린이 물었고, 공습경보 사이렌이 갑자기 울리며 복도를 메웠다. "어라, 이게…?" 에일린은 두려운 눈으로 천장을 바라보았다. 폴리는 이스트 엔드에 오늘 공습이 전혀 없을 거라고 했다. 오늘 낮에는 런던 전체에 공습이 없을 거라고 했다. 그리고 이제 겨우 3시 30분일 뿐이었다.

"비니! 가장 가까운 방공호가 어디야?" 에일린이 외쳤지만 비니는 이미 고개를 빼고 문을 닫은 뒤였다.

9

당신은 늘 어니스트라고 말했어.
나는 모두에게 당신을 어니스트라고 소개했지….
당신은 내가 살아오면서 본 가운데 가장 진지해 보이는 인물이야.
그런데 당신 입으로 자기 이름이 어니스트가 아니라고 말하다니, 정말 불합리해.

— 오스카 와일드,《진지함의 중요성》

켄트, 1944년 4월

세스의 질문에 몽크리프는 차 속력을 늦췄고, 프리즘은 몸을 비틀어 그들을 돌아보았다. "대답해봐, 너 스파이야?" 세스가 어니스트에게 물었다.

"그래, 어니스트." 프리즘이 앞 좌석에서 뒤를 돌아보며 말했다. "너 독일 스파이야?"

"만약 내가 스파이면…." 어니스트가 명랑하게 말했다. "다른 독일 스파이들처럼, 나는 우리 편을 위해 일할걸?"

"우리가 잡은 스파이들은 다 그랬지." 몽크리프가 길에서 눈을 떼지 않고 말했다. "그 메모를 쓴 걸 보면 브랙넬 여사는 우리가 잡지 못한 스파이들이 있다고 확신하는 거야."

"그래서 브랙넬은 우리 가운데 스파이가 있다고 생각하는 거야?" 세스가 물었다.

"아니, 당연히 아니지." 프리즘이 말했다. "하지만 지금은 위험한 시기잖아. 만약 독일군에서 제1군이 거짓인 걸 알아차린다면, 그리고 우리가 칼레가 아닌 노르망디…."

"쉿." 세스가 자기 입술에 손가락을 대며 말했다. "우리가 아는 한, 여기 몽크리프는 적에게 비밀 메시지를 보내고 있어. 아니면 어니스트 네가 그러고 있든가. 넌 언제나 편집자에게 보내는 편지들을 타자하고 있잖아. 그 가운데 어떤 것에는 비밀 암호가 담겨 있을 수도 있잖겠어?"

'이 주제에서 벗어나야 해.' 어니스트가 생각했다. "내 생각에는 황소가 스파이 같은데." 어니스트가 말했다. "하인리히 힘러랑 똑 닮았더라. 저거 모포드 하우스 아냐?"

"어디?" 세스가 말했다. "아무것도 안 보여."

"저기, 나무들 뒤에." 어니스트가 아무것도 없는 곳을 가리키며 말했고, 그들 셋은 다음 15분 동안 모포드 하우스를 찾으려 애쓰며 시간을 보냈다. 그다음에는 세스가 작은 탑을 발견했고, 그다음에는 게이트들을 발견했다.

"그런데 있잖아…." 게이트들을 지날 때 세스가 말했다. "병원에 간호사가 없으면 안 되잖아. 간호사도 준비됐어?"

"응." 몽크리프가 말했다. "그웬돌린이 준비했어."

"석유 정제소 개장식을 했을 때 도와줬던 그 여자들이야?" 세스가 물었다. "ENSA[8]에서 나온?"

"아니." 몽크리프가 말했다. "이번에는 진짜 간호사들이야. 그웬돌린이 침대를 빌린 병원에서 간호사들도 빌려왔어."

어니스트가 번쩍 고개를 들며 물었다. "도버에 있는 병원?"

"응. 괜히 추근거릴 생각은 접어. 개원식에는 온갖 고위층 사람들과 특수 대응 부대원들이 오니까. 괜한 문제 일으키고 싶지 않아."

'나 역시 그래.' 어니스트가 생각했고, 장원 앞에 차가 서는 순간, 그는 잠옷과 붕대 상자들을 낚아채 차에서 내렸다.

모포드 하우스를 택한 이유는 분명했다. 그곳에는 해자와 독특한 탑이 있어서 어니스트가 기사에 '보안상의 이유로 그 이름을 밝힐 수는 없으나 잉글랜드의 웅장한 저택 가운데 한 채를 군 병원으로 바꾸었다.'라고만 써

---

8 위문공연 국민동원협회(Entertainments National Service Association)

도 독일군이 어딘지 쉽게 알아볼 것이다.

그는 절룩이며 도개교를 재빨리 건넜고, 오늘부터 이곳은 병원이 되었으니 문에서 자신을 막아서며 어디에 가려는 건지 캐묻는 집사와 마주치지 않기를 바랐다.

집사는 없었다. 병원 침대를 들고 문을 통과하려 애쓰는 군인 둘이 있을 뿐이었다. 그들 뒤로 복도가 있고, 옆쪽으로는 오늘 병실로 쓰일 방이 보였다. 방 안에는 장교복을 입은 나이 든 남자들과 하얀 복장의 간호사들이 모여 서 있었다.

어니스트는 침대와 문 사이의 좁은 틈을 비집고 안으로 들어갔고, 사람들 눈을 피해 복도를 지나 가장 가까운 빈방으로 갔다. 들어기보니 식당이었다. 그는 문을 닫고 의자들로 문을 막은 다음 식기대 위의 거울을 보며 머리에 붕대를 감았다.

10분 뒤, 어니스트는 머리와 두 손에는 붕대를 감고 잠옷과 가운, 슬리퍼 차림으로 나왔다. "어디 있었어?" 프리즘이 물었다. "그리고 그 차림은 뭐야? 이집트 무덤에서 탈출한 거 같잖아."

어니스트는 프리즘을 옆으로 끌어당겼다. "사진을 찍을 거라며? 그리고 내 사진은 이미 오마하 캠프 개장식 때 신문에 실렸어. 만약 독일군이 내 사진을 또 본다면 이게 거짓인 줄 알 거야."

"네 말이 맞네. 잘했어. 세스도 그 사진에 있었어?"

"아니. 상륙용 선박 일을 하느라 없었어."

"좋아, 그러면 세스가 발이 부러진 역을 하면 되겠네. 가서 휠체어들을 들이는 걸 도와줘."

어니스트는 가서 휠체어를 가져왔고, 다음에는 모포드 여사를 위해 유화 두 점, 수채화 석 점, 그리고 골동품 책상을 옮겼다. 그런 다음 병원 침대들을 정돈하고, 다른 '환자들' 몇 명에게 붕대를 감아주고, 서재에 찻상 차리는 것까지 도왔다.

차에는 샌드위치가 포함되어 있었고, 어니스트는 두 개를 먹은 다음 양손의 붕대 안에 세스 것으로 네 개를 더 숨겼다. 그런 뒤 세스를 찾아가자,

세스가 말했다. "너 영화 〈미이라〉에 나오는 보리스 칼로프 같아 보여. 그리고 사진에서 남들이 널 알아보지 못하게 하려고 그랬다는 말은 하지 마. 난 진짜 이유를 알아."

"그래?" 어니스트가 조심스레 물었다.

"응. 너는 가려운 깁스를 오후 내내 하고 싶지 않은 거잖아."

"맞아. 넌 내 휠체어를 타. 나는 목발을 짚으면 돼." 어니스트가 제안했고, 곧 후회했다. 목발은 겨드랑이를 파고들었고, 그날 오후는 지독히 더웠으며, 어니스트는 붕대 속에서 땀을 흘리기 시작했다.

그리고 왕비는 45분이나 늦었다. 어니스트가 불평하자 몽크리프가 말했다. "왕족이잖아. 왕비님은 계속 우리를 기다리게 할 수 있어. 그 반대가 안 될 뿐이지. 마감이라고 하던 그 원고를 쓰면 되잖아."

"그럴 수 없어." 어니스트는 붕대 감은 두 손을 들어 보이며 말했다.

"그건 내 잘못이 아니야. 투트 왕의 유령이 되기로 결정한 건 너니까. 뭐 하러 그렇게까지 붕대를 칭칭 감았는지 이해가 안 되네."

'나도 그래.' 어니스트가 생각했다. 괜한 걱정이었음이 밝혀진 뒤에는 특히 그랬다. 도버의 병원에서는 이곳에 보낼 수 있는 여분의 간호사가 없었다. 그래서 램스게이트의 간호사들이 왔다. 어니스트는 얼굴의 붕대를 풀까 생각했지만, 바로 그때 왕비(통통하고 인상이 좋았으며, 연한 파란색 옷을 입었다)가 런던의 신문사들에서 온 대여섯 명의 사진사들과 함께 도착했고, 식이 시작되었다.

"왕비님을 어떻게 불러야 하는지 말 안 해줬어." 왕비 일행이 다가올 때, 어니스트는 옆 침대에 있는 프리즘에게 속삭였다.

"왕비님이 네게 직접 질문을 하기 전에는 너는 아무 말도 안 하는 거야." 프리즘이 속삭였다. "그리고 그냥 '왕비님'이라고 하면 돼. 쉿, 저기 오신다."

이게 진짜가 아닌 연극이라는 걸 왕비가 아는지도 프리즘에게 물어봤어야만 했다. 아는지 모르는지를 구별하는 건 불가능했다. 왕비는 '환자들'이 전투에서 진짜로 부상당했다는 듯 환자들과 이야기하고 어느 부대에 있었는지, 그리고 어디 출신인지를 물었다. 만약 왕비가 '진실'을 아는 거라면 연기를 엄청나게 잘하고 있는 것이었다. '왕비를 특수 대응 부대에 고용해야 해.' 어니스트는 생각했다.

모든 과정은 2시 30분이 넘어서 끝났다. 왕비는 차를 마시지 않겠노라고 하며 15분 뒤에 떠났고, 사진사들은 사진을 몇 장 더 찍고 떠났다. 만약 지금 떠난다면 어니스트는 크로이던에 제때 기사를 써 보낼 수 있다.

어니스트는 몽크리프에게 사정을 설명했다. "좋아." 몽크리프가 말했다. "병원 침대들을 화물차에 싣는 대로 곧바로 떠나자."

"그리고 이 깁스를 떼주고." 세스가 말했다.

처음 것은 문제없었다. 그들은 화물차에 짐을 실었고, 화물차는 3시에 떠났다. 하지만 세스의 깁스는 문제가 달랐다. 주석 가위와 쇠톱으로도 깁스를 잘라낼 수 없었다.

"지부에 돌아가서 하면 안 돼?" 어니스트가 물었지만, 깁스한 상태에서 세스는 차 문 안으로 들어갈 수가 없었다. 결국 하인 한 명이 해머와 정을 가져와야만 했다.

그들이 지부에 돌아왔을 때는 거의 7시였다. "오늘 밤에는 탱크에 바람을 넣지 않아도 되면 좋겠네." 세스가 절룩거리면서 안으로 들어가며 말했다.

탱크에 바람을 넣을 필요는 없었지만, 어니스트는 런던 신문사들에 실을 병원 기사를 작성해야 했고, 그다음에는 신문사들에 전화로 그 내용을 불러줘야 했으며, 10시가 되어서야 원래 써야 했던 기사들을 쓸 시간이 났다. 기사를 가지고 크로이던에 가기에는 너무나도 늦은 뒤였다. 하지만 어니스트는 지부로 돌아올 때 몽크리프에게 불평을 늘어놓았었고, 그 때문에 죄책감이 든 몽크리프는 어니스트가 〈빌리지 가젯스〉의 마감에 맞출 수 있도록 그를 벡스힐까지 태워다주겠노라고 약속했었다. 그 뜻은, 어니스트는 이제 남의 눈에 띄지 않고 해야 하는 일을 오후 내내 할 수 있게 되었다는 뜻이었다.

어니스트는 타자기에 새 종이를 끼워 넣고 황소에 대해 생각해두었던 내용을 타자한 다음 호크허스트의 치과의 광고를 타자했다. '신규 환자 환영. 미국 치과 기술 전공.

세스가 문안으로 몸을 기울였다. "아직도 하는 중이야?"

"응. 그리고 만약 항공모함에 바람을 넣으러 가자고 온 거라면, 대답은 '싫어'야." 어니스트가 말하며 세스가 자기 뜻을 눈치채고 그만 갔으면 하는 희망을 품고 계속해 타자했지만, 세스는 가지 않았다.

"내 생각에 나는 평생 불구가 된 거 같아." 세스가 말하더니 안으로 들어와 책상 위에 앉았다. "하지만 그럴 가치가 있었어. 왕비님을 만났잖아. 왕비님이 내게 뭐라고 하신 줄 알아? 전투지에서 용감히 싸워줘서 고맙다고 하시더라. 멋지지 않냐?"

"네가 정말로 전투지에서 싸웠다면 그랬겠지." 어니스트가 계속 타자를 하며 말했다.

"난 전투지에 있었어. 너희들이 내 발에서 석고를 떼어내려 했을 때. 그리고 지난밤 황소와 그 목초지에 있었을 때도. 왕비님이 네게는 뭐라고 하셨어?"

"자신과 함께 사랑의 도피를 하지 않겠냐고 물으시더라. 가장 좋아하는 영화가 〈미이라〉라고 하면서 그레트나 그린으로 함께 도망치지 않겠느냐고."

"알았어. 말하기 싫으면 하지 마." 세스가 말했다. "나는 자러 간다." 세스가 방을 나갔고, 이윽고 다시 문안으로 몸을 기울이며 말했다. "하지만 왕비님이 네게 무슨 말을 했는지 난 꼭 알아내고 말 거야."

'아니, 넌 그러지 못해.' 어니스트가 생각했다. 하지만 설사 어니스트가 세스에게 말을 해줘도 세스는 그 뜻을 진정으로 이해하지 못할 것이다. 그리고 아마도 왕비는 수백 명의 병사에게 같은 말을 했을 것이다. 그러나 그럼에도 왕비가 한 말은 너무나도 아픈 진실이었다.

어니스트는 5분을 기다렸다가 브릭스턴의 아그네스 브라운과 캔자스주 토피카 출신으로 '현재 제29기갑사단에서 복무하는' 윌리엄 스토코프스키 하사의 가상 결혼에 대해 타자했다. 어니스트는 세스가 진짜로 자러 갔다는 확신이 들 때까지 그 기사를 썼다. 이윽고 그는 책상 맨 아래 서랍에서 마닐라 봉투를 꺼내 어제 쓰던 기사를 다시 타자기에 끼웠다. 하지만 그는 타자를 시작하지 않았다. 대신 그는 자판을 응시하며 왕비 그리고 왕비가 자신에게 한 말을 곰곰이 생각했다.

"폐하께서는 당신의 희생과 헌신에 감사하고 계십니다."

왕비가 어니스트에게 말했었다. "폐하와 나는 당신이 하는 중요한 일에 고마워하고 있어요."

자신에게 한 말을 곰곰이 생각했다.

"폐하께서는 당신의 희생과 헌신에 감사하고 계십니다."

왕비가 어니스트에게 말했었다. "폐하와 나는 당신이 하는 중요한 일에 고마워하고 있어요."

10

미래는 어찌 될까? 로켓 폭탄이 올 것인가?
파괴적인 폭발이 더 일어날 것인가?

— 윈스턴 처칠, 1944년 7월 6일

골더스 그린, 1944년 7월

다리는 바로 앞에 있었고, 옆으로 빠질 수 있는 길은 하나도 보이지 않았다. '갈수록 태산이네.' 메리가 생각했다. 다리는 군수물자 집적소에서 백 미터도 떨어져 있지 않았다. 만약 저 다리가 V-1이 폭격한 그 다리라면, 그들은 산산조각이 날 것이다. 메리는 손목시계를 힐끗 보았다. 1시 7분이었다.

메리 옆에서는 스티븐 랭 대위가 여전히 잉글랜드의 효과 없는 로켓 방어 대책에 대해 말하고 있었다. "로켓을 막는 유일한 방법은 아예 발사를 못 하게 하는 거야. 어…, 속력을 줄여. 이러다가 우리 둘 다 죽겠어."

'내가 저 다리를 1시 08분 이전에 건너면 그런 일 없어.' 메리가 생각하며 가속 페달을 밟았다. 메리는 다리를 향해 돌진하면서 충격파가 올 것을 대비했고, V-1에 산산조각이 나지 않으려면 얼마나 멀리 떨어져야 할지 가늠하려 애썼다.

"내가 참석할 회의는 그리 중요하지 않아." 랭 대위가 항의했다.

"저는 대위님을 제시간에 모셔다드리라는 명령을 받았습니다." 메리가 말하며 길을 돌진했다.

그리고 메리가 헨던으로 갈 때 탔던 길이 보였다. '하느님 감사합니다.' 메리는 길을 따라 남쪽으로 향했고, 이제 폭탄의 충격 범위 밖으로 벗어났기에 속력을 늦췄다. "로켓 공격을 막는 유일한 방법은 발사를 못 하게 하는 거라고 하셨나요?" 메리가 물었다.

"맞아. 그게 바로 내가 여기 처박혀 있는 대신 폭격기를 몰고 프랑스로 가야만 하는 이유지. 불평하는 건 아니야. 어쨌든, 덕분에 당신을 다시 만날 수 있었으니까." 랭 대위가 말하고는 심장이 멎을 듯한, 한쪽 입꼬리가 올라간 웃음을 지어 보였다. "전에 어디에 있었지?"

메리는 깜짝 놀라 랭 대위를 바라보았다. "전이라니요?"

"덜위치 이전. 우리가 처음 만난 곳이 어디인지 기억해내려는 거야."

"아, 옥스퍼드였습니다."

"옥스퍼드." 그가 말했고, 진짜로 기억을 떠올리려는 듯이 얼굴을 찡그렸다.

'아, 안 돼.' 이제까지 메리는 랭 대위가 그저 치근대는 거라고만 생각했었다. "전에 우리 만난 적 없어?"라는 말은 "나는 내일 출격해."라는 말만큼이나 전쟁 동안 아주 고전적인 작업 멘트였다. 하지만 메리가 '정말로' 랭 대위를 만난 적이 있을 가능성도 있었다. 결국 이건 시간 여행이었다. 메리는 다음에 나갈 시간 여행 임무에서 그를 알았을지도 모른다. 그리고 만약 일이 그러하다면, 이건 큰 문제가 될 수 있었다. 메리가 그때는 다른 이름을 쓰게 된다면 특히나 그랬다. 그리고 만약 랭 대위가 메리를 본 곳이, 이제까지 메리가 FANY들이나 소령에게 얘기해온 이야기와 어긋난다면, 그리고 랭 대위가 탤벗에게 그 말을 한다면…. '저 사람이 날 어디서 봤는지 기억해내기 전에 이야기를 딴 데로 돌려야 해.' 메리는 생각했다. "어떤 폭격기를 모시나요?" 메리가 물었다. "허리케인?"

"스핏파이어." 랭 대위가 말했고, 런던으로 가는 동안 자신의 공중전 업적을 메리에게 열심히 고해바쳤다. 하지만 런던으로 진입할 무렵 그가 물었다. "옥스퍼드 이전에는 어디에 있었어?"

"훈련 중이었습니다. 대위님은 본토 항공전을 하셨나요?"

"응. 격추되기 전까진. 비긴힐에서 근무한 적은 없지?"

"네." 메리가 단호히 말했다. "우리가 결코 만난 적이 없다고 저는 확신합니다. 대위님처럼 뻔뻔한 사람을 만났다면 분명 기억했을 겁니다."

"맞는 말이지." 랭 대위가 말했다. "그리고 당신처럼 아름다운 사람을 만났다면 나 역시 절대로 잊지 않았을 거야." 그는 의자 뒤로 팔을 뻗더니 메리를 마주 볼 수 있도록 몸을 돌리며 좀 더 가까이 다가앉았다. "아마도 기시감이겠지."

"또는 대위님이 워낙 많은 여자에게 추근대서 헷갈리는 것일 수도 있지요. 항구마다 여자가 있으면 그렇게 되지요."

"항구?" 랭 대위가 말했다. "나는 공군이야. 해군이 아니라고."

"그러면 격납고마다 있겠죠. 말해보세요. '영원히 함께할 운명'이라는 표현이 다른 여자들에게는 먹히던가요?"

랭 대위가 이를 드러내며 씩 웃었다. "사실, 먹혀." 이윽고 그는 어리둥절한 표정을 지었다. "왜 당신에게는 안 먹히는 거지?"

'왜냐하면, 난 백 년 후를 살아봤거든….' 메리가 생각했다. '당신은 내가 태어나기도 전에 죽었고.' 그리고 그런 생각을 후회했다. 그는 전투기 조종사였다. 아마 전쟁이 끝나기 전에 죽었기 십상이었다.

또는 그들이 화이트홀에 도착하기 전에. 런던에는 2시와 6시 사이에 V-1 열한 대가 떨어졌다. "화이트홀 어디에서 회의가 있나요?" 메리가 물었다.

"보건성." 그가 빈정대듯 말했다. "세인트찰스 스트리트에 있어. 토트넘 코드 로드를 타. 그게 가장 빨라."

그리고 그곳은 1시 52분에 V-1이 떨어졌다. "여기서 좌회전." 그가 명령했고, 메리가 우회전하자 소리쳤다. "아니, 좌회전이라고!"

"죄송합니다." 메리가 말하며 계속해서 토트넘 코트 로드에서 멀어졌다. "운명이었습니다."

"그건 무정한데." 랭 대위가 말했다. "이졸데는 트리스탄에게 절대 그런 말을 하지 않았을 거야."

"죄송합니다." 메리가 채링크로스 로드로 접어들며 말했다.

"왜 당신은 나의 매력에 전혀 넘어오지 않는 거지?" 랭 대위가 물었다. "아, 이런, 약혼한 건 아니지?"

메리는 그랬으면 좋겠다고 생각했다. 랭 대위의 추근거림을 멈출 수 있는 가장 간단한 방법이었다. 하지만 그렇게 말했다가 만약 탤벗이 이 사람을 다시 태울 경우 일이 복잡해질 수도 있었다. 메리는 고개를 저었다.

"그러면 결혼 약속이라도 되어 있는 거야?" 그가 계속 캐물었다. "태어날 때 약속이 되어 있는 거야?"

"아니요." 메리가 소리 내 웃으며 말했다. 그건 아마도 최악일 것이다. 이제 랭 대위는 메리의 거절을 진지하게 받아들이지 않고 있었다. 하지만 그의 결심과 불굴의 의지는 사람 마음을 무장해제시키는 능력이 있었다. 목적지에 도착해서 다행이었다. "다 왔습니다." 메리가 말하며 보건성 앞에 차를 댔다.

"딱 맞춰 왔군." 랭 대위가 손목시계를 보며 말했다. "멋져, 이졸데." 그는 다임러에서 내리더니 다시 안으로 몸을 숙였다. "얼마나 오래 걸릴지 모르겠어. 1시간, 어쩌면 2시간 정도 걸릴 거야. 하지만 회의가 끝나자마자 당신과 차를 마시러 가겠어. 그리고 가장 가까운 교회에 가서 결혼 예고를 하는 거야."

"저는 그럴 수 없습니다." 메리가 말했다. "들것들, 기억하시죠?"

"들것 따위는 엿이나 먹으라지. 이건 운명이야." 랭 대위는 한쪽 입꼬리가 올라간 웃음을 지어 보이고는 건물 안으로 성큼성큼 걸어갔고, 대위가 사라지자 메리 역시 갑자기 자신도 저 남자를 전에 본 것 같다는 기시감이 들었다.

이로써 저 남자를 미래에서 봤을 거란 가능성이 사라졌다. 아직 일어나지 않은 일을 기억할 수는 없으니까. 그렇다면 그건 여기, 이번 임무에서였을 게 분명했다. 덜위치로 가는 길에, 기차역에서 표를 사려고 했을 때 만났을까? 아니면 포츠머스에서? 아니, 저렇게 잘생긴 얼굴이나 입꼬리가 올라간 웃음을 잊었을 리 없지. 그리고 저 남자는 그냥 낯익어 보이는 게 아니라 누군가를 떠올리게 할 정도였다.

누구지? 옥스퍼드에 있는 사람? 아니면 이전 임무에서 만난 사람? 메리는 눈을 가늘게 뜨고 기억해내려 애썼지만, 딱 집어낼 수가 없었다. 어쩌면 단지 랭 대위가 전에 만난 적이 있다고 말했기 때문에 기시감이 든 것뿐일 수도 있었다.

메리는 기억해내길 포기하고, 지도를 들고 2시와 5시 사이에 V-1이 떨어진 좌표들을 찍기 시작했다. 헨던으로 돌아가는 길에 그곳들을 피하기 위해서였다. 그리고 그 일을 마치자마자, 헨던에서 덜위치로 안전하게 돌아갈 경로를 표시했다. 만약 스티븐 랭 대위가 4시 전에 회의를 마치고 돌아오면, 그리고 에지웨어에서 들것들을 받는 데 시간이 너무 오래 걸리지 않으면, 비록 마이다 베일을 돌아서 간 뒤 킬번을 관통해야 하긴 해도 그 외엔 왔던 길로 돌아갈 수 있었다.

랭 대위는 4시까지 돌아오지 않았다. 4시 30분까지도. 5시까지도. 회의가 얼마나 걸릴지 과소평가한 게 분명했다. 메리는 5시에서 6시 사이, 아니만약을 위해 5시에서 7시 사이에 떨어진 V-1의 목록을 머릿속으로 떠올린뒤, 헨던까지 가는 경로 그리고 헨던에서 지부로 돌아가는 경로를 다시 잡았다. 먼저 잡았던 경로보다 훨씬 더 길고 더 복잡했다. 메리는 그 경로대로 갈 수 있기를 바랐다. 만약 랭 대위가 곧 나오지 않으면 메리는 어두운길을 운전해야 했다. 그것도 등화관제 속에서.

랭 대위는 6시 15분이 되어서야 마침내 격노한 표정으로 화이트홀에서나왔다. "그 멍청이들이 뭐라고 했는지 알아? '당신들 공군이 로켓 폭탄을 막을 더 효과적인 작전을 만들어내야 합니다.'라고 하더군." 그는 씩씩거리며차에 타더니 거칠게 문을 닫았다. 메리는 차 시동을 걸고 차량 흐름에 합류했다. "대체 우리보고 뭘 어쩌라는 거야?" 그는 화를 내며 말했다. "로켓 폭탄에는 우리가 쏠 수 있는 조종사가 있는 것도 아니고 날아오는 동안 신관을 제거할 방법도 없어. 그건 발사될 때 이미 기폭 장치가 켜진 상태라고."

메리는 듣는 둥 마는 둥 가끔 고개를 끄덕여주며, 런던을 빠져나가 헨던으로 가는 길로 들어서기 위해 정신을 집중했다. 적어도 랭 대위는 '우리가 어디선가 만나지 않았어?'라는 주제는 포기한 듯했다.

"설사 우리가 비행 폭탄을 격추한다 해도…." 랭 대위가 계속 떠들어댔다. "우리는 그 폭탄을 원하는 곳으로 떨어지게 만들 수가 없고, 결국 그냥 목적지에 떨어지게 할 때보다 더 많은 사람이 죽게 될 수도 있어. 하지만 그자들이 이런 내 말을 이해했을까? 천만에."

메리는 아직 주요 지형지물들을 알아볼 수 있을 때 에지웨어 로드에 도달할 생각으로 저녁 내내 가속 페달을 밟았고, 그동안 랭 대위는 장군들이 로켓이나 비행기에 대해 어쩌면 그리 무지할 수 있는가에 대해 분통을 터뜨렸다.

"그자들은 왜 로켓들이 인구 밀집 지역 대신 숲이나 초원에 떨어지게 할 방법을 공군이 찾아내지 못하느냐고 따지더군." 랭 대위가 분노한 목소리로 말했다. "하지만 또 목초지로 떨어지면 안 된다나? 폭탄이 터지면 소들이 놀라서 안 된대!"

그들이 7시 30분이 되어서야 마침내 헨던에 들어섰다. 메리가 랭 대위를 내려주고, 에지웨어에 가서 구급차 지부에서 들것을 받아오면 날이 깜깜해질 게 거의 확실했다.

"그리고 그자들이 어떤 끝내주는 제안들을 했는지 한번 맞혀보겠어?" 랭 대위가 말했다. "장군 한 명은 그물을 쓰라고 했고, 다른 장군은, 어, 아무리 젊게 봐줘도 백 살은 됐을 법해 보이는데, 영국 경기병대의 돌격[9]을 지휘했다 해도 하나도 놀랍지 않을 거 같은 사람이야. 여하튼 그 장군은 마치 암말을 잡을 때처럼 로켓 앞부리에 올가미 밧줄을 던져 잡아 프랑스로 다시 방향을 바꾸면 될 텐데 왜 그렇게 하지 않느냐고 하더군. 정말 멋진 생각이지. 난 왜 그 생각을 미처 하지 못했을까?"

"미안." 랭 대위가 사과했다. "당신에게 화를 풀 의도는 아니었어. 아무리 우리가 평생을 함께할 운명이라지만 말이야. 내가 바보 무리와 함께 있는 동안 혹시 우리가 어디에서 결혼하면 좋을지 생각해봤어?"

9 1854년 크림전쟁의 발라클라바 전투에서 지휘관의 잘못된 돌격 지시로 경기병 대부분이 죽거나 중상을 입은 사건이다.

“아니요.” 메리가 말했다. “하지만 우리는 결혼하면 안 된다는 결론을 내렸습니다. 전시 연애는 좋은 생각이 아닙니다. 올가미 밧줄로 비행 폭탄을 잡으러 가야 하는 경우에는 특히나 더요.”

“음, 그러면 뭔가 더 나은 방법을 생각해내야겠군. 그러는 동안, 당신과 차를 마시며….” 그는 갑자기 주위가 어디인지를 깨달은 듯했다. “우리가 벌써 런던을 벗어난 건 아니겠지? 나를 기다려준 데 대한 보답으로 사보이 호텔에 가서 차를 대접하고 싶었는데. 여기가 대체 어디지?”

“집입니다.” 메리가 군 비행장 게이트 쪽으로 차를 몰며 말했다.

“잠깐.” 메리가 다임러를 멈추고 있는데 그가 말했다. “당신은 아직 가면 안 돼.” 랭 대위는 손을 뻗어 메리의 손을 잡으려 했다.

메리는 동시에 수송 서류로 손을 뻗어 그의 손을 피했다. “펜 있으십니까?” 메리는 시치미를 떼고 물었다. “아, 괜찮습니다. 제게 있네요.”

그는 다시 말했다. “당신은 아직 가면 안 돼. 우리는 방금 만났잖아.”

“잊으셨나 봅니다. 우리는 전에도 만났습니다.” 메리가 수송 서류를 작성하며 말했다. “작업 멘트가 그렇게 오락가락하면 안 되지요, 랭 대위님.”

“그 말이 맞아.” 랭 대위가 침울하게 말했다. “하지만 내가 이 로맨스에 실패했다고 해서 당신이 굶주려야 한다는 뜻은 아니야. 당신은 나 때문에 온종일 굶었잖아. 봐, 여기서 몇 킬로미터만 가면 아담하고 멋진 술집이 있어.”

메리는 고개를 저었다. “저는 들것을 가지러 에지웨어에 가야 한다는 거, 기억하시죠?”

“당신과 함께 가겠어. 들것 싣는 걸 도울게. 그리고 저녁 식사를 함께하며 우리가 어디서 만났는지 기억을 떠올려보자고.”

메리는 절대로 그렇게 하고 싶지 않았다. “아니요. 저는 돌아가야만 합니다. 제 상관은 아주 엄격합니다.” 메리는 서명을 받기 위해 랭 대위에게 서류를 내밀었다. “죄송합니다.” 메리가 말하고 웃어 보였다. “이게 운명입니다.”

“좋아, 당신이 이겼어, 이졸데.” 그는 서류에 서명하고 다임러에서 내리더니 다시 차 안으로 몸을 숙였다. "하지만 이건 1라운드일 뿐이라는 걸 잊지 말라고. 나는 아직 써먹지 않은 온갖 테크닉들이 있고, 맹세컨대, 당신은 버티지 못할 거야. 아, 물론 당신이 내가 만났던 그 어떤 여자들보다 훨씬 더 꼬시기 어렵다는 건 인정해. 어쩌면 V-1을 막기 위해 당신을 써먹어야 할지도 모르겠네. 당신이 손만 한번 흔들거나 아니면 시기적절한 때에 한마디만 해줘도 V-1들이 방향을 바꿀…."

랭 대위는 마치 갑자기 뭔가가 기억났다는 듯이 말을 멈추고 멍하니 메리를 바라보았다.

'우리가 어디서 만났는지 기억난 게 아니면 좋겠는데.' 메리가 생각했다. "이제 저는 정말로 가야겠습니다." 메리가 빠르게 말했다.

"뭐라고?"

"들것요."

"아, 그렇지." 랭 대위가 다시 정신을 차리며 말했다. "아듀, 이졸데. 하지만 우리 만남이 이번으로 마지막이라고는 생각하지 말아주길. 우리는 곧 다시 만날 운명이니까. 아주 곧. 내일 다시 내가 차가 필요해진대도 난 전혀 놀라지 않을 거야."

"저는 내일 근무를 하고, 대위님은 V-1을 올가미로 잡아야 하는 거, 기억하십니까?"

"그렇지." 랭 대위가 말하더니 다시금 아까처럼 묘하게 사람을 꿰뚫어 보는 듯한 시선으로 메리를 바라보았다. 메리는 간신히 작별 인사를 하고 문을 닫고 재빨리 차를 몰고 떠났다.

"차를 몰고 간다고 해서 운명에서 벗어날 수는 없는 법이야!" 랭 대위가 뒤에서 외쳤다. "우리는 함께할 수밖에 없어, 이졸데. 그건 운명이야!"

'앞으로 며칠 동안 꼭 딩빈 근무를 하거나 지부에 없어야겠어.' 메리가 에지웨어로 접어들며 생각했다. '그 정도 시간이 지나면 랭 대위도 우리가 어디서 만났는지 떠올리는 걸 관두고 다른 여자를 이졸데라고 부르기 시작하겠지.'

메리는 좀 더 빨리 방법을 찾아내 랭 대위에게서 빠져나왔어야 했다. 메리가 에지웨어 구급 지부를 찾아내 들것 하나를 간신히 얻어냈을 때는 이미 어두워졌을 뿐 아니라 8시를 지난 시각이었다. 그녀는 낯선 지역에 와 있었고, 가림막을 한 전조등은 거의 길을 밝히지 못했으며, 만약 방향을 잃고 엉뚱한 길로 들어선다면 폭탄에 산산조각이 날 것이다.

하지만 그렇다고 천천히 차를 몰 수도 없었다. 오늘 밤 덜위치에는 V-1 세 대가 떨어졌다. 그래서 모든 구급차가 출동해야 했고, 메리가 지도에 표시한 경로는 자정까지만 유효했으며, 등화관제 때문에 지도를 볼 방법도 없었다. '자정까지는 지부로 돌아가야 해.' 메리는 생각하며 두 손으로 운전대를 꽉 잡고 앞으로 몸을 숙이고 길에서 전조등이 비추는 조그만 부분을 응시했다. '꼭 신데렐라 같네.'

이정표도 없었지만, 설사 있다 할지라도 그걸 볼 만한 빛이 없었다. '침공의 위협은 오래전에 끝났어.' 메리는 짜증을 내며 생각했다. '이정표들을 다시 설치하지 말아야 할 이유가 없잖아.'

하지만 이정표는 없었고, 그 결과 메리는 방향을 바꿀 때 두 번이나 길을 잘못 들었고, 몇 분 동안 바짝 긴장하며 길을 돌아와야 했으며, 12시 30분이 되어서야 덜위치에 도착할 수 있었다.

차고는 비어 있었다. '12시 20분에 떨어진 V-1 때문에 이미 출동했구나. 다행이야. 다음 V-1이 떨어지기 전에 요기를 할 수 있겠어.' 하지만 메리가 차에서 내리기도 전에 페어차일드와 메이틀랜드가 그녀 옆에 앉았다. "헤르네 힐에 V-1이 떨어졌어, 드 하빌랜드." 페어차일드가 말했다. "가자."

"지난 2시간 동안 세 대가 떨어졌어." 메이틀랜드가 말했다. "그리고 그쪽에서는 지금 일손이 부족해."

그리고 밤새 메리는 잔해를 오르고, 부상자들에게 붕대를 감아주고, 들것들을 싣고 내렸다.

그들이 지부로 돌아온 건 아침 8시가 되어서였다. "내 일을 대신해줬다고 들었어, 트라이엄프." 메리가 출동실에 들어섰을 때 탤벗이 말했다. "누구였어? 문어손은 아니었으면 좋겠는데."

"문어손?"

“오즈월드 장군. 손이 여덟 개인데, 그 손을 잠시도 가만히 두지 못하거든.” 탤벗이 몸서리를 쳤다. “그리고 아주 빨라. 아주 늙다리인데다 커다란 두꺼비처럼 생겼는데도 말이야.”

“아니었어.” 메리가 소리 내 웃으며 말했다. “젊고 아주 잘생긴 사람이었어. 이름이 랭이라더라. 공군 조종사 랭 대위.”

“아, 스티븐이었구나.” 탤벗이 알겠다고 고개를 끄덕였다. “그 사람, 전에 어딘가에서 널 만난 적이 있다고 하지 않아?”

“계속 그렇게 말하더라.”

“그 사람은 자기를 태워주는 모든 FANY에게 그 말을 해.” 탤벗이 말했고, 메리는 그 말에 안심되어야 마땅했지만, 마음 한편에서는 아직도 다음 강하 임무에서 랭 대위를 만나게 되길 은근히 기대했다.

“나라면 그 남자랑 결혼하려 애쓰지 않을 거야.” 탤벗이 말하고 있었다. “그 사람은 진지한 연애에는 확실히 관심이 없어.”

“잘됐네.” 메리가 말했다. “나도 관심 없거든. 만약 그 사람이 전화해서 운전사가 필요하다고 말하면 네가….”

“소령님에게 패리시를 보내라고 할게.”

“고마워. 탤벗, 널 배수구에 민 거 다시 한번 더 사과할게. 미안해.”

“괜찮아, 트라이엄프.” 탤벗이 말했고, 이튿날 탤벗은 목발을 짚고 절룩이며 휴게실로 오더니 메리의 뺨에 키스했다.

“왜 갑자기 키스를?” 메리가 물었다.

“이거.” 탤벗이 편지를 흔들어 보이며 말했다. “오늘 아침에 배달됐어. 들어봐. ‘당신의 사고에 대해 들었습니다. 어서 완쾌되어 함께 무도회에 갈 수 있으면 합니다. 서명, 윌리 와코우스키 상사.’” 탤벗이 편지를 읽었다. “그리고 소포에 나일론 스타킹 두 벌이 들어 있었어! 네가 날 민 건 내게 정말 행운이었어, 드 하빌랜드! 내 무릎이 낫는 대로 네 근무 하나, 아니 두 개를 대신 해줄게.”

하지만 다음 주 동안 독일군은 V-1 발사 수를 늘려, 날마다 24시간 동안 거의 250대의 V-1이 떨어졌고, 탤벗을 포함한 모두는 2교대 근무를 해야 했다. 만약 랭 대위가 전화해서 운전사가 필요한 척했더라도 보낼 운전사도 차도 없었을 것이다. 메리와 페어차일드는 롤스로이스를 몰고 사고 현장 세 곳을 갔으며, 소령은 대부분의 시간 동안 운전사와 구급차를 더 얻어내기 위해 전화로 본부와 입씨름을 했다.

하지만 그다음 주, V-1의 숫자가 갑자기 감소했다. 메리는 그게 정보부가 흘린 가짜 정보가 마침내 효과를 발휘해 독일군이 발사 거리를 조절해 V-1이 켄트의 목초지에 떨어진 건 아닐까 생각했다. 또는 어쩌면 랭 대위가 V-1을 격추할 방법을 떠올렸을 수도 있었다. 그 이유가 무엇이든 간에, 구급차 부대는 평상시 근무로 돌아갔고, 무도회도 갈 수 있었다.

패리시, 메이틀랜드, 리드는 월워스에서 열린 무도회에 메리를 끌고 갔다. 이제 메리는 V-1 소리가 어떤지 알았기 때문에(세인트프랜시스 지부로 가면서 들었다), 그리고 무도회가 열린 날 월워스를 중심으로 반경 30킬로미터 안쪽으로는 V-1 폭격이 없었기 때문에, 메리는 이 정도 위험은 감수하고 무도회에 가는 것도 괜찮겠다고 생각했다.

잘못된 생각이었다. 메리는 랭 대위와 똑같이 '우리 전에 어디선가 만난 적 있지 않나요?'라고 말하는 미군을 만났다. 하지만 그에게는 랭 대위의 매력이나 위트가 전혀 없었으며, 춤솜씨는 더더군다나 없었다. 메리는 거의 탤벗만큼이나 절룩이며 지부로 돌아왔다.

그 미군은 다음 주 내내 매일같이 전화를 걸었고, 목요일에는 메리가 페어차일드와 함께 그날의 두 번째 사고 현장을 다녀와(사망이 한 명, 부상이 다섯 명이었다) 차고에서 건물로 들어오는데 패리시가 둘을 맞으며 말했다. "켄트, 휴게실에 널 만나러 온 사람이 있어."

"미국인?" 메리가 물었다.

"모르겠어. 나는 메이틀랜드가 전해달라고 해서 전하는 것뿐이야."

"춤 못 추는 그 미군은 아니었으면 좋겠는데."

"내가 구해주러 갈까?" 페어차일드가 제안했다.

"응. 5분 뒤에 와서 병원에서 날 찾는다고 말해줘."

"그럴게. 네 모자 줘."

　메리는 페어차일드에게 모자를 주고 복도를 따라 휴게실로 가서 문을 열었다. 메이틀랜드가 소파 팔걸이에 앉아 다리를 흔들면서 공군 군복을 입은 젊고 키 큰 남자에게 애교 넘치는 웃음을 짓고 있었다.

　찾아온 이는 미군이 아니라 랭 대위였다. "이줄데." 그는 한쪽 입꼬리가 올라간 웃음을 지어 보이며 말했다. "다시 만났군."

　"여기는 어쩐 일이십니까?" 메리가 물었다. "운전사가 필요하신가요?"

　"아니. 당신에게 고맙다고 말하러 왔어."

　"고맙다니요?"

　"맞아. 영국인들을 대표해서. 그리고 마침내 기억났다는 말도 해주려고."

　"기억이 나요?"

　"맞아. 전에 당신을 만났다고 내가 말했잖아. 거기가 어딘지 마침내 기억이 났어."

11

적에게 아무 말도 하지 말 것.
음식과 자전거를 숨길 것.
지도를 숨길 것.

— 공공 정보 팸플릿, *1940년*

런던, 1940년 11월

사이렌 소리에 에일린은 황급히 천장을 바라보았다. 사이렌 소리는 이제 큰 소리로 높아졌다가 낮아지기를 반복하며 호드빈네 집 밖 복도를 가득 채웠다. "비니!" 에일린은 문에 대고 외쳤다. "가장 가까운 방공호가 어디니?"

에일린은 손잡이를 잡고 흔들었지만, 문은 잠겨 있었다. "비니, 여기 있으면 안 돼!" 에일린이 문에 대고 계속 외쳤다. "우린 방공호로 가야 해!"

사이렌 소리 말고는 아무 소리도 들리지 않았고, 지금 이곳에서는 그게 당연해 보였다. 사이렌 소리가 너무나 컸기 때문이다. "비니! 호드빈 부인!" 에일린은 두 손으로 문을 두드렸다. 에일린이 두 아이를 데리고 왔을 때 이용한 지하철역은 2킬로미터도 더 떨어진 곳에 있었다. 에일린은 절대로 그곳에 제때 도착할 수 없을 것이다. 근처에 분명 지상 방공호가 있겠지. "호드빈 부인! 일어나세요! 가장 가까운 방공호가 어딘가요! 호드빈 부….."

문이 활짝 열렸고, 비니가 에일린 옆을 쏜살같이 지나 계단을 내려가며 외쳤다. "이쪽이에요! 서둘러요!" 에일린은 비니 뒤를 따라 계단을 세 줄 내려가 집주인네 집의 닫힌 문을 지났다. 사이렌 소리가 요란히 울려댔다. 바같 문이 쾅 닫히는 소리가 들렸지만, 에일린이 밖에 나왔을 때 비니는 사라지고 없었다. "비니!" 에일린이 외쳤다. "돌로레스!"

비니는 흔적도 보이지 않았고, 가장 가까운 방공호가 어디인지 알려줄 사람 역시 아무도 없었다. 에일린은 안으로 다시 달려들어 가 복도를 뛰어가며 지하실로 연결됐을 만한 계단을 찾아보았지만, 계단은 보이지 않았다.

'그리고 이 집들은 성냥갑처럼 무너져.' 에일린이 생각했다. 공포가 몸을 훑고 갔다. '여기서 빠져나가야 해.'

에일린은 다시 밖의 거리로 뛰어나와 방공호 위치에 대한 공지나 앤더슨 방공호가 있는지 찾아보았지만, 박살 난 집들과 머리 높이까지 쌓인 잔햇더미들만 보였다. 당장에라도 비행기들이 이곳에 올 것이다. 에일린은 하늘을 올려다보며 다가오는 폭격기들을 뜻하는 검은 점들이 보이는지 살폈지만, 아무것도 보이지 않았고 또한 아무 소리도 들리지 않았다.

쿵 하는 소리가 들리더니 뒤이어 흙들이 미끄러져 내리는 소리가 들렸고, 알프가 잔해에서 에일린 앞으로 뛰어내렸다. "에일린 누나를 본 거 같다는 생각이 들었어요." 알프가 말했다. "여기서 뭐 하는 거예요?"

에일린은 알프를 봐서 진짜로 기뻤다. "서둘러, 알프." 에일린이 알프의 팔을 잡으며 말했다. "가장 가까운 방공호가 어디니?"

"거기는 왜요?"

"사이렌 소리 못 들었어?"

"사이렌 소리요?" 알프가 말했다. "그런 거 못 들었는데요."

"멈췄어. 근처에 지상 방공호가 있니?"

"사이렌 소리를 들은 거 확실해요?" 알프가 말했다. "여기에 한참 동안 있었는데 아무 소리도 못 들었어요. 확실해요?"

'이 아이를 봐서 기뻤다는 생각은 취소야.' 에일린이 생각했다. "응. 확실히 들었어. 난 저기에 있었어." 에일린은 아이의 집을 가리켰다. "네 누나랑 이야기하고 있었는데…."

알프가 눈을 가늘게 떴다. "무슨 이야기요?"

"그건 상관없어. 알프, 우리는 지금 방공호에 가야 해. 공습이 오기 전에…."

“아동 복지회 때문에 온 거 아니죠?”

도대체 에일린이 뭐 하러 아동 복지회를 대신해 이곳에 온단 말인가?

“아니야, 알프….” 에일린이 알프의 팔을 잡았다.

“비행기들이 오기 전에는 가지 않아도 돼요.” 알프가 말하며 에일린 속을 긁었다. “게다가 나랑 누나는 작은 공습은 무섭지 않아요. 지난주에도 집이 백 채나 폭파되었어요. 콰쾅!” 알프는 두 팔을 쳐들며 폭발 흉내를 냈다. “시체 조각이 사방에 있었어요. 누나가 에일린 누나에게 뭐라고 했는데요?” 알프가 의심이 담긴 목소리로 물었다.

‘여기에 서 있다가는 죽고 말 거야.’ 에일린은 터질 것 같은 심정으로 생각했다. “알프, 그건 나중에 이야기해도 돼.”

“잠깐만요.” 알프는 갑자기 뭔가 생각이 났다는 듯이 말했다. “그 사이렌 소리가 어떤 식이었어요?”

“어떤 식이냐니, 무슨 말이야? 공습경보였어. 알프, 우리는….”

“그 소리가 들렸을 때 에일린 누나는 어디에 있었어요?”

“너희 집 밖 복도에. 왜?” 에일린은 물었고 갑자기 의심이 솟았다.

“누나는 배스컴 아줌마 소리를 들은 게 분명해요.”

“배스컴 아줌마?” ‘배스컴 부인이 여기 화이트채플에서 뭐 할 게 있다고?’

“우리 앵무새요.”

‘앵무새?’

“우리는 앵무새에게 공습경보랑 공습경보해제 사이렌 소리를 가르쳤어요.” 알프가 자랑스레 말했다. “그리고 고성능 폭탄 터지는 소리도요. 쾅! 콰쾅!”

“앵무새에게 공습경보 사이렌 소리를 흉내 내게 했다고?” 에일린이 격노해 말하며 생각했다. ‘당연히 그러고도 남지. 이 아이들은 호드빈 남매인걸.’ 비니는 앵무새에게 사이렌 소리를 흉내 내게 한 뒤 에일린이 자기 뒤를 쫓아 계단을 내려오게 한 것이고, 이젠 아파트 뒤에 숨어 고개를 뒤로 꺾어가며 웃어대고 있을 게 분명했다.

“배스컴 아줌마는 그 소리들 흉내를 굉장히 잘 내요.” 알프는 말하고 있었다. "특히 고성능 폭탄 소리를요. 배스컴 아줌마 때문에 로우 부인은 너무나 겁을 먹어서 계단에서 굴렀어요. 에일린 누나는 그 소리를 진짜 사이렌 소리라고 생각한 거라고요." 알프는 에일린을 가리키며 말하더니 배를 움켜잡고 소리 내 웃었다. "정말 재밌는 장난이네! 에일린 누나가 자기 표정이 어땠는지 봐야 했는데. 비니 누나에게 어서 말해줘야지!" 알프는 뛰기 시작했지만, 에일린은 그 둘과 지난 9개월을 허투루 보낸 게 아니었다. 에일린은 지도 없이 이곳을 떠나지 않을 작정이었다. 에일린은 알프의 옷깃을 잡았다. 알프는 놓여나려고 버둥거렸지만, 에일린은 손을 놓지 않았다.

"그만 꿈틀거리고 가만히 있어." 에일린이 말했다. "나랑 이야기 좀 해. 너 구드 신부님이 주신 지도 아직도 가지고 있어?"

"몰라요." 알프가 말했다. "왜요?"

"내가 좀 빌려 쓰려고."

"뭣 때문에요?" 알프가 다시 눈을 가늘게 뜨고 말했다. "누나가 제5열인 건 아니죠?"

"당연히 아니지. 좀 찾아볼 게 있어서 그래. 지도를 빌려주면 너에게 책을 한 권 줄게."

알프가 코웃음을 쳤다. "책이라고요?"

"응." 에일린은 말하며 핸드백에서 책을 꺼내기 위해 알프를 잡은 손을 놓아도 될지 어떨지 고민했다. "사람들 목을 치는 내용이야."

알프는 즉시 흥미를 보였다. "누구 목인데요?"

"앤 불린. 토머스 모어 경. 제인 그레이 여왕." 에일린은 핸드백에서 책을 꺼냈다.

"그림도 들어 있어요?" 알프가 물었고, 에일린이 고개를 끄덕이자 물었다. "좀 봐도 돼요?"

"네 지도를 먼저 가져다주기 전에는 안 돼."

알프는 잠깐 생각하더니 마침내 말했다. "싫어요. 만약 메셔슈미트가 오면 어째요? 지도가 없으면 어디에 표시하냐고요."

"나는 하루 이틀 정도만 지도를 쓰면 돼. 당시에는 사람들 목을 자르면 그 잘린 머리를 창대에 꽂아 런던 다리에 세워두었어."

알프의 얼굴이 밝아졌다. "책에 그런 그림들이 있어요?"

"응." 에일린이 거짓말을 했다.

"좋아요. 하지만 내게 돈을 줘야 해요. 5파운드예요."

"5파운드?" 에일린이 말했다. "너 그게 얼마나 큰 돈인지 알아? 나는 그렇게 큰돈을 줄 생각이…."

알프는 어깨를 으쓱해 보였다. "맘대로 해요."

'그렇게 나온다 이거지.' 에일린이 생각했다. "그 앵무새는 어디서 났지, 알프?" 에일린이 물었다. "훔친 거지, 그렇지?"

"아니에요!" 알프가 격분해 말했다. "절대 아니에요. 잔해에서 발견한 거예요. 잔해에는 온갖 물건들이 있어요."

"그건 약탈이야." 에일린이 말했다. "그리고 약탈은 범죄고."

"약탈이 아니에요!" 알프는 항의하며 방어하듯 주머니에 두 손을 넣었다. "그걸 원래 가졌던 사람들이 죽었는데 어떻게 그게 약탈이에요?"

좋은 지적이었다. 하지만 에일린은 지도가 필요했고, 그 앵무새 때문에 수명이 10년은 줄어들었을 게 분명했다. "법의 관점에서는 여전히 약탈이야."

"만약 우리가 찾아내지 않았으면 배스컴 아줌마는 죽었을 거예요. 우리가 구한 거라고요."

"그랬을 수도 있지. 하지만 나는 어쨌든 경찰서에 전화해서 너희 집에 훔친 앵무새가 있다고 말해야만 해."

알프는 얼굴이 백지장처럼 창백해졌다. "잠깐만요! 그러지 말아요!" 알프가 간청했다. "지도를 빌려줄게요."

"고마워." 에일린이 입을 열었지만, 알프는 갑자기 에일린의 손아귀에서 팔을 빼내더니 그녀의 손에 있던 책을 낚아채 잔해를 가로질러 달려갔다. "알프, 당장 돌아와!" 에일린이 외쳤지만, 알프는 이미 사라지고 없었다.

그리고 지도를 구할 기회도 함께 사라졌다. 에일린은 실패를 인정하고 채링크로스 로드로 가서 여행 서적부에 지도가 있기를 바라야 했다.

에일린은 돌아가는 길이 올 때만큼 힘들지 않기를 바라며 마일 엔드 로드를 향해 걷기 시작했….

"에일린 누나!" 알프가 달려오며 외쳤고, 바로 뒤에서 비니도 달려왔다. "기다렸어야죠!" 알프는 비난하듯 말하더니 에일린에게 지도를 건넸다.

"다시 가져올 필요 없어요." 비니가 말했다. "가져도 돼요. 알프는 비행기 식별을 더 이상 안 해요. 이제 알프는 파편을 모아요."

"그리고 불발탄도요." 알프가 말했다.

'어련하겠니.' 에일린이 생각했다.

"그러니 돌아올 필요 없어요." 비니가 말을 끝맺었다.

호드빈 남매가 자기 뒤를 밟아 리케트 부인 집까지 쫓아올 거라는 걱정은 괜한 것이었다. 반대로, 둘은 어서 에일린을 돌려보내고 싶어 안달이었다. 왜? 무슨 짓을 하려고? 에일린이 경찰에게 전화한다고 했을 때 알프는 창백해졌다. 불발탄들을 수집해 집으로 가져간 것일까? 하지만 아무리 호드빈 부인이라 해도 그런 것을 집에 들이게 했을 리가….

"돌아가야 하지 않아요?" 비니가 말했다. "늦었는데요."

비니 말이 맞았다. 그리고 이제 호드빈 남매가 무슨 악행을 저지르든 그건 이제 에일린의 책임이 아니었다. "그래야지." 에일린이 말했다. "지도 고마워, 알프. 잘 있어, 비니."

"돌로레스예요."

'거의 너희들이 그리울 뻔했어.' 에일린이 생각했다. '거의.'

"잘 있어, 돌로레스." 에일린이 말하고 핸드백에서 영화 잡지를 꺼내 비니에게 내밀었다. "받아."

비니는 마치 에일린이 마음을 바꿔 다시 빼앗아 가기라도 할 듯이 잡지를 낚아채 가슴에 꼭 안고는 달아나버렸다.

하지만 알프는 그대로 서 있었다.

"괜찮아." 에일린이 말했다. "비행기 식별을 하려면 지도가 필요한 걸 알아. 다시 가져올게."

"원하지 않으면 그러지 않아도 돼요. 비니 누나가 말했듯이, 나는 지도가 필요 없어요."

호드빈 남매는 에일린이 다시 찾아오는 걸 진심으로 원하지 않아 보였다. "우편으로 부쳐줄 수도 있어." 에일린이 제안했다.

"그게 훨씬 낫겠네요." 알프가 안도한 표정으로 말했지만, 가지 않고 계속 서 있었다. "경찰에게 말 안 할 거죠?"

"잔해를 뒤지지 않는다고 약속하면." 에일린은 알프가 진짜로 자기 말을 따르리라고는 생각하지 않았지만, 그래도 말을 했다. "그리고 더는 불발탄을 모으지 않으면."

"나는 작은 것들만 모아요."

"폭탄은 안 돼." 에일린이 단호히 말했다.

"파편은 계속 모아도 되죠?"

"그래." 에일린이 말했다. "하지만 공습을 구경하는 건 안 돼. 사이렌이 울리는 즉시 비니와 함께 방공호로 간다고 약속해."

놀랍게도, 알프는 고개를 끄덕였다. "버스 타는 곳까지 데려다줄까요?"

"아니, 괜찮아. 집까지 어떻게 가는지 알아." '그곳은 이 지도 어딘가에 있어.' 에일린은 지금 당장 지도를 펼치고 군 비행장이 어딘지 찾아보고 싶은 마음이 굴뚝 같았으나, 예상보다 시간이 지난 상태였다. 버스를 탈 때까지 기다려야만 했다.

하지만 버스에는 사람들이 꽉 찼고, 에일린이 버스를 타고 10분 뒤 알프가 수집하지 못한 파편에 타이어가 터졌다. 그래서 그녀는 거리를 여러 개 걸어간 뒤 다른 버스를 타야 했고, 그 버스는 처음 것보다 더 심하게 붐볐다. 에일린은 버스를 탄 내내 손잡이를 잡고 서 있어야 했고, 너무나 많은 바리케이드와 우회로를 거쳤기 때문에 버스가 뱅크역에 도착했을 때는 시간이 너무 많이 늦었다. 에일린은 타운센드 브라더스 백화점으로 가면 폴리가 퇴근하고 없을까 봐 걱정이 되었다.

그래서 에일린은 백화점으로 가는 대신 리케트 부인의 집으로 곧장 가서 방으로 들어갔고, 침대에 걸터앉아 지도를 펼쳤다. 지도는 심하게 손상되었고 접은 곳은 너덜거렸으며, 지명 색인 부분은 찢겨나가고 없었다. 지도를 보며 이름을 찾아내야만 했다. 알프는 지도의 아래쪽 절반 여기저기에 X 표시와 날짜를 적어두었고, 그 때문에 지명이 가려져 알아보기가 아주 힘들었다. 다행히도 표시는 연필로 해놓아 지울 수가 있었다. 에일린은 표시를 지우는 과정에서 원래 지명이 지워지지 않기를 바랐다. 또한 알프가 제럴드의 군 비행장 이름 위에서 메서슈미트를 발견하지 않았기를, 그리고 그 비행장이 찢어지고 접힌 부분에 위치하지 않기를 바랐다.

폴리와 마이크는 제럴드의 군 비행장이 옥스퍼드 근처라고 생각했다. 에일린은 몸을 굽히고 옥스퍼드와 런던 사이 지역에서부터 조그만 지명들을 읽으며 'ㅂ'을 찾아보았다. 브록스본, 비숍스 스토포드, 밴베리….

희미하게 문을 두드리는 소리가 들렸다. 에일린은 비니가 그랬듯이 문을 살짝 열고 고개를 내밀었다. 라버넘 양이었다. "우리는 저녁 식사를 하러 내려가요." 그녀가 말했다. "같이 가겠어요?"

"아니요. 폴리가 아직 안 와서요." 에일린이 말했다. "기다렸다가 같이 먹을게요."

"현명한 판단이군요." 도밍 씨가 복도를 지나며 투덜거렸다. "오늘 저녁은 삶은 내장입니다."

'삶은 내장.' 에일린이 인상을 쓰고 문을 닫으며 생각했다. '군 비행장 이름을 반드시 찾아야 해.' 에일린은 몸을 숙이고 다시 지도를 보았다. 그곳은 옥스퍼드와 런던 사이 철도 노선 어느 곳에도 없었고, 그렇다면 그건 더 동쪽에 있다는 뜻이었다. 발독, 레이튼 버자드, 버킹엄….

있었다! '보면 기억날 줄 알았다니까.' 에일린은 생각했다. 그리고 두 단어라는 기억도 맞았다. 이제 폴리가 오기만 하면 된다. 에일린은 복도로 나가 계단 아래쪽을 내려다보았다. 썩은 생선과 곰팡이 핀 목욕 스펀지를 섞은 듯한 끔찍한 냄새가 코를 찔렀고, 에일린은 손으로 코와 입을 막고 방으로 돌아왔다. 곧이어 폴리가 헐떡이며 분으로 들어왔다. "이 끔찍한 냄새는 뭐야? 히틀러가 겨자 가스를 쓰기 시작한 거야?"

"삶은 내장 냄새야." 에일린이 말했다. "괜찮아."

"어떻게 괜찮을 수가 있어?" 폴리가 코트 단추를 끄르며 말했다. "우리가 먹어야 하잖아."

“아니, 안 먹어.” 에일린이 말했다. “우리는 집에 갈 거야. 나는 제럴드가 어디에 있는지 알아.”

코트를 벗던 폴리의 손이 멈췄다. “지도를 구했구나.”

“응. 알프 호드빈에게서 구했어.”

“호드빈 남매가 끔찍하다고 했던 거 같은데. 그렇지 않네. 아주 착한 아이들이었군. 아, 알프, 귀엽고 사랑스러운 소년이여!”

“아무리 기쁘다 해도 그건 너무 과한 표현이고.” 에일린이 말했다. “알프랑 비니는 앵무새에게 공습경보 사이렌 소리를 흉내 내게 가르쳤어. 하지만 그건 문제가 아니야. 군 비행장이 어딘지 알아냈어.” 에일린은 지도를 잡더니 폴리 코앞에 내밀었다. “제럴드는 블레츨리 파크에 있어.”

12

아무리 해도 이건 결코 성공할 것 같지가 않다.

— 크리스토퍼 하너, 남 포티튜드 작전을 보고, *1944년*

켄트, 1944년 4월

"어니스트!" 세스가 복도에서 외쳤고, 어니스트는 그가 문들을 여는 소리를 들었다. "어니스트! 어디 있어?"

어니스트는 작업 중이던 종이를 얼른 타자기에서 빼내 종이 더미 아래에 넣고 새로운 종이를 타자기에 끼웠다. 어니스트가 "여기!" 하고 외치고 타자를 하기 시작했다. "화요일에 데링스턴의 환영 위원회는 '대양을 가로지르는 우정 콘서트'를 열었다. 존스-프리차드 부인⋯."

"여기 있었구나." 세스가 서류를 들고 말했다. "사방을 찾아다녔어. 내 목소리 못 들었어?"

"응." 어니스트가 말하며 타자를 했다. "⋯은 '아름다운 미국이여'를 불렀으며⋯."

"존스-프리차드 부인이 미 제1군과 무슨 관계인데?" 세스는 어니스트가 걱정했던 대로 책상을 돌아와 원고를 읽으며 물었다.

"⋯제7기갑사단의 조 마코프스키 일병, 댄 골드스타인, 웨인 튜리셀리는⋯." 어니스트는 소리 내 기사를 말하며 타자를 했다. "숟가락으로 '양키 두들'을 홍겹게 연주했다. 모두가 즐거운 시간을 보냈다." 그는 과장된 몸 짓으로 타자했다. 그는 타자기에서 종이를 빼 세스에게 건넸다.

"훌륭해." 세스가 원고를 읽으며 말했다. "하지만 제7기갑사단은 지난 주에야 데링스턴으로 이동했어. 과연 연습할 시간이 있었을까?"

"미국인들은 모두 태어날 때부터 숟가락으로 '양키 두들'을 연주할 줄 알아."

"맞는 말이지." 세스가 말하며 종이를 돌려주었다.

"뭔가 말하려고 나를 찾은 거 아니었어?" 어니스트가 물었다.

"응. 우리는 런던으로 가야 해."

"런던?"

"응. 그리고 신문 기사들을 끝내기 위해 여기 있어야 한다는 말은 하지 마. 넌 오늘 온종일 타자기 앞에 붙어 있었으니까."

"하지만 나는 기사들을 애슈퍼드와 크로이던에 가져다줘야 해." 어니스 트가 항의했다.

"문제없어. 가는 길에 그곳에 들러도 된다고 브랙넬 여사가 말했어."

"정확히 런던의 어디에 가는 건데?" 갑작스레 치통이 생긴 흉내라도 내야 하는 게 아닐까 생각하며 어니스트가 물었다.

"서점들. 우리는 북프랑스 여행안내서와 미쉐린 지도 51번을 모두 사서 동나게 해야 해. 파드칼레 지역."

서점들이라면 안전할 것이다. 그냥 조심하기만 하면 된다. 그리고 세스 는 그들이 영국 해외 파견군 장교 행세를 할 거라고 말했지만, 크로이던의 〈클라리온 콜〉의 제퍼스 씨에게 기사들을 전한 뒤 어니스트는 만약을 위해 가짜 콧수염을 달았다. 어니스트는 세스에게 옥스퍼드 스트리트의 서점들 을 확인하라고 하며 자신은 채링크로스 로드의 중고 서점들을 확인하겠노 라고 했다. 그건 어니스트가 몇 통의 전화를 할 수 있다는 뜻이었고, 모든 과정은 아무 문제 없이 끝났다. 어니스트는 모든 게 끝났을 때 너무나 안 심되었다. 그래서 브랙넬 여사가 어니스트에게, 셰퍼턴 영화 스튜디오가 도버에서 짓고 있는 가짜 기름 저장소에 쓸 낡은 하수 파이프를 실어 오라고 했을 때도 불평조차 하지 않았다.

그 임무 때문에 어니스트의 몸에는 지독한 냄새가 배었고, 이틀 동안 누구도 그의 곁에 얼씬도 하지 않으려 했으며, 그는 그 시간을 이용해 가짜 결혼 발표들과 철도 사고 기사들과 편집자에게 보내는 분노의 편지들을 썼다. 그 모든 글에는 미국인들 그리고 가상의 미 제1군이 언급되었다. 그리고 남는 시간에는 자기 글을 썼다. 그는 또한 자기 글을 신문사에 직접 가져다주려고 이리저리 시도해보았지만 모두 실패했고, 토요일에 세스는 그들이 다시 런던에 가야 한다고 말했다.

"여행안내서가 더 필요한 거야?" 어니스트가 물었다.

"아니, 소문을 내는 게 목적이야. 그리고 이번에는 양키로 분장할 거야. 미국인 악센트로 말할 수 있겠어?"

'당연하지.' 그가 생각했다. "할 수 있을 거야." 그가 말했다. "내 말은, 헤이, 친구, 나만 믿어."

"오, 잘하는데." 세스가 말했고, 어니스트는 다시 타자하기 시작했다. "토요일, 애슈퍼드의 엠파이어 극장에서 양키 영화의 밤을 연다. 미국 병사들은 반값에 입장할 수 있다."

30분 뒤, 세스가 미군 소령 군복을 들고 다시 나타났다. "소문내는 게 목적이라며?" 어니스트가 말했다. "술집에 입고 가기에는 너무 옷차림이 무겁지 않아?"

"우리는 술집에 가는 게 아니야. 우리는 런던에 갈 거야. 런던도 그냥 런던이 아니고, 사보이 호텔."

"또 왕비님을 만나는 거야?"

"아니. 훨씬 더 중요한 인물." 세스가 말했다. 그는 타자기 위에 군복을 올려놨다. "바지 줄을 칼같이 잡고 구두도 반짝반짝 광을 내."

"브랙넬 여사는 다른 사람을 찾아봐야 할 거야. 내게는 소령 직위에 어울릴 만한 구두가 없어."

"내가 구해올게." 몇 분 뒤, 세스는 브랙넬 여사의 신발을 가지고 돌아왔다.

"이건 사이즈가 두 개는 작잖아." 어니스트가 항의했다.

"지금 전쟁 중이라는 걸 모르는 거야?" 세스는 어니스트에게 구두약 통과 걸레를 건넸다. "반짝반짝하게 광을 내. 까다로운 사람이거든."

"누군데?" 어니스트가 물으며 생각했다. '왕일 리는 없어. 왕은 처칠과 함께 도버에서 함대를 순시 중이니까.' 어니스트는 방금 그에 관한 보도 기사를 썼다. "아이젠하워 환영회인 거야?"

"아니." 세스가 말했다. "아이젠하워는 진짜 작전을 지휘 중이지. 우리는 가짜 작전을 지휘한다는 거, 잊었어? 그리고 오늘 밤의 주인공은 우리를 지휘하지." 세스가 수수께끼 같은 말을 했다.

세스는 누구를 의미한 걸까? 그들을 지휘하는 건 특수 대응 부대였지만, 그들은 사보이 호텔에 자주 가지 않았고, 정보부의 고급 간부들 역시 마찬가지였다. 이들은 남들 눈에 띄지 않아야 했다.

프리즘이 미군 대령 복장으로 들어왔다. "우리가 '흉악한 늙은이'와 저녁 식사를 할 거라는 말 들었어?"

"누구?"

"미 제1군 최고 사령관의 별명이야." 프리즘이 신발 뒤축을 맞부딪히며 경례했다. "조지 S. 패튼 장군."

"그 유명한 패튼 장군?"

"그래. 이제 서둘러." 세스가 말했다. "우린 떠나야 해. 환영회는 8시야."

"우리는 양키 행세를 하기로 되어 있잖아." 어니스트가 신발을 신어보며 말했다. "'서둘러.'라고 말하면 안 되지. '빨리, 친구, 안 그러면 버스 놓친다고.'라고 해야 해. 그리고 계급 체계도 우리와 다르고 발음도 다르고."

"걱정하지 마." 세스가 말하고 재킷 주머니에서 주시 후레시 껌 한 통을 꺼냈다. "이걸 씹기만 하면 돼. 그러면 모두 내가 양키인 줄 알 거야." 프리즘이 어니스트에게 껌 하나를 내밀었다. "껌 씹고 싶어, 친구?"

"아니. 나는 맞는 신발을 가지고 싶어."

하지만 그동안 진흙밭과 더 진흙투성이인 강어귀들에서 작업한 탓에, 기지에는 괜찮은 신발이 단 한 켤레도 없었다. 어니스트는 런던에 도착한

다음에야 브랙넬 여사의 신발을 신었지만, 그런데도 사보이 호텔의 로비에 들어설 즈음에는 걷기가 어려울 지경이었다. "패튼 장군 앞에서는 그렇게 다리를 절지 않는 게 좋을 거야." 몽크리프가 말했다. "허약해 빠졌다고 싸대기를 날릴걸."

하지만 패튼 장군은 아직 도착하기 전이었다. 그리고 많은 수의 영국 장교와 파티복 차림을 한 중년의 민간인들이 여기저기에 조금씩 무리 지어 있었다. "저 사람들도 가짜야?" 세스가 물었다.

"모르겠어." 몽크리프가 말했다. "하지만 가짜가 아닐 수도 있으니 가까이 가지 마. 너희들이 장교 행세를 하다가 교수형 당해 죽는 걸 보고 싶진 않으니까. 너희는 오늘 밤에 두 가지 소문을 내야 해. 첫째, 상륙작전은 7월 중순 이후에나 있을 것이다. 둘째, 장소는 확실히 칼레다. 하지만 그걸 대놓고 이야기하지는 마. 비밀 엄수 서약을 한 거로 되어 있는데 그렇게 툭 까놓고 비밀을 말하면 의심스러워 보이잖아. 그러니 은근하게 암시만 해. 그리고 대화 중에 그 주제가 나올 때만 그렇게 하고. 직접 그 주제를 먼저 꺼내지는 마."

"무심결에 나오는 건? 가령 술을 너무 많이 마셨을 때 그러는 것처럼." 세스가 손님들이 든 칵테일 잔들을 유심히 보며 말했다.

"그건 괜찮아." 몽크리프가 말했다. "채서블, 애들에게 술을 가져다줘. 섞여 들어가. 그리고 기억해. 은근한 암시."

세스가 고개를 끄덕였다. "이건 황소와 경작지에서 보낸 밤과 똑같네. 다만 음식과 술이 더 좋은 게 다를 뿐이야."

"미국인이라면 '음식과 술이 더 죽인다'라고 말할걸." 어니스트가 고쳐줬지만, 그는 곧 그게 사실이 아닌 것을 알게 되었다. 채서블이 칵테일이라고 그들에게 가져다준 것은 옅게 우린 차였다.

"취한 입이 배를 가라앉힌다잖아." 채서블이 말했다. "몽크리프는 우리가 진짜로 아는 걸 누설하는 걸 원하지 않아."

"저것도 가짜 카나페야?" 하얀 장갑을 낀 종업원들이 작은 은쟁반을 들고 돌아다니는 것을 보며 세스가 물었다.

"아니. 하지만 돼지처럼 행동하지 마. 지금 우리는 장교야."

하지만 그것 역시 알고 보니 전혀 문제 될 일이 아니었다. 은쟁반 위의 우아하게 보인 전채 요리는 알고 보니 사각형으로 자른 스팸에 돌돌 만 정어리를 올리고 이쑤시개를 꽂아 고정한 것이었다.

"빌어먹을 전쟁 같으니." 어니스트가 슬쩍 끼어든 무리에서 얼굴 붉은 남자가 이쑤시개를 흔들며 말했다. "5년 동안 제대로 된 음식을 구경도 못 했다니까." 화제는 배급제로 인한 궁핍 및 설탕과 신선한 과일, 그리고 '정말로 맛있는 브리스킷'의 범죄적 부족으로 이어졌다. 이런 대화 내용만 계속 이어지니 상륙작전에 대해 힌트를 흘릴 기회라곤 정말 찾아보려야 찾아볼 수가 없었다. 그나마도 어니스트를 대화에 끼워줘야 말이라도 해볼 텐데, 이 무리의 사람들은 대화에 끼워주긴커녕 심지어 어니스트가 곁에 있는 것조차 눈치채지 못했다. 그는 칵테일 잔 바닥에 깔리게 남은 묽은 차를 응시하며 〈동 앵글리아 주간 광고 신문〉에 보낼 편지 내용을 머릿속으로 작성했다. '편집자님 귀하. 현재로도 이미 범죄적인 배급 상황은, 너무나 많은 미국 군대와 캐나다 군대가 우리 지역에 도착한 이후로 더욱더 악화되어….'

"오, 그리고 그 끔찍한 통밀빵도요." 여자 한 명이 말하고 있었다. "도대체 그 안에 뭘 넣었대요? 묻기조차 두려워요."

어니스트는 채서블에게서 묽은 차가 담긴 칵테일 잔을 하나 더 받아 들고 세스가 나이 지긋한 신사와 이야기하는 곳으로 가보았다. 그 신사는 귀가 먹은 듯했다. 참으로 다행이었다. 세스는 자신이 미국인 악센트를 써야 한다는 사실을 까맣게 잊은 듯했기 때문이다.

"그리고 그 자식들이 말하더군요." 세스가 말했다. "8월까지는 작전이 없다는 데 걸겠다고요."

어니스트는 처음의 무리가 하는 말이 들릴 만한 곳으로 다시 돌아갔다. 아까의 그 여자가 여전히 말하고 있었다. "그리고 잼은 가게에서 그냥 사라졌어요. 심지어 포트넘 앤 메이슨조차…." 갑자기 여자가 말을 멈추고 문을 응시했다.

모두가, 귀먹은 신사와 흰 장갑을 낀 종업원들까지 모두가 그곳을 바라보았다. "미안합니다, 늦었군요." 패튼 장군이 우렁차게 말했다. 부관들과 함께 문가에 선 패튼 장군은 어니스트가 상상했던 것보다 훨씬 더 인상적으로 보였다. 장군은 놋쇠 단추가 달린 야전복 차림이었고, 별이 박힌 군모부터 반짝반짝 광이 나는 승마 부츠에 이르기까지 모든 것이 시선을 잡아끌었다. 승마 부츠에는 박차가 달렸고, 옷깃과 야전 재킷에도 별들이 박혀 있었다.

세스는 패튼 장군을 더 가까이서 보기 위해 귀먹은 신사를 버려두고 어니스트 쪽으로 왔다. "아주 은하수가 따로 없네." 세스가 어니스트에게 속삭였다.

"그렇게 영국식으로 말하면 안 되지. '은하수가 쥑인다'고 말해야지." 어니스트가 속삭였다.

"그리고 저 무기 좀 봐!"

어니스트는 패튼 장군의 허리춤에 달린 상아 손잡이의 리볼버 한 쌍을 보며 고개를 끄덕였다. 그리고 패튼 장군의 발치에서 헐떡이는 하얀 불테리어 한 마리도.

"다포스 여사!" 패튼 장군이 외치며 무도회장으로 성큼성큼 걸어가 환영회 주최자에게 다가갔고, 그 뒤를 불테리어가 따랐다. 부관들도 뒤따라갔다. "더 일찍 오지 못해 죄송합니다." 패튼 장군은 다포스 여사의 손을 잡고 위아래로 흔들어댔다. "현장에서 바로 오는 겁니다. 옷을 갈아입을 시간이 없었지요. 우리는 케…"

"윌리를 밖으로 내놓을까요, 장군님?" 부관이 말을 자르며 끼어들었다.

"아니, 얘는 괜찮아." 패튼 장군이 짜증을 내며 말했다. "윌리는 파티를 좋아하시. 그렇지, 윌리?" 그는 다시 환영회 주최자를 돌아보았다. "말했듯이, 저는 좀 전까지…" 패튼 장군은 못마땅한 눈으로 부관을 노려보았다. "장소를 밝힐 수 없는 곳에 있다가 돌아왔기 때문에 옷을 갈아입을 시간이 없었습니다."

"충분히 이해해요." 다포스 여사가 말했다. "에스크위드 경 내외를 소개하지요. 장군님을 무척이나 만나고 싶어 했어요." 그녀는 패튼 장군을 데리고 실내 저편으로 갔다.

"패튼 장군이 실제로 상륙작전을 맡지 않아서 다행이야." 세스가 속삭였다. "그랬다가는 절대로 비밀을 지킬 수 없었을 거야. 패튼 장군은 너무 눈에 잘 띄는 게 마치…, 미국식 표현으로는 그걸 뭐라고 하지?"

"아픈 엄지손가락 같다고 해." 어니스트가 말했다. "아마도 그래서 이 임무에 뽑힌 게 아닌가 싶어."

"섞여 들어가." 둘 뒤에서 몽크리프가 다가오며 속삭였다.

어니스트는 고개를 끄덕이고 다른 무리에 다가갔다. 그들은 패튼 장군을 지켜보다가 이제 눈길을 떼고 열심히 이야기하기 시작했지만, 그들 역시 주제는 음식이었다. "지난밤에는 구운 닭 요리 꿈을 꿨다니까요." 말처럼 생긴 여자가 말했다.

"내 꿈에 나오는 건 늘 푸딩이에요." 그 옆에 있는 여자가 말했다. "상륙작전을 한 다음에는 나아질 거라더군요."

"오, 좀 빨리 했으면 좋겠어요. 이렇게 기다리고만 있으려니까 너무 초조해요." 말상 여자가 말했고, 어니스트는 좀 더 가까이 다가갔다.

"물론 빨리 하겠죠." 포동포동한 여자의 남편이 말했다. "어디에서 하는가가 문제죠." 그 남자, 그리고 그룹의 다른 사람들은 신랄한 눈으로 어니스트를 보았다. "어떠십니까? 당신은 분명 아시겠죠. 어디가 될까요. 노르망디일까요, 파데칼레일까요?"

"죄송하지만 저는 그걸 말하면 안 됩니다." 어니스트가 말했다. "설사, 안다 할지라도요."

"아, 그런 터무니 없는 말을. 당연히 당신은 알지요. 웸블리와 저는 내기를 걸었습니다." 그는 안경으로 콧수염 난 남자를 가리켰다. "웸블리는 노르망디, 저는 칼레에 걸었지요."

"두 분 모두 틀렸습니다." 대머리인 세 번째 남자가 다가오며 말했다. "노르웨이일 겁니다."

그건 스코틀랜드의 북 포티튜드가 일을 제대로 하고 있다는 뜻이었다.

"적어도 힌트라도 줄 수 없나요?" 말상 여자가 말했다. "뭐가 일어날지 모르면서 계획을 짜는 게 얼마나 어려운지 모르실 거예요."

"그게 노르망디인 건 모두가 압니다." 웸블리가 말했다. "우선, 파데칼레는 히틀러가 그곳일 거라고 짐작하고 있어서 안 됩니다."

"그렇게 짐작을 하는 건, 논리적으로 볼 때 공격을 할 수 있는 유일한 곳이기 때문입니다." 다른 남자가 얼굴을 붉히며 말했다. "해협 건너 가장 가까운 곳에 있고, 그곳에서 루르강까지 가장 가까운 육로가 있습니다. 또한 그곳에는 최적의 항구들이…."

"그러니까 노르망디로 들어가야 하는 겁니다." 웸블리가 큰 소리로 말했다. "히틀러는 칼레에 군대를 집결시킬 겁니다. 그자는 노르망디로 공격하리라고는 예상하지 못할 겁니다. 그리고 노르망디는…."

어니스트는 이 대화를 중단시켜야 했다. 지금 대화는 진실에 너무 가까웠다. "두 분 모두 아주 흥미로운 주장을 하시는군요." 어니스트가 말하고 웸블리 부인을 돌아보았다. "애거사 크리스티의 최근 추리 소설을 읽어보셨나요?"

"흐흠." 웸블리가 말을 할 준비를 했다.

어니스트는 그를 무시했다. "읽어보셨나요?"

"아, 네." 그녀가 말했다. "말씀하시는 책이…."

어니스트는 그녀 쪽으로 몸을 숙이고 비밀스러운 어조로 말했다. "저는 어디로 상륙작전이 펼쳐질지에 대해 아무 말도 할 수 없습니다. 아시다시피 모두 극비 사항이거든요. 하지만 제가 그 작전의 책임자라면…." 그는 목소리를 낮췄다. "저는 가을까지 애거사 크리스티의 소설들을 서가에서 치워둘 겁니다."

"정말요?" 그녀가 흥분해 숨을 헐떡이며 말했다.

"또는 제목들에 칠을 해 가리든가요. 당신들 영국 사람들이 기차역에서 그렇게 했듯이 말이에요." 어니스트는 '기차'라는 단어를 강조해 말하며 속삭였다.

"자, 이제 저는 실례하겠습니다, 숙녀님들." 어니스트는 말하고 가볍게 고개 숙여 인사하고는 세스와 채서블이 있는 곳으로 절룩이며 돌아갔다. 그들은 어떻게 하면 진짜 술을 손에 넣을 수 있을지 고민 중이었다.

"탐정 소설이 상륙작전과 무슨 관계가 있는지 모르겠군요." 어니스트가 떠날 때 웸블리가 투덜거리는 소리가 들렸다.

"수수께끼예요, 여보." 그의 아내가 말했다. "애거사 크리스티의 책 제목 가운데 하나가 답이에요."

"오, 저는 수수께끼 푸는 걸 정말 좋아해요." 말상 여자가 말했다.

"그 사람은 기차역을 언급했어요." 웸블리 부인이 생각에 잠겨 말했다. "어디 보자.《푸른 열차 수수께끼》, 그리고《ABC 살인 사건》. ABC는 암호일 수도 있지 않을까요?"

세스는 그 무리를 살폈다. "저 사람들에게 뭐라고 한 거야?" 세스가 궁금해하며 물었다.

어니스트가 그들에게 말했다. "그웬돌린이 늘 읽던 추리 소설에서 아이디어를 얻었어. 몽크리프가 우리에게 은근히 하라고 말했잖아." 어니스트가 말하며 정어리가 꽂힌 이쑤시개를 집어 의심스러운 눈으로 살폈다. "하지만 아무래도 너무 은근히 한 모양이야." 그는 정어리를 쟁반에 다시 놓고 아까 그 무리에 다시 합류했다.

"제목에 있는 장소 이름일 수도 있어요." 웸블리 부인이 말하고 있었다. "《메소포타미아 살인》이거나…."

"비록 연합군이 기습의 효과를 높이 사기는 하지만…." 대머리 남자가 말했다. "아무리 그렇다 해도 저는 바그다드는 절대 아닐 거라고 봅니다."

"오, 물론이죠." 웸블리 부인이 당황해 말했다. "저도 참 바보 같네요. 아, 모르겠어요. 애거사 크리스티가 또 뭘 썼죠?《사제관의 살인 사건》이 있지만 그건 아닐 거고, 남자 범인이 기차에서 범죄를 저지른 작품이 하나 있고, 두 명이 기차에서…."

"알아냈어요." 말상 여자가 의기양양해하며 말했다. 그녀는 어니스트를 바라보았다. "아주 영리하시네요, 소령님. 특히 기차에 대한 힌트가요."

"그래요?" 웸블리가 그녀에게 답을 재촉했다. "뭔가요?"

"곧바로 답을 알았어야 했는데." 말상 여자가 웸블리 부인에게 말했다. "그건 애거사 크리스티의 가장 구성이 치밀한 작품 가운데 하나예요. 그리고 독자들은 마지막 순간이 되어서야 진상을 깨닫죠." 그리고 웸블리 부인이 여전히 멍한 표정을 짓자 말상 여자가 계속 말했다. "그건 기차가 배경이에요."

"아, 그러네요." 웸블리 부인이 말했다. "모두가 범인인 그 작품요."

"제목이 뭔지 말 안 해줄 건가요?" 웸블리가 말했다.

"말해도 될지 알 수 없어서요." 웸블리 부인이 말했다. "소령님이 말씀하신 대로, 그건 극비잖아요."

"하지만 우리가 말하는 건 그냥 추리 소설들에 관한 거잖아요." 말상 여자가 말했다. "당신은 그냥 애거사 크리스티의《칼…."

"앤더슨!" 한 번만 들어도 뚜렷이 구별할 수 있는 패튼 장군의 목소리가 으르렁거렸고, 모두가 그쪽으로 고개를 돌리자, 패튼 장군이 승마용 회초리를 영국 장교에게 흔들며 그곳을 나가고 있었다. "잘 있게! 칼레에서 보자고!"

13

울트라가 결정적이었다.

— 드와이트 D. 아이젠하워 장군

런던, 1940년 11월

'맙소사.' 마이크는 생각했다. '블레츨리 파크. 나는 코번트리로 가야 했던 거구나.' "제럴드가 보스콤 다운이나 브로드웰이라고 말하지 않은 게 확실해?" 그가 에일린에게 물었다.

"응. 분명히 블레츨리 파크였어." 에일린이 말했다. "왜? 거기가 군 비행장이 아니야?"

"아니야." 폴리가 단호하게 말했다.

"그러면 뭔데?"

"울트라 작전을 펼친 곳이야." 마이크가 말했다. 그리고 에일린의 멍한 표정을 보고는 덧붙여 말했다. "독일의 에니그마 암호 기계의 메시지를 해독하던 최고 기밀 기지."

"오, 그렇다면 제럴드는 분명히 그곳에 있어." 에일린이 열광하며 말했다. "영국 공군보다는 암호 해독이 더 어울려. 걔는 수학을 잘하고…."

"블렌하임에도 파크가 있어." 마이크가 말을 가로챘다. "블렌하임 파크라고 하지 않은 게 확실해?"

"응." 폴리가 말했다. "제럴드는 블레츨리 파크에 있어."

마이크가 버럭 화를 내며 말했다. "어떻게 그렇게 확신해?"

"왜냐하면 제럴드가 에일린에게 비 때문에 에일린의 운전 허가장이 젖는 것에 대해 농담했으니까. 기억나? 그리고 에일린이 운전할 수 없을 거라고 한 것도?"

"그게 블레츨리 파크와 무슨 관계가 있는데?"

"운전 허가 양식은 붉은색으로 인쇄되어 있어."

"뭐?"

"독일 해군이 U-보트에서 쓰던 바이그램 암호 책들은 물에 녹는 빨간색 특수 잉크로 인쇄되었어. 그래서 잠수함이 가라앉아노 암호가 누출되지 않았어."

"그래서?"

"그리고 블레츨리 파크는 독일 해군의 에니그마 암호를 깨기 위해 그 암호 책을 사용했어."

"믿을 수 없어!" 마이크가 말했다. "우리를 이곳에서 빼내줄 수 있는 단 한 명이 하필 그 지랄 같은 블레츨리 파크에 있다니."

"이해가 안 가." 에일린이 혼란스러운 표정으로 말했다. "제럴드가 블레츨리 파크에 있는 게 왜 문제인데?"

"왜냐하면 그곳은 분기점이거든." 폴리가 말했다.

"하지만 됭케르크도 분기점이었어." 에일린이 어리둥절한 표정으로 말했다. "그리고 마이크는 그곳에 있었잖아."

"블레츨리 파크는 그냥 분기점이 아니야." 폴리가 설명했다. "그곳은 가장 민감한 분기점이야. 제2차 세계대전에서 울트라는 가장 중요한 비밀이 있어. 그 작전 덕분에 '비스마르크호'를 격침시키고 북아프리카에서 승리할 수 있었지. 그리고 노르망디에서도. 만약 자신들의 암호가 깨졌고 최고 기밀 통신을 우리가 해독했다는 사실을 독일이 어렴풋이라도 감지했다면, 우리는 제2차 세계대전에서 승리할 발판을 잃었을 거야. 만약 우리 때문에 독일이 감지하는 일이라도 벌어진다면….”

“하지만 우리가 어떻게 그럴 수 있는데? 역사학자들은 사건들을 바꿀 수 없어.” 에일린이 순진하게 말했다. “안 그래?”

“맞아.” 마이크가 말했다. “폴리 말은, 그곳은 경비가 삼엄해서 제럴드를 데리고 나오기가 어려울 거라는 뜻이야.”

하지만 마이크는 잠시 폴리와 단둘이 있게 되자마자 물었다. “무슨 일이야? 내가 없는 동안 불일치를 발견했어?”

“모르겠어. 마저리라고, 타운센드 브라더스 백화점에서 나랑 같이 일하는 점원이 있어. 에일린이 자신은 파젯스 백화점에서 일한다는 메시지를 그 애에게 남기기도 했지. 여하튼, 개가 육군 간호 부대에 입대했어.”

그건 전혀 불일치라 할 수 없었다. 그래서 마이크는 폴리를 앉히고 자세히 설명하게 했다. 폴리가 설명을 마치자 마이크가 말했다. “하지만 많은 여자가 입대했어.”

“하지만 마저리는 자기가 입대한 게 잔햇더미에서 구조되었기 때문이라고 했고, 만약 내가 없었더라면 마저리는 그 잔햇더미에 갇히지 않았을 거야.”

“그건 모르는 일이야.” 마이크가 말했다. “너에게 아무 일이 일어나지 않았다 할지라도 그 남자와 도망치려 했을 거야.”

“하지만 그게 다가 아니야.” 폴리가 말했고, 세인트폴 대성당의 불발탄에 대해 마이크에게 이야기했다. “던워디 교수님은 그 폭탄을 꺼내는 데 사흘이 걸렸다고 했어. 그건 폭탄이 토요일에 제거되었어야 한다는 뜻이야. 일요일이 아니고.”

“아니, 그렇지 않아.” 단지 그것뿐이라는 사실에 안도하며 마이크가 말했다. “그건 불일치가 아니야.”

“네가 그걸 어떻게 알아.”

“난 알아. 널 찾아다니던 동안, 나는 세인트폴 대성당에 갔어. 던워디 교수님의 제자라면 모두가 세인트폴 대성당에 관한 이야기를 들었을 거고, 그래서 당연히 너도 그곳에 갔을 거라 생각했지. 그리고 너는 그곳에 갔고. 단지 나랑 같은 날짜가 아니었을 뿐이야. 어쨌든 그곳에서 일하는 나이 든 사람이⋯."

"험프리스 씨?" 폴리가 말했다.

"그래, 험프리스 씨. 그 사람이 내게 그곳 견학을 시켜줬어. 모래주머니 랑 기타 등등을. 그리고 불발탄에 대해서도 말해줬어. 그러면서 그 폭탄이 12일 밤에 떨어졌댔어. 그리고 일요일 오후에 제거했으면 사흘이 걸린 거 지. 그러니 불일치는 없어. 그리고 제2차 세계대전 중에는 입대한 남자들 과 도망친 여자들이 많아. 그리고 편차의 증가는 사건들의 변경을 쉽게 하 는 게 아니라 더 어렵게 해."

"하지만 만약 실제로는 그런 게 아니라면, 그리고 우리가 사건들에 영 향을 끼칠 수 있다면⋯."

"그렇다면 제럴드는 블레츨리 파크에 있을 아무 이유가 없고, 우리가 제럴드를 그곳에서 더 빨리 빼낼수록 더 좋은 거지. 만약 제럴드가 아직 그 곳에 있다면 말이야. 만약 준비과정을 위한 강하 이후 곧바로 그곳으로 갔 다면, 이미 돌아갔을 거야."

"난 그렇지 않을 거라 생각해." 폴리가 말했다. "수용성 잉크에 관한 농 담을 볼 때, 제럴드는 독일 해군의 에니그마 암호 깨는 걸 관찰하러 그곳에 갔을 거야. 그리고 영국이 U-보트 110을 나포해 바이그램 암호 책을 구한 건 1941년 5월이야."

'끝내주는군.' 마이크는 생각했다. 제럴드에게는 전쟁을 망칠 기간이 6개월이나 더 있었다. 이미 망치지 않았다면 말이다. 아마도 '제럴드의 행 동 때문에' 그들의 강하가 열리지 않았을 것이다. 마이크가 무엇인가를 해 서가 아니었다. 그건 제럴드의 잘못 때문이었다.

마이크는 그 말을 하지 않았다. 그는 둘에게 자신은 곧바로 블레츨리 파 크로 가겠노라고 말했다. "우리가 같이 가야 하지 않을까?" 에일린이 물었 다. "나는 제럴드가 어떻게 생겼는지 알아. 그리고 우리 둘이 가면 제럴드 를 찾을 확률이 두 배가 되잖아. 거기서 우리가 각자 찾아볼 수⋯."

"아니. 나 혼자 갈게."

"만약 에일린이 거기 있는 게 의심을 받을까 봐 그러는 거면⋯." 폴리가 말했다. "블레츨리 파크에는 남자보다 여자가 더 많았어. 도청한 내용을 옮겨 적고 컴퓨터를 운영한 건 여자들이었어. 그리고 일부는 암호 해독 작업까지 했어. 그러니 에일린이 눈에 뜨일까 봐 그러는 거면…."

'내가 걱정하는 건 그게 아니야.' 마이크가 생각했다. "두 명이 있으면 한 명보다 더 눈길을 끌기 쉬워." 마이크가 말했다. "만약 둘이 기웃거리며 질문을 하고 다니는 경우라면 특히나."

"마이크 말이 맞아." 폴리가 말했다. "그곳에서 일하는 사람들은 엄청난 감시를 받으니까." 별로 안심이 되는 말은 아니었다.

"만약 한 명만 가야 한다면, 내가 가는 게 맞아." 에일린이 말했다. "제럴드는 나를 알아. 설사 내가 먼저 찾지 못하더라도 제럴드가 나를 알아볼 수 있을 거야."

그건 맞는 말이었다. "제럴드는 나 역시 알아볼 거야." 과연 그럴지 속으론 자신이 없으면서도 마이크가 말했다. "혹시 광고를 보고 구조팀이 올 수도 있으니까 너와 폴리는 여기 있었으면 해. 그리고 너보다 내가 더 움직이기 편할 거야. 남자는 식당이나 술집에 혼자 가도 시선을 끌지 않으니까."

"네가 미국인이 아니라면 그렇지." 폴리가 말했다. "미국인들은 1941년 2월 전까지는 블레츨리 파크에 가지 않았어. 네가 다른 사람들에게 영국인으로 보일 거라 생각해?"

"나 영국인이야…. 미국인 어휘-억양 임플란트를 한 것뿐이지. 잊었어? 하지만 어떻게 해야 거기서 일을 할 수 있을까? 블레츨리 파크에서 일하려면 기밀 사항 취급 허가를 받아야 해. 나는 절대로 신원 조회를 통과하지 못할 거야."

"제럴드는 통과했어." 에일린이 말했다.

"정교히 위조된 성적표와 추천서가 있었으니까. 준비 강하는 아마 그것 때문이었을 거야. 블레츨리 파크의 신원 조회를 통과할 서류들을 만들기 위해서 말이야. 나는 통과 못 할 거야."

"네가 거기서 정말로 일을 할 필요는 없어." 폴리가 말했다. "그리고 그곳은 BP 또는 파크라고 불러. 블레츨리 파크가 아니라. 그리고 블레츨리도 아니고. 블레츨리는 마을 이름이야. 블레츨리 파크는 마을 외곽에 있는 빅토리아 시대 장원으로, 암호 해독 작업을 한 곳이지. 그 영지에서 사는 암호 해독가는 몇 명뿐이야. 나머지는 모두 블레츨리나 주위 마을에 살았어."

"그러면 내가 왜 위장을 해야 하는데? 그냥 기자로 가서 기사를 쓴다는 핑계를 대고 마을 사람들과 대화하면 안 돼?"

"왜냐하면 그 사람들은 다른 사람들과 이야기하는 게 금지됐거든. 그 사람들은 모두 공직자 비밀 엄수법에 서명했어. 만약 누설하면 사형을 당해. 게다가 만약 네가 블레츨리 파크에 대한 이야기를 쓸 계획이라는 걸 그쪽에서 듣게 되면 넌 곧바로 당국에 의해 어디론가 끌려갈 거야."

"다른 것에 관한 기사를 쓰고 있었다고 말하면 되잖아." 마이크가 말했지만, 폴리는 고개를 저었다.

"아니. 사람들은 네가 자신들과 비슷한 일을 하고 있다고 생각하면 너에게 더 말을 잘할 거야. 만약 네 직업이 뭔지 그 사람들이 물으면, 애당초에 묻지 않겠지만, 국방성에서 일한다고 해. 그건 정보부의 공식 위장이야."

"내 직업이 뭔지 안 물을 거라는 걸 네가 어떻게 알아?"

"그곳에서는 그 누구도 자신들이 하는 일을 다른 사람과 논의하면 안 되거든. 거기서 일을 해도 다른 건물에서 일하는 사람들 이름조차 몰라."

'만약 제럴드가 그 안에 살면 어떻게 찾아내지?' 마이크가 생각했다. "만약 제럴드가 그 영지에서 살면?" 마이크가 물었다.

"아닐 거야. 그곳에 사는 건 딜리 녹스나 앨런 튜링처럼 최고의 암호 해독가들이 대부분이었어. 튜링은 울트라의 컴퓨터 천재였어." 폴리는 맘에 안 든다는 눈초리로 마이크를 바라보았다. "다른 옷은 없는 거지?"

"응. 이게 내가 가진 제일 좋은 거야. 더 좋아야 해?"

"너무 좋은 거라서 그래. 만약 암호 파해가, 그곳에서는 암호 해독가를 그렇게 부르는데, 여하튼 그 행세를 하려면 비슷하게 보여야 해. 걱정하지 마, 뭔가 입을 만한 걸 찾아볼게."

그 '뭔가'는 팔꿈치를 덧댄 중고 트위드 재킷, 지저분해 보이는 모직 조끼, 커다란 기름얼룩이 있는 넥타이였다. "그 사람들이 이런 걸 입는 게 확실해, 폴리?" 마이크가 미심쩍어하며 물었다.

"확실해. 조끼는 좀 너무 좋아 보이지만."

"너무 좋다고?"

"우리가 상대하는 건 물리학자와 수학자들이야. 너 체스 할 줄 알아?"

"아니. 왜?"

"제2차 세계대전 초기에는 잉글랜드에 암호 분석가가 많지 않아서 암호 해독을 잘할 거 같은 사람은 누구든 고용했어. 통계학자와 이집트학자와 체스 선수들. 만약 네가 체스를 할 줄 안다면 대화를 트기 좋을 거야."

"내가 가르쳐줄게." 에일린이 말했다.

"시간이 없어." 마이크가 말했다. "나는 내일 출발하고 싶어."

"안 돼. 일요일까지 기다려야 해." 폴리가 말했다. "그때 가면 덜 의심스러워 보일 거야. BP 근무자 상당수가 주말에 외출했다가 돌아오니까. 그리고 널 준비시켜야 해."

폴리는 블레츨리 파크와 울트라 그리고 주요 인물들에 관해 자신이 아는 모든 것을 말해주며 마이크를 준비시켰다. 폴리의 설명은 무척이나 자세했고, 그래서 마이크는 자신이 그렇게 안심을 시켰음에도 불구하고 그가 사건을 바꿀까 봐 폴리가 여전히 걱정하는 게 아닌가 생각했다. 폴리는 심지어 여러 암호 해독가의 용모까지 말해주었다.

'그 사람들을 피해 다닐 수 있게 하려는 거야.' 마이크가 생각했다. 만약을 위해 나쁜 생각은 아니었다. 그는 폴리가 말해주는 이름들을 암기했다. 멘지스, 웰치먼, 앵거스 윌슨, 앨런 튜링.

"튜링은 보통 키의 금발에 말을 더듬어. 암호 분석가들의 중심 팀을 이끄는 딜리 녹스는 키가 크고 말랐고 파이프 담배를 피워. 그리고 늘 정신이 딴 데 가 있어. 파이프에 샌드위치 조각들을 채워 넣은 적도 있대. 아, 그리고 평소에 젊은 여자들에 둘러싸여 있어. 딜리의 소녀들이라고 불러."

"딜리의 소녀들?"

"응. 그 사람들은 암호 해독에 중요한 역할을 했어. 수백만 줄의 암호를 읽으며 패턴과 이례적인 부분이 없는지를 찾았어."

“넌 어떻게 그걸 다 알아?” 마이크가 물었다. 그리고 끔찍한 생각이 떠올랐다. “너, 설마 블레츨리 파크 임무를 맡았던 건 아니지?” 만약 그랬다면 폴리에게는 데드라인이….

“아니야.” 폴리가 말했다. “맡을까 생각은 해봤지만, 조사해본 뒤 런던 대공습이 더 흥미롭겠다고 결정했어.”

‘하지만 역사학자들이 제2차 세계대전의 진행 방향을 바꿀 수 있다면, 더는 흥미롭지 않아질걸.’ 마이크가 생각했다.

일요일에 폴리와 에일린은 마이크를 배웅하러 기차역에 갔고, 폴리는 마지막 주의를 당부했다. “파크는 마을에서 걸어갈 수 있는 거리에 있어.” 폴리가 말했다. “방향이 어딘지는 나도 몰라. 하지만 길을 물으면 의심을 받을 거야.”

“물어보지 않을게.” 마이크가 폴리를 안심시켰다. “기차에서 내리면 그곳에서 근무할 법한 사람을 찾아서 그 사람을 따라갈게.”

“그리고 지금 이 시점에서 그걸 울트라라고 불렀는지는 나도 잘 몰라. ‘울트라’는 울트라급 최고 기밀을 뜻해. 최상급 군사 기밀. 1940년에는 그냥 에니그마라고 했을….”

“뭐라고 불렀는지는 상관없어. 에니그마가 됐든 울트라가 됐든 그걸 입 밖에 낼 생각은 없으니까. 나는 제럴드를 찾아서 데리고 나오는 게 목적이야.”

“승차하라는 방송이 나오네.” 에일린이 말했다. “어쩌면 그곳에서 일하는 사람들과 같은 객실에 있을 수도 있어. 그러면 그 사람들에게 제럴드를 아는지, 어떻게 하면 제럴드에게 연락할 수 있는지 물을 수 있을 거야. 그러면 블레츨리 파크까지 갈 필요가 없어.”

맙소사, 마이크는 기차에서 그곳에 일하는 사람들과 만날 수도 있다는 생각은 미처 하지 못했다. “튜링이 어떻게 생겼다고 했지?” 마이크가 폴리에게 물었다.

“금발. 말을 더듬어.”

“그리고 딜리 녹스는 키가 크고 파이프 담배를 피워.”

“그리고 너처럼 다리를 절어. 그리고 앨런 로스는 붉고 긴 턱수염을 길렸고, 날이 추우면 거기에 파란 워머를 해.”

“턱수염에?” 마이크가 말했다. “그런데도 너는 내가 이상해 보일 거라고 걱정을 하는 거야? 그 사람들은 미친 것처럼 들리는걸.”

“별난 거지.” 폴리가 말했다. “아, 그리고 로스에게는 어린 아들이 있는데, 여행할 때면 아편이 든 수면제를 먹여….”

“수면제.” 에일린이 탐난다는 듯이 말했고, 둘이 자신을 보자 설명했다. “미안, 호드빈 남매를 데리고 런던에 올 때 그게 있으면 얼마나 편했을까 생각했던 것뿐이야.”

“응. 뭐, 로스의 아들이 말썽꾸러기인지 아닌지는 나도 몰라.” 폴리가 말했다. “하지만 로스는 수면제를 줘서 아들을 재운 뒤 애를 짐 놓는 선반에 올려놨어. 그러니 만약 짐칸에서 자는 아이를 보거든 앨런 로스가 같은 객실에 있단 걸 알 수 있을 거야.”

‘그리고 나는 그 객실을 피할 수 있고.’ “있잖아, 나는 플랫폼으로 나가 보는 게 좋겠어.” 마이크가 말했다.

“잠깐.” 에일린이 마이크의 소매를 잡으며 말했다. “무슨 일이 있었어?”

“무슨 일이 있었냐니?” 마이크가 어리둥절해하며 되풀이해 말했다.

“로스의 아들에게?” 폴리가 물었다.

“아니. 섀클턴에게. 자기 선원들을 섬에 두고 도움을 청하러 갔을 때. 돌아왔어?”

“응. 배와 함께. 동료 모두를 집으로 데려갔어. 단 한 명도 잃지 않았어.”

“다행이다.” 에일린이 말하고 마이크를 보며 웃어 보였다.

“도착하자마자 우리에게 전화해.” 폴리가 말했다.

“그럴게.” 마이크가 약속하며 생각했다. ‘내가 그곳에 도착할 수 있다면 말이야.’ 마이크가 분기점 한 곳에 갈 수 있었다고 해서, 다른 분기점 근처에 가는 걸 연속체가 허용할지는 모를 일이었다. 특히나 그곳이 단 한 사람의 행동으로도 모든 게 엉망이 될 수 있는 곳이면 더욱더 그랬다. 마이크가 탄 기차는 가는 도중에 폭격당할 수도 있었다. 또는 기차가 너무 붐벼 그가 타지 못할 수도 있었다. 그리고 지금 상황에서는 그럴 가능성이 커 보였다.

기차는 완전히 만원이었지만 마이크는 간신히 끼어 탈 수 있었고, 옥스퍼드에서 기차를 갈아탔을 때는 자리에 앉을 수도 있었다. 그는 객실에 들어가기 전에 금발에 말을 더듬는 사람이나, 파이프 담배를 피우는 키가 큰 남자, 또는 약에 취한 아이들이 있지는 않은지 살폈다. 그는 군인 다섯 명과 나이 지긋한 여자 두 명이 있는 객실을 골랐고, 갈색 종이로 싼 꾸러미들만 있고 아이라곤 전혀 없는 선반에 가방을 올려놓고 빈자리에 앉았다.

그리고 거의 즉시 후회했다. 기차가 역을 떠나자마자, 군인들은 담배를 피우기 위해 객실을 나갔고, 에일린이 마이크에게 구해준 것보다도 더 초라하고 더 구멍이 많은 편물 조끼와 트위드를 입고 안경을 낀 대머리 남자가 들어오더니 마이크와 문 사이에 앉았다. 그는 다리를 쭉 뻗었고, 그래서 마이크는 그에게 비켜달라고 말해야만 객실을 나갈 수 있었지만 그와 어떤 말도 나누고 싶지 않았다.

그 남자는 튜링이라기에는 너무 대머리였고, 녹스라기에는 너무 작았으며, 붉은 턱수염도 없었지만 분명히 파크에서 일하는 사람 같았다. 기차가 역을 떠나자마자, 그는 《수학 원리》를 꺼내더니 코를 처박다시피 하며 그 책에 몰두했고, 마이크와 두 여자는 안중에도 없었다. 두 여자는 온갖 신체 질환에 대해 즐겁게 논의하고 있었다.

"고통이 내 발부터 시작해서 등뼈를 타고 올라와." 갈색 모자를 쓴 여자가 말했다. "그랜홈 의사가 그러는데 좌골신경통이래."

"나는 양 무릎이 욱신욱신해." 새 장식이 달린 검은 모자를 쓴 여자가 말했다. "에버스 의사가 나한테 약초 넣은 물로 목욕하라는 처방을 해줬는데, 전혀 효과가 없어."

"레이턴 버자드에 있는 셰퍼드 의사에게 가봐. 내 친구 올리브 베이츠가 그러는데, 무릎 치료를 잘한대. 아, 말 안 했네. 걔 아들이 지난주에 징집됐어. 가엾은 올리브. 아들이 위험한 곳에 배치될까 봐 굉장히 걱정해."

'블레츨리 파크 같은 곳.' 마이크는 창밖을 보는 척하며 생각했다. BP는 됭케르크보다 훨씬 더 위험한 분기점이었다. 그곳은 기밀이 관련되어 있으며, 연속체에서 기밀은 가장 깨지기 쉬운 부분이며 분기점들을 쉽게 변형했다. 왜냐하면 비밀을 지키기 위해서는 많은 사람의 합치된 노력이 필요하지만, 비밀을 노출하는 건 단 한 사람, 무심결의 한마디만으로도 가능했기 때문이다. 마치 슬쩍 건드리기만 해도 터질 수 있는 시한폭탄과도 같았다.

그 폭탄을 터트리고 싶다면, 잘못된 질문을 던지기만 해도 충분했다. 혹은 질문을 너무 많이 하거나. 혹은 정체를 들키거나. 그건 마이크가 말 한마디 한마디를 조심해야만 한다는 뜻이었다. 그의 미국인 어휘-억양 임플란트는 아직 작동했고, 그렇기에 발음이며 단어 선택을 신중히 해야 했다. 가령 '손전등'이나 '엘리베이터' 같은 단어는 쓰면 안 됐다. 비록 블레츨리는 엘리베이터, 아니 영국식으로 '승강기'가 있을 정도로 큰 마을은 결코 아닌 듯했지만 말이다….

기차가 덜컹거리더니 멈췄다. 새 장식 검은 모자 여자가 초조한 표정으로 창밖을 바라보았다. "아, 이런. 공습이 아니어야 할 텐데. 어두워지기 전에 블레츨리에 도착하기를 바랐는데."

'그리고 나는 어떻게든 블레츨리에 도착하기만을 바랐고.' 마이크가 생각했다. 그는 병영 열차가 지나가느라 지연이 된 것이기를 바랐지만, 그들이 탄 기차는 측선으로 비키지 않았고, 잠시 뒤 역무원이 들어오더니 기차 지연에 대해 사과하며 공습용 블라인드를 쳐달라고 말했다.

"공습인가요?" 갈색 모자가 물었다.

"네." 역무원이 말했다. "하지만 위험하지는 않을 거라고 확신합니다."

'나만 빼고.' 마이크가 생각하며 비행기 다가오는 소리가 들리는지 귀를 기울였지만, 아무 일도 일어나지 않았다. 하지만 기차는 다시 출발하지 않았고, 그렇게 그곳에 있는 동안 마이크는 폴리가 마저리라는 점원에게 영향을 미쳤다고 했던 말이 생생하게 떠올랐다. 어느덧 마이크는 자기도 모르게, 프로펠러 엉킴을 푼 것 하며 휘발유 깡통을 배 밖으로 던진 것, 뱃전으로 개를 끌어 올린 것까지, 자신이 됭케르크에서 한 모든 일에 대해 깊은 생각에 빠져 있었다. 그때 마이크는 물속에서 구명조끼를 잃어버렸다. 그게 어디론가 흘러가 다른 배의 프로펠러에 얽힌 건 아닐까? 그리고 그가 프로펠러에서 풀어낸 시체는? 그리고 이제 그는 단 하나의 실수, 단 한 마디만으로도 역사를 바꿀 수 있는 곳에….

기차가 갑자기 덜컹거리더니 다시 움직이기 시작했고, 여자들은 다시 자기들 질환 이야기로 돌아갔다. "가을 내내 뒤꿈치가 끔찍이 아팠어." 갈색 모자가 말했다. "내 친구 한 명이 프리차드 의사의 수기 요법에 대해 말해줬고, 그래서 뉴포트 패그널에 있는 그분 병원으로 가는 길이야."

"뉴포트 패그널?" 새 장식 검은 모자가 외쳤다. "와, 거기는 블레츨리에서 아주 가까워! 언제 한번 와. 같이 차를 마시자. 너도 거기서 내려?"

"응. 프리차드 의사가 자동차를 보내기로 했어."

좋았어. 그렇다면 마이크는 안경 쓴 남자에게 블레츨리 역이 어디인지 물을 필요가 없었다.

"만약 프리차드 의사의 치료가 만족스럽지 않으면…." 새 장식 검은 모자가 계속 말했다. "세인트존스우드의 칠더스 의사에게 가봐."

세인트존스우드. 시간 여행 초창기에 실험실은 그곳에 영구 강하 지점을 설치했다. 원격 강하를 어떻게 하는지 알아내기 전의 일이었다. 마이크는 폴리나 에일린이 그곳이 어디인지 알지 궁금했다. 그들의 강하가 작동하지 않았을 때, 실험실은 대체 수단으로 그곳을 다시 열었을 수도 있었다. 그는 블레츨리에 안전하게 도착했다고 전화를 넣을 때, 아니 영국식으로 표현해서 전화를 걸 때, 에일린과 폴리에게 물어봐야 했다.

만약 그곳에 도착할 수 있다면 말이다. 그는 두 여인이 건막류, 류머티즘, 요통, 심계항진 등에 대해 끝없이 토론하는 소리를 들으며 앉아 있어야 했다. 그리고 마침내 새 장식 검은 모자가 말했다. "아, 잘됐다. 블레츨리에 도착하고 있어." 그리고 두 여인은 소지품들을 챙기기 시작했다. 다른 남자 한 명은 기차가 역에 들어서는데도 계속해서 책을 읽었고, 그래서 마이크는 그기 블레츨리 파크에서 일하는 암호 파해가가 아닌 모양이라고 생각했다. 하지만 기차가 정지하는 순간, 그 남자는 책을 탁 덮고 다른 사람들에게는 눈길도 주지 않고 문을 나가 바쁘게 플랫폼을 걸어 역으로 갔다. 마이크는 그를 따라갈 심산으로 일어났지만, 여자들이 마이크에게 머리 위 선반에서 짐 내리는 것을 도와달라고 말했고, 마이크가 짐을 내렸을 즈음 그 남자는 사라지고 없었다.

하지만 그 남자가 아니더라도 역과 역 밖에는 사람들이 많았다. 그들은 자전거 자물쇠를 풀고 역을 나가고 있었다. 저 사람들을 따라가면 되겠지. 하지만 전화기부터 찾아야 했다. 마이크는 이곳에 안전하게 도착하면 바로 전화하겠다고 폴리와 약속했다. 그는 전화 연결에 시간이 너무 오래 걸리지 않기만 바랐다.

다행히 공중전화 부스에는 아무도 없었고, 교환수는 꽤 빨리 전화를 연결했지만, 리케트 부인이 전화를 받았다. 마이크가 폴리를 바꿔달라고 말하자 그녀는 심술 궂게 말했다. "있는지 모르겠네요." 그리고 마이크가 가서 있는지 확인해달라고 말하자 그녀는 힘들어 죽겠다는 듯이 한숨을 쉬고는 확인하러 갔고, 그 시간이 너무나 오래 걸려 마이크는 주화를 더 넣어야만 했다.

마침내 폴리가 와서 수화기를 들자 마이크가 말했다. "용건만 빨리 말하고 끊어야 해." 세인트존스우드는 다음번에 이야기해도 되겠지. "여기 잘 도착했어."

"방을 찾았어? 아니면 제럴드나?"

"아직 아니야. 방금 기차에서 내렸어. 제럴드가 묵는 곳을 알아내면 곧바로 전화할게." 마이크는 전화를 끊고 서둘러 역으로 들어갔지만 그곳은 이미 텅 비어 있었고, 어둑어둑해지는 밖으로 나와도 아무도 보이지 않았다.

'사람들이 다들 어느 쪽으로 가는지를 먼저 확인한 다음에 전화했어야 하는데.' 마이크가 자책하며 생각했다. 하지만 이제는 너무 늦은 뒤였다. 게다가 이미 어두워지고 있었다. 블레츨리 파크가 어디인지 알려면 내일 아침까지 기다려야 했다. 지금은 마을 중심가로 가서 묵을 곳을 구해야 했다. 하지만 거리 양쪽으로 택시는 보이지 않았고, '중심가'라는 이정표도 보이지 않았다.

마이크는 가장 그럴듯해 보이는 거리를 따라가기 시작했지만, 그곳을 따라 선 벽돌 건물들은 곧 창고들로 바뀌었고, 모퉁이를 돌았을 때는 어느 방향으로도 중심가가 나올 것으로 보이지 않았다. '이건 말도 안 돼.' 마이크가 생각했다. '블레츨리가 커봐야 얼마나 크겠어?' 계속 걸으면 설사 그것이 마을 가장자리라 할지라도 결국에는 뭔가가 나올 것이다. 하지만 몇 분 뒤면 아주 깜깜해질 것이고, 불편한 발이 아프기 시작했다. 그는 다시 옆길을 바라보며 어느 쪽으로 가야 할지 고민했다.

그리고 황혼 속에서 두 명이 얼핏 보였다. 그들은 블록 하나 반 정도 떨어져 있었다. 다리가 불편한 마이크가 따라잡기에는 너무 멀었지만 어쨌든 그는 다리를 절면서 그들 뒤를 따라갔다.

둘은 모퉁이에 도착하더니 걸음을 멈추었다. 길을 건너려고 기다리는 것 같았다. 하지만 길 양쪽으로 차는 보이지 않았다. 마이크는 둘과의 거리를 좁히려 열심히 노력했다. 더 가까이 가서 보자 젊은 여성들이었고, 폴리가 블레츨리에서 일한다고 했던 수백 명의 여자 가운데 둘이 분명해 보였다. 좋았어. 마이크는 둘에게 우선 길을 묻고 그다음에는 "혹시 제럴드 펍스라는 사람을 아시나요?"라고 물을 생각이었다. 그리고 제럴드는 워낙 짜증 나는 인물이기에 여자들은 인상을 쓰며 "아유, 불행히도, 알아요."라고 대답을 할 수도 있었고, 그러면 그는 내일 기차를 타고 런던으로 돌아가 에일린과 폴리를 데리고 올 수 있다.

이제 반 블록만 더 가면 된다. 젊은 여자들은 여전히 그곳에 서서 이야기했고, 대화에 정신이 팔려 마이크가 다가오는 것을 전혀 알지 못했다. 그리고 그 둘이 '소녀'들이라고 불린 것도 무리는 아니었다. 기껏해야 열여섯 살 정도로 보였다. 그들은 활기차게 이야기하며 킥킥거렸고, 마이크가 좀 더 다가가 보니 그들은 길을 건너기 위해 기다리는 게 아닌 것이 확실했다. 단지 이야기하기 위해 걸음을 멈춘 것이었다.

'내가 따라잡을 때까지 계속 그렇게 이야기하고 있어줘요, 아가씨들.' 마이크가 간절히 빌었지만, 아직 30미터 정도 남았을 때 그 여자들은 길을 건너 두 번째 건물로 걸어가더니 문으로 난 계단을 올라가기 시작했다.

아, 이런. 둘은 안으로 들어가고 있었다. 마이크는 절룩이며 재빨리 모퉁이로 갔다. "여보세요!" 그가 외쳤고, 여자들은 문에서 몸을 돌려 마이크를 돌아보았다. "기다리세요!" 그는 거리를 건너기 시작했다. "길을 좀 물으려고….”

그는 심지어 자전거를 보지도 못했다. 가방을 놓치면서 두 손바닥과 무릎을 인도에 부딪혔을 때, 마이크는 처음에는 폭탄이 터져 그 충격파 때문에 자신이 쓰러진 줄 알았다. 그리고 자신이 따라가던 여자들 역시 쓰러졌을까 봐 걱정되어 그들을 찾아보았다. 하지만 그들은 계단을 내려와 마이크에게 다가오며 소리쳤다. “괜찮으세요? 저 사람 때문에 다치셨어요?”

“누구요?” 마이크가 멍하니 말했다.

“저 사람이 당신을 자전거로 쳤어요.” 첫 번째 여자가 말했고, 그때야 마이크는 자신이 자전거에 치였다는 사실을 깨달았다. 그가 돌아보자 자전거는 비틀거리며 거리를 가다가 연석에 부딪친 다음 옆으로 요란히 넘어졌고, 운전자는 인도로 쓰러졌다.

여자들도 자전거가 넘어지는 것을 보았으며, 자전거를 타던 이는 마이크보다 훨씬 더 심하게 넘어진 것처럼 보였지만, 그들은 그에게 전혀 관심을 두지 않았다. 여자들은 마이크를 일으켜 세우는 일에만 집중했다. “안 다치셨어요?” 첫 번째 여자가 마이크를 일으키기 위해 팔을 부축하며 걱정스레 물었다.

“자전거가 그냥 스치고 지난 것 같습니다.” 마이크가 말했다.

그 여자는 허리에 손을 올리고 자전거 타던 이를 노려보았다. 그는 천천히 일어나고 있었다. “저 사람은 아예 길로 다니질 못하게 해야 해.” 여자가 화를 내며 말했다.

“도와줘, 마비스.” 첫 번째 여자가 말하자 마비스라 불린 여자가 다가와 마이크의 다른 팔을 잡았다. 마이크가 그럭저럭 일어났다. “안 다친 거 확실해요?” 그녀가 물었다.

“네.” 몸을 살피며 마이크가 말했다. 무릎이 욱신거리기 시작했지만, 체중을 실을 수 있는 걸 보면 부러지거나 삐지는 않았다. 하지만 쓰러질 때 무릎과 두 손이 인도에 먼저 닿았었다. 그는 손가락들을 구부려 보았다. “괜찮은 거 같습니다. 어쨌든 부러진 곳은 없어요. 제가 좀 조심했어야 했는데.”

“당신이 조심했어야 했다고요?” 마비스가 분통을 터뜨렸다. “조심은 저 사람이 했어야죠. 저 사람이 누군가를 쓰러뜨린 게 이번 주에만 세 번째예요. 그렇지, 엘스페스?”

엘스페스가 고개를 끄덕였다. “저 사람은 지난주에 파크로 가는 제인을 거의 죽일 뻔했어요. 제인이 정말 안됐어.” 그녀는 자전거를 일으켜 세우는 그 남자를 노려보았다. 그는 자전거에 앉더니 페달을 밟고 거리를 떠났다. 전혀 다치지 않은 게 분명했다. “앞을 보고 다녀요!” 엘스페스가 소리쳤지만, 소용없었다. 그는 심지어 뒤돌아보지도 않았다.

“정말 괜찮아요?” 마비스가 묻고 있었다. “이런, 다리를 절잖아요.”

“아니요. 이건 그래서 그리는 게 아니고….”

“저 사람이 결국 누군가를 다치게 할 줄 알았다니까요.” 마비스가 화난 목소리로 말했다. “저 사람은 자기가 가는 곳을 주시하는 법이 없어요.”

“저는 다치지 않았습니다.” 마이크가 말했지만 두 여자 중 누구도 그의 말을 듣고 있지 않았다.

“저 사람은 정말 골칫거리예요.” 마비스가 화를 내며 말했다. “저 사람이 자전거 타는 걸 금지시켜야 해요.”

엘스페스가 고개를 저었다. “그러면 저 사람은 다시 차를 몰기 시작할 거고, 그러면 상황은 더 나빠질 거야.” 그녀가 말했다. “튜링의 운전 실력은 더 끔찍하거든.”

14

전시에 진실이란 너무나 중요하기에
거짓이라는 보디가드를 대동해야만 합니다.

— 윈스턴 처칠, 블레츨리 파크에 관한 연설에서

런던, 1940년 11월

폴리와 에일린은 마이크가 탄 기차가 블레츨리 파크를 향해 떠날 때까지 기다렸고, 마이크가 확실히 떠나고 나자 에일린은 알프에게 지도를 돌려주기 위해 화이트채플로 갔다. "우편으로 보내겠노라고 말했지만, 시어도어에게 보러 가겠다고 전에 약속했어. 그러니 직접 가져다주는 길에 시어도어도 보고 오려고. 그리고 알프와 이야기를 하고 싶어. 지난번에 만났을 때 알프와 비니가 뭔가를 꾸민다는 느낌을 받았거든."

"뭘?" 폴리가 물었다.

"모르겠어. 하지만 호드빈 남매가 했던 행동들로 볼 때, 뭔가 불법적인 거야. 나치 스파이에 어린아이들은 없었지?"

폴리는 에일린이 지하철 타는 것을 배웅하고 구조팀을 기다리기 위해 대영 박물관으로 갔다('자기야, 너무 미안해, 날 용서한다면 일요일 2시에 로제타 스톤 옆에서 만나'). 그리고 초조히 기다렸다.

마이크는 그들이 사건에 영향을 미치지 않았다고 호언장담했지만, 폴리는 여전히 걱정되었다. 폴리의 행동은 마저리에게만 영향을 준 게 아니었다. 마저리를 발견했던 공습 대비대 감시원, 구조대와 구급차 운전사, 간호사와 의사들, 마저리와 같이 도망치기로 했다가 마음을 바꿨다고 생각하고 작전에 간 조종사, 그리고 심지어 마저리의 자리를 물려받은 세라 스타인버그, 그리고 세라를 대체하기 위해 타운센드 브라더스 백화점이 고용한 여점원에게도 영향을 주었다. 영향은 사방으로 퍼지고 번졌다. 그리고 이제 마저리는 간호사가 될 것이다. 군인들의 목숨을 구할 것이다.

마이크가 하디를 구한 것처럼. 그리고 하디의 경우는 마이크가 없었어도 다른 배가 구했을 가능성이 있었지만, 마저리의 경우는 폴리 말고는 그런 행동을 하게 할 만한 다른 어떤 이유도 없었다. 마저리는 세인트조지 교회가 폭격당한 다음 날 폴리가 너무나 큰 충격을 받은 모습을 보고 조종사와 도망치기로 마음먹었다고 아주 담담하게 말했다. 폴리 때문에 마저리는 저민 스트리트로 가게 되었고, 그곳이 폭격당했다. 그래서 마저리는 간호사가 되기로 결심했으며, 그것 말고도 온갖 사건들의 진행이 변형되었을 수 있었다. 폴리는 이제 왜 마이크가 그날 아침 파젯스 백화점 밖에서 그가 하디를 구했다고 생각하며 그토록 걱정했는지 이해할 수 있었다.

그리고 이제 마이크는 블레츨리 파크로 가고 있었고, 병원 간호사 한 명이 할 수 있는 것보다 훨씬 더 큰 피해를 제2차 세계대전에 입힐 수 있었다. 이미 제럴드 핍스가 그렇게 하지 않았다면 말이다.

하지만 만약 제럴드가 그렇게 했다면, 사이렌이 꺼지지 말아야 할 시간에 꺼지는 것보다 더 심각한 불일치가 있어야 했다. 그리고 마이크가 옳았다. 역사에는 중요한 효과가 있어야 하는 행동들이 다른 것에 의해 상쇄되는 온갖 종류의 예가 있었다. 가령 베를렌 시 작전 명령이라든가. 또는 〈헤럴드〉의 십자말풀이에 '오마하'와 '오버로드'가 나온 것이라든가. 하지만 그것들은 결국 상륙작전에 아무 영향을 주지 못했다.

그런데도 그것은 또한 작은 행동 하나가 얼마나 거대한 결과를 불러올 수 있는가에 대한 예이기도 했다. 십자말풀이의 단어 몇 개로 인해 몇 년 동안 2백만 명이 조심스레 준비해온 작전이 거의 실패할 뻔했다. 만약 D-데이가 연기되었다면, 거의 확실하게 상륙작전 장소가 누설되었을 것이고,

롬멜의 탱크들이 노르망디에서 연합군들을 기다렸을 것이다. 그리고 그 모든 것이 10대 소년 한 명의 사소한 부주의에서 비롯되는 것이다. '못 하나가 부족해….'

마저리와 하디의 행동들, 그리고 제럴드의 행동들, 그리고 이제 마이크가 제2차 세계대전에서 가장 중요한 비밀이 간직된 곳을 어슬렁거리는 행동들이 합쳐지면 무슨 결과를 불러올까? 만약 마이크가 그곳에 도착한다면 말이지만. 마이크가 됭케르크에 갔다고 해서 블레츨리 파크에도 갈 수 있다는 뜻은 아니었다.

폴리는 구조팀을 30분 더 기다려본 뒤 마이크가 전화했는지 확인하기 위해 리케트 부인 집으로 돌아왔다. 전화는 오지 않았고, 에일린이 돌아왔을 때까지도 마이크는 여전히 소식이 없었다. "호드빈 남매가 무슨 일을 꾸미는지 알아냈어?" 폴리가 에일린에게 물었다.

"아니. 아무도 없었어." 에일린이 얼굴을 찡그리며 말했다. "문 아래로 지도를 밀어 넣어야 했어. 마이크가 전화했어?"

"아니, 아직. 병영 열차나 뭔가 다른 일로 기차가 지연되나 봐."

폴리는 초조함을 감추는 데 성공한 게 분명했다. 에일린이 이렇게 물었기 때문이다. "오늘 폭격당하는 기차는 없지?"

"없어." '런던에서는.'

"블레츨리가 폭격당했어?"

"모르겠어. 하지만 블레츨리 파크에서 폭격으로 인한 사망자가 나온 적은 한 번도 없어. 가자, 저녁 시간이야. 오늘 메뉴는 리케트 부인의 일요일 밤 '데우지 않은 간단한 음식' 가운데 하나야."

저녁은 저민 혀와 쐐기풀 샐러드였다. "배급 수첩을 발급받은 게 다 한 이 될 줄이야." 음식을 본 에일린이 말했다. "마이크가 제럴드를 찾아서 우리가 어서 집으로 돌아갈 수 있으면 좋겠어. 어쩌면 그래서 마이크가 전화를 안 하는 것인지도 몰라. 기차에서 만난 누군가가 제럴드의 소재를 알고, 그래서 곧장 그곳으로 갔을 수도 있잖아."

하지만 폴리가 연극 연습을 하기 위해 노팅힐게이트역으로 가기 직전,

마침내 마이크가 전화했지만, 방금 역에 도착했다는 말이 전부였다. 심지어 마이크는 아직 역을 떠나지도 않은 상태였다. 그리고 그는 서두르고 있었다. 마이크는 묵을 곳을 정하면 다시 전화하겠노라고 말한 뒤 폴리가 조심하라는 경고를 하기도 전에 전화를 끊었다.

'하지만 만약 편차가 증가하는 게 정말로 문제라면, 마이크가 사건에 영향을 끼칠 수 있다면, 마이크는 블레츨리 파크에 도착도 못 했을 거야. 아무것도 걱정할 필요 없어.' 폴리가 생각했고, 《훌륭한 크라이턴》과 배역으로 맡은 메리 아가씨 문제에 집중하려 애썼다.

극단은 마지막 주 연습을 하는 중이었고, 고드프리 경은 기분이 상해 있었다. "아니, 아니, 아닙니다!" 그가 비브에게 외쳤다. "지금 어니스트가 등장하기도 전에 '여기 어니스트가 오네요!'라고 하면 어떡합니까! 다시. '아버지, 저희는 아버지를 다시는 못 볼 줄 알았어요.'부터 다시 하세요."

그들은 그 장면부터 다시 시작했다.

"아니, 아니, 아닙니다!" 고드프리 경이 도밍 씨에게 고함쳤다. "왜 기억을 못 하십니까? 이건 희극이지 비극이 아닙니다. 3막 마지막에 여러분들은 이 섬에서 구출된단 말입니다."

"왕자가 구출해주나요?" 브라이트포드 부인의 막내딸인 트로트가 물었다.

"아니. 배가 구해. 하지만 이 연극의 연습 진행 상황을 봐서는 전쟁이 끝날 때까지도 구출이 안 될 것 같구나."

"난 왕자가 구출해줘야 한다고 생각해요." 트로트가 말했다.

"그건 원작자에게 따지고." 고드프리 경이 으르렁댔다. "다시 합니다. '여기 어니스트가….'부터입니다."

"고드프리 경." 라일라가 말을 가로챘다. "경은 이게 희극이라고 계속 말씀하시지만, 메리 아가씨와 크라이턴이 마지막에 헤어지는데 어떻게 이게 희극일 수가 있나요?"

"맞아요." 비브가 말했다. "왜 그 둘은 같이 있을 수 없나요?"

"왜냐하면 크라이턴은 집사이고 메리는 귀족이기 때문입니다. 당신과 메리…." 고드프리 경은 그게 마치 폴리의 잘못이라는 듯이 그녀를 노려보았다. "두 분은 너무 젊기에 신분이라든가 나이 또는 상황 등의 이유로 이룰 수 없는 사랑을 해본 적이 없겠지만, 제가 단언컨대, 연인들은 어떤 때는 도저히 극복할 수 없는 장애물을 만나기도 합니다."

"하지만 만약 둘이 헤어질 필요가 없다면…." 비브가 말했다. "마지막 장면이 훨씬 더 로맨틱할 거예요."

"제가 트로트에게 말했듯이…." 고드프리 경이 냉담하게 말했다. "그건 작가에게 따지십시오. 다시. 처음부터 다시 합니다. 이러다 제가 죽는 한이 있어도 이 연극을 반드시 제대로 가게 해놓고 말 겁니다. 그리고 아무래도 제가 그렇게 될 가능성이 아주 크군요. 독일 공군이 먼저 절 죽이지 않는다면 말입니다." 그는 천장을 쳐다보았다. "오늘 밤은 공습이 좀 심하군요."

그랬다. 하지만 공습은 시작할 시간에 시작하고 끝나야 할 시간에 끝났으며, 예정된 목표물을 폭격했다. 비록 마이크가 다시 전화하지는 않았지만, 이튿날 저녁 고드프리 경의 〈타임스〉에는 기밀 누설이나 체포된 스파이에 관한 이야기가 없었다.

화요일, 에일린에게 편지가 왔다. "마이크가 보낸 거야?" 폴리가 물었다. 아마도 마이크는 전화 대신 편지를 보내기로 한 모양이었다.

"아니, 구드 신부님이 보낸 거야." 에일린이 싱긋 웃으며 말했다. 에일린은 봉투를 열고 편지를 읽기 시작했다. "오, 이런. 나쁜 소식이라고 적혀 있기는 했지만…. 하지만 그럴 리가…."

"왜 그러는데?"

"캐롤라인 여사님의 아들이 죽었대. 하지만 데네웰 경…."

"편지를 읽어봐." 폴리가 말했다.

"'오릴리 양에게, 슬픈 소식을 전합니다. 캐롤라인 여사님의 아들이 11월 13일에 전사했습니다.'"

주임 사제가 읽은 사망 통지서가 잘못되었을 리 없었다. 데네웰 경은 제2차 세계대전에서 사망했다.

"'그분이 탄 비행기는 폭격 도중 격추되어….'" 에일린이 계속 편지를 읽었다. "'베를린에 추락했습니다.'"

'불일치가 일어났어.' 등골이 오싹해지며 폴리가 생각했다. '아버지 대신 아들이 죽었어.'

"'너무나도 슬픈 소식입니다.'" 에일린이 계속 읽었다. "'데네윌 경이 세상을 뜨신 지 얼마 되지 않았으니까요.'"

즉 이건 불일치가 아니라 그냥 전쟁이 빚은 끔찍한 우연일 뿐이었고, 폴리는 안도감을 느껴야 했지만, 연극 연습이 끝나고 난 뒤 밤에 에일린과 함께 구조팀에게 보낼 메시지를 더 만드는 동안, 폴리는 자신도 모르게 신문에서 불일치가 없는지 찾고 있었다. 그리고 이튿날 아침, 폴리는 에일린에게 창고를 정리하기 위해 일찍 출근해야 한다고 말하고 집을 나서 웨스트민스터 사원이 예정대로 폭격당했는지 확인하러 갔다.

그곳은 폭격당했고, 헨리 7세 예배당과 튜더 양식 창문들과 소형 회랑들의 피해 상황은 그녀가 준비 학습에서 읽은 것과 동일했다. '난 사건들을 바꾸지 않았어.' 폴리가 생각했다. '강하가 열리지 않는 건 편차가 증가했기 때문이야. 그래서 구조팀이 이곳에 없는 거야. 아니면 마이크 말대로 파젯스 백화점의 잔햇더미에 깔려 있거나.'

사망자 세 명이 청소부라는 사실이 그 잔해에 다른 시체가 더 묻혀 있지 않다는 뜻은 아니었다. 또는 폴리의 강하 지점 맞은편의 잔해에 있거나. 구조팀은 폴리가 홀본역에 잡혀 있던 그날 저녁 그녀를 찾으러 왔을 수도 있었다. 그리고 폴리를 찾으러 그녀의 강하 지점을 떠났는데 바로 그때 낙하산 폭탄이 터졌을 수도 있었다. 그들이 그곳에 있는 것을 아는 이는 아무도 없었을 것이다. 마저리가 그랬듯이. 만약 감시원이 마저리의 목소리를 듣지 못했다면, 그 누구도 저민 스트리트의 잔햇더미에서 그녀를 찾을 생각을 하지 못했을 것이다.

또는 구조팀은 폴리의 강하 지점으로 오는 도중에 죽었을 수도 있었다. 폴리가 타운센드 브라더스 백화점으로 가던 길에 본 그 불에 탄 버스에 탄 채. 또는 백베리나 오핑턴 병원으로 가던 중에.

또는 증가한 편차에 관해 콜린이 알게 되고 폴리를 구하러 왔다면? 콜린은 폴리를 구하러 오겠노라고 약속했었다. 만약 폴리를 따라 파젯스 백화점에 갔다면? 또는 옥스퍼드 스트리트로 가는 도중에 공습으로 죽었다면?

'말도 안 되는 생각이야.' 폴리가 생각했다. '콜린은 공습으로 죽을 정도로 멍청하지 않아. 게다가 만약 콜린이 이곳에 온다면 나랑 나이 차이를 좁히지 못하잖아.'

하지만, 폴리는 곧바로 자신이 콜린을 봤다는 생각이 들기 시작했다. 퇴근하고 옥스퍼드 서커스역의 에스컬레이터에서 본 것 같았고, 군인들 무리 속에서도 본 것 같았다. 지하철에서 노팅힐게이트역의 디스트릭트 선 플랫폼으로 내려서는 모습을 본 것도 같았다.

그건 콜린이 아니었다. 폴리가 본 군인들은 프랑스어를 유창하게 했다. 에스컬레이터의 남자는 콜린처럼 옅은 갈색 머리에 회색 눈동자였지만, 그가 자신을 보는 걸 보고 지은 웃음은 콜린의 한쪽 입가가 올라간 웃음이 아니었다. 그리고 그는 너무 나이가 들었다. 적어도 서른 살은 되었으며, 폴리는 그가 콜린이 아니라는 사실을 곧바로 알아차렸지만, 그 순간 실망으로 마음이 아팠다.

그리고 콜린처럼 보이는 열일곱 살 소년이 지하철에서 내렸을 때, 크라이턴과 구조 장면을 연습 중이던 폴리는 순간 대사를 하다 말고 그 소년을 뚫어져라 바라보았다. 그리고 고드프리 경이 말했다. "우리는《훌륭한 크라이턴》을 하고 있습니다, 메리 아가씨.《로미오와 줄리엣》이 아닙니다."

"네? 아…, 죄송해요. 제가 아는 사람을 봤다고 생각했어요."

"그리고 저는 이 연습이 부족하디 부족한 연극의 개막이 앞으로 이틀 밤밖에 남지 않았다고 생각합니다만." 고드프리 경이 투덜거렸고, 공습경보해제 사이렌이 울릴 때까지 단원들을 연습시켰다.

집으로 돌아오는 길에 에일린이 물었다. "마이크를 봤다고 생각한 거야?"

"응." 폴리가 거짓말을 했다.

"마이크가 곧 전화할 게 분명해. 아마 아직 묵을 곳을 찾지 못했을 거야. 아니면 남들이 듣지 못하게 전화할 만한 곳을 찾지 못했거나."

'아니면 제럴드의 행방을 묻고 다니다가 주위의 시선을 끌고, 그래서 잡혀가 심문을 받고 있을 수도 있지.' 폴리가 생각했다. 하지만 그런 걱정을 할 시간이 없었다. 연극은 금요일에 시작했고, 타운센드 브라더스 백화점은 손님으로 가득했다. 크리스마스 쇼핑을 하려는 손님들이 벌써 들어오고 있었다.

마이크가 블레츨리 파크로 떠났을 때, 폴리는 곧바로 스넬그로브 양에게 타운센드 브라더스 백화점이 바쁜 크리스마스 시즌을 위해 사람을 더 고용할 계획이 있는지 물었다. 그녀가 그렇다고 대답하자, 폴리는 에일린이 파젯스 백화점에서 직장을 잃은 이야기를 했다. 스넬그로브 양은 그 자리에서 에일린을 고용해 4층 매장 일을 돕게 했다. 하지만 에일린은 이튿날부터는 서적 매장에서 일해야 했다. 진에 폴리와 《ABC 철도 가이드》그리고 비행기 감식가에 관해 이야기했던 에셀이 파편에 맞아 죽었기 때문이다. 어쨌거나 비록 같은 층에서 일하지는 못하지만 에일린은 폭격당하지 않는 백화점에서 일하는 걸 고마워했으며, 애거사 크리스티의 많은 작품에 둘러싸인 것에 기뻐했고, 왜 마이크가 아직 전화하지 않는가에 대해선 그럴 만한 이유가 있을 거라며 별다른 걱정을 하지 않았다.

즐거운 사람은 에일린뿐이었다. 극단 사람들은 연극 때문에 신경이 곤두섰고, 모두 수면 부족으로 신경과민에다 성격도 날카로워져 있었다. 이제는 공습이 간간이 있을 뿐인데도 그랬다. 아니, 어쩌면 공습이 '간간이 있기 때문'일지도 몰랐다. 공습이 시작된 처음 몇 주, 공습 소리는 배경 소음이 되어 무시할 수 있었지만, 이제 공습은 날마다 있지 않았고, 그래서 사람들은 공습이 과연 계속 있을지 또는 언제 있을지, 어떤 새롭고 끔찍한 방식(해체될 때 터지는 시한폭탄이라든가 또는 손목시계가 가까이 가면 폭발하는 자석 지뢰 같은 것)이 있을지에 대해 끊임없이 토론했고, 또한 어떻게 하면 좋을지 이야기했다.

그즈음 모두에게는 끔찍한 이야기가 하나씩은 있었다. 주임 사제의 누이는 자기 장미 정원에서 잘린 팔을 발견했다. 릴라가 같이 춤추러 다니던 남자는 날아온 유리 조각에 맞아 눈이 멀었다. 그리고 모두 폭격으로 죽은 누군가를 알았다. 모두의 신경이 날카로운 것도 당연했다.

날씨도 도움이 되지 않았다. 마이크가 떠난 이후로 계속 비가 내렸다. 그리고 해가 짧아지는 것도 도움이 되지 않았다. "마치 우리 주위로 어둠이 조여오는 것 같아요." 노팅힐게이트역으로 갈 때 라버넘 양이 몸을 떨며 말했다.

'맞아요.' 폴리가 생각했고, 지하철역으로 들어서자 비록 사람들로 바글거리고 젖은 모직 천 냄새가 진동해도 환한 조명이 있다는 이유만으로 기분이 좋아졌다.

금요일과 토요일 저녁, 극단은 노팅힐게이트역의 아래층 홀에서 《훌륭한 크라이턴》 공연을 했다. 개막 첫날밤은 구조선이 도착하는 2막 마지막 부분을 빼면 완벽했다. 그 대목에서 심스 씨는 머리를 곧추세우고 확신이 안 간다는 듯이 '방금 저거 대포 소리인가요?'라고 묻기로 되어 있었다. 불행히도, 심스 씨는 귀청을 찢을 듯한 방공포 소리를 뚫고 그 대사를 외쳐야만 했다. 관객들은 야유했고, 나이 지긋한 남자 한 명이 외쳤다. "당신 뭐야, 귀먹은 거야?"

심스 씨는 굴욕감을 느꼈다.

"말도 안 되는 소리입니다!" 아랫단을 접어 올린 바지를 입고, 라버넘 양이 기어코 찾아낸 고무창 신발을 신은 고드프리 경이 막간에 심스 씨에게 말했다. "당신은 훌륭했습니다. 내일 공연 때는 아무 방해 없이 제대로 관객들에게 보여줄 수 있을 겁니다."

연극의 나머지 부분은 사고 없이 진행되었다. "당신과 고드프리 경은 정말로 멋졌어요." 라버넘 양이 폴리에게 열광하며 말했다.

"사람들 사기를 올리는 데 아주 좋았어요." 위번 부인이 말했다. "공연을 두 번밖에 할 수 없다니 안타깝네요. 어쩌면 다른 역에서 공연할 수도 있을 거예요."

고드프리 경은 경악한 표정을 지었다.

"안 돼요." 폴리가 재빨리 말했다. "저작권료를 내지 않으면 두 번밖에 허용이 안 돼요." 거짓말이었다.

"아, 정말 안타깝네요." 위번 부인이 말했고, 고드프리 경이 속삭였다.

"이번에도 제 목숨을 구해주셨습니다, 아가씨."

토요일 저녁 공연은 심지어 더 훌륭했다. 연극이 끝나고(막을 내리는 대신 트로트가 '막'이라고 적힌 플래카드를 드는 것으로 대신했다), 의자가 없어 필연적인 기립 박수에 배우들이 나와 인사를 한 뒤, 위번 부인은 모두를 플랫폼에 모았고 고드프리 경에게 J. M. 배리의《극본 총집편》한 권을 선물했다.

"'트로이가 무참히 무너진 것도 이처럼 간악한 선물들에 의해 그리되었노니.'"고드프리 경이 폴리에게 속삭였다.

폴리는 고드프리 경의 말이 옳을까 봐 두려웠다. "끝내주는 소식이 있어요!" 위번 부인이 말했다. "런던 교통청장과 만났는데, 크리스마스 주간에 다른 지하철역들에서 공연해도 된다고 허락했어요."

"하지만 저작권료…." 폴리가 입을 열었다.

"《훌륭한 크라이턴》이 아니에요." 위번 부인이 말했다. "크리스마스 연극을 하는 거예요."

"《피터 팬》!" 라버넘 양이 외쳤다. "정말 멋져요! 내가 가장 좋아하는 부분은 웬디가 피터에게 '얘, 왜 우는 거니?'라고 묻자 피터가…."

"아니,《피터 팬》이 아니에요." 위번 부인이 말했다. "찰스 디킨스의《크리스마스 캐럴》이에요!"

"지금 우리에게 딱 맞는군요." 주임 사제가 선언했다. "이러한 어둠의 시기에 간절히 필요한 희망과 자선의 메시지를 담고 있으니까요."

"그리고 고드프리 경은 멋진 스크루지가 될 거예요!" 라버넘 양이 외쳤다. 그리고 그들은 각자 앞다투어 의견들을 제시하기 시작했다.

"그래도 적어도 배리는 아니군요." 고드프리 경이 폴리에게 속삭였다.

공습경보해제 이후 집에 오는 길에 에일린이 폴리에게 말했다. "여자들 배역이 중요하지 않은 거라서 다행이야. 마이크가 제럴드를 찾아서 우리가 떠나도, 극단에서는 네 배역을 대신 맡을 사람을 쉽게 구할 수 있을 거야."

'만약 마이크가 제럴드를 찾는다면 말이지.' 폴리가 생각했다. '마이크가 독일 스파이로 몰려 런던탑에 갇혀 처형을 기다리는 게 아니라면.'

신문에 게재한 광고대로 구조팀을 만나러 런던 동물원으로 가야 했지만, 폴리는 마이크의 전화를 놓치지 않기 위해 에일린을 대신 보냈다. 에일린은 상관하지 않았다. "시어도어를 데려갈래." 에일린이 말했다. "거기에 가고 싶어 했어. 동물원은 폭격당하지 않았지?"

"폭격당했어." 그곳에는 14개의 고성능 폭탄이 떨어졌다. "하지만 오늘은 아니야."

"아, 잘됐다. 만약 마이크가 제럴드를 찾았다면서 우리더러 블레츨리로 오라고 연락이 오면, 코끼리 전시실로 와. 거기 있을게. 그리고 난 저녁 먹으러 오지 않을 거야. 다행이지. 난 시어도어네 집에서 먹을래."

마이크는 전화하지 않았고, 에일린은 3시에 돌아왔다. "무슨 일이야?" 폴리가 물었다. "동물원은 어쩌고?"

"끔찍했어. 구조팀은 거기에 없었고, 동물들도 없었어. 거의 모든 동물이 안전을 위해 시골로 옮겨졌어. 코끼리도. 시어도어는 특히 코끼리를 보고 싶어 했는데. 그리고 동물원에 가고 10분 만에 시어도어는 집에 가고 싶다는 거야. 그래서 데려다줬는데, 걔네 어머니는 막 나가는 참이었고, 그래서 나는 저녁 초대를 받지 못했어." 에일린은 거의 눈물을 터뜨릴 듯한 표정으로 말했다. "그리고 이제 나는 리케트 부인의 그 끔찍한 '데우지 않은 간단한 음식'을 먹어야 해."

"아니. 안 그래도 돼." 폴리가 말했다. "나도 그 음식은 도저히 못 먹겠거든. 연극이 끝나서 오늘 밤엔 연습도 없어. 마이크가 전화하면 그것만 받고 곧바로 홀본의 역내 식당에 가서 샌드위치를 먹자."

"만약 마이크가 전화 안 하면?"

"7시까지 기다려보자. 그때면 마이크도 우리가 노팅힐게이트역으로 떠났을 거라 생각할 테니까. 7시에 가는 거야. 그리고 기다리는 동안, 너는 치즈 샌드위치와 으깬 생선살 샌드위치 가운데 어느 걸 먹을지 생각하면 돼."

"둘 다." 에일린이 행복해하며 말했고, 《칼레 기차 살인 사건》을 들고 계단으로 가서 전화를 기다렸다. 폴리는 출근할 때 입을 블라우스와 치마를 다렸고, 마이크가 전화하지 않는 걸 걱정했다. 그리고 구조팀과 콜린과 자신의 데드라인과 불일치들에 대해서도.

‘둘 다일 수는 없어.’ 폴리는 단호히 생각했다. ‘둘은 상호 배척 관계야. 만약 편차 증가가 내 강하를 열리지 못하게 하는 거라면, 나는 사건들을 바꿨을 수가 없고 구조팀은 이곳으로 올 수 없어. 그러니까 파젯스 백화점의 잔해나 내 강하 지점에 그들이 묻혀 있을 수 없어. 그리고 만약 구조팀이 그곳에 묻혀 있다면 그건 강하가 다시 작동한다는 뜻이고, 우리는 전쟁에서 지지 않은 거니까 나는 데드라인에 대해 걱정할 필요가 없어. 나는 이거 아니면 저거 하나만 걱정을 해야 해. 동시에 둘 다를 걱정할 필요가 없어.’

하지만 혹시라도 둘이 연결되어 있다면? 편차가 증가한 것은 그들이 사건들을 변형했기 때문이고, 이제 다른 역사학자들이 그 불일치들을 더 악화시키지 못하도록 네트가 작용히는 거라면?

아니, 그럴 리 없었다. 편차 증가는 마이크가 하디를 구하기 전, 그리고 폴리가 대공습 중인 런던으로 오기 전에 일어났다. 그리고 제럴드가 블레츨리 파크로 가기 전에. 그리고 폴리가 전에 한 일과도 아무런 관련이 없었다. 왜냐하면 그녀는 승전 기념일 이후 옥스퍼드로 돌아갈 수 있었기 때문이다. 그리고 에일린은….

“7시야.” 에일린이 계단에서 돌아와 말했다.

폴리는 30분 더 기다리자고 고집을 부렸고, 결국 7시 반이 되어 홀본으로 출발해야 할 때가 되자 라버넘 양에게 자신들에게 전화가 오면 꼭 메모를 남겨달라고 약속을 받아냈다. 그 대가로 폴리는 크리스마스 과거의 유령 왕관에 어울리는 초를 찾아보겠노라고 라버넘 양에게 약속해야 했다.

“그리고 크리스마스 현재의 유령이 입을, 모피로 안감을 댄 녹색 망토도요.” 라버넘 양이 말했다.

“모피를 안에 댄 녹색 망토가 있으면 그냥 내가 입고 말겠어.” 폴리와 함께 노팅힐게이트역으로 가면서 에일린이 말했다. “이렇게 끔찍한 날씨에 내 코트는 별로 따뜻하지 않아. 그리고 검은색은 너무 우울해.”

“모두가 검은색을 입고 있어.” 폴리가 날카롭게 말했다. “지금은 전시야. 그리고 새 코트를 가진 사람은 아무도 없어. 모두가 어떻게든 버티고 있잖아.”

“나는 그런 뜻이….” 에일린은 어리둥절한 눈으로 폴리를 보며 말했다.

"나는 농담을 한 거야."

"알아. 미안해." 폴리가 말했다. "그냥…."

"마이크가 걱정되는 거잖아." 에일린이 말했다. "알아. 마이크는 네가 연극 때문에 바쁜 걸 알아. 전화해서 네 주의를 흩뜨리지 않으려 한 걸 거야."

'내 주의를 흩뜨려?' 폴리가 씁쓸하게 생각했다.

"내일은 꼭 전화할 거야." 에일린은 폴리와 팔짱을 꼈고, 지하철을 타고 홀본역으로 가는 동안 연극이 얼마나 훌륭했는지, 자신이 얼마나 배가 고픈지, 그리고 애거사 크리스티가 얼마나 글을 잘 쓰는지에 대해 떠들어 댔다.

"정말로 만날 수 있으면 좋겠어. 애거사 크리스티는 전쟁 동안 런던에서 살면서 병원에서 조제사로 일했어. 불행히도 지하철 방공호에는 안 올 거야. 산 채로 묻힐까 봐 비정상적으로 겁을 냈거든."

'전혀 비정상이 아닌걸.' 폴리가 마블 아치역과 마저리를 떠올리며 생각했다.

애거사 크리스티를 만날 기회가 없다는 건 안타까웠다. 그녀의 도움을 받을 수도 있었기 때문이다. 하지만 폴리는 설사 애거사 크리스티라 할지라도 '열리지 않는 강하의 수수께끼'를 풀 수 있을지 의심이 들었다.

"출근할 때 지하철을 타지는 않을까 궁금해." 에일린이 말했다. "만약 그렇다면…. 아, 여기서 우리 내려야 해, 만약 그렇다면 우리는 집에 가는 애거사 크리스티를 볼 수 있었을 텐데."

둘은 지하철에서 내렸다.

"역내 식당 줄이 아주 길지는 않았으면 좋겠어." 에일린이 말하며 지하철에 타고 내리는 승객들 무리를 헤치고 플랫폼을 걸어 못된 장난꾸러기들 무리를 지나 FANY 군복을 입은 젊은 여자들 쪽으로 가기 시작했다.

폴리가 걸음을 멈췄다.

"가자. 나 배고파 죽겠어." 에일린이 폴리에게 오라고 손짓하며 말했다.

수병 한 명이 반대 방향으로 지나갔다. 폴리는 몸을 돌리더니, 기차가 떠나는 플랫폼을 걸어 그 수병을 재빨리 뒤따라갔고, 아치길에 들어섰을 때 뒤를 돌아보았다.

에일린이 FANY들을 밀고 뒤를 따라오며 외쳤다. "폴리!"

폴리는 서둘러 아치길을 통과해 터널을 따라 홀까지 갔고, 그곳에서 에스컬레이터를 탔다.

"어디 가는 거야?" 에스컬레이터를 반 정도 올라간 폴리를 따라잡은 에일린이 숨차하며 물었다.

"누군가를 보았다고 생각했어." 폴리가 말했다.

"누구? 애거사 크리스티?"

"아니. 역사학자. 잭 소르킨."

"잭 소르킨은 태평양에 있지 않아?"

"나도 알아. 하지만 맹세하건대…." 폴리가 말했다.

둘은 에스컬레이터 꼭대기에 도달했다. 폴리는 군중을 둘러보며 얼굴을 찡그렸다. "아, 다시 보니까 아니네." 폴리가 홀 저쪽에 있는 수병을 가리키며 말했다. "실망이야."

"괜찮아." 에일린이 말했다. "그래도 역내 간이식당에는 갈 수 있잖아." 에일린이 내려가는 에스컬레이터로 가기 시작했다.

"잠깐만. 방금 멋진 생각이 떠올랐어." 폴리가 말했다. "역내 간이식당 말고 라이언스 코너 하우스에 가자."

"라이언스?" 에일린이 영문을 몰라 되풀이해 말했다. "왜?"

"거기는 오늘 밤 공습이 없어. 독일군은 브리스틀을 폭격해. 우리는 제대로 된 식사를 할 수 있고, 너는 '뭐뭐뭐에서의 살인 사건' 책에 관해 내게 이야기해줄 수 있어."

"'칼레 기차'야." 에일린이 말했다. "거기에 베이컨도 있을까? 아니면 달걀?"

그곳에는 둘 다 있었고, 차는 설거지한 물 같은 맛이 아니었다. 그리고 푸딩은 벽지풀 맛이 아니었다.

"내가 먹어본 가운데 가장 맛있는 식사였어." 에일린이 집으로 돌아오는 지하철에서 행복해하며 말했다. "네가 잭을 봤다고 착각해서 다행이야."

"너 내게 《칼레 기차 살인 사건》에 대해 말해주기로 했어." 폴리가 말했다.

"아, 그래. 아주 재밌는 책이야. 등장인물 모두가 범죄를 저지를 동기가 있어. 그리고 독자는 '모두가 범인일 리가 없어. 누군가 한 명이야.'라고 생각하지만 알고 보면…. 하지만 읽는 즐거움을 망치기는 싫으니까 더는 말 안 할게. 빌려줄까? 내가 좀 더 가지고 있다고 해서 홀본역의 사서가 뭐라고 하지는 않을 거야."

폴리는 듣고 있지 않았다. 그녀는 편차, 그리고 그들이 바꾼 사건들에 대해 생각하고 있었다. "에일린…." 폴리가 말했다. "리나나 바드리가 편차의 증가 이유에 대해 뭔가 말하지 않았어?"

"아니. 내가 기억하는 한 없어." 에일린이 말했고, 둘이 방으로 돌아왔을 때 에일린은 폴리에게 종이 한 장을 내밀었다. "이거. 너랑 마이크가 시킨 대로 기억나는 건 전부 다 썼어."

종이에는 글씨가 마구 휘갈겨져 있었다. "제럴드는 우산이 있었지만 쓰라고 하지 않음. 바드리는 콘솔에서 작업. 리나는 통화. 바스티유에 분통. 리나는 공정이 먼저라는 걸 안다고 함."

"'공정'이 뭐야?"

"공포정치. 누군지는 모르겠지만 리나는 바스티유 습격으로 강하할 사람과 일정 변경에 대해 전화로 이야기하고 있었어. 그리고 그 사람은 결국 화를 낸 모양이야. 리나가 '당신이 공포정치부터 먼저 가기로 되어 있었다는 건 저도 알아요.'라고 말했거든. 하지만 리나는 편차에 대해서는 말하지 않았어."

공포정치로 갈 예정인 사람이 누구인지는 모르지만, 실험실은 그 일정을 바스티유 습격으로 바꾼 것이다. 공포정치보다 일찍 일어난 사건으로.

"마이크가 됭케르크로 임무가 바뀌기 전에 원래 어디로 가기로 되어 있었어?" 폴리가 에일린에게 물었다. "진주만이었어?"

"몰라. 아마 그랬을 거야. 마이크의 일정은 완전히 바뀌었어."

"또 어디에 갈 예정이었어?"

"기억이 안 나. 솔즈베리였던 거 같아. 그리고 세계무역센터. 당시 나는 그리 집중…."

'…해서 듣지 않았겠지.' 폴리는 에일린을 마구 흔들어주고 싶은 생각이 들었다. '왜 안 그랬겠어. 제럴드 핍스가 하는 말을 집중해 듣지 않은 것과 똑같았겠지.'

"마이크가 전화했을 때 물어보면 되잖아." 에일린이 말하고 있었다. "왜 그걸 알고 싶은데?"

'왜냐하면 진주만은 1941년 12월 7일에 일어났으니까. 그리고 바스티유 습격은 공포정치 전이고.'

마이크는 던워디 교수가 수십 개의 강하를 뒤죽박죽으로 뒤섞고 취소했다고 말했다. 만약 던워디 교수가 그렇게 한 것이 편차의 증가가 몇 달이 아니라 몇 년 단위였기 때문이라면? 만약 던워디 교수가 모든 강하를 연대순으로 배치하고 있었으며, 이미 데드라인이 있는 것들은 제시간에 강하가 열리지 않을까 봐 걱정되어 취소한 것이라면? 만약 편차 증가가 4년이라면? 아니면 제2차 세계대전이 있던 기간이라면? 폴리가 전승 기념일에 에일린을 본 건 그 때문인 걸까? 그들이 그때까지 돌아가지 못했기 때문에?

하지만 만약 그랬다면, 던워디 교수는 왜 에일린의 강하를 취소하지 않은 걸까?

'아마도 편차 증가는 그렇게 크지 않을 거야.' 폴리가 생각했다. 진주만은 됭케르크에서 겨우 1년 반 뒤였다. 폴리는 프랑스 혁명에서 바스티유 습격과 공포정치가 얼마나 떨어졌는지 알지 못했다. 바스티유 습격은 1789년 7월 14일이었지만, 공포정치가 언제 시작되었는지 폴리는 알지 못했다. 만약 둘의 차이가 3년 이내라면….

또는 그게 일정들을 마구 바꾼 이유가 아닐 수도 있었다. 뭔가 다른 이유일지도 몰랐다. '마이크가 전화하면 원래 일정이 어땠는지, 그리고 어떻게 바뀌었는지를 물어봐야 해.' 폴리가 생각했다. '만약 전화한다면. 그 사이에 걱정하는 건 소용없어.'

하지만 걱정을 안 하는 것은 불가능했다. 그녀는 점심시간 동안 셀프리지스와 본과 홀링스워스 백화점들에 가서 여성용 코트들을 살폈다. 다행히도 모두 에일린이 사기에는 너무 비쌌다. 본과 홀링스워스 백화점들의 '폭격에 손상된 제품 할인' 코너에 있는 물건들마저 그랬다. 그리고 일단 의류 배급이 시작되면 코트를 살 정도로 점수를 모으는 것은 불가능했다. 하지만 그래도 폴리는 코트 색깔이 검정, 갈색, 남색뿐이라는 사실에 안도감이 들었다.

마이크는 월요일 저녁에 전화했고, 전화가 늦은 건 에일린이 예상했던 바로 그 이유 때문이었다. 남들이 엿듣지 않을 만한 곳에서 통화할 수 있는 전화기를 찾기 어려웠다고 했다. "더 가까운 전화 부스를 찾거나." 마이크가 말했다. "아니면 암호로 통화해야만 해."

"넌 잉글랜드에서 가장 능력 있는 암호 파해가들에게 둘러싸여 있어." 폴리가 말했다. "그 방법은 별로 추천하고 싶지 않아."

"네 말이 맞아. 편지로 해야겠네. 리케트 부인이 네게 온 편지를 증기를 쪼여 열어봐?"

"평소 행동으로 볼 때, 나라면 그 여자를 믿지 않을 거야."

"뭐, 걱정하지 마. 다른 방법을 생각해낼게. 구조팀이 우리가 낸 광고들 가운데 뭔가에 답을 하지는 않았겠지?"

"응. 너 원래는 진주만 임무가 제일 먼저였지?"

"응. 그리고 다음에는 세계무역센터, 그리고 벌지 전투, 그러면 어휘-억양 임플란트한 것을 세 임무에 다 쓸 수 있었거든."

"그리고 실험실이 일정을 어떻게 바꿨어? 됭케르크와 진주만만 바꾼 거야?"

"아니. 모두 다 바꿨어. 진주만 다음에는 엘 알라메인이야. 그리고 벌지 전투…."

'내 생각이 맞았어. 연대순으로 바꿨어.' 폴리는 익숙한 공황이 스멀스멀 자신을 덮치는 걸 느꼈다. '하지만 엘 알라메인은 진주만에서 겨우 7개월 뒤이고, 벌지 전투는 그 뒤로 겨우 2년 반 뒤야. 여전히 내 것처럼 오랜 기간 떨어져 있지 않아.'

"그다음은 제2차 세계무역센터 공격…."

'그건 벌지 전투에서 거의 60년이 떨어진 거야.'

"그리고 솔즈베리의 전 지구적 전염병 시작기." 마이크가 말했다.

'20년 뒤.'

하지만 그건 아무것도 증명하지 못했다. 실험실이 마이크의 임무를 연대순으로 배치한 건 다른 임무들과는 상관없이 단지 진주만 때문일 수도 있었다.

'공포정치가 언제 시작되었는지는 알아내야 해.' 폴리가 생각했고, 알 만한 사람이 누구일지를 생각해봤다. 에일린은 제외였다. 폴리는 에일린이 질문을 해대는 걸 원치 않았다. 그리고 에일린이 서적 매장에서 일하기 때문에 폴리는 그곳에서 프랑스 혁명에 관한 책을 찾아볼 수도 없었다.

고드프리 경이라면 분명히 알 것이다. 고드프리 경은 시드니 카턴[10] 배역을 맡았었을 게 분명했다. 하지만 그 역시 질문을 할 것이고, 경은 지금도 너무 많은 것을 알고 있었다.

'홀본역의 사서.' 폴리가 생각했다.

에일린과 노팅힐게이트역에 갔을 때, 폴리는 도린에게 전할 메시지가 있는데 깜빡했다며 피커딜리 서커스역으로 가서 말해주고 오겠노라고 에일린에게 말했다. 그리고 지하철을 타고 홀본역으로 갔다.

"공포정치요?" 연한 적갈색 머리의 사서가 곧바로 말했다. "그건 1793년 9월에 시작했어요." 바스티유 습격 이후 4년하고 2개월 뒤였다.

---

10 찰스 디킨스의 《두 도시 이야기》 등장인물

15

다른 이에게 떠넘기지 마십시오.

— 공습 대비 포스터, *1940년*

옥스퍼드, 2060년 4월

던워디 교수는 이시와카 박사의 계산을 다시 살펴본 뒤 전화했다. "에드리치, 내 방으로 좀 와줘." 비서가 문간에 나타나자 던워디 교수는 말했다. "실험실에 전화해서 왜 편차 분석을 아직도 보내지 않는지 좀 알아봐줘."

"보내왔습니다, 교수님." 에드리치는 대답만 하고는 그대로 가만히 서 있었다.

'핀치가 역사학자가 되겠다고 했을 때 보내는 게 아니었는데.' 던워디 교수는 예전 비서를 그리워하며 생각했다. "그래? 어디 있지?"

"제 책상 위에 있습니다, 교수님."

"가져다줘." 던워디 교수가 말했고, 에드리치가 파일을 가지고 돌아오자 물었다. "조사실에서 전화했나?"

"네, 교수님."

"뭐라고 하던가?"

"교수님이 요청하신 자료를 준비했으며, 교수님의 전화를 기다리겠노라고 했습니다." 에드리치가 말했다. "전화를 연결할까요?"

'아니. 자네라면 전화가 연결되어도 다시 내게 알리지 않을 가능성이 아주 크니까.' 던워디 교수가 생각했다. "내가 직접 할게." 던워디 교수가 말하고 조사실에 전화했다.

"그날 밤에는 사망자가 2백 명이 있었습니다." 전화를 받은 기술자가 말했다. "물어보신 지역에서는 스물한 명이었습니다. 하지만 그 숫자에는 그날 부상당하고 나중에 그 부상으로 인해 죽은 사람들은 포함되지 않았습니다."

'그리고 그 부상자들이 한 일의 결과로 며칠 또는 몇 주 뒤에 죽은 사람들도 포함되지 않았을 거고.' 던워디 교수가 생각했다.

"부상으로 인해 죽은 사람들에 대해서도 조사해볼까요?" 기술자가 말했다.

"그건 나중에. 지금까지 알아낸 것만 알려줘. 그날 밤에 스물한 명이라고 했지?"

"네, 교수님." 그녀가 말했다. "소방관 여섯 명, 공습 대비대 감시원 한 명, 해군 여성 부대원 한 명, 랭커스터 소총 사격 훈련소 장교 한 명, 공군 여성 보조 부대원 한 명, 열일곱 살 소년 한 명, 그리고 여성 청소부 두 명입니다."

"해군 장교는 없고?"

"없습니다, 교수님. 하지만 말씀드렸듯이, 이건 그날 밤에 죽은 사람들만입니다."

"그 사람들이 죽은 정확한 장소도 알아냈어?"

"일부는요. 장교와 소방관 둘은 어퍼 그로스베너 스트리트에서 죽었습니다. 다른 소방관들은 미노리스에서 불을 끄다가 죽었고요. 공습 대비대 감시원은 칩사이드에서 죽었습니다. 지부가 폭격당했습니다."

"해군 여성 부대원은?"

"그 여자는 아베 마리아 레인에서 죽었습니다."

세인트폴 대성당에서 몇 거리 떨어지지 않은 곳이었다. "그 여자 사진은 있어?"

"아니요. 사망 공지에 없었습니다. 그 여자 사진을 구해볼까요?"

"응. 그리고 죽은 사람들 이름이 필요해. 그리고 가능하다면 사진들도. 되도록 빨리 해줘. 모두 알아내면 내게 직접 전화해줘."

던워디 교수는 그녀에게 번호를 알려주고 전화를 끊었고, 혹시 더 나쁜 소식이 담겨 있으면 어쩌나 걱정하며 편차 분석 보고서를 읽기 시작했다. 하지만 강하마다 편차 평균이 약간 증가하기는 했지만 이시와카 박사가 예측했던 값만큼 크지는 않았고, 몇몇 강하는 도착하는 모습이 목격되기 쉬운 곳이었으며, 편차 증가는 그 때문일 수도 있었다. 그리고 비정상적으로 그 값이 치솟은 경우는 보이지 않았다.

하지만 보고서에 이번 주 강하는 포함되어 있지 않았다. 던워디 교수는 에드리치에게 만약 조사실에서 전화가 오면 실험실로 연락하라고 말한 뒤 베일리얼 게이트를 지나 브로드로 갔다.

던워디 교수가 캐트 스트리트로 들어서는데 콜린 템플러가 그를 따라잡았다. "교수님을 찾아서 다행이에요." 콜린이 숨차하며 말했다. "교수님의 그 멍청한 비서는 교수님이 어디에 있는지 말을 안 해주더라고요."

던워디 교수는 에드리치를 멍청하다고 말한 것에 대해 콜린을 나무라야 했지만, 한편으로는 그런 콜린의 평가가 사실이라는 점을 마음 깊이 인정할 수밖에 없었다. "왜 학교에 안 가고 여기 있지?" 던워디 교수가 다그쳐 물었다.

"쉬는 날이에요." 콜린이 말했고, 던워디 교수의 표정을 보고 덧붙여 말했다. "아니, 진짜로요. 학교로 전화해서 물어보셔도 돼요. 쉬는 날이라 교수님을 만나러 온 거예요. 임무에 관해 좋은 생각이 떠올랐거든요." 콜린이 던워디 교수와 나란히 걸으며 말했다. "농업 여성들에 대해 아세요?"

"농업 여성?"

"네. 제2차 세계대전 때요. 당시 여자들 중…."

"농업 여성이 뭔지는 알아. 지금 네가 여장을 하고서 토지 여성회에 들어가겠다는 말이야?"

"아니요. 하지만 농업 여성이 있었던 건 농부들이 모두 전쟁터에 갔기 때문이고, 그래서 농부들은 소년들도 고용했어요. 저는 제가 열다섯 살이라고 말하려고요. 그래야 징집을 안 당하면서 전시의 농장 생활을 관찰할 수 있을 거예요. 아시다시피 당시는 식량도 부족하고 그랬으니까요.”

“거기에 도착하는 순간 군대에 끌려가지 않는다는 보장이 어딨지? 또는 폴리 처칠을 보러 런던으로 도망치지 않는다는 보장은?”

“그건 절대로 안 해요.” 콜린이 격분해 말했고, 던워디 교수는 콜린이 왜 갑자기 이런 반응을 보이는지 궁금했다. 폴리가 콜린을 비웃으며 맘을 상하게 한 건가? “그리고 입대하지 않겠노라고 약속드릴게요. 원하신다면 맹세라도 할게요. 아니면 혈서라도 쓰든가요.”

“안 돼.”

“하지만 저는 전쟁 내내 폭탄 하나, V-1 하나 떨어지지 않은 농장을 찾아냈어요. 햄프셔에 있어요. 그리고 소젖 짜는 법, 달걀 모으는 법을 조사했고….”

그들은 실험실에 도착했다. 던워디 교수는 문 앞에서 멈춰 섰다. “난 네가 시험을 통과하고 옥스퍼드에 입학해서 학부를 마치기 전에는 어디에도 보내지 않을 거야. 그리고 지금 시점에서는 그 어느 것도 가능할 것 같지 않구나.”

“그건 불공평해요. 저는 이시와카 박사에 대한 에세이를 다시 써서 높은 점수를 받았어요. 비록 저는 아직도 그분 이론이 쓰레기라고 생각하지만요.”

‘네 의견이 맞기를 바라자꾸나.’ 던워디 교수가 생각했다. “이제 가렴.” 던워디 교수가 말했다. “나는 해야 할 일이 있어.”

“그러면 일 마치실 때까지 기다릴게요.”

“소용없어. 나는 마음을 바꾸지 않을 거니까. 그리고 내가 키브린 앵글을 찾으러 샀을 때처럼 내가 강하할 때 몰래 뛰어들 생각이라면, 나는 여기에 네트를 쓰러 온 게 아니라는 걸 알려주마. 나는 바드리와 이야기를 하러 온 거야.”

“그러면 저를 실험실에 출입 금지시킬 이유가 없잖아요. 안 그런가요?” 콜린이 말하며 던워디 교수가 문을 닫기 전에 안으로 들어섰다. “교수님 볼 일이 끝날 때까지 기다렸다가 제가 생각해낸 다른 프로젝트들도 말씀드릴 게요. 제가 여기 있는 것도 모를 정도로 꼼짝도 안 하고 가만히 있을게요."

"걱정하지 마라. 나도 널 없는 것처럼 취급해줄 테니." 던워디 교수가 말하고 콘솔 앞에 앉은 바드리에게 가기 시작했다.

"세인트폴 대성당 강하 때문에 오신 거면⋯." 바드리가 말했다. "방금 좌표 계산을 끝냈으니 언제든 가시면 됩니다."

"잘됐군." 던워디 교수가 말했다. "이번 주 강하의 편차를 알고 싶어. 여전히 증가해?"

"네." 바드리가 화면에 자료를 불러왔다. "하지만 증가율은 지난주보다 줄었습니다."

'좋았어.' 던워디 교수가 생각했다. 어쩌면 편차 증가는 일시적 이상 현상이었을 수도 있었다.

"개개의 강하를 살펴보았습니다." 바드리가 말했다. "편차의 증가는 제2차 세계대전으로 가는 강하에 국한된 듯이 보입니다. 그렇다면 편차 증가는 전쟁으로 인해 분기점들이 더 많아진 탓일 수도 있습니다. 또는 민간인 감시인, 공습 대비대 순찰과 같은 전시 상황 탓일 수도 있고요."

하지만 지금까지 오랫동안 많은 역사학자가 제2차 세계대전에 다녀왔지만 평균 편차가 증가한 건 이번이 처음이었다. "내가 말해준 모든 역사학자의 강하를 취소하거나 재조정했어?"

"네, 교수님." 바드리가 말했고, 리나가 던워디 교수에게 목록을 건넸다.

"마이클 데이비스는?" 던워디 교수가 목록을 보며 물었다.

"마이클 데이비스는 됭케르크 구출 작전 관측을 먼저 하도록 일정을 바꿨습니다. 떠난 건⋯." 바드리가 콘솔 화면을 바라보았다. "나흘 전입니다. 앞으로 엿새에서 열흘 사이에 돌아옵니다."

"진주만 강하는 언제로 잡혔지?"

"5월 말입니다."

'잘됐군.' 던워디 교수가 생각했다. '결정을 하기까지 6주의 시간이 있어.'
"마이클이 돌아오는 시간이 왜 확실히 정해지지 않은 거지? 예상 편차가 높았어?”

“아닙니다, 교수님. 하지만 마이클 데이비스의 강하는 도버 외곽이고, 그래서 구출 작전이 끝나고 그곳으로 돌아오는 데 하루 이틀 정도 걸릴 수도 있어서요.”

“마이클 데이비스의 강하 지점을 찾느라 무척 애를 먹었습니다.” 리나가 자진해 말했다. “단 하나 찾을 수 있었던 건 도버에서 8킬로미터 떨어진 곳이었습니다.”

던워디 교수는 얼굴을 찡그렸다. 강하 지점을 찾기 어려운 건 이시와카 박사가 예견한 징후들 가운데 하나였다. “비정상적으로 어려웠어?”

“네.” 리나가 말했다.

“아니요.” 바드리가 말했다. “그 지역에 많은 사람이 있는 걸 고려하면요. 그리고 작전 지역 주위의 높은 기밀 수준까지 고려하면 비정상적이라고 보기 어렵습니다.”

“강하 지점을 찾기 어려웠던 경우가 또 있었어?” 던워디 교수가 물었다.

“싱가포르로 가는 찰스 보우덴의 강하 지점을 찾는 데 약간의 어려움이 있었지만, 결국은 폴로 경기장을 통해 보낼 수 있었습니다. 그리고 폴리 처칠의 경우도 꽤 어려웠습니다만, 그건 교수님이 정하신 지역 제한과 등화관제 때문이었습니다.”

“런던 대공습에서 돌아오는 대로 폴리를 내게 보내. 언제 돌아오지?”

“하숙집을 구하면 주소를 보고하기 위해 내일이나 모레 돌아올 겁니다.”

“뭐? 아직 정착 확인 보고도 하지 않았단 말이야?”

“네, 교수님. 하지만 걱정하실 필요 없습니다.” 바드리가 말했다. “방을 구하는 게 어려웠을 겁니다. 아니면 직장까지 구한 다음에 보고하려는 것일 수도 있고요. 그러면 백화점 이름까지 한꺼번에….”

“폴리는 그곳에 한 달이나 있었어.” 던워디 교수가 말했다. “직장을 구하는 데 그렇게 오래 걸릴 리가 없어. 왜 폴리가 정착 확인 보고를 하지 않았다는 걸 내게 말하지 않았지?” 던워디 교수는 나무라는 듯이 콜린을 바라보았다. “너도 이 사실을 알고 있었어?”

“저는 지금 교수님이 무슨 말씀을 하시는 건지조차 모르겠는걸요.” 콜린이 말했다. “폴리 누나가 그곳에 한 달간 있던 게 아니잖아요, 안 그래요, 바드리 씨?”

“응. 폴리는 그곳에 간 지 이틀밖에 안 됐어.”

“뭐? 에드리치는 한 달 전에 폴리가 임무를 위해 떠났다고 했는데.”

“맞습니다. 하지만 그건 런던 대공습이 아니었습니다.” 리나가 말했다. “폴리 세바스찬의 강하 지점을 찾는 데 어려움이 있었고, 그래서 자기 프로젝트의 다른 부분들 가운데 하나로 먼저 보내달라고 제안했습니다.”

“그리고 자네들은 그렇게 했다? 내 허락도 없이 비행선이 공격하는 런던으로 폴리를 보냈다고?”

“교수님은 이미 프로젝트를 승인하셨습니다. 그래서 저희는 생각하기를…. 하지만 저희는 폴리를 비행선 때로 보낼 수 없었습니다. 아직 제1차 세계대전 준비를 하지 않았거든요. 그래서 저희는 폴리를 세 번째 부분으로 보냈습니다.”

“세 번째 부분?” 던워디 교수가 호통쳤다. “그리고 다시 ‘런던 대공습’으로 보냈단 말이야?”

“네, 교수님, 저희는….”

“내가 순서에 어긋나는 강하를 모두 취소하라고 자네에게 말을 했는데도 말이야?”

“순서에 어긋나다니요?” 바드리가 말했다. “교수님은 그렇게 말씀하지 않으셨습니다. 교수님은 그냥 저희에게 목록만 주셨고 그 목록에는….”

“강하들을 연대순으로 재조정해놨지. 만약 그럴 수 없으면 취소했고.”

“교수님은 연대순에 대해서는 아무 말씀도 없으셨어요.” 리나가 방어하듯 말했다.

“전…, 전 몰랐습니다.” 바드리가 말을 더듬었다. “만약 알았다면….”

“뭔가 잘못되었나요?” 콜린이 다가오며 물었다. “폴리 누나에게 무슨 일이 일어난 건가요?”

던워디 교수는 콜린을 무시했다. “몰랐다니 무슨 말이지?” 교수가 바드리에게 말했다. "내가 달리 무슨 이유로 강하를 조정했다고 생각한 거야? 그리고 만약 폴리 처칠이 임무를 갔다면, 왜 자네가 내게 준 목록에는 폴리 처칠의 이름이 없었지?"

"교수님은 과거에 가 있는 역사학자들의 명단을 달라고 하셨어요." 리나가 말했다. "그리고 그때 폴리 처칠은 이미 돌아와 있었습니다."

던워디 교수가 콜린을 돌아보며 말했다. "너는 폴리 처칠이 떠난 걸 알았지? 왜 내게 그 말을 하지 않았지?"

"저는 교수님이 아신다고 생각했어요." 콜린이 말했다. "뭐가 잘못된 건데요? 런던 대공습으로 가면 안 되는 거였어요?"

던워디 교수가 바드리를 다시 바라보며 말했다. "폴리의 강하 좌표를 설정하는 데 얼마나 걸리지?"

"폴리 누나에게 무슨 일이 일어난 건가요?" 콜린이 다시 말했다.

"아니. 내가 그곳에서 폴리를 데려올 거니까."

"폴리 처칠을 구할 구조팀을 보내실 겁니까, 교수님?" 바드리가 말했다.

"아니. 그렇게 하려면 너무 오래 걸려. 내가 직접 갈 거야. 얼마나 걸려?"

"하지만 교수님은 폴리 처칠이 어디에 있는지 모르십니다." 바드리가 반대했다. "하루 이틀 뒤면 정착 확인 보고를 하러 올 겁니다. 그때까지 기다리는 것이 더 낫지 않…."

"나는 폴리가 옥스퍼드 스트리트에 있는 백화점에서 직장을 구하는 걸 알아. 그래서 얼마나 걸려?"

"폴리의 강하를 전송 모드로 바꾸어야 합니다." 바드리가 말했다. "지금은 귀환 모드로 설정되어 있습니다. 하루나 이틀쯤 걸립니다."

"너무 길어." 던워디 교수가 말했다. "나는 폴리를 지금 당장 데려오고 싶어. 그리고 만약 폴리기 정착 확인 보고를 하러 들어오려 하는데 그걸 방해하는 것도 원하지 않고. 근처에 새로운 강하를 설정하려면 얼마나 걸리지?"

"새로운 강하요?" 바드리가 말했다. "모르겠습니다. 폴리의 것을 찾는 데 몇 주가 걸렸습니다. 등화관제 때문에…."

"세인트폴 대성당 강하는?" 던워디 교수가 바드리에게 물었다. "새 시간

좌표를 설정하는 데 얼마나 걸리지?"

"아마 1시간이면 될 겁니다. 하지만 세인트폴 대성당으로 가실 수는 없습니다. 존 바솔로뮤가 그곳에…."

"9월 초에는 없었어. 존은 그곳에 20일에 도착했어."

"하지만 9월 초에 가시면 안 됩니다. 그건 너무 위험합니다."

"세인트폴 대성당은 10월에야 폭격당해." 던워디 교수가 말했다.

"세인트폴 대성당을 말하는 게 아닙니다. 저는 교수님의…."

"폴리가 간 날이 언제지?" 던워디 교수가 말을 가로막았다.

"9월 10일입니다."

"폴리 누나에게 무슨 일이라도 생긴 건가요?" 콜린이 말했다. "뭔가 어려움에 처한 거예요?"

"강하 설정 시각은?" 던워디 교수가 바드리에게 물었다.

"오전 5시입니다. 9일 밤 공습은 4시 30분에 끝났고, 공습경보해제는 6시 22분에 울렸습니다."

"나를 오전 4시로 보내줘. 그러면 화재 감시원들은 여전히 지붕 위에 있을 거고 나는 온종일 폴리를 찾아볼 수 있을 거야."

"폴리 누나가 '도착한 날'에 바로 데려오시려는 거예요?" 콜린이 물었다.

바드리가 말했다. "교수님, 공습 중인 때로 가실 수는 없습니다. 그리고 10일은 너무…."

"나는 폴리를 찾을 때까지 몇 시간만 그곳에 있을 거야. 그리고 대성당에서 조금만 가면 지하철역이 있어. 지하철을 타면 옥스퍼드 스트리트로 곧장 갈 수 있어. 그리고 그날 밤 공습은 시티가 아니라 이스트 엔드에 있었어."

"왜 폴리 누나를 데려와야 하는지 제게 '설명'해주세요." 콜린이 목소리를 높이며 말했다. "무슨 일이 있기에 그러세요?"

"아무 일도 없어." 던워디 교수가 말했다. "예방하는 차원에서 폴리를 데려오려는 것뿐이야."

"예방이라니요? 뭘요?"

'콜린을 실험실에 들여놓으면 안 되는 걸 알면서 왜 그랬을까.' 던워디 교수가 생각했다. "편차가 약간 증가했어." 던워디 교수가 말했다. "그리고 그 이유가 뭔지 알게 될 때까지, 나는 역사학자 한 명에게 여러 시간대로 강하하는 임무를 맡기지 않을 거야. 폴리가 자기 임무를 떠난 걸 난 몰랐어. 만약 가기 전에 알았다면 폴리를 가지 못하게 했을 거야. 그리고 이미 그곳에 가 있으니 데려오려는 거고."

"저도 교수님이랑 같이 갈게요."

"쓸데없는 소리 하지 말고."

"아니, 저는 가야만 해요." 콜린이 진지하게 말했다. "만약 폴리 누나에게 곤란한 일이 생기면 구하러 가겠노라고 약속했어요."

"폴리는 곤란한 일이 생긴 게 아니…."

"그러면 왜 데려오려는 건데요? 그리고 약간 증가라니, 무슨 의미죠? 얼마나 증가한 거예요?"

"그냥 며칠 정도야."

"아." 콜린이 말했고, 던워디 교수는 콜린의 얼굴에 안도의 기색이 도는 걸 보았다.

하지만 콜린은 영리한 아이였고, 곧 사태를 파악할 것이다. 콜린을 이곳에서 내보내야 할 필요가 있었다. "콜린, 도구실에 가서 내가 1940년 신분증이 필요하다고 말하거라." 던워디 교수는 콜린이 떠나려 하지 않을까 봐 걱정이 되었지만, 콜린은 돕고 싶어 안달이었다.

"신분증에 이름은 뭐로 할까요?" 콜린이 물었다.

"따로 제작할 시간이 없어. 뭐가 되었든 지금 가지고 있는 걸 달라고 해."

콜린은 고개를 끄덕였다. "배급 수첩도 필요하실 거고, 방공호 지정 카드랑…."

"아니, 나는 몇 시간만 가 있을 거야." 던워디 교수가 말했다. "폴리가 있는 곳을 알아내 곧바로 그 아이를 데려올 거니까."

"하지만 지하철이랑 기타 등등을 위한 돈은 필요하실 거예요. 그리고 옷은요? 제가 의상실에 가서…."

'의상실에서 어떤 옷을 마련해줄지는 안 봐도 뻔하지.' 던워디 교수가 생각했다. "아니, 지금 이 옷 그대로 갈 거야." 던워디 교수가 말했다. 다행히도, 트위드 재킷과 모직 바지는 한 세기 반 동안 유행을 타지 않은 복장이었다.

"하지만 교수님은 방독면이 있어야 해요. 철 헬멧도요." 콜린이 말했다. "대공습이잖아요…."

"런던 대공습의 위험성은 나도 잘 알아." 던워디 교수가 말했다. "그곳에 몇 번이나 다녀왔어."

"교수님?" 바드리가 끼어들었다. "제 생각에, 직접 가시는 것보다는 구조팀을 보내는 게 나을 듯합니다. 강하 지점을 설정하는 데 얼마 걸리지 않을 거고, 구조팀이 준비하는 데도 하루 이틀 정도면…."

"구조팀이 갈 필요가 없어."

"그렇다면 적어도 1940년에 간 적이 없는 사람이 가는…."

"절 보내시면 돼요." 콜린이 흥분해 말했다. "저는 런던 대공습에 관해 다 알아요. 폴리 누나의 준비를 도우면서…."

"넌 어디에도 가지 않아." 던워디 교수가 말했다. "내 신분증을 가지러 도구실에 가는 것만 빼면 말이야."

"하지만 저는 언제, 어디서 공습이 있었는지 다 알고…."

"다녀와." 던워디 교수가 말했다. "어서."

"하지만…. 네, 교수님." 콜린이 마지못해 말하고 서둘러 실험실을 나갔다.

"리나가 그 좌표들을 설정하는 데 얼마나 걸릴까?" 던워디 교수가 바드리에게 물었다.

"몇 분이면 됩니다. 하지만 저는 정말로 1940년에 가본 적이 없는 사람을 보내야 한다고 생각합니다. 교수님은 편차의 증가가 데드라인이 있는 사람들을 그 이전에 데려올 수 없게 만든다고 걱정을 하시는 거잖습니까. 그렇다면 교수님은 그곳에 가시면…."

"지금 이 시점에서 편차 증가는 이틀이야. 그러면 늦어봤자 12일에는 도착할 거고, 나는 그곳에 하루도 안 있을 거야. 위험할 일이 없어. 리나, 좌표는 구했어?" 던워디 교수가 리나 쪽에 대고 외쳤다.

"거의 다 됐습니다." 리나가 외쳐 대답했고, 던워디 교수는 손목시계를 끄르고 주머니를 비우기 시작했다.

실험실 문이 거칠게 열리더니 콜린이 손에 든 서류를 흔들며 들어와 급히 멈췄다. "에드워드 T. 프라이스라는 이름을 쓰실 거예요." 콜린이 말했다. "첼시 주빌리 플레이스 11번지에 살고요. 5파운드 지폐 두 장을 가져왔어요."

"그리고 아까는 학교 교복을 입고 있었는데 지금은 런던 대공습에 소년들이 입었을 거라고 의상실에서 생각할 만한 옷으로 바꿔 입기도 했고." 던워디 교수가 말했다.

콜린이 얼굴을 붉혔다. "저도 교수님과 같이 가야 한다고 생각해요. 두 명이 찾으면 폴리 누나를 두 배 빨리 찾을 수 있고, 저는 10일에 폭탄이 어디에 떨어졌는지 다 알아요."

"나도 그래. 돈과 신분증을 내게 주거라."

"그리고 이건 배급 수첩이에요." 콜린이 말하며 물건들을 건넸다. "배가 고프실 테니까요. 그리고 회중전등도 가져왔어요. 어디로 가는지 길을 확인할 때 도움이 될 거예요."

던워디 교수는 회중전등을 다시 돌려주었다. "이걸 가지고 있으면 공습 대비대 감시원에게 체포당하기 딱 좋아. 등화관제 때 회중전등은 사용 금지되었어."

"하지만 그러면 더욱더 제가 같이 가야 하잖아요. 저는 어두운 곳에서도 아주 잘 보이고…."

"너는 가지 않아, 콜린."

"하지만 교수님이 버스에 치이면 어떻게 해요? 등화관제 때 그런 일이 많이 있었어요. 아니면 다른 곤란한 상황에 처하면요?"

"나는 어떤 곤란한 상황에도 처하지 않아."

"지난번에는 그러셨어요." 콜린이 말했다. "그리고 제가 구해드렸고요,

기억나세요? 이번에도 그런 일이 일어나면요?"

"안 그래."

"던워디 교수님?" 리나가 콘솔에서 말했다. "좌표는 준비됐습니다. 준비되시면 알려주세요."

"알았어." 던워디 교수가 말했고, 콜린이 네트의 커튼을 힐끗거리며 지금 서 있는 곳과 네트의 커튼까지의 거리를 재는 모습을 보았다. "고마워, 리나. 하지만 몇 분 더 시간이 필요해. 콜린, 다시 생각해보니 회중전등이 필요할 거라는 네 말이 맞는 거 같아. 폴리를 빨리 구하려면 연석에서 발을 헛디뎌 발목을 삐거나 하면 안 되니까."

"그렇다니까요." 콜린이 회중전등을 내밀며 말했다.

"아니, 이건 안 돼." 던워디 교수가 말했다. "이건 너무 현대식이야. 그리고 위쪽에서 빛이 보이지 않도록 등화관제용으로 특수 제작된 갓도 있어야 하고. 도구실로 가서 갓이 있는 거로 가져오고, 만약 없으면 유리 위로 검은 종이를 붙여 오너라. 서두르고."

"네, 교수님." 콜린이 말하고 실험실을 뛰어나갔다.

"좌표가 준비되었다고?" 콜린이 나가자마자 던워디 교수가 리나에게 물었다.

"네, 교수님." 리나가 말했다. "콜린이 돌아오는 대로 즉시…."

던워디 교수는 문으로 가서 문을 잠갔다. "지금 나를 보내."

"하지만 제 생각에…."

"사라진 역사학자를 찾는 데 열일곱 살짜리 아이를 달고 다니는 건 전혀 도움이 되지 않아." 던워디 교수가 말하고 네트로 걸어가더니 이미 내려오고 있는 커튼 아래로 몸을 숙이고 안으로 들어갔다. "바드리도 증언해줄 수 있겠지만, 과거로 가는 여행에 밀항한 전력이 있는 열일곱 살은 더욱 그렇고." 던워디 교수는 네트의 격자무늬 중앙에 자리 잡았다. "준비 완료." 던워디 교수가 리나에게 말했다.

"적어도 귀환 강하를 준비할 때까지는 기다리셔야 한다고 생각합니다." 바드리가 말했다. "만약 편차 증가가 사실일 경우 나중에 가시는 것이…."

“그건 나를 보낸 다음에 해도 돼. 자, 시작해, 리나.”

“네, 교수님.” 리나가 말했다. 리나는 타자를 시작했고, 던워디 교수는 빛무리가 일기 시작하는 걸 보았다.

“내가 돌아오기 전에는 다른 누구도 임무에 보내지 마. 그리고 만약 폴리가 귀환 확인 보고를 하기 위해 오면 다시 보내지 말고.”

“네, 교수님.”

“그리고 내가 없는 동안 콜린은 네트 근처에 얼씬도 하지 못하게 해.”

빛무리가 이글거리면서 커졌고, 그 때문에 리나의 모습이 잘 보이지 않았다. “어떤 일이 있더라도 콜린이 나나 폴리를 쫓아 오면 안 돼.” 던워디 교수가 밀했지만 너무 늦은 뒤였다. 네트는 이미 열려 있었다.

16

어서 오십시오, 환영합니다!

— 윌리엄 셰익스피어, 《자에는 자로》

블레츨리, 1940년 11월

튜링. 오, 이런 맙소사. 마이크는 튜링과 충돌을 했고, 그를 거의 죽일 뻔한 것이다. "아까 그 사람이 튜링이었어요?" 마이크가 물었고, 갑자기 다리가 후들거려 벽을 짚었다.

"어머, 다치셨군요!" 엘스페스가 말했다. "안으로 들어가서 앉으세요. 다리를 저시네요!"

"아니요, 그건⋯." 마이크가 입을 열었지만, 여자들은 이미 마이크를 부축해 계단을 올라 안으로 들어가고 있었다.

"저런 사람들은 자전거 타는 걸 금지시켜야 해요." 마비스가 분개해 말했다. "발을 좀 보여주세요."

"튜링이라고 한 거 맞아요?" 마이크가 말했다. "앨런 튜링?"

"네." 엘스페스가 말했다. "그 사람을 아세요?"

"아뇨. 대학 때 튜링이라는 사람을 알았어요. 수학⋯."

"그 사람이에요. 사람들 말로는 수학의 천재라고 하더라고요."

"뭐, 난 그 사람이 천재든 아니든 상관없어." 마비스가 말했다. "나는 기회가 닿으면 한번 독하게 쏘아줄 거야."

"아니요! 그 사람에게 아무 말도 하지 마세요. 저는 괜찮습니다."

"하지만 그 사람 때문에 발이 부러졌을지도…."

"아니, 튜링 씨 때문이 아니에요. 파편에 맞은 거예요."

둘의 눈이 휘둥그레졌고, 엘스페스는 감명받은 게 분명한 표정으로 말했다. "됭케르크에 계셨어요?"

"네, 요점은, 튜링 씨 때문에 다친 게 아니라는 거예요. 잠시 어지러웠던 것뿐입니다. 튜링 씨에게 뭐라 하실 필요 없어요. 길을 보지 않은 제 잘못인걸요."

"당신 잘못이라고요?" 마비스가 분개하며 말했다. "튜링은 앞을 전혀 보지 않고 다녀요. 보행자가 있든 말든 상관 않고 자전거를 탄다고요."

엘스페스가 고개를 끄덕였다. "누군가가 그 사람에게 좀 더 조심하라는 말을 해야 해요! 당신을 다치게 했을 수도 있다고요!"

'그리고 내가 튜링을 다치게 했을 수도 있고.' 마이크가 생각했다. '아니면 죽였거나. 만약 튜링이 자전거를 타다 중심을 잃었을 때 연석 대신 가로등이나 벽돌 벽에 부딪히기라도 했다면….'

마비스가 말했다. "아무래도 대위님에게 보고를…."

"아니, 다른 사람에게 말씀하지 마세요. 저는 괜찮습니다. 다치지 않았습니다. 넘어진 걸 일으켜주시고, 도와주셔서 감사합니다." 마이크는 마비스가 대신 들고 와준 가방을 집었다.

"어, 가지 마세요." 엘스페스가 말했다. "됭케르크에 대해 듣고 싶어요." 그녀는 소파 팔걸이에 앉았다. "굉장했겠죠? 아무래도 위험했을 텐데요."

"여기가 두 배는 더 위험합니다." 마이크가 말했다.

엘스페스가 소리 내 웃었지만, 마비스는 그러지 않았다. 그녀는 호기심 어린 눈으로 마이크를 바라보았다. "왜 됭케르크에 갔나요? 당신은 미국인 아닌가요?"

'아, 이런, 갈수록 태산이로군.' 마이크는 말조심해야 한다는 사실을 깜박하고 있었다. 그는 하마터면 튜링을 죽일 뻔했다는 사실에 너무 놀라 방금 자신의 위장 신분을 날려버린 것이다. "네." 마이크가 시인했다.

"그럴 줄 알았어요." 마비스가 뿌듯해하며 말했고, 엘스페스가 덧붙였다. "어머, 잘됐네요. 우리는 미국인을 정말 좋아해요. 그런데 됭케르크에는 왜 갔는데요?"

'기자라고 말할 수는 없어.' "제 친구에게 보트가 있었습니다. 우리가 도움 될 수 있을 거라 생각했죠."

"어머, 정말 멋져요!" 엘스페스가 말했다. "이번 전쟁에서 뭔가 중요한 일을 진짜로 한 사람을 만나다니, 그게 얼마나 멋진지 당신은 상상도 못 할 거예요."

"차 한잔하시면서 그 이야기를 해주세요." 마비스가 말했다. "주전자를 올려놓고 올게요."

"아니, 그러지 마세요." 마이크는 일어섰다. "바쁘실 텐데 제가 방해를…."

"아니, 그렇지 않아요." 엘스페스가 말했다. "오늘 밤 저희는 비번이에요."

"하지만 이제 늦었고, 저는 머물 곳을 찾아야 합니다. 혹시 근처에 빈방이 있는지 아시나요?"

"블레츨리에요?" 엘스페스는 마치 마이크가 달에 아파트가 있는지 물었다는 듯이 말했다.

"근방 몇 킬로미터 안쪽으로는 꽉 찼을 거예요." 마비스가 말했다. "우리는 여기서 방 하나를 셋이서 쓰는걸요."

"지금 누군가가 새 룸메이트를 구한다고 말한 거 맞아?" 위층에서 여자 목소리가 들려왔다. "방 없다고 말해." 젊은 여자가 계단을 달려 내려왔다. 가슴이 아주 풍만하고 머리는 화려한 금발의 여자였다. "우리는 벌써 통조림 속 정어리처럼…, 어머, 안녕하세요." 그녀는 마이크에게 다가왔다. "여기서 살 건가요? 정말 잘됐다!"

"이분은 여기서 살지 않을 거야, 조앤." 마비스가 말했다. "설사 우리에게 빈방이 있다 할지라도 브레이스웨이트 부인은 여자들에게만 방을 세 놓잖아." 마비스가 마이크에게 설명했다. "복잡한 일을 피하기 위해서래요."

'상상이 가.' 조앤을 보며 마이크가 생각했다.

"숙소 배정 사무실에는 가보셨어요?" 엘스페스가 물었다.

'숙소 배정 사무실?' "아니요." 마이크가 말했다. "저는 방금 도착했습니다."

"음, 그럼 거기 갔을 때…." 엘스페스가 말했다. "이 근처에 사는 게 중요하다고 말하세요. 안 그러면 글래스고로 배정을 할 거예요."

"그리고 숙소를 먼저 보고 결정을 하겠노라고 해야 해요." 마비스가 덧붙였다. "어떤 곳은 끔찍하거든요. 화장실이 정원 끄트머리에 있다거나 벼룩이 있기도 해요!"

마이크는 아직도 여자들이 말한 숙소 배정 사무실에 대해 생각하고 있었다. 어째서 그 점을 미리 생각하지 못했을까. 당연히 블레츨리 파크의 집행부가 숙소 배정도 책임지고 있을 것이다. 이제까지 마이크는 방을 빌리고 집주인에게 파크에서 일한다고 힌트를 주면 그만일 거라 생각하고 있었다. 하지만 만약 이곳에서 일하는 이들이 모두 숙소 배정 사무실을 통해 살 곳을 구했다면….

"엠파이어 호텔에 빈 곳이 있을지도 몰라." 조앤이 마비스에게 말했다.

"거기는 꽉 찼어." 마비스가 말했고, 다시 마이크에게 말했다. "모든 곳이 꽉 찼어요. 심지어 벽장까지도요. 저희 친구 웬디는 숙소의 식료품 저장실에서 자요. 복숭아 병조림들 사이에서요."

"숙소 배정 사무실은 일요일에는 열지 않아." 조앤이 말했다. "오늘 밤은 이분을 위층에서 몰래 주무시게 하자."

"안 돼." 다른 둘이 한목소리로 말했다.

"벨 호텔은 어때?" 엘스페스가 물었다.

마비스가 고개를 저었다.

"음, 어쩌면 호텔 측이 로비에서 자게 해줄지도 모릅니다." 마이크가 말했고 문으로 갔다.

"조금 더 머무르시면 안 돼요?" 조앤이 물었다.

"아쉽지만 안 됩니다. 도와주신 거 감사드립니다. 혹시 여러분 가운데…." 하지만 마이크가 제럴드 핍스를 아느냐고 채 묻기도 전에 그들은 벨 호텔까지 가는 방향을 알려주기 시작했다. "그리고 만약 그곳에 방이 없으면 길 두 개 지나서 밀턴 호텔이….”

“가는 길에 튜링을 조심하시고요.” 조앤이 끼어들었다.

“그리고 딜리도요.” 엘스페스가 말했다. “앞 안 보고 가는 거라면 그 사람이 더해요. 근데 심지어 자동차예요! 건널목만 보면 오히려 속력을 높인다니까요.”

“딜리요?” 마이크가 쉰 목소리로 물었다.

“딜리 녹스 대위님요.” 마비스가 말했다. “우리는 딜리 대위님 밑에서 일해요. 그분은 건널목을 빨리 가로지를수록 횡단 시간이 단축되기 때문에 사람을 덜 친다는 수학 이론으로 무장하고 있지요.”

‘맙소사. 처음에는 앨런 튜링이더니 이제는 딜리의 소녀들이라니.’ 블레츨리에 온 지 겨우 30분밖에 안 되었는데, 마이크는 느닷없이 울트라 작전의 한가운데에 있었다. “딜리 대위님이 차를 태워준다고 하면 이제 나는 거절하잖아.” 엘스페스가 말하고 있었다. “딜리 대위님은 운전 중이란 사실도 잊고 두 손을 운전대에서 떼고는…, 어머, 괜찮으세요? 유령처럼 창백하신데.”

“튜링 때문에 다친 거 맞네요.” 마비스가 말했다. “이리 와 앉아 계세요. 의사에게 전화할게요. 엘스페스, 가서 주전자를….”

“아니요!” 마이크가 말했다. “아니요, 전 괜찮습니다. 진짜로요.” 그리고 마이크는 그들이 항의하기 전에 그곳을 떠났다. 또는 딜리 녹스가 나타나기 전에.

“하지만 저희는 당신 이름조차 몰라요.” 마비스가 뒤에서 외쳤다.

‘최소한 그건 다행이야.’ 마이크가 못 들은 척하며 생각했다. 그리고 제럴드에 관해 묻지 않은 것도 다행이었다. 그는 서둘러 벨 호텔로 갔다. 그 다음은 무슨 일이 벌어지려나? 그의 방에 에니그마 기계라도 있으려나?

‘방을 구할 수나 있다면 말이지.’ 마이크가 생각했다. 하지만 숙소 배정을 해야 하는 상황이든 아니든 간에, 지나가는 여행객을 위해 방 하나둘 정도는 비워두었겠지.

헛된 희망이었다. 마이크가 물었을 때 호텔 프런트 데스크의 직원은 허탈한 웃음으로 대답을 대신했다.

"빈방이 있을 만한 다른 곳은 모르시나요?" 마이크가 물었다.

"블레츨리에서요?" 직원이 말했고, 막 프런트 데스크로 다가온 젊은 남자에게 고개를 돌렸다. "뭘 도와드릴까요, 웰치먼 씨?"

'고든 웰치먼? 독일 육군과 공군의 에니그마 암호를 깬 팀을 이끈 그 사람? 맙소사.' 마이크가 서둘러 물러서며 생각했다. 이대로 가면 내일 아침이 될 때까지 핵심 인물은 모두 만나게 될 판이었다. 그는 밀턴 호텔로 향하기 시작했고, 당장에라도 역으로 돌아가 뭐든 제일 먼저 오는 기차를 타고 아무 곳으로든 가야 하는 게 아닐까 생각했다.

아니, 현재까지 마이크의 운으로 보았을 때, 기차를 탔다가는 그 기차에는 앨런 로스가 있고 멘지스가 화물 선반에서 곤히 자고 있을 것이다. 그렇다고 여기서 잘 곳을 구할 가능성은 없어 보였다. 밀턴이나 엠파이어 호텔에도 빈방은 없었으며, 벨 호텔로 돌아가는 건 불가능했다. "앨비언 스트리트에 있는 하숙집들을 가보실 수도 있습니다." 엠파이어 호텔의 직원이 말했다. "하지만 아마도 빈 곳은 없을 겁니다."

그 직원의 말이 맞았다. 집마다 앞창에 '방 없음' 또는 '방 없습니다'라는 플래카드가 붙어 있었다. '독일이 울트라 작전에 대해 전혀 알 수 없었던 건 첩자들이 묵을 곳을 찾지 못했기 때문일 거야.' 마이크는 생각하며 거리를 건너갔고(먼저 양방향을 잘 살폈다) 반대편 길을 따라 걸으며 어둠 속에서 플래카드들을 살펴보았다. '방 없음', '방 없습니다', '방 세놓음'….

'방 세놓음.' 잠시 시간이 흐르고서야 마이크는 그 말이 의미하는 바를 깨달았고, 계단을 올라 문을 두드렸다. 통통하고 볼이 불그레한 나이 든 여인이 옅은 웃음을 머금고 문을 열었다. "어떻게 오셨나요?"

"방이 있다는 표지가 보여서요. 아직 있나요?"

그녀는 웃음을 거두고 호전적인 태도로 팔짱을 꼈다. "숙소 배정 사무실에서 이리로 보내던가요?"

만약 마이크가 그렇다고 말하면, 뭔가 공식 문서 같은 것을 보여야 할 것이고, 만약 아니라고 답하면 그녀는 이미 모든 방이 찼다고 말할 것이다. "창에 붙여둔 광고를 보았습니다." 마이크가 광고를 가리키며 말했다. 웃음이 돌아왔고, 그녀는 안으로 들어오라고 손짓했다.

"저는 졸솜이라고 해요." 그녀가 말했다. "당신은 그 사람들하고는 달라 보이네요."

'폴리와 에일린은 자신들이 들인 노력이 허사라는 걸 알고 억울해하겠는걸.' 마이크가 생각하며, 자기 차림이 어디가 잘못된 걸까 궁금했다.

"저는 파크 사람들에게는 방을 빌려주지 않아요. 신뢰가 안 가거든요. 아무 시간에나 들락날락하고 사방에 종이를 흐트러뜨려 놓고, 청소라도 할라치면 아무것도 건드리지 말라고 소리나 질러대지요. 숫자에 적은 종이가 무슨 귀중한 물건이라도 되는 듯이 말이에요. 10, 4예요."

잠시, 마이크는 그녀가 종이에 적힌 숫자들을 말한다고 생각했지만, 이윽고 방세라는 걸 깨달았다. "주 단위로 받아요. 선불이고요." 졸솜 부인은 마이크를 위층으로 데려가며 말했다. "방만이에요. 식사 제공은 안 해요. 아시겠지만, 배급 때문에요. 그리고 방을 비우려면 2주 전에 미리 알려주세요." 졸솜 부인은 마이크를 데리고 계단을 한 줄 더 올라가며 말했다. "그래야 방이 빈 채로 있지 않지요."

'웬디가 식료품 저장실에서 잔다는 말을 듣지 못한 게 분명하네.' 마이크는 졸솜 부인을 따라 복도를 걸으며 생각했다. 방은 벽장 크기였지만 어쨌든 방이었고, 블레츨리에 있었다. "쓰겠습니다." 마이크가 말했다.

"어떤 사람들은 한마디 말도 없이 떠났어요." 졸솜 부인이 분개하며 말했다. "또는 온다고 하고 안 오거나요. 미리 방을 비워두었는데 말이죠. '뭔가 오해가 있었던 게 분명합니다.' 숙소 담당 장교는 그렇게 말하더군요. '오해라니요! 이 편지는 뭔가요? 그리고 4주 동안 방을 비운 탓에 날린 방세는요?' 제가 따졌죠."

마이크는 일주일 치 방세를 건네고 나서야 마침내 부인의 말을 끊을 수 있었다. 그는 집에 전화기가 있는지 물었다. "아니요. 하지만 길 두 개 건너 술집에 가면 있어요." 졸솜 부인이 말했다. "자기는 편지를 보낸 적이 없다더군요. 그래서 제가 말했죠. '좋아요, 그러면 다시는 우리 집에서 방을 못 빌릴 줄 아세요.' 그랬더니 그 장교는 국가에 대한 의무는 어떻게 하냐고 하더군요. 그래서 저는 따졌죠. '그 사람들의 국가에 대한 의무는요? 군대에 가는 대신 여기서 빈둥대며 학생들처럼 구구단 표나 어지르는 게 의무를 다하는 건가요?' 하고요." 졸솜 부인은 의심스러운 눈으로 마이크를 보았다. "그런데 당신은 왜 군대에 안 간 거죠?"

사방 몇 킬로미터 안쪽으로 유일하게 방이 있는데다, 또한 화장실에 가다가 유명한 암호 파해가와 마주칠 걱정이 없는 집을 놓칠 수는 없었다. "됭케르크에서 부상당했습니다." 그는 자기 발을 가리켰다. "급강하 폭격기 때문에요."

"오, 이런." 졸솜 부인이 가슴에 한 손을 얹으며 말했다. "우리 집에 영웅이 머물게 될 줄이야." 부인은 마이크에게 차와 반숙 달걀을 차려주겠다며 서둘러 떠났다. 조금 전에 튜링이나 딜리의 소녀들, 웰치먼을 우연히 만나지만 않았어도, 마이크는 이런 전쟁 영웅 취급에 민망해 어쩔 줄을 몰랐을 것이다.

'나는 아무 피해도 입히지 않았어.' 마이크가 생각했다. 튜링은 다치지 않았고, 딜리의 소녀들과는 대화만 했을 뿐이다. '그리고 내 정체를 들켰지.' 하지만 그들은 블레츨리에 미국인이 있는 것을 전혀 이상하게 생각하지 않았다. 그리고 만약 딜리의 소녀들과 튜링을 찾는 게 이렇게 쉽다면 제럴드 핍스를 찾는 건 금방일 것이다. '방도 구했고, 졸솜 부인이 저녁을 차려줄 테니 밖에 나갈 필요도 없겠지. 그러니 오늘 밤은 더 문제가 생기지 않을 거야.' 하지만 내일은 제럴드를 찾기 위해 밖으로 나가야 했고, 그건 마이크가 가는 곳마다 블레츨리 파크에서 일하는 사람들을 만날 가능성이 크다는 뜻이었다.

아니, 아닐 수도 있었다. 제럴드를 찾아다니는 대신, 방을 구하러 다니는 척할 수도 있었다. 이 지역의 거주 사정으로 볼 때, 그런 행동을 의심할 사람은 없었다. 그리고 방이 없다는 말을 들으면 지나가듯 '아, 그런데 혹시 하숙생 가운데 제럴드 핍스라고 있나요? 옅은 갈색 머리에 안경을 쓴 남자인데요.'라고 물을 수 있었다. 그러면 블레츨리 파크 근처로 가지 않아도 된다.

마이크의 계획은 아주 잘 먹혀들어 갔다. 제럴드를 찾을 수 없었다는 점만 빼고는. 그리고 만약 진짜로 방을 구하고 있었다면 방 역시 찾을 수 없었을 것이다. 마이크는 블레츨리에서 마지막 남은 빈방을 구한 듯했다. 나흘 동안 그 지역의 모든 호텔과 여관들을 찾아다니며 물어본 뒤, 마이크는 제럴드가 이 마을 어디에도 살지 않는다고 확신했다.

그건 근처 마을 어딘가에서 지낸다는 뜻이었지만, 딜리의 소녀들에 따르면, 블레츨리 파크 근무자들은 이 지역 사방에 흩어져 있었다. 그렇게 모든 곳을 일일이 돌아다니며 제럴드를 찾는 건 거의 불가능했다. 블레츨리 파크에서 찾아보는 게 훨씬 더 효과적이었다.

블레츨리 파크를 찾을 수 있다면 말이다. 파크에 대한 적대감으로 미루어 볼 때 졸솜 부인이 가르쳐줄 것 같지는 않았고, 그렇다고 지나가는 사람에게 물어볼 수도 없었다. 지금까지 마이크의 운으로 볼 때, 그 지나가는 사람은 앵거스 윌슨이 될 수도 있었다. 아니면 윈스턴 처칠이나.

하지만 알고 보니 파크는 그리 찾기 어렵지 않았다. 마이크는 그냥 마을 밖으로 나가는 해군 장교들과 교수들과 예쁜 여자들을 따라 인도를 걷기만 하면 되었다. 물론 튜링에게 만만치 않게 앞을 보지 않고 자전거를 타는 수많은 사람을 조심해야 했지만.

폴리가 옳았다. 마이크는 블레츨리 파크에서 일하는 사람들을 보기 위해 그 안으로 들어갈 필요가 없었다. 석탄재로 포장한 진입로에서 모두를 지켜볼 수 있었다. 진입로는 경비원이 지키는 게이트로 이어졌고, 그 너머로는 기다란 회녹색 건물들과 빨간 벽돌로 지은, 박공이 있는 빅토리아식 저택 하나가 있었다. 마이크는 절룩이며 진입로를 몇 걸음 정도 간 다음 걸음을 멈추고 한쪽 무릎을 꿇고 신발 끈을 묶는 척했지만, 아무도 그에게 눈길 한번 주지 않았다. 예쁜 여자들은 서로 잡담을 나누고 있었고, 교수들은 자신들만의 세계에 푹 빠져 있었다. 경비원도 마이크에게 주의를 기울이지 않았다. 경비원은 명단에서 이름을 확인한 뒤 사람들이 내민 신분증을 힐끗 보는 게 전부였다. 마이크는 자신이 가진 기자 출입증을 내밀면 안으로 들어갈 수 있으리라는 느낌이 들었다.

마이크는 신발 끈을 다 묶은 뒤 일어섰다. 남자들 몇이 모여 담배를 피웠고 누군가를 기다리고 있는 듯했다. '담배를 좀 사야 해.' 마이크는 생각했다. 아니, 파이프를. 그러면 파이프에 담배를 재고, 주머니를 두드리며 성냥을 찾고, 불을 붙이는 척하며 시간을 오래 끌 수 있었다. 하지만 지금은 파이프가 없었기에 마이크는 초조한 눈으로 손목시계를 힐끗거리고, 나오는 사람들을 살폈다. 옅은 갈색 머리에 안경을 쓰고 트위드로 무장한 남자들이 몇 명 보이기는 했지만, 제럴드는 보이지 않았다. 그리고 게이트 안쪽으로 두 명이 더 있는 게 얼핏 보였다.

'제럴드를 찾으러 안으로 숨어들어 가야 하는 상황이 되지 않았으면 좋겠는데.' 마이크가 생각했다. 하지만 만약 그래야 한다 해도 최소한 어렵지는 않을 것이다. 울타리는 쳐져 있었지만 철조망은 없었고, 게이트 차단봉은 내려져 있지조차 않았다. 제2차 세계대전에서 가장 철저히 보호되던 비밀이 들어 있는 장소는 고사하고, 군사 시설 같아 보이지조차 않았다. 이곳은 중간고사 기간의 베일리얼 칼리지처럼 보였다. 가슴에 파일 폴더를 끌어안고 건물들 사이를 걷는 젊은 여자들은 학생이고, 잔디밭에서 게임을 하는 남자들은 크리켓팀처럼 보였다.

엄격한 규율 속에 사는 독일인들이 이곳과 거주민들을 보았다면 무슨 생각을 했을지 마이크는 상상할 수 있었다. 아마도 바로 그 때문에 독일은 블레츨리에서 에니그마 암호를 깼다는 것을 결코 알아내지 못했을 것이다. 이렇게 킥킥거리는 젊은 여자들과 머리가 헝클어진 몽상가들이 위협이 될 수 있으리라고는 생각하지 못했겠지. 나치는 딜리의 소녀들과 말 더듬는 튜링을 경멸했을 것이다.

그래서 독일은 전쟁에 진 것이다. 독일은 이 사람들을 얕보면 안 되었다. 그리고 마이크 역시 이 사람들을 얕보지 말아야 했다. 그가 아는 한, 게이트 근처에서 담배를 피우는 지저분한 교수나 코에 파우더를 바르고 있는 금발 여자는 영국 정보부에서 일했고, '그 남자에 대해 몇 가지 질문'을 하기 위해 마이크의 집주인을 찾아올 수도 있었다. 마이크는 이 사람들의 주의를 더 끌기 전에 이곳에서 떠나는 것이 나았다.

마이크는 직원 차량이 게이트에 멈추고, 경비원이 몸을 숙이고 차창 안의 운전사와 이야기하는 틈을 타 마을로 돌아가는 사람들 틈에 아무렇지 않게 섞여 들어갔다. 마을에 간 그는 파이프, 담배, 신문을 사고 밀턴 호텔의 로비로 가서 윌슨이나 멘지스가 없는지 확인을 한 뒤 창가 의자에 앉아 교대 시간인 4시가 될 때까지 기다렸다가 제럴드가 있는지 찾았다.

하지만 제럴드는 보이지 않았다. 그래서 마이크는 암호 분석가처럼 보이는 남자 둘을 따라 술집으로 가서 에일 맥주 한 잔을 주문했고, 저녁 내내 그걸 홀짝이며 안으로 들어오는 사람들을 살폈다.

마이크는 이후 며칠 동안 저녁마다 다른 술집들을 다니며 같은 일을 했다. 첫날 밤에는 신문을 읽는 척했지만, 신문을 읽고 또 읽고 하는 건 이상해 보였다. 그래서 그다음 날 저녁에는, 오핑턴 병원의 일광욕실에서 그랬듯이, 십자말풀이 면을 앞으로 오게 해 그걸 푸는 척했다. 그 덕분에 마이크는 (답을 생각하는 척하며) 실내를 유심히 살필 수 있었다. 하지만 마이크는 자신이 그렇게 조심할 필요가 있는지 솔직히 의심이 들었다. 그에게 주의를 기울이는 이는 아무도 없었다. 사람들은 서로 모여 머리를 맞대고 뭔가 끼적이며 열심히 이야기하거나 아니면 하스의 《원자 이론》 또는 브로이의 《물질과 빛》과 같은 책을 읽었다. 그리고 한 명은 애거사 크리스티의 책을 읽었다. 마이크는 에일린에게 말해줘야겠다고 생각했다.

마이크는 튜링과 다시는 부딪히지 않았다. 문자 그대로든 또는 비유적으로든. 웰치먼과도. 운전하는 딜리 녹스를 보았는데, 그의 운전 솜씨가 엉망이라고 했던 여자들 말은 과장이 아니었다. 그가 몰던 차 앞에 있던 해군 장교 둘은 인도로 펄쩍 뛰어들어야 했다. 마이크는 딜리의 소녀들을 두 번 얼핏 보았지만, 어찌어찌 그들 눈에 띄지 않고 도망칠 수 있었다.

(제럴드를 찾지 못한다는 것을 빼면) 마이크의 유일한 문제는 어떻게 에일린과 폴리에게 계속해서 연락할 것인가 하는 것이었다. 수요일 저녁, 마이크는 자신이 아직 주소를 알려주지 않았다는 사실을 깨달았다. 그래서 이틀 동안 남들이 엿들을 수 없는 장소의 전화기를 찾으려 애썼다. 그는 마침내 기차역으로 돌아가 (딜리의 소녀들과 마주치지 않도록 그들이 출근하는 것을

먼저 지켜본 뒤였다) 그곳에서 전화했지만, 아무도 전화를 받지 않았고, 기차역은 주말 내내 사람들로 꽉 차 있었다.

마이크는 월요일이 되어서야 폴리와 통화를 할 수 있었다. 마이크는 폴리에게 자신이 사는 곳과 제럴드를 찾기 위해 어떻게 하고 있는지 말해주었다. "잘하고 있네." 폴리가 말했고, 마이크에게 원래 강하 순서가 어땠는지를 물었다.

마이크가 폴리에게 말했다. "그건 왜?" 마이크는 궁금해 물었다.

"여기 있을 만한 다른 역사학자가 누구일지 생각해보려고." 폴리가 말했다. "간신히 한 명 찾았다 싶었는데 알고 보니 너면 어떡해."

"여기에 다른 역사학지는 없어." 그리고 마이크는 혹시 광고를 보고 구조팀이 연락해오지 않았는지 물었고, 아무 연락 없었다는 답을 들었다. 마이크는 폴리에게 여기 와서 첫날밤부터 딜리의 소녀들, 웰치먼을 마주친 이야기, 튜링과 충돌한 이야기 등은 하지 않았다. 그런 일들로 역사가 영향을 받을 리 없었다. 튜링과 부딪히기는 했지만, 튜링은 자전거 운전 방식을 바꾸지 않았다. 토요일 밤, 마이크는 영국 해군 여군 한 명이 하마터면 전날 밤에 튜링에게 치일 뻔했다고 투덜거리는 소리를 들었다.

그 누구도 누가 자기 말을 엿들을까 봐 걱정하는 것 같지 않았다. 그들의 말을 듣고, 또한 그들이 너무나 맘 편하게 파크에 들고 나는 모습을 지켜보면서, 마이크는 정부가 울트라의 비밀을 어떻게 새어 나가지 않게 단속할 수 있었는지 궁금해졌다. 날마다 새로운 사람들이 도착해, 안 그래도 붐비던 마을은 더욱 붐볐다. 역도 마찬가지였다. 마이크는 폴리와 에일린에게 다시 전화하려는 생각을 포기하고, 신문에서 찢어낸 십자말풀이 사각형들에 메모를 숨겨 보냈다. 세인트존스우드에 있는 옛날 원격 강하지를 확인해보라는 내용이었다. 마이크는 폴리가 암호를 제대로 풀기를 바라며, 다시 제럴드 찾는 일에 전념했다.

그는 파크의 여러 게이트와 하숙집과 호텔들을 들러본 다음에 술집으로 갔지만, 너무 붐벼 빈 테이블이 없었다. 월요일 저녁, 마이크는 사람들 틈을 비집고 카운터로 가서 에일 맥주 한 잔을 주문하고 1시간 넘게 바에 기대어 있으며 앉을 곳이 나기를 기다렸고, 십자말풀이를 하는 척하며 사람들 말을 엿듣고 제럴드를 찾아보았다.

저쪽 구석에 사람들 몇 명이 모여서 이야기하고 웃어댔지만, 그 사람들은 제럴드라고 하기에는 모두 너무 키가 컸다. 그들 옆 테이블에는 대머리 남자가 봉투 뒷면에 무언가 계산하고 있었고, 대머리 옆에서 마이크에게 등을 돌리고 있는 남자는 옅은 갈색 머리였다. 그는 예쁜 검은 머리 여자와 이야기하고 있었는데, 그 여자의 짜증 난 표정으로 미루어볼 때, 그 옅은 갈색 머리 남자가 썰렁한 농담을 하는 게 분명했다.

마이크는 그의 얼굴을 보기 위해 의자를 움직였다. 소용없었다. 마이크는 잠깐 십자말풀이를 보다가 다시 고개를 들고는 연필로 코를 톡톡 치며 그 남자가 뒤를 돌아보기를 기다렸다.

구석에 있던 사람들이 일어나 나가려다가 마이크와 옅은 갈색 머리 남자 사이의 테이블을 차지한 여자들에게 가서 이야기를 나누며 마이크의 시선을 막았다.

'좀 비켜라.' 마이크는 그들 너머를 보기 위해 몸을 기울이며 생각했다.

"맙소사." 마이크 뒤에서 어떤 남자가 말했다. "여기서 자네를 볼 줄은 상상도 못 했는걸."

마이크는 깜짝 놀라 고개를 들었다. 마이크는 제럴드가 자기를 먼저 알아볼 수도 있다는 가능성에 대해선 까맣게 잊고 있었다. 하지만 이제 마이크의 테이블 앞에 서서 내려다보고 있는 이는 제럴드가 아니었다. 그는 오핑턴 병원의 일광욕실에서 함께 음모를 꾸몄던 텐싱이었다.

17

우리 다시 만나리.

— *제2차 세계대전 노래*

덜위치, 1944년 여름

"우리가 만난 곳이 기억났다니, 무슨 말씀이십니까, 랭 대위님?" 메리는 구급차 지부의 휴게실에 선 스티븐 랭 대위를 보며 궁지에 몰린 느낌이 들었지만, 그런 티를 내지 않으려 애쓰며 말했다. "그 작업 멘트는 먹혀들지 않는다고 합의를 본 거로 기억합니다만."

"그건 작업 멘트가 아니야, 이졸데." 랭 대위가 말하더니 한쪽 입꼬리가 올라간 특유의 웃음을 지어 보였다. "우리가 어디서 만났는지 진짜로 기억이 났어."

'오, 이런.' 그렇다면 메리는 랭 대위를 다음 강하 임무에서 만난 것이다. 아니, 더 정확히는, 만날 것이었다. 그리고 이제 메리는 어떤 상황에서 그를 알게 되었는지, 얼마나 잘 아는 관계인지도 모르는 상태로 자기 역시 랭 대위를 기억하는 척해야 했다. 그리고 또한 랭 대위가 자기 이름이 무엇이었는지, 아니 무엇일지를 모르길 바라야 했다.

'페어차일드는 어딨는 거람?' 메리가 문 쪽을 바라보며 생각했다. '날 구해주러 온다고 약속했는데.'

"저에게 고맙단 말을 하러 왔단 건 또 무슨 말인가요?" 시간을 끌기 위해 메리가 말했다.

"정말로 고마운 일이 있어." 랭 대위가 정식으로 고개 숙여 인사했다. "저는 이곳에 저의 감사한 마음, 그리고 이 나라의 감사한 마음을 전하러 왔습니다."

"감사라니…, 뭣 때문에요?"

"내게 멋진 아이디어를 준 것에 대해. 무슨 아이디어인지는 내가 당신에게 빚진 저녁 식사를 하러 나가서 이야기해주지. 그리고 나랑 갈 수 없다는 말은 하지 말고. 이미 당신 동료 FANY들에게 오늘 밤 당신이 비번이라는 말을 들었으니까. 그리고 만약 비행 폭탄을 걱정하는 거라면, 오늘 밤에는 비행 폭탄이 더 이상 없을 거라고 장담할 수 있어."

"하지만…." 메리는 간절한 마음으로 문 쪽을 힐끗 보았다. '대체 페어차일드는 어디에 있는 거야?'

"하지만이란 말은 그만, 이졸데. 이건 운명이야. 우리는 내내 함께할 운명이야. 나는 우리가 어디서 만났는지 기억났을 뿐 아니라, 왜 당신이 기억하지 못하는지도 알아."

'정말로?' 메리가 어찌어찌해서 자기 정체를 밝히게 되고 그래서 이 사람이 그녀가 역사학자라는 것을 아는 걸까? '페어차일드에게 5분이나 기다리지 말고 그냥 곧바로 들어오라고 할걸.'

"막 기억났네요. 일지 기록하는 걸 깜박했습니다." 메리가 말하며 문 쪽으로 걸어가기 시작했다. "곧 돌아오겠습니다." 하지만 랭 대위는 메리의 손을 잡았다.

"잠깐. 내가 비행 폭탄에 관해 해주는 이야기를 듣기 전에는 안 돼. 나는 그것들을 막을 방법을 알아냈어. 비행 폭탄들이 목표에 도달하기 전에 쏘아 떨어뜨릴 방법을 찾아내라고 장군들이 내게 닦달질하더란 이야기 기억해?"

"방법을 알아내신 겁니까?"

"말했잖아. 떨어뜨려봤자 소용없다고. 그래봤자 터지는 건 마찬가지라고."

"그러면 폭탄이 터지지 않게 하는 방법을 알아낸 겁니까?" 메리가 말하며 생각했다. '그럴 리 없어. 영국 공군은 V-1을 비행 중에 무력화시키는 방법을 결코 알아내지 못했어.'

"아니. 나는 비행 폭탄의 방향을 돌려 해협을 다시 건너가게 하는 방법을 알아냈어. 또는 어쨌든 목표에서 멀어지게 하는 방법을."

"전에 말했던, 올가미 밧줄을 던져 묶는 방법은 아니겠죠?"

"아니야." 랭 대위가 소리 내 웃었다. "이 방법은 밧줄이나 대포가 필요 없어. 스핏파이어 한 대와 숙달된 조종사만 있으면 돼. 그게 이 방법의 장점이지. 그저 스핏파이어를 V-1 바로 아래까지 몰고 가서…."

'당신이 탄 비행기 날개 끝을 V-1의 날개에 대고….' 메리가 생각했다. '비행기를 살짝 돌리면 V-1의 날개가 약간 움직이고, 그래서 로켓은 경로를 벗어나는 거지.'

메리는 이번 임무를 준비하며 V-1 슬쩍 건드리기에 대해 읽은 적이 있었다. 하지만 그 방법은 시도하기에는 너무나도 위험했다. V-1이 더 무거운 금속을 썼기에 V-1에 닿는 순간 스핏파이어의 날개가 찌그러질 수도 있었고, 또는 아예 스핏파이어가 빙글빙글 돌며 추락할 수도 있었다. 또는 만약 스핏파이어가 V-1에 너무 빠르게 다가가면, 둘 다 폭발할 수도 있었다.

메리는 자신이 스티븐 랭 대위를 V-1에서 구할 수 있게 네트가 허용한 게 바로 이런 이유에서라는 생각에 속이 메슥거렸다. 랭 대위는 V-1 로켓 방향을 바꾸다 죽을 것이기에 메리가 그의 생명을 구하든 말든 상관이 없었던 것이다.

"그리고 스핏파이어를 V-1 날개 아래로 몰고 가서…." 랭 대위는 말을 하며 한 손을 다른 손 아래로 가져가 시범을 보였다. "아주 살짝만 방향을 바꾸게 하는 거야." 그는 위쪽에 있는 손을 슬쩍 찔렀다. "그러면 그거 방향이 바뀌지." 위쪽 손이 기울어지며 방향을 바꾸었다. "로켓에는 섬세한 자이로스코프 장치가 되어 있어. 대부분은 로켓을 건드릴 필요조차 없지."

랭 대위는 이번에는 손을 닿지 않게 하고 다시 시범을 보이면서 어떻게 하면 그렇게 되는지 소년처럼 열을 내며 설명했고, 메리는 그런 랭 대위를 지켜보며 저번 오후 화이트홀에서 느꼈던 것과 같은 감정, 랭 대위가 어쩐지 낯익은 듯하다는 느낌이 다시 들었다.

"후류(後流)가 우리에게 유리하게 작용하지." 그가 말했다. "그러면 V-1은 나선을 그리며 해협으로 떨어지거나, 또는 우리가 진짜로 운이 좋다면 원래 발사한 프랑스로 돌아가게 돼. 그렇게 되면 우리로서는 손 안 대고 코 푸는 셈이지. 우리는 이번 주에 이미 서른 대를 떨어뜨렸어."

'그래서 로켓 숫자가 준 거였구나.' 메리가 생각했다. '정보국의 가짜 정보 작전 때문이 아니라 랭 대위와 동료 조종사들이 로켓과 '치고 도망가기 놀이'를 한 덕분에.'

"최근 지상에서는 사망자가 한 명도 나오지 않았어." 랭 대위는 즐겁게 말하고 있었다. "하지만 더 좋은 일이 있어. 내가 당신에게 말하려는…."

"트라이엄프!" 누군가가 복도에서 외쳤다.

'마침내 왔네.' 메리가 생각했다. "여기야!" 메리가 외쳤다.

"트라이엄프?" 랭 대위가 말했다. "난 당신 이름이 켄트라고 생각했는데?"

"오토바이 사고 뒤로는 절 저렇게들 부릅니다." 메리는 왜 페어차일드가 휴게실로 들어오지 않는지 궁금해하며 설명했다. "트라이엄프, 드 하빌랜드, 노턴." 메리가 말했다. "사실 뭐든 그때그때 생각나는 오토바이 이름으로 절 부릅니다. 아, 그리고 '아라비아의 로렌스'라고도 부릅니다. 로렌스는 오토바이를 타다가 사고가 났기 때문이죠."

"무슨 말인지 잘 알겠어." 랭 대위가 씩 웃으며 말했다. "학교에서 내 별명은 '여드름'이었어. 그리고 트라이엄프라는 이름이 당신에게 잘 어울려.[11] 그 말을 하니까 생각나는데, 당신을 어디서 만났는지 말하려던 참이었어."

'페어차일드는 대체 어디에 있는 거야?' "저 정말로 일지를 기록하러 가야 합니다. 소령님이…." 메리가 말을 할 때 문이 열렸다.

하지만 문을 연 건 패리시였다. "아, 미안." 랭 대위를 본 패리시가 말했다. "방해할 생각은 아니었어. 혹시 네가 벨라 열쇠를 가지고 있어, 드 하빌랜드?"

---

11 Triumph에는 승리, 위업이라는 뜻이 있다.

“아니.” 메리가 말했다. “내가 가서 같이 찾아줄….”

“아니, 저렇게 잘생기고 젊은 남자랑 달콤한 시간을 보내는데, 방해하고 싶진 않아.” 패리시가 랭 대위에게 애교 넘치는 웃음을 지어 보이며 말했다. “혹시 쌍둥이는 아니겠죠? 지르박 좋아하는 쌍둥이 동생이나 형 없어요?”

“미안합니다.” 랭 대위가 싱긋 웃으며 말했다.

“진심이야. 내가 열쇠 찾는 걸 도와줄….” 메리가 입을 열었다.

“괜찮아. 아마 출동실에 있을 거야.” 패리시가 말했다. “고마워.” 그리고 패리시는 문을 닫고 그곳을 떠났다.

“패리시 중위는 아주 춤을 잘 춥니다.” 메리가 말했다. “그리고 전시 연애를 아주 좋아합니다. 패리시 중위에게 데이트 신청을 하시는 것이….”

“알겠지만, 그래봤자 소용없어.” 랭 대위가 말했다. “당신은 나를 떼어 낼 수 없어. 우리 운명을 부정할 수도 없고 말이야. 그리고 당신이 우리 만 남을 기억하지 못하는 이유는 우리가 다른 생에서 만났기 때문이야.”

“다른… 생…이라고요?” 메리가 말을 더듬었다.

“그래.” 랭 대위가 말하더니 사람 맘을 설레게 하는, 한쪽 입꼬리가 올 라가는 웃음을 지었다. “아주 먼 옛날에. 나는 바빌론의 왕이었고, 당신은 기독교도 노예였지.”

그건 윌리엄 어니스트 헨리의 시였다. ‘이 사람은 시간 여행에 관해 말 하는 것이 아니라 시를 인용하고 있는 거야.’ 메리가 생각했다. ‘다행이야.’ 메리는 너무나 안심되어 소리 내 웃었다.

“나는 아주 진지하다고.” 랭 대위가 말했다. “우리 영혼은 역사를 관통 하며 함께할 운명이야. 내가 말했잖아. 우리는 트리스탄과 이졸데였다고.” 그는 더 가까이 다가왔다. “우리는 펠리아스와 멜리장드였고, 엘로이즈와 아벨라르였어.” 랭 대위는 메리 쪽으로 몸을 기울였다. “또한 캐서린과 히 드클리프였고….”

“캐서린과 히드클리프는 실존 인물이 아닙니다.[12] 그리고 바빌론에는

---

12 캐서린과 히드클리프는 에밀리 브론테의 소설 《폭풍의 언덕》의 주인공이다.

기독교도 노예들이 없었습니다." 메리가 랭 대위로부터 자연스럽게 몸을 멀리하며 말했다. "바빌론 시대는 예수 그리스도가 태어나기 이전이니까요."

"이것 보라고. 이것 봐." 랭 대위가 기뻐 메리를 가리키며 말했다. "방금 당신이 한 거, 바로 그거야! 그게 바로….

"노턴!" 복도에서 외치는 목소리가 들렸다. "켄트!"

'드디어 페어차일드네.' 메리가 빈정거리며 생각했다. '이제는 날 구하러 올 필요가 없는데 말이지.' 메리는 앞으로 있을 임무 또는 그 어떤 임무에서도 랭 대위를 만난 게 아니었다. 그는 단지 메리를 꼬시는 것뿐이었다. 그리고 그걸 너무나도 잘했기에, 메리는 페어차일드에게 자기를 데리러 오라고 부탁했던 게 거의 후회가 될 지경이었다.

하지만 여기서 나가는 게 좋을 것이다. 랭 대위는 매력이 철철 넘쳤기에 메리는 그가 자신보다 백 살은 더 많으며 그가 언급한 연인들보다 심지어 더 불운한 연인들이 있다는 사실을 자꾸 잊었다. 만약 랭 대위가 1944년 인물이 아니라 2060년에서 왔다면….

"켄트!" 페어차일드가 다시 외쳤다. "메리!"

"무슨 일인지 가봐야겠습니다." 메리가 말하고 문을 향해 갔지만, 페어차일드가 이미 문을 활짝 연 뒤였다.

"오, 다행이다. 여기 있었구나. 너를 찾는 전화가 왔어. 병원이야. 어서 가서…, 어머나!" 페어차일드가 외치더니, 놀랍게도 메리를 지나 랭 대위에게 달려들었다. "스티븐!" 페어차일드가 소리를 지르며 그의 목에 두 팔을 둘렀다. "여기서 뭐 하는 거야?"

"꼬맹아! 세상에!" 랭 대위가 말하며 페어차일드를 안았고, 이어서 그녀를 잡은 채 팔을 쭉 뻗어 그녀를 살펴보았다. "내가 여기서 뭐 하는 거냐고? 너는 여기서 뭐 하는 건데?"

"여기가 내가 있는 FANY 지부야." 페어차일드가 말했다. "그리고 난 꼬맹이가 아니야. 난 페어차일드 중위야." 그녀가 민첩하게 경례했다. "나는 구급차를 운전해."

"구급차?" 랭 대위가 말했다. "설마. 아직 그럴 수 있는 나이가 안 됐잖아."

"난 열아홉 살이야."

"농담하지 말고."

"진짜야. 지난주가 내 생일이었어. 그렇지, 켄트?" 페어차일드는 메리를 돌아보며 말했다. "켄트, 이쪽은 스티븐 랭, 내가 말했던 조종사야."

페어차일드가 여섯 살 때부터 사랑에 빠졌다는 그 사람, 그 사람은 아직 깨닫지 못했지만 사실은 그 사람도 자기에게 빠졌다고 페어차일드가 말했던 바로 그 인물. '이런, 맙소사.'

"우리 가족들은 서리에서 바로 옆집에 살아." 페어차일드가 기뻐하며 말했다. "우리는 아기였을 때부터 서로 알고 지냈어."

"네가 아기였을 때부터였지." 랭 대위가 상냥하게 웃으며 말했다. "내가 마지막으로 널 봤을 때 너는 양갈래 머리를 하고 있었는데."

"여기에는 무슨 일인지 아직 말 안 해줬어." 페어차일드가 말했다. "탱미어에 있는 줄 알았어. 어머니가…."

"거기에 있었어. 그다음엔 헨던에 있었고." 랭 대위는 메리를 보며 말했다. "하지만 막 비긴힐로 옮겼어."

"비긴힐? 그거 좋은 소식이다! 그러면 이제 여기서 몇 킬로미터밖에 안 떨어진 곳에 있는 거네?"

그리고 폭탄 골목 정중앙이기도 했다. 비긴힐은 이미 가장 폭격을 심하게 당한 군 비행장이었고, 정보부의 가짜 정보로 인해 로켓들이 목표에 못 미쳐 떨어지게 되면 그곳은 더욱더 위험할 것이다. V-1 슬쩍 건드리기 작전으로도 이미 충분히 위험한 상황이었는데 설상가상이었다.

"정말 잘됐어!" 페어차일드가 계속 말하고 있었다. "내가 여기에 있는 건 어떻게 알았어? 어머니가 편지로 알려준 거야?"

"아니." 랭 대위가 말했다. "사실 나는 네가 여기에 있는 줄 몰랐어. 나는 켄트 중위를 만나러 온 거야."

"켄트 중위? 둘이 아는 사이인 줄 몰랐어."

"지난달 런던에 회의가 있어서 차로 데려다줬어. 무릎을 다친 탤벗을 대신해서. 소령님이 그렇게 하라고 하셨어. 하지만 네가 랭 대위님을 아는 줄

은 몰랐어." 메리가 말하며 생각했다. '제발 내 말을 믿어줘.'

"그리고 나는 당신이 내 꼬맹이 여동생을 아는 줄 몰랐고." 랭 대위가 말했다.

"난 네 동생이 아니야." 페어차일드가 말했다. "그리고 아기도 아니고. 말했잖아, 난 열아홉 살이야. 나는 다 자랐어."

"넌 내게는 언제나 예쁘고 귀여운 꼬맹이야." 랭 대위가 페어차일드의 머리를 헝클고는 메리를 향해 웃어 보였다. "여기 있는 사람들이 우리 꼬맹이를 잘 돌봐줬으면 해."

'어휴, 갈수록 태산이네.' "페어차일드는 다른 사람의 보살핌이 필요 없습니다." 메리가 말했다. "페어차일드는 우리 지부에서 운전 실력이 가장 좋은 운전사입니다."

"아, 아니, 안 그래. 당신이 최고야." 랭 대위가 말했다. "내가 여기 온 이유 가운데 하나도 바로 그 때문이야. 우리가 화이트홀에 갈 때 내가 토트넘 코트 로드로 가라고 했는데 당신이 다른 길로 차를 돌린 거 기억해? 당신이 그렇게 한 건 행운이었지. 그 뒤 5분도 안 되어서 V-1 하나가 토트넘 코트 로드 한복판을 강타했어."

랭 대위는 페어차일드를 돌아보았다. "메리는 내 목숨을 구했어." 그는 메리에게 웃어 보였다. "우리 만남은 운명이라고 내가 말했잖아."

"운명?" 페어차일드가 한 대 얻어맞은 듯한 표정으로 말했.

"절대⋯."

"절대로 아닙니다." 랭 대위가 이미 악화된 상황을 더 악화시키기 전에 메리가 끼어들었다. "그리고 저는 방향을 잘못 바꾼 게 어떻게 훌륭한 운전이라고 할 수 있는지 이해할 수 없습니다. 그리고 우리가 만난 건 제가 비행 폭탄과 오토바이 소리를 구별할 수 없었기 때문입니다."

메리는 페어차일드를 돌아보았다. "내게 장거리 전화가 왔다고 했지? 난 가봐야겠어." 메리는 문을 향해 가기 시작했다. "다시 만나서 반가웠습니다, 랭 대위님."

"잠깐. 아직 가면 안 돼." 랭 대위가 말했다. "나랑 저녁 식사를 하러 갈

거라고 말하지 않았잖아. 꼬맹아, 메리에게 내가 바람둥이가 아니라고 좀
말해줘."

'당신은 바람둥이야.' 메리가 생각했다. '그리고 바보 멍청이고. 저 불쌍
한 아이가 당신에게 반한 걸 모르겠어?'

"메리에게 내가 얼마나 멋진 사람인지 좀 말해줘." 랭 대위가 페어차일
드에게 말했다. "내가 얼마나 듬직하고 성실한 사람인지 좀 말해줘."

"맞아." 페어차일드는 마치 심장을 찔린 듯한 표정으로 말했다. "누구든
스티븐을 차지하는 여자는 복 받은 거야."

"봐, 들었지? 내 꼬맹이 여동생이 보증하잖아."

"아, 하지만 둘은 밀린 이야기가 많을 겁니다." 메리가 필사적으로 말했
다. "어린 시절 추억을 비롯해서요. 저는 방해만 될 겁니다. 저녁 식사는 페
어차일드와 하십시오."

"난 안 돼." 페어차일드는 간신히 아무렇지도 않은 듯한 목소리를 쥐어
짜 내서 말했다. "소령님이 의료품 보급을 받아오라고 시키셔서 거기에 가
야 해."

그리고 랭 대위는 적어도 아주 예의가 없는 인물은 아니었다. 이렇게 말
했기 때문이다. "너 대신 다른 사람이 가면 안 돼?"

"안 돼. 우리는 다음에 먹자. 네가 가, 켄트."

'하지만 내가 그렇게 하면….' 휴게실을 나가는 페어차일드를 보며 메리
는 생각했다. '페어차일드는 절대로 나를 용서하지 않을 거야.' 사실 메리가
어떻게 한다 해도 아마 페어차일드는 그녀를 용서하지 않겠지만, 그래도
메리는 지금보다 상황을 더 악화시키고 싶지 않았다. "저는 정말로 가서 본
부에서 온 전화를 받아야 합니다." 메리가 말했다. "만약 제가 생각하는 그
전화라면, 저 역시 대위님과 저녁 식사를 하러 갈 수 없습니다."

"그러면 내일."

"저는 내일 근무입니다. 그리고 말씀드렸듯이, 저는 전시 연애에 관심
이 없습니다. 저 아니어도 대위님과 데이트하고 싶어 하는 여자들이 수십
명은 있을 겁니다."

"다른 생에서 내가 알던 사람은 없어. 모레는 어때?"

"안 됩니다. 저는 정말로 저 전화를 받아야 합니다." 메리가 문으로 가기 시작했다.

"아니, 잠깐만." 랭 대위가 말하며 메리의 두 손을 잡았다. "아직 고맙다는 말도 못 했어."

"말씀드렸듯이, 저는 대위님 생명을 구하지 않았습니다. 토트넘 코트 로드는 아주 긴 도로이고…."

"아니, 그거 말고. V-1에 관한 거야."

"V-1요?"

"그래. 꼬맹이가 들어오기 전에 내가 당신에게 키스하려고 했을 때, 당신이 내게서 빠져나간 거 기억나?"

"키스하려고 했다고요…."

"그래, 물론이야. 바빌론 어쩌고 한 건 다 그것 때문이었어. 몰랐어?" 랭 대위가 씩 웃으며 말했다. "그리고 그게 먹혀들어 간다고 생각하는 순간, 당신은 내 손아귀에서 벗어났지. 안타깝게도 말이야."

"V-1에 대해 할 말이 있다고 하셨습니다만."

"그렇게 말했지. 맞아, 있어. 나를 태우고 운전을 하던 날, 당신은 바로 아까 같은 행동을 했어. 두 번이나. 내 작업 멘트는 잘 먹혀들어 갔는데, 다음 순간 정신 차리고 보면 나는 완전히 경로를 벗어나 있더란 말이지. 당신에게 손댈 만큼 가까이 가보지도 못했는데 말이야."

"그게 V-1과 무슨 관련이 있는지 아직도 모르겠습니다만…."

"모르겠어?" 랭 대위가 메리의 두 손을 꼭 잡고 말했다. "V-1을 경로에서 벗어나게 할 방법을 떠올린 건 그때였어. 당신이 내게 그 방법을 떠올리게 해준 거야. 만약 당신이 없었다면, 나는 지금쯤 V-1을 격추하려 애쓰다가 산산조각이 나서 죽었을 거야."

18

우리는 눈꺼풀에 매달린 듯이 간신히 버티고 있습니다.

— 앨런 브룩 장군

런던, 1940년 11월

공포정치가 바스티유 습격이 있고 4년 뒤라는 사실을 알게 된 뒤, 폴리는 편차가 그렇게 클 리는 없다고 자신을 설득하려 애썼다. 기록상 분기점이 아닌 경우 가장 큰 편차는 3개월 8일이었다. 편차가 6개월인 경우가 있었을 때 던워디 교수는 과잉 반응을 보이며 모두의 강하를 취소했지만, 그 이상은 아니었다. 그리고 그런 던워디 교수가 폴리의 강하는 취소하지 않았고, 그게 바로 편차가 그렇게 클 수는 없다는 증거가 됐다.

하지만 공포가 계속해 폴리를 괴롭혔고, 그 때문에 폴리는 이곳을 빠져나가기 위해 더욱더 애를 썼다. 그녀는 신문들에 광고를 새로 냈고, 채링크로스역으로 가서 던워디 교수가 젊은 시절에 여기에 올 때 강하 지점으로 썼을 만한 곳을 찾아 헤맸다. 폴리는 중구난방으로 뻗은 채링크로스역을 샅샅이 뒤졌지만, 강하 지점으로 쓸 만한 곳은 없었다. 심지어 비상계단까지 연인들로 꽉 찼다. 던워디 교수의 강하 지점은 어딘가 다른 곳이 분명했다.

또한, 젊은 시절의 던워디 교수 역시 찾을 수 없었다. 하지만 폴리는 설사 젊은 시절의 던워디 교수를 본다 할지라도 알아볼 수 있을지 자신이 없었다. 던워디 교수가 처음 과거로 갔던 몇 번은 콜린과 거의 동갑일 때였다. 폴리는 콜린 나이 때의 던워디 교수를 상상해보았다. 호리호리하고, 열정이 넘치고, 에스컬레이터 계단을 한 번에 두 단씩 걸어가는 모습을. 하지만 위험을 알고서도 자신들을 이곳에 보내는 던워디 교수가 상상이 되지 않는 것과 마찬가지로, 그런 젊은 모습의 던워디 교수 역시 도저히 상상할 수 없었다. 그리고 구하러 올 수 있는데도 오지 않는 모습 역시도.

갑자기 폴리는 던워디 교수가 그들을 구하러 오지 않는 건 단지 시간 편차의 증가 때문이 아니라 그가 이전 임무 때문에 이미 이곳에 왔었기 때문에 젊은 시절의 던워디 교수가 옥스퍼드로 돌아가기 전에는 이곳에 올 수 없기 때문일 수도 있다고 생각했다. 그렇다면 그때는 언제일까?

화요일에도, 수요일에도, 마이크에게선 전화나 편지가 전혀 없었지만, 에일린은 그게 좋은 신호라고 확신했다. "그건 마이크가 제럴드를 찾았고, 제럴드의 강하 지점으로 가고 있다는 뜻이야." 에일린이 말했다. "너무 걱정하지 마. 모든 게 엉망일 때는 어떻게 해야 헤쳐 나갈지 도무지 방법이 보이지 않지만, 도움의 손길은 바로 그런 때 도착하거든."

'늘 그런 건 아니야.' 폴리는 됭케르크 해변에서 기다리다가 구조받지 못한 수천 명의 병사, 그리고 구조대가 도착하기 전에 잔해에 깔려 죽은 희생자들을 떠올렸다.

"내가 시어도어를 데리고 기차역에 갔을 때…." 에일린은 말하고 있었다. "시어도어는 내 목을 부둥켜안고 놓아주지 않으려 했고, 기차는 떠나려 했어. 그리고 내가 이제 시어도어를 보내는 건 글렀구나 하고 실망하려는 찰나에 구드 신부님이 나타나 나를 구해주셨어." 에일린은 기억을 떠올리며 환히 웃었다. "그러니 우리도 구조될 거야. 두고 보라고. 내일은 마이크가 연락할 게 분명해. 아니면 구조팀이 연락하거나."

마이크는 연락을 해왔다. '안전하게 도착, 편안한 숙소 찾음. 나중에 또 말할게.'라고 끼적인 메모를 통해서였다. 그리고 봉투에는 신문을 오린 조각이 들었다. 타운센드 브라더스 백화점에서 남성복 판매를 한다는 내용이었다.

"왜 이런 메모를 보냈지? 우리도 아는 거잖아. 그리고 신문 오린 건 왜 넣었을까?" 에일린이 물었다. "우리가 보낸 재킷과 조끼가 잘못된 종류라는 뜻인가?"

"모르겠어." 폴리가 신문 조각을 뒤집어보았지만, 뒷면에는 내용이 채워진 십자말풀이뿐이었다.

그 전에 마이크와 전화했을 때, 그는 술집에서 제럴드를 찾는 동안 위장으로 십자말풀이를 하는 척한다고 말했다. 메모를 보낼 때 우연히 봉투에 딸려온 게 아닐까?

"오, 오릴리 양." 라버넘 양이 거실에서 다가오며 말했다. "오후 배달에 당신에게 온 우편물이 하나 더 있어요." 그녀가 에일린에게 편지를 건넸다.

"아마 이 안에 설명이 있을 거야." 폴리가 말했지만, 그 편지는 구드 신부에게서 온 것이었다.

에일린은 편지를 읽기 위해 방으로 올라갔다. 폴리는 문간방에 남아 신문지 조각을 바라보았다. 마이크는 암호로 메시지를 보내는 것에 대해 말을 했고, 폴리는 그에게 〈데일리 헤럴드〉 십자말풀이에 D-데이 암호 단어들이 들어 있던 이야기를 한 적이 있었다. 십자말풀이 답에 뭔가 메시지를 숨겨둔 건가?

폴리는 연필을 들고 욕실로 가서 문을 잠그고 욕조 가장자리에 앉아 내용을 해독했다. '너무 복잡하지 않아야 할 텐데.' 폴리는 생각했다.

복잡하지 않았다. 심지어 암호조차 아니었다. 마이크는 십자말풀이 빈칸에 14세로에서 시작해 자기 메시지를 적은 것뿐이었다. '아직 있는 곳을 찾지 못함. 예전 원격 강하지인 세인트존스우드나 역사학자들이 전에 썼던 곳들 가운데 아직 열려 있는 비상 출구를 알아?'

실험실은 세인트존스우드에 원격 강하 지점을 마련해두고 여러 해 동안 사용한 적이 있었다. 마이크는 그곳이 열릴 것이고, 따라서 비상 출구로 쓸 수 있으리라고 생각하는 게 분명했다. 하지만 만약 편차가 증가하는 게 문제라면 어째서 그곳이 열릴 거라고 마이크가 생각하는지, 폴리는 알 수 없었다. 하지만 실낱같은 희망이라도 무시할 상황이 아니었다. 그래서 폴리는 퇴근 후 트래펄가 광장에 가서 구조팀을 기다리는 대신, 지하철을 타고 세인트존스우드로 갔다. 옛날 원격 강하 지점이 어디인지는 몰랐지만, 눈에 잘 띄는 곳이기를 바랐다.

그렇지 않았다. 그리고 폴리는 자신이 예전 임무에 썼던 것을 빼고는 이전 역사학자들이 런던에서 썼던 다른 강하 지점도 알지 못했다. 그녀가 썼던 것은 햄스테드 히스에 있었으며, 전승 기념일 전날 밤 자정에 마지막으로 사용했다. 그리고 이 시점에서 그 강하 지점은 존재하지 않았지만, 실험실은 어쩌면 1940년에 쓰기 위해 그 좌표를 초기화했을 수도 있었다. 그래서 이튿날 아침 폴리는 〈타임스〉에 R. T.에게 일요일에 세인트폴 성당에서 만나자는 광고를 실었다.

예상치 못하게도, 에일린이 그에 대해 반대했다. "이미 우리는 국립 미술관 콘서트에서 만나자는 광고를 냈잖아." 에일린이 말했다.

"거기는 네가 가면 돼. 세인트폴 성당에는 내가 갈게." 폴리가 말했다.

"하지만 난 늘 세인트폴 대성당에 가보고 싶었어." 에일린이 항의했다. "던워디 교수님은 늘 그곳에 대해 말씀하셨어. 내가 그곳에 가고 콘서트에는 네가 가면 안 돼?"

'콘서트에 갔다 온 척하는 게 더 힘들거든.' 폴리가 생각했다. '게다가, 이게 얼마나 걸릴지 확신도 없고.'

"안 돼." 폴리가 말했다. "나는 세인트폴 대성당의 성당지기 한 명을 알아. 험프리스 씨라고. 낯선 사람이 왔었는지 그 사람이 알 거야."

"그러면 나랑 같이 가. 콘서트는 1시에 시작하잖아."

'웨스트민스터 사원이나 어디 다른 곳에 간다고 말해야 했는데.' 폴리가 생각했다. "하지만 나는 구조팀이 언제 그곳에 올지 몰라. 시간 정하는 걸 깜박했거든." 폴리가 말했다. "콘서트가 끝난 다음에 만나자. 그래서 같이 라이언스 코너 하우스에 가서 차를 마신 뒤, 내가 세인트폴 대성당을 안내해줄게." 그리고 폴리는 에일린이 잠에서 깨기 전에 집을 나서야겠다고 다짐했다.

일요일 아침, 폴리는 지하철을 타고 햄스테드 히스에 가서 언덕을 올랐다. 비가 내렸고, 엷은 안개가 꼈다. 그건 다행이었다. 주위에 사람이 많지 않을 것이기 때문이다. 하지만 우산을 안 가져온 게 아쉬웠다. 아침 어둠 속에서 우산을 찾을 수가 없었고, 에일린이 잠에서 깨 같이 가겠노라고 고집을 부릴까 봐 두려워 불을 켤 수가 없었다.

폴리는 강하 지점을 알아볼 수 있기를 바라며 히스를 가로질러 숲으로 들어갔다. 마지막으로 이곳에 왔을 때는 5월이었다. 이제 나뭇잎들은 황갈색과 갈색으로 변해 있었고, 비에 흠뻑 젖어 무거웠다.

아니, 폴리가 찾던 너도밤나무는 황금빛 잎이 달린 가지들이 땅까지 축 늘어져 있었다. 비는 더 심하게 내렸다. '잘됐어.' 폴리가 커튼처럼 늘어진 잎들을 옆으로 제치며 생각했다. '누가 날 보면 비 피할 곳을 찾는 중이라고 말할 수 있으니까.'

폴리는 재빨리 나무 아래로 들어갔다. 나뭇잎들이 다시 늘어져 폴리의 모습을 가려주었다. 폴리는 어두침침하고 텐트 같은 주위 공간을 둘러보았다. 땅은 돌돌 말린 노란 잎들과 나뭇가지들로 덮여 있었다. 레모네이드 병, 그리고 아이스크림콘에 끼우는 찢어진 종이 고깔이 나뭇잎들에 반쯤 묻혀 있었지만, 둘 다 색이 많이 바랬다.

'구조팀은 이곳에 오지 않았어.' 아무도 밟은 흔적이 없는 나뭇잎들을 보며 폴리는 생각했다.

하지만 강하 지점은 폴리 일행이 옥스퍼드로 돌아갈 수 있게만 설정되었을 수도 있었다. 폴리는 너도밤나무의 얼룩덜룩한 하얀 몸통에 기대앉아 손목시계를 보며 시간을 확인했고, 강하가 열리는지를 지켜보았다.

추웠다. 폴리는 치마 아래로 무릎을 모으고 두 팔로 가슴을 감쌌다. 나뭇잎들이 비를 막아주었지만, 나뭇잎과 나무껍질로 덮인 땅은 얼음처럼 차갑고 축축했으며, 땅의 습기가 코트와 치마에 스며들었다.

그리고 그곳에 앉아 있는 동안, 그간 걱정하던 모든 일이 점점 더 심하게 폴리의 마음을 옥죄어들기 시작했다. 자신의 데드라인, 마이크, 세인트조지 교회와 그녀의 강하 지점을 가려주던 가게들이 파괴된 사건이 불일치인가에 대한 걱정이었다. 폴리는 던워디 교수의 금지 목록에 세인트조지 교회가 없었던 이유가, 폴리가 지하철 방공호에서 머물 계획이었기 때문일 거로 추측했었다. 하지만 그곳은 콜린이 마련해준 임플란트에도 담겨 있지 않았다.

그건 낙하산 지뢰가 폭발했을 때 콜린이 폴리의 강하 지점 근처에 있었을 수도 있다는 의미였다.

'아니, 그렇지 않아.' 폴리는 갑자기 밀려오는 욕지기와 싸우며 생각했다. '콜린이 그곳을 임플란트에 담지 않은 건 그곳이 파괴됐을 때 내가 안전하게 지하철 방공호에 있을 거라 생각했기 때문이야.'

그리고 콜린은 낙하산 지뢰에 대해 폴리에게 말했었다. 콜린은 파편과 등화관제의 위험에 관해 폴리에게 자세히 알려주었다. 콜린은 시시콜콜한 면까지 아주 잘 알았다. 게다가 경험으로 보았을 때, 콜린은 '안 돼'라는 답을 받아들일 인물이 아니었다. 만약 누군가가 폴리 일행을 이곳에서 빼낼 방법을 찾아낼 수 있다면, 그 누군가는 바로 콜린이었다.

'옥스퍼드가 파괴되어 콜린이 죽은 게 아니라면.' 폴리가 생각했다. '또는 시간 편차뿐 아니라 위치 편차도 증가해서 블레츨리 파크나 싱가포르에 도착한 게 아니라면.'

폴리는 버틸 수 있는 마지막 순간까지 그곳에 앉아 있었고, 결국 자기 이름과 리케트 부인 주소와 전화번호를 아이스크림콘 종이 고깔에 적고, 노팅힐게이트역이라고 찍힌 지하철표를 주머니에서 꺼내 '폴리 처칠'이라고 적어 레모네이드 병 아래에 끼워둔 뒤, 비록 구조팀이 있을 것 같지는 않았지만 그래도 세인트폴 대성당으로 향했다.

런던으로 돌아가는 길은 영겁의 시간이 걸리는 것만 같았다. 공습 때문에 연착이 세 번 있었고, 폴리는 자신이 에일린과 바꿔 콘서트를 가지 않아 다행이라고 생각했다. 폴리는 정오가 지나서야 세인트폴 대성당역에 도착했고, 밖에는 비가 쏟아졌다. 대성당에 도착했을 때, 폴리는 흠뻑 젖어 있었다.

포치에는 누군가가 흘린 예배 순서지가 있었다. 폴리는 그걸 집어 들었다. 폴리는 자신이 이곳에 아침 내내 있었다는 증거로 에일린에게 보여주면 되겠다고 생각했다. 오늘 아침 설교는 '구하라, 그러면 너희에게 주실 것이오'가 주제인 게 분명했다.

'그게 진실이면 좋으련만.'

폴리는 몸에 달라붙은 젖은 치마에서 물기를 털어내고 안으로 들어갔다. 기하학적 계단 정면에는 여전히 나무 파티션이 쳐졌다. 화재 감시원들은 교회 서쪽 지붕으로 가는 것보다 계단을 보존하는 것이 더 중요하다고 결정한 게 분명했다.

폴리는 본당으로 걸어갔다. 오늘 실내는 어두침침했고, 황금색 대신 회색이었으며 너무나 어두워 반대편 끝조차 보이지 않았다. 그리고 추웠다. 접수대에서 안내서를 파는 나이 지긋한 자원봉사원은 코트를 입고 있었다.

안내서는 좋은 생각이었다. 폴리는 구조팀이 있는지 살피는 동안 그걸 읽는 척할 수 있었다. 폴리는 접수대로 갔다.

그곳에서는 중년 여자 한 명이 전에 험프리스 씨가 폴리에게 보여주었던 것 같은 그림엽서들 가운데 뭘 고를지 고민하고 있었고, 자원봉사원이 그런 그녀의 선택을 돕고 있었다. "이 웰링턴 기념비 엽서는 정말 멋져요." 자원봉사원이 말했다. "여기에 '거짓의 혀를 뽑는 진실'이 보이시죠."

"대제단은 없나요?" 중년 여자가 물었다.

"안타깝게도 없습니다. 그건 굉장히 빨리 떨어졌어요."

"그렇겠죠." 여자가 말하며 고개를 저었다. "아쉽네요." 그리고 그녀는 다시 그림엽서들을 살피기 시작했다. "티조 게이트는 있나요?"

'안전을 위해 옮겨뒀어요.' 폴리가 생각했고, 감각이 없는 손에 입김을 불며 여자가 빨리 맘을 정하길 바랐다. 이곳은 햄스테드 히스보다도 더 추웠고, 어디선가 얼음처럼 차가운 외풍이 들었다.

폴리는 위를 바라보았다. 회랑의 스테인드글라스 두 개가 깨져 있었는데, 꽤 최근에 깨진 듯했다. 깨진 부분엔 아무것도 덮여 있지 않았고, 창틀을 따라 빨간색과 파란색과 황금색의 깔쭉깔쭉한 유리들이 깨진 채로 붙어 있었다. 폭탄이 대성당 근처에서 터지면서 충격파로 깨진 듯했다.

"'세상의 빛'은요?" 여자가 묻고 있었다. "그 그림엽서는 있나요?"

"아니요. 하지만 멋진 석판화가 있습니다." 자원봉사자가 받침대에 있는 판화를 가리키며 말했다. "6펜스입니다."

폴리는 판화를 보았다. 그 색은 그림보다 살짝 푸른 기가 돌았고, 예수는 폴리만큼이나 추워 보였으며, 얼굴도 추위로 초췌해 보였다.

'예수가 든 등불이 진짜가 아니라서 너무 아쉬워.' 등이 내는 따뜻한 빛을 보며 폴리가 생각했다. 이 그림을 볼 때마다 뭔가 새로운 걸 본다던 험프리스 씨의 말은 옳았다. 폴리는 예수가 두드리려는 문이 중세풍이라는 사실을 미처 몰랐었다. 문과 마찬가지로, 예수가 든 등도 A. D. 33년에는 존재할 수 없는 물건이었다.

'예수도 우리처럼 시간 여행자일 거야.' 폴리가 생각했다. '그리고 이제 예수는 집으로 돌아가려는데 강하가 열리지 않는 걸 거야.'

중년 여자는 마침내 결정하고 값을 치렀다. 폴리는 안내서를 사기 위해 걸어갔다. "3펜스입니다." 자원봉사자가 말했고, 폴리는 지갑에서 주화를 꺼내다가, 추위로 손이 너무 곱아서 돈을 떨어뜨리고 말았다. 주화들이 대리석 바닥에 떨어져 불경하게 쩽그렁거렸다.

'뭐, 구조팀이 이곳에 있다면 시선을 끌기에는 좋은 방법이네.' 폴리가 생각했지만, 아무도 뒤돌아보지 않았다.

"죄송합니다." 폴리가 주화를 주워 안내서 값을 치르며 말했다.

자원봉사자가 안내서를 건넸다. "성당 지하실과 성가대석은 오늘 문을 닫았습니다."

'성가대석?' 폴리는 그 이유가 궁금했지만, 질문하려면 창에서 들어오는 외풍을 맞으며 그곳에 더 있어야 한다는 뜻이었다.

폴리는 자원봉사자에게 고맙다고 말하고 본당으로 걸어갔다. 아무도 폴리에게 다가오지 않았고, 누군가를 만나려고 기다리는 듯한 사람도 보이지 않았다. 몇 명은 본당 중앙에서 무릎 꿇고 기도 중이었다. 영국 해군 여성 부대원 둘이 벽돌벽으로 가려진 웰링턴 기념비 앞에 서서 어리둥절한 표정으로 그것을 쳐다보았고, 몇 걸음 떨어진 곳에서 군인 둘이 그 여군들을 바라보고 있었다.

그리고 다음 기둥 바로 지나 젊은 여자가 서 있었다. 그 여자는 1940년의 추운 11월에 간다고 했을 때 옥스퍼드의 의상실이 줄 만한, 앞코가 트인 신발을 신고서 마치 누군가를 찾는 듯이 주위를 둘러보고 있었다. 하지만 폴리가 의자들을 빙 돌아 본당을 가로질러 그 여자에게 가기 전에 화재 감시원 한 명이 그 여자에게 다가갔고, 두 남녀의 웃음으로 볼 때 둘은 서로 아는 사이가 분명했다.

'확실히 구조팀은 아니네.' 폴리가 생각했다. 폴리는 수랑에 누가 없는지 살피기 위해 몸을 돌렸다. 그리고 함박웃음을 짓는 험프리스 씨와 하마터면 부딪힐 뻔했다.

"우리 사고에 관해 들으셨으면 오실 거라 생각했습니다." 험프리스 씨가 말했다. "피해 상황을 보기 위해 많은 분이 오셨습니다."

"네. 창문이 그렇게 되다니 끔찍해요." 폴리가 말했다.

"그렇습니다." 험프리스 씨가 창문들을 돌아보며 동의했다. "창문들도 다른 보물들처럼 안전을 위해 웨일스로 보냈어야 했습니다. 하지만 어쩌면 불행을 가장한 축복이라고 볼 수도 있습니다. 크리스토퍼 렌 경은 세인트폴 대성당을 설계할 때 창문에 투명한 유리를 끼우고 싶어 했고, 이제 경의 원래 꿈을 이룰 좋은 기회이니까요."

경의 꿈은 이루어질 것이다. 대공습이 끝났을 때 세인트폴 대성당 전체에서 깨지지 않은 창은 단 하나였고, 그것마저도 1944년에 근처에서 V-1이 폭발하며 깨졌다. 그 뒤로 새로 설치한 창은 모두 투명한 유리였다.

"하지만 제단의 경우는…." 험프리스 씨는 계속 말했다. "또 다른 문제이지요."

'제단?'

"다행히도 폭탄의 피해는 제단과 성가대석에 국한되어 있습니다."

성가대석. 그래서 접수대의 자원봉사자가 그곳이 오늘 닫았다고 말한 거였다.

험프리스 씨는 돔 아래 공간을 가로질러 성가대석으로 걸어갔다. 그 입구는 목공 작업대로 막혀 있었다. 그는 작업대를 옆으로 치우고 폴리를 안

내했다. "그리고 폭탄은 성당 지하실까지 뚫고 들어갔습니다. 불행히도 하필이면 그곳은 우리의 화재 감시원들이 자는 곳이었고….."

폴리는 듣고 있지 않았다. 그녀는 성가대석을 뚫어져라 바라보았다. 그리고 그 너머 파괴된 흔적을.

제단이 있던 곳은 이제 목재와 깨진 돌들이 엉킨 잔햇더미로 바뀌어 있었다. 폴리는 위를 올려다보았다. 천장에 거대하고 깔쭉깔쭉한 구멍이 보였다. 회색 방수천으로 구멍을 반쯤 가렸고, 그 가장자리에서는 그 아래의 위태로워 보이는 비계로 물이 뚝뚝 떨어졌다.

'하지만 세인트폴 대성당은 폭격당하지 않았어.' 폴리는 아가리를 벌린 듯한 구멍을, 그리고 잔해를 멍하니 바라보며 생각했다. '이곳은 전쟁 내내 살아남았어.'

"사고가 언제 일어났나요?" 폴리가 다그치듯 물었다.

"10월 10일 아침, 저희가 지붕을 마지막으로 살펴보던 때였습니다. 저는…." 험프리스 씨가 말했고, 폴리의 얼굴을 본 게 분명했다. "오, 이런, 죄송합니다. 말씀하신 거로 보아 알고 계신 줄 알았습니다. 미리 암시를 해드려야 했는데. 처음 보았을 때는 누구나 충격을 받죠."

던워디 교수는 한 번도 제단이 폭격받았다고 얘기한 적이 없었다. 그는 불발탄과 12월 29일의 소이탄들에 대해 말했지만, 10월 10일의 고성능 폭탄에 대해서는 아무 말도 하지 않았다. "제단은 완전히 파괴되었고, 창 두 개가 깨졌습니다." 험프리스 씨가 설명했다.

"그리고 본당의 창문들도요." 폴리가 말했다. 그 창문들을 깨뜨린 건 옆 거리에서 터진 폭탄의 충격파가 아니었다. 이 폭탄 때문이었다. 던워디 교수가 한 번도 언급한 적이 없는 폭탄 때문에.

"네. 폭탄은 천장을 뚫고 떨어지며 다른 곳들도 더 부쉈지요." 험프리스 씨가 천장의 구멍 가장자리를 가리켰다. "폭탄은 제단 뒤의 장식벽에 떨어졌습니다. 깨진 곳들과 성 마이클의 코가 떨어져 나간 것이 보이실 겁니다."

험프리스 씨는 부서진 곳들을 가리키며 설명을 계속했지만, 폴리는 가슴이 쿵쾅거리는 탓에 그의 말이 거의 귀에 들어오지 않았다. 던워디 교수가 이 폭탄에 대해 아무 말도 하지 않은 이유가 전엔 그런 일이 일어나지 않았기 때문이라면? 그리고 이제야 그런 일이 일어난 거라면?

폴리는 아무런 불일치도 없었다고, 편차가 증가한 게 문제라고 자신을 설득해왔었다. 그것만으로도 충분히 두려운 일이었다. 하지만 이건 더욱더 심각했다.

'이건 우리가 사건들을 변경했다는 증거야.' 폴리는 생각했다.

"피해가 얼마나 심각한가요?" 폴리는 물으면서도 대답을 듣는 게 두려웠다.

"매튜스 주임 사제님은 지붕 아래의 버팀대들에 금이 가지 않았기를 바라십니다." 험프리스 씨가 걱정스레 말했다. "하지만 공학자들이 검사를 마칠 때까지는 알 수 없는 노릇이지요. 폭발 때문에 지붕이 완전히 들려졌었고, 지붕이 다시 제자리로 떨어질 때 버팀기둥들에 손상이 갔을 수도 있으니까요."

그 경우, 약해진 기둥들은 29일에 대성당 주위에 떨어질 폭탄들의 충격파로 무너지고, 세인트폴 대성당도 그렇게 될 수 있었다. 그리고 그럴 경우 시민들의 사기는? 세인트폴 대성당은 런던의 심장이었다. 불길과 연기 위로 대성당의 돔이 우뚝 서 있는 모습에 이 당시 사람들은 대공습의 길고 어두운 기간 동안 용기를 잃지 않고 버틸 힘을 냈다. 그런 대성당이 파괴된다면 그 사람들은 어떻게 되겠는가? 그리고 전쟁의 결과는?

"사실 우리는 아주 운이 좋은 편입니다. 훨씬 더 심각할 수도 있었습니다. 폭탄은 가로 아치의 머리 부분을 쳤고 지붕들 사이 빈 공간에서 터졌습니다. 만약 그게 더 아래쪽의 후진이나 성가대석에 떨어졌거나 지붕을 뚫고 떨어진 다음에 폭발했다면, 피해는 훨씬 더 컸을 겁니다."

'하지만 이 정도 피해만으로도 전쟁의 결과를 바꾸기에 충분해. 마이크에게 편지를 써야겠어.' 폴리가 생각했다. '마이크는 블레츨리 파크에서 빠져나와야만 해.'

"오르간 케이스가 심하게 손상되었죠." 험프리스 씨가 말하고 있었다. "다행히도 파이프들은 안전을 위해 성당 지하실에 보관을 해두…."

“저는 이제 그만 가봐야 해요.” 폴리가 말했다. “이렇게 안내를 해주셔서 고맙습니다…”

“어, 하지만 아직 성가대석 피해 상황은 보여드리지 않았습니다. 다행히도, 이 기둥들 덕분에 성가대석의 의자들은….”

“험프리스 씨!” 누군가가 외쳤다. 앞코가 트인 신발을 신은 젊은 여자와 이야기하던 화재 감시원이었다. 그는 바리케이드를 밀고 둘에게 다가왔다. “방해해서 죄송합니다.” 그 남자는 폴리에게 고개를 까닥해 보이고, 험프리스 씨에게 말했다. “하지만 근무 일정표가 있어야 하는데, 앨런 씨가 당신에게 있다고 해서요.”

“바쁘시네요.” 폴리는 그 남자가 방해한 틈을 타서 말했다. “제가 이렇게 계속 붙잡고 있으면 안 되지요. 안녕히 계세요.” 폴리는 재빨리 그곳을 떠났다.

“랭비 씨에게 드렸습니다.” 폴리가 몸을 옆으로 돌려 바리케이드를 간신히 지날 때 험프리스 씨가 남자에게 하는 말이 들렸다.

폴리는 서둘러 본당을 지나 대성당에서 나왔다. 비가 이미 그친 것도 깨닫지 못했고, 머릿속엔 오로지 어서 집에 가 마이크에게 편지를 써야 한다는 생각뿐이었다.

‘에일린이 집에 없어야 할 텐데.’ 폴리가 생각했고, 그제야 자신이 에일린을 이곳에서 만나기로 약속했다는 사실이 떠올랐다.

폴리는 손목시계를 보며 집에 가서 편지를 쓰고 올 시간이 있는지 확인했지만, 이미 2시가 지난 상태였다. 콘서트는 거의 끝났을 것이다. ‘그리고 내가 여기 없으면 에일린은 뭔가 잘못됐다는 걸 알게 될 거야.’

‘어쩌면 이게 진짜로 불일치인지 아닌지 에일린이 알지도 몰라.’ 폴리는 생각했다. ‘에일린은 던워디 교수님에게 세인트폴 대성당 이야기를 들었다고 했어. 제단이 폭격당한 이야기도 들었을 수 있어. 만약 폭격당했다면 말이야.’

‘하지만 내가 몰랐을 뿐이지, 대성당은 폭격당했을 가능성이 커.’ 폴리는 자신을 설득하려 애썼다. 10월 10일은 폴리가 마저리 일로 정신이 없을 때

여서 신문을 읽지 못했고, 자신의 부고 기사가 있는지 살피러 신문 보관소
에 가기 전이었다.

'또는 폭격은 신문에 실리지 않았을 수도 있어. 이 전쟁에서 세인트폴
대성당의 중요성을 생각해보면 말이야.' 폴리는 지하철역으로 향하며 생각
했다. '세인트폴 대성당이 파괴된 걸 독일에 알리고 싶지 않았을 거야.'

폴리가 트래펄가 광장에 도착했을 때는 막 콘서트가 끝난 참이었다. 콘
서트에 갔던 사람들이 문으로 빠져나오거나 포치에 서 있었다. 전승 기념
일 전날 페이지가 서서 코트 단추를 잠그고 장갑을 끼고, 비가 오는지 확인
하기 위해 두 손을 내밀어보고 우산을 펼치던 그곳이었다.

폴리는 에일린을 찾아보았다. 에일린은 포치 한쪽에 서 있었다. 얼굴은
어두웠고 수심이 가득했으며, 검은 코트로 몸을 단단히 여미고 있었다. 국
립 미술관 역시 세인트폴 대성당만큼이나 추웠던 게 분명했다.

"에일린!" 폴리가 외치며 서쪽 광장을 서둘러 가로질렀고, 그 바람에 앞
쪽의 비둘기들이 놀라 흩어지며 날아올라 기념탑 기부의 사자들에 앉았다.

에일린은 폴리를 보더니 아는 체하며 손을 들어 보였지만, 흔들지는 않
았다. 웃지도 않았다. 폴리는 손목시계를 힐끗 보았다. 늦지 않았으며, 콘
서트는 방금 끝난 게 분명했다. 그리고 에일린은 늘 밝고 긍정적이었다. 최
근 몇 주간 폴리의 근심이 전염된 게 분명했다.

'세인트폴 대성당에 대해 아무 말도 하지 않는 게 나을지도 모르겠네.'
폴리가 생각했다. '말했다가는 상황을 악화시키기만 할 거야.'

하지만 폴리는 알아야 했다. 그리고 달리 물어볼 사람도 없었다. 폴리는
계단을 뛰어 올라가 에일린에게 갔다. "물어볼 게 있어." 폴리가 다급하게
말했다. "세인트폴 대성당이…?"

하지만 에일린은 그녀의 말을 잘랐다. "구조팀은 콘서트에 오지 않았
어." 에일린이 말했다. "너는 찾았어?"

"아니. 세인트폴 대성당에는 아무도 없었어."

"아무도?" 에일린이 말했고, 그 목소리에는 날이 서 있었다. 콘서트에
가라고 해서 화가 났나? 만약 그랬다 해도 어쩔 수 없었다. 지금은 그게 중

요한 상황이 아니었다.

"역사학자가 전혀 없었어?" 에일린이 계속해 물었다.

"응. 그리고 나는 그곳에 9시부터 있었어. 에일린, 혹시 세인트폴 대성당이 대공습 기간에 고성능 폭탄에 맞았는지에 대해 알아?"

에일린은 놀란 표정을 지었다. "고성능 폭탄에?"

"응. 소이탄 말고, 고성능 폭탄. 던워디 교수님에게 뭔가 들은 거 없어?"

"있어." 에일린이 말했다. "하지만 넌⋯."

"교수님이 언제 어느 부분이 폭격 됐는지도 말씀하셨어?"

"모든 날짜를 알지는 못해. 불발탄이⋯."

"불발탄은 나도 알아. 그리고 29일 폭격도."

"10월 10일에 제단이 폭격당했어."

'다행이야.' 폴리는 생각했다. 제단은 원래 폭격당할 운명이었다.

에일린은 얼굴을 찡그렸다. "만약 네가 오늘 아침에 세인트폴 대성당에 있었다면, 그곳이 부서진 걸 봤을 거잖아. 안 그래?"

아, 이런. 폴리는 폭격에 대해 걱정하느라 정신이 팔려 에일린은 그녀와 마이크의 걱정, 즉 자신들이 사건들을 바꾸었다고 걱정하는 것에 대해 아무것도 모른다는 사실을 까맣게 잊고 있었다. "응. 그러니까 내 말은, 봤어." 폴리가 더듬거리며 말했다. "하지만 난 몰랐어⋯. 던워디 교수님은 불발탄이며 소이탄들에 대해서는 말해주셨지만, 제단에 대해서는 말씀하지 않으셨어. 그래서 제단을 보았을 때 난⋯."

"오늘 아침에 그 일이 일어났을 거라 생각한 거야?"

'오늘 아침?' 그건 또 무슨 의미이지? 하지만 적어도 에일린은 폴리가 이 모든 질문을 한 진짜 이유를 알아차리지 못한 듯했다. "아니, 어젯밤." 폴리가 말했다. "그리고 너무나도 피해가 심했기 때문에 모든 게 당장에라도 무너질 것처럼 보였고, 비록 세인트폴 대성당이 살아남은 건 나도 알지만 그래도 혹시나 하며 생각하길⋯. 아니, 내 말은, 나는 아무 생각도 없었어. 그걸 보고 너무나도 큰 충격을 받았거든. 나는 세인트폴 대성당이 고성능 폭탄에 폭격당한 걸 몰랐어."

"두 개에 맞았어." 에일린이 말했다.

둘? 험프리스 씨는 하나라고 했었다.

"다른 하나는 수랑에 떨어졌어." 에일린이 말했다. "언제인지는 몰라."

"북쪽 수랑?" 폴리는 물으며 뜬금없이 포크너 함장 기념비를 머릿속에 떠올렸다. 그게 파괴되면 험프리스 씨가 무척이나 낙담할 것이다.

"어느 수랑인지는 몰라. 바솔로뮤 씨가 말 안 해줬어."

바솔로뮤? 바솔로뮤는 누구지? 콘서트의 누군가가 제단이 폭격당했다고 에일린에게 말해준 건가? 만약 그렇다면 여전히 불일치가 있을 수 있었다.

"바솔로뮤 씨?" 폴리가 물었다.

"응, 존 바솔로뮤. 네가 1학년 때 바솔로뮤 씨가 그 일에 대해 강연했어."

아, 다행히도 옥스퍼드의 사람이었다. "베일리얼 칼리지 교수야?"

"아니, 역사학자. 런던 대공습 때 세인트폴 대성당에서 화재 감시원으로 있던 경험에 대해 강연했어."

"그 사람이 여기 있어?" 폴리가 에일린의 두 팔을 움켜잡았다. "왜 그동안 아무 말도 안 했어?"

"아니, 지금은 여기에 없어. 몇 년 전에 있었어."

"대공습, 1940년에." 폴리가 말했고, 에일린이 고개를 끄덕이자 계속 말했다. "옥스퍼드 시간으로 언제 여기에 있었는지는 중요하지 않아. 이건 시간 여행이야. 만약 바솔로뮤 씨가 1940년에 이곳에 있었다면, 아직도 여기에 있는 거잖아."

"아!" 에일린이 손으로 입을 가렸다. "나는 그건 생각도 못 해봤어! 그래서 네가…?"

"어떻게 그걸 생각 못 해볼 수가 있어?" 폴리가 분통을 터뜨렸다. "여기에 있을 만한 이전 역사학자들을 생각해보라고 마이크가 우리에게 말했잖아." 폴리가 말했지만, 그 말을 끝내기도 전에 생각했다. '그 말을 한 건 마이크가 타운센드 브라더스 백화점에 왔던 날이었어. 비치 헤드로 떠나기 전이었고, 에일린은 그곳에 없었어.' 그리고 그 뒤로 그들은 블레츨리 파크에 온통 정신을 팔고 있었다.

“마이크는 과거의 역사학자들에 대해 단 한 마디도 내게 말하지 않았어.” 에일린이 방어하듯 말했다. “어떻게…?”

“그건 문제가 안 돼. 이제 그 사람이 이곳에 있는 걸 알았으니까….”

“하지만 바솔로뮤 씨는 여기 없어. 제단에 폭탄이 떨어졌을 때 부상당해서 옥스퍼드로 돌아갔어.”

“폭격 후 언제 돌아갔는데?”

“이튿날.”

그건 마이크가 폴리를 찾고 둘이 에일린을 찾기 2주 전에 돌아갔다는 뜻이었다.

“아, 왜 미처 깨닫지 못했을까.” 에일린이 탄식했다.

“아무 차이가 없었을 거야.” 에일린에게 화를 낸 걸 미안해하며 폴리가 말했다. “우리가 서로를 찾아내고 우리 강하 지점들에 뭔가 이상이 있다는 걸 깨달았을 때는 이미 너무 늦은 뒤였어. 바솔로뮤 씨는 이미 돌아갔을 때니까. 11일에 돌아간 게 확실해?”

“응. 1940년대에 대한 강연이라 아주 자세히 기억나지는 않아. 당시 내가 제2차 세계대전에서 관심 있던 건 오로지 전승 기념일 뿐이었거든….”

‘그래서 너는 주의를 기울이지 않은 거로구나. 제럴드에 대해 주의를 기울이지 않은 것처럼 말이야.’ 폴리가 씁쓸하게 생각했다. 하지만 그건 불공평했다. 1학년 때 들은 강연이 3년 뒤에 목숨이 오락가락할 정도로 중요해질 줄 에일린이 어떻게 알았겠는가.

“하지만 바솔로뮤 씨가 세인트폴이 공격당한 다음 날 돌아갔다고 말한 건 확실하게 기억나.” 에일린이 계속 말했다. “바솔로뮤 씨가 부상당해서 병원에 가야 할 필요가 있었기 때문이라고 나는 생각을 했거든.”

‘마이크처럼.’ 폴리가 생각했다. 다만 마이크는 아무도 구하러 오지 않은 게 다를 뿐이었다. “그 사람이 자기 강하 지점이 어디인지는 말 안 했겠지?”

“응. 하지만 바솔로뮤 씨가 돌아갔다면 강하도 이제는 작동하지 않지 않아?”

‘작동할 수도 있어.’ 폴리가 생각했지만, 에일린에게 그 말을 할 수는 없었다. 그 말을 했다가는 에일린이 폴리에게 이전 임무들이 무엇이었는지 묻기 시작할 수도 있었다. 바솔로뮤 씨의 강하 지점이 세인트폴 대성당에 있지 않았을까?

아니, 그곳은 낮에는 늘 관광객들이 있었고 밤에는 화재 감시원들이 있었다. 갑자기 폴리는 자신이 그곳에 간 첫날에 존 바솔로뮤가 대성당에 있었던 건 아닐까 하는 생각이 들었다. 자신이 대성당을 떠날 때 근무하러 들어오던 화재 감시원일 가능성이 아주 컸다. 아니면 불발탄 근처에 있던 사람들 가운데 한 명이든가.

'존 바솔로뮤가 그곳에 있는 걸 알았다면, 내 강하가 열리지 않는 걸 발견하자마자 세인트폴 대성당으로 돌아가서 내가 곤경에 빠진 걸 알렸을 텐데.' 폴리가 생각했다. '그러면 그 사람은 던워디 교수님에게 그 소식을 전했을 거고….'

"작동할까?" 에일린이 묻고 있었다. "여전히 작동할까? 바솔로뮤 씨의 강하 지점 말이야. 나는 역사학자가 임무를 마치고 돌아가면 강하는 닫힌다고 생각했어."

"맞아." 폴리가 말했다. 이곳에 서 있는 시간이 길어질수록 상황은 폴리에게 곤란해지기만 했다. "다시 비가 내리기 시작하네. 제대로 비를 피할 수 있는 곳으로 가자."

하지만 에일린은 포치의 지붕 밑을 떠나려 하지 않았다. "넌 아직 세인트폴 대성당에 관해 내게 말해주지 않았어. 구조팀처럼 보이는 사람이 아침 내내 오지 않았다고?"

"응. 아예 사람들이 거의 없었어. 아침 예배에조차."

"아침 예배?"

폴리는 고개를 끄덕이며 자신이 예배 순서지를 챙기기 잘했다고 생각했다. "그곳에는 거의 아무도 없었어. 비가 더 거세지기 전에 가자."

하지만 에일린은 여전히 꿈쩍도 하지 않았다. "알겠지만, 나를 보호해줄 필요 없어. 이게 내 첫 임무인 건 나도 알아. 하지만 너와 마이크가 나를 아이처럼 다룰 필요는 없어. 우리가 얼마나 큰 곤란에 처했는지는 나도 알아…."

'아니, 넌 몰라.' 폴리가 생각했다. '너는 상상도 못 해.'

"그리고 나는 이곳이 얼마나 위험한지도 알아. 나에게 뭔가를 감출 필요 없어."

"너에게 아무것도 감추는 거 없어." 폴리가 말했다. "만약 이곳에 전에 왔던 역사학자들이 누구였는가에 관한 이야기를 너에게 말하지 않았다고 이러는 거면, 나는 말할 생각이었어. 하지만 네가 블레츨리 파크에 제럴드가 있다는 걸 기억해냈고, 그래서 나는 달리 더는 다른 사람들을 찾을 필요가 없다고 생각한 거야…."

"그러면 우리는 왜 신문에 광고들을 낸 건데?" 에일린이 덤비듯 물었다. "왜 오늘 나는 콘서트에 보내고 너는 세인트폴 대성당에 간 건데?"

"만약의 경우를 대비한 거야. 마이크가 제럴드를 찾지 못할 경우를 대비해서. 이제 가자…."

에일린은 폴리의 손을 뿌리쳤다. "마이크에게 무슨 일이 일어난 거야?"

"마이크에게?"

"응. 며칠 동안 아무 소식도 없었잖아."

"아니, 마이크에게는 아무 일도 없었어. 괜한 의심을 불러일으킬까 봐 필요 이상으로 연락하고 싶지 않은 걸 거야."

"그래 놓고 너만 마이크하고 연락을 한 건 아니고? 오늘 혼자 가서 만나고 온 거 아니고?"

"마이크를 만나?" 폴리가 놀라 물었다. 그래서 에일린이 여기 온 뒤로 계속 화가 났던 건가? 마이크가 돌아왔으며, 둘이서 몰래 만났다고 생각해서?

"그래, 마이크를 만났냐고. 마이크가 신문을 오려 보낸 게 여기서 너랑만 만나자는 신호였어?"

"아니, 당연히 아니지." 폴리가 말했고, 에일린은 폴리의 목소리에 배인 당혹감을 알아차린 게 분명했다. 안심하는 눈치였기 때문이다. "그래서 내가 세인트폴 대성당에 가려고 했다고 생각한 거야? 마이크를 만나려고? 아니야. 나는 몇 주 전에 기차역에서 작별 인사를 한 뒤로 마이크를 본 적이 없어. 나는 구조팀이 우리 광고를 보고 나타났는지 보기 위해 세인트폴 대성당에 간 거야. 그게 다야. 그리고 나는 거의 얼어 죽을 거 같아. 지루하기 짝이 없는 설교 내내 앉아 있었어. 설교 제목은 '구하라, 그러면 너희에게 주실 것이오'였어."

에일린이 갑자기 긴장했다. "'구하라, 그러면 너희에게 주실 것이오'?"

"응. 백베리에 갔던 날에 들은, 네가 아는 신부님의 설교보다 훨씬 못했어. 그리고 두 배는 길었어. 나랑 같이 안 간 게 다행이야. 세인트폴 대성당은 다음에, 좀 더 따뜻해지고 나면 가자. 자, 가자. 너 옷 다 젖겠어." 폴리는 에일린의 팔을 잡고 젖은 광장을 가로지르려 했다. "따뜻한 차를 마시자. 그리고 코티지 파이는 먹지 말자. 리케트 부인은 진짜 오두막을 다져서 코티지 파이[13]를 만드는 것 같으니까."

에일린은 심지어 미소조차 짓지 않았다. "나는 차를 마시고 싶지 않아." 에일린은 추위를 막으려 자기 몸을 감싸 안으며 말했다. "난 집에 가고 싶어."

13 코티지(cottage)는 '오두막'이라는 뜻이다.

19

블레츨리, 1940년 12월

마이크는 깜짝 놀라 꼼짝도 못 한 채 텐싱을 응시했다. "이 사람이 내가 말하던 바로 그 친구야, 퍼거슨." 텐싱이 말했다. "내가 병원에 있을 때 망을 보던 그 친구."

"그 미국인?" 텐싱의 동료가 말했다.

맙소사, 만약 마이크가 처음 계획대로 영국인인 척 행세했더라면….

"응." 텐싱이 말했다. "만약 이 친구의 그 탁월한 기만 능력이 없었다면 나는 아직도 오핑턴의 그 끔찍한 병원에 누워 있었을걸."

"만나서 정말 반갑습니다, 데이비스 씨." 퍼거슨이 말하며 마이크와 악수를 했고, 이윽고 텐싱을 돌아보며 말했다. "재촉하기는 싫지만 우리는 정말로 가야 해."

'여기 머물며 내가 여기서 무엇을 하는지 물을 시간이 없어 다행이로군.' 마이크가 생각했다. '이 친구는 블레츨리 파크와 연관이 있을 게 분명하니까.' 갑자기 마이크는 카모디 간호사가 텐싱이 국방성에서 일한다고 말한 게 기억났다. 그때 텐싱이 정보부 직원이란 걸 눈치챘어야 하는데.

“아니, 시간은 충분해.” 텐싱이 말했다. “계산하고 와. 그사이 나는 데이비스와 이야기를 좀 할게. 여기서 자네를 만나다니 정말 운이 좋은걸. 나는 막 런던으로 가려던 중이야. 자네가 하고많은 곳 중에 여기 블레츨리에 있다니, 믿기지 않아. 병원에서는 언제 퇴원했어?”

“9월. 자네가 앉을 의자를 가져올게.” 마이크가 시간을 끌기 위해 말했다.

“괜찮아. 내가 가져올게.” 텐싱이 말하며 손을 저어 마이크를 도로 앉히고는 빈 의자를 찾아주위를 두리번거렸다. “잠시만 시간 좀 죽이고 있어.”

‘내가 왜 이곳에 왔는지 그럴듯한 이유를 생각해내지 못하면, 시간이 아니라 딱 내가 죽을 판이네.’ 마이크가 생각했다. “특별 임무가 있어서 왔어.”라고 말할 수는 없었다. ‘친구를 만나러 왔다고 말해야 하나?’

텐싱이 의자를 가지고 돌아왔다. “마비스가 여기에 미국인이 있다고 말했어.” 텐싱이 앉으며 말했다. “하지만 그게 자네라고는 상상도 하지 못했어. 자네가 자전거에 치였다는 말은 들었어. 분명히 경고하지만, 이곳에는 운전 실력이 엉망인 사람들이 좀 있어. 근데 여긴 도대체 왜 온 거야? 신문 기사를 쓰러 온 게 아니면 좋겠네. 안타깝게도 블레츨리는 아주 지루한 곳이거든.”

“그렇더라고. 기사 때문에 온 게 아니야. 사실은 발 때문이야. 프리차드 의사를 만나러 왔어.” 마이크는 기차에서 나이 든 여인들이 이 의사를 언급하며 뉴포트 패그넬에 병원이 있다고 했던 기억을 떠올리고 있었다. “그 사람은 레이턴 버저드에서 진료해. 힘줄을 다시 붙이는 전문가라고 하더라고. 그 사람에게 치료받으면 전장에 다시 갈 수 있을까 해서.”

“어떤 심정인지 충분히 이해해.” 텐싱이 말했다. “나도 병원에서 날마다 라디오로 나쁜 소식들을 듣고 있으면서도 아무것도 할 수 없으니 미칠 것만 같았지.” 그는 마이크의 신문을 내려다보았다. “아직도 십자말풀이를 좋아하는군.”

마이크는 어깨를 으쓱해 보였다. “시간 죽이기 좋으니까. 자네 말대로, 블레츨리는 그리 재밌는 곳이 아니잖아.”

텐싱이 고개를 끄덕였다. “우리가 있던 일광욕실과 비슷한 면이 많지.

화분에 심긴 야자수랑, 헛기침하며 〈타임스〉를 부스럭거리는 월튼 대령만 있으면 딱이야." 그는 십자말풀이를 툭툭 쳤다. "내가 기억하기로는 자네가 이걸 꽤 잘했어."

"내가 기억하기로는 날 도와준 사람이 있었는데."

"그래도 대부분의 미국인은 영국 십자말풀이를 전혀 하지 못해…."

텐싱의 말투가 달라졌다. '뭔가 내가 말을 잘못한 건가?' 마이크는 생각했다. 뭐지? 그는 프리차드 의사가 뉴스포트 패그널이 아니라 레이턴 버저드에 있다고 일부러 틀리게 말했다. 텐싱이 마이크의 이야기를 확인하려 들 때 의사를 찾기 어렵게 하기 위해서였다. 설마 텐싱도 우연히 프리차드 의사에게 진료받았다거나 하는 건 아니겠지?

아니, 텐싱은 발이 아니라 등을 다쳤었다. 하지만 뭔가 때문에 텐싱은 의심했다.

'십자말풀이인가?' 마이크는 D-데이 그리고 의심스러운 힌트에 대해 폴리가 해준 말을 떠올렸다. 마이크가 독일에 메시지를 보낸다고 텐싱이 의심하는 건가?

하지만 마이크는 십자말풀이를 만드는 게 아니라 풀고 있었다. 그리고 텐싱은 병원에서 마이크가 같은 일을 하는 걸 셀 수 없이 보았다.

퍼거슨이 테이블 사이로 걸어 둘에게 다가왔다. 다행히도, 이 대화는 곧 끝날 것이다. "계산했어." 퍼거슨이 말했다.

"잠깐만." 텐싱이 어깨너머로 말하더니 다시 마이크에게 말했다. "진심이야? 전쟁에 참여하고 싶다고 한 말."

'이미 참여한 상태인걸.' 마이크가 생각했다. '그리고 빠져나갈 수가 없어.' "응."

"여기에 얼마나 오래 있을 거야? 의사를 만나러 왔다고 했잖아…. 그 의사 이름이 뭐라고 했지?"

"프리차드." 마이크가 말했다. "나도 모르겠어. 그 의사가 말하는 거에 달렸어. 아마 내가 수술을 받아야 할 거라 생각하더라."

"하지만 적어도 일주일은 이곳에 있을 거지?"

'그래서 그동안 내가 프리차드 의사를 만나러 온 건지, 그리고 〈오마하 옵서버〉가 존재하는지 조사를 하려고?' "응. 앞으로 한 달간 꾸준히 치료받아야 해."

"잘됐군. 나는 런던에 사나흘 다녀와야 해. 하지만 돌아오면 자네와 하고 싶은 이야기가 있어. 어디에 있어?"

"아직 방을 구하지 못했어. 가는 곳마다 만원이더라고."

"그러면 벨 호텔에 있는 거야?" 텐싱이 말했고, 다행히 답을 기다리지 않았다. "식사는 이 술집에서 하고?"

'오늘 밤 이후로는 아니지.' "의사 진료가 아주 길어지지 않으면 대개는."

"잘됐군. 내가 돌아오면 보자고." 텐싱이 일어났다. "자네가 이곳에 나타나다니 신기한 일이야. 우리가 이렇게 만날 운명이었다는 생각마저 든다니깐." 텐싱이 퍼거슨을 돌아보았다. "가자. 기차를 타야지." 그가 말하고, 동료와 술집을 떠났다.

방금 무슨 일이 일어난 거지? 텐싱이 의심한 걸까, 아니면 그저 병원에서 함께 있던 시절을 추억하고 싶었던 걸까? 그리고 만약 의심했다면 왜 마이크를 두고 떠난 걸까?

'폴리와 이야기를 해야겠어.' 마이크가 생각했지만 안전하게 통화할 수 있는 유일한 전화기는 기차역에 있었고, 텐싱과 퍼거슨은 그곳으로 가는 중이었다. 만약 둘이 기차를 놓친다면 마이크는 그들과 다시 만날 수도 있었다.

게다가 폴리와 에일린은 집에 없을 것이다. 아마 방공호에 있겠지.

마이크는 술집이 문을 닫을 때까지 기다렸다가 기차역으로 걸어갔고, 공습경보가 일찍 해제되었기를 바라며 전화했지만, 해제되지 않은 모양이었다. 그들은 집에 없었다.

이튿날에도 둘은 집에 없었다. 이번 주에 런던에 공습이 있었나? 폴리에게 물어봤어야 했다. 만약 공습이 있었다면 이번 주에 둘과 연락하기 쉽지 않을 것이다.

마이크는 벨 호텔로 갔고, 웰치먼이 로비에 없는 걸 확인한 다음 신문을 사서 십자말풀이 부분을 찢어서 그 빈칸에 '응급, 수요일 밤에 전화'라고 적은 뒤 우편으로 보냈다. 그리고 그곳을 나와 파크로 걸어갔다. 제럴드를 찾을 수는 없었지만, 돌아오는 길에 해군 여성 부대원 둘이 대화하는 걸 엿들었다. "허트 에이트에 새로 온 남자에 대해 뭔가 알아?" 한 명이 말했다.

"응." 다른 부대원이 정나미 떨어진다는 듯한 목소리로 말했다. "이름이 필립스야. 스토크 해몬드에 숙소를 정했는데, 원하면 네가 가져. 아주 짜증 나는 말라깽이야."

'짜증 나는 말라깽이'라는 표현은 제럴드에게 딱 어울렸고, 필립스라는 이름도 그가 쓸 만한 자연스러운 가명이었다. 마이크는 버스를 타고 스토크 해몬드로 가서 그날 남은 시간 그리고 수요일 오전 내내 방을 구하러 다니는 척하며 묻고 다녔다. "혹시 필립스라는 사람이 이곳에 묵고 있지 않나요?"

수요일, 열 번째로 들른 집에서 집주인이 말했다. "아니요. 월요일에 그런 이름의 청년이 방을 구하러 오기는 했어요. 머슬리로 가보라고 했죠."

머슬리는 10킬로미터 떨어진 곳이었다. 마이크는 버스를 타고 그곳에 가서 예닐곱 집을 돌아다니며 물어봤지만 허사였다. 그러다 마침내 어떤 여자가, 필립스라는 이름의 남자가 들렀고, 그래서 리틀 하워드로 가보라고 말했다고 했다. 그래서 마이크는 블레츨리로 돌아왔고, 때는 거의 7시였다. 마이크는 폴리에게 전화를 걸기 위해 곧바로 기차역으로 갔다.

그리고 딜리의 소녀들과 우연히 만났다. "안녕하세요!" 엘스페스가 기뻐하며 말했다. "당신이 어떻게 지내는지 궁금했어요!"

"날마다 파크에서 당신을 찾아봤어요." 조앤이 말했다.

"이 사람이 우리가 말했던 그 미국인이야, 웬디." 마비스가 네 번째 여자에게 말했다. "튜링이 거의 죽일 뻔한 그 사람."

"잘생긴 남자네." 웬디가 마이크를 보고 눈을 깜빡이며 말했다(웬디는 식료품 저장실에서 잔다는 티가 전혀 나지 않았다). "당신을 꼭 만나고 싶었어요!"

"내가 먼저 봤어." 조앤이 말했다.

"튜링이 이 사람을 자전거로 치었을 때 일으켜준 건 나였어." 엘스페스가 소유권을 주장하듯 마이크에게 팔짱을 끼며 말했다.

"얘들아, 얘들아, 이렇게 탐욕을 부릴 때가 아니야." 마비스가 마이크의 다른 쪽 팔에 팔짱을 끼며 말했다. "전시에는 모든 걸 똑같이 공유해야 해." 이 여자들에게서 어떻게 빠져나가지? 마이크는 심지어 말을 할 틈조차 찾을 수가 없었다. "숙소 담당자가 머물 곳을 찾아줬나요?" 마비스가 마이크에게 물었다.

"그랬을 리가 없겠죠." 웬디가 씁쓸하게 말했다. "저는 몇 주 동안이나 그 사람에게 말을 했지만, 몇 달째 빈방이 없다고 하더라고요."

"우리는 웬디가 있을 방을 구하러 나온 거예요." 엘스페스가 설명했다.

"웬디는 복숭아 병조림들 사이에서 자야 할 뿐 아니라, 이제는 숙소 배정 담당자가 웬디에게 룸메이트를 둘이나 붙여놨어요." 마비스가 말했다.

"알비온 스트리트에 빈방이 있다는 소문을 들었어요." 웬디가 마이크에게 말했다. "하지만 가봤더니 벌써 나갔더라고요." 웬디가 한숨을 쉬었다. "어째 안 믿길 정도로 좋은 소식이라고 생각은 했지만."

"그리고 이제 당신은 우리 모두에게 기운 내라고 음료를 한 잔씩 사줘야 해요." 조앤이 말했다.

"그러고 싶습니다만, 안 되겠습니다. 만나야 할 사람이 있어서요…."

"그럴 줄 알았어요." 엘스페스가 슬픈 듯이 말했다.

"예쁜가요?" 조앤이 물었다.

"여자가 아닙니다. 오랜 친구입니다." 마이크가 말했다.

"음, 그러면 금요일에요." 마비스가 말했다.

"네, 금요일에요." 마이크가 말했다. "그리고 빈방 소식을 들으면 꼭 알려드릴게요." 마침내 마이크는 그 여자들에게서 벗어났지만, 시계는 거의 8시를 가리키고 있었다. '제발, 제발. 폴리가 아직 집에 있기를.' 마이크는 생각하며 절룩절룩 기차역으로 갔다.

에일린이 전화를 받았다. "제럴드를 찾았어?" 에일린이 간절히 바라는 목소리로 물었고, 전화 저편에서 뭔가 요란히 부서지는 소리가 들렸다.

“이게 무슨 소리야?” 마이크가 물었다.

“고성능 폭탄. 지금 공습 중이야.”

‘왜 아니겠어.’ 맙소사, 어째 늘 이리도 운이 없을까?

“찾았어?” 에일린이 다시 물었다. “제럴드를 찾았어?”

“아직. 폴리 있어? 좀 바꿔줘.”

커다란 호각 소리 같은 게 나고 다시 무너지는 소리가 들렸다. 폴리가 말했다. “무슨 일이야?” 폴리가 물었다.

“병원에서 같이 있던 사람을 만났어. 텐싱이라는 사람이야.”

“그 사람은 네가 영국인이 아니라 미국인이라는 걸 알겠네. 그래서 정체를 들켰어?”

“아니. 사실 나는 사람들에게 영국인이라고 말하고 다니지 않기로 했었거든. 그러길 다행이었지. 어쨌든 내 생각에 그 친구는 블레츨리 파크에서 근무하는 게 확실해. 내 발 때문에 의사를 만나러 온 거라고 했더니 그 말을 믿더라. 어쨌든….” 마이크는 폴리 쪽에서 들리는 요란한 소리를 뚫고 대화하기 위해 고함을 쳤다. 방공포들이 발사를 시작한 모양이었다. “술집에서 텐싱이 나를 봤고 몇 분 정도 대화했는데, 나보고 아직도 십자말풀이에 관심이 있느냐고 물었어.”

“뭐에 관심이 있느냐고 물었다고? 여기가 좀 시끄러워서 잘 안 들려.”

“십자말풀이!” 마이크가 외쳤다. “난 병원에서 십자말풀이를 했거든. 그리고 술집에서 제럴드를 찾으면서도 그걸 하는 척했어. 텐싱은 내가 아직도 그걸 좋아하는지 물었고, 내가 그렇다고 하니까 나보고 블레츨리에 얼마나 오래 있을 건지를 물었어. 런던에 며칠 가 있어야 하지만 돌아오면 나와 다시 이야기하고 싶다고 했어.”

“그 사람이 다른 말은 안 했어? 십자말풀이에 대해서.”

“했어. 내가 그걸 잘했다고 기억한다며 대부분의 미국인은 영국식 십자말풀이를 할 수 없다고 말했어. 영국 정보부에서 벌써부터 십자말풀이에 스파이 메시지가 담겨 있는지 찾고 있을 가능성이 있을까? 네가 말했던 D-데이 암호 유출 때처럼 말이야.”

“아니. 그 사람은 네게 블레츨리 파크의 직장을 제안하려는 거야. 블레츨리 파크에서는 수학자, 이집트 학자, 체스 선수 등 암호 해독을 잘할 만한 사람들은 누구든 고용했다고 내가 전에 말했잖아. 그리고 십자말풀이를 잘하는 사람들도 고용했어. 심지어 파크는 〈데일리 헤럴드〉가 십자말풀이 경연대회를 열게까지 했어. 그리고 승자들 모두에게 파크의 직장을 제안했어. 하지만 여전히 사람들이 부족했지. 그래서 늘 가능성 있는 사람들을 찾았어. 그 사람이 런던에서 언제 돌아온다고 했어?”

“확실하지 않아. 내일이나 모레.”

“그러면 넌 오늘 밤에 그곳을 떠나야 해.”

“잠깐만. 어쩌면 직장 제안을 받아들이는 게 나을지도 몰라. 제럴드가 블레츨리 파크에 있다면.”

“아니, 그건 끔찍한 생각이야. 그랬다가 너는 절대 그곳을 떠나지 못해. 그곳에서 일하면 비밀을 알게 되기 때문에 직원들을 떠나게 할 수 없었어. 그래서 파크에서 일하던 사람들은 모두가 전쟁이 끝날 때까지 그곳에 있었어. 넌 오늘 밤 그곳을 떠나야 해.”

“하지만 난 막 제럴드의 단서를 찾았는걸.”

“에일린이 너 대신 나머지를 맡아 할 거야. 오늘 밤 기차가 있어? 아마 런던까지 오지는 못할 거야. 공습이 너무 심하거든. 하지만 적어도 블레츨리를 빠져나올 수는 있을 거야.”

“하지만 그렇게 서둘러야 할 이유를 모르겠어. 이제 텐싱이 무슨 말을 할지 아니까 그냥 직장 제안을 거절하면 되잖아. 이미 나는 발 치료를 받고 있다고 말했어. 수술해야 해서 안 된다고 평계를….”

“너무 궁색한 변명이야. 제안하는 직장은 의자에 앉아서 하는 일이야. 딜리 녹스가 다리를 절었다는 걸 잊지 마.”

“뭐, 그럼 그냥 그런 일에 관심이 없다고 말하면 되잖아.”

“됭케르크에 가기 위해 배에 밀항할 정도였던 미국인 기자가, 전쟁에서 가장 흥미로운 첩보전에 참가하는 데에 관심이 없다고? 안 믿을걸.”

폴리 말이 옳았다. 의사의 권고를 무시하고 현장으로 돌아가기 위해 그토록 의지를 불태우던 텐싱 같은 이라면 마이크가 '전장으로 돌아갈' 기회를 거절하는 이유를 전혀 이해하지 못할 것이다. 마이크가 전장으로 돌아가려고 프리차드 의사를 만난다고까지 했으니 더더욱 그랬다. 텐싱은 마이크가 왜 직장 제안을 거절하는지 궁금해하며 그 이유를 조사할 것이다. 그리고 프리차드 의사에 대해 거짓말했다는 사실을 알게 될 것이다.

"넌 당장…." 폴리가 말을 하는데 귀가 먹을 정도로 요란한 기적 소리가 들렸다. '또 폭탄이 터졌군.' 마이크가 생각했지만, 다음 순간 그게 기차 소리라는 걸 깨달았다.

마이크는 손목시계를 보았다. 8시 33분이었다. 옥스퍼드에서 오는 기차였다. "미안, 네가 하는 말을 듣지 못했어. 기차가 들어오고 있어."

"거기서 당장 빠져나오라고 했어." 폴리가 다급하게 말했다. "만약 텐싱이 네게 직장 제안을 할 생각이라면, 이미 네 신원 조회를 하고 있을 거고, 네가 기자가 아니라는 걸 알게 될 거야. 다시 텐싱을 만나는 건 위험해. 게다가…." 날카로운 소리가 들리더니 통화가 끊겼다.

"폴리?" 마이크가 말했다. "폴리?"

"죄송합니다." 교환수가 말했다. "연결이 끊겼습니다. 원하시면 다시 연결해보겠습니다."

하지만 연결이 끊긴 건 폭탄 때문이었고, 전화선이 복구되려면 며칠은 걸릴 것이다. 마이크는 그 점에 다행이라 느꼈다. 만약 폴리와 다시 이야기하게 되면 폴리는 마이크가 그곳을 떠나야 한다고 고집을 부릴 것이다. 그곳을 떠나야 한다는 말은 맞았지만, 오늘 밤에 그럴 필요는 없었다. 텐싱은 아무리 일러도 내일이 되어야 돌아올 것이고, 마이크가 사는 곳을 알지도 못했다. 그리고 마이크는 숙소 배정 사무실을 통해 방을 구하지 않았기 때문에 텐싱이 그가 사는 곳을 알아내기까지는 시간이 걸릴 것이고, 술집과 호텔들을 찾아다니는 동안이면 마이크는 이미 제럴드가 리틀 하워드에 있는지 알아낸 다음일 것이다. "아니요, 다음에 다시 걸겠습니다." 마이크는 교환수에게 말하고 전화를 끊은 뒤 전화 부스에서 나왔다.

기차가 이제 도착한 게 분명했다. 승객들이 플랫폼을 따라 나오고 있었다. 나이 지긋한 육군 장교, 여성 비상 자원봉사대원 둘, 그리고….

맙소사, 퍼거슨이었다. 그리고 그 뒤를 따라 막 기차에서 내린 이는 텐싱이었다. 둘은 아직 마이크 쪽을 보지 않았다. 마이크는 본능적으로 다시 전화 부스로 숨어들어 갔지만, 몸을 숨기는 데는 전혀 도움이 되지 않았고, 기차역을 가로질러 문을 나서는 건 그럴 만한 시간도 없거니와 절룩이는 모습이 눈에 띄지 않을 리 없었다. 마이크는 다른 쪽 문을 통해 전화부스를 나와 아무도 없는 동쪽의 플랫폼으로 들어섰고, 그 끝까지 가서 발소리에 귀를 기울이며 어째야 할지를 생각했다.

폴리가 옳았다. 마이크는 당장 이곳을 떠나야 했다. 하지만 이 기차를 탈 수는 없었다. 지금까지 마이크의 운을 보았을 때, 텐싱이 기차에 모자나 뭔가를 두고 내렸다가 다시 타고, 이곳을 떠나려는 마이크와 마주칠 것이다. 다음 기차를 타야 했다. 11시 10분 기차였지만, 그래도 이곳에서 기다리는 게 나았다. 짐을 찾으러 졸솜 부인 집으로 돌아가다가는 텐싱과 정면으로 만날 수도 있었다. 아니면 딜리의 소녀들이나. 마이크는 사람들 눈에 띄지 않는 이곳에 앉아 기다려야 했다.

하지만 만약 마이크가 짐을 찾아가지 않고 텐싱이 어찌어찌 마이크가 묵었던 곳을 알아낸다면, 짐도 챙기지 않고 갑자기 사라지는 건 아주 의심스러워 보일 것이고, 졸솜 부인은 그런 사실을 떠들어댈 것이다. 만약 마이크가 스파이라고 텐싱이 결론을 내리면, 그건 텐싱에게 잡혀 직장 제의를 받는 것보다 훨씬, 훨씬 더 위험했다. 그리고 설사 텐싱이 그를 의심했고 그래서 일찍 돌아온 것이라 할지라도, 졸솜 부인 집으로 가지는 않을 것이다. 우선 술집부터 가고, 다음으로 호텔들을 찾아볼 것이고, 하숙집들을 찾아다닐 즈음이면, 마이크는 이미 떠난 지 오래이리라.

마이크는 텐싱과 퍼거슨이 역에서 떠나기 충분하도록 플랫폼에서 15분을 더 기다린 다음, 딜리의 소녀들이 사는 집이나 벨 호텔을 지나지 않도록 길을 에두르고, 길을 건널 때면 양쪽을 조심스레 살피면서 졸솜 부인 집으로 서둘러 갔다.

졸솜 부인 집에 도착했을 때는 10시가 지난 뒤였다. '어쩌면 부인은 이미 잠이 들었을 거야. 그러면 메모를 남기고 떠나면 돼.' 마이크가 기대했지만, 자물쇠에 열쇠를 넣기도 전에 졸솜 부인이 문을 열었다. 부인은 앞치마를 하고 행주에 손을 닦고 있었다. "아, 데이비스 씨군요." 그녀가 말했다. "설거지하는데 문에서 소리가 나서 나왔어요. 오늘 저녁은 어땠나요?"

"그리 좋지 못했습니다." 마이크가 졸솜 부인을 따라 부엌으로 가며 말했다. "말씀드렸는지 모르겠지만, 저는 치료를 받으러 여기에 왔습니다. 제 발요. 저는 치료가 가능하리라 생각하며 레이턴 버저드에 있든 그랜홈 의사를 만났지만, 그분은 제 발을 치료할 수 없다고 하면서 뉴튼 패그널에 있는 에버스 의사에게 저를 보냈고, 그분은 제게 수술이 필요하다면서 밴베리에 있는 프리차드 의사에게 보냈습니다." 마이크는 세 의사가 있는 마을 이름을 일부러 틀리게 말했다. 텐싱이 자신을 찾지 못했을 경우 졸솜 부인이 이름과 장소를 헛갈렸을 거라 생각하도록 하기 위해서였다. "문제는, 프리차드 의사는 당장 수술하고 싶어 하는 거죠. 그래서 부인에게 방을 비우겠다는 말을 2주 일찍 할…."

"오, 그건 걱정하지 마세요." 졸솜 부인이 잔과 잔 받침을 닦아 찬장에 넣으며 말했다. "2주 미리 알려달라고 한 건 파크의 하숙생들이 아무 말도 없이 떠나기 때문에 한 말이에요." 부인은 행주를 접어 카운터 가장자리에 널었다. "또는 아예 나타나지를 않고요. 저는 방을 몇 주씩 비우고 기다리기도 했어요. 그리고 제가 그 말을 했더니 숙소 배정 담당자가 뭐라고 한 줄 아세요? 자기는 전혀 모르는 일이라고 하더라고요. 심지어 편지를 보낸 것조차 부인했어요!"

편지. 그날 실험실에서 제럴드는 강하에서 돌아왔을 때 편지를 보냈다고 했다. 그 편지가 머물 장소를 예약하는 내용이었을까? 하지만 제럴드는 가을이 아니라 여름에 올 예정이었다.

'그건 모르는 거야.' 마이크가 생각했다. 7월은 준비용 강하를 한 거였고 임무가 그때일 필요는 없었다. 어쩌면 그래서 준비용 강하가 필요했는지도 몰랐다. 주거지 부족으로 몇 달 전에 미리 준비해야 했기 때문에. 그리고 만약 제럴드의 강하에 시간 편차가 증가했다면, 졸솜 부인은 방을 비워둔 채 기다렸을 것이다. 그래서 블레츨리에서 졸솜 부인에게만 빈방이 생긴 것이었다.

'왜 미리 깨닫지 못했지.' 마이크가 생각했다.

"아침에 떠나실 건가요, 데이비스 씨?" 졸솜 부인이 묻고 있었다.

'아니요, 오늘 밤에요.' 마이크가 말하려 했지만, 밴베리로 가는 기차는 아침에나 있다는 사실이 기억났다. "네. 하지만 프리차드 의사를 먼저 만나야 해서 아마도 부인이 일어나기 전에 떠날 거예요. 들어오기로 하고 나타나지 않았다는 그 하숙생…."

초인종이 울렸다. '맙소사.' 마이크가 생각했다. '텐싱이야. 텐싱을 과소평가하면 안 되는 거였는데.'

졸솜 부인은 앞치마를 벗고 누군지 보러 문으로 갔다. 마이크는 부엌문으로 살금살금 걸어가 문을 살짝 열어보았다. 남자의 목소리, 그리고 졸솜 부인이 그 남자에게 대답하는 소리가 들렸지만, 둘이 무슨 이야기를 나누는지는 들리지 않았다.

현관문이 닫히는 소리가 났다. 마이크는 재빨리 부엌문에서 멀어졌다. 졸솜 부인이 들어왔다. "방을 찾는 사람이었어요."

그게 제럴드면 어쩌지? "돌아갔나요?" 마이크가 묻고는 현관으로 달려가 문을 열고 밖을 살폈지만 어두운 거리에는 아무도 보이지 않았다. "어떻게 생겼나요?" 마이크가 현관문으로 따라 나온 졸솜 부인에게 물었다.

"나이 지긋한 신사였어요." 졸솜 부인은 당황한 게 분명한 목소리로 말했다. "왜 그러나요?"

"어제 프리차드 의사의 병원에서 만난 환자인 줄 알았어요." 마이크가 말하며 속으로 자신을 질책했다. '수상하게 행동한 것에 대해 잘 변명해야 해.' "오늘 그 사람이 들어올 수 있게 오늘 밤에 나간다고 말할 생각이었거든요. 저는 호텔에 가면 돼요."

"저는 그렇게 할 생각이 없어요, 데이비스 씨." 졸솜 부인이 말했다. "더구나 이런 밤에 방을 찾아다니는 사람을 위해서는 더욱더요. 원하시는 만큼 머무르세요." 부인은 계단을 오르기 시작했다. "안녕히 주무세요."

마이크는 계단으로 가서 난간을 잡으며 부인을 막았다. "빈방을 남겨두고 싶지 않아서 그럴 뿐입니다. 오기로 하고 안 왔다는 그 사람….."

"아, 그건 걱정하지 마세요, 데이비스 씨." 졸솜 부인이 그의 손을 도닥였다. "당신이 떠나야 하는 상황을 충분히 이해하니까요. 심각한 수술인가요?"

만약 그렇다고 하면 부인은 걱정에 차 온갖 질문을 해댈 것이고, 심각하지 않다고 한다면 왜 이렇게 서두르는지 말이 안 되었다. 어느 쪽으로 대답하든, 오기로 하고 나타나지 않았다는 그 하숙생에 관한 이야기로 화제가 돌아갈 가능성은 없었다. 하지만 마이크는 그의 이름을 알아야 했다. 11시 10분 기차가 출발하기 전에.

"수술만 하면 다 잘될 거예요." 마이크가 말했다. "숙소 배정 담당자가 그런 실수를 하다니 웃기네요. 대개 그 사람들은 아주 효율적이니까요. 담당자가 오해가 있었다고 했다고 하셨죠? 혹시 부인께서 날짜를 잘못 보셨거나 아니면….."

"절대 아니에요." 노기를 띠며 졸솜 부인이 말했다. "오해요? 숙소 배정 담당자는 자신이 편지를 보냈다는 사실조차 인정하려 들지 않았어요. 여기 편지에 버젓이 서명까지 하고서 말이에요." 부인은 쿵쾅거리며 거실로 가더니 편지를 가지고 왔다. "여기 이름이 확실히 적혀 있잖아요. A. R. 에딩턴 대위라고 말이에요."

졸솜 부인은 마이크의 얼굴에 편지를 들이밀었다. 편지에는 이렇게 적혀 있었다. "1940년 10월 10일에 도착하는 제럴드 핍스 교수를 위한 숙소 제공을 지시함."

20

제2차 세계대전 때는 삶이 하루 단위였습니다….
가장 좋아하는 누군가의 부고를 갑자기 듣게 되곤 했지요.

— *FANY 구급차 운전사*

덜위치, 1944년 여름

스티븐 랭 대위는 다음 2주 동안 메리에게 열아홉 번 전화했다. 메리는 동료들에게 자신이 출동을 나갔거나 물품을 가지러 나갔다고 그에게 말하라고 했다. "아니면 V-1 폭격에 죽었다고 말하든가." 랭 대위가 열여섯 번째로 전화했을 때 격노한 메리는 텔벗에게 말했다. "랭 대위에게 내가 죽었다고 말해줘."

"그런다고 전화를 그만하지는 않을 거야." 텔벗이 말했다. "네가 이러면 상황을 악화시킬 뿐이라는 걸 너도 알지? 남자에겐 얻기 어려운 여자야말로 가장 매력적인 여자라고."

"그래서 넌 내가 랭 대위와 데이트해야 한다고 생각하는 거야? 페어차일드는 내 동료야. 그리고 랭 대위는 페어차일드의 진정한 사랑이고. 걔는 여섯 살 때부터 랭 대위에게 빠져 있었어!"

"난 다만, 네가 도망칠수록 그 사람은 더욱더 널 쫓아다닐 거라는 말을 하는 것뿐이야."

"그래서 넌 내가 어떻게 하면 좋을 거 같아?"

"모르겠어."

메리 역시 어째야 할지 알 수 없었다. 랭 대위와 데이트를 나갈 수 없는 건 확실했다(랭 대위가 메리를 원한다는 사실만으로도 가엾은 페어차일드는 죽을 것처럼 마음 아파했다). 그리고 메리는 전화로 랭 대위에게 말할 엄두도 나지 않았다. 랭 대위는 거절을 아예 받아들이지 않았다.

"난 네가 그 남자랑 데이트를 나가야 한다고 생각해, 트라이엄프." 패리시가 말했다. "그리고 그때를 기회 삼아 그 남자에게 페어차일드와 데이트하라고 설득하는 거야."

청교도들이 미국으로 이주한 시절까지 거슬러 올라가봐도 그건 아주 끔찍한 생각이었다. 당시 존 알덴은 마일스 스탠디시와 데이트하라고 프리실라 멀린스를 설득하려 했지만, 프리실라는 이렇게 말했다. "당신의 생각을 말해요, 존."[14] 메리는 랭 대위에게 "당신의 생각을 말해요, 이졸데."라는 말은 절대로 듣고 싶지 않았다.

메리는 존 알덴이 시간 여행자였는지 궁금했다. 그는 자신이 빠진 혼란 상태에서 어떻게 빠져나오는지 몰랐다. 그리고 지금 상황도 마찬가지로 혼란 상태였다. 지부에 있는 모두가 연관되었으며, 리드와 그렌빌은 메리에게 노발대발했다. "다른 여자의 애인을 훔치는 건 아주 나쁘다고 생각해." 그렌빌은 말했고, 메리가 설명하려 들자 그녀는 덧붙였다. "뭐, 네가 뭔가를 했으니까 이렇게 된 거지."

"쟤 좀 봐." 리드가 페어차일드를 힐끗 보며 속삭였다. "너무나 상심이 커 보여."

페어차일드는 상심이 컸다. 하지만 메리에게 단 한 마디도 질책하지 않았다. 아니, 페어차일드는 메리에게 그 어떤 말도 하지 않았다. 함께 출동을 나갈 때면 '여기에 들것 하나가 필요해!'라든가 '이 사람은 내상을 입었어.'처럼 업무상의 말만 할 뿐 조용했고, 지부에서는 전화 소리가 들리는 곳을 피해 있었지만, 상심한 건 분명했다. 그리고 메리는 그 상심에 분명히 책임이

14 존 알덴과 프리실라 멀린스는 메이플라워호를 타고 미대륙으로 갔고 1622년경에 결혼했다.

있었다. 그건 메리가 이곳에 존재하는 것이 사건들을 변경했다는 뜻이거나 (그건 불가능했다. 역사학자들은 그럴 수 없었다), 또는 메리가 페어차일드와 랭 대위 사이에 끼어든 것이 문제가 되지 않는다는, 즉 메리가 없었어도 둘은 엮일 수 없다는 뜻이었다. 왜냐하면 랭 대위는 죽었기 때문이다.

당연히 랭 대위는 죽었다. 그는 V-1 날개 건드리기를 할 뿐 아니라 폭탄 골목 한가운데에 살았다. 그리고 랭 대위처럼 멋진 젊은이들 수십만 명이 됭케르크와 엘 알라메인과 노르망디에서 죽었다.

'하지만 그러면 페어차일드는 죽고 말 거야.' 메리가 생각했고, 진짜로 그렇게 될까 봐 두려웠다. 제2차 세계대전 때는 누군가를 잃고 위험한 임무에 자원하는 사람이 많았고, 페어차일드라고 그러지 말란 법이 없었다. 그리고 만약 페어차일드가 그렇게 하면 메리는 그게 자기 잘못이라고 느낄 것이고, 랭 대위와 페어차일드의 죽음을 평생 가슴에 안고 살게 될 것이다. 만약 메리가 이곳에 와서 탤벗을 배수구로 밀지 않았더라면 탤벗은 무릎을 접질리지 않았을 테고, 그러면 메리가 탤벗을 대신해 운전하지 않았을 것이고, 랭 대위가 기지로 오는 일은 결코 없었을 것이다.

아니, 그런 일이 없어도 그는 왔을 수 있었다. 어쩌면 랭 대위는 탤벗에게 저녁 식사를 하자고 청했을 것이고, 똑같은 일이 벌어지면서 탤벗이 악당이 됐을 수도 있었다. 아니면 탤벗은 메리와 결국은 가지 못했던 무도회에 가서 미군 병사를 만났는데 그 병사가 나일론 스타킹을 구해주겠노라고 약속했고, 그래서 그 병사에게 스타킹 받을 날을 다시 잡았기 때문에 탤벗은 그날 페어차일드에게 자기 대신 헨던으로 운전해달라고 부탁했을 수도 있었다. 그리고 페어차일드와 랭 대위는 런던으로 가는 길에 사랑에 빠지고, 둘은 전쟁 중에 결혼하고 이후 행복하게 잘 살았을 수도 있었다.

'페어차일드는 랭 대위를 태우고 골더스 그린을 관통해 가거나 아니면 토트넘 코트 로드를 지나다가 둘 다 폭사했을 수도 있어.' 메리가 생각했다. '그리고 어느 쪽이든 간에, 나는 결과를 바꿀 수 없어. 만약 내가 그렇게 할 수 있었다면 네트는 나를 이곳으로 보내지 않았을 거야.'

하지만 역사학자가 사건들에 영향을 미칠 수 없다는 것이 일부러 문제를 일으켜야 한다는 뜻은 아니었다. 그래서 메리는 랭 대위가 전화했을 때 받을 수 없는 상황이 되게 했다. 그녀는 비번일 때는 지부 밖에서 시간을 보냈고, 소령이 다른 지부들에서 계속 구하려 애쓰는 의료품들을 받으러 가겠노라고 자원했다. 그러면서 메리는 랭 대위가 그녀에게 흥미를 잃고 원래대로 페어차일드에게 관심을 돌리기를 바랐다.

하지만 랭 대위는 계속해서 메리에게 전화했다. 페어차일드는 점점 더 야위어갔고, 그 무엇도, 심지어 (모든 사람의 예상을 깨고 소령이 결국 본부에서 배정받은) 새 구급차가 도착했을 때도 FANY들이 '가엾은 페어차일드'에 대해 이야기하는 걸 막을 수 없었다.

그리고 9월 1일, 설상가상으로 소령은 새로운 근무 당번표를 짜면서 기존 파트너였던 메리와 페어차일드를 갈라놓았고, 그로 인해 사람들은 메리와 페어차일드 가운데 누가 파트너를 바꾸어달라고 요청했을까를 두고 끝없이 추측에 추측을 거듭했다.

9월에 V-2 공격이 시작되자 메리는 거의 고맙기까지 했다. V-2 공격으로 인해 다들 딴생각할 겨를이 없었고, 랭 대위가 속한 비행 편대 역시 바빠졌다. 랭 대위의 전화는 뜸해지기 시작했고, 영국 공군이 새롭고 훨씬 더 치명적인 공격을 어떻게 막아야 할지 씨름하면서 결국 더 이상 전화가 오지 않았다.

스핏파이어마저도 V-2를 잡을 가능성이 없었다. V-2는 음속보다 빠른, 시속 6천 킬로미터가 넘는 속력으로 날았고, 목표에 도달하는 데 겨우 4초밖에 걸리지 않았다. 그 결과, 미리 듣고 피신할 만한 사이렌이나 독특한 소리 같은 게 없었다. 유일하게 들리는 소리는 음속 폭음뿐이었으며, 만약 그 소리를 들었다면 그건 이미 폭발에서 살아남았다는 뜻이었다.

V-2 로켓은 갑작스레 나타나 떨어졌고, 그 무시무시한 위력은 상상을 초월했다. 그토록 차분하던 FANY들조차도 실내에 머물렀고, 출동을 나갈 때면 슬쩍슬쩍 하늘을 훔쳐보곤 했다. 수트클리프-히스는 모든 소지품을 지하실에 내려다두었고, 패리시는 지르박 경연에 참여하자는 미군 병사에게 자신은 지부 내에 머물며 머리를 감아야 한다고 말했다.

어느 날 아침, 그들이 출동을 갔다가 돌아오는데 아이들이 여행 가방을 들고 목에는 판지로 된 이름표를 걸고 버스에 타는 모습이 보였다. "무슨 일인 거지?" 메리가 물었다.

"북쪽으로 피난 가는 거야." 챔벌리가 설명했다. "폭격이 미치지 않는 곳으로."

리드가 부러운 듯이 말했다. "나도 같이 갈 수 있으면 좋겠다."

V-2로 인한 피해 역시 끔찍했다. V-2는 집들을 박살 내는 정도가 아니라 전 지역을 완파했다. 그래서 그곳에 원래 무엇이 있었는지 전혀 알아볼 수 없었다. 사고 현장들에서 시신 운구용 차량으로 실어 나르는 사망자 수가 급격히 늘었고, 병원으로 가는 중에 죽는 사람들 수 역시 마찬가지였다. 어떤 사망자들은 9백 킬로그램짜리 폭탄에 의해 산산조각이 나며 시체조차 남지 않았다. 그리고 현장에서 FANY들이 목격하는 장면은 훨씬 더 끔찍하고 이루 말로 표현할 수 없을 정도로 무시무시해졌다.

그러나 한 달이 채 안 되어 그들은 V-2에 익숙해졌고, V-2에 대해 새로운, 하지만 완전히 엉터리인 신화를 고안해냈다. "로켓은 한번 공격한 곳은 다시는 공격 안 해." 메이틀랜드가 선언했다. "자성 때문이야. 그러니 사고 현장에 있는 동안은 완벽히 안전해. 그곳에 가는 건 또 다른 문제지만."

하지만 새로운 주장이 나오며 그 부분을 보강했다. "V-1의 폭격이 끝나고 1시간이 지나기 전에는 오지 않아." 수트클리프-히스가 말했다. 그리고 탤벗은 차량 대기대에서 근무하는 자기 애인 가운데 한 명이 말했다면서, V-2는 추우면 엔진이 작동하지 않고, 그래서 겨울에는 숫자가 줄어들 거라고 했다. 둘 다 틀린 주장이었다. 그래도 덕분에 FANY들은 언제든 자신들이 산산조각이 날 수 있다는 사실을 알면서도 날마다 푹 자고, 일을 하고, 사고 현상에 운전해 갈 수 있었다.

그리고 다시 2주일이 지났을 때, 그들은 예전처럼 옷에 대한 토론(메리의 파란 오건디 드레스는 치마 부분이 찢어졌다. 그래서 찢어진 부분만 수선할지 아니면 그쪽은 가로로 길게 전부 들어낼지를 두고 갑론을박했다)과 남자에 관한 토론으로 돌아갔다. 수트클리프-히스는 브루클린에서 온 제리 워제이욱이라는 이름의 미군 수병을 만났고, 패리시는 디키와 헤어졌다.

불행히도, '가엾은 페어차일드'에 대한 토론도 다시 시작되었다. "네가 다른 사람이랑 약혼하면 어때?" 랭 대위가 다시 전화를 걸기 시작했을 때 리드가 메리에게 제안했다.

"아니면 결혼하거나." 메이틀랜드가 말했다. 너무나 터무니없는 제안들이었다. 그래서 탤벗이 들어와 소령이 메리에게 스트렛햄으로 가서 붕대를 받아오란다는 말을 했을 때, 메리는 안도감이 들었다.

"벨라 루고시를 타고 가야겠지?" 메리가 말했다.

"안 돼. 그건 정비소에 있어. 그리고 리드가 아직 돌아오지 않았어. 그 문어손을 태우고 탱미어에 갔거든. 너 오늘 운이 좋아. 새 구급차를 운전해. 캠벌리가 같이 갈 거야. 캠벌리에게는 차고로 바로 가라고 말할게."

하지만 조수석 문이 열렸을 때, 차에 탄 이는 페어차일드였다. "캠벌리는 몸이 안 좋대. 나보고 대신 가달라고 했어." 페어차일드가 메리에게 말했고, 메리가 차를 차고에서 빼 스트렛햄으로 떠나는 동안 조용히 앉아 있었다. 메리는 랭 대위에 대해 한 번 더 설명해볼까 생각해보았지만, 상황이 더 나빠지기만 할까 봐 겁이 났다.

스트렛햄은 그들에게 붕대 또는 붕대로 쓸 수 있는 린트 천을 전혀 줄 수 없었다. "우리도 거의 다 떨어져가요. 그 무시무시한 V-2 때문에요." 스트렛햄 지부의 FANY가 그들에게 말했다. "크로이던에 연락을 해뒀으니 그곳으로 가세요."

크로이던? 크로이던은 다른 그 어떤 지부보다도 더 많은 로켓 공격을 받았으며, 메리가 암기한 영역 밖에 있었다. "노베리에서 받아 갈 수는 없나요?" 메리가 물었다. "거기가 훨씬 더 가까워요."

스트렛햄 지부의 FANY는 고개를 저었다. "그쪽은 우리보다 더 심각해요. 크로이던에 전화했더니 준비해놓겠다고 했어요. 그러니 기다리지 않아도 될 거예요."

그건 다행이었다. 그리고 1944년에는 폭격당한 구급차 지부가 없었다. 하지만 그곳까지 가는 길과 돌아오는 길이 걱정되는 건 마찬가지였다. '그

곳까지 아주 빠르게 운전해 가고, 독일군이 오늘 밤에는 영국 정보부에 관심을 안 두길 바랄밖에.'

적어도 페어차일드가 말을 해 주의를 흐트러뜨릴 염려는 없었다. 페어차일드는 냉담하게 앉아 있었다. 그리고 메리는 대화할 여유가 없었다. 그녀는 칠흑 같은 어둠 속에서 길을 찾느라 온 정신을 집중해야만 했다. FANY들은 오늘 밤 사고들을 처리하느라 끔찍한 시간을 보낼 것이다. 달빛은 전혀 없었고, 10월의 짙은 안개는 전조등 빛을 집어삼킨 것만 같았다. 앞이 전혀 보이지 않았다.

크로이던의 지부를 찾아가는 데는 1시간이 넘게 걸렸으며, 근무 중인 FANY는 준비해뒀다는 보급품이 어디에 있는지 알지 못했다. "따로 챙겨뒀다는 건 알아요." 그녀는 모호하게 말했고, 사이렌이 세 번 울리는 동안 사방을 찾아다녔다. 결국 그녀는 다른 상자에서 붕대와 린트 천을 꺼냈고, 메리에게 요청서를 다시 쓰게 했다.

메리가 모든 일을 마쳤을 때, 페어차일드는 구급차의 운전석에 앉아 있었다. 메리는 가는 길을 아니까 자기가 운전하겠노라고 말할까 생각했지만, 페어차일드의 표정을 보고는 그러지 않는 게 낫겠다고 결정했다. 괜히 말다툼하느라 시간만 낭비할 것이고, 메리는 다시 사이렌이 울리기 전에 그곳을 벗어나고 싶었다.

메리는 조수석에 앉았고, 페어차일드는 크로이던의 깜깜한 번화가를 지나 덜위치로 가는 도로로 들어섰다. '좋았어.' 메리가 생각했다. '이제 10분 뒤면 내가 암기한 안전한 곳으로 돌아갈 수 있어.'

페어차일드는 구급차를 길옆으로 가져가 세웠다. "뭐 하는 거야?" 메리가 물었다.

페어자일드는 엔진을 <u>끄고</u> 핸드브레이크를 당겼다. "내가 캠벌리에 대해 한 말은 거짓말이었어." 페어차일드가 말했다. "근무를 바꾸자고 내가 부탁했어. 너랑 같이 가려고. 너랑 이야기해야 했어, 메리." '메리라니. 트라이엄프도 드 하빌랜드도 아니고, 심지어 켄트도 아니야.' "네가 아직도 나랑 말을 섞고 싶다면 말이야." 페어차일드의 목소리가 떨렸다. "내가 너에게 너무 못되게 굴었잖아. 나랑 이야기할래?”

　너무 어두워 페어차일드의 얼굴이 보이지 않았지만, 메리는 그녀의 목소리에 배인 초조함을 느낄 수 있었다. “물론이지.” 메리가 말했다. “넌 못되게 굴지 않았어. 그리고 설사 그랬다 해도 난 너를 탓하지 않아. 하지만 지부에 돌아가서 이야기하면 안 될까?’ ‘아니면 적어도 로켓이 어디에 떨어지는지 암기한 영역 안에서라도?’

　“아니.” 페어차일드가 말했다. “지금 당장 해야 해. 어제 메이틀랜드와 함께 울버스-크로프트 로드의 파괴된 집 잔해에서 열세 살짜리 소년을 꺼냈어. V-2였지. 아이 어머니는 죽었어. 직격이었기 때문에 아이 어머니는 아무것도 남지 않았어. 아이는 어머니가 자기를 앤더슨에 자게 해서 화가 났었다며 계속 흐느꼈어. 그러면서 어머니를 늙은 암소라 부른 걸 후회한다고, 사과했어야 했다고 말했지. 그 아이를 보니 너무 마음이 아팠어. 그리고 우리 둘 중 누구든 당장에라도 죽을 수 있으니 너무 늦기 전에 상황을 바로잡아야 한다고, 그게 얼마나 중요한 일인지를 깨닫기 시작했어.”

　“바로잡아야 할 건 없어.” 메리가 말했다. “적어도 좀 더 따뜻한 곳에 가서 이야기하자. 노베리의 라이언스에 가자. 거기서 차를 한잔하면서….”

　“지금까지 내 행동에 대해 사과부터 하기 전에는 안 돼. 스티븐이 내가 아닌 너에게 반한 건 네 잘못이 아니야….”

　“랭 대위는 나에게 반한 게 아니야. 그냥 내가 자기랑 데이트하길 거절하니까 흥미가 생긴 것뿐이야.”

　“하지만 내 생각은 달라. 넌 스티븐이랑 데이트를 해야 해. 스티븐이 너에게 반하는 게 텔벗처럼 마음에 상처를 줄 수 있는 사람에게 반하는 것보다 훨씬 낫다고 생각해.”

　“랭 대위는 나에게 반한 게 아니라니까.” 메리가 강조해 말했다. “그리고 나 역시 랭 대위에게 반한 게 아니고.”

　“네 감정을 속일 필요 없어. 네가 스티븐을 바라보는 눈길을 난 봤어.”

　“사랑에 빠진 사람은 아무도 없어. 그리고 난 랭 대위와 데이트할 마음도 없고. 그 사람은 네….”

“아니. 스티븐은 나를 영원히 자기 여동생으로만 여길 거야. 난 스티븐이 군복을 입은 나를 보면 내가 다 컸다고 여길 거라 생각했어. 하지만 스티븐은 언제나 나를 양갈래 머리를 한 여섯 살짜리 꼬맹이로 볼 거 같아. 그건 네 잘못이 아니야, 메리. 그리고 난 이 일 때문에 우리 우정을 망치기 싫어. 너와의 우정은 내게 아주 중요하고, 만약 무슨 일이 생겨서….”

“쉿.” 메리가 말하며, 비록 어두워 보이지 않겠지만 페어차일드의 말을 막으려고 손을 들어 올렸다.

“아니야, 나는 이 말을 꼭 해야만….”

“쉿.” 메리가 강하게 말했다. “들어봐. V-1 소리를 들은 거 같아….”

21

그럼, 서두르세요. 너무 늦었으니까요.

— 윌리엄 셰익스피어, 《로미오와 줄리엣》

런던, 1940년 12월

수요일, 폴리가 햄스테드 히스에 다녀왔을 때 마이크가 블레츨리에서 전화해 텐싱을 보았다고 말했고, 폴리는 즉시 블레츨리를 떠나라고 했다. 그건 늦어도 금요일 아침까지는 마이크가 돌아온다는 뜻이었지만, 그는 돌아오지 않았다. 금요일 오후가 되었을 때까지도 마이크는 돌아오지 않았고, 전화도 없었으며, 편지도 없었다. 폴리는 걱정되어 거의 미칠 지경이었다. 마이크는 어디에 있단 말인가?

'블레츨리를 빠져나오기 전에 텐싱이 마이크를 발견한 거야.' 폴리가 생각했다. '그리고 자기 밑에서 일하라고 말을 한 거야. 마이크는 신원 조회를 절대로 통과하지 못할 거야.'

"극단이 《크리스마스 캐럴》 공연할 거라고 마이크에게 말 안 했지?" 에일린이 물었다. "아마도 우리가 연극 연습하는 동안 전화했을 거야. 마이크가 다시 전화할 수도 있으니 오늘 밤에 내가 집에 있을게."

하지만 마이크는 금요일 밤에도 전화하지 않았고, 주말에도 연락이 없었으며, 폴리는 에일린 역시 자기만큼이나 걱정한다는 것을 알았다. 에일린은 사소한 일에도 민감한 반응을 보이고 쉽게 신경질을 냈으며, 모든 희망이 없을 때조차 내놓던 낙관적인 이론이나 주장을 더는 말하지 않았다.

에일린은 거의 아무 말도 하지 않았고, 전혀 잠을 자지 않았다.《크리스마스 캐럴》연습 때문에 그들은 디스트릭트 선 플랫폼의 비상계단을 포기해야 했고, 도밍 씨의 코 고는 소리에 잠을 깰 때마다 폴리는 에일린이 늘 플랫폼 벽에 기대 무릎을 끌어안고 멍하니 허공을 보는 모습을 보았다.

폴리 역시 이후 며칠 밤 동안 제대로 잠을 이루지 못했다. 폴리는 몇 시간이고 마이크가 전화하지 않거나 편지를 보내지 않는 그럴듯한 이유를 떠올리려 애썼다. '제럴드를 찾은 거야.' 폴리는 생각했다. '단서를 찾았다고 했잖아.' 만약 마이크가 블레츨리를 떠날 때 제럴드를 찾았고, 그래서 둘이 옥스퍼드로 돌아간 거라면?

그럴 리 없었다. 만약 그랬다면 구조팀이 이곳에 벌써 왔을 것이다. 편차가 있는 게 아니라면. '또는 마이크가 만난 건 제럴드가 아니라 텐싱이고, 그래서 체포된 것일 수도 있어.'

'마이크는 자신이 어떤 위험에 처했는지 알아.' 폴리가 생각했다. '거기에 계속 머물러 있을 만큼 멍청하지 않아. 런던으로 돌아오는 게 어려울 뿐이야. 내일 아침이면 도착할 거야.'

마이크는 오지 않았다. '만약 월요일까지도 연락이 없으면, 블레츨리로 가서 마이크에게 무슨 일이 생겼는지를 알아봐야겠어.' 폴리가 생각했다.

하지만 만약 마이크에게 아무 일도 없고, 폴리와 에일린이 블레츨리에 가는 행동이, 그리고 그곳에서 마이크의 행방을 묻고 다니는 행동이 마이크 또는 울트라 작전을 위험에 빠뜨리게 된다면? 또는 마이크가 이미 울트라 작전을 위험에 빠뜨렸다면? 아직 폴리가 알기론 커다란 불일치는 없었다. 사우샘프턴과 버밍엄과 해머스미스의 공습 방공호는 모두 예정대로 폭격당했다. 하지만 화요일의 공습은 예정보다 10분 일찍 시작되었고, 금요일에는 오들리 스트리트의 불발탄 때문에 타운센드 브라더스 백화점이 2시간 동안 소개(疏開)되었지만, 폴리의 임플란트에는 그런 불발탄 정보가 없었다.

'터지지 않아서 그런 거야.' 폴리가 생각했다. 그리고 불발탄을 제거하는 동안 방공호에서 기다리며, 폴리는 구조팀에게 보낼 메시지 작성에 억지로 집중했다. '분실, 노팅힐게이트역 근처, 코커스패니얼, 폴리라 부르면 대답함. 카들 스트리트 14번지 오릴리에게 연락 바람.' 그리고 '사랑하는 T에게, 안타깝게도 예정대로 옥스퍼드에 갈 수 없었어. 일요일 10시에 피터 팬 동상 앞에서 만나.'

"하지만 만약 마이크가 일요일에 오면…." 에일린이 항의했다. "우리가 켄싱턴 가든스에 가 있으면 우리를 못 찾잖아."

"우리가 아니라 나야. 나만 사랑하는 테렌스인지 팀인지 시어도어인지를 만나러 갈 거야. 이건 낭만적인 데이트 약속이잖아. 만약 마이크가 도착하면 너희 둘이 나를 데리러 오면 돼."

에일린은 뭔가 반대를 할 것처럼 보였지만, 고개를 돌리고 다시 애거사 크리스티를 읽기 시작했고, 일요일이 되었을 때 폴리와 함께 가겠다고 억지를 부리지 않았다.

켄싱턴 가든스는 낭만적인 만남에 그리 어울려 보이지 않았다. 라운드 연못 양쪽으로 방공포 두 대가 있었고, 반 무한궤도 장비를 한 장갑차들이 풀밭을 채웠으며, 공원 주위를 둘렀던 빅토리아 시대 난간들은 사라졌다. 아마도 고철 수집 운동에 보내진 듯했다.

피터 팬 동상이 있는 지역 주위로는 가느다란 참호들이 너무나도 많이 파여 있었기에, 폴리는 동상이 안전을 위해 옮겨지지 않았을까 걱정했지만, 동상은 숲속 작은 공터에 여전히 있었다. 요정들과 숲의 생물들이 기어오르는 모습을 표현한 받침대 역시 그대로였다. 만약 고드프리 경이 이곳에 있었다면 J. M. 배리에 대해 뭔가 날카로운 한마디를 날렸을 것이다.

하지만 고드프리 경은 이곳에 없었고, 구조팀 역시 마찬가지였다. 폴리는 손목시계를 힐끗 보았다. 아직 10시가 되지 않았다. 폴리는 다가오는 사람들이 잘 보이는, 동상 건너편의 벤치에 앉아 기다렸다.

10시가 되고 또 지났지만 아무도 나타나지 않았다. 심지어 아이들이나 유모차를 미는 보모들조차 없었다. 그리고 15분이 지났을 때, 폴리는 에일린을 데리고 오지 않은 게 너무나 아쉬웠다. 이곳에 앉아 있으며 시간을 보내자니 온갖 생각이 다 났다. 마이크가 돌아오지 않으면 어쩐다? 강하가 절대로 열리지 않는다면, 그리고….

갑자기 왼쪽 덤불 너머로 뭔가 움직이는 게 얼핏 보였다. 새인가? 아니면 누군가가 거기 서서 폴리를 지켜보는 건가? 구조팀일 리는 없었다. 구조팀이라면 폴리를 알아보자마자 모습을 드러냈을 것이다. 날치기인가? 아니면 그보다 더 나쁜 상황인가?

폴리는 이곳이 얼마나 외떨어져 있는지를 갑자기 깨달았다. 하지만 지금은 늦은 아침이었고, 소리 지르면 들릴 거리에 군인들이 있었다. 하지만 만약 영국 정보부가 이 광고에 뭔가 수상한 점이 있다고 생각했다면? 폴리가 만나려는 사람이 누군지 지켜보고 있다면? 광고에 뭔가 수상한 내용이 있었나? 폴리 생각에는 그렇진 않았다.

폴리는 기다리는 연인이 늦는 사람처럼 행동해야만 했다. 그녀는 손목시계를 힐끗 보았고, 얼굴을 찡그리며 일어서 누군가를 찾는 것처럼 오솔길을 따라 잠깐 걸었고, 희망에 찬 듯하지만 동시에 살짝 짜증이 난 표정을 지어 보이며 다시 동상 쪽으로 다가왔다.

덤불에는 분명히 누군가가 있었다. "누구세요?" 폴리가 외쳤다. "거기 누구세요?"

숨죽인 정적. 마치 누군가가 숨을 참고 있는 듯했다.

"거기 있는 거 알아요." 폴리가 말했고, 덤불에서 에일린이 나왔다. "에일린? 여기서 뭐 하는 거야? 마이크가 돌아왔어?"

"아니. 네가 낸 광고에 누가 오는지 보고 싶어서 왔어. 리케트 부인에게 우리가 어디에 있을지 말했고, 리어리 부인을 통해서도 마이크에게 메모를 남겼어."

하지만 그건 에일린이 왜 덤불에 숨어 있었는지를 설명하지는 못했고, 에일린도 그걸 깨달았는지 덧붙여 말했다. "하지만 난 동상을 찾을 수 없었고, 헤매다 덤불로 들어가게 된 거야." 그건 절대로 진실이 아니었다. 피터 팬 동상으로 가는 길을 가리키는 이정표는 잉글랜드에서 유일하게 제거되지 않은 이정표였다. 또한 비록 아직 이유는 몰라도 에일린은 뭔가 죄지은 표정이었다.

"무슨 일이야?" 폴리가 물었다. "진짜로 왜 온 건데?"

"에일린!" 마이크가 외쳤다. "폴리!"

마이크는 손을 흔들며 절룩절룩 오솔길을 걸어 둘을 향해 다가왔다.

'마이크. 오, 다행이야. 죽지 않았어.'

"마이크!" 에일린이 외치며 그에게 달려갔다. "돌아왔구나! 다행이야. 너무나 걱정했었어!"

"텐싱이 널 발견한 건 아니지?" 폴리가 초조해하며 물었다.

"응."

"그러면 어디에 있었어?"

"옥스퍼드."

"옥스퍼드?" 에일린이 깜짝 놀라 헐떡이며 말했다. "세상에, 제럴드를 만났구나! 다행이야."

"아니, 아니, 지금의 옥스퍼드. 1940년. 미안해." 에일린의 실망하는 표정을 보고 마이크가 당황하며 말했다. "그런 희망을 품게 하려는 의도는 아니었어. 제럴드를 찾지 못했어. 나는…."

폴리가 말을 잘랐다. "처음부터 다 듣고 싶어." 폴리가 큰 소리로 말했고, 이윽고 속삭였다. "하지만 여기서는 말고. 다른 사람들이 들을 수 없는 곳에 가서. 가자. 적당한 장소를 알아."

폴리는 마이크의 팔짱을 끼고 오솔길로 이끌며 밝게 이야기했다. "우리는 네가 안 돌아오는 줄 알았어. 그렇지, 에일린?"

"응. 네가 어느 기차를 타고 올지 말을 했다면…." 에일린이 장단을 맞추며 말했다. "우리가 마중 나갔을 거야."

"나도 몰랐는걸." 마이크가 말했다. 그는 목소리를 낮춰 속삭였다. "무슨 일이야? 거기서 누군가가 우리를 지켜보고 있던 거야?"

'에일린이 그랬지.' 폴리가 생각했다. "아니." 폴리가 말했다. "하지만 가벼운 입 때문에 배가 가라앉을 수도 있으니까. 가자."

폴리는 그들을 이끌고 참호들을 지나 중앙에 커다란 기념비가 있는 넓은 잔디밭으로 갔다. 이곳이라면 어느 쪽에서 사람이 오든 볼 수 있을 것이다. "좋아." 폴리가 기념비 계단에 앉으며 말했다. "이제 이야기를 해도 되겠네."

"가벼운 입 때문에 배가 가라앉는다니 그게 무슨 말이…?" 마이크는 말을 멈추고 기념비 주위의 조각상들을 응시했다. "맙소사. 저게 뭐지?"

"앨버트 기념비. 아마 잉글랜드 전체에서 가장 추한 기념비일 거야." 폴리가 코끼리와 물소 그리고 기념비 주위를 빙 둘러 모인 반라의 처녀들, 그리고 맨 위에서 책을 읽는 앨버트 왕자를 보고 즐겁게 웃었다. 폴리는 마이크가 런던탑에 갇히거나 죽지 않아서 안심되었고, 현기증이 날 정도로 기뻤다.

"끔찍하네. 저건 대공습에 파괴되지 않는 거야?" 마이크는 희망을 품고 물었다.

"응. 약간 손상될 뿐이야. 독일군이 폭격하기 쉽도록 누군가가 커다란 화살표로 저걸 가리켰는데도 말이야."

"그 방법이 먹혀들어 가지 않아 안타깝네." 마이크가 여전히 경악해 바라보며 말했다. "맙소사, 저거 물소야?"

"저게 뭐든 무슨 상관이야." 에일린이 조바심 내며 말했다. "무슨 일이 있었는지, 그리고 옥스퍼드에는 왜 갔는지 차근차근 이야기해봐."

"알았어. 너희에게 전화로 텐싱에 관해 이야기한 뒤 나는 짐을 가지러 졸솜 부인 집으로 돌아갔는데, 부인은 내게 빌려준 방이 원래는 제럴드에게 빌려주기로 한 거였다고 말했어."

"그게 제럴드의 방이었어?" 폴리가 말했다.

"응. 제럴드는 두 달 전에 오기로 되어 있었는데 아예 나타나지 않았대. 그래서 나는 제럴드가 오는 중에 무슨 일이 있었는지 알아보기 위해서 옥스퍼드로 갔어."

"그리고?"

"제럴드는 아예 오지 않았어. 도착하쭉 날 밤 옥스퍼드의 마이터 호텔에서 묵기로 예약했지만, 그곳에도 나타나지 않았어."

"편차가 증가한 탓에 늦게 도착했을 수도 있어." 에일린이 말했다. "그래서 옥스퍼드에 들르지 않고 곧장 블레츨리로 가기로 했을지도 몰라."

마이크는 고개를 저었다. "제럴드는 마이터 호텔의 자신에게 소포를 보냈어. 하지만 그것도 찾으러 오지 않았어."

"그 소포 안에 뭐가 있는지 알아?" 폴리가 물었다.

"응. 그것 때문에 이렇게 오래 걸린 거야. 훔치느라 한참 걸렸거든." 마이크는 주머니에서 종이 다발을 꺼내 기념비 계단들에 늘어놓았다. "이건 제럴드의 신분 증명용 서류들이야. 추천서, 성적표, 기밀 사항 취급 허가증 등 신원 조회를 통과하는 데 필요한 건 전부 다 있어. 그리고 기차표와 돈도. 그리고 어머니가 아프다고 노섬브리아에서 누나가 보낸 편지도. 주소는 졸솜 부인 집으로 되어 있어." 마이크는 그것들을 보았다. "제럴드는 오지 않은 게 분명해."

'네트가 통과시키지 않은 거야.' 폴리가 생각했다. '그건 안전판이 아직 작용한다는 뜻이야.' 하지만 꼭 그런 뜻이 아닐 수도 있었다. 그냥 제럴드를 보낼 수 있는 옥스퍼드가 더는 존재하지 않는 걸 수도 있었다.

폴리는 에일린이 이 소식을 어떻게 받아들이는지 초조한 눈으로 살폈지만, 그녀는 전혀 당황한 것 같지 않았다.

'믿지 않기 때문이야.' 폴리는 생각했다. '곧 에일린은 던워디 교수님이 제럴드의 임무 일정을 재조정한 게 분명하다고, 제럴드에게 그 소포가 필요할 테니 소포를 훔쳐 온 건 잘못이라고 말할 거야.'

하지만 그 말은 에일린이 아니라 마이크의 입에서 나왔다. "소포를 돌려놓을 생각이었지만, 안에 든 내용물을 보고는 호기심에 찬 호텔 직원이 열어보지 않게 하는 게 낫겠다고 생각했어."

"마이터 호텔에서 그게 없어진 걸 알아차리지 않을까?"

"아니. 나는 내 모직 조끼를 갈색 종이에 싸서 선반에 다시 몰래 올려두었어. 그러느라 시간이 정말 오래 걸렸어. 아무리 노력해도 제대로 끈으로 묶을 수가 없더라. 그리고 주머니에 노팅힐게이트역 표를 넣어뒀어. 그러니 만약 제럴드가 정말로 강하해오면 어디에서 우리를 찾아야 할지 알 거야.”

“만약 제럴드가 런던에 올 수 있다면 말이지.” 계단에 있는 돈을 바라보며 폴리가 말했다.

“런던까지 올 기차표를 사기 충분한 돈도 주머니에 넣어두었어.” 마이크가 말했다. “원래는 돈을 전부 다 두고 올 생각이었지만, 우리 상황도 어려우니 다른 방법을 찾을 때까지는 이걸 가지고 있는 게 낫겠다고 생각했어. 아마도 구조팀은 나타나지 않았겠지?”

“응.” 에일린이 말했다. “다프네에게서는 아무 소식도 없었어?”

“모르겠어. 리어리 부인네에 아직 안 가봤거든. 너희를 찾으러 곧장 리케트 부인 집으로 갔었어. 집에 돌아가면 확인해볼게. 하지만 만약 제럴드의 강하가 열리지 않았다면, 우리 구조팀의 강하 역시 사용할 수 없을 거고, 따라서 구조팀이 왜 여기 없는지도 설명이 돼. 그러나 만약 그런 일이 일어났다면 옥스퍼드는 뭔가 잘못되었다는 사실을 알 테고, 우리를 이곳에서 꺼낼 방법을 찾기 시작할 거야. 우리는 금방 집에 돌아갈 거야. 우리는 구조팀이 이곳에 왔을 때 우리를 찾을 수 있도록만 하면 돼. 그러려면 우리는….”

“과연 금방 집에 돌아갈까?” 에일린이 도전하듯 물었다. “아니면 전쟁이 끝날 때까지 여기 있게 될까, 폴리?”

“전쟁이 끝날 때까지?” 마이크가 말했다. “무슨 말을 하는 거야? 우리가 얼마나 이곳에 있을지 어떻게 알….”

“폴리는 알아.” 에일린이 말했다. “이미 이곳에 있었으니까.” 에일린은 폴리를 돌아보았다. “그래서 너는 파젯스 백화점에서 나를 발견한 날 밤 백베리의 장원이 내 첫 임무인지를 물은 거잖아. 너처럼 나도 데드라인이 있을지 두려웠기 때문에.”

“데드라인?” 마이크가 말했다. “너 이곳에 왔었어, 폴리?”

“응.” 에일린이 계속 폴리를 바라보며 말했다. “마이크 네가 진주만에 먼저 갔는지 내게 물은 것도 그 때문이었어. 너도 데드라인이 있을까 봐 걱정되었던 거지. 그리고 편차의 증가는 폴리의 데드라인이 되기 전에 우리가 돌아갈 수 없다는 뜻이고.”

‘에일린과 에일린의 추리 소설들을 얕잡아보다니 내가 멍청했어.’ 폴리
가 생각했다.

지난 몇 주 동안 폴리는 에일린이 충격을 받을까 봐 걱정되어 진실을
숨겨왔지만, 에일린은 차분히 증거를 수집하여 하나로 꿰었다. ‘하지만 에
일린은 데드라인이 언제인지는 알지 못해….’

“무슨 말인지 모르겠어.” 마이크가 말했다. “블레츨리 파크에 간 적이 있
냐고 물었을 때 너는 간 적 없다고 했잖아.”

“블레츨리 파크가 아니야.” 에일린이 말했다. “전승 기념일이야.”

“‘전승 기념일’?”

“응.” 에일린이 싸늘한 표정으로 말했다. 에일린은 몸을 돌려 폴리를 똑
바로 보았다. “그래서 우리가 옥스퍼드에서 만났을 때 넌 내게 그때로 갔다
가 돌아온 거냐고 물은 거잖아. 그리고 우리가 전승 기념일에 간 역사학자
가 누군지 묻자 네가 주제를 바꿨던 것도 그 때문이고. 너는 그곳에서 나를
본 거야, 그렇지?”

에일린이 아는 게 전승 기념일뿐인 한, 괜찮았다. 폴리는 전승 기념일
에 대해서는 말할 수 있었다.

“에일린 말이 사실이야?” 마이크가 물었다. “전승 기념일에 이곳에 있었
어, 폴리?”

“응.”

“맙소사.”

“그리고 너는 그곳에서 나를 보았고.” 에일린이 말했다.

폴리는 마지못해 대답한다는 인상을 주려고 일부러 머뭇거렸다. “응.”

“왜 우리에게 말 안 했어?” 마이크가 물었다.

“난… 우선, 옥스퍼드에서는, 난 에일린이 내게 화를 내는 걸 원하지 않
았어. 난 던워디 교수님이 에일린을 전승 기념일에 보내지 않으려 한다는
걸 몰랐어. 나는 에일린이 내가 그 임무를 자신에게서 빼앗아 갔다고 생각
하는 걸 원치 않았어. 그리고 우리 강하들이 열리지 않는 걸 알았을 때, 우
리는 이미 너무나 많은 문제에 직면해 있었고, 너희가 너무나 충격을 받은

상태라서 걱정을 보태고 싶지 않았어.”

“하지만 우리가 알았더라면….” 마이크가 말을 시작했다.

“알았더라면, 뭐? 알았더라도 뭔가 할 수 있는 게 없었어.” 폴리는 더 질문을 하지 못하게 할 요량으로 화를 내며 말했다. “그리고 이미 너희들은 걱정거리가 잔뜩 있는 상황이었고.”

“에일린을 봤다고 했잖아.” 마이크가 말했다. “에일린이었던 거 확실해? 그때 만나서 이야기했어?”

“아니, 먼발치에서 봤어. 전승 기념일 전날 밤의 트래펄가 광장은 사람들로 붐볐어. 에일린은 사자상 가운데 하나 옆에 서 있었어. 공습 때 코가 깨진 사자상.”

“전승 기념일에 트래펄가 광장에 있었구나.” 마이크가 말했다. “언제 온 거야?”

폴리가 재빨리 생각했다. 전승 기념일 이틀 전에 왔다고 말하면 절대로 믿지 않으리라. “4월 8일.” 폴리가 말했다. “마지막 몇 주 동안 전쟁의 기운이 잦아드는 걸 관찰하러 갔어. 국방성에서 타자수로 일하는 해군 부대원으로 행세했어.”

“타자수.” 에일린이 말했다.

“응.”

“4월 8일.” 마이크가 말했다. “그러면 4년이 남았으니까….”

“4년 5개월이야.” 에일린이 말했다.

“그러네.” 마이크가 말했다. “거의 4년 반이 남았어. 그리고 내가 편차 증가를 이야기했을 때는 몇 달이었지 몇 년이 아니었어. 우리는 네 데드라인 훨씬 전에 돌아갈 거야, 폴리.”

“그게 언제인데?” 에일린이 물었다.

마이크는 놀란 눈으로 에일린을 바라보았다. “폴리가 방금 말했잖아. 4월 8일에 왔다잖아….”

“거짓말하는 거야. 데드라인은 그날이 아니야.”

침묵이 돌았고, 이윽고 마이크가 말했다. “에일린 말이 사실이야, 폴리?

너 거짓말하는 거야?”

“응.” 에일린이 대신 대답했다. “내가 공포정치와 바스티유 습격 임무의 순서가 바뀐 역사학자가 있다고 폴리에게 말했을 때, 폴리는 얼굴이 완전히 창백해졌어. 그리고 그 두 시대는 겨우 4년 2개월밖에 떨어져 있지 않아.”

‘그리고 나는 고드프리 경이 늘 말하던 것과는 달리 훌륭한 배우는 절대로 아니고.’ 폴리는 자신이 4월보다 일찍 왔다고 말하지 않은 것을 후회했다. “내가 걱정했던 건 진주만이지 결코….”

“잠깐.” 마이크가 말했다. “진주만? 바스티유 습격? 너희 둘이 무슨 말을 하는지 전혀 못 알아듣겠어. 설명해줘.”

폴리가 말했다. “편차 증가가 문제일 수도 있겠다고 너와 대화를 한 뒤, 나는 어쩌면 던워디 교수님이 모든 임무를 시간순으로 조정했겠다는 생각이 들었어.”

“시간순? 맞아. 교수님은 내 모든 임무를 시간순으로 재배치했어. 그래서 내가 너희에게 전화했을 때 내 강하의 순서를 물은 거구나.”

“응.” 폴리는 에일린의 메모 그리고 편차 증가가 몇 달 이상일 수 있다는 자신의 결론에 관해 설명했다. “그리고 나는 겁이 났어. 대공습에서 가장 심한 폭격은 1월 1일 이후에 있는데, 우리는 그게 언제, 어디서 있는지조차 몰라. 그리고 1월부터는 하숙집이 안전한지조차 확신이 없어.” 그건 진실이었기에 변명으로 삼기에 적당했다.

‘내 말에 넘어갔으면 좋겠는데.’ 폴리가 생각했다.

“단지 그 이유만이 아니야.” 에일린이 차갑게 말했다. “폴리에게 설명해보라고 해. 만약 국방성에서 타자수였다면 어떻게 구급차 운전을 할 줄 아느냐고 말이야. 내가 옥스퍼드에서 폴리를 만나 운전을 배워야 한다고 하니까 자기가 가르쳐주겠노라고 했어. 다임러를 말이야. 왜냐하면 구급차들은 모두 다임러였거든.”

“런던 대공습 준비과정에서 배운 거야.” 폴리가 말했다. “나는 민방위대를 공부했어….”

“그리고 홀본 지하철역 플랫폼에서 FANY들을 보고 왜 달아났는지도 설명해보라고 해. 폴리는 지난 임무를 하면서 그 사람들 가운데 일부를 만났기 때문이야. 해군 여성 부대원을 보고는 한 번도 달아난 적이 없어."

'나는 에일린이 마이크가 걱정되어 초조해한다고 생각했지만, 사실 그 내내 애거사 크리스티의 소설에 나오는 탐정 행세를 하고 있었던 거구나.' 폴리가 생각했다. '에일린을 과소평가했어. 그렇지만 에일린이 모든 걸 다 알아낼 수는 없어.'

"그리고 구조팀을 만나러 세인트폴 대성당으로 간다고 하고 실제로는 어디에 갔는지도 설명해보라고 해." 에일린은 폴리를 바라보았다. "내가 국립 미술관에 갔을 때, 비가 억수로 내려서 콘서트는 1시에야 시작되었어. 그래서 나는 콘서트 시작 전에 세인트폴 대성당에 가서 너를 만나는 게 좋겠다고 생각했어. 하지만 너는 그곳에 없었어."

"아니, 있었어. 우리는 아마도 아슬아슬하게 서로를 만나지 못한 걸 거야. 세인트폴 대성당은 엄청나게 크고 예배당이며 구획된 공간들이 아주 많이 있으니까…."

"나는 네가 들어오는 걸 봤어. 안내서를 사고 바닥에 주화를 흘리는 것도. 쟤는 흠뻑 젖어 있었어." 에일린이 마이크에게 말했다. "아침 내내 비를 맞은 것처럼 말이야. 그리고 괜히 속삭임의 회랑에 갔던 척할 필요는 없어, 폴리. 그곳은 닫혀 있었어. 그리고 설교 주제는 '구하라 그러면 너희에게 주실 것이오'가 아니라 '잃은 양'이었어. 너는 실수로 더 앞쪽 예배 안내지를 집은 게 분명해. 어디 갔었던 거야?"

적어도 그 질문에는 답을 할 수 있었다. "햄스테드 히스에 갔었어. 전승 기념일에 썼던 강하 지점이 그곳에 있어." 폴리는 마이크를 바라보았다. "네가 블레츨리에서 이전 강하 지점들에 대해 메시지를 보냈을 때, 나는 혹시 내가 썼던 곳이 비상용 출구로 열려 있을지도 모른다고 생각해서 확인해보고 싶었어. 그리고 에일린, 너에게는 그 말을 할 수 없었어. 전에 이곳에 왔었다는 걸 알리고 싶지 않았거든."

"그거 진실이야?" 에일린이 말했다.

"응." '그리고 제발, 제발, 그게 네가 아는 전부였으면 해.'

“맹세해?” 에일린이 말했다.

“응.”

“그러면 왜 세인트폴 대성당의 폭탄에 대해서는 모르면서 V-1과 V-2에 대해서는 전부 다 아는 건데?” 에일린이 다시 마이크를 돌아보았다. “폴리는 V-1 공격이 시작된 정확한 날을 알아. 모르겠어? 로켓 임무를 맡은 역사학자는 바로 폴리였어. 폴리가 베스날 그린에서 구급차를 몬 거야. 그렇지, 폴리? 그래서 내 새 신분증 때문에 우리가 베스날 그린에 가야 한다고 말하자 넌 그토록 불안해했던 거야. 베스날 그린의 누군가가 너를 알아볼까 두려웠기 때문이야. 너는 그곳의 구급차 지부에 있었어. 그렇지?”

“아니.” 폴리가 말했다. “덜위치의 구급차 지부였어.”

22

철수로는 전쟁에서 이길 수 없다.

— 윈스턴 처칠, 됭케르크에 대해 말하며

옥스퍼드, 2060년 4월

빛무리가 이글거렸다. "콜린이 날 따라오지 못하게 해." 던워디 교수가 다시 말했지만, 빛무리는 이제 너무 밝았다. 바드리는 그의 말을 결코 듣지 못할 것이다. 그런데도 그는 계속 말했다. "콜린은 오면 안 돼. 어떤 핑계를 대더라도 안 돼."

하지만 너무 늦었다. 던워디 교수는 이미 네트를 통과했다. 그리고 비록 아무것도 보이지 않았지만, 분명히 세인트폴 대성당이었다. 그의 말이 메아리치면서 아치 천장 아래의 높고 탁 트인 공간으로 사라졌다. 대성당 어디에 있어도 그는 그곳이 대성당이란 걸 늘 느낌으로 알 수 있었다. 언제나 한겨울 같은 대성당 특유의 한기만큼이나 명백한 느낌이었다. 그는 깜깜한 어둠을 응시하며 눈이 적응하길 기다렸다. 새벽 4시가 아닌 건 분명했다. 또는 새벽 4시라면 위치 편차가 있어서 북쪽 수랑이 아닌 성당 지하실을 통해 온 것이겠지.

아니, 이곳이 성당 지하실일 리는 없었다. 그곳에는 화재 감시원 본부가 있었고, 빛이 있을 것이다. 어쩌면 계단통 가운데 하나에 도착했을 가능성도 있었다. 아니, 이건 밀폐된 공간에서 나는 소리가 아니었다. 하지만 모험을 할 수는 없었다. 그는 역사학도 초기 시절에 시간 여행을 하며 계단에 도착한 적이 있었고, 하마터면 추락해 죽을 뻔했다. 그는 한 발을 미끄러지듯 앞으로 내밀었고, 다른 발을 다시 내밀며 가장자리가 있는지 느껴보았다.

던워디 교수는 평평한 곳에 있었다. 돌바닥이었고, 즉 대성당의 본당 바닥이 분명했으며, 그건 지금이 새벽 4시보다 훨씬 더 이른 시각이라는 뜻이었다. 하지만 설사 한밤중이라 할지라도, 어디선가는 '빛'이 보여야 했다. 10일 이른 아침의 공습은 이곳에서 1킬로미터도 떨어지지 않은 곳에서 벌어졌고, 처음 이틀 밤 동안의 공습 때문에 부두 일부는 아직도 불에 타고 있었다. 그리고 탐조등들도 보여야 했다.

소음도 들려야 했다. 하지만 아무 소리도 들리지 않았다. 세인트폴 대성당을 끝없이 괴롭히던 소이탄의 덜거덕거리는 소리도, 폭탄이 터지는 둔중한 소리도, 머리 위로 비행기가 윙윙거리는 소리도 들리지 않았다. 그 어떤 소리도 없이, 이곳 특유의 정적만이 맴돌 뿐이었다. 만약 리나가 서두르다가 좌표를 잘못 입력했고, 그래서 이곳이 1940년이 아니라면? 또는 이시와카 박사의 의견이 옳았다면?

하지만 던워디 교수가 손을 뻗자 캔버스 천과 무게감이 느껴졌다. 모래주머니였다. 그는 그 주위를 도닥여보았다. 모래주머니들이 더 있었고, 그 주위를 돌아가서 벽을 더듬으며 나아가자 조각이 새겨진 나무 출입구가 나왔다. 북쪽 문이었다. 그건 그가 오기로 한 곳에 정확히 왔다는 뜻이었으며, 모래주머니들은 그가 오기로 한 때에 적당히 가깝게 도착했다는 증거였다.

문으로 가려면 두 단짜리 계단을 내려가야 했다. 던워디 교수는 조심스레 발로 바닥을 느끼며 내려가 문을 열려 했다. 문은 잠겨 있었다. 잠겨 있어? 존 바솔로뮤는 대성당 측이 늘 문을 열어두었다고 말했었다. 하지만 바솔로뮤는 아직 이곳에 오지 않았다. 바솔로뮤는 20일에 도착했고, 아마도 세인트폴 대성당은 소방 호스를 끌고 들어와야 할 필요성이 커지면서 그 뒤에 문을 열어두었을 것이다.

'문이 잠겼으리라는 빤한 예상을 못 하다니.' 던워디 교수는 짜증을 내며 생각했고, 다시 계단을 더듬으며 올라갔다. 이제 그는 본당을 다시 지나 서쪽 문으로 가야만 했다. 그리고 이런 식이라면 그곳까지 가는 데 1시간은 걸릴 것이다.

어쩌면 그냥 이곳에 앉아 주위가 보일 정도로 빛이 밝아지기를 기다려야 할지도 몰랐다. 하지만 너무 추웠다. 이미 이가 덜덜 떨렸다. 그리고 더 오래 기다리면 기다릴수록 화재 감시원을 만나고, 왜 자신이 이곳에 있는지 설명해야 할 가능성도 더 커졌다. 사이렌이 울려서 방공호를 찾아 들어왔다가 잠이 들었다고 설명할 수는 있지만, 만약 폴리를 데리고 이곳으로 다시 왔을 때 폴리와 함께 있는 모습을 누군가에게 들키기라도 하면 일이 복잡해질 수도 있었다. 단지 그 정도가 아니라, 사람들이 밤마다 대성당을 수색해야겠다고 결정을 내릴 수도 있었다. 아니면 서쪽 문을 잠근다거나.

던워디 교수는 남의 눈에 띄기 전에 당장 이곳을 나가야 했다. 그리고 운이 좋다면, 그리고 어둠과 공습이 없는 것으로 미루어 짐작하듯 진짜로 이른 시각이라면, 아직 지하철이 운행할 것이고, 운행을 멈추기 전에 노팅힐게이트역에 갈 수 있을 것이다. 밤새 그 역을 수색하고, 아침이 되어 지하철이 운행을 재개하면 곧바로 하이 스트리트 켄싱턴을 비롯해 목록에 있는 다른 곳들을 수색하고, 저녁이 되기 전에 폴리를 찾아내고, 아침 식사 시간이 되기 전에 폴리와 함께 옥스퍼드로 돌아갈 수 있겠지. 그럴 수만 있다면, 만약 이시와카 박사의 이론이 옳아서 폴리에게 무슨 일이 벌어지면 어쩌나 하는 걱정도 더는 할 필요가 없었다.

던워디 교수는 조심스레 벽을 더듬으며 나아갔고 모래주머니들이 있는 곳을 빙 돌았다. 벽, 더 많은 모래주머니들, 기둥….

발이 뭔가 금속에 부딪혔고, 그 물건은 요란한 소리와 함께 메아리를 일으키며 쓰러졌다. 그는 자신이 쓰러뜨린 게 뭔지 몰라도 소리를 죽이기 위해 그 물건으로 몸을 던졌고, 얼음장처럼 차가운 물이 담긴 양동이에 손이 들어가면서 하마터면 양동이를 쓰러뜨릴 뻔했다. 그는 자신이 부딪힌 물건을 찾아 미친 듯이 주위를 더듬었다.

소화용 손 펌프였다. 금속 손잡이와 고무호스 덕분에 그걸 알 수 있었다. 그는 펌프를 두 손으로 움켜잡고 일어났고, 걱정스러운 눈으로 어둠 속을 응시하면서 누군가가 달려오는 발소리 또는 '지금 그거 무슨 소리야?'라는 외침이 들리지 않을까 귀를 기울였다.

아무도 오지 않았고, 그건 다행히도 화재 감시원 모두가 아직도 지붕에 있다는 뜻이었다. 만약 높은 창문들이 있는 본당에 도달할 수 있다면 조금은 빛이 있을 것이고, 자신이 가는 곳을 볼 수 있다는 뜻이기도 했다.

빛이 더는 없었다. 더듬거리며 따라가던 벽이 끝났고 정적의 느낌도 달라졌기에 그는 자신이 더 넓고 높은 공간에 온 걸 알았지만, 여전히 칠흑처럼 어두웠다. 바솔로뮤는, 화재 감시원들이 방향을 알 수 있도록 밤이면 제단에 작은 등을 밝혔다고 했지만, 성가대석과 제단이 있어야 하는 곳을 보아도 깜깜한 어둠만 보일 뿐 아무것도 없었다.

'옥스퍼드로 돌아가면 존 바솔로뮤에게 그 친구가 보고한 역사적 사실의 정확성에 관해 몇 가지 말해줘야겠어.' 던워디 교수는 생각하며 벽 모퉁이를 이룬 각지고 세로 홈이 있는 기둥들을 더듬어갔다. 감히 본당 중앙으로는 가지 못했다. 그곳에는 부딪혀 쓰러뜨리기에 십상인 접이식 나무 의자들이 잔뜩 있었다. 계속 북쪽 복도로 가는 것이 최선이었다.

그는 복도 벽을 더듬었다. 한 손은 차가운 돌을 만지고 한 손은 앞으로 뻗은 자세로 앞쪽에 무엇이 있는지 기억을 더듬었다. '레이튼 경의 조각상.' 그가 생각했고, 곧바로 그것에 걸려 비틀거렸지만, 모래주머니들 덕분에 간신히 넘어지지 않았다.

'이런 일을 하기에 나는 너무 나이 들었어.' 던워디 교수는 생각하며 일어나 조각상을 지나고, 벽감을 지나고, 직사각형 기둥 하나를 지나고, 다시 벽감을 지났다. 그리고 또 다른 양동이도 지났다. 이번 것은 모래로 가득했으며, 그는 그 양동이에 발부리가 걸려 하마터면 발가락이 부러질 뻔했지만, 다행히도 쓰러뜨리지는 않았다.

'콜린이 맞았어. 회중전등을 가져왔어야 했어.' 던워디 교수가 생각하며 더듬더듬 또 다른 기둥을 돌아갔다. 그리고 이어서 벽돌벽임에 분명한 것이 손에 와 닿았다.

'세인트폴 대성당에는 벽돌벽이 없는데.' 던워디 교수가 생각했다. '어디 다른 곳에 도착한 건가?' 이윽고 그는 자신이 만진 게 뭔지 깨달았다. 웰링턴 기념비였다. 그것은 너무 커 옮길 수가 없었기 때문에 앞에 벽돌벽을 세워 보호했다. 그는 그 벽을 따라 재빨리 다음 기둥으로 갔다. 이곳을 지나 올소울스 예배당 그리고 던스탠스 예배당만 지나면….

뒤쪽 어디선가 요란하게 문이 열리더니 그쪽을 향해 본당을 서둘러 가로지르는 걸음 소리가 들렸다. 그는 자신이 보이지 않기를 바라며 기둥 뒤로 몸을 숨겼다. "분명히 무슨 소리를 들었어." 남자 목소리가 말했다.

"소이탄일까?" 두 번째 목소리가 물었다.

'아니. 당신이 들은 건 내가 넘어지는 소리야.' 던워디 교수가 생각했다. 둘은 화재 감시원들이 분명했다.

회중전등이 잠깐 비쳤다. 던워디 교수는 기둥 뒤쪽에서 몸을 더욱 움츠렸다. "모르겠어." 첫 번째 남자가 말했다. "시폭일 수도 있어."

'시한폭탄.' 던워디 교수가 생각했다.

"맙소사, 골치 아프게 됐네." 두 번째 사람이 말했다. 정말로 딱 맞는 표현이었다. 그들은 성당을 샅샅이 수색할 것이다.

"본당에서 소리가 난 듯했어." 첫 번째 사람이 말했고, 던워디 교수는 왜 자신이 이곳에 있는지 그럴듯한 설명을 지어내려 애썼다. 하지만 회중전등 빛이 다시 밝아졌을 때, 빛은 남쪽 복도를 향했고, 그들이 그 반대쪽으로 멀어지며 발걸음 소리도 작아졌다.

던워디 교수는 계속 가만히 있으며 그 사람들이 하는 말에 귀를 기울여 보았지만, 조각조각 조금씩만 들릴 뿐이었다. "남쪽 성가대석 지붕이었어? 끌 거야…."

결국, 소이탄이라고 결론 내린 게 분명했다. 그들은 본당 서쪽 끝까지 갔다. "오늘 밤은 이만…." 그리고 '코번트리' 비슷한 단어가 들렸다. 하지만 코번트리는 좀 이상했다. 그가 알기로 그곳은 11월 14일에 폭격을 당했기 때문이다.

"북쪽 복도?" 한 명이 말했고, 던워디 교수는 수랑을 뒤돌아보며 그쪽으로 도망쳐야 할까 생각했다.

"아니…. 회랑 먼저 확인하자." 잠깐 회중전등 빛이 비쳤고, 던워디 교수의 귀에 금속이 쩔그렁거리는 소리와 계단을 올라가는 발걸음 소리가 들렸다.

'렌의 기하학적 계단을 올라가고 있구나.' 교수가 생각했고, 그들의 발걸음 소리가 요란한 틈을 타 벽을 더듬으며 재빨리 복도를 걸어갔다. 기둥, 기둥, 쇠창살. 세인트던스탠스 예배당이었다. 현관과 문이 바로 앞쪽에 있을 것이다.

"뭔가 찾았어?" 그 위쪽 어디선가 목소리가 들렸다. 던워디 교수는 재빨리 몸을 숨겼고, 곧바로 회중전등 빛이 아래를 비추었다.

"찾았어!" 한 명이 외쳤다. 첫 번째 사람이 분명했다. 의기양양하게 말했기 때문이다. "뭔가 소리를 들었다고 말했잖아. 소이탄이야. 휴대용 손펌프를 가져와."

던워디 교수는 두 번째 사람이 위쪽 회랑을 따라 요란하게 뛰는 소리를 들었다. 그는 길을 더듬으며 재빨리 예배당 문으로 갔고, 문을 열고 포치와 계단이 있는 곳으로 조용히 빠져나왔다.

밖은 비가 퍼붓고 있었다. '그렇게 깜깜했던 이유가 있었군.' 그가 포치 지붕 아래로 다시 물러나며 생각했다. 바깥은 실내만큼이나 깜깜했다. 기둥을 세운 포치와 계단이 있는 걸 몰랐다면 안뜰로 가는 길을 찾을 수 없었을 것이다.

던워디 교수는 눈을 가늘게 뜨고 안뜰을 살펴보았다. 반대편 건물들의 윤곽만이 간신히 보였다. 탐조등 빛이 보이지 않는 것이며 머리 위로 폭격기 소리가 들리지 않는 것도 다 비 때문이었다. 독일 공군은 비가 내리기 시작하자 공습을 취소했을 것이다. 그리고 또한 화재가 없는 것도 설명되었다. 비 때문에 불이 다 꺼진 것이다. 회랑 지붕을 뚫고 들어온 아까 그 소이탄만 빼고는.

그는 화재 감시원들이 있는지 종탑을 올려다보고는 계단을 뛰어 내려가기 시작했다. 지하철역에 가려면 패터노스터 로우와 뉴게이트를 찾아야 했다.

그리고 비록 이렇게 쏟아지는 빗속에서는 거의 불가능한 일이었지만, 길을 잘 살펴야 했다. 온몸을 때려대는 비는 얼음처럼 차가웠고, 비라기보다 진눈깨비에 가까웠다. 그는 사정없이 내려치는 비를 피해 고개를 숙이고 몸을 웅크린 채 앞으로 나아갔다.

'어쨌든 미치지 않고서야 누구라도 이런 날씨에 밖에 나와 있을 리가 없지.' 그는 생각하며 트위드 재킷의 옷깃을 세워 목 주위로 단단히 여몄다. 하지만 틀린 생각이었다. 누군가 두 명이 던워디 교수 쪽으로 곧장 다가오고 있었다. 화재 감시원들인가? 아니면 지하철역에서 나와 집으로 돌아가는 민간인들인가? 아니면 거리에서 뭘 하는지 다그치며 지상 방공호로 쫓아 보낼 공습 대비대 감시원인가?

던워디 교수는 물을 철벅거리며 재빨리 거리를 건넜고, 왼쪽의 좁은 길로 들어섰다. 그 길은 폭이 2미터가 될까 말까 했고, 좀 전까지 그나마 있던 흐릿한 조명마저 이곳에서는 양쪽 건물들에 의해 완전히 차단되었다. 이곳은 대성당 내부만큼이나 깜깜했다. 그는 다시 더듬으며 길을 찾아야 했고, 패터노스터 로우까지 가는 데 영원의 시간이 흐른 것만 같았다.

만약 이곳이 정말로 패터노스터 로우라면 말이다. 그래 보이지 않았다. 이곳은 좀전의 그 골목만큼이나 좁았고, 출판사들과 서적 창고들 대신 금방이라도 무너질 듯한 집들이 줄지어 있었다. 그리고 비록 어둠 때문에 그래 보일 수도 있기는 하지만, 내리막도 원래보다 더 심해 보였다.

결국, 길은 어떤 안뜰에서 끝이 났다. 확실히 패터노스터 로우가 아니었다. 어둠 속에서 패터노스터 로우를 지나친 게 분명했다. 그는 골목길을 거슬러 가서 아까 왔던 길을 올라갔다.

하지만 그 골목은 같은 곳이 아니었다. 이번 것은 목제 축사에서 끝났다. '길을 잃었어.' 그가 화를 내며 생각했다. '어둠 속에서 시티를 헤매다니, 어떻게 이렇게 멍청한 짓을 할 수가 있지.'

런던에서든 역사상으로든, 길을 잃었을 때 여기보다 최악인 곳은 없었다. 세인트폴 대성당 주위는 미궁 같은 골목과 좁은 길들이 이리저리 토끼굴처럼 복잡하게 얽혀 있었고, 그 대부분은 어디로도 연결되지 않았다. 그는 여기를 영원히 헤매며 길을 못 찾을 수도 있었다. 그리고 비는 좀 전보다 더 거세게 퍼부었다.

"이런 일을 하기에 나는 정말로 너무 늙었어." 그가 중얼거리고는 세인트폴 대성당을 힐끗 보기 위해 고개를 빼 들었지만, 건물들은 너무 높았고 방향을 잡는 데 도움 될 만한 것도 전혀 없었다. 그는 대성당이 어느 방향에 있는지조차 더 이상 알지 못했다.

'아니, 나는 방향을 알아.' 그는 생각했다. '대성당이 어디에 있는지 나는 정확히 알아. 루드게이트힐 꼭대기에 있어. 나는 언덕을 계속 오르기만 하면 돼.' 하지만 말이 쉽지 실행은 어려웠다. 올라가는 길이 보이지 않았다. 모든 길은 내리막이었고, 세인트폴 대성당 그리고 지하철역에서 멀어졌다. 하지만 만약 언덕을 내려가면 결국 블랙프라이어스역 또는 너무 동쪽으로 간다면 캐넌 스트리트역이 나올 것이다. 어느 지하철역이든 간에 폴리가 있는 역까지 지하철이 다닐 것이다. 그는 골목을 돌았고, 다시 돌았다.

두 번 더 모퉁이를 돌고 막다른 길을 하나 지나니 더 넓은 거리가 나왔다. 올드 베일리얼? 만약 그렇다면 블랙프라이어스역은 이 길 끝에 있을 것이다. 마침내 빛이 밝아지기 시작했고, 적어도 거리에 가게들이 줄지어 서 있는 모습이 보였다. 그리고 가게들에는 차양이 쳐졌다. 그는 조금이나마 비를 피할 수 있다는 생각에 철벅거리며 거리를 건넜다.

거의 모든 가게 창문들이 판자로 막혀 있었다. 모퉁이에서 두 번째 가게만이 아직 창에 유리가 끼워져 있었는데, 좀 더 가까이 다가가 보니 그것도 판자로 막혀 있었다. 좀 전에 유리라고 생각했던 건 나무에 원을 그리며 못으로 박아놓은 은종이 글자들이 빛을 반사했기 때문이었다. 그 글자들은 '행복한 크리스마스'였다.

'크리스마스일 리가 없어.' 던워디 교수가 생각했다. 만약 크리스마스라면 본당에 크리스마스트리가 있어야 했고, 바깥의 포치도 그래야 했다. 존 바솔로뮤는 폭탄 충격파에 크리스마스트리가 계속 넘어졌다고 이야기했었다.

하지만 크리스마스트리들이 성당에 있었지만 어두워서 못 봤을 수도 있었다.

'하지만 지금이 크리스마스라면⋯.' 그는 생각했다. '그건 편차가 거의 4개월이라는 뜻이잖아. 그건 불가능해. 편차 증가는 겨우 이틀이었어.' 하지만 그는 그게 사실임을 알았다. 그래서 이렇게 추운 것이다. 그리고 이렇게 어둡고. 네트는 그를 '새벽 4시'로 보냈지만, 12월의 새벽 4시라면 칠흑처럼 어두울 것이다.

"도착하는 즉시 시간 위치를 확인해." 그게 그가 학생들에게 늘 타이르던 말 아니었던가? 화재가 없으니 9월 10일일 리가 없다는 걸 바로 깨달았어야만 했다. 12월이면 부두에는 거의 일주일째 화재가 없었다.

하지만 그는 단서를 무시했고, 이제 비를 맞으며 언덕을 끝까지 다시 올라야 했다. 폴리가 이곳에 없기 때문이다. 폴리의 임무는 10월 22일에 끝났다. 폴리는 적어도 한 달 반 전에 안전하게 옥스퍼드로 돌아갔고, 그는 헛수고한 것이다.

편차가 치솟기 시작했다는 증거를 드디어 찾았다는 점을 빼고는 말이다. 그는 즉시 세인트폴 대성당으로 돌아가 옥스퍼드로 가서 바드리에게 모든 역사학자를 다시 데려오라고 말해야 했다. 그는 언덕을 오르기 시작하며 택시가 있는지 찾았지만, 거리는 완전히 비어 있었다.

아니, 잠깐, 한 대가 있었다. 어둠 속, 옆 골목 끝 쪽이었다. 그는 골목으로 들어서며 택시를 향해 손을 흔들었다.

택시도 던워디 교수를 보았다. 택시는 시동을 걸고 그를 향해 다가오기 시작했고, 콜린이 그에게 돈을 가져가라고 고집을 피워 다행이었다. 그는 서류를 꺼내 뒤적이며 5파운드 지폐를 찾았고, 다시 고개를 들었다.

택시는 멀어지고 있었다. 그가 부르는 걸 못 본 것이다. "이봐요!" 그가 외치자, 그의 목소리가 좁은 거리에 메아리쳤고, 그는 택시를 향해 손을 흔들며 달려갔다.

그리고 이제 택시는 던워디 교수의 존재를 알아차렸다. 택시는 다시 그를 향해 오기 시작했다. 그의 생각보다 멀리 있던 게 분명했다. 엔진 소리가 전혀 들리지 않았기 때문이다. 그는 서둘러 택시를 향해 갔지만, 반도 다가가기 전에, 그게 택시가 아니라는 사실을 알았다. 그가 자동차 엔진 덮개라고 생각한 건 알고 보니 거대한 검은 금속 깡통의 둥그런 가장자리였고, 가로등에서 가볍게 앞뒤로 흔들렸다. 거무스름한 천이 가로등 위로 드리워져 있었다. 낙하산이었다.

'낙하산 지뢰야.' 그가 생각하며 깡통이 가로등 앞뒤로 천천히 흔들리는 모습을 지켜보았다. 지뢰는 한 뼘 차이로 가로등과 부딪히지 않았다. 만약 바람의 방향이 살짝이라도 바뀌거나 낙하산이 찢기면….

그는 비틀거리며 뒤로 두 걸음 물러섰고, 이윽고 몸을 돌려 골목 어귀로 달려가며 낙하산 비단이 찢기는 소리가, 지뢰가 가로등 기둥에 긁히는 소리가, 귀청이 찢어질 듯한 폭발음이 들리길 기다렸다.

기다리던 소리는 들리지 않았다. 희미한 신음 소리가 났고, 그는 돌연 인도에 두 손을 짚은 채 땅바닥에 쓰러져 있었다. 그는 처음에는 발이 걸려 넘어졌다고 생각했지만, 일어나보니 온몸이 먼지와 유리로 덮여 있었다.

'문방구 유리창이 깨진 게 분명해.' 그가 생각했고, 이윽고 어리둥절해졌다. '지뢰가 폭발한 거야.'

그는 바지와 코트에서 유리와 흙을 털어냈다. 그리고 그러는 과정에서 손을 벤 모양이었다. 두 손바닥이 긁히고 피가 묻어 있었으며, 귀 뒤쪽에서 피가 뚝뚝 떨어졌다. 구급차 벨 소리가 들렸다.

'여기서 발각될 수는 없어.' 던워디 교수는 생각했다. '나는 옥스퍼드로 돌아가야 해. 모두를 구해야 해.' 그는 골목길을 걷기 시작했고, 몸을 기댈 벽이 있기를 바랐지만, 가장 끝에 있는 건물 하나를 뺀 나머지 건물들은 모두 무너진 듯했다. 그는 그 건물을 향해 최대한 빨리 걸어갔다. 구급차 종소리는 커졌다. 구급차가 곧 도착할 것이고, 사고 현장 담당 경관도 올 것이다. 그는 서둘러 이 골목을 빠져나가 길을 건너 모퉁이를 돌아….

하지만 모퉁이를 돌자마자, 그는 무릎이 꺾이며 쓰러졌다.

‘콜린 말이 맞았어. 내가 어려움에 처할 거라고 했지.’ 그가 생각했다. ‘콜린을 데려왔어야 했는데.’ 그리고 몇 분 정도 의식을 잃은 모양이었다. 눈을 떴을 때는 거의 날이 밝았고 비도 그쳤기 때문이다. 그는 무거운 몸을 일으켜 잠시 서서 어리둥절한 상태로 있었다. 내가 뭘 하려고 했더라…?

‘옥스퍼드.’ 던워디 교수가 생각했다. ‘옥스퍼드로 돌아가야 해.’ 그리고 언덕을 내려가기 시작했다. 블랙프라이어스역에서 지하철을 타고 패딩턴역으로 가 기차를 타기 위해서였다.

23

런던, 1940년 12월

마이크는 앨버트 기념비 계단에 앉은 채 폴리를 뚫어져라 바라보았다. "우리가 그날 옥스퍼드에서 말하던 역사학자가 바로 너였어?" 그가 화를 내며 말했다. "던워디 교수님이 그렇게 위험한 임무를 맡기다니 이해할 수가 없다고 우리가 말하던 역사학자가 바로 너였다는 거야?"

폴리는 고개를 끄덕였다.

"그렇다면 네 데드라인이 1945년 4월 2일이 아니라는 뜻이잖아. 맞아? V-1 공격이 언제 시작됐지?"

"D-데이 일주일 뒤."

"일주일…, 1944년에?"

"응. 6월 13일."

"맙소사." 전승 기념일도 상황이 안 좋지만, D-데이는 겨우 3년 반밖에 남지 않았고, 만약 던워디 교수가 모든 강하를 취소할 정도로 편차 증가가 크다면…. "데드라인이 있는데 던워디 교수님은 왜 네 강하를 취소하지 않은 거지?" 마이크가 물었다.

“모르겠어.” 폴리가 말했다.

“하지만 네 강하를 취소하지 않았다는 건 다른 이유가 있어서 강하 순서를 바꿨다는 뜻일 수도 있어.” 에일린이 말했다. “왜냐하면 덜 위험한 것들을 처음에 배치했으니까. 공포정치가 바스티유 습격보다 더 위험하지 않아? 그리고 진주만이 됭케르크보다 훨씬 더….”

에일린은 말을 멈추고 당황하며 마이크의 발을 내려다보았다.

“더 위험했을 거야.” 마이크가 말했다. “만약 내가 원래 예정대로 도버에 갔다면 말이야. 에일린 말이 맞아, 폴리. 임무 순서가 바뀐 건 여러 이유가 있을 수 있어. 그리고 네 임무가 취소되지 않은 건 네가 위험하지 않다고 옥스퍼드가 생각했다는 증거야.”

“그리고 날 전승 기념일에 본 것도 그렇고. 우리가 옥스퍼드에 돌아간 뒤에 내가 그곳에 간 것일 수도 있어. 우리가 이곳에 갇힌 걸 던워디 교수님이 미안하게 생각해서. 교수님은 내가 늘 전승 기념일에 가고 싶어 한 걸 아시거든.”

‘네 소원은 이루어질 거야.’ 마이크가 우울하게 생각했다.

마이크는 아무 말도 하지 않는 폴리를 바라보았다. 그녀는 아직 말하지 않은 게 있다는 듯이 감정을 감추고, 경계하고 있었다. 마이크는 그녀가 한 말을 생각했다. “넌 나보고 블레츨리 파크에 간 적이 있냐고 물었어.” 혹시 폴리는 여전히 자신들이 묻는 말에 대한 답만 하고 나머지를 숨기고 있는 건 아닐까?

“V-1 임무가 제2차 세계대전에서 네 유일한 임무야?” 마이크가 물었고, 에일린은 공포에 질린 표정으로 마이크와 폴리를 바라보았다.

“맞아?” 마이크가 폴리를 압박했다. “아니면 진주만에 갔었어? 아니면 린던 내공습이 끝날 때도?” 폴리가 그 두 곳의 공격에 대해서도 모두 안다는 사실을 떠올리며 마이크가 물었다.

“아니.” 폴리가 말했고, 진실을 말하는 듯이 보였다. 하지만 전에도 마이크는 폴리가 진실을 말한다고 생각했었다.

“지금 임무와 V-1, V-2 공격 때 말고 제2차 세계대전에 이곳에 있었던 적 없어?”

“응.”

‘다행이야.’ 마이크가 생각했다. 하지만 V-1 임무만으로도 충분히 나빴다. 데니스 애서튼은 1944년 3월에야 이곳에 오고, 그때는 데드라인에 아주 가까웠다.

올 수나 있다면 말이다. 그리고 데니스 애서튼을 만나려면 앞으로 3년을 더 버텨야 하고, 또한 런던 대공습에서도 살아남아야 했다. 몇 주 뒤부터는 언제 어디서 폭격이 있는지도 알지 못했다. 그리고 몇 년씩 떨어진 강하 순서를 던워디 교수가 바꿨을 정도로 편차 증가가 심각하다면, 그들이 폴리의 데드라인 전에 할 수 있는 일은….

하지만 그들은 편차 증가가 그렇게 큰 줄 몰랐다. 설사 그렇게 크다 해도 편차가 증가한 곳은 몇몇 강하뿐일 수도 있었다. 그리고 제럴드가 오지 않은 다른 이유가 있을 수도 있었다. 블레츨리 파크는 여전히 분기점이고, 그들이 아는 한, 런던 대공습이 있는 시기도 분기점이었다. 그리고 됭케르크의 군인들은 자신들이 패했다고 생각했지만, 결국 어떻게 되었는가를 생각해보라.

“걱정하지 마, 폴리.” 마이크가 말했다. “우리는 너를 여기서 빼낼 거야. 방법을 생각해낼 시간이 3년이나 있어. 그리고 데니스 애서튼도 있고.”

“그리고 정체불명의 역사학자도.” 에일린이 말했다. “18일까지 이곳에 있는 역사학자.”

마이크는 그들이 그 역사학자에 대해 잊었기를 바랐었다. “아쉽지만, 아니야.” 마이크가 말했다.

“왜 아닌데?” 에일린이 말했다.

“그 역사학자가 제럴드였거든.” 폴리가 말했다. “그렇지, 마이크?”

“응.”

“확실해?” 에일린이 물었다.

“응.” 마이크는 편지 날짜에 대해 그들에게 말했다. “그리고 12월 18일에 옥스퍼드로 가는 기차표가 있었어. 제럴드 핍스의 사직 편지는 16일 소인이 찍혀 있었고."

"아, 이런." 에일린이 말했다.

"하지만 우리에게는 아직 세인트존스우드의 강하 지점이 있어." 마이크가 말했다. "그리고 이곳에 오는 길에, 네 강하 앞쪽에 임시 판자 울타리가 쳐진 걸 봤어, 폴리."

"그러면, 만약 그곳의 강하가 전에 열리지 않은 게 사람들이 볼 수 있어서였다면…." 에일린이 희망을 품고 말했다. "다시 열릴 수도 있겠네."

"내 말이 바로 그 말이야." 마이크가 말했다. 그는 일어났다. "독일 공군이 이 꼴불견을 확실하게 폭격할 수 있도록 우리가 비켜주는 게 어때?" 마이크가 앨버트 기념 조각상들을 돌아보며 제안했다. "같이 점심을 먹으면서 강하 지점을 찾을 계획을 세워보자. 에일린, 캐롤라인 여사에게서 무슨 소식 들었어?"

"응. 하지만 장원의 장교에게서는 연락이 없었어."

"사람들에게 다시 편지를 보내. 그리고 그곳 신부에게도 편지해서 소총 훈련소에 관해 뭔가 알아낼 수 있는지 확인해보고. 어쩌면 이전을 했을 수도 있어. 나는 다프네에게 편지를 써서 해안 경비가 철수되었는지 알아볼게. 침공이 취소되었다고 네가 말했었잖아, 그렇지, 폴리?"

"응. 하지만 그렇다고 경비를 철수한다는 뜻은 아니야."

"그건 모르는 거야." 에일린이 말했다. "또는 다프네가 구조팀이 그곳에 왔었다고 답장을 보내고, 우리 문제가 해결될 수도 있어."

"에일린 말이 맞아. 점심 먹으러 가는 길에 리어리 부인 집에 들러 우편물이 온 게 있는지 확인하자. 가자." 마이크가 말하며 폴리와 에일린을 일으켜 세웠고, 그들은 리어리 부인 집으로 걸어갔다.

리어리 부인 집에 도착했을 때, 에일린이 말했다. "네가 편지를 받아오는 동안, 나는 우리 집에 가서 우리에게 온 편지가 있는지 확인해보고 올게."

"오늘은 일요일이야." 폴리가 말했다. "일요일에는 우편물이 안 와."

"하지만 구조팀이 전화했을지도 몰라." 에일린이 말하더니 리케트 부인 집을 향해 서둘러 갔다.

마이크는 에일린이 모퉁이를 돌아 사라지는 걸 지켜보더니 폴리를 돌아 보았다.

"전승 기념일에 에일린을 봤다고 했지? 에일린만 봤어?"

"무슨 말이야? 그날 밤 트래펄가 광장에는 수천 명이 나와 있었어…."

"나도 거기 있었어?" 만약 폴리가 마이크를 봤다면, 그건 그들이 이곳을 빠져나가지 못했다는, 폴리의 데드라인이 지난 뒤에도 마이크와 에일린이 이곳에 남아 있다는 증거가 될 것이다.

"아니." 폴리가 말했다. "너는 못 봤어."

"뭔가 다른 건 본 거 없어? 우리가 빠져나가지 못해서 에일린이 그곳에 있었다고 생각할 만한 증거라든가?"

"없었어. 우리 강하들이 열리지 않고, 던워디 교수님이 편차 증가를 걱정해서 우리 임무를 시간순으로 바꾼 것을 빼면…."

"하지만 네 임무는 순서를 바꾸지 않았어. 그리고 전승 기념일에 에일린은 봤지만 나를 보지 못했다는 건 에일린 말이 맞는다는 뜻이야. 에일린은 나중에 임무를 받아 그곳에 간 거야. 그렇지 않으면 나도 에일린과 함께 있었을 테니까. 에일린 표정은 어때 보였어? 흥분된 얼굴이었어? 아니면 슬픈 얼굴?"

"슬픈 얼굴은 아니었어." 폴리가 기억을 더듬으며 말했다. "낙관적이었어." 마침내 폴리가 말했다.

마이크는 폴리가 여전히 뭔가 숨기는 건 없는지 폴리를 열심히 살폈다. "에일린을 본 게 확실해? 그냥 닮은 사람을 본 게 아니야?"

"아니야. 에일린을 본 게 확실해."

"그러면 내가 블레츨리 파크로 떠날 때 왜 넌 마저리 때문에 그렇게 걱정한 건데?"

"내가 사건을 바꿨으니까. 그리고 간호사라면 얼마나 많은 생명을 구할지 누가 알겠…."

"하지만 마저리가 뭘 하든 간에, 그 때문에 전쟁에 질 수는 없다는 걸 우리는 알아. 아마도 너는 이 모든 일이 일어나기 전에 전승 기념일에 갔겠지만, 에일린은 그렇지 않아. 에일린은 아직 가지 않았어. 에일린은 내가 하디를 구하고, 마저리가 잔해에서 구조된 뒤에 갔어."

"그 생각은 해보지 못했어." 폴리가 말했다.

"음, 그게 사실이야. 우린 사건들을 변경하지 않았고, 치명적인 피해도 입히지 않은 거야." 마이크가 말했다. "내가 블레츨리 파크로 가기 전에 네가 이 모든 걸 말해줬으면 좋았을 텐데. 튜링이랑 우연히 만나서 무척이나 걱정했거든."

"튜링? 앨런 튜링?" 폴리가 외쳤다. "어떻게 만났는데?"

"튜링이 타는 자전거에 하마터면 치일 뻔했어." 마이크가 말했다. "튜링은 마지막 순간에 방향을 바꿨고, 자전거는 연석에 부딪혔어. 튜링은 다치지 않았고, 자전거도 부서지지는 않았지만, 그 사람이 튜링인 걸 알고 나는 겁이 나 죽는 줄 알았어. 하지만 다행히 아무런 해도 없었어. 곧 돌아올게."

마이크는 집으로 달려들어 가 리어리 부인에게 자기가 없던 사이 뭔가 우편물이 온 게 없는지 물어본 뒤 다시 나왔다. "아무런 편지나 전화도 없었어." 마이크가 말했다. "에일린은 어디 있어? 아직 안 돌아왔어?"

"응. 라버넘 양에게 잡힌 게 분명해. 연극용 의상을 준비 중이거든. 가서 구해오는 게 좋겠어." 하지만 둘이 모퉁이를 돌았을 때, 에일린이 편지를 흔들어 보이며 달려오고 있었다.

"일요일에는 우편 배달이 없다며?" 마이크가 폴리에게 말했다.

"다프네가 네게 편지를 보냈어." 에일린이 달려오며 흥분해 외쳤다. "어제 도착했는데, 수신인이 너라서 리케트 부인은 편지가 엉뚱한 주소로 왔다고 생각해서 돌려보낼 생각이었대. 그러기 전에 내가 찾으러 가서 다행이야."

에일린은 편지를 마이크에게 건넸다. 그는 편지를 열더니 얼굴을 찡그렸다.

"왜 그러는데?" 에일린이 물었다.

"편지는 일주일 전 날짜로 되어 있어. 다프네가 내게 편지 보내는 걸 잊었던 모양이야." 마이크는 편지를 읽기 시작했다. "그리고 내가 준 다른 주소와 헛갈려 했어. 그래서 리케트 부인 집으로 보낸 거야. 그리고….”

마이크는 갑자기 말을 멈추더니 조용히 편지를 읽었다. “이런, 맙소사!”

“왜?” 에일린과 폴리가 동시에 말했다.

“도저히 안 믿기네. 읽어줄 테니 들어봐.” 마이크가 흥분해 말했다. “‘누가 당신을 찾으러 오면 꼭 알려달라고 했었죠. 어젯밤에 ‘왕관과 닻’에 남자 두 명이 찾아와 온갖 질문을 했어요. 당신 친구라며 당신과 꼭 연락해야 한다고 했고, 당신이 어디에 있는지 아느냐고 물었어요.’” 마이크는 에일린을 바라보았다. “맙소사, 네 말이 맞았어. 구조팀이 이곳에 있어. 이곳에 온 지 일주일이 넘었어.”

“구조팀이 우리를 발견할 거라고 내가 말했잖아.” 에일린이 의기양양하게 말했다. “그래서 다프네는 네가 어디에 있는지 알려줬대?”

안 그런 게 분명했다. 알려줬다면 지금쯤 구조팀은 이곳에 왔어야 했다. “아니.” 마이크가 답했고, 그날 저녁 도버로 떠나겠다고 말했다.

“우리랑 함께 가야 해.” 에일린이 말했다. “아니면 폴리만이라도. 폴리가 가장 급한 상황이잖아.”

마이크는 고개를 저었다. “다프네에게서 정보를 얻어야 할 텐데, 내가 다른 여자와 나타나면 다프네가 좋아하지 않을 거야.”

“폴리가 너랑 같이 그 술집에 갈 필요는 없어.” 에일린이 말했다. “그냥 여관 같은 곳에 머물러 있으면서….”

“여관과 술집이 같은 곳이야.” 마이크가 말했다. “그리고 설사 그렇지 않다고 해도, 살트램-온-시는 작은 마을이야. 다프네는 폴리가 도착하고 5분도 안 되어 그 존재를 알게 될 거야. 게다가 지금 난 그곳에 어떻게 가야 좋을지도 모르겠어.”

마이크는 버스 운행이 끊겼고 휘발유 배급 때문에 차를 빌리기 어렵다는 설명을 했다. “아마도 히치하이크해서 가야 할 거야. 그리고 가는 데 2, 3일은 걸릴 거야. 게다가 접근 제한 구역이기도 하고. 나는 기자 출입증이 있지만, 너희들은 없잖아.”

폴리가 동의했다. “기차는 크리스마스를 맞은 여행객들과 휴가로 집에 가는 군인들로 꽉 찼을 거야. 어쩌면 그곳에 가는 대신 다프네에게 편지를 쓰는 게 나을지도 몰라. 그게 더 빠를 거야."

"하지만 구조팀이 살트램-온-시에 있다면? 또는 구조팀이 어디에 있는지 다프네가 모른다면? 다프네와 이야기를 한 뒤에 구조팀이 어디 있는지 찾아다녀야 할지도 몰라. 구조팀을 찾으면 곧바로 너희에게 전화할게."

"하지만 만약 구조팀이 살트램-온-시에 있으면 우리가 어떻게 그곳에 가지?" 에일린이 걱정스러운 목소리로 물었다. "거기는 통제구역이라면서."

"그건 그때 가서 생각하자." 마이크가 말했다.

에일린은 여전히 초조해 보였다.

"걱정하지 마. 만약 구조팀이 정말로 와 있으면 구조팀은 옥스퍼드로 돌아가서 너희들에게 필요한 출입증과 신분증을 준비해 다시 올 수 있어. 아니면 런던과 가까운 곳에 다른 강하 지점을 설치하는 게 더 쉽다고 판단할 수도 있고. 그쪽 계획이 뭔지 알게 되는 대로 곧바로 전화할게."

"돈이 얼마나 필요할 거 같아?" 폴리가 핸드백을 뒤지며 물었다. "아냐, 대답할 필요 없어. 이걸 가져가." 폴리는 마이크에게 돈을 내밀었다.

"너희 둘은 어쩌고?" 그가 물었다.

"우리가 지하철을 탈 돈은 충분히 남겨놨어. 그리고 모레 급료를 받아."

폴리는 마이크에게 손으로 쓴 목록을 건넸다. "이게 다음 주 런던과 남동부 폭격 목록이야. 독일 공군은 12월에는 대부분 중부와 항구들에 집중해. 그러니 목록이 그리 길진 않아. 그리고 안타깝지만, 잉글랜드 남동부의 폭격에 관해 내가 아는 건 이 정도가 전부야. 그 정보는 이식하지 않았거든. 아, 그리고 도버에 도착하면 특별히 조심해야 해. 그곳은 거의 전쟁 내내 폭격받았어. 이 목록에는 20일까지밖에 정보가 없어. 만약 그보다 더 오래 있을 거면…."

마이크는 고개를 저으며 돈을 접어 주머니에 넣었다. "그 훨씬 전에 옥스퍼드로 돌아갈 거야."

"오, 만약 크리스마스 전에 돌아갈 수 있으면 정말 좋겠지?" 에일린이 기쁨에 넘쳐 말했다.

"그렇지." 마이크가 말했다. "하지만 먼저 내가 살트램-온-시에 가야 해. 그리고 그건 지하철 운행이 끊기기 전에 빅토리아역에 가야 한다는 뜻이고. 오늘 밤에 폭격이 있어, 폴리?"

"응." 폴리가 말했다. "하지만 10시 45분부터야."

"폭격이 시작되기 전에 런던을 벗어나려면 서둘러야겠네."

"빅토리아역까지 같이 가줄까?" 폴리가 물었다.

"아니. 너희는 구조팀이 나를 찾는 것을 포기하고 너희를 찾아올 경우를 대비해 이곳에 있어야 해. 너희 연극팀은 여전히 《훌륭한 크라이턴》을 연습 중이야?"

"아니. 이제는 《크리스마스 캐럴》을 연습해."

"그 연극에 네가 참여할 수 없다고 말해두는 게 좋을 거야." 마이크가 말했다.

마이크는 둘의 뺨에 가볍게 키스하고 말했다. "뭔가 알게 되면 곧바로 연락할게." 그리고 마이크는 떠났다. 만약 도버까지 가는 급행을 탈 수 있다면 자정까지는 도버에 도착하고, 새벽이 되면 살트램-온-시의 중심가에 도착할 수 있었고, 해변으로 일찍 가는 농부의 차를 얻어탈 수도 있었다.

하지만 폴리 생각이 맞았다. 기차는 사람들로 꽉 찼고, 마이크가 표를 사려고 할 때 판매원은 군 관계자들에게 우선적으로 판매한다고 답을 했다.

"복도에 서서 가도 괜찮습니다." 마이크가 말했다.

"복도에 서서 가는 게 우선적으로 판매하는 표예요." 판매원이 말했다. "화요일 2시 14분 표를 드릴 수 있습니다."

"화요일요?"

"죄송합니다. 그게 제가 할 수 있는 최선입니다. 크리스마스 시즌이어서요. 그리고 전시이기도 하고요."

'당연하겠죠.' "화요일보다 더 빠른 표를 구할 수는 없을까요?"

"없습니다. 내일 캔터베리로 가는 6시 05분 표가 있습니다. 그곳에서 도버로 가는 기차를 탈 수 있을 겁니다." 마이크는 기차를 타려 줄 선 사람들에게서 도버행 9시 38분 기차표를 사기로 마음먹고 열심히 애써보았지만 실패했고, 이런 선택을 했던 것을 거의 곧바로 후회했다.

기차는 아침에 지하철이 운행하기 전에 출발했기 때문에 마이크는 노팅
힐게이트역에 가서 밤을 보낼 수 없었고, 빅토리아역에는 잘 만한 곳이 전
혀 없었다. 그는 믿을 수 없을 정도로 불편한 나무 벤치에서 밤새 앉아 있
어야 했다.

그리고 일단 기차를 타자 더 후회되었다. 그 기차는 완행일 뿐 아니라
이전 됭케르크에서 군인들을 태웠을 때의 '제인여왕호'보다도 더 빽빽하게
사람들이 들어찼으며, 런던을 떠나 10킬로미터도 되지 않았을 때 옆 철로
로 들어가 병영 열차 세 대와 군용품을 실은 화물 열차에 길을 비켜주며 기
다렸다.

거의 1시간 반이 흐른 뒤 기차가 다시 움직이기 시작했지만, 1킬로미터
쯤 갔을 때 다시 멈췄고 이번에는 아무런 이유도 없었다. "공습이야." 창에
가까운 군인 한 명이 밖을 보며 말했다. "독일 놈들이 오늘은 기차 사냥을
하러 나온 게 아니면 좋겠군. 우리는 그냥 날 잡아드십시오 하고 이대로 서
있으니까." 그리고 다음 몇 분 동안 모두가 천장을 바라보며 하인켈 HE-
111 폭격기가 내는 무시무시한 엔진 소리가 들리는지 귀를 기울였다.

"여기에 있는 것보다는 전선이 더 낫겠는걸." 몇 분 뒤 다른 군인이 말했
다. "폭격이 있는 걸 알면서도 꼼짝도 못 하고 그냥 죽는 걸 기다리느니 그
게 나아."

'폴리처럼.' 마이크가 생각했다. 자신의 강하가 열리지 않는다는 사실을
알게 되었을 때 폴리는 아주 끔찍했을 것이다. 그리고 자기에게는 해당 사
항이 없는 온갖 방법에 대해 지난 몇 주간 마이크와 에일린이 하는 말을 들
으면서도 자신의 비밀을 감춰야 했을 때는 더욱 그러했을 것이다. 하지만
그 무엇보다도 최악은 그에 관해 아무런 것도 '할 수 없다'는 점일 것이다.
마이크는 병원에 누워 구조팀에게 무슨 일이 일어난 건지, 그리고 하디를
구한 게 상황을 엉망으로 만든 게 아닌가 걱정했던 상황만으로도 충분히
괴로웠다. 비록 지금으로부터 1년 뒤이기는 하지만 자신이 진주만에 이미
다녀왔다면, 또는 V-1 공격이 시작했을 때처럼 3년 반 뒤의 시기를 이미

다녀왔다면 어떤 느낌일지, 마이크는 도무지 상상이 가지 않았다.

데드라인이 언제인지는 중요하지 않았다. 그게 언제든 그 끔찍한 느낌은 곧바로 그 사람의 온몸을 옥죄어들었다. 독일군이 됭케르크에 점점 다가오는데, 자신은 해변에 무력하게 앉아 저 멀리서 들리는 대포 소리에 귀를 기울이며 독일군이 오기 전에 어서 빨리 배가 나타나 구해주기를 기도하면서 기다리는 것 말고는 아무것도 할 수 없는 때의 느낌과 비슷했다.

그리고 마이크가 다프네의 편지를 받지 못했다면 그들 셋 역시 같은 상황에 빠져 있었을 것이다. 제때 편지가 도착해서 정말 다행이었다. 마이크는 그냥 가만히 앉아 구출되는 날만 기다리고 있을 자신이 없었다. 제로 전투기를 향해 기관총을 쏘거나 탄약을 전달하는 것이 그냥 앉아 있다가 총에 맞아 죽는 것보다 훨씬 더 쉬웠고, 됭케르크에서 물이 새는 배에 타고 있는 것이 독일군이 다가오는데 해변에 앉아 기다리는 것보다 훨씬 더 쉬웠다.

또는 일본군을 기다리는 것보다. 마이크는 제럴드가 오지 않았다는 사실을 알았을 때 룸메이트인 찰스 역시 오지 않았을 거라 생각했지만, 만약 찰스가 왔다면? 만약 찰스가 싱가포르에 있고, 그의 강하가 열리지 않으며, 일본군은 곧 도착하는 상황에서, 찰스는 구조팀을 놓칠까 봐 두려워 싱가포르를 떠나지 않았다면?

'찰스는 싱가포르에 있지 않을 거야.' 마이크가 생각했다. '내가 구조팀을 발견하는 순간, 나는 찰스를 구해야 한다고 말할 거니까. 필요하다면 찰스를 구하는 데 나도 같이 갈 거야.'

하지만 그런 마이크의 용기는, 저녁 파티용 정장을 입고 컨트리클럽에 앉아 일본군이 다가온다는 뉴스를 들어야 할 찰스의 용기에 비하면 아무것도 아닐 것이다.

병원에서 이브스 부인이 준 책을 읽었을 때, 마이크는 작은 보트를 타고 용감하게 남극 바다를 가로질러 구조대를 데려온 새클턴을 영웅이라고 생각했다. 하지만 이제 마이크는 척박한 섬에 남아 새클턴이 탄 보트가 사라지는 모습을 지켜보고, 발은 얼고 음식은 떨어지고 날씨는 점점 더 악화되어가는 상황에서 누가 구조하러 온다는 확신도 없는데 몇 주 몇 달 동안을 기다리던 사람들이 더 용감한 게 아니었을까 생각하게 되었다.

전에 마이크는 신문에서 비행장 이름을 찾다가, 폭격당해 잔햇더미가 된 집에서 구조된 나이 지긋한 여인에 관한 기사를 읽은 적이 있었다. 구조 대원이 잔햇더미에 남편이 깔려 있는지 묻자 그 여자는 분개하며 대답했다. "아니요. 그 겁쟁이는 전선에 있어요."

그 기사를 읽었을 때 마이크는 소리 내 웃었지만, 이젠 그게 과연 농담이었을까 의심이 들었다. 어쩌면 '잉글랜드'가 전선이고, 진정한 영웅은 밤마다 지하철역에 앉아서 산산조각이 나길 기다리는 런던 시민들일지도 몰랐다. 그리고 병원에서 줄에 고정되어 있던 포드햄. 그리고 이 기차에 탄, 공황 상태에 빠지지 않고 차분히 기다리는, 그리고 공황 상태를 이기기 위해 히틀러에게 전화해 항복하고 싶은 충동에 빠져들지 않는 모든 이들. 마이크는 옥스퍼드에 돌아가면 영웅적 행위에 관한 개념을 다시 생각해보아야 했다.

만약 마이크가 옥스퍼드로 돌아간다면 말이다. 그리고 이런 식이라면 살트램-온-시는 고사하고 캔터베리까지나마 갈 수 있을지 의문이었다.

마이크는 결국 살트램-온-시에 도착했다. 하지만 출발 지연과 측선 대기, 차고에까지 헛걸음하는 바람에 이틀이 더 걸렸다. 마이크는 반 무한궤도 장갑차, 사이드카, 낡디낡은 트럭을 얻어타고 갔다.

그 트럭은 예쁜 농업 여성이 운전했다. 그녀는 첼시에서 자랐고, 살트램-온-시에서 서쪽으로 몇 킬로미터 떨어진 농장에서 돼지들에게 먹이를 주고 젖소들의 젖을 짜는 일을 했다.

"이 일을 하면 손이 망가져요." 마이크가 이 일을 좋아하는지 묻자 여자가 말했다. "그리고 동트기 전에 일어나고 거름 냄새를 맡는 건 싫지만, 만약 뭔가 할 일이 없다면 걱정이 되어 미쳐버릴 거예요. 제 남편은 북대서양에서 선단을 호송하고, 어떤 때는 몇 주씩 연락이 없곤 하거든요. 그리고 이 일을 하면 뭔가 기여하는 느낌이 들지요."

여자는 마이크를 보며 싱긋 웃었다. "거기서 일하는 여자는 저까지 모두

네 명인데 모두 아주 사이가 좋아요. 그것도 도움이 되지요. 그리고 포우니 씨는 몇몇 농부들과 달리 그리 거칠지도 않고요.”

“잠깐요, 포우니 씨랑 일한다고요?”

“네. 왜요?”

“놀랄 노 자네요.” 마이크가 소리 내 웃으며 말했다. “포우니 씨에게 황소가 있나요?”

“네, 왜요? 황소에 대해 무슨 말을 들은 건가요? 그놈이 사람을 죽인 건 아니죠?”

“제가 알기로는 아니에요.”

“뭐, 그랬다 해도 놀라운 일은 아니죠. 그놈은 잉글랜드에서 가장 성질 고약한 황소니까요. 그 황소를 어떻게 아시나요?”

마이크는 차를 얻어 타기 위해 포우니 씨가 황소를 사서 돌아오기를 기다리던 이야기를 해주었다. “그리고 마침내 이렇게 됐네요.”

“에, 제가 당신이라면 너무 기뻐하지는 않을 거예요.” 여자가 말했다. “이 화물차 타이어는 잉글랜드에서 가장 엉망이거든요.”

여자의 말은 과장이 아니었다. 화물차는 도버와 포크스톤 사이에서 두 번 펑크가 났고, 여분의 타이어도 없었다. 그래서 두 번 모두 타이어를 빼고 무 조각을 대 수리하고(두 번째로 수리할 때는 거센 진눈깨비까지 휘날렸다) 자전거용 펌프로 바람을 넣어야 했다.

살트램-온-시가 보일 즈음에는 3시 30분이 넘었고 어두워지기 시작했다. 마이크는 강하 지점에 설치된 대포를 보았다. 그리고 이제 그 측면에는 콘크리트로 된 대전차 장애물과 날카로운 말뚝들이 빽빽이 줄지어 들어서 있었다.

절벽 꼭대기를 따라서는 칼날 철조망이 설치되었고, ‘위험, 지뢰 있음’이라는 경고판이 있었다. 그는 이 모든 광경을 보고 구조팀이 뭐라 생각했을지 궁금했다.

“건널목에서 세워줘도 괜찮을까요?” 농업 여성이 물었다(이름은 노라였다). “어두워지기 전에 집에 가고 싶어서요.”

“그럼요. 괜찮아요.” 마이크가 말했지만, 화물차에서 내리자마자 후회했다. 해협에서 불어오는 바람은 매서웠고, 진눈깨비는 눈으로 바뀌고 있었다.

‘젠장, 이 고생을 했는데도 구조팀이 여기 없으면 안 되는데.’ 마이크가 생각했고, 바람을 피해 고개를 숙이고 옷깃을 세워 목 주위로 단단히 여민 채 마을을 향해 발을 절며 내려갔다. ‘그리고 구조팀이 온 강하 지점도 이곳에 있어야 할 텐데.’

‘적어도 다프네는 있을 거야.’ 마이크가 여관으로 가며 생각했지만, 바 뒤에 다프네는 없었다. 그곳에 있는 건 그녀의 아버지였다.

“다프네를 만나러 왔습니다.” 마이크가 말했나.

“자네, 그 미국인 기자 맞지?” 다프네의 아버지가 말했다. “중령이랑 됭케르크에 갔던 그 기자지?” 그리고 마이크가 고개를 끄덕이자 계속해 말했다. “유감이야, 젊은이. 너무 늦었어.”

“너무 늦어요?”

“그래, 젊은이.” 그가 말했다. “다프네는 이미 결혼했어.”

24

제발 말해주시길, 오늘 누가 나에 관해 묻지 않았는지?

— *윌리엄 셰익스피어, 《자에는 자로》*

살트램-온-시, 1940년 12월

"다프네가 결혼했다고요?" 마이크는 놀란 나머지 술집 카운터에서 풀쩍 물러나며 말했다.

"그래." 다프네의 아버지가 차분히 행주로 유리잔의 물기를 닦으며 말했다. "해안 경비대에서 근무하던 청년과."

'나 때문에 다프네가 상처받아 누구와도 결혼 안 할까 봐 걱정했는데, 정말 쓸데없는 걱정이었네.' 마이크는 그동안 혼자 속끓인 게 괜히 억울해졌다.

"해안 경비대 좋아하네." 전에 선창에서 이야기를 나누었던 파이프 담배 피우는 어부가 코웃음을 쳤다. "내가 보기에 그 녀석은 경비에 대해서는 별로 아는 게 없어. 다프네에게서 자기 몸 하나도 못 지켰잖아?" 그는 마이크의 옆구리를 쿡 찔렀다. "자네도 그런 거 같은걸, 청년?"

술집 사람들이 웃어댔고, 그 웃음을 틈타 마이크가 물었다. "어디 가면 다프네를 만날 수 있을지 알려주시겠습니까?"

다프네의 아버지가 얼굴을 찡그렸다. "좋은 생각이 아니야, 청년. 이제 다프네는 로브 부처의 아내이고, 그걸 자네가 어찌할 방법은 없어.”

“그럴 마음은 없습니다.” 마이크가 말했다.

다프네의 아버지가 언짢은 표정을 지었다.

“제 말은, 문제를 일으키고 싶은 마음이 없다는 겁니다. 저는 다프네와 이야기만 나누면 됩니다. 다프네는 제게 편지를 보내서 저에 관해 묻고 다니는 사람들이 있다고 했고, 저는 그 사람들을 어디 가면 만날 수 있는지 다프네에게 물어봐야 합니다. 아니면 당신이 도와주실 수도 있습니다. 다프네가 말하길 그 사람들이 들어와서….”

다프네의 아버지가 고개를 저었다. “난 그 사람들에 대해서는 아무것도 몰라. 그리고 다프네는 이제 남편이랑 맨체스터에 살아.”

‘맨체스터?’ 그곳은 살트램에서 3백 킬로미터도 넘게 떨어진 곳이었다. 기차로 그곳에 가려면 적어도 이틀은 걸렸다. 기차를 탈 수 있다면 말이다. 기차는 크리스마스 휴가를 맞아 집으로 가는 병사들로 꽉 차 있었다.

“다프네의 전화번호를 혹시 아시나요?” 마이크가 물었다. “아니면 주소라도요.”

“거기 가서 못된 짓을 할 생각은 아닌 거지?”

“아닙니다. 저는 편지를 쓰려는 것뿐입니다.” 마이크는 거짓말을 했고, 그 주소가 제발 사서함 주소가 아니길 바랐다.

아니었다. 그 주소는 킹 스트리트였다. “하지만 어제 받은 편지에는 사는 곳이 별로 맘에 안 든다고 하더군.” 다프네의 아버지가 말했다. “좀 더 괜찮은 곳을 찾고 있대.”

‘찾지 못했길 바라야겠군.’ 마이크가 생각하며 주소를 적었다.

“만약 누군가가 저를 찾아오면 이곳에 있다고 말해주십시오.” 마이크는 말하며 리어리 부인의 주소와 전화번호를 알려주었다. 마이크는 술집 주인에게 딸의 결혼을 축하한 뒤 맨체스터를 향해 떠났다.

원래 맨체스터까지 가는 데는 이틀이 걸리지 않았다. 하지만 꽉 찬 기차, 출발 지연, 놓친 연결편, 군인뿐 아니라 짐과 자두 푸딩을 들고 탄 민간인들(그리고 여정 일부에서는 아직 털을 뽑지 않은 거대한 크리스마스용 거위도 한 마리 있었다)로 꽉 찬 기차를 타고 거의 나흘을 가야 했다. 잉글랜드의 그 누구도 '불필요한 여행을 피하십시오'라고 역마다 붙여놓은 정부 명령에 따를 마음이 없는 듯했다.

마이크는 12월 22일 늦은 오후가 되어서야 맨체스터에 도착했다. 다프네와 그의 신랑은 이미 '좀 더 괜찮은 곳'을 찾은 뒤였다. 마이크는 절룩이며 킹 스트리트까지 갔지만 결국 다시 마을을 가로질러 위트워스로 가야 했다. 그리고 리케트 부인과 똑 닮은 그곳 집주인은 다프네가 안에 있는지 잘 모르겠노라고 말했다. "가서 있는지 볼게요." 집주인 여자가 말했고, 문 앞에 마이크를 두고 안으로 사라졌다.

'제발 안에 있어야 할 텐데.' 마이크가 생각하며 아픈 발에 무게를 싣지 않기 위해 문설주에 몸을 기댔다.

다프네는 안에 있었다. 다프네는 살트램-온-시에서 처음 봤을 때처럼 계단을 내려오다가 중간에 걸음을 멈추었다. "이런, 마이크." 다프네가 눈을 휘둥그레 뜨고 말했다. "맨체스터에서 당신을 보리라고는 상상도 못 했어요. 여기서 뭐 하는 거예요?"

"당신을 만나러 왔어요. 당신에게…."

"하지만 아빠가 말해주지 않았어요? 아, 이런, 이런 끔찍한 일이! 당신에게 이런 식으로 알릴 생각은 아니었는데요! 당신은 멋진 사람이고, 이 먼 곳까지 와줬어요. 하지만 저는 지난주에 결혼했어요."

"알아요. 당신 아버지가 말해줬어요." 마이크는 마음이 아프지만 체념했다는 듯이 들리려고 애쓰며 말했다. "사실 당신이 보낸 편지 때문에 왔어요."

"제 편지요?" 다프네는 어리둥절해하며 말했다. "하지만 저는 편지를…. 로브에 관해 편지로 이야기할까 생각했지만, 전 당신이 어디에 있는지 그리고 뭘 하는지 알지 못했고, 그래서 만약 당신이 전쟁 기사를 쓰려고 전선에 가 있다면 제 소식을 알리는 게 좋지 않을…."

"아니요. 저에 관해 물으러 왔다는 남자들에 관해 쓴 편지요." 마이크가 말하며 외투에서 편지를 꺼냈다. "우편물 배달에 착오가 있어서 이제야 받았어요.”

“아.” 살짝 실망한 목소리로 다프네가 말했다.

“이 편지에 대해 말하려고 살트램-온-시에 갔는데, 당신 아버지가 당신은 결혼해서 맨체스터로 이사했다고 알려줬어요. 결혼 축하드려요. 당신 남편은 아주 운이 좋은 분이네요.”

“아, 하지만 운이 좋은 건 저예요.” 다프네가 얼굴을 붉히며 말했다. “로브는 멋지고, 상냥하고, 용감해요. 지금은 부두 수리 일을 하지만 전투에 참여하겠다고 신청했어요. 그이는 잉글랜드를 위해 자기 몫을 다하기 위해 열심이에요. 전 그이에게 말했죠. ‘당신은 이미 자기 몫을 다하고 있어요. 당신 덕분에 잉글랜드가 굶주리지 않잖아요. 독일군을 쏘거나 U-보트를 침몰시키는 것처럼 멋져 보이지는 않을지 몰라도….’”

말을 중간에 끊지 않으면 마이크는 밤새도록 여기에 있어야 할 판이었다. “질문 몇 가지만 해도 될까요?”

“아, 물론이죠. 이런, 제가 참 예의가 없네요. 당신을 이렇게 문 앞에 세워두다니요. 응접실로 오세요. 차를 드시겠어요?”

참으로 솔깃한 제안이었다. 마이크는 아침 식사 이후로 아무것도 못 먹었다. 게다가 아픈 발도 좀 쉬게 하고 싶었다. 하지만 이미 열기를 더해가는 다프네의 수다를 부채질할 만한 상황은 그 무엇도 사양이었다. “아니요, 고맙지만, 곧 기차를 타야 해서요. 술집에 남자 둘이 와서 저에 관해 물었다고 했죠?”

다프네가 고개를 끄덕였다. “두 번요. 처음에는 술집의 모든 사람에게 마이크 데이비스라는 종군기자를 아는지 물었고, 톰킨슨 씨가 제가 안다고 말하자 저에게 와서는 당신과 연락하려면 어떻게 하면 되느냐고 물었어요.”

“그래서 말해줬나요?”

“아니요. 저는 누군가가 당신에 관해 물으면 곧장 알려달라던 당신 말이 생각났어요. 그래서 당신 주소를 알려주는 대신 당신에게 편지를 보낸 거예요.”

마이크는 속으로 신음했다. “왜 저를 만나고 싶어 하는지는 말하던가요?”

"아니요. 전쟁과 관련된 일이라면서 당신을 만나는 게 아주 중요하다고 했어요. 하지만 무슨 용무인지 자세히 말하지 않았어요."

"그 사람들이 자기 이름들을 말하던가요?"

"네. 왓슨 씨하고…." 다프네는 얼굴을 찡그리며 입술을 깨물었다. "기억이 안 나요. 호스 비슷한 이름이었는데…."

"홈즈 씨인가요?"

"네, 맞아요. 왓슨 씨랑 홈즈 씨였어요."

그 이름을 들으니 확실했다. 구조팀이었다.

"그 사람들은 당신이 됭케르크에 갔던 거랑 병원에 있던 걸 다 알고 있었어요." 다프네가 말했다. "당신이 아마 살트램-온-시로 갔을 거란 말을 간호사에게서 들었다고 했죠."

그 말인즉슨, 구조팀은 오핑턴 병원까지 마이크의 위치를 추적했지만 카모디 간호사와는 대화하지 못했다는 뜻이었다. 카모디 간호사는 마이크가 런던에 갔다는 걸 알았으니까. "어떻게 생겼나요?" 마이크가 물었다. "군복 차림이던가요?"

"아니요. 민간인 복장이었어요. 아주 호화롭고, 악센트도 아주 우아하고, 둘 다 아주 잘생겼어요." 다프네는 애교 떨듯 고개를 옆으로 살짝 기울였다. "하지만 솔직히 말해서, 당신만큼 잘 생기지는 않았어요. 제가 이렇게 말한다 해도, 제가 결혼한 여자란 건 아시죠?"

'네, 압니다.'

"그 사람들이 두 번 왔다고 했죠?" 마이크는 화제를 다시 돌리려 애쓰며 말했다. "같은 날인가요?"

"아니요. 그 사람들이 온 건… 언제였더라…? 12월 첫째 토요일이었던 것 같아요."

제럴드 핍스가 왔는지 알아보기 위해 마이크가 옥스퍼드에 갔던 날이었다.

"그리고 이튿날 저녁에 다시 왔는데 로브가 질투하면서 저보고 그 사람들에게 추파를 던지지 말라고 하더라고요. 그래서 제가 말했어요. '추파를 던지는 게 아니에요. 그리고 설사 그렇다 할지라도 당신은 나에게 이래라 저래라할 자격이 없어요, 로브 부처. 난 당신 아내가 아니라고요.' 그랬더니 글쎄 그이가 '당신이 제 아내였으면 좋겠어요.'라고 말했고, 곧바로 도버로 가서 특별 면허를 받아 온 거 있죠. 신부님이 우리를 곧장 결혼시킬 수 있도록요. 아빠는 우리보고 기다리라고 했지만, 로브는 내일 무슨 일이 일어날지 모른다고, 우리가 얼마나 같이 있을지 모른다면서 싫다고 했고, 자신이 이곳으로 파견 나올 걸 알게 된 로브는….”

“두 번째로 왔을 때….” 마침내 마이클이 말을 자르고 말했다. “뭐라고 하던가요?”

“당신에게서 뭔가 소식을 들으면 즉시 연락해달라고 했어요. 그리고 자기네 주소를 적어줬어요. 그 주소도 당신에게 보낼 생각이었지만 결혼 준비에 너무 들떠서 잊었어요. 아, 정말 멋진 결혼식이었어요. 군복을 입은 로브는 너무나 멋져 보였고, 교회 장식은 감탕나무랑….”

“주소를 기억하나요?”

“아니요.”

'당연히 못 하겠죠.'

“하지만 가지고 있어요. 전 그걸….” 다프네는 아차 하는 표정으로 얼굴을 찡그렸다. “어디에 뒀더라?”

'제발 술집 바 뒤에 넣어뒀다고 하지는 말아요. 그랬다가는 그걸 가지러 살트램-온-시까지 터벅터벅 걸어가야 한다고요.' 마이크가 생각했다.

“잘 뒀는데…. 아, 기억났어요.” 다프네가 말했다. “늘 가지고 있으려고 휴대용 화장품 케이스에 넣어뒀어요. 위층에 있어요. 잠깐만요.” 다프네는 계단을 올라가다가 멈추더니 몸을 돌리고 난간 너머로 마이크를 바라보았다. “곤란한 상황에 빠진 건 아닌 거죠?”

'더는 아니에요.' 마이크가 생각했다.

“제 말은, 정부에서 당신을 쫓는다거나 하는 건 아닌 거죠?” 다프네가 걱정스러운 듯이 물었다.

“아니에요. 저는 그 사람들이 누군지 알 것 같아요. 됭케르크에서 돌아올 때 보트에 같이 탔던 사람들이에요. 기자예요.”

“이런, 됭케르크에 있던 분들인 걸 알았으면 좋았을 텐데. 중령님과 조 녀선에 관해 물어볼 수 있었는데. 그 둘에게 무슨 일이 생겼는지 알 수도 있잖아요.”

“만나면 물어볼게요.” 마이크가 거짓말을 했다. “가서 주소를 가져다줄 래요?”

“아, 맞다.” 다프네가 말하고 계단을 바쁘게 올라갔고, 고개를 돌려 어 깨너머로 애교 넘치는 웃음을, 남편이 푹 빠졌을 게 분명한 특유의 웃음을 지어 보였다. “곧 돌아올게요.”

다프네는 말한 대로 거의 즉시 줄이 쳐진 종이를 한 장 들고 돌아왔다. 마이크가 가지고 다니는 공책과 비슷한 것에서 찢어낸 듯한 종이였다. “여 기 있어요.” 종이를 건네며 다프네가 말했다.

마이크는 주소를 내려다보았다. 켄트 에지본이라고 되어 있었다. 그곳 이 강하 지점이 분명했다.

“호크허스트 근처예요.” 다프네가 말했다.

호크허스트. 그곳은 살트램-온-시까지 돌아갈 필요는 없었지만, 만만 치 않게 멀었다. 마이크는 사람들로 꽉 찬 기차를 타고 길고 불편한 여행을 해야만 했다.

하지만 적어도 해변에 있는 곳은 아니었다. 그러니 경비병들과 초소들 로 고생할 일은 없었다. 하지만 마이크는 그곳이 너무 작아 기차역이 없지 는 않을까 봐 걱정이 되었다. 하지만 그건 상관없었다. 그 무엇도 문제가 되지 않았다. 마이크의 마음속에서 지난 6개월 동안의 근심 걱정이 모두 녹 아내렸다. 구조팀이 와 있었고, 그들은 집으로 갈 것이다.

“고마워요.” 마이크가 말하고 충동적으로 다프네의 뺨에 키스했다. “당 신은 멋져요.”

“어머, 저기….” 다프네가 얼굴을 붉히며 말했다. “이제는 그러시면 안 돼요, 알잖아요. 저는 결혼했어요. 로브는….”

“아주 운이 좋은 남자죠.” ‘그리고 저도요. 당신은 방금 제 생명을 구했어요. 우리 모두의 생명을요.' "잘 들으세요." 마이크가 말했다. "조심하세요. 사이렌이 울리면 괜히 만용을 부리지 말아요. 방공호로 가요. 당신에게 무슨 일이 일어나는 건 원하지 않아요."

"아, 이런. 제가 당신 마음을 아프게 한 거죠, 그렇죠?" 다프네는 마이크를 안타까워하며 웃어 보였다. "걱정하지 마세요. 당신도 누군가를 만날 거예요. 그리고 당신도 저와 로브처럼 행복할 거예요. 모든 게 다 잘되었다는 걸 알게 될 거예요. 로브가 말하길…."

사이렌이 울렸고, 마이크는 그 소리를 떠날 핑계로 삼았다. "제가 한 말 잘 기억하세요." 마이크가 다프네에게 말했다. "방공호로 가요." 그리고 마이크는 로브가 뭐라고 말했는지, 자기 웨딩드레스가 어땠는지, 마이크가 어떻게 멋진 여자를 찾을 것인지에 대해 다프네가 뭐라고 말하기 전에 절룩이며 그곳을 떠났다.

'내게는 이미 멋진 여자가 있어.' 마이크가 생각했다. '두 명이나.'

마이크는 역에 도착하는 대로 즉시 그 멋진 여자 둘에게 전화해 기쁜 소식을 전할 생각이었다. 마이크는 자신이 다프네를 찾지 못하거나 다프네가 구조팀 주소를 가지고 있지 않을 수도 있다는 생각에 지금까지는 전화하지 않았지만, 이제 폴리와 에일린은 직장을 관두고 떠날 준비를 해야 했다. 그리고 마이크는 폴리에게 맨체스터가 22일에 폭격당하는지, 그리고 얼마나 심하게 당하는지를 물어봐야 했다.

사이렌이 울리고 15분이 지났지만, 비행기 소리는 여전히 들리지 않았다. 맨체스터는 런던보다 경고 시간을 더 길게 주는 게 분명했다. 런던보다 북서쪽에 있었기 때문이다. 대포 소리 역시 들리지 않았다. 탐조등들만이 부두 쪽을 비췄다. 하지만 탐조등 불빛만으로도 길을 가기에 충분히 밝았다.

마이크는 발을 절며 기차역으로 갔다. 절룩이는 발 때문에 욕이 절로 나왔다. '며칠만 참으면 더는 절지 않을 거야.' 마이크가 생각했다. '내 발은 멀쩡해질 거고, 폴리는 데드라인에 이곳에 있을까 봐 더 이상 걱정하지 않아도 돼. 그리고 에일린은 또 공습이 있을까 두려워하지 않아도 되고.'

남자 한 명이 감탕나무 가지를 들고 마이크를 지나쳤다.

'우리도 집에서 크리스마스를 보낼 수 있어.' 마이크가 생각했다. 그는 기차역 문을 열고 들어가 폴리와 에일린에게 전화하기 위해 홀 건너편에 줄지어 있는 빨간 전화부스들 쪽으로 향했다. 런던으로 돌아가 둘을 데리고 에지본으로 다 함께 가는 게 나을까, 아니면 에지본에서 만나자고 할까? 나중 방법이 더 빠를 것이고, 에일린과 폴리가 안전하고 더 빨리 런던에서 나오는 방법이기도 했다. 하지만 만약 뭔가 잘못되어 서로 헤어지기라도 한다면….

어쩌면 마이크가 가서 둘을 데려오는 것이 나을지도 몰랐다. 그렇게 하면 그들 모두는 함께 있게 되고….

'지금 내가 무슨 생각을 하는 거야? 나는 에지본으로 가서 구조팀에게 폴리와 에일린이 있는 곳을 알려주기만 하면 돼. 그러면 구조팀은 그 둘을 구할 다른 팀을 보낼 거야. 원한다면 오늘 밤 당장에라도. 또는 내가 살트램-온-시를 떠난 날 밤으로.' 이건 시간 여행이었다. 에일린과 폴리는 아마도 이미 옥스퍼드에 가 있을 것이다. 그 경우, 마이크는 켄트로 가서 구조팀에게 자신이 떠난 날 둘이 어디에 있었는지만 알려주면 되었다.

마이크는 출발시간표를 쳐다보았다. 6분 뒤에 레딩으로 떠나는 급행이 있었다. 그는 절룩이며 표 판매대로 갔다. "6시 5분 레딩행 한 장 주세요." 마이크가 말했다.

판매원은 고개를 저었다.

"그게 만석이면, 동쪽으로 가는 다음번 기차로 주세요."

"공습 중에는 출발하지 않습니다." 판매원이 말하며 높은 천장을 가리켰다. 갑자기 저 위에서 낮게 으르렁대는 비행기들 엔진음이 들리기 시작했다. "오늘 밤에는 아무 곳에도 갈 수 없습니다. 저라면 방공호를 찾아가겠습니다."

25

해피 대공습마스!

— *크리스마스카드, 1940*

런던, 1940년 12월

마이크가 살트램-온-시로 떠나고 사흘이 지나자 에일린이 초조하게 물었다. "지금이면 마이크에게서 무슨 연락이 왔어야 하지 않아?"

'그렇지.' 폴리가 생각했다. 그들은 리케트 부인 집에 있었다. 사이렌은 울리지 않았고, 《크리스마스 캐럴》 연습은 8시에 시작했으며, 그래서 에일린은 마이크가 전화할 수도 있으니 마지막 순간까지 기다렸다가 노팅힐게이트역으로 가자고 고집을 부렸지만, 전화는 오지 않았다.

"다음 주는 되어야 전화가 올 것 같아." 폴리가 안심시키듯이 말했다.

"다음 주?"

"응. 아마 아직 그곳에 도착조차 못 했을 거야. 전시라서 기차가 지연되고 도버에서 출발하는 버스 편도 없잖아. 그리고 구조팀은 살트램-온-시에 없을 거야. 아마 포크스톤이나 램스게이트에 있을걸. 혹은 다프네와 이야기를 한 뒤에 마이크를 찾으러 떠났거나…."

"그런 경우라면 마이크가 구조팀을 찾으려면 며칠이 걸릴 수도 있겠구나." 에일린이 안심했다는 듯이 말했다.

"그렇지." 폴리가 말했다. 하지만 이건 시간 여행이고 따라서 마이크가 구조팀을 만나는 데 아무리 오래 걸려도 상관없다는 말은 하지 않았다. 만약 마이크가 구조팀을 만났다면 그는 폴리와 에일린이 어디에 있는지만 말하면 되었다. 그러면 마이크가 빅토리아역으로 떠나자마자 다른 구조팀이 리케트 부인 집에 올 수 있었다. 그 말인즉, 마이크가 구조팀을 만나지 못했거나 마이크에게 무슨 일이 일어났다는 뜻이었고, 폴리는 에일린에게 그런 말을 할 마음이 없었다. 그 말을 했다가는 에일린을 겁먹게 할 뿐이었고, 폴리는 이미 두 명분, 아니 세 명분에 해당하는 겁을 먹고 있었다.

다프네가 보낸 편지, 그리고 에일린이 마이크에게 폴리가 전쟁이 끝나는 걸 목격했다고 한 말 덕분에 마이크는 자신들이 미래를 바꾸지 않았다고 확신했다. 심지어 앨런 튜링과 부딪힌 일에 대한 걱정도 털어버렸다.

하지만 마이크는 에일린이 알프와 비니 호드빈의 어머니에게 '시티 오브 베나레스호' 편지를 건네지 않은 사실을 몰랐다. 그리고 비니가 홍역에 걸렸을 때 에일린이 아스피린을 준 일도.

마이크는 튜링이 충돌로 부상당하지 않았다고 말했지만, 꼭 다쳐야만 문제가 되는 건 아니었다. 상대는 블레츨리 파크의 성공을 이끈 앨런 튜링이었고, 지금은 아직 독일 해군의 에니그마 암호를 깨지 못한 시기였다. 만약 마이크와 부딪힌 일 때문에 중요한 순간에 생각의 흐름이 깨졌다면, 그래서 암호를 깨지 못한다면? 또는 마이크가 블레츨리 파크에 있는 동안 뭔가 다른 일을 했고, 그 일이 하디를 구조한 일 그리고 폴리와 에일린이 한 일들과 결합되어 나중에 전쟁의 흐름을 바꾼다면? 또는 마이크가 지금 살트램-온-시에서 뭔가를 한다면?

'마이크에게 경고해야 했는데. '시티 오브 베나레스호' 이야기도 해야 했고. 그리고 불일치의 가능성에 대해서도.' 하지만 그것들이 불일치가 맞는지 폴리는 자신이 없었다. 게다가 폴리의 데드라인에 대해 들은 마이크는 굉장히 심란해했고, 그래서 그다음에 다프네의 편지를 받자 구조팀이 온 거라고 굳게 믿어버렸다.

'만약 구조팀이 왔다면 이런 일들로 마이크를 걱정시킬 이유가 없어. 하

루의 괴로움은 이미 족해.'

'하지만 구조팀이 오지 않았다면?'

"걱정되는구나, 그렇지?" 에일린이 초조한 목소리로 물었다. "마이크가 전화를 안 해서."

"아니. 폴리가 단호히 말했다. "잊지 마. 마이크는 '왕관과 닻'의 전화는 남들이 쉽게 엿들을 수 있다고 했어. 도버로 다시 돌아가서 적당한 전화기를 찾을 때까지 시간이 걸릴 거야. 아니면 전화선이 끊겼을 수도 있고."

'매일 밤 도버가 받는 폭격 때문에.' 폴리가 속으로 덧붙였다. 그녀는 마이크가 어서 전화할 방법을 찾기를 바랐다. 그래야 그에게 앞으로 있을 폭격과 공습들에 대해 말해줄 수 있기 때문이었다. 마이크는 다음 며칠 동안은 무사할 것이다. 공습은 모두 중부 또는 서쪽에 있었다. 20일에는 리버풀, 21일에는 플리머스, 그리고 그다음 날 밤에는 맨체스터였다. 하지만 24일에 도버는 심한 폭격을 당했고, 켄트의 기차 두 대는 기총소사를 당했다.

둘은 마이크가 전화하길 바라며 다시 15분을 기다렸다. "20분 전이야." 폴리가 마침내 말했다. "진짜로 떠나야 해. 아니면 연습에 늦어."

"알았어." 에일린이 마지못해 말했다. "잠깐, 저거 전화 소리 아니야? 마이크야. 전화할 줄 알았어!" 에일린이 전화를 받으러 요란스레 계단을 뛰어 내려가며 말했다.

전화한 이는 리케트 부인의 여동생이었고, 부인은 한동안 전화 통화를 할 게 분명해 보였다. "저 여자는 지난 사흘 동안 두 번이나 전화했어. 마이크가 전화했지만 저 여자 때문에 연결이 안 됐을 거야." 노팅힐게이트역으로 걸어갈 때 에일린이 말했다. 그녀가 걸음을 멈췄다. "너, 캐롤라인 여사를 알았던 거지? 덜위치에 있었을 때 말이야." 폴리가 놀라 에일린을 보자 그녀는 계속 말했다. "신부님에게서 캐롤라인 여사와 데네웰 경에 대한 편지를 받았을 때 네가 '너 데네웰 여사님 밑에서 일했던 거야?'라고 말했잖아."

'에일린은 또 누구 밑에서 일했을까?' 폴리는 궁금했다.

"응." 폴리가 말했다. "내 직속상관이었어."

에일린은 이미 알고 있었다는 듯이 고개를 끄덕였다. "물론 너에게 모든 일을 다 하게 시켰겠지."

"아니, 데네웰 소령님은 아주 훌륭한 분이었어. 열심히 일하고 늘 자기 부하들을 챙기고, 필요한 보급품을 마련해주려 열심이셨지. 그래서 내가 그렇게 놀랐던 거야. 네가 말하는 그분은 완전히….'

"남편과 아들을 둘 다 잃어서 그렇게 바뀐 걸 거야. 전쟁은 사람들을 바꿔놓지. 자신이 할 수 있으리라 생각도 못 한 것들을 할 수 있게 만들어." 에일린이 생각에 잠겨 말했다. "배스컴 부인이 마지막으로 보낸 편지에, 부인은 우나가 보조 수송대에서 아주 훌륭한 운전사가 되었다고 했어. 전쟁 때문에 알프와 비니 호드빈도 바뀔까?"

"절대로 아닐걸."

"내 생각도 그래." 둘이 켄싱턴 처치 스트리트로 들어설 때 에일린이 말했다. "극단에 《크리스마스 캐럴》 공연 때 네가 이곳에 없을 거니 대역이 필요할 거라고 말했어?"

"아직." 폴리가 말했고, 속으로 마이크는 그냥 늦는 것뿐이길, 자신들이 지하철역에 도착했을 때 그 앞에서 구조팀이 기다리고 있길 바랐다. 또는 리케트 부인이 와서 둘이 없을 때 그가 전화했었다고 말해주길 바랐다.

리케트 부인은 그런 말을 하지 않았고, 지하철역에는 아무도 없었다. 이튿날 아침 타운센드 브라더스 백화점 앞도 마찬가지였다. "오늘 전화할 거야. 난 알아." 에일린이 서적 매장으로 가며 확신에 차 말했다. "점심시간에 보자."

하지만 점심 먹을 시간이 없었다. 상록수 가지와 셀로판으로 만든 화환, 종이종(알루미늄 포일로 만든 것들은 모두 비버브룩 경의 스핏파이어 운동에 보냈다)으로 크리스마스 장식을 해야 했고, '크리스마스는 언제나 온다네'라는 현수막을 걸어야 했다. 그리고 몰려드는 손님들과 씨름해야 했다.

"좋은 점도 하나 있긴 해." 일이 끝나고 에일린을 만난 폴리가 말했다. "우리가 물건을 아주 많이 팔아서 갈색 종이가 완전히 떨어졌다는 거."

하지만 이튿날 폴리가 타운센드 브라더스 백화점에 출근했을 때, 판매대에서는 커다란 크리스마스 포장지 더미가 그녀를 기다렸다. "스넬그로브 양이 창고에서 찾아냈어." 도린이 말했다. "2년 전 크리스마스 때 쓰고 남은 거래. 다행이지?"

폴리는 낙담하여 감탕나무 잔가지들이 찍힌 포장지를 물끄러미 바라보았다. "국방성에 보내야 하지 않을까? 전쟁에 기여하는 게 우리 의무잖아. 총을 포장할 때 충전재로 쓴다거나 할 수 있을 거야." 폴리가 물었다.

스넬그로브 양이 폴리를 노려보았다. "이런 어려운 시기의 크리스마스를 손님들이 되도록 즐겁게 보내게 하는 게 우리의 의무입니다."

'내 크리스마스는 어쩌고요?' 폴리는 생각했다. 폴리는 물건을 포장하지 않고 가져가는 게 애국심을 발휘하는 것이라고 손님들을 설득해보았지만, 소용없었다. 이 시기에 백화점은 포장지를 구할 수 있는 유일한 곳이었고, 사람들은 그런 기회를 포기하지 않았다. 어떤 사람들은 단지 포장지를 구하기 위해 뭔가를 샀는데, 예를 들어 보기 흉한 라벤더-분홍색 스타킹이 전부 팔렸다. 폴리는 매듭을 묶고 포장 모퉁이를 깔끔하게 만드느라 거의 모든 시간을 썼고, 남은 시간은 《크리스마스 캐럴》 대사를 외우는 데 썼다.

폴리는 연극에 대해 잘못 생각했었다. 여자들 역할은 작았지만, 여자들이 아주 많이 나왔고, 폴리는 스크루지의 옛 애인인 벨뿐 아니라 크래칫의 장녀, 스크루지에게 기부하라고 찾아온 사람(가짜 콧수염과 구레나룻을 붙였다), 칠면조를 사 오는 심부름을 하는 소년(모자를 쓰고 무릎까지 내려오는 반바지를 입었다), 크리스마스 미래의 유령 역을 맡았다.

'정말 딱 맞는 역이야.' 폴리가 생각했다. 폴리는 이 연극이 시간 여행에 관한 내용이라는 사실을 미처 몰랐었다. 《크리스마스 캐럴》은 스크루지가 일종의 역사학자로, 과거로 여행을 갔다가 미래로 돌아가는 내용이었다.

그리고 스크루지는 사건들을 변경했다. 그는 밥 크래칫의 급료를 인상해줬고, 가난한 사람들 다수의 삶을 좋게 바꾸었고, 타이니 팀의 목숨을 구했다. 하지만 《크리스마스 캐럴》에서 스크루지가 한 행동들이 나쁜 결과를 가져올 가능성은 없었다. 디킨스의 세계에서는 좋은 의도가 늘 좋은 결과를 가져왔다.

그리고 디킨스 소설의 등장인물 그 누구에게도 데드라인이 없었다.

'그리고 같은 시간에 두 번 있을 수도 있고.' 폴리는 주임 사제가 젊은 스크루지로, 그리고 고드프리 경이 늙은 스크루지로 분해, 같은 장면에 둘이 함께 나오는 걸 지켜보며 부러운 마음을 삼켰다.

무대에 서지 않을 때의 고드프리 경은 라버넘 양이 크리스마스 아침 장면에 쓸 칠면조를 구하지 못했다고 꾸짖었다.

"칠면조 자체가 없어요, 고드프리 경." 라버넘 양이 말했다. "아시다시피, 전시잖아요."

또는 고드프리 경은 비브(스크루지 조카의 아내 역)와 심스 씨(말리의 유령)에게 대사를 제대로 못 외운다고 호통을 쳤다.

"아마 당신도 비석 장면의 대사를 외우지 못했겠지요, 비올라." 폴리가 시작 신호를 놓치자 고드프리 경이 으르렁거렸다.

"저는 대사가 없어요." 폴리가 상기시켰다. "저는 스크루지의 무덤을 가리키기만 하면 되는걸요."

"푸하, 말 같지도 않은 소리!"[15] 고드프리 경이 말하고는 타이니 팀(트로트)에게 지팡이를 치우라고 호통쳤고, 스크루지가 자신의 죽음을 직면하는 장면을 시작하게 했다.

"제가 유령님이 가리킨 저 돌로 더 가까이 가기 전에…." 고드프리 경은 마분지로 만든 비석을 보고 겁을 먹어 움찔하며 말했다. "한 가지만 여쭙겠습니다. 이 환영들은 미래에 반드시 일어날 일들인가요, 아니면 일어날 수도 있는 일들인가요?"

'저는 몰라요.' 폴리가 생각했다.

전쟁은 여전히 역사대로 진행되는 듯이 보였다. 리버풀, 플리머스, 맨체스터는 폭격당했고, 빅토리아역은 폭탄을 맞았으며, 영국은 북아프리카에서 이탈리아군에 반격했다. 이 모든 것은 예정대로였다.

하지만 앞으로도 계속 그럴까? 아니면 마저리가 엘 알라메인이나 영국 전함 '도셋셔호'에서 결정적인 실수를 할 누군가를 구하는 건 아닐까? 마저

---

15 《크리스마스 캐럴》에서 스크루지가 자주 하는 말이다.

리는 훈련을 받는 노위치에서 '독일 폭격기와 함께하는 크리스마스만은 아니길 바라!'라 적힌 카드를 보내왔다.

"마음가짐!" 고드프리 경이 외쳤다. "메리 아가씨! 비올라! 부디 명심해주시지요. 이건 크리스마스 연극이고 당신은 크리스마스 미래의 유령이지 피할 수 없는 어두운 파멸의 유령이 아닙니다. 피커딜리 서커스역에서 공연할 생각을 하면 끔찍하다는 건 저도 알지만, 만약 공연에서 그런 모습을 보이면 아이들이 겁을 먹을 겁니다. 이건 비극이 아니라 희극입니다."

'저는 아직 그런 증거를 찾지 못했어요.' 폴리가 생각했다. 하지만 폴리는 연극 무대와 실생활에서 좀 더 크리스마스 시즌에 어울리는 표정을 지으려 애썼다. 다른 사람들은 폴리만큼 미래가 불확실해도, 빈간인 사망자가 날로 증가하는 상황에서도 즐거운 표정으로 살았다. 이 시대 사람들은 등화관제 커튼에 장식을 달고 '행복한 크리스마스!'라고 즐겁게 인사하며 진심으로 크리스마스를 즐겼다.

그리고 다른 사람들에게 줄 선물들을 준비했다. "방금 다리미를 빌리러 라버넘 양 방에 갔어." 에일린이 알렸다. "그런데 라버넘 양이 책상 위에 있는 뭔가를 덮어 가리려 하더라. 아마도 우리에게 줄 크리스마스 선물을 만드는 거 같아."

"아니면 그분이 독일 스파이거나." 폴리가 말했다. "암호로 메시지를 쓰는 걸 네가 목격한 거야."

에일린은 그 말을 무시했다. "만약 우리가 크리스마스 때까지 여기 있고, 라버넘 양이 우리에게 선물을 줬는데 우리는 아무 선물도 준비하지 못하면 어떻게 하지? 우리도 라버넘 양과 히바드 양과 도밍 씨를 위해 뭔가를 준비해야 해. 아, 이런. 리케트 부인도 선물을 기대할까?"

"리케트 부인은 여기 없을 거야. 히바드 양과 하는 말을 들었는데, 크리스마스 때 서리에 있는 여동생 집에 갈 거랬어." 폴리는 전시 협조를 위해 '검소한 크리스마스'를 보내라는 정부 권고를 미루어볼 때 누구도 크리스마스 선물을 기대하지 않을 거라고 말하려 했지만, 더 좋은 생각이 났다. 누구에게 어떤 선물을 줄까 계획을 짜게 하면 에일린이 그동안만이라도 마이크 걱정을 잊을 듯했다. 그래서 폴리는 말했다. "시어도어는?"

"아, 맞다. 시어도어랑 개 어머니에게도 뭔가를 선물해야지." 에일린이 말하며 목록을 만들었다. "강하 지점으로 가려면 기찻삯이 필요하니 돈을 많이 쓸 수 없는 건 알아. 하지만 알프와 비니에게도 선물을 보내야만 해. 말이 나와서 말인데, 우리 선물 포장에 쓸 수 있게 네가 크리스마스 포장지를 좀 훔쳐 올 수 있을까?"

"기꺼이. 그래서 포장지가 일찍 떨어질 수만 있다면야." 폴리가 말했다. "쇼핑을 일찍 하는 게 좋을 거야. 안 그러면 가게들에 물건이 다 팔리고 없을걸."

그랬다. 타운센드 브라더스 백화점의 선반들은 점점 비어갔고, 폴리는 다 팔리고 없는 스타킹과 장갑을 대신해, 오래되고 먼지 앉은 물건들을 창고에서 가져오느라 근무 시간 절반을 써야 했다. 유행 지난 스타킹 대님과 침실용 가운과 빅토리아식 잠옷이었다. 그런데도 손님들은 앞다투어 그 물건들을 사 갔다.

타운센드 브라더스 백화점과 옥스퍼드 스트리트는 산타 할아버지를 보여주려고 아이들을 데리고 나온 부모들과 쇼핑객들, 공습 난민 구제 기금, 지뢰 제거함 기금, 피난 아동 기금에 기부하라고 권하는 나이 지긋한 여인들로 꽉 찼다. 폭격당한 존 루이스 백화점 앞에서는 화물차를 세워놓고 화물칸에서 승리 채권을 팔았다. 정부 건물들에 걸린 현수막에는 '조국에의 헌신으로, 흥겨운 크리스마스 대신 행복한 크리스마스를 보냅시다.'라고 쓰여 있었고, 방공호마다 크리스마스트리가 들어섰다. 터널 아치들에는 겨우살이가 걸렸고, 역내 간이식당에는 전나무 가지들이 감겨 있었다. 여성 자원봉사대들은 사탕과 장난감과 동화극 공연표를 나누어주었다.

자원봉사자들 가운데 한 명이 고드프리 경에게 《라푼젤》 표 두 장을 주며 말했다. "연극을 좋아하시잖아요." 고드프리 경은 몹시 불쾌해하며 그 표를 즉시 폴리에게 주었다. 폴리는 그 표를 에일린에게 건네며 시어도어와 그 어머니에게 전해달라고 말했다.

"하지만 이 표는 29일 일요일인데 시어도어의 어머니는 일요일에 출근해." 에일린이 말했다. "그리고 나는 시어도어를 데리고 갈 수 없어. 우리는 이곳에 없을 테니까. 어쩌면 좋을까? 표를 다른 사람에게 줄까?"

'아니.' 폴리가 생각했다. '왜냐하면 만약 마이크가 29일까지 이곳에 돌아오지 않으면 네게는 정신을 팔 만한 뭔가가 필요하니까.'

"우선은 그냥 가지고 있어." 폴리가 에일린에게 말했다. "크리스마스 휴가라서 마이크가 움직이기 어려울 거야. 기차와 버스들은 휴가를 받은 군인들로 가득 찼어. 히바드 양에게 줄 선물을 구했어?"

"응. 포장지를 좀 가져왔어?"

"가져왔어. 하지만 전혀 도움이 안 되더라. 우리에게는 포장지가 끝없이 있는 거 같아. 그리고 스넬그로브 양은 우리보고 끈을 아껴 쓰래. 3센티미터 길이 끈으로 매듭을 지어본 적 있어?"

"포장지 줘." 에일린이 말했다. 에일린은 화장실에 몇 분 정도 가 있더니 작고 깔끔하게 포장한 꾸러미를 가지고 돌아왔다. "네게는 크리스마스 선물을 일찍 줄래." 에일린이 말하며 꾸러미를 폴리에게 내밀었다.

"하지만 나는 아무런 선물도 준비하지…."

에일린은 손사래를 치며 폴리의 말을 막았다. "넌 이게 지금 필요해. 오늘 밤 마이크가 돌아오면 더 이상 필요 없겠지만. 열어봐."

폴리는 그 말대로 했다. 그 안에는 셀로판테이프 두 통이 들어 있었다.

"내가 찾아낼 수 있던 건 이게 전부였어." 에일린이 말했다. "이걸로 크리스마스를 넘기기에 충분하면 좋겠다." 에일린은 걱정스러운 얼굴로 폴리를 보았다. 폴리는 아직도 셀로판테이프를 뚫어져라 바라보고 있었다. "맘에 안 들어?"

"이건 지금까지 내가 받은 최고의 크리스마스 선물이야." 폴리가 말했고, 왈칵 눈물이 터져 자신도 깜짝 놀랐다.

"집에 가는 걸 빼면 말이야. 그리고 우리는 곧 집에 돌아갈 거야. 울지 마. 종이가 젖잖아. 시어도어 선물 포장에 이 종이를 다시 써야 한단 말이야."

"금방 쌀 수 있어." 폴리가 말했고, 에일린이 종이를 다리고 옷장 서랍에서 시어도어의 장난감 스핏파이어를 가져오는 동안 초조히 기다렸다.

테이프는 끝내줬다. 테이프는 종이 끝을 깔끔하게 잡아줬다. 그리고 이제 폴리는 에일린에게 무슨 선물을 해야 할 것인가? 그리고 언제? 크리스마스는 며칠밖에 남지 않았고, 타운센드 브라더스 백화점은 동물원처럼 북적였으며, 폴리는 라버넘 양에게 의상과 도구 마련을 돕겠다고 약속한 상태였다(라버넘 양은 다른 역들에서 공연한다는 기대감에 거의 병적인 흥분상태에 빠져 있었다. "레스터 광장은 웨스트 엔드의 심장부예요. 그리고 관객 중에 누가 있을지 누가 알겠어요?"). 그리고 폴리는 아직 벨의 대사도 외우지 못했다. 그리고 내일 도버는 폭격당하고, 마이크는 아직 전화가 없었다. 편지도. 십자말풀이를 보내지도 않았다. '죽었기 때문이야.' 폴리가 생각했다.

'그건 모르는 거야.' 폴리는 다시 생각했다. '마이크가 블레츨리에 갔을 때도 연락이 없어서 무슨 일이 생긴 거라 생각했지만, 멀쩡하게 돌아왔잖아. 그리고 소식을 듣지 못할 이유가 어디 한두 가지인가. 구조팀의 강하가 노섬벌랜드나 요크셔에 있고 마이크가 그곳에 가는 데 어려움을 겪는 것일 수도 있어. 아니면 크리스마스 시즌이라 다프네가 친척에게 갔을 수도 있고, 그래서 마이크는 다프네가 돌아오길 기다리는 것일 수도 있어. 또는 해변이 폭격당해서 전화선이 끊겼을 수도 있고, 크리스마스라 우편물이 많아 편지가 도착하는 게 평소보다 오래 걸리는 것일 수도 있어.'

'내일이면 연락이 올 거야.' 폴리가 생각했다. 하지만 마이크는 연락하지 않았다.

26

크리스마스를 맞아 선행을 베풉시다.

— 잡지의 조언, 1940년 12월

런던, 1940년 12월

크리스마스이브가 되었지만, 마이크는 여전히 연락이 없었다.

"오늘 밤에 올까?"《크리스마스 캐럴》을 공연하러 에스컬레이터를 타고 피커딜리역으로 내려갈 때 에일린이 폴리에게 물었다.

둘 뒤에 있던 남자가 소리 내 웃었다. "산타 할아버지를 기다리기에는 좀 나이가 들지 않았나요?"

"멍청하긴. 저 아가씨는 산타 할아버지 이야기를 하는 게 아니야." 그의 일행이 말했다. "히틀러를 말하는 거지." 그 남자가 에일린을 향해 고개를 끄덕여 보였다. "오늘 밤 놈이 온다는 데에 6대 1 배당으로 걸겠습니다. 그 쌍놈의 새끼라면 성격상 우리의 크리스마스를 망치고 싶을 게 빤합니다."

둘 다 크리스마스라고 좀 지나치게 들뜬 게 확실했다.

"숙녀분들 앞에서 말조심해, 이 멍청아." 첫 번째 남자가 덤비듯 말했고, 폴리는 둘이 에스컬레이터에서 치고받는 상황이 오지 않기를 바랐다.

하지만 다른 남자가 모자를 살짝 만져 인사하며 말했다. "죄송합니다, 아가씨. 히틀러를 쌍놈의 새끼라고 부르면 안 되는데 말이죠. 그놈은 인류 역사상 쌍놈의 새끼 중에서도 가장 못된 놈입니다. 그리고 놈이 뭔가를 할 거라는 데 5실링을 걸지요. 못된 크리스마스 깜짝 선물로 말이죠. 두고 보세요. 당장에라도 사이렌이 울릴 테니까.”

사이렌은 울리지 않았지만, 그런 생각을 하는 게 그 사람 혼자만은 아닌 게 분명했다. 지난 2주에 비해 더 많은 사람이 역에 왔고, 모두가 휴대용 침낭과 피크닉 바구니를 가지고 있었다. 에스컬레이터에서 폴리 일행 바로 앞에 선 여자는 크리스마스 선물이 가득 담긴 해로드 백화점의 쇼핑백을 들었고, 유아 두 명은 각각 긴 갈색 양말을 한 짝씩 들고 있었다.

그리고 술에 취한 것도 그 두 남자만이 아니었다. 플랫폼에서는 너무 심하다 싶을 정도로 큰 웃음소리가 주기적으로 터졌고, 또한 음정이 엉망인 ‘만백성 기뻐하여라’의 합창이 들리곤 했다. 그리고 공연하는 동안, 스크루지로 분한 고드프리 경이 ‘푸하, 말 같지도 않은 소리!’ 연설을 시작하자 관객 누군가가 외쳤다. “당신에게는 럼 한 모금이 필요해, 이 못된 양반아.”

극단은 공연을 두 차례 했다. 첫 번째 공연은 메인 홀에서, 두 번째는 지하철 운행이 끝난 뒤 서쪽행 피커딜리 선 플랫폼의 철로 위에 세운 무대에서였다. 무대를 세웠음에도, 플랫폼은 관객들을 다 수용하기에는 너무 작았다. “벽난로 옆에 잘 간수해놓은 저 목발 보입니까?” 고드프리 경이 폴리에게 중얼거렸다. “저건 타이니 팀 것입니다. 타이니 팀은 자신이 사랑하는 관객들에 의해 철로로 밀려 기차에 깔려 죽었습니다.”

“하지만 적어도 죽을 때 동화극을 하고 있지는 않았잖아요.” 폴리 역시 속삭였다.

“또한, 다행히도 《피터 팬》을 하고 있지도 않았고요.” 고드프리 경이 말하고 무대로 나갔다.

스크루지가 ‘푸하, 말 같지도 않은 소리’라 외치고, 말리의 유령(심스 씨)을 만나고, 과거와 미래로 여행을 하고, 자신의 잘못을 깨닫고, 그 잘못을 고치고, 타이니 팀이 죽는 걸 막았고, 관중들은 열광했고, 폴리와 에일린은 혹시 마이크가 있는지 살폈다.

하지만 마이크는 오지 않았다. 마이크는 노팅힐게이트역 밖에서 기다리지도 않았고, 리어리 부인 집으로 오지도 않았다. 그리고 하숙집에 돌아왔을 때 둘을 기다리는 건 크리스마스 만찬을 위해 하숙생들이 배급 점수를 모아 사둔 거위와 건포도 푸딩을 리케트 부인이 동생 집으로 가지고 갔으며 그 대신 순무 수프를 남겨두었다는 소식뿐이었다.

"상관없어요." 라버넘 양이 말했다. "캐나다에 사는 제 사촌이 크리스마스 선물을 보냈고, 안전하게 도착했죠." 라버넘 양은 비스킷이 담긴 깡통과 차통, 호두 한 봉지를 가져왔다. 에일린과 폴리는 비상용으로 두었던 쇠고기 통조림, 마멀레이드, 초콜릿을 내놓았고, 도밍 씨는 연유가 담긴 깡통과 복숭아 통조림을 가져왔다.

"시럽에 담겨 있네요." 라버넘 양이 말했고, 마치 암브로시아라도 되는 듯이 그걸 리케트 부인의 셰리잔에 담아 각자의 앞에 놓자고 고집했다.

나머지 음식들은 모두 식탁 중앙에 놓였다. "소풍 온 거 같네요." 히바드 양이 말했다.

"리케트 부인이 여기 있었다면 나왔을 음식보다 훨씬 더 좋군요." 라버넘 양이 말했다. "거위가 있든 없든 상관없이 말이에요."

"이런 좋은 자리에서 그분 이름이 나올 필요는 없지요." 도밍 씨가 말했고, 모두가 요란스레 킥킥거렸다.

저녁 식사 뒤, 그들은 라디오로 왕의 연설을 들었다. "지금 우리는 모두 전선에 있으며 함께 위험에 맞서고 있습니다." 왕은 더듬거리며 말했다. "미래는 고단하겠지만, 우리의 두 발은 승리의 길에 단단히 뿌리내리고 있습니다."

'그러길 진심으로 바라마지 않아요.' 폴리가 생각했다.

연설을 들은 뒤, 그들은 왕의 건강을 위해 축배를 들었다(복숭아 시럽은 다 마시고 없었기에 차로 대신했다). 그리고 선물을 교환했다. 라버넘 양은 폴리와 에일린 각각에게 직접 만든 라벤더 향주머니를 선물했고, 히바드 양은 둘에게 뜨개질로 짠 목도리를 주었다.

"원래는 군인들을 주려고 만들었지만, 다 만들고 보니 너무 색이 밝아서 가지고 있으면 위험할 거 같더라고요." 그럴 거 같았다. 목도리는 밝은 주황색이었고, 적들 눈에 아주 잘 띌 것이다.

폴리는 에일린에게 낡디낡은 중고 페이퍼백(《사제관의 살인 사건》,《3막의 비극》,《애크로이드 살인 사건》이었다)을 선물했고, 에일린은 기쁨에 넘쳐 그 책들을 가슴에 껴안았다. 에일린과 폴리는 도밍 씨에게는 담배 한 쌈지를, 히바드 양에게는 왕과 왕비 사진이 있는 비누 한 상자를, 라버넘 양에게는《폭풍우》중고본을 선물했다. 이 모든 것은 타운센드 브라더스 백화점의 크리스마스 포장지로 포장했다.

"책 속표지를 펼쳐보세요." 폴리가 라버넘 양에게 말했다. "고드프리 경이 사인을 해주셨어요."

"'나의 동료 배우이자 비범한 의상담당자에게…'" 라버넘 양이 큰 소리로 읽었다. "'최고의 크리스마스를 보내시길 기원합니다. 당신의 동료 배우, 고드프리 킹스맨 경으로부터.'" 그리고 그녀는 울음을 터뜨렸다. "최고의 크리스마스예요." 그녀가 말했다. "여러분 모두가 없었다면 이 전쟁을 어떻게 버텨냈을지 모르겠어요."

'저 역시 여러분이 없었다면 우리가 오늘을, 그리고 요 몇 달을 어떻게 버텨냈을지 모르겠어요.' 폴리가 생각했고, 타운센드 브라더스 백화점이 크리스마스 다음 날에 문을 열어 다행이라고 생각했다.

하지만 크리스마스 이후의 상품 교환, 장식 제거, 신년 판매 준비로 바쁜 와중에도 폴리는 마이크의 걱정이 머리에서 떠나지 않았고, 폴리와 에일린은 직장이 끝나면 경주하듯 집으로 돌아와 마이크가 전화했는지 확인했다.

마이크는 전화하지 않았고, 27일에도, 28일에도 돌아오지 않았다. '만약 죽은 거면 어쩌지?' 폴리가 종이종을 떼어내며 생각했다. '만약 도버가 폭격당했을 때 죽은 거면? 아니면 살트램-온-시로 떠나던 날 죽은 거면? 던워디 교수님이 그랬던 것처럼. 그리고 콜린이 그랬듯이. 또는 구조팀이 폭격당한 플리머스나 리버풀에 있고, 구조팀을 만나러 그곳에 간 거면?'

〈데일리 미러〉에는 맨체스터의 망가진 기차역 사진이 실렸다. '떠나기 전에 맨체스터에 대해 말해줬어야 하는데.' 폴리가 생각했다. '오늘 밤의 폭

격에 대해 말해줬어야 하는데. 그리고 일요일 밤의 폭격에 대해서도.'

일요일 아침에 에일린이 말했다. "오늘 오후에 시어도어를 데리고 동화극을 보러 갈 예정이야. 하지만 아무래도 안 가는 게 나을 거 같아. 만약 마이크가 오면…."

"네가 어디에 있는지 마이크에게 말해줄게." 폴리가 말하며 생각했다. '동화극을 보러 가면 적어도 여기서 계속 시계를 보며 날 초조하게 만들진 않겠지.'

굳이 에일린이 거들어주지 않아도 폴리는 이미 초조해 미칠 지경이었다. 오늘 밤에는 시티와 세인트폴 대성당에 폭격이 있었다. 독일군들은 1만 1천 개의 소이탄을 투하했고, 시내 철로 절반을 파괴했다. 만약 마이크가 오늘 밤 런던으로 오려 한다면….

"동화극이 언제 끝나?" 폴리가 에일린에게 물었다.

"모르겠어. 2시 30분에 시작하니까 아마도 4시쯤? 아니면 4시 반."

"그리고 시어도어를 스테프니에 데려다줘야 하고?"

에일린이 고개를 끄덕였다.

"만약 지하철이 늦어서 네가 아직 스테프니에 있을 때 사이렌이 울리면 그곳에 그냥 있어. 오늘 밤 공습은 지독할 거야."

"하지만 난 이스트 엔드가 가장 심하게 폭격을 당한 거로 알았는데…."

"오늘 밤은 아니야. 오늘 밤은 시티랑 몇몇 지하철역들이 목표야. 스테프니에 있으면 안전해."

에일린이 고개를 끄덕였다. "널 두고 가긴 싫은데."

"난 괜찮을 거야. 그리고 빨래를 해야 돼." '그리고 만약 마이크가 전화할 경우 오늘 밤에 관해 경고를 해주려면 이곳에 있어야 해.' "여기 있다가 만약 지루해지면…." 폴리가 말했다. "네게 선물한 애거사 크리스티 책 가운데 하나를 읽으면서 살인범이 누구인지 맞혀볼래."

"못 맞힐 거야." 에일린이 말했다. "애거사 크리스티는 너무 똑똑해. 나는 누가 살인을 저질렀는지 늘 안다고 생각하지만 언제나 내가 생각도 못한 사람이 범인이야. 내 코앞에 단서가 있었는데도 말이야. 읽다 보면 내가 세운 범죄 이론이 다 틀렸고 완전히 다른 뭔가가 진행되고 있었다는 걸 깨닫게 돼."

머리털이 가늘고 곱슬곱슬한 홀본역의 사서도, 애거사 크리스티 소설의 결말을 보고 나면 자신이 엉뚱한 것들을 보고 있었다는 사실을 깨닫는다며 거의 비슷한 말을 했다.

에일린은 코트를 입었다. "샤프츠베리 애비뉴의 피닉스 극장이야." 에일린이 말했고, 시어도어를 데리러 스테프니로 출발했다. 폴리는 블라우스와 스타킹을 빨아 널었다. 라버넘 양은 웨스트민스터 사원에 가서 '군복을 입은 우리 소중한 청년들'을 위한 예배에 참석하자고 했지만, 폴리는 그 제안을 물리치고 치마를 다렸다. 그리고 그 내내 전화벨이 울리지 않는지 귀를 기울였다.

11시 반이 지났을 때 마침내 전화벨이 울렸다.

마이크였다. "마이크! 아, 정말 다행이야!" 폴리가 말했다. "어디에 있어?"

"로체스터야. 통화할 시간이 몇 분밖에 없어. 곧 기차가 떠나거든. 나는 괜찮다는 걸 알리려 전화한 거야. 그리고 몇 시간 뒤면 그곳에 도착할 거야."

"혹시 구조…?" 폴리는 말을 멈추고 부엌과 응접실을 살펴보았다. 아무도 보이지 않았지만, 그래도 목소리를 낮춰 말했다. "혹시 찾던 걸 찾았어?"

"아니." 마이크가 말했다. "병원에서 알던 사람이더라. 내 옆 침대에 누워 있던 환자였어. 포드햄이라는 남자야. 마침내 퇴원했고, 나를 찾아볼 생각이 들었나 봐."

폴리는 마이크를 찾아온 사람들이 구조팀이 아니었다는 사실을 한참 전부터 알았지만, 그런데도 마이크의 말을 듣고 공황 상태에 빠져들었다. 이제는 시도해볼 방법도 거의 남아 있지 않았고, 이틀 뒤면 언제 어디서 폭격이 일어나는지 더는 알지 못했다. 이제 어쩐다?

마이크가 말하고 있었다. "더 일찍 전화하지 못해서 미안해. 하지만 다프네를 찾느라 엄청나게 시간이 걸렸어. 다프네는 결혼해서 맨체스터로 이사했어."

"맨체스터? 오, 맙소사. 공습 때 그곳에 있던 건 아니지? 그렇지?"

"사실은, 그랬어. 그리고 그곳을 빠져나올 수가 없었어. 기차역이 폭격 당했거든. 너에게 전화를 할 수도 없었어. 전화가 불통이었지. 스토크-온-트렌트까지 차를 얻어타고 와서 그곳에서 기차를 타야 했어."

"아, 내 잘못이야!" 폴리가 외쳤다. "네게 경고했어야 하는데. 하지만 네가 중부까지 갈 이유가 없다고 생각했어. 미안해. 잘 들어. 네게 할 말이 있어." 폴리는 목소리를 다시 더 낮추고 입과 송화기를 손으로 가리고 말했다. "오늘 밤 폭격은 지독해. 제2차 세계대전에서 가장 끔찍한 폭격 가운데 하나야. 시티 상당 부분이 불에 타고, 세인트폴 대성당은 거의 파괴되고 철로 몇 곳과 역들이 폭격당해. 워털루역이랑…."

"방금 뭐라고 했지?" 마이크가 물었다.

"워털루역이랑…."

"아니, 세인트폴 대성당 말이야. 그곳이 거의 파괴되었다고?"

"응." 폴리가 속삭였다. "소이탄 28개에 맞았고, 그 주변 대부분이 불에 타, 패터노스터 로우랑…."

"세인트폴 대성당에 소이탄들이 떨어진 건 5월 10일인 줄 알았는데."

"아니, 그건 하원 건물이고. 세인트…."

"하지만 너는 런던 대공습 기간 중 5월 9일이랑 10일이 가장 폭격이 심했다고 말했잖아."

"맞아." 폴리가 마이크가 왜 그리 그 날짜에 관심을 보이는지 궁금해하며 말했다. "그 두 날에 가장 사망자가 많았고, 피해도 컸어. 하지만 가장 심한 화재는 12월 29일이야."

"그래서 12월 29일이 화재 감시원들이 유명하게 된 그 밤이야? 세인트폴 대성당을 구한 밤?"

"응."

"세인트폴 대성당이 5월 10일에도 폭격당해?"

"아니. 갑자기 왜 그러는데…?"

"잘 들어." 마이크가 다급하게 말했다. "나는 어디…, 젠장, 내가 타야 할 기차가 출발하고 있어. 나는 기차를 타러 가야 해. 하지만 네게 부탁할…."

"내가 어디 중간 지점으로 널 만나러 갈까?"

"아니, 너랑 에일린 둘 다 그냥 집에 있어. 그리고 내가 집에 가면 곧바로 떠날 수 있게 준비해. 우리가 탈출할 방법을 알아. 끊을게."

"에일린은 여기에 없어." 폴리가 말했지만, 마이크는 이미 전화를 끊은 뒤였다.

폴리는 수화기를 내려놓았다.

'적어도 오늘 밤에 대해서 마이크에게 경고는 해줬으니까.' 폴리가 생각했다. 하지만 과연 마이크가 그 말을 귀담아들었을지 의문이었다. 그래도 만약 마이크가 로체스터에 있고, 아무런 지연도 없다면 공습 시작 전에 이곳에 도착할 수 있을 것이다. 그리고 기차가 지연되면 몇 분 뒤에 다시 전화할 테니 그때 다시 경고를 해주면 되겠지.

폴리는 그곳에 서서 전화기를 내려다보며 에일린을 데리러 갈까 말까 고민했다. 마이크는 둘 다 이곳에 있으면서 자신이 돌아오면 곧바로 떠날 수 있게 준비해두라고 말했다. 하지만 에일린은 아직 극장에 도착하지 않았을 것이고(아직 정오도 채 되지 않았다), 그렇다고 폴리가 에일린을 찾아 스테프니로 간다면 둘은 만나지 못할 게 분명했다.

폴리는 피닉스 극장으로 전화했지만 아무도 받지 않았다. 30분 뒤에도 마찬가지였다. 그리고 1시에도 전화를 받지 않았다. 마이크는 다시 전화하지 않았고, 그건 기차에 탔다는 뜻이었다.

마이크는 지금 이곳에 있는 역사학자가 생각난 게 분명했고, 또한 세인트폴 대성당과 관련이 있었다. 폴리 생각에, 바솔로뮤 말고 화재 감시원을 관찰하는 임무를 받은 다른 역사학자가 있지는 않을 듯했다. 따라서 그 사람은 그곳에서 다른 걸 관찰할 게 분명했다. 런던 시청 화재나 불에 탄, 렌이 설계한 교회들 가운데 하나이리라. 하지만 왜 마이크는 지금까지 그 사람을 떠올리지 못한 걸까? 그리고 마이크는 그 역사학자가 어디에 있을지 어떻게 그토록 확신할 수 있을까?

폴리는 1시 30분에 다시 극장에 전화했지만, 극장은 여전히 전화를 받지 않았다. 폴리는 에일린을 찾아 직접 극장에 가야 했지만, 그랬다가 마이크를 놓칠까 봐 두려웠고, 집에는 아무도 없었기에 메시지를 남길 수도 없었다. 히바드 양은 이모를 만나러 갔고, 도밍 씨는 루턴으로 축구 경기를 보러 갔고, 라버넘 양은 웨스트민스터 사원에서 아직 돌아오지 않았다. 그리고 마이크에게 메모를 남겼다가는 아무도 못 보고 지나치거나 재떨이로 직행할 가능성이 컸다.

폴리는 계속 극장에 전화를 해보기로 마음먹고, 라버넘 양이 집에 돌아오기를 바라며 15분을 더 기다렸다.

라버넘 양이 돌아왔다.

폴리는 라버넘 양이 예배에 대해 말할 기회를 주지 않았다. 폴리가 말했다. "오늘 오후에 집에 계실 건가요?" 그리고 라버넘 양이 그렇다고 말하자 코트와 모자를 가지러 위층으로 서둘러 올라갔다.

폴리가 코트를 입고 옷장에서 모자와 핸드백을 낚아챈 뒤 다시 나가려는데 마이크가 헐떡이며 문으로 들이닥쳤다. "오, 다행이야." 폴리가 말했다. "네가 이렇게 일찍 올 줄 몰랐어."

"에일린은 어디 있어?" 마이크가 다그쳐 물었다.

"시어도어랑 동화극을 보러 갔어."

"둘 다 여기 있으라고 내가 말했잖아."

"네가 전화했을 때 에일린은 이미 나간 뒤였어. 난 막 에일린을 데리러 가려던 참이야."

"어느 극장인지 알아? 전화해서 우리를 만나자고 할 수 있을까?"

"이미 해봤어. 안 받아."

"그러면 가서 데려와야 해. 가자."

"왜 그러는 건데, 마이크? 여기 있는 누군가가 생각났어?"

"응. 가면서 말해줄게. 어느 극장이야?"

"피닉스. 하지만 동화극이 시작한 뒤에 안으로 들여보내줄지 모르겠어."

"언제 시작하는데?"

"2시 30분."

"그러면 그 전에 도착해야 해. 가자." 마이크가 폴리를 재촉하며 계단을 내려갔다.

라버넘 양이 계단 발치에 서 있었다. "제가 뭘 해주면 되나요, 세바스찬 양?" 라버넘 양이 물었다.

"아니요, 이제는 됐어요. 다녀올게요." 폴리가 말하며 마이크 뒤를 따라 서둘러 나갔다. 마이크는 다리를 절었지만 이미 저만치 앞서가고 있었다.

"피닉스 극장으로 가는 가장 빠른 방법이 뭐야?" 폴리가 따라잡았을 때 마이크가 물었다.

"택시. 잡을 수 있다면." 폴리가 말했다. "아니면 지하철."

"택시 잡기 가장 좋은 곳이 어디야?"

"베이스워터 로드. 자, 이제 에일린을 찾으면 어디로 가야 하는 건지 말해줘."

"세인트폴 대성당." 마이크가 걸음을 늦추지 않고 말했다. "존 바솔로뮤를 찾으러."

"존 바솔로뮤!" 폴리가 걸음을 멈추고 말했다. "하지만 바솔로뮤 씨는 이미 돌아갔잖아. 10월에."

마이크가 걸음을 멈추고 폴리를 마주 보았다. "누가 그래?"

"에일린. 에일린이 바솔로뮤 씨는 10월 10일 폭격에서 부상당한 직후 돌아갔다고 했어."

"에일린이 바솔로뮤 씨에 관해 알고 있었어?" 마이크가 폴리의 두 팔을 잡으며 말했다. "그런데 왜 아무 말도 안 했던 거래?"

"너와 내가 예전에 이곳에 왔을 만한 역사학자들이 누구일까 토론할 때 에일린은 그곳에 없었어. 그리고 나는 네가 블레츨리 파크로 떠난 뒤에야 바솔로뮤 씨가 이곳에 있었던 걸 알았고. 그리고 바솔로뮤 씨는 이미 떠났기 때문에…."

마이크는 고개를 저었다. "바솔로뮤 씨는 떠나지 않았어. 에일린이 날짜를 잘못 기억한 거야. 그리고 바솔로뮤 씨는 다치지 않았어. 다른 화재 감시원이 다쳤고, 바솔로뮤 씨는 그 사람의 생명을 구했어. 그리고 그 일은 10월이 아니라 오늘 밤에 일어나." 둘은 베이스워터 로드에 도착했다. "젠장." 마이크가 텅 빈 길 양쪽을 바라보며 말했다. "택시들은 다 어디로 사라진 거야?"

"지하철을 타야 할 거 같아." 폴리가 말했다.

둘은 서둘러 노팅힐게이트역으로 갔고, 센트럴 선을 타러 내려갔다. 열차가 막 도착하는 중이었고, 다행히 둘이 들어선 객차에 사람들이 없었던 덕분에 둘은 대화를 할 수가 있었다. "바솔로뮤 씨가 12월 29일에 이곳에 있던 거 확실해?" 폴리가 물었다.

"응. 강연을 들었어. 바솔로뮤 씨는 소이탄이랑 썰물 때문에 불을 끌 물이 없었다는 이야기랑, 렌이 설계한 교회들이 불타던 이야기, 화재 감시원들이 세인트폴 대성당을 구한 이야기들을 헤주었어. 바솔로뮤 씨는 화재 감시원들과 지붕 위에 있었어. 젠장. 우리가 고생하던 내내 이곳에 있었어! 내가 그걸 알기만 했어도…." 마이크가 말을 멈췄다. "뭐, 이제 와 후회하는 건 소용없지. 이제는 시간 안에 만나기를 바랄밖에…."

"시간 안에? 하지만 바솔로뮤 씨는 세인트폴 대성당에 있잖아…."

"오늘 밤에는 그곳에 있지만, 그게 다야. 에일린의 말이 일부는 맞아. 바솔로뮤 씨는 공습이 끝나고 곧장 옥스퍼드로 돌아가. 그건 내일 아침에 떠난다는 뜻이야. 우리에게는 몇 시간밖에 없어. 오늘 밤 공습이 몇 시에 시작해?"

"6시 17분. 하지만 세인트폴 대성당 공격도 그때 시작한다는 뜻은 아니야. 그곳은 아마 조금 더 있다가 폭격당할 거야."

"사이렌은 언제 울렸어?"

"몰라. 하지만 이번 달은 모두 비행기들이 도착하기 적어도 20분 전에 울렸어."

"그러면 적어노 5시 45분까지는 시간이 있구나." 마이크가 손목시계를 보았다. "지금은 2시 15분 전이야. 그러면 4시간이 있고, 그 정도 시간이면 바솔로뮤 씨를 찾기 충분해."

지하철은 홀본역으로 들어서고 있었다. "여기서 지하철을 갈아타야 해." 폴리가 말하며 마이크를 데리고 노던 선 플랫폼으로 재빨리 갔다. 그곳은 지하철을 기다리는 사람들로 붐볐다.

폴리는 지하철을 탄 다음에야 이야기할 수가 있었다. "하지만 이해가 안 가. 바솔로뮤 씨가 이곳에 있는 걸 네가 알았으면…."

"난 몰랐어. 바솔로뮤 씨는 세인트폴 대성당이 거의 불에 탔던 밤이 대공습 기간에 가장 끔찍했던 밤이라고 말했고, 넌 대공습이 가장 심했던 날이 5월 10일이라고 했거든. 그리고 바솔로뮤 씨는 강연에서 자기 임무가 석 달이었다고 했어. 그래서 나는 바솔로뮤 씨가 2월은 되어야 여기에 올 거라 생각했어."

'그리고 마이크가 집에 돌아왔을 때 내가 바솔로뮤 씨에 대해 말을 했다면, 우리는 몇 주 전에 바솔로뮤 씨를 만났겠지.' 폴리는 죄책감이 들었다. "어쩜 이렇게 뭐 하나 되는 일이 없을까."

"걱정하지 마." 마이크가 말했다. 기차가 레스터 광장역으로 들어섰다. "지금 몇 시야?" 기차에서 내리며 마이크가 물었다.

"2시 5분 전." 폴리가 말했다. "우린 결코 할 수 없을 거야."

"아니, 할 수 있어." 마이크가 말했다. "오늘은 운수 좋은 날이잖아." 그리고 놀랍게도, 둘이 피닉스 극장에 도착했을 때 로비에는 아직 아이들과 부모들이 있었고, 매표소 앞에도 사람들이 줄을 서 있었다. 폴리는 계단을 뛰어올라 안내원에게 갔고, 마이크도 절룩이며 그 뒤를 따랐다.

"표를 보여주십시오." 안내원이 말했다.

"우리는 여기에 공연을 보러 온 게 아닙니다." 마이크가 말했다. "관객한 명과 이야기만 하면 됩니다."

"죄송합니다. 관객과 이야기를 나누시려면 휴식 시간까지 기다리셔야합니다."

"우리는 기다릴 수가 없어요."

"아주 중요한 일이에요." 폴리가 간청했다. "응급 상황이에요."

"그분에게 메시지를 전달해드리겠습니다." 안내원이 태도를 누그러뜨리며 말했다. "그분 자리가 어디인가요?"

"모르겠어요." 폴리가 말했다. "이름은 에일린 오릴리이고, 붉은 머리에요. 어린 남자아이랑 같이 있어요.”

“보세요.” 마이크가 말했다. “우리는 당신네 허접스러운 동화극을 공짜로 보려고 이러는 게 아닙니다.”

안내원의 얼굴이 굳어졌다.

“우리는 다만….”

“지금 공연 표를 아직도 살 수 있나요?” 마이크가 상황을 더 악화시키기 전에 폴리가 끼어들었다.

“그럴 겁니다.” 안내원이 차갑게 말했다.

“고맙습니다.” 폴리가 말했다. “가자.” 폴리가 마이크에게 명령했고, 계단을 뛰어 내려가 매표소로 갔다.

“우리는 이럴 시간이 없어.” 마이크가 말했다.

“만약 우리가 여기에서 쫓겨나면 연극이 끝나고 난 뒤에야 에일린을 만날 수 있어.” 폴리가 매표소 창을 향해 몸을 숙였다. “지금 공연 표 남은 거 있나요?”

“남은 건 오케스트라석에 두 자리뿐입니다. 8실링 6펜스입니다. F줄 19번과….”

“사겠습니다.” 마이크가 말했다. 마이크는 반 크라운 주화 두 개를 거칠게 내려놓고 표들을 움켜쥐었다.

둘은 서둘러 다시 계단을 올라가 여전히 화난 표정을 한 안내원에게 표를 건네고 자리로 안내해달라고 했다. 그는 둘의 좌석을 가리켰고(줄 한가운데였다), 표를 찢어 반을 돌려주고 떠났다. 복도 쪽 좌석에 앉아 있던 사람이 둘이 지나갈 수 있도록 일어섰다.

“우선 찾아야 할 사람이 있습니다.” 마이크가 말했다. “에일린 보여, 폴리? 에일린이 무슨 색깔 모자를 썼어?”

“검은색.” 폴리가 말하며 관객들을 훑어보았지만, 어른 관객들은 모두가 검은 모자를 쓰고 있었고, 실내는 좌석 위에서 뛰어오르고 재잘거리고 웃고 꿈틀거리고 뒷좌석의 사람과 이야기하기 위해 좌석 위에 서 있는 아이들로 가득했다. 그리고 어머니들과 보모들과 여자 가정교사들은 모두가 고개를 돌리고 아이들을 자리에 앉히려 애쓰고 있었다. "사람이 이렇게 많아서는 에일린을 절대로 못 찾을 거야."

"알아. 잠깐, 저기 있어." 마이크가 발코니를 가리키며 말했다. "저기, 맨 앞줄. 에일린!" 마이크가 손을 흔들어 보였지만, 에일린은 시어도어와 이야기 중이었다. 시어도어는 극장 전체에서 유일하게 가만히 앉아 있는 아이였고, 발을 앞으로 쭉 뻗고 손은 팔걸이에 얌전하게 올리고 있었다. "에일린!"

"우리 말을 들을 수가 없어." 폴리가 말했다.

폴리는 화장실에 가려는 척하며 의자들을 지나 가장자리 복도로 갔고, 계단을 뛰어 올라가서 계단참에 서 있는 안내원에게 표와 공연 안내서를 흔들어 보이고는 재빨리 발코니로 갔고, 마이크는 다리를 절룩임에도 불구하고 폴리와 보조를 맞춰 같이 발코니로 갔다.

에일린은 줄 끝에서 네 번째 좌석이었고, 여자 가정교사 한 명과 어린 여자아이 세 명 너머에 있었다. 어린 여자아이 둘은 발코니 가장자리에 매달려 공연 프로그램을 잘게 찢어 아래에 있는 사람들 머리 위로 뿌려대고 있었으며, 여자 가정교사가 그런 아이들을 타일렀지만 소용없었다. "얘들아, 그러지 마! 그러다 떨어져! 너희 둘 다 아주 못됐구나."

에일린은 여전히 폴리와 마이크를 보지 않았다. "에일린!" 폴리가 시선을 가로막는 여자아이들과 여자 가정교사 너머에서 외쳤다.

"폴린! 아니, 안 돼. 의자에서 그렇게 서면 안 돼! 천이 찢어지잖아. 바이올렛!" 공연 안내서를 찢어 떨어뜨리던 아이 한 명이 발코니에서 떨어질 뻔하자 가정교사가 외쳤다.

에일린은 바이올렛의 원피스를 잡아 안전하게 뒤로 잡아당겼다.

"오, 감사합니다." 여자 가정교사가 말했다.

"천만에요…." 에일린이 말하다가 마침내 폴리와 마이크가 서 있는 모습을 보았다. "마이크! 폴리! 여기서 뭐 하는 거야? 무사해서 다행이야, 마이크. 우리는 무척 걱정했었어! 너 혹시…." 에일린이 갑자기 창백해졌다. "구조팀을 찾았구나." 그녀가 헐떡이며 말했다.

"아니야." 마이크가 말했다. "하지만 탈출할 방법을 찾았어."

폴리는 가정교사가 자기들 말을 들었을까 봐 초조한 눈으로 그쪽을 보았지만, 가정교사는 여전히 어린 소녀들에게 의자에 앉으라고 설득하고 있었다. "오, 헨리에타, 좀 얌전히 굴어." 그녀가 무기력하게 말했다.

"서둘러야 해." 마이크가 말하고 있었다.

"하지만…." 에일린이 말했다. "시어도어에게 약속했는걸…."

"어쩔 수 없어. 우리에게는 몇 시간밖에 없어."

에일린이 일어나 코트를 입고 시어도어의 코트에 손을 뻗었다. "동화극을 볼 수 없겠다, 시어도어." 에일린이 시어도어에게 코트를 내밀며 말했다. "지금 집에 가야만 해." 에일린은 시어도어의 팔에 코트 소매를 끼웠다.

"싫어!" 시어도어가 격렬하게 외쳤고, 그 소리는 사이렌처럼 극장 전체에 울려 퍼졌다. "난 집에 가기 싫어!"

27

전쟁에서는 시간이 가장 중요하다.

— 월터 토마스 레이튼 경, 군수성, 1940년

런던, 1940년 12월 29일

"난 집에 가기 싫어!" 시어도어가 새된 소리로 울었다. "나는 동화극을 보고 싶어!"

"그럴 수가 없어." 에일린이 시어도어가 마구 휘저어대는 두 팔에 코트 소매를 끼우려 애쓰며 말했다. "우리는 가야만 해."

"왜요?" 시어도어가 울부짖었다.

"자, 내가 안고 갈게." 마이크가 말하며 시어도어를 안기 위해 여자 가정교사와 어린 여자아이 세 명을 헤치고 다가왔다.

"아, 그러지…." 에일린이 말했지만, 시어도어가 이미 마이크를 발로 찬 뒤였다.

마이크는 신음을 뱉으며 시어도어를 놓았다.

"미안. 미리 경고했어야 했는데." 에일린은 엄격한 얼굴로 시어도어를 돌아보았다. "발길질하지 마. 이제 코트 입어. 그래야 착한 아이…."

"싫어! 난 안 갈래!" 시어도어가 새된 소리를 질렀고, 실내의 모든 아이와 어른들이 못마땅하다는 눈길로 시어도어를 바라보았다.

"무슨 일이십니까?" 발코니 안내원이 말했고, 그 뒤로는 표가 없다고 폴리와 마이크를 들여보내지 않으려던 안내원이 따라왔다. "이런 소동을 벌이시면 안 됩니다. 이제 곧 공연이 시작됩니다."

"이 두 사람이 아가씨를 괴롭히는 겁니까?" 둘을 들여보내지 않으려 했던 안내원이 에일린에게 물었다.

"아니요. 조용, 시어도어." 에일린이 말했다. "사람들이…."

"아까 이 사람들은 표도 사지 않고 극장으로 들어오려고 했습니다." 둘을 들여보내지 않으려 했던 안내원이 발코니 안내원에게 말했다.

"표를 샀습니다만." 마이크가 말했다.

"표 샀어요." 폴리가 재빨리 말하며 안내원에게 자기 표를 건넸다. "네 표도 보여드려, 마이크. 우리는 친구랑 잠깐 이야기만 하면 돼요. 집에 중요한 일이 생겨서…."

"난 집에 가기 싫어!" 시어도어가 울부짖으며 요란스레 울음을 터뜨렸다.

여자 가정교사가 폴리의 소매를 잡아끌었다. "집에 무슨 일이 일어났다고 하셨나요? 공습이 있었나요? 혹시 저 아이 가족 누군가가…."

"아니요." 폴리가 말을 했지만, 그 즉시 후회했다. 시어도어를 데리고 나갈 완벽한 핑계였기 때문이다. 하지만 안내원은 이미 반격을 시작한 뒤였다. "그렇다면 급한 일이 아니겠군요." 그가 말하며 발코니 안내원에게서 표들을 낚아채더니 유심히 살폈다. "이 표는 오케스트라석 8번 줄입니다. 이 표로 이곳에 있으면 안 됩니다."

"그건 저도 압니다." 마이크가 화난 목소리로 말했다. "우리는 여기 이 사람과 이야기를 좀 하려고…."

조명이 깜박이며 꺼졌다가 다시 켜졌다.

"곧 막이 오릅니다." 발코니 안내원이 말했다. "죄송합니다만 두 분 자리로 돌아가셔야겠습니다. 대화는 휴식 시간에 하시고요."

"하지만…."

"난 동화극을 보고 싶어!" 시어도어가 울부짖었다.

"보게 될 거야, 애야." 안내원은 마이크와 폴리를 노려보며 말했다. "자,

두 분 모두 자기 자리에 앉으십시오. 안 그러면 제가 극장 밖으로 모시고 나가는 수밖에 없습니다."

"가서 앉아." 에일린이 말을 하며 어린 여자아이 두 명을 가로질러 몸을 기울이고는 마이크의 손을 잡았다. "괜찮을 거야."

"하지만 우리는 시간이 없어…."

"알아. 괜찮을 거야. 약속해."

'어떻게?' 폴리는 궁금했다. 둘은 안내원에 의해 오케스트라석까지 굴욕적인 안내를 받았다.

"괜찮을 거라니, 무슨 의미로 한 말일까?" 마이크가 폴리에게 물었다.

"모르겠어. 아마도 에일린이 시어도어에게 극장을 나가자고 설득할 수 있다는 뜻…."

"그 아이를 설득해? 말도 안 돼." 마이크는 시어도어 발에 맞은 정강이를 문질렀다. "만약 설득하지 못하면?"

"그러면 휴식 시간까지 기다리는 수밖에 없겠지." 폴리가 말하며 경비원이 군인처럼 팔짱을 하고 지키고 선 중앙 복도를 돌아보았다. "어쩌면 너라도 세인트폴 대성당에 가는 게 낫겠다. 나도 될 수 있는 한 빨리 에일린을 데리고 갈게."

마이크는 고개를 저었다. "우리 모두 함께 가거나 아니면 모두 안 갈 거야." 둘은 자리에 앉았다. "휴식 시간까지 막이 몇 개나 있어?"

폴리는 공연 안내서를 펼쳤다. 동화극 제목은 《라푼젤, 전시 크리스마스 동화극》이었고, 단 2막으로 구성되었지만 1막에는 적어도 열두 개의 노래가 적혀 있었다. 또한 춤곡, 마술 공연, 저글링 공연, 개 묘기도 포함되었다.

'아, 이런, 여기에 평생 있겠네.' 폴리가 생각했다. 고드프리 경이 동화극을 그토록 싫어했던 것도 이해가 됐다. 이건 연극이라기보다 잡다한 연예쇼에 더 가까웠다.

"빨리 시작했으면 좋겠어요." 폴리 옆의 어린 남자아이가 말했다.

"나도 그렇단다." 폴리가 그 아이에게 말했다.

방화용 석면 커튼이 올라가면서 빨간 벨벳 커튼이 드러났고, 관객들은 요란하게 박수를 쳤다. '다행이야.' 폴리가 생각했지만, 더는 아무런 일도 벌어지지 않았다.

"어쩌면 시어도어가 화장실에 가야 할 수도 있어." 마이크가 발코니 쪽을 바라보며 말했다. 그곳에서는 에일린이 시어도어와 진지하게 이야기하고 있었다. "그러면 우리가 저 애 위에 코트를 뒤집어씌우고 밖으로 데려가든가 할 수 있을 거야."

"쉿." 남자아이가 폴리를 가로질러 몸을 기울이고 엄격하게 말했다. "시작하고 있어요."

'마침내.' 폴리가 생각했다.

오케스트라가 팡파르를 연주했고, 타이츠와 몸에 딱 붙는 상의 차림의 예쁜 여자가 커다란 흰 카드를 들고 무대에 나와 말했다. "공습이 있으면, 이런 공지가 붙을 겁니다." 여자는 카드를 뒤집었고, '공습 중'이라는 글이 보였다. 여자는 다시 카드를 뒷면으로 돌려 무대 옆쪽 이젤에 올려놓았다. "고맙습니다."

더 격한 박수가 이어졌고, 커튼이 양옆으로 걷히며 마분지 나무숲과 높다란 마분지 탑이 드러났다. 탑 꼭대기 근처에는 작은 창이 있고, 그 안에 금발 여자 한 명이 앉아 기다란 머리를 빗고 있었다. "아, 슬퍼라." 그 여자가 말했다. "나는 이 탑에 갇혀 여기에 앉아 있어! 누가 와서 날 구해주려나?" 여자는 창밖으로 몸을 내밀었다. "오, 이런! 날 여기에 가둔 사악한 마녀가 오고 있어!"

오케스트라가 으스스한 음악을 연주했고, 나치 장교가 무릎을 곧게 펴고 발을 높이 들어 행진하며 무대로 나오더니 탑 아래에서 멈췄다. "'지크 하일'[16], 라푼젤. 네 머리카락을 내려라!" 그는 독일 악센트로 외쳤다. "이건 명령이야!"

라푼젤은 나치 장교를 향해 거대한 노란 머리카락 뭉치를 던졌고, 장교

16 '승리 만세'라는 뜻의 독일어

가 그 머리 뭉치에 맞고 쓰러지자 라푼젤은 가볍게 두 손을 털었다. 관객들이 박장대소하며 환호성을 질렀고, 귀가 먹을 듯한 소리 속에서도 시어도어의 날카로운 목소리가 들렸다. "난 동화극 싫어. 난 집에 가고 싶어!"

"저게 우리 신호야." 폴리가 속삭였다. 폴리는 마이크의 손을 잡고 서둘러 복도를 지나 계단을 내려와 로비로 왔다.

에일린은 이미 로비에 와 있었고, 참을성 없는 시어도어가 에일린의 손을 끌어당기고 있었다. "괜찮을 거라고 했잖아." 에일린이 말했다.

"난 집에 가고 싶어!" 시어도어가 외쳤다.

"우리도 그렇단다." 폴리가 말하며 시어도어의 다른 손을 잡았고, 그들은 안내원이 눈을 부라리며 열어준 문을 통해 서둘러 극장을 나섰다.

"무슨 일인데?" 밖으로 나오자마자 에일린이 물었다. "구조팀을 만나지 못했다며. 다른 역사학자를 찾아낸 거야?"

"응." 마이크가 말했다. "존 바솔로뮤."

"바솔로뮤 씨?" 에일린이 말하고 폴리에게로 시선을 돌렸다. "바솔로뮤 씨는 벌써 돌아갔다고 마이크에게 말하지 않은 거야?"

"돌아가지 않았어." 마이크가 말했다. "네가 잘못 들은 거야. 바솔로뮤 씨는 세인트폴 대성당 폭격 때 이곳에 있었고, 폭격은 오늘이야."

시어도어는 그들의 말을 열심히 듣고 있었다.

"시어도어를 집에 돌려보낸 뒤에 이야기해야 하지 않을까?" 폴리가 말했다.

"응. 택시를 잡아야겠어." 마이크가 말하며 택시를 찾아 거리를 살폈다. "이 아이 집 주소를 알지, 에일린? 운전사에게 미리 요금을 주면서 이 아이를 집까지…."

"시어도어를 혼자 보낼 수는 없어." 에일린이 말했다. "아이 어머니가 지금 집에 없어. 출근했거든. 그래서 내가 동화극을 보러 같이 온 거야."

"음, 그래도 친척이나 이웃이 있을 거잖아…."

"오언스 부인이 있기는 하지만, 그분도 집에 없어. 그리고 집에 누가 있을지 없을지도 모르는데 아이 혼자만 보낼 수는 없어." 에일린이 말했다.

“이 아이는 여섯 살밖에 안 됐단 말이야.”

“넌 지금 상황이 어떤지를 몰라.” 마이크가 말했다. “오늘이 아니면 바솔로뮤 씨를 찾을 수 없어. 내일 떠난단 말이야.”

“하지만 우리가 바솔로뮤 씨와 같이 가는 건 아니지?” 에일린이 말했다. “우리가 어디에 있는지만 옥스퍼드에 알리면 되잖아. 그러니 나는 시어도어를 집에 데려다주고, 너희 둘만 가서 내일 아침 리케트 부인 집으로 날 위한 구조팀을 보내면 안 될까? 섀클턴이 그랬듯이 말이야. 그리고 그렇게 하면 폴리를 확실히 돌려보낼 수 있잖아. 데드라인이 있는 건 폴리니까.”

“폴리는 바솔로뮤 씨가 어떻게 생겼는지 모르지만 넌 알아.” 마이크가 말했다. “그리고 오늘 밤 폭격은….” 마이크는 시어도이를 힐끗 보고는 목소리를 낮추었다. “이 전쟁에서 가장 지독한 폭격 가운데 하나고, 바솔로뮤 씨는 그 한가운데에 있을 거야. 그건 우리가 폭격이 시작되기 전에 여기를 빠져나가야 한다는 뜻이지. 우리는 바솔로뮤 씨를 찾고, 바솔로뮤 씨에게 강하 지점을 안내받은 다음, 우리를 오늘 오후에 데리러 오라는 메시지를 가지고 강하해달라고 부탁해야 해.”

“알아.” 에일린이 말했다. “하지만 시어도어는 내 책임이야. 나는 이 아이를 두고 갈 수 없어.”

“어쩌면 이 아이를 맡아줄 사람을 찾을 수 있을지도 몰라.” 폴리가 제안했다. “백베리에서 군인들에게 부탁해서 이 아이를 집으로 보냈다고 하지 않았어?”

“응. 하지만 그때는 아이 어머니가 기차역으로 마중 나올 걸 알았어. 그리고 생판 모르는 낯선 사람에게 이 아이를 맡길 수는 없어.”

“낯선 사람이 아니야.” 폴리가 말했다. “우리는 리케트 부인 집으로 돌아가서 라버넘 양이 있는지 확인을….”

“라버넘 양이 집에 있는 거 확실해?” 마이크가 물었다.

“아니.”

마이크는 얼굴을 찡그리고 잠시 생각에 잠기더니 이윽고 말했다. “우리가 데리고 가는 게 더 빠를 거 같아. 만약 우리가 데리고 가면 이 아이를 맡아줄 이웃을 찾을 수 있을 거 같아?”

“응. 확실히.”

“그러면 가자. 어디로 가야 가장 빨리 택시를 잡을 수 있지?”

“지하철이 더 빠를 거야.” 에일린이 말했다. “여기서 스테프니까지는 우회로가 너무나 많아.”

‘스테프니로 가는 지하철이 운행하기를 빌자고.’ 폴리가 생각했다. ‘그리고 시어도어가 지하철을 타고 싶지 않다고 외치지 않기를.’ 하지만 시어도어는 즐거이 지하철에 올랐고, 창에 붙은 등화관제용 종이 모퉁이를 살짝 벗겨내더니, 앞으로 몇 정거장은 여전히 지하이고 밖에 아무것도 보이지 않음에도 불구하고 유리창에 코를 박고 기뻐하며 밖을 바라보았다.

셋은 이야기를 할 수 있도록 마주 보고 앉았다. “만약 공습이 시작된 후에야 바솔로뮤 씨를 찾게 되면 어떻게 해?” 에일린이 물었다.

“그러면 바솔로뮤 씨에게 강하 지점이 어디인지 알려달라고 해야지.” 마이크가 말했다. “그리고 우리는 그곳에 가서 공습이 끝났을 때 바솔로뮤 씨가 오기를 기다리는 거야. 29일 이후의 아침에 강하가 열렸으면 아마도 런던 외곽에 있을 거야.”

“그 강하 지점은 열리는 거 확실해?” 에일린이 물었다.

“그건 벌써 열렸어.” 마이크가 말했다. “6년 전에.”

“아 참, 그렇지. 미안. 그리고 바솔로뮤 씨가 10월에 돌아갔다고 생각한 것도 미안해. 강연을 좀 더 귀담아들었어야 했는데.”

“그리고 나는 바솔로뮤 씨를 떠올렸을 때 바로 너희에게 말을 해야 했어.” 마이크가 말했다.

‘그리고 나는 이전에 이곳에 왔던 역사학자들이 누군지 생각해보라는 말을 마이크에게서 들었을 때 그 말을 에일린에게도 전달했어야 했고.’ 폴리가 생각했다. ‘하지만 나는 에일린이 내 마지막 강하나 임무에 관해 묻는 걸 원하지 않았어. 그래서 지금 이곳에 6년 전에 왔던 역사학자를 찾기 위해 막판에 이렇게 허둥지둥거리는 거고.’

‘만약 우리가 성공한다면, 바솔로뮤 씨는 던워디 교수님께 메시지를 전달할 거고, 던워디 교수님은 6년을 기다렸다가 우리를 보내게 되는 거네. '6년 동안' 우리에게 거짓말을 하고 됭케르크와 전염병과 런던 대공습으로 보내는 거지. 마이크가 발을 절게 되고, 에일린이 공습을 얼마나 두려워하는지 잘 알면서도.'

비록 던워디 교수가 폴리에게 여분의 돈을 가져가게 했고, 또한 살 곳을 아주 좁게 한정 짓기는 했지만, 폴리는 과연 그게 가능한 일인지 도저히 믿을 수가 없었다. 던워디 교수는 그런 식으로 거짓말을 할 사람이 아니었다.

'교수님이 거짓말을 하지 않았을지 내가 어떻게 알아?' 폴리가 생각했다. '나는 에일린과 마이크에게 몇 주 동안 거짓말을 했어.'

폴리처럼, 던워디 교수도 선의에서 거짓말을 한 거라면? 던워디 교수도 그들을 보호하려 애쓴 거라면? 그들을 구하기 위해서 거짓말을 하는 수밖에 없었다면?

'뭐로부터 구하는데?' 폴리가 생각했다. 그리고 설사 거짓말을 하는 수밖에 없다고 던워디 교수가 확신했다 할지라도, 콜린에게 들키지 않을 방법은 없었다. 그리고 콜린은 결코 그걸 받아들이지 않았을 것이다. 콜린은 폴리에게 경고했을 것이다.

어쩌면 경고했는지도 몰랐다. 콜린은 '곤란한 상황에 처하게 되면 내가 꼭 구하러 갈게.'라고 말했다. 하지만 그 말을 할 때 콜린은 폴리가 진짜 위험에 빠질까 봐 걱정하는 얼굴이 아니라 유치하면서도 진지한 표정이었다.

'만약 정말 내가 위험에 빠질 거라 생각했다면, 콜린은 나를 말렸을 거야. 또는 그 어떤 희생을 무릅쓰고라도 나를 데리러 왔을 거야. 그리고 편차 증가 같은 사소한 일 따위는 콜린에게 아무런 장애도 아니었을 거야.'

'그 말은, 우리가 바솔로뮤 씨를 찾지 못했고, 메시지를 보내지 못했다는 뜻이야. 우리는 그곳에 제시간에 도착하지 못했어. 마이크가 틀렸고, 바솔로뮤 씨는 10월에 돌아갔거나 5월이 되어야 이곳에 올 거야. 또는 우리는 시어도어를 맡겨둘 만한 사람을 찾지 못하거나. 또는 세인트폴 대성당으로 가는 지하철이 지연되거나. 지하철이 갑자기 정지하고, 우리는 터널에 몇 시간 동안 갇히고 세인트폴 대성당에 가지 못할 거야.'

'아니면, 지연은 이미 시작되었을 거야.' 폴리는 안내원과 입씨름하던 그 시간을, 시어도어를 어떻게 집으로 돌려보낼까 논의하며 보낸 그 아까운 시간을 떠올렸다. '우리는 이미 늦은 거야.'

하지만 그들은 바솔로뮤 씨를 찾아야만 했다. 그것만이 폴리의 데드라인 전에 돌아갈 유일한 기회였다.

그리고 단지 폴리만의 기회가 아니라 그들 모두의 기회였다. 마이크와 에일린은 D-데이를 준비하는 수십만 명의 군인들 속에서 데니스 애서튼을 결코 찾지 못할 것이다. 그 둘은 타운센드 브라더스 백화점에서조차 폴리를 찾지 못했었다.

에일린이 전승 기념일에 있었던 건 그들이 이곳을 빠져나가지 못했기 때문이다. 그들은 폴리의 데드라인이 되었을 때도 이곳에 있었던 것이다. 그리고 마이크는….

'반드시 바솔로뮤 씨를 찾아야 해.' 폴리는 생각했고, 만약 시어도어를 맡겨둘 사람이 없으면 어떻게 해야 할지를 생각했다.

하지만 오언스 부인이 집에 있었다. "시어도어가 동화극이 끝나기 전에 나오려 하면 어쩌나 생각했어요." 문에서 그들을 맞이하며 오언스 부인이 말했다. "그런데 일찍 나와서 다행이에요. 아무래도 오늘 밤에 공습이 있을 거라는 예감이 온종일 들었거든요."

"만약 공습이 있으면…." 에일린이 말했다. "시어도어를 방공호로 데려가 주세요. 계단 아래 벽장은 안전하지 않아요."

"그럴게요." 오언스 부인이 약속했다. "그리고 당신들도 집으로 가야 해요."

"그럴게요." 에일린이 말했다.

"시어도어, 에일린 누나에게 잘 가라고 인사해야지. 그리고 너를 데려다 줘서 고맙다고도 하고."

"싫어요." 시어도어가 말하더니 에일린을 껴안았다. "난 누나가 가는 거 싫어요."

'이래서 지연이 되는구나.' 폴리가 생각했다. '시어도어를 에일린의 다리에서 떼어놓으려면 2시간은 걸릴 거야.'

하지만 에일린은 시어도어가 이럴 줄 짐작하고 있었다. "나는 가야만 해." 에일린이 말했다. "하지만 네게 줄 크리스마스 선물을 가져왔어." 에일린은 핸드백에서 타운센드 브라더스의 크리스마스 포장지로 싼 상자를 꺼내 시어도어에게 건넸다.

시어도어는 곧바로 앉아 상자를 열었고, 그들은 재빨리 그곳을 떠나 지하철역으로 갔다. 다행히도 4시 30분에 텅 빈 지하철에 탈 수 있었다. "공습이 시작되기 전에 세인트폴 대성당까지 갈 시간은 충분해." 마이크가 말했다.

"하지만 그곳에 가지 못할 경우를 대비해서…." 폴리가 말했다. "그리고 우리가 헤어지게 될 경우를 대비해서, 우리는 바솔로뮤 씨가 어떻게 생겼는지 알아야 해."

"키가 커." 에일린이 말했다. "다갈색 머리에 30대 초반, 아니 여기에 있을 때는 6년 전이었다는 걸 계속 깜박하네. 20대 후반일 거야."

"화재 감시원 본부는 성당 지하실이야." 폴리가 말했다. "그리고 그곳으로 가는 계단은…."

"알아." 마이크가 말했다. "세인트폴 대성당에 가본 적 있어."

"바솔로뮤 씨를 찾아서?" 폴리가 물었다.

"아니. 말했잖아. 나는 바솔로뮤 씨가 봄에 오는 줄 알았어. 난 널 찾으러 간 거야. 기억나? 험프리스 씨가 그곳 전부를 견학시켜줬어. 그 사람은 배 두 척을 묶어 전투에서 승리한 포크너 함장이며 계단들이며 전부…."

"하지만 에일린에게는 견학을 시켜주지 않았어." 폴리가 말했다. "아님, 네가 나를 찾아왔던 날에 그분이 네게도 견학을 시켜줬어, 에일린?"

"시켜줬어. 하지만 그때 나는 딴생각을 하고 있었어. 지하실로 가는 계단이 어디에 있다고?"

"여기." 폴리는 좌석의 가죽 등받이에 손가락으로 세인트폴 대성당 약도를 그리고 지하실로 가는 계단을 가리켰다.

"지붕으로 가는 계단은 어디에 있어?" 에일린이 물었다.

"몰라. 그리고 지붕은 하나가 아니라 여러 개야. 층과 지붕들이 겹겹으로 있어. 그래서 소이탄을 제거하는 게 어려웠어. 하지만 성당 지하실에는 바솔로뮤 씨에게 메시지를 전달해줄 만한 사람이 있을 거야.” 폴리가 말했고, 공습에 대해 에일린에게 더 자세히 이야기해주었다. “세인트폴 대성당은 불에 타지 않았어….”

“화재 감시원들 덕분이지.” 마이크가 말했다.

“맞아. 하지만 그 주위의 전 지역은 불에 타. 그리고 플리트 스트리트와 시청, 그리고 중앙 전화 교환국에도 화재가 나. 전화 교환국의 모든 직원은 대피해야 했어. 그리고 지상 방공호들 가운데 하나 이상에도 불이 나. 어느 건지는 나도 몰라.”

“그러니 우리는 그곳들 모두에서 피해 있어야 해.” 마이크가 말했다. “지하철역도 폭격받는다고 했지? 어느 곳이야?”

“워털루역일걸.” 기억을 더듬으며 폴리가 말했다. “그리고 캐넌 스트리트역, 채링크로스 기차역도 지뢰 때문에 소개해야 했어.”

“세인트폴 대성당역은 폭격당하지 않았어?”

“모르겠어.”

“독일군들이 고성능 폭탄을 잔뜩 떨어뜨리지 않았어?” 에일린이 초조한 목소리로 물었다.

“아니.” 마이크가 말했다. “대부분은 소이탄이었어. 하지만 썰물 때였고, 주 상수도관이 폭격당했어. 그리고 아주 바람이 거셌고.”

폴리가 고개를 끄덕였다. “드레스덴에서처럼 거의 불바다였어.”

“그러니 더더욱 그 전에 집으로 돌아가 있자고.” 마이크가 말했다. “세인트폴 대성당역까지 몇 정거장이나 남았어?”

“모뉴멘트역까지 한 정거장 더 가고, 그곳에서 센트럴 선으로 갈아타고 다시 한 정거장 가면 세인트폴 대성당역이야.”

하지만 그들이 센트럴 선 플랫폼에 도착했을 때 입구에는 입간판이 서 있었다. ‘차후 공지가 있을 때까지 센트럴 선은 운행하지 않습니다. 모든 승객께서는 다른 노선을 이용해주십시오.’

“세인트폴 대성당역으로 가는 다른 노선은 뭐야?” 마이크가 지하철 노선표로 다가가며 물었다.

"없어. 그냥 다른 역으로 가야 해." 폴리가 재빨리 생각하며 말했다. 캐넌 스트리트역이 가장 가까웠지만, 그곳은 폭격당했다. 그게 몇 시인지는 알지 못했다. "블랙프라이어스역으로 가야 해." 폴리가 말했다. "이쪽이야."

폴리는 그들을 데리고 플랫폼으로 갔다. "블랙프라이어스역에서는 불이 나지 않은 거지?" 에일린이 물었다.

"응." 폴리는 실은 모르면서도 그렇다고 대답했다. 그러나 이제 겨우 5시가 지났을 뿐이었다. 지금은 화재가 나지 않았을 것이다.

"블랙프라이어스역에서 세인트폴 대성당까지는 얼마나 멀어?" 마이크가 물었다.

"걸어서 10분이야."

"그리고 여기서 블랙프라이어스역까지는, 얼마나? 10분?"

폴리가 고개를 끄덕였다.

"좋아, 아직 시간은 충분해." 마이크가 말했고, 플랫폼을 향해 걸어갔다. 하지만 그들은 간발의 차이로 지하철을 놓쳤고, 다음 지하철까지 15분을 기다려야 했으며, 블랙프라이어스역에 내렸을 때는 담요를 펼치고 피크닉 바구니들을 풀고 있는 수십 수백 명의 대피객들 틈을 비집고 나아가야 했다.

'아, 이런, 사이렌이 벌써 울린 거야.' 북적이는 사람들을 보며 폴리가 생각했다. '그리고 역무원은 우리를 내보내지 않을 거야.'

넝마를 걸친 아이들이 옆을 달려갔고, 폴리는 마지막 아이를 붙잡고 물었다. "사이렌이 울렸니?"

"아직요." 아이가 말하며 몸을 비틀어 폴리에게서 벗어나더니 다른 아이들을 뒤쫓아갔다.

"서둘러." 폴리가 몰려드는 사람들 사이를 헤치고 나가며 말했다. 오늘 밤에 폭격이 있으리라는 예감이 든 사람은 오언스 부인만이 아닌 게 분명했다.

폴리는 마이크와 에일린을 이끌고 재빨리 출입구로 갔다. 폴리는 당장에라도 사이렌이 울릴까 두려웠다. 그리고 설사 밖으로 나갈 수 있다 할지라도 너무 어두워서 아무것도 보이지 않을 것이다. 세인트폴 대성당 주위의 좁고 복잡하고 막다른 골목투성이인 거리는 밤은 고사하고 대낮에도 제대로 길을 찾기 어려웠다.

하지만 계단을 올라 거리로 나오자, 탐조등 불빛이 비치는 하늘을 배경으로 세인트폴 대성당 돔의 윤곽이 뚜렷하게 보였다. 그들은 그곳을 향해 언덕을 올랐다.

'우리는 진짜로 해낼 거야.' 폴리가 생각했다. 그건 폴리의 의심이 옳다는 뜻이었다. 던워디 교수와 바솔로뮤 씨, 그리고 콜린까지 모두가 이들에게 일어난 일들에 대해 지난 몇 년간 비밀을 지켜왔으며, 비밀을 지키기 위해 그들을 기꺼이 희생시킬 의향이었다는 뜻이었다.

'울트라 작전처럼.' 폴리가 생각했다. 수백 수천 명이 오랫동안 그 비밀을 지켜냈다. 비밀의 엄수가 전쟁에서 이기는 데 절대적으로 중요했기 때문이다. 만약 그들이 이곳에 갇힌다는 사실이, 그리고 옥스퍼드로 돌아간다는 사실이 무슨 이유에선가 시간 여행을 위해 반드시 비밀로 지켜져야 했다면? 혹은 역사를 위해 반드시 비밀로 지켜져야 했다면? 그래서 그들이 아무 얘기도 듣지 못했던 것이고, 희생되어야 했던 거라면….

"지금 몇 시야?" 마이크가 물었다.

폴리가 눈을 가늘게 뜨고 자기 손목시계를 보았다. "6시."

"잘됐네, 아직 시간은 충분…." 마이크가 말을 하는데 사이렌이 날카롭게 울리기 시작했다.

'이럴 줄 알았어.' 폴리가 생각하고는 걸음을 빨리했고, 마이크와 에일린이 그 뒤를 따랐다.

"아직 사이렌일 뿐이잖아." 마이크가 헐떡이며 말했다. "아직 비행기들이 오려면 20분이 남았어. 그렇지?"

'모르겠어.' 폴리가 생각하며 언덕 꼭대기를 향해 전속력으로 달렸다. '제발 20분이 있기를. 그러면 충분해.'

그들에게 20분의 시간은 허락된 듯했다. 그들이 루드게이트힐 꼭대기에 거의 도착해서야 탐조등들이 본격적으로 켜지기 시작했고, 그들이 대성당을 둘러싼 강철 울타리에 도착했을 때까지도 방공포는 발포를 시작하지 않았다. 그런데 런던의 다른 모든 강철 울타리가 철거되어 고철 모집 운동에 기부된 속에서도 왜 이곳의 강철 울타리만은 그대로 살아남은 걸까? 이 울타리도 철거되었더라면 그들은 손쉽게 북쪽 수랑으로 통하는 문으로 들어갈 수 있었을 텐데 말이다. 어쩔 수 없이 셋은 울타리를 빙 둘러 서쪽 현관으로 가야 했다.

폴리가 울타리를 따라 걷기 시작했다. "젠장." 마이크가 뒤에서 말했다.

"왜 그래?" 폴리가 말했고, 곧이어 마이크가 왜 그렇게 말했는지를 깨달았다. 비행기의 윙윙거리는 소리가 들렸다. "아직 시간이 있어. 가자." 그리고 폴리는 모퉁이를 돌아 서쪽 현관으로 갔고, 넓은 계단을 올랐다. 계단 위에는 크리스마스트리가 있고, 그 뒤로 서대문이 보였다.

"거기, 당신들!" 그들 뒤에서 남자 목소리가 외쳤다. "당신들 지금 어디로 가는 겁니까?" 가림막을 댄 회중전등이 내는 좁은 빛이 폴리를 비쳤고, 이윽고 마이크와 에일린을 비쳤다. 공습 대비대 헬멧을 쓴 남자가 계단 발치의 어둠 속에서 나타났다. "당신들 지금 밖에 나와 뭐 하는 겁니까? 방공호로 가세요. 사이렌 소리 못 들은 겁니까?"

"들었습니다." 마이크가 말했다. "저희는….."

"제가 방공호로 데려다주겠습니다." 감시원이 폴리를 향해 계단을 오르기 시작했다. "이리 오십시오."

'또 이럴 수는 없어.' 폴리가 생각했다. '이제 거의 다 왔는데 여기서 이럴 수는 없어.'

폴리는 계단을 힐끗 올려다보며 감시원에게 잡히기 전에 남은 계단을 올라 포치를 지나 문안으로 들어갈 수 있을지 가늠해 보았다. 안 될 거 같았다. "저희는 방공호를 찾는 게 아니에요." 폴리가 말했다. "저희는 친구를 찾고 있어요. 세인트폴 대성당에서 화재 감시원으로 있는 친구예요."

"그 친구와 꼭 이야기해야 합니다." 마이크가 말했다. "긴급한 상황입니다."

"저것도 그렇습니다." 감시원이 엄지손가락으로 하늘을 찔러 보이며 말했다. "저 비행기들 소리 들리십니까?"

그 소리를 못 듣는 건 불가능했다. 비행기들은 거의 머리 위에 있었고, 폭격에 대비해 화재 감시원들은 이미 지붕으로 향하고 있을 것이다.

"저 비행기들은 곧 이곳에 도착할 겁니다." 감시원이 말했다. "그리고 화재 감시원들은 정신없이 바빠질 겁니다. 잡담이나 나누고 있을 시간이 없어요." 감시원은 폴리에게 손을 내밀었다. "자, 세 분 모두 오세요. 근처에 방공호가 있습니다. 모셔다드리겠습니다."

"당신은 이해하지 못하세요." 에일린이 말했다. "우리는 친구에게 메시지만 전하면 돼요."

"1분이면 됩니다." 마이크가 계단을 뒷걸음질 쳐 옆쪽으로 움직이며 말했다. 감시원의 시선을 자기 쪽으로 돌리기 위해서였다.

'마이크가 일부러 자기에게로 감시원의 주의를 끌고 있어.' 폴리가 생각했고, 조용히 뒷걸음질해 넓은 돌계단을 한 칸, 또 한 칸 올라갔다. 점점 커지며 발소리를 가려주는 비행기 엔진의 으르렁거리는 소리에 내심 고마웠다. "저는 그 친구를 어디 가면 찾을 수 있는지 정확히 압니다." 요란한 소음을 뚫고 마이크가 감시원에게 외쳤다. "눈 깜짝할 사이에 들어갔다 나올게요."

폴리는 다시 계단을 한 칸 올라갔다.

폴리 뒤에서 대공포가 발포를 시작했고, 감시원은 그 소리에 고개를 돌리다가 폴리를 보았다. "거기 당신, 지금 뭐 하는 겁니까?" 감시원이 서둘러 계단을 올라왔다. "지금 셋 다 뭐 하자는 겁니까?"

그들 위로 낯선 '쉬익' 하는 소리가 들렸다. 폴리는 고개를 들었고, '저게 폭탄이면 이런 행동을 하면 안 되는데.'라고 생각했다. 이어서 부엌에 있는 모든 냄비와 프라이팬들이 한꺼번에 바닥에 떨어진 것처럼 요란한 소리가 났다.

폴리와 감시원 사이 계단에 뭔가가 떨어졌고, 불꽃을 격렬하게 뿜어댔다. 폴리는 청백색 빛에 눈이 멀지 않도록 손으로 눈을 가리고 그것에서 물러섰다. 감시원도 펄쩍 뛰어 물러섰다. 그것은 빙빙 돌면서, 녹아내린 별들을 사방으로 뿜어댔다.

'저것 때문에 크리스마스트리에 불이 붙을 거야.' 폴리가 생각했고, 휴대용 손 펌프를 가지러 몸을 돌려 성당으로 뛰어가려다가 이게 기회라는 사실을 깨달았다. 폴리는 계단을 쏜살같이 올라가 포치를 가로질러 문으로 갔다. 그녀는 문손잡이를 잡았다.

"어이! 거기 당신!" 감시원이 외쳤다. "이리 당장 돌아와요!"

폴리는 육중한 문을 잡아당겼다. 문은 꿈쩍도 하지 않았다. 그녀는 다시 문을 잡아당겼고, 이번에는 문이 아주 살짝 열렸다.

폴리는 마이크와 에일린을 힐끗 돌아보았지만, 소이탄이 흔들리며 이리저리 격렬한 불꽃을 뿜어냈기 때문에 둘이 그 옆을 지나오는 건 위험해 보였고, 감시원은 이미 폴리를 거의 따라잡은 상태였다.

"가!" 마이크가 손을 흔들며 말했다. "우리는 나중에 따라갈게!"

폴리는 몸을 돌려 대성당의 어둠 속으로 달아났다.

28

세인트폴 대성당, 1940년 12월 29일

폴리 뒤로 문이 철컹하며 닫혔다.

대성당 안은 칠흑처럼 어두웠다. 돔 아래에는 화재 감시원들이 방향을 알 수 있도록 조명이 있어야 했지만, 아무런 조명도 보이지 않았다. 폴리는 아무것도 볼 수 없었다. 또한 폴리는 등 뒤에서 문이 닫히는 소리가 메아리치는 것을 빼고는 아무런 소리도 들을 수 없었다. 비행기 소리도, 푸드덕거리는 소이탄 소리도, 아무 소리도, 심지어 사이렌 소리도 들리지 않았다.

하지만 감시원은 계단에서 폴리 바로 아래에 있었다. 당장에라도 그가 문을 열고 들어올 수 있었다. 폴리는 숨어야 했다.

폴리는 잠시 멈춰 눈이 적응하기를 기다리며 이곳이 대성당의 어느 쪽과 통하는지 기억을 더듬었다. 렌의 기하학적 계단은 아니었다. 그곳은 막혀 있었다. 그리고 '세상의 빛'은 뒤에 숨기에 너무 작았다. 험프리스 씨에게 이곳을 안내받을 때 좀 더 집중해 듣지 않았던 게 후회될 따름이었다.

폴리는 여전히 아무것도, 윤곽조차도 볼 수 없었다. 그녀는 마치 아이들이 장님 놀이를 할 때처럼 두 팔을 앞으로 내밀어 벽을 찾으려 애썼다.

돌, 이윽고 빈 공간, 그리고 촘촘히 세워진 쇠막대기들. 예배당 철창문이었다. 폴리는 예배당으로 어서 들어가고 싶은 마음에 서둘러 쇠막대들을 더듬었고, 철창문이 열리는 것을 느꼈다.

폴리는 더듬거리며 곧바로 예배당으로 들어갔다. 예배당에는 제단이 있었고, 그 뒤로는 조각된 높다란 장식벽이 있었다. 폴리는 그 뒤에 숨을 수 있었다.

폴리는 나무로 된 뭔가에 무릎을 세게 부딪쳤다. '장궤틀이구나.' 폴리가 몸을 숙여 허리 높이의 장궤틀 정면을 만져보며 생각했다. 장궤틀은 예배당 양쪽으로 있었고, 그건 제단이….

어디선가 문이 열렸다. 폴리는 얼른 장궤틀 뒤로 가서 몸을 웅크리고 숨을 죽인 채 귀를 기울였다.

목소리가 들렸지만 너무나 나직한데다 일그러져 들려 알아들을 수 없었고, 다른 목소리가 대답했다. 이윽고 걸음 소리가 들렸다. 아까 그 감시원일까? 아니면 화재 감시원이 순찰하는 걸까?

화재 감시원이 분명했다. 걸음 소리가 더 들렸지만, 이번에는 훨씬 빨랐고 멀어지는 소리였다. 이윽고 문이 닫히는 소리가 들렸다. 폴리가 들어왔던 그 육중한 문이라기에는 소리가 너무 조용했다.

폴리는 마이크나 에일린 또는 둘 모두가 감시원을 피해 안으로 들어오기를 바라며 잠시 기다렸다. 그 둘은 존 바솔로뮤가 어떻게 생겼는지 알았고, 마이크는 화재 감시원으로 자원한 사람인 척할 수 있었다. 화재 감시원에 여자는 없었고, 설사 폴리가 지붕에 올라가는 방법을 안다 할지라도 폴리가 지붕 위에서 존 바솔로뮤를 찾아다니는 동안 화재 감시원들이 가만히 보고만 있을 리가 없었다.

하지만 폴리는 성당 지하실에는 어떻게 가는지 알았다. 그곳 책임자를 통해 바솔로뮤 씨에게 메시지를 전할 수 있을 것이다.

폴리는 장궤틀 뒤에서 조심스레 기어 나와 복도나 그 너머 본당을 비추는 회중전등 빛이 없는 걸 확인한 뒤 더듬거리며 철창문 쪽으로 갔다.

그때 갑자기 빛이 얼굴을 비췄다. 폴리는 눈이 부셔 아무것도 볼 수 없었다. 폴리는 급히 장궤틀로 숨으려다가 다시 무릎을 세게 부딪쳤고, 이윽고 자신이 본 빛의 정체를 깨달았다. 화염이었다. 마치 누군가가 조약돌 한 줌을 던진 듯이 머리 위로 덜그럭거리는 소리가 들렸고, 그 소리에 폴리는 위를 쳐다보았다. 지붕 위에 소이탄들이 있었다. 그리고 돔 쪽에서 목소리가 들렸고, 문을 거세게 닫는 소리와 계단을 뛰어 올라가는 걸음 소리가 더 들렸다.

여전히 앞이 안 보이는 채, 폴리는 철창문을 더듬어 찾은 뒤 아무 소리도 내지 않으려 애쓰며 문을 열었다. 그리고 본당으로 들어와 1분쯤 서 있으며 눈이 회복되길 기다렸다. 눈이 회복되자 아치며 본당 저편에 벽돌로 막아둔 웰링턴 기념비와 성가대석들의 어두침침한 윤곽이 간신히 보였고, 폴리는 두 눈이 마침내 어둠에 적응한 게 분명하다고 생각했다. 하지만 뒤를 힐끗 돌아보자, 창문들이 노랗게 빛나고 있었다.

'불이 났어.' 폴리는 불빛이 고마웠지만, 또한 그 때문에 죄책감이 들었다. 그 빛 덕분에 폴리는 육중한 기둥의 기부 옆 물이 가득 든 양철통, 또는 기둥에 기대어둔 휴대용 손 펌프들에 부딪히지 않을 수 있었다.

'오늘 밤에는 이 모든 것들이 필요할 거야.' 폴리는 서둘러 남쪽 복도를 따라가 '세상의 빛'을 지났다. 너무 어두운 탓에 그림은 등 말고는 아무것도 보이지 않았다. 등은 침침한 황금색으로 이글거렸지만, 창문들에서 들어오는 빛은 계속 더 밝아지면서 점점 더 주황색으로 바뀌었으며, 이제는 북쪽 수랑에서도 빛이 들어오고 있었다.

본당 복도에 있으니 비행기들의 엔진 소리가 들렸고, 엔진 소리 사이로 간간이 방공포의 쿵쿵거리는 소리가 났다. 폴리가 줄지어 있는 목제 의자들을 지날 때 다시 소이탄들이 덜그럭거리며 지붕에 떨어지는 소리가 들렸다. 그 소리가 너무나 요란해서 폴리는 위를 쳐다보며 소이탄이 자기 앞의 대리석 바닥에 떨어질 거라 생각했지만, 더 이상 화재 감시원들이 뛰어다니는 소리가 들리지 않았다. 화재 감시원들은 이미 모두 지붕으로 올라간 게 분명했다.

폴리가 방금 들어왔던 대성당 끝부분에서 문이 육중하게 닫히는 소리가 들렸는데, 이번에는 분명히 바깥으로 통하는 문이었다. 폴리는 숨을 곳을 찾아 황급히 주위를 둘러보았고, 이윽고 가장 가까운 기둥 뒤로 숨어 기둥에 몸을 바짝 붙인 채 귀를 기울였다. 누군지는 모르겠지만 폴리 쪽으로 달려오고 있었다. 그는 본당 중앙까지 곧장 달려왔고, 대리석 바닥에 발소리가 울렸다.

폴리는 기둥에서 몸을 살짝 떼고 그를 보았다. 만약 화재 감시원이라면 바솔로뮤 씨에게 데려가달라고 부탁할 수 있었다. 빛이 부족해 그리 잘 보이진 않았지만, 그가 코트를 입었다는 것은 알 수 있었다. 그가 달리자 코트 자락이 다리에서 펄럭였다. '마이크야.' 폴리가 생각했다.

아니, 마이크가 아니었다. 그는 다리를 절지 않았다. 방공호를 찾는 사람인가? 사람들은 이 성당 지하실을 방공호로 썼지 않았나? 하지만 지금 이 사람이 누구든 간에, 그는 자신이 가는 곳을 정확히 알았다. 그는 저녁 예배를 위해 배열해둔 접이식 목제 의자들의 열 사이를 달려 돔으로 향했다.

화재 감시원이 분명했다. 폴리는 기둥 뒤에서 달려 나왔지만, 그는 이미 넓은 실내를 가로질러 돔 아래에 있었다. "잠깐만요!" 폴리가 외쳤다. "선생님!" 폴리는 그의 뒤를 쫓았지만, 그는 이미 어둠 속으로 사라지고 없었다.

문이 쾅 하고 닫히는 소리가 들렸다. 어디지? 그가 남쪽 성가대석 복도나 수랑으로 간 건가? 폴리는 양쪽으로 뻗은 수랑의 두 팔 중 가까운 쪽으로 먼저 달려갔다가 반대쪽으로도 가보며 문을 찾아보았다. 속삭임의 회랑으로 올라가는 계단이 이곳 어딘가에 있었지만, 폴리는 그 계단이 지붕까지 통하는지는 알지 못했다.

폴리는 지하실로 통하는 계단을 하나 찾았지만, 계단은 보통 문이 아니라 철창문으로 막혀 있었고, 폴리가 들은 소리는 분명히 보통 문소리였다. 문은 성가대석 어딘가에 있는 게 분명했다. 폴리는 그쪽으로 가기 시작했다.

그리고 검은 로브를 입은 젊은 남자와 부딪혔다. 폴리는 놀라 펄쩍 뛰어올랐고, 그 남자도 그랬지만, 그는 금세 평정을 되찾았다.

"방공호를 찾고 계셨습니까, 아가씨? 이쪽입니다." 그는 폴리의 팔을 잡고 지하실 계단으로 다시 향했다.

"아니요, 저는 사람을 찾고 있어요." 폴리가 말했다. "화재 감시원이에요."

"화재 감시원들은 지금 모두 근무 중입니다." 그는 마치 폴리가 약속을 잡으려 했다는 듯이 대답했다. "내일 다시 오시면…."

폴리는 고개를 저었다. "그 사람하고 지금 이야기를 해야만 해요. 그 사람 이름은 존 바솔로뮤예요…."

"죄송하지만, 저는 화재 감시원들 이름은 거의 모릅니다." 그가 철창문의 빗장을 열며 말했다. "저는 오늘 밤만 부족한 일손을 도우러 나온 거라서요."

"험프리스 씨가 여기 계신가요?"

"지금 근무 중이신지 모르겠습니다. 말씀드렸듯이 저는 오늘 밤만…."

"그러면 저와 이야기할 수 있는 책임자가 있나요?"

"아니요. 안타깝지만 매튜스 주임 사제님과 앨런 씨 모두 지붕 위에 올라가 계십니다. 오늘 밤 공습은 아주 심합니다. 방공호는 이 계단 아래에 있습니다." 그가 말하며 앞서가라고 손짓했다.

"저는 방공…." 폴리가 말을 시작했지만, 곧 마음을 바꿨다. 이 남자가 자신을 본당 밖으로 데리고 나가 공습 대비대 감시원에게 넘기는 상황은 피해야 했다.

그들은 돌계단을 내려가기 시작했다. "발조심 하세요." 그가 말했다. "이 계단은 조명이 밝지 않습니다. 등화관제 때문에요."

'조명이 밝지 않다'는 아주 좋게 표현한 것이었다. 첫 번째 계단참 아래로는 아예 조명이 없었고, 폴리는 차가운 돌벽을 손으로 더듬거리며 계단을 내려가야 했다.

"저는 성가대원입니다. 자원봉사자 한 명이 아파서 매튜스 주임 사제님이 저에게 도와달라고 하셨습니다. 거의 다 왔습니다." 남자가 어둠 속에서 발을 딛는 데 편하도록 말을 덧붙인 뒤, 폴리를 위해 검은 커튼을 걷어 젖혔다.

폴리는 지하실로 들어섰다. 아치형 천장과 바닥의 무덤들에도 불구하고 그곳은 지하실 같아 보이지 않았다. 그곳은 공습 대비대 지부처럼 보였다. 나무 탁자에는 파라핀 램프가 있었고, 탁자 옆으로는 주전자가 올려진 가스

풍로가 놓였다. 탁자 뒤쪽으로는 간이 침상들이 줄지었고, 그 뒤로 고리들에는 위아래가 붙은 작업복들과 헬멧들이 걸렸다. 하지만 화재 감시원은 아무도 보이지 않았다.

"밤에 잠시 쉬며 차 한잔하러 돌아오나요?" 폴리가 물었다.

"오늘 밤에는 그럴 거 같지 않습니다." 그는 말하며 낮은 천장을 올려다보았다. 천장을 통해 비행기들의 윙윙거리는 소리가 희미하게 들렸다. "방공호는 이쪽입니다."

그는 폴리를 이끌고 웰링턴의 무덤이 분명한, 검은색과 황금색이 섞인 거대한 석관을 지나 서쪽 끝으로 갔다. "이렇게 폭탄이 떨어져대니 화재 감시원들은 밤새 지붕 위에 있을 것 같네요."

"그러면 당신이 올라가서 존 바솔로뮤 씨에게 제가 꼭 해야 할 말이 있다고 전해주실 수 있나요?"

"올라가요? 지붕에 말씀이십니까?" 그는 고개를 저었다. "저는 지붕에 어떻게 올라가는지 전혀 모릅니다. 그래서 매튜스 주임 사제님이 저에게 이곳을 맡기신 겁니다. 방공호는 바로 이곳입니다." 그가 덧붙여 말하며 교회 끝 쪽에 모래주머니를 쌓아놓은 아치로 데려갔다. 그곳에는 대여섯 명 정도 되는 여자들과 어린 남자아이 한 명이 한쪽 벽에 모여 접이식 의자들에 앉아 있었다.

"여기 또 한 분 오셨습니다." 성가대원이 그들에게 말했다. 그는 폴리에게 설명했다. "이 여성분들은 월팅 스트리트의 방공호에서 피신해 오셨습니다."

"그곳에는 불이 났어요." 그곳을 떠나와야 했던 게 못내 아쉽다는 듯한 목소리로 소년이 말했다.

"여기 계시면 안전합니다." 성가대원이 모두에게 말했고, 화재 감시원 본부로 서둘러 돌아갔다. 하지만 위층으로 올라가지는 않았으며, 올라갈 것 같지도 않았다. 그는 주전자에 차를 끓이고 있었다.

폴리는 지하실 이쪽 끝에도 계단이 있는지 살폈지만 보이지 않았다. 이제 어쩐다? 화재 감시원이 이곳에 내려올 때까지 마냥 기다렸다가 존 바솔로뮤에게 메시지를 전달해달라고 설득해야 하나?

하지만 위에서 들리는 소리로 판단할 때, 화재 감시원이 내려올 가능성은 없어 보였다. 머리 위에선 점점 더 많은 소이탄이 불꽃을 뿜는 소리가 들렸고, 비행기들의 으르렁거림은 여기에서조차도 점점 크게 들렸다. "세인트폴 대성당이 불에 타버릴까요?" 소년이 자기 어머니에게 물었다.

"그럴 리 없어." 아이 어머니가 말했다. "이곳은 돌로 지어졌는걸."

하지만 그건 사실이 아니었다. 세인트폴 대성당에는 목제로 된 내부 지붕, 목제 기둥, 목제 들보, 목제 성가대석, 목제 스크린, 목제 의자들이 있었다. 그리고 지붕들 사이 공간은 손이 닿기 어려워, 마치 소이탄들이 뚫고 들어가 자리를 잡기 좋도록 설계한 것처럼 보일 지경이었다. 그리고 바로 그런 일이 생길까 봐 화재 감시원들이 미친 듯이 바쁘게 일하고 있었고, 앞으로도 밤새 그렇게 일을 해야 할 것이다. 성가대원 말이 옳았다. 화재 감시원들은 아침이 되기 전에 내려올 수 없을 것이다.

폴리는 그렇게 오랫동안 기다릴 수 없었다. 하지만 지붕에 가기 위해서는 성가대원을 지나가야만 했다. 그리고 여기 방공호로 피신 온 사람들에게서 떠나야 했다. 어려울 것이다. 소년이 지하실을 잠깐 서성이자 아이 어머니가 아이를 앉히며 말했다. "이곳 책임자가 우리는 이쪽에만 있어야 한다고 하셨어."

"무덤들을 보고 싶었던 것뿐이에요." 소년이 말했고, 그 말에 폴리는 좋은 수가 떠올랐다.

"'세상의 빛' 그림을 그린 화가 무덤이 이곳에 있나요?" 폴리는 딱히 누구라고 정하지 않고 모두에게 물었고, 북쪽 벽에 있는 기념 명판을 읽으러 가서 천천히 명판들을 따라 걸으며 기회가 오길 기다렸다.

성가대원은 손목시계를 보았고, 가스풍로에서 주전자를 내렸고, 격실한 곳으로 사라졌다. 폴리는 다음번 소이탄들이 떨어질 때까지 기다렸고, 사람들이 소이탄 떨어지는 소리에 자신들도 모르게 천장을 바라볼 때 옆 격실로 재빨리 들어가 벽에 붙어 지하실을 따라가며 1층 또는 더 위층으로 올라갈 다른 방법이 있는지 찾았다.

격실 중 두 곳은 모래주머니 더미들이 뭔가를 가리고 있었다. 파이프 오르간인가? 수의를 입은 존 돈? 그리고 그 옆으로는 자물쇠가 잠긴 철창문이 있었다. 하지만 다음 격실에는 삽과 밧줄 더미들, 물이 담긴 커다란 통이 하나 있었다. 그리고 계단이 보였다.

폴리가 내려왔던 계단과 쌍둥이처럼 똑 닮은 계단이었고, 그건 1층까지밖에 올라갈 수 없다는 뜻이었다. 그래도 지하실은 빠져나갈 수 있을 것이다. 성가대원에게서도. 폴리는 그다지 어둡지 않은 계단을 재빨리 달려 올라가 북쪽 수랑으로 나왔다.

그리고 성가대원의 두 팔에 잡혔다. "그쪽이 아닙니다, 아가씨." 성가대원이 두 손으로 폴리를 집으며 말했다. "이쪽으로 내려오십시오."

성가대원은 폴리를 데리고 계단을 내려갔다.

"저는 단지⋯."

"어서요." 그가 말했다. 그는 화난 듯이 보이지 않았다. 다만 아주 서두를 뿐이었다.

성가대원은 최대한 빨리 폴리를 데리고 지하실을 가로질러 다른 사람들이 앉아 있는 방공호로 갔다. "다들 주목하세요." 그가 말했다. "소지품들을 챙기세요. 이 건물에서 나가야만 합니다."

여자들은 소지품들을 챙기기 시작했다. "오늘 밤에 두 번째로 이동하는 거예요." 여자들 가운데 한 명이 지긋지긋하다는 투로 말했다.

"세인트폴 대성당에 불이 났어요?" 소년이 물었다.

성가대원은 대답하지 않았다. "이쪽입니다." 그가 말했고, 북서쪽 모퉁이의 후미지고 좁은 문으로 사람들을 인도했다. "다른 방공호로 안내해드리겠습니다."

"하지만 당신은 이해하지 못하세요." 폴리가 말했다. "저는 바솔로뮤 씨와 이야기해야만 해요."

"바솔로뮤 씨와는 밖에서 이야기하실 수 있습니다." 사람들을 문밖으로 내보내며 그가 말했다. "화재 감시원들도 건물을 비우고 밖으로 대피하는 중입니다."

화재 감시원들이? 왜 그 사람들이 대피하지? 화재 감시원들은 소이탄을 끄는 게 임무였다. '상관없어.' 폴리는 생각했다. '어쨌건 바솔로뮤 씨와 이야기를 할 수 있다는 뜻이니까.'

"화재 감시원들이 이쪽으로 나오나요?" 폴리가 물었다.

"아니요. 본당을 통과해 나올 겁니다. 그게 더 빠르거든요." 성가대원이 말하며 폴리를 밀어 문밖으로 나가게 했고, 함께 짧은 계단을 올라 지상으로 나와 바깥으로 통하는 문으로 나왔다. 그들은 폭격기의 윙윙거리는 소리, 화재 경종 울리는 소리, 귀청을 찢을 듯한 방공포 발사 소리, 바람 소리가 이루는 불협화음이 들리는 대성당 부속 묘지로 나왔다. 바람은 거세게 불며 부속 묘지 바로 뒤 빅토리아식 집에 붙은 불길을 부채질해 화염을 더욱 거세게 만들고 있었다.

그 화염은 대성당 묘지를 으스스한 붉은 색으로 물들였다. 지하실 방공호에 대피했던 사람들은 비석들 사이에 모여 성가대원이 방공호로 안내해 주길 기다렸다.

폴리는 그 사람들을 재빨리 지나 모퉁이를 돌아서 성당의 서쪽 면으로 갔다. 화재 감시원들은 이미 도착해 안뜰에 서 있었다. 하지만 수가 너무 많았다. 그야말로 바글바글했다. 그 사람들은 화재 감시원이 아니라 민간인이었다. 그리고 그 사람들 뒤로 소방관들이 패터노스터 로우의 불이 난 몇몇 건물에 물을 뿌리고 있었다. 여기 모여 있는 사람들은 불이 난 저 건물들에 있다가 대피할 곳을 찾아온 게 분명했다.

하지만 그 사람들은 세인트폴 대성당으로 들어가려 하지 않았다. 그들은 계단에서 멀찌감치 떨어져 안뜰 한가운데에 서 있었고, 등 뒤의 화재나 머리 위에서 귀청을 찢을 정도로 시끄럽게 윙윙거리는 비행기 소리도 잊은 듯이 보였다. 그들은 고개를 들고 최면에 걸린 것처럼 돔을 바라보고 있었다.

폴리는 사람들의 시선이 향한 곳을 바라보았다. 돔 중간쯤에 청백색 화염이 있었는데, 마치 작은 얼룩처럼 보였다. "소이탄이에요!" 폴리 뒤에 있던 남자가 비행기들의 으르렁거림을 뚫고 외쳤다. "너무 멀어서 화재 감시원들 손이 안 닿겠어요."

"돔에 불이 붙으면…." 폴리 옆에 있던 여자가 말했다. "건물 전체가 횃불처럼 불에 탈 거예요."

'아니, 그러지 않을 거예요.' 폴리가 생각했다. '세인트폴 대성당은 전소되지 않았어요. 화재 감시원들이 스물여덟 개의 소이탄을 끄고 성당을 구했어요.'

화재 감시원. 폴리는 포치 쪽을 보았지만, 포치에도 계단에도 누구 하나 없었고, 옆문들에서 나오는 사람도 전혀 없었다. 성가대원은 본당을 통해 나오는 것이 더 빠르다고 말했었다. 그건 화재 감시원들이 이미 이곳에, 이 사람들 속 어딘가에 있다는 뜻이었다. 폴리는 사람들 속을 돌아다니며 작업복에 헬멧을 쓴 남자들을 찾아보았다.

"바솔로뮤 씨!" 폴리는 제발 자기 이름을 듣고 이쪽으로 고개를 돌리는 사람이 나타나기만을 바라며 열심히 외쳤다. "존 바솔로뮤 씨!" 하지만 대포와 비행기와 소방차들의 종소리 때문에 너무 시끄러웠다. 폴리는 자기 목소리도 들을 수가 없었다. 그리고 헬멧을 쓴 사람은 하나도 보이지 않았다.

"오, 보세요!" 폴리가 지나가기 위해 밀었던 여자가 외쳤다. "불에 타요!" 폴리는 충격을 받아 고개를 돌려 쳐다보았다. 조그맣던 불꽃은 이제 커다랗고 노란 불길로 변했고, 바람에 펄럭였다. 심지어 폴리가 지켜보고 있는 중에도 그 불은 점점 더 커지고 밝아지는 듯했다.

"불이 붙었어요." 누군가가 말했다.

"어떻게 해볼 수 없을까요?" 어떤 여자가 구슬프게 말했다.

사람들 한가운데에서 어떤 남자가 권위가 담긴 목소리로 말했다. "기도를 해야 할 때인 듯합니다." 그리고 사람들이 조용해졌다. "기도합시다."

매튜스 주임 사제가 분명했다. 성가대원은 매튜스 주임 사제가 지붕 위에 있다고 했었다. 그렇다면 화재 감시원들은 지금 주임 사제와 함께 저곳에 서 있을 것이다.

폴리는 주임 사제의 목소리가 들린 곳으로 향했지만, 불붙은 돔에 홀린 듯 서 있는 사람들은 폴리에게 길을 비켜주려 하지 않았다. 폴리는 매튜스 주임 사제와 화재 감시원들이 서 있는 곳을 보기 위해 사람들을 밀며 대성당으로 달려가 계단을 올라갔다. 에일린의 설명처럼 생긴 사람이 있다면 그 사람이 바솔로뮤 씨일 테니 손을 흔들어서….

폴리는 계단 끝의 가로등 옆으로 가 군중을 훑어보며 성직자 옷깃을 한 이가 있는지 찾아보았다. 매튜스 주임 사제나 화재 감시원은 여전히 보이지 않았다. 폴리는 패터노스터 로우의 화재에서 나오는 주황색 불빛에 비친, 위를 바라보는 얼굴들을 좀 더 잘 볼 수 있도록 약간 오른쪽으로 이동했다. 폴리는 사람들을 살피며 화재 감시원들일 리 없는 사람들은 제외해나갔다. 여자, 여자, 너무 어리고, 너무 나이 들었….

'오, 맙소사.' 폴리는 무릎에 힘이 풀리며 가로등 기둥을 움켜쥐었다.

그건 던워디 교수였다.

29

어쩜 이렇게 뭐 하나 되는 일이 없을까.

— 윌리엄 셰익스피어, 《햄릿》

세인트폴 대성당, 1940년 12월 29일

에일린은 감시원이 소이탄을 피하며 폴리를 뒤쫓아 계단을 올라가기 시작하는 모습을 지켜보았다. "거기 아가씨! 멈춰요!" 감시원이 폴리에게 외쳤지만, 폴리는 이미 안으로 들어갔고, 등 뒤로 문이 닫힌 뒤였다.

한순간 에일린은 감시원이 폴리를 쫓아 안으로 들어갈 거라 생각했지만, 소이탄이 갑자기 회전하며 격렬한 불꽃과 녹은 마그네슘 방울들을 뿜어대기 시작했고, 감시원은 걸음을 멈추고 코트며 팔을 마구 털어냈다. 마이크가 돕기 위해 감시원에게 달려가 불꽃들을 때려 껐다.

소이탄은 회전하면서 마이크와 감시원에게로, 그리고 계단 가장자리로 점점 다가갔다.

"조심해요!" 에일린이 외쳤다. 소이탄은 여전히 회전하며 계단 가장자리에서 떨어졌고, 계속 길쭉한 불꽃을 분수처럼 뿜으며 계단 두 개를 내려갔다. 에일린은 본능적으로 소이탄에서 물러서다가 계단에서 떨어졌고, 비틀거리며 균형을 잡기 위해 두 팔을 마구 휘저었다.

또다시 날카롭게 '쉬이익' 하는 소리가 들렸다. "맙소사!" 마이크가 에일린에게 달려가며 외쳤다. "더 떨어지고 있어. 여기서 빠져나가야 해!" 마이크가 에일린의 손을 잡았다. 둘은 소이탄을 에둘러 계단을 달려 올라갔지만, 너무 늦은 뒤였다. 또 다른 소이탄이 문과 그들 사이의 포치에 덜거덕거리며 떨어지더니 지지직거리기 시작했다. 둘은 소이탄에서 뒷걸음질 쳤다.

그리고 곧바로 감시원과 맞닥뜨렸다. "이쪽으로!" 감시원이 외쳤다. "어서요!"

그는 둘의 팔을 잡고 계단을 내려가 대성당 옆쪽으로 돌았다. 감시원이 그들을 재촉하며 언덕을 내려가는 동안에도 소이탄들이 더 떨어지며 부속 묘지의 나무들과 관목들 사이에서, 그리고 길을 따라 번쩍였다.

"우리를 데리고 어디로 가는 겁니까?" 마이크가 외쳤다.

"방공호요!" 비행기들의 으르렁거리는 소음 속에서 감시원이 외쳤다. "건물들에 가까이 붙으세요!"

거리 몇 개 떨어진 곳에서 덜커덕거리는 소리가 다시 들렸고, 아까보다 더 육중하게 쿵 하는 소리가 났다. '고성능 폭탄이야.' 에일린이 생각했다. '하지만 마이크는 모두가 소이탄이라고 말했어.'

그들은 모퉁이를 돌았다. 여자 한 명과 아이 두 명이 문가에 있었다. "이리 오세요." 감시원이 말했고, 그 사람들도 데려가기 위해 마이크의 팔을 놓았다. "이곳을 벗어나야 합니다."

감시원 말이 맞았다. 화재는 이제 온 사방으로 번지고 있었고, 불길 때문에 소이탄의 화려한 백색 빛이 주황색으로 보이는 지경이었다. 그들은 줄지어 선 목조 창고들에서 멀리 떨어지지 않으려 애쓰며 고개를 숙인 채로 더 빨리 뛰었고, 나이 지긋한 남자 둘이 그들 뒤에서 합류했다.

마이크는 달려가며 에일린에게 가까이 몸을 기울였다. "만약 우리가 헤어지면…." 마이크가 말했다. "저 사람과 같이 블랙프라이어스역에 가서 나를 기다려."

"왜? 넌 뭘 하려고?"

"나는 세인트폴 대성당에 들어갈 거야."

"하지만…." 에일린이 두려운 눈으로 언덕을 올려다보며 말했다. 언덕 꼭

대기는 불길이 모든 것을 집어삼키는 중이었다.

"오늘 밤이 아니면 바솔로뮤 씨를 찾을 수 없어." 마이크가 말했다. "그리고 폴리는 바솔로뮤 씨가 어떻게 생겼는지조차 몰라."

"하지만 넌 우리가 함께 있어야 한다고 했잖아."

"맞아. 하지만 혹시 헤어지게 되면 서로를 찾아다닐 시간이 없어. 강하 지점에 갈 때까지 여유가 몇 시간밖에 없어…."

감시원이 고개를 돌려 말하는 탓에 마이크는 말을 멈췄다. "거의 다 왔습니다." 감시원이 옆길을 가리켰다. "여기 모퉁이만 돌면 지상 방공호입니다."

지상 방공호. 폴리는 지상 방공호 가운데 하나가 폭격당했다고 말했었다. "블랙프라이어스역으로 데려가는 거 아니었나요?" 방공포 소리 너머로 에일린이 외쳤다.

"이곳이 더 가깝습니다!" 감시원이 외쳤다.

그들은 모퉁이를 돌아 멈췄다. 블록 끝에 있는 건물은 불이 났고, 위층은 화염에 휩싸여 연기를 뿜었다. 그 건물 앞쪽으로는 소방차 한 대가 좁은 길을 막고 있었다. 그 주위로 소방관들이 소방 호스를 풀어 불길을 향해 물을 뿌렸다. 에일린은 자신도 모르게 뒤로 물러섰고, 다른 소방관과 부딪혔다. "이 거리는 출입 금지입니다!" 소방관이 에일린에게 외쳤고, 이윽고 감시원에게 외쳤다. "이 사람들이 이곳에서 뭐 하는 겁니까?"

"필그림 스트리트의 방공호로 데려가는 중이었습니다." 감시원이 변명하듯 말했다.

"이 지역 전체가 출입 제한 구역입니다." 소방관이 말했다. "블랙프라이어스역으로 데려가셔야 할 겁니다."

"잠깐만요." 다른 소방관이 소방차에서 그들 쪽으로 오며 말했다. 그는 어린 아기를 안고 있었다. 그는 그 아기를 에일린의 두 팔에 안겼다. "자요. 데리고 가세요." 그 소방관은 아기가 마치 소포라도 되는 듯이 말했다.

아기는 즉시 울기 시작했다. "하지만 저는 그럴 수가…." 에일린이 항의하면서 도와달라고 하려고 마이크를 돌아보았다.

마이크는 어디에도 보이지 않았다. 혼란한 틈을 타 폴리를 도우러 간 게 분명했다. 에일린을 여기에 남겨두고. 아기까지 있는데.

소방관은 이미 소방차로 돌아가고 있었다. "잠깐만요. 아기 어머니는 어디에 있나요?" 귀청을 찢을 듯한 아기 울음소리 너머로 에일린이 외쳤다. "아기가 어디에 있는지 어머니가 어떻게 알겠어요?"

소방관은 에일린을 돌아보았고, 다시 불타는 건물을 돌아보더니 슬프게 고개를 저었다.

"자, 갑시다." 감시원이 말했고, 에일린과 다른 사람들을 데리고 사방에 뒤엉켜 있는 듯한 소방 호스를 밟으며 다시 모퉁이를 돌아 언덕을 내려갔다.

아기가 너무나도 큰 소리로 울어댔기에 에일린은 방공포 소리조차 들을 수 없었다. "쉿. 괜찮아." 에일린이 아기에게 속삭였다. "우리는 방공호에 갈 거야."

아기는 두 배는 큰 소리로 울어댔다. '네가 어떤 느낌인지 잘 알아.' 에일린이 생각했다.

부부와 10대 소녀 모두가 서둘러 앞서 나갔고, 감시원은 초조한 듯이 뒤돌아보며 외쳤다. "그 아기를 좀 조용히 시킬 수 없을까요?" 그는 마치 에일린이 등화관제 규칙을 깼다는 듯이 말했다.

그래도 그들은 적어도 블랙프라이어스역으로 가는 중이었다. 그리고 화염과 탐조등 사이에서 폴리는 앞쪽 거리와 그 아래쪽의 지하철역을 볼 수 있었다. "쉿, 다 왔단다, 아가야. 방공호에 왔어." 에일린이 아기에게 말하며 서둘러 입구를 통과해 계단을 내려가 지하철역으로 들어갔다.

아기는 갑자기 울음을 멈추고는 눈을 비비며 부산한 역을 둘러보았다. 아기는 한 살 정도 되었으며, 검댕투성이였다. '됐나 봐, 그래서 비명을 지르는 거야.' 에일린이 생각하며 포동포동한 팔과 다리를 살폈다.

다친 곳은 없어 보였다. 뺨이 아주 빨갰지만, 그건 아마도 울어서 그런 것이고, 아기는 다시 울 준비를 하는 듯했다. "네 이름이 뭐니?" 에일린이 아기의 주의를 끌기 위해 물었다. "흠? 이름이 뭐야? 그리고 난 널 어쩌면 좋을까?"

에일린은 아기를 믿고 맡길 만한, 정부 기관의 사람을 찾아야만 했다.

에일린은 매표소로 갔다. "저 혹시…." 에일린이 말했고, 아기는 다시 비명을 지르기 시작했다. "이 아기가 어머니를 잃어버렸어요." 아기 비명 속에서 에일린이 외쳤다. "그리고 소방관이 저보고 이 아기를 관계 기관에 데려다주라고 했어요."

"관계 기관요?" 표 판매원이 멍한 표정으로 외쳤다.

나쁜 징조였다. "여기에 양호실이 있나요?"

"구급실이 있어요." 그는 의심이 서린 목소리로 말했다.

"어디에요?"

"동쪽으로 가는 플랫폼에요."

하지만 플랫폼 끝까지 가봤지만 구급실은 없었고, 아기는 그 내내 큰 소리로 울어댔다. "전혀 본 기억이 없는데요." 에일린이 대피해 온 사람에게 묻자 그가 말했다. "여기에 구급실이 있어, 모드?" 그는 웨이브를 넣으려고 핀으로 머리를 말아 올리고 있는 자기 아내에게 물었다.

"아니." 모드가 이로 실핀을 열며 말했다. "디스트릭트 선 홀에 간이식당이 있어요."

"고맙습니다." 에일린이 말했고, 터널을 따라가기 시작했다. 놀랍게도, 터널에는 아무도 없었다.

'그리 놀랄 일이 아닐지도 몰라.' 에일린은 생각하며 웅덩이를 지났고, 또 하나를 지났다. 천장에서 물이 떨어지고 있었는데, 물이 아닌 게 분명한 냄새가 났다. 에일린은 터널 끝에 있는 계단을 향해 재빨리 뛰어갔다.

반쯤 갔을 때, 갑자기 아이들이 나타나 그녀를 에워쌌다. 6살에서 12살 정도 되는 아이들이 섞여 있었고, 믿을 수 없을 정도로 지저분했다. '소매치기 무리로구나.' 에일린이 생각했고, 핸드백과 아기를 단단히 쥐었다.

"2펜스만 줄래요?" 아이 한 명이 손을 내밀며 물었다.

"미안." 에일린이 말했다.

"아기가 왜 울죠?" 가장 나이 많은 아이가 도전하듯 물었다.

"아파요?"

"아기 이름이 뭐죠?"

“영아 산통인가요?” 다른 아이들이 에일린 주위를 빙글빙글 돌며 한목소리로 물었다.

“너희들이 겁을 줘서 우는 거야.” 에일린이 말했다. “그러니 어서 가렴.”

“표 파는 사람에게 자기 아기가 아니라고 말하는 걸 들었어.” 여자아이가 말했다. “그래서 아기가 우는 걸 거야.”

“이 여자가 아기를 꼬집었을 거야.” 가장 나이 많은 남자아이가 말했다.

여자아이가 에일린을 돌아 에일린의 등 뒤로 갔다.

“그래서 아기 이름을 말 안 해주는 거야.” 가장 어린 아이가 일부러 아까의 여자아이가 없는 쪽을 보며 말했다. 등 뒤로 간 여자아이는 에일린의 핸드백에 조금씩 조금씩 다가가고 있었다. “왜냐하면 이 아줌마는 아기 이름을 모르거든. 만약 이게 아줌마 아기라면 아기 이름이 뭔가요?”

“마이클.” 에일린이 말하고 재빨리 걸어 그곳을 떠났다.

아이들이 달려와 에일린을 따라잡았다. “아줌마 이름은 뭔데요?”

“에일린.” 에일린은 걸음을 늦추지 않았고, 모퉁이를 돌아 사람들로 북적이는 계단으로 갔다.

앉거나 기댄 사람들 때문에 계단을 올라가는 것은 거의 불가능했지만, 상관없었다. 아이들은 순식간에 사라졌고, 그래서 에일린은 계단 꼭대기에 역무원이 있는 게 분명하다고 생각하고는 북적이는 사람들 사이로 역무원을 열심히 찾아보았지만, 직원 같아 보이는 사람은 없고 코트와 잠옷을 입은 사람들만 보였다. 공습과 화재를 피해 온 사람들뿐이었다. 에일린은 좀 더 편한 자세로 아기를 고쳐 안고는 계단을 올라 디스트릭트 선의 홀에 들어섰다.

그곳에는 간이식당도, 구급실도 없었다. “아, 어째.” 에일린이 말하고 곧바로 후회했다. 말썽꾸러기 아이들과 흥미로운 만남을 가지는 동안 잠시 진정이 되었던 아기는 다시 울기 시작했다.

“쉿.” 에일린은 말했고, 벽감 쪽에 여자 둘이 서 있는 것을 보고 그쪽으로 걸어가 말했다. “이 아기를 적절한 기관에 맡겨야 하는데요.” 앞뒤 설명도 없이 에일린이 다짜고짜 말했다. “화재로 어머니를 잃은 아기예요. 하지만 어디로 데려다줘야 할지…."

"여성 의용대 지부에 데려가세요." 여자 한 명이 즉시 말했다. "그곳에서 사고 희생자들을 담당해요."

"어디에 있나요?" 에일린은 주위를 둘러보며 말했다.

"임뱅크먼트역에요."

"임뱅크먼트역에요? 어, 하지만…."

"서쪽으로 가는 플랫폼이에요." 여자가 말하고 일행과 함께 재빨리 다른 곳으로 갔다.

'내가 자기들에게 아기를 떠넘길까 봐 그러나.' 에일린이 생각했다.

이제 어쩐다? 아기를 데리고 임뱅크먼트역까지 갈 순 없었나. 마이크는 에일린에게 이곳에서 자기를 기다리라고 말했다. 만약 마이크가 바솔로뮤 씨를 찾으면….

하지만 아기를 데리고 옥스퍼드로 갈 수는 없었다. 그리고 임뱅크먼트역은 두 정거장 떨어져 있을 뿐이었다.

하지만 폴리는 지하철 노선 일부가 폭격당했다고 했다. 혹시라도 임뱅크먼트역에 갔다가 돌아오지 못하게 되면? 그런 위험을 감수할 수는 없었다. 아기를 맡아줄 사람을 이곳에서 찾아야 했다. 에일린은 플랫폼을 두리번거리며 모성애가 강할 만한 사람을 찾아보았다.

한 명 보였다. 그녀는 개수통에서 아기를 씻기고 있었다. "쉿, 착하지, 울지 말렴." 에일린이 말하고 사람들의 신발들, 그리고 스타킹을 신고 쭉 뻗은 발들 사이를 조심스레 디디며 그 여자에게 갔다.

"혹시 도움을 받을 수 있을까요?" 에일린이 수건을 짜고 있는 여자에게 말했다. "이 아기 어머니를 찾고 있어요."

"전 아니에요." 여자가 말하고 자기 아기 얼굴을 씻기 시작했다.

그 아기는 그걸 싫어했다. 아기는 울기 시작했고, 그러자 에일린이 안은 아기도 울기 시작했다. "알아요." 에일린이 아기들 울음소리 너머로 외쳤다. "아기가 한 명 있으니 이 아기도 보살펴줄 수 있지 않을까 생각했어요."

"제 애만 여섯 명이에요." 여자가 비누를 잡아 아기 머리에 열심히 문지르며 말했다. 아기는 더욱더 크게 울어댔다. "더 맡을 수는 없어요. 다른 사람을 찾아보세요."

하지만 에일린이 물어보는 사람마다 자신은 도울 수 없다고 했다. '그냥 아무도 안 볼 때 이 사람들 속에 두고 슬쩍 여기를 떠나야 할지도 모르겠어. 자기 아기가 아니라는 사실조차 모를 거야.' 설령 자기 아기가 아니라는 사실을 알지라도 돌보는 사람이 아무도 없다는 것을 알면 돌봐줄 게 분명했다.

하지만 만약 아무도 돌보지 않으면, 아기가 플랫폼 가장자리로 아장아장 걸어가 철로로 떨어지면 어쩌지?

'결국 아기를 데리고 임뱅크먼트역으로 가야겠네.' 에일린이 생각하며 플랫폼을 향해 떠났다.

플랫폼은 다른 곳들보다 더욱더 사람들로 붐볐다. 에일린은 피크닉 바구니들을 돌아가고 파체시 보드게임을 넘어가며 조심조심 앞으로 나아갔다. "이봐! 발 조심해!" 누군가 외쳤지만 에일린에게 하는 말은 아니었다. 그는 아까 에일린에게 다가와 말을 걸던 말썽꾸러기들 가운데 두 명에게 소리치고 있었다.

말썽꾸러기들은 파체시 게임판에 아슬아슬하게 발이 걸리지 않으며 에일린에게 달려왔다. 에일린은 본능적으로 핸드백을 꽉 움켜쥐었다. "아까 이름이 에일린이라고 했죠?" 남자아이가 말했다. "이름이 에일린 뭐예요?"

"왜?" 에일린이 진지하게 물었다. "누군가가 나를 찾니? 다리를 절룩이는 키 큰 남자야?"

남자아이는 고개를 저었다.

"아기 어머니가 찾아?" 에일린은 물으면서도 그럴 리 없다고 생각했다. 그때 소방관의 몸짓은 분명 아기 어머니가 죽었다고 암시하고 있었다.

"이 언니가 아기를 꼬집었다고 내가 말했잖아." 여자아이가 남자아이에게 말했다.

"에일린 뭔데요?" 남자아이는 끈질기게 다시 물었다.

"오릴리." 에일린이 말했다. "내 이름이 뭔지 물은 사람이 누군데?" 하지

만 아이들은 대답도 없이 이미 피난민들을 풀쩍 뛰어넘고 막 도착한 지하
철에서 내리는 사람들 사이를 쏜살같이 달려 플랫폼 저쪽으로 사라지고 있
었다.

"승강장 틈을 조심하세요." 승무원이 지하철 문 안쪽에 서서 외쳤다.

지하철 승무원. 에일린은 아기를 데리고 임뱅크먼트역까지 갈 필요가
없었다. 아기를 승무원에게 주면 그가 여성 의용대 지부에 데려다줄 것이
다. 에일린이 저 승무원에게 갈 수만 있다면.

하지만 플랫폼은 사람들로 꽉 찼고 지하철 문은 벌써 닫히고 있었다.
"잠깐만요!" 에일린이 외쳤지만, 너무 늦은 뒤였다. '다음 지하철을 기다려
야 해.' 에일린은 생각하며 지하철 문이 열리자마자 승무원에게 아기를 맡
길 수 있도록 플랫폼 가장자리로 다가갔다.

좀 전까지 훌쩍거리기만 하던 아기는 에일린이 걸음을 멈추자마자 다시
요란하게 울어대기 시작했다. "쉿." 에일린이 말했다. "곧 신나는 기차 여행
을 하게 될 거야. 좋겠지?"

아기는 더 큰 소리로 울어댔다.

"멋진 기차를 탈 거야. 그리고 맛있는 우유와 비스킷을 먹을 거고."

"지하철이 오면 말이죠." 옆에 있던 노인이 말했다. "지하철이 끊겼다고
하던데요."

"끊겨요?" 에일린은 철로를 따라 터널 속을 바라보며 어둠 속에서 지하
철 불빛을 찾아보았다. 보이지 않았다.

'왜 난 늘 이런 일을 당해야 하는 걸까.' 에일린이 생각했다. '기차를 타
고 싶어 하지 않는 아이들을 데리고 절대 오지 않는 기차를 기다리며 플랫
폼에 서 있다니.'

"그 이기는 자야 해요." 노인이 못마땅하다는 듯이 말했다.

"맞는 말씀이에요." 에일린은 이 노인은 어떨까 하며 살펴보았지만, 그
는 지쳐 보였다. 그리고 성격도 나빠 보였다. "히틀러에게 말해볼게요." 에
일린이 말했고, 지하철을 기다리던 사람들이 기운을 차리고 철로 쪽을 바
라보는 것을 깨달았다. 터널에서는 아직 아무 빛도 보이지 않았지만, 희미

한 소리가 들려왔고, 바람이 불어와 코트 자락이 흔들렸다.

"저거 보이세요?" 에일린은 노인에게 묻기 위해 돌아섰다. 아기가 갑자기 귀청을 찢을 듯이 비명을 지르며 에일린 팔에서 빠져나오기 위해 버둥거렸다.

"그러면 안 돼…." 에일린이 아기를 끌어안으며 말했다.

"엄마!" 아기가 외치며 작은 두 팔을 뻗었고, 에일린은 플랫폼을 바라보았다.

여자 한 명이 에일린과 아기 쪽으로 달려오고 있었다. 그녀도 아기처럼 두 팔을 뻗고 있었으며, 벽에 기대앉은 피난민들에 발이 걸려 비틀거렸다. 얼굴과 두 팔은 검댕투성이였고 뺨에는 심하게 베인 상처가 나 있었지만, 얼굴은 기쁨으로 밝게 빛났다.

"오, 내 아가!" 여자가 흐느끼며 다가왔고, 노인을 밀치다가 하마터면 노인을 넘어뜨릴 뻔했다.

여자는 에일린의 품에서 아기를 낚아채 꼭 껴안았다. "널 다시는 못 볼 줄 알았는데, 여기 있었구나! 괜찮니?" 여자는 아기를 안은 팔을 펴고 아기를 살폈다. "다친 건 아니지?"

"아기는 괜찮아요." 에일린이 말했다. "좀 놀란 것뿐이에요."

"폭탄이 터지는 충격에 널 놓쳤는데, 그러고는 널 찾을 수가 없었어. 그리고 화재가…. 난 네가…."

"저는 지하철을 타야 합니다." 노인이 말했고, 에일린은 지하철이 도착한 것을 보고 놀랐다.

노인은 열리고 있는 문으로 가려고 에일린을 밀어냈다.

"승강장 틈을 조심하세요." 에일린이 아기를 맡기려 했던 승무원이 말했고, 내리기 시작한 승객들이 어머니와 아기에게 부딪혔지만, 둘 다 그런 건 안중에도 없었다.

아기는 좋아서 까르르거렸고, 어머니는 아기를 얼렀다. "엄마는 널 사방으로 찾아다녔어."

승객 한 명이 서둘러 내리다가 에일린에게 세게 부딪히고는 "미안합니다.”라고 중얼거리며 재빨리 지나갔다. 그 승객이 너무나 빨리 움직였기에 에일린은 그가 플랫폼을 반은 갔을 때야 누군지를 깨달았다. 바로 존 바솔로뮤였다.

그는 화재 감시원 유니폼을 입고 있지 않았다. 그는 코트를 입고 모직 목도리를 걸치고 있었지만, 어쨌든 바솔로뮤가 맞았다. 더 젊어 보였고, 여기 블랙프라이어스역이 아니라 세인트폴 대성당에 있어야 했지만, 그래도 에일린은 확신했다. 어디 다른 곳에 있다가 공습이 시작되자마자 돌아가고 있는 게 분명했다. 그래서 저렇게 사람들을 밀며 서둘러 가고 있는 것이다. 세인트폴 대성당으로 돌아가기 위해서.

“바솔로뮤 씨!” 에일린이 그를 따라 플랫폼을 달려가며 외쳤다.

그는 고개를 돌리지 않았다. 그는 그냥 사람들을 헤치고 서둘러 계속 나아가 터널 속으로 들어갔다.

‘아, 이런, 바솔로뮤 씨는 이곳에서 다른 이름을 쓰고 있어.’ 에일린이 생각했다. 화재 감시원들을 뭐라고 부르더라? “선생님!” 에일린은 그를 따라 터널을 지나 계단으로 달려가며 외쳤다. “화재 감시원! 기다리세요!”

그는 계단을 절반 정도 올라간 상태였다. “바솔로뮤 선생님!” 에일린이 외쳤고, 파체시 게임판을 질끈 밟았다. 게임판이 엎어지고, 주사위와 나무 말들이 사방으로 날아갔다.

“아, 뭐예요!” 게임을 하던 소년들이 말했다.

“미안해!” 에일린은 멈추지 않고 외쳤고, 찻주전자며 신발들을 피해 가며 계단을 달려 올라갔다.

“좀 조심하세요!” 에일린이 에스컬레이터로 가기 위해 터널을 따라 달릴 때 누군가가 외쳤다. “여기는 경주로가 아니라고요.”

존 바솔로뮤는 거의 텅 빈 에스컬레이터를 타고 꼭대기에 도착해 이미 내리고 있었다. “바솔로뮤 씨!” 에일린이 절박하게 외치며 움직이는 에스컬레이터 계단을 두 단씩 뛰어 올라갔다.

위로 올라가니, 역은 아이들을 데리고 침구를 들고 가는 사람들로 바글거렸고, 믿기지 않게도 책을 높이 쌓은 무더기를 들고 가는 사람도 하나 있

있다. 잠시, 에일린은 바솔로뮤를 볼 수 없었지만, 이윽고 그의 다갈색 머리를 찾아냈다. 그는 회전식 개찰구로 가고 있었다.

에일린은 바솔로뮤를 쫓아 인파를 힘겹게 거슬러 올라가며 외쳤다. "바솔로뮤 씨! 기다리세요!" 하지만 이런 소란 속에서 바솔로뮤가 그녀의 목소리를 들을 수 있을 리 없었다.

에일린은 가운과 잠옷 차림의 여자들 한 무리를 밀며 지나쳐 바솔로뮤를 향해 달렸다. "바솔로뮤 씨…." 에일린이 외쳤고, 그때 말썽꾸러기 두 명이 그녀 앞을 막아섰다.

"에일린 언니가 맞다고 내가 말했잖아." 비니가 말했다.

"알프, 비니!" 에일린은 말하며 존 바솔로뮤를 절박한 눈으로 바라보았다. 그는 회전식 개찰구를 지나 출구로 향하고 있었다. "나는 지금 이러고 있을 시간이…." 에일린은 아이들을 지나려 했다.

하지만 둘은 에일린 앞을 막고 꼼짝도 하지 않았고, 비니가 그녀의 팔을 잡았다. "언니를 찾아 사방을 다녔어요." 비니가 말했다.

"맞아요." 알프가 도전하듯 팔짱을 꼈다. "내 지도 어딨어요?"

30

따뜻한 밤이 될 겁니다.

— 소방관, *1940년 12월 29일*

루드게이트힐, 1940년 12월 29일

마이크는 공습 대비대 감시원이 자신을 뒤쫓아 오지 않기를 바라며 모퉁이를 돈 뒤 맨 처음 보이는 출입구로 들어가 몸을 바짝 붙였다. 아까 소방관이 감시원에게 소리칠 때 마이크는 건물들에 가까이 있다가 함께 있던 사람들에게서 뒷걸음질을 쳤고, 모퉁이까지 오자마자 방금 그들이 왔던 길을 도로 달려가 가장 가까운 옆길로 들어섰다. 그 길은 좁았고, 또한 조금 전까지 화재의 밝은 빛 속에 있다가 들어온 터라 칠흑처럼 깜깜하기까지 했다. 마이크가 출입구로 몸을 숨긴 것도 그 때문이었다. 눈이 어둠에 적응할 시간을 번 다음, 혹시 누가 뒤쫓아 오는 건 아닌지 확인하기 위해서였다.

뒤쫓아 오는 사람은 없었다. 거리를 끝까지 살펴보아도 아무도 없었다. 마이크는 에일린 역시 알아서 그 감시원에게서 빠져나왔길 반쯤 기대했었다. 에일린을 두고 나오긴 싫었지만, 지금이 아니면 다시 기회가 없을까 봐 두려웠기에 마이크는 혼자 먼저 나왔다. 일단 방공호에 들어가면 나오기까지 시간이 엄청나게 걸릴 것이었다. 마이크는 세인트폴 대성당에 가야만 했다. 폴리는 존 바솔로뮤가 어떻게 생겼는지 알지 못했고, 게다가 바솔로뮤는 분명 지붕 위에 있을 텐데, 성당 사람들은 결코 여자가 지붕에 오르게 두지 않을 것이다. 소이탄을 실은 비행기들이 또 이쪽으로 오고 있었고, 으르렁거리는 비행기 소리가 순간순간 더 커졌다.

세인트폴 대성당으로 가는 가장 빠른 방법은 감시원과 함께 왔던 길이지만, 마이크는 그 길로 돌아가는 위험을 무릅쓸 수가 없었다. 그 감시원은 아주 끈덕졌다. 마이크가 사라진 사실을 알게 되면 그를 찾으러 다닐 게 분명했다. '다음 길을 통해 가는 게 나을 거야.' 마이크가 생각했다. 마이크는 출입구에서 나와 양쪽을 재빨리 살핀 뒤 달리며 생각했다. '적어도 내 걸음 소리를 누가 들을까 봐 걱정할 필요는 없겠어.' 비행기들의 으르렁거리는 소리가 모든 소리를 집어삼켰다.

백 미터도 가기 전에, 그는 이쪽 길로 오기로 한 결정을 후회했다. 그 길은 갑자기 방향이 심하게 꺾어졌으며, 그 길에서 뻗은 작은 길은 마이크가 가고자 했던 다음 거리가 아니었다. 그 작은 길은 골목 정도 너비밖에 되지 않았고, 다시 그 길에서 여러 다른 길로 통하긴 했지만 모두 훨씬 더 어두운 뒷골목들이었다.

아무것도 볼 수 없었기에 과연 옳은 선택일지는 의심스러웠지만, 여하튼 마이크는 이 미궁에서 빠져나갈 수 있을 것처럼 보이는 골목을 하나 골랐다.

그 골목은 어디로도 연결되지 않았다. 그 골목은 벽돌 담에서 끝났다. 마이크는 투덜거리며 다시 돌아왔다. 존 바솔로뮤가 세인트폴 대성당에 있다는 사실을 왜 2주 전, 또는 두 달 전에 깨닫지 못했을까? 그랬다면 그냥 느긋하게 세인트폴 대성당으로 걸어가 바솔로뮤를 만날 수 있었을 텐데. 마이크는 존 바솔로뮤가 그곳에 있는 걸 알고 있었다. 그냥 혼자 5월일 거라 단정 짓지 말고, 세인트폴 대성당이 거의 잿더미가 될 뻔한 게 언제였냐고 폴리에게 물어봤어야 했다. 또한 존 바솔로뮤의 임무가 뭐였냐고 에일린에게 물어봤어야 했다. 하지만 그때 셋은 모두가 군 비행장에, 그리고 그 다음에는 블레츨리 파크에 온 신경을 집중했었다. 그리고 이제, 세인트폴 대성당에 걸어 들어가 폴리가 말한 험프리스 씨에게 존 바솔로뮤를 만나러 왔다고 정중하게 요청하는 대신, 막판이 되어 어둠 속에서 공습 중인 거리를 헤매야만 했다.

마이크는 자신이 어디선가 모퉁이를 돌지 않았다는 사실을 깨달았다. 그는 언덕을 내려가는 길에 들어서 있었고, 그래서 반대 방향으로 돌아갔지만, 어느 틈엔가 길은 다시 굽어 언덕 아래를 향했다. 비행기들의 으르렁거림은 점점 커졌고, 그 소리가 어찌나 큰지 사방으로 떨어지는 소이탄 소리가 잘 안 들릴 정도였다. 소이탄들은 거리 몇 개 너머로 떨어졌지만, 그것들이 내는 번쩍이는 하얀 빛은 부근 전체를 환히 밝혔다.

'잘됐군.' 마이크가 생각했다. '적어도 내가 어디에 있는지 볼 수는 있잖아.' 하지만 눈에 익은 건 전혀 보이지 않았다. 마이크는 방향을 잡기 위해 고개를 들고 세인트폴 대성당의 돔을 찾아보았지만, 좁은 거리 양쪽의 건물들이 너무 높아 찾을 수가 없었다.

마이크는 모퉁이로 달려가보았지만, 그곳에서도 돔은 보이지 않았다. 보이는 것이라고는 불이 타오르며 내는 주황빛을 반사하며 뭉게뭉게 피어오르는 짙은 연기 그리고 그 위의 짙은 구름뿐이었다. 그리고 화염. 사방이 불길이었다. 원래 오늘은 불을 끌 물이 부족한 게 문제가 될 예정이었지만, 이렇게 사방이 불길이어서는 제아무리 물이 많아도 소용이 없을 듯했다.

또다시 소이탄들이 덜그럭거리며 떨어졌고, 마이크는 몸을 피하려고 출입구로 급히 뛰어들었다. 문에는 '해드슨 앤 폴드리 서점은 패터노스터 로우 22번지로 이전했습니다'라는 공지가 붙었고, 다음 거리를 가리키는 화살표가 있었다. 패터노스터 로우는 세인트폴 대성당으로 곧장 통했다.

하지만 그곳 입구와 거리 전체는 화염이 가로막고 있었다. 마이크는 길을 거슬러 그 옆길로 들어섰지만, 그 길은 통하지 않았다. 그래서 다음 길을 시도해보았다.

그리고 패터노스터 로우로 통할 게 분명한 그 길 역시 화염이 가로막고 있었다. 비록 세인트폴 대성당은 여전히 보이지 않아도, 그곳에서 아주 가까이 있는 게 분명했다. 오늘 밤, 돔은 연기와 화염 위로 등대처럼 떠 있어야 했다. 그런데 대체 어디에 있단 말인가? 보이는 건 연기뿐이었다. 그리고 더 많은 화염뿐. 거리 저편은 전체가 불길에 싸여 있었고, 붉은 화염이 창고와 서적 보관소들의 창문에서 혀를 날름거렸지만, 마이크는 다시 돌아갈 만한 시간이 없었다. 그는 세인트폴 대성당에 가야만 했다.

그는 강렬한 열기를 피하려고 고개를 숙이고 길을 따라가기 시작했다.

도끼를 든 남자가 마이크의 소매를 잡았다. "대체 어디로 가려는 겁니까?" 화염의 으르렁거림 너머로 그 남자가 외쳤다.

"세인트폴 대성당요!"

"그쪽 길로는 갈 수 없습니다." 남자가 외쳤다. "이 문을 부수는 걸 도와줘요!"

마이크는 고개를 저었다. "저는 소방관이 아닙니다." 마이크가 외쳤다.

"저도 아니에요!" 남자가 도끼로 문을 치며 외쳤다. "저는 기자입니다. 저는 원래 불을 끄는 게 아니라 이 화재를 취재해야 하지만, 이곳에는 저 말고 다른 사람이 없어요!"

'이러고 있을 시간이 없는데.' 마이크가 생각했다.

"소방관들을 불러올게요." 기자에게서 멀어지며 마이크가 말했다.

"소용없어요! 저게 소방서예요." 기자가 외치며 도끼로 거리 저쪽, 화염에 휩싸인 건물을 가리키더니 다시 도끼로 문을 찍기 시작했지만 별 효과가 없었다. "소이탄 하나가 지붕에 떨어지는 걸 방금 봤어요!"

만약 소이탄이 지붕을 뚫고 아래로 떨어지면, 이 건물 그리고 이 거리의 이쪽 끝 전체는 불이 붙을 것이고, 마이크는 절대로 이곳을 통과하지 못할 것이다. 마이크는 기자에게서 도끼를 받아 문을 찍기 시작했다. 육중한 나무 문이 쪼개지기 시작했고, 기자는 모퉁이 가로등에 쌓아둔 모래주머니를 가지러 뛰어갔다.

"공습이 있을 걸 알면서도 왜 모든 건물을 잠가놓았는지 모르겠군요." 모래주머니를 가지고 돌아오며 기자가 말했다. "그리고 물 양동이랑 휴대용 손 펌프를 문밖에 두지 않은 이유는 또 뭐랍니까?"

마이크는 문을 열었다. 기자는 가지고 있던 모래주머니를 마이크의 두 팔에 안기고는 휴대용 손 펌프와 양동이를 집더니 흔들거리는 계단을 재빨리 올라갔다. 마이크도 그 뒤를 따라 서둘러 계단을 올라갔지만, 모래주머니를 안고 위에 올라가보니 기자는 이미 소이탄을 끈 뒤였다.

마이크는 만약의 경우를 대비해 모래로 소이탄을 덮었다. 기자가 말했다. "이로써 오늘 기사에 내보낼 화재가 하나 줄어들었군요." 하지만 둘이 아래층에 내려오자 이웃 창고에서 난 불이 건물 옆면에 혀를 날름거렸으며, 머리 위로는 또 다른 비행기들이 윙윙거리고 있었다.

"저 소리 들려요?" 마이크는 기자가 필요 없는 말을 한다고 생각했지만, 곧 그가 말하는 게 비행기 소리가 아니라 종소리라는 걸 깨달았다. 소방대였다.

소방차 한 대가 거리로 와 멈추더니 소방관들이 한꺼번에 내려 소화전에 호스를 연결하기 시작했다. 호스에서 물이 뿜어나오는가 싶더니 잦아들며 결국은 물방울만 똑똑 떨어졌다. "수도관에 물이 없습니다." 소방관 한 명이 외쳤다.

"펌프에 연결해." 책임자가 말했고, 소방관들은 호스를 휴대용 펌프에 연결해 불길에 물을 뿌리기 시작했다.

'잘됐어.' 마이크가 생각했다. '전문가들이니까 잘할 수 있을 거야.' 기자도 같은 생각을 하는 듯했다. 기자는 문턱에 두었던 카메라를 집어 들더니 호스로 소방서를 겨냥하는 소방관들을 찍기 시작했다.

마이크는 패터노스터 로우를 통해 대성당으로 곧장 갈 수 있을지 아니면 에둘러 가야 할지를 가늠하며 기자에게서 슬금슬금 멀어졌다. 화염은 더 이상 커지지 않는 듯했지만, 바람이 불기 시작하며 불길을 자극했다.

"이걸 받아요." 소방관이 마이크의 두 손에 소방 호스를 들이밀며 말했다. "이걸 뮬렌과 디스 소방관에게 가져다줘요."

"저는 소방관이 아닙니다." 마이크가 다시 여기서 지체할 순 없다고 굳게 마음먹으며 말했다. 그는 호스를 다시 소방관에게 밀며 기자에게 해야 했던 말을 했다. "저는 대성당에 가야만 합니다. 저는 세인트폴 대성당 화재 감시원입니다."

그 소방관은 묵직한 노즐과 호스를 마이크의 손에 다시 맡겼다. "그러면 당신은 이곳에 있어야 합니다."

"하지만…."

"만약 여기서 불길을 잡지 못한다면, 대성당에서 아무리 애를 써도 대성당은 절대 구해낼 수 없어요. 이걸 뮬렌과 딕스에게 가져다줘요." 그가 연기에 가려 보일락 말락 한 소방관 두 명을 가리키며 명령했다. 그들은 15미터 정도 떨어진 창고에 물을 뿌리고 있었다.

'그리고 세인트폴 대성당에도 15미터 더 가까이 갈 수 있겠군.' 마이크가 생각했다.

"주님을 찬양하고 탄약을 전달할지어다." 마이크가 중얼거리고는 어깨에 호스를 멨고, 다른 호스 두 개를 넘어 불타는 잔햇더미를 에두르며 물에 젖은 거리를 절룩절룩 걸어갔다. 마이크는 뮬렌과 딕스에게 소방 호스를 넘기고 곧바로 이곳을 떠날 계획이었다. 그리고 첫 번째 소방관이 연기 때문에 자신을 보지 못하길 바랐다. 또는 적어도 자신이 출발하고 어느 정도 시간이 지난 뒤에 볼 수 있기를 바랐다.

그들이 끄려고 애쓰는 불길을 넘어갈 수만 있다면 말이다. 그곳은 서점이었다. 문 위에 단철로 된 간판이 보였다. 'T. R. 허버드, 좋은 책들'. 그리고 가게 안은 불바다였다. 창마다 삐져나온 불길이 지붕과 좁은 거리의 중앙을 향해 혀를 날름거렸다.

약하디약한 물줄기를 불에 뿌려대던(물은 불에 닿자마자 증기가 되었다) 뮬렌과 딕스는 마치 불길이 갑자기 자기들에게 달려들까 봐 두렵다는 듯이 길 건너의 창고 근처까지 물러섰고(하지만 그곳 역시 불길에 싸여 있었다), 불길을 피해 헬멧 쓴 머리를 숙이고 있었다.

소방 호스가 뭔가에 걸려 거세게 꿈틀거리며 마이크를 밀쳐댔고, 그 때문에 마이크는 비틀거리다 하마터면 넘어질 뻔했다. 마이크는 호스가 무엇에 걸렸는지 확인하기 위해 절룩이며 호스 쪽으로 갔다. 갓돌이었다. 주위 건물 꼭대기 어디에선가 떨어진 게 분명했다. 마이크는 돌을 발로 차 옆으로 치우고 호스를 다시 뮬렌과 딕스에게 끌고 가기 시작했다. 그 둘은 이제 창고 쪽으로 더 많이 물러났고, 창고는 마치 그들 위로 굽어보는 것처럼 보였다.

건물은 진짜로 그 둘을 굽어보고 있었다. "벽이 무너져요!" 마이크가 외쳤지만 이글거리는 화염과 바람 때문에 마이크조차 자기 목소리를 들을 수 없었다. "거기서 어서 피해요!"

마이크는 소방 호스를 놓고 두 팔을 마구 흔들어댔지만, 그들은 마이크도 보지 못했다. 그들은 고개를 숙인 상태였고, 벽 꼭대기가 그들 위로 마치 파도처럼 무너져 내리기 시작했다.

"조심해요!" 마이크가 외치며 그 사람들에게 뛰어들다시피 몸을 날려 그들을 길 중간으로 밀쳐냈다.

벽이 무너져 내리며 벽돌들이 사방으로 날리고 불꽃이 튀었다. 퓰렌과 딕스는 비틀거리며 일어서 소방복을 털었다. 그들이 들고 있던 소방 호스는 마치 거대한 뱀처럼 몸을 비비 꼬고 버둥거리며 얼음처럼 차가운 물을 마이크와 소방관들에게 뿜어댔다.

마이크는 소방 호스에 달려들었지만, 수압이 너무 세서 혼자 힘으로 잡기에는 버거웠다. "도와줘요!" 마이크가 퓰렌과 딕스에게 외쳤지만, 그들은 한때 창고 벽이었던 벽돌 더미 옆에 그냥 서 있기만 했다.

그들은 마이크에게 뭐라고 외치고 있었다. 그 소리는 '당신이 우리 생명을 구했어요!'라는 말처럼 들렸다.

'아, 이런.' 마이크는 몸부림치는 소방 호스와 씨름하며 생각했다. '하디 경우랑 똑같잖아.'

'하지만 상관없어.' 마이크는 생각했다. '우리는 전쟁에서 이겼어. 폴리가 그곳에 있었어.'

하지만 소방관들이 외치던 말은 고맙단 소리가 아니었다. 그 외침은 서점에 관한 내용이었다.

"뭐라고요?" 그가 말하며 서점을 보려 돌아섰을 때, 간판을 비롯한 모든 것들이 마이크 위로 무너져 내렸다.

31

“그래, 무도회에 가도 돼, 신데렐라….”
요정 대모가 말했다.
“하지만 반드시 12시 전에 거기서 나와야 한단다.
안 그러면 네 마차는 다시 호박이 되고,
네 드레스는 다시 넝마가 될 거란다.”

—《신데렐라》

블랙프라이어스 지하철역, 1940년 12월 29일

에일린은 알프와 비니를 밀치고 지나가려 했지만, 둘은 그녀와 회전식 개찰구 사이에서 한 발짝도 움직이려 하지 않았고, 존 바솔로뮤는 이미 회전식 개찰구를 통과하고 있었다.

“언니를 찾아 역 전체를 뒤졌어요.” 비니가 말했다.

둘은 모두 꾀죄죄했고, 비니는 에일린이 지도를 빌리러 갔을 때 입었던, 너무 작은 원피스를 여전히 입고 있었다. “우리를 만나서 기쁘지 않아요?”

‘응, 안 기뻐.’ 에일린은 생각하며 출구를 향해 가는 존 바솔로뮤를 절박한 눈으로 바라보았다.

“여기서 뭐 하는 거예요?” 비니가 물었다.

“지도를 돌려보낸다고 하고 어떻게 안 보낼 수가 있어요?” 알프가 말했다.

‘이러고 있을 시간이 없어.’ 에일린은 가슴이 터질 것만 같았다. 존 바솔로뮤는 출구에 거의 도착해 있었다. “지금은 너희랑 이야기할 수가 없어.” 에일린은 말하며 아이들을 옆으로 밀고 바솔로뮤를 쫓아 달려갔다.

팔 하나가 뻗어 나오며 에일린을 가로막았다. "어디 가시는 겁니까, 아가씨?" 역무원이 다그치듯 물었다.

"방금 여기를 나간 남자, 저는 그 남자를 만나야 해요."

"죄송합니다, 공습경보가 해제될 때까지는 아무도 나갈 수가 없습니다."

"하지만 좀 전의 그 남자는 내보냈잖아요." 역무원의 팔을 잡아당기며 에일린이 말했다.

"그분은 세인트폴 대성당 화재 감시원입니다."

"알아요. 그 사람을 꼭 만나야 해요." 에일린이 말하고 머리를 숙여 역무원을 지나가려 했다.

역무원은 에일린의 허리를 잡으며 막았다. "안 됩니다. 나가실 수 없습니다, 아가씨." 역무원이 말했고, 좀 더 상냥하게 말했다. "밖은 너무 위험합니다."

"위험하다고요?" 에일린은 분통이 터져 거의 울음이 터질 지경이었다. "위험하다고요? 당신은 이해하지 못하세요. 만약 제가 좀 전의 그 사람을 통해 메시지를 전하지 못하면…."

"지금 화재 감시원은 너무 바빠 메시지를 전할 수가 없습니다. 그러니 안전한 아래층으로 얌전히 돌아가십시오. 무슨 말을 해야 하는지는 몰라도 내일 하시면 됩니다."

역무원은 에일린을 돌려 회전식 개찰구 쪽으로 밀었다. 알프와 비니가 있는 곳으로.

"우리는 언니가 우리를 봐서 기뻐할 줄 알았어요." 비니가 나무라듯 말했다. "팀은 에일린이라는 이름의 아가씨를 만났다고 우리에게 말했어요. 그래서 나는 '에일린 누구?'라고 물었고, 팀은 그건 모른다고 했어요. 그래서 그러면 가서 물어보고 와서…."

에일린은 비니의 어깨를 움켜쥐었다. "잘 들어. 나는 역무원을 지나가야만 해. 도와줄 수 있겠니?"

"물론이죠." 알프가 그깟 일쯤 하고 코웃음 치며 말했다.

"여기서 기다려요." 비니가 명령했고, 둘은 역무원이 서 있는 곳으로 잽싸게 달려갔다.

에일린은 그 둘이 뭘 하는지 볼 수 없었지만, 잠시 뒤 역무원이 외쳤다. "어이, 거기 둘! 당장 이리로 돌아와." 그리고 역무원은 둘을 쫓아갔다.

에일린은 아이들이 어디로 갔는지 살피지 않았다. 그녀는 재빨리 개찰구를 통과해 계단을 올랐다.

그리고 아수라장으로 들어섰다. 사방이 연기였고, 언덕 바로 위 건물은 지붕에서 주황색 화염을 뿜어댔다. 소방관 대여섯 명이 그쪽으로 소방 호스를 겨냥했고, 더 많은 사람이 거리 한가운데에 있는 소방 펌프와 구급차 주위에서 긴급히 움직이며 소화전에 호스를 연결하고, 들것을 구급차에 싣고 있었다.

하지만 바솔로뮤는 보이지 않았다. 지하철역을 빠져나오느라 허비한 몇 분 사이 바솔로뮤는 이미 사라지고 없었다. 하지만 적어도 에일린은 바솔로뮤가 어디로 가는지는 알았다. 그러나 성당 역시 보이지 않았고, 오로지 연기만 보일 뿐이었다. 연기는 회색과 분홍색과 장밋빛으로 구름처럼 뭉게뭉게 피어났다.

'성당이 안 보여도 어디에 있는지 알잖아.' 에일린은 생각했다. '성당은 언덕 꼭대기에 있어.' 에일린은 소방차를 지나 언덕을 오르기 시작했다. 발길을 재촉했지만 빨리 가는 건 불가능했다. 인도는 소방 호스와 물과 진흙으로 혼잡했다. 에일린은 철벅철벅 그곳을 걸어 화재 현장과 사람들이 두 번째 들것을 싣고 있는 구급차를 지났다.

"이번 환자는 심각해요." 소방관 한 명이 딱히 누구에게랄 것 없이 모두에게 외쳤다. "이 사람은 피를 많이 흘렸어요."

누군가가 에일린의 팔을 잡았다.

'아, 이런, 역무원이구나.' 에일린이 생각했지만, 팔을 잡은 건 에일린을 데리고 블랙프라이어스역으로 왔던 공습 대비대 감시원이었다.

"운전할 수 있습니까?" 그가 물었다.

"운전요?" 에일린이 멍하니 되물었다. "그게 무슨?"

"저 구급차를 병원까지 운전해 갈 사람이 필요합니다. 운전사는 의식을 잃었어요. 머리를 맞았습니다. 그리고 육군 중위 한 명이 출혈이 심각합니다. 운전할 줄 아십니까?"

"네." 어디선가 알프와 함께 나타난 비니가 말했다.

"신부님이 에일린 누나에게 가르쳐줬어요." 알프가 거들었다.

"나에게도 가르쳐줬어요." 비니가 말했다. "내가 운전할게요."

"넌 안 돼." 에일린이 비니에게 말하고 다시 감시원에게 말했다. "이 아이들은 구급차…."

"응급치료 할 줄 아니?" 감시원이 비니에게 물었다.

"당연하죠."

비니는 구급차 뒤쪽에 올라탔다.

"이 아이에게 뭘 해야 하는지 알려줘요!" 감시원이 들것을 든 사람들에게 외쳤다. 그는 에일린을 돌아보았다. "당신 말고 달리 운전해줄 사람이 없습니다."

"저도 상황이 급해요." 에일린이 말했다. "저는 세인트폴 대성당에 가야만 해요. 생사가 달린 문제예요."

"이쪽도 마찬가지입니다. 운전사를 구했어요!" 감시원이 사람들에게 외치고 구급차 문을 열고 에일린을 밀었다. "시동은 이미 걸어놨습니다. 세인트바트 병원으로 가세요. 그곳이 가장 가깝습니다."

"전 길을 몰라요."

"내가 알아요." 알프가 구급차에 타며 말했다. "나는 런던 이 지역을 전부 잘 알아요. 누나가 내 지도를 돌려주지 않았지만요."

"서둘러요." 뒤에서 비니가 말했다. "이 아저씨 정말로 피를 많이 흘려요."

그리고 비니는 응급치료에 대해서는 아는 게 아무것도 없었다. 에일린은 몸을 비틀어 비니가 있는 뒤쪽을 돌아보았다. 비니는 들것들 두 개 사이에 쪼그리고 앉아 중위의 피에 흠뻑 젖은 다리에 접힌 거즈 패드를 대고 있었다. "있는 힘껏 눌러. 꽉." 에일린이 말하며 생각했다. '캐롤라인 여사가 나보고 응급치료 수업을 들으라고 고집을 부려 다행이야.'

"얼마나 심각한 겁니까?" 중위가 힘없이 물었다.

에일린은 그가 의식이 있는 줄 몰랐다.

"심각한 거 아니에요." 에일린이 말했다.

"심각하지 않다고요?" 비니가 외쳤다. "이 피를 보라고요."

"걱정하지 마세요." 에일린은 비니를 노려보며 말했다. "지금 병원으로 가는 중이에요."

에일린은 상처에 거즈 패드를 더 꽉 붙여줄 석고붕대가 없는지 재빨리 뒤쪽을 둘러보았지만, 구급상자는 보이지 않았고, 다른 들것에 누운 운전사는 구급상자가 어디에 있는지 말해줄 수 있는 상태가 아니었다. 운전사는 의식이 없었고, 불길이 내는 주황색 불빛 속에서도 안색이 잿빛이었다.

그 둘 다 즉시 병원에 가야만 했다. 에일린이 병원을 찾을 수만 있다면 말이다. 그리고 에일린이 이곳을 나갈 수 있다면. 또 다른 소방차가 종을 울리며 도착해 에일린의 길을 막았다. 에일린은 구급차를 후진해 방향을 돌렸다. 구급차는 신부의 오스틴보다 세 배는 컸고, 그래서 에일린은 두 번이나 후진한 뒤에야 소방차를 통과해 갈 수 있었다. "어느 쪽이야?" 에일린이 알프에게 물었다.

"저쪽요." 알프가 가리켰고, 에일린은 구급차를 몰고 불타는 거리를 통과했다.

모든 길마다 화재가 적어도 한 곳은 난 듯했으며, 그렇지 않은 몇 안 되는 길에서도 소이탄이 번쩍이며 하얀 불꽃을 뿜어댔다. "다음 모퉁이에서 도세요." 알프가 말했다.

"어느 쪽으로?"

"오른쪽요." 알프가 말했다. "아니, 왼쪽요."

"세인트바트 병원까지 가는 길을 아는 거 확실해?"

"당연하죠. 우리는 그때 거기에…." 알프가 갑자기 말을 멈췄다.

"그때 뭐?" 에일린이 알프를 힐끗 보며 말했다.

알프는 대답하지 않았다. "지도만 있었으면 확실히 알았을 거예요." 알프가 투덜거렸다. "왜 지도를 안 보낸 거예요?"

"가지고 갔었어. 하지만 너희가 집에 없었지. 그래서 너희 집 문 아래에 밀어 넣었어.”

“아.” 알프가 말했다. “그랬던 거군요. 우리가….”

“언니는 블랙프라이어스역에서 무엇을 하고 있었는지 말 안 했어요.” 뒤에서 비니가 끼어들었다.

“나는 세인트폴 대성당으로 가려고 하던 중이었어. 너희는 그곳에서 뭐 하던 거니?” 에일린은 물으면서도 충분히 짐작이 갔다.

“공습이 있으면 방공호로 가라던 언니 말대로 하던 중이었어요.” 비니가 잘난체하며 말했다.

알프가 고개를 끄덕였다. “뱅크역이 가장 좋지만 가끔은 리버풀 스트리트역으로도 가요. 오늘 밤처럼 블랙프라이어스역으로 갈 때도 있고요. 그곳에는 간이식당이 있잖아요.”

“더 빨리 운전할 수 없어요?” 비니가 뒤에서 외쳤다.

‘없어.’ 에일린은 운전대를 꽉 움켜쥐며 생각했다. 연기가 너무 자욱했고, 장애물도 너무 많았다. 알프가 가라고 말해준 거리 중 반 이상이 소방 도구로 가득했다.

또는 화염으로. 구급차 엔진 덮개 위로 이글거리는 깜부기불들이 후드득 떨어졌고, 올드 베일리를 따라 반쯤 갔을 때는 양쪽의 시커메진 건물들에 갑자기 불이 붙더니 횃불처럼 타올랐다. 에일린은 얼른 차를 후진한 다음에 옆길로 빠졌지만, 그 길은 너무 좁아 과연 구급차가 통과할 수 있을지 자신이 없었다. 그리고 양쪽에 빽빽이 들어선 목조건물들이 좀 전의 그 길에서처럼 불이 붙으면 빠져나갈 수도 없었다.

“이거 재밌네요, 안 그래요?” 알프가 말했다. “우리는 불에 타 죽게 되나요?”

“아니.” 에일린이 단호하게 밀했나. ‘너는 교수형을 당할 거야.’

“이제 어디로 가?” 에일린이 물었다.

“저쪽으로요.” 알프가 동쪽을 가리켰다.

“병원은 북쪽 아니야?”

“맞아요. 하지만 그쪽으로는 갈 수가 없어요. 그쪽은 불이 났어요.”

“비니!” 에일린이 뒷좌석을 향해 외쳤다. “운전사가 정신을 차렸어?”

“아니요.” 비니가 말했다. “그리고 중위 아저씨는 잠들었어요.”

‘아, 이런.’

“아직 숨을 쉬니?” 에일린이 물었다.

“네.” 비니가 말했지만, 자신이 없는 목소리였다. “이 붕대를 얼마나 계속 누르고 있어야 해요?”

“병원에 도착할 때까지.” 에일린이 말했다. “잠시라도 떼면 안 돼, 비니.”

“알아요.”

“저쪽으로 가요.” 알프는 언덕 아래 강으로 난 길을 가리켰다.

“이 길이 가장 빠른 길인 게 확실하니, 알프?” 에일린은 길 한가운데 떨어진 소이탄을 에둘러 가며 말했다.

“네. 우리는 불길을 피해 가는 거예요.”

말은 쉬웠다. 몇 분마다 새로운 비행기들이 머리 위를 날았으며, 이어서 십여 채가 넘는 건물 지붕에서 백색과 노란색 불꽃이 뿜어 나왔다. ‘이 모든 불을 피해 가려면 도버까지 돌아가야 할 거야.’ 에일린이 생각했다.

“이제 저기로 가요.” 알프가 말했다.

“붕대로 피가 배어 나와요.” 비니가 말했다.

“계속 누르고 있어. 손 떼지 마.”

“내 손 사이로 피가 흘러요. 두 손이 피로 흥건해요!” 비니가 말했다.

“내가 봐도 되나요?” 알프가 흥분해 말했다.

“안 돼.” 에일린이 말하며 한 손으로 알프를 다시 앞 좌석으로 끌어 앉혔다. “넌 길을 알려줘야 해. 비니, 꽉 눌러!”

“그러고 있어요.”

“그래, 잘하네. 곧 도착할 거야.” 에일린은 말을 하면서도 자기 말을 믿지 않았다. 런던이 잿더미가 될 때까지 알프의 지시대로 거리를 끝없이 돌고 돌 것만 같았다.

“사방이 피예요.” 비니가 말했고, 평소의 비니와는 너무나도 다르게 그 목소리에는 절박함이 절절히 배어 있었다.

에일린은 인도 옆에 차를 세우고 환자를 살피기 위해 차에서 내렸다.

비니 말이 맞았다. 사방이 피였다. 비니는 힘껏 상처를 누르고 있었지만, 지혈을 할 수 있을 정도로 힘이 세지 않았다. "자, 내가 할게." 에일린이 말했고, 비니는 즉시 거즈에서 손을 떼고 비켰다. 피가 용솟음쳤다.

"우와!" 알프가 탄성을 내뱉었다. "이것 좀 봐요!"

에일린은 있는 힘껏 수건을 눌렀다. 출혈이 늦춰지기는 했지만 멈추지는 않았다. 에일린은 두 무릎을 꿇고 몸을 앞으로 숙여 체중을 실어 힘껏 눌렀다.

"멈추고 있어요." 비니가 말했다.

하지만 계속 이렇게 있을 수는 없었다. 에일린이 수건에서 손을 떼는 순간 상처에서는 다시 피가 뿜어 나올 것이고, 그렇다고 여기에 계속 있을 수도 없었다. 중위를 살리려면 병원에 가야만 했고, 그것도 얼른 가야 했다. "비니, 운전할 수 있겠니?" 에일린이 물었다.

"당연하죠." 비니가 말했고, 뒷자리에서 버둥거려 운전석으로 갔다.

"1단 넣는 법 기억해?"

대답 대신, 비니는 클러치를 밟고 기어를 넣더니 눈이 튀어나올 정도로 빠르게 차를 몰았다.

'우린 모두 비니 때문에 죽게 될 거야.' 에일린이 생각했지만 차를 늦추라고 말하지는 않았다. 빨리 가는 것만이 유일한 희망이었다. 중위 그리고 이미 죽은 것처럼 보이는 구급차 운전사 모두에게. 운전사에게 몸을 숙여 보았지만, 에일린은 그녀가 숨 쉬는 소리를 들을 수 없었다.

"직진해." 알프가 말했다. "이제 저쪽. 이제 좌회전." 알프가 비니에게 바보라고 외치지 않는 거로 보아, 비니는 알프가 지시한 대로 가는 듯했다.

에일린은 알프기 제대로 길을 알기를, 그냥 내키는 대로 지시하는 게 아니기를 바랐다. 하지만 알프는 단 한 번만 머뭇거리며 말했다. "다음일 거야. 아니면 그다음이거나. 아니, 돌아가. 첫 번째였어." 비니는 차를 후진시켰고, 알프가 말한 길로 다시 들어갔다.

에일린은 병원에 가까워졌는지 물을 시간이 없었다. 중위의 상처를 힘껏 누르고 있는 것만으로도 충분히 바빴다. 중위는 이제 정신이 들어 에일린을 밀쳐내려 했고, 그래서 에일린은 계속해 패드를 누르기만 하는 것도 버거웠다.

"이제 저 길로 곧장 가." 알프가 말했다. "끝까지 가면 돼."

잠깐 정적이 이어졌고, 이윽고 비니가 비난하듯 말했다. "잘못 가르쳐 줬잖아. 나가는 길이 없어. 그냥 건물뿐이야."

"알아." 알프가 말했다. "도착했어."

에일린은 앞으로 몸을 내밀어 앞창 너머를 바라보았다. 알프 말이 맞았다. 세인트바트 병원의 석조건물들이 앞에 있었다.

"어느 문으로 들어가야 해?" 비니가 알프에게 물었다.

"몰라." 알프가 물었다." 에일린 누나, 어디로 가요?"

"비니, 이리로 다시 와서 여기를 맡아." 에일린이 말했다. 비니는 좌석에서 몸을 비틀어 뒤로 나와 에일린의 자리로 갔고, 에일린은 비니를 지나 운전석에 앉았지만, 어둠 때문에 어느 문으로 가서 구급차를 대야 할지 알 수가 없었다. 문은 열 개가 넘었고, 아무런 표시도, 조명도 없었다.

"내가 가서 보고 올게요." 알프가 말하더니 에일린이 말릴 틈도 없이 구급차에서 내려 사라졌다.

'서둘러.' 에일린은 운전대를 꽉 움켜잡았고, 알프가 돌아오는 대로 구급차를 이동할 준비를 했다.

"알프가 왜 안 오는 거죠?" 비니가 두려움이 배인 목소리로 말했다. "다시 피가 흘러나와요."

알프는 보이지 않았다. 에일린이 경적을 울려보았지만, 아무도 오지 않았다.

"이 운전사 언니가 숨을 안 쉬는 거 같아요." 비니가 말했다.

'이 사람들은 세인트바트 병원 바로 앞에서 죽게 될 거야.' 에일린은 가슴이 터질 것만 같았다.

에일린은 사이드브레이크를 걸고 말했다. "가서 찾아보고 올게." 에일린은 구급차 밖으로 서둘러 나와 길을 가로질러 가장 가까운 문으로 갔다.

문은 잠겨 있었다. 에일린은 영원처럼 느껴지는 시간 동안 문을 두드렸고, 이윽고 그다음, 또 그다음 문으로 갔다. 마지막 문은 열려 있었고, 그 안으로 좁고 조명이 어둑한 복도가 이어졌다. 복도 한쪽의 카운터에는 '조제실'이라는 표시가 있었다.

에일린은 누군가 있기를 바라며 카운터로 뛰어갔다.

누군가 있었다. 소맷부리와 깃이 하얀 회색 원피스를 입고 목에는 조가비 목걸이를 한 통통하고 상냥하게 생긴 여자였다. 그 여자는 티파티를 주관하다가 나온 것처럼 이곳과 전혀 어울려 보이지 않았다.

'이 여자는 전혀 도움이 안 될 거야.' 에일린은 생각했지만, 다른 사람은 보이지 않았다.

"밖에 환자가 두 명 있는데, 어디로 가야 할지를 못 찾겠어요. 문들은 다 잠겨 있고, 구급차 운전사는 의식을 잃었고, 다른 한 명은 출혈이 심해요." 에일린이 말하며 생각했다. '두서없이 마구 지껄이고 있네. 내 말을 이해하지 못할 거야.' 하지만 놀랍게도 여자는 에일린의 말을 알아들었다.

"구급차는 어디에 있나요?" 여자는 전화기를 낚아채며 말했다. "이 문밖인가요?"

"네, 아니, 아니요. 그건…, 문들을 열어보려 했지만 모두 잠겨 있었어요. 저는…."

"구급차를 이 문 쪽으로 몰고 오세요." 여자가 명령했고, 전화기에 대고 말했다. "조제실 쪽에 응급 환자가 있어요. 환자를 내릴 사람들을 즉시 보내주고 수혈도 필요하다고 말해주세요."

"고맙습니다." 에일린은 안도의 한숨을 쉬고 구급차로 다시 달려가 안으로 서둘러 들어간 뒤 비니에게 말했다. "도와줄 사람을 찾았어." 그리고 구급차 시동을 걸었다. 에일린이 구급차를 몰고 조제실 문 앞으로 갔을 때는 이미 병원 사람들이 도착해 있었다. 그들은 구급차 뒷문을 열고 운전사와 중위를 바퀴 침대로 능숙하게 옮긴 뒤 하얀 시트를 덮어주었다.

"저 아저씨는 피를 흘려요." 비니가 구급차에서 내려 그들 뒤를 따라가며 말했다. "상처를 꽉 눌러야 해요."

병원 직원은 고개를 끄덕였다. "저분을 따라가서 보고서를 작성하세요."
그는 에일린에게 들것들 옆에 서 있는 간호사를 가리켰다.

"저는 다치지…." 에일린이 입을 열었다.

간호사는 에일린과 비니를 데리고 문으로 갔다. "어디를 다쳤나요?" 간
호사는 둘을 데리고 안으로 들어가자마자 물었다.

"언니는 안 다쳤어요." 비니가 말했다. "다친 건 아까 그 사람들이에요."
비니는 안으로 들어오는 들것들을 가리켰다.

"따라오세요." 간호사가 말하고 둘을 데리고 직원들이 무시무시한 속력
으로 밀고 가는 들것을 따라 복도를 걸어갔다.

간호사 역시 그 직원들에 버금갈 정도로 빠르게 걸었다. "저는 구급차
운전사가 아니에요." 에일린이 간호사와 보조를 맞추려 애쓰며 말했다. "부
상당한 저 여자가 구급차 운전사예요. 사고 현장에서 제가 운전을 할 줄 안
다면서 저를…."

간호사는 에일린의 말을 듣고 있지 않았다. 그녀는 고개를 들고 점점 더
커지는 비행기의 윙윙거리는 소리에 귀를 기울였다.

'오, 안 돼.' 에일린이 생각했다. '세인트바트 병원이 29일에 폭격당했나?'

그들은 다시 복도 모퉁이를 돌고 또 돌았고, 그 끝 쪽에서 환자를 태운
들것들은 양쪽으로 열리는 문을 통해 사라졌다. "여기서 기다리세요." 간호
사가 말하고 역시 문안으로 들어갔다.

"보고서를 작성해야 하지 않아요?" 비니가 물었다.

"보고서?"

"네. 우리가 구급차를 몰았잖아요. 우리 이름을 말할 필요는 없겠죠?"

"어디에 갔었어요?" 알프가 갑자기 나타나며 물었다.

"어디에 갔었냐고?" 비니가 분통을 터뜨리며 말했다. "사라진 건 너잖아."

"천만에. 나는 네가 말한 대로 어디로 들어가야 할지를 찾고 있었단…."

"조용." 에일린이 말했다. "여기는 병원이야."

알프가 주위를 둘러보았다. "왜 여기에 서 있는 거예요? 세인트폴 대성
당에 가야 한다면서요?"

“맞아. 하지만 간호사가….”

“그러면 간호사가 돌아오기 전에 여길 떠나는 게 좋을 거예요. 구급차는 이쪽이에요.” 알프가 말했다.

“구급차를 타고 세인트폴 대성당에 갈 수는 없어.” 에일린이 말했다. “구급차는 병원이 써야 해.”

“하지만 운전할 사람이 없으면 있으나 마나잖아요. 우리가 가져가는 게 나을 거예요.” 알프가 언제나처럼 현실적으로 말했다.

“그리고 구급차를 타지 않으면 거기까지 어떻게 가요?” 비니가 말했다. “대성당까지는 멀어요. 지하철은 운행하지 않고요.”

“지하철이 멈췄어? 지금 몇 시인데?” 에일린은 말하며 자기 손목시계를 힐끗 보았다.

거의 11시였다. 마이크는 한참 전에 블랙프라이어스역으로 돌아와 에일린을 찾고 있을 것이다. 그리고 에일린이 어디에 갔는지 모를 것이다. 에일린은 어서 돌아가야 했다.

하지만 어떻게? 비행기들 소리는 계속 커졌고, 블랙프라이어스역으로 가는 길들은 거의 모두가 이미 화재로 막혀 있었다. 그리고 지금 이렇게 있는 동안에도 불길은 번져만 갔다. 얼마 안 있어 블랙프라이어스역이나 세인트폴 대성당 근처에도 갈 수 없을 것이다. 시티 전체가 불길에 싸이고, 마이크나 폴리에게 갈 방법이 없어지리라. 그리고 지금쯤이면 그 둘이 찾아냈을 바솔로뮤에게도. 그들은 다른 사람들을 남겨놓고 가지 않겠노라고 약속했지만, 강하가 짧은 시간 동안만 열린다면? 에일린을 두고 갈 수밖에 없는 상황이라면?

“구급차가 어디에 있다고 했지?” 에일린이 물었다.

“이쪽요.” 알프가 복도를 달리며 말했다.

“기다려!” 에일린이 말했다. “구급차가 아직 그곳에 있는지 네가 어떻게 알아? 누군가가 이미 가져갔을 수도 있어.”

알프가 주머니에 손을 넣더니 구급차 열쇠를 꺼냈다. “누나를 찾으러 갔을 때 열쇠를 빼서 가져왔어요. 다른 사람이 못 가져가게요.”

“알프!”

“공습 때는 도둑이 많단 말이에요.” 알프가 순진무구한 표정으로 말했다.

“간호사가 돌아와 우리 이름을 묻기 전에 여기를 나가야 해요.” 비니가 말했다.

“이쪽이에요.” 알프가 말했다. “어서요.” 그리고 알프는 에일린과 비니를 데리고 미로처럼 복잡한 복도를 지나 조제실로 통하는 복도에 들어섰다.

비니가 멈칫했다. “이쪽으로 가면 안 돼. 아까 그 여자가 그곳에 있으면 어떻게 해?”

“그 여자가 있으면 어떻게 하냐고?” 알프가 말했다. “아무것도 안 해. 그냥 걸어서 지나갈 거야. 이쪽이 가장 가까워.”

“알았어.” 비니가 마지못해 동의하고는 목소리를 낮춰 속삭였다. “하지만 살금살금 걸어야 해.”

“그러면 의심을 살 거야.” 에일린이 속삭였다. “그냥 평소대로 걸어. 우리를 알아차리지조차 못할 거야.”

비니는 확신이 안 가는 표정이었다. “속임수에 넘어가지 않을 것 같은 아줌마였어요.”

알프도 고개를 끄덕였다. “뱅크역의 그 매표 담당 직원처럼요.”

“그건 네가 양심의 가책을 느껴서 그런 거고.” 에일린이 말했다. “그런 사람 아니야.” 에일린은 확신을 품고 당당하게 복도를 걸어갔다.

조제실로 가는 문은 반쯤 열려 있었다. 안에선 아까 에일린을 도와줬던 그 여자가 쟁반 위로 고개를 숙인 채 금속 막대기로 하얀 알약들을 세고 있었다. ‘제발 고개를 들지 마요.’ 에일린은 속으로 빌며 그 옆을 지나쳤다.

여자는 고개를 들지 않았다. 에일린은 문을 열고 아이들과 함께 잽싸게 밖으로 빠져나갔다. 일단 밖으로 나가면 주위가 어둡다는 점을 이용해 조용히 빠져나갈 생각이었지만, 막상 나와보자 길은 복도만큼이나 환했다. 구름 낀 하늘은 분홍빛 섞인 주황색이었고, 병원 건물들은 그 앞에 세워진 구급차에 묘하게 뒤틀린 핏빛 그림자를 드리우고 있었다.

에일린은 알프와 비니를 뒤쪽에 태웠다. “우리가 병원을 빠져나갈 때까지 아무도 볼 수 없도록 몸을 숙이고 있어." 에일린이 말했고, 시동을 걸 수 있기를 바라며 열쇠를 점화장치에 넣었다. 아까 사고 현장에서 구급차를 넘겨받았을 때는 이미 시동이 걸려 있는 상태였다.

에일린은 시동이 걸리길 빌며 초크 레버를 당기고 클러치를 놓았다.

시동이 걸렸지만 이윽고 곧바로 꺼졌다. "빨리 해요." 알프가 뒷좌석에서 말했다. "서둘러야 한다고요."

에일린은 백베리에서 구드 신부가 가르쳐준 대로 초크 레버를 천천히 당기며 클러치를 일정한 속도로 놓았다. 이번에는 엔진이 꺼지지 않았고, 에일린은 백미러를 힐끗 보고 문에서 후진하기 시작했다.

누군가가 조수석 창문을 주먹으로 두드렸다.

에일린은 깜짝 놀라 허둥거리다가 시동을 꺼뜨렸다.

하얀 의사복을 입은 남자가 서서 창을 두드리고 있었다.

"우린 망했어요." 알프가 말했다.

"출발해요!" 비니가 좌석에서 몸을 기울이며 말했다. "어서요!"

"그럴 수가 없어!" 에일린이 다시 시동을 걸려고 필사적으로 애를 쓰며 말했다.

엔진은 시동이 걸리지 않았다. 60대로 보이는 남자가 문을 열고 안을 들여다보았다. "구급차 운전사를 태우고 온 게 당신인가요?"

에일린은 고개를 끄덕였다.

"잘됐군요." 남자가 구급차에 타며 말했다. 그는 검은 가죽 가방을 들고 있었다. "말로완 부인이 당신이 이곳에 있을 거라고 했어요. 당신이 아직 떠나지 않아서 다행이군요. 나는 의사예요. 크로스라고 합니다. 무어게이트로 데려다주세요."

알프와 비니는 고개를 숙이고 몸을 감췄다. "무어게이트요?" 에일린이 말했다.

그는 고개를 끄덕였다. "그곳 지하철역에 젊은 여자가 있어요. 부상이 심해서 움직일 수가 없어요." 크로스 의사는 구급차 문을 닫았다. "우리가 가서 치료해야 합니다."

"하지만 저는 그럴 수 없어요. 저는 구급차 운전사가 아니….”

"말로완 부인은 당신이 부상당한 운전사와 중위를 이곳으로 데려왔다고 하던데요.”

"누나는 아저씨를 그곳에 데려다줄 수가 없어요.” 알프가 뒤에서 고개를 들이밀며 말했다.

"맙소사. 꼬마가 몰래 탔군요.” 크로스 의사가 말했고, 알프 옆에 비니가 나타나자 말했다. “몰래 탄 게 두 명이군요.”

"우리는 조수예요.” 비니가 말했다. “언니는 아저씨를 무어게이트에 데려다줄 수가 없어요. 언니는 세인트폴 대성당에 가야 해요.”

"환자를 데리러?”

"네.” 알프가 말했다.

"화재 감시원 한 명이 부상당했어요.” 에일린이 말했다.

"그곳에는 다른 구급차가 가야 할 겁니다.”

크로스 의사는 몸을 기울이더니 경적을 울렸다. 문가에 병원 직원이 나타났다. “도킨스가 돌아오는 대로….” 의사가 그에게 말했다. “세인트폴 대성당으로 보내세요!”

의사가 에일린을 돌아보았다. “됐습니다. 출발하세요.”

"시동이 걸릴지 모르겠어요.” 알프가 말했다.

"아까는 안 걸렸어요.” 비니가 말했다.

'그리고 만약 내가 시동을 걸지 못하면, 저 의사는 무어게이트에 갈 다른 방법을 찾겠지.' 에일린이 생각하며 처음 운전 교습 때 그랬듯이 거칠게 초크 레버를 당겼다.

곧바로 구급차 시동이 걸렸다. 에일린은 기어를 넣고 엔진이 꺼지길 바라며 클러치를 불규칙하게 놓았지만, 아무 소용없었다. 모터는 얌전하게 가르랑거렸다.

"저 거리에서 좌회전하세요.” 의사가 방향을 말했다. “그리고 스미스필드에서 좌회전하시면 됩니다.”

에일린은 안뜰을 후진하기 시작했다. 구급차 한 대가 들어오고 있었다.

저 차가 5분만 더 일찍 왔으면 얼마나 좋았을까.

에일린은 구급차를 늦추며 의사에게 다른 구급차를 타게 할 핑곗거리를 열심히 떠올렸다.

헬멧에 작업복을 입은 남자 둘이 구급차 뒤에서 내리고 있었다. 그들은 남자 한 명이 누운 들것을 꺼냈다. 병원 직원들이 그들 주위로 몰려들었다.

“서둘러요.” 의사가 에일린에게 말했다. “시간이 없어요.”

32

모순처럼 들릴 수도 있지만,
그날 밤의 가장 중요한 사건은 일어나지 못한 사건이었다.

— *W. R. 매튜스, 세인트폴 대성당 주임 사제,*
1940년 12월 29일 밤에 대한 글에서

세인트폴 대성당, 1940년 12월 29일

"던워디 교수님이야." 폴리가 놀라 헐떡이며 말했다. 폴리는 다리가 후들거렸고, 세인트폴 대성당 계단 끝에 있는 조명등 기둥을 잡았다. 에일린은 던워디 교수가 올 거라 했었고, 교수는 진짜로 온 것이다. 그리고 폴리가 존 바솔로뮤에게 메시지를 전달하지 못한 것도 바로 이 때문이었다. 그럴 필요가 없었다. 그들이 바솔로뮤를 찾아내기 전에 던워디 교수가 그들을 찾아냈기 때문이다. 결국 시간 편차가 급격히 증가한 건 잠시뿐이었으며, 옥스퍼드의 모든 사람을 죽이는 끔찍한 사태는 일어나지 않았다. 제2차 세계대전의 결과도 바뀌지 않은 것이다.

그리고 던워디 교수와 콜린은 그들에게 거짓말을 한 것이 아니었다.

콜린. '만약 던워디 교수님이 이곳에 왔다면 콜린도 왔을 거야.' 폴리가 생각했다. 폴리는 두근거리는 가슴으로 던워디 교수 양쪽의 사람들을 힐끗 보았지만, 콜린은 보이지 않았다. 던워디 교수 양쪽으로는 나이 지긋한 여자 둘이 홀린 듯이 돔을 쳐다보고 있을 뿐이었다.

"던워디 교수님!" 비행기의 으르렁거림과 방공포의 소리를 뚫고 폴리가 외쳤다.

그는 고개를 돌리더니 어디에서 목소리가 들려오는지 살피려 주위를 두리번거렸다.

"이쪽이에요, 던워디 교수님!" 폴리가 외쳤고, 그는 폴리를 정면으로 바라보았다.

하지만, 그는 안경, 백발, 근심 어린 표정 등이 던워디 교수와 똑같이 생겼지만 던워디 교수가 아니었다. 그는 폴리를 보고도 전혀 아는 체를 하지 않았고, 폴리를 만나 다행이라는 표정도 아니었다. 그는 놀란 표정을 지었다가 이윽고 공포에 질린 표정을 지었고, 폴리는 자신도 모르게 고개를 돌려 패터노스터 로우의 화재가 세인트폴 대성당까지 번졌는지를 살폈다.

대성당에는 불이 붙지 않았다. 하지만 패터노스터 로우의 건물들 절반이 불길에 휩싸여있었다. 폴리는 다시 남자 쪽을 돌아보았지만, 그는 이미 몸을 돌려 세인트폴 대성당에서 멀어져 군중 쪽으로 가고 있었다.

"던워디 교수님!" 폴리는 그 남자가 던워디 교수가 아니라는 사실이 도무지 믿기지 않아 다시 외쳤고, 앞뜰을 가로질러 그에게 달려갔다. "던워디 교수님!"

하지만 그 남자에게 가까워지면서, 폴리는 자신이 착각했다는 사실을 더욱더 확실히 깨달았다. 던워디 교수는 저렇게 어깨를 축 늘어뜨리고 다니거나 노인처럼 걷지 않았다. 외모가 닮아 보이는 건 붉게 이글거리는 불의 장난이 분명했다. 그리고 콜린을 보았다고 생각했을 때처럼, 폴리의 간절한 희망이 빚은 착각이 분명했다.

하지만 그래도 확인은 해야 했다. "던워디 교수님!" 폴리는 사람들을 헤치고 나아가며 다시 외쳤다.

"봐요!" 한 남자가 외쳤고, 몇 명이 손을 들어 돔을 가리켰다. "떨어져내려요!"

폴리는 힐끗 위를 보았다. 소이탄이 노란 별처럼 불꽃을 튀기며 너울거리더니 돔을 미끄러져 내려왔고, 데구루루 굴러 복잡한 지붕들 사이 미로 속으로 사라졌다. 사람들이 탄식을 내뱉었다.

폴리는 던워디 교수 쪽을 바라보았지만, 소이탄을 힐끗 보는 사이에 그는 사라지고 없었다. 폴리는 사람들을 헤치며 앞으로 나아갔다. 사람들은 이미 흩어져 대성당에서 멀어지고 있었다. 화재 현장에서 자신들이 얼마나 가까운지, 그리고 얼마나 위험한지를 갑자기 깨달은 듯했다.

"던워디 교수님! 멈추세요! 저예요, 폴리 세바스찬이에요!" 폴리가 외쳤다. 방공포와 비행기 소리 그리고 심지어 바람 소리마저 잠시 사라졌고, 정적 속에서 폴리의 목소리가 또렷이 울렸지만, 아무도 고개를 돌리거나 걸음을 늦추지 않았다.

'던워디 교수님이 아니야.' 폴리가 생각했다. '그리고 이런 일에 귀중한 시간을 낭비하지 말고 어서 존 바솔로뮤를 찾아야 해. 바솔로뮤 씨는 당장에라도 대성당으로 돌아갈 거야.'

폴리는 고개를 돌려 세인트폴 대성당을 보았지만, 아직 계단을 올라가는 이는 아무도 없었고, 일단의 사람들은 여전히 돔을 바라보고 있었다.

"저 사람들이 소이탄을 끈 건가요?" 소년이 외쳤고, 폴리가 올려다보니 돔 기부에서 헬멧을 쓴 사람 둘이 소이탄 위로 몸을 숙이고 삽으로 모래를 붓는 모습이 시커멓게 보였다. 더 많은 사람이 삽과 담요를 가지고 그 둘 주위로 몰려들었다.

화재 감시원들은 대성당에서 대피하지 않았다. 당연하지. 화재 감시원들은 소이탄이 떨어졌을 때 그걸 *끄기* 위해 그곳에 있어야 했다. 존 바솔로뮤는 지금까지 계속 저 지붕 위에 있었을 것이다.

폴리는 저곳으로 가야만 했다. 그녀는 아까의 그 성가대원이 있는지 주위를 살폈다. 성가대원은 계단 발치에서 여자들과 남자아이를 주위에 모아놓고 그들에게 방공호로 가는 길을 가르쳐주고 있었다. 그리고 본당으로 가는 길을 막고 있었다.

폴리는 흩어지는 사람들을 이용해 성가대원의 눈을 피하며 안뜰을 가로질렀고, 재빨리 교회 부속 묘지로 넘어가 대성당 지하실로 가는 문을 통과했다. 그리고 계단을 내려가 철창문을 통과했고, 모래주머니들과 웰링턴의 무덤과 화재 감시원의 간이침대들을 서둘러 지나갔다. 돌바닥을 달리는 그녀의 발소리가 공허하게 울려 퍼졌다.

계단 발치에 도착한 폴리는 걸음을 멈추고 헐떡이며, 위험을 무릅쓰고 뒤를 돌아보았지만 성가대원은 보이지 않았다. 폴리는 아까 성가대원과 함께 내려왔던 계단을 달려 올라가 대성당 안으로 들어갔다.

본당은 대낮처럼 밝았다. 돔과 아치들의 황금색은 창을 통해 들어오는 주황빛을 받아 더욱 찬란하게 빛났고, 수랑과 기둥과 본당 중앙의 의자들은 낮보다도 더 밝아져 있었다.

'잘됐어. 지붕으로 가는 문을 찾기가 훨씬 쉽겠어.' 폴리가 생각했다.

누군가가 북쪽 복도를 달려가는 소리가 들렸다. '그 성가대원이야.' 폴리가 생각하며 몸을 숙이고 남쪽 복도로 달려가 기둥 뒤에 숨었다. 성가대원은 폴리가 안으로 들어오는 걸 보고 지붕으로 올라가기 전에 잡으러 들어온 것이다. 그는 지붕으로 통하는 문으로 곧장 갈 것이고, 폴리는 그가 어디로 가는지만 지켜보면 되었다.

그리고 잡히지 않아야 하고. 하지만 이렇게 밝은 상황에서 그건 어려울 것이다. 폴리는 기둥에 몸을 딱 붙이고 귀를 기울이며 기다렸다. 그의 발소리가 울렸다가 멈췄다가 다시 울렸다.

'아, 이런.' 그는 격실과 기둥들을 하나도 빼지 않고 모두 살피고 있었다. 폴리는 이곳에 있을 수 없었다. 숨을 곳이 없었다. 폴리는 기둥에 몸을 기대고 신발을 벗어 코트 주머니에 넣고 발소리가 멈추길 기다렸다. 그건 성가대원이 격실 가운데 하나를 살펴본다는 뜻이니까.

그리고 발소리가 멈추었을 때, 폴리는 조용히 남쪽 복도를 달려 전에 숨었던 예배당으로 갔다. 그녀는 소리를 내지 않기 위해 천천히 빗장을 열고, 철창문을 열고 미끄러지듯 안으로 들어갔다. 철창문을 열어놓을까 고민했지만, 그랬다가는 자신이 이곳에 들어왔다는 명백한 증거가 될 것이기에 닫기로 했다. 철창문은 철컹대기는 했지만 요란한 소리를 내지는 않았고, 그 소리 때문에 성가대원의 발소리가 느려지지도 않았다.

그는 본당 저쪽 끝에 있었다. '문으로 가요.' 폴리가 그에게 마음속으로 명령했지만, 그는 본당을 가로질러 이쪽으로 오고 있었다. 그는 폴리 쪽으로 빠르게 오다가 멈추었고, 다시 오기 시작했다.

폴리는 예배당 더 깊숙이로 들어가며 숨을 곳을 찾아보았다. 장궤틀은 안 된다. 그 그늘에 숨기에는 빛이 너무 밝았다.

'제단보 아래?' 폴리가 생각하며 스타킹 신은 발로 예배당의 복도를 달려 뒷줄의 걸상들 쪽으로 갔고, 걸상들과 그 뒤의 벽 사이 좁고 그늘진 공간으로 들어갔다.

폴리는 그곳에서 눈에 띄지 않게 몸을 웅크리고 생각했다. '이건 말도 안 돼. 이곳에 온 지 벌써 2시간도 더 됐는데 지붕엔 조금도 더 가까이 가질 못했잖아.' 그리고 이곳은 숨기에 형편없는 곳이었다. 게다가 여기에서는 성가대원의 발소리를 들을 수 없었다. 들리는 것이라고는 다시 다가오고 있는 비행기들 소리뿐이었다.

폴리가 이곳에 숨지 말아야겠다고 생각할 무렵, 철창문에서 성가대원의 소리가 났다. 그는 걸쇠를 흔들어보았고, 잠긴 것을 확인한 뒤 다른 곳으로 갔다.

'저 사람은 현관으로 갈 거야.' 폴리가 생각했다. '그리고 문을 확인하겠지.' 하지만 그 대신 다른 철창문이 덜거덕거리는 소리가 들렸고, 이윽고 철컹하는 소리와 함께 계단을 올라가는 소리가 들렸다. 렌의 기하학적 계단이었다.

'하지만 그곳은 판자로 막혔는데.' 폴리가 생각했고, 곧이어 험프리스 씨가 그곳이 비록 파괴되기는 쉽지만 그래도 다시 열지 어쩔지 토론 중이라고 말했던 기억이 났다. 그 계단이 지붕으로 통했기 때문이다.

'본당으로 들어왔을 때 곧장 저 계단을 올라갔어야 하는데.' 폴리가 자신을 나무라며 생각했다. 만약 폴리가 험프리스 씨의 말을 빨리 떠올렸다면, 지금쯤이면 존 바솔로뮤를 찾았을 것이다.

성가대원은 계단을 몇 개 더 올라갔다가 내려왔다. 빗장을 잠그는 소리가 들렸고, 돔 쪽 복도로 가는 소리가 났다.

폴리는 예배당에서 뛰쳐나와 계단으로 달려가지 않기 위해 엄청난 인내심을 발휘해야 했다. 그녀는 성가대원의 발소리가 완전히 사라질 때까지 기다린 뒤, 열까지 세고 숨었던 곳에서 나와 살금살금 철창문으로 갔다. 남쪽 복도와 그 뒤쪽 실내는 연기로 가득했다. 폴리는 연기 때문에 눈이 따끔거렸고, 기침하고 싶었다. 폴리는 숨을 참으며 억지로 기침을 삼켰고, 돔쪽의 본당을 올려다보았다. 그리고 화염이 눈에 들어왔다.

'오, 맙소사, 결국 지붕에 불이 붙었어.' 폴리가 생각했지만, 곧이어 그 화염이 사실은 돔 아래에서 소용돌이치는 공기를 따라 움직이는, 불붙은 종이와 나뭇조각들이라는 걸 깨달았다.

패터노스터 로우에서 난 화재에서 날아온 것들이 깨진 스테인드글라스 유리창을 통해 이리로 들어온 게 분명했다. 공기는 불붙은 종이와 나뭇조각들로 가득했다. 불붙은 예배 순서지 한 장이 허공에서 춤을 추다가 본당의 돌바닥에 내려앉았지만, 여전히 불이 붙어 있었고 폴리가 전에 안내서를 샀던 책상 옆에 서 있는 크리스마스트리에 위험할 정도로 가까이 있었다. 그리고 심지어 여기, 남쪽 복도에서도 공기는 재와 이글거리는 불꽃들로 가득했다. 불꽃 하나가 폴리의 코트에 떨어졌고, 그녀는 불꽃을 두드려 털어내며 나선형 계단을 향해 달려갔다. 그녀는 철창문을 열고 곡선 계단을 올라가기 시작했다.

그리고 화염이 타닥거리는 소리가 들렸다. '크리스마스트리야.' 폴리가 생각하고 다시 쏜살같이 계단을 내려와 본당으로 돌아왔지만, 소리를 낸 건 크리스마스트리가 아니었다. 그것은 방문객 접수대였다. 카운터에서 화염과 연기가 솟구쳤다.

'아마도 그냥 안내서들뿐일 거야.' 폴리가 생각했다. 하지만 그녀가 지켜보는 동안, 목제 진열대에 불이 붙었고, 험프리스 씨가 웰링턴 기념비와 속삭임의 회랑 사진을 보여주었던 그림엽서들도 마치 불을 그은 성냥처럼 타올랐다.

'화재 감시원들은 어디에 있지?' 폴리가 생각했다. '이건 그 사람들 일이잖아. 나는 바솔로뮤 씨를 찾아야 하는데.'

하지만 화재 감시원들이 이 불을 알아차렸을 때면 불은 이미 사방으로 퍼져 있을 것이다. 불붙은 그림엽서 조각들이 활활 타오르며 본당을 날아다녔고, 목제 의자와 목제 회중석들이 있는 곳들로 퍼져나갔다.

그리고 만약 이게 마이크가 하디를 구한 결과 또는 폴리가 마저리에게 영향을 미쳐 공군 조종사를 만나러 가게 한 결과 일어난 불일치라면? '만약, 우리 때문에 세인트폴 대성당이 불에 타면 어쩌지?' 폴리가 생각했다.

6펜스짜리 '세상의 빛' 복제본에 불이 붙어 가장자리가 말렸고 그림 속 닫힌 문이 검은색으로 타들어 가다가 재가 되었다. 폴리는 복도를 달려 가장 가까운 기둥으로 가 물 양동이 하나를 낚아채 책상과 불타는 그림에 물을 쏟아부었고, 양동이에 물을 다시 채우기 위해 양철 물통으로 달려갔다.

하지만 처음 부은 물에 불은 꺼졌다. 폴리는 카운터와 그림엽서 진열대에 두 번째 양동이의 물을 충분히 부었고, 불이 완전히 꺼지지 않았을 경우를 대비해 진열대에서 그림엽서들을 꺼낸 다음 '세상의 빛' 복제본과 함께 책상에서 몇 걸음 떨어진 돌바닥에 던졌다.

폴리는 양동이를 내려놓고 다시 계단통으로 돌아가 비비 꼬인 계단을 빙글빙글 올라 위쪽의 회랑으로 갔다.

그곳은 아래보다 더 많은 연기와 재와 깜부기불들이 있었다. '위로 올라갈수록 상황은 더 심각할 거야.' 폴리는 생각하며 깜부기불을 피하려고 고개를 숙이고 회랑을 따라 달려갔고, 문들을 열어보며 더 위로 올라갈 수 있는 계단을 찾았다. 도서실, 성가대 가운이 가득한 벽장.

'계단은 수랑에 있을 거야.' 폴리가 생각하며 돔 쪽으로 서둘러 갔다.

예상대로 계단은 수랑에 있었다. 회랑 모퉁이를 바로 돌아서였다. 계단은 어둡고 숨이 막힐 정도로 뜨거운, 낮은 목제 기둥이 지붕을 이룬 복도로 이어졌다. 폴리는 고개를 숙이고 그 기둥들을 지나야 했고, 또한 바닥에 거대하게 솟아오른 부분들을 넘어가거나 에둘러 가야 했다. 그 솟아오른 곳들은 아치형 천장의 꼭대기 부분인 듯했다.

어찌 되었든 폴리는 제대로 가고 있는 게 분명했다. 호스 똬리와 모래통과 물통들이 벽을 따라 몇 미터마다 있었고, 한번은 복도 중간에 있기도 했다. 폴리는 그곳을 넘어가려다가 물통에 발이 빠졌고, 그때야 자신이 여전히 신발은 주머니에 넣은 채 스타킹만 신고 있다는 것을 깨달았다. 폴리는 다음 물통 옆에 앉아 신발을 꺼내 신고 더 높이 올라갈 수 있는 계단을 찾아다녔다.

마침내 계단을 찾았다. 그 계단은 더 낮고 더 좁고 연기도 더 많은 미로로 이어졌다. 지붕 바로 아래까지 온 게 분명했다. 천장을 통해 비행기와 대공포 소리가 들렸다.

그리고 통로 저쪽 먼 곳과 위에서 목소리들도 들렸다. "천천히, 천천히 해." 누군가가 말하는 소리가 들렸고, 첫 번째 목소리가 들린 곳보다 조금 아래쪽에서 두 번째 목소리가 들렸다. "모퉁이를 조심해."

'계단을 내려오고 있어.' 폴리가 생각했다. 그들은 기껏해야 몇 걸음 정도 떨어져 있었고, 그건 이 통로가 계단으로 이어진다는 뜻이었다. 폴리는 어두워 보일 듯 말 듯 한 천장 기둥들에 머리를 부딪치지 않으려 조심하면서 통로를 달려갔고, 계단으로 통하는 출입구를 찾으려고 온 정신을 집중했다.

"아니, 아니, 넌…." 첫 번째 목소리가 말했다.

"이쪽으로 돌아와."

그리고 다른 목소리가 말했다. "잠깐, 아직 난 제대로 잡지 못했어."

뭔가를 옮기고 있는 게 분명했다. 그들은 폴리와 거의 비슷한 높이에 있었다. 서두르지 않으면 그들을 놓칠 것이다. 폴리는 목소리가 들리는 곳으로 서둘러 갔다.

그리고 벽이 앞을 가로막았다. 계단은 벽 반대쪽에 있었다. 폴리는 겨우 한 뼘 떨어진 곳에서 둘이 하는 대화를 들을 수 있었다. 하지만 벽에는 문도, 연결된 부분도 없었다. 폴리가 있는 곳은 막다른 골목이었다. 그 사이에도, 반대쪽의 남자들은 이미 뭔가를 들고 폴리보다 아래쪽으로 내려갔으며, "천천히!" 그리고 "조심해!"라고 계속해 외치며 그녀에게서 점점 멀어졌다. 이제 폴리는 자신이 온 미로를 다시 돌아가야 할 판이었다. 폴리는 자신이 어디로 왔는지 기억할 수 있기를, 이곳을 빠져나갈 수 있기를 바랐다.

폴리는 자신이 왔던 길을 되찾아가느라 너무 집중한 나머지 하마터면 문을 지나칠 뻔했다. 문은 비스듬한 버팀대 너머에 있었는데, 너무나 좁아서 간신히 통과할 수 있었다. 문은 낮은 돌계단으로 연결되었다. 폴리는 과연 그 계단을 통과할 수 있을지 어떨지 확신이 안 갔다. 계단 끝에는 뚜껑문이 있었는데, 폴리는 두 손으로 힘껏 밀고서야 그 문을 열 수 있었다. 문이 뒤로 넘어가며 열렸고, 그 너머로 트인 공간에서 귀가 먹듯 요란한 비행기 소리와 열기가 훅 밀려왔으며, 바람이 불어와 폴리의 모자가 날아갔다. 폴리는 모자를 잡으려 했지만, 모자는 상승 기류를 타고 순식간에 날아가 버렸다.

하지만 상관없었다. 폴리는 문을 통과했고, 마침내, 마침내 지붕 위로 올라왔다.

'지붕들 가운데 하나지.' 폴리가 고쳐 생각하며 바람에 날리는 머리카락을 눈에서 쓸어내고 길고 평평한 지붕과 돌벽, 그리고 위쪽의 가파른 경사를 살폈다.

지붕까지 올라오는 데 정말로 한참이 걸렸다. 하지만 막상 나와보니 이 지붕은 본당을 덮은 아래쪽의 복도 지붕들 가운데 하나일 뿐이었다. 경사가 급한 중앙 지붕과 돔은 여전히 폴리 위로 한 층 더 높은 곳에 있었고, 폴리는 그곳까지 갈 방법이 없었다.

'다시 내려가서 저기로 가는 다른 길을 찾아야 할 거야.' 폴리가 실망하며 생각했다.

하지만 소이탄이 이곳에 떨어질 경우를 대비해, 화재 감시원들은 이곳에 재빨리 올 방법이 있어야 했다. 따라서 그런 게 가능한 뭔가가 이곳에 있을 것이다. 밧줄이나 사다리나 아니면 뭔가가….

사다리가 있었다. 사다리는 벽에 기대어 있었는데, 그 위 수랑 지붕들이 드리운 그림자 때문에 잘 안 보였던 것이었다. 폴리는 사다리를 오르기 시작했다.

폴리가 복도 지붕에 올라왔을 때도 바람은 거셌지만, 주위 벽들이 그런 바람을 막아주었다. 그리고 추위도. 하지만 폴리가 더 높이 올라가자 매서운 돌풍이 폴리를 때려댔고, 코트 자락을 펄럭이며 머리카락을 얼굴 위로 마구 흩날렸다. 폴리는 몸을 앞으로 숙여 납으로 된 물받이통과 난간을 잡았다. 폴리는 지붕 가장자리로 올라가며 본의 아니게 사다리 옆부분을 찼고, 사다리가 떨어지며 둔탁한 소리를 냈다.

폴리는 두 손으로 난간을 움켜쥐고, 바람 때문에 눈을 가늘게 뜬 채 난간을 잡아당기며 지붕 위로 올라갔다. 그럴 리가 없어야 하는데도 이제 바람은 더욱더 차가웠다. 바람은 불꽃과 재와 깜부기불로 가득했다. 폴리는 계속해 눈을 가늘게 뜨고 몸을 지탱하기 위해 돌 돌출부를 잡고는 지붕 가장자리 너머를 바라보았다.

그리고 놀라 숨을 헐떡였다. 그녀 아래로 시선이 닿는 끝까지, 건물과 지붕들 모두가 불길에 싸여 있었다.

'오, 맙소사, 마이크와 에일린이 저기 어딘가에 있을 텐데.' 폴리가 생각했다.

오른쪽으로 교회 첨탑이 횃불처럼 타고 있었다. 렌의 교회 가운데 하나인가? 그 너머로는 막 떨어진 소이탄들이 별처럼 불꽃을 뿜었다. 하얀 탐조등 빛이 자욱하게 피어오르는 진홍색과 주황색과 황금색 연기를 뚫고 나와 찬란하게 빛났고, 템스강의 굽이는 분홍색으로 반짝였으며, 불타는 창문들은 줄줄이 걸어놓은 종이 초롱처럼 이글거렸다. 아름답다고 느끼면 안 되었지만, 그래도 아름다웠다. 그리고 좀 더 가까운 곳에서는 세인트폴 대성당을 둥그렇게 둘러싸고 불길이 타오르며 대성당을 향해 냉혹하게 다가오고 있었다.

"이 성당은 아마도 살아남지 못할 거야." 폴리가 화염을 내려다보며 중얼거렸다. '물 양동이와 모래주머니와 휴대용 손 펌프와 화재 감시원 몇 명으로는 이 불을 막을 수 없어.'

"어디 있지?" 폴리 뒤에서 어떤 남자가 외쳤고, 폴리는 몸을 돌려 그를 돌아보았다.

그곳에는 화재 감시원 한 명이 서 있었다. 하지만 너무 어두워 이목구비가 보이지 않았다. "소이탄이 어디에 떨어졌어?" 그가 바람을 뚫고 폴리에게 외쳤다. "저기야?" 그 남자는 폴리가 방금 올라온 지붕 쪽을 올려다보았다.

"당신이 존 바솔로뮤인가요?" 폴리가 그 남자에게 외쳤다.

"뭐라고요?" 그 남자는 몸을 세우더니 놀란 표정으로 폴리를 바라보았다. "당신은 여자잖아요. 여기서 대체 뭐 하는 겁니까?"

"저는 사람을 찾고 있어요….."

"여기에는 어떻게 올라왔죠? 민간인은 지붕에 올라오면 안 된다고요!"

"피터스!" 그가 외치며 폴리의 팔을 잡더니 그녀를 밀며 어디론가 데려갔다. 둘은 가파른 돔 기부를 걷다 기다시피 하며 열 명 넘는 사람들이 삼베 부대로 지붕을 마구 치고 있는 곳으로 갔다. 물에 젖은 부대가 불꽃에 닿자 불꽃들이 지글거리며 꺼졌다. 화재 감시원은 가장 가까운 남자를 향해 폴리를 밀었다. "피터스! 아래쪽 지붕에서 이 사람을 발견했어."

"여기에는 어떻게 올라왔습니까?" 피터스는 다그쳐 물으며 누군가 책임을 물을 사람을 찾아 두리번거렸다. "누가 당신에게 여기로 올라와도 된다고 합디까?"

"아무도 안 그랬어요." 폴리가 말했다. "여기에 존 바솔로뮤 씨가 있나요?" 폴리는 다른 사람들을 향해 외쳤지만 바람 소리에 목소리가 흩어졌고, 서쪽에서 새로운 비행기들이 윙윙거리며 다가오고 있었다.

모든 남자들이 긴장하며 위를 올려다보았다. "당신은 여기 있으면 안 됩니다!" 피터스가 폴리에게 으르렁거리듯 외쳤다. "여긴 위험해요."

"바솔로뮤 씨와 이야기하기 전에는 떠나지 않을 거예요."

피터스는 폴리의 말을 무시했다. "니클비, 이분을 데리고 내려가서 올라오지 못하게 지키고 있어."

니클비가 폴리의 팔을 잡아당겼다.

폴리는 그에게서 팔을 비틀어 뺐다. "제발요." 그녀가 피터스에게 말했다. "아주 중요하고 응급한 용무예요."

"응급." 피터스가 되풀이해 말하며 불타는 시티를 바라보았다. 화재는 시티를 야금야금 먹어들어가고 있었다. "바솔로뮤는 여기 없어요. 바솔로뮤는 갔어요."

“가다니요?” 폴리가 따라 말했다. “아직 갔을 리 없어요. 바솔로뮤는…, 언제 떠났나요?”

“15분 전에요. 바솔로뮤는 부상당한 화재 감시원을 데리고 병원으로 갔습니다.”

‘내가 들은 소리는 바솔로뮤 씨가 그 부상자를 데리고 내려가는 소리였어.’ 폴리가 쓰러질 것 같은 심정으로 생각했다. ‘바솔로뮤 씨는 벽 바로 너머에 있었어.’

“그러면 험프리스 씨와 이야기하게 해주세요.” 폴리가 말했다.

폴리는 적어도 험프리스 씨를 통해 존 바솔로뮤가 돌아왔을 때 메시지라도 전할 수 있었다. 만약 돌아온다면 말이다. 에일린은 존 바솔로뮤가 부상당하자마자 떠났다고 말했었다. 에일린이 잘못 안 것이었다. 바솔로뮤는 부상당하지 않았다. 하지만 바솔로뮤가 그때 떠났다는 부분은 맞을 수도 있었다. 바솔로뮤는 병원으로 갔고, 화재 때문에 세인트폴 대성당으로 돌아오지 못했을 수도 있었다.

“험프리스 씨도 같이 갔습니다.”

“어느 병원으로요?”

“전 모릅니다.”

“세인트바트 병원일 겁니다, 아마도요.” 니클비가 말했다.

“거기가 어딘가요?” 폴리가 물었다.

“저쪽 너머입니다.” 첫 번째 화재 감시원이 북쪽 지붕 가장자리 너머로 연기와 화염이 바다처럼 펼쳐진 곳을 가리키며 말했다. “하지만 그곳으로 가면 안 됩니다. 당신은 방공호로 가야 합니다.”

그들 바로 아래에 있는 방공포가 발사를 시작했다. “니클비, 이분을 성당 지하실로 데리고 가.” 그가 방공포 소리를 뚫고 외쳤다. “그리고 곧바로 다시 올라와!” 그는 연기 자욱한 하늘을 올려다보며 귀를 기울였다. 비행기들은 이제 머리 위에서 아주 가까이 들렸다. “곧 또 한바탕 쏟아질 거야.”

폴리는 니클비가 이끄는 대로 돔 기부에 있는 출입구를 지난 뒤 그의 손아귀에서 팔을 비틀어 빼고 나선형 돌계단을 달려 속삭임의 회랑으로 내려오며 생각했다. '오, 맙소사, 이 계단들은 꼭대기까지 연결되어 있었어! 이 계단으로 올라오기만 했어도!' 그리고 그 아래에 있는 화재 감시원의 전화 지부로 갔다.

폴리는 전화를 받다가 깜짝 놀란 화재 감시원을 쏜살같이 지나, 계단을 내려가 본당으로 갔다. 그리고 그곳을 지나, 이글거리며 소용돌이치는 깜부기불들과 예배 순서지들을 지나, 방문객 접수대를 지나, 새까맣게 탄 6펜스짜리 '세상의 빛' 복제화를 지나, 문을 나서 계단을 내려가 불길 속으로 들어갔다.

33

시티, 1940년 12월 29일

에일린과 아이들은 이후 몇 시간 동안 크로스 의사와 함께 세인트바트 병원까지 다섯 번을 왕복했고, 도망칠 기회가 없었다. 그들이 세인트바트 병원으로 돌아왔을 때, 의사는 구급차에서 내리지조차 않았다. 대신 그는 에일린더러 차를 병원 입구에 대도록 한 다음 거기서 바로 직원들이 환자들을 내리게 했고, 자신은 차창을 통해 병원 당직에게 지시 사항을 내리고 다음 출동지가 어디인지 들었다.

"크리플게이트, 세인트길레스." 크로스 의사가 알프에게 말했다. "거기가 어디인지 아니?" 그리고 그들은 다시 출발했다.

세 번째 출동에서 에일린은 말했다. "휘발유가 거의 떨어졌어요." 에일린은 세인트바트 병원에 돌아갔을 때 크로스 의사가 휘발유를 채우고 오라고 하길 바라며 말했다. 그 틈을 타 도망칠 수 있을 거라 생각했다. 하지만 의사는 사고 지역 담당 경관에게 휘발유 통을 가져다달라고 했고, 그는 몇 걸음 떨어지지 않은 곳에서 불길이 혀를 날름거리는데도 아랑곳하지 않고 차의 탱크에 휘발유를 부었다.

'이번에 세인트바트 병원에 돌아가면 곧바로 도망쳐야 해.' 에일린이 생각했다.

하지만 그들은 세인트바트 병원으로 돌아가지 않았다. 마지막 순간에 사고 지역 담당 경관이 창 안으로 몸을 들이밀고 말했다. "우드 스트리트에 부상당한 공습 대비대 감시원이 있습니다. 돌아가는 길에 그 환자를 태우고 올 수 있는지 세인트바트 병원에서 물어보라는군요."

"그렇게 하겠다고 전해주세요." 크로스 의사가 말했다.

"하지만 뒤에 태운 환자는 어떻게 하고요?"

"당분간은 괜찮을 거예요." 의사가 말했고, 그들은 우드 스트리트를 향해 떠났다. 가는 길마다 붉은 연기로 가득하고 주황색 화염들이 줄지어 불타올랐으며, 그들은 무너져 쌓인 벽돌과 불꽃을 뿜는 소이탄들을 우회해 나아갔다.

"고성능 폭탄이네요." 에일린이 거대한 구덩이 가장자리를 에둘러 갈 때 의사가 말했다.

알프가 고개를 끄덕였다. "220킬로그램짜리예요."

'마이크는 고성능 폭탄은 떨어지지 않았다고 했는데.' 에일린이 생각했다. '그리고 자정이 되면 공습이 끝난다고 말했어.'

하지만 무어게이트에서 돌아오는 길에 공습경보해제 사이렌이 울렸음에도, 에일린은 여전히 비행기가 으르렁거리는 소리를 들을 수 있었고, 비니도 그런 모양이었다. "폭격기들이 여전히 오고 있는데 어떻게 공습경보해제 사이렌을 울렸대요?" 비니가 물었다.

"이건 폭격기 소리가 아니야, 이 바보야." 알프가 말했다. "이건 화재 소리야, 그렇죠?" 알프가 의사에게 물었다.

"그래." 의사는 건성으로 말하며 손으로 자동차 앞유리를 닦았다. 하지만 앞이 안 보이는 건 앞유리가 더러워서가 아니었다. 연기 때문이었다. 연기는 화재가 난 곳들이 계속 늘어나면서 점점 더 짙어지는 듯했다.

몇 분 뒤 비가 내리기 시작하자 에일린이 생각했다. '다행이야, 불을 끄는 데 도움이 되겠지.' 하지만 비는 등화관제 커튼처럼 거리에 짙은 연기구름을 피워 올릴 뿐이었다.

그 속에서는 알프조차 길을 찾지 못했다. 알프는 두 번 길을 잃었고, 어디로 가야 하는지 알 때조차 그 길은 잔해 또는 소방차 그리고 길게 뻗어 꿈틀거리는 소방 호스로 막혀 있곤 했다.

그들은 무너진 석조건물과 거리에 화염을 내뿜고 있는 부서진 가스관을 에둘러 갔다. 깨진 유리를 모두 피해 가는 건 불가능했다. 독일 공군이 고성능 폭탄을 떨어뜨리지 않았다는 폴리의 말을 부인이라도 하듯, 유리 조각은 온 사방에 널려 있었다.

에일린은 타이어에 구멍이 나서 화염 한가운데에서 오도 가도 못하게 되지 않기를 바라며 유리 조각들 위를 조심스레 운전해 갔다. 에일린은 알프의 지시대로 구급차를 후진해 방향을 돌려 좌회전한 뒤 다시 우회전했다. 어서 사고 현장으로 가서 부상당한 감시원을 태워 세인트바트 병원으로 돌아가고 싶었다. 화염과 연기에 휩싸인 어둠은 끝없이 이어지는 악몽 같았다.

종종 돌풍이 불어 연기를 흩어냈고, 에일린은 그 틈을 타 연기 위로 떠 있는 세인트폴 대성당의 돔을 힐끗 볼 수 있었다. 아무리 가도 대성당은 가까워지지 않고 계속 저 멀리에 있었다. 설사 에일린이 크로스 의사와 뒤의 환자에게서 어찌어찌 빠져나온다 할지라도, 그녀는 세인트폴 대성당에 갈 수 없었다. 그들이 크리드 레인으로 가려 했을 때, 검댕으로 시꺼메진 감시원이 구급차를 세우고 말했다. "이 길로 갈 수 없습니다. 비숍스게이트를 돌아 클러큰웰로 가야 합니다."

"비숍스게이트요?" 알프가 말했다. "거기는 너무 멀어요. 뉴게이트로 갈 수는 없나요?"

감시원은 고개를 저었다. "루드게이트힐 전체에 불이 났어."

"세인트폴 대성당마저도요?" 불안한 듯이 크로스 의사가 물었다.

"아직은 아닙니다. 하지만 그리 오래 버티지는 못할 겁니다."

"소방대는요? 소방대가 불을 끌 수 없어요?"

감시원이 고개를 저었다. "대성당에 갈 수가 없습니다. 설사 갈 수 있다 할지라도, 물이 없습니다. 가망이 없습니다." 그리고 감시원은 그들에게 비숍스게이트로 가는 길을 알려주었다.

"거기까지 안 가고도 크리드 레인으로 가는 길이 있을 거예요." 감시원이 떠난 뒤 알프가 말했다. "그레셤으로 가요. 두 번째에서 좌회전이에요."

하지만 그레셤 스트리트는 통째로 화염에 휩싸여 있었고, 바비칸 역시 마찬가지였다. 그들은 결국 비숍스게이트까지 가야만 했고, 크리드 레인에 도착했을 무렵 화상을 입은 희생자는 죽은 뒤였다.

"20대의 젊은 여자였습니다." 사고 현장 담당 경관이 고개를 저으며 말했다. "갑자기 거리가 화염에 휩싸였습니다."

그는 거리에 누운, 회색 담요로 덮어둔 시체를 가리켰다. "내가 길을 가르쳐주지 않았으면 저기 누운 시체는 에일린 누나였을 수도 있어요." 알프가 에일린에게 말했다.

"저 여자는 방공호에 있어야 했습니다." 사고 현장 담당 경관이 말했다. "여기에 나와 있으면 안 되었습니다."

"알프랑 내가 가서 저 시체를 봐도 되나요?" 비니가 물었다.

"안 돼." 에일린이 말했다. 그들 역시 거리에 나와 있으면 안 되었다. "근처에 방공호가 있나요?" 에일린이 사고 현장 담당 경관에게 물었다. "이 아이들은…."

"누나는 우리를 이곳에 두고 가면 안 돼요." 알프가 말했다. "우리는 누나 조수들이라고요."

"하지만 너희 어머니가 걱정하실 거야…."

알프가 말했다. "우리는…."

비니가 말을 잘랐다. "엄마는 집에 없어요. 출근하셨어요."

"그리고 우리를 방공호로 보내고 나면 세인트바트 병원까지 어떻게 돌아가려고요?" 알프가 물었다.

알프 말이 맞았다. 알프 없이 병원까지 구급차를 몰고 가는 건 불가능했다. 연기 자욱한 안개 속에서 완전히 길을 잃을 것이고, 크로스 의사에겐 기대도 할 수 없었다. "안타깝지만 저는 심지어 낮에도 방향 감각이 없습니다." 의사는 첫 번째 출동할 때 말했다. "그래서 운전을 안 배운 거죠."

"방공호에 두고 가는 건 괜찮아요." 비니가 말했다. "하지만 여기에 우릴 두고 가는 건 안 돼요."

비니 말이 맞았다. 여기 두고 떠났을 때 그 둘이 무슨 짓을 할지, 또는 어디로 갈지는 아무도 몰랐다. "구급차에 타." 에일린이 말했고, 크로스 의사와 사고 현장 담당 경관에게 갔다.

의사는 야전 전화기로 통화 중이었다. 에일린이 다가오자 사고 현장 담당 경관이 말했다. "다치셨습니까, 아가씨?"

"의사 선생님…." 경관이 크로스 의사를 돌아보며 말했다. "이 아가씨가…."

"저는 다치지 않았어요. 저는 이분의 운전사예요."

크로스 의사는 수화기를 입에서 떼고 말했다. "방금 무어 레인 소방서에서 연락받았습니다. 올웰 레인에 화상을 입고 다리가 부러진 소방관이 있답니다. 가이스 병원에서 구급차를 보내야 했지만, 그쪽에서는 보낼 수가 없다네요. 병원에 불이 났고, 병원 측에서는 입원한 환자들을 대피시키느라 여력이 없답니다." 의사는 전화기를 경관에게 넘기고 에일린을 돌아보았다. "우리가 가서 그 소방관을 이송해야 합니다."

크로스 의사는 구급차를 향해 가기 시작했다.

"잠깐만요." 에일린이 말했다. 만약 화재 감시원과 통화를 해서 존 바솔로뮤에게 메시지를 전할 수 있다면, 자신들이 그를 만나려 애를 쓰고 있으니 자신들이 도착할 때까지 기다려달라고 말할 수 있을지도 몰랐다.

"그 전화기로 세인트폴 대성당에 연결할 수 있나요?" 에일린은 사고 현장 담당 경관에게 물었다. "제 남편이 화재 감시원이에요. 저는 남편과 저녁식사를 하려고 만나러 가는 도중에 구급차 운전사로 징발되었어요. 그이는 저와 아이들이 어디에 있는지 모르면 무척이나 걱정할 거예요. 만약 전화로 그이에게 연락해서 제가 잘 있다는 걸 알려주면…."

사고 현장 경관은 의심스러운 표정을 지었다. "이 전화는 공식 업무에만 써야 합니다."

"이건 공식 업무입니다." 크로스 의사가 말했다. "우리는 그 사람들이 뭘

가 걱정하는 걸 원하지 않습니다. 화재 감시원은 오로지 대성당을 구하는 데 전념해야지요."

사고 현장 담당 경관이 고개를 끄덕이더니 전화기 발전기를 돌린 뒤 수화기를 귀에 대고 말했다. "세인트폴 대성당의 화재 감시원과 연결해주세요." 그리고 그는 수화기를 에일린에게 건넸다. "연결되는 데 시간이 좀 걸릴 겁니다."

에일린은 고개를 끄덕였고, 일련의 전기 잡음에 귀를 기울이며 무슨 말을 해야 할지 생각했다. 사고 현장 담당 경관이 듣는 앞에서 강하나 시간 여행에 대해 말할 수는 없었다. 그리고 바솔로뮤 씨는 아직 에일린을 만나기 전이었다. 전화를 건 사람이 누구라고 말을 해야 하나?

'던워디 부인이라고 말하는 거야.' 에일린이 말했다. '그리고 집으로 함께 가기 위해 세인트폴 대성당으로 가려고 애쓰는 중이라고 말하면서….'

날카롭게 타닥하는 소리가 나더니 남자의 목소리가 말했다. "세인트폴 화재 감시원입니다."

"네, 여보세요, 저 지금 존…."

전기 잡음이 연속해 들리더니 이윽고 조용해졌다.

"여보세요? 여보세요?"

사고 현장 담당 경관이 에일린에게서 수화기를 건네받았다. "여보세요?" 그는 스위치 장치를 앞뒤로 밀어보았다. "제 말 들려요? 여보세요?" 그는 잠시 귀를 기울였다. 에일린은 수화기에서 나는 여자의 목소리를 들을 수 있었다.

"길드홀 전화 교환국에서 막 연결이 끊겼습니다." 사고 현장 담당 경관이 말했다. "다시 연결하려는 중입니다."

'하지만 안 될 거야.' 에일린이 생각했다. '길드홀 전화 교환국은 불이 난 거야. 전화 교환수들을 대피시키고 있는 거야.'

"다른 곳을 통해서라도 연결할 방법을 찾아보겠습니다." 그가 말했다.

하지만 그것 역시 안 될 것이다. "교환수는 도시 전체의 전화가 불통이라는군요. 만약 연결되면 뭐라고 전해드릴까요?"

에일린은 재빨리 생각해봤다. "에일린이 그러는데 당장은 갈 수 없다고 말해주세요. 하지만 우리 셋이 최대한 빨리 가고 있으니 우리가 도착할 때까지 세인트폴 대성당에서 기다려달라고도요. 우리 없이는 절대로 옥스퍼드의 던워디 교수에게 가지 말라고 해주세요." 에일린이 남길 말을 알려주자 사고 현장 담당 경관은 어리둥절한 표정을 지었고, 에일린은 덧붙여 말했다. "신년을 맞아 옥스퍼드에 있는 친구들에게 갈 계획이었거든요."

그는 고개를 끄덕였고, 이윽고 에일린이 구급차를 운전해 떠나려는데 서둘러 달려왔다. "당신 남편 이름이 뭔지를 말해주지 않았습니다.

"남편요?" 알프가 못 믿겠다는 목소리로 말했다. "누나에게 남편이 있다는 말은…."

"바솔로뮤요. 존 바솔로뮤." 에일린이 재빨리 말했고, 알프가 뭔가 더 해가 될 말을 하기 전에 출발했다.

"바솔로뮤…." 크로스 의사가 생각에 잠겨 말했다. "세인트바솔로뮤 병원에 도움을 주러 온 천사와 그 아이들 성이 바솔로뮤라니 정말 신기하군요."[17]

비니가 입을 열었다. "우리는…."

"천사가 아니에요." 에일린이 깔끔하게 말을 막았다.

"아니, 천사 맞습니다." 크로스 의사가 말했다. "당신 가족이 없었으면 정말 곤란했을 겁니다. 우리 운전사 절반은 화재로 도시 저편에 갇혀 이곳에 올 수 없었습니다. 만약 당신과 당신 아이들이 아니었다면…."

"우리는 절대로…."

"여기서 어느 쪽으로 가야 해?" 에일린이 질문하며 말을 잘랐다.

"왼쪽요." 알프가 말했다. "하지만…."

"말로완 부인이 당신이 떠나는 걸 봤다고 저에게 말한 건 엄청난 행운이었습니다." 크로스 의사가 말했고, 에일린은 그가 그 이름을 전에도 말했다는 사실을 깨달았다. 세인트바트 병원에서 첫 번째 출동을 했을 때였다. 하지만 그건 동명이인일 게 분명했다.

---

17 세인트바트(St. Bart)는 세인트바솔로뮤(St. Barthoolmew)의 약칭이다.

"말로완 부인이라고요?" 에일린은 확실히 하기 위해 물었다.

크로스 의사가 고개를 끄덕였다. "우리 조제사요. 사실 엄밀히 말하자면 우리라고 할 수는 없지만요. 우리 정규직 조제사는 올 수가 없었고, 말로완 부인이 친절하게도…."

"그분 이름이 애거사는 아니겠죠?"

"그 이름 맞아요, 그럴 거예요."

"애거사 크리스티 말로완요?"

"그럴 거예요. 홀랜드 파크에 살아요."

비니가 아까 말했었다. "속임수에 넘어가지 않을 것 같은 아줌마였어요." 그리고 비니의 그 의견은 정확했다.

'마침내 애거사 크리스티를 만났네.' 에일린이 침울해하며 생각했다. '그리고 그렇게 만났을 때 그분은 내가 세인트폴 대성당으로 가지 못하게 막았어.'

"말로완 부인을 아시나요?" 크로스 의사가 묻고 있었다.

"네. 아니요. 이름만 들었어요."

"아, 그렇군요. 소설을 쓰신다고 하더군요. 재밌나요?"

"백 년 뒤에도 사람들은 그분 소설을 읽을 거예요." 에일린이 말했고, 구급차 방향을 바꿔 올웰 레인으로 들어섰다.

그리고 눈앞에 아수라장이 펼쳐졌다. 좁은 길 양쪽으로 거의 모든 건물이 불에 타고 있었다. 밝고 노란 화염이 창문들에서 분출하고 지붕에서 격렬하게 타오르고 좁은 거리 위로 이글거렸으며, 지금 당장에라도 그 거리를 집어삼킬 것만 같았다. 소방관 세 명이 호스를 들고 불타는 건물들을 향해 물을 뿌렸지만, 그 정도로 꺼질 불이 아니었다. 게다가 호스에서는 아주 가는 물줄기만 나올 뿐이었다.

하지만 소방관들은 화염이 자신들의 머리 위를 넘나드는 상황에서도 아랑곳하지 않고 건물들에 물을 계속 뿌렸다. 그리고 크로스 의사에게도 물을 뿌렸다. 그는 소방관들에게 두 번이나 소리를 친 다음에야 부상당한 소방관이 어디에 있는지를 알아낼 수 있었는데, 알고 보니 부상자가 세 명 더 있었다. 소방관 두 명은 연기를 마셔 의식이 없었고, 어린 소년은 두 손에 심한 화상을 입었다. 그들은 구급차 뒤에 네 명의 환자를 욱여넣었고, 세인 트바트 병원까지 가는 동안 비니는 의사의 무릎에 앉아야 했다.

병원으로 돌아가는 길은 훨씬 더 오래 걸렸다. 어느 길로 꺾어져도 모든 길이 무너진 벽돌이나 용솟음치는 화염 혹은 그 둘 다로 막혀 있었다. 세인 트바트 병원은 아예 희미하게조차도 보이지 않았다. 무럭무럭 피어나는 거 대한 연기가 하늘을 온통 뒤덮었다. 마침내 세인트바트 병원 앞까지 왔을 때, 지평선에는 이쪽 끝에서 저쪽 끝까지 연기가 거대한 붉은 벽처럼 펼쳐 졌다.

입구에는 환자들을 안으로 데려갈 사람이 아무도 없었다. 비니는 크로 스 의사의 무릎에서 잠이 들었다. 에일린은 크로스 의사에게서 내려오라고 비니를 가볍게 흔들었다. 의사를 안으로 보내 사람을 불러오기 위해서였다.

"나 깨어 있어요." 비니가 짜증 내며 중얼거리고는 졸고 있는 알프 옆으 로 가 다시 몸을 웅크렸다.

"출발해요!" 알프가 말하며 일어나 앉더니 졸린 듯이 눈을 비볐다. "의 사 선생님은 갔어요. 왜 세인트폴 대성당으로 가지 않는 건가요?"

"뒤에 환자 네 명이 타고 있으니까." 그리고 크로스 의사가 바퀴 달린 환 자 이송용 침대를 밀며 문에서 나왔다.

"아무도 안 보이네요." 의사가 말했다. "우리가 안으로 데려가야 합니다."

그들은 알프와 비니의 도움을 받아 어찌어찌 환자 네 명 모두를 바퀴 침대들에 싣고 병원으로 들어갔고, 끝없이 이어지는 미로 같은 복도를 지 나 병원 직원에게 환자들을 넘길 수 있는 곳으로 갔다.

입구에 아무도 없었던 건 당연했다. 모든 병실과 검사실은 환자들과 분 주히 오가는 간호사들과 온몸에 검댕이 묻은 구조대원들과 명령을 외치는 의사들과 지쳐 보이는 직원들로 가득했다. 공습 대비대 감시원에게 붕대를 감아주던 직원 한 명이 크로스 의사의 명령을 듣고 와서 에일린에게서 바 퀴 침대를 넘겨받았다. "뭐 하시는 거예요?" 그 직원이 물었다. "당신은 부 상당했어요. 앉으세요. 의사를 불러올게요."

왜 모두가 저 말을 하는 걸까? "저는 크로스 의사 선생님의 운전사예요."

"뭐 하시는 겁니까?" 크로스 의사가 직원에게 성마른 목소리로 말했다. "바퀴 침대를 잡아요." 그리고 에일린에게 말했다. "여기서 기다리세요."

에일린은 고개를 끄덕였고, 의사와 직원은 바퀴 침대를 밀고 양쪽으로 열리는 문을 통해 사라졌다. 그리고 돌연 에일린은 이곳을 떠나 세인트폴 대성당으로 갈 수 있는 자유의 몸이 되었다. 밖으로 나가는 중에 다른 의사에게 잡히지만 않는다면 말이다.

'과연 내가 대성당에 갈 수 있다면 말이야.' 에일린은 거대한 벽처럼 솟구치던 붉은 화마, 그리고 루드게이트힐 전체에 불이 났다는 감시원의 말을 떠올렸다. 그녀는 자기 옆에 지쳐 서 있는 알프와 비니를 보았다. '이 아이들을 데리고 그런 불길 속으로 다시 들어갈 수는 없어.' 에일린은 생각했다. 하지만 둘의 도움 없이 세인트폴 대성당을 찾아갈 자신이 없었다.

'그래도 혼자 가야만 해. 오늘 밤 이 아이들은 나 때문에 이미 너무 위험한 일들을 겪었어.' 그건 에일린이 이 아이들에게서 빠져나가야 한다는 뜻이었지만, 경험상 그건 불가능했다. 아이들을 앉으라고 설득할 수만 있다면, 어쩌면 아이들은 다시 잠이 들지도 몰랐다.

하지만 에일린이 앉으라고 말하자 비니가 말했다. "앉아요? 의사 선생님이 금방이라도 돌아올지 모르는데요."

"앉아." 알프가 비니의 손을 잡으며 말했다.

"잠깐만." 에일린이 말했다. "수간호사에게 우리가 대기실에 있겠다고 말하고 올게. 그래야 의사 선생님이 우리가 어디로 갔는지 찾지 못하지." 이 정도의 간교한 책략 정도는 제시해야 아이들이 기꺼이 따를 것이다.

"거기 가만히 있어." 에일린이 명령하고 재빨리 복도를 걸어갔다.

사실 에일린은 세인트폴 대성당은 고사하고 구급차조차 제대로 찾아갈 자신이 없었다. 아까 바퀴 침대를 밀고 들어올 때는 어느 길로 가고 있는지 신경 쓸 경황이 없었다. 그래도 서둘러야 했다. 그러지 않으면 알프와 비니는 에일린의 속셈을 알아차리고 앞질러 가 병원 밖에서 그녀를 기다릴 것이다.

에일린은 물어볼 사람이 없는지 찾아보았지만 소용없었다. 그러다 옆 복도로 들어가는 누군가를 보았다. 간호사는 아니었다. 그 여자는 모자를 쓰지 않았으며 남색 코트를 입고 있었다. '공습 대비대 감시원이야.' 에일린이 생각했다. 그 여자는 방금 환자를 데리고 들어왔을 가능성이 아주 컸다.

"여기요!" 에일린이 외쳤다. "응급실이 어느 쪽인지 알려주시겠어요?"

젊은 여자가 고개를 돌렸다. 머리는 바람에 날려 엉망이었고, 뺨과 이마에는 검댕이 묻어 있었다. '공습 대비대 감시원이 아니야.' 에일린이 생각했다. '환자야.'

"에일린! 오, 하느님, 감사합니다!" 젊은 여자가 소리치더니 에일린에게 달려오기 시작했다.

"폴리?"

폴리가 팔을 벌려 에일린을 껴안았다. "내가 너무 늦은 건 아닐까 무척 걱정했어. 여기까지 오는 데 너무 오래 걸렸어." 폴리는 거의 흐느끼며 말했다. "사방에 불이 났고, 나는 불길을 뚫고 갈 수가 없었어…. 그래서 결코 이 병원을 찾지 못할 줄 알았어…. 하지만 네가 여기에 있다니, 정말 다행이야!"

둘은 동시에 말했다. "날 어떻게 찾았어?" 에일린이 물었다. "난 네가 세인트폴 대성당에 있는 줄 알았어. 널 찾으러 막 떠나려던 참이었어. 마이크는 어디에 있어?"

폴리가 에일린에게서 떨어졌다. "여기에 너랑 같이 있는 거 아니야?"

"아니. 난…, 마이크랑 헤어졌어. 난 마이크가 세인트폴 대성당에 간 줄 알았어. 너랑 같이 있는 거 아니었어?"

"응. 마이크를 마지막으로 본 게 언제야?" 폴리는 말을 멈추더니 놀란 눈으로 에일린을 응시했다. "무슨 일이 있었던 거야? 다쳤어?"

"아니. 내가 여기 세인트바트 병원에 있어서 그래? 나는 구급차 운전에 징집되었고…."

"하지만 피를 흘리고 있는데."

"아니, 아니야." 에일린이 말하고 자기 몸을 내려다보았다. 코트 앞면 전체가 마른 피로 뒤덮여 있었다. 두 손 역시 피로 가득했다. 손등과 팔목을 따라 흐른 피는 소매 속까지 흘러들었다. 사람들이 에일린에게 다치지 않았는지 물었던 것도 당연한 일이었다.

"내 피가 아니야." 에일린이 말했다. "출혈이 있는 중위를 이송했거든. 압박 지혈을 해야 했어."

"그래서 내가 운전해야 했어요." 비니가 에일린 옆으로 튀어나오며 말했다.

"내가 길을 다 가르쳐줬잖아, 이 멍청아." 알프가 말했다. "내가 없었으면 넌 불에 타 죽었을 거야."

"안 그랬을 거야." 비니가 말했다.

"그랬을 거야." 알프가 몸을 돌려 에일린의 피 묻은 소매를 당겼다. "여기서 뭐 하는 거예요? 구급차는 이쪽이에요." 알프가 복도를 가리켰다. "그리고 이 누나는 누구예요?"

"내 친구인 폴리야. 마이크가 세인트폴 대성당으로 가지 않은 거 확실해?" 에일린이 폴리에게 물었다. "나에게는 그곳에 간다고 했어."

"마이크가 누구죠?" 비니가 물었다.

"쉿." 에일린이 말했다. "혹시 서로 못 보고 지나친 건 아닐까?"

"응…. 모르겠어. 내가 지붕으로 올라간 사이에 왔을 수도 있어…."

"아니면 나를 찾으러 블랙프라이어스역으로 돌아갔을 수도 있고." 에일린이 말했다. "나보고 거기서 자기를 기다리라고 했거든. 우리랑 가자. 우리에게는 차가 있어. 세인트폴 대성당에 먼저 갈 거야. 마이크가 바솔로뮤 씨랑 이야기해서 강…."

"바솔로뮤 씨가 누군가요?" 알프가 물었다.

"쉿." 에일린이 말했다. "마이크는 자기가 어디로 갈 건지 바솔로뮤 씨에게 말했을 거야. 그리고 그러지 않았다면 우리가 바솔로뮤 씨에게 말해서 세인트폴 대성당과 필그림 스트리트 사이를 찾아보라고 말하면 돼. 거기에서 우리가 헤어졌으니까. 그리고 우리는 블랙프라이어스역으로 가서…."

"아니." 폴리가 말했다. "바솔로뮤 씨는 이곳에 있어!"

"이곳에?"

"응. 이 병원에."

"오, 어, 그럼 일이 간단하잖아. 바솔로뮤 씨는 세인트폴 대성당으로 돌아가 마이크를 만날 수 있고, 우리는 블랙프라이어….."

"일이 그렇게 쉽지가 않아." 폴리가 말했다. "나는 바솔로뮤 씨를 찾으러 여기에 왔지만, 정확히 어디에 있는지는 몰라. 직원들에게 물어봐도 아무도 답을 해주려 하지 않아. 여기 병원 어딘가에 있다는 건 알지만….."

에일린이 멍하니 폴리를 바라보았다. "아직 찾지 못한 거야?"

"응. 아슬아슬하게 놓쳤어. 대성당에서 화재 감시원을 만났는데, 그 사람 말로는 병원에 갔대. 부상당한 사람을 데리고 이곳으로 왔댔어. 그래서 나도 온 건데, 오는 데 정말로 오래 걸렸고….."

"바솔로뮤 씨가 여기에 왔다고? 언제?"

"확실히는 모르겠어." 폴리가 말했다. "11시 조금 전일 거야."

에일린이 환자를 수송하는 내내 존 바솔로뮤는 세인트바트 병원에 있었다. 만약 에일린이 그걸 알았더라면. "다쳤다는 화재 감시원 이름이 뭐야?" 에일린이 물었다.

폴리는 괴로운 표정을 지었다. "몰라. 물어봤어야 하는데, 서두르면 따라잡을 수 있을 거라는 생각에 그만….."

"괜찮아. 나는 바솔로뮤 씨가 어떻게 생겼는지 알고, 뭘 입었는지도 알아. 아까 저녁 일찍 바솔로뮤 씨를 봤어. 평상복에 코트를 입고 목도리를 했어. 우리는 병실을 하나하나 살펴보면서….."

"바솔로뮤 씨를 봤어?" 폴리가 말했다. "어디서?"

"블랙프라이어스역에서. 바솔로뮤 씨는….."

"왜 미리 말하지 않았어?" 폴리가 열을 내며 말했다. "만약 네가 존 바솔로뮤에게 우리에 대해 말했으면…, 강하가 어딘지 바솔로뮤 씨가 네게 알려줬어?"

"강하요?" 비니가 경계하는 목소리로 물었다.

알프가 끼어들었다. "교수형에 처할 때 떨어지는 그런 거요?"

"말을 할 기회가 전혀 없었어." 에일린이 말했다. "내가 지하철 플랫폼에 있는데 바솔로뮤 씨가 달려 지나갔고, 그래서 따라잡으려 했지만….”

“알프가 중간에 언니를 잡아 방해했죠.” 비니가 말했다.

“난 안 그랬어.” 알프가 분개하며 대답했다. “에일린 누나를 막은 건 역무원이었어.”

“둘 다 쉿.” 에일린이 말했다. “바솔로뮤 씨를 쫓아가려 했는데 폭탄에 다친 사람 둘을 병원으로 운전해주라고 징발을 당해서….”

“우리는 밤새도록 사람들을 구했어요.” 알프가 말했다.

“이번에 옮겨온 사람만 빼고요. 그 사람은 죽었어요.” 비니가 덧붙여 말했다. “우리가 너무 늦게 도착했거든요.”

“너무 늦었다고….” 폴리가 중얼거렸다.

“걱정하지 마.” 에일린이 폴리에게 말했다. “우리는 바솔로뮤 씨를 찾아낼 거야. 바솔로뮤 씨가 데려온 환자가 어떤 부상을 입었는지 알아? 화상? 뼈가 부러졌어? 내상?”

만약 내상이라면 수술받고 있겠지만, 폴리는 알지 못했다. “내가 아는 건 사람들이 지붕에서 그 사람을 들것에 싣고 내려왔다는 것뿐이야.”

“사람들? 바솔로뮤 씨 말고 다른 화재 감시원도 있었어?”

“응. 다른 한 명은 험프리스 씨였어. 나이 들고, 대머리야.”

“좋아.” 에일린이 말했다. “너는 험프리스 씨가 어떻게 생겼는지 알고, 나는 바솔로뮤 씨가 어떻게 생겼는지 알아.”

“내가 둘을 찾아볼게요.” 알프가 말했고, 달려가기 시작했다. 에일린은 알프의 목덜미를 잡았고, 비니의 장식띠도 잡았다.

“왜 그러는데요?” 알프가 분개해 따졌다. “내가 에일린 누나보다 더 빨리 찾을 수 있어요. 나는 찾는 걸 잘한단 말이에요.”

“네가 그렇다는 건 나도 알아.” 에일린이 말했다. “하지만 우리가 계획을 세우기 전에는 너희 둘 다 어디에도 가면 안 돼. 바솔로뮤 씨는 키가 크고 머리색이 진한 갈색이야. 험프리스 씨는 키가 어느 정도 돼, 폴리?”

“나보다 작아.” 폴리가 말했다. “바솔로뮤 씨가 옷을 갈아입을 시간이 없었다면 둘 다 위아래가 붙은 파란 작업복에 양철 헬멧 차림일 거야. 만약 옷을 갈아입었다면….”

“평상복에 코트 차림일 거고.” 에일린이 말했다. “너랑 비니는 대기실을 확인해봐. 나는 크로스 의사 선생님에게 가서….”

“만약 의사 선생님이 누나를 또 다른 곳으로 운전하게 시키면 어쩌고요?” 비니가 물었다.

비니 말이 맞았다. “그러면 수간호사에게 물어볼게. 폴리, 너는 입원 수속 간호사에게 환자에 대해 설명하고 그런 환자가 있는지 알아봐. 그런 뒤에 여기서 다시 만나. 알프, 비니, 만약 험프리스 씨를 찾으면 바솔로뮤 씨가 어디에 있는지 물어보고, 우리가….”

“바솔로뮤 씨를 찾고 있다고 말할게요.” 알프가 말을 대신 마쳤다.

폴리는 에일린을 재빨리 바라보았다.

“아니.” 에일린이 말했다. “그 사람은 우리가 누군지 몰라. 옥스퍼드에서 온 사람이 꼭 만나봐야 한댔다고 전해줘.”

“누나는 옥스퍼드에서 오지 않았잖아요.” 알프가 말했다. “누나는 백베리에서 왔잖아요.”

“그 아저씨는 어떻게 누나가 누군지를 모를 수가 있지요?” 비니가 물었다.

“나중에 설명해줄게. 만약 그 아저씨가 너랑 같이 오려 하지 않으면, 그냥 그곳에 있으라고 말하고 우리를 데리러 와줘.”

“만약 우리가 병원 밖으로 쫓겨나게 되면요?” 알프가 물었다.

호드빈 남매가 그렇게 될 가능성은 차고도 남았다. “구급차를 대는 응급실 문으로 가서 우리를 기다려.” 에일린이 말했다.

“만약 그 아저씨가 의식이 없어서 우리가 말을 전할 수 없으면요?” 알프가 물었다.

“우리는 다친 사람을 찾는 게 아니야, 이 바보야.” 비니가 말했다. “우리는 다친 사람을 이리로 데려온 사람을 찾는 거야. 그렇죠, 에일린 언니?”

“맞아.” 에일린이 말했고, 알프는 고개를 끄덕이고는 아무도 없는 복도를 쏜살같이 달려갔다.

비니는 알프 뒤를 따라가다가 멈췄다. “수간호사를 찾겠다며 우리보고 대기실에서 기다리게 해놓고 우리를 두고 떠나려고 했던 것처럼 이번에도 그러려는 거 아니죠?"

호드빈 남매를 속이려 들었다니, 에일린이야말로 바보였다. "아니야."

"맹세해요?"

"맹세해." 에일린이 말했다.

비니는 복도를 달려갔다. "쟤들이 바로 그 유명한 호드빈 남매라는 거지." 그 둘을 바라보며 폴리가 말했다.

"맞아. 그리고 만약 바솔로뮤 씨를 찾을 수 있는 사람이 있다면, 그건 바로 쟤네들이야."

에일린은 폴리를 데리고 크로스 의사가 기다리라고 했던 곳으로 간 뒤 말했다. "안에 있는 사람이 접수 데스크가 어딘지 네게 알려줄 수 있을 거야. 그리고 구급차를 대는 입구도." 그리고 에일린은 서둘러 위층으로 올라갔다.

에일린은 병원의 분주함과 혼란함을 틈타 아무도 눈치채지 못하게 병실로 들어갈 수 있기를 바랐지만, 수간호사가 그녀를 막았다. "여기에는 아무도 들어갈 수 없습니다. 당신은 다쳤네요. 보조!" 수간호사가 외쳤다. 그녀는 에일린의 팔을 잡고 의자로 데려가려 했다. "어디서 피가 나죠?"

"이건 제 피가 아니에요." 에일린은 코트를 벗지 않은 걸 후회하며 말했다. "저는 크로스 의사 선생님의 운전사예요. 그분이 여기 오늘 밤에 입원한 환자에 대해 알아 오라고 보내신 거예요. 세인트폴 대성당의 화재 감시원이에요."

"남자 병동은 3층과 4층에 있습니다."

"고맙습니다." 에일린이 말하고 계단을 달려 올라갔고, 계단참에서 멈춰 코트를 벗어 난간에 걸쳐놓은 뒤 손수건에 침을 뱉어 손목과 손에 말라붙은 피를 심한 곳만 대충 닦은 뒤 계속 올라갔다.

3층에는 수간호사가 없었지만, 첫 번째 병실에 들어가려 할 때 그곳에서 간호사가 나왔다. 에일린은 좀 전의 이야기를 되풀이했다. "어디를 다친 환자인가요?" 간호사가 물었다.

"크로스 선생님은 말씀 안 해주셨어요." 에일린이 말했다. "다른 화재 감시원 둘이 데리고 왔어요. 바솔로뮤 씨와 험프리스 씨요." 에일린이 둘의 생김새를 설명했다.

간호사는 고개를 저었다. "그 두 분은 병실에 있지 않을 거예요. 병실에는 환자 말고는 있을 수 없어요." 하지만 에일린은 혹시라도 바솔로뮤 씨가 어디에 있는지 알지도 모른다는 희망에 각 병실 밖의 간호사들에게 길게 사정 설명을 한 뒤에 4층으로 올라갔다. 그러느라 오랜 시간이 흘렀고, 에일린은 자신이 여전히 구급차에 있으면서 툭하면 막힌 길들과 씨름하고 끝없이 우회해야 하는 상황에 있는 것만 같은 느낌이 들었다.

바솔로뮤 씨나 험프리스 씨의 흔적은 보이지 않았다. 알프나 비니도 마찬가지였다. '벌써 병원 밖으로 내쫓겼나 보네.' 에일린이 생각했지만, 수속실로 내려갈 때 둘이 모퉁이를 도는 모습을 얼핏 본 듯했다.

폴리 역시 아무 소득이 없었다. "입원 수속 간호사가 응급실에 뭔가 아는 사람이 없는지 알아보러 갔어." 폴리가 말했다. "하지만 돌아오지를 않네. 갔다가 붙잡혀서 환자들을 보살피고 있지 싶어."

'내가 구급차를 운전하게 되었을 때처럼 말이지.' 에일린이 생각했다. "환자 명단에 그 화재 감시원이 없어?"

"응."

"이곳으로 옮겨진 게 확실해?"

"응." 폴리가 말했지만, 이어서 자신 없는 표정을 지었다. "나랑 이야기한 화재 감시원은 그 사람들이 이곳으로 왔다고 했어. 하지만 만약 길이 막혔으면 가이스 병원으로 갔을 수도 있어."

"아니, 그곳은 불이 났어. 그 병원에 있는 사람들은 다 나가야 했어."

"그러면 그곳 환자들은 어디로 갔는데?"

"모르겠어." 에일린이 말했다. 그리고 만약 그 화재 감시원들이 다른 병원으로 갔다면, 그들은 바솔로뮤 씨를 만나지 못할 것이다. 에일린이 타운센드 브라더스 백화점으로 갔던 날 폴리가 백베리로 가는 바람에 서로 만나지 못했던 것처럼 말이다. "그 사람들이 아직 이곳에 도착하지 않았을 수도 있어." 에일린이 말했다. "길이 여기저기 막혔기 때문에 걸어서 온 네가 더 일찍 도착했을 수도 있어. 나는 가서 구급차를 대는 입구를 확인해볼게."

'찾을 수 있다면 말이지.' 에일린이 속으로 덧붙였고, 그곳을 찾아 떠났지만, 복도를 반도 가기 전에 폴리에게 불려 돌아왔다.

응급실에 갔던 간호사가 돌아온 것이다. "당신이 찾는 환자를 발견했어요." 간호사가 말했다. "랭비 씨예요."

"그분은 어디에 있나요?" 폴리가 물었다.

"수술받고 방금 위층으로 옮겼어요."

에일린과 폴리는 위층으로 가려 했지만, 간호사가 재빨리 그 앞을 막았다. "회복실에는 아무도 들어갈 수 없습니다. 원하시면 대기실에서 기다리셔도 됩니다."

"그 환자를 데리고 온 남자 둘이 있어요." 폴리가 말했다. "화재 감시원들이에요. 그 둘이 어디에 있는지 아시나요?"

그리고 간호사가 망설이는 듯하자 에일린이 덧붙였다. "크로스 의사 선생님이 찾아오라고 저를 보내셨어요. 저는 그분 운전사예요."

"아." 간호사가 말했다. "그러시군요. 알아보고 올게요."

"한 명은 나이가 지긋하고 다른 한 명은 키가 크고 진한 갈색 머리예요." 에일린이 간호사 뒤에서 외쳤고, 무슨 옷을 입었을지 자기 추측을 말했다.

"자, 이제 그 간호사가 알아보러 갔다가 크로스 의사와 만나지 않기를 빌자." 에일린이 폴리에게 말했다.

비니가 불쑥 나타났다. "병실을 다 다녀봤는데, 없어요. 다른 데도 가볼까요?"

"아니, 간호사가 돌아올 때까지 여기서 기다려." 에일린이 말했다. 만약 간호사가 아무 정보도 알아 오지 못하면 그들은 비니를 수술실로 보내야 했다. "알프는 어딨니?"

"몰라요." 비니가 말했다. "나랑 알프는 갈라졌어요. 알프를 찾아와요?"

"아니." 에일린은 비니가 제 맘대로 가지 못하도록 비니를 꽉 잡았다.

간호사가 돌아왔다. "랭비 씨를 싣고 온 구급차 운전사와 이야기했어요. 그 여자 말에 따르면 랭비 씨와 함께 온 화재 감시원은 한 명뿐이래요. 바솔로뮤 씨라네요. 그리고 그분은 랭비 씨가 병원에 안전하게 도착하자마자 떠났답니다."

"떠나요?" 폴리는 마치 발로 배를 걷어차인 듯한 표정으로 말했다.

"어디로 떠나요?" 비니가 말했고, 간호사는 갑자기 비니의 존재를 깨달은 듯했다.

"아이들은 이곳에 있으면…." 간호사가 입을 열었다.

"어디로 떠났나요?" 에일린이 끼어들었다. "크로스 의사 선생님이 중요한 일로 그분이랑 즉시 만나야 해요. 언제 떠났나요?"

"1시간이 넘었어요." 간호사가 말했다. "이 아이를 데리고 대기실로 가셔야 합니다."

"이 아이는 크로스 의사 선생님 조카예요." 에일린이 말했다. "저는 가서 크로스 선생님을 만나야 해요."

에일린은 비니의 팔을 놓고 폴리의 팔을 잡고 복도 쪽으로 밀고 갔다. "걱정하지 마. 우리는 아직 바솔로뮤 씨를 찾을 수 있어. 우리는 세인트폴 대성당으로 차를 타고 갈 거야." 에일린이 말했다. "비니…." 하지만 비니는 사라지고 없었다.

보조 의료요원이 화난 표정으로 그들 쪽으로 오고 있었다. 비니가 사라진 이유가 짐작이 갔다. 에일린은 그가 사라지자마자 비니가 다시 나타날 거라 생각했지만, 비니는 그러지 않았다.

'잘됐어.' 에일린은 폴리를 이끌고 미로 같은 복도를 다니며 이게 올바른 방향이라 알려줄, 뭐든 눈에 익은 것이 없는지 열심히 찾았고, 그러면서 생각했다. 알프와 비니를 데리고 갈 수는 없는 노릇이었고, 그러니 이렇게 헤어져 다행이었다. 더 이상 여기 남아 있으라고 애들과 입씨름하느라 시간을 낭비할 필요가 없었다.

하지만 얼마 안 있어 알프가 불쑥 나타나 말했다. "구급차를 찾는 거면 엉뚱한 곳으로 가고 있어요."

"누나는 어딨니?" 에일린이 물었다.

알프는 어깨를 으쓱해 보였다. "몰라요. 우리는 갈라졌어요. 누나 코트는 어디에 있어요?"

"벗었어. 우리에게 길을 알려줘."

"따라와요." 알프가 말하고 에일린과 폴리를 이끌고 재빨리 그리고 능숙하게 조제실로 갔다.

애거사 크리스티는 그곳에 없었다. 에일린은 지난번에 일어난 일을 고려할 때 차라리 다행이다 싶었다. 하지만 동시에 이제 그 여자가 애거사 크리스티인 걸 알았으니 다시 한번 보고 싶다는 생각도 들었다. '봐서 어쩔 건데? 내가 그 여자 소설들을 아주 좋아한다고 말하려고? 런던은 불구덩이가 되었고, 나는 세인트폴 대성당에 가야 해.' 에일린은 응급실 문을 밀고 밖으로 나갔다.

구급차는 그곳에 없었다.

당연했다. 사상자가 수백 명이었고, 가이스 병원의 구급차들은 출동할 수 없었다. '알프처럼 열쇠를 빼서 가지고 있어야 했는데.' 크게 실망한 에일린은 구급차가 있었던 텅 빈 자리를 바라보며 생각했다.

폴리는 하늘을 응시하고 있었다. 벽처럼 드리운 연기는 여전했지만, 붉었던 색은 분홍기가 도는 진회색으로 옅어졌으며, 그 장막 위로 드리워진 하늘은 더 창백한 회색기가 돌기 시작했다. "거의 아침이 됐어." 폴리가 말했다. "시간 안에 절대로 만나지 못할 거야."

"아니, 그렇지 않아." 에일린이 단호히 말했다. "저건 화재의 불빛이 구름에 반사된 거야."

폴리가 고개를 저었다. "'그건 종달새야.'"[18]

"그렇지 않아. 저건 단지…." 에일린은 시간을 확인하기 위해 손목을 들어 시계를 보았지만, 너무 어두워 시곗바늘이 보이지 않았다. "아직 시간이 있으니 바솔로뮤 씨가 떠나기 전에 대성당까지 가면 돼." 에일린이 말했지

<hr>

18 셰익스피어, 《로미오와 줄리엣》

만 어떻게 하면 그럴 수 있을지 자신도 알지 못했다. 지하철은 6시 30분이 되어야 운행을 시작했고, 설사 블랙프라이어스역에 갈 수 있다 할지라도 그다음엔 루드게이트힐을 올라야만 했다.

폴리는 여전히 멍하니 하늘만 응시하고 있었다. "우리는 바솔로뮤 씨를 찾지 못할 거야." 그녀는 마치 혼잣말하듯 중얼거렸다. "우리는 너무 늦을 거야."

"알프." 에일린이 말했다. "우리가 택시를 잡을 수 있을까?"

"택시요?" 알프가 말했다. "왜 택시를 타려고요?"

'묻는 말에나 좀 대답하렴.' "지금 당장 세인트폴 대성당에 가야 해. 응급 상황이야."

"왜 구급차를 안 타고요?" 알프가 말했고, 그때 비니가 구급차를 몰고 병원 모퉁이를 돌아 나타났다.

비니가 창문 밖으로 몸을 내밀었다. "다른 사람이 가져가지 못하게 숨겨 놓는 게 나을 거라 생각했어요."

알프는 조수석 문을 열고 안으로 들어가 창문을 내렸다. "뭐 해요?" 알프가 말했다. "안 갈 거예요?"

34

아침이면 저것은 저 자리에 없을 겁니다.

— 소방관, 불길에 에워싸인 세인트폴 대성당을 보며,
1940년 12월 29일

세인트바솔로뮤 병원, 1940년 12월 30일

마이크는 머리가 쪼개질 듯한 두통을 느끼며 깨어났고, 이마에 손을 대려 하자 팔을 따라 불이 붙은 듯한 고통이 느껴졌다.

마이크는 눈을 떴다. 팔에는 붕대가 감겨 있었고, 몸은 어둑한 병실의 하얀 쇠침대에 누워 있었다. 마이크는 고개를 돌려 옆 침대에 누워 잠자는 환자를 보았다. 그 환자는 포드햄이었다. 그는 여전히 팔이 줄에 매달려 있었다. "이런, 맙소사." 마이크는 일어나려 하며 말했다. "내가 어떻게 여기에 온 거지?"

"쉿." 머리쓰개를 한 예쁜 간호사(카모디 간호사가 아니었다)가 말하며 마이크를 밀어 다시 누이고 담요를 덮어주었다. "누워 계세요. 다치셨어요. 여기는 병원이에요. 쉬세요."

"제가 어떻게 오핑턴 병원에 온 거죠?" 마이크가 물었다.

"오핑턴이라고요?" 간호사가 말했다. "환자분은 머리를 부딪히셨어요. 여기는 세인트바트 병원이고요."

세인트바트 병원. 다행이었다. 마이크는 여전히 런던에 있었다. 분명 그는…, 하지만 포드햄이 여기서 뭘 하는 거지? 마이크는 옆의 환자를 살폈고, 자세히 보니 그는 포드햄이 아니었다. 그 환자는 10대 소년이었다.

“지금 몇 시인가요?” 마이크가 물으며 창밖을 살폈지만, 모래주머니들이 쌓여 있는 탓에 밖이 전혀 보이지 않았다.

“그건 맘 쓰지 마세요. 아침 식사 하시겠어요?”

‘아침 식사?’ 이런 맙소사, 마이크는 밤새 정신을 잃었던 것이다.

“쉬셔야 해요.” 간호사가 말하고 있었다. “뇌진탕이에요.”

“뇌진탕요?” 마이크는 머리를 만져보았다. 왼쪽에 아픈 혹이 나 있었다.

“네. 불이 붙은 벽이 환자분 위로 무너졌어요.” 간호사가 말하며 체온계를 꺼냈다. “아주 운이 좋으셨어요. 팔에 화상을 입었지만, 더 심하게 다칠 수도 있었거든요.”

‘맙소사.’ 마이크는 생각했다. ‘존 바솔로뮤를 찾으러 다녀야 했는데, 밤새 정신을 잃고 있었다니.’

“벽이 무너졌을 때 플리트 스트리트에서 소방관 여덟 명이 목숨을 잃었어요.” 간호사가 말했다.

마이크는 일어나 앉으려 했다. “저는 나가봐야….”

간호사는 마이크를 밀어 다시 눕혔다. “아무 데도 가시면 안 돼요.” 간호사는 카모디 간호사와 똑같은 어투로 말했다.

무시무시한 생각이 마이크의 머리를 스치고 지났다. 오핑턴 병원에서처럼 여기에서도 몇 주 동안 입원해 있었던 거라면? “오늘이 어떻게 되죠?”

“요일요?” 간호사가 걱정하는 표정으로 말했다. “의사 선생님을 모셔 올게요.” 간호사는 체온계를 주머니에 넣고 서둘러 나갔다.

이런, 맙소사. 몇 주가 지난 게 분명했다. 마이크는 강하를 놓쳤다.

‘아니, 에일린과 폴리가 나 없이 갔을 리가 없어.’ 마이크는 생각했다. ‘존 바솔로뮤를 기다리게 했을 거야.’ 아니면 마이크를 구하기 위해 구조팀을 보냈거나.

하지만 그들은 마이크가 어디에 있는지 알지 못했다. 설사 병원을 찾을 생각을 한다 할지라도, 간호사는 마이크가 소방관이라고 생각할 게 분명했으며….

"오늘이 무슨 요일이냐고 물으셨죠." 옆 침대의 아이가 말했다. "월요일 이에요."

"아니, 날짜요." 마이크가 말했다.

아이는 간호사가 지었던 것과 같은 표정을 지었다. "12월 30일요."

안도감이 밀려들었다. "몇 시인가요?"

"모르겠어요." 소년이 말했다. "하지만 이른 시각이에요. 아직 아침 식 사를 주지 않았거든요."

만약 세인트바트 병원이 오핑턴 병원과 비슷하다면, 아침 식사는 동틀 무렵에 제공되고, 그건 아직 시간이 있다는 뜻이었다. 하지만 많지는 않았 다. 간호사는 금방이라도 의사를 데리고 돌아올 것이다.

마이크는 어지러운지 확인하며 조심스레 일어나 앉았다. 머리가 쪼개질 것 같았지만, 일어날 수 없을 정도로 심각하지는 않았고, 고통이 잦아들 때 까지 기다릴 시간이 없었다. 마이크는 침대 옆으로 다리를 내렸다.

"뭐 하는 거예요?" 아이가 놀라 물었다. "어디 가는 거죠?"

"세인트폴 대성당으로요."

"세인트폴 대성당이라고요?" 아이가 말했다. "그 근처에도 못 갈걸요. 소 방대가 시도했어요. 하지만 크리드 레인보다 더 가까이는 갈 수 없었어요."

"당신은 소방관인가요?" 마이크가 물었다. 아이는 아무리 봐도 열다섯 살이 안 되어 보였다.

"네. 레드크로스 스트리트 소방대요." 소년이 자랑스레 말했다. "아무튼 세인트폴 대성당에는 절대로 가실 수 없어요. 제가 여기로 이송될 때도 비 숍스게이트까지 에둘러 와야 했거든요."

"그래도 가야만 합니다." 마이크가 일어났고, 머리가 핑 돌았다. "간호 사가 제 옷을 어디에 뒀는지 알아요?"

"하지만 그냥 옷을 입고 여기서 나갈 수는 없어요." 아이가 강경하게 말 했다. "의사가 퇴원하라고 허락을 안 했잖아요."

"제가 허락합니다." 마이크가 말하고 협탁 서랍을 거칠게 열었다.

옷은 그곳에 없었다. "간호사가 제 옷을 어디에 뒀는지 아느냐니까요?"

아이는 고개를 저었다. "제가 여기에 왔을 때 당신은 이미 이곳에 와 있었어요." 아이가 말했다. "그리고 간호사가 하는 말을 들었잖아요. 뇌진탕이라니까요. 간호사가 돌아올 때까지 기다렸다가 간호사에게…."

간호사에게 뭘 어쩌라고? 걱정하지 말라는 소리나 들으라고? 수간호사에게 물어보겠다고 말하고 몇 시간 동안 사라지는 걸 보고만 있으라고? 병원에서 마이크를 퇴원시키려면 며칠은 걸릴 것이다.

"아니면 적어도 의사가 와서 검진할 때까지만이라도 기다리세요." 아이가 말하며 침대들 사이 협탁에 있는 종을 훔쳐보았다.

마이크는 종을 낚아채 자기 베개 아래에 넣었다. "간호사가 당신 옷을 어디에 두었는지는 알아요?"

"저기 옷장에 있어요." 아이가 금속 캐비닛을 가리키며 말했다. "하지만 아무리 생각해도 지금 나간다는 건…."

"저는 말짱합니다." 마이크가 말하고 절룩이며 캐비닛으로 갔다. 맨 위 선반에 깔끔하게 개켜진 마이크의 옷이 있었고, 옷 밑에 신발이 있었다. 마이크는 한 눈으로 병실 문을 주시하며 바지를 입었다. 지금 당장에라도 간호사가 의사를 데리고 돌아올 것이다. 붕대 감은 팔을 소매에 끼울 때 통증 때문에 자신도 모르게 움찔했지만, 마이크는 참으려 애썼다. "여기서 가장 가까운 지하철역이 어딘가요?"

"캐넌 스트리트역요." 아이가 말했다. "하지만 지하철이 다닐지 모르겠네요. 워털루와 런던 브리지역 모두 지난밤에 폭격당했거든요."

"블랙프라이어스역은요?" 마이크가 셔츠 단추를 채우고 끝자락을 바지 안으로 넣으며 물었다. "그곳도 폭격당했나요?"

"모르겠어요. 시티의 그 지역 전체가 아주 심하게 파괴되었어요."

'파괴.' 마이크는 맨발로 신을 신고 양말과 넥타이는 바지 주머니에 넣었다. "제 코트를 어디에 두었는지 알아요?"

"아니요. 아무리 봐도 당신은 아직 머리가 맑지…."

코트를 찾을 시간이 없었다. 간호사는 이미 마이크의 예상보다 오래 나가 있었다. 마이크는 재킷을 입으며 고통에 투덜거렸고, 절룩이며 재빨리 문으로 가서 문 한쪽을 살짝 열었다. 복도 저쪽 끝에서 간호사 두 명이 이야기하고 있었지만, 수간호사 책상에는 아무도 없었고, 세 번째 간호사는 다른 쪽 복도 저편에 있었다. 그 복도에는 옆으로 빠지는 또 다른 복도가 보였다.

'나는 환자처럼 보이지 않아.' 마이크가 생각하며 혹시 붕대가 보이지 않는지 소매를 힐끗 보고는 머리를 단정히 가다듬었다.

'절룩이면 안 돼.' 마이크가 다짐했고 왼쪽 문을 밀어 열었다.

간호사들이 잠깐 마이크 쪽을 보더니 다시 대화로 돌아갔다. 마이크는 다친 발에 무게가 실릴 때는 움찔거리지 않으려 애쓰며 빠르게, 하지만 너무 빠르지는 않게 복도를 걸어갔다.

"밤새 정말 눈코 뜰 새가 없었어." 간호사 한 명이 말하는 소리가 들렸다. "가이스 병원에서 이송된 환자들이랑 소방관들이 잔뜩 왔거든. 그리고 겨우 상황이 진정되었다 싶었을 때 아주 못된 아이들 둘이 병실들을 뛰어다니면서…."

마이크는 옆으로 빠지는 또 다른 복도까지 오자 모퉁이를 돌며 그곳이 텅 비었기를, 그리고 병원 밖으로 연결되길 빌었다. 마이크의 소원은 다행히 이루어졌지만, 밖에는 비가 오고 있었다. 이슬비가 어찌나 얼음처럼 찬지 마이크는 안으로 들어가 레인코트를 찾아올까 고민했다. 특히나 그가 나와 있는 곳은 병원 뒤쪽의 정원처럼 보였기 때문에 더욱 고민이 되었다. 그곳에서 거리로 나갈 수 있을지조차 의심스러웠다.

"아니요, 의사 선생님." 마이크는 뒤에서 누군가가 말하는 소리를 들었다.

마이크는 정원을 가로질러 덤불을 헤치고 나왔다. 그러자 병원의 정면이 나왔다. 마이크는 병원 앞까지 오면 세인트폴 대성당을 볼 수 있기를, 그래서 어느 쪽으로 가면 될지 방향을 가늠할 수 있기를 바랐지만, 낮게 깔린 연기와 분홍빛 도는 회색 구름들이 사방 건물에 걸려 있는 탓에 템스강을 비롯해 알아볼 만한 이정표는 하나도 보이지 않았다. 화재 역시 아무 도움이 되지 않았다. 어디를 보아도 온통 화염이 이글거렸다.

길을 물어볼 만한 보행자 역시 한 명도 보이지 않았다. 보이는 사람이라고는 병원 문 앞에 서 있는 빨간 코트 차림의 직원뿐이었다. 그는 하얀 장갑 낀 두 손을 뒤로 쥐고 있었다. 마이크는 그건 좋은 신호라고 생각했다. 적어도 의사와 간호사들이 그를 에워싸고 혹시 탈출한 환자를 못 봤느냐고 묻고 있지는 않았다. 하지만 만약 마이크가 "세인트폴 대성당은 어느 쪽입니까?"라고 물으면 직원 스스로 그런 결론을 내릴 수도 있었다. 그렇다고 혼자서 이리저리 헤매며 방향을 알아낼 시간은 없었다….

"태워드릴까요?" 뒤에서 목소리가 들렸고, 놀랍게도 택시가 보도 옆에 서더니 창밖으로 택시 운전사가 고개를 내밀었다. "어디로 가십니까?"

마이크는 에일린을 데리러 블랙프라이어스역으로 먼저 가지고 해야 할지 잠시 망설였다. 하지만 에일린은 그곳에 없을 수도 있었다. 비록 그곳에서 자신을 기다리라고 에일린에게 말해두긴 했지만, 만약 공습경보해제 사이렌이 울렸으면 에일린은 세인트폴 대성당으로 향했을 수도 있었다. "공습경보가 해제되었나요?" 마이크가 물었다.

"몇 시간 전에요." 택시 운전사가 말했다. "다행이지요. 만약 독일군이 밤새 폭격했으면 이 병원도 멀쩡하지 못했을 겁니다. 자, 어디로 모실까요?"

세인트폴 대성당으로 가야겠다고 마이크는 결심했다. 만약 에일린이 그곳에 없다면 바솔로뮤 씨에게서 강하 지점이 어딘지 알아낸 뒤 블랙프라이어스역으로 가서 에일린을 데려오면 된다.

하지만 목적지는 택시에 타고 난 뒤에 말하는 게 나을 듯했다. 타기 전에 말했다가 운전사가 '미안합니다, 손님. 거기는 너무 엉망이라 갈 수가 없습니다.'라고 말하고 떠나버리면 실로 곤란할 것이었다. 그리고 목적지를 말할 때도 거기에 갈 수 있냐고 묻지 말고 그냥 가자고 해야 할 듯했다.

마이크는 뒤에 탔고, 문을 닫고 택시가 출발할 때까지 기다렸다가 몸을 앞으로 숙이고 말했다. "세인트폴 대성당으로 가주세요."

"미국인이시군요." 택시 운전사가 말했다.

"네."

이제 운전사는 미국이 참전할 것인지 아닌지를 물을 것이고, 마이크는 너무나도 피곤해서 1940년 12월에는 뭐라고 답을 해야 맞는지 판단이 되지 않았다. 하지만 택시 운전사는 이렇게만 말했다. "그렇다면야, 어디든 원하는 곳으로 모셔야지요."

'그렇게 할 수 있다면 말이겠지요.' 마이크가 생각했다.

"세인트폴 대성당이라고 하셨죠? 좀 걸릴 겁니다. 오늘 아침은 거리 대부분이 막혔거든요. 하지만 제가 아는 길이 있죠. 그 길로 해서 모셔다드리지요. 대성당 정문 바로 앞까지 모셔다드리겠습니다."

"고맙습니다." 마이크가 말했다. 그는 깊이 숨을 들이마셨다. '아무리 늦어도 이제 겨우 6시 반 정도일 거야.' 마이크가 생각했다. '화재 감시원들은 7시까지 근무하고, 비록 폴리는 바솔로뮤 씨가 어떻게 생겼는지 모르지만 그래도 밤새 그를 찾아다녔어. 그리고 폴리가 만나 얘길 했을 테니 바솔로뮤 씨는 에일린과 날 기다려줄 거야.'

마이크는 몸을 뒤로 기대고 심하게 욱신거리는 팔을 안았다. 머리도 욱신거렸다. '상관없어. 옥스퍼드에 가면 둘 다 고칠 수 있으니까.'

"직접 보고 싶으신 모양이죠?" 택시 운전사가 마이크에게 말했다. "대성당이 그곳에 아직 있는지 두 눈으로 확인하고 싶은 거죠? 뭐라고 할 수는 없죠. 지난밤에는 저도 대성당이 파괴될 거라 생각했으니까요. 런던 전체가 그럴 거 같았지요."

운전사는 연기 자욱한 거리를 계속해 돌았다. "가이스 병원으로 가는 손님을 태웠습니다. 부상자들을 돌보러 가는 의사였어요. 그리고 임뱅크먼트 역을 지날 때 하늘은 마치 불이 붙은 것 같았는데, 너무나 밝아서 그 빛에 신문을 읽어도 될 정도였죠. 아주 기묘한 붉은색이었어요.

저는 가이스 병원이 없어졌을 거라고 그 의사에게 말했고, 만약 거기까지 갔는데 병원이 사라졌다면 그건 화재 탓일 거라고 해줬어요. 결국 저는 그 의사를 태우고 다시 런던 브리지를 건너 세인트바트 병원으로 가야 했죠. 거기로 데리고 간 게 다행이었어요. 그렇게 많은 부상자는 처음 봤습니다."

운전사는 거리를 살피기 위해 건널목에서 멈췄다. "뉴게이트는 막혔지만 알더게이트는 열렸을 수도 있습니다."

그렇지 않았다. 알더게이트에는 나무 바리케이드가 쳐졌다.

"칩사이드는 열렸습니까?" 바리케이드 옆에 선 경관에게 택시 운전사가 물었다.

"아니요. 이 지역은 런던탑까지 쭉 막혔습니다. 어디로 가시려고요?"

택시 운전사는 대답하지 않았다. "패링던은요?"

경관은 고개를 저었다. "아직 불을 다 잡지 못했어요. 시티 전체가 통행 불가입니다."

택시 운전사는 고개를 끄덕이고는 차를 돌렸다. "걱정하지 마십시오." 그가 마이크에게 말했다. "길 하나가 막혔다고 다른 길도 막혔다는 뜻은 아니니까. 안 그렇습니까? 목적지까지 모셔다드리겠습니다."

마이크는 택시 운전사 말이 맞기를 바랐다. 그들이 가려는 모든 길마다 통행 금지선이 쳐졌거나 아니면 무너진 건물의 벽돌 조각들로 막혀 있었다. 길 하나에는 중간에 커다란 구덩이가 파였고, 다음 길에는 휴대용 손 펌프 두 개와 구급차 한 대가 버려져 있었다. 마이크는 아무래도 걸어가야만 할 듯했고, 그건 양말을 신어야 한다는 뜻이었다. 마이크는 주머니에서 양말을 꺼내, 신을 벗고 양말을 신기 시작했다.

"대성당을 보고 싶다고 하셨죠?" 택시 운전사가 등 뒤로 마이크에게 외쳤다. "자, 저기 있네요."

마이크는 고개를 들었고, 세인트폴 대성당이 보였다. 그들이 지나가는 텅 빈 거리 위로 돔이 있었다. 그리고 돔 위의 둥그런 장식과 그 위의 황금색 십자가가 어두운 회색 하늘을 배경으로 뚜렷이 보였다.

"생채기 하나 안 났군요." 택시 운전사가 감탄하며 말했다. "히틀러가 그토록 용을 썼는데도 말이죠. 아름답지요?"

아름답다는 말은 맞았지만 적어도 3킬로미터는 떨어진 거리였다. 그들의 위치는 아마도 세인트바트 병원에 더 가까울 것이다. '더 멀어지기 전에 택시에서 내리는 게 낫겠어.' 마이크가 생각했지만 택시 운전사가 미로처럼 복잡한 길로 돌아가자 대성당은 사라졌고, 운전사가 방향을 바꾸고 모퉁이를 돌고 다시 돌아가고 후진을 하는 일이 어찌나 잦은지, 마이크는 대성당이 어느 방향에 있는지도 알 수가 없어졌다.

'운전사도 모를 거야.' 마이크가 생각하며 신발 끈을 묶고 재킷 단추를 재웠다. '이 사람은 그냥 차를 모는 거야. 그러는 동안 나는 점점 시간이 없어지고.'

"멈춰주세요." 마이크가 차 문에 손을 뻗으며 큰 소리로 말했다. "여기서부터는 걸어가겠습니다."

택시 운전사가 고개를 저었다. "비가 오고 있습니다. 그리고 코트도 안 입으셨잖습니까. 아니요, 저는 세인트폴 대성당 정문 앞까지 모셔다드리겠노라고 말했고, 그렇게 할 겁니다."

"아니, 진짜로요, 저는…."

하지만 택시 운전사는 좁은 골목으로 이미 들어선 다음이었다. 그는 양쪽의 시커먼 건물들을 보며 고개를 끄덕였다. "이제 근처입니다."

어쨌든 화재가 있던 곳 근처이기는 했다. 거리 전체가 완전히 파괴되었으며, 비가 오는데도 여전히 불이 타는 곳이 있었다. 마이크는 핀포인트 폭탄이 터진 뒤 런던의 모습을 찍은 비디오를 본 적이 있었는데, 이곳은 마치 그 비디오 속의 풍경 같았다. 그을린 목재들 너머로, 그다음 거리, 그리고 그다음 거리의 잔해가 보였지만, 세인트폴 대성당은 흔적도 보이지 않았다.

'우리는 바비칸에 있는 게 분명해.' 마이크가 생각했다. '아니면 무어게이트이거나.'

"자, 다 왔습니다." 택시 운전사는 여전히 연기가 피어오르는 창고 옆 인도에 차를 대며 말했다.

그리고 인도 바로 저편에 세인트폴 대성당의 안뜰이 있었고, 그 너머로 대성당의 기둥들이 들어선 서쪽 정면이 보였다. 마이크는 지갑을 꺼내려 재킷을 뒤적였다.

"모셔다드릴 거라고 말했잖습니까." 택시 운전사가 큰 소리로 으쓱댔다.

간호사가 지갑을 꺼내 치운 게 분명했다. 바지 주머니를 뒤지자 1실링과 2펜스 주화 하나가 나왔다. 아, 이런, 이제 겨우 몇백 미터를 남겨두고 이런 일이 일어나다니.

"지난밤 공습에서 지갑을 잃어버린 모양입니다." 마이크가 말을 더듬으며 다시 주머니를 뒤졌다. 신분증도 없었다. 배급 수첩 역시 없었다. 간호사들이 아마 안전하게 보관하기 위해 치워둔 게 분명했다. "제게 있는 건 이게 전부…."

"안 주셔도 됩니다, 손님." 택시 운전사가 됐다고 손을 저으며 말했다. "손님 동료들이 그런 일을 해주셨는데, 돈을 받으면 안 되지요."

"제 동료들요…?"

"손님은 양키잖습니까." 택시 운전사가 신문을 들어 보였다. 1면 헤드라인이 보였다. '루스벨트가 영국을 지지하기로 선언하다.'

"이제 우린 승리할 일만 남은 겁니다." 운전사가 말했다.

'고맙습니다, 루스벨트 대통령.' 마이크가 생각했다. '아슬아슬하게 때맞춰 나타나셨군요.'

"그리고 어쨌든 대성당이 멀쩡한 걸 직접 제 눈으로 확인한 것만으로도 여기 올 만한 가치가 있었습니다." 택시 운전사가 말했다. "보니까 절로 눈물이 나네요. 안 그렇습니까, 손님?" 택시 운전사는 대성당을 가리켰다. "대성당이 멀쩡한 걸 두 눈으로 확인하고 싶었던 게 우리만은 아닌 모양입니다."

그는 안뜰에 서서 세인트폴 대성당을 쳐다보는 사람들을 가리켰다. 아직 거리가 꽤 있어서 그 사람들 속에 폴리나 바솔로뮤가 있는지는 알아볼 수 없었다.

마이크는 택시에서 내렸다. "고맙습니다. 전부 다요."

"저도 고맙습니다, 손님." 택시 운전사가 말하더니 택시를 몰고 떠났다.

마이크는 다리를 절며 거리를 지나 세인트폴 대성당을 향해서 갔고, 폴리와 바솔로뮤를 찾아보았지만, 안뜰의 사람 중에 그들은 보이지 않았다. 마이크는 그 둘이 자신을 찾으러 어디론가 간 게 아니길 바랐다.

'아닐 거야. 어디로 가야 나를 찾을 수 있는지 전혀 모르잖아.' 마이크가 생각했다. '그리고 내가 여기로 오려 한다는 걸 알기도 하고. 그러니 여기서 나를 기다리고 있을 거야.' 마이크는 포치와 넓은 계단을 보았다. 그곳에는 더 많은 사람이 서거나 앉아 있었다. '폴리와 바솔로뮤 씨가 에일린을 찾아 블랙프라이어스역으로 간 게 아니라면.'

아니, 폴리는 마이크가 에일린에게 이곳에서 기다리라고 말한 것을 알지 못했다….

누군가가 마이크의 소매를 잡았다. 마이크가 상대가 폴리이기를 바라며 돌아보았지만, 소매를 잡은 이는 마르고 당황한 표정의 남자였다. "여기는 제가 일하는 곳입니다." 그 남자가 다급하게 말하며 마이크 뒤의 폐허에서 여전히 서 있는 문을 가리켰다. 그 문은 문틀에 걸렸고, 문틀은 시커먼 기둥 두 개에 매달려 있었다. 창고의 나머지 부분은 완전히 파괴되었다. "이제 저는 어떻게 하죠?" 그가 물었다.

"모르겠습니다. 유감입니다." 마이크가 소매를 빼내려 애쓰며 말했다.

"문 열 시간이 지났습니다." 마이크에게 자기 손목시계를 들어 보이며 남자가 말했다. 시계는 9시를 가리켰다.

9시. 병원을 나와 여기까지 오는 데 2시간 반이 걸렸다. 화재 감시원은 오래전에 일을 마치고 성당 지하실로 내려갔을 것이다.

'폴리와 바솔로뮤 씨도 그곳에 있을 거야.' 마이크가 생각했고, 남자의 손아귀를 뿌리치고 소방 호스들을 넘어 가장자리에 재가 묻은 물웅덩이들을 에둘러 안뜰을 가로지르기 시작했다.

남자는 마이크를 따라오며 중얼거렸다. "무너졌어요…. 이제 저는 어쩌면 좋나요?"

마이크는 계단 발치에 도착했다. 스무 명 정도 되는 사람들이 계단에 주저앉아 있었다. 그들은 '제인여왕호'에 탔던 군인들처럼 검댕투성이에 지친 표정이었고, 멍한 표정이었다. 그리고 마이크 생각이 맞았다. 폴리는 이곳에서 그를 기다리고 있었다. 폴리는 계단을 반쯤 올라간 곳에서 넝마를 걸친 아이 둘 옆에 앉아 있었다. 에일린도 있었다. 에일린의 옆 계단에는 검게 탄 자국이 일그러진 별 모양으로 나 있었다. 소이탄이었다.

에일린이 마이크를 발견했다. 에일린은 무슨 일이 있었는지, 왜 존 바솔로뮤가 그곳에 없는지 말해주기 위해 일어나 계단을 내려오기 시작했지만, 마이크는 이미 그 답을 알았다. 폴리의 얼굴에 서린 표정을 한 번 보는 것만으로도 마이크는 모든 것을 알 수 있었다.

"내가 너무 늦게 왔구나." 마이크가 말했다.

에일린이 고개를 끄덕였다. "주임 사제가 바솔로뮤 씨는 1시간 전에 떠났대. 바솔….."

"문이 잠겼어요." 남자가 마이크의 소매를 잡으며 말했다. "이제 어쩌죠?"

"모르겠어요." 마이크가 말했다. 그리고 폴리와 에일린 옆의 젖은 계단에 앉았다. "모르겠어요."

35

세인트폴 대성당, 1940년 12월 30일

폴리는 세인트폴 대성당의 넓은 계단에 앉았고, 자기와 에일린 아래쪽에 서 있는 마이크를 바라보았다. 폴리는 너무나 지친 상태였고, 마이크 역시 폴리만큼이나 지쳐 보였다. 마이크는 셔츠 차림이었고, 팔에는 붕대를 감고 있었다. 폴리는 마이크의 코트가 어떻게 된 건지 궁금했다.

"바솔로뮤 씨가 갔다고?" 마이크가 멍하니 되풀이해 말하며 폴리에게서 에일린에게로 시선을 옮겼다. "어쩌면 아직 따라잡을 수 있을지도 몰라. 이렇게 엉망인 상황에서 아직 멀리 가지는 못했을 거야. 만약 어느 쪽으로 갔는지 알아낼 수 있다면…."

폴리는 고개를 저었다. "바솔로뮤 씨는 지하철을 타고 갔어."

"블랙프라이어스역에서? 어쩌면 아직 지하철역에 도착하지 못했을 수도 있어. 우리가 서두르면?"

"세인트폴 대성당에서."

"세인트폴 대성당? 강하 지점이 여기 대성당에 있다는 뜻이야?"

"아니. 바솔로뮤 씨는 세인트폴 대성당 지하철역에서 떠났어."

“하지만 지난밤에는 지하철이….”

“오늘 아침에 다시 운행을 재개했어.” 에일린이 말했다.

“분명히 아직은 따라잡을 수 있을 거예요.” 알프가 말했고, 비니가 고개를 끄덕였다.

“우리는 잽싸요.” 둘은 바솔로뮤를 쫓아가려는 듯이 일어섰다.

마이크는 둘을 바라보고 다시 폴리를 보았다. “네 생각에도…?”

폴리는 고개를 저었다. “바솔로뮤 씨는 우리가 이곳에 도착하기 1시간 전에 떠났어.”

“바솔로뮤 씨가 어디로 간다고 혹시 말하지 않았는지 화재 감시원들에게 물어봤어?” 마이크가 물었다. “내 말은, 진짜 목적지 말고. 그래도 어디에 강….”

“응.” 폴리는 마이크가 ‘강하 지점’이라는 말을 꺼내기 전에 마이크의 말을 잘랐고, 주의 깊게 대화를 듣던 알프와 비니를 눈짓해 가리켰다. “웨일스에 있는 삼촌이 오라고 했대.”

“그밖에 무슨 말을 했는지도 물어봤어? 진짜로 어디로 가는지에 대해 뭔가 힌트라도 남겼을….”

바솔로뮤가 가려는 곳은 옥스퍼드였다. “마이크….”

“어느 기차를 탈 거라고 말했는지 물어봤어? 적어도 어느 방향으로 갔는지는 알 수 있잖아.”

‘아니, 그렇지 않아.’ 세인트폴 대성당역에서 두 역만 더 가면 지하철의 어느 노선으로든 바꿔 탈 수 있었다. “마이크, 소용없어. 바솔로뮤 씨는 갔어.” 폴리가 말했지만 마이크는 이미 계단을 성큼성큼 올라 세인트폴 대성당으로 들어가고 있었다.

폴리는 비틀거리며 일어나 마이크를 따라 안으로 들어갔다. 마이크는 이미 수랑까지 반은 가 있었고, 텅 빈 본당에 그의 걸음 소리가 울려 퍼졌다. 폴리가 외쳤다. “화재 감시원 절반은 이미 집에 갔고, 나머지 절반은 자고 있어, 마이크!” 폴리가 마이크를 쫓아 달려갔다.

다시 어젯밤이 반복되는 것만 같았다. 아무리 쫓고 또 쫓아도 도저히 따라잡을 수 없던 기억이 떠올랐다. 그리고 폴리는 갑자기 너무 피곤해져 더 쫓을 수가 없었다. 그녀는 걸음을 멈추었고, 방향을 돌려 축축하고 연기 자욱한 본당을 다시 걸어왔다. 사방에는 시커멓게 탄 종잇조각들이 널렸다. 지난밤 공중에서 불타며 춤을 추던 예배 순서지들이었다. 이제 그것들은 검은 낙엽처럼 바닥에 흩어져 있었다.

폴리가 불타는 그림엽서에 물을 뿌렸던 곳 바닥에는 아직도 물이 고였고, 그 옆에는 반쯤 탄 '세상의 빛'이 있었다. 폴리는 몸을 굽히고 그것을 주워들었다. 그림의 왼쪽, 문이 있어야 할 곳은 시커멓게 변해 말려 있었다. 폴리가 만지자 그 반쪽은 가루가 되어 떨어졌고, 그래서 예수는 손을 들어 아무것도 없는 곳을 두드리는 모양이 되었다.

폴리는 그 그림을 한참 동안 바라보다가 책상 위에 조심스레 내려놓고, 밖으로 나와 에일린과 아이들 옆 넓은 계단에 앉았다. 곧 마이크도 밖으로 나와 그들 사이에 주저앉았다. "바솔로뮤 씨는 그 누구에게도, 아무 말도 하지 않았어." 마이크가 말했다. "그냥 떠났어. 정말로 미안해, 폴리."

"네 잘못이 아니야." 폴리가 말했다. "넌 최선을…."

"실례합니다." 어떤 남자가 말했다. 좀 전에 폴리는 택시에서 내린 마이크가 그 남자와 이야기를 나누는 걸 보았다. 그 남자는 계단 발치에 서서 간청하듯 마이크를 쳐다보았다. "제가 집으로 가야 할까요? 아니면 여기서 기다려야 할까요?"

"저 남자가 일하던 곳이 어젯밤에 파괴되었대." 마이크가 일행에게 설명했다.

"이제 저는 어떻게 할까요?" 남자가 말했다.

'모르겠어요.' 폴리가 생각했다.

"여기에 계세요." 마이크가 단호히 말했다. "조만간 사장님이 올 겁니다."

'하지만 너무 늦은 뒤에야 나타나면?' 폴리가 생각했다.

"고맙습니다." 남자가 말했다. "정말 도움이 많이 되었습니다."

그들은 남자가 계단을 내려가 물웅덩이가 잔뜩 있는 안뜰을 가로질러 가는 모습을 지켜보았다. "도움이라니." 마이크가 쓸쓸하게 말했다. "바솔로뮤 씨를 찾지 못한 건 내 탓이야. 만약 바솔로뮤 씨가 여기 온 게 공습 끝 무렵이었다고 혼자 지레짐작하는 대신 너희에게 바솔로뮤 씨에 대해 그리고 세인트폴 대성당이 거의 불에 탄 일에 대해 묻기만 했어도 되는데. 또는 그 빌어먹을 벽이 무너지지만 않았어도….”

“무슨 벽?” 에일린이 물었다.

마이크는 자신이 어떻게 정신을 잃고 세인트바트 병원에서 깨어났는지를 설명했다.

“너 거기 있었어?” 에일린이 믿을 수 없다는 듯이 말했다. “세인트바트 병원에?”

‘어젯밤, 우리 모두 세인트바트 병원에 있었어.’ 폴리가 생각했다.

부상당했던 화재 감시원은 의식을 잃은 마이크 바로 옆 침대에 누워 있었으리라. 마이크는 바솔로뮤에게서 겨우 몇 뼘 떨어져 있었고, 폴리는 벽 하나를 사이에 두고 세인트폴 대성당의 서까래를 올라갔다. 그들은 그토록 아슬아슬하게 바솔로뮤와 가까이 있었다.

하지만 모든 상황이 그들에게서 등을 돌렸다. 시어도어가 동화극을 보겠다고 떼를 쓴 것 하며, 봉쇄된 거리까지 그 모든 일이, 바솔로뮤가 오늘 아침에 떠나기 전에 그들이 이곳으로 오는 것을 막았다. 마치 그들이 존 바솔로뮤를 만나지 못하도록 시공간 연속체가 정교한 계획을 짠 것 같았다. 지난가을에 폴리와 에일린이 서로를 만나지 못했을 때처럼. ‘어쩜 이렇게 뭐 하나 되는 일이 없을까.’ 폴리가 생각했다.

“네 잘못이 아니야. 내 잘못이야.” 에일린이 말하고 있었다. “만약 내가 바솔로뮤 씨의 강연을 집중해 들었다면, 나는 그분이 아직 여기에 있었던 것을 알았을 거고, 우리는 몇 주 전에 바솔로뮤 씨를 찾을 수 있었을 거야. 그리고 이제는 너무 늦었어….”

“웨일스에 가서 찾으면 안 되나요?” 알프가 물었다.

“웨일스의 어디에 있는지 모르니까.” 비니가 말했다. “그리고 저 아저씨 이야기 들었잖아.” 비니가 마이크를 가리켰다. “그 사람은 진짜로는 웨일스에 간 게 아니야. 그곳에 가겠다고 말을 한 것뿐이지.” 그리고 폴리는 마이크가 더 이상 말하기 전에 마이크의 입을 막아 다행이라고 생각했다. 호드빈 남매는 셋이서 나누는 이야기를 하나도 놓치지 않고 귀담아들은 게 분명했다. 그리고 비록 에일린에게는 아무 말도 하지 않았지만, 폴리는 이 둘이 홀본역에서 그날 밤에 피크닉 바구니를 훔쳤던 그 꼬마 범죄자들일 거라고 거의 확신했다.

"만약 웨일스에 있지 않으면 어디로 갔는데요?" 알프가 에일린에게 묻고 있었다.

"우리는 몰라." 폴리가 말했다. "우리에게 말 안 해줬거든."

"내가 찾을 수 있어요."

"어떻게?" 비니가 말했다. "넌 그 사람이 어떻게 생겼는지조차 모르잖아, 이 바보야."

"나는 바보가 아니야. 그 말 취소해." 알프가 말하며 비니에게 달려들었다. 비니는 계단을 내려가 앞뜰을 가로질렀다. 알프가 열심히 그 뒤를 쫓았다.

에일린은 여전히 자신을 탓하고 있었다. "사고 현장 담당자가 구급차를 몰고 세인트바트 병원으로 가달랬을 때 그냥 안 된다고 거절했어야 하는데."

'그리고 나는 부상당한 화재 감시원의 이름을 알아내거나 그 부상자와 병원으로 간 사람이 누구인지부터 알아낸 다음에 병원으로 갔어야 했어.' 폴리가 생각했다. 그렇게만 했다면 험프리스 씨가 몇 분 전에 했던 말이 무슨 뜻인지 알았을 것이다. 그랬더라면 폴리는 험프리스 씨가 바솔로뮤를 도와 부상자를 구급차에 태운 다음 다시 지붕으로 올라갔다는 사실을 알았을 것이다. 험프리스 씨에게 부탁해 바솔로뮤에게 메시지를 전해달라고, 자신들이 그곳에 도착할 때까지 떠나지 말라고 전해달라 할 수 있었을 것이다.

"누구의 잘못도 아니야." 폴리가 말했다.

어떻게 했어도, 그들은 바솔로뮤를 찾을 수 없었을 것이다. 이미 일어난 일이고, 바솔로뮤는 폴리 일행에게서 메시지를 받지 못한 채 옥스퍼드로 돌아갔기 때문이다. 시작부터 가망 없는 일이었다. 모두가 가망 없는 일이었다. 마이크가 구조팀과 접촉하려던 시도나 제럴드를 찾으려 했던 것 모두가.

그들 뒤의 문이 열리더니 험프리스 씨가 찻주전자와 잔이 올려진 쟁반을 가지고 나왔다. "당신이 아직 여기에 있다고 친구인 데이비스 씨가 말씀하시더군요." 험프리스 씨가 폴리에게 말하며 그녀와 다른 이들에게 잔과 잔 받침을 건넸다. "따뜻한 차가 있으면 좋지 않을까 싶었습니다. 오늘 아침은 몹시 추우니까요."

험프리스 씨는 사람들에게 차를 따랐고, 이윽고 계단을 내려가 마이크에게 뭘 하면 좋을지 묻던 사람에게 갔다. 이어 여전히 연기가 모락모락 나는 잔해에서 놀던 알프와 비니에게 다가갔다.

험프리스 씨는 아이들에게 비스킷을 준 뒤 돌아왔다. "친구분을 만나지 못해 유감입니다, 세바스찬 양." 그가 말했다. "혹시 바솔로뮤 씨에게 연락할 만한 주소가 있는지 매튜스 주임 사제님에게 여쭤보겠습니다. 집에 돌아가기 위해 도움이 필요하십니까?"

'네.' 폴리가 생각했다. '하지만 당신은 우리를 도와줄 수 없어요.'

폴리는 고개를 저었다.

"혹시 버스 탈 돈이 필요하시다거나…."

"아니요." 폴리가 말했다. "자동차를 가져왔어요."

"잘됐군요. 차를 드세요." 험프리스 씨가 명령했다. "기분이 나아질 겁니다."

'제 기분을 나아지게 할 수 있는 건 없어요.' 폴리가 생각했지만, 차를 마셨다. 차는 뜨겁고 달았다. 험프리스 씨는 차에 자신이 배급받은 설탕을 한 달 치는 넣었을 게 분명했다.

폴리는 차를 다 마시고 갑자기 자신이 부끄러워졌다. 자신만 힘든 밤을 보낸 게 아니었나. 그리고 자신만이 무시무시한 미래를 앞둔 것도 아니었다. 게다가 전망이 완전히 어두운 것만도 아니었다. 그들이 바솔로뮤를 발견하지 못했다는 사실은 던워디 교수가 그들을 배신하지 않았다는 뜻이었다. 콜린이 폴리에게 거짓말을 하지 않았다는 뜻이었다.

그리고 폴리와 마이크와 에일린의 행동이 사건들에 영향을 준 것 같지도 않았다. 지난밤은 예정대로 흘러갔다. 세인트폴 대성당은 여전히 서 있었고, 시티의 나머지 부분은 그렇지 않았다. 역사는 여전히 제 궤도에 있었다.

지난 2개월 동안, 폴리는 자신들이 전쟁의 진행 방향을 바꾸었다는 증거를 보게 될까 봐 무척이나 두려워했었지만, 이제는 역사학자가 사건들을 바꿀 수 '있다'는 증거를 간절히 바라고 있었다. 길드홀과 챕터 하우스, 그리고 그 모든 아름다운 크리스토퍼 렌의 교회들이 파괴되는 사건들을 제발 바꾸고 싶었다. 또한 앞으로 닥칠 모든 끔찍한 일들, 드레스덴과 아우슈비츠와 히로시마의 사건들이 일어나지 않게 할 수 있기를 바랐다. 그리고 예루살렘과 전 지구적 전염병, 세인트폴 대성당을 완전히 없애버린 핀포인트 폭탄도. 모든 끔찍한 일들을 막을 수 있기를 바랐다.

하지만 어떻게 그럴 수 있단 말인가? 그들 셋은 밤새도록 애썼지만 사람 한 명을 찾아 간단한 메시지 하나 전하는 일조차도 실패하고 말았다. 그리고 설사 그런 일들을 막을 수 있다 할지라도 그것이 나은 방향으로 역사를 끌고 갈 거라는 것을 어떻게 안단 말인가? 그건 정말로 알 수 없는 일이었다. 시공간 연속체는 너무나도 복잡한 혼돈계이기에 하나의 재난을 일어나지 않게 했을 때 그 결과가 더 나쁜 방향으로 흘러가지 않는다는 보장이 없었다. 그리고 비록 제2차 세계대전이 끔찍하기는 했지만, 적어도 연합군이 승리하기는 했다. 연합군은 히틀러를 막았고, 그것이 좋은 일이라는 점에는 논란의 여지가 없었다.

하지만 그 대가는 끔찍했다. 수백만 명이 죽었고, 도시들은 잿더미가 되었고, 생명이 희생되었다. '나의 생명도 포함해서.' 폴리가 생각했다. '그리고 에일린과 마이크의 생명도.'

폴리는 계단에 웅크리고 앉아 있는 둘을 바라보았다. 에일린은 반쯤 얼어붙어 금방이라도 울음을 터뜨릴 듯한 표정이었고, 마이크는 팔에 붕대를 감았고, 발은 반은 못쓰게 되어버렸다. 둘은 지쳐 보였고, 폴리는 둘을 향한 애정이 샘솟는 걸 느꼈다. 그들은 폴리의 데드라인 때문에 문자 그대로 자신의 몸을 돌보지 않고 이 일을 했다. 폴리를 안전하게 집으로 보낼 수만 있었다면 둘은 자신들의 목숨마저 걸었을 것이다. 그것은 폴리가 적어도 자기 정신은 추슬러야 한다는 뜻이었다.

험프리스 씨는 그렇게 했고, 런던 역시 그렇게 했다. 어젯밤 그들은 도시의 절반이 잿더미가 되는 것을 목도했지만, 오늘 런던 시민들은 그들처럼 주저앉아 자기연민에 빠져 있지 않았다. 대신 그들은 아직 꺼지지 않은 불을 끄고, 사람들을 잔해에서 구했다. 그들은 상수도관과 철도와 전화선을 수리했고, 출근을 했고, 일하던 곳이 사라진 경우에는 깨진 유리를 쓸었다. 주저앉지 않았다.

만약 그 사람들이 할 수 있다면, 폴리도 할 수 있었다. '다시 한번 더 돌파구로.'[19] 폴리가 생각했고, 일어나 코트에서 검댕을 털어냈다.

"우리는 가야 해." 폴리가 말했다. 그녀는 잔과 잔 받침을 모아 안으로 가져가 반쯤 탄 '세상의 빛' 복제화 옆 책상에 올려두었고, 나오다가 뒤를 돌아 다시 한번 그 그림을 보았다. 아무것도 없는 어둠을 밝히기 위해 예수가 든 등불을, 가장자리가 불에 타 쪼개질 때 생긴 검댕이 묻은 예수의 가운을 보았다.

폴리는 예수 역시 에일린과 마이크처럼 지친 얼굴을 하고 있으리라고 생각했었지만, 그렇지 않았다. 예수의 얼굴은 험프리스 씨처럼 친절함과 관심으로 가득했다.

폴리는 핸드백에서 6펜스 주화를 꺼내 책상 위에 놓고 그림을 4분의 1로 접어 주머니에 넣고 밖으로 나왔다.

"우리는 가야 해." 폴리가 마이크와 에일린에게 말했다. "직장에 늦을 거야. 그리고 구급차를 세인트바트 병원에 돌려줘야 해."

"내 코트도 찾아와야 해." 마이크가 말했다. "에일린 것도."

"나는 아이들부터 집에 데려다줘야 해." 에일린이 말했다. "알프! 비니!" 에일린이 아이들을 불렀다.

아이들은 여전히 잔해에서 놀고 있었다. 둘은 막대기로 연기가 피어오

---

19 셰익스피어, 《헨리 5세》

르는 기둥을 쑤석이다가 기둥이 무너지며 이글거리는 깜부기불로 변하자
깜짝 놀라 뒤로 물러섰다.

"가자. 집에 데려다줄게."

"가다니요?" 비니가 말했다. 아이들은 서로의 얼굴을 바라보다가 이윽
고 에일린을 쳐다보았다. "데려다줄 필요 없어요." 알프가 말했다. "우리끼
리 갈 수 있어요."

"아니. 아마도 화이트채플로 가는 지하철은 운행하지 않을 거야. 그리고
네 어머니도 무척 걱정하실 거고." 에일린이 말했다. "너희들이 어젯밤에
어디에 있었는지, 그리고 얼마나 도움이 되었는지 너희 어머니께 말씀드릴
게." 에일린이 계단을 내려와 아이들에게 다가가기 시작했다.

알프와 비니는 다시 한번 시선을 교환하더니 들고 있던 막대기들을 떨
어뜨리고는 냅다 도망쳤다.

"알프! 비니! 기다려!" 에일린이 외치며 그 뒤를 쫓았고, 폴리와 마이크
가 뒤를 따라갔지만, 아이들은 패터노스터 로우를 지나 연기가 피어오르는
잔해들 속으로 사라진 뒤였다.

"저런 미로 속에선 아이들을 찾지 못할 거야." 마이크가 말했고, 에일린
은 고개를 끄덕이며 마지못해 그 의견에 동의했다.

"아이들이 괜찮을까?" 폴리가 물었다.

"응. 저 아이들은 자기 몸 챙기는 데는 선수급이거든." 에일린이 아이들
을 바라보며 말했고, 이윽고 얼굴을 찡그렸다. "하지만 왜 갑자기 저러는지
모르겠네…."

"집에 데려가면 학교에 가야 할까 봐 그러는 걸 거야." 마이크가 말했
고, 다 함께 구급차까지 왔을 때, 마이크는 연료계를 들여다보고 말했다.
"어쨌든 그 아이들을 집까지 데려다줄 수 없었겠네. 화이트채플까지 갔다
가 돌아올 정도의 휘발유가 없어. 세인트바트 병원까지라도 가면 운이 좋
을 거야."

"만약 세인트바트 병원을 찾을 수 있다면 말이야." 에일린이 말했다. 그
녀는 구급차로 향했다. "알프가 길을 다 알려줬잖아. 기억나?"

폴리는 막힌 거리와 바리케이드들을 떠올리며 고개를 끄덕였다.

"내가 길을 알려줄 수 있을 거 같은데." 마이크가 말했다.

그리고 실제로 셋은 마이크 덕에 병원까지 돌아갈 수 있었다.

에일린의 코트는 여전히 난간에 그대로 걸려 있었지만, 마이크의 코트는 찾을 수 없었고, 그는 직원에게 물어보자는 제안에 반대했다. "나는 허락 없이 마음대로 퇴원했어." 마이크가 에일린과 폴리에게 말했다. "그리고 병원은 나를 다시 입원시키려 할 거야."

"팔의 화상은 별거 아니라고 했잖아." 폴리가 말했다.

"맞아. 별거 아냐. 하지만 그렇다고 나를 당장 퇴원시킨다는 뜻은 아니지. 그리고 오핑턴 병원에서 몇 주나 그랬던 것처럼 여기에서도 두 손 묶인 채 잡혀 있을 수는 없어. 코트는 없어도 돼."

"하지만 겨울인걸." 에일린이 말했다. "그러다가 얼어…."

"내가 찾아올게." 폴리가 자청하며 말했다. "에일린, 너는 가서 구급차를 돌려줘. 마이크, 현관에서 우리를 기다려."

마이크는 고개를 끄덕이고는 다리를 절룩이며 문으로 향했다.

"내가 구급차를 훔쳤다고 병원에서 나를 체포하지는 않겠지?" 에일린이 물었다.

"네 코트가 피범벅이 된 걸 고려해본다면, 그러지 않을 거야. 그리고 설사 그런 일이 일어난다면 내가 널 빼내줄게." 폴리가 말했고, 마이크의 코트 행방을 묻기 위해 병실로 향했다.

폴리가 만난 간호사는 마이크를 병원으로 실어 왔을 때 코트를 잘라내야 했을 가능성이 크다고 말했다. "응급실에 가서 확인해보세요."

코트는 그곳에도 없었고, 수간호사에게도 없었다. 폴리는 마이크에게 말하기 위해 현관으로 갔다. 마이크와 에일린 둘 다 그곳에 있었다. "체포당하지 않았네?" 폴리가 에일린에게 물었다.

"응. 아주 상냥하게 대하더라. 마이크의 코트는 찾지 못했어?"

"응. 미안. 위번 부인에게 하나 더 구해달라고 부탁할게. 자, 받아." 폴리는 히바드 양에게서 선물 받은 주황색 목도리를 목에서 풀었다. "네 코트를 구할 때까지 이걸 하고 있어." 폴리는 마치 아이에게 하듯 마이크의 목에 목도리를 둘러주었다. 그들은 지하철역으로 출발했다.

지하철역은 열려 있었지만, 해머스미스와 주빌리 선 둘 다 운행하지 않았고, 디스트릭트 선은 캐논 스트리트역과 템플역 사이는 운행하지 않았다.

"그렇다면 아직 바솔로뮤 씨를 따라잡을 가능성이 있어." 마이크가 말했다. "만약 바솔로뮤 씨가 타야 할 지하철이 파괴되었거나 운행하지 않는다면 아직 옥스퍼드에 돌아가지 못했을 거야. 아직 런던에 있을지도 몰라."

"마이크…." 폴리가 항의했다. "바솔로뮤 씨는 2시간 전에 떠났어…."

"너희 둘은 출근해. 만약 바솔로뮤 씨를 따라잡으면 너희를 데리러 타운센드 브라더스 백화점으로 갈게." 마이크가 말했고, 둘이 말리기도 전에 떠났다.

"네 생각에 마이크가 어쩌면…." 에일린이 폴리에게 물었다.

"아니." 둘이 타운센드 브라더스 백화점에 도착하는 데에만 1시간 반이 걸렸지만, 폴리는 에일린의 희망에 여지를 주지 않았다.

"다행히 둘 다 출근했군요." 스넬그로브 양이 말했다. "도린과 세라가 못 오는 상황인데다, 새해맞이 판매는 모레 시작하니까요. 맙소사, 다쳤군요!" 스넬그로브 양이 에일린에게 말했고, 폴리에게는 전화로 구급차를 부르라고 명령했다.

"제 피가 아니에요." 에일린이 자기 코트를 내려다보며 말했다. "핏자국을 빼는 방법을 혹시 아시나요?"

"벤젠을 써요." 스넬그로브 양이 곧바로 말했다. "하지만 피가 안쪽까지 배어든 듯하네요."

스넬그로브 양은 에일린을 가정용품 매장에 보내 세척액 한 병을 가져오게 했고, 폴리에게는 새해맞이 할인 판매 플래카드를 쓰게 하고 자신은 세라를 대신하러 갔다.

폴리는 그날 내내 '새해맞이 특별 할인'이라는 플래카드를 쓰고, 또한 왜 마이크가 돌아오지 않는지, 화상 입은 팔 상태는 어떤지, 내일 이후로 자신들은 어째야 하는지 걱정하며 시간을 보냈다.

1월 1일부로, 그들은 언제 어디가 폭격당하는지 더는 알지 못했고, 타운센드 브라더스 백화점과 노팅힐게이트역을 빼면 어디가 안전한지도 몰랐다. 폴리는 리케트 부인 집과 마이크의 하숙집 모두 안전할 거라고 가정했다. 바드리는 허가된 주소들이 대공습 내내 안전한지 아니면 폴리의 임무 기간에만 안전한지에 대해 말해준 적이 없었다. 하지만 대공습 기간 내내 폭격받지 않은 지하철역으로만 공습을 피하러 가야 한다고 고집을 피우던 던워디 교수가 하숙집에 다른 규칙을 적용했을 것 같지는 않았다.

하지만 그럴 것 같지 않았다는 것으로는 충분하지 않았다. 밤에는 노팅힐게이트역에서 지내는 게 최선이었다. 그리고 사이렌이 울리면 공습이 시작되기 전에 그곳에 도착하길 바라야 했다.

짧은 겨울 해를 고려하면 그건 불가능했다. 일상적으로 사이렌은 5시가 되기 전에 울렸다. 마이크는 일 때문에 런던 곳곳을 돌아다녀야 했고, 또한 낮의 공습도 걱정해야만 했다. 그리고 불발탄과 나뭇가지에 걸린 낙하산 지뢰도. 백화점 폐점 시간이 되었는데 마이크가 나타나지 않는 것도 걱정되었다.

마이크는 어디 있는 걸까? 화상을 입은 팔 때문에 패혈증에 걸리면 어쩌지? 아니면 폐렴에 걸리면? 하지만 적어도 폐렴은 막을 방법이 있었다. 일이 끝나자 폴리는 위번 부인에게 코트를 부탁하려고 에일린과 함께 곧장 노팅힐게이트역으로 갔다.

위번 부인은 그곳에 없었다. "위번 부인과 주임 사제님은 폭격당한 가족들을 위한 기금 마련 행사를 도우러 갔어요." 히바드 양이 폴리에게 말했다.

"그곳이 어딘지 아세요?" 폴리가 물었다. 오늘 밤에는 공습이 없었고, 그러니 위번 부인이 있는 곳에 안전하게 갈 수 있다. 하지만 히바드 양은 기금 마련 행사장 위치를 알지 못했다.

'라버넘 양에게 물어봐야겠어.' 폴리가 생각했다. "언제 돌아온다고 말씀하시던가요?"

"라버넘 양은 지독한 감기에 걸렸어요." 히바드 양이 말했다. "그래서 제가 집에서 쉬라고 했어요. 역은 외풍이 세고 춥잖아요."

그건 사실이었다. 그리고 비상용 계단은 더욱더 추웠다. 마침내 마이크가 돌아왔을 때, 폴리와 에일린은 자기들 코트를 벗었고, 셋은 함께 코트를 뒤집어쓴 채 마이크가 다녔던 곳 이야기를 들었다. 마이크는 사실상 런던의 모든 역을 다 가본 듯했지만, 소용없었다. "대성당에 도착하자마자 세인트폴 대성당 지하철역으로 갔어야 하는데." 마이크가 말했다. "만약 내가 그렇게 했다면…."

"그래도 년 바솔로뮤 씨를 만나지 못했을 거야." 폴리가 말했다.

"네 데드라인 전에 널 여기서 빼낼 방법을 알아낼 거야, 폴리." 마이크가 단호히 말했다.

"구조팀은?" 에일린이 말했다. "아직 구조팀을 찾을 가능성이 남았잖아." 그리고 폴리는 전날 밤의 그 모든 야단법석 때문에, 런던으로 돌아오기 전 무슨 일이 있었는지 아직 에일린에게 알리지 못했다는 사실이 기억났다.

"찾기는 찾았어." 마이크가 말했다. "하지만 그건 구조팀이 아니었어. 그냥 내가 병원에서 알게 된 사람이었어."

에일린의 안색이 어두워졌다. "하지만 구조팀은 올 거야. 나는 구드 신부님께 다시 편지를 보낼게. 그리고 장원에도. 그리고 폴리의 강하 지점을 다시 확인해보자. 이제는 작동할지도 몰라."

"네 말이 맞아." 마이크가 말했다. "모두 다 해보자. 그리고 나는 너희 둘다 이곳에서 빼낼 방법을 알아낼 거야. 하지만 그전까지는 일단 여기서 살아남는 데 집중해야 해. 내일 폭격은 어디야?"

"내일도 폭격은 없어." 폴리가 말했다. "하지만 나쁜 소식이 더 있어." 폴리는 자신이 1월 1일부터는 공습에 대해 아무것도 알지 못한다고 고백했다.

"하지만 노팅힐게이트역은 안전하지?" 마이크가 말했다. "그리고 타운센드 브라더스 백화점도. 그러니 낮 동안은 둘이 안전하잖아."

"아니." 에일린이 말했다. "내 상사가 오늘 말해줬는데, 크리스마스 임시 채용직은 새해맞이 할인 판매가 끝나는 대로 곧바로 내보낸댔어."

"그리고 우리에게는 다른 문제가 있어." 폴리가 말했다. "언젠가, 언제일지는 모르지만, 에일린과 나는 징집될 거야."

"징집?" 마이크가 말했다. "군대에?"

"꼭 그렇지는 않고. 하지만 징집되어 뭔가를 하게는 될 거야. 보조 수송대나 농업 여성이나 군수 물자 공장에서 일한다든지 말이야. 국민 동원법이 통과될 거거든. 스무 살에서 서른 살 사이의 모든 영국 민간인은 신청해야만 해."

"타운센드 브라더스 백화점이나 다른 곳에서 징집 연기 신청을 낼 수는 없어?" 마이크가 물었다.

"안 돼." 폴리가 말했다. "그리고 만약 법안이 통과되기 전에 자원하지 않으면 런던 밖으로 배정될 수도 있어."

"그렇다면 우리는 빨리 이곳을 빠져나갈 방법을 찾아야 한다는 뜻이로군." 마이크가 얼굴을 찡그리며 말했다.

"이제는 언제 공습이 있을지에 대해 아는 게 전혀 없는 거야, 폴리?" 에일린이 초조한 목소리로 물었다.

"조금은 알아." 폴리가 말했다. "그리고 독일 공군이 밤에 다른 도시들을 폭격하는 날짜들도 약간 알고."

"그리고 날씨가 나쁘면 독일 공군은 공격할 수 없어." 마이크가 말했다. "그러니 다음 두 달 정도는 도움이 될 거야. 그리고 대공습은 5월이면 끝나고. 그렇지?"

"응. 5월 11일." 폴리가 말했다. '하지만 지금부터 그날까지 거의 2만 명의 민간인이 죽어.'

"그러면 우리는 앞으로 넉 달 반 동안 살아남기만 하면 되네." 마이크가 말했다. "그러면 데니스 애서튼이 여기에 올 때까지 안전해."

'안전.' 폴리가 생각했다.

"그리고 그건 최악의 시나리오고. 우리는 그 전에 집에 돌아갈 방법을 찾아낼 수 있어." 마이크가 말을 멈추었다. "왜 그래, 폴리? 왜 그런 표정이야?"

“아무것도 아니야. 이 끔찍한 냄새는 뭐지?”

“내 코트에서 나는 거야.” 에일린이 고백했다. “피를 빼기 위해 벤젠을 좀 너무 많이 썼나 봐.”

“조금이라고?” 마이크가 말하고 소리 내 웃었지만, 벤젠 냄새가 너무나 지독해 결국 그들은 계단을 포기하고 역으로 자러 갔다. 그곳 역시 춥기는 마찬가지였다.

“우리는 마이크가 입을 코트를 반드시 구해야 해.” 이튿날 에일린이 출근하는 길에 말했다. “어쩌면 우리가 살 만한 가격으로 할인하는 게 있을지도 몰라.”

하지만 새해맞이 할인 행사 준비를 하는 동안에는 바빠서 코트를 살펴볼 시간이 없었고, 이윽고 행사가 시작되자 끔찍한 날씨에도 불구하고 손님들이 몰려와서 역시 짬이 없었다. 이후 며칠 동안은 뼈가 시릴 정도의 안개가 꼈고 거의 계속해서 진눈깨비가 내렸다.

“하지만 이건 좋은 거잖아, 안 그래?” 둘이 퇴근해 옥스퍼드 서커스역으로 서둘러 갈 때 에일린이 말했다. “공습이 없을 거라는 뜻이니까.”

그건 또한 마이크에게 어서 코트를 구해주어야 한다는 뜻이자, 또한 에일린의 코트가 젖으면 벤젠 냄새가 더욱더 지독해진다는 뜻이었다. “스넬그로브 양이 냄새는 없어질 거랬는데.” 에일린이 말했다. “하지만 안 없어지는 거 같네. 안 그래?”

“응.” 폴리가 말했다. 방공호에서 금연인 건 다행이었다. 성냥을 켜다 에일린의 코트에 불똥이 튀면 둘 다 화염에 휩싸일 것이다.

“우리가 자원해야 한다는 네 말에 대해 좀 생각해봤어.” 둘이 지하철을 타러 갈 때 에일린이 말했다. “어쩌면 나는 세인트바트 병원의 구급차 운전사로 자원할 수 있을 거야. 내가 구급차를 돌려줄 때 크로스 의사에게 들었는데, 내가 부상자들을 병원으로 태워 오지 않았더라면 그 사람들은 죽었을 거래.”

“무슨 부상자들?”

에일린은 의식을 잃은 구급차 운전사와 육군 중위에 대해 폴리에게 설명했다. ‘휴, 마이크가 여기 없어서 이 대화를 듣지 못해 다행이야.’ 폴리가 생각했다. 그들이 전쟁의 진행 방향을 바꾸었을 가능성에 대해 마이크가 다시 걱정하는 건 이 상황에서 정말로 피해야 했다.

‘우리가 역사를 바꿨을 리 없어.’ 폴리가 생각했다. ‘우리는 전쟁에서 이 겼어. 12월 29일도 어제 예정대로 흘러갔고.’ 하지만 마이크와 에일린이 잠 이 든 뒤, 폴리는 버려진 신문을 찾아 확인하기 위해 자던 곳을 몰래 빠져 나왔다.

길드홀은 역사 기록에 있던 대로 불에 탔으며, 세인트브라이드 교회와 세인트메리르보 교회도 그랬다. 하지만 런던탑 옆의 올할로우스-바이-더- 타워 역시 불에 탔다. 폴리는 그곳이 일부만 파괴되었다고 생각했었다. 그 리고 〈이브닝 스탠더드〉에 따르면 독일군이 투하한 소이탄 수는 1만 1천 개 가 아닌 1만 5천 개였다.

‘하지만 그건 기사의 오류이기 쉬워.’ 폴리가 생각하며 에일린의 냄새 지 독한 코트 아래로 돌아갔다. ‘우리는 전쟁에서 이겼어. 에일린과 나는 둘 다 전승 기념일에 그곳에 있었어.’

하지만 이틀날에도 폴리는 불일치들에 관한 생각을 머리에서 지울 수가 없었다. 그래서 점심시간에 〈헤럴드〉와 〈데일리 메일〉을 사서 확인했고, 그 다음에는 서적 매장으로 올라가 에일린에게 세인트바트 병원의 구급차를 몰 수도 있다는 가능성에 대해 마이크에게는 한마디도 하지 말라고 했다. “크로스라는 의사가 한 말도 하지 말고. 마이크는 구급차 운전이 너무 위험 하다고 생각할 거야.”

“그건 맞아.” 어떻게 하면 마이크의 코트를 구할 수 있을지 고민 중이던 에일린이 건성으로 대답했다.

“오늘 밤에는 눈이 내릴 거야.” 에일린이 말했고, 1시간 뒤 폴리에게 와 서 지원국에 가기 위해 1시간 일찍 퇴근해도 된다는 허락을 상사에게 받았 다고 말했다. 에일린은 마이크의 코트 사이즈를 물으며 말했다. “네 모자도 구해볼게, 폴리. 리케트 부인에게 나는 저녁 식사를 하지 않을 거라고 말해 줘. 그리고 너도 나를 기다리지 마. 노팅힐게이트역에서 만나자. 오늘 밤에 연극 연습 있어?"

"잘 모르겠어." 폴리가 말했다. "극단은 다음에 무슨 연극을 할지 여전히 토론 중이야."

그리고 폴리가 역에 도착해보니, 극단은 다음 연극 자체를 할지 말지를 토론하고 있었다. 공습이 간헐적으로 된데다 겨울 날씨로 인해 사람들이 방공호에 오는 대신 집에 그냥 있는 경우가 늘었기 때문이다.

극단원 일부도 집에 머물렀다. 라버넘 양은 아직 감기가 다 낫지 않아 집에 있었고, 고드프리 경이나 심스 씨도 그곳에 없었다. "배우가 없으면 연극을 할 수 없지요." 도밍 씨가 투덜거렸다. "관객이 없어도 그렇고요."

"하지만 우리가 연극을 하면 더 많은 사람이 노팅힐게이트역으로 오게 될 겁니다." 주임 사제가 말했다. "우리는 사람들이 안전할 수 있도록 우리 몫을 다해야 합니다."

"어쩌면 연극 대신 여러 차례에 걸쳐 극본 낭독회를 할 수도 있지요." 히바드 양이 제안했다. "그렇게 하면 우리 모두가 여기 있을 필요는 없어요."

단원들이 가능한 방법들을 토의하는 동안 폴리는 그곳을 몰래 빠져나왔고, 에일린이 왔는지 보러 비상계단으로 갔다. 그리고 반쯤 갔을 때 마이크를 만났다. 마이크는 방금 도착한 듯했다. 머리와 주황색 목도리는 젖어 있었고, 몸이 반쯤 얼어붙어 보였다. 폴리는 에일린이 마이크의 코트를 구하러 가서 다행이라고 생각했다.

폴리는 에일린이 어디에 갔는지 마이크에게 말했다. "에일린이 여기에서 만나자고 했는데, 아직 왔는지는 모르겠어. 확인하러 비상계단에 가던 참이야."

"내가 확인할게." 마이크가 말했다. "너는 역내 간이식당을 확인해봐. 에스컬레이터에서 다시 보자."

간이식당에 줄을 선 사람들 속에서도 에일린은 보이지 않았다. 폴리는 디스트릭트 선으로 가서 남쪽행 아치길에 서서 기다렸다. 그곳에서는 에일린과 마이크를 쉽게 볼 수 있었고, 만약 극단 사람이 에스컬레이터를 타고 오면 곧바로 터널 안으로 숨을 수 있었다. 폴리는《어린 성직자》와《진지함의 중요성》가운데 어느 것을 낭독하는 게 더 나은지 토론하는 데 끌려가고 싶지 않았다.

하지만 내려오는 사람은 심스 씨뿐이었다. 심스 씨는 넬슨을 안고 있었다. 넬슨은 에스컬레이터 계단을 두려워했다.

역에는 평소와 달리 사람들이 많지 않았고, 대부분은 침구나 피크닉 바구니가 아닌 우산을 들고 있었다. 도밍 씨 말대로, 대부분의 사람은 날이 나빠 폭격이 없을 거라 생각하고 대피하지 않은 듯했다. 폴리는 그 사람들 생각이 옳기를 바랐다.

그리고 에일린이 어서 오기를 바랐다. '언제 어디로 폭탄이 떨어질지 모르는 건 정말 싫어.' 폴리가 생각했다.

마이크가 돌아왔다. "에일린은 아직 안 왔어?"

"안 왔어. 역으로 오는 길에 비행기 소리 들었어?"

"아니." 마이크가 에스컬레이터를 올려다보았다. "에일린이 가는 곳이 어디인지는 들었어? 아, 저기 오네."

마이크는 에스컬레이터 꼭대기를 가리켰다. 그곳에서는 남자 둘이 방금 계단에 올라섰고, 그 뒤로 에일린의 빨간 머리만이 보였다. 마이크가 에일린에게 손을 흔들었다. "성공한 거 같아."

폴리는 에일린의 팔에 걸쳐진 회색 트위드 코트 그리고 다른 손에 잡은 여성용 남색 모자를 얼핏 보았다. 마이크가 다시 손을 흔들었다.

에일린이 둘을 보았다. 에일린이 남색 모자를 흔들었다.

폴리는 손으로 입을 막았다.

"에일린이 자기 새 코트도 구한 거 같은걸." 마이크가 말했다.

'맞아.' 폴리가 심장이 쿵 하고 내려앉는 걸 느끼며 생각했다. 그녀는 에일린이 두 남자를 지나 서둘러 에스컬레이터 계단을 내려오는 걸 보고 있었다. 에일린은 밝은 초록색 코트를 입고 있었다. 못 알아볼 수 없는 옷이었다.

전승 기념일에 트래펄가 광장에서 에일린이 입고 있던 바로 그 코트였다.

36

크로이던, 1944년 10월

메리는 구급차 창문을 내린 뒤 머리를 내밀고 귀를 기울였다. 분명 V-1이 풋풋거리는 소리를 들은 듯했다.

"비행 폭탄?" 페어차일드가 말했다. "나는 아무 소리도 못 들었어."

"쉿." 메리가 명령했지만, 그녀 역시 아무 소리를 들을 수 없었다. 이번에도 오토바이 소리나 뭐 그런 걸까?

그때 거대한 폭발 충격파가 주차해 있던 구급차를 흔들었다.

"오, 맙소사." 페어차일드가 말했다. "폭탄이 거의 우리 머리 위에 있었어." 페어차일드는 몸을 숙이고 시동을 건 뒤 구급차 종을 울렸다. "저게 구급차 지부에 떨어지지는 않았겠지?"

"응. 지부보다 이쪽에 더 가까웠어."

그랬다. 로켓은 그들이 겨우 몇 분 전에 지나온 번화가 바로 옆에 떨어져 가게들을 박살 냈다. 거리 이쪽 끝부분의 부동산 중개소는 아직 알아볼 수 있었고, 다른 쪽 끝의 영화관 차양은 삐딱하게 걸려 있었다. 잔해 여기저기에서 불이 타올랐다.

'좋아.' 메리가 생각했다. '적어도 빛이 있으니 어두워 고생하진 않겠어.' 메리는 작업복과 부츠가 아니라 치마 제복 차림인 게 못내 아쉬웠다. 그들이 이곳에 온 첫 번째 구조팀인 듯했고, 부상자들을 찾아 잔해들을 올라다녀야 했기 때문이다.

페어차일드는 잔해들에 최대한 가깝게 구조차를 댔고, 메리와 함께 차에서 내렸다. "적어도 붕대는 충분해." 페어차일드가 말했다. "나는 전화를 찾아서 지부에 전화할게."

"그래. 아마 지부에서도 폭발음을 들었을 거야." 메리가 헬멧을 쓰고 끈을 조였다. "나는 극장에 사상자가 있는지 가볼게."

"극장은 수요일에 상영을 안 해." 페어차일드가 말했다. "리드랑 지난주 수요일에 〈랜덤 하베스트〉를 보러 왔는데 문을 닫아서 알아. 그리고 여기 가게들은 이런 밤 시간이면 모두 문을 닫아. 그러니 아마도 사상자는 없을 거야." 페어차일드는 전화 부스를 찾아 달려갔고, 메리는 고무 부츠를 신은 뒤 페어차일드의 말이 옳기를 바라며 잔해 사이를 누비기 시작했다.

거리를 반쯤 갔을 때 메리는 목소리를 들은 것 같다는 생각이 들었다. 그녀는 걸음을 멈추고 귀를 기울였지만, 페어차일드가 서둘러 돌아오며 벽돌과 모르타르들을 들썩거리는 바람에 더는 아무 소리도 들을 수 없었다. "크로이던 지부에 보고했어." 페어차일드가 말했다. "다친 사람을 혹시 찾…."

"쉿. 무슨 소리를 들은 거 같아."

둘은 귀를 기울였다.

"제퍼스 씨!" 파괴된 지역 저쪽 어디에선가 남자가 외치는 소리가 들렸다.

"저쪽에서 들렸어." 페어차일드가 말하며 가리켰고, 잔해 사이로 걸어가기 시작했다.

메리는 그 뒤를 따라가며 몇 걸음마다 멈춰 주위를 살폈다. 불빛에 대해서 메리는 오해했다. 불빛은 주위를 간신히 밝히는 정도였지, 장애물을 보거나 대략의 윤곽 이상을 볼 수 있을 정도로 밝지는 않았다. 그리고 불꽃이 깜박거리는 바람에 가만히 있는 것들이 움직이는 것처럼 보이는 착각까지 불러일으켰다.

중간 정도 가로질렀을 때, 메리는 남자 목소리를 다시 들은 듯했다. 메리는 걸음을 멈추고 귀를 기울였고, 이윽고 외쳤다. "어디 있어요?"

"이쪽입니다." 목소리가 어찌나 희미한지 메리는 간신히 그 소리를 들었다.

"계속 말을 하세요."

"이쪽…." 남자는 말을 멈추고 발작적으로 기침했다.

이번에 메리는 그 소리를 확실하게 들었다. "페어차일드, 이쪽이야!" 메리가 외치고 벽돌과 부러진 목재들이 엉킨 잔해 속을 나아가 소리 나는 쪽으로 향했다.

기침이 멈추었다. "어디 있어요?" 메리가 다시 외쳤다.

"찾았어. 여기야!" 몇 미터 떨어진 곳에서 페어차일드가 외쳤고, 이윽고 메리가 자기 쪽으로 올라오자 페어차일드가 다시 말했다. "여기 있어."

페어차일드는 시커먼 형체를 굽어보고 있었지만, 메리가 도착하자 페어차일드는 허리를 폈다. "죽었어."

"확실해?" 메리가 말했다. 너무나 어두웠기에 페어차일드가 잘못 안 것일 수도 있었다. 메리는 시체 옆에 쪼그리고 앉았다.

온전한 시체가 아니었다. 반 토막 시체였다. 그 남자는 둘로 나뉘어 있었다. 그건 기침을 한 게 이 남자가 아니라는 뜻이었다. "여기 어딘가에 또 다른 사람이 있어." 메리가 페어차일드에게 말했다. "너는 저쪽을 살펴봐. 나는 여기를 살펴볼게." 메리는 왔던 길을 돌아가며 외쳤다. "어디 계세요? 저희 소리가 들리시면, 뭐든 소리를 내세요." 그런 뒤 메리는 잠시 가만히 서서 귀를 기울이다 다시 앞으로 나아갔다.

메리는 깨진 창문 위로 조심스레 발을 디뎠다. 창문 옆에 검고 커다란 물체가 옆으로 쓰러져 있었다. '저게 뭐지?' 메리가 생각했다. '피아노인가?' 아니, 그건 훨씬 더 컸고, 안에는 종이가 엉켜 있었고, 주위에도 종이가 널렸다. '인쇄기구나.' 메리가 생각했다. '여기는 신문사였어.' 그리고 팔이 하나 보였다.

'제발 팔만 있는 게 아니어야 할 텐데.' 메리가 생각하며 팔 있는 곳으로

힘들게 나아갔다. '부디 나머지 몸은 인쇄기에 깔리지 않았길.'

다행히도 그렇지 않았다. 남자 한 명이 그 옆에 쓰러져 있었다. 메리가 그 남자를 보지 못했던 건 그가 신문에 덮여 있던데다 얼굴은 너무나 창백하고 피가 튀어 있어서(주황색 불길 때문에 검게 보였다) 처음엔 얼굴이라 인식하지 못했던 탓이었다.

'이 사람도 죽었어.' 메리가 생각하며 옆에 쪼그리고 앉았지만, 그의 가슴이 올라갔다 내려가는 게 보였다. 메리는 좀 더 몸을 숙이고 살펴보았고, 그 남자의 얼굴이 창백하게 보인 건 회벽 가루에 덮여 있기 때문이라는 사실을 깨달았다. "괜찮으세요?" 메리가 물었지만 남자는 반응을 보이지 않았다. "걱정하지 마세요. 여기서 금방 꺼내드릴게요. 페어차일드!" 메리가 어둠 속에 대고 외쳤다. "이쪽이야!"

메리는 어디에서 피가 나는지 확인하려 했다. 회중전등을 가져오지 않은 게 안타까웠다. 불그스름한 불빛 속에서는 뭐가 뭔지 제대로 보이지 않았다. 하지만 피만은 알아볼 수 있었다. 피는 남자의 코트며 그를 덮고 있는 신문 사방에 묻어 있었다. "조명이 필요해!" 메리가 외치고 신문들을 옆으로 밀치며 상처가 있는지 찾아보았다. 메리는 그의 코트를 제쳤다. 셔츠에는 피가 묻어 있지 않았다.

'다른 사람 피구나.' 메리가 생각했고, 이윽고 인쇄기를 떠올렸다. 메리는 남자의 코트에 묻은 검은색을 만진 뒤 손가락을 코에 댔다. 잉크 냄새가 났다. V-1이 터졌을 때 잉크가 남자에게 튄 게 분명했다.

하지만 이게 피가 아니라 해도, 이 사람은 다친 게 분명했다. '어쩌면 충격파 때문에 그냥 정신을 잃은 것일지도 몰라.' 메리가 희망을 품고 생각했지만, 나머지 신문들을 치우고 보니 남자의 허리 아래쪽은 벽돌과 회벽 조각들에 파묻혀 있었다. 메리는 두 손으로 잔해들을 파냈다. 남자의 왼쪽 다리는 피로 덮였고, 이번에는 인쇄기의 잉크가 아니었다. 피와 어둠 때문에 부상이 얼마나 심한지 제대로 볼 수 없었지만, 그 다리의 아래쪽 절반은 심하게 다친 듯했고, 발도 절단되었다.

메리는 주머니를 뒤져 손수건을 꺼내 남자 무릎 바로 아래를 묶었다. 그녀는 막대기를 적당한 길이로 부러뜨려 매듭에 끼웠고, 꽉 조여져 더 이상 돌릴 수 없을 때까지 임시 지혈대를 돌렸다.

"살아 있어?" 페어차일드가 어둠 속에서 나타나 물으며 남자 옆에 무릎 꿇고 앉아 그의 얼굴을 살폈다.

"응." 메리가 말하며 다리에서 흐르던 피가 멈췄는지 살폈다. "회중전등 가져왔어?"

"아니. 가져올게. 얼마나 심각한 상태야?"

"의식이 없고 다리가 으깨졌어. 발은 잘렸고." 메리가 말했고, 남자가 뭐라고 중얼거렸다.

"뭐라고요?" 메리가 물으며 남자에게 몸을 숙이며 그의 입술에 귀를 가까이 가져갔다.

"그건⋯." 남자가 말했다. 그의 목소리는 거칠고 갈라져 있었다.

'회벽 가루 때문이야.' 메리가 생각했다.

"못 했어⋯." 그가 다시 눈을 감았다.

'뭘 못 했다는 거지?' "괜찮을 거예요." 메리가 말하며 그의 가슴을 토닥였다. "여기서 빼줄게요. 약속해요. 지혈대를 묶었어요." 메리가 페어차일드에게 말했다. "크로이던 지부에서는 아직 아무도 안 왔어?"

"응." 페어차일드가 말하며 자신들이 타고 온 구급차가 주차된 곳을 보았다. "좀 전에 엔진 소리를 들은 것 같았는데, 아마도 착각인 모양이야."

"그러면 우리끼리 이 사람을 구급차까지 데리고 가야만 해." 메리가 말했다. "가서 들것을 가져와." 페어차일드가 고개를 끄덕이고 사라졌다.

"회중전등도 잊지 말고!" 메리가 페어차일드 등에 대고 외쳤고, 다시 그의 다른 쪽 다리를 파내려 벽돌들과 금속 활자들을 치우기 시작했다. 활자들은 믿기지 않을 정도로 무거웠다. "걱정하지 마세요. 금방 여기서 꺼내줄게요."

그는 메리의 목소리에 움찔하는 듯했다. "안 돼." 그가 중얼거렸다. "오, 이런⋯, 안 돼⋯."

"겁먹지 마세요. 괜찮을 거예요."

“안 돼.” 그는 힘없이 고개를 저었다. “정말로 미안….”

“괜찮아요.” 가엾은 사람. “당신 잘못이 아니에요. 당신은 비행 폭탄에 부상당했어요.” 하지만 메리의 말은 아무 효과가 없었다.

“아직 여기에 있었….” 그는 거친 목소리로 고통스러워하며 말했다. “죽는데….”

“쉿. 말하지 마세요.”

“나는 내가 할 수 있을 거라고…, 여기 있으면 안 되는 건데….”

“그냥 누워 계세요. 저는 당신 다리를 살펴봐야 해요.”

메리는 다시 그의 다른 쪽 다리와 발을 파냈다. 다행히 잘리지는 않았지만, 심하게 피를 흘렸고, 메리는 지혈대로 쓸 손수건이 더 이상 없었다. 그녀는 두 손으로 상처를 눌렀다. “페어차일드!” 메리가 외쳤다. “페이지! 구급함이 필요해”

“덜위치….” 남자가 중얼거렸다. 그는 메리가 자신을 어디로 데려갈지를 묻는 게 분명했다.

“우리는 당신을 노베리로 데려갈 거예요.” 메리가 말했다. “그쪽이 더 빨라요. 그건 걱정하지 마세요. 우리가 알아서 할게요.”

“들것을 꺼낼 수가 없어!” 페어차일드가 구급차에서 외쳤다. “끼어서 안 나와!”

“그냥 둬! 우선 구급함부터 가져와!”

“뭐라고?” 페어차일드가 외쳤다. “안 들려, 메리!”

남자는 신음과 헐떡임이 뒤섞인 소리를 냈다. “메리?” 그가 중얼거렸다.

“네.” 메리가 말했다. “저 여기 있어요.” 그녀는 있는 힘껏 상처를 눌렀다.

소용없었다. 메리의 두 손 사이로 여전히 피가 흘러나왔다. 지혈대가 있어야 했다. “페이지!” 그녀가 외쳤다. “구급함을 가져와! 서둘러!”

“메리.” 남자가 다급하게 말했다. “가면 안 돼.”

“전 안 가요. 여기 있어요.” 메리가 그를 다시 안심시켰다.

그는 넥타이를 하고 있었다. 만약 넥타이를 벗길 수 있다면 지혈대로 쓸 수 있었다. 메리는 그의 코트를 젖히고 넥타이를 풀기 시작했다.

"뭔가 잘못됐….” 그가 말했고, 이어서 갑자기 기침하는 바람에 나머지 말은 알아들을 수가 없었다.

매듭은 풀리지 않았다. 메리는 손톱으로 천을 긁으며 매듭을 풀려 했다. “그러지 마….” 그가 괴로워하며 말했다.

“당신 넥타이를 풀어 붕대로 쓰려는 거예요. 넥타이를 지혈대로 써서 당신 다리의 출혈을 멈추게 할 거예요.” ‘페어차일드는 어디에 있는 거람? 그리고 크로이던 지부의 구급차는 왜 안 오는 거지?’

마침내 매듭이 느슨해졌다. 메리는 넥타이를 재빨리 풀었다. “당신을 이곳에서 꺼내줄게요.” 남자는 메리가 했던 말을 따라 하며 중얼거렸다. “약속해요.”

메리는 옷깃에서 넥타이를 잡아당겼고, 발 쪽으로 기어가기 시작했다.

그가 메리의 손목을 잡았다. “메리.” 그가 다급하게 말했고, 숨 막혀 했고, 다시 기침하기 시작했다. “가지 마….”

“전 아무 데도 안 가요. 당신 발을 묶으려는 것뿐이에요. 당신을 떠나지 않아요. 약속해요.”

“아니.” 그가 말했고, 메리의 손목을 꽉 잡았다. “가면 안 돼!”

“안 가요.” 메리가 말했다. “약속해요.”

“아니.” 그가 거칠게 말했다. “가지 마. 그러면 다시….” 그리고 세상이 새하얘졌다가 다시 컴컴해졌고, 프린터 잉크와 피가 흩뿌려졌으며, 메리는 허리를 숙이며 돌진해 남자를 배수구로 밀었지만 이미 너무 늦은 뒤였다. 세상은 이미 깜깜해졌다.

37

다시 한번 더 돌파구로, 친구들이여.
— 윌리엄 셰익스피어, 《헨리 5세》

런던, 1941년 겨울

에일린은 새 녹색 코트 차림으로 서둘러 에스컬레이터 계단을 내려오며 외쳤다. "마이크, 네 코트를 구했어!" 에일린은 남색 모자를 흔들었다. "폴리, 이 모자를 봐!"

에일린은 에스컬레이터 맨 아래에 도착했다. "이 모자는 네 코트와…." 에일린은 말을 멈췄다. "왜 그래?" 에일린은 초조한 눈으로 폴리를, 그리고 이윽고 마이크를 바라보았다. "무슨 일이 생긴 거야?"

'응.' 폴리가 쓰러질 것 같은 심정으로 생각했다.

"왜 그러는데?" 에일린이 말했다.

'이건 숨겨야 해.' 폴리가 생각했다. '우선은 그래야 해. 지금 알면 너무 실망이 클 거야. 아무 일도 없는 것처럼 보여야 해.' 하지만 배를 걷어차인 듯한 충격을 받은 뒤에 그러기란 불가능했다. 폴리는 심지어 무슨 핑계를 대야 할지조차 알 수 없었다….

"아픈 거야?" 에일린이 놀라 말했다. "백지장처럼 창백해." 마이크가 의아한 눈으로 폴리를 바라보았다.

"아니, 난 괜찮아." 폴리가 간신히 말했다. "네 걱정에 너무 심란해서 그랬어. 너무 늦게 왔잖아. 어디 있었던 거야?"

"지원국에는 코트가 하나도 없었어." 에일린이 말했다. "거기 담당자인 여자 말로는, 최근 몇 번의 공습에다 날도 춥고 기타 등등, 그래서 코트가 완전히 바닥났다는 거야. 그래서 세인트팽크러스역 근처에 있는 곳으로 가야 했는데, 그곳에서는 돌아오는 버스를 타기가 어려웠어. 걱정시켜서 미안해."

마이크는 여전히 의심이 담긴 눈으로 폴리를 바라보았다.

"공습이 언제인지 몰라서 그래." 폴리가 말했다. "그래서 좀 긴장한 것뿐이야. 사이렌이 울렸는데 네가 안 와서…."

"정말로 미안해. 하지만 네 모자를 구했어." 에일린이 모자를 폴리에게 건넸다. "그리고 가장 중요한 건, 네 코트를 구했다는 거야, 마이크. 아쉽게도 좀 큰 거 같긴 하지만." 에일린은 말하며 마이크가 코트 입는 걸 거들었다. "하지만 너무 작은 것보다는 차라리 큰 게 낫다고 생각했어. 내 건 겨울을 나기에 충분히 따뜻하지 않지만, 밝고 희망찬 색이라 도저히 그냥 두고 올 수가 없었어. 검은색과 갈색은 지긋지긋하거든. 이건 보고만 있어도 기운이 나. 이걸 보면 봄이 떠오르지 않니, 폴리?"

'아니.'

"응, 아주 예쁘네." 폴리가 말했다.

마이크는 여전히 폴리를 주시했다.

"그리고 모자도 정말 멋지다!" 폴리가 말했다. 폴리는 모자를 써보았고, 모자가 어울리는지 보기 위해 에일린에게 콤팩트를 펴 작은 거울을 들고 있게 했다. 그리고 거울에 비친 자신의 뺨에 어느 정도 안색이 돌아온 것을 보고 안심이 되었다. "정말 고마워. 어떻게 이런 걸 다 구했니, 에일린. 마이크, 팔 내밀어봐." 폴리는 안감을 확인하기 위해 마이크의 소매를 뒤집었다. "잘 안되네. 코트 벗어봐. 솔기를 좀 보자."

"그건 나중에 해도 돼." 마이크가 말했다. "먼저 다 함께 논의할 게 있어."

'오, 안 돼.' 폴리가 생각했다. '마이크가 눈치챘나 봐.'

하지만 비상계단에 도착했을 때, 마이크는 단지 폴리가 기억나는 공습 목록을 작성했는지만을 알고 싶어 했다. "했어." 폴리는 대화 주제가 바뀐 것에 안도하며 말했다. "아쉽게도 날짜가 좀 단속적이야. 1월에 내가 아는 건 11일 밤과 29일뿐이야."

마이크가 날짜를 받아 적었다. "런던 어디가 폭격당하는지 알아?"

"이스트 엔드는 1월 29일에 폭격당하고, 중심부는 11일 토요일이야. 리버풀 스트리트역과 뱅크역은 둘 다…."

"뱅크역?" 에일린이 말을 가로챘다.

"응. 그리고 병원 몇 곳이랑. 어느 병원인지는 몰라."

"그리고 1월에 있던 다른 폭격은 모르고?"

"응. 1월이랑 2월에는 날씨가 아주 나빠서 독일 공군이 꽤 여러 날 동안 폭격하지 않았어." 폴리가 말했다. "그리고 어떤 날 밤에는 런던 밖을 폭격하기도 했고. 포츠머스랑 맨체스터랑 브리스틀…."

"뱅크역에서 사람들이 죽었어?" 에일린이 물었다.

"응. 그리고 리버풀 스트리트역에서도." 폴리가 말했다. "정확히 얼마나 많이 죽었는지는 몰라. 백 명이 넘어. 하지만 공습은 런던의 이 지역에서는 없었고, 이 역은 한 번도 폭격당하지 않았어."

폴리는 둘에게 자신이 아는 2월과 3월 공습에 대해 말했다. 버킹엄 궁전은 다시 폭격당했고, 런던 브리지역의 방공호와 유명한 나이트클럽인 카페 드 패리스가 폭격당했다. 폴리가 4월의 폭격에 대해 말하기 시작했을 때 에일린이 말했다. "우선 역내 간이식당부터 가면 안 될까? 난 너무 배가 고파. 코트를 구하러 다니느라 아직 밥을 못 먹었어."

"같이 가자." 폴리가 말하며 일어섰지만 마이크가 말했다. "우리는 곧 따라갈게. 나는 우선 폴리랑 할 이야기가 있어."

에일린은 고개를 끄덕이고는 철커덩거리며 계단을 내려갔다. 쾅 하고 문이 닫혔고, 폴리는 마음의 준비를 했다.

"아까 에스컬레이터에서는 왜 그런 거야?" 마이크가 물었다.

"아무것도 아니야." 폴리가 말했다. "말했잖아, 에일린이 늦어서 걱정됐다고. 공습이 시작됐는데 어디 있는지 모르니까 걱정이….”

“코트 때문이지, 그렇지?” 마이크가 말했다. “전승 기념일에 에일린이 그 코트를 입고 있었어?”

“아니. 내가 말했잖….”

마이크는 폴리의 두 팔을 잡고 그녀를 흔들었다. “거짓말하지 마. 이건 굉장히 중요한 일이야. 전승 기념일에 에일린이 그 녹색 코트를 입고 있었지?” 마이크가 폴리를 다시 흔들었다. “그렇지?”

부정해도 소용없었다. 마이크는 알았다.

“말해봐.” 마이크가 손아귀에 힘을 주며 말했다. “중요한 일이야. 에일린이 그걸 입고 있었어?”

“응.” 폴리가 말했고, 마이크의 손에서 힘이 풀렸다. 마치 마이크의 온몸에서 기운이 쭉 빠져버린 것만 같았다.

“에일린이 그 코트를 가지고 있지 않은 건 그 애가 다른 임무에서 그걸 구했다는 뜻일 거라고 계속해서 믿으려 애써왔어.” 폴리가 말했다. “결국은 우리가 여기서 빠져나가고, 에일린은 던워디 교수님을 설득해서 나중에 전승 기념일에 가게 되는 거라고 말이야.”

“여전히 그런 뜻일 수 있어.” 마이크가 말했다. “그 코트는 분명히 시대에 맞아. 의상실에서 거의 비슷한 코트를 구해줬을 수도 있어. 아예 의상실이 저 코트를 가지고 있다가 준 걸 수도 있고. 아니면 네가 사람을 착각했을 수도 있어. 너도 너무 멀어서 네가 본 사람이 에일린인지 확신이 안 간다고 말했잖아. 우리가 이곳을 떠날 때 코트를 두고 떠나고 지원국이 그걸 다시 회수했다가 누군가 다른 사람에게 줬을 수도 있어.”

‘또는 사과수레 뒤집기에서 누군가가 발견했을 수도 있지.’ 폴리가 생각하며 진짜로 그런 거라고 믿을 수 있으면 좋겠다고 생각했다.

“그리고 만약 우리가 여기에서 빠져나가지 못했기 때문에 에일린이 전승 기념일에 있던 거라면….” 마이크가 말했다. “나도 같이 있었어야 해.”

‘네가 죽지 않았다면 말이야.’ 폴리가 생각했다.

“만약 우리에게 무슨 일이 일어났다면, 에일린은 승리를 축하하러 그곳에 가지 않았을 거야."

"그건 사실이 아니야. 그날 밤 그곳에 있던 모두는 전쟁에서 누군가를 잃었어. 그리고 너와 나는 그 한참 전에 죽었을 수도…."

"아니면 우리 모두 이곳에서 탈출하고, 에일린은 자신이 늘 원하던 임무에 다시 돌아간 것일 수도 있어. 또는 어쩌면 에일린은 우리 강하가 열린 뒤에도 돌아가지 않기로 한 것일 수도 있어. 에일린이 전승 기념일을 얼마나 보고 싶어 했는지 너도 잘 알…."

"그래서 공습과 국민 동원과 배급이 지속되는 4년 동안 여기 머물렀다고? 사람들이 깃발을 흔들며 '지배하라, 영국이여'를 부르는 단 하루를 보기 위해서?" 폴리가 말도 안 된다는 듯이 밀했다. "에일린은 이곳을 싫어해. 그리고 폭탄을 무척이나 두려워해. 그 어떤 목적 때문이든, 1년 내내 V-1과 V-2가 떨어지는 이곳에 에일린이 기꺼이 남으려 할 거라고 진심으로 그렇게 생각해?"

"알았어, 알았어. 내 의견이 그럴듯하지 않다는 데 나도 동의해. 나는 다만 우리가 이곳을 떠나지 않았다는 이유 말고도 에일린이 전승 기념일에 그 코트를 입고 있을 수 있는 온갖 설명이 가능하다고 말하는 것뿐이야. 우리는 바솔로뮤 씨를 만나지 못했지만, 그렇다고 우리에게 다른 방법이 없는 건 아니야. 아직 세인트존스우드 강하 지점이 있고, 던워디 교수님은 5월에 이곳에 오실 거야. 그렇지? 1942년과 1943년에 이곳에 오기로 예정된 역사학자들도 있고. 그리고 만약 우리가 그 역사학자들 가운데 아무도 만나지 못한다 해도 우리에게는 여전히 데니스 애서튼이 있어."

'데니스 애서튼.'

"네 말이 맞아." 폴리가 말했다. "미안해. 그 코트를 보고 충격을 받아 잠시 정신이 없었어." 폴리는 재빨리 계단을 내려가기 시작했다. "에일린은 우리가 왜 그러는지 이상하게 생각할 거야. 그리고 나도 배가 고파. 리케트 부인은 오늘 밤에 평소보다 더 심했어. 수프가 꼭 설거지한 물로 끓인 거 같…."

마이크는 폴리의 두 팔을 잡고 그녀를 돌려 자기를 마주 보게 했다. "아니, 진실을 말하기 전에는 아무 데도 못 가. 단지 코트 때문만은 아니야. 뭔가 더 있어. 그게 뭐지?"

"없어." 폴리가 말하며 변명을 늘어놓았다. "애서튼의 강하 지점이 열리지 않을까 걱정이 되는 것뿐이야. 제럴드의 것도 열리지 않았고, D-데이 사전 준비 작업 시기는 아마도 분기점일 거야. 언제 어디로 상륙하는지 히틀러가 알지 못하게 하는 게 아주 중요하잖아. 그리고…."

"넌 거짓말을 하고 있어." 마이크가 말했다. "너 언제 왔어?"

"언제더라…. 9월 14일이야. 10일에 도착했어야 했는데 편차 때문에 도착해보니…."

"대공습 말고. V-1 임무."

'괜찮아. 난 아직 할 수 있어.' 폴리가 생각했다. '여전히 이 상황을 빠져나갈 수 있어.' "말했잖아. V-1 공격은 6월 13일에 시작되었다고."

"내가 물은 질문의 답이 아니야."

"나는 첫 번째 로켓이 떨어진 다음에야 덜위치에 도착했어. 11일에 도착할 계획이었고, D-데이 이틀 뒤인 6월 8일에 옥스퍼드에서 덜위치로 떠났어." 폴리는 쉬지 않고 변명을 이어갔다. "하지만 거기까지 가는 데 얼마나 오래 걸렸는지 몰라. 상륙작전 때문에 일반인은 이동 자체가 거의 불가능…."

"그것도 내가 물은 질문의 답이 아니야. 나는 네가 언제 네트를 통과해 왔는지 물었어. 그리고 그게 6월 8일이라고 답할 생각은 하지 마." 마이크는 폴리를 바라보며 답을 기다렸고, 거짓말은 통하지 않았다. 마이크는 이미 답을 알아낸 상태였다.

폴리가 깊게 숨을 들이켰다. "12월 29일. 1943년."

마이크는 두 눈을 감았고, 폴리의 두 팔을 꽉 움켜쥐었다. 그 힘이 너무 세서 폴리는 팔이 아플 정도였다.

"그냥 덜위치에 떡하니 나타날 수는 없었어." 폴리는 마이크를 이해시키려 애쓰며 말했다. "그곳에 정식으로 배속받아야 했고, 그러려면 먼저 옥스퍼드의 지부에 한동안 있어야 했어. 데네웰 소령은 사실상 FANY의 모든 사람을 알았어. 내 경력에 대해 거짓말을 하면 절대로 통하지 않았을 거야."

"지난 몇 주 동안 네가 나한테 거짓말을 한 것처럼?" 마이크가 화를 내며 말했다. "너는 데니스 애서튼이 네 데드라인이 지난 뒤에 오는 걸 계속 알고 있었어. 설사 우리가 애서튼을 찾더라도 이미 늦은 뒤라는 걸 말이야."

"알아. 미안해. 나는 다만….."

"다만 뭐?" 마이크가 폴리를 흔들었다. "날 걱정시키지 않으려고 그랬다고?"

'응. 우리가 서로를 찾아내고 네 강하 역시 열리지 않을 거란 걸 알게 된 그날 밤 이후로 내가 얼마나 힘들었는지 몰라. 난 너까지 그런 고통을 겪게 하고 싶지 않았어. 네가 지금 같은 표정을 짓게 만들고 싶지 않았단 말이야. 내가 처음 이 상황을 알고 느꼈던 심정, 막 사형 선고를 받은 듯한 느낌을 너까지 받게 하고 싶지 않았어.'

"미안해." 폴리가 힘없이 반복해 말했다.

"또 말하지 않은 게 뭐지?" 마이크가 분통을 터뜨리며 말했다. "나에게 말하지 않은 임무가 몇 개나 더 있어? 1942년에도 여기에 있었어? 아니면 1941년 여름은? 아니면 다음 주?" 마이크는 폴리의 두 팔을 너무나 세게 움켜쥐었기에 그녀는 고통에 비명을 질렀다. "광장에서 나도 에일린과 함께 있었어?"

"아니. 말했듯이….."

"내가 그곳에 있었어? 팔이나 다리가 하나 잘렸기 때문에 내가 걱정하지 않도록 내가 그곳에 있는데도 못 봤다고 한 거 아니고?"

"아니야." 폴리가 눈물이 그렁그렁 고인 눈으로 말했다. "에일린만 봤어."

"맹세해?"

"맹세해."

"얘늘아!" 에일린이 뒤에서 외쳤다. "마이크! 폴리!"

폴리가 마이크의 팔을 움켜쥐었다. "에일린에게는 말하지 마." 폴리가 속삭였다. "제발. 에일린은… 제발, 에일린에게는 말하지 마."

"무슨 일이 있었어?" 에일린이 계단을 달려 올라오며 말했다. 그녀는 샌드위치 하나와 오렌지 스쿼시 한 병을 들고 있었다. "간이식당으로 올 거라고 했잖아."

마이크는 폴리를 보았고, 이윽고 말했다. "이야기하고 있었어."

"공습에 대해서." 폴리가 재빨리 말했다. "우리가 만든 목록에서 빈 날짜를 채우고 있었어. 트래펄가 광장이 겨울 언젠가에 공습당한다고 네가 말했지? 어느 달인지 알아?"

"아니." 에일린이 말하고 계단에 앉아 샌드위치 포장을 풀었다. "좀 먹어볼래?"

마이크는 대답하지 않았지만 에일린은 아무것도 알아차리지 못한 듯했다. 그녀는 알프와 비니에 관한 화제에 정신이 팔려 있었다. "애들이 그날 집에 제대로 들어갔어야 할 텐데."

"걔네들은 혼자서도 잘할 수 있다고 네가 말했잖아." 폴리는 밝은 목소리를 내려 애쓰며 말했다.

"잘할 수 있어. 하지만 밤새 아무리 떼어내려 해도 딱 붙어 있더니만, 집에 데려다주겠노라고 하니까 사라졌어. 이유가 궁금해."

"세인트바트 병원에서 훔친 체온계나 청진기를 네가 발견할까 봐 두려웠던 걸 거야." 마이크가 추측했다.

에일린은 마이크가 한 말을 듣지조차 않았다. "둘 다 너무 꾀죄죄했어." 에일린은 생각에 잠겨 말했다.

폴리는 그게 알프와 비니가 블랙프라이어스역을 제멋대로 싸돌아다니는 것과 관련이 있을 거라 생각했지만, 그 연관 관계가 어떻든 간에 에일린이 자신들이 아닌 호드빈 남매에게 정신이 팔려서 다행이라고 생각했다. 그렇지 않았다면 에일린은 마이크가 충격받은 상태라는 걸 눈치챘을 것이다.

'마이크에게 말하지 말걸.' 폴리는 마이크가 진실을 이미 추측했더라도 그걸 시인하지 말아야 했다고 생각했다. '5월이나 4월 정도에 네트를 통과했다고 거짓말을 했어야 하는데.'

하지만 마이크는 너무나도 절박해 보였고, 너무나도… 뭔가에 쫓기는 듯한 표정이었다. 그리고 공습경보가 해제된 뒤 집으로 돌아가는 길에, 마이크는 폴리를 옆으로 살짝 끌어내며 말했다. "네 데드라인 전에 네가 여기서 빠져나갈 방법을 알아낼게. 너희 둘 다 돌아갈 수 있게 할게. 약속할게.”

이튿날 저녁, 폴리가 일을 마치고 나오자 마이크가 타운센드 브라더스 백화점 밖에 서 있었다. “D-데이 준비에 대해 말해줘.” 마이크가 말했다.

“준비? 하지만?”

“우리는 데니스 애서튼이 3월에 올지 안 올지 확실히 몰라. 던워디 교수님이 애서튼의 강하 날짜를 변경했을 수도 있어.”

‘아니면 취소했거나.’ 폴리가 생각했다. ‘아니면 제럴드 핍스 때처럼 강하가 열리지 않아서 올 수가 없거나.’

“또는 네가 그랬던 것처럼 애서튼도 일찍 도착해야 했을 수 있어.” 마이크가 말했다. “그래서 상륙작전 준비가 시작될 때 미리 자리 잡고 있도록 말이야.”

폴리는 고개를 저었다. “그럴 필요가 없을 거야. 캠프에는 수십만 명의 군인들이 도착했어. 애서튼이 끼어들어도 아무도 알아차리지 못할 거야.”

“어디로 도착했는데?” 마이크가 계속 캐물었다. “준비 작업이 어디였어?”

“포츠머스, 플리머스, 사우샘프턴. 하지만 잉글랜드 남서부 절반에 걸쳐 있었어.” 폴리가 말했고, 곧바로 후회했다. 애서튼을 찾는 게 어려울 거라는 식으로 말하면 안 되는 거였다. 폴리는 마이크가 데니스 애서튼을 찾는 게 가망이 없다고 생각해서 뭔가 다른 무분별한 행동, 가령 총에 맞을 위험도 아랑곳하지 않고 사격 훈련소 근처에 있는 에일린의 강하 지점에 가보려 한다든가 또는 살트램-온-시로 가서 자신의 강하 지점에 설치된 대포를 날려버릴 계획을 짜는 걸 원하지 않았다.

마이크는 그런 제안을 하지 않았다. 그리고 이튿날 저녁, 마이크가 자신의 계획을 밝히긴 했지만, 그 계획은 서로 번갈아 가며 폴리의 강하 지점을 다시 확인하자는 것과 신문들에 개인 광고를 추가로 싣자는 정도가 전부였다.

“하지만 이미 해봤잖아.” 에일린이 말했다. “그리고 아무 답도 없었어.”

“이제 실을 광고는 구조팀에게 보내는 게 아니야.” 마이크가 말했다. “옥스퍼드에 보내는 거지.”

“하지만 다른 역사학자를 찾지 못하는 상황에서 어떻게 미래로 메시지를 보낼 수가 있어?" 에일린이 물었다. "우리는 바솔로뮤 씨의 강하 지점이 어디인지 몰라."

"우리는 구조팀에게 했던 것과 같은 방식으로 옥스퍼드에 메시지를 보낼 거야. 네가 해줬던 말 기억 나, 폴리? 영국 정보부는 노르망디가 아닌 칼레로 상륙할 거라고 히틀러를 속이기 위해 신문에 메시지를 실었다고 했잖아."

"결혼 발표와 편집자에게 보내는 편지들?"

"그래. 그리고 BBC를 통해 베를렌 메시지랑 다른 암호 메시지들을 프랑스 레지스탕스에 보냈잖아."

"하지만 그 메시지들은 미래로 보내는 게 아니었어." 폴리가 말했다.

"맞아. 하지만 결국은 미래에 도착했어. 제2차 세계대전이 끝난 뒤 역사학자들은 당시 상황을 알기 위해 모든 신문과 라디오 방송 녹음과 전보를 조사했고, 남 포티튜드와 BBC의 메시지들을 발견했어."

"하지만 역사학자들은 1944년 신문을 조사했어." 폴리가 말했다. "왜 1941년 신문을 조사하겠어?"

"우리가 1941년에 있으니까. 우리가 어디에 있는지 찾으려 할 테니까." 마이크가 말했다. "그리고 우리는 그 장소를 알려주는 거고."

'안 될 거야.' 폴리가 생각했다. '만약 옥스퍼드에서 메시지를 찾고 있었다면 이미 우리가 구조팀에 보낸 메시지를 발견했을 거고, 구조팀이 트래펄가 광장이나 피터 팬 동상 앞에서 기다렸을 거야.'

'그리고 만약 미래의 역사학자들이 메시지를 찾고 있지 않다면, 만약 어떤 역사학자가 우연히 우리 메시지를 발견하길 기대하는 거라면, 그 역사학자는 우리 메시지 내용을 이해하지 못할 거야. 우리가 '던워디 교수님, 1941년에 갇혔어요. 집으로 갈 방법이 필요해요. 폴리, 마이크, 에일린'이라고 쓴다면 모를까. 그리고 그렇게 쓴다 해도 그걸 읽은 역사학자가 그 내용을 이해한다는 보장도 없고.'

그리고 그 메시지가 2060년까지 남아 있다는 가정도 필요했다. 신문사들이 모여 있는 플리트 스트리트는 전쟁이 끝날 때까지 몇 번에 걸쳐 폭격당했고, 세인트폴 대성당을 파괴한 핀포인트 폭탄 때문에 셀 수 없이 많은 기록이 파괴되었으며, 전 세계적 전염병 때에도 마찬가지로 수많은 기록이 사라졌다. 〈이브닝 익스프레스〉의 개인 광고란 메시지가 던워디 교수에게 도착할 가능성은 병에 담은 편지가 던워디 교수에게 도착할 가능성만큼이나 작았다. 그리고 마이크 역시 그 사실을 확실히 알았다. 폴리는 마이크가 폴리와 에일린이 '더는 방법이 없다'는 걸 알아차리지 못하도록, 둘에게 그냥 뭔가 할 거리를 주기 위해 저러는 게 아닐까 하는 의심이 들었다.

하지만 그 이유가 뭐든 간에, 마이크는 폴리가 모든 걸 털어놓았을 때 지었던, 쫓기는 듯하고 절박한 표정을 더는 짓지 않았다. 그리고 만약 '세상의 빛 옆 남쪽 복도에서 만나자'라는 메시지를 보낸 뒤 마이크를 세인트폴 대성당에서 기다리게 하거나 하이드파크 코너에서 기다리게 한다면, 그는 백베리나 살트램-온-시에 가서 무모한 시도를 하지 않을 것이다. 그래서 폴리는 부지런히 개인 광고들을 썼다. 'R. T. 지난 토요일에 가지 못해서 미안. 갈 수 없었어. 패딩턴역 6번 트랙에서 2시에 만나자. M. D.' 그리고 이런 메시지도 썼다. '금반지, 옥스퍼드 스트리트에서 분실, '시간은 끝이 없다'라고 새겨졌음. 사례함. M. 데이비스에게 연락. 켄싱턴, 브레스포드 코트 9번지.'

금요일, 마이크는 자신이 트래펄가 광장에 에일린과 같이 있지 않았던 게 확실한지 다시 한번 물었다. "에일린 주위에 서 있던 사람들도 보았어?"

"응." 폴리가 말했다. "흰색 원피스를 입은 10대 소녀 한 명이랑 수병 한 명…." 폴리가 얼굴을 찡그리며 기억을 더듬었다. "그리고 나이 지긋한 여자 둘이랑. 왜?"

"왜냐면 설사 너랑 내가 죽었다 할지라도, 에일린은 그곳에 혼자 가지 않았을 테니까. 타운센드 브라더스 백화점이나 다른 백화점의 동료들과 그곳에 갔을 거야. 그런데 에일린이 혼자 갔다는 건 에일린이 다른 임무를 받아 거기로 갔단 뜻이 되는 거지."

아니, 그렇지 않았다. 그래도 마이크가 그렇게 믿는다면 뭔가 무분별한 일을 할 가능성이 작아졌다.

"그 나이 지긋한 여자들은 라버넘 양이랑 히바드 양이 아니었지?" 마이크가 물었다. "스넬그로브 양도 아니고?"

"아니었어." 폴리가 말했다. 하지만 폴리는 자신이 그 사람들을 제대로 보지 못했으며 또한 그 당시에는 그 사람들을 알게 되기 전이라 얼굴도 잘 몰랐다고 말하지 않았다.

11일인 토요일, 타운센드 브라더스 백화점은 듀크 스트리트의 가스 누출 때문에 다시 소개했고, 위더릴 씨는 폴리를 포함해 직원 절반을 집으로 돌려보냈다. 에일린은 거기에 포함되지 않았다. 폴리는 마이크가 리어리 부인 집에 있는지 보러 갈 생각이었지만, 라버넘 양이 그녀를 붙잡고 극단이 낭독회를 할 극본들을 살펴보게 했다.

"등장인물들이 적어야 해요." 라버넘 양이 폴리에게 지시했다. "단원 일부가 없어도 문제가 안 되게요."

"지난 며칠 동안 빠져서 죄송해요." 폴리가 말했다. "오늘 밤에는 꼭 갈게요. 약속해요."

"어, 당신을 말한 게 아니었어요." 라버넘 양이 말했다. "심스 씨를 말한 거였어요. 그분은 화재 감시원에 자원했고, 라일라와 비브도 거의 안 나와요. 그 둘은 친목 댄스회에 간다고 늘 빠져요."

"그 둘이 오늘 밤에도 가는 건 아니겠죠?" 폴리가 걱정하며 말했다. 오늘 밤에는 뱅크역과 리버풀 스트리트역에 심한 폭격이 있었다.

"안 가길 바라요." 라버넘 양이 말했다. "우리는《한여름 밤의 꿈》의 한 장면을 낭독하거든요. 그리고 머스터드시드와 피스블로섬 역할로 그 둘이 필요해요."

사이렌이 울릴 때까지도 마이크나 에일린은 돌아오지 않았고, 폴리가 노팅힐게이트역으로 갔지만 그곳에도 둘은 없었다. 어젯밤 두 사람이 떠나기 전, 폴리는 둘에게 사이렌 소리를 들으면 뱅크역이나 리버풀 스트리트역을 통과하는 지하철을 타지 말고 방공호에 가라고 말했다. 그건 둘이 노팅힐게이트역에 오기까지 시간이 좀 걸린다는 뜻이었다.

폴리는 비상계단에 둘이 볼 수 있게 메모를 남기고 플랫폼으로 갔다. 다행히도 라일라와 비브가 와 있었고, 근무 중인 심스 씨, 그리고 도밍 씨의 말에 따르면 날씨가 너무 나빠 공습이 없을 거라며 오지 않은 리케트 부인을 뺀 나머지 사람들도 모두 있었다. "리케트 부인 생각이 맞을 것 같아요." 도밍 씨가 말했다. "눈이 올 듯하네요."

'눈이 독일 공군의 오늘 밤 공습을 막지는 못해요.' 폴리가 생각했다.

극단은 《한여름 밤의 꿈》에서 티타니아와 보톰이 나오는 장면을 읽었고, 주임 사제는 《전함 피나포어》에서 제독의 노래를 암송했으며, 폴리와 고드프리 경은 《진지함의 중요성》에서 한 장면을 읽었다. 그들은 수백 개의 폭탄이 터지며 내는 듯한 날카롭고 둔탁한 소리 때문에 있는 힘껏 큰 소리로 장면들을 읽어야 했다.

폴리는 금방이라도 에일린과 마이크가 오리라고 계속 기대했지만, 둘은 오지 않았다. 리케트 부인은 공습에 관한 자기 추측이 틀려 화난 듯한 표정으로 역에 왔다. "제가 여기 오려고 집을 나선 뒤 에일린이 집에 오지 않았나요?" 폴리가 리케트 부인에게 물었다.

"아니요. 오늘 오후 이후로 안 돌아왔어요."

"오늘 오후요?"

리케트 부인이 고개를 끄덕였다. "자기는 오늘 저녁 식사에 못 올 거라면서 이걸 당신에게 전해달라더군요."

부인은 폴리에게 봉투를 건넸다. 봉투 안에는 에일린이 끄적인 메모가 있었다. "폴리, 알프와 비니가 걱정돼. 둘은 뱅크역에 자주 간다고 했어. 둘이 그곳에 없는 걸 확인하러 갔다 올게. 에일린."

'둘이 그곳에 없는 걸 확인하러 간다고?' 폴리가 공포에 질려 생각했다. 뱅크역이 폭격당하는 날 밤에?

폴리는 자기 코트를 집어 들고 입기 시작했다. "어디 가는 겁니까?" 고드프리 경이 물었다.

"에일린을 찾으려요."

"지금 거의 11시예요." 라버넘 양이 말했다. "지하철은 이미 운행을 멈췄을 거예요."

"공습이 시작되었을 때 방공호로 갔을 겁니다." 주임 사제가 말했다.

'그게 문제예요.' 폴리가 생각했다. '에일린은 폭격당할 예정인 방공호로 갔거든요.'

하지만 에일린은 그곳이 폭격당할 것을 알았다. 에일린은 알프와 비니를 찾아 즉시 그곳을 떠났을 것이다. 아이들이 떠나는 걸 거부하지 않았다면 말이다. 아이들은 29일에도 에일린을 지연시켰다. 만약 오늘 밤에도 그렇게 해서 에일린이 역에서 떠나지 못했다면?

"친구분에게 아무 일도 없을 거라고 확신합니다." 주임 사제가 안심시키려 말했다.

'신부님 말이 옳아.' 폴리가 생각했다. '나는 전승 기념일에 대해 잊고 있었어. 나는 그날 녹색 코트를 입은 에일린을 보았어. 그건 에일린이 뱅크역에서 죽을 리 없다는 뜻이야.'

하지만 마이크는 전승 기념일에 그곳에 없었다. 만약 마이크가 에일린과 함께 역에 갔다면? "데이비스 씨가 오늘 오후에 하숙집에 들렀나요?" 폴리는 리케트 부인에게 물었다. "데이비스 씨에게 이 메모를 보여주셨어요?"

리케트 부인은 화내며 정색했다. "절대로 그러지 않았어요. 난 심지어 오늘 데이비스 씨를 보지도 못했어요. 나는 내 집에 하숙하는 사람들의 편지를 남자친구에게 전하는 버릇 따위는 없어요."

"아, 물론이에요." 폴리가 서둘러 말했다. "제가 그냥 걱정되어서요. 둘 다 몇 시간 전에 여기에 왔어야 하는데, 오늘 밤은 공습이 아주 심하잖아요."

"내일 아침까지는 할 수 있는 게 아무것도 없을 겁니다." 도밍 씨가 말했다.

'걱정 말고는 할 수 있는 게 없지.' 폴리가 생각하며 폭탄들이 터지는 소리에 귀를 기울였고, 뱅크 스트리트가 언제 폭격당하는지 그리고 다른 어디가 폭격당하는지 알면 좋았겠다고 생각했다. 그리고 마이크가 어디에 있는지도. 만약 에일린이 리케트 부인 집을 나서는 걸 보고 그 뒤를 쫓아간 거라면? 그리고 뱅크역의 군중 속에서 에일린을 놓쳤고 에일린이 호드빈 남매를 데리고 다른 역으로 간 걸 알지 못했다면? 아직도 뱅크역에서 에일린을 찾고 있다면?

'마이크가 에일린 뒤를 쫓아갔는지 아닌지도 모르잖아.' 폴리가 생각했다. '내 강하 지점을 확인하러 갔을 가능성도 아주 커. 아니면 광고를 실으러 플리트 스트리트로 갔다가 돌아올 수 없었거나.' 마이크는 어젯밤에는 기사를 써야 했기 때문에 늦게 역에 왔다. '마이크는 〈헤럴드〉의 지하실에 있고 에일린은 폭격당하지 않은 지하철 방공호에 있을 거야. 알프와 비니가 사람들 소매치기를 하지 못하도록 막으면서 말이지. 그러니 나는 여기서 잠을 좀 자두는 게 최선이야.'

하지만 폴리는 폭탄 소리 때문에 잠을 이룰 수가 없었고, 마이크나 에일린이 돌아왔는지 확인하기 위해 비상계단으로 두 번 다녀왔다.

공습경보해제는 5시 30분에 울렸다. "하지만 친구분들은 지하철이 운행할 때까지 기다려야 합니다." 주임 사제가 말했다.

"알아요." 폴리가 말했고 첫 번째 운행하는 지하철에 사람들이 많아서 타지 못했을 경우를 대비해 30분을 더 기다려보았지만 둘은 여전히 오지 않았다.

"집으로 돌아갔고, 거기서 당신을 만나려는 걸 수도 있어요, 세바스찬 양." 라버넘 양이 자신이 쓴 담요를 접으며 말했다.

"그 생각도 했지만, 만약 제가 떠났을 때…."

"친구분들이 오면 못 만날까 그러는 거지요." 라버넘 양이 말했다. "이해해요. 당신은 이곳에 있도록 해요. 만약 오릴리 양이 집에 있으면 당신이 이곳에 있다고 말해줄게요. 그리고 내가 가는 길에 리어리 부인 집에 들러 데이비스 씨에게도 전해달라고 리어리 부인에게 말할게요."

"저는 여기에 적어도 1시간은 더 있을 거예요." 브라이트포드 부인이 아직 잠자는 아이들을 가리키며 말했다. "그러니 나가서 오릴리 양을 찾아보고 싶으면 그렇게 하세요. 당신이 돌아올 때까지 기다리라고 말할게요."

"감사합니다!" 폴리가 고마워했고, 플랫폼마다 달려가 어느 노선이 운행하지 않는지 확인한 뒤, 에일린과 마이크가 어느 쪽에서 오든 상관없이 알아볼 수 있도록 디스트릭트 선 에스컬레이터 발치에 자리를 잡은 다음 사람들 속에서 주황색 목도리와 녹색 코트를 열심히 찾았다.

북행 터널에서 에일린이 나타났다. "에일린!" 폴리가 외치며 에일린에게 달려갔다. "다행이야!" 폴리는 에일린 너머 터널을 바라보았다. "마이크랑 같이 있어?"

"마이크? 아니. 마이크는 어제 아침에 저녁 늦게까지 일해야 한다고 말했어. 여기 없어?"

"응. 하지만 센트럴 선은 운행 안 해. 철로가 손상되었어. 아마 돌아올 수 없을 거야. 나는 마이크가 너를 찾아 리버풀 스트리트역이나 뱅크역으로 갔을까 봐 걱정했어."

"알프와 비니는 뱅크역에 없었어. 임뱅크먼트역에 있었지. 하지만 그 아이들을 계속 그곳에 있게 하려면 내가 같이 있는 수밖에 없었어. 그 아이들에게…." 에일린은 목소리를 낮췄다. "뱅크역과 리버풀 스트리트역이 폭격당할 거라고 말할 수는 없었어. 알프와 비니가 어떤 아이들인지 너도 알잖아. 만약 이유를 설명하지 않고 그곳에 가지 말라고 하면 그 둘은 그 이유를 알아내기 위해 곧장 거기로 갔을 거야. 게다가 다른 것도 알아내야 했고."

'도대체 그 아이들은 얼마나 많은 범죄를 저지른 거야?' 폴리가 생각하며 에스컬레이터를 타고 내려오는 사람들을 바라보았다. 지금쯤이면 라버넘 양이 리어리 부인 집에 도착해 마이크에게 말했을 시간이었다. 만약 마이크가 그곳에 있다면.

"저번 아침에 호드빈 남매에게 집에 데려다주겠다고 말하자 그 둘이 도망간 일을 생각해봤어." 에일린이 말했다. "그리고 내가 지도를 빌리러 갔던 날, 둘이 나를 집에 들이지 않으려 했던 일도."

점점 더 많은 사람이 에스컬레이터를 타고 내려왔다. 공습을 피해 대피했다가 겨드랑이에 침구를 끼고 이스트 엔드로 돌아가는 사람들, 새벽 근무 시간에 맞춰 출근하는 공장 노동자들이 보였지만 마이크는 여전히 보이지 않았다.

"그리고 알프와 비니는 너무나 더럽고 옷도 꾀죄죄해. 물론 걔네 엄마가 아이들을 제대로 보살피지 않는 건 나도 알지만, 비니는 장원에서 입었던 원피스를 여전히 입고 있고, 장원에 있을 때도 그건 너무 작았어. 그리고…."

라버넘 양이 에스컬레이터를 타고 내려와 그들에게 다가왔다. "괜찮아요." 폴리가 라버넘 양에게 외쳤다. "찾았어요. 해주신 말씀이 맞았어요. 제 친구는 지난밤에…."

폴리는 라버넘 양 위쪽 계단에 공습 대비대 감시원이 있는 것을 보았다. 그리고 라버넘 양의 얼굴을 보았다. "무슨 일이죠?" 폴리가 물었다. "무슨 일이에요?" 하지만 폴리는 이미 그 답을 알았다.

'안 돼.' 폴리가 생각했다. '안 돼.'

"세바스찬 양이신가요?" 공습 대비대 감시원이 말했고, 폴리는 자신도 모르게 고개를 끄덕인 모양이었다. 감시원이 이렇게 말했기 때문이다. "나쁜 소식을 전하게 되어 유감입니다. 당신 친구인 마이크 데이비스 씨가 지난밤 사망하셨습니다."

38

비올라: 여러분, 이곳은 어느 나라인가요?
선장: 일리리아입니다, 아가씨.
비올라: 일리리아에서 나는 어째야 하나?
나의 오라버니는 저승에 있는데.

— 윌리엄 셰익스피어, 《십이야》

런던, 1941년 겨울

공습에서 죽은 건 마이크만이 아니었다. 심스 씨 역시 죽었다. 공습 대비대 지부가 폭격당했을 때 심스 씨는 독감에 걸린 감시원을 대신해 근무 중이었다. 넬슨이 같이 있었고, 구조팀은 개의 낑낑거리는 소리 덕분에 심스 씨를 파낼 수 있었지만, 너무 늦었다. 심스 씨는 과다 출혈로 이미 죽은 뒤였다.

넬슨은 앞발을 베인 게 부상의 전부였지만, 심스 씨에게는 가족이 없어서 단원들은 넬슨의 운명이 어찌 될지 걱정했다. 하지만 다음 주, 도밍 씨가 넬슨을 데리고 노팅힐게이트역으로 왔고, 넬슨을 데리고 있기 위해 1기니를 냈다고 선언했다.

"도밍 씨는 개를 좋아하지 않아요." 라버넘 양에게 그 이야기를 들었을 때 폴리가 말했다. "그리고 리케트 부인은 하숙집에 반려동물을 허용하지 않는 줄 알았는데요."

"말했잖아요. 도밍 씨는 이사했어요. 심스 씨가 쓰던 방으로요."

폴리는 라버넘 양에게 그 말을 들은 기억이 없었다. 또한 심스 씨가 죽었다는 말을 들은 기억도 없었다. 하지만 들은 게 분명했다. 심스 씨도 하운즈디치에 있었던 걸까 궁금해했던 기억이 났기 때문이다. 폴리는 당시의 며칠에 대한 기억이 거의 없었다. 그때는 마이크가 죽었다는 사실을 받아들이고 해야 할 일들만 하는 것도 버거웠다.

폴리는 이 시대 사람들이 잔해에서 남편과 부모와 아이들과 친구들의 시체를 발견했을 때 어떻게 용기를 잃지 않고 계속 살아갈 수 있었는지가 늘 궁금했었다. 하지만 그건 용기가 있어서가 아니었다. 처리해야 할 일이 너무나도 많다 보니, 그 일들을 다 처리했을 즈음엔 이미 시간이 너무 흘러 슬픔에 무너져 내릴 수가 없었을 뿐이었다.

폴리는 소식을 전해준 감시원과 함께 공습 대비대 지부로 가서 마이크의 물건들을 수령하고 서명해야 했고, 사고 지역 담당 경관과 이야기해야 했고, 타운센드 브라더스 백화점에 전화해 자신과 에일린이 출근하지 못한다고 말을 해야 했으며, 새로운 하숙생이 들어올 수 있도록 그의 방에서 소지품을 치워야 했다. "이렇게 빨리 재촉하고 싶지는 않았어요." 리어리 부인이 말했다. "하지만 어젯밤에 집이 폭격당해 갈 곳이 없는 부부가 있어서요."

"괜찮아요." 폴리가 말했다. 그리고 폴리는 혹시라도 리어리 부인이 마이크의 소지품을 정리하다가 앞으로 있을 폭격 일정 목록을 발견하고 그를 스파이로 생각하는 걸 원하지 않았기에 곧장 짐을 정리하러 갔다.

하지만 마이크의 방에는 오해받을 만한 물건이 전혀 없었다. 옷과 슈트케이스, 수건, 면도용품, 새클턴 전기 페이퍼백 한 권이 전부였다.

폴리는 그것들을 꾸려 리케트 부인 집으로 가져왔고, 담당 편집자에게 마이크의 사고 소식을 전하러 〈데일리 익스프레스〉로 갔다. 그리고 그 내내 상실의 고통이 당장에라도 밖으로 터져 나오는 일을 막기 위해 폴리는 무감각하게 있으려 단단히 마음을 먹었다.

하지만 실은 고통이 터져 나올까 걱정할 시간이 없었다. 폴리는 마이크의 편집자가 하는 질문에 답해야 했고, 단원들의 위로와 고드프리 경의 격정스러운 관심에 반응을 보여야 했고, 도린이 '4층 직원 일동'을 대신해 가져온 꽃다발을 꽃병에 꽂아야 했다. 그중에서도 최악은, 마이크의 죽음을 믿지 않으려 하는 에일린을 상대해야 하는 일이었다.

"이건 전부 실수예요. 다른 사람일 거예요." 감시원이 마이크의 신분증과 배급 수첩, 그리고 그가 가지고 다니던 기자 수첩을 보여주는데도 에일린은 끝내 고집을 부렸다. 감시원이 보여준 물건 중에는 그들이 존 바솔로뮤를 찾으려 했던 다음 날 아침에 폴리가 세인트바트 병원에서 마이크에게 빌려준, 히바드 양에게 선물 받은 주황색 목도리도 있었다.

신분증 가장자리는 까맣게 그을렸고, 모든 물건이 물에 흠뻑 젖어 있었다. "소방 호스 때문에요." 감시원이 사과하듯이 설명했다.

"마이크가 물건들을 도둑맞았던 걸 수도 있어." 에일린이 말했다. "알프와 비니는 늘 사람들에게서 온갖 것들을 훔쳤어. 시체를 보기 전에는 믿을 수 없어."

하지만 시체는 없었고, 감시원이 조심스럽게 그 이유를 설명했다. "450킬로그램짜리 폭탄이었습니다. 그리고 소이탄들도 떨어졌고요, 아시겠지만요."

폴리는 알았다. 마이크는 산산조각이 났고, 그 조각들이 너무 작아 구조대가 거둘 수조차 없었다. 처음으로 V-1 사고 가운데 한 곳에 갔을 때 페이지 페어차일드가 했던 말이 떠올랐다. "손보다 작은 건 신경 쓰지 마."

"마이크일 리가 없어." 에일린이 계속 주장했다. "공습이 한창일 때 여기에 뭐 하러 나왔겠어? 사이렌이 울리면 방공호로 가겠노라고 우리 모두 약속했잖아."

"어쩌면 방공호까지 너무 멀어서 그곳까지 갈 만한 시간이…."

"아니야." 에일린이 말했다. "감시원에게 물어봤어. 하운즈디치는 11시에야 폭격받았댔어. 그리고 마이크가 하운즈디치에서 무엇을 하겠어? 마이크가 네게 그곳 이야기를 한 적 없잖아, 안 그래?"

"응. 하지만 마저리 기억나? 마저리도 자기가 조종사를 만날 거라는 말을 아무에게도 하지 않았어. 마저리가 저민 스트리트에 있다는 걸 아무도 몰랐다고."

"그리고 마저리는 죽지 않았지. 마이크도 그래."

"에일린….."

"부상당해 어딘가에 입원해 있거나 머리를 맞아 자기가 누군지 모르는 상태일 거야." 에일린이 주장하며 이미 관계 당국이 확인해보았음에도 불구하고 병원들을 확인해보자고 우겼고, 만약 무슨 일이 잘못되면 가 있기로 했던 옥스퍼드 서커스역의 에스컬레이터 발치에서 고집스레 기다렸다.

"계속 이럴 수는 없어." 사흘째 밤이 지나고 폴리가 말했다. "넌 잠을 좀 자야 해."

에일린이 고개를 저었다. "그랬다가는 마이크를 놓칠 거야." 에일린이 말했다. 나흘째 밤이 지나도록 마이크가 오지 않자 다시 밀했다. "아마 마이크는 구조팀을 찾았고, 구출되었을 거야. 그리고 우리를 데리러 오고 싶지만, 아직 시간이 안 나서…."

폴리는 바솔로뮤 씨가 세인트폴 대성당에 있다는 사실을 알게 된 마이크가 각자 갈라져서 그를 찾자는 의견에 얼마나 완고하게 반대했는지를 떠올리며 고개를 저었다. "마이크는 우리를 두고는 절대로 가려 하지 않았을 거야."

"달리 선택의 여지가 없었을 수도 있잖아. 섀클턴처럼. 구조대를 데리고 오기 위해 우리를 두고 떠나야 했을 거야. 어쩌면 강하 지점이 하운즈디치에 있었고, 즉각 떠나지 않으면 강하 지점이 파괴될 상황이었을 거야. 그래서 마이크는 먼저 떠난 거고. 지금 마이크는 바드리와 리나와 함께 다른 강하 지점을 찾으려 애쓰고 있을 거야. 그리고 '이건 시간 여행이야.' 따위 말은 하지 마." 폴리가 아무 말도 하지 않았는데 에일린이 말했다. "구조팀이 아직 오지 않을 만한 이유가 수십 가지는 돼. 편차에 분기점에…."

'하지만 그렇지 않았을 가능성이 가장 커.' 폴리는 생각했다. '마이크는 돌아가지 않았고, 하운즈디치에는 강하 지점이 없었어.' 고성능 폭탄, 그리고 이어서 떨어진 소이탄들이 마이크가 나타나지 않는 유일한 이유였다.

"마이크는 죽을 수가 없어." 에일린이 말했다. "우리를 여기서 빠져나가게 해주겠노라고 약속했단 말이야."

'맞아. 그리고 콜린 역시 내가 곤란한 상황에 빠지면 나를 구하러 오겠노라고 약속했지.' 폴리는 생각했다. '약속을 지킬 수 없는 때도 있는 거야.'

"어쩌면 구조팀에 대한 새로운 단서를 발견해서 구조팀을 찾으러 갔을 수도 있어." 에일린이 말했다. "마이크는 우리에게 말 안 하고 맨체스터에도 갔었잖아."

하지만 그건 그의 신분증이 왜 하운즈디치에서 반쯤 불에 탄 채 발견되었는지, 그리고 리어리 부인의 집에 소지품이 왜 그대로 있는지를 설명하지 못했다. 만약 마이크가 어딘가에 갔다면 면도기와 면도용 비누라도 챙겼을 것이다.

폴리는 마이크가 하운즈디치에서 뭘 했는지에 대한 단서가 그의 소지품 중에 있길 바랐지만, 한편으론 그 이유를 아는 게 두렵기도 했다. 만약 알프와 비니를 찾으러 가는 에일린을 보고 그 뒤를 쫓아간 거라면? 하운즈디치는 뱅크역에서 그리 멀지 않았다. 또는 셋이 이곳에서 빠져나갈 수 있게 하려고 뭔가 위험한 일을 했던 거라면? 마이크는 폴리에게서 에일린의 코트 이야기를 들은 뒤로 너무나도 절박하고 심란해했다. 만약 절박한 상태에서, 누군가를 구조팀이라 착각하고 그 사람 뒤를 밟아 하운즈디치에 간 것이라면? 그래서 죽은 거라면?

'마이크에게 말하지 말아야 했어.' 폴리는 생각했다. '코트에 관해 사실대로 말하는 게 아니었는데.' 만약 마이크가 그들을 구하기 위해, 폴리의 데드라인 전에 그녀를 구하기 위해 애쓰다가 죽은 거라면, 폴리는 그 사실을 도저히 견딜 수 없을 것 같았다.

하지만 만약 마이크가 하운즈디치에서 뭘 했는지 알 수 있다면 에일린은 제정신을 차려 현실을 받아들일 수도 있을 것 같았다. 그래서 이튿날 밤, 폴리는 리케트 부인 집에 남아서 아직도 축축한 마이크의 공책을 오븐에 넣어 말린 뒤 오글오글해진 종이를 한 쪽씩 넘기며 내용을 살폈다.

어떤 쪽에는 잉크가 번지거나 씻겨 나갔다. '바이그램 암호 책의 암호 같네.' 폴리는 생각했고, 흐릿해진 단어들을 살펴보며 그 내용을 해석하려 애썼다.

공책에는 여성으로만 구성된 방공포대에 관한 신문 기사용 메모, 마이크가 블레츨리 파크로 가기 전에 폴리가 말해준 이름들('앨런 튜링, 고든 웰치먼, 딜리 녹스') 그리고 신문 기사로 쓸 만한 소재 목록 같아 보이는 것들('전시의 결혼식들', '당신의 여행은 정말로 필요합니까', '겨울과 전쟁: 생존 전략들')이 적혀 있었다.

'생존 전략들.' 폴리가 생각했고, 마치 셔츠 밖으로 피가 배어 나오듯 고통이 배어 나오기 시작하는 걸 느꼈다.

공책에서 몇 장은 찢기고 없었다. '앞으로 있을 공습 목록이야.' 폴리는 생각했다.

남은 쪽들은 '우리 몫을 다하기: 가정 전선의 영웅들'이라는 제목의 기사와 이름, 주소, 시간 목록이었다. '간이식당 직원 에드나 벨 부인, 사우스워크 커틀본 스트리트 6번지, 1월 10일, 오후 10시.' 그리고 그 아래에 '화재 감시원'이라 적혔고 '우드러프 씨'인지 '월튼 씨'인지 잘 알아볼 수 없는 이름과 함께 '1월 11일 밤 11시. 하운즈디치, H와 스토니 레인 모퉁이'라고 적혀 있었다.

마이크는 에일린을 따라갔다거나 구조팀을 찾으러 갔던 게 아니었다. 그는 〈데일리 익스프레스〉에 실을 일반인 영웅들 기사를 쓰기 위해 화재 감시원을 인터뷰하러 하운즈디치에 간 것이었다. 폴리 때문에 죽은 게 아니었다. 마이크는 그들을 구하려다가 죽은 게 아니었다.

폴리는 그 사실을 알면 위안이 될 거라 생각했지만 그렇지 않았고, 에일린과 마찬가지로 자신도 뭔가 착오가 있었기를, 뭔가 다른 설명이 있기를, 마이크가 사실은 죽은 게 아니라고 밝혀지길 바랐다는 사실을 깨달았다. 하지만 마이크는 죽었다.

그리고 만약 마이크가 죽은 거라면, 누구도 그들을 구하러 오지 않는다는 뜻이었다. 폴리는 던워디 교수가 발을 부상당한 마이크 그리고 데드라인이 있는 폴리를 이곳에 남겨두는 것은 그럴 수 있다고 어찌어찌 자신을 설득할 수 있었지만, 자기 셋 가운데 누군가가 죽는 상황을 피할 수 있음에도 던워디 교수가 그냥 두고 본다는 건 도저히 있을 수 없는 일이었다.

그 말은 던워디 교수도 어쩔 도리가 없었다는 뜻이었다. 교수는 그들을 구할 수 없었다. 그리고 편차 때문이든 아니면 그들이 역사를 바꾸었기 때문이든 아니면 옥스퍼드에 큰 사고가 났기 때문이든 그 이유는 중요하지 않았다. 마이크는 죽었다. ‘마이크 데이비스, 26세, 돌연사. 적의 폭격으로 사망.’

폴리는 마이크의 소지품을 가지고 리케트 부인 집으로 돌아와 그것들을 옷장 서랍에 넣은 뒤, 세인트폴 대성당 바닥에서 주워온 반쯤 불에 그을린 ‘세상의 빛’ 복제화를 꺼내 펼쳤고, 침대에 앉아 그 그림을 바라보았다. 이제 불에 타 사라진 문을 두드리려는 예수의 손을, 그리고 얼굴을 바라보았다. 그의 얼굴에는 아무런 표정도 없었다.

“제가 당신 친구를 위한 추도 예배를 해드릴까요, 세바스찬 양?” 금요일에 주임 사제가 물었다. “기꺼이 주관하겠습니다. 세인트비덜퍼스의 주임 사제와 이야기해서 심스 씨의 장례식을 그곳에서 하기로 했고, 데이비스 씨의 추도 예배 역시 그분께 말씀드려볼 수 있습니다.”

하지만 에일린은 그 말을 들으려 하지 않았다. “마이크는 죽지 않았어요.” 그녀는 고집했고, 폴리가 그의 공책에 기재된 내용을 보여주자 이렇게 말했다. “그 글씨는 11일이 아니야. 그건 17일이야. 아니면 7일이거나. 물 때문에 숫자들이 다 번졌잖아. 그리고 설사 11일이라 해도 그게 꼭 마이크가 약속 장소에 갔다는 뜻은 아니야.”

화요일, 폴리는 심스 씨의 장례식에 갔다. 폴리는 에일린에게도 함께 가자고 설득해보았지만, 에일린은 에스컬레이터 발치를 떠나려 하지 않았다. “마이크를 놓칠 거야.” 에일린은 에스컬레이터를 타고 내려오는 사람들을 희망 어린 눈길로 바라보며 말했다.

넬슨을 포함해 단원 전부가 세인트비덜퍼스 교회에 왔다. 라버넘 양과 히바드 양은 베일을 내린 검은 모자를 썼고 가장자리가 검은색인 손수건을 가지고 왔다.

고드프리 경은 성 크리스핀의 날 연설을 암송했다. “‘오늘부터 세상이 끝나는 날까지 우리를 기억하지 않고는 하루도 지나가지 않으리라. 소수인 우리, 소수이기에 행복한 우리는 모두 한 형제이다. 오늘 나와 함께 피 흘리는 자는 모두 내 형제가 될 것이기 때문이다.'"

그리고 주임 사제는 추도사에서 말했다. "심스 씨는 헨리 5세의 군인 못지않은 훌륭한 군인이었고 또한 영웅이었습니다."

'마이크도 그래요.' 폴리는 생각했다. 마이크가 무엇을 하다 죽었는지는 중요하지 않았다. 영국 공군 조종사가 적과 교전을 벌이다 죽었든 휴가 중에 죽었든 상관없는 것과 마찬가지였다. 여전히 마이크는 그들을 구하려 애쓰다 죽었다. 마이크는 그들을 만난 이후로 줄곧 그들을 이곳에서 빠져나가게 하려고 애썼다. 그리고 마이크가 실패했다는 건 중요하지 않았다. 역사는 실패한 시도로 가득했다. 테르모필레 전투, 남극 탐험 후 돌아오던 스콧의 조난, 하르툼 공방전. 마이크는 여전히 영웅이었다.

장례식 뒤, 주임 사제는 폴리에게 추도 예배에 대해 다시 물었다. "지금 언원 목사님과 이야기할 수 있습니다. 아니면 다른 교회에서 하실 수도 있고요."

'네.' 폴리는 생각했다. '세인트폴 대성당요. 웰링턴, 넬슨 경, 포크너 함장처럼, 영웅들은 다 거기에 묻히니까요. 마이크도 그곳에 있어야 해요.' 하지만 폴리는 그건 절대로 허락되지 않을 거라는 걸 알았다.

그래도 어쨌거나 폴리는 험프리스 씨에게 물어보았고, 놀랍게도 그는 세인트마이클앤드세인트조지 기사단 예배당에서 작은 개인 예배를 주관할 수 있다고 대답했다. "데이비스 씨 일은 정말로 유감입니다." 험프리스 씨가 말했다. "이런 폭력과 죽음 속에서 하느님의 계획을 알아본다는 건 때때로 어려운 일이지요. 하지만 하느님의 도움으로 모든 것이 결국 올바르게 될 겁니다."

험프리스 씨는 폴리에게 언제 추도 예배를 하고 싶은지 물었고, 폴리는 에일린에 관해 이야기했다. "사람들은 종종 죽음을 받아들이기 어려워합니다." 그는 고개를 저으며 말했다. "갑작스러운 죽음은 특히 그렇죠. 그분이 이 상황을 이길 수 있도록 도울 가까운 분이 있나요? 어머니라든가 아버지요. 동창분은 없을까요?"

‘말씀하신 그 누구도 아직 태어나지 않았어요.’ 폴리가 생각했고, 에일린에게 리케트 부인 집으로 돌아가 잠을 좀 자라고 설득하기 위해 옥스퍼드 서커스역으로 향했다. 에일린을 더는 이런 식으로 놔둘 수 없었다. 에일린은 거의 아무것도 먹지 않았으며 잠도 거의 자지 않았다. 눈 밑에는 다크서클이 생겼으며 얼굴에는 뭔가에 쫓기는, 멍한 표정이 떠 있었다.

‘마치 그때의 마이크 같아.’ 폴리는 생각했다. 어떻게든 에일린을 정신차리게 해야 했다.

하지만 에일린은 폴리의 말을 들으려 하지 않았다. ‘그리고 여기에는 에일린과 가까운 사람이 아무도 없어.’ 폴리는 생각했지만, 곧 그게 사실이 아님을 깨달았다. 폴리는 백베리의 신부에게 편지를 썼고, 며칠이 지나도 답장이 없자 알프와 비니를 찾으러 갔다.

호드빈 남매가 위로를 해주기에 이상적인 인물이라고 하기는 어려웠지만, 에일린은 둘을 아꼈다. 에일린은 마이크가 죽은 걸 알게 되기 직전에 그 두 아이에 관해 이야기하고 있었다. 그리고 지금 중요한 것은 에일린을 자극해 현실로 돌아오게 하는 것이었고, 그런 거라면 알프와 비니가 전문가였다.

폴리는 둘이 사는 곳이 화이트채플이라는 것만 알 뿐 정확한 주소는 알지 못했고, 에일린에 따르면 둘 다 집에 있을 때가 없었다. 그러면 남은 건 지하철역뿐이었다.

폴리는 임뱅크먼트역부터 시작했다. 에일린이 그 둘을 마지막으로 본 곳이었다. 그리고 블랙프라이어스역과 홀본역을 찾아보았다. 그래도 호드빈 남매를 찾을 수 없자 폴리는 지하철역들의 말썽꾸러기들을 불러세워 호드빈 남매의 행방을 묻기 시작했지만 그 역시 소용없었다. 그 아이들은 폴리가 아동 보호소에서 왔거나 학교 선생님이라고 생각해서 아무 말도 하지 않으려 들었다. 그래서 폴리는 방법을 바꿔 알프와 비니에게 메시지를 전달해달라며 2펜스를 주었고, 전달한 걸 확인하면 2펜스를 더 주겠노라고 약속했다.

이튿날 폴리가 퇴근할 때, 둘은 타운센드 브라더스 백화점 밖에서 기다

리고 있었다. 폴리가 2펜스를 주겠노라고 약속했던 말썽꾸러기도 함께였
다. 폴리는 그 아이에게 돈을 주었고, 아이는 쏜살같이 사라졌다.

그 아이가 사라지자마자 비니가 말했다. "에일린 언니에게 무슨 일이 일
어났어요?"

"누나가 죽었나요?" 알프가 캐물었다.

"아니. 에일린은 괜찮아."

"그런데 왜 에일린 언니가 여기 없나요?" 비니가 물었다.

"누나가 구급차를 다시 몰아야 해서 길을 찾기 위해 우리가 필요한 건
가요?" 알프가 물었다.

"아니." 폴리가 당황하며 말했다. 에일린은 지금 당장에라도 직원용 문
을 통해 나올 수 있었다. 폴리는 에일린이 오기 전에 아이들에게 마이크에
관해 이야기해야 했다. "에일린의 친구인 데이비스 씨에 관한 거야. 전에
너희도 세인트폴 대성당에서 만난 적이 있지."

"코트가 없던 사람요?"

"그래." 폴리가 말했고, 마이크가 셔츠만 입은 채 세인트폴 대성당 계단
에 앉아 좌절하던 모습이 떠오르며 마음이 아파져왔고, 그의 목에 주황색
목도리를 감아주던 기억이 떠올랐다. "마이크는 죽었어. 그리고…."

"에일린 누나가 보육원에 가는 건 아니죠?" 알프가 물었다.

"아니야, 이 바보야." 비니가 말했다. "보육원은 아이들만 가는 거야."

"데이비스 씨가 죽어서 에일린이 굉장히 슬퍼하고 있어." 폴리가 말했
다. "그리고 나는 너희 둘이 에일린의 기운을 북돋워줬으면 해서…."

"폭탄 때문에 죽었나요?" 비니가 말을 끊고 끼어들었다.

"응. 그리고 에일린은…."

"어떤 폭탄이었나요?" 알프가 캐물었다. "450킬로그램짜리였나요, 아
니면 낙하산 지뢰였나요?" 폴리가 대답하기도 전에 알프가 말했다. "낙하
산 폭탄이 최악이에요. 그거에 걸리면 산산조각이 나요! 콰쾅!" 알프가 두
팔을 흔들었다. "그리고 온몸이 산산조각이 나요!"

'난 무슨 생각을 했던 걸까?' 폴리가 자문했다. '이 아이들은 절대로 에

일린 근처에도 가면 안 돼.'

하지만 이제 이 아이들을 어떻게 여기서 쫓아낸단 말인가? 게다가 비니는 이렇게 말하고 있었다. "그래서 우리가 에일린 언니 기운을 북돋워줬으면 좋겠어요?"

"그래. 하지만 에일린은 너무 슬퍼서 아직 사람들을 볼 수가 없어. 너희들이 위문 카드를 써주면 좋겠다고 생각했어."

"우린 돈이 없어요." 알프가 말했다.

"우리가 장례식에 갈 수 있어요." 비니가 말했다. "장례식은 언제인가요?"

"아직 몰라." 폴리가 말하며 돈을 꺼내기 위해 핸드백을 뒤졌다. 에일린이 오기 전에 어서 저 아이들을 쫓아내야 했다.

"어떻게 우리가 에일린 언니에게 카드를 보내겠어요?" 비니가 말했다. "우리는 에일린 언니가 어디 사는지 몰라요."

'너희에겐 죽어도 주소를 말해주기 싫구나.' 폴리가 생각했다. "타운센드 브라더스 백화점으로 보내면 돼."

"그리고 우리는 우표를 살 돈도 없어요." 알프가 말했다.

"아니, 이젠 있어." 폴리가 1실링을 꺼내며 말했다. "자, 받아."

알프가 돈을 낚아챘고, 다행히도 둘은 곧바로 쏜살같이 사라졌다.

하지만 이렇게까지 했는데도 아무런 소용이 없었고, 에일린은 마이크가 살아 있다고 더욱더 굳건히 믿었다. "사람들은 그냥 사라지지 않아."

'아니, 그래.' 폴리는 생각했다.

"어쩌면 마이크는 자기가 그곳을 떠난 뒤에 제럴드가 왔는지 확인하러 블레츨리 파크에 다시 갔을 수도 있어. 그리고 울트라 작전이며 모든 것이 극비이기 때문에 우리에게 말할 수 없었을 거야. 그래서 죽은 것처럼 보여야 했던 거지." 그건 말도 안 됐다. "마이크는 그러고 싶지 않았지만 네 데드라인 전에 널 빼낼 유일한 방법이라 그렇게 했을 거야."

'그래서 네가 이러는 거구나.' 폴리는 생각했다. '만약 마이크가 죽은 걸 인정하면, 옥스퍼드가 마이크를 죽기 전에 구하지 못했다는 걸 인정하면, 그건 또한 나 역시 구할 수 없다는 뜻이라서 이러는 거구나.'

하지만 계속 이럴 수는 없었다. 폴리는 구드 신부에게 다시 편지를 써야 할지를 고민했지만 그럴 필요가 없었다. 폐장 직전, 성직자 옷깃을 단 남자가 폴리의 매대로 걸어왔기 때문이다. "세바스찬 양?" 그가 말했다. "저는 구드 신부입니다. 지난가을에 백베리에서 잠깐 만났었지요. 더 일찍 오지 못해 죄송합니다. 보내신 편지를 이틀 전에야 받았고, 그다음에는…."

"와주셔서 정말 고맙습니다." 폴리가 환하게 웃으며 말했다. "신부님이 와주신 것만으로도 에일린에게 정말 큰 힘이 될 거예요."

"오릴리 양과 데이비스 씨가 혹시…." 구드 신부가 주저하며 말을 흐렸다.

"로맨틱한 관계였냐고요? 아니요. 마이크는 우리에게 오빠 같은 존재였어요. 그래서 에일린은 마이크의 죽음에 굉장히 상심이 커요."

폴리는 손목시계를 힐끗 보았다. 거의 폐장 시간이었고, 폴리는 에일린이 오기 전에 구드 신부에게 상황을 설명하고 싶었다. "잠시만 기다려주세요. 상사에게 가서 일찍 퇴근할 수 있는지 물어보고 올게요." 폴리가 말하고 스넬그로브 양을 찾아다녔지만, 스넬그로브 양은 어디에도 보이지 않았다.

"매니저님은 7층에 올라갔어." 세라가 말했고, 폐장 종이 울렸다.

폴리는 서둘러 돌아왔지만, 너무 늦었다. 에일린이 이미 와 있었다. "소식 들었습니다. 상심이 크시겠습니다, 오릴리 양." 구드 신부가 말하고 있었다.

에일린의 몸이 뻣뻣이 굳었다.

'아, 이런.' 폴리는 생각했다. '신부님이 이야기하신다 해도 아무 소용 없겠구나.'

"더 일찍 오지 못해 미안합니다." 구드 신부가 말했다.

에일린은 폴리를 노려보았다.

'에일린은 내가 왜 구드 신부를 불러왔는지 알아.' 폴리가 생각했다.

"세바스찬 양의 편지가 제 손에 들어올 때까지 시간이 좀 걸렸습니다." 신부가 말했다. "그리고 휴가를 받느라 며칠 걸렸고요."

"휴가요?" 에일린이 물었다.

"네, 아직 말씀 못 드렸는데, 육군에 종군 목사로 징집되었습니다."

에일린의 얼굴이 창백해졌다.

'아, 안 돼.' 폴리가 생각했다. '내가 일을 더 망쳐놓아 버렸어.'

"가만히 백베리에만 있을 순 없었습니다." 구드 신부가 말했다. "다른 사람들이 그토록 큰 희생을 하는 동안 설교를 하고 위원회 모임에 다니기만 할 수는 없었습니다. 에일린 양도 여기 런던에서 날마다 위험을 마주하지 않습니까. 저는 제 몫을 다해야만 한다고 느꼈습니다."

"하지만 그러시면 안 돼요." 에일린이 말하고 울음을 터뜨렸다. "신부님은 죽게 될 거예요. 마이크처럼요."

39

폭탄보단 남자친구가 더 중요했다.

— 블레츨리 파크의 번역관

크로이던, 1944년 10월

메리는 등을 대고 반듯하게 누워 있었다.

'이곳에 도착할 때 뭔가에 미끄러져 넘어진 게 분명해.' 메리가 생각했다. '빛무리 때문에 앞이 안 보였던 거야.' 메리는 그 빛이 너무나 밝았던 기억이 났다. 그리고….

돌연 귀청이 찢어질 것처럼 요란하게 '우지끈' 하는 소리가 났고 곧바로 그 소리가 또 들렸다. 'V-2의 이중 충격파 소리야.' 메리는 갑자기 공황 상태에 빠지며 생각했다. '나는 너무 늦게 도착했어.' 그리고 자신이 어디에 있는지가 기억났다. 메리와 페어차일드는 V-2, 아니 V-1 소리를 들었고, 사상자가 있는지 확인하기 위해 크로이던으로 돌아왔고, 페어차일드는….

'페어차일드!' 메리는 일어나 앉으려 했지만 그럴 수가 없었다. 위에서 뭔가가 메리를 짓누르고 있었다. 그래서 숨을 쉴 수가 없었고….

'오, 맙소사, 인쇄기면 안 되는데.' 메리는 생각하며 숨을 헐떡였고, 곧이어 다른 생각이 들었다. '나는 잔해에 파묻힌 거야.'

메리는 무엇이 자신을 누르고 있는지 만져보려 애썼지만 가슴 위에는 아무것도 없었으며, 목 위에도 무너진 들보나 벽돌 같은 게 없었다. 그렇다면 왜…?

저 멀리 어디선가 구급차 소리가 들렸다. '크로이던 구급대야.' 메리는 생각하며 소리를 좀 더 잘 들어보려고 헐떡이던 숨을 잠시 멈췄다. 그리고 그렇게 하자마자 자신이 숨을 쉴 수 있으며 고개를 들 수 있다는 사실을 깨달았다.

메리는 놀라서 잠시 숨이 막혔던 것뿐이었으며, 잔해에 파묻힌 게 아니라 잔해 위에 누워 있었다. 폭발로 인해 큰대자로 뻗었던 것이다. 메리는 거칠게 숨을 깊이 들이마시고 비틀거리며 일어났다. 뭐에라도 좀 기대고 싶었지만 인쇄기를 비롯해 그 무엇도 보이지 않았다. 폭발이 일어날 때 그 충격파 때문에 불길이 모두 꺼진 게 분명했다. "페어차일드!" 메리가 외쳤다. "페이지! 어딨어?"

대답이 없었다.

'죽은 거야.' 메리가 생각했다. "페이지!" 메리는 미친 듯이 외쳤다. "대답해!"

답이 없었다. 아무 소리도 들리지 않았으며, 심지어 구급차 종소리조차 들리지 않았다. 'V-2 때문에 고막이 터졌구나.' 메리가 담담하게 생각했지만 이어서 다시 생각했다. '이런 맙소사, 페이지가 불러도 난 그 소릴 들을 수가 없겠네.'

그리고 다음 순간, 페이지가 죽었다는 사실이 기억났다.

메리는 구급차 종소리를 다시 들었지만, 엉뚱하게도 종소리는 등 뒤에서 들렸다. 그래서 몸을 돌려보니 아까의 추측은 잘못된 것이었다는 걸 깨달았다. 모든 불길이 충격파에 꺼진 건 아니었다. 하나는 아직도 불타고 있었으며, 무척이나 밝았다. 그 불을 배경으로 구급차의 윤곽이 보였다.

구급차는 천천히 그 불길을 지나고 있었다. 메리는 이게 무슨 의미인지 이해하지 못했고 그래서 한참 동안 멍하니 그 구급차를 바라보기만 했다. 만약 구급차가 움직이고 있다면, 페어차일드는 죽지 않은 게 분명했고, 저 차를 운전하고 있는 것이었지만, 페어차일드가 메리를 두고 떠날 리 없고…

"페어차일드, 떠나지 마!" 메리가 외치고는 비틀거리며 앞으로 나아갔다.

"안 돼." 메리 바로 왼쪽에서 희미하게 목소리가 들렸다.

'페어차일드야.' 메리는 어둠 속을 더듬었지만 그건 페어차일드가 아니라 발이 잘린 아까 그 남자였다. 어떻게 그 사람을 잊고 있었을까? 메리는 그 남자를 돌보다가 충격파에….

"어디에…?" 남자가 물었고 목소리는 마치 우물 바닥에서 말하는 것처럼 공허하게 울렸다.

"저 여기 있어요. V-2였어요." 메리가 말했고, 그녀의 목소리 역시 공허하게 울렸다.

남자의 발은 절단되었다. 메리는 남자의 다리에 지혈대를 묶어야 했고, 이미 지혈대로 쓰려고 그에게서 넥타이를 풀어냈었다.

'아냐, 이미 다리를 넥타이로 묶었는걸.' 메리는 생각했지만, 지혈대가 제대로 묶여 있는지 확인하려 몸을 숙여 살펴보니 그건 넥타이가 아니라 손수건이었다.

'하지만 넥타이를 푼 기억이 있는데.' 메리는 생각하며 혼란스러워했다. 그의 다른 쪽 다리 역시 피를 흘리는 게 분명했다. 그리고 살펴보니 피를 흘리는 건 맞았지만, 넥타이는 보이지 않았다. V-2가 폭발할 때 넥타이를 놓친 게 분명했다.

메리는 무릎을 꿇고 재킷을 벗은 뒤 그 재킷을 찢으려 애썼다. 재킷은 천이 질겨서 잘 찢어지지 않았지만, 다시 힘을 주자 안감이 찢어졌다. 그래서 메리는 안감을 길게 찢어낸 뒤 남자의 허벅지를 묶었다. 하지만 남자는 이미 상당량의 피를 흘린 뒤였다. 병원으로 데려가야만 했다. 메리는 그에게 몸을 숙였다. "당신을 구급차로 데려가야 해요." 메리가 말했다.

"가." 그가 중얼거렸다. "여기를…." 그리고 이윽고 아주 또렷하게 말했다. "떠나야 해."

"곧 돌아올게요." 메리가 말하고 어둠 속에서 시커멓게 한 뭉텅이로만 보이는 벽돌과 지붕 슬레이트 잔해들을 비틀거리며 넘어가 구급차를 찾으러 갔다.

“메리.” 발치에서 뭉개진 목소리가 들렸다. “여기야.”

“페어차일드!” 메리는 페어차일드에 대해 잊고 있었다. 메리는 어둠 속을 더듬어 페어차일드의 손을 찾아냈다. “괜찮아?”

“숨…을 쉴 수가… 없어.” 페어차일드가 메리의 손을 움켜쥐며 말했다. “숨이….”

“충격에 잠시 숨이 막힌 것뿐이야.” 메리가 말했다. “숨을 뱉어봐.” 메리는 어떻게 하는지 보이기 위해 입술을 내밀고 숨을 뱉었다. 쓸데없는 짓이었다. 페어차일드는 메리를 볼 수 없었다. “숨을 뱉어. 내쉬어.”

“안 돼.” 페어차일드가 말했다. “내 위에 뭔가가 있어.”

“그렇게 느껴지는 것뿐이야.” 메리가 안심시켰지만, 페어차일드가 다치지 않았는지 확인하기 위해 주위를 더듬었을 때 부러진 나무가 만져졌다. 메리는 그것을 들어올리려 했지만, 페어차일드가 비명을 질렀다.

메리는 동작을 멈췄다. “어디를 다친 거야?”

“무슨 일이 일어난 거지?” 페어차일드가 물었다. “가스 본관이 터진 거야?”

“아니, V-2였어.” 메리가 말했고 나뭇조각을 옆으로 치우려 했다.

페어차일드가 다시 비명을 질렀다.

메리는 아무것도 보이지 않는 상황에서 뭔가 시도해볼 엄두가 나지 않았다. 자칫하면 상황을 더 악화시킬 수도 있었다. 구급차가 도착하길 기다려야만 했다.

하지만 구급차는 이미 이곳에 와 있었다. 메리는 구급차가 도착하는 걸 보았다. 메리는 그쪽을 돌아보았고, 불을 배경으로 구급차의 윤곽을 보았다. 운전석 문이 열리고 헬멧을 쓴 누군가가 내리고 있었다. “여기 부상자가 있어요!” 메리가 외쳤고, 운전사는 그들 쪽으로 다가오기 시작했지만 곧 불가사의하게도, 잔해를 가로질러 반대쪽으로 갔다.

“아니, 이쪽이에요!”

“구급차가 온 게 아닌 거 같아.” 페어차일드가 말했다. “소리를 잘 들어봐.”

메리는 귀를 기울였다. 멀리서 더 많은 구급차 종소리가 들렸다. 우드사이드나 노베리의 지부에서 오고 있는 게 분명했다. “크로이던 지부 사람들은 이미 이곳에 있어." 메리가 페어차일드에게 말했다. "하지만 우리 목소리를 들을 수가 없어. 우리가 신호를 보내야 해. 구급차에 회중전등이 있어?"

"구급함에 하나 있어."

"구급함은 어디에 있어? 구급차에 있어?"

"아니. 네가 나보고 가져오라고 했잖아. 그래서 그걸 너에게 주려고 가져오고 있었을 때…."

메리는 페어차일드에게 뭔가를 가져오라고 한 기억이 나질 않았다. 충격파 때문에 아직도 정신이 좀 멍한 게 분명했다. "어디에 있는데?"

"손에서 놓쳤나 봐." 페어차일드가 말했다.

'그리고 나는 이 어둠 속에서 그걸 찾아내야만 하고.' 메리가 생각했지만 회중전등을 찾아 손을 더듬자 거의 즉시 그것을 찾을 수 있었다. 게다가 놀랍게도, 회중전등은 멀쩡했다. 스위치를 누르자 빛이 나왔다. 메리는 구급차 운전사가 볼 수 있도록 회중전등을 들고 앞뒤로 흔들었다.

"그러면 안 돼." 페어차일드가 말했다. "등화관제잖아. 독일 공군이…."

'독일 공군이 뭐? V-2로 우리를 폭격이라도 할까 봐?' 메리는 렌즈를 가렸던 테이프를 떼어냈다.

"미리 우리가… 대화를 해놓아서 다행이야. 이런 일이 있기 전에. 안 그래?" 페어차일드가 말했다.

'오, 맙소사.' "쉿. 지금은 그렇게 말을 많이 하면 안 돼." 메리는 무슨 광경이 보일까 두려워하며 페어차일드를 회중전등으로 비췄지만 부서진 지붕 슬레이트에 찔린 팔 말고 피가 나는 곳은 없어 보였다. 부서진 슬레이트와 널빤지들이 페어차일드의 가슴과 배 위로 이리저리 널려 있었지만 피는 보이지 않았고 다리나 발에는 아무것도 없었다.

'구급차를 이리로 가져와야 해.' 메리가 생각했다. '그리고….'

"갑자기 이런 일이 닥칠 수 있다고 내가 말했잖아." 페어차일드가 말했다. "만약 무슨 일이 내게 일어나면…."

"쉿, 페이지. 넌 괜찮을 거야." 메리는 나뭇조각들을 치우려 해보았지만, 너무 엉켜 있어 그럴 수가 없었다. 메리는 두 손을 다 써야 했다. 그녀는 회중전등을 벽돌 더미에 기대어 페어차일드를 비추게 한 뒤 다시 나뭇조각들을 치웠다.

"만약 무슨 일이 일어나면….." 페어차일드가 반복해 말했다. "난 네가…, 오! 너 다쳤구나! 피가 나!"

"인쇄기 잉크야." 메리가 말하며 나뭇더미에서 페어차일드를 꺼내려 애썼다.

그건 마치 아이들 게임 같았다. 나뭇조각 하나를 조심스레 치우는 동시에 페어차일드의 팔을 찌른 슬레이트를 건드리지 않아야만 했다.

갑자기 '쉬익' 하는 소리와 함께 쿵 하는 소리가 들렸고, 주황색 화염이 구급차 윤곽 너머로 피어올랐다. "V-2가 또 떨어진 거야?" 페어차일드가 물었다.

"아니, 저건 가스 본관인 거 같아." 메리가 화염 쪽을 보며 말했다. 구급차 두 대와 소방차 한 대가 도착하는 게 보였다. "구조대가 왔어. 여기예요!" 그리고 문 여러 개를 부수는 소리와 목소리들이 들렸다. "여기 부상자가 있어요!" 메리는 일어나 회중전등을 탐조등처럼 앞뒤로 흔들었고, 다시 페어차일드 옆에 무릎 꿇고 앉았다. "구조대가 곧 여기 도착할 거야."

페어차일드는 고개를 끄덕였다. "만약 내게 무슨 일이 일어나면….."

"아무 일도….." 메리가 입을 열었지만 끔찍한 생각이 떠올랐다. '죽은 건 랭 대위가 아니었어. 페이지야. 그래서 내가 둘 사이를 방해하는데도 네트를 통과해올 수 있었던 거야. 내 존재가 아무런 변화도 일으키지 않으니까. V-2에 의해 페이지는 죽으니까.'

'하지만 내가 둘 사이에 끼지 않았다면 페이지는 여기에 있지 않았을 거야. 페이지는 캠벌리와 바꿔 타지 않았을 거고 나랑 이야기하려고 차를 세우지도 않았을 거야.'

그리고 만약 페이지가 차를 세우지 않았다면 V-1 소리를 듣지도 못했을 것이다….

"아니, 잘 들어, 메리." 페어차일드가 말했다. "만약 내게 무슨 일이 일어나면, 난 네가 스티븐을 보살펴주었으면 해. 스티븐은….."

달려오는 발소리가 들렸고, 세인트존스 구급차 유니폼을 입은 젊은 여자 한 명이 다가와 메리 옆에 무릎을 꿇고 앉았다.

"제가 아니에요." 메리가 말했다. "다친 건 여기 제 친구예요. 팔이…."

"들것이 필요해!" 그 여자가 외쳤고, 다른 누군가가 그들에게 달려왔다.

"오, 맙소사, 이거 페어차일드야?" 새로 온 이가 말했고, 메리는 그게 캠벌리인 것을 알아보았다. "페어차일드와 더글러스[20]야! 빨리 여기로 와!" 그리고 순식간에 리드가 구급함을 가지고 왔고, 패리시가 들것을 가지고 바로 뒤따라왔다.

"여기서 뭐 하는 거야, 드 하빌랜드?" 리드가 메리 옆에서 몸을 숙이며 물었다. "난 네가 스트렛햄으로 간 줄 일있어."

그 말이 맞았다. 그들은 스트렛햄으로 갔어야 했다. 왜 안 갔지? 메리는 그 이유가 기억나지 않았다.

"너는 비행 폭탄이 터진 다음에 사고 현장에 가야 하는 거야, 더글러스. 터지기 전이 아니라." 캠벌리가 메리 옆에 쭈그리고 앉으며 밝은 목소리로 말했다.

"우리는 그랬어." 메리가 말했다. "V-1이 날아왔고 그다음에는…."

"농담이었어." 캠벌리가 말했다. "자, 네 관자놀이를 좀 보자."

"나는 신경 쓰지 마. 페이지의 팔이…." 메리가 말하며 패리시와 세인트 존스 소속 여자가 페어차일드를 목재 더미에서 꺼내 들것에 옮기고 담요를 덮어주는 장면을 지켜보았다.

"페이지는 괜찮아?" 메리가 말했다. "팔이…."

"그건 걱정하지 마." 캠벌리가 말하며 메리의 턱을 잡고 머리를 좌우로 돌려보았다. "요오드팅크가 필요해." 캠벌리가 리드에게 말했다. "붕대도."

"그건 우리 구급차에 있어." 메리가 말했고, 캠벌리와 리드가 시선을 교환했다.

"왜 그래?" 메리가 물었다. "뭐가 잘못됐어?"

20 1907년에 설립된 영국의 오토바이 회사로 1957년에 생산을 중단했다. 여기서는 메리를 부르는 '오타바이' 이름 중 하나로 쓰였다.

"아무것도 아니야. 네 머리를 좀 보자."

패리시와 세인트존스 소속 여자가 페어차일드를 실은 들것을 들고 잔해를 가로지르기 시작했다.

메리는 그 뒤를 따라가려 했지만, 리드가 놓아주지 않았다. "너 피가 흐르고 있어."

"이건 피가 아니야." 메리가 말했지만, 리드는 그 말을 무시하고 머리에 붕대를 감기 시작했다.

"이건 피가 아니야." 메리가 반복해 말했다. "이건 인쇄기 잉크야." 그리고 자신이 다리에 지혈대를 묶은 남자가 떠올랐다. "그 사람을 데려가야 해." 메리가 말했다.

"가만히 있어." 리드가 명령했다.

"그 남자는 피를 흘리고 있어." 메리가 일어서려 애쓰며 말했다.

"너 어디 가려고 그러는 거야?" 캠벌리가 말하며 메리를 도로 주저앉혔다. "여기 들것이 필요해!" 캠벌리가 외쳤다.

"아니야, 그 남자는 저쪽에 있어." 메리가 어두운 잔해 너머를 가리키며 말했다.

"그 사람에게는 우리가 갈게." 캠벌리가 말했다. "들것은 왜 안 오는 거야?"

"걸을 수 있겠어, 더글러스?" 리드가 물었다.

"당연히 걸을 수 있지." 메리가 말했다. "그 남자는 출혈이 심했어. 내가 다리 한쪽에 지혈대를 묶어줬지만…."

"네 팔을 내 목에 둘러." 리드가 말했다. "그래, 잘한다. 자, 가자." 리드는 메리를 데리고 천천히 잔해를 넘어가기 시작했다. 리드가 그렇게 부축해주어 참으로 다행이었다. 땅은 아주 울퉁불퉁했다. 메리는 중심을 잡기 어려웠다.

"그 사람은 저기 불 옆에 있어." 메리가 말했지만 불은 다른 곳에 나 있었다. 불은 구급차 근처의 길에서 타올랐다.

'저 불이 아니야.' 메리는 걸음을 멈추고 잔해 주위를 둘러보며 그 남자가 어디에 있는지 살펴보려 했지만, 캠벌리가 그러지 못하게 막으며 어서 가라고 계속 재촉했다. "그 남자는 발이 절단되었어." 메리가 말했다. "어서 지혈…."

"다른 사람 걱정은 그만하고 어서 여기서 빠져나가는 일에나 집중해. 넌 할 수 있어. 조금만 더 가면 돼."

"그 사람은 저쪽에 있었어." 메리가 말하며 가리켰고, FANY 두 명이 그쪽에서 뭔가를 실은 들것을 가져오는 것을 보았다.

'아, 다행이야. 그 사람을 구했구나.' 메리는 생각했고, 캠벌리가 이끄는 대로 구급차까지 마저 걸어갔다. 구급차 두 대는 이미 떠나고 있었다. 한 대는 브릭스턴에서 온 것이었다. 불길 덕에 구급차에 찍힌 글자를 읽을 수 있었다. 그리고 다른 한 대는 벨라 루고시였다. 하지만 그들의 구급차는 어디에 있는 길까? "페이지를 병원으로 데려갈 때 새…."

"다 왔어." 캠벌리가 말하며 벨라 루고시의 뒷문을 열었다. 메리는 갑자기 무척이나 피곤해져서 문가에 앉았다.

"여기 좀 도와줘." 캠벌리가 외쳤다.

메리가 모르는 FANY 두 명이 와서 캠벌리와 함께 메리를 구급차에 태우고 침상에 눕힌 뒤 담요를 덮어주었고, 혈장액을 연결했다.

"이건 피가 아니에요." 메리가 그들에게 말했다. "그 사람은 괜찮아요?" 하지만 그들은 이미 문을 닫고 있었고, 구급차는 벌써 출발했으며, 이윽고 병원에 도착하자 그들은 메리의 침상을 내려 병원으로 들어간 뒤 메리를 침대에 옮겼다.

"뇌진탕, 쇼크, 출혈이 있습니다." 캠벌리가 간호사에게 말했다.

"이건 인쇄기 잉크예요." 메리가 말했지만 그들에 보이기 위해 두 손을 들었을 때 두 손은 검은색이 아닌 붉은색으로 덮여 있었다. 페이지의 팔은 생각보다 더 출혈이 컸던 게 분명했다.

"페어차일드 중위는 아직 도착 안 했나요?" 메리가 간호사에게 물었다. "페이지 페어차일드 중위예요."

"물어볼게요." 간호사가 말했고 병실을 가로질러 다른 간호사에게 갔다.

"내출혈이에요." 메리는 다른 간호사가 고개를 저으며 속삭이는 소리를 들었다.

‘페이지가 죽었구나.’ 메리가 생각했다. ‘그리고 그건 내 잘못이야. 내가 탤벗을 밀어 쓰러뜨리지만 않았어도 나는 랭 대위를 만나지 않았을 거고, 랭 대위는 우리 지부에 올 일이 없었을 거야.’

하지만 그건 틀린 생각이었다. 역사학자는 사건을 변경할 수 없었다. ‘하지만 난 분명 사건을 변경했는걸.’ 메리는 생각했지만 제대로 생각을 정리할 수가 없었다. 머리가 지독히 아팠다. ‘페이지가 죽었잖아.’

하지만 날이 밝자마자 페어차일드가 이송되어 메리 옆 침대로 왔다. 그녀는 창백했고 의식이 없었다. 그리고 아침이 되자 캠벌리가 흙과 벽돌 먼지로 뒤덮인 채 메리의 상태가 어떤지 살피러 왔고, 페어차일드가 비장 파열로 인해 밤새 수술받았지만 의사 말로는 완쾌될 수 있다더라고 전했다.

“정말 다행이야.” 메리가 페어차일드를 내려다보며 말했다. 페어차일드는 눈을 감고 두 손을 가슴에 포갠 채, 잠자는 숲속의 미녀처럼 잠들어 있었다. 팔에는 붕대가 감겼다.

“난 너무 죄책감이 들어.” 캠벌리가 말했다. “원래 저 구급차에는 페어차일드 대신 내가 탔어야 하잖아. 이건 내 잘못이야….”

‘아니, 그렇지 않아.’ 메리가 생각했다. ‘이건 내 잘못이야.’

“V-2가 떨어졌을 때 네가 사고 현장 끝 쪽에 있어서 정말 다행이야.” 캠벌리가 말했다.

‘나는 그 남자의 다리를 묶고 있었어.’ 메리가 생각했다. “그 남자는 살아났어?” 메리가 물었고, 캠벌리가 자신을 멍하니 바라보자 다시 물었다. “우리가 구조하던 남자. 발이 잘린 남자.”

“난 몰라.” 캠벌리가 말했다. “우리는 그 사람을 데려오지 않았어. 간호사에게 물어볼게.” 하지만 간호사는 전날 밤에 이 병원에 입원한 사람은 여자 한 명 그리고 그녀의 두 아들뿐이라고 했다.

“아마 다른 병원으로 실려 갔을 거야.” 캠벌리가 말했고, 크로이던에 전화해 물어보겠노라고 약속했다.

하지만 캠벌리는 돌아오지 않았고, 탤벗이 꽃다발과 포도를 가지고 면회 시간에 찾아와 말했다. “네가 찾던 남자는 세인트프랜시스 병원에 가지 않았고 크로이던 측이 옮긴 환자는 페어차일드뿐이었다고 캠벌리가 전해달래. 아마 다른 병원으로 간 게 분명하대. 사고 현장에 있던 시신 운송차의 운전사에게도 물었는데, 그 차는 현장에서 즉사한 사람 한 명만 옮겼대."

'몸이 두 동강 난 그 남자구나.' 메리가 생각했다. "캠벌리에게 브릭스턴에 전화해서 그곳에서 수송했는지 물어봐달라고 전해줘." 메리가 말했다. "브릭스턴에서도 구급차가 왔었어."

탤벗은 페어차일드 쪽으로 시선을 주었다. 페어차일드는 아직 정신을 차리지 못했지만, 이제는 그냥 잠자는 것처럼만 보였고 안색도 더 좋았다. 심지어 평소보다 더 어리고 아이처럼 보였다.

"랭 대위는 어쩌고?" 탤벗이 물었다. "내가 랭 대위에게 전화해 무슨 일이 있었는지 말할까?"

"내가 퇴원하기 전에는 안 돼." 메리가 말했다.

탤벗이 고개를 끄덕여 동의했다. "그래서 네 생각에는 언제 퇴원시켜줄 거 같아?"

"오늘 오후, 아마도."

'퇴원하고 나면 그 사라진 사람을 내가 직접 찾아봐야겠어.' 메리는 생각했다. 하지만 의사는 뇌진탕의 가능성을 이유로 메리를 퇴원시키려 하지 않았고, 메리가 간호사에게 그 남자에 관해 설명하려 하자 간호사는 '쉬세요.'라고만 말했다. 하지만 누구도 그 남자를 병원으로 옮기지 않았을 가능성이 있는데, 어둠 속에서 그 사람을 못 보고 지나쳐 그가 잔해 속에 여전히 쓰러져 있을 수 있는 상황에서 쉬는 건 불가능했다.

메리는 탤벗에게 자기 핸드백을 가져다달라고 하지 않은 게 아쉬웠다. 만약 돈이 좀 있다면 브릭스턴으로 직접 전화를 해볼 수 있었기 때문이다. 메리가 전화기 근처에라도 가게 간호사가 허락해준다면 말이지만. 간호사들은 메리가 침대에서 나오는 것조차 허락하지 않았다. 페어차일드가 정신을 차리고 메리를 불렀을 때, 메리는 침대에서 나와 그녀 곁으로 두 걸음 정도 걸어갔고, 간호사들은 그 정도로도 메리가 무리한다며 꾸짖었다.

"네가 무사해서 정말 다행이야." 페어차일드는 메리의 손을 잡고 힘겹게 말했다. "난 너무 두려웠어…."

"나도." 메리가 말했다. "의사 말로는 타박상이 좀 있기는 하지만 우리 둘 다 괜찮을 거래."

'그리고 내가 전승 기념일까지 이곳에 있어서 다행이야.' 메리가 생각했다. '만약 이런 몰골로 옥스퍼드에 돌아간다면 던워디 교수님은 나를 런던 대공습에 보내려 하지 않으실 거야.'

그날 늦은 오후, 메리가 X선을 찍으러 가려 할 때 캠벌리가 출동했다가 지부로 돌아가며 들렀다. "브릭스턴에 전화해봤어?" 메리가 물었다.

"응." 캠벌리가 말했다. "하지만 그쪽에서는 사고 현장에 가지 않았다더라. 브롬리에서 온 구급차 아니었을까?"

"그랬을 수도 있어." 이글거리는 불빛에서 메리가 이름을 잘못 읽었을 수도 있었다.

"혹은 그 사람이 이미 검사를 받고 퇴원한 거 아닐까?" 캠벌리가 물었지만, 병원은 몇 군데 베이고 멍이 든 것뿐인 메리마저 퇴원시키려 하지 않았다.

"아니야." 메리가 말했다. "그 사람은 아주 심하게 부상당했어. 이곳과 세인트프랜시스 병원의 시체 보관소를 확인해봤어? 어쩌면 병원으로 실려 가는 도중에 죽었고, 그래서 병원에서는 그 사람을 입원 환자로 기록하지 않았을 수도 있어."

"확인해볼게." 캠벌리가 말하더니 머뭇거리다가 물었다. "지난밤에 그 사람을 본 게 확실해? 넌 좀 심하게 뇌진탕 상태였거든. 어쩌면 혼동해서…."

"아니, 난 멀쩡했어. 그 사람은…."

"넌 브릭스턴이 그곳에 출동했다고도 혼동했잖아. 어쩌면 넌 다른 사고 현장에서 네가 응급치료한 사람을…."

"아니야, 나도 봤어." 옆 침대에서 페어차일드가 말했고, 메리는 그런 그녀에게 키스라도 해주고 싶은 심정이었다. "그 사람을 응급처치하려고 구급함을 가져왔거든."

메리를 X선실로 데려갈 사람이 휠체어를 가지고 왔다. "다음에 올 때 내 핸드백을 가져다줘." 메리가 캠벌리에게 말했다. "구급차에 있어."

X선실로 가는 도중에 메리는 공중전화기를 찾아보았다. 전화기는 병실 바로 밖에 있었다. '좋았어.' 다행히 그들의 침대는 병실 문 바로 옆이었다. 메리는 핸드백을 받자마자 몰래 병실을 나가 크로이던에 전화해서 사고 현장을 한 번만 더 확인해달라고 부탁할 생각이었다. 하지만 메리가 돌아오자 페어차일드가 울고 있었다.

끔찍한 느낌이 메리를 휘어잡았다. "그 사람을 찾았대?" 메리가 물었다.

페어차일드는 두 뺨에 흐르는 눈물 때문에 말을 못 하고 고개만 저었다.

"왜 그래?" 메리가 물었다. '오, 맙소사, 랭 대위구나.' "무슨 일인데?"

"캠벌리가…." 페어차일드가 말하고 울음을 디뜨렸다.

"캠벌리가 왜? 그 애에게 무슨 일이 일어났어?"

"아니." 페어차일드가 흐느꼈다. "구급차."

"어떤 거? 브릭스턴에서 온 거?" 이런 맙소사, 그쪽에서 그 남자를 병원으로 이송하다가 다른 로켓에….

"아니. 우리 구급차. 캠벌리가 그러는데 우리 차가 V-2에 맞았대."

메리가 맨 처음 한 생각은 '내 핸드백이 거기에 있는데. 이제 크로이던에 전화할 돈을 어디서 구하지?'였다.

그리고 다음 생각이 들었다. '두 번째 폭발이랑 화재가 그거였구나.' 그건 가스 본관이 아니었다. 구급차의 연료통이 폭발한 것이었다.

'만약 내가 페이지에게 들것을 떠나 구급함을 가져오라고 하지 않았으면 페이지는 V-2가 떨어졌을 때 구급차에 있었을 거야.' 하지만 만약 그렇다면….

"우리에게 온 지 얼마 되지도 않았는데." 페어차일드가 흐느끼며 말했다. "이제 또 다른 구급차를 결코 구하지 못할 거야."

"말도 안 되는 소리." 메리가 말했다. "우리 소령님이 어떤 분이신데 그래. 만약 본부에서 구급차를 받아낼 수 있는 사람이 있다면 그건 우리 소령님뿐이야. 혹시 너 지금 돈 있니?"

"응." 페어차일드가 말하고 눈물을 닦았다. "병원에 올 때 신발도 같이 왔으면 있을 거야. 어머니는 늘 나더러 신발에 반 크라운을 넣어 다니라고 고집하셨어. 언젠간 곤란한 상황에 처해 전화를 걸어야 할 수도 있다고 말이야."

"네 어머니 말씀이 옳아." 메리는 페어차일드의 신발이 둘의 침대 사이 붙박이장에 있기를 바라며 말했다.

신발은 그곳에 있었고, 반 크라운도 있었다. 메리는 그걸 자기 베개 아래에 숨기고 다시 침대에 누웠고, 간호사가 병실을 떠나자 침대에서 빠져나와 전화 부스로 살금살금 걸어가 브릭스턴에 전화를 걸었다.

"우리는 어젯밤에 크로이던에 안 갔습니다." 브릭스턴에서 전화 받은 이가 말했다.

"하지만 제가 봤는…."

"베스날그린의 구급차를 보신 거겠죠."

'아니, 그렇지 않아.' 메리가 생각했지만, 어쨌든 그쪽에 전화해보았다. 하지만 베스날그린 역시 크로이던에 가지 않았다고 했다.

메리는 크로이던에 전화했고, 그쪽에서 전화를 받은 FANY는 사고 현장이 신문사 사무실이 있던 곳이라며 '이미 구조대원이 그곳을 샅샅이 뒤져보았지만' 그 지역을 다시 확인해보겠다고 약속했다. 메리는 사고 현장에 다른 구급차들이 있었는지 물었고, 노베리에서 온 구급차가 있다는 대답을 들었다. 하지만 노베리에서는 그런 인상착의의 사람을 실어 나르지 않았으며, 다른 지부에서 온 구급차를 보지 못했다고 말했다.

"당신 쪽에서 온 것만 빼면요." 노베리 지부의 FANY가 말했다. "모를 수가 없었어요. 당신이 찾는 사람이 혹시 군인이 아닐까요? 만약 그렇다면, 오핑턴 병원으로 실려 갔을 거예요."

그는 민간인 복장을 하고 있었지만, 그래도 메리는 오핑턴 병원에 전화를 해보았고, 병원에 실려 가는 동안 죽은 게 아닌지 확인하기 위해 오핑턴 병원 그리고 세인트마크 병원의 시체 보관소들에도 전화를 해보았다.

그는 그곳에도 없었으며, 그건 다른 병원으로 실려 갔다는 뜻이었다. 신문사 사무실의 잔해 속에 여전히 누워 있는 게 아니라면 말이다.

메리는 크로이던에 다시 전화했다. "당신이 말했던 곳을 찾아봤어요."
전화를 받은 FANY가 말했다. "하지만 아무도 없었어요. 무슨 이유에서인
가 세인트바트 병원이나 가이스 병원으로 간 게 분명해요."

그곳들과 통화하려면 장거리 전화를 해야 했기에 메리는 지부에 돌아갈
때까지 기다려야 했다. 그리고 어쨌거나, 간호사가 찾기 전에 메리는 병실
로 돌아가야 했다. 그녀는 일어나 전화 부스 문을 열었다.

복도 저쪽 끝의 수간호사 책상 앞에 랭 대위가 서 있었고, 자기 앞을 막
으려는 수간호사에게 고함을 지르고 있었다. "이 층에 계시면 안 됩니다!"
수간호사가 말했다. "면회 시간은 끝났습니다."

"면회 시간 따위는 제가 알 바 아닙니다. 저는 페어차일드 중위를 꼭 만
나야겠습니다."

메리는 고개를 숙이고 재빨리 공중전화 부스로 돌아가 문을 잡아당겨
닫았다. 그녀는 의자에 앉아 수화기를 귀에 댔고, 수간호사에게 쫓기며 달
려가는 랭 대위가 자신을 보지 못하도록 몸을 돌려 벽 쪽을 바라보았다.

"이러시면 안 됩니다." 수간호사가 하는 말이 들렸고, 이윽고 병실 문이
양쪽으로 거칠게 열렸다가 닫히는 소리가 들렸다. 메리는 랭 대위가 쫓겨
나거나 수간호사가 화난 목소리로 다른 사람들을 부르는 소리가 들리기를
기다렸지만, 아무 소리도 들리지 않았다.

메리는 조심스레 밖을 살핀 뒤 전화 부스를 살금살금 빠져나와 병실 문
의 작은 유리창 안을 들여다보았다. 페어차일드는 여전히 침대에 앉아 있
었고, 아주 어려 보였으며 눈부시게 환한 표정을 짓고 있었다. 랭 대위가
침대 가장자리에 앉아 있었다.

메리는 복도를 힐끗 보고는 병실 안의 소리를 듣기 위해 문을 살짝 열
었다.

"네가 여기에 있다는 말을 이제서야 들었어." 랭 대위가 말하고 있었다.
"크로이던의 FANY와 데이트하는 휘트라는 내 친구가 말해줬고, 난 그 말
을 듣자마자 최대한 빨리 온 거야. 괜찮은 거 맞아, 페이지?"

"응." 그녀가 말했다. "메리가 다쳤다는 말도 들었어? 뇌진탕이야."

'오, 내 이야기는 하지 마.' 메리가 생각했지만 랭 대위가 말했다. "휘트가 말해줬어. V-2가 떨어졌을 때 너희가 안 죽은 게 기적이라더라."

"메리가 내 목숨을 구해줬어." 페어차일드가 충직하게 말했다. "만약 메리가 나보고 구급함을 가져오라고 부르지 않았더라면 V-2가 떨어졌을 때 나는 여전히 구급차에 있었을 거야."

"나중에 메리에게 고맙다고 말하라고 내게 상기시켜줘." 랭 대위는 페이지의 두 손을 꼭 잡고 말했다. "네가 죽었을 수도 있다는 생각이 들자…, 나는…."

메리는 문을 조용히 닫고 그대로 서서 경탄하며 그 장면을 바라보았다. 메리는 자신이 네트를 통과해 페어차일드와 랭 대위의 로맨스를 본의 아니게 방해할 수 있었던 게, 둘이 불행한 운명을 맞이하기 때문이 아닐까 봐 무척이나 걱정했었다. 랭 대위나 페이지 또는 둘 다 폭격에 죽기 때문은 아닐까 걱정했었다. 메리는 자신이 어떻게 하든 상관없이 둘이 결국은 맺어지게 되리라는 생각은 한순간도 해보지 못했다.

메리는 자신이 사건들에 영향을 미친 것처럼 보일지라도 사실은 그럴 수 없다는 사실을 일찌감치 깨달았어야만 했다. 결국에는 모든 것이 잘될 거라는 걸 알았어야 했다.

"그리고 무작정 밀고 들어왔어요." 메리 뒤에서 어떤 여자의 목소리가 들렸다. 간호사가 복도 모퉁이를 돌아 나타났다. 만약 그들이 메리를 본다면 그녀를 침대에 다시 누이기 위해 페이지와 랭 대위가 있는 곳으로 데려갈 것이다.

메리는 전화 부스로 얼른 뛰어 들어가 문을 닫으려 했지만 굳이 그럴 필요가 없었다. 수간호사와 다른 직원을 대동한 간호사는 메리의 존재를 눈치채지 못하고 병실 문을 양쪽으로 밀어젖혔다.

"걱정하지 마." 랭 대위의 목소리가 메리 귀에 들렸다. "다른 로켓들이 네 근처에 얼씬도 못 하게 할 테니까. 내가 마지막 한 대까지 모두 격추해서라도 그렇게 하겠어."

"대위님." 수간호사가 엄격하게 말했다. "여기에서 나가주셔야겠습니다."

"곧 나가겠습니다." 랭 대위가 말했다. "페이지, 무슨 일이 일어났는지 들었을 때, 나는 네가 내게 얼마나 중요한지 깨닫지 못한 내가 너무나도 바보 같다는 생각뿐이었어. 성경에 눈에서 비늘이 떨어지는 이야기 알지? 내가 바로 꼭 그 꼴이었어."

문이 닫히며 랭 대위의 이야기가 더는 들리지 않았다. 메리는 전화 부스 문을 당겨 닫았고, 간호사들이 랭 대위를 데리고 병실에서 나가길 기다렸다. 그다음에 자기 침대로 돌아갈 생각이었다. 설사 역사학자가 사건들에 영향을 끼칠 수 없다 할지라도, 페이지와 랭 대위 사이에 다시 있으면서 일을 망칠 위험을 감수할 수는 없었다. 모두를 위해 일들이 잘 풀린 상황에서는 더욱더 그럴 수 없었다.

FANY들은 모두 기뻐할 것이고, 소령은 출동 일정을 원래대로 돌릴 것이다. 리드와 그렌빌은 메리에게 더는 화를 내지 않을 것이고, FANY들은 누가 옐로우 페릴을 입어야 할지, 그리고 어떻게 해야 도널드가 메이틀랜드에게 청혼하게 만들지에 관해 다시 이야기할 것이다. 또한, 메리는 이곳에 온 목적, 즉 V-1과 V-2가 떨어지는 동안 응급 지부를 관찰하는 일로 돌아갈 수 있을 것이다.

그리고 메리가…, 버림받았다고 느낄 이유가 전혀 없었다. 그건 터무니없었다. 메리는 기뻐야 마땅했다. 페이지가 구급차 일로 심하게 심란해했던 것처럼, 메리의 지금 감정은 쇼크 때문에 뒤늦게 나타난 반응이 분명했다. 울 이유가 전혀 없었다. 랭 대위는 멋진 사람이었고, 입꼬리가 올라간 웃음이 마음 설레는 건 확실하지만, 결코 이루어질 수 없는 인연이었다. 그는 메리가 태어나기도 전에 죽었다.

"하지만 이 전쟁에서는 아니야." 메리가 중얼거렸고, 이윽고 9개월 동안 수천 대의 V-1과 V-2가 떨어진다는 사실을 떠올리고는 다시 중얼거렸다. "아니길 바라."

40

됭케르크에서 무슨 일이 벌어지든,
우리는 계속해서 싸울 것입니다.

— 윈스턴 처칠, 1940년 5월 26일

런던, 1941년 겨울

구드 신부의 휴가는 48시간밖에 되지 않았기에 그들은 이튿날 오후에 마이크의 추도 예배를 했다. 극단 사람들과 윌렛 부인이 참석했다. 시어도어는 감기에 걸려 부인과 함께 오지 못하고 이웃집에 맡겼다고 했다.

리어리 부인이 왔고, 마이크의 편집자와 스넬그로브 양, 그리고 검은 정장 차림이 어색하고 행동이 뻣뻣해 보이는 남자 둘도 참석했다. 폴리는 그럴 리 없다고 생각하면서도 혹시나 그 둘이 구조팀이 아닐까 잠깐 희망을 품어 보았지만, 알고 보니 그 둘은 29일 밤에 마이크가 구했던 소방관들이었다. 그들은 폴리와 에일린에게, 마이크는 벽이 무너지려 할 때 자신들에게 경고를 해주고 목숨까지 구해주었다고 했다. 정작 마이크가 사고를 당했을 때는 자신들이 그곳에 없어 마이크를 구하지 못했다며 미안하다고 사과했다.

알프와 비니 역시 참석했다. 둘은 갈색으로 변해가는 백합꽃 다발을 가지고 왔고, 폴리는 둘이 그걸 누군가의 무덤에서 훔쳤을 거라고 확신했다. "언제인지 봤어요. 신문에서요." 비니는 말하며 경외심에 찬 눈으로 세인트폴 대성당을 둘러보았다.

"와, 이 교회 멋져요!" 알프가 말했다. "여기에는 멋진 물건들이 많네요."

"그래. 그리고 여기 있는 것들을 훔치려는 사람들은 곧장 나쁜 곳으로 가게 돼." 마이크가 죽고 난 뒤 처음으로 에일린이 예전의 자신 같은 목소리로 말했다.

구드 신부가 도착한 뒤로, 에일린은 에스컬레이터 발치에서 기다리는 걸 그만두었고, 추도 예배에 참석하기로 했다. 그리고 라버넘 양이 에일린에게 추도 예배에 녹색 코트를 입고 갈 수는 없다고 말하자, 에일린은 라버넘 양이 빌려준 너무 큰 검은 코트를 입었다.

'너무 고분고분해.' 폴리가 생각했다. 에일린은 여전히 조용하고 소극적이었으며, 폴리는 에일린이 부정의 단계에서 좌절의 단계로 간 게 아닐까 걱정했다. 하지만 마이크와 심스 씨가 죽고 구드 신부가 전선으로 가는 상황에서 그러지 않기란 어려웠다. 에일린이 옳았다. 구드 신부는 죽을 가능성이 아주 컸다.

폴리는 에일린이 현실을 직면하길 원했지만, 이제는 현실이 에일린을 짓이길까 봐 두려웠다. 그래서 호드빈 남매를 돌보는 과정에서 에일린이 어느 정도 기운을 차리는 것 같자 다행이라고 생각했다. "여기 가만히 앉아서 절대로 아무 소리도 내면 안 돼." 에일린이 아이들에게 말했다.

"알아요." 알프가 상처받았다는 듯이 말했다. "추도… 아얏!" 알프가 울부짖었고, 그 소리가 대성당의 거대한 공간에 울려 퍼졌다. 험프리스 씨가 남쪽 복도에서 서둘러 그들 쪽으로 왔다.

"비니 누나가 날 찼어요!"

"교회에서는 발길질하면 안 돼." 구드 신부가 차분하게 말했다.

"봉헌한 꽃으로 서로를 때려도 안 되고." 에일린이 아이들에게서 백합을 빼앗아 구드 신부에게 건넸다.

에일린은 알프와 비니를 데리고 철창문을 통과해 예배당으로 들어갔고, 아이들에게 얌전히 앉아 있으라고 말한 뒤 폴리의 팔을 잡고 남쪽 복도로 그녀를 데려갔다. "알프와 비니가 그러는데, 네가 자기들을 찾아내서 마이크에 관해 이야기했다던데?"

"응." 폴리는 에일린이 뭔가 배신감을 느꼈을까 봐 걱정하며 말했다. "그 아이들을 보면 네가 좀 나아…."

"그 아이들을 어디서 찾았는데? 화이트채플?"

"아니. 나는 걔네들이 어디에 사는지 몰랐어. 그래서 지하철역들을 찾아보았지."

에일린은 그 말로 뭔가를 확인했다는 듯이 고개를 끄덕였다.

"곧 예배를 시작합니다." 구드 신부가 나오며 말했다.

"네. 들어갈게요." 에일린이 말했다.

둘은 예배당으로 돌아갔고, 에일린은 알프와 비니 사이에 앉아서 둘에게 조용히 하라고 말하며 기도책에서 맞는 페이지를 찾아 펼쳐주었다. 폴리는 다시 안심되었다.

하지만 예배가 시작되자, 너무 큰 코트를 입은 아이처럼 보이는 에일린은 마치 정신이 완전히 다른 곳에 가 있는 사람처럼 다시 묘하고 얼빠진 표정으로 앉아 있었다.

'하지만 우리는 다른 곳에 가 있는 게 아니야.' 호칭 기도를 들으며 폴리는 생각했다. '우리는 여기 1941년에 있고, 마이크는 죽었어.' 폴리는 자신이 에일린과 함께 마이크의 장례식에 참석하다니, 불가능하다는 느낌이 들었다. 하지만 시체가 있든 없든 이것은 정말로 마이크의 장례식이었다. 에일린이 믿으려 하지 않는 것도 이상하지 않았다. 이건 진실일 수가 없었다.

그리고 마이크는 집에서 멀리 떨어진 이곳에서 죽었을 뿐 아니라, 자신의 본명으로 영면을 취할 수조차 없었다. 죽은 것은 네브래스카 오마하에서 온 종군기자 마이크 데이비스이지, 영웅적 자질을 연구하러 과거에 왔다가 버려지고 조난당하고 자기 동료들을 구하려 애쓰다 죽은 마이클 데이비스가 아니었다.

폴리는 백베리에 갔던 날 들었던 설교를 기억하고는 구드 신부에게 추도문을 부탁했다. 신부는 마이크에 관해 이야기하고 됭케르크에서 보인 용기를 언급했으며, 이윽고 말했다. "우리는 이 땅에서 행한 선행이 하늘나라에서 보상받게 되기를 바라며 삽니다. 우리는 또한 이 전쟁에서 이기기를 바랍니다. 우리는 정의와 선이 승리하기를, 전쟁에서 이겼을 때 더 나은 세상이 오기를 바랍니다. 그리고 우리는 그렇게 되기 위해 노력합니다. 우리는 전시 국채를 사고 소이탄을 끄고 스타킹을 짭니다….”

‘그리고 주황색 목도리들도.’ 폴리가 생각했다.

“…그리고 피난 온 아이들을 자원해 맡고, 자원해서 병원에서 일하고, 구급차를 운전하고….” 여기서 알프가 에일린의 옆구리를 쿡 찌르며 싱긋 웃었다. “방공포를 운영합니다. 우리는 향토 방위군과 여성 국방군과 민방위대에 가입합니다. 하지만 우리는 우리가 모은 고철이, 군인들에게 보내는 위문편지가, 우리가 키우는 채소가 전쟁에 도움이 될지 아닐지 알지 못합니다. 우리는 믿음을 바탕으로 행동합니다.

하지만 중요한 건 우리가 행동한다는 사실입니다. 우리는 희망에만 의지하지 않습니다. 비록 희망이 우리의 보루요, 어두운 낮과 더 어두운 밤을 밝히는 빛이지만 말입니다. 우리는 희망을 품는 동시에 또한 일을 하고 싸우고 견뎌냅니다. 우리의 역할이 큰지 작은지는 문제가 되지 않습니다. 참새가 떨어지는 것처럼 작은 일도 하느님이 계획하시는 것은 그것이 불도그나 늑대만큼이나 세상에 중요하다는 것을 아시기 때문입니다. 우리 모두, 모든 사람은 ‘우리의 맡은 바’를 다 해야만 합니다. 우리의 행동을 통해 이 전쟁에서 이길 수 있으며, 우리의 친절함과 헌신과 용기를 통해 우리가 염원하는 더 나은 세상을 만들 수 있기 때문입니다.

하늘나라 역시 그러합니다. 우리가 염원하는 세상과는 너무나도 동떨어진 이 세상, 이 땅에서 우리는 우리의 행동으로 하늘나라를 가능케 합니다. 우리는 하늘나라를 희망하며 사는 것만이 아니라, 우리의 맡은 바를 다하여 하늘나라가 도래하게 하는 것입니다.”

‘마이크는 자신의 맡은 바를 다했어.’ 폴리가 생각했다. ‘우리를 구하기 위해 자신이 할 수 있는 모든 것을 다했어. 던워디 교수님처럼. 콜린처럼.’

왜냐하면 이곳에 앉아 구드 신부를 지켜보는 동안, 폴리는 확신할 수 있었기 때문이다. 콜린이 자신을 간절히 찾아다녔다는 것을, 무엇이 잘못되었으며 어떻게 해야 그들을 구할 수 있는지 알아내려 애쓰며 옥스퍼드와 실험실을 샅샅이 조사했다는 것을 폴리는 확신할 수 있었다.

폴리는 콜린이 포기하지 않고 열릴 법한 강하 지점들을 모두 시도해보고, 시간 여행에 관한 역사 기록과 신문과 책들을 샅샅이 뒤지고, 무슨 일이 일어났는가에 관한 단서들을 찾아보며 할 수 있는 모든 행동을 하는 모습을 눈앞에 보듯 선명히 머릿속으로 그릴 수 있었다. 그리고 그들을 구해내지 못한 게 마이크의 잘못이 아니듯이, 만약 콜린이 실패했다면, 그들을 구해내기 전에 콜린이 죽었다면, 그건 콜린의 잘못이 아니었다. 그들은 노력했다. 그들은 자신이 맡은 바를 다했다.

추도 예배가 끝나자마자 험프리스 씨는 포크너 함장 기념비를 보여주기 위해 구드 신부를 데리고 갔고, 에일린은 알프와 비니를 데리고 서둘러 예배당을 나갔으며, 폴리는 남아서 모두에게 와줘서 감사하다는 인사를 하고 그들의 위로를 들었다.

"우리는 하느님의 선함을 믿어야만 해요." 히바드 양이 폴리의 손을 토닥이며 말했다.

위번 부인 역시 손을 토닥였다. "하느님은 우리가 견딜 수 없는 시련을 주지 않으세요."

"모든 것은 하느님이 세우신 계획의 일부입니다." 주임 사제가 읊조렸다.

고드프리 경이 손에 모자를 들고 폴리에게 다가왔다.

'만약 고드프리 경이 기운을 북돋을 요량으로 '마무리를 해주시는 하느님의 힘이 있습니다'라든가 '결국에는 다 좋아질 겁니다' 같은 쾌활한 내용의 셰익스피어 인용을 한다면 나는 결코 경을 용서하지 않을 거야.' 폴리가 생각했다.

"비올라." 고드프리 경은 슬프다는 듯이 고개를 저으며 말했다. "'비는 날마다 내리네요.'"[21]

'사랑해요.' 폴리는 눈에 눈물을 글썽거리며 생각했다.

---

21 셰익스피어, 《십이야》

라버넘 양이 다가왔다. "이런 시기일수록 믿음을 가져야만 해요." 그녀가 말하고는 고드프리 경을 바라보았다. "생각해봤는데, 《메리 로즈》 극본을 낭송해야만 해요. 메리 로즈의 아들이 죽은 어머니를 찾는 가슴 아픈 장면이…."

라버넘 양은 극본 낭송 이야기를 계속하려 고드프리 경을 데리고 나갔고, 폴리는 에일린을 찾으러 갔다. 에일린과 호드빈 남매는 어디에도 보이지 않았지만, 폴리는 주임 사제나 위번 부인의 상투적인 말을 듣고 싶지 않았다. 그녀는 본당으로 들어가 돔 쪽으로 갔다.

에일린은 두 아이와 함께 '세상의 빛'을 바라보고 있었다. 좀 더 정확히는, 알프와 비니는 그 그림을 바라보았고, 에일린은 아까처럼 망연자실하고 얼빠진 표정으로 그 둘을 바라보고 있었다. 폴리는 구드 신부의 설교로 인해 에일린이 마이크가 죽은 슬픔을 어느 정도 극복하기를 바랐지만, 별 도움이 되지 않은 듯했다.

그리고 호드빈 남매 역시 도움이 되지 않는 게 확실했다. "왜 남자가 원피스를 입고 있어요?" 알프가 그림을 가리키며 물었다. "그리고 왜 저기 서 있는 거예요?"

"저 사람은 저 안에 사는 사람들에게 문을 열어달라고 노크를 하는 거야, 이 바보야." 비니가 말했다.

"바보는 너야." 알프가 말했다. "저기에는 아무도 살지 않아. 저 문을 봐. 저 문은 오랫동안 열리지 않았어. 저기 살던 사람들은 저 집을 나갔는데 저 사람에게 그걸 알려주지 않은 게 분명해. 아니면 살던 사람들이 죽었거나. 아무리 문을 두드려도 아무도 나오지 않을 거야."

'에일린이 들으면 안 되는 말이네.' 폴리가 생각하며 말했다. "이제 가야 해. 사이렌이 울릴 때 거리에 있으면 안 되니까." 하지만 에일린은 그 말을 들은 것 같지 않았다. 에일린은 계속해 멍하니 알프와 비니를 바라보았다.

폴리가 다시 말했다. "에일린, 우리는 구드 신부님을 구해야만 해. 험프리스 씨가 구드 신부님을 데리고 포크너 함장 기념비를 보여주러 갔고…."

"알프, 비니. 나랑 가자." 에일린이 갑자기 말하더니 둘을 데리고 이제 아무도 없는 예배당으로 갔다. 그녀가 철창문을 열었다.

"왜 여기 다시 온 거예요?" 에일린이 아이들에게 안으로 들어가라고 손 짓하자 비니가 물었다.

"우리는 아무것도 훔치지 않았어요." 알프가 말했다.

'아, 이런.' 폴리가 생각했다. '이번에는 이 아이들이 뭘 훔친 거지?'

"우리는 여기에 있지조차 않았어요." 알프가 말했다. "우리는 추도 예배 내내 저 그림을 보고 있었어요."

에일린은 철창문을 닫고 빗장을 걸더니 아이들을 돌아보았다.

"우리는 아무것도 가져가지 않았어요." 비니가 말했다. "정말이에요."

에일린은 그 말을 들은 척조차 하지 않았다. "너희 어머니가 언제 돌아 가셨니?" 에일린이 물었다.

'돌아가셨다고?'

"미쳤어요?" 알프가 말했다. "우리 엄마는 안 죽었어요."

"엄마는 지금 피커딜리 서커스에 있어요." 비니가 철창문을 향해 옆걸 음질치며 말했다. "우리는 엄마를 데리러 가야 해요."

에일린은 아이들과 철창문 사이를 단단히 막아섰다. "너희들은 아무 데 도 못 가." 에일린이 말하고 폴리를 바라보았다. "이 아이들 엄마는 지난가 을 공습에서 죽었어. 그리고 얘들은 계속 그걸 숨겨왔고. 방공호를 전전하 며 살고 있어."

"그렇지?" 에일린이 아이들을 보며 다그쳐 물었다. "너희 어머니가 언제 돌아가셨니?"

"말했잖아요." 알프가 말했다. "엄마는 죽지⋯."

"세인트바트 병원에서 돌아가셨지, 그렇지?" 에일린이 말했다. "그래서 그 병원이 어디에 있는지 알았던 거지? 그리고 간호사가 너희를 알아보고 내게 자초지종을 이야기할까 봐 두려워서 병원에서 빨리 나가고 싶어 했던 거고."

"아니에요." 알프가 말했다. "누나가 세인트폴 대성당에 가야 한다고 말 했잖아요. 그래서 우리는⋯."

"너희 어머니가 언제 돌아가셨니, 비니?"

"말했잖아요, 어머니는…." 알프가 입을 열었다.

"9월에요." 비니가 말했다.

알프가 비니를 분노의 눈길로 돌아보았다. "그걸 왜 말해? 이제 에일린 누나는 우리를 신고할 거야."

비니는 알프를 무시했다. "하지만 10월이 되어서야 알았어요." 비니가 말했다. "엄마는 2, 3일씩 집에 안 들어오곤 했고, 그래서 처음에 우리는 별일 아니라고 생각했어요. 하지만 얼마 뒤 걱정이 되어 엄마를 찾아다녔고, 엄마 친구 가운데 한 명이 엄마가 술집에 있을 때 그곳에 450킬로그램짜리 폭탄이 떨어졌다고 말해줬어요."

'그리고 시체는 산산조각이 나서 알아볼 수도 없었겠지.' 폴리가 생각했다. '마이크처럼.' 그리고 친구라는 사람은 아마도 동료 창녀이거나 호드빈 부인의 손님들 가운데 한 명일 거고, 그 사람은 경찰과는 얽히고 싶지 않았을 것이다. 그래서 아이들 어머니의 죽음은 당국에 알려지지 않은 것이다.

"내가 지도를 빌리러 갔을 때 너희 어머니는 이미 죽은 뒤였지?" 에일린이 물었다. "그래서 어머니가 잔다면서 나를 집 안으로 들여보내지 않으려 했던 거고."

비니는 고개를 끄덕였다. "집주인에게도 그렇게 말했어요. 엄마는 집에 있을 때 잠을 많이 잤고, 우리에게는 배급 수첩이 있어서 괜찮았어요. 돈이 떨어져 집세를 더 낼 수 없게 되기 전까지는요."

"그리고 집주인은 배스컴 아줌마에 대해서도 알게 되었어요." 알프가 말했다.

"얘들이 키우는 앵무새야." 에일린이 폴리에게 설명했다.

"그래서 우리는 집주인에게 시골에 있는 이모랑 살 거라 말했어요."

"그리고 너희는 방공호들을 전전하며 살았고." 에일린이 말했다.

"하지만 돈이 없는데 어떻게 살았니?" 폴리가 물었고, 이윽고 생각했다. '소매치기를 하고 피크닉 바구니들을 훔치며 살았겠구나.'

험프리스 씨와 구드 신부가 돌아오고 있었고, 험프리스 씨는 여전히 포크너 함장에 관해 이야기하고 있었다.

비니가 괴로운 표정을 지었다. "신부님에게 말하지 않을 거죠?"

"아무에게도 말하지 않는다고 약속해요." 알프가 말했다. "안 그러면 우리는 보육원에 가야 한단 말이에요."

"아, 여기 계셨군요." 험프리스 씨가 말했다.

구드 신부는 철창문 앞에 서더니 빗장 걸린 문과 그들을, 에일린의 보초 서는 듯한 자세를, 아이들의 표정을 보았다. "무슨 일입니까, 오릴리 양?" 신부가 물었다.

'제발요.' 비니가 입 모양으로 말했다.

에일린이 철창문의 빗장을 열고 둘을 안으로 들어오게 했다. "알프와 비니가 방금 저에게 자기 어머니에 관해 말해줬어요." 에일린이 말했다. "아이들 어머니는 작년 가을에 돌아가셨어요. 아이들은 방공호를 전전하며 살았고요."

비니는 철저히 배신당했다는 듯한 표정을 지었다.

"그래서 어쩔 건데요?" 알프가 통곡했다. "이제 우리는 보육원에 들어가게 된다고요. 그리고 우리에게 잘해주는 사람은 에일린 누나뿐이란 말이에요."

"우리는 돌봐줄 사람이 필요 없어요." 비니가 덤비듯 말했죠. "나랑 알프는 알아서 잘할 수 있거든요!"

"이 아이들은 제가 맡을게요." 에일린이 말했다.

"뭐라고?" 폴리가 말했다. "넌 그럴⋯."

"누군가는 해야 해. 그리고 지하철역들을 전전하면서 살 수는 없잖아." 에일린이 말했다. "구드 신부님, 저를 이 아이들 보호자로 지정해주실 수 있나요?"

"네, 물론입니다. 하지만⋯." 구드 신부는 험프리스 씨를 돌아보았다. "혹시 괜찮으시다면 이 아이들에게 성당을 좀 구경시켜주시겠습니까? 저희는 상의할 일이⋯."

"물론이지요." 험프리스 씨가 말했다. "불쌍한 것들. 자, 나랑 같이 가자, 애들아."

"괜찮을 거야." 에일린이 비니에게 말했다.

"맹세해요?"

"맹세해. 다녀와. 험프리스 씨와 같이 가."

'저 아이들은 도망칠 거야. 29일 다음 날 아침에 그랬듯이.' 폴리가 생각했지만, 아이들은 고분고분 성당지기를 따라갔다.

"가자, '세상의 빛'을 보여주마." 아이들과 복도를 걸어가며 험프리스 씨가 말했다.

"이미 봤어요." 알프가 말했다.

"오, 하지만 그 그림은 볼 때마다 뭔가 새로운 것을 볼 수 있단다." 험프리스 씨가 대답했다.

'그 말엔 전적으로 동의해요.' 폴리가 생각했다.

발소리가 멀어졌다. "정말로 그렇게 하고 싶으신 겁니까, 오릴리 양?" 구드 신부가 말했다. "어쨌든 호드빈 남매는 아주⋯."

"알아요." 에일린이 말했다.

"리케트 부인이 절대 허락하지 않을 거야." 폴리가 말했다. "하숙집 규칙을 너도 알잖아."

"그리고 아이들은 런던 밖에 있는 게 더 안전할 겁니다." 구드 신부가 말했다. "피난민 위원회에⋯."

"아니요." 에일린이 말했다. "만약 그 아이들을 피신시키면 달아날 거고, 결코 자기들 힘으로는 살아남지 못할 거예요. 알프는 불발탄을 가지고 놀고, 비니는 어린 여자아이예요. 비니에게는 방공호를 전전하며 사는 것도 벅차고⋯."

'그리고 비니는 자기 어머니처럼 되겠지.' 폴리가 생각했다.

"그 아이들에게는 아무도 없어." 에일린이 폴리에게 말했다. "만약 우리가 구해주지 않으면⋯."

"하지만 리케트 부인은 어쩌고?" 폴리가 말했다. "너도 규칙을 알잖아. 방에서 취사 금지, 반려동물이나 아이 금지. 그리고 구드 신부님의 휴가는 오늘이 마지막⋯."

"좀 더 시간을 받을 수 있는지 알아보겠습니다. 이건 제 교구민이 관련된 일이니까요." 구드 신부가 말했다. "그리고 상황이 상황인 만큼 아마도 제가 리케트 부인을 설득할 수 있을 겁니다."

'과연 그럴까요.' 폴리가 생각했고, 예상대로 리케트 부인은 구드 신부의 성직자 옷깃이나 주장에 아무런 감명도 받지 않았다.

"규칙을 아시잖아요." 리케트 부인은 군인처럼 가슴 앞으로 팔짱을 끼고 말했다. "아이는 안 됩니다."

"하지만 아이들 어머니가 공습으로 죽었습니다." 구드 신부가 말했다. "그리고 달리 갈 곳이 없습니다. 교회가 아이들이 쓸 침상과 침구를 제공하겠습니다."

"그리고 아이들은 아주 얌전해서 있는 줄도 모를 거예요." 에일린이 덧붙였다.

'그런 건 리케트 부인에게는 전혀 먹혀들어 가지 않아.' 폴리가 생각했다. "아이들 하숙비로 돈을 추가로 더 낼게요." 폴리가 말했다. "그리고 아이들이 있으면 우유 배급을 추가로 더 받을 수 있어요."

"얼마나 더 받을 수 있죠?" 리케트 부인이 캐물었고, 엉망으로 요리해 도저히 먹을 수 없는 상태일 게 뻔한 우유푸딩과 크림수프 생각에 눈이 반짝였다.

"하루에 3백 밀리리터입니다." 구드 신부가 말했다.

"좋아요." 리케트 부인이 말했고, 에일린의 손에서 아이들 배급 수첩을 낚아채다시피 했다. "하지만 아이들 식사는 모레부터예요."

'왜 안 그러겠어.' 폴리가 생각했다.

"그리고 만약 아이들이 계단에서 놀거나 소란을 피우거나⋯."

"안 그럴 거예요." 에일린이 진지하게 말했다. "그 아이들은 아주 얌전해요."

"너 극단에 들어와야겠어." 리케트 부인이 간 뒤 폴리가 에일린에게 말했다. "나보다 연기를 훨씬 더 잘하더라."

에일린은 폴리를 무시했다. "정말 고맙습니다, 구드 신부님." 에일린이 말했다. "신부님이 안 계셨으면 저희끼리는 해낼 수 없었을 거예요. 정말 큰 도움이 되었어요."

구드 신부는 정말로 큰 도움이 되었다. 용케 이틀을 더 받아낸 휴가 동안, 구드 신부는 알프와 비니를 위해 새 배급 수첩과 옷들을 구했을 뿐 아니라 에일린을 둘의 임시 보호자로 등록했고 아이들을 학교에도 등록했다.

"학교요?" 알프와 비니는 마치 말뚝에 묶여 화형을 당할 거라는 말을 들었다는 듯이 반응했다.

"그래." 구드 신부가 엄격하게 말했다. "그리고 만약 하루라도 학교를 빠지거나 오릴리 양이 너희들에게 시킨 일을 빼먹고 하지 않으면, 오릴리 양이 내게 편지를 쓸 거고, 그러면 나는 곧장 너희들을 보육원으로 보낼 거야."

협박으로 말을 듣게 하다니, 심지어 리케트 부인에게도 힘든 일을 그것도 호드빈 남매에게 하다니, 폴리는 그게 가당키나 한 말일까 회의심이 들었다. 하지만 험프리스 씨가 '세상의 빛'을 보여주기 위해 아이들을 데리고 갔을 때, 그리고 에일린과 폴리가 리케트 부인과 이야기해야 해서 아이들에게 노팅힐게이트역에서 기다리라고 했을 때, 폴리는 아이들이 도망칠 거라 생각했지만 그때도 예상과 달리 둘은 그러지 않았다. 사실 구드 신부를 배웅하러 기차역에 갔을 때 알프는 신부에게 물었다. "에일린 누나가 이제 우리 엄마가 되는 건가요?"

폴리는 구드 신부가 뭐라고 대답하는지는 듣지 못했지만, 에일린이 무척이나 쾌활해진 것을 보았기에 호드빈 남매를 들이기로 한 결정을 후회하지 않았다. 구드 신부가 에일린에게 이미 자신의 징집 소식을 전했기 때문에 더더욱 그랬다.

군목은 격렬한 선상에 배치될 때가 많았지만 그런데도 무장을 하지 않았다. 게다가 마른 몸에 나긋나긋한 태도는 군인과는 거리가 멀었다. 그리고 구드 신부처럼 전시에 제 몫을 다하기 위해 열심이던 젊고 진지한 성직자들이 북아프리카 사막과 노르망디 상륙작전에서 무수히 죽어 나갔다. 폴리는 에일린이 가까운 사람을 또 잃었을 때 과연 버텨낼 수 있을지 자신할 수 없었다.

그들 모두는 구드 신부를 배웅하기 위해 빅토리아역으로 갔다. "당연히 우리도 신부님을 배웅해야죠." 알프가 말했다. "우리가 런던으로 오는 날 신부님이 우리를 배웅해줬으니까요. 기억나요, 신부님? 그날 우리를 배웅하러 오셨던 거요."

"기억한단다." 에일린을 바라보며 구드 신부가 말했다.

"그리고 이제 우리가 배웅하러 왔어요. 재밌지 않아요, 에일린 누나?"

"그러게." 에일린이 눈물을 참으려 눈을 깜박이며 말했다. "전부 다 고마워요, 구드 신부님."

"천만입니다." 신부가 엄숙하게 말했다. 그는 더플백을 집어 들었다. "이제 타야겠습니다. 알려드린 건 제 임시 주소이고, 어디로 배치될지 알게 되는 대로 곧장 다시 알려드리겠습니다. 알프와 비니와 관련해서 뭔가 더 도움이 필요하시면 꼭 알려주십시오. 그러면 제가 해결하겠습니다."

'그러실 수 있다면요.' 폴리가 생각했다. '전장에서 죽지 않는다면요.'

그들은 작별 인사를 했고, 구드 신부는 기차에 탔다. 알프와 비니가 "독일군들을 잔뜩 쏴버리세요!", "늙다리 히틀러를 죽여버려요!"라고 고함을 지르며 그 낭만적인 분위기를 깼다.

에일린은 더 이상 아무것도 보이지 않을 때까지 하염없이 기차가 간 자리를 바라보았다.

"뭘 기다려요?" 비니가 호기심에 차서 물었다.

"아무것도 아니야." 에일린이 말했다. "가자. 집에 가야지."

"안 돼요." 알프가 말했다. "블랙프라이어스역에 가서 우리 물건을 가져와야 해요."

"무슨 물건?"

"알잖아요." 비니가 천진난만하게 말했다. "우리 옷이랑 물건들요."

"그리고 에일린 누나가 줬던 런던탑에 관한 책도요." 알프가 말하며 지하철 입구로 향했다. "스코틀랜드의 메리 여왕의 목을 자르는 부분이 제일 재밌었어요."

그리고 블랙프라이어스역으로 가는 지하철을 타자, 알프는 그 내용을 상세히 설명했다. "사형집행인은 목이 잘릴 때까지 계속 내리쳤어요. 이렇게요." 알프는 그 객차의 다른 승객들도 보라고 열심히 목을 자르는 시늉을 했다. "그리고 잘린 머리를 들어 보여요. 당시에는 그렇게 했대요. 피가 뚝뚝 떨어지는 머리를 들어 보이면서 '반역을 저지른 여왕은 이 꼴이 되었습니다'라고 말했어요."

"그리고 그 머리를 런던 다리에 걸어두었어요." 비니가 말을 맺었다.

"아니, 그러지 않았어." 알프가 말했다. "메리 여왕은 가발을 쓰고 있었고, 그래서 잘린 머리를 집어 들 때 머리가 바닥으로 떨어져 침대 밑으로 굴러 들어갔고, 개가 달려와서…."

"블랙프라이어스역에 다 왔어." 에일린이 말하며 일어나 아이들을 앞세우고 지하철에서 내렸다.

"밀지 말아요." 비니가 말했다.

"스코틀랜드의 메리 여왕의 개가 어떻게 했는지 알고 싶지 않아요?"

"알고 싶지 않아." 폴리가 말했다.

"너희들 물건들을 가져와야 한다고 했지?" 에일린이 말했다. "어디에 있니? 플랫폼에 있니?"

"언니 바보예요?" 비니가 말하며 앞장섰다. "거기에 두면 사람들이 가져가잖아요."

"터널에 있어요." 플랫폼에 도착했을 때 알프가 말했다. "여기서 기다려요." 그리고 에일린이 말리기도 전에 둘은 플랫폼 끝을 향해 쏜살같이 달려가더니 터널의 어둠 속으로 사라졌다.

"저러다가 죽고 말 거야." 에일린이 말했다.

"그런 행운이 있을 리가 없어." 폴리가 말했고, 잠시 뒤 아이들이 소지품을 한 아름 안고 돌아왔다. 모자 하나, 넝마처럼 보이는 카디건 하나, 웰링턴 부츠 한 켤레, 영화 잡지 더미였다.

알프는 자기가 가져온 것을 에일린의 팔에 쏟아놓았다. "배스컴 아줌마를 데리러 가야 해요." 알프는 그렇게 말하더니 다시 쏜살같이 터널을 향해 달려갔다.

"배스컴 아줌마?" 폴리가 물었다. "배스컴 아줌마가 누구야?"

"아이들 앵무새." 에일린이 절망하며 말했다. "쟤들이 방공호로 들어가 살게 됐을 때 어딘가에 줬을 거라 생각했는데." 에일린은 비니를 돌아보았다. "방공호에는 동물 출입 금지 아니니?"

"맞아요." 비니가 말했다. "그래서 터널에 둔 거예요."

"공습경보 소리를 흉내 낸다는 그 앵무새는 아니겠지?" 폴리는 자기 생각이 맞을까 봐 두려워하면서 물었다.

"공습경보해제 소리도 내요." 알프가 녹이 슨 커다란 새장을 가지고 오며 말했다. 새장에는 회색과 빨간색이 섞인 앵무새가 한 마리 있었다. "그리고 그 뒤에도 우리는 배스컴 아줌마에게 여러 가지를 더 가르쳤어요."

41

끝났다.

— 〈런던 이브닝 뉴스〉 헤드라인, 1945년 5월 7일

런던, 1945년 5월 7일

'저건 메로피야.' 트래펄가 광장에 서 있는 녹색 코트를 입은 젊은 여자를 더 잘 보기 위해 국립 미술관의 돌난간에 몸을 기대며 메리는 생각했다. '오, 잘됐어. 메로피는 전승 기념일 임무를 원했으니까.' 메리는 메로피를 향해 팔을 들어 손짓하며 큰 소리로 그녀를 부르려 했지만, 곧 마음을 바꿨다. 메리는 메로피가 이곳에서 쓰는 이름이 뭔지 몰랐다. 아마도 메로피는 아닐 것이다. 그 이름은 20세기에는 흔하지 않았다. 그리고 메리는 메로피가 위장한 신분이 뭔지도 몰랐으며 이 시대 사람과 함께 왔는지 어떤지도 알지 못했다. 영국 공군 군복을 입은 중년 남자가 메로피 왼쪽 옆에 서 있었다.

메리는 팔을 내렸지만, 페이지는 이미 그녀가 손을 흔드는 것을 보고 난 뒤였다. "지금 리어던을 본 거야?" 페이지가 물었다.

"아니. 아는 사람을 본 줄 알았어."

"아마 맞을걸. 오늘 밤 여기에는 잉글랜드의 모든 사람이 와 있는 거 같아."

'과거와 현재의 모든 사람이.' 메리가 생각했다.

"리어던!" 페이지가 마구 손을 흔들며 외쳤다. 메리는 페이지가 보는 곳

을 힐끗 보았고, 이윽고 메로피가 서 있던 곳으로 다시 시선을 돌렸지만, 메로피는 사라지고 없었다. 메리는 군중 속에서 그녀를 찾아보았다. 가로등 기둥 옆, 사자 옆, 기념비 옆. 하지만 녹색 코트의 흔적은 보이지 않았다. 아주 밝은 색이었기에 쉽게 찾을 수 있어야 했다. 그리고 메로피의 빨간 머리도.

"아, 이런, 리어던이 다시 안 보여." 페이지가 엄청난 숫자의 사람들을 훑어보며 말했다. "리어던이 어느 쪽으로 갔을까? 어디에도 안 보여. 아, 저기 있다! 그리고 텔벗도 있어." 페이지가 마구 손을 흔들기 시작했다. "텔벗! 리어던!"

"네 소리를 못 들을 거야." 메리가 말했시만, 놀랍게도 둘은 인파를 단호히 헤치고 그들이 있는 계단을 올라왔다.

"페어차일드, 더글러스, 다행이야." 리어던이 올라와 말했다. "너희들을 다시는 못 볼 줄 알았어!"

텔벗이 고개를 끄덕였다. "완전히 난리가 났네." 그녀가 들뜬 목소리로 말했다. "패리시랑 메이틀랜드 봤어? 어쩌다 보니 게네랑 헤어지게 됐어. 모닥불 옆에 있었어."

그들은 모두 모닥불 쪽을 바라보았지만, 이런 인파 속에서 모닥불 옆에 누가 있는지 알아보는 건 불가능했다. "어디에도 안 보여." 텔벗이 말했다. "잠깐…, 페어차일드, 저거 네 진정한 사랑 아니니?"

"그럴 리 없어." 페이지가 말하며 텔벗이 가리킨 쪽을 바라보았다. "그이는 프랑스에 있어. 그이는…. 오, 더글러스, 봐!" 페이지가 메리의 팔을 잡았다. "스티븐이야! 스티븐! 제때 여기에 와서 이걸 보지 못할 줄 알았는데. 오, 메리! 그이가 여기에 있어서 너무 좋아!"

'나도 그래.' 메리가 생각했다. 랭 대위의 얼굴에는 이제 페이지가 입원했을 때 지었던 긴장하고 공포 어린 표정이 더는 보이지 않았으며, 날마다 V-1의 날개를 슬쩍 건드려 추락시켜야 하던 때의 집중하면서도 피곤한 표정도 보이지 않았다. 메리는 그런 그의 모습이 좋았다. 그는 지난번에 마지막으로 봤을 때보다 훨씬 더 젊어 보였다.

'하지만 그래도 나보다 훨씬 더 나이가 많아.' 메리는 아쉬워하며 생각했다. 만약 메리가 역사학자가 아니라 FANY였다면 그건 문제가 아니었을 것이다. 그래도 메리는 랭 대위와 사귈 수 없었다. 그는 아직 인파 속에서 페이지를 발견하지 못했지만, 분명히 그녀를 찾고 있었고, 찾게 되면 그는 오로지 페이지만을 바라볼 것이다.

'하지만 그래도 마지막으로 한 번 더 랭 대위를 볼 수 있어서 기뻐.' 메리는 기뻐 외치는 사람들을 헤치고 활기차게 페이지를 찾아다니는 그의 모습을, 그의 갈색 머리를 바라보며….

"우리가 안 보이나 봐!" 페이지가 외쳤다. "손을 흔들어, 메리!"

메리는 동료들과 함께 손을 흔들고 고함을 쳤다. 패리시는 귀족인 부모가 들으면 몸서리를 쳤을 만한, 귀청이 찢어질 듯이 날카로운 휘파람을 불었고, 그게 먹혀들어 갔다. 랭 대위는 고개를 돌려 페이지를 보더니 특유의 심장이 멎을 듯한, 한쪽 입꼬리가 올라가는 웃음을 지어 보이더니 그들 있는 곳으로 곧장 오기 시작했다.

"오, 다행이야." 탤벗이 말했다. "봤어…, 맙소사! 저기 소령님이야?"

탤벗은 모닥불 너머, 광장을 4분의 3쯤 가로지른 곳을 가리켰지만, 모두가 단숨에 소령을 알아보았다. 설상가상으로 소령도 그들을 알아보았다. "이건 모두 네 잘못이야, 페어차일드." 탤벗이 말했다. "네가 랭 대위에게 손을 흔들지만 않았어도 소령님이 우리를 볼 일은 전혀 없었을 거야."

"소령님이 여기서 뭘 하는 걸까?" 리어던이 불안해하며 물었다.

"내가 소령님을 제대로 알고 있다면…." 패리시가 말했다. "곧장 우리에게 와서 모두에게 보고하라고 하실 거야."

"아니면 석고붕대를 가져오라고 에지웨어로 보내든가." 페이지가 말했다.

"뭐라고 할지 내기를 해야 할 거 같지 않아?" 리어던이 물었다.

탤벗이 소리 내 웃었다. "아, 난 너희 모두가 보고 싶을 거야."

"우리는 모두 다시 볼 거야." 페이지가 확신에 차 말했다. "내 결혼식에 너희 모두를 초대할 거야. 더글러스는 내 들러리가 될 거고. 그렇지, 메리?"

'난 할 수 없어.' 메리가 생각했다.

"옐로우 페릴을 입히지 않겠다고 약속하면." 메리가 밝게 말했다.

"전쟁이 끝나면 기쁠 줄 알았다니까." 패리시가 말했다. "내 말은, 이제 다시는 옐로우 페릴을 입지 않아도 되잖아."

"문어손을 옆에 태우고 운전하지 않아도 되고." 탤벗이 말했다.

'언제 죽을지 몰라 두려워하지 않아도 되고. 그리고 잔해에서 시체 잔해나 죽은 아이들을 파내지 않아도 되고.' 메리가 속으로 말했고, 크로이던의 부서진 신문사에서 본 남자를 떠올렸다. 메리는 퇴원한 뒤 세인트바트 병원과 가이스 병원, 그리고 60킬로미터 안쪽의 모든 구급차 출동 지부에 연락을 해보았지만 그 남자의 흔적을 찾을 수 없었다. 아마 메리가 생각했던 것만큼 심하게 부상당하지 않은 모양이었다. 하지만 그럴 리 없었다.

'그 사람이 괜찮았으면 좋겠어.' 메리가 생각했다. '그 사람이 오늘 밤 여기 와서 이 광경을 보고 있길.'

"오, 이런." 탤벗이 말했다. "소령님이 이쪽으로 오고 있어!"

"소령님이 우리를 집으로 돌려보내려는 걸까?" 리어던이 말했다.

'아니, 나만 집으로 돌아갈 거야.' 메리가 생각했다. 소령이 여기 있으니 지부로 돌아가기 딱 좋은 때였다. 메리는 지부에 돌아가 '어머니가 아주 편찮으십니다. 가야 합니다.'라고 소령에게 메모를 남기고 강하 지점으로 가면 된다.

메리는 메이틀랜드나 수트클리프-히스나 리드를 마지막으로 한 번 더 보지 못해 아쉬웠다. 메리는 지난 한 해 동안 지부의 모든 FANY들과 놀랄 정도로 정이 들었다. 하지만 메리가 지금 겪는 일은 여기 트래펄가 광장의 모든 사람이 앞으로 며칠, 몇 주 동안 경험하게 될 일이기도 했다. 끝난 것은 전쟁만이 아니었다. 수많은 우정과 로맨스와 직장 역시 끝을 맞이할 것이다. 온갖 종류의 이별, 온갖 종류의 헤어짐이 이어지겠지.

그리고 메리는 떠나려면 지금, 밤이 깊어 지하철이 운행을 멈추기 전인 지금 떠나야 했다. 그리고 소령과 랭 대위가 이곳에 오기 전에. 랭 대위는 거의 계단 발치까지 와있었다. 메리는 마지막으로 아쉬움을 담은 눈길로 랭 대위를 보았고, 이어서 동료들을 보았다. 그들의 시선은 여전히 소령을 향했다. 소령은 조금 전 공습 대비대 감시원이 툭 씌워준 넬슨 제독 스타일의 삼각모를 그대로 머리에 쓰고 있었다.

"기회가 있을 때 도망치는 게 낫지 않을까?" 패리시가 물었다.

"아니야. 그러다 잡히면 오히려 역효과만 나." 탤벗이 말했다.

"어쩌면 소령님은 우리랑 같이 축하하려고 오시는 걸지도 몰라." 리어던이 말했다.

"넌 지금 소령님이 축하하는 것처럼 보이니?" 탤벗이 물었다.

흥겨운 분위기의 삼각모를 쓰고는 있었지만, 소령은 축하하는 사람처럼 보이지 않았다. '당신도 보고 싶을 거예요, 소령님.' 메리는 생각했고, 여전히 랭 대위를 부르며 손을 흔드는 페이지에게 몸을 숙여 뺨에 키스했다. 그러나 페이지는 알아차리지조차 못했다.

메리는 천천히 페이지에게서 멀어졌고, 몸을 돌려 재빨리 사람들을 헤치며 포치를 걸어 계단으로 갔다. 페이지가 자신이 없어진 걸 알고 찾을 경우를 대비해 올라왔을 때처럼 모자를 눌러쓰고 고개를 숙인 채 계단을 내려갔다. 메리는 자기가 없어진 걸 페이지가 깨닫더라도 자기가 랭 대위를 데리러 갔다가 인파에 휩쓸려 간 거라 생각해주길 희망했다. '인파에 휩쓸려 간 게 사실이 될 수도 있고.' 계단 앞에 도착하며 메리는 생각했다.

메리는 채링크로스 방향으로 비스듬히 광장을 가로지르기 시작했다. 반쯤 가로질렀을 때 메리는 사람들 흐름에 휩쓸렸고, 그 방향이 마침 가려고 했던 방향이라 그냥 그 흐름을 탔다. 심지어 그 흐름은 메리를 지하철역 입구까지 간편하게 데려다줄 듯했다.

'시간을 절약할 수 있겠네.' 메리가 생각했고, 손목시계를 보기 위해 광장 가장자리에서 걸음을 멈췄다.

중산모를 쓴 작은 남자는 여전히 같은 자리에 있었다. "패튼에게 만세 삼창!" 그가 외쳤지만 "만세, 만세, 만세!"라는 외침은 다가오는 콩가 춤 줄의 리듬에 묻혀 버렸다. 메리는 인파를 헤치며 지하철역으로 갔다. 아마도 이곳에 올 때보다는 지하철이 덜 붐빌 것이다. 아직 집에 돌아가려는 사람들은 보이지 않았고, 일단 지하철이 홀본역을 지나면….

"이리 와요, 내 사랑!" 덩치 큰 상선 선원이 메리의 귀에 대고 소리쳤다.

그는 메리의 허리를 휘감고 자기 앞에 있는 콩가 춤 줄로 밀었고, 두 손은 그녀 앞에 있는 군인의 허리를 잡게 했다.

"안 돼요! 이러고 있을 시간이 없어요!" 메리가 외쳤지만 소용없었다. 선원은 메리의 허리를 단단히 잡았고, 발을 땅에 박고 움직이지 않으려는 메리를 번쩍 들어 앞쪽으로 밀었다.

메리는 가차 없이 트래펄가 광장으로 다시 옮겨졌고, 광장을 가로질러 뱀처럼 꿈틀거리며 '둥둥두둥' 소리를 내며 춤을 추는 사람들 옆으로 옮겨졌다. 그들은 국립 미술관으로 곧장 돌아가고 있었다. "이러면 안 돼요!" 메리가 말했다. "나는 지하철역에 가야 한단 말이에요. 나는…."

"어이, 거기, 그 여자를 놔줘요, 젊은이." 남자의 목소리가 들렸고, 메리는 누군가가 자기 허리를 잡더니 콩가 춤 줄에서 쑥 빼내는 것을 느꼈다. 선원과 춤 줄은 메리를 지나 멀어졌다.

"고맙습니다." 메리가 말하며 자신을 구해준 사람을 돌아보았지만, 그의 얼굴을 제대로 보기도 전에(그 사람이 군인이며 성직자 옷깃을 하고 있다는 정도까지만 간신히 볼 수 있었다), 분수 옆에서 요란한 소리가 들렸다.

"가봐야겠습니다. 누가 그랬는지 알 거 같군요." 그 남자가 말하더니 군중을 뚫고 성큼성큼 걸어갔다. 아마도 다른 누군가를 구하러 가는 듯했다.

"누구신지는 모르지만, 고맙습니다." 메리가 말하고 다시 지하철역으로 출발했고, 이번에는 길 바로 옆으로 거의 광장 가장자리에 붙어서 움직였다.

중산모를 쓴 키 작은 남자는 여전히 지하철역 입구 밖에 서서 환호성을 유도하고 있었다. "다우딩[22]에게 만세 삼창!" 그가 외쳤다.

'좀 있으면 저 사람이 만세 삼창하자고 외칠 영웅 이름도 다 떨어지겠네.' 메리가 생각하며 그의 옆을 비집고 지나 입구로 들어갔다. 하지만 메리의 생각은 틀렸다. 계단을 내려갈 때 그가 외치는 소리가 들렸다. "화재 감시원들에게 만세 삼창! 공습 대비대에게 만세 삼창! 우리 모두에게 만세 삼창! 만세, 만세, 만세!"

22 제2차 세계대전 당시 영국 공군 전투기 사령부 사령관으로 제2차 세계대전의 전세를 역전시킨 영웅이다.

42

아버지, 저희는 다시는 아버지를 못 볼 거라 생각했어요.

— *J. M. 배리 경, 《훌륭한 크라이턴》*

런던, 1941년 겨울

알프와 비니는 앵무새를 리케트 부인의 눈에 띄게도 하지 않았고 소리도 들리지 않게 잘했지만, 결국 2주도 채 안 되어 폴리와 에일린 일행은 리케트 부인 집에서 쫓겨났다. 배스컴 아줌마는 빨리 배우는 편이었고, 알프는 하루 만에 앵무새의 습관을 바꾸는 데 성공했다. 그래서 배스컴 아줌마는 진짜 공습 사이렌이 울릴 때를 제외하고는 사이렌 소리 흉내를 내지 않았으며, 자기 새장에 다가오는 사람에게 '히틀러는 나쁜 새끼야!'라고 외치지도 않았다.

하지만 불행히도, 앵무새는 들리는 소리는 뭐든지 재빨리 기억했다가 그 목소리 그대로 흉내 냈다. 알프와 비니가 그토록 오랫동안 어머니가 살아 있는 척할 수 있었던 이유이기도 했다.

앵무새의 바로 그런 능력 때문에, 리케트 부인은 '이 쓰레기 같은 음식은 뭐야, 맛이 아주 고약하네.'라는 비니의 목소리를 들었을 때, 그게 비니가 하는 말이라고 생각했다. 그래서 리케트 부인은 나중에 에일린에게 말하길, 안에서 요리한다고 생각해서 자기 열쇠로 문을 따고 들어갔다고 했다. 하지만 부인이 발견한 것은 유리알처럼 눈을 반짝이는 배스컴 아줌마였다.

"걱정하지 마." 바로 그 순간 배스컴 아줌마는 알프의 목소리를 흉내 내 말했다. "그 여자 모르게 감출 수 있어. 그 늙다리 마녀는 절대 모를 거야." 그리고 폴리, 에일린, 호드빈 남매와 배스컴 부인은 바로 내쫓겼고, 이후 이틀 밤을 노팅힐게이트역에서 지내야 했다.

폴리는 역무원에게 앵무새가 극단의 새 연극에 쓸 도구라고 했고, 고드프리 경이 그들 뒤에서 다가와 외쳤다. "맙소사!《보물섬》을 하기로 한 건 아니겠죠?"

그리고 라버넘 양은 앵무새를 보고 말했다. "오,《피터 팬》에 딱 좋겠어요!"

"여기에 계속 있지 않을 거예요." 폴리가 말했고, 혹시 세 들어 살 빈 아파트에 대해 아는지 물었다. 아무도 몰랐고, 폴리는 고드프리 경이 빌려준 〈타임스〉에서 '세놓음'란을 살폈지만 아무 곳도 찾을 수 없었다.

"살던 사람들이 폭격으로 죽어서 빈집들이 잔뜩 있어요." 비니가 말했다.

"어떻게 들어가는지 알아요." 알프가 말했다.

"우리는 죽은 사람들 집에 무단으로 들어가지 않을 거야."

"모두가 죽지는 않았어요." 비니가 항의했다. "어떤 집들은 그냥 비어 있어요."

"우리는 어떤 집에도 무단으로 들어가지 않을 거야."

"잠깐, 그 말을 들으니 좋은 수가 떠올랐어." 에일린이 말했다. "캐롤라인 여사의 친구 한 명이 런던에 있는 집을 돌볼 사람 구하기가 어렵다고 한 적이 있어. 그리고 지금처럼 폭격이 심하면 더욱더 사람 구하기가 어려울 거야."

에일린은 '구인란'을 펼쳤다. "이거야. '입주관리인 구함.' 블룸스베리야."

이튿날, 에일린은 광고에 적혀 있던 부동산 중개인을 만나러 갔다가 매우 기뻐하며 타운센드 브라더스 백화점으로 돌아왔다. "우리에게 아이들 둘과 앵무새 한 마리가 있다고 그 남자에게 말하니까…."

"그걸 말했어?" 폴리가 말했다.

"그랬더니, 그 남자가 '지난달에 제가 맡았던 집들 가운데 네 채가 공습 당했습니다. 공습에 비하면 아이 둘과 앵무새 한 마리쯤은 문제도 아니죠.'

라고 하더라."

'나라면 그렇게 속단하지 않을 텐데.' 폴리가 생각했다. '이 아이들은 호드빈 남매인걸.'

"밀라이트 레인에 있는 집이야." 에일린이 말했다. "안전한 주소야?"

폴리는 주소들 목록이 대공습 기간 내내 안전한지 아니면 12월까지만 안전한지 알지 못했지만, 적어도 에일린이 말한 곳은 대영 박물관 근처나 베드포드 광장 안에 있지 않았다. 그리고 폴리 생각에, 블룸스베리에 있던 폭격 대부분은 가을이었다.

하지만 그래도 여전히 런던이었다. "내 생각엔 알프와 비니를 시골로 보내야 할 거 같아." 폴리가 에일린에게 말했다. "넌 런던에 머물던 아이들 통계를 연구했잖아. 시골에 있는 게 훨씬 더 안전하다는 걸 너도 알잖아."

"하지만 그건 네가 타운센드 브라더스 백화점을 관둬야 한다는 뜻이잖아. 그러면 구조팀이 우리를 어떻게 찾겠어?"

'구조팀은 오지 않을 거야.' 폴리가 생각했다.

"전에 했던 것처럼, 메시지를 신문들에 실으면 돼." 폴리가 말했다. "우리가 어디로 갔는지 알리는 거야."

"안 돼. 우리가 옥스퍼드 스트리트에 있어야 구조팀이 우리를 찾기 제일 쉬워."

"그러면 백베리로 가도 돼. 아니면 나는 여기 머물고 너와 아이들만 가든가. 데드라인이 있는 건 나잖아. 그러니 구조팀이 오면 내가 네 행방을 알려주면 돼."

"안 돼. 그러면 우리를 찾는 게 두 배로 어려워질 뿐이야. 우리는 갈라지지 않아. 우리는 여기에 머물 거야." 에일린이 말했고, 이튿날 폴리에게 말하길 부동산 중개업자를 만났으며 입주관리인 일을 맡기로 했다고 했다.

"하지만 그러면 네 국민 동원 일은 어쩌고?" 폴리가 반대했다.

"내가 입주관리인 일을 구한 거랑 호드빈 남매의 보호자가 된 일에 대해 말하면 뭔가 다른 일을 맡기겠지."

폴리는 자기 생각이 틀렸기를, 그래서 에일린이 런던 밖에서 안전하게 할 수 있는 일을 맡게 되기를 바랐지만, 일은 그렇게 되지 않았다. 에일린은 군 장교들을 위해 운전하는 보조 수송대에서 일을 얻었다.

'방공포 대원들과 일하는 것보다는 안전해.' 폴리가 생각했다. 군수 공장에서 일하는 것보다도 나았다. 독일 공군들은 종종 군수 공장들을 목표로 삼았다.

폴리 일행이 들어간 집은 러셀 광장 근처였고, 그곳은 안전했다. 하지만 이웃집은 잔해로 변해 있었고, 맞은편 집은 지붕이 박살 난 상태였다. "그러니까 우리가 사는 집은 폭격을 당하지 않을 거예요." 알프가 말했다.

비니가 뭔가 안다는 듯이 고개를 끄덕였다. "폭탄은 한번 떨어진 곳에는 다시 떨어지지 않아요."

폴리는 경험으로부터 그게 사실이 아님을 알았지만, 굳이 그 말에 반대하지 않았다. 런던에서 안전한 곳은 없었지만, 적어도 이곳은 계속 폭격당하는 이스트 엔드가 아니었다. 집에는 튼튼해 보이는 지하실이 있었고, 게다가 에일린과 폴리의 요리 솜씨는 리케트 부인보다 나았다. "하지만 리케트 부인이 안됐다는 생각이 들기 시작해." 일주일 뒤 에일린이 말했다. "고기 450그램과 달걀 여덟 개로 어떻게 네 명이 일주일 먹을 요리를 할 수 있겠어?"

"요리할 새를 구해줄 수 있어요." 비니가 말했다. "여기에는 비둘기들이 많이 있거든요."

"그리고 다람쥐도요." 알프가 새총을 흔들어 보이며 말했다.

'이 아이들을 나치 독일로 몰래 보내 히틀러의 정신을 흐트러뜨리지 못하는 게 정말 아쉬워.' 폴리가 생각했다. 하지만 모든 일은 폴리의 기대보다 잘 풀렸다. 아이들은 학교에 갈 것이고, 주변의 빈집들은 알프와 비니가 괴롭힐 이웃이 거의 없다는 뜻이었으며, 에일린은 훨씬 더 명랑해 보였다.

"됭케르크에 관해 생각해봤어." 에일린이 말했다. "마이크는 군인들이 누구도 자신들을 구하러 오지 않을 거고, 독일군에게 포로로 잡힐 거라는 생각에 낙담해 해변에 앉아 있었다고 했어. 그 군인들은 자신들을 구하기 위해 보트, 유람선, 어선들이 오고 있다는 사실을 몰랐어. 그리고 D-데이에 물을 헤치고 해변으로 걸어가던 군인들은 내막이 어떻게 돌아가는지 몰랐어. 가령 그 무슨 작전이더라… 그거 뭐라고 했지?"

"포티튜드."

"그래, 포티튜드." 에일린이 말했다. "아니면 프랑스 레지스탕스가 했던 일이나, 아니면 울트라 같은 거. 어쩌면 우리도 마찬가지일 거야. 우리가 몰라서 그렇지 실은 온갖 일들이 벌어지고 있을 수 있어. 던워디 교수님은 바로 지금 이 순간에도 우리를 구하기 위해 노력하고 계실 거야. 아니면 이미 여기로 오고 계실 수도 있고."

'하지만 이건 시간 여행이야.' 폴리는 자신이 아무리 설명해도 에일린에게 현 상황을 이해시킬 수 없다는 사실에 낙담하며 생각했다. '만약 올 거였으면 진작 왔어야 해.'

"우리는 희망을 잃으면 안 돼." 에일린이 말했다. "됭케르크도 결국은 다 잘됐잖아."

"절대 포기하지 말아요." 알프가 뒤에서 말했고, 폴리와 에일린은 기절할 듯 놀랐다.

'아, 안 돼.' 폴리가 생각했다. '이 아이가 어디까지 들은 거지?' 하지만 뒤를 돌아보니 말한 것은 앵무새였다.

"미안." 에일린이 말했다. "알프와 비니에게 '히틀러는 나쁜 새끼야'라는 말 대신 뭔가 애국적인 말을 가르치라고 했거든."

"가벼운 입이 배를 가라앉힌다." 배스컴 아줌마가 꽥꽥거렸다.

"음, 앵무새의 저 말은 확실히 맞네." 폴리가 말했다. "아이들이 있으니 우리는 말을 조심해야 해."

"고철을 기증하세요." 앵무새가 깍깍거렸다. "승리를 위해 노력하세요. 자기 몫을 다하세요."

확실히 에일린은 알프와 비니를 돌봄으로써 자기 몫을 다하고 있었다. 훈장을 받아도 될 정도였다. 하지만 그들뿐 아니라 그들이 아는 사람들 모두가 각자 전쟁에서 조금이나마 도움이 되려 애를 썼다. 구드 신부는 전장에 군목으로 나갔고, 도밍 씨는 심스 씨를 이어 화재 감시원으로 일했으며,

도린은 타운센드 브라더스 백화점을 관두고 공군 보조 수송대에 들어갔다.

"나는 보조 수송대원이 되어 타이거 모스를 조종할 거야." 도린은 자랑스레 말했다.

도린이 보조 수송대에 입대하고 세라 스타인버그가 국민 동원에 참여하여 공습 대비대 비행기 식별가로 일하기 위해 떠나자 4층은 일손이 엄청나게 부족해졌고, 스넬그로브 양은 폴리에게 타운센드 브라더스 백화점은 그녀가 계속 백화점에서 일할 수 있도록 '일손의 심각한 부족으로 인한 국민 동원 면제'를 신청했다고 알려줬다.

에일린은 아주 좋아했다. "나는 네가 국민 동원을 위해 떠나면 구조팀이 너를 어떻게 찾을지 걱정했었어."

"나는 스넬그로브 양에게 싫다고 거절했어." 폴리가 말했다. "나는 구조대에 들어가려고 해."

"구조대에?" 에일린이 말했다. "하지만 왜?"

'왜냐하면 나에게는 데드라인이 있거든. 그냥 여기 앉아서 기다리고만 있으면 미쳐버릴 거야. 잔해 속에 파묻힌 채 아무도 구해주러 오지 않는 상황에 처했던 마저리가 계속 생각나. 그게 어떤 기분인지 나는 잘 알아. 다른 사람이 그런 상황에 처하는 걸 나는 참을 수가 없어. 그리고 만약 콜린이 이곳에 있다면, 만약 이곳에 갇힌 게 콜린이라면 개는 그렇게 할 테니까.'

폴리는 자기 생각을 에일린에게 말하지 않았다. 대신 이렇게 말했다. "만약 백화점의 면제 신청이 허가를 못 받는다면 나는 거의 확실하게 런던 밖으로 배정될 거야. 그러니 지금 신청해야 해."

"하지만 구조대라니." 에일린이 말했다. "그건 너무 위험해. 대신 구급차를 운전하면 안 돼? 넌 전에도 그 일을 했었잖아. 그렇지?"

"응. 하지만 런던 밖으로 배정되는 위험을 감수할 수는 없어. 만약 내가 알던 FANY가 있는 지부에 배정되면 인과 모순을 일으키게 돼. 그리고 구조 작업은 위험하지 않아. 우리는 폭탄이 터지고 사고가 난 다음에 그곳에 가니까. 그리고 너도 비니가 하는 말을 들었잖아. 폭탄은 한번 떨어진 곳에 다시 떨어지지 않아."

"하지만 구조팀은 어쩌고? 구조팀이 오면 우리를 어떻게 찾지?"

"나는 스넬그로브 양에게 내가 배정받은 지부가 어딘지 알려줄 거야."
폴리가 말했다. 이튿날 아침, 폴리는 직장에 사직서를 낸 뒤 직업 배정소로
갔다. 그리고 신청 양식을 기재해 제출했고, 한참을 기다린 후에야 마침내
코안경을 쓴 엄격한 표정의 여자가 폴리를 호출했다.

"저는 센트리라고 합니다. 앉으세요." 여자가 양식에서 눈을 떼지 않고
말했다. "마지막 직장이 백화점 판매원이었군요. 계산할 줄 알겠군요. 타자
할 줄 아시나요?"

만약 할 줄 안다고 대답하면 폴리는 화이트홀에 보내져 국방성의 징집
통지시를 타자하게 될 것이다. "아니요." 폴리가 말했다. "저는 구조대에 배
정되었으면 합니다."

센트리 부인이 고개를 저었다. "당신은 사람을 들기에는 너무 말랐어요."

"음, 그러면 민방위대 일을 하고 싶어요."

센트리 부인은 코안경 너머로 폴리를 바라보았다. "내 임무는 당신에게
가장 어울리는 일을 배정하는 거예요. 결혼했나요?"

"아니요."

센트리 부인은 지원 양식의 '계산을 잘함'이라고 쓴 곳 아래에 '미혼'이라
고 적었다. "수수께끼를 잘 푸나요?" 부인이 물었다. "글자 맞추기나 십자
말풀이 같은 거 잘해요?"

'이런, 맙소사.' 폴리가 생각했다. '이 여자는 나를 블레츨리 파크로 보내
려 하고 있어. 그래서 내가 결혼했는지 물은 거야. 블레츨리 파크로 갈 수
는 없어. 다른 곳은 몰라도 그곳에는 절대로 가면 안 돼.'

"저는 수수께끼 푸는 것에 젬병이에요." 폴리가 말했다. "사실 계산도요.
타운센드 브라더스 백화점의 제 상사는 늘 제 판매장부가 틀렸다고 지적했
어요. 그리고 결혼은 안 했지만 돌봐야 하는 아이들이 있어요. 사촌과 저는
전쟁고아 두 명과 같이 살아요."

"아이들이 몇 살인가요?"

'아이들이 몇 살이라고 하면 블레츨리 파크로 가는 일을 피할 수 있을

까?' 폴리가 생각했다. 그녀는 아이들 나이를 거짓으로 말해볼까 생각했지만, 센트리 부인은 사실관계를 확인해볼 사람처럼 보였다. "알프는 일곱 살이고 비니는 열두 살이에요." 폴리가 말했다. "아이들 어머니는 공습 때 죽었어요."

그리고 사실을 말해서 다행이었다. 센트리 부인이 의심스러운 표정으로 폴리를 바라보고 있었기 때문이다. "당신 이름이 뭐라고 했죠?"

'아, 이런, 이 여자는 알프와 비니를 알아. 아이들이 지하철역에서 이 여자 핸드백을 훔치려 했을 거야.'

"폴리 세바스찬입니다." 폴리가 말했다.

"세바스찬." 센트리 부인이 생각에 잠겨 말했다. "아주 낮이 익어 보이는군요. 전에 우리가 만난 적이 있나요?"

마치 스티븐 랭 대위와 다시 대화하는 기분이었다. '만약 내가 FANY였을 때 나를 만난 거면 어쩌지?' 폴리는 생각했다. 폴리는 이 여자가 낮익어 보이지는 않았지만….

하지만 지금은 1944년이 아니었다. '설사 내가 이 여자를 만난 적이 있더라도, 그 일은 아직 일어나지 않았어.'

"만난 적이 있는 게 분명한데…." 센트리 부인이 말하고 있었다. "하지만 어디서 만났는지 기억이 안 나네. 크리스마스였는데…."

'크리스마스 동화극을 보러 왔던 게 아니면 좋겠는데.' 폴리는 시어도어와 옥신각신하던 일을 떠올렸다.

"크리스마스 쇼핑을 하러 타운센드 브라더스 백화점에 왔을 때 보지 않았을까요?" 폴리는 센트리 부인이 기억을 떠올리지 못하게 하려고 물어보았다.

"아니에요. 저는 해로드 백화점에서 물건을 사요. 극장과 관련이 있는 거였는데…." 센트리 부인은 얼굴을 찡그리고 기억을 더듬었다.

폴리는 센트리 부인이 기억을 떠올리기 전에 일을 배정받아야만 했다. 만약 시어도어의 '난 집에 가기 싫어!'라고 고함치던 일을 떠올리면, 그녀는 폴리가 어머니 역으로 적당하지 않다고 결정을 내리고 블레츨리 파크로 배정할 수도 있었다. "제가 공습 대비대 지부나 방공포 대원으로 배정될 수 있으면…."

"어디서 봤는지 기억났어요. 피커딜리 서커스 지하철역에서 한 연극에서 봤군요. 《크리스마스 캐럴》요. 방금 당신이 '방공포'라는 말을 했을 때 당신이 연극에서 방공포 소리 너머로 고함을 치던 게 기억났어요. 당신은 벨 역을 맡았었지요, 그렇죠?"

"네." 폴리는 말했고, 센트리 부인이 자신을 본 곳이 적어도 크리스마스 동화극 때는 아니라서 안심했다.

"당신, 정말 잘하더군요." 센트리 부인은 더 이상 엄격한 표정이 아닌, 환한 웃음을 머금은 얼굴을 하고 고인경 니미로 폴리를 바라보았다. "그 연극이 제게 얼마나 큰 의미였는지, 이루 말로 다 할 수가 없답니다. 당시 저는 전쟁이며 등등으로 다소 의기소침해 있었는데, 당신이 출연한 연극을 보고는 어린 시절의 크리스마스들이 떠올랐어요. 벽난로 주위로 가족이 다 모여 디킨스를 읽었죠. 당신 연극 덕분에, 저는 전쟁이 끝나면 우리가 다시 그렇게 크리스마스를 보낼 수 있다는 희망을 품게 되었어요. 그래서 저는 승리에 보탬이 될 수 있게 뭐든 거들자고 결심했죠. 왜 지원서에 배우라고 적지 않았어요?"

"저는 배우가 아니에요." 폴리가 말했다. "그건 아마추어 극단이었을 뿐이에요. 우리는 방공호에서 연극을 했고, 우리는…."

하지만 센트리 부인은 듣고 있지 않았다. "당신에게 딱 맞는 일이 있어요. 여기서 기다리세요." 부인은 일어서 서둘러 파일 캐비닛으로 가 종이 한 장을 꺼내더니 얼른 자리로 돌아왔다. "완벽해요. 게다가 당신은 당신 가족과 함께 런던에 머물 수도 있고요. 어디로 가면 되는지 주소를 적어줄게요." 부인이 말하고 카드에 'ENSA'라고 적었다.

ENSA는 위문공연 국민동원협회(Entertainments National Service Association)의 약자였다. 그곳은 군인들을 위해 쇼와 뮤지컬을 공연했다.

센트리 부인은 폴리에게 주소를 건넸다. "알함브라 극장으로 가서 태비트 씨에게 보고하세요. 피닉스 극장 근처 샤프츠베리 애비뉴 바로 옆이에요."

피닉스 극장은 크리스마스 동화극 공연이 있던 곳이었다.

"당신을 어디서 봤는지 기억나서 정말 기뻐요." 센트리 부인이 말했다. "만약 피커딜리 서커스역에서 당신 공연을 보지 못했다면…."

'그랬다면 나는 극장 대신 공습 대비대 지부 주소를 받아 그곳에 가서 보고하겠죠.' 폴리가 참담한 마음으로 생각했다.

하지만 센트리 부인에게 마음을 바꿔달라고 설득하는 건 아무 의미가 없어 보였다. 그녀는 자신의 결정에 너무나도 흡족해 보였다. 폴리는 나중에 다시 와서 센트리 부인이 아닌 다른 사람과 이야기해야 했고, 그때까지 태비트 씨가 폴리를 필요로 하지 않기만 바라야 했다.

'내가 필요할 리가 없어.' 폴리는 생각했다. 'ENSA는 연극이 아니라 뮤지컬을 공연하는데 나는 노래도 못하고 춤도 못 춰.' 하지만 폴리가 태비트 씨를 만나 그렇게 말하자(그는 구조대원 뺨치게 덩치가 크고 근육이 발달한 남자였다), 그는 대답했다. "여기 출연하는 사람 모두가 그렇습니다."

폴리가 와서 연습이 중단된 상태였고, 태비트 씨가 그렇게 말하자 코러스 걸들은 무대 위에서 허리에 손을 얹고 서서 그에게 야유를 보냈다. 그리고 코러스 걸 가운데 검은 곱슬머리 한 명이 조롱했다. "우리는 이름에 맞게 행동하려는 것뿐이에요, 이 바보 아저씨야. ENSA는 '매일 밤 끔찍한 공연(Every Night Something Awful)'이라는 뜻이니까."

태비트 씨는 그 말을 무시했다. "무대 경력이 어떻게 되지요?" 그가 폴리에게 물었다.

"없어요. 말씀드렸듯이, 착오가 있었어요. 저는 공습 대비대 지부에 배정되어야 해요."

"여기가 공습 대비대보다 훨씬 더 위험해요." 곱슬머리 코러스 걸이 말했다. "지난밤《놀라운 안티오크》공연 때에는 관객들이 순무를 던져댔어요."

"순무?" 다른 코러스 걸 가운데 한 명이 말했다.

"요즘 같은 때 토마토를 버리려는 사람은 없잖아." 첫 번째 코러스 걸이 설명했고, 또 다른 코러스 걸 한 명이 말했다. "뭔가 쓸 만한 걸 던져줬으면 좋겠다는 생각을 계속해. 가령 오렌지라든가."

"아니면 배급 수첩이라든가." 빨간 머리 여자가 끼어들었다.

"5분간 휴식." 태비트 씨가 날카롭게 말하자 코러스 걸들은 어슬렁거리며 무대에서 사라졌다.

"미안합니다." 태비트 씨가 폴리를 다시 보며 말했다. "뭔가 착오가 있었다고 말했나요?"

"네. 저는 공습 대비대에 배정되어야 했어요. 당신이 직업 배정소에 전화해 센트리 부인에게 저를 원하지 않는다고 말해주시면, 부인은 분명 저를 공습…."

"제가 당신을 원하지 않을 거라고 누가 그러던가요?" 태비트 씨가 말했다. "대사를 외울 수는 있겠죠? 치마를 들어보세요."

"네?"

"치마를 들어보세요. 당신 다리를 봤으면 합니다."

"하지만…."

"빡빡하게 굴지 말아요. 여기는 윈드밀 극장[23]이 아니에요. 옷을 벗으라는 말이 아니에요. 자, 올려봐요." 그는 치마를 올리라는 손짓을 했다. "다리를 보여주세요."

폴리는 치마를 무릎까지 걷어 올렸고, 이윽고 허벅지까지 올렸다. 태비트 씨는 가볍게 고개를 끄덕이고는 외쳤다. "해티!" 그리고 곱슬머리 코러스 걸이 샌드위치를 먹으며 다시 무대로 왔다. "이분을 백스테이지로 데려가서 공습 대비대 의상이 맞는지 입혀봐요. 만약 맞으면 다시 무대로 데려와요. 풍자극을 해볼 겁니다."

해티가 고개를 끄덕였다.

"따라가봐요." 그가 폴리에게 말했다. "당신은 원래 공습 대비대에 배정되었어야 한다고 했죠? 이제 그곳에 배정되었습니다."

그는 다시 해티를 돌아보더니 그녀의 손에서 샌드위치를 낚아챘다. "그리고 당신 의상도 입어보게 해요. 이런 식으로 계속 먹어댔다가는 더 이상

23 누드 쇼가 특히 유명했던 런던의 극장

541

의상이 안 맞을 테니까.”

“아, 그것참 명대사네요. 당신이 쇼에서 그걸 한번 입어보시지.” 해티가 말하고 폴리를 데리고 백스테이지로 갔다.

“그리고 규칙도 알려드리고요!” 태비트 씨가 뒤에서 외쳤다.

“백스테이지에서 흡연은 안 돼요. 소방 법령이에요.” 해티가 말했고, 밧줄과 평판들로 이루어진 장애물들 사이로 폴리를 데리고 갔다. “음주 금지. 동물 금지.”

‘리케트 부인 집이랑 똑같네.’ 폴리가 생각하며, 해티를 따라 약해 보이는 철제 나선 계단을 내려갔다.

“자기 분장실에 남자 팬을 데려와도 안 돼요. 만약 자기만의 분장실이 있다면 말이지만. 물론 그런 건 없어요. 당신은 나와 리지와 코라, 이렇게 셋과 함께 여기를 써요.”

해티는 문을 열고 작고 너저분하고 분장용 거울이 하나 있는 방을 보여주더니, 다시 문을 닫고 폴리를 데리고 복도를 걸어가 좀 전보다도 더 작은 방으로 데려갔다. 그곳에는 의상들이 빽빽이 들어차 있었다.

해티는 의상들을 뒤지더니 양철 헬멧과 공습 대비대 완장, 그리고 반짝이가 달린 짙푸른 파란색 수영복을 내밀었다. “자요, 이거 입어봐요.”

“이게 공습 대비대 의상이에요?” 폴리가 말했다.

“네. 그리고 입을 때 조심하세요. 반짝이들을 다 내가 꿰매 달았거든요. 혹시 바느질할 줄 알아요?”

“아니요. 연기도 못해요. 태비트 씨에게 말했듯이, 착오가 있었어요. 저는 원래 공습….”

“대비대로 가야 했다고요. 알아요.” 해티가 폴리에게 수영복을 내밀었다. “자요. 이걸 입어봐요.”

폴리는 치마를 벗고 꿈틀거리며 수영복을 입었다.

“딱 맞네요.” 해티가 말했다. “그리고 그런 다리면 사람들이 순무를 던질까 걱정하지 않아도 돼요. 태비트 씨는 분명 당신이 여기에 있기를 원할 거예요.”

폴리의 실망이 얼굴에 드러난 게 분명했다. 해티가 이렇게 말했기 때문이다. "나는 그런 사람이 있으리라는 게 상상이 안 가지만, 만약 정말로 무대에 서는 대신 공습 대비대 감시원으로 가고 싶다면 태비트 씨가 그 의상 입은 당신을 보기 전에 직업 배정소로 돌아가는 게 좋을 거예요. 태비트 씨가 지금 당신을 보고 나면 프로그램에 당신 이름을 넣을 거고, 일단 그게 인쇄되면 당신은 절대로 빠져나가지 못해요. 지금처럼 종이가 부족한 상황에서는요. 한참 동안은 ENSA에 있어야 할걸요."

'블레츨리 파크랑 똑같네.' 폴리가 생각했다. "태비트 씨에게는 내가 당신을 집으로 보내 솔기를 고치고 대본을 외우게 했다고 말해둘게요." 대본을 건네며 해티가 말했다. "그리고 내일 3시에 연습하러 올 거라고 말할게요."

"고마워요." 폴리가 말했고, 의상을 벗고 얼른 원래 옷으로 갈아입었다. "얼마나 큰 도움이 되었는지, 당신은 모를 거예요." 폴리는 서둘러 무대 문을 나섰고, 센트리 부인이 없기를 기대하면서 직업 배정소로 돌아갔지만, 그녀는 여전히 그곳에 있었다. 폴리는 내일 아침 일찍 다시 그곳에 가기로 했다.

"어땠어?" 집에 돌아온 폴리에게 에일린이 물었다. "구조대에 배정되었어?"

"아니. ENSA에 배정되어 군인들에게 위문공연을 하게 되었어."

"노래하고 춤을 춘다는 거예요?" 알프가 물었다.

"응."

"어떻게 하는지는 알기나 해요?" 비니가 물었다.

"아니. 하지만 그게 문제가 되지는 않는 거 같아."

"군인들 위문공연을 하러 이집트에 가야 하는 건 아니겠지?" 에일린이 걱정스레 물었다.

"응. 여기 런던의 암함브라 극장에서 공연할 거야."

"오, 잘됐다." 에일린이 안심한 표정으로 말했고, 폴리와 단둘만 있게 되자마자 말했다. "알함브라 극장은 폭격당하지 않았지?"

"응." 비록 확실히 알지는 못했지만 폴리는 대답했다. 폴리는 공연 중에 폭격당한 극장이 없다는 건 알았지만, 공연 전후와 연습 중에는 어떻게 되는지 알지 못했다. 알함브라 극장은 화재에 아주 취약해 보였다.

하지만 폴리는 에일린에게 그런 말을 할 생각이 없었다. "아직 확정된 건 아니야." 폴리가 말했다. "어쩌면 그곳 대신 공습 대비대 지부에 배정될 수도 있어."

폴리는 가능성을 알아보기 위해 이튿날 아침 일찍 직업 배정소에 가보았다. 다행히도 센트리 부인은 없었다. 폴리는 가장 동정심이 많아 보이는 사람을 찾아 자기 사정을 이야기했지만, 들은 거라고는 동정심은 전혀 없는, 모든 직업이 다 중요하다는 설교뿐이었다. "아무리 하찮아 보일지라도, 전시에 국가를 위해 하는 모든 일은 다 중요합니다." 그리고 공습 대비대로 재배정되는 것은 불가능하다고 했다. "담당 지부 책임자의 인가가 없는 한은 안 됩니다. 인가가 없었죠?"

'아직은요.' 폴리가 생각했고, 블룸스베리와 옥스퍼드 스트리트와 켄싱턴의 공습 대비대 지부를 모두 가보았다.

그들 모두가 지금은 정원이 찼으며, 노팅힐 지부의 감시원은 '아마도 6개월쯤 뒤에 가능하다'고 답했다.

'대공습은 4개월 뒤면 끝나는걸.' 폴리가 당황하며 생각했고, 지부장을 만나게 해달라고 요청했다.

"지부장님은 3시는 되어야 오십니다." 감시원이 말했다.

하지만 3시에 폴리는 알함브라 극장에 연습하러 가야 했고, 이미 1시였다. 폴리는 2시간 안에 자신을 받아줄 지부를 찾아야만 했다. 하지만 지부를 모두 돌아다닐 수는 없었다. 폴리에게는 어느 지부가 일손이 부족한지 아는 사람과 이야기해야 했다….

'세인트폴 대성당의 험프리스 씨가 알 거야.' 폴리는 생각했다. 험프리스 씨는 이 지역의 민방위대원을 모두 알 것이다. 어쩌면 그쪽에 폴리를 받아주게 힘써줄 수 있을지도 몰랐다.

폴리는 서둘러 지하철역으로 가서 세인트폴 대성당역으로 가는 지하철을 탔고, 계단을 뛰어 올라가 역을 빠져나와 대성당으로 향했다.

그리고 주위 모습에 다시 한번 놀랐다. 폴리는 마이크의 추도 예배 이후 이곳에 온 적이 없었다. 그동안 인부들은 패터노스터 로우와 뉴게이트와

카터 레인의 불에 그을린 건물 잔해들을 깨끗이 치웠고, 황량하고 평평한 회색 대지 위에는 세인트폴 대성당만이 남아 있었다.

"마치 핀포인트 폭탄이 터진 것 같네." 서둘러 거리를 가며 폴리가 중얼거렸고, 갑자기 옥스퍼드가 떠올랐다. 그곳도 이곳 같은 걸까?

"앞을 보고 다니세요." 여자 목소리가 들렸고, 폴리는 몽상에서 깨어나 공군 여성 보조 부대 군복을 입은 여자와 아슬아슬하게 충돌을 면할 수 있었다.

"미안합니다." 폴리가 말하고는 서둘러 그 여자를 에둘러 언덕을 올랐다. 폴리는 뜰을 단숨에 가로질러 계단을 올라 대성당 안으로 들어갔다.

접수대와 남쪽 복도에는 아무도 없었다. '만약 험프리스 씨가 오늘 여기에 없으면 어쩌지?' 폴리가 생각하며 본당 쪽으로 가기 시작했지만, 험프리스 씨는 북쪽 수랑에 있었다. 그는 포크너 함장의 기념비를 덮은 모래주머니들 앞에 서서 수병 세 명과 이야기를 하고 있었다.

"폐하의 해군이시니, 이것에 관심이 있으실 겁니다." 험프리스 씨가 말했지만 수병들은 아무런 관심도 보이지 않았다. 그들은 지루하고 초조한 듯이 보였다. "포크너 함장은 우리 해군의 가장 훌륭한 영웅 가운데 한 명입니다. 비록 프랜시스 드레이크 경이나 넬슨 경처럼 잘 알려지지는 않았지만요. 포크…."

"험프리스 씨." 폴리가 서둘러 다가가며 말했다. "방해해서 죄송해요. 하지만 저는…."

"세바스찬 양." 험프리스 씨가 손짓하다 돌아보며 말했다. "오시기를 바라고 있었습니다! 오늘 세인트폴 대성당에 오시다니, 운이 좋으십니다."

험프리스 씨는 수병들을 다시 돌아보았다. "신사분들, 잠시 실례하겠습니다. 저는 세바스찬 양과 이야기해야 합니다. 곧 돌아오겠습니다." 그는 폴리를 데리고 돔 쪽으로 갔다.

"소개해드리고 싶은 분이 있습니다." 험프리스 씨는 폴리를 성가대석 쪽으로 데려가며 말했다. "당신처럼 '세상의 빛'을 아주 좋아하는 분입니다. 그 그림을 몇 시간이고 계속 지켜보시더라고요."

"저는 오늘 좀 급해서…." 폴리가 말을 했지만 험프리스 씨는 귀담아듣지 않았다.

"아까 제가 수병들과 본당에 있을 때 보니 그분이 이쪽으로 오시더라고요." 그는 폴리를 데리고 후진으로 갔다. 제단은 여전히 수리를 위해 막혀 있었다. "아, 이런." 험프리스 씨가 사다리와 비계를 둘러보며 말했다. "여기 안 계시네요. 분명히 보았는데…."

"험프리스 씨, 부탁드릴 게 있어요." 폴리가 말을 막았다. "제가 공습 대비대 감시원이 될 수 있게 좀 도와주세요."

"감시원요? 그건 젊은 아가씨가 할 만한 일이 아닙니다." 험프리스 씨가 여전히 이리저리 주위를 살피며 말했다. "그건 더럽고 위험한 일이고, 공습의 위험을 무릅써야 합니다. 그리고 추운 겨울에 밤새 나와 있어야 하고요. 그러다 죽을 수도 있습니다."

'뭘 하든 간에 저는 죽을 거예요.' 폴리가 생각했다.

"공습 대비대 감시원이 화재 감시원보다 더 위험하지는 않아요." 폴리가 말했지만, 험프리스 씨는 여전히 폴리에게 소개해주겠다던 사람을 찾고 있었다.

"그분이 벌써 떠나신 게 아니면 좋겠는데." 험프리스 씨가 성가대 복도를 다시 걸어가며 초조한 목소리로 말했다. "정말로 당신이 그분을 만났으면 좋겠다고 생각했거든요. 저는 그분에게 당신에 대해 모조리 다 말씀드렸습니다. 정말 멋진 신사분입니다. 그분이 '세상의 빛'을 처음 보았을 때 뭐라고 했는지 아십니까? 그분은 '그 무엇이라도 용서할 수 있는 것처럼 보이는군요.'라고 말을 했지요. 사람들이 그 그림에서 보는 것들이 정말 흥미롭지요? 그 그림을 볼 때마다 늘 다른 모습이…."

"만약 공습 대비대 감시원이 안 된다면 다른 민방위대 일이라도…."

"홉 씨입니다. 당신께 소개해드리고 싶은 신사분 성함요. 병원에서 막 퇴원하셨죠." 험프리스 씨는 남쪽 수랑의 어두침침한 벽감들을 살폈다. "병원에서 좀 힘드셨던 모양입니다. 폭탄 충격파에 머리에 부상을 당했고, 아직도 완쾌되지 않으셨지요. 북쪽 수랑을 확인하고 오겠습니다." 그가 말했다. 하지만 홉 씨가 그곳에 있을 리 없었다. 방금 그들이 그곳에서 왔기 때문이다.

수병들도 없었다. 기회다 싶어서 도망간 게 분명했다.

"홉 씨는 포크너 함장 기념비를 거의 '세상의 빛'만큼이나 좋아하십니다." 험프리스 씨가 말했고, 폴리는 그 말이 믿기지 않았다. 폴리는 홉 씨역시 도망친 게 아닐까 생각했다.

"지난주, 저는 사이렌이 울린 뒤에 여기서 그분을 발견했습니다." 험프리스 씨가 혼자만의 생각에 젖은 채로 계속 말했다. "저 기둥들 가운데 하나에 기대앉아 계시더군요. 포크너 함장의 조각상을 바라보고 계셨습니다."

'그건 불가능해.' 폴리가 생각했다. '그 조각상은 모래주머니들에 파묻혀있는걸.'

"그리고 제가 포크너 함장이 배 두 척을 하나로 묶었다는 설명을 시작했을 때, 그분은 이미 그 모든 내용을 알고 계시더군요. 그분은 '밧줄로 배두 척을 하나로 묶었지요.'라고 하시면서…."

"홉 씨는 집에 가셨을 거예요." 폴리가 말했다. "그리고 저도 가야 해요. 만약 저를 민방위대에서 일할 수 있게 해주실 분을 아시면 이름만 알려주세요. 그러면 제가 알아서…."

"하지만 그분은 집에 가셨을 리가 없습니다. 집이 없을 겁니다. 아마도부상당한 그 충격파에 집도 파괴되었을 겁니다. 여기 처음 오신 이후로 밤마다 몇 번이나 여기서 뵀었거든요."

"밤에요?"

"네. 그리고 처음 오셨던 날 밤, 저는 화재 감시원 한 명에게 그분을 집까지 모셔다드리라고 했습니다. 건강이 좋지 않았고, 집에 도착하기 전에등화관제에 걸릴 수도 있으니까요. 그래서 어디 사는지 물었지만, 그분은'집이 존재하지 않습니다'라고 하시더군요."

"존재하지 않아요?"

"네. 정말 끔찍하지 않습니까? 이런 날씨에 폭격당하고, 갈 곳이라고는방공호…."

"그분이 여기 날마다 온다고 하셨죠?" 폴리가 말했다. "얼마나 오래됐나요?"

"몇 주는 되었습니다." 다시 돔으로 걸어가며 험프리스 씨가 말했다. "신년이 되기 바로 전부터 오기 시작하셨습니다. 아무래도 그분을 못 만나실 것 같네요. 아쉽군요. 그분을 꼭 소개해드리고 싶…."

"그분 용모가 어떻게 되나요?"

"용모요? 제 나이 정도, 또는 조금 더 나이가 드셨습니다. 키가 크고, 말랐고, 안경을 쓰셨고요. 교직에 계셨던 것 같습니다. 세인트폴 대성당의 역사에 대해 모든 것을 알고 계셨거든요. 하지만 뭔가로 고초를 겪으신 게 분명했습니다. 폭격에 가족이 죽은 게 아닐까 합니다. 무척이나 슬퍼 보였거든요. 당신에게 그분을 소개해드리려는 이유이기도 합니다. 당신 역시 '세상의 빛'에 흥미가 있으시니 어쩌면 그분의 기운을…."

험프리스 씨는 말을 하다가 멈췄다. "그분이 어디에 계신지 알겠습니다." 그가 말했다. "가기 전에 그걸 한 번 더 꼭 보시거든요." 험프리스 씨가 본당을 가로지르기 시작했지만, 폴리는 이미 그를 지나 남쪽 복도로 달려가며 홉 씨가 제발 그곳에 있기를 바랐다.

그는 그곳에 있었다. 그는 피곤한 듯 어깨가 구부정했고, 모자를 양손으로 쥐고 그림 앞에 서서 가시 면류관 아래 예수의 얼굴을 바라보고 있었다.

"이 그림은 볼 때마다 뭔가 다른 것을 볼 수 있지요." 험프리스 씨는 그렇게 말했었고, 그 말은 진실이었다. 이번에 예수는 지루해 보이지도 두려워 보이지도 않았고, 대신 자신 앞의 두 명을 너무나도 딱해하는 표정이었다.

폴리는 앞으로 가서 던워디 교수의 소매를 잡았다. "괜찮아요." 폴리는 말하고 울기 시작했다.

43

"하지만 당신도 아시잖습니까? 그렇죠?" 그가 말했다.
"살인을 저지른 건 바로 당신이라는 걸요."

― 애거사 크리스티, 《ABC 살인 사건》

런던, 1941년 겨울

폴리는 '세상의 빛' 앞에 던워디 교수가 서 있는 모습을 보았지만, 잠시 그날 밤 세인트폴 대성당 밖에서 그랬던 것처럼 자신이 착각한 것이며 이 사람은 다만 던워디 교수와 닮은 사람일 뿐이라고 생각했다.

이 남자는 폴리가 아는 던워디 교수보다 훨씬 더 늙어 보였으며, 추레한 코트, 낡은 모자에는 결코 옥스퍼드의 의상실이 만들어낼 수 없는 종류의 진실성이 있었다. 그리고 너무나도 지쳐 보였다. 험프리스 씨는 이 남자가 '고초'를 겪었으며 '건강이 좋지 않다'고 말했지만, 실제로 보니 그보다 훨씬 더 심해 보였다. 그는 지치고 낙담한 듯 보였다. 절망한 듯 보였다. 던워디 교수는 살면서 그 어떤 일에도 절망한 적이 없었다.

하지만 폴리는 그를 보기 진에도 *그*가 던워디 교수라는 사실을 알았다. 그리고 더 나쁜 것은, 그날 밤 세인트폴 대성당 돔을 올려다볼 때 폴리가 보았던 사람이 진짜로 던워디 교수였다는 사실이었다. 그리고 던워디 교수가 이토록 절망하고 이토록… 기가 꺾여 보이는 것은 그 역시 폴리와 에일린처럼 이곳에 갇혔기 때문이었다. 던워디 교수는 구원자가 아니었다. 그는 이곳에 표류한 동료였다.

하지만 던워디 교수가 이곳에 있다는 사실은 적어도 옥스퍼드가 여전히 존재한다는 뜻이기도 했다. 그들은 역사를 바꾸거나 전쟁에서 지지 않았다. 그리고 옥스퍼드는 뭔가 큰 재난이 닥쳐 파괴된 것이 아니었다. 그곳의 모든 사람이 죽지도 않았다. 그리고 설사 던워디 교수가 표류했다 할지라도, 어쨌든 이곳에 있었고, 폴리는 그를 만나 무척이나 기뻤다.

"뵙게 되어 정말로 기뻐요…." 폴리가 입을 열었고, 던워디 교수는 고개를 돌려 그녀를 보았지만, 그의 표정에는 놀람도 기쁨도 없었고, 그녀가 한 걸음 다가서자 그는 뒷걸음질 쳤고, 결국 '세상의 빛'에 등을 세게 부딪칠 때까지 물러섰다.

오, 맙소사. 험프리스 씨는 던워디 교수가 폭탄 충격파에 부상당해 입원했었다고 했다. 뇌 손상을 입은 걸까? 그래서 그날 밤에 폴리를 알아보지 못했으며 지금도 이렇게 두려워하는 걸까? 폴리를 알아보지 못하기 때문에? "던워디 교수님?" 폴리는 나지막이 말했다. 험프리스 씨가 언제든 이곳에 올 수 있었기 때문이다. "저예요…."

"폴리." 던워디 교수가 중얼거렸다. "정말로 너인 거니? 꿈이 아니고? 병원에 있을 때 때때로 그런 생각을 했었지. 이 모든 게, 옥스퍼드와 시간여행과 너, 모든 것이 그저 꿈일 뿐이었다고 말이야."

"꿈이 아니에요." 폴리가 말했다. "그리고 저는 진짜로 이곳에 있어요. 에일린, 아니 메로피도 여기에 있어요. 교수님을 보면 걔가 무척이나 좋아할 거예요. 우리가 만나다니 정말 잘됐어요!" 폴리는 앞으로 다가가 던워디 교수를 안으려 했다.

"아니." 팔을 들어 폴리를 물리치며 던워디 교수가 말했다. "잘 된 게 아니야. 네가 이곳에…."

"괜찮아요. 우리는 이미 강하가 작동하지 않는다는 사실을 알아요. 마이클은…." 폴리는 제때 말을 멈췄다. 마이크가 죽었다는 사실을 알리기는 해야겠지만, 지금은 아니었다. 그 사실을 감당하기에는 던워디 교수가 너무나 약해 보였다.

"우리는 우리가 이곳에 갇힌 걸 알아요." 폴리는 그렇게만 말했지만, 던워디 교수는 고개를 젓고 있었다.

"너희들은 몰라." 던워디 교수가 격렬하게 말했다. "폴리…." 그가 입을 열었지만 차마 말을 할 수 없다는 듯이 입을 다물었다.

하지만 그들이 이곳에서 빠져나갈 수 없다는 사실보다 더 나쁜 일이 뭐가 있단 말인가? 무슨 이유로 던워디 교수가 이토록 의기소침…, '오, 맙소사.' 폴리가 생각했다. '콜린 때문이야. 콜린이 던워디 교수님과 함께 온 거야.'

콜린은 던워디 교수를 설득해 이곳에 같이 온 것이다. 아니면 지난번 콜린이 열두 살 때 그랬던 것처럼, 던워디 교수가 방심한 틈을 타 네트 아래로 뛰어든 것이다. 어느 쪽이든 간에 콜린은 던워디 교수와 함께 이곳에 있었고, 폭발 충격파에 같이 부상당한 것이다. 그리고 던워디 교수가 이곳에 혼자 있다는 사실은, 29일에 세인트폴 대성당에 혼자 있었다는 사실은, 오직 한 가지 의미뿐이었다.

"혹시 콜린이…?"

"오, 세상에!" 험프리스 씨가 서둘러 다가오며 말했다. "두 분이 아시는 사이입니까? 세상에 이런 멋진 우연이! 두 분이 꼭 만나야 한다는 제 생각이 맞았군요. 그럴 줄 알았습니다." 험프리스 씨는 둘을 향해 함박웃음을 지었다. "하지만 두 분이 아시는 사이인 줄은 몰랐습니다. 세바스찬 양을 어떻게 알게 되셨습니까?"

"학교에서 저를 가르치셨어요." 던워디 교수가 대답할 필요가 없도록 폴리가 말했다.

"저는 세바스찬 양에게 당신이 교직에 계셨을 거라 생각한다고 말했습니다." 험프리스 씨가 기뻐하며 말했다. "세인트폴 대성당에 대해 그토록 자세히 아시…,"

"정말 제대로 짚으셨어요, 험프리스 씨." 폴리가 말했다. "우리가 만나게 해주시고, 또 이곳에 올 수 있게 해주셔서 정말 고마워요." 폴리는 험프리스 씨가 눈치채주기를 바랐지만, 그는 그렇지 못했다.

"무슨 과목을 담당하셨습니까?" 험프리스 씨가 물었다.

"역사요." 폴리가 말했다.

"그럴 줄 알았습니다! 이분이 역사에 관해 훤하다고 말씀드렸죠, 그렇죠, 세바스찬 양?" 던워디 교수가 얼굴을 찡그렸다. "그리고 제 생각이 맞았군요. 당신은 역사학자로군요."

폴리는 이 상황을 끝내야 했다. 던워디 교수를 어딘가 다른 곳으로 데려가야 했다. "험프리스 씨, 죄송하지만, 홉 선생님이 피곤하신 듯해요."

폴리는 던워디 교수의 팔을 잡았다. "방금 병원에서 퇴원하셨잖아요. 그러니 아무래도…."

폴리는 '집으로 모셔다드릴게요.'라고 말할 생각이었지만, 험프리스 씨가 너무나 빠르게 반응했다. "아, 물론이지요. 제가 생각이 얕았네요. 의자를 가져다드리겠습니다." 그는 본당을 향해 부지런히 걸어갔다.

험프리스 씨가 엿듣지 못할 정도까지 멀어지자 폴리가 말했다. "교수님, 콜린 때문이죠? 콜린이 함께 온 거죠, 그렇죠?"

"콜린? 아니. 나는 걔를 못 오게 했어."

폴리는 안도감에 긴장이 풀려 다리가 휘청했으며, 그래서 몸을 지탱하기 위해 한 손으로 기둥을 짚었다.

"나는 너를 되도록 빨리 이곳에서 빼내고 싶었어." 던워디 교수가 말했다. "시간 편차값이 치솟게 되면서 네가 데드라인이 지나도록 이곳에 갇혀 있게 될까 봐 걱정했어."

"그런데 왜 9월에 오지 않으신 거예요?"

"그러려고 했지만, 편차 때문에 12월에 도착했지."

3개월의 편차. 그건 그들의 강하가 열리지 않은 것이 결국은 편차 때문이며 대공습 처음 몇 달이 분기점이라는 뜻이었다. 그리고 이제 29일이 지났으니….

하지만 만약 그게 단순한 편차에 불과하다면 던워디 교수가 이렇게 완전히 포기한 상태일 리가 없었다. 폭탄이 그의 강하 지점을 파괴한 게 아니라면 말이다.

"강하 지점이 어딘가요?" 폴리가 물었고, 그가 북쪽 수랑에 자주 나타난다던 험프리스 씨의 말이 기억났다. "여기죠, 그렇죠? 세인트폴 대성당이죠? 그래서 날마다 오신 거죠? 강하가 열리기를 기다리신 거죠?"

던워디 교수는 고개를 저었다. "열리지 않을 거야."

"무슨 말씀이세요?"

끔찍한 생각이 폴리의 머리를 스치고 지났다. 던워디 교수는 전에도 대공습에 온 적이 있었다. 만약 그게 2월이었다면? "교수님…." 폴리가 다급하게 말했다. "전에 여기 언제 오셨어요?"

"가져왔습니다." 험프리스 씨가 접이식 목제 의자를 가져오며 말했다. 그는 의자를 펼쳐 그림 앞에 놓았다. "자, 앉으세요." 그가 던워디 교수의 팔을 잡았다.

던워디 교수는 힘겹게 의자에 앉았고, 폴리는 그가 얼마나 힘들게 움직이는지, 얼마나 허약한지를 보며 두려움에 휩싸였다. 폴리는 자신이 데드라인이 되기 전에 폭탄이나 파편에 죽을 거라 생각했었지만, 인과 모순을 일으킬 사람을 제거하는 방법은 그것 말고도 더 있었다. 부상으로 인한 합병증이나 폐렴으로도 죽을 수 있었다.

"왜 일찌감치 이 생각을 못 했을까요." 험프리스 씨가 말하고 있었다. "이곳에 의자들을 놓으면 방문객들이 앉아서 '세상의 빛'을 주의 깊게 관찰할 수 있을 겁니다." 그는 그 생각에 행복해하며 웃었다. "잠깐 보는 정도로는 이해할 수 없는 그림이거든요. 제대로 보려면 시간이 필요합니다."

"시간…." 던워디 교수가 씁쓸하게 말했다.

'오, 맙소사.' 폴리가 생각했다. '교수님은 데드라인이 있어.'

"홉 선생님에게 당신도 '세상의 빛'을 좋아한다고 말씀드렸나요, 세바스찬 양?" 험프리스 씨가 밝은 목소리로 물었다. "바로 그 때문에 저는 두 분이 만났으면 했던 거랍니다, 홉 선생님. 복세품이라 할지라도 '세상의 빛'이 이곳 세인트폴 대성당에 있어야 한다고 주장한 보람이 있군요. 저는 매튜스 주임 사제님께 '어떤 방문객이 와서 이걸 보고 무슨 좋은 일이 생길 수도 있는 거 아니겠습니까?'라고 했었지요. 그리고 지금 보세요. 두 분을 만나게 했잖아요. 하느님께서는 정말로 신비로운 방식으로…."

본당 저쪽에서 목소리들이 들려왔고, 험프리스 씨는 말을 멈추고 소리가 들려온 쪽을 바라보았다. 북쪽 수랑에 있던 수병 세 명이 벽돌을 쌓아 올린 웰링턴 기념비를 보고 있었다.

"아, 잘됐군요. 저분들이 떠나지 않았네요." 험프리스 씨가 말했다. "괜찮으시면 저는 잠시 저분들과 이야기하겠습니다. 포크너 함장에 관한 이야기를 해주다가 말았거든요."

험프리스 씨가 수병들을 향해 서둘러 갔다. 폴리는 던워디 교수 앞에 무릎을 꿇고 앉았다. "전에 대공습 때 언제 이곳에 오셨어요?"

"내가 열일곱 살 때였어." 던워디 교수가 말했다. "그리고 또 내가….'

"아니, 아니, 날짜요. 여기에 관찰하러 온 날짜들이 언제인가요?"

"5월, 10월, 11월이었어."

"그리고 그게 전부인가요?"

"아니." 던워디 교수가 말했고, 폴리는 그의 얼굴로부터 그 답이 나쁜 소식이라는 것을 알 수 있었다.

'오, 맙소사.' 폴리가 생각했다.

"9월 17일."

하지만 9월, 10월, 11월 임무는 모두 안전한 과거였다. 폴리가 덜위치 임무 때 그랬던 것처럼 5월의 공습을 관찰할 때도 더 일찍 오지 않았을까? "대규모 공습 때는 언제 오셨어요?"

"5월 1일."

"그게 전부인 거예요? 2월이나 3월, 4월에는 여기에 안 계셨어요?"

던워디 교수가 고개를 끄덕였다.

'다행이야.' 폴리는 던워디 교수가 내일 이곳에 왔었다고 말할까 두려웠다. 또는 오늘 밤. 5월도 두렵기는 마찬가지였지만, 그때까지는 3개월이 남았고, 만약 문제가 단지 편차일 뿐이라면….

"걱정하지 마세요." 폴리가 말했다. "그때까지는 우리 강하 지점 가운데 하나가 열릴 거예요. 에일린의 강하 지점이나 제 것, 아니면 햄스테드 히스에 있는 거요. 그리고 만약 왜 문제가 생겼는지 그 이유를 아신다면…. 아시는 거죠, 그렇죠?”

“그래.” 던워디 교수가 멍하니 말했다. “왜 문제가 생겼는지 알아. 뭔가 다른 의미이기를 줄곧 바라왔어. 내가 12월에 도착했다는 사실을 알았을 때, 나는 괜찮을 거라고, 네가 임무를 마치고 옥스퍼드에 안전하게 돌아갔을 거라 생각했지. 하지만 세인트폴 대성당에서 너를 보았을 때….”

“저도 그날 교수님을 봤어요.” 폴리가 말했지만, 던워디 교수는 그 말을 못 들었다는 듯이 계속 말했다.

“그리고 다음 날 아침 너희 셋이 계단에 앉아 있는 모습을 보았을 때, 나는 그 사람 말이 맞는 게 아닐까 두려웠어.”

“메로피와 마이클과 저를 보셨다고요?” 폴리가 어리둥절해하며 말했다. 던워디 교수는 왜 그들이 함께 있을 때 와서 말을 걸지 않은 걸까? 그리고 누구 말이 맞는 게 아닐까 두려웠다는 걸까? 그리고 뭐가 맞는다는 거지?

폴리가 이해하지 못하는 일들이 많이 있었지만, 지금은 질문하기 적당한 때가 아니었다. 던워디 교수는 지치고 아파 보였다. 그의 얼굴은 추위에 얼어 있었고, 몸을 떨기 시작했다. 그리고 험프리스 씨의 말에 따르면, 그는 오후 내내 이곳에 있었다. 병원에서 퇴원한 지 얼마 되지도 않았는데 이렇게 춥고 외풍이 심한 곳에 있으면 안 되었다. 던워디 교수는 전에도 크게 병을 앓은 적이 있었다. 그리고 ‘세상의 빛’의 등불은 비록 황금빛으로 밝게 빛났지만, 온기를 전혀 주지 못했다. 폴리는 진짜 온기가 있는 집으로 교수를 데려가야 했다.

“던워디 교수님….” 폴리가 말했다. “제 생각에 우리는 여길 나가서….”

“그리고 마이클에 대해 들었을 때, 마이클이 죽었다는 걸 알았을 때, 나는 확신했어. 폴리, 정말 미안해.”

“미안해하실 거 없어요. 교수님 잘못이 아닌걸요.” 폴리가 힘차게 말했다. “이렇게 추운데, 여기 있으면 안 돼요.”

폴리는 던워디 교수의 두 손을 잡았다. 그의 손은 얼음장처럼 차가웠다. “집으로 모셔다드릴게요. 그리고….”

던워디 교수는 씁쓸하게 웃으며 폴리의 말을 잘랐다. “집.”

"여기 집요. 블룸스베리에 있어요. 저랑 메로피가 같이 살아요." 폴리는 말하며 던워디 교수를 집까지 무슨 수로 데려가야 할지 고민했다. 택시가 최고였지만, 폴리에게는 찻삯이 충분하지 않았다. 택시에 던워디 교수를 잠시 남겨둔 채 집으로 재빨리 가서 돈을 가져오는 방법도 생각해보았지만, 여기부터 택시를 타면 돈이 많이 들 것이다. 폴리가 공습 대비대 감시원으로 일하기 전까지, 그들은 돈을 아껴야 했다….

폴리는 갑자기 알함브라 극장에 3시까지 가겠노라고 해티와 한 약속이 생각났다. 던워디 교수가 여기에 나타나면서 모든 상황이 바뀌었지만, 그래도 여전히 폴리는 해티에게 자신이 그곳에서 일할 수 없다는 사실을 알려야 했다. 해티가 폴리를 위해 변명을 해주었으니 특히 더 그랬다. 그리고 집에 돌아가면 5시가 한참 넘을 것이다. 폴리는 던워디 교수를 지하철역까지 데려간 다음 그곳에서 전화를 걸어야 했다.

"가요." 폴리가 말했다. "메로피와 제가 따뜻한 차와 식사를 만들어드릴게요."

던워디 교수는 고개를 저었다. "네게 꼭 해야 할 말이 있어."

"집에 가서 이야기하셔도 돼요." 폴리는 마치 아이 다루듯 던워디 교수의 코트 단추를 채워주고 그를 부축해 일으켰다. "가야 해요. 곧 사이렌이 울릴 거고, 공습 때 밖에 있으면 안 돼요."

던워디 교수는 고개를 저었다. "공습은 오늘 밤 자정에 시작해. 와핑이 폭격당해."

던워디 교수는 언제 어디가 폭격당하는지 알았다. 다행이었다. 폴리는 그들이 사는 집이나 알프와 비니의 학교가 폭격당할까 봐 더는 걱정하지 않아도 되었다. 또는 알아볼 수 없을 정도로 미래를 바꾸었으면 어쩌나 걱정하지 않아도 되었다. 또는 전쟁에서 졌으면 어쩌나 걱정하지 않아도 되었다. '이제 내가 걱정해야 하는 건 교수님을 집까지 어떻게 모시고 가는가 하는 거야.' 폴리는 생각했다.

"그래도 가야 해요. 등화관제 사이렌이 울렸을 때 밖에 있으면 안 되니까요." 폴리가 말하며 그의 팔을 잡았지만, 그는 '세상의 빛'을 보고 있었다.

"교수님…."

"절대 열리지 않을 거야." 던워디 교수가 말하고 의자에 힘없이 주저앉았다.

험프리스 씨가 옆에서 도와주면 좋았겠지만, 그는 보이지 않았다. "곧장 돌아올게요." 폴리가 던워디 교수에게 말하고 북쪽 수랑을 서둘러 가로질러 가보았지만, 성당지기는 그곳에 없었고, 또한 본당에도 없었다. 아마도 수병들을 데리고 속삭임의 회랑에 올라간 모양이었다. 폴리는 서둘러 돌아왔다.

던워디 교수가 보이지 않았다.

폴리는 남쪽 복도를 달려갔다.

그는 거의 문에 도착해 있었다. "어디 가시는 거예요?" 폴리가 물었지만, 답은 뻔했다. 던워디 교수는 폴리가 없는 사이 도망치려던 것이었다.

'교수님은 내가 생각했던 것보다 훨씬 더 편찮으셔.' 폴리가 생각했다. '아마도 병원으로 모시고 가야 할 거 같아.'

하지만 던워디 교수는 그런 폴리의 생각에 절대로 동의하지 않을 것이다. 그는 이미 육중한 문을 열고 포치로 나가고 있었다. 밖에는 비가 내렸다. 저 몸으로는 지하철역까지 짧은 거리를 걷는 건 고사하고 이런 빗속에 나와 있는 것만도 안 될 일이었다. 택시를 타야만 했다.

"여기 계세요." 폴리가 명령했다. "택시를 불러올게요." 하지만 던워디 교수는 이미 계단을 내려가기 시작했다. "비가 와요." 폴리가 그의 팔을 잡고 말리며 말했다. "포치로 돌아가세요."

"아니." 던워디 교수가 몸을 떨며 말했다. "네가 모르는 일들이 있어."

"집에 가서 이야기하셔도 돼요."

"아니, 내 이야기를 듣고 나면 넌 나를 너희 집에…."

"당연히 모시고 가고 싶어요." 폴리는 이제 진짜로 경계하며 말했다. "지금 교수님은 터무니없는 말씀을 하고 계세요. 가는 길에 이야기해주시면 돼요."

"아니, 지금 해야 해." 던워디 교수가 기침하기 시작했다.

“좋아요.” 폴리가 서둘러 말했다. “하지만 이렇게 차가운 비를 맞으며 여기에 서 있을 수는 없어요. 어딘가 따뜻한 곳으로 가야 해요. 머무르시는 곳이 여기 근처인가요?”

던워디 교수는 대답하지 않았다.

‘사시는 곳을 내게 가르쳐주고 싶지 않은 거구나.’ 폴리가 생각했다. ‘내가 자기를 찾을 수 없기를 바라는 거야.’ 그건 기회가 닿으면 곧바로 폴리에게서 다시 도망칠 거라는 뜻이었다. 폴리는 던워디 교수가 기회를 잡기 전에 어딘가 따뜻한 곳으로 그를 데려가야 했다.

하지만 패터노스터 로우의 모든 곳은 29일 밤에 불에 탔다. 폴리는 화재 이후 첫 일요일에 세인트폴 대성당에서 집으로 돌아가던 길에 뉴게이트 옆에서 선술집을 본 기억이 났다. 폴리는 그 술집이 아직도 그곳에 있기를 바랐다.

술집은 그곳에 있었다. 화재와 등화관제와 궂은 날씨로 인해 그곳은 거의 망하기 직전이었다. 실내는 텅 비었다. 폴리는 이제 걷잡을 수 없이 몸을 떠는 던워디 교수를 벽난로 앞 나무 의자에 앉히고 자기 코트를 어깨에 둘러준 다음 카운터로 갔다.

“제 친구가 굉장히 심한 충격을 받았어요.” 폴리는 중년의 적갈색 머리 여자 종업원에게 말했다. “친구를 혼자 둘 수 없어요. 차를 가져다주시겠어요?”

“물론이죠, 아가씨.” 종업원이 말했다. “폭격 때문인 모양이죠?”

“네.” 폴리가 말했고, 서둘러 벽난로로 돌아왔다. 던워디 교수는 폴리의 코트를 의자 등받이에 걸쳐놓고 문을 향해 걸어가고 있었다.

폴리가 뒤를 쫓아가며 말했다. “차를 시켰어요.” 그리고 교수를 다시 의자로 데려와 앉힌 뒤 코트를 무릎에 덮어주었다. “곧 나올 거예요.”

종업원이 부엌에서 찻주전자, 찻숟가락, 잔 받침 두 개, 그리고 구부러진 손가락에서 대롱거리는 이 빠진 찻잔 두 개, 갈색 액체가 가득 든 유리잔을 가져왔다. “저희도 11월에 폭격당했어요.” 종업원이 던워디 교수에게 말했다. “끔찍했죠. 굉장히 충격이 크셨을 거예요. 이걸 드시면 좀 나을 거예요.”

종업원은 던워디 교수 앞에 유리잔을 놓았다. "브랜디예요." 그녀가 폴리에게 설명했다. "기운을 차리는 데는 이만한 게 없죠."

"고맙습니다." 폴리가 말했다. 폴리는 던워디 교수에게 차를 반 잔 정도 따른 다음 나머지 반은 브랜디로 채운 뒤 잔을 교수에게 내밀었다. "차를 좀 드시고, 그다음에 하시려던 말씀을 해주세요. 자, 드세요." 폴리가 명령하듯 단호히 말했다.

던워디 교수는 차를 마셨고, 폴리는 차를 다시 따른 뒤 더 마시라고 권했지만 그는 더 이상 차를 마시지 않았다. 그는 의자에 앉아 멍하니 불을 바라보았다. 그는 찻잔을 두 손으로 감싸고 있었지만, 찻잔에서 온기를 얻으려는 게 아니라 살기 위해 찻잔에 매달려 있는 듯이 보였다.

'교수님을 집으로 모시고 가서 침대에 눕혀야 해.' 폴리가 생각했다. '그리고 전화로 의사를 불러야겠어.'

"던워디 교수님." 폴리가 말했다. "저에게 무슨 말씀을 하려 하시는지는 몰라도, 나중에 하셔도 돼요. 메로피가 저녁 식사를 만들어드릴 거고, 따뜻한 음식을 드시고 나면 기분이 나아지실 거예요."

반응이 없었다.

"오늘 밤에 저희와 함께 계셔도 돼요. 그리고 교수님 짐은 내일 챙기러 가요. 그리고 몸이 좋아지시면 어느 강하를 통해 돌아갈지 결정할….."

"강하는 전부 열리지 않을 거야."

"하지만 편차가 문제라면….."

"편차는 지표일 뿐이야."

"우리가 왜 여기에 영원히 갇혀 있는가, 그 말씀을 하기 두려우셨던 거예요?" 폴리가 말했다.

"그래."

"마이클의 룸메이트, 찰스는요? 찰스는 싱가포르로 갔나요? 아니면 우리가 돌아올 수 없다는 사실을 미리 알고 찰스를…?"

"아니."

아니. 그건 일본이 침략했을 때 찰스는 여전히 그곳에 있을 것이라는 뜻이었다. 찰스는 다른 영국 식민지 사람들과 함께 정글의 수용소에 갇혀 말라리아나 영양실조로 죽으리라. 아니면 더 심각한 고통 속에 죽거나.

"데드라인이 있는 다른 역사학자들은요?" 폴리가 물었다.

"네가 유일해. 다른 사람들은 내가 다 취소했어. 나는 네가 1944년의 임무를 먼저 끝낸 줄을 몰랐어. 그래서 다른 사람들 임무는 취소시켰지만 네 것은 취소시키지 않은 거야."

"그리고 우리 데드라인 전에 우리가 빠져나갈 방법이 없고요?"

"그래, 없어." 던워디 교수가 말했다. 하지만 그 말을 하는 목소리에는 안도의 기색이 없었다. 그건 더 심각한 일이 있다는 뜻이었다. 그리고 만약 그게 콜린에 관한 것이 아니라면 단 한 가지 의미일 수밖에 없었다.

"우리가 여기에 갇힌 건…." 폴리가 말했다. "우리가 사건들을 변경했기 때문이죠, 그렇죠?"

던워디 교수가 고개를 끄덕였다.

즉, 마이크의 생각이 맞았다.

"어떻게 그걸 알았지?" 던워디 교수가 물었다.

"마이크, 그러니까 마이클이 됭케르크에서 군인 한 명을 구했는데, 그 군인이 다시 됭케르크로 돌아가 5백 명이 넘는 군인들을 데리고 왔어요. 마이클은 그게 분명히 뭔가를 바꾸었을 거라 생각했고, 그래서 우리는 불일치를 찾기 시작했어요."

"그래서 찾아냈니?" 던워디 교수가 물었다.

"불일치라고 확신할 만한 것은 없었어요." 폴리가 말했다. "하지만 뭔가를 한 게 마이클만이 아니었어요. 에일린, 그러니까 메로피는 '시티 오브 베나레스호'를 타고 피난을 가려던 아이 두 명을 그 배에 못 타게 막았고, 저는 백화점 여점원 한 명이 부상당해 하마터면 죽게 할 뻔했어요. 하지만 저희는 사건의 진행 경로를 바꾸는 게 가능한지 알지 못했어요. 저희는 편차 때문에 역사학자들이…."

던워디 교수는 고개를 저었다. "우리는 편차의 기능에 대해 잘못 알고 있었어. 그것은 우리가 연속체에 해를 입히지 못하도록 방어해주는 게 아니야. 편차는 우리가 이미 입힌 피해로 인한 지연 반응이야. 이미 성벽이 뚫린 성이 무너지지 않게 하려는 시도일 뿐이지."

"시간 여행에 의해서요." 폴리가 말했다.

"시간 여행에 의해서. 그리고 오랜 시간 동안 대부분의 경우, 그 방어는 성을 지탱하기에 충분해. 하지만 전부는 아니야. 동시다발적인 공격 또는 특별한 중요한 곳에의 공격에는 버틸 수가 없어…."

'됭케르크.' 폴리가 생각했다. '그리고 스핏파이어 날개가 V-1 꼬리 날개를 슬쩍 건드려 죽고 살 사람들이 뒤바뀌었던 1944년의 가을 같은 때.'

"또는 최초의 공격에 따른 피해가 너무나 큰 경우도 그래." 던워디 교수는 말하고 있었다. "그런 경우, 편차기 아무리 커도 직이 침입해 오는 설 막기에 충분하지 않고, 그래서 연속체가 할 수 있는 유일한 일은 감염된 지역을 고립시키고…."

'에일린의 격리처럼.'

"피해를 수리하려 시도하는 것뿐이야."

"과거로 가는 길을 차단하는 거로군요." 폴리가 말했다. "연속체가 그렇게 했다고 교수님은 생각하시는군요."

그가 고개를 끄덕였다. "그래서 너희가 이곳에 갇힌 거야."

'그리고 교수님도요.' "정말 죄송해요, 던워디 교수님."

그는 고개를 저었다. "너희들 잘못이 아니야."

"하지만 만약 교수님에게 제가 로켓 공격에 먼저 다녀왔다고 말씀드렸더라면…." 폴리가 말했다. "저는 교수님이 강하를 취소하거나 일정을 변경하실 걸 알았어요. 그 이유는 몰랐지만요. 저는 교수님이 제 강하도 취소할까 봐 걱정되었고, 그래서 보고하지 않았어요. 콜린에게도 저에 대해 교수님께 말하지 말라고 다짐받았고요."

던워디 교수는 전혀 놀라지 않은 듯이 고개만 끄덕였다. "콜린은 너를 위해서라면 뭐든지 할 아이지." 그가 말했다.

"오, 하지만 이건 모두 제 잘못이에요! 만약 제가 콜린에게 다짐받지 않았더라면, 제가 보고만 했더라면 교수님은 저를 보내지 않으셨을 거예요.

저를 구하러 교수님이 이곳에 오실 필요도 없었겠죠.”

“아니, 너는 진상을 전부 알지 못해.” 던워디 교수가 한 손을 들어 폴리의 말을 막으며 말했다. “네가 1944년으로 가기 전부터 편차의 증가가 있었어. 하지만 그 값은 크지 않았고, 그래서 나는 그게 심각하지 않다고 생각했어. 편차의 양은 종종 목적지의 환경에서 유추할 수 있는 것보다 컸고, 또 어떤 때는 그보다 훨씬 더 작았기에 나는 이시와카 박사가 내린 결론보다 더 간단한 설명이 있을 거라 생각했어. 이시와카 박사가 내게 방정식들을 보여준 뒤에도 나는 그렇게 생각했지. 나는 내 역사학자들의 임무를 취소시키고 모든 시간 여행을 취소해야 할 필요가 없다고 확신했어. 나는 자료를 충분히 모을 때까지 우선 데드라인이 있는 역사학자들의 강하를 취소하고 다른 이들의 일정을 시간순으로 하면 충분할 거라 생각했지만, 이시와카 박사의 말이 옳았어. 나는 너희 모두의 임무를 취소해야 했어.”

“하지만 편차 증가가 그런 의미라는 걸 교수님은 알 수 없었⋯.”

“이시와카 박사는 그게 정확히 무슨 의미인지 내게 알려주었지만, 나는 그 말을 믿으려 하지 않았어. 우리는 지난 40년간 사고 없이 과거에 다녀왔거든. 우리가 역사의 진행 경로를 위험에 처하게 했다는 말은 도저히 믿을 수가 없었어. 이시와카 박사의 말을 믿어야만 했는데. 만약 네 강하를 취소했더라면 마이클 데이비스는 여전히 살아 있을 거고, 너와 메로피는⋯.”

“메로피요?” 폴리가 놀라 말했다. “메로피에게는 데드라인이 없어요. 이게 걔 첫 번째 임무예요. 그렇죠?”

“그래.” 던워디 교수가 말했고, 폴리는 그가 할 이야기가 더 있다는 사실을 알았다.

“강하가 닫힌 건 연속체가 스스로를 교정하려는 결과 때문이 아니야.” 던워디 교수가 계속 말했다. “그건 손상에 대한 반사 작용이라 할 수 있어. 외상성 상해 환자가 쇼크에 빠지는 것처럼 말이야. 그리고 설사 그게 자체 교정을 시도하는 것이라 할지라도, 그게 성공한다는 보장은 없어. 피해가 너무 크거나 너무 넓게 퍼져 있어 수리가 불가능할 수도 있어.”

“하지만 그건 그렇지 않아요.” 폴리가 말했다. “우리는 전쟁에서 지지 않았어요. 저는 전승 기념일에 그곳에 있…."

"그건 마이클이 그 군인을 구하기 전이야. 그리고 너와 메로피는…."

"저도 알아요. 하지만 메로피도 그곳에 있었어요. 제가 봤어요. 그리고 메로피는 아직 그곳에 가지 않았고요. 메로피가 그곳에 가는 건 마이크가 하디를 구하고 우리가 이 모든 일을 다 한 다음이에요. 그러니 그런 것들은 전쟁의 결과에 영향을 끼칠 수가 없어요."

하지만 던워디 교수는 고개를 젓고 있었다. "네가 메로피를 본 시점에서는 메로피가 갈 수 있는 전승 기념일이 여전히 존재했어. 변형이 티핑 포인트에 이르기 전에는 역사의 경로, 즉 과거와 현재는 변하지 않고 남아 있어. 그래서 우리가 이곳에 올 수 있는 거야. 우리가 변형되지 않은 미래의 일부분임에도 불구하고 말이야. 그리고 메로피가 전승 기념일에 갈 수 있었던 것이고. 역사는 마지막 변형이 일어나 연속체가 더는 그걸 교정할 수 없게 되기 전까지는 변형되지 않은 채 남아 있지만…."

"결국은 어느 순간 모든 것이 변하게 되는 거로군요."

"그래."

"하지만 교수님 말씀에 의하면…." 폴리는 얼굴을 찡그리고 생각을 정리했다. "모르겠어요. 그럼 아직 티핑 포인트에 도달하지 않은 건가요? 강하는 이미 작동을 멈췄는데요."

"완전히는 아니야. 내 강하는 12월 중순까지 작동했어."

"그러면 티핑 포인트는 저희가 메로피를 찾은 때부터 12월 중순 사이인가요?"

"아니. 아마 그 뒤였을 거야. 정확히 언제인지는 나도 몰라. 세인트폴 대성당 계단에서 너희를 본 날 전까지는 나도 내 강하 지점에 갈 수가 없었거든."

'우리가 29일 밤에 했던 뭔가 때문이었어.' 폴리는 생각했다. 그들은 세인트폴 대성당 계단에서 공습 대비대 감시원을 지연시켰고, 따라서 그 감시원이 누군가를 구할 시간이 없었을 수도 있었다. 그리고 시어도어가 비명을 지르며 극장을 나가는 바람에 동화극이 몇 분 정도 지연되었고, 그래서 관객 한 명이 집으로 돌아가 앤더슨 방공호에 제때 들어가지 못했을 수도 있었다. 또는 폴리가 지붕에 있는 바람에 화재 감시원들의 행동을 어떤 식으로든 방해했고 그게 나중에 치명적인 결과를 불러온 것일 수도 있었다.

또는 에일린이 폭격에 부상당한 사람들을 병원에 데려간 행동이나 마이크가 소방관들을 구한 행동 때문일 수도 있었다. 혼돈계에서는 좋은 행동이 나쁜 결과를 낳을 수 있었다. 제2차 세계대전에서 지는 것과 같은 결과를.

제2차 세계대전의 승리는 아슬아슬했다. "우리는 눈꺼풀에 매달린 듯이 간신히 버티고 있습니다." 처칠의 참모총장은 그렇게 말했다. 사건들은 칼날 끝에서 균형을 잡고 있었고, 폴리 일행이 그걸 건드려 균형을 깼다. 그래서 독일이 제2차 세계대전에서 이긴 것이다.

'오, 맙소사.' 폴리는 생각했다. '히틀러는 처칠과 왕과 왕비와 고드프리 경을 처형하고 세라 스타인버그와 레오나드와 버지니아 울프를 아우슈비츠로 보내 죽이고 도밍 씨와 험프리스 씨와 에일린의 주임 사제는 러시아 전선에서 죽게 될 거야. 그자는 인종 교배를 해서 마저리나 브라이트포드 부인과 그 딸 베스처럼 금발에 푸른 눈의 아리아인들을 만들어낼 거고, 시어도어의 어머니와 릴라와 라버넘 양은 굶겨 죽일 거야. 그리고 시어도어와 트로트를 어린 나치로 바꿔놓을 거야.'

'하지만 알프와 비니는 아니야.' 폴리는 생각했다. '콜린도. 콜린이 그 어떤 세상에서 태어난다 해도. 이 셋은 결코 그런 세상과 타협해 살지 않을 거야.'

그 아이들은 차라리 죽음을 택할 것이다. 그리고 히틀러는 기꺼이 그 아이들을 죽일 것이다.

"오, 맙소사." 폴리가 중얼거렸다. "마이크가 맞았어요. 우리는 전쟁에 졌어요. 우리가 모든 걸 망쳤어요."

"아니." 던워디 교수가 말했다. "내가 망쳤어."

44

저는 최악의 상황을 알고 그걸 직면해야 해요.

— *J. M. 배리 경,《훌륭한 크라이턴》*

런던, 1941년 겨울

"교수님이 그러셨다니, 무슨 말씀이세요?" 폴리는 무릎에 자기 코트를 덮고 벽난로 앞에 앉은 던워디 교수를 빤히 바라보며 말했다. 그는 이제 몸을 떨지 않았지만, 여전히 뼛속까지 추워하는 표정이었다. "교수님이 전쟁을 지게 할 수는 없어요. 어떻게요? 저를 데리러 왔기 때문에요? 아니면 여기 오신 다음에 뭔가 하신 것 때문에요?"

"아니." 던워디 교수가 말했다. "나는 너와 마이클과 메로피가 태어나기도 전에 그 일을 했어. 내가 열일곱 살 때."

"하지만….."

"그건 우리가 제2차 세계대전으로 한 세 번째 강하이자 대공습으로 한 첫 번째 강하였어. 우리는 여전히 네트 좌표를 정교하게 조정하는 중이었고, 나는 내 시공간 위치를 확인하고 돌아오기만 하면 되었지. 나는 지하철역의 비상계단에 도착했고, 내가 도착한 때가 1940년 9월은 맞지만 16일이 아닌 17일이라는 사실을 알게 되었어. 나는 도착한 곳도 어쩌면 마블 아치역일지 모른다는 생각에 겁을 먹었어." 그는 말을 멈추고 멍하니 벽난로를 바라보았다. "어쩌면 차라리 그곳에 도착하는 게 나았을지도 몰라."

"어느 역에 도착하셨는데요?" 폴리가 물었다.

"세인트폴 대성당역." 던워디 교수가 말했다. "그리고 그걸 안 나는 대성당을 잠깐 보고 와도 괜찮을 거라 생각했지." 그는 씁쓸하게 웃었다. "나는 소년 시절에 화재 감시원 기념비를 처음 본 뒤로 줄곧 그곳에 매료되어 있었어. 그리고 내가 도착한 시공간에서는 세인트폴 대성당이 여전히 존재했지. 그래서 그것을 보기 위해, 아주 잠깐이지만 거리로 나갔어."

던워디 교수는 두 손으로 머리를 감쌌다. "나는 제대로 앞을 보지 않으면서 걸어갔어. 아, 이거야말로 시간 여행의 전체 역사에 딱 어울리는 표현이군 그래. 그리고 나는 젊은 여자와 부딪혔어. 해군 여성 부대원이었지. 그 때문에 그 여자는 핸드백이 어깨에서 떨어졌고, 소지품이 길바닥에 쏟아졌어." 그는 마치 그 일을 보고 있는 것처럼 멍하니 앞을 응시했다. "주화들이 사방으로 흩어졌고, 립스틱은 배수구로 굴러 들어갔어. 그 여자는 꾸러미 몇 개를 가지고 있었는데, 그것들 역시 손에서 튕겨 나갔지. 길을 가던 두 명, 해군 장교와 검은 양복의 신사가 우리를 도왔지만, 물건을 모두 줍는 데는 몇 분 정도 걸렸어."

"그리고요?" 폴리가 물었다.

"그리고 사이렌이 울렸고, 그 여자와 남자 둘은 서둘러 떠났고, 나는 세인트폴 대성당역으로 돌아와 그곳의 내 강하 지점을 통해 옥스퍼드로 돌아왔지."

"그래서요?"

"그리고 그날 저녁 아베 마리아 레인에서 해군 여성 부대원 한 명이 죽었어."

"죽은 여자가 교수님과 부딪힌 그 여자였나요?"

"몰라. 난 그 여자 이름을 모르니까. 심지어 내가 영향을 미친 대상이 그 여자인지조차도 난 몰라. 어쩌면 검은 양복을 입은 남자였을 수도 있어. 그날 저녁에 해군 장교가 죽었다는 기록은 없으니 그 남자는 아니라고 생각하지만, 나 때문에 그 장교가 몇 분을 허비했으니, 그로 인한 일련의 영향들로 인해 이튿날 또는 다음 주에 그 장교가 죽었을 수도 있어.”

“하지만 진짜로 교수님 때문에 누군가가 죽었는지, 또는 그 충돌로 인해 뭔가가 바뀌었는지 확실히 모르시잖아요.”

“그건 사실이야. 어쩌면 충돌 때문이 아닐 수도 있어. 나는 지하철역 이름을 알려달라며 아이들 둘에게 1실링을 주었고, 역무원과는 대화했어. 그리고 역에 있는 사람들을 밀며 지나갔고, 또 내 존재 때문에 사람들은 길을 에둘러 가기도 했어. 나 때문에 그 사람들 중 누군가가 중요한 순간들에 늦었을 수도 있고, 그 차이는 한참 뒤에서야 나타났을 수도 있어.”

마이크는 그가 구한 됭케르크의 사람들에 관해 같은 말을 했었다. 사건의 변경은 몇 달, 심지어 몇 년 동안 보이지 않을 수도 있다고 말이다.

“그 경우….” 던워디 교수는 말하고 있었다. “변경의 근원을 추적하는 것은 불가능할 거야.”

“하지만 교수님 말씀에 따르면, 결국 변경된 사건이 있는지 없는지 모르시는 거잖아요.” 폴리가 말했다. “교수님이 뭔가를 했다는 증거는 없어요.”

“아니, 있어. 그때까지는 편차가 없었어. 편차는 바로 다음 강하부터 나타나기 시작했어. 불행히도 그 강하는 트라팔가르 해전이었고, 그다음은 코번트리였기에 우리는 편차는 역사학자가 사건을 변경하지 못하게 하려고 일어나는 거라는 잘못된 결론을 내리게 되었지.”

“하지만 교수님은 도착하기로 한 날보다 하루 늦게 도착했다고 하셨어요.”

던워디 교수는 고개를 저었다. “내가 좌표 입력을 잘못한 거였어. 돌아가자마자 확인했지. 네트 입력이 17일이었어.”

“위치 편차는 어쩌고요? 마블 아치역으로 간 줄 아셨다고 했잖아요.”

“아니. 나는 ‘마블 아치역일지도 모른다’고 말했어. 당시 우리는 정확한 위치가 아닌 광역 위치만 정할 수 있었거든.”

“그러면 위치 편차였을 수도 있어요.”

“하지만 만약 위치 편차였다면, 그건 내가 그 해군 여성 부대원과 충돌하는 걸 막았을 거야.” 던워디 교수는 폴리를 보며 씁쓸하게 웃었다. “아니야, 나는 시간 편차를 유발했고, 그 이유를 잘못 짚었어. 그리고 우리는 계속해서 역사를 헤집고 다니면서 전쟁들과 재난들과 대성당들을 멍하니 바라보았지." 그가 씁쓸하게 말했다. "우리가 하는 일이 무슨 결과를 불러오는지도 모른 채 말이야."

폴리는 앉아 있는 던워디 교수를 바라보았다. 험프리스 씨는 던워디 교수가 어깨에 세상의 모든 짐을 짊어진 것처럼 보인다고 말했다. '던워디 교수님은 진짜로 세상의 모든 짐을 지고 계셔.' 폴리는 생각했다.

"지난 40년 동안, 우리는 도자기 가게를 헤집고 다니는 황소들처럼 마구잡이로 역사를 헤집고 다니면서도 우리가 아무런 재난을 불러오지 않을 거라고 편한 대로 생각했지. 하지만 역사는 마침내 우리 위로 무너져 내리기 시작했어. 그리고 너희의 머리 위로."

"하지만 교수님은 알 방법이 없었어요." 폴리가 던워디 교수의 팔에 손을 뻗으며 말했다.

던워디 교수는 거칠게 폴리의 팔을 물리쳤다. "수십 가지 단서가 있었어." 그가 격렬하게 말했다. "하지만 나는 그것들을 보고 싶지 않았어. 나는 혼돈계에 아무런 변형을 가하지 않고도 우리가 섞여 들어갈 수 있다고 믿고 싶었어. 그게 불가능하다는 것을 알면서도 말이야. 우리가 거기서 숨만 쉬고 온다 해도, 우리의 존재 그 자체가 패턴을 바꾸고 그 결과를 변형할 수밖에 없다는 걸 알면서."

"만약 그게 진실이라 해도 우리 모두가 그렇게 한 거고, 과거에 갔던 모든 역사학자가 함께 비난받아야 해요." 폴리는 얼굴을 찡그렸다. "하지만 왜 몇 달 전까지 그 징후가 없었던 거죠? 왜 40년이나 걸려서야 그 징후가 나타난 건가요?"

"그건 나도 몰라. 혼돈계에서는 모든 행동이 뚜렷한 결과를 불러오는 게 아니야. 어떤 행동은 다른 사건들에 의해 약해지거나 흡수 또는 지워져버려. 티핑 포인트가 되기까지 충분한 변화가 쌓이는 데 오랜 시간이 걸렸던 것일 수도 있어."

'도자기 가게의 꽃병과 도자기와 크리스털처럼.' 폴리는 생각했다. '황소가 탁자를 들이받을 때마다, 쿵쿵거리며 걸음을 디딜 때마다 그 물건들은 탁자의 가장자리로 더 가까이 다가가게 되고, 마침내 마지막의 가벼운 충돌로 탁자에서 떨어지게 되는 거야. 마이크와 에일린과 내가 바로 그런 행동을 했어. 마지막 결정적인 순간에 툭 건드린 거야. 그로 인해 연속체는 무너진 거고.'

하지만 마이크는 하디의 생명을 구하기 전에 자기 강하를 통과해 돌아가려 했었다. 그때의 강하는 왜 안 열렸던 걸까?

"왜 그게…?" 폴리는 입을 열었지만, 던워디 교수가 더는 질문에 대답할 상태가 아니라는 사실을 깨달았다. 그는 몰골이 형편없었고, 벽난로의 불 앞에 있음에도 불구하고 다시 몸을 떨기 시작했다.

"이제 집에 가야 해요." 폴리가 말했다. 그녀는 차와 브랜디값을 탁자에 올려두고 던워디 교수의 무릎에서 자기 코트를 들어 입었다.

폴리는 던워디 교수의 팔을 잡고 부축해 일으켰고, 그는 저항 없이 그녀가 이끄는 대로 술집에서 비에 젖은 어두운 거리로 나와 택시에 탔다. 폴리는 그가 택시에 타는 걸 돕기 위해 손을 잡았고, 그 손은 뜨거웠다. "열이 있어요. 병원으로 모시고 가는 게 나을 거 같아요. 세인트바트 병원으로 가주세요." 폴리가 운전사에게 말했다.

"안 돼." 던워디 교수가 폴리의 팔을 잡으며 말했다. "그 사람들은 아주 친절했어. 그 사람들을…. 제발 병원은 안 돼."

"알았어요. 하지만 우리가 집에 가면 전화로 의사를 부르겠어요."

'그리고 가자마자 에일린에게 던워디 교수님이 구조팀이 아니라는 사실을 알려서 괜히 헛된 희망을 품지 않게 해야 해.'

'하지만 던워디 교수님이 구조팀이야.' 폴리는 암울하게 생각했다. '교수님은 나를 구하러 왔지만 우리와 마찬가지로 곤경에 빠진 거야.'

택시가 집 앞에 도착했다. "집에 가서 돈을 가져올게요." 폴리는 운전사에게 말했다. "곧장 돌아올게요." 하지만 운전사는 고개를 저었다.

"제가 함께 이분을 부축하는 게 나을 겁니다, 아가씨." 운전사가 말했다. "아가씨 혼자서는 이분을 안으로 데려갈 수 없을 거예요." 그리고 폴리가 뭐라 말하기도 전에 운전사는 택시에서 내려 던워디 교수가 내리는 것을 도왔고, 폴리는 에일린에게 경고할 틈이 없었다.

하지만 에일린은 한순간에 상황을 파악한 듯했다. "이분을 침대에 누이는 걸 도와주시겠어요?" 에일린이 택시 운전사에게 부탁했다.

"누구예요?" 알프가 한 손에는 빵 조각을, 다른 한 손에는 숟가락을 들고 부엌에서 나타났다.

"던⋯." 에일린이 입을 열었다.

"홉 선생님이야." 폴리가 말했다.

"술에 취한 건가요?" 비니가 물었다.

"아니, 편찮으셔." 폴리가 말했다.

비니는 다 안다는 듯이 고개를 끄덕였다. "엄마도 그런 식으로⋯."

"비니, 가서 침대에 이불을 펴줘." 에일린이 말했다.

"비니가 아니라 라푼젤이에요. 나는 이름을 라푼젤로 정했어요."

'나는 이 아이를 죽여버리게 될 거야.' 폴리가 생각했지만 에일린은 차분히 말했다. "부탁이니 가서 침대에 이불을 펴줘, 라푼젤."

비니는 늘 머리에 제대로 묶여 있지 않은 머리 리본을 마치 라푼젤의 머리 타래라도 되는 듯이 뒤로 넘기며 에일린이 시킨 일을 하러 갔고, 에일린이 의사에게 전화하러 간 사이 폴리는 던워디 교수를 도와 젖은 코트와 신발을 벗겼다.

폴리는 알프와 비니가 다시 와서 귀찮은 질문을 할까 봐 두려웠지만, 둘은 문간에서 1분 정도 서서 서로 속삭이더니 사라졌다.

폴리가 방을 나와서 던워디 교수의 젖은 셔츠를 오븐 문에 걸고 주전자를 스토브에 올리는데 알프가 물었다. "저 할아버지가 무단결석 지도교사는 아닌 거죠? 역무원도 아닌 거고요?" 그 말은 둘이 던워디 교수를 어디선가 봤다는 뜻이었다. 폴리는 던워디 교수가 세인트폴 대성당으로 걸어갈 때 이 아이들이 그에게서 돈을 갈취하려 한 게 아니길 바랐다.

"아니야." 폴리가 말했다. "저분은 에일린의 옛날 학교 선생님이야."

호드빈 남매에게는 학교 선생님이라는 말이 무단결석 지도교사라는 말만큼이나 무서운 듯했다. 둘은 폴리를 따라 그의 방으로 오려고조차 하지 않았다. 하지만 의사가 도착했을 무렵, 아이들은 원래의 모습으로 돌아가 있었다.

"홍역은 아니죠?" 비니가 물었다. "우리가 격리되는 건 아닌 거죠?"

'우리는 이미 격리되어 있어.' 폴리가 생각했다.

"저 할아버지는 죽는 건가요?" 알프가 물었다.

'그래. 5월 1일 또는 그 이전에.'

"괜찮아지실 겁니다." 의사가 진심으로 말했다. "몸을 따뜻하게 하면서 쉬시면 아무 문제 없을 겁니다. 기운을 차리셔야 하니 비프스테이크와 달걀을 매일 드시게 하세요. 가루 달걀 말고 진짜 달걀로요."

"하지만 어떻게요?" 에일린이 말했다. "배급 때문에…."

"처방전을 써드리겠습니다. 그걸 가지고 배급 사무실에 가면 필요한 쿠폰을 받을 수 있을 겁니다." 의사는 에일린에게 처방전과 약이 담긴 종이 포장 하나를 주었다. "그리고 주무시기 전에 이 가루를 물에 타서 먹이세요."

"애거사 크리스티 소설과 똑같아." 의사가 간 뒤 에일린이 약 포장을 보며 말했다. "희생자는 늘 이렇게 살해당하잖아."

"누가 살해당했는데요?" 알프가 호기심을 보이며 물었다.

"아무도 아니야. 가서 공부해." 에일린이 여전히 약 종이를 살펴보며 말했다. "하지만 과연 이 가루약이 해열에 도움이 될지 모르겠네. 아스피린 말고는 소용이 없을 텐데."

'그 무엇도 소용이 없어.' 폴리는 생각했지만 약을 받으러 약국에 다녀오겠노라고 말했다. "극장에 전화를 걸어서 가지 않겠다고 해야 해. 약국에 간 김에 전화하고 올게."

"아, 네 뮤지컬 연습에 대해 깜박 잊고 있었네." 에일린이 말했다. "넌 가도 돼. 던워디 교수님은 내가 보살필게."

"너무 늦었어. 내가 그곳에 도착하면 공연은 끝났을 거야. 그리고 누군가가 아스피린을 구하러 가기도 해야 하고."

그리고 폴리는 잠시 혼자 있으면서 에일린에게 어떻게 진실을 말할지 생각할 시간이 필요했다. 폴리 스스로는 이 진실을 감당할 수 있었다. 하지만 그들이 이곳에서 빠져나가지 못할 거란 말을 전하는 순간 에일린이 지을 표정만은 도저히 마주할 자신이 없었다. 더 나쁜 것은 폴리만 데드라인이 있는 게 아니라는 점이었다. 던워디 교수 역시 데드라인이 있었다. 그리고 곧 다가왔다.

폴리는 약국에 도착하자마자 알함브라 극장에 전화했다. "운이 좋으시네요." 해티가 말했다. "캐닝 타운이 어젯밤에 폭격당해서 태비트 씨도 오늘 안 왔거든요. 하지만 내일은 올 거니, 당신도 오는 게 좋을 거예요. 그리고 만약 내가 당신이라면 다른 변명거리를 준비하겠어요. 태비트 씨는 방금 당신이 한 말은 절대 안 믿을 거예요." 정적이 흘렀다. "아, 가야 해요. 내 순서군요. 승리 공연 차례예요."

'하지만 승리 공연 같은 건 없을 거야.' 폴리는 등화관제의 어둠 속에서 더듬더듬 집으로 돌아오며 생각했다. '그리고 우리가 전쟁에서 지면 해티는 어떻게 될까? 그리고 코러스의 다른 여자들은?'

'그 사람들이 어떻게 될지 난 알아.' 폴리는 생각했다.

어쩌면 그렇게 되지 않을 수도 있었다. 던워디 교수는 말하길, 연속체가 붕괴할지 자체 교정을 할지 자신은 알지 못한다고 했다. 그리고 교수의 이론에는 잘 맞아들어가지 않는 부분들이 있었다. 만약 그들의 행동이 위협이 되었다면, 어떻게 연속체를 통과해올 수 있었단 말인가? 제럴드에게 그랬던 것처럼, 연속체는 왜 애초에 그들이 오는 걸 막지 않았단 말인가?

그리고 일단 이곳에 도착한 다음에는 왜 떠나지 못하게 했단 말인가? 던워디 교수는 그게 그들이 일으킨 손상을 제한하기 위해서라고 말했지만, 만약 폴리의 강하가 열렸다면 그녀는 폭격의 충격으로 위축되어 비틀거리며 타운센드 브라더스 백화점에 나타나지 않았을 것이고, 마저리는 저민 스트리트에 가지 않았을 것이며 간호사가 되지도 않았을 것이다. 그리고 됭케르크에서 솟아오른 연기를 보기 위해 해변에 사람들이 몰리지 않았다면 마이크는 강하 지점에 갈 수 있었을 것이고, '제인여왕호'에서 잠이 들지도 않았으며 됭케르크에 가서 하디의 생명을 구하지도 않았을 것이다. 그리고 만약 에일린의 강하가 열렸다면 그녀는 구드 신부가 호드빈 부인에게 보낸 '시티 오브 베나레스호' 편지를 막지 못했을 것이고, 29일에 구급차를 운전하며 사람들 목숨을 구하지도 않았을 것이다.

그중에서도 가장 잔인한 아이러니는, 미래가 바뀐 것이 남을 돕고 싶은 마음에서 그들이 한 행동 때문이란 점이었다. 에일린이 비니의 열을 내리기 위해 아스피린을 주고 아이들이 물에 빠져 죽는 걸 막기 위해 편지를 찢은 행동, 열네 살 먹은 조너선이 죽는 걸 참고 볼 수 없었던 마이크가 엉킨 프로펠러를 푼 일이나 무너지는 벽에서 소방관 두 명을 밀어낸 행동.

아무런 악의 없이, 뭔가 좋은 결과를 이끌어내려는 마음에서 우러나온 행동이 그런 결과를 낳았다. 연민과 친절함이 파괴의 무기가 되다니 말도 안 된다는 생각이 들었다. 오로지 그 반대만이 신실이어야 했나. 혼돈세에서는 좋은 행동이 나쁜 결과를 가져올 수도 있다. 하지만 왜…?

폴리는 돌연 자신이 그 답을 안다는 느낌이 들었다. 그 답은 손이 닿을 듯 말 듯 한 바로 저 너머에 있었고, 마치 혀끝에서 맴도는 거 같았다. 폴리는 걸음을 멈추고 등화관제로 깜깜한 거리를 뚫어져라 바라보며 그 답에 마음의 손을 뻗었다. 그 답은 알프와 비니가 에일린을 방해한 것 하며 홀본역의 방공호와 관계가 있었다….

5미터도 되지 않는 곳에서 사이렌이 울렸고, 그 소리에 폴리는 깜짝 놀랐다. 생각의 흐름이 끊겨 짜증이 났다. 그 답은 홀본역의 방공호와 관계가 있었다…. 아니, 그건 옳지 않았다. 알프와 비니는 홀본역이 아닌 블랙프라이어스역에 있었다. 하지만 분명히 홀본역과 관계가 있었다. 폴리는 확신했다. 홀본역과 마이크가 버스를 놓친 것 그리고….

이런, 흐름을 놓치며 생각이 끊겨버렸다. 그리고 이번 공습은 사이렌이 울리고 20분 뒤에 폭격이 시작되는 종류가 아니었다. 폴리는 이미 비행기 소리를 들을 수 있었고, 되도록 빨리 던워디 교수에게 줄 아스피린을 구해야 했다.

하지만 폴리가 집에 돌아왔을 때, 던워디 교수는 잠들어 있었다. 그리고 놀랍게도, 알프는 부엌 탁자 앞에 앉아 공부하고 있었다. 알프가 역무원이나 무단결석 지도교사에게 무슨 짓을 했는지는 몰라도, 스스로도 겁을 집어먹을 만한 짓인 게 분명했다.

비니는 동화책의 이야기를 에일린에게 큰 소리로 읽어주고 있었다. "'하지만 시계 종이 열두 번 울리기 전에 떠나야 하는 걸 잊으면 안 돼.' 요정 대모가 신데렐라에게 말했습니다. '안 그러면 마법이 풀려.'"

"던…, 홉 선생님을 깨워 아스피린을 드려야 할까?" 폴리가 비니의 말을 끊고 에일린에게 물었다.

"아니. 지금은 주무시게 하는 게 최선이야."

"마법이 풀린다니, 무슨 말이죠?" 비니가 물었다. "자정이 되면 무슨 일이 일어나는데요?"

"신데렐라가 폭발한다는 데 걸겠어." 알프가 말했다. "쾅!"

"가서 자, 폴리." 에일린이 말했다. "지쳐 보여."

'지쳤어.' 폴리는 생각했다. '우리 모두 지쳤어. 그리고 자정이 다가오고 있어.'

폴리는 침대에 들었지만 도저히 잠을 이룰 수가 없었고, 밤에 던워디 교수의 기침 소리를 듣고는 조용히 일어나 물 한 잔과 아스피린을 가지고 그에게 갔다.

던워디 교수는 침대에서 일어나 앉아 있었다. "아, 잘됐네, 너로구나." 폴리가 침대 옆 등을 켜자 던워디 교수가 말했다. "네게 할 말이 있어." 그리고 그게 무엇이 되었든, 나쁜 소식일 것이다. 던워디 교수는 세인트폴 대성당 그리고 술집에서와 마찬가지로 절망에 빠진 표정이었다.

"우선 이것부터 드세요." 폴리가 말했고, 던워디 교수가 아스피린을 먹는 동안 그녀는 그의 이마를 짚어보았다. 여전히 뜨거웠다. "여전히 열이 있어요. 좀 주무세요. 무슨 이야기든 간에 내일 아침에 해주시면 돼요."

"아니." 던워디 교수가 말했다. "지금 해야 해."

"네, 알았어요." 폴리가 말하고 침대 가장자리에 앉았다.

던워디 교수는 길고 거친 숨을 들이마셨다. "연속체는 자체 교정을 하려 시도할 거야. 성공하든 실패하든 간에 말이야."

'패배한 뒤에도 군대가 용감히 싸우듯 말이지.' 폴리는 생각했다.

“그리고 우리가 피해의 원인이기 때문에….” 던워디 교수가 말했다. “그리고 미래로 가는 게 더 이상 가능하지 않기 때문에….”

“더 피해가 생기기 전에 연속체는 우리를 죽이려 들겠군요.”

던워디 교수가 고개를 끄덕였다.

“교수님 생각에는 그래서 마이크, 아니 마이클이 죽은 건가요? 마이크가 사건들을 더 변경하지 못하도록 하기 위해서요?”

“그래.”

“그리고 우리에게도 같은 일을 하겠군요.” 폴리가 말했다. “에일린을 포함해서요.”

던워디 교수가 고개를 끄덕였다.

“언제요?”

“나도 몰라. 아마도 런던 대공습이 끝나기 전이겠지. 그게 가장 좋은 기회니까. 지금부터 5월 10일 사이에는 대규모 공습들이 많아.”

“하지만 교수님은 공습이 언제 어디에 있는지, 그리고 폭탄이 언제 떨어지는지를 아시니까 그런 날 밤에는 노팅힐게이트역에 있으면 돼요. 그곳은 안전해요!” 폴리가 주장했지만, 그 말을 하면서도 그녀의 귀에는 브라이트포드 부인이 트로트에게《잠자는 숲속의 미녀》를 읽어주는 소리가 들리는 듯했다. 피할 수 없는 일을 피하고자 왕이 왕국의 모든 물레를 부수며 헛되이 애쓰는 부분을 읽는 소리가 귀에 맴돌았다.

“우리가 할 수 있는 일이 없나요?” 폴리가 물었다.

던워디 교수는 침묵에 잠겼고, 폴리는 겁에 질려 생각했다. ‘교수님은 아직 할 말이 더 있는 거야. 나쁜 소식이 더 있어.’ 하지만 에일린이 죽게 된다는 소식보다 더 나쁜 게 뭐가 있단 말인가?

“무슨 말씀을 하시려는 거예요?” 폴리는 물었지만, 그녀는 이미 답을 알았다. 그들의 행동은 단지 전쟁의 진행 방향에만 영향을 끼친 게 아니었다. 그들은 시어도어와 랭 대위와 페이지와 험프리스 씨에게도 영향을 끼쳤다. 에일린은 알프와 비니가 ‘시티 오브 베나레스호’를 타지 못하게 했고, 마이크는 됭케르크에서 하다가 죽지 않게 했다. 그런 변형들 역시 교정되어야만 했다.

그리고 얼마나 많은 사람이 더 있을까? 마저리? 데네웰 소령? 라버넘 양을 비롯한 극단 사람들? 만약 폴리가 고드프리 경과 《폭풍우》를 낭독하지 않았다면, 사람들은 극단을 꾸리지 않았을 것이다. 그 사람들은 노팅힐 게이트역으로 밤마다 가서 안전하게 있는 대신, 원래 운명대로 집에 있다가 폭격으로 죽었을 것이다.

"연속체가 우리만 죽이는 게 아닌 거군요." 공포로 목이 바짝 마르는 걸 느끼며 폴리가 말했다. "우리가 접촉했던 모든 사람을 죽이는 거로군요, 그렇죠?"

"맞아, 그럴 거야." 던워디 교수가 말했다.

45

이것들은 앞으로 일어날 일들의 그림자입니까,
아니면 일어날 수도 있는 일들의 그림자일 뿐입니까?

— 찰스 디킨스, 《크리스마스 캐럴》

런던, 1941년 겨울

던워디 교수의 말을 들은 폴리는 기나긴 몇 분 동안 그의 침대 가장자리에 가만히 앉아 있었다. 지하철역 플랫폼 또는 비상계단에서 누워 잠 못 이루던 길고 긴 밤들 동안 폴리는 자신들이 곤경에 처하게 된 온갖 이유와 일어날 수 있는 온갖 끔찍한 결과들을 상상했고, 또한 모든 가능성을 따져 봤다고 생각했지만 이건 상상도 할 수 없을 정도로 끔찍했다. 자신들이 죽을 뿐 아니라 자기들에게 친구가 되어주고 도움을 주고 상냥히 대해준 사람들 모두가 죽게 될 것이다. 마저리, 구드 신부, 다프네, 라버넘 양, 고드프리 경. 폴리와 에일린이 아끼는 모든 이가.

"그렇게 되는 건가요?" 마침내 폴리가 말했다.

"정말 미안하구나." 던워디 교수가 말했고, 폴리는 간신히 고개만 끄덕일 수 있었다. 던워디 교수, 그리고 다른 사람들 때문에 그녀의 두 눈에 눈물이 가득 고였다. 그리고 그들이 죽인 모든 사람 때문에.

죽이게 될 사람들 때문에. 폴리가 뭔가 소리를 냈는지, 던워디 교수가 그녀에게 손을 뻗으며 간청하듯 말했다. "폴리…."

폴리는 일어났고, 던워디 교수에게서 유리잔을 건네받았다. "쉬세요." 그녀가 말했고, 램프를 껐다. "'불을 *끄고* 다음에는 이 불을 꺼야지.'"[24]

폴리는 유리잔을 들고 어두운 부엌으로 가 탁자 위에 놓고 비니의 동화책을 덮었다. 그리고 지하실로 내려가 계단 맨 아래 칸에 앉아 어둠을 응시했다.

폴리는 마이크가 죽기 전부터, 존 바솔로뮤에게 메시지를 보내는 일에 실패하기 전부터 자신이 모든 희망을 포기했다고 생각했었다. 하지만 이제 그녀는 자신이 사실 마음 한구석에서는 희망을 품고 있었다는 사실을 깨달았다. 에일린이 말했던 것처럼, 모든 것을 설명해줄 수 있는 뭔가 마법 같은 설명이 있을 거라고 믿어왔었다. 늘 자기 앞에 존재하지만 단지 알아차리지 못한, 이 상황을 완벽히 설명해줄 뭔가가 있을 거라고 기대했었다. 하지만 이건 깔끔한 답과 행복한 결말로 끝나는 애거사 크리스티의 살인 미스터리가 아니었다. 그들에게는 행복한 결말이 없었다. 그리고 살인자는 폴리였다.

그들 모두가 살인자였다. 던워디 교수는 해군 여성 부대원을 죽였으며, 마이크는 해럴드 중령과 조녀선을 죽였고, 에일린은 구드 신부가 입대한 계기가 되었고, 폴리는 마저리가 왕립 육군 간호 부대에 입대한 데 대한 책임이 있었다.

다음은 그들 자신일까? 아니면 하디 일병이나 알프와 비니, 또는 고드프리 경일까? 아니면 센트리 부인이나 폴리가 보급품들을 받아오던 울위치와 크로이던의 FANY 대원들일까? 아니면 크리스마스 동화극에서 폴리에게 조용히 하라고 말하던 작은 남자아이일까? 연속체가 소이탄처럼 도리깨질하며 불꽃을 튀기고 녹아내리며 시공간을 뚫고 타올라, 타운센드 브라더스 백화점이나 지하철역이나 트래펄가 광장에서 폴리나 던워디 교수나 에일린을 죽일 때 불운하게 그들 옆에 있을 낯선 이들일까?

폴리는 타운센드 브라더스 백화점의 서적 매장에서 일하던, 파편에 맞

---

24 셰익스피어, 《오셀로》

아 죽은 에셸이 갑자기 생각났다. 폴리가 철도 안내서와 비행기 식별에 관해 이야기함으로써 그녀가 에셸을 죽였던 걸까?

폴리는 지하실에 밤새 앉아 있었고, 마침내 알프가 문을 열고 외쳤다. "폴리 누나는 여기 있어요!"

폴리는 위층으로 올라갔다. 에일린은 아침 식사를 준비하고 있었고, 비니는 식탁을 차리고 있었다. "거기서 뭐 하고 있었어요?" 알프가 물었다. "난 공습 소리 못 들었는데요."

"생각하고 있었어." 폴리가 말했다.

"생각!" 알프가 야유했다.

"조용." 에일린이 말했고, 다시 폴리에게 밀했다. "걱정하지 마. 홉 선생님은 괜찮아지실 거야. 열이 내렸어."

에일린은 옷을 입으라며 아이들을 방으로 보냈다. "공습 대비대 감시원이 된 건 아니지? 아니면 구조대원이나. 어젯밤에 하도 혼란스러워 물어보는 걸 깜박했어."

'혼란.'

"아니야." 폴리가 말했다.

"오늘 다시 시도해볼 거야?" 에일린이 물었다.

'넌 이해하지 못해.' 폴리는 생각했다. '나는 구조대원이 되어 잔해에서 사람들을 꺼내고 응급치료를 하는 그런 일을 하면 절대로 안 돼.'

폴리는 크로이던에서 자신이 지혈대를 감아줬던 남자가 갑자기 떠올랐다. 당시 폴리는 그 남자가 죽었을까 봐 걱정되었었지만, 만약 그가 그 잔해에서 죽어야만 했다면, 그리고 그를 구한 게 상황을 악화시킨 것뿐이라면, 병원에서 좀 더 버티다 죽게 했던 것뿐이라면? 그리고 그 남자에게 지혈대를 묶어준 것이 균형을 깨뜨려 모든 게 무너져 내리게 된 거라면?

아니, 그랬을 리 없었다. 그 뒤에도 강하는 여전히 열려 폴리는 옥스퍼드로 갈 수 있었고, 또한 다시 돌아가 임무를 마칠 수 있었다. 하지만 그 행동이 어느 정도 영향은 주었을 것이다. 도자기를 흔들어 탁자의 가장자리로 조금 더 이동하게는 했을 것이다.

“내 말은, 넌 밤에 밖에 있는 게 얼마나 위험한지 던워디 교수님과 함께 봤잖아.” 에일린이 말하고 있었다. “감시원으로 일하는 건 너무나 위험해.”

“네 말이 맞아. 난 감시원 일을 하지 않을래.”

“아, 다행이다.” 에일린이 두 팔로 폴리를 안으며 말했다. “얼마나 걱정했었는지 몰라! 이제 앉아서 차를 마셔. 나는 던…, 아니, 홉 선생님을 살펴보고 올게.”

폴리는 순순히 에일린 말에 따랐다.

에일린은 몇 분 정도 있다가 돌아오더니 속삭였다. “교수님에게 알함브라 극장에 관해 물어봤는데, 그곳은 폭격당하지 않았대. 대공습에 폭격당한 극장은 두 곳뿐이며, 공연 중에 폭격당한 곳은 하나도 없대.”

‘에일린에게 말해야 해.’ 폴리가 절망하며 생각했다. ‘하지만 지금은 아니야. 내가 견딜 수가 없어.’ 그리고 알프와 비니가 부엌으로 돌아와 누가 앵무새에게 먹이를 줄 것인지를 두고 말다툼했다. “발 조심해, 비니!” 앵무새가 꽥꽥거렸다.

“내 이름은 비니가 아니야!” 비니가 말했다. “내 이름은 베라야. 베라 린의 베라.”

알프는 음식을 입에 가득 물고 말했다. “라푼젤 아니었나?”

“라푼젤은 바보였어.” 비니가 말했다. 비니는 빵조각을 앵무새에게 내밀었다. “따라 해봐. ‘발 조심해, 베라.’”

‘아이들을 이 집에서 내보내야 해.’ 폴리는 생각했다. ‘이 아이들의 안전을 위해서는 그 방법밖에 없어. 이 아이들은 피난을 가야 해.’ 그러면서 스스로도 웃긴다고 생각했다.

“왜 라푼젤은 그 탑에 그냥 가만히 앉아만 있던 거야?” 비니가 말했다. “왜 자기 머리카락을 잘라서 그걸 타고 탑을 내려오지 않은 거지? 나라면 그렇게 했을 거야. 나는 그 낡은 탑에 가만히 있지 않을 거야.”

탁자를 치우고 아이들이 공부한 것을 치우고 비니의 머리 리본을 다시 묶어주느라, 폴리는 에일린과 단둘이서 이야기할 기회가 없었다.

“알프, 양말 올려.” 에일린이 외투를 입으며 말했다. “비니, 그만해. 폴리, 가서 흡 선생님이 드실 고기랑 달걀을 받아와줄래?" 에일린은 의사가 써준 처방전을 폴리에게 건넸다. "그리고 국물을 만들어야 하니까 푸주한 에게 국물용 뼈가 있으면 받아다줘."

폴리는 그러겠노라고 했고, 또한 던워디 교수가 머물던 곳에 가서 소지 품도 챙겨오겠다고 했다. 폴리는 옷을 입고 씻고 더는 미룰 수 없게 되자 던워디 교수를 보러 갔다. 회색 아침 햇살 속에서 그는 더욱더 허약해 보였 다. 광대뼈와 관자놀이 위 피부는 거의 투명할 정도였지만, 폴리가 던워디 교수를 만난 뒤 처음으로 그는 말해줄 나쁜 소식이 더는 없는 듯했다. "좀 나아 보이시네요." 폴리가 말했다. "기분은 좀 어떠세요?"

"그건 내가 너에게 물어야 할 거 같은데." 던워디 교수가 말했다.

폴리는 쓴웃음을 지었다. "저는 아직 서 있을 수 있잖아요."

"세인트폴 대성당처럼."

바로 그랬다. 두들겨 맞고 손상된 채로, 역시 황폐해진 허허벌판에 홀 로 서 있는 세인트폴 대성당처럼.

"어젯밤에 해줄 말이 더 있었어." 던워디 교수가 말했다. "전쟁에서 졌는 지 확실히 몰라. 우리가 일으킨 손상을 연속체가 지우는 데 성공할 가능성 도 있으니까."

"그렇대도 연속체는 그렇게 하려고 우리를 죽여야 하죠." 폴리가 말했다.

그게 다른 쪽보다는 나았다. 그리고 히틀러가 전쟁에서 이기는 것을 막 기 위해 폴리가 죽는 건 수만 명의 영국 군인과 시민들이 한 일과 다를 바 가 없었고, 그 사람들 역시 성공한다는 보장 없이 그렇게 했다.

하지만 적어도 그 사람들은 참호나 방공호에 자신들이 존재한다는 사실 만으로 다른 사람들을 위험에 빠뜨릴까 봐 걱정할 필요는 없었다. "다른 사 람들은요?" 폴리가 던워디 교수에게 물었다. "우리와 교류가 있던 이 시대 사람들은요?"

"모르겠어." 던워디 교수가 말했다. "연속체를 그토록 오래 보호해온 요 소들은, 그러니까 효과들을 흡수하고 감소시키고 지우는 능력이 있는 요소 들은 교정의 요소들도 될 수 있어."

'쉽게 말해, 단지 일부만 죽을 것이다.'

"만약 우리가 그 사람들과 접촉을 끊고 더는 만나지 않는다면, 그 사람들이 죽지 않을 가능성이 있을까요?" 폴리가 던워디 교수에게 물었다.

"몰라. 어쩌면." 하지만 그의 목소리에는 별 희망이 담겨 있지 않았다. "피해가 얼마나 멀리까지 퍼져나갔는지, 또 중화 작용이 필요한 변경이 이미 일어났는지는 어떻게도 알 도리가 없어."

알프와 비니는 '시티 오브 베나레스호'를 타고 가다 빠져 죽었을 운명이었나? 아니면 피커딜리 서커스 근처에서 어머니와 함께 죽을 운명이었나? 그리고 마저리는 잔해에서, 하디 일병은 됭케르크에서, 랭 대위는 헨던 비행장에서 런던으로 가던 길에 죽을 운명이었나? 아니면 호드빈 부인은 그 편지를 찢어버리고, 하디 일병은 다른 보트에 의해 구조되고, 다른 사람들도 살아남아 원래 하기로 운명지어진 일을 했을까? 알 방법이 없었다.

'하지만 만약 우리가 아직 그 사람들의 삶을 바꾸지 않았다면….' 폴리는 생각했다. '지금부터라도 우리가 그 사람들에게서 떨어져 있으면, 우리 때문에 생겨난 죽음의 원에서 그 사람들을 빼낼 수 있을지도 몰라. 우리가 리케트 부인 집에서 나와 노팅힐게이트역에 머물지 않아서 다행이야.' 그리고 이제 폴리가 ENSA 소속인 것은 고드프리 경의 극단을 그만둘 완벽한 변명거리였다. 폴리는 배급 쿠폰을 받았고, 달걀과 쇠고기 100그램을 받았지만, 수프용 뼈는 받지 못했다. 푸주한은 수프용 뼈가 없다고 했다. 폴리는 부용 큐브[25] 정도로 만족해야 했다.

폴리는 그것들을 집으로 가져와 던워디 교수에게 달걀 하나를 반숙으로 삶아주고 다시 밖으로 나갔고, 29일에 카터 레인에서 유일하게 불타지 않은 구역에 있는 음침하고 추운 던워디 교수의 숙소에 가서 물건들을 가져왔다. 원래 폴리는 험프리스 씨에게 가서 홉 선생님을 안전하게 집으로 모셔다드렸다고 말할 생각이었지만, 이제 폴리는 감히 그를 만날 엄두를 내지 못했다. 험프리스 씨는 폴리에게 늘 친절했다. 험프리스 씨를 죽게 할

25 육류, 가금류, 야채 등의 우려낸 스톡을 응축시켜 정사각형으로 자른 것으로, 녹여서 수프를 만들 수 있다.

수는….

폴리는 인도에서 갑자기 걸음을 멈추었다. 어젯밤 던워디 교수가 세인 트바트 병원으로 가길 거부하면서 한 말이 그것이었다. 간호사들이 아주 친절했으며, 친절을 베풀려는 사람들을 죽게 할 수 없다는 뜻이었다.

폴리는 접수대의 자원봉사자에게 부탁해서 험프리스 씨에게 메시지를 남길까 고민했지만, 세인트폴 대성당과 얽히는 게 괜찮을지조차 자신이 없었다. 그렇지만 험프리스 씨가 걱정하다 던워디 교수의 행방을 찾는 것도 원하지 않았다. 폴리는 대성당 안으로 들어가는 여자에게 성당지기에게 전해달라며 간단한 내용의 쪽지를 전하는 거로 만족했다. 하지만 만약 그 짧은 순간의 만남조차 자체 교정을 필요로 한다면? 또는 폴리가 그날 오후 알함브라 극장에 가서 해티와 나눈 대화가 그렇다면?

"원하던 구조대원 일은 구했나요?" 폴리가 연습하러 나타나자 해티가 물었다.

"아니요." 폴리가 말했다.

"그러면 2막을 구조하세요. 받아요." 해티가 말하며 유니언 잭으로 장식된 수영복을 내밀었다. "기운 내요. ENSA가 구조 작업만큼 영웅적인 일은 아닐지 몰라도, 우리 덕분에 군인들이 기운을 내고 몇 시간 정도는 걱정을 잊는다고요. 노래와 춤 역시 전쟁에서 승리하는 데 도움이 돼요."

태비트 씨는 바로 그날 저녁 폴리를 마술사의 조수 역으로 쇼에 출연시켰다. 폴리는 아주 엉망으로 연기했지만, 마술사 역시 마찬가지였고 대부분이 군인인 관객의 주 관심사는 노출이 심한 폴리의 의상인 듯했다.

"젖꼭지와 반짝이 장식." 해티가 말했다. "그게 우리의 모토예요."

"나는 ENSA가 '밤마다 섹시한 무대(Every Night Sexy Acts)'의 약자인 줄 알았어." 다른 코러스 걸이 말하며 무대 옆에 선 그들을 지나갔다. 그녀의 의상은 폴리보다도 노출이 더 심했다.

"쟤는 조이스예요." 해티가 말했다. "착하지만 남자를 좀 너무 밝혀요."

공군 조종사 복장을 한 젊고 잘생긴 남자가 그들 옆을 스치고 지났다.

"그리고 쟤는 레지예요." 해티가 말했다. "역시 남자를 너무 밝혀요. 내가 ENSA를 좋아하는 이유죠. 누군가가 추근거릴까 봐 걱정할 필요가 없으니까. 우리 사랑스러운 무대 매니저 머친스만 빼고요. 그자를 조심해요. 아주 골칫거리니까."

'나 역시 골칫거리야.' 폴리는 생각했다. '누군가가 접근하면 터지는 사악한 시한폭탄처럼.'

폴리가 에일린에게 말할 용기를 내기까지는 이틀이 걸렸다. 폴리는 에일린이 자신의 데드라인에 대해 알았을 때 걱정하던 그 표정을, 또한 마이크가 죽었다는 걸 알았을 때 에스컬레이터 발치에서 꿈쩍도 안 하려던 일을 기억했다. 그래서 또 같은 일이 일어날까 봐 걱정했지만, 에일린은 거의 두려울 정도로 담담하게 폴리의 이야기를 받아들였다. "교수님을 모시고 왔을 때 상황이 나쁘게 돌아간다는 걸 알았어." 에일린이 말했다. "우리가 전쟁에서 지는 게 확실하다셔?"

"던워디 교수님은 절대적으로 확실하지는 않고, 연속체가 자체 교정을 할 가능성이 있다고 하셨지만…."

"하지만 우리가 여기서 빠져나가지는 못하는 거고."

"응." 폴리는 말했고, 환자에게 불치병 진단을 내리는 의사 같은 기분이 들었다.

"그리고 우리가 상황을 되돌릴 방법은 전혀 없는 게 확실하다시고?"

"응."

"그러면 우리는 이겨낼 수 없는 상황에 처했네."

"응."

이겨낼 수 없는 상황이자 빠져나갈 방법도 없는 상황이었다. 만약 폴리가 자살하거나 그냥 폭탄으로 인한 죽음을 받아들인다 할지라도, 그녀가 끼칠 수 있는 피해, 그녀의 영향으로 인한 변화는 계속될 수 있었다. 폴리를 잔해에서 파내려는 구조대원들이 위험에 빠질 수도 있었다. 또는 그녀 때문에 다른 사람을 파내는 게 지연되고, 그사이 그 사람은 파괴된 가스 본관의 가스 누출로 죽을 수도 있었다. 그리고 그녀의 죽음은 도린과 스넬그로브 양과 극단에 영향을 미칠 것이다.

그리고 지난번에 폴리가 잔해에 묻혔다고 생각해 그녀를 찾기 위해 온갖 노력을 다한, 그래서 사방으로 그 영향을 퍼지게 한 고드프리 경에게도.

폴리의 생각은 틀렸다. 그녀는 시한폭탄이 아니라, 해체하지 않으면 터져버릴 불발탄이었다. 만약 해체 시도를 한다면 폭발할 가능성이 더욱 커지는 폭탄이었다. 그리고 폭탄 해체반이 잘못 건드려 째깍거리기 시작하면, 그들은 감히 그것을 멈출 수 없었고, 폭탄을 안전하게 없애는 유일한 방법은 아무에게도 해를 끼치지 않고 폭파할 수 있는 바킹 습지로 가져가는 것뿐이었다.

하지만 연속체에는 바킹 습지가 없었고, 죽는 것 외엔 폴리가 ENSA에서 나오거나 단원들 모두를 위험에 빠뜨리지 않을 빙법이 없었다. 관객으로 오는 군인들과 수병들은 말할 필요도 없고.

폴리는 밤새워 뒤척이며 자신도 모르게 자신이 위험에 빠뜨렸을지도 모르는 사람들 생각을 했다. 페어차일드와 데네웰 소령, 자기 때문에 무릎을 접질린 탤벗, 타운센드 브라더스 백화점의 세라 스타인버그와 다른 여점원들, 파젯스 백화점에서 그녀를 쫓아 계단을 올라왔던 경비원, 세인트조지 교회를 보고 충격을 받은 폴리가 비틀거릴 때 그녀를 잡아주고 인도로 부축해 앉혀준, 술 달린 분홍색 비단 쿠션을 가지고 있던 나이 지긋한 남자.

그리고 폴리뿐이 아니었다. 에일린이 만난 피난민들과 애거사 크리스티와 오핑턴 병원의 간호사, 의사, 환자들은 어떻단 말인가? 그리고 세인트바트 병원의 사람들은?

던워디 교수는 자신을 돌봐준 간호사와 의사들을 자신이 위험에 처하게 했다고 확신했다. 그는 또한 어쩌면 그들이 접촉한 모든 사람이 교정의 일부가 되지는 않을 수도 있다고 말했지만, 설사 단 몇 명일지라 해도….

이세 폴리는 시어도어의 이웃집 아주머니의 마음을 이해할 수 있었다. 오언스 부인은 계단 아래 벽장에 들어가 문을 닫고 있으려 했다. 그곳이 전혀 보호해줄 수 없는데도 말이다. 하지만 폴리에게는 그조차도 불가능했다. 폴리는 던워디 교수에게 반숙 달걀과 차를 줘야 했고, 폭탄의 충격파에 맞았을 때 어떤 느낌인지 교수에게 물으려는 알프와 동화에 대한 자기 의견을 말해주려는 비니를 막아야 했고, 자기 대사를 외우고 탭댄스 동작을 익혀야 했고, 의상에서 주름장식을 떼고 반짝이를 달아야 했다. 그리고 에일린의 꺼질 줄 모르는 낙천주의를 대면해야 했다.

"난 던워디 교수님이 틀렸다고 생각해." 폴리와 대화한 다음 날, 에일린이 말했다. "사람들 목숨을 구하는 건 좋은 일이야. 그리고 어쨌든 던워디 교수님은 그 해군 여성 부대원이랑 부딪힐 의도가 없었어…."

"길을 잃은 독일 공군도 런던 대공습을 시작할 의도가 없었지." 폴리가 말했다. "갑판에서 담뱃불을 붙인 수병도 자신이 호송하는 배가 격침되게 할 의도가 없었어. 역사는 혼돈계야. 원인과 효과가…."

"선형적이지 않다는 건 나도 알아. 하지만 혼돈계라 할지라도, 좋은 행동과 좋은 의도, 그리고 용기와 친절함과 사랑에는 그 어떤 가치가 있어. 그렇지 않으면 역사는 현재보다 훨씬 더 나빴을 거야." 에일린이 말했다.

에일린은 알프와 비니를 내보내길 거부했다. "지난여름에 우리가 백베리를 떠나기 전, 구드 신부님은 호드빈 남매를 맡아줄 곳을 찾아보았지만, 아무도 그 아이들을 맡으려 하지 않았어." 에일린이 말했다. "그리고 설사 맡아줄 사람을 찾는다 할지라도, 아이들은 런던으로 도망쳐 다시 자기들끼리 살아갈 거야. 그리고 불발탄을 모으고. 그 아이들을 밖으로 보내봤자 여기서 나랑 사는 것보다 더 안전하지 않아."

하지만 적어도 연속체가 그 아이들을 죽이려 하지는 않을 것이다. "하지만 아이들을 내보내면 그 아이들 목숨을 구할 수 있어." 폴리가 항의했다.

"목숨을 구하는 게 나쁜 거라며." 에일린이 말했다. "그래서 이런 상황에 빠지게 된 거라며. 만약 내가 알프와 비니를 '시티 오브 베나레스호'를 탔다가 물에 빠져 죽게 두었더라면, 구급차 안에서 피 흘리던 사람을 죽게 내버려두었다면 모든 게 괜찮았을 거라며?"

"에일린…."

"모르겠어? 만약 내가 아이들을 내보내면 그 아이들은 죽을 거고, 여기에 데리고 있어도 죽을 거야. 하지만 아이들을 내보내면 아이들은 내가 자신들을 버렸다고 생각할 거고, 그 생각만으로도 아이들은 죽도록 고통스러워할 거야. 아이들은 이미 자기들이 아는 모두에게서 버림받았어. 그런 상황을 다시 겪고는 살아남을 수가 없어. 그리고 나는 그 아이들을 돌보겠노라고 맹세했어."

'하지만 모르겠니? 넌 그럴 수가 없어.' 폴리가 생각했다.

하지만 에일린이 옳았다. 어떻게 해도 결과는 마찬가지인 상황이었고, 그러니 아이들이 어디에 있든 상관없을 것이다. 에일린은 알프의 목숨을 한 번 구했고, 비니의 목숨은 두 번 구했으며, 그건 분명히 교정 대상일 것이다. 폴리는 호드빈 남매가 스스로를 돌볼 수 있으리라는 사실로부터 위안을 얻으려 해보았다. 만약 연속체의 자체 교정, 그리고 전쟁으로부터 살아남을 사람이 있다면 그건 다름 아닌 호드빈 남매였다.

폴리는 아이들이 살아남을 수 있기를, 그리고 다른 사람들 역시 몇 명이라도 살아남을 수 있기를 간절히 바랐다. 그리고 사람들을 보호하기 위해 뭔가 할 수 있기를 절실히 원했다. 하지만 아마도 그건 '잠자는 숲속의 미녀'의 아버지가 물레를 없애려 했던 것과 마찬가지로 소용없는 짓이 될 것이다.

하지만 폴리는 어쨌든 세인트폴 대성당과 켄싱턴을 피해 다녔고 지하철 대신 버스를 탔으며, 옆에 아무도 없는 자리를 골라 앉았고 사람들과 부딪히지 않도록 앞을 주의해 보고 다녔다. 또한 옥스퍼드 스트리트를 철저히 피했고, 태비트 씨가 의상용 새틴이나 리본을 사 오라고 시키면 리젠트 스트리트나 해로드 백화점으로 갔다. 거기 가서도 '5미터 주세요.'라는 말밖에 하지 않았다.

그 정도만으로도 점원의 운명을 결정짓기 충분할 수 있지만, 적어도 폴리는 도린이나 스넬그로브 양을 위험하게 할 수도 있는 타운센드 브라더스 백화점에는 가지 않았다. 그리고 극단이 있는 노팅힐게이트역에도 가지 않았다. 그렇게 사람들을 피하려 애쓰는 동안만은, 폴리는 그들이 접촉했던 사람들이 계속 다른 사람들과 접촉해가는 상황을 잠시 잊어버릴 수 있었다. 덜위치에서 근무할 때 그녀가 구했던 폭격의 희생자들, 백베리까지 태우고 갔던 버스 운전사, 장원의 하인들, 에일린과 폴리와 마이크와 함께 지하철을 탔던 사람들, 그리고 블레츨리에서 자전거에 피하다 넘어진 마이크를 도와준 여자들 등에 대해 잠시나마 생각하지 않을 수 있었다….

그리고 덕분에 폴리는 던워디 교수에게도 마음을 덜 쓸 수 있었다. 교수는 달걀과 에일린의 아스피린, 그리고 알프와 비니가 어디선가 구해온(에일린과 폴리는 어디서 구했는지 묻지 않는 게 낫겠다고 생각했다) 커다란 수프용 뼈로 끓인 국물을 먹고도 차도가 없었다.

"교수님이 걱정돼." 에일린이 말했다. "의사 말로는 머리 부상 때문은 아니래. 그건 거의 완쾌되었어. 그리고 폐렴도 아니야. 의사는 왜 그런지 이유를 모르겠대."

'교수님이 그러는 건 우리에게 무슨 일이 생길지, 일본군이 도착할 때 여전히 싱가포르에 있을 찰스 보우덴, 그리고 누군지는 모르지만 바스티유 폭동에 보낸 역사학자를 걱정하고 있기 때문이야. 그리고 강하가 갑자기 열리지 않게 되었을 때 우리처럼 위험한 시공간으로 가 있던 다른 역사학자들이 얼마나 많을까. 그건 세상의 무게를 혼자 짊어진 느낌일 거야.'

"교수님이 회복하지 못할 거 같아." 그 어떤 일도, 그 누구도 절대 포기하지 않던 에일린은 그렇게 말했고, 그래서 어느 날 밤 무대 문밖에서 알프와 비니가 기다리고 있을 때도 폴리는 놀라지 않았다.

"에일린 언니가 폴리 언니를 데려오라고 우리를 보냈어요."

"홉 선생님 때문이니?" 폴리가 물었다.

"홉 선생님요?" 알프가 말했다. "아니에요. 리케트 부인 하숙집 때문이에요. 어젯밤에 그곳이 폭격당했어요."

"직격탄에요." 비니가 말했다.

"쾅!" 알프가 외쳤다. "우리가 그곳에서 쫓겨나서 정말 운이 좋았어요, 그렇죠?"

46

"꽃들이 아주 붉어진다. 반복한다. 꽃들이 아주 붉어진다."

— *D-데이 전 프랑스 레지스탕스가*
BBC를 통해 방송한 암호 메시지

켄트, 1944년 4월

"어니스트!" 세스가 외치며 문을 열었다.

"이번에는 뭐야?" 어니스트가 말하며 '클라리온 콜의 편집자에게, 저는 운이 나쁘게도….'라는 내용을 타자했다.

세스는 어니스트의 말에 기분이 상해 보였다. "브랙넬 여사가 여기 오면 말해달라며?" 세스가 말했다. "브랙넬 여사가 와 있어."

어니스트는 고개를 끄덕이고 타자를 했다. '제가 사는 곳은….' 어니스트는 타자를 중단했다. "프리즘과 그웬돌린이 만들고 있는 가짜 캠프가 어디에 있지?" 그가 물었다.

"코기셜 바로 북쪽." 세스가 말했다.

'미국 낙하산부대 기지 근처인 코기셜인데, 일요일 아침마다 빈 맥주병들과….' 그는 자판 위 허공에 손가락을 띄운 채 타자를 멈추었다. "신문에 '콘돔'이라는 단어를 쓸 수 있어?"

"아니." 세스가 말했다. "브랙넬 여사가 우릴 보재."

어니스트는 타자했다. '피임 기구들이 우리 집 앞 도로에 잔뜩 어질러져

있었습니다. 저는 캠프 사령관과 이야기를 해보았지만 소용없었습니다.'

"휴게실에서 지금 보재."

"이게 마지막이야. 들어봐. 네 조언이 필요해." 어니스트는 기사를 큰 소리로 세스에게 읽어주었다.

"아, 이런 내용이면 독일이 확실히 속을 거야." 세스가 말했다. "맥주병과 쓰고 버린 콘돔만큼 그 지역에 군대가 있다는 확실한 증거가 또 어디 있겠어."

"아니, 내가 필요한 건 누가 이 편지를 썼는가야. 성난 지역 유지나 노처녀가 보낸 거로 하면 될까?"

"주임 사제." 세스가 즉시 말했다. "자, 이제 가자."

"금방 갈게." 어니스트가 약속하고 손을 흔들어 세스를 방에서 내보냈다. 그는 두 줄을 더 타자로 치고 편지에 'T. W. 링골스비 주임 사제'라고 서명한 뒤 편지 원본과 먹지본을 다른 기사들과 함께 봉투에 넣어 '14C 형식' 파일에 숨기고는 휴게실로 향했다.

어니스트가 세스 옆자리에 끼어 앉았을 때, 그웬돌린이 브랙넬 여사에게 보고하고 있었다. "오마하 캠프는 완성되었습니다." 그웬돌린이 말했다. "막사 50개, 대기 차량대, 식당, 굴뚝에서 연기가 나오게 한 캠프 부엌을 설치했지만, 얼마나 오래갈지는 잘 모르겠습니다. 그러니 이른 시간 내에 독일 정찰기가 우리 해안 경비대를 통과해 갈 수 있다면 좋겠습니다."

브랙넬 여사가 고개를 끄덕였다. "내일 오후에 되도록 조종해두지. 기상 보고에 따르면 내일 저녁까지 날씨가 맑다니까." 그가 메모했다. "건물들 사이를 걸어 다니고 보급물자를 내리고 대형을 맞춰 훈련할 군인들이 필요해."

"그리고 그 군인들이 누구일지는 안 봐도 뻔하지." 세스가 어니스트에게 속삭였다. "아주 좋아 죽겠네. 폭우 속에서 훈련할 게 뻔해."

브랙넬 여사는 매서운 눈으로 그들을 노려보았다. "채서블과 어니스트를 뺀 나머지는 모두 내일 14시까지 오마하 기지에 보고해. 채서블, 넌 다음 주 금요일에 있을 시싱허스트 공군 비행장 리본 커팅식을 준비해."

채서블이 인상을 찡그렸다. "시싱허스트에 공군 비행장이 있습니까?"

"다음 주 금요일에는 있게 될 거야. 어니스트, 넌 도버에 다녀와."

"병원에요?" 어니스트가 경계하며 물었다.

"아니. 부두. 그곳에 정박한 보트에 꾸러미 하나를 전달해야 해."

"혼자서요?"

"그래, 혼자서 다녀와, 어니스트 중위. 꾸러미 하나 전달하는 데 몇 명이나 필요하다는 거야?"

"죄송합니다." 어니스트는 기쁨을 감추려 애쓰며 말했다. 어니스트에게는 기회였다. 마침내 기회가 온 것이다. 그는 혼자 있을 수 있었고, 이동 수단도 있었다. 마침내 그는 런던에 갈 수 있었다. 그리고 세스나 프리즘의 방해 없이 서드베리의 〈주간 쇼핑객〉과 〈클라리온 콜〉에 기사들을 선할 수 있었다. 특히 〈클라리온 콜〉에. 그곳 편집자인 제퍼스 씨는 기사를 싣기 전에 늘 내용을 꼼꼼히 읽어보며 온갖 질문을 해댔다.

두 곳 다 들르려면 시간이 좀 필요했지만, 다행히 도버는 충분히 멀어서 몇 시간 정도는 늦거나 빨리 다녀와도 의심을 사지 않을 것이다. 당장 어니스트를 보내는 게 아니라면 말이다. "언제 다녀와야 합니까?" 어니스트가 물었다.

"가능한 한 빨리. 그 보트는 하루 이틀 정도만 정박해 있을 거야. 보트가 떠나기 전에 전달해야 해."

더욱더 좋았다. 어니스트는 브랙넬 여사에게 언제까지 돌아오면 될지 물어볼까 생각해보았지만, 그랬다가는 문제가 생길 거라고 결론지었다. "네, 알겠습니다." 어니스트가 말했다.

"떠날 준비가 되면 보고해."

"네, 알겠습니다." 그리고 회의가 끝나자마자 어니스트는 채서블의 피코트를 빌리러 갔고, 또한 적당한 셔츠를 가진 사람이 있는지도 찾아보았다. 브랙넬 여사가 마음을 바꾸어 다른 사람을 대신 보내려고 하기 전에 빨리 떠나는 게 좋았다.

선원으로 보일 만한 셔츠를 가진 사람은 아무도 없었지만, 세스는 볼품없고 거무칙칙한 회색 스웨터와 캔버스로 된 스니커 신발을 내밀었다. "스웨터는 몽크리프 거고 스니커는 프리즘 거야.”

프리즘은 어니스트보다 발이 작았지만, 그건 문제가 되지 않았다. 어차피 차를 운전해 갈 테니까. “좋았어. 고마워.” 어니스트가 말하며 스웨터를 낚아챘다. “더플백은 없겠지?”

“있어.” 세스가 말했고, 곧 무거운 캔버스 천 가방과 우산을 가져왔다. “이것도 필요할 거야.”

“진짜 뱃사람들은 우산을 안 가지고 다녀.” 어니스트가 말하며 갈아입을 옷가지들을 가방에 넣었다. “그리고 왜 비가 올 거라고 확신해? 브랙넬 여사는 날씨가 맑을 거라고 했잖아.”

“또한 목초지에 황소가 없을 거라고도 했어.” 세스가 우산을 내밀며 말했다. “그리고 우리가 밖에 나가야 할 때는 늘 비가 와. 석유비축기지 리본 커팅식 기억나?” 세스는 우산을 책상 위에 놓고 떠났다. 그가 떠나자마자 어니스트는 파일을 열어 ‘14C 형식’에서 봉투를 꺼내 더플백의 옷 아래에 넣었다.

세스가 다시 고개를 들이밀었다. “브랙넬이 보재.”

‘어째 일이 너무 잘 풀리더라니까.’ 어니스트가 생각했지만, 브랙넬은 단지 꾸러미를 건네려고 부른 거였다. 꾸러미는 커다란 직사각형 상자로, 보기엔 무거워 보였지만 막상 들어보니 전혀 무게감이 느껴지지 않았다. 그리고 브랙넬은 편지도 한 통 건넸다. “둘 다 ‘마드모아젤 재닛호’의 둘리틀 선장에게 건네.”

“‘마드모아젤 재닛호’요?”

“프랑스 어선이야.” 브랙넬은 배가 어디에 정박해 있는지를 어니스트에게 말해주었다. “자네는 어부고, 이름은 히긴스야. 콘웰 출신이고. 콘웰 악센트로 말할 수 있어?”

어니스트는 고개를 끄덕였다. “저는 악센트 전문가입니다.”

브랙넬은 서류 다발을 건넸다. “이건 자네 서류야. 자네는 해군에 입대할 수 없다는 판정을 받았고, 일감을 찾고 있어. 자네는 둘리틀 선장에게, 그리고 꼭 ‘둘리틀 선장에게만’ 이렇게 말해야 해.” 그리고 브랙넬은 정확한 상류층 악센트로 큰 소리로 읽었다. "'히긴스 선원입니다, 선장님. 선원을 구하신다는 말을 피커링 제독님에게 들었습니다.' 그러면 둘리틀 선장은 이렇게 말할 거야. '피커링 제독! 그 늙다리는 어떻게 지내나?' 그러면 자네는 선장에게 꾸러미를 주는 거야."

"네, 알겠습니다." 어니스트는 직장을 구하는 선원이라면 이러지 않을까 싶은 악센트로 브랙넬 앞에서 암호를 반복해 말했다. 이윽고 그가 말했다. "오스틴을 가져갑니까, 아니면 직원 차를 가져갑니까?"

"둘 다 아니야. 자네는 걸어서 갈 거야."

'어째 일이 너무 잘 풀리더라니까.' 그는 생각했다. "여기서 도버까지 내내 걸어가라는 겁니까?"

"아니, 물론 그건 아니지. 난 자네가 히치하이크해서 갔으면 해. 그러면 가는 동안 농부들을 비롯한 지역민들과 상륙작전에 대해 논의할 수 있잖아. 그리고 또한 술집들에 들러 그곳 사람들과 상륙작전에 대해 말할 수도 있고."

하지만 원고를 신문사에 가져다주거나 런던에 갈 수는 없을 것이다.

"지역 주민들과 대화하면 우리 라디오 방송과 신문 기사를 통한 거짓 정보가 더 잘 통할 거야."

"말이 나왔으니 말인데…." 어니스트가 말했다. "〈클라리온 콜〉과 〈주간 쇼핑객〉 데드라인은 둘 다 내일이고, 만약 이번에 기사를 싣지 못하면 다음 주까지는 두 신문 모두 제1군집단[26]에 대한 기사가 전혀 나가지 않게 됩니다. 두 신문은 매호 미국과 캐나다 군인들에 관한 거짓 기사를 실어왔습니다. 그런데 갑자기 두 신문 모두에서 그런 기사가 사라지게 되면 독일은 눈치를 챌 겁니다. 그리고 늘 말씀하셨듯이, 이런 작전은 한 조각이라도 빠지게 되면 작선 선체가 망가지게 되고요."

"내가 무슨 말을 하는지는 나도 잘 알아." 브랙넬이 날카롭게 말했다. "기사들은 다 썼어?"

---

26 First United States Army Group, 제2차 세계대전에서 추축국이 D-데이 위치를 착각하게 할 목적으로 서류상 조직된 미국의 위장군

"네, 하지만…."

"그러면 세스가 대신 전달해줄 거야." 그리고 어니스트가 말리기도 전에, 브랙넬이 소리쳤다. "세스!"

"하지만 세스는 편집자들을 모릅니다. 세스가 도버에 가고 저는 여기에 있는 게 더 낫습니다. 제가 캠프에 가는 도중에 원고들을 전달하면…."

"안 돼. 알제논은 이 배달 임무는 자네가 해야 한다고 꼭 집어 지명했어."

'알제논이? 왜?' 어니스트가 생각했다.

"부르셨습니까?" 세스가 문가에 나타나 말했다.

"내일 아침 신문에 실을 거짓 기사들을 어니스트가 썼는데, 그것들을 자네가 배달해줘. 오스틴을 가져가." 브랙넬이 어니스트의 상처에 소금 뿌리는 말을 한 뒤 손을 흔들어 모두를 자기 사무실에서 내쫓았다.

"고마워." 세스가 복도에서 말했다.

"뭐가?"

"빗속에서 훈련받지 않게 해주려 한 거. 시도는 좋았어. 비록 실패하긴 했지만."

"내가 하는 일이 다 그렇지, 뭐." 어니스트는 말했고, 말이 생각보다 더 씁쓸하게 나왔다. 그리고 세스가 이상하다는 표정으로 바라보자 어니스트는 다시 말했다. "시도해봤자 실패만 한다고."

"신문사로 보낼 기사들은 어디 있어?"

"내가 너한테 갖다줄게." 어니스트가 말했고, 세스를 내보낼 생각으로 물었다. "혹시 청바지 있어? 내 바지는 선원이 입기에는 너무 좋은 거라서."

"황소와 마주쳤을 때 입었던 그건 어때?" 세스가 말했다. "아주 낡디낡아 보이던데?"

"그러면 되겠네." 어니스트가 말하고 다시 시도했다. "프리즘에게 내가 빌려 쓸 수 있는 털모자가 있는지 물어봐줘." 세스가 가자마자, 어니스트는 문을 닫고 더플백에서 봉투를 꺼내서 봉한 가장자리를 열었다. 그는 종이를 봉투에서 반쯤 꺼낸 뒤 세스에게 맡길 수 없는 내용의 기사들을 봉투에서 빼내기 시작했다.

"모자 찾았어?" 세스의 목소리가 복도에서 들렸다.

"응. 하지만 모양이 엉망이야." 프리즘이 말했다.

'암호를 넣은 기사에 표시라도 좀 해둘걸.' 어니스트가 생각하며 기사들을 뒤적였다. '아니면 바이그램 암호 책처럼, 젖으면 녹아 없어지는 빨간 잉크로 쓰든가.'

빼내야 할 기사는 네 개였다. 네 번째는 어디에 있는 거람? 그리고 마침내 네 번째 기사를 찾아냈다. "분실, 이니셜이 새겨진 로켓…."

그는 그 기사를 낚아채 다른 세 장의 기사와 함께 더플백에 쑤셔 넣고 봉투를 다시 봉했다. 그리고 면도칼과 면도용 비누를 가방에 넣고 있는데 세스가 들어왔다. 그는 스웨터보다도 더 더럽고 넝마인 모자를 들고 있었다. "완벽해." 어니스트가 말하며 봉투를 세스에게 건넸다. 그는 모자를 써보았다. "어때?"

"딱 선원이네. 생선 냄새랑 이틀 정도 안 깎은 수염만 있으면 되겠어. 그 말인즉, 넌 면도칼이 필요 없다는 거고." 세스가 말하며 더플백에 손을 뻗었다.

어니스트는 세스 손이 닿지 못하게 더플백을 치웠다. "그건 네 생각이고." 어니스트가 말하며 더플백을 닫았다. "돌아올 때는 온갖 종류의 술집에 들러 칼레에 관해 말해야 하는데, 술집 종업원들을 겁먹게 할 생각은 없어."

"그래. 그러면 '황소와 쟁기'는 피해." 세스가 말했다. "채서블은 누가 다프네랑 있는 걸 원하지 않아."

"다프네?" 어니스트가 날카롭게 말했다.

"그 술집 종업원. 너도 알잖아. 파랗고 큰 눈에 금발에다 자그마한 예쁜 여자. 채서블은 그 여자에게 홀딱 빠져 있어. 이 기사들은 어디로 전달하면 돼?"

"원본은 서드베리의 〈주간 쇼핑객〉으로 가고 먹지본은 크로이던의 〈클라리온 콜〉에 가면 돼." 어니스트가 말하며 캔버스 스니커를 신었고, 신자마자 발이 아팠다. "사무실은 중심가 바로 옆이야. 제퍼스 씨가 편집자고."

그는 신발 끈을 묶었다. "내일 오후 4시까지 전달되어야 해."

어니스트는 일어나 더플백을 어깨에 멨다. "나를 뉴웬덴까지 데려다줄 수 있을까? 그곳에서 히치하이크하기가 더 쉬워."'그리고 그곳에서는 런던행 기차가 있고, 런던에서 아침에 도버로 가는 기차를 탈 수 있지.'

"미안. 채서블이 방금 떠났어." 세스가 말했다. "그리고 오스틴은 몽크리프가 가지고 갔는데 오늘 밤에 돌아와. 자, 받아." 그는 어니스트에게 정어리 통조림 하나를 내밀었다.

"이건 왜?"

"좀 더 선원답게 보이려면 바지에 통조림 국물을 좀 흘려야 할 거 같아서."

"그건 거기 가서 할게." 어니스트는 어서 떠나고 싶어 하며 말했다. 런던으로 가는 건 불발됐지만, 운이 좋으면 호크허스트로 가는 차를 제때 얻어 타고 호크허스트에서 크로이던으로 버스를 타고 가서, 세스가 다른 기사들을 전달하기 전에 어니스트가 기사를 전달할 수 있었다. 하지만 왜 두 명이 따로 기사를 가져왔는지 제퍼스 씨에게 어떻게 설명해야 한단 말인가?

'그건 나중에 생각하자.' 어니스트가 생각했다. '버스를 탄 다음에. 그리고 차를 얻어 탄 다음에.'

하지만 너무 꽉 죄는 스니커를 신고 절룩이며 30분 동안 길을 걸었지만, 차는 한 대도 보이지 않았다. '제1군이 실제로 이곳에 없어서 아쉽네. 있었으면 금방 차를 얻어 탔을 텐데.'

마침내 그는 이웃 마을의 주임 사제를 대신하러 가는 나이 지긋한 성직자의 차를 얻어탈 수 있었다. "그분은 군목을 자원하셨습니다." 그 성직자는 창문 밖으로 몸을 내밀고 어니스트에게 말했다. "그 마을은 3킬로미터밖에 안 떨어져 있습니다. 더 멀리 가는 차를 기다리는 게 낫지 않을까요?"

어니스트는 그게 더 나을 거 같기는 했지만, 발이 너무나 아팠기에 차에 탔다. 하지만 거의 즉시, 예쁜 미국 여군이 운전하는 지프가 어디선가 나타나 쏜살같이 그들을 지나갔다. 그리고 성직자의 차에서 내린 뒤 볼품없는 농장 트럭을 거절했지만, 그 뒤로 3시간 동안은 아무 차도 지나가지 않았다.

어니스트는 그날 저녁 거의 10시가 되어서야 호크허스트에 도착했고,

곰곰이 생각해보니(그에게는 생각할 시간이 '엄청' 많았다) 그것도 나쁘지 않았다. 세스가 도착했을 때 제퍼스 씨가 세스에게 '어니스트가 크로이던에 왔었다'는 말을 안 한다는 보장이 없었고, 그러면 세스는 그 기사들에 무슨 내용이 담겼기에 그리 중요하게 다뤘는지 알고 싶어 할 것이다. 세스는 이미 어니스트가 타자하는 내용에 너무 관심이 많았다.

어니스트는 너무나도 지쳐서 선술집에 앉아 물 탄 맥주를 앞에 놓고 상륙작전에 대한 소문을 퍼트릴 기운이 없었다. 그는 간신히 물집 잡힌 발에서 스니커를 벗은 뒤 침대에 쓰러져 잤고, 덕분에 도버로 갈 기회를 놓치고 말았다. "홀록 씨를 아슬아슬하게 놓치셨네요." 술집 종업원이 아침 식사를 가져다주며 말했다. "그분은 도버까지 쭉 가실 거였는데."

'내가 하는 일이 다 그렇지.' 어니스트는 생각했고, 이튿날 닭과 돼지 거름, 황소 한 마리(전에 목초지에서 마주했던 그 황소라는 확신이 들었다)를 실은 화물차를 얻어타고 도버에 조금 더 가까워졌다. 그리고 농부가 진흙 길로 차를 돌린 뒤 내려주자 그는 다행이라고 생각했다. 하지만 도버까지는 아직 한참을 가야 했고, 비가 내릴 것 같았다.

예상대로 비가 내렸다. 육군 하사의 더글러스 오토바이 뒤에 타고 오후 중반쯤에 도버에 도착했을 때는 비가 장대비로 변해 퍼붓고 있었다. 세찬 바람 때문에 비는 그의 얼굴을 거세게 때려댔다.

'불쌍한 세스.' 어니스트는 생각하며 부두로 향했다. 한편 둘리틀 선장은 아직 이곳에 있을 것이다. 이런 비바람 속에 보트를 타고 바다로 나설 이는 없었다.

어니스트는 나무 상자들과 밧줄 꾸러미와 휘발유 통들 사이로 빗물에 젖어 미끄러운 부두를 걸으며 보트들의 뱃머리에 그려진 이름들을 읽었다. '용맹', '조지 왕', '용감무쌍'. '이곳에는 '메리 로즈'나 '바다요정'은 없군.' 어니스트가 생각했다. 전쟁은 모든 것을 바꾸었다. 배 이름들은 모두 군대와 관련이 있거나 애국심 넘치는 이름이었고, 갑판들엔 위장용 그물이 드리워졌다. '유니언 잭', '불굴의 의지'.

빌어먹을 '마드모아젤 재닛호'는 아마도 제일 마지막에 있을 모양이었다. 그곳에 도착했을 때면 어니스트는 흠뻑 젖어 있을 것이다. '담대함', '브리태니아'….

그리고 드디어 보였다. '마드모아젤 재닛'.

하지만 어니스트가 찾는 배가 이것일 리 없었다. 이 배의 갑판은 조개삿갓들로 뒤덮였고, 칠은 벗겨지고 있었다. 영국 첩보부를 위한 임무는커녕, 부두 밖으로 나가기도 전에 물에 가라앉을 것만 같았다. 이 배는 낡디낡은 것이 마치 전에 보았던….

"어이, 거기요." 거친 인상의 청년이 뱃머리에서 불렀다. "여기에 볼일이 있나요?" 그 청년은 저지에 데님 바지를 입었으며 엔진에서 일하다 온 게 분명했다. 청년의 얼굴과 손에는 검은 자국이 나 있었고, 기름 묻은 렌치를 마치 무기라도 되듯이 들고 있었다.

"둘리틀 선장님을 찾고 있습니다." 어니스트가 외쳤다. "이 배가 그분 건가요?"

"네." 청년은 어니스트에게 배에 오르라고 손짓했다. "아래쪽에 계세요. 선장님!" 아무 답이 없자 청년은 해치 문을 열고 외쳤다. "둘리틀 선장님! 여기 누가 찾아요!" 그리고 청년은 다시 엔진으로 돌아갔다.

어니스트는 서둘러 판자를 건너다가 걸음을 멈추고 당황한 표정으로 니스 칠을 하지 않은 갑판을 응시했다. 이게 설마…. 그 배는 가라앉았다. 하지만 이 배와 조타 장치며 사물함, 심지어 해치 문까지도 똑같았다.

'오, 맙소사.' 어니스트는 생각했다. '마드모아젤 재닛. 이름을 들었을 때 알았어야 하는데.'

"소리는 왜 지르는 거야?" 아래에서 누군가가 외쳤고, 어니스트는 그 목소리를 듣자마자 그 목소리의 주인이 누구인지 알았다. 그리고 목소리의 주인이 해치에서 나타났을 때, 그가 쓴 모자며 반짝이는 두 눈, 희끗희끗한 턱수염까지, 어니스트는 한눈에 그가 누군지 알아보았다.

'살아 있었군요!' 어니스트는 속으로 탄성을 질렀다.

"당신 누구야? 여기는 왜 왔는데?"

'날 알아보지 못하는군.' 어니스트는 자신이 털모자를 쓰고 얼굴에 수염을 길러 다행이라고 생각했다. "둘리틀 선장님이십니까?" 그가 물었다.

"맞아."

"저는 선원…."

"비도 오는데 아래로 가지." 선장이 말하고 어니스트에게 자기를 따라 사다리를 내려오라고 시늉했다.

어니스트는 둘리틀 선장을 따라 사다리를 내려갔다. 선실은 전과 똑같아 보였다. 어지러운 조리실, 회색 담요들이 쌓인 간이침대, 바닥에 10센티미터 높이로 찬 물까지. 그리고 탁자 위에서 어두침침하게 깜박거리는 허리케인 램프. 어니스트는 그 불빛이 자기 얼굴을 너무 밝게 비추지 않기를 바랐다. 만약 꾸러미를 전달하고 이곳을 재빨리 빠져나간다면….

어니스트는 마지막 두 단을 내려가 선실을 가로지르기 시작했지만, 두 걸음도 떼기 전에 중령이 그를 와락 껴안았다. "반가워!" 중령이 외치며 어니스트의 등을 두드렸다. "여기서 뭐 하는 거야, 캔자스?"

47

왕자는 오랜 세월을 헤맸고,
마침내 마녀가 라푼젤을 혼자 둔
외딴곳에 도착했습니다.

―《라푼젤》

전쟁 박물관, 런던, 1995년 5월 7일

그는 9시 15분에 박물관에 도착했다. 박물관은 10시에 열었지만, 그는 그 사람들 역시 일찍 오지 않을까, 그러면 박물관에 들어가기 전에 그들과 대화를 할 수 있지 않을까 하는 기대를 품고 일찌감치 도착했다.

하지만 문밖이나 계단에 서 있는 사람은 아무도 없었고, 탱크와 방공포와 모터보트가 전시된 뜰에도 아무도 없었다. 그는 혹시 로비가 열렸을까 하는 기대에 정문을 열려고 해보았지만, 문은 잠겨 있었고 매표대에도 아무도 없었다.

그는 뜰로 걸어가 탱크를 바라보며 그 사람들이 여기로 오기를 바랐다. 오늘은 세인트폴 대성당에서도 '런던 대공습 시기의 세인트폴 대성당' 전시회가 시작되었다. 그는 이곳 말고 그곳으로 갈지 고민했었지만, 이곳이 확률이 더 높다는 결정을 내렸다. 이곳에 참가자들이 더 많을 것이기 때문이다. 가능하면 두 군데 모두 갈 수 있기를 바라며 그는 이곳부터 일찍 오자고 마음먹었다. 하지만 아직은 아무도 보이지 않았다.

그는 어슬렁거리며 보트 쪽으로 갔다. 보트 선수에는 '백합 아가씨'라고 스텐실로 찍혀 있었다. 선미에는 기관총 피탄 자국이 인상적으로 나 있었고, 플래카드에는 '됭케르크에서 영국군과 연합군을 34만 명 이상 탈출시키는 데 동참했던 민간인 소형 선박들 가운데 하나'라고 적혀 있었다.

그는 총알 자국들을 살폈고, 누군가가 보트의 방풍창에 끼워놓은 박물관 팸플릿을 꺼내 계단으로 돌아와 앉아 내용을 읽었다. 팸플릿에는 '가장 귀중한 시간: 제2차 세계대전 50주년 기념'이라고 적혔고, 박물관의 이후 특별 이벤트와 전시회들 목록이 있었다. '영국 본토 항공전', '북아프리카 전쟁', '전쟁에서 여성의 활약', '전쟁을 승리로 이끈 비밀', '피난 아동들'. 만약 이곳이나 세인트폴 대성당에서 원하는 사람을 만나지 못한다면 그는 마지막에 기재된 '피난 아동들' 전시회에 참석해야 했다.

만약 그가 이곳에 올 수 있다면 말이다. 바드리와 리나는 '전쟁에서 여성의 활약' 전시회 시작 날 근처 그 어디에도 강하 지점을 잡을 수가 없었다. 그들은 몇 달 동안 노력했고, 요크셔의 비행장까지 범위를 넓혀보았지만 소용없었다. '피난 아동들' 전시회는 언제였지? 만약 곧 열린다면 그는 전시회가 시작하는 날까지 이곳에 머물 수도 있었다. 하지만 전시회는 9월이었다. 메로피가 런던으로 돌아간 뒤 그녀와 접촉한 피난 아동 또는 데네웰 장원에 있던 아이들을 아는 누군가를 만날지도 모른다는 실낱같은 희망 하나만으로 4개월을 이곳에서 보낼 수는 없었다.

피난민 위원회의 파일은 세인트폴 대성당을 날려버린 핀포인트 폭탄에 의해 같이 파괴되었으며, 그가 지역 기록을 통해 알아낸 유일한 정보는, 피난 온 아이들이 배정된 각 가정이나 집으로 실제로 가게 된 경우가 그리 많지 않다는 사실이었다. 그가 1960년에 인터뷰한 피난민 위원회 회장은 데네웰 장원에 보낸 서른 명의 아이들 가운데 오직 세 명의 이름만을 기억했고, 그나마도 그중 둘은 지독한 말썽꾸러기라 기억하고 있었다.

"알프와 비니 호드빈은 끔찍한 아이들이었습니다. 그런 아이들을 맡다니 데네웰 여사는 성자셨지요." 그녀는 그렇게 말했다. "그 아이들은 물건을 훔치고, 가축들을 괴롭히고, 다른 이들 물건을 부쉈습니다. 그리고 주의를 주는 사람을 빤히 바라보며 터무니없는 거짓말을 늘어놓았죠." 전쟁이 끝난 뒤 그 아이들과 연락을 한 적이 있느냐고 그가 묻자, 그녀는 말했다. "없어요. 다행이죠. 그 아이들이 감옥에 갔대도 전혀 놀랍지 않을 거 같아요."

그녀는 세 번째 피난 아동인 에드위나 배리(결혼 전 성은 드리스콜이었다)가 어디에 있는지 알았지만, 배리 부인은 에일린이 장원을 떠나기 전에 다른 집으로 보내졌고, 배리 부인 역시 호드빈 남매가 어떻게 됐는지 알지 못했다. 하지만 그녀는 둘이 화이트채플에서 왔다는 사실은 알았다. 그는 이후 6개월 동안 수감자 목록과 화이트채플의 주택 목록을 뒤졌다. 그는 호드빈 남매의 주소를 찾아냈지만, 남매가 살던 집은 1941년 2월에 파괴되었다. 그들의 이름은 폭격 사망자 명단에 없었지만, 런던 대공습 전체 사망자 명단에는 그들의 어머니 이름이 있었고, 그건 그 아이들 역시 죽었을 거라는 뜻이었다.

그는 아이들 피난을 다룬 전시회가 열리는 날짜를 적은 뒤 혹시 다른 유용한 전시회가 있는지 팸플릿을 꼼꼼히 살피다가 고개를 들었다.

누군가가 오고 있었다. 하지만 기다리는 사람이 아니라 관광객 한 쌍이었다. 그들은 50대였고, 차림으로 보아 미국인이었다. 둘 다 하얀 캔버스화를 신었고 목에는 커다란 카메라를 메고 있었다. 금방이라도 비가 내릴 듯한 날씨인데도 아내는 선글라스를 썼고, 남편은 투덜거리고 있었다. "아직 안 열었을 거라고 했잖아."

"너무 늦는 것보다는 차라리 좀 일찍 오는 게 나아." 아내가 말했고, 계단을 오르기 시작했다. "박물관은 열었나요?"

"만약 열었으면…." 남편이 투덜거렸다. "이 사람이 여기 앉아 있을 리가 없잖아."

"저는 브렌다라고 해요." 여자가 말했다. "그리고 이쪽은 제 남편인 밥이에요."

그는 일어나 그녀와 악수했다. "저는 캘빈 나이트입니다."

"오, 저는 영국 악센트가 정말 좋아요!"

마땅히 대답할 말이 없었다. 그래서 캘빈은 물었다. "'런던 대공습 시기의 삶' 전시회를 보러 오신 건가요?"

"아니요. 오늘 전시회가 그건가요? 우리는 무슨 전시회인지 전혀 몰랐어요. 제 남편은 제2차 세계대전에 관심이 많아서 오고 싶어 한 것뿐이에요. 우리는 이미 영국 공군 박물관이랑 처칠 전쟁 박물관을 다녀왔어요. 방금 이분이 한 말 들었어, 여보?" 여자는 저쪽에 있는 남편을 불렀다. "캘빈씨가 그러는데, 오늘 여기에서 런던 대공습에 관한 전시회를 시작한대."

'그랬으면 좋겠군요.' 그가 생각했다. 밥과 브렌다는 그것에 대해 알지 못했고, 아직 다른 사람들은 없었다. 날짜가 틀린 건 아닐까? 편차는 없었다. 오늘은 분명히 5월 17일이었지만 그가 읽은 〈타임스〉에 실린 전시회 시작 날짜가 틀렸을 수도 있었다.

'다른 역사 기록들도 살펴보고 확인을 해둘걸.' 그가 생각하며 지금 확인할 방법이 있을지 고민했다. 아직 박물관이 닫혀 있으니….

"우리는 인디애나폴리스에서 왔어요." 브렌다가 말하고 있었다. "당신은 여기 런던에 사나요?"

만약 그렇다고 대답하면 브렌다는 여행 정보를 알려달라고 할 것이고, 그는 1995년 런던에 관한 정보가 전혀 없었다. "아니요. 저는 옥스퍼드에서 왔습니다."

스테이션 왜건 한 대가 주차장에 들어왔다. 그 차에 탄 게 누구인지는 몰라도, 전시회 시작 날짜에 관해 물어볼 수 있으리라.

"박물관은 곧 열 겁니다." 캘빈은 브렌다에게 말했다. "기다리는 동안 두 분께서 흥미를 느끼실 만한 흥미로운 전시가 뜰에 있습니다." 하지만 브렌다는 캘빈의 말을 듣고 있지 않았다.

"옥스퍼드에서 오셨어요?" 브렌다가 외쳤다. "우리는 수요일에 그곳에 갈 거예요. 거기서 가볼 만한 곳을 알려주세요."

캘빈은 주차장을 힐끗 보았다. 여자 한 명이 스테이션 왜건에서 내려 차를 돌아 트렁크를 열었지만, 그 여자는 캘빈이 찾는 여자라기에는 너무 젊었다. 그녀는 기껏해야 마흔 살 정도였으며, 비즈니스 정장에 하이힐 차림으로 트렁크에서 책과 서류를 한 아름 꺼내고 있었다. 여기서 일하는 사람이었다. 그녀는 오늘 전시회가 시작하는지 분명히 알 것이다.

"우리는 옥스퍼드 대학을 보고 싶어요." 브렌다가 말하고 있었다. "하지만 지도에서 그곳을 찾을 수가 없었어요. 그냥 칼리지들만 잔뜩 있더라고요."

캘빈은 그 칼리지들이 옥스퍼드 대학이라고 설명해주면서 베일리얼 칼리지에 가보라고 말했다. "그리고 모들린 칼리지도요." 그는 1995년의 옥스퍼드가 어땠을지 상상하려 애쓰며 말했다. "그리고 애슈몰린 박물관에도요."

"도도새가 그곳에 있나요?" 브렌다가 물었다. "도도새를 비롯해《이상한 나라의 앨리스》에 나오는 온갖 것들을 보고 싶어 죽겠어요."

"아니요. 도도새는 자연사 박물관에 있어요." 그가 말했다.

"오, 그곳은 어디에 있나요?" 브렌다가 손가방을 뒤지며 말했다. "밥!" 브렌다가 외쳤다. "여행안내서 자기가 가지고 있어?" 하지만 밥은 방공포를 보러 뜰로 갔고, 그래서 브렌다의 말을 듣지 못했거나 무시하고 있었다. "그이가 여행안내서를 가지고 있어요." 브렌다가 말했다. "어디에 가면 된다고 했죠? 자연 박물관요?"

"자연사 박물관요." 캘빈은 주차장을 재빨리 힐끗 보았지만, 비즈니스 정장의 여자는 여전히 차에서 물건들을 내리고 있었고, 다른 차는 보이지 않았다. 캘빈은 브렌다와 함께 계단을 내려가 뜰로 갔다.

밥은 여행안내서를 가지고 있지 않았다. "당신이 가지고 있는 줄 알았는데."

"아니, 당신에게 줬어, 기억나? 호텔을 나서기 직전에." 브렌다가 말했지만, 손가방을 좀 더 뒤지더니 안내서를 찾아내 옥스퍼드 편을 펼쳤고, 캘빈은 브렌다에게 자연사 박물관이 어디에 있는지 알려주고 계단 쪽으로 돌아갔다. 바로 그때 비즈니스 정장의 여자가 계단을 올라가 안으로 들어갔다. 그건 문이 열려 있다는 뜻이었다. 하지만 캘빈이 문을 열려 하자 문은 여전히 잠겨 있었고, 주차장에는 여전히 차들이 들어오지 않았다. 그리고 비가 내리기 시작했다.

캘빈은 옷깃을 세우고 문가 처마 아래로 몸을 피했다. 브렌다가 안내서를 펼쳐 머리를 가린 채 서둘러 계단을 올라왔고, 그 뒤로 남편이 따라오며 말했다. "우산을 가져오자고 했잖아.

"이렇게 비가 많이 오는 것에 도무지 익숙해지지 않네요, 캘빈." 브렌다가 말했다. "방공포의 표지판을 보니 방공포는 켄싱턴 가든스에 있던 거래요. 피터 팬 동상이 있는 그 켄싱턴 가든스는 아니죠?"

"아니, 그곳 맞아요." 그가 말했다.

"오, 저는 그곳에 가보고 싶어요. 저는 《피터 팬》을 정말로 좋아해요." 브렌다가 말하고는 다시 안내서를 넘기기 시작했다. "그리고 배리가 어렸을 때 스코틀랜드에서 살았던 집도요."

"우리는 여기에 열흘밖에 안 있어." 밥이 말했다. "6개월이 아니라고."

"오, 알아. 그냥 보고 싶은 게 너무나도 많은 것뿐이야. 시간이 너무 없네."

'당신 말이 맞아요.' 캘빈이 문을 보며 생각했다. '시간이 너무 없어요.'

"그거, 박물관 일정인가요?" 밥이 캘빈이 든 팸플릿을 가리키며 물었다.

"네." 캘빈은 팸플릿을 밥에게 건넸고, 밥과 브렌다는 팸플릿을 열심히 읽었다.

"'런던 본토 항공전'이 흥미로워 보이네." 브렌다가 말했다. "아, 이런. 이건 7월 1일에 여네. 그때는 우리가 여기에 없을 거야. '전쟁에서 여성의 역할'." 브렌다가 큰 소리로 읽었다. "이건 뭐에 대한 거야?"

"나도 모르지." 밥이 짜증을 내며 말했다.

"아마도 울트라와 블레츨리 파크에 관한 걸 겁니다." 캘빈이 말했다.

"울트라요?"

"나치의 암호문을 해독하는 비밀 프로젝트 이름입니다." 캘빈이 말했다.

"아." 브렌다가 남편을 돌아보았다. "제2차 세계대전에서 이긴 건 미군 덕분이라며?"

밥은 당황한 표정을 지었다.

"제2차 세계대전의 승리에는 온갖 요인들이 다 있었어." 밥이 말했다. "레이더, 원자 폭탄, 히틀러의 러시아 침공⋯."

"그리고 됭케르크 피난 작전도요." 캘빈이 말했다. "그리고 영국 본토 항공전, 런던 대공습 때 런던 시민들의 의연한 자세⋯."

브렌다가 캘빈을 보며 함박웃음을 지었다. "당신도 제 남편만큼이나 제2차 세계대전의 광팬이군요."

'팬. 제2차 세계대전의 팬이라니.' "사실, 저는 기자입니다." 캘빈이 말했다. "저는 런던 대공습 전시회 오프닝 취재를 하러 온 겁니다."

"정말로요?" 브렌다가 말했다. "우리 딸 스테파니가 저널리즘을 가르쳐요. 당신이랑 아주 잘 어울릴 거예요. 혹시 결혼했나요?"

"브렌다." 그녀의 남편이 말했다. "이분이 결혼했는지는 우리가⋯."

"오, 쓸데없는 소리 하지 마." 브렌다가 말했다. "결혼하셨어요?"

캘빈은 고개를 저었다.

"여자친구는요?"

"아직요."

"들었지?" 브렌다는 의기양양해하며 자기 남편을 돌아보았고, 다시 캘빈을 돌아보며 말했다. "몇 살인가요? 서른?"

"브렌다! 이 청년은 우리 딸에게 아무 관심이⋯."

"스테파니는 스물여섯 살이에요." 브렌다가 말했다. "딸아이는⋯."

"우리 탱크나 보러 가자." 밥이 말하며 브렌다의 팔을 잡았다.

"밖에는 비가⋯." 브렌다가 입을 열었다.

"그쳤어." 밥이 단호히 말했다.

"아, 알았어." 브렌다가 말하며 계단을 내려가기 시작하다가 캘빈에게 말했다. "탱크 앞에서 우리 사진 좀 찍어줄래요?"

브렌다는 캘빈에게 카메라를 건넸고, 그는 함께 계단을 내려가 방공포와 보트 앞에 선 그들 사진을 찍었다. "백합 아가씨호." 브렌다가 말했다. "전쟁과는 아주 거리가 먼 이름이네요, 안 그래요?"

"그 사람들은 자기들이 전쟁에 휘말리게 될지 몰랐어." 밥이 짜증을 내며 말했다. "그렇죠, 캘빈?"

'네.' 캘빈이 생각했다. '그 사람들은 자신들이 전쟁에 휘말리게 될지 몰랐죠.'

48

우리는 어디로 가는지 알지 못했습니다.
그래서 그냥 짧은 메모들을 끄적여
우리가 지나가는 역들에 던졌습니다.

— 마틴 맥클레어 중사,
됭케르크에서 집에 도착하던 때를 회상하며

도버, 1944년 4월

"캔자스!" 해럴드 중령이 어니스트의 귀에 대고 외치며 그를 껴안은 다음 등을 두드렸다. "자네가 오다니, 믿을 수가 없군!" 그리고 30초 정도 되는 시간 동안, 어니스트는 사람을 잘못 보셨다고 중령을 설득할 수 없을까 고민했다. 이틀 동안 기른 수염과 콘웰 악센트로 '죄송합니다만, 다른 사람과 착각하신 것 같군요.'라고 말하며 어리둥절한 표정을 지으면 먹힐 것도 같았다.

하지만 이미 너무 늦었다. 중령은, 이 배가 '제인여왕호'라는 사실을 어니스트가 깨달았을 때 지은 표정을 이미 본 뒤였다. 그러면 이제 어째야 한단 말인가? 만약 중령이 브랙넬 여사에게 그의 정체를 말한다면….

그는 갑자기 브랙넬이 한 말이 떠올랐다. "알제논은 이 배달 임무는 자네가 해야 한다고 꼭 집어 지명했어." '텐싱은 내가 해럴드 중령을 아는 걸 이미 알아.' 어니스트가 생각했다. '그래서 나를 보낸 거야.' 하지만 텐싱이 어떻게 안단 말인가? 그리고 해럴드 중령은….

"여기서 뭐 하는 거야, 캔자스?" 해럴드 중령이 말하고 있었다.

"제가 여기서 뭐 하고 있느냐고요? 중령님이야말로 여기서 뭐 하고 계시는 겁니까? 저는 '제인여왕호'가 됭케르크에서 침몰한 줄 알았습니다…."

"침몰해?" 중령이 분노를 터뜨리며 으르렁댔다. "'제인여왕호'가?"

'맙소사. 갑판의 선원이 다 듣겠군.' 어니스트는 생각했다. "우리 대화를 남들이…." 그는 해치를 가리키며 주의를 주었다.

"자네 말이 맞아." 중령이 말하더니 물을 헤치며 해치로 성큼성큼 걸어가 위로 손을 뻗어 뚜껑 문을 닫았다. "그 무엇도, 심지어 나치의 U-보트조차도 '제인여왕호'를 침몰시킬 수 없다는 건 자네도 잘 알잖아."

"하지만 그렇다면 무슨 일이 있었던 겁니까? 조녀선은 어디에 있습니까?" 그가 말하고, 물으면서도 대답이 두려웠다. "조녀선은 살아 돌아왔습니까?"

"살아 돌아왔느냐고?" 중령이 놀란 표정으로 고함쳤다. "맙소사, 5분 전에 갑판에서 만났잖아." 중령은 해치 문을 살짝 열고 외쳤다. "조녀선! 이리 내려와라!"

"네, 둘리틀 선장님." 남자의 목소리가 말했고, 아까 본 그 선원이 여전히 렌치를 든 채 사다리를 타고 내려와 질책하듯 말했다. "할아버지, 저를 조녀선이라고 부르면 안 돼요. 제 이름은 알프레드…." 그는 말을 하다가 어니스트를 보았고, 불편한 표정을 지었다. 렌치를 쥔 조녀선의 손에 힘이 들어갔다.

'이 친구가 조녀선일 리가 없어.' 어니스트는 키 크고 어깨가 떡 벌어진 선원을 보며 생각했다. '이 친구는 어른이잖아.'

"죄송합니다, 둘리틀 선장님." 조녀선이 말했다. "손님이 있는 줄 몰랐습니다."

"둘리틀 선장 놀이는 집어치우고." 중령이 말했다. "이 사람이 누군지 모르겠니? 마이크 데이비스야!"

'아마 나를 기억조차 하지 못할 거야.' 어니스트는 생각했다. '4년 전이잖아.'

"알잖냐." 중령이 재빨리 덧붙였다. "캔자스!"

"오, 맙소사!" 조녀선이 기뻐 외치며 악수하기 위해 렌치를 다른 손으로 바꿔 쥐었다. "데이비스 씨!" 조녀선이 함박웃음을 지었다. "이거 정말 멋지 군요!"

'멋지다'라는 표현이 딱 맞는 상황이었다. 그들은 살아 있었다. 그가 엉킨 프로펠러를 풀었지만, 그들은 죽지 않았다. 특히 조녀선이. 중령은 됭케르 크로 가면 무슨 일이 벌어질 수도 있는지 알면서도 갔지만, 조녀선은 그렇 지 않았다. 당시 조녀선은 어린아이였다.

하지만 이제는 아니었다. "믿을 수가 없군요!" 조녀선은 어니스트의 손 을 마구 흔들며 말하고 있었다. "여기 오셔서 정말 기뻐요. 우리 목숨을 구 해줬는데 고맙다는 말도 하지 못했잖아요. 형이 없었으면, 우리는 됭케르크 부두 바닥에 가라앉았을 거예요. 그리고 형은 프로펠러를 풀다가 거의 죽을 뻔…." 그는 말을 멈추고 바닥의 물속을, 어니스트가 선 곳을 바라보았다. "제 말은, 발에 부상도 당했고요. 절단해야 하는 줄 알았어요."

'나도 그럴 거라 생각했지.' 어니스트는 생각했다.

"형이 없었으면 우리는 절대로 살아남지 못했을 거예요." 조녀선이 말했 다. "아까 처음 봤을 때 알아봤어야 하는데, 하지만 형은 너무 달라 보여요!"

"내가 달라 보인다고? 남 말 하시네! 너야말로 완전히 어른이 되었잖아!"

"독일 어뢰 보트들이 꽁무니를 쫓아다니면 나이가 좀 빨리 들죠. 그런데 형은 여기 웬일이에요?"

"나도 그 질문을 네 할아버지에게 했지. 됭케르크로 두 번째 떠난 뒤에 돌아오지 못했다고 들었거든."

"맞아." 중령이 말했다. "우리는 징발됐거든."

"독일군에게 잡히면 안 되는 정보부 장교를 오스탕드에서 데려올 보트 가 필요했어요." 조녀선이 설명했다. "그래서 우리가 태웠던 군인들을 다른 배로 옮기고, 우리는 벨기에로 갔어요."

"그리고 우리가 그 장교를 데리고 램스게이트로 돌아왔을 때, 당국은 우 리에게 정보부를 위해 일을 좀 더 해달라고 부탁하더군. 가령…."

"할아버지." 조녀선이 경고하여 말했다. "그건 기밀 사항이에요. 그걸 말해도 되는지, 저는….”

“쓸데없는 소리! 캔자스에게는 말해도 돼. 그렇지, 캔자스?”

“캔자스가 아닙니다.” 그가 말했다. “요즘은 어니스트 워딩입니다.”

“들었냐, 조녀선? 보아하니 이 친구가 우리보다 더 비밀이 많을걸. 그렇지, 캔자스?”

“네.” 어니스트가 말했다. ‘그 대부분은 중령님에게조차 말할 수 없는 내용이고요.’

“좋아, 됭케르크 이후 우리에게 무슨 일이 있었는지 우리는 다 말했어.” 중령이 말했다. “이제 지난 4년 동안 자네는 뭘 했는지 말해봐.”

‘저는 제 동료 역사학자 두 명을 이 세기에서 빠져나가 집으로 돌아가게 하려고 애를 썼지요.’ 그는 생각했다. ‘저는 편집자에게 보내는 편지와 개인 광고와 장례식 공지를 쓰며 그 안에 암호를 담았어요. 아직 태어나지도 않은 사람들이 볼 수 있도록요. 그리고 상륙작전을 위한 집결지 어딘가에 있을 데니스 애서튼을 찾으려 애를 썼습니다. 폴리와 에일린이 어디에 있는지 옥스퍼드에 전달하기 위해서요. 그래야 폴리가 데드라인이 되기 전에 이곳에서 탈출할 수 있으니까요. 하지만 그 데드라인은 이미 4개월이 지났습니다.’

“배달일을 했지요.” 어니스트가 말했고, 중령이 얼굴을 찡그리자 그는 웃으며 말했다. “저는 히긴스 선원입니다. 피커링 선장님이 그러는데, 선원을 고용하고 계신다면서요.”

“그럴 줄 알았어.” 중령이 기뻐하며 말했다. “텐싱이 자네를 고용했다고 내가 조녀선에게 말했지.”

“텐싱 대령이라고 말하면 안 돼요, 할아버지.” 조녀선이 말했다. “알제논이라고 부르게 되어 있잖아요.”

“그건 독일 스파이가 근처에 있을 때나 그렇고.” 중령이 어니스트를 돌아보았다. “둘리틀 선장이며 알프레드 일등 항해사며, 이런 가명은 다 쓸데없다니까. 나보고는 미리엘 캐피탕[27] 행세를 하라더군.” 중령은 ‘미이이리에

<hr>

27 선장이란 뜻의 프랑스어

엘 캐피이이탕'이라고 힘주어 발음했다. "하지만 그래봤자 무슨 소용이 있는데? 만약 독일군이 우리를 잡으면 놈들은 우리가 프랑스인이 아니라는 걸 알아내는 데 2분도 안 걸릴 거야. 그래서 나는, 이름 걱정을 하는 대신 우리가 잡히지 않도록 조심이나 하라고 했지." 중령은 조녀선을 돌아보았다. "그리고 여기 캔자스는 그 친구 이름이 텐싱인 걸 알아. 병원에 같이 입원했었으니까. 안 그런가, 캔자스?"

"맞습니다." 어니스트는 말하면서 지금 이 상황을 이해하려 애썼다. 아까까지만 해도 어니스트는 그들이 영국 정보부를 위해 임무를 수행하던 중에 텐싱을 만났을 것이고 그때 텐싱에게 자기 얘길 했을 거로 추측했었다. 하지만 만약 자신이 병원에 있는 동안에 이미 이들이 텐싱과 아는 사이였다면….

"그 친구를 어떻게 만났나요?" 어니스트가 물었다.

"우리가 오스탕드에서 데려온 장교였어." 중령이 말했다.

"아주 심하게 부상당했어요." 조녀선이 말했다. "척추에 총을 맞았죠."

"그리고 그 친구를 데려오며 저에 대해 말했고요?"

"당시 그 친구는 무슨 말을 들을 수 있는 상황이 아니었어." 중령이 말했다. "돌아오는 내내 의식 불명이었으니까."

"우리는 그분이 살지 못할 거라 생각했어요." 조녀선이 말했다.

"그리고 8개월 뒤에 돌연 그분이 거의 멀쩡한 상태로 나타나 형을 찾았어요. 형이랑 병원에 같이 있었는데, 우리가 형을 됭케르크에서 데려왔다는 말을 누군가에게서 들었다더군요. 옥스퍼드 근처 마을에서 형을 만났는데 다시 헤어졌다면서, 형이 어디 있는지 우리가 아는지, 형에 관해 이야기해줄 수 있는지 물었어요. 주로 형이 믿을 수 있는 사람인가를 묻더군요."

"그래서 뭐라고 했는데?"

"형이 지금 어디 있는지는 모른다고 했어요." 조녀선이 말했다. "하지만 살트램-온-시에 가서 물어보라고 했죠."

그 뒤는 어니스트도 다 아는 이야기였다. 텐싱과 퍼거슨이 살트램-온-시에 간 일, (자신이 구조팀 것이라 착각한) 연락처를 다프네에게 남긴 일 등이었다. 어니스트는 지금까지 그들이 어떻게 자신을 추적해 다프네에게까지 갔는지 궁금했었다. 아마 병원의 간호사 한 명이 자신을 면회 온 다프네를 기억했던 거라고 추측했었다.

"보아하니 그분이 형을 찾은 모양이네요." 조녀선이 말했다.

"응, 맞아, 그랬어." '또는 내가 텐싱을 찾았다는 게 더 맞는 말이지. 나는 구조팀을 만나리라 기대하며 다프네가 준 에지본의 주소로 갔는데, 그곳에는 텐싱이 있었지. 놀라 죽는 줄 알았어. 텐싱이 나를 스파이로 체포할 줄 알았는데 그게 아니었어. 오히려 내게 일자리를 제안했지. 처음에는 거절했지만, 폴리의 데드라인이 데니스 애서튼이 이곳에 도착하는 날보다 2개월 전이라는 사실을 알고는 결국 받아들였고.'

"텐싱에게 또 무슨 말을 했어?" 어니스트가 물었다.

"우리가 무슨 말을 했을 거 같나?" 중령이 물었다. "자네가 더할 나위 없이 용감하고, '제인여왕호'의 엉킨 프로펠러를 풀어 우리와 군인들 목숨을 구했다고 했지. 비록 자네가 양키이기는 하지만, 그래도 자네를 고용하지 않으면 엄청난 멍청이라고 말해줬지."

에지본에서 그날 텐싱은 이렇게 말했다. "아주 엄청난 추천을 받았어." 그래서 어니스트는 텐싱이 하디와 이야기를 했을 거라 생각했지만, 알고 보니 그를 추천한 건 중령과 조녀선이었다.

이 둘이 아니었다면, 텐싱은 블레츨리에서 어니스트를 놓친 뒤 다시 찾지 못했을 것이다. 어니스트에게 일자리를 제안하지도 않았을 것이고, 그러면 그는 애서튼을 찾아 폴리와 에일린이 어디 있는지 말할 가능성도 잡지 못했을 것이다. 남 포티튜드에서 일하지도 않았을 것이다. 그리고 만약 중령과 조녀선이 텐싱을 구하지 않았다면, 과연 남 포티튜드는 존재할 수 있었을까? 그리고 어니스트가 엉킨 프로펠러를 풀지 않았다면, 그들은 텐싱을 구할 수 없었을 것이다.

"텐싱 대령이 형을 고용했나요?" 조녀선은 열네 살 때와 마찬가지로 흥분해 말했고, 어니스트는 갑자기 콜린 템플러가 떠올랐다. "형은 스파이가 된 거예요?"

"아쉽게도, 그렇게 멋진 일은 아니야." 어니스트가 말했다. "물건을 배달하지 않을 때는 대부분의 시간을 책상에서 보내. 물건 배달 이야기가 나와서 하는 말인데, 가져온 물건을 주고 곧 돌아가야 해."

어니스트는 더플백에 손을 뻗었지만, 중령이 그를 말렸다. "그렇게 그냥 가면 안 되지. 마지막으로 본 뒤 자네에게 무슨 일이 있었는지 우리에게 말도 하지 않고 그냥 갈 수는 없어."

'저는 기억 상실증에 걸린 척했고, 앨런 튜링을 거의 죽일 뻔했고, 무너지는 벽에 깔려 의식을 잃었고, 죽은 척했고, 왕비님을 만났지요.'

"이야기하자면 깁니다." 어니스트가 말했다.

"우린 시간 많아." 중령이 그에게 의자를 끌어당겨 주며 말했다. "앉아. 이런 강풍 속에 나갈 수는 없어. 커피를 좀 줄까? 아니면 스튜?"

어니스트는 중령의 스튜가 어떤 건지 떠올렸다. "커피 주십시오." 그는 앉았다. 어차피 그에게도 알아내야 할 일들이 있었다.

중령은 철벅거리며 커피포트 쪽으로 갔다. "조너선, 전승 기념일을 위해 남겨둔 브랜디 좀 가져오렴." 중령이 말했다. 그는 탁자 위의 열린 통조림들과 해도들 사이에서 머그잔을 하나 찾아내 커피를 따라 어니스트에게 건넸다.

그 머그잔은 어니스트가 '제인여왕호'에 있었을 때 이후로 한 번도 씻지 않은 것처럼 보였다. 어니스트는 조심스레 커피를 마셨다. '차라리 스튜를 달라고 할걸.' 그가 생각했다.

"가져왔어요." 조너선이 브랜디를 가져와 말했다.

"정말로 그걸 열 생각이십니까?" 어니스트가 말했다. "전쟁이 끝나지 않았는데 그걸 열면 불운을 부르는 거 아닐까요?"

"이미 이긴 거나 다름없어." 중령이 말했다. "아니면 앞으로 몇 달 안에 이길 거고. 안 그런가, 캔자스?"

그리고 여기는 어니스트가 유언비어를 퍼뜨릴 수 있는 완벽한 장소였으며, 상륙작전은 아무리 일러도 7월 20일 이후이며 제1군집단과 패튼 장군과 칼레를 언급할 완벽한 기회였다. 만약 이들이 독일군에게 잡혀 취조받는다면 영국 정보부의 거짓 정보가 진짜라고 독일이 믿게 하는 데 일조할 것이다.

하지만 어니스트가 이들의 생명을 구한 것과 마찬가지로, 이들은 어니스트의 생명을 구했다. 어니스트는 이들에게 진실을 빚졌으며, 그는 자신이 진짜로 누구인지 밝힐 수 없었기 때문에, 적어도 이 일에 대한 진실은 말할 수 있었다. "맞습니다." 어니스트는 말했다. "단지 7월 중순일 거라고 독일군이 믿게 할 필요가 있을 뿐입니다."

중령이 고개를 끄덕였다. "그래야 롬멜이 탱크사단을 데려오지 않을 테니까. 그리고 같은 이유로 칼레에서 작전이 있을 거라고 롬멜이 생각하게 해야 하지." 그리고 어니스트의 놀란 표정을 본 중령이 덧붙여 말했다. "지난 2주 동안 우리는 작전이 칼레에서 벌어질 거라고 놈들이 믿게 하려고 그 지역 부두의 어뢰들을 제거했어. 놈들이 속아 넘어가겠지, 캔자스?"

"만약 그러지 않으면, 우리는 이 전쟁에서 이길 수 없습니다."

"그렇다면 속아 넘어가게 해야지. 자네 머그잔을 내밀어." 중령은 어니스트의 커피에 브랜디를 약간 넣었고, 조녀선의 커피에도 그렇게 한 다음, 자신은 머그잔 가득 브랜디를 따른 뒤 의자에 앉았다. "아, 이제…." 중령이 말했다. "자네에게 무슨 일이 있었는지 모두 말해봐."

"중령님부터 먼저 말씀해주십시오." 어니스트가 말하고 의자에 등을 기댄 채, 커피를 홀짝이며(심지어 브랜디조차 커피 맛을 낫게 할 수 없었다) 중령과 조녀선의 모험담을 들었다. 그들은 유대인 피난민들과 해협 건너편에서 격추당한 조종사들을 잉글랜드로 몰래 실어 날랐고, 프랑스 레지스탕스들에게 물자와 암호 메시지를 전달했다.

그리고 어니스트는 그들이 한 행동들, 정확히는 자신이 엉킨 프로펠러를 풀고 보트가 스투카에 폭격당하지 않도록 한 행동들이 사건들을 변경했다는 사실을 걱정해야 한다는 걸 알았다. 그는 하디 일병 이후 그런 일이 일어날까 봐 줄곧 걱정해왔다. 하지만 이상하게도, 지금은 걱정되지 않았다.

어니스트는 자신 때문에 중령과 조녀선이 죽었다고 생각했었지만, 그 둘은 죽지 않았다. 그건 그가 걱정했던 다른 일들 역시 사실이 아닐 수도 있다는 뜻이었다. 어쩌면 폴리의 데드라인 이전에 그가 데니스 애서튼을 발견해 폴리와 에일린을 돌려보낼 수 없었던 것 역시 사실이 아닐 수도 있었다. 어쩌면 그날 밤 그가 됭케르크에서 한 어떤 행동이, 하디의 생명을 구한 일이나 뱃전으로 개를 끌어 올렸던 일 같은 뭔가가 전쟁을 패배로 이끄는 게 아닐 수도 있었다. 중령과 조녀선이 살아남았다는 건, 모든 일이 가능하다는 뜻이었다.

아니, 어쩌면 그건 자신이 살인자가 아니라는 안도감에 불과할 수도 있었다. 또는 브랜디 때문일 수도 있었다.

"지난 넉 달 동안 우리는 노르망디 해안의 지도 작성을 도왔어." 중령은 담담하게 말했다.

'해안 지도 작성이라니, 맙소사. 그건 엄청나게 위험한 건데.' 그리고 만약 이들이 잡혔다면, 지난 몇 달 동안 남 포티튜드에서 해왔던 모든 작업은 허사가 됐을 것이다.

"자네 차례야." 중령이 말하고 있었다. "어떻게 지냈어? 병원에 얼마나 오래 있었지?"

"거의 넉 달이었습니다." 어니스트가 말했다. "저는 중령님에게 연락하려 했습니다. 그래서 중령님이 죽었다고 생각하게 됐고요. 중령님에게 편지를 보낸 뒤에 다프네가…."

"'왕관과 닻'의 그 다프네?"

"네. 다프네가 병원으로 와서 중령님과 조녀선이 됭케르크에서 돌아오지 않았다고 말했습니다. 둘이 살아 있다고 마을에 연락했나요?"

조녀선은 고개를 저었다.

"네 어머니에게도?"

"네. 텐싱 내령을 데려온 뒤, 우리는 곧장 독일군의 침공에 대비한 어뢰 설치 임무를 수행하러 갔고, 우리가 돌아왔을 때는 이미 사람들은 우리가 죽었다고 생각했어요."

"언제라도 그럴 수 있는 상황이기도 했고." 중령이 말했다. "그리고 우리가 정보부 임무를 하기 시작했을 때, 모든 것이 비밀이어야 했어. 게다가 정보부가 우리에게 맡긴 일들을 생각해보면, 우리는 어쨌든 죽은 것과 다름없었어. 그냥 사람들 생각보다 조금 더 늦게 죽을 뿐인 거니까. 그리고 만약 조녀선의 엄마가 우리가 살아 있는 걸 알면 조녀선이 이 일을 하는 걸 절대 허락하지 않았을 거야.”

조녀선은 고개를 끄덕였다. “그래서 모두가 우릴 죽었다고 생각하는 게 더 나아 보였어요. 형이 충격을 많이 받았겠네요.”

“아니야.” 어니스트는 자신이 폴리와 에일린에게 어떻게 했는지를 떠올리며 대답했다. “그런 일이 필요한 경우도 있다는 걸 알아.”

중령이 고개를 끄덕였다. “그렇게 해서 이 전쟁에서의 승패를 가르는 걸 도울 수만 있다면….”

‘또는 폴리와 에일린을 이곳에서 빠져나가게 하는 걸 도울 수만 있다면.’

“희생할 가치가 있지. 안 그래?”

‘그렇지요.’ 어니스트는 생각했다. ‘희생할 가치가 있지요. 그리고 말이 나와서 말인데….’

“저는 가야 합니다.” 어니스트가 말했다.

“가? 이런 날씨에? 미쳤어? 저 소리를 들어봐.” 중령은 담배 파이프로 천장을 가리켰다. “비가 억수로 쏟아지고 있어. 이런 날씨에 나가면 죽는다고. 안 돼, 여기 있어. 저기 침상에서 자면 돼.”

유혹적인 제안이었다.

‘하지만 지난번에 그렇게 했을 때, 눈 떠보니 됭케르크를 향해 해협을 절반이나 건넌 상태였지.’

“죄송합니다. 다른 곳에 전달할 물건이 있어서요.” 어니스트는 말하고 일어났다. 그는 첨벙거리며 더플백이 있는 곳으로 가 꾸러미와 편지를 꺼내 중령에게 건넸다.

“이게 뭐지? 폭탄?” 중령이 물었지만, 꾸러미를 풀어보니 가늘고 긴 은 박지였다.

특정 지역에 배들이 아주 많이 있다고 레이더를 속이기 위한 전파방해용 금속조각이었다.

"여기에 적힌 바에 따르면…." 중령이 편지를 읽었다. "상륙작전이 임박했다는 메시지를 듣게 되면 우리더러 칼레에 가서 보트 뒤쪽으로 이 물건을 던지라는군."

그건 해안 지도 제작보다 더 위험할 것이다. "행운을 빕니다." 어니스트가 진심을 담아 말했다. 그는 거의 마른 코트를 입고 더플백을 어깨에 멨다. "안녕히 계십시오, 중령님."

"중령이 아니야. 함장이 됐으니 대령이지." 그가 자랑스레 말했다.

"할아버지는 임관되셨어요." 조녀선이 설명했다.

"축하드립니다, 대령님." 어니스트가 말하고 경례했다. 중령이 함박웃음을 지었다. "두 사람 모두, 행운을 빕니다."

"우리는 행운이 필요 없어." 중령이 말했다. "고마워, 우리에게는 '제인 여왕호'가 있고, 이 보트는 우리를 실망시키지 않을 거야. 우리는 다 괜찮을 거야. 내 말 믿어도 돼."

"그러길 바랍니다." 어니스트는 말하고, 조녀선과 악수를 한 뒤 사다리를 올라 갑판으로 갔다.

그리고 엄청난 허리케인 속으로 들어섰다. 그는 몸을 반으로 접다시피 하고 힘겹게 발을 내디뎌 보트에서 내려 부두를 따라 돌아갔고, 제발 바람에 날려 바다에 빠지지 않기를 빌었다. 그때 뒤에서 조녀선이 부르는 소리가 들렸다. "히긴스 선원!" 그는 생각했다. '만약 나를 데려가려고 온 거라면, 따라가야겠어.'

하지만 조녀선은 그에게 뭔가를 전하려는 것이었다. 방수천에 싸 노끈으로 묶은 납작한 꾸러미였다. "이걸 텐싱에게 줘야 하는 거야?" 어니스트가 진짜 이름을 말하며 외쳤다. 이런 돌풍 속에서는 누군가가 엿듣는 게 불가능했기 때문이다.

조녀선은 고개를 흔들었고, 그 때문에 머리에서 빗방울들이 흩날렸다. "제 어머니에게 드리는 거예요." 그가 외쳤다. "우리가 다시 돌아오지 못할 경우를 대비해서요. 무슨 일이 있었는지 어머니도 아셔야 하니까요."

"상륙작전 다음에?" 어니스트가 외쳤다.

"아니요!" 조너선 역시 외쳤다. "전쟁이 끝난 다음에요. 그때는 이런 비밀들이 밝혀져도 괜찮을 거예요."

'맞아.' 어니스트는 생각했다. '그때는 괜찮아.'

"알았어. 보낼게." 어니스트는 약속하고 꾸러미를 셔츠 안쪽에 쑤셔 넣었고, 조너선이 배로 돌아가는 모습을 보며 생각했다. '나도 전해달라고 세스에게 편지를 부탁해볼까.'

하지만 그 편지에 뭐라고 쓴단 말인가? '에일린에게. 사실 나는 그날 밤 하운즈디치에서 죽지 않았어. 나는 뱅크역이 폭격당할 때까지 기다렸다가 민방위대가 도착하기 전에 사건 현장으로 가서 내 서류와 목도리가 발견되게 그곳에 놓아두었어. 네가 읽는 애거사 크리스티의 추리 소설에 나오는 살인자처럼 말이야. 네가 그토록 고생해서 구해준 코트를 태워서 미안해….'

'나는 편지를 쓸 시간이 없어.' 어니스트는 생각했다. '나는 기차역에 가야 해.'

어니스트는 비바람을 뚫고 나아가며 역을 찾았다. 그는 자기 강하 지점으로 가기 위해 9월에 처음으로 도버에 왔을 때의 경험을 통해 역이 어디에 있는지 알았고, 이제는 절룩이면서도 당시보다 훨씬 더 빨리 걸을 수 있었다. 하지만 역에 도착했을 때, 그는 너무나도 추워서 꽁꽁 언 손에 입김을 불어 감각을 되찾은 다음에야 공중전화를 걸 주화를 꺼낼 수 있었다. 그는 교환수에게 포츠머스에 있는 영국 육군 본부에 연결해달라고 했다.

어니스트는 한 달 넘게 런던의 육군 본부를 여러 번 방문했고, 온갖 핑계를 대며 남서부 잉글랜드 전역에 있는 영국군 캠프에 전화를 걸어 데니스 애서튼의 행방을 파악하려 애썼다. 그런데도 여전히 목록의 절반밖에 연락하지 못한 상태였다. 그리고 만약 애서튼이 어휘-억양 임플란트를 하고 미군 GI 역할로 이곳에 왔다면, 어니스트가 그를 찾아내려면 천운이 필요했다. 지금 잉글랜드에는 미군이 80만 명도 넘게 와 있었기 때문이다.

교환수는 어니스트를 사우샘프턴으로 연결했고, 그의 통화는 남은 오후 내내 그리고 밤까지 쭉 사무실에서 사무실로, 이 사람에서 저 사람으로

넘어갔으며, 결국 사우샘프턴이나 엑서터, 플리머스에는 데니스 애서튼이
없다는 사실을 알게 되었고, 주저하는 여군으로부터 웨이머스의 경리 담당
자 전화번호를 간신히 알아냈다. 오래전 이식한 미국 악센트를 이용한 덕
분이었다. 그의 임플란트는 기능을 잃은 지 오래였지만, 미국 악센트를 하
도 오랫동안 써서 이젠 완전히 그의 일부가 되어 있었다.

　여군과 통화를 끝냈을 무렵, 어니스트는 기침하고 있었다. 역에서 밤을
보낼 수는 없었다. 너무 추웠고, 표 판매원이 의심스러운 눈으로 그를 보기
시작했다. 이런 날씨에 더구나 밤이었기에 히치하이크를 기대할 수는 없었
고, 부두 근처의 여관으로 갈 수도 없었다. 그랬다가는 술집에서 중령과 조
녀선을 만날 위험이 있었다. 그리고 한기를 몰아내기 위해서는 뭔가 따뜻
한, 그리고 알코올이 들어간 것이 필요했다.

　'아프면 안 돼.' 어니스트는 생각했다. '애서튼을 찾을 수 있는 시간이 한
달 반밖에 남지 않았어. 그리고 아직 난 상륙작전에 관한 유언비어도 퍼뜨
리지 않았어.' 그래서 그는 절룩이며 마을 가장자리에 있는, 주민들을 상대
로 하는 술집으로 가서 뜨거운 토디[28]를 주문했다. 그리고 술집에 들어오는
모든 사람에게 유언비어를 퍼뜨릴 준비를 했다. 7월 18일 칼레에서 큰 작전
이 벌어질 거라는 말을 장교 두 명에게서 들었다는 내용이었다.

　하지만 술집으로 들어오는 이는 아무도 없었다. 술집에는 전시의 이 시
점에서 굉장히 귀한 에일 맥주와 위스키가 있었는데도 그랬다. 날씨가 너
무 궂어 억센 선원들마저 밖으로 나가길 싫어하는 것이었다. 어니스트는
그날 저녁 뜨거운 토디를 한 잔, 또 한 잔 마신 뒤 머릿속으로 편지를 작성
했다.

　'에일린에게. 우리가 헤어져서는 안 된다고 내가 말한 건 알지만, 데니
스 애서튼은 폴리의 데드라인 전에 오지 않을 것이고, 나는 이 방법이 애서
튼에게 메시지를 보낼 수 있는 유일한 방법이라고 생각했어. 내가 섀클턴
에 관해 했던 말을 떠올려봐. 섀클턴은 자기 동료들을 남겨두고 구조를 요

28　브랜디에 뜨거운 물과 설탕을 넣은 음료

청하러 갔어. 만약 그렇게 하지 않았다면 그 사람들이 어디에 있는지 아무도 몰랐을 거고, 그러면 모두가 죽었을 거야. 그리고 새클턴은 섬을 발견했고 도와줄 사람들을 데리고 돌아와 동료를 구했어. 하지만 내가 해준 이야기엔 빠진 부분들이 있었어. 새클턴이 섬에 도착했을 때 그곳은 사람들이 살지 않는 쪽이었고, 그래서 도움을 얻기 위해 산들을 넘어야 했지. 같은 일이 내게도 일어났어….'

그리고 두 잔을 더 마시고는 다음 편지를 작성했다.

'폴리에게. 맨체스터에서 돌아왔을 때 나는 네게 거짓말을 했어. 살트램-온-시로 나를 찾아온 사람은 포드햄이 아니었어. 텐싱이었어. 텐싱은 블레츨리 파크에서부터 나를 추적해온 거였지만, 네 생각은 틀렸어. 텐싱은 나를 울트라 작전에 고용하려던 게 아니었어. 나를 특수 대응 부대에 고용하고 싶어 했지. 그리고 나는 그곳에 가면 데니스 애서튼을 찾을 수 있을 거라 생각했어. 하지만 결국….'

하지만 그는 폴리에게 편지를 쓸 수 없었다. 폴리의 데드라인은 이미 지났으며, 따라서 그녀는 죽었을 것이기 때문이다. 폴리는 12월에 죽었다.

어니스트는 그날 밤에도 취해서 덜위치에 있는 폴리에게 전화로 경고하려 했지만, 그녀는 D-데이가 된 뒤에야 그곳에 도착한다는 사실을 깨닫고 전화를 끊었다. 그리고 그가 뭐 하는지 세스가 물었을 때, 그는 말했다. "그 여자는 아직 여기 없어. 죽었어."

그리고 만약 오늘 밤 그가 토디를 더 마시면 그는 아마도 모든 이야기를 바텐더에게 털어놓거나, 그보다 더 나쁘게는 이 모든 편지를 실제로 쓸 것이고, 그것이야말로 소용없는 짓이었다. 편지는 덜위치에 있는 폴리에게 절대로 전달되지 못할 것이다. 왜냐하면 '전달되지 않았기' 때문이다. 그리고 만약 에일린이 아직 이곳에 있어 그녀에게 편지를 보낼 수 있다 할지라도, 애서튼을 찾고 메시지를 전달하려던 그의 계획은 실패했고 폴리는 죽은 뒤였다. 그렇다면 에일린은 어니스트가 살아 있으며 그들을 버리고 떠났지만 아무런 성과도 이루지 못했다는 사실을 모르는 편이 차라리 더 나았다. 조너선의 경우와는 달랐다. 조너선의 어머니는 적어도 아들과 할아버지가 영웅으로 죽었다는 사실에 위안을 얻을 수 있었다.

어니스트는 비틀거리며 일어나 머그잔을 내려놓고(중령이 건넨 머그잔보다 훨씬 더 깨끗했다), 비틀비틀 자러 갈 준비를 했지만, 그가 계단을 올라가기 전 돼지치기 농부가 사방에 물을 털어대며 들어와 "쓸데없이 비바람이쳐."라고 말하고는(어니스트는 그 말에 진심으로 동감했다) 맥주를 주문했다.

"어서 줘." 농부가 말했다. "호크허스트까지 돼지 새끼들을 싣고 가야 해."

어니스트는 즉시 차를 태워달라고 부탁했고, 그의 트럭에 올라탔다. 다행히도 농부는 상륙작전이 어디에 있을 것 같냐고 묻더니 대답을 기다리지도 않고는 말했다. "내 말 믿어. 칼레일 거야." 그러고는 트럭을 타고 가는 내내 자신이 어떻게 그 결론에 도달했는지를 구구절절이 늘어놓았다.

어니스트는 한마디도 할 필요가 없었다. 그 역시 참으로 다행이었다. 왜냐하면 그가 카듀 캐슬에 돌아오자마자 채서블이 이렇게 말했기 때문이다. "오, 잘됐네, 도착했군. 그런데 이 지독한 냄새는 뭐야?"

"돼지."

"바다로 갔던 거 아니었어? 됐어, 맘 쓰지 마. 면도하고 목욕을 해. 특히 목욕을. 그리고 이걸 입어." 채서블은 턱시도와 너무 작은 브랙넬의 신발을 어니스트에게 던져주며 10분 안에 준비를 마치라고 말하고는, 그와 세스를 데리고 다른 환영회에 데려갔다. 이번에는 몽고메리 장군 환영식이었다.

"단지 몽고메리 장군이 아닐 뿐이야." 그들이 직원 차에 탔을 때 세스가 말했다.

"몽고메리 장군이 아니라니, 무슨 말이야?" 어니스트가 백미러를 보며 넥타이를 매려 애쓰며 말했다.

"대역이야." 세스가 말했다. "배우라고."

'어이쿠 맙소사. 갈수록 태산이군.' "고드프리 킹스맨 경은 아니겠지?"

"그럴 리가 없지." 세스가 말했다. "그 사람은 죽었어. 폭격에."

"아니, 네가 생각하는 사람은 레슬리 하워드야." 채서블이 말했다.

"아니, 그렇지 않아. 고드프리 경은 군인 위문공연을 마치고 돌아오다가…."

"그리고 지금 말한 사람은 제인 프로맨이고." 채서블이 말했다. "고드프리 킹스맨 경이 어떻게 생겼지? 이 배우가 누구든 간에, 몽고메리 장군을 빼닮은 사람일 거야."

그러면 고드프리 경은 제외였다. 배우들은 분장과 가발을 통해 경이로운 일을 할 수 있지만, 키는 어쩔 수 없었다. 몽고메리 장군은 고드프리 경보다 20센티미터는 족히 작았다.

그리고 세스 말이 옳았다. 환영회에 온 몽고메리 장군의 대역 배우는 높은 광대뼈며 굵은 콧수염, 오만한 매너까지 진짜 몽고메리 장군과 똑같아 보였다. "몽고메리 장군이 아닌 게 확실해?" 어니스트 일행이 패튼 장군의 부관과 사관들이라며 장군에게 소개된 뒤 채서블이 속삭였다. "장군이랑 말투가 똑같은데."

"확실해." 세스는 말했다. "그리고 저 친구가 자기 역을 잘하는지 확인하는 게 네 임무야. 몽고메리 장군은 전혀 술을 안 마시지만 저 친구는 그렇지 않아. 그러니 저 친구가 레모네이드 말고 다른 건 절대로 마시지 못하게 잘 지켜봐. 그리고 이건 저 친구가 제대로 해낼 수 있는지 보기 위한, 문자 그대로 예행연습이야."

"만약 제대로 해내면?" 어니스트는 물으며 멋들어진 차림새의 장군이 손님들과 잡담 나누는 모습을 지켜보았다. 그는 자기 역에 완벽히 빠져 있는 듯했다.

"그러면 저 친구는 지브롤터로 파견되어, 작전이 지중해를 통해 전개될 거라고 독일군을 속이는 임무를 수행할 거야. 그리고 만약 독일군이 그걸 믿지 않으면 작전이 7월이 되어야 있을 거라고 속일 거야."

'그리고 나는 저 친구와 동행하면서 저 친구가 술을 마시지 않는지 지켜보는 임무를 맡겠지.' 어니스트는 자신의 불운을 탓하며 생각했다. 몽고메리 장군의 대역이 상륙작전 군 집결지로 가고 장군 자신은 지브롤터로 가면 왜 안 된단 말인가?

장군의 대역과 동행하게 되리라는 어니스트의 생각은 맞았지만, 아직 떠날 시간이 정해지지 않았다. 그래서 어니스트는 다음 주 내내 축음기가 비행기 엔진 소리를 내는 동안 비를 맞으며 가짜 활주로를 따라 헤드라이트를 켜고 자동차를 몰았다. 그 일이 끝날 즈음에는 도버에서 걸린 감기가 제대로 된 독감이 되었으며, 어니스트는 자신이 항바이러스제를 고마워한 적이 한 번도 없다는 사실을 깨닫게 되었다. 화장지도.

한편, 그는 지브롤터에 가지 않아도 되었고, 의사는 일주일 동안 안정을 취하라는 처방을 내렸다. 그 시간 동안 그는 침대에서 타자기를 무릎에 올려놓고 밀린 기사들과 암호 메시지들을 거의 다 쓸 수 있었다.

'판매, 온실용 포인세티아, 히비스커스, 진주 히아신스 꺾꽂이순. 하버하우스의 E. O. 라일리에게 연락 요망.' 그리고 리케트 부인의 주소를 썼고, '노팅힐게이트 지하철역에서 황금 모노그램이 들어간 콤팩트를 분실함. '세바스찬이 폴리에게'라고 새겨져 있음.'이라고도 썼다. 또한 '타운센드 극단'의 에일린 힐, 메리 노팅이 공연한《폭풍우》의 리뷰를 쓰며 다음처럼 적었다. '연극 시작부인 난파선 장면은 아주 잘 되었으나 결론 부분은 다소 미진하다. 시간이 지나며 개선되리라 희망한다.'

그리고 그가 침대에서 일어나도 된다는 허락을 받은 다음 날, 브랙넬 여사는 그와 채서블을 '황소와 쟁기'로 보내 상륙작전 유언비어를 흘리게 했다. 채서블이 관심을 보이던 종업원과 희희낙락거리는 동안 어니스트는 토튼의 경리 담당자와 통화를 할 기회를 잡았다. 하지만 그곳 또는 인근 항구인 풀의 급료 지급 명단에는 데니스 애서튼이라는 이름이 없었고, 시간은 계속해 흘러만 갔다.

심지어 어니스트가 생각했던 것보다 더 빠르게 흘렀다. 그가 술집에서 대화를 나눴던 조종사가 말했다. "그게 언제든 간에, 곧 있을 겁니다. 지금부터 3주 뒤면 모든 집결지를 봉쇄할 거고, 그 누구도 그곳에 들어가거나 나오지 못할 겁니다. 심지어 초소도요."

"그건 작전이 6월에 있을 거라고 독일을 속이기 위한 겁니다." 어니스트가 조종사에게 말했다. "공격이 있겠지만, 그건 독일의 주의를 끌기 위한 속임수일 뿐입니다. 진짜 상륙작전은 7월 중순이 되어야 있을 거예요." 하지만 어니스트는 생각했다. '만약 다음 주까지 애서튼을 찾지 못하면, 오스틴을 훔쳐 타고 윌트셔로 가서 찾아봐야겠어.'

하지만 그럴 필요가 없었다. 이튿날 아침, 세스가 문에 몸을 기대고 안을 들여다보며 자기와 어니스트에게 이송 심부름 명령이 내려왔다고 했다.

"난 못 가." 어니스트가 말했다. "난 내일 오후 4시까지 이 기사들을 써서 〈클라리온 콜〉에 보내야 하는데 아직 시작조차 못 한 상태야."

"이번에는 무슨 중요한 뉴스인데?" 세스가 어니스트의 어깨너머로 몸을 기울이고는 그가 타자하는 것을 읽으려 했지만, 다행히도 이번 것은 어니스트의 사적인 메시지가 아니었다. "또 가든파티에 관한 기사야?"

어니스트는 고개를 저었다. "친교 댄스." 그가 읽었다. "베즈버리의 환영 클럽은 새로 도착한 미군 장병들을 위해 친교 댄스를 주최…."

"우리는 장교야." 세스가 말했다. "그리고 우리는 브랙넬의 롤스를 운전할 거야. 걸어가는 게 아니라고. 진흙도 없을 거야. 황소도."

"안 돼. 말했듯이, 마감할 게 있다니까. 채서블이랑 같이 가면 안 돼?"

"안 돼. 채서블은 다프네와 데이트 가서 저녁 식사를 한대."

"그걸 내일 저녁으로 미루면 안 된대? 아니면 모레 저녁이나?"

"데이트가 바로 모레 저녁이야. 그리고 채서블은 우리가 그 시간까지 돌아오지 못할까 봐 걱정해. 우리가 몽고메리 장군을 만나러 사보이 호텔에 갔을 때 이미 한 번 약속을 취소해야 했거든."

'모레 저녁이라고?' "우리가 가는 곳이 어딘데?"

"나도 정확히는 몰라." 세스가 말했다. "브랙넬 여사가 내게 지도를 주었어. 그리고 포츠머스에 관한 뭔가를 말했어."

그곳은 바로 상륙작전을 준비하는 중심부이자 애서튼이 있는 곳이었다. "좋아. 우린 민간인 행세를 하는 거야?"

세스는 고개를 저었다. "육군 장교." 즉 뭔지는 모르지만 이송을 위해서 육군 캠프에 가야 한다는 뜻이었고, 또한 데니스 애서튼이 어디에 배치되었는지 물어도 이상해 보이지 않는다는 뜻이었다. 그는 심지어 사병을 시켜 기록을 살펴보고 애서튼을 찾아오라고 명령을 내릴 수도 있었다. 세스를 떼어놔야 하겠지만 이틀의 여정 동안 기회는 많을 것이고, 만약 내일 아침에야 떠난다면 가는 길에 〈클라리온 콜〉에 기사를 전달할 수도 있을 것이다. "언제 이송을 시작해야 하는데?"

"내일 아침 9시. 간다는 소리지?"

"응." 어니스트는 말했고, 세스가 떠나자마자 타자를 했다. '음악은 제 48군악대가 연주할 것이다.' 그리고 타자기에서 종이를 뽑고 새 종이를 끼우고 타자를 했다. '어퍼 노팅의 제임스 타운센드 부부는 딸 폴리가 제21비행사단 장교인 콜린 템플러와 약혼을 했다고 발표했다. 콜린 템플러 공군 장교는 현재 켄트에 배치되어 있다. 둘은 6월 말에 결혼 예정이다.'

세스가 문을 열고 안으로 몸을 들이밀었다. 그는 장교용 군복 차림이었다. "왜 아직 준비를 안 했어?"

"내일 아침에 가는 줄 알았는데?"

"아니." 세스가 말했다. "브랙넬 여사는 우리가 지금 가길 원해." 그건 말이 안 됐다. 포츠머스는 몇 시간 거리밖에 안 되었기 때문이다. 하지만 어니스트는 반대하지 않았다. 일찍 갈수록 좋았다. 그리고 만약 가는 길에 밤이 되어 어딘가에 묵어야 한다면 애서튼에 관해 물어볼 기회가 더욱더 많을 것이다.

"20분만 줘." 어니스트가 말했다.

"10분. 우리 지도가 어디에 있는지 혹시 알아?"

"브랙넬이 네게 줬다고 아까 네가 말하지 않았어?"

"아니, 이 지역 지도."

"프리즘이 가지고 있었을 거야." 어니스트는 거짓말을 했고, 세스가 지도를 가지러 가자마자, 그는 책상 위 더미에서 지도를 꺼내 주머니에 쑤셔 넣은 뒤 식당으로 달려가 식기류 보관용 서랍에 지도를 숨겼다. 그리고 서둘러 방으로 가서 면도칼과 비누를 가방에 넣었고, 세스가 "프리즘 다음으로 네가 가지고 있지 않은 거 확실해?"라는 질문에 대답한 뒤, 가방과 장교용 군복을 가지고 사무실로 돌아왔다. 그리고 장교용 군복을 입은 다음, 다시 미친 듯이 타자를 하기 시작했다.

그리고 어렵사리 메시지 하나를 더 완성했다. '지난주 세바스찬 학교에서 열린 전시 저축 우표 콘테스트에서 메리 P. 크래들 학생이 우승했다. 열네 살인 메리는 친구들에게 폴리라는 이름으로 불리며, 심부름하여 번 돈으로 우표를 샀다. 교장인 던워디 타운센드는 '우리 모두 메리처럼 전시 협력을 잘할 수 있기를 바랍니다'라고 말했다.' 그리고 세스가 지도를 가지고 다시 나타나더니 "내가 이걸 어디서 찾았는지 넌 정말 상상도 못 할걸."이라고 말하고는 왜 아직도 준비를 마치지 않았냐며 어서 준비하라고 재촉했다.

어니스트는 기사들을 봉투에 집어넣고 봉한 다음 세스가 이미 롤스 시동을 걸어놓고 기다리는 곳으로 서둘러 갔다. 세스는 어니스트가 차 문을 닫기도 전에 차를 출발했다. "우리는 이 기사들을 〈클라리온 콜〉 사무실에 전달해야 해." 어니스트가 세스에게 봉투를 보여주며 말했다.

"그건 돌아오는 길에 해도 해."

"하지만 크로이던은 가는 길에 있잖아."

세스는 고개를 저었다. "우리는 그레이브센드로 올라갔다가 도버로 내려와서 포크스톤에 먼저 가야 해."

"뭐라고?" 만약 세스가 포츠머스에 관해 거짓말을 한 거라면, 어니스트는 그를 죽여버릴 것이다. "왜?"

"우리는 지나는 모든 길과 마을 이름을 적어야 해."

"왜? 브랙넬이 직접 지도를 보고 적어도 되지 않아?"

"그래도 되지. 하지만 큰 건물이나 산 같은 표지물은 지도에 안 나오잖아. 그리고 거리도 정확해야 해. 전쟁 전에 독일 수녀부가 휴일에 하이킹하며 켄트를 지났을 경우에 대비해야 하거든."

"독일 수녀부…? 대체 뭘 이송하러 가는 거야?"

"독일군 전쟁 포로." 세스가 말했다. "우리는 포로수용소에서 그자를 태우고 런던으로 가야 해. 그자는 아프고, 적십자가 주선해서 그자를 독일로 보내기로 했어. 하지만 우선 우리는 그자를 태우고 켄트의 집결소를 관통해 도버로 갈 거야. 그래서 우리 상륙작전 준비를 직접 볼 수 있게 하는 거지."

"고무 탱크랑 나무 비행기 몇 대, 하수관을 연결해 만든 정유소를? 그런 것들은 6천 킬로미터 상공의 정찰기를 속이려고 만든 거지, 가까이서 사람이 직접…."

"아니, 우리는 진짜를 보여줄 거야." 세스가 말했다. "군함, 비행기, 모든 걸. 하지만 그자는 자신이 켄트에 있다고 생각하게 될 거야. 그래서 우리는 오늘 오후에 그레이브센드로 가야 하는 거야. 우리는 가짜 경로를 따라갈 거고, 그래서 독일군 대령은 우리가 어디에 있는지에 대해 우리가 하는 말을 우연히 엿듣게 되는 거지."

영리한 계획이었다. 잉글랜드 전역의 이정표를 치운 상황에서 독일군 대령은 자신의 위치를 세스와 어니스트가 나누는 대화를 통해서만 알 수 있었다. 만약 그들이 그가 켄트에 있다고 확신시킬 수 있다면, 그가 고향으로 돌아가 독일 수뇌부에게 이야기할 테고, 독일은 연합군이 칼레를 통해 공격해 올 거라고 믿을 것이다.

하지만 그건 애서튼을 찾으려는 어니스트의 계획이 어긋났다는 뜻이었다. 대령이 엿듣는 상황에서 테니스 애서튼의 행방을 군인에게 물어볼 수는 없을 것이다. 그는 대령과 세스에게서 벗어나야 했다.

"우리가 이틀 동안 출장이라고 했잖아." 어니스트가 말했다. "밤에는 어디서 묵어? 군 막사? 아니면 포츠머스?"

"둘 다 아니야. 우리는 그자를 곧장 런던으로 데려갈 거야."

"하지만 채서블의 데이트 약속 시간 전까지 우리가 돌아오지 못할 거라며?"

"그건 채서블이 한 말이지. 채서블은 뭔가 잘못되어서 우리가 비밀을 누설할 거라고 확신하더라고." 세스가 말했다. "아니, 우리는 아무 곳에도 멈추지 않아. 화장실에 가야 하는 경우만 빼고. 그리고 우리는 대령에게서 단 한 시도 눈을 떼지 않을 거야. 브랙널 여사는 우리 둘 다 그자와 꼭 붙어 있기를 원해."

49

다시 평화가 찾아오고(알다시피, 그렇게 될 겁니다) 다시 사방이 밝아지면,
우리는 지금 이 시절을 회고하며 가장 암울했던 때에도 우리를 격려하고
사랑해줬던 것들을 고마운 마음으로 추억할 것입니다.

— 신문 광고, 1941년

전쟁 박물관, 런던, 1995년 5월 7일

10시 5분 전이 되었지만, 캘빈이 기다리던 그룹은 아직도 박물관에 도착하지 않았다. 비가 억수같이 쏟아졌다. 미국인 부부는 캘빈을 자기 딸과 엮어주려던 시도를 포기하고는 "우린 어딘가 마른 곳에 가서 맛있는 커피를 마시려 해요. 그런 곳이 이 나라에 있다면 말이지만요, 캘빈."이라고 말하며 박물관을 떠났다. 그건 다행이었지만, 다른 방문객은 여전히 아무도 보이지 않았다.

'만약 그 사람들 모두 세인트폴 대성당의 전시회에 갔으면 어쩐다?' 캘빈은 생각했다. '또는 오늘이 맞는 날짜가 아니라면? 만약 전시회가 내일 시작한다면? 아니면 어제 시작했다면?'

10시 1분 전이 되자 나이 지긋한 박물관 경비원이 나타나 문을 열었고, 캘빈에게 안으로 들어와 로비에서 기다리라고 했다. "오늘이 '런던 대공습에서의 삶' 전시회 첫날이지요? 그렇죠?" 그는 경비원에게 물었다.

"네, 맞습니다."

"그리고 오늘은 전쟁과 관련된 일을 했던 시민들이 무료로 입장할 수

있는 날이고요?”

“네. 맞습니다.” 경비원은 마치 캘빈 자신이 그런 생존자 가운데 한 명이라 주장하며 무료입장을 하려 한다는 듯이 경계하는 표정으로 말했다. “입장권은 저쪽에서 사시면 됩니다.” 경비원은 아직 아무도 없는 표 판매대 쪽을 뻣뻣이 고갯짓으로 가리켰다. “박물관 입장과 상시 전시는 무료입니다. 박물관은 곧 문을 엽니다. 기념품 가게는 열었으니 그곳에 가셔도 됩니다.” 경비원은 표 판매대 바로 너머에 있는 곳을 가리키며 말했다.

“고맙습니다. 저는 그냥 로비나 둘러보겠습니다.” 캘빈이 말하며 스핏파이어와 V-1과 V-2 로켓이 걸려 있는 높은 천장을 가리켰다. 경비원이 가자마자, 그는 누가 오는지 보기 위해 창으로 돌아갔다.

아무도 보이지 않았다. 캘빈은 ‘앞으로 있을 강연과 전시 일정’ 포스터를 읽었다. “6월 18일 — 수적 열세: 영국 본토 항공전, 6월 29일 — 제2차 세계대전의 알려지지 않은 영웅들. 미국 악단 지휘자인 글렌 밀러부터 암호해독 천재인 딜리 녹스와 셰익스피어 전문 배우인 고드프리 킹스맨까지, 전쟁에서의 승리를 위해 자신의 목숨을 바쳤던 민간인들에 대한 슬라이드 상영.”

주차장은 여전히 거의 텅 비어 있었다. 캘빈은 표 판매대 뒷벽의 시계를 보았다. 10시 10분이었다. ‘모두 세인트폴 대성당으로 간 거야.’ 그는 생각했고, 이곳에서 더 기다리지 말고 그곳으로 가야 하나 고민을 했지만, 지하철로 그곳까지 가려면 적어도 30분은 걸릴 테고, 그 과정에서 두 곳 모두 그 사람들을 놓칠 수도 있었다. 그는 10분 더 기다려보기로 했다.

10시 15분에 캘빈이 기다리던 사람들 모두가 한꺼번에 도착했다. 커다란 밴 두 대가 주차하더니 나이 지긋한 여자들 스무 명 정도를 쏟아냈다. 처음엔 거리가 너무 멀어서 캘빈은 여자들의 얼굴을 제대로 볼 수 없었고, 그다음엔 여자들이 계단으로 이동하기 전에 우산을 펼치고 그 아래로 몸을 숙였기 때문에 여자들이 계단을 거의 다 오를 때까지 역시 얼굴을 볼 수 없었다.

만약 저 사람들 가운데 한 명이 메로피라면? 캘빈은 지금 이 순간까지 그 가능성을 생각해보지 못했다. 그는 이제까지 폴리를 알 만한 사람을 찾는 일, 그녀가 리케트 부인 집을 떠난 뒤에 어디로 갔는지 단서를 알 만한 사람을 찾는 일에만 몰두해왔다. 만약 폴리가 리케트 부인 집을 떠났다면 말이다. 만약 폴리와 메로피가 그날 저녁 부인 집의 다른 사람들처럼 죽지 않았다면.

하지만 둘의 이름은 사망자 명단에 없었고, 설사 명단에 있다 할지라도 둘이 꼭 죽었다는 뜻일 필요는 없었다.

'둘은 그날 아침에 리케트 부인 집에 없었어.' 캘빈은 한때 하숙집이었던 커다란 구멍 앞에 섰던 날 이후로 날마다 생각했다. '둘은 방공호에 안전하게 있었고, 하숙집이 폭격당하자 다른 하숙집을 구해 이사했어. 또는 만약 폴리가 구급차 대원이 되었다면, 그래서 지부 막사에서 지냈다면 오늘 이곳에 온 저 여자들 가운데 한 명이 폴리의 행방을 알 거야.'

한때 리케트 부인의 집이었던 목재와 회벽 더미를 보고 캘빈에게 처음으로 든 감정은 1941년에 머물며 그들을 찾아야겠다는 충동이었다. 아니, 가장 먼저 든 생각은 맨손으로 잔해를 파헤쳐 폴리를 찾아내야겠다는 것이었다. 하지만 폭탄이 그곳을 파괴한 건 며칠 또는 심지어 몇 주 전일 수도 있었고, 그가 그들을 찾아 이곳에 머무는 날은 그가 다시는 올 수 없는 날이 될 것이다. 그리고 그 며칠 안에 그는 폴리를 구출해야 했다. 그렇게 하지 않으면 폴리는 죽을 것이기 때문이다.

그리고 노팅힐게이트와 램프덴 로드와 옥스퍼드 스트리트에 있던 경험에서, 캘빈은 같은 시공간 위치에 있는 것만으로는 충분하지 않다는 사실을 알았다. 폴리를 구하려면 그녀가 정확히 어디에 있는지를 알아야만 했다.

'그리고 이 여자들 가운데 한 명이 내게 그걸 알려줄 거야. 이 사람들은 폴리와 같은 구급차 대원이었거나 또는 같은 방공호에 있었거나 같은 아파트에 있었을 거야.'

하지만 만약 메로피가 저 문을 열고 박물관으로 들어온다면? 만약 그가 폴리와 메로피를 구하지 못했고, 그래서 50년이 지난 지금도 이곳에 있다면?

‘만약 그랬다 할지라도, 메로피가 이런 곳에 올 리가 없어.’ 캘빈은 생각했다. ‘메로피는 전쟁이라면 절대로 회상하고 싶어 하지 않을 테니까.’ 하지만 들어오는 여자들 한 명 한 명의 얼굴을 자세히 보기 위해 문 옆에 가 섰고, 여자들이 계단 꼭대기에 도착해 걸음을 멈추고 우산을 접어 물을 털어내자 그는 마음을 굳게 먹었다. 마침내 그들의 얼굴을 처음으로 볼 수 있었다.

처음 들어오는 사람들은 모두가 날씨에 관해 이야기했다. “하필 오늘 같은 날 이렇게 비가 온담!” 한 명이 말하자 다른 사람이 대답했다. “하지만 내 장미들에게는 단비야. 불쌍한 것들. 완전히 타들어갔었다니까.”

캘빈은 이 사람들이 과연 전시회를 보러 온 깃일까 의심이 들기 시작했다. 그들은 70, 80대로 나이대는 맞았다. 그리고 원피스를 입고 모자를 쓴 것이 모두 특별한 행사를 위한 차림이었다. 한 명은 꽃밭을 통째로 얹은 듯한 거대한 모자를 쓰고 있었다. 그리고 아주 나이가 들고 아주 허약해 보이는 한 명은 하얀 장갑을 꼈다.

하지만 이들은 제2차 세계대전 기념 모임이 아니라 정원 파티에 가는 듯이 보였다. 그리고 이 사람들이라면 소이탄을 끄고 잔해에서 시체를 파내고 방공포를 발사하는 건 고사하고, 차를 따르는 것보다 덜 우아한 일을 하는 것조차 상상도 되지 않았다.

‘이 사람들이 아니야.’ 캘빈은 생각했다. ‘내가 만나려던 사람들은 모두 세인트폴 대성당으로 갔어. 그리고 이 사람들은 상류 여성 사교회 월례 모임에 온 거야.’ 그가 몸을 돌려 떠나려는데 허약해 보이는 노파가 하얀 장갑 낀 손으로 V-1을 가리키며 말했다. “오, 맙소사, 저걸 봐! 두들버그야. 저게 피커딜리를 따라 나를 내내 쫓아왔었어.”

“폭약이 들어 있지는 않았으면 좋겠네.” 그녀와 같이 온 여자가 말했고, 이윽고 비명을 질렀다. “휘트로!” 그리고 엄격해 보이는 여자를 두 팔로 껴안았다. “나야! 브리짓 플래니건. 우리 같은 공군 여성 보조 부대에 있었잖아.”

“플래니건! 오, 세상에. 어떻게 이런 일이!” 그리고 엄격해 보이는 여자는 함박웃음을 지었다.

결국 이 여자들은 그가 찾던 사람들이 맞았다. 하지만 다른 밴이 한 대 더 도착했고, 이제 사람들은 우산과 비옷에서 물을 털어내고 흥분해 이야기하며 로비로 한꺼번에 쏟아져 들어왔다. 그래서 캘빈은 사람들을 제대로 살필 수가 없었다. 그는 문 옆에 서서 사람들이 모두 안으로 들어올 때까지 기다렸다가 이윽고 시끄러운 로비를 돌며 들어올 때 제대로 보지 못한 사람들 얼굴을 살펴보았다. 사람들은 로비 여기저기에서 서로를 부르고 기쁨의 환성을 지르며 인사하느라 바빴기에, 그가 사람들을 헤치며 에일린을 찾아 자신들의 얼굴을 살피는 것도 아랑곳하지 않았다.

캘빈은 사람들을 따라 함께 이동하며 그들이 나누는 대화를 엿들었다.

"아니, 안타깝게도 걔는 올 수 없었어. 류머티즘 때문에…."

"너 그때 결혼한 그 미국인이랑 아직도 같이 살아? 그 사람 이름이 뭐였더라? 잭?"

"잭? 맙소사, 아니. 난 그 사람이랑 헤어지고 두 번 더 결혼을…."

"아니, 넌 끔찍한 운전사였어. 네가 친 그 불쌍한 미국인 제독 기억나?"

"그 사람은 제독이 아니라 겨우 중령이었어! 그리고 그런 식으로 반대쪽을 보고 길을 가면 안 되는 거였지. 만약 미국인들이 운전을 좌측통행으로 제대로 하기만 했어도 길을 건널 때면 어느 쪽을 살펴야 하는지 알 거라고…."

"여러분!" 덩치가 크고 철회색 머리에 혈색이 좋은 여자가 로비에서 박물관으로 이어지는 문 앞에서 외쳤다. "여러분!" 그 여자는 황금색 별 스티커들이 있는 종이 한 장과 이름표들을 들고 있었다. "여러분! 주목해주세요!" 그녀가 외쳤지만 소용없었다. 여자들은 옛친구들과 낯익은 얼굴들을 찾아보느라 정신이 없었다.

'나랑 똑같군.' 캘빈은 생각하며 이름표 뭉치를 든 여자를 지나, 아직 그가 제대로 살펴보지 못한 여자 넷이 모여 있는 모퉁이로 갔다. 그 여자들은 사진들을 돌려보고 있었다. 아마 아들딸 또는 손자 손녀의 사진들인 듯했다. 그는 공책을 꺼내 V-1과 스핏파이어에 대한 내용을 적는 척하며 여자들의 얼굴을 살펴보았다.

'제발 메로피가 여기 없기를.' 그는 기도했다.

그 여자들은 사진들을 보느라 하나로 모여 고개를 숙이고 있었고, 다시 고개를 들어 캘빈이 얼굴들을 볼 수 있을 때까지는 잠시 시간이 걸렸다.

메로피는 여기에 없었다. 그건 캘빈이 적어도 아직은 실패하지 않았고, 1941년 3월 이후 폴리의 행방을 그에게 알려줄 사람을 찾을 시간이 아직 있으며, 폴리와 메로피를 찾아 돌아갈 수 있다는 뜻이었다. 그리고 이곳이 바로 그 사람을 찾을 수 있는 장소였다. 이 여자들은 모두가 전쟁과 관련된 일을 했고, 대부분은 대공습 기간 동안 런던에 있었을 것이다. 그들 가운데 누군가는 폴리를 알 수밖에 없었다.

캘빈은 자신이 지켜보던 그룹부터 시작했다. 그들은 사진 보는 걸 마치고 전쟁에 관해 이야기하고 있었다.

캘빈은 그들이 무슨 말을 하는지 엿듣기 위해 더 가까이 다가갔고, 어떻게 하면 대화에 슬쩍 끼어들 수 있을지 방법을 궁리했다. "우리가 비긴힐에 춤추러 갔던 때 기억해?" 사진을 사람들에게 보여주던 여자가 옆에 있는 여자에게 묻고 있었다. "그리고 그 공군 조종사, 그 사람 이름이 뭐였더라?"

"보이드 대위. 기억하고말고. 그 사람은 자기 비행기를 보러 가자고 내게 계속 졸라댔거든." 그녀가 말했다. 하지만 그녀에게 누군가가 어딘가로 같이 가자고 졸라대는 건 상상이 안 갔다. 그 여자는 뚱뚱했고 창백했으며, 얼굴은 철도 지도처럼 주름이 자글자글했다. "나는 '정숙한 여자는 방금 만난 남자하고 밤에 단둘이서만 나가지 않아요.'라고 말했어. 그랬더니 그 사람은 지금 전쟁이 벌어지고 있으니 우리는 내일 당장에라도 죽을지 모른다면서…."

"참신하기도 해라." 옆에 있는 여자가 말했다.

"내가 가장 좋아했던 작업 멘트는 '그건 애국을 위한 당신의 의무입니다.'였어." 세 번째 여자가 말했고, 다른 여자들이 고개를 끄덕였다. "'그게 당신이 자기 몫을 하는 거라 생각하십시오.'"

'왠지 지금은 끼어들기 좋은 때가 아닌 거 같군.' 그는 생각했고, 스핏파이어를 열심히 살폈다.

"그래서 그 남자랑 같이 나갔어?" 여자들 가운데 한 명이 묻고 있었다.

첫 번째 여자는 기분이 상한 듯한 표정을 지었다. "아니, 나는 그따위 구닥다리 작업 멘트에 넘어가지 않는다고 말했어. 그리고 그 사람과 어디로든 같이 갈 의향이 없다고 했지. 그리고 내가 거절해서 다행이었어. 얼마 안 있어서 그 사람 비행기가 직격탄을 맞았거든. 완전히 가루가 되었어. 그 비행기가 어디에 있었는지조차 알아볼 수가 없을 지경이었어. 아무 흔적도 없이 사라졌어.

"내가 그 사람 목숨을 구한 셈이지." 그 여자가 말했다. "나는 그 사람에게 그렇게 말했어. '당신은 제가 정숙한 여자인 걸 고마워해야 해요. 만약 그렇지 않았다면 우리 둘 다 죽었을 거예요.'라고 말했지."

"그랬더니 그 사람이 고마워했어?" 두 번째 여자가 비꼬듯 말했다.

"나는 흔적도 없이 사라진 여자 한 명을 알아." 그 옆에 있는 여자가 말했다.

'저도 압니다.' 캘빈은 생각했다. 그리고 단지 엿듣기만 해서는 이 여자들이 폴리를 아는지 알아낼 수 없는 게 확실했다. 그는 공책을 손에 들고 그 여자들에게 다가갔다. "그 여자 이름이 뭐였지?" 여자가 말하고 있었다. "S로 시작했는데. 너도 알잖아, 로우리. 고성능 폭탄에 맞은 사람. 흔적도 없이…."

"방해해서 죄송합니다, 여러분." 그가 말했다. "저는 캘빈 나이트라고 합니다. 전시회 오프닝에 관한 기사를 쓰러 왔는데 혹시 여러분을 인터뷰할 수 있을까 해서요. 여러분 모두는 제2차 세계대전 때 전쟁 관련 일을 하셨죠? 그렇죠? 모두 런던에 계셨나요?"

"얘는 런던에 있었어요." 레이스 옷깃을 하고 머리가 허연 여자가 흔적도 없이 사라진 여자 이야기를 한 사람을 가리키며 말했다. "그리고 여기 둘은…." 여자는 마르고 주름이 많은 노파와 사진들을 든 여자를 가리켰다. "WAAC였어요."

"육군 여군 지원단(Women's Auxiliary Army Corps)을 말하는 거예요." 주름 많은 노파가 말했다. "우리는 무선 통신사였어요."

“그리고 이쪽 분께서는 뭘 하셨나요?” 캘빈은 레이스 옷깃을 한 여자에게 물었다.

“그게….” 보조개 웃음을 지으며 그녀가 말했다. “몇 년 전까지만 해도 말해줄 수 없던 일을 했지요. 나는 정보부에 있었어요.”

“재는 스파이였어요.” 주름 많은 노파가 말했다. “하지만 나는 더 가슴 뛰는 일을 했지요. 나는 시체 보관소 밴을 운전했어요.”

“런던 대공습 동안에요?”

“아니요. 나는 여기 이 친구들보다 어렸어요. 런던 대공습 때 나는 서리에서 아직 학교에 다녔죠. 1944년 7월이 되어서야 합류했어요.”

그건 너무 늦은 때였다. 그때쯤이면 폴리는 이미 크로이던 근처에서 구급차를 운전했을 것이다. 그리고 데드라인도 이미 지난 뒤일 것이다. “두 분은 대공습 때 런던에 계셨나요?” 캘빈은 WAAC였다는 여자들에게 물었다.

“아니요, 우리는 백샷 파크에 주둔했어요.” 첫 번째 여자가 말했고, 두 번째 여자는 캘빈에게 사진을 한 장 내밀었다. 아까 그가 그녀의 손자 손녀일 거라 생각했던 사진이었다. 하지만 그렇지 않았다. 그건 군복을 입은 예쁘고 날씬한 여자 둘이 찍힌 흑백 사진이었다. 한 명은 금발이고 한 명은 흑발로, 탱크에 앉아 웃는 모습이었다. “내가 금발이에요.” 그녀가 말했다. “그리고 이건 루이스이고요.” 그녀는 사진에서 자기 옆에 앉은 곱슬머리 여자를 가리키더니 이윽고 자기 친구를 가리켰다.

“이게 부인이세요?” 캘빈은 사진을 응시하며 말했다. 그의 앞에 선 시들고 뚱뚱하고 늙은 여자는 사진 속에서 활짝 웃는 활기찬 여자와 닮은 곳이 하나도 없어 보였다.

“맞아요.” 루이스가 옆으로 돌아와 사진을 보며 말했다. “당시 나는 흑발이었죠.”

비록 캘빈은 메로피를 8년 동안 못 보았으며 지금은 훨씬 더 늙었겠지만 그래도 보면 알아볼 수 있을 거라고 이제까지 생각해왔지만, 이 사진을 보고 나니….

사진 속의 곱슬머리 여자와 그 앞에 선 늙은 여자는 전혀 닮지 않았다.

시간이 너무나도 많이 흐른 것이다.

'시간이 너무 흘렀어.' 메로피는 지금 여기 이 로비에, 어쩌면 몇 걸음 떨어진 곳에 있을 수도 있지만, 캘빈은 알아보지 못할 것이다. 그리고 만약 메로피가 그를 알아보면 과연 그에게 와서 "어디 있었던 거야? 왜 오지 않았어?"라고 말을 할까?

캘빈은 여전히 멍하니 사진을 응시했다. "괜찮아요?" 루이스가 물었다.

"우리가 거의 변하지 않아서 놀랐나 봐." 그녀의 친구가 말했고, 모든 여자가 온화하게 웃었다.

"그 말이 맞습니다. 모두 전혀 변하지 않으셨네요." 캘빈이 정신을 수습하고 말했다. 그는 사진을 돌려주고 네 명의 이름을 물었다. "그래야 기사에 인용할 수 있으니까요."

다행히도, 네 명 중에 메로피 또는 가명으로 썼던 에일린 오릴리라는 이름은 없었다. 하지만 여기에 있는 모든 여자에게 이름을 물을 수는 없었다. 캘빈은 이름표들을 들고 있던 여자를 떠올리고 그 여자가 이름표를 나눠줬는지 확인하기 위해 그녀를 찾아다녔지만, 찾을 수가 없었다.

아니, 찾았다. 그 여자는 저쪽의 표 판매대 옆에서 그가 아까 주차장에서 보았던 여자와 대화 중이었다. 그녀는 아마도 마이크를 쓸 수 있을지 묻고 있을 것이다.

그녀에게는 마이크가 필요했다. 소음은 점점 커졌고, 여자 몇 명은 상대의 말을 듣기 위해 두 손을 모아 귀에 댔다. 하지만 그들 가운데 공습 대비대 완장을 한 사람에게, 혹시 대공습 기간에 런던에 있었는지 캘빈이 묻자 그녀는 말했다. "뭐라고요? 잘 안 들려요. 난 그쪽 귀가 안 들려요."

그리고 다른 사람도 마찬가지였다. 캘빈이 '대공습 기간에 런던에 계셨나요?'라고 외치자 그녀는 '대홍수? 무슨 홍수요?'라고 말했다.

캘빈은 잠시 더 그 여자에게 고함을 치고서야 그녀의 결혼 전 이름을 알아낼 수 있었다. 바이올렛 럼포드였다. 그리고 사람들 사이를 더 다니며 대화를 엿듣고, 이름들을 훔쳐보려 했지만, 상당수 사람은 서로를 '화부', 'B-1', '폭스트롯'처럼 별명으로 불렀고, 나머지 사람들은 성을 불렀다.

이름표를 가지고 있던 여자는 마이크를 구하는 것을 포기했고 또한 사람들을 주목시키는 것도 포기했는지, 사람들 사이를 다니며 이름표를 나눠 주고 있었다. '좋았어.'

캘빈은 그녀를 향해 다가갔다. "이름표에 이름을 적고 모퉁이에 황금색 별 스티커를 붙이세요." 그녀는 말하며 여자들에게 이름표와 펜을 건넸다. "그리고 저 문으로 들어가세요."

'하지만 내가 이름을 확인할 시간을 준 다음에 그렇게 해주세요.' 캘빈은 생각했다.

"어떤 이름을 써야 하나요?" 분홍색 깃털 모자를 쓴 여자가 물었다. "지금 이름을 쓰나요. 아니면 전쟁 때 이름을 쓰나요?"

"둘 다요." 주최자가 말했다. "그리고 이름 아래에는 어디 소속으로 일했는지를 쓰세요."

'고마워요.' 캘빈은 생각했고, 그녀를 따라가며 사람들이 이름표에 적는 이름들을 읽었다. 폴린, 데보라, 진. 네터튼, 헐리, 요크. 에일린도, 오릴리도 없었다. 하지만 이름표를 나눠주는 여자가 모든 사람에게 같은 지시 사항을 내린 게 아닌 게 분명했다. 몇 명은 이름을 하나만 적었고, 소속을 적은 이는 몇 명밖에 되지 않았다. 공습 대비대, 공군 여성 보조 부대, 여성 의용대.

그들은 로비를 빠져나가 박물관으로 들어가기 시작했다. 캘빈은 표를 사야 했지만, 아직 이름표를 하지 않은 여자들이 몇 명 남아 있었다. 월터스, 레딩….

세 번째 여자는 중풍 때문에 떨리는 손으로 이름을 썼고, 이름표를 핀으로 가슴에 달았을 때, 캘빈은 그 이름의 첫 글자가 O라는 것만 알 수 있었고 나머지는 읽을 수 없었다. 캘빈은 그들이 박물관 안으로 들어갔을 때 그녀에게 가서 이름을 알아내야만 했다.

네 번째 여자는 체구가 아주 작고 마치 당장에라도 허리가 뚝 부러질 듯 보였으며 아직 이름을 다 쓰지는 못했지만, 캘빈은 그 여자가 메로피일 리 없다고 생각했다. 메로피는 키가 더 컸다. 하지만 그는 메로피가 떠난 뒤 키가 자랐고, 사람들은 늙으면 키가 준다는 게 생각났다. "우리가 어디 소속이었는지도 써야 한다고 했어?" 그 여자가 물었다.

"응." 월터스라는 여자, 그리고 이름을 알아볼 수 없게 적었던 여자가 한목소리로 대답하고 소리 내 웃었다. 이름을 알아볼 수 없게 썼던 여자가 말했다. "월터스? 너 맞아?"

월터스가 그 여자를 보고 입을 떡 벌렸다. "오, 세상에!" 그녀가 외쳤다. "믿을 수가 없어!" 월터스는 그녀를 두 팔로 안았다. "게데스!"

게데스. 좋았어. 그녀 이름의 첫 글자는 O가 아니라 G였다.

"우리는 이스트레이에 함께 주둔했어." 게데스가 레딩에게 말했다. "우리는 ATA 소속이었어."

"공군 보조 수송대(Air Transport Auxiliary)를 말하는 거야." 월터스가 설명했다. "우리는 공군이 쓸 새 비행기들을 비행장으로 실어 날랐어." 그리고 만약 이들이 이스트레이에 주둔했다면 그들은 런던 근처에 있지 않았으며, 따라서 폴리를 알지 못한다는 뜻이었다.

"전쟁 때 넌 뭐 했어?" 월터스가 레딩에게 묻고 있었다.

"아쉽게도 그리 낭만적이지는 않아." 그녀가 말했다. "나는 농업 여성이었어. 슈롭셔에서 돼지 거름을 뒤적이며 전시를 보냈지."

그러면 레딩도 제외였다. 이로써 남은 건 마침내 이름을 다 쓰고 이름표를 가슴에 단 작은 여자뿐이었다. 이름표에는 '도널드 대븐포트 부인'이라고 적혔고, 그 아래에는 '신시아 캠벌리 중위'라고 적혀 있었다.

캘빈은 참고 있는 줄도 몰랐던 숨을 내뱉었다. 메로피는 이곳에 없었다.

다행이었다. 하지만 캘빈은 여전히 폴리가 어디에 있었는지 알지 못했고, 알 만한 사람을 찾지도 못했다. 그리고 대공습 기간에 런던에 있었는지를 밝히지 않은 캠벌리는 이미 다른 사람들이 있는 곳으로 가고 있었다. 그는 캠벌리의 뒤를 쫓다가 자신이 표를 사지 않았다는 사실을 기억하고는 매표소로 달려갔지만, 표를 사서 돌아왔을 때 그 사람들은 사라지고 없었다.

문 바로 안쪽에는 환한 붉은색 이정표가 여러 전시회를 화살표로 가리켰다. '북대서양 전투', '홀로코스트', '대공습의 삶'. 캘빈은 마지막 화살표를 따라 복도를 걸어갔고 모래주머니들을 쌓아놓은 출입구에 도착했다. 모래주머니들 앞에는 물이 담긴 양동이가 있었고, 양동이 안에는 휴대용 손 펌프가 있었다. 문 위에는 '지금이 그들의 가장 화려한 시기이다. 윈스턴 처칠'이라고 적혀 있었고, 그가 문을 통과해 들어가자 공습 사이렌이 울리기 시작했다.

캘빈은 흑백 사진 액자들이 걸린 짧은 복도에 있었다. 불에 탄 교회, 런던 상공에 줄지어 있는 방공 기구들, 폭격당한 집들이 있는 거리, 연기와 화염의 바닷속에 떠 있는 세인트폴 대성당의 돔 사진 등이었다. 복도 끝에는 또 다른 출입구가 있었고, 그 문에는 두꺼운 검은 커튼이 걸려 있었다. 그 너머 어디선가, 비행기들의 윙윙거리는 소리와 폭탄이 터지는 소리가 들렸다. 그는 커튼을 지나갔다.

그리고 완벽한 암흑으로 들어섰다. "등화관제 중이므로 어둠에 유의하십시오." 녹음된 목소리가 말했다. 캘빈은 어둠 속을 응시하며 캠벌리를 찾았다. 캠벌리는 보이지 않았지만, 눈이 차차 적응함에 따라 검은 선들이 가로질러 쳐진 둥글고 하얀빛 두 개가 보였다. 자동차 전조등이 분명했다. 그리고 바닥에는 전조등 불빛에 희미하게 밝혀진 흰 줄이 난 길이 또 다른 커튼 쳐진 문으로 이어졌다. 그리고 그 문을 들어서자 캠벌리가 있었다. 캘빈은 캠벌리에게 다가가기 시작했다.

"코너?" 캘빈의 뒤에서 어떤 여자가 부르는 소리가 들렸다. 그는 돌아보았지만, 이곳에서 자기 이름이 코너가 아니라는 사실을 기억했고, 동작을 멈추고는 무의식적인 자기 행동이 어둠 속에 가려 안 보였기를 바랐다. '나치가 영국 스파이를 이런 식으로 잡았지.' 캘빈은 생각했다. '갑자기 본명을 부르는 방식으로 말이야.'

캘빈은 계속 캠벌리를 따리갔다.

"코너?" 여자의 목소리가 다시 들렸고, 캘빈은 누군가가 자기 팔을 잡는 걸 느꼈다. "너일 거 같더라니까. 정말 멋진 우연이야! 여기서 뭐 하는 거니?"

50

보이는 것이라고는 성의 탑 꼭대기들뿐이었고,
그나마도 아주 멀리서만 보였습니다.

—《잠자는 숲속의 미녀》

웨일스, 1944년 5월

포로수용소는 포츠머스 근처에 있지 않았다. 그곳은 글로스터셔에 있었고, 어니스트와 세스는 그곳에 가기 위해 밤새워 운전해야 했다. 그들은 두 번 길을 잃었다. 한 번은 등화관제 때문에 아무것도 볼 수 없어서였고, 두 번째는 이정표가 없기 때문이었다. "사실 잘된 일이기도 해." 지도를 보려 애쓰며 세스가 말했다. "만약 이정표가 있었다면 우리 속임수는 애초에 망했을 테니까."

'대령을 찾지 못해도 속임수는 똑같이 망해.' 어니스트가 짜증을 내며 생각했다. 살트램-온-시의 그 끝없이 길었던 날 이후로 이렇게 피곤한 날은 처음이었다. 만약 '제인여왕호'가 있었다면 그는 기꺼이 선실에 들어가 잤겠지만, 근처 어디에도 바다는 없었다. 아니, 그 무엇도 없었다. "우리가 어디에 있는지 알겠어?" 어니스트는 세스에게 물었다.

"아니, 지도를 봐서는…, 이런 젠장, 엉뚱한 지도였잖아." 세스가 다른 지도를 펼치고 살피더니 이윽고 길을 바라보았다. "마지막 교차로로 돌아가." 세스는 말했고, 어니스트가 차를 돌리자 덧붙였다. "좋은 생각이 났어.

난 우리가 길을 잃어야 한다고 생각해."

"우리는 이미 길을 잃었어."

"아니, 내 말은 폰 슈프레히트 대령을 태운 다음에 말이야. 우리가 어디에 있는지 모르는 척하는 거야."

"길을 잃은 척할 필요도 없을걸." 교차로에 도착했을 때 어니스트가 말했다. "어느 길로 들어서야 하는데?"

세스는 어니스트의 말을 못 들은 척했다. "네가 '우리가 어디에 있지?'라고 하면 나는 '여기, 캔터베리야.'라고 말을 하고, 너는 '지도를 줘봐.'라고 하는 거야. 그리고 우리 둘은 지도를 들어서 대령이 지도를 볼 수 있게 해. 그러고는 현재 위치를 두고 논쟁을 벌이는 거지. 사람들은 논쟁할 때면 하지 말아야 할 말까지 하는 법이고, 그때 정보를 흘리는 게 내가 뜬금없이 '여기는 캔터베리야.' 하는 것보다 훨씬 믿음직하게 들릴 거야. 어떻게 생각해?"

"내 생각에, 지금 네가 해줘야 할 말은 우리가 어느 길로 들어가야 하는가인 것 같은데."

"왼쪽 길. 아, 그리고 대령이 들으면 안 되는 뭔가를 말해야 할 경우를 대비해 암호를 정해야 해. 가령 내가 '펑크가 난 거 같지 않아?'라고 말하는 거지. 그러면 너는 차를 멈추고, 우리는 차에서 내려 대화를 하는 거야."

"안 돼. 펑크 같은 건 대령도 알아차릴 수 있다고. '엔진 노킹 소리가 났어.'라고 말하는 건 어때?"

"그래, 그게 좋겠다. 그러면 엔진 덮개를 열어야 하고, 그러면 대령이 우리 입술을 읽지 못할 테니까. 만약 내가 엔진 노킹 소리를 들었다고 하면 넌 차를 세우는 거야. 아니, 지금 말고. 왜 차를 세우는 거야?"

"왜냐하면 왼쪽 길은 틀린 게 분명하니까." 어니스트가 말하며 도로를 가리켰다. 도로는 양들이 가득한 목초지 중간에서 끝나 있었다.

"아, 미안." 세스가 말하고 지도를 다시 살폈다. "교차로로 다시 돌아가서 오른쪽 길로 들어가."

"너 우리가 어디에 있는지 모르는 거지?" 어니스트가 차를 후진하며 물었다.

"응." 세스가 밝은 목소리로 인정했다. "하지만 날이 밝고 있어. 그러니 길을 찾기가 쉬워질 거야."

이런 식으로 웨일스를 몇 시간이고 헤맬 줄 미리 알았더라면, 어니스트는 군 캠프에 가는 길에 〈클라리온 콜〉에 먼저 들러 기사들을 전달하고 가겠노라고 고집을 부렸을 것이다. 그래봤자 겨우 30분 돌아가는 것에 불과했고, 그랬다면 이 빌어먹을 여행에서 적어도 뭔가 결실을 얻었을 것이다. 아무래도 데니스 애서튼이 어디에 있는지 물을 기회는 결코 없을 듯했다. 심지어 포로수용소가 어디에 있는지 물어볼 사람조차 없었다.

"이제 어느 길로 가야 하는데?" 어니스트가 물었다.

"왼쪽…. 아니, 오른쪽…." 세스가 자신 없이 말했다. "아니, 곧장 직진해." 그가 가리켰다. 저게 포로수용소야."

어니스트는 게이트로 차를 몰고 갔다. "우리 신분이 뭐라고 했지?"

세스는 서류들을 확인했다. "나는 윌커슨 중위이고, 넌 애보트 중위야."

"우리는 애보트 중위와 윌커슨 중위이고, 폰 슈프레히트 대령을 데리러 왔어." 어니스트가 보초에게 말했다. 보초는 그들의 서류를 힐끗 보고 돌려주고는 포로수용소 소장실 쪽을 향해 손을 흔들었다.

"두 분이 오셨다고 중령님께 알리겠습니다." 하사가 말했다. "여기서 기다리십시오." 그는 소장실로 사라졌다.

1시간이 지났지만 둘은 여전히 기다리고 있었다. "왜 이리 오래 걸리는 거야?" 세스가 불안한 목소리로 물었다. 그는 일어나 창으로 가 밖을 살폈다. "날씨가 맑으면 어쩌지?"

"일기예보에서는 온종일 구름이 끼고 오후에는 비가 온다고 했어." 어니스트는 말하고 대령을 데리고 가야 할 길을 살펴보았다. 길은 상륙작전 집결지의 중앙을 똑바로 통과했다. 그리고 데니스 애서튼이 저기 어디에 있을 것이다. 만약 찾을 수만 있다면.

"일기예보가 틀리면 어쩌지? 도버의 가짜 정유소 개관식에 가는 날도 일기예보가 틀렸잖아. 그날 날씨가 갤 거라고 했지만 우리는 거의 물에 빠져 죽는 줄 알았어. 만약 오늘 날이 개면 대령은 태양의 방향을 보고 우리가 어느 방향으로 가는지 알 거고, 우리가 뭐라 하든 소용이 없을 거야."

"개지 않아. 걱정 그만해." 어니스트는 여전히 애서튼에 관해 생각하며 대답했다. 차에 독일군 포로가 있는 상황에서 어떻게 해야 애서튼을 찾을 수 있을까? 혹여 세스를 만족하게 할 만한 핑계를 생각해낸다 할지라도 그가 묻는 사람은 진짜 위치를 언급할 것이고, 그는 이 임무를 망칠 위험을 무릅쓸 수는 없었다.

어니스트는 역사학자가 사건들에 영향을 끼칠 수 있는지 알았으면 좋겠다는 생각을 벌써 수천 번째 하고 있었다. 그리고 남 포티튜드의 기만 작전이 성공했는지도 알고 싶었다. 독일은 폰 슈프레히트 대령의 말을 믿었을까? 아니, 물어보기는 했을까? 그리고 독일군은 가짜 사진 작전들과 치밀하게 작성된 〈클라리온 콜〉과 〈주간 쇼핑객〉과 〈위클리 배너〉의 기사들 내용을 믿었을까? 믿었다면 어느 것을? 원래는 어니스트가 어제 〈클라리온 콜〉에 전달해야 했던 그 기사를?

"확실히 날이 맑아지고 있어." 세스가 말했다. "하늘 일부가 파란 걸 분명히 봤어. 만약 그자가 탈출하려 들면 어쩌지?"

"누구?"

"포로. 만약 그자가 도망치려 하면 어쩌지? 아니면 우리를 죽이려 들면? 그자는 위험한⋯."

"그자는 아파." 어니스트가 말하며 인상을 찡그리고 지도를 살폈다. "그래서 본국 송환을 하는 거고. 만약 위험한 존재라면 우리를 보냈을 리가 없잖아."

"만약의 경우에 말이야. 농부의 황소 기억나?"

"그자는 수갑을 찰 거야. 폰 슈프레히트 대령이야, 황소가 아니라고. 이리 와서 우리가 운전해 갈 길을 알려줘."

세스는 지도를 따라 경로를 짚어줬다. "우리는 윈체스터를 통과해. 우리는 그곳이 캔터베리라고 말할 거야. 그런 뒤엔 대령이 상륙작전 군대를 볼 수 있도록 남쪽으로 포츠머스를 향해 갈 거고, 그다음⋯."

"우리는 윈체스터를 통과해 갈 수 없어." 어니스트가 말했다. "그곳의 성은 캔터베리의 성하고는 전혀 닮지 않았어. 우회해 가야 해." 세스가 고개를 끄덕였고, 다른 지도에 메모했다. "그리고 솔즈베리도 확실히 피해 가는 게 좋을 거야. 대령은 첨탑을 알아볼 거야."

"그건 몇 킬로미터 밖에서도 보이지." 세스가 좌절하며 말했다. "경로를 완전히 다시 잡아야겠군."

'좋았어.' 어니스트는 생각했다. '그러면 네가 경로를 짜느라 바빠서 아까처럼 내내 창밖만 보지 못할 테니까.'

어니스트는 세스 때문에 덩달아 초조해지고 있었다. 왜 이리 오래 걸리는 걸까? 지금까지 허비한 시간이면 독일군 전체를 본국으로 송환시키고도 남았을 듯했다.

세스는 새로운 경로를 계산한 다음 어니스트를 위해 적어주었고, 다시 하늘을 확인하기 위해 창으로 갔다. "만약 미국인들이 새로운 이정표들을 세웠으면 어쩌지? 만약 대령이 자기가 어디에 있는지를 알게 되면…."

"그러지 못할 거야. 그러니 걱정 그만해. 그리고 말도 그만하고. 대령을 데려오기 전에 난 이 경로를 외워야 해." 어니스트가 말했다.

덕분에 세스는 5분 동안 침묵을 지켰지만, 이윽고 다시 말했다. "서류 몇 장에 서명하는 데 왜 이리 오래 걸리는 거야? 설마 우리 신분을 확인하고 있는 건 아니겠지? 만약 알제논이 포로수용소 소장에게 작전 설명을 안 했고, 수용소에서 우리 신분이 가짜인 걸 알게 되어 우리를 스파이라고 여기면 어쩌지?"

"우리 스파이 맞아."

"내 말이 무슨 뜻인지 알잖아."

"우리를 스파이라 생각하지 않을 거야. 그리고 날씨는 맑아지지 않아. 그러니 안달복달 그만해. 영화에서 못 봤어? 스파이들은 언제나 냉철함을 유지해야 한단 말이야."

"하지만 만약…." 문이 열리더니 상사가 다시 들어왔고, 그 뒤를 따라 수용소 소장과 경비병 둘, 그리고 그 둘 사이로 독일 장교 군복을 입은 포로가 들어왔다.

어니스트의 생각은 틀렸다. 포로는 수갑을 하고 있지 않았다. 하지만 그럴 필요가 없었다. 그는 경비병들 팔에 힘겹게 몸을 의지했고, 얼굴이 납빛이었다. "어서 오게, 중위들." 소장이 어니스트와 세스 쪽으로 고개를 끄덕이며 말했고, 이윽고 포로를 돌아보았다. "폰 슈프레히트 대령, 당신은 스위스 적십자가 만든 프로그램에 따라 본국으로 송환됩니다. 이 둘은 당신을 런던으로 데려갈 것이며, 그곳에서 당신은 배를 타고 브레머하펜으로 갈 겁니다."

폰 슈프레히트 대령은 소장의 말을 전혀 이해하는 것 같지 않았다. 만약 텐싱이 틀렸으며, 대령이 영어를 말할 수 없다면? 하지만 소장이 "내 말 알아들었습니까, 대령?" 하고 물었을 때 대령은 희미한 독일 악센트로 "아주 잘 알아들었습니다."라고 말했다. 그는 말을 하며 몸을 바로 세웠지만, 경비병들이 거의 그를 들다시피 부축해 차로 데려가야만 했다. 대령은 배로 바다를 건너는 건 고사하고 차를 타고 가는 것조차 버거울 듯했다. 그리고 세스 역시 같은 생각을 하는 듯했다.

"가는 길에 대령이 죽으면 어쩌지?" 경비병들이 대령을 뒷좌석에 앉힐 때, 세스가 속삭였다.

세스와 어니스트는 차에 탔다. 어니스트는 차 시동을 걸었고, 대령이 보이도록 백미러를 조정했다. 대령은 뒷좌석에 몸을 기댔고, 눈을 감고 있었다.

'가는 내내 저런 상태라면 우리 계획은 무용지물이 될 텐데.' 어니스트는 차를 남쪽으로 몰아 스윈던으로 향했고, 가끔 백미러로 대령의 상태를 확인했다. 그는 여전히 두 눈을 감고 있었다. 어니스트는 마을로 들어서며 갑자기 초조해졌다. 만약 이곳에 스윈던이라는 이정표가 단 하나만 있어도….

하지만 미국인들이 이정표를 세웠으면 어쩌나 하는 세스의 걱정은 기우였고, 전쟁 초기에 이정표들을 없애는 임무를 맡은 게 민방위대인지 아니면 다른 누구인지는 모르겠지만, 그들은 확실하게 일 처리를 해두었다. 기차역에는 아무 이름도 없었고, 심지어 중심가를 가리키는 화살표마저도 없었다.

"여기가 브레드 맞지?" 세스가 지도를 보며 물었다. 어니스트가 고개를 끄덕이자 그는 말했다. "다음 모퉁이에서 북쪽으로 가면 혼스 크로스가 나오고, 거기서 벡클리로 연결된 옥스니 로드를 타."

"쉿. 대령이 들으면 어쩌려고 그래?" 어니스트가 미리 약속한 대로 속삭였다.

"걱정하지 마. 대령은 잠들었어." 세스가 뒤를 힐끗 살피고 말했다. "노운슬리에서 잠시 쉬었다 갈 수는 없겠지?"

"거기는 왜?"

"그곳에 내가 아는 여자가 있거든. 해군 여성 부대원이야. 베티라고, 패튼 장군의 운전사야."

"패튼 장군의 본부는 에식스에 있잖아. 첼름스퍼드에."

"맞아. 하지만 베티는 노운슬리에 숙소가 있고, 그 집주인은 아주 이해심이 많기까지 해. 어떻게 생각해?"

"안 돼." 어니스트가 말했다. "우리는 노운슬리에서 멈출 수 없어. 도버에서도. 이 포로를 데리고 곧장 런던으로 가서 국방성에 넘기는 게 우리 임무라는 걸 너도 잘 알잖…."

"쉿." 세스가 말하며 뒷좌석을 엄지손가락으로 가리켰다. "깨어 있어."

어니스트는 어깨너머로 뒷좌석을 힐끗 보고는 대령을 불렀다. "폰 슈프레히트 대령님, 거기서 불편하지는 않으십니까?"

"괜찮네. 고마워." 대령이 말했다.

"뭔가 필요하시면, 말씀만 하시면 됩니다. 우리는 대령님을 잘 돌봐드리라는 지시를 받았습니다."

"차를 드시겠습니까?" 세스가 보온병을 들어 보였다.

"고맙지만 됐어."

"담배는요?"

"됐어." 대령은 간결히 말했지만, 적어도 그는 깨어 있었고, 그들이 보여주려 했던 것들, 즉 텐트와 군용 차량과 장비로 가득한 들판을 보고 있었다. 어니스트는 이정표 없이도 원래 짜둔 경로를 제대로 갈 수 있을지 걱정했었지만, 그들이 어느 길을 택하는가는 문제가 되지 않을 것이다. 그들이 지나가는 모든 길은, 심지어 좁은 시골길마저도 군용 간이 건물들이 서 있거나 지프들이 빽빽하게 주차되어 있거나 이동용 방공포들이 있었다. 목초지 한 곳에는 어니스트와 세스가 만들었던 것과 똑같이 생긴 탱크 궤도 자국이 이리저리 나 있었다. 다만 목초지 저 끝 숲 아래 반쯤 숨겨진 탱크들은 고무풍선이 아니었다. 그것들은 진짜였다. 그리고 그 너머 멀리 거대한 피라미드처럼 쌓아놓은 기름통들과 탄약통들도 진짜였다.

하지만 어니스트가 백미러를 힐끗 보았을 때, 대령은 다시 눈을 감고 있었다. 이렇게 안락한 차를 가져오면 안 되는 거였다. "폰 슈프레히트 대령님." 어니스트가 말했다. "거기 춥지 않으십니까? 깔개를 드릴까요?"

"아니." 그는 눈을 뜨지 않고 말했다.

"5월치고는 좀 춥군요." 어니스트가 말했지만 대령이 대답하지 않자 세스가 물었다. "독일도 이런 날씨가 있습니까?" 여전히 답이 없었다.

"독일 어느 지역에서 오셨습니까?" 어니스트가 물었지만 대령은 코를 골기 시작했다.

'당신은 잠들면 안 돼.' 어니스트는 생각했다. '우리가 이러는 건 다 당신 때문이라고.' 그는 커다란 진흙 구덩이를 지났지만, 차가 덜컹거려도 대령은 잠에서 깨지 않았다. 차를 멈추면 깨겠지만, 그들이 지나는 모든 들판은 진형 훈련을 하고, 체조를 하고, 보급품을 싣고, 식당 텐트 밖에서 줄을 선 군인들로 가득했다. 차를 멈추면 그 군인들 가운데 한 명이 분명 차로 와서 방향을 알려주겠노라고 할 것이다. 그래서 어니스트는 계속 차를 모는 수밖에 없었다. 대령이 보기로 되어 있는 모든 것들을 그냥 지나치면서.

앞쪽에 마을이 보였다. '좋았어. 만약 저기에 주유소가 있다면, 멈춰서 주유해야겠어.' 어니스트는 생각했지만, 마을의 유일한 도로에는 주유소가 없었고, 바로 앞쪽으로는 (이런, 맙소사!) 이정표가 있었다. 이정표를 읽을 수 있을 정도로 가깝지는 않았지만 글자들이 보였고, 화살표가 반대 방향을 가리키는 것도 보였다. 그리고 차를 돌릴 만한 옆길도 없었다.

어니스트는 백미러를 힐끗 보며 제발 대령이 아직 잠들어 있기를 바랐다. 그는 잠들어 있지 않았다. 그리고 얼마 지나지 않아 대령은 이정표를 볼 것이다. "저것 봐." 어니스트가 도로의 맞은편을 가리키며 말했다. "낙하산병이야!"

"어디?" 세스가 말했다. 세스는 어니스트 쪽으로 몸을 기울이며 밖을 살폈고, 대령도 그 시선을 좇았다.

"저기." 어니스트가 아무것도 없는 곳을 가리키며 말했다. "내가 듣기로는, 우리가 상륙작전을 펼치기 전날 밤에 미국인들이 낙하산병 2만 명을 파드칼레로 보낼 계획이래." 그리고 세스와 대령이 하늘을 멍하니 바라보는 동안, 어니스트는 쏜살같이 이정표를 지났다.

하지만 어니스트는 사실 공황 상태에 빠질 필요가 없었다. 이정표 하나는 화살표 옆에 '베를린'이라 적혀 있었고, 다음 이정표는 '멋진 USA'라고 적혀 있었다.

어니스트는 대령이 이정표를 봤길 바라기까지 했지만, 뒤를 힐끗 보았을 때 대령은 다시 눈을 감고 있었다.

어니스트는 1킬로미터를 더 간 다음 비행기가 가득한 비행장 맞은편에서 급정지했다. "이 길이 아닌 거 같아." 그가 말했다. "우리는 이 비행기들을 아까 지났어."

"아니, 저것들은 허리케인이야." 세스가 말했다. "아까 것들은 템페스트였어."

"아니, 템페스트가 아니었어. 아까 마지막 교차로에서 왼쪽으로 방향을 틀었어야 해." 세스가 여전히 눈치를 못 채자 어니스트가 말했다. "우리는 길을 잃었어."

"아." 세스가 드디어 깨닫고 대답했다. "아니, 이게 맞는 길이야." 세스는 지도를 펼쳤다. "봐, 여기가 우리가 있는 곳이야. 우리는 뉴처치를 통해 왔고 저쪽이 호킹이야."

"지도 좀 줘봐, 내가 봐볼게." 어니스트가 말하며 세스에게서 지도를 낚아챘고, 대령도 볼 수 있게끔 지도를 들었다. "우리가 어디에 있다고?"

“여기. 뉴처치 바로 북쪽.” 세스가 가리키며 말했다. “봐, 여기가 그레어 브샌드, 우리가 대령을 태운 곳이야. 우리는 벡클리를 가로질러 왔고 그다음에는 옥스니 로드를 탔어.”

어니스트는 백미러를 몰래 훔쳐보았다. 대령은 세스가 지도에서 그들이 지나온 길을 짚어나가는 모습을 유심히 보고 있었다.

“그리고 이게 우리가 지금 있는 길이야. 이 길을 따라가면 도버에 가고, 거기에서 올드 켄트 로드를 따라 런던으로 갈 거야.”

“네 말이 맞아.” 어니스트가 말하며 차 시동을 걸고 기어봉을 잡아당겼다. 기어가 갈리는 소리가 났다. 그는 기어봉을 앞뒤로 움직이며 기어를 바꾸려 했고, 마침내 후진 기어가 들어갔다. 그는 차를 다시 도로에 올린 뒤 운전해 더 많은 막사와 창고들을 지났고, 몇 개나 지났는지 헤아리다 까먹을 정도로 많은 비행장을 지났다. 비행장들에는 P-51과 DC-3들이 날개 끝끼리 바짝 붙을 정도로 빽빽이 주차되어 있었다.

“세상에, 저것 좀 봐.” 세스가 경탄한 듯 말했고, 어니스트는 그게 단지 대령이 들으라고 한 말인지 아닌지 가늠이 안 갔다. 어니스트는 D-데이 상륙작전의 규모가 대단했다는 사실을 알고 있었지만, 그 준비 작업의 규모는 인간이 상상할 수 있는 한계 너머였다. 수만 대의 비행기와 탱크와 트럭과 엄청난 장비들이었다.

그들이 차를 몰고 가는 동안 대령은 점점 더 안색이 잿빛이 되어갔고, 가짜 탱크에 바람이 빠지듯 몸도 축 늘어졌다.

‘이런 병력에 대항해 이길 수 없다는 걸 아는 거야.’ 어니스트는 생각했다. 그는 이 또한 계획 일부였는지, 상륙작전이 칼레에서 벌어질 거라고 폰 슈프레히트를 속이는 것뿐 아니라 연합군 병력의 압도적 우세를 보여 독일의 저항이 소용없다는 걸 인식시키는 것도 이번 여행의 목표였는지가 궁금했다. 만약 그렇다면, 그 계획은 성공하고 있었다. 대령은 1킬로미터씩 지날 때마다 점점 더 희망이 꺾여 보였다.

하지만 끝없이 이어지는 막사들, 들판에서 대규모로 훈련하거나 트럭들에 미어터지게 타고 그들을 지나는 군인들에게 영향을 받은 건 대령만이 아니었다. '이렇게 막사들과 군인들이 많으니 나는 절대로 애서튼을 찾지 못할 거야.' 어니스트는 생각했다. 그는 이미 군인으로 가득한 들판을 50개는 지났고, 앞으로도 임시 캠프를 수백 개는 지나야 할 것이다. 애서튼은 그 가운데 어디에든 있을 수 있었다. 어니스트가 앞으로 5주, 아니 3주 안에 애서튼을 찾아낼 방법은 없었다. 지금 당장 세스와 대령을 차에서 내쫓고 6월 5일까지 모든 육군 본부에 접촉해 애서튼에 관해 묻기 시작한다 해도 가망이 없었다.

"내가 만난 친구 말로는 잉글랜드 이곳에 백만 명이 있다더라." 세스가 말했다. "그 말이 맞는 거 같아?"

'아니.' 어니스트는 쓸쓸하게 생각했다. '2백만 명이야.'

"내 말은, 그렇게 사람이 많으면 그 무게로 켄트가 무너져 내릴걸. 어쩌면 방공 기구들이 그래서 있는지도 몰라." 세스가 말하며 앞쪽 하늘에 보이는 수백 개의 은빛 얼룩들을 가리켰다. "잉글랜드가 가라앉지 않도록 붙들고 있으려고." 세스가 씩 웃었다. "곧 도버에 도착할 거야." 세스는 지도를 보며 말했다.

포츠머스라는 뜻이었다. 그건 비록 그들이 늦게 출발했지만 일정대로 움직이고 있다는 의미였다. 적어도 뭔가는 제대로 되고 있었다. 이런 식이라면 3시에는 런던에 도착하고, 아마도 〈클라리온 콜〉 데드라인 전에 제퍼스 씨에게 기사들을 전달할 수 있을 것이다.

너무 이른 기대였다. 5백 미터 정도 갔을 때 그들은 아주 느리게 움직이는 트럭들로 구성된 수송대를 만났다. 어니스트 일행은 캔버스 천으로 뒤덮은 사륜구동차 뒤에 있었기에 주위를 볼 수 없었고, 그 사륜구동차는 속력을 늦추더니 거의 기어가는 수준이 되었다. "왜 저러는지 알아?" 어니스트가 세스에게 물었다.

"아니." 세스가 말하고는 창을 내리고 몸을 밖으로 내밀었다. "우리는 마을로 진입하고 있어. 버마쉰 듯해." 앞의 괴물은 교회와 술집 사이에서 멈추었고, 양쪽 어디로도 지나갈 만한 공간이 없었다.

세스는 다시 몸을 내밀었고, 이윽고 내려 트럭으로 다가갔다. "상황이 안 좋아 보여." 세스는 돌아와 차에 타며 말했다. "시선이 닿는 끝까지 차량과 탱크와 대포들이 있어. 그리고 곧 움직일 기미도 안 보이고. 화물차 엔진 덮개 위에 앉아서 차를 마시고 샌드위치를 먹고 있는 사람들도 있어."

"온 길로 돌아가야 해." 어니스트가 말했다. 세스는 고개를 끄덕이더니 지도에 손을 뻗었다. 어니스트는 클러치를 넣고 후진 기어를 넣으려 했다. 갈리는 소리가 나며 기어가 들어가지 않았다.

앞차에서 뭔가 움직임이 보여 어니스트는 고개를 들고 앞을 힐끗 보았다. 미국 헌병이 그들 쪽으로 다가오고 있었다.

'맙소사.' 헌병은 그들이 어디에 가는지 물을 것이다. 어니스트는 기어봉을 이리저리 움직이며 후진 기어를 넣으려 애썼지만, 기어는 들어가지 않았다. "세스." 어니스트가 재빨리 거울을 보며 말했다. 대령이 다시 잠들어 있기를 바랐다. 하지만 대령은 잠에서 깨어 흥미로운 눈으로 상황을 지켜보았다.

"세스, 대령님이 한기가 들기 전에 창문을 올려." 어니스트가 말했다. "세스!"

"응?" 지도에 얼굴을 박은 채로 세스가 말했다.

헌병은 차에 거의 다 와 있었다. 어니스트는 기어봉을 잡아당기며 어느 단이든 상관없이 기어를 넣으려 애썼다. "제발 그 창문 좀 올려, 세스!"

"뭐?" 세스가 말하고 마침내 고개를 들었지만, 이미 너무 늦은 뒤였다. 헌병은 창문에 다 와 있었다. 세스는 공황 상태에 빠진 표정으로 어니스트를 보았다. "여기에 군인이…."

"나도 봤어." 어니스트가 험악하게 대꾸하고는 절박한 심정을 담아 마지막으로 기어봉을 잡아당겼다. 후진 기어가 들어갔고, 어니스트는 클러치를 놓았다. 그리고 엔진이 꺼졌다.

헌병이 몸을 숙였다. "이 길로는 지나가실 수 없습니다. 저 앞쪽에 군대와 장비들이 가득합니다. 오셨던 길로 돌아가셔야 합니다."

"알았어." 어니스트가 말하고 차 시동을 걸었다. "미안."

"어디로 가시던 길이었습니까?"

'포츠머스라고는 말하지 마.' 어니스트가 세스에게 마음속으로 명령했다. '도버라고도 하지 말고.' "번베리." 세스가 말했다.

"방해가 안 되도록 곧바로 이곳을 떠나도록 하겠네." 어니스트가 말했고, 차에 기어를 넣었다. 그는 의자 등받이에 팔을 대고 뒤를 보았고, 픽업트럭이 뒤에 와 선 것을 알아차렸다.

"번베리라고 하셨습니까?" 헌병이 반복해 말했다. "반베리 말씀이십니까?"

그곳은 블레츨리 파크와 가까운 곳이었다. 어니스트가 세스를 가로질러 몸을 기울였다. "우리 뒤에 차가 와서 막혔어. 뒤차에 길을 터달라고 해줄 수 있겠나?"

헌병은 고개를 끄덕였지만, 픽업트럭 운전사는 이미 알아서 길을 비키더니 어니스트 옆쪽으로 차를 몰고 와 한 뼘 간격을 두고 차를 세웠다.

'좋았어.' 어니스트는 생각했고, 후진하기 시작했다. 하지만 그 순간 해군 여성 부대원이 운전하는 지프 한 대가 와서 두 차 뒤에 멈춰 섰다.

"번베리는 브랙넬 근처야." 세스는 다시 창문으로 몸을 숙인 헌병에게 말하고 있었다. "어퍼 텐싱 서쪽이지."

"어퍼 텐싱요? 그곳이 혹시 포⋯."

"로우어 텐싱 근처야." 세스가 절박한 목소리로 말했다.

곧 재난이 닥칠 것이다. 어니스트는 어떻게든 헌병을 차에서 떼어내 대령이 들을 수 없는 곳으로 데려가 자기들 임무를 설명해야 했다. 어니스트는 서류를 움켜쥐고 차 문을 열었지만, 문은 픽업트럭에 막혀 한 뼘 정도 열리는 게 고작이었고, 그가 좁은 공간을 비집고 나가 차의 반대쪽까지 갈 동안이면 헌병은 뭔가 치명적인 말을 할 것이고, 그는 제때 그것을 막을 수 없을 것이다.

헌병이 이미 말하고 있었다. "전혀 들어본 적이 없는 지명입니다. 혹시 그곳들이 포⋯."

"우리는 애서튼 대위님을 찾고 있어." 어니스트가 세스 너머로 몸을 기울이며 끼어들었다. "애서튼 대위님 찾는 걸 도와줄 수 있나?" 세스는 안도한 표정으로 어니스트를 보았고, 어니스트는 헌병이 그런 세스의 표정을 보지 못했기를 바랐다.

헌병은 보지 못했다. 그는 헬멧을 뒤로 밀고 머리를 긁적였다. "애서튼 대위님요?"

"그래. 우리 앞에 있다는 말을 들었어. 대위님에게 가서⋯."

"왜 길이 막힌 거지?" 지프를 몰던 해군 여성 부대원이 캐물으며 헌병에게 다가왔다. "왜 막힌 거야?"

"이 길로 가실 수 없습니다." 헌병이 그녀에게 말했고, 어니스트는 그 틈을 타 문을 열고 좁은 틈으로 간신히 나올 수 있었다. 그는 나오며 서류들을 가지고 나왔고, 재빨리 차를 돌아가 조수석 쪽의 헌병에게 갔다. 헌병은 해군 여성 부대원에게 지프를 돌려야 한다고 말하고 있었다. "사단 전체가 임시 캠프로 이동 중입니다." 헌병이 말하고 있었다. "통과해 갈 방법이 없습니다."

해군 여성 부대원은 짜증 난 듯했다. "하지만 나는 꼭 포⋯."

"난 지금 당장 애서튼 대위님을 만나 대화를 해야 해." 어니스트가 딱딱거렸다. "나를 야전 전화기로 안내해. 지금. 당장."

"네, 알겠습니다." 헌병이 말했다.

"잠깐!" 해군 여성 부대원이 말했다. "그러면 나는⋯."

"그리고 그 지프를 이동해요, 중위!" 어니스트가 해군 여성 부대원에게 명령했다.

"이쪽입니다." 헌병이 말하고 어니스트를 데리고 화물차를 지났다. "애서튼 대위님께 지금 당장 모시고 가겠습니다."

'그 말이 진실이면 얼마나 좋을까.' 어니스트는 생각하며 헌병을 따라갔다. 헌병을 시켜 야전 전화기로 애서튼의 위치를 알아내게 하고 싶은 마음이 굴뚝 같았지만, 군인 수백 명에 둘러싸인 상황에서는 감히 그럴 수 없었다. 지금 당장에라도 누군가가 불쑥 '포츠머스'라는 단어를 내뱉을 수 있었다. 만약 폰 슈프레히트가 히틀러에게 가서 연합군이 잉글랜드 남서쪽에 집결하고 있다고 말하게 되면, 데니스 애서튼을 찾는 건 아무 의미가 없었다. 어니스트는 폰 슈프레히트를 어서 이곳에서 빼내야 했다. 한시가 급했다.

그리하여, 대령이 들을 수 없는 거리에 도달하자(세스는 아직도 그 빌어먹을 차창을 올리지 않았다), 어니스트는 곧바로 헌병 앞으로 가서 낮은 목소리로 말했다. "우리는 영국 정보부의 특별 임무를 수행 중이다. 우리는 무슨 일이 있어도 14시까지 포츠머스에 도착해야만 해." 그리고 그는 주머니에서 서류를 꺼내 '최우선'과 '특급 기밀'이라 찍힌 스탬프가 잘 보이도록 헌병 앞에서 흔들었다. "상륙작전에 관한 임무야."

헌병의 두 눈이 휘둥그레졌다. "네, 알겠습니다." 그가 말하며 앞쪽의 정체된 차량들을 바라보았다. "저 차량들을 이동시켜 이 차가 지나갈 수 있도록 하겠습니다…."

어니스트는 고개를 저었다. "그럴 시간이 없어. 우리 뒤를 막고 있는 저 차들만 치워줘."

"네, 알겠습니다." 헌병은 차로 돌아가기 시작했다.

해군 여성 부대원이 단호한 표정으로 그들에게 오고 있었다.

"차를 치우셨습니까?" 헌병이 다그쳐 물었다.

"아니. 자네는 이해 못 해. 나는 중요한 일로 포츠머스에 가야 한다고."

어니스트는 잽싸게 자기 차를 힐끗 보았다. 세스는 마침내 창문을 올린 상태였다. 다행히도.

"나는 중요한 배달이 있어." 해군 여성 부대원이 말하고 있었다.

헌병은 그녀를 무시했다. "아직도 애서튼 대위님을 찾아오길 원하십니까?"

어니스트는 고개를 저었다. "그럴 시간이 없어."

"애서튼?" 해군 여성 부대원이 말했다. "애서튼 '소령님'을 말하는 건가요?"

어니스트는 그녀를 빤히 바라보았다.

"아닙니다." 헌병이 말했다. "중위님은 애서튼 '대위님'을 찾고 계…."

어니스트가 말을 잘랐다. "데니스 애서튼 소령인가요?" 그가 물었다.

"맞아요." 그녀가 말했다.

'맙소사.' "애서튼 소령님이 어디에 있는지 아십니까?"

"네. 포딩브리지의 임시 막사에 계십니다."

"여기서 그곳이 얼마나 멀지요?" 어니스트가 다그쳐 물었다.

"50킬로미터 떨어져 있습니다." 그녀가 말했고, 헌병이 덧붙였다. "솔즈베리 바로 외곽입니다."

즉 오늘 그곳에 갈 수는 없다는 의미였지만, 상관없었다. 그는 이제 캠프 이름을 알았다. 만약 애서튼이 며칠 안에 지금 사단처럼 임시 캠프로 이동하지만 않는다면 문제없었다.

해군 여성 부대원은 숄더백을 뒤지고 있었다. "그분 전화번호가 있습니다." 그녀가 말하더니 전화번호 적은 것을 꺼내 어니스트에게 내밀었다.

드디어 해낸 것이다. 3년 동안 계획을 짜고 수색을 한 끝에, 마침내 연락처를 얻어낸 것이다. '이렇게 쉬울 리가 없어.' 어니스트는 생각했다. '마지막 순간에 뭔가 잘못될 거야.'

하지만 그렇지 않았다. 해군 여성 부대원은 웃으며 손을 흔들고 지프를 이동했고, 어니스트는 차에 타 말했다. "사단 전체가 임시 캠프로 이동 중이야. 패튼 장군의 명령이야. 헌병 말이, 우리는 에일쉠까지 돌아가서 도버로 가는 다른 길을 타야 한대." 헌병은 그가 차를 돌릴 때까지 차량통제를 해주었다. 그리고 윈체스터 로드는 텅 비었을 뿐 아니라 B-17과 플라잉 포트리스들이 줄지어 있었다.

"멋진 생각이었어." 엔진에서 노킹 소리가 들린다는 핑계로 차를 세웠을 때 세스가 말했다. "난 아까 거기에서 이제 끝장이구나 생각했는데 네 덕분에 잘 해결되었어. 애서튼이라는 사람이 그곳에 있는지는 어떻게 알았어?"

"몰랐어." 세스는 대령이 듣지 못하도록 목소리를 낮춰 말했다. "운이 좋았던 거야. 편집자에게 보내는 편지들 가운데 하나에 있던 이름을 쓴 거야."

"그러면 정말로 운이 좋았네. 그리고 아까 그 폭격기들을 지난 것도 운이 좋았고. 대령 얼굴을 봤어? 완전히 풀이 죽어 있더라. 완전히 속아 넘어갔어."

"여기와 런던 사이에서 아무 일도 일어나지 않는다면 그렇지." 어니스트가 냉담하게 말했다. "우리는 아직도 포츠머스를 지나야…."

"도버를 말하는 거겠지." 세스가 정정했다.

"도버를 지나야 해. 그리고 다음에 길이 막혔을 때는 이렇게 운이 좋지 않을 거야. 그리고 런던까지 가는 여정도 남았고. 만약 대령이 세인트폴 대성당이 엉뚱한 방향에 있는 것을 본다면….”

“네 말이 맞는 거 같아.” 세스가 동의했다. “재난은 언제나 이젠 안전하다 생각하는 순간에 일어나니까.”

세스 말이 맞았다. 둘이 차로 돌아오자마자 구름이 갈라지면서 파란 하늘이 보이기 시작했다. 어니스트는 가속페달을 밟으며 해안에는 좀 더 구름이 끼었기를 바랐다.

해안에는 구름이 끼어 있었다. 포츠머스에 도달했을 무렵엔 길에 안개 조각이 흐르기 시작했다.

‘그렇다고 안개가 너무 끼진 말아야 할 텐데.’ 어니스트는 생각했다. ‘그랬다가는 대령이 배를 볼 수 없어.’ 하지만 배들은 확실히 보였다. 병력 수송선과 구축함과 전함들이 시선이 미치는 끝까지 정박해 있었다. 사실 안개는 해안 주변을 가리는 역할로 도움이 되었고, 그래서 세스가 ‘도버의 백악 절벽이 어느 쪽이지?’라고 물었을 때 어니스트는 보이지 않는 해안을 가리키며 ‘저쪽이야.’라고 말할 수 있었다.

세스는 ‘도버의 백악 절벽 너머에는 파랑새들이 있으리’를 노래했고, 이윽고 말했다. “네 생각에는 언제일 거 같아? 우리 그….” 세스는 대령을 힐끗 돌아보았고, 대령은 즉시 눈을 감았다. 세스는 목소리를 낮추어 말했다. “그 있잖아. 그거.”

“일러야 7월 중순일 거야.” 어니스트가 말했다. 안개는 옅어지는 듯했다. 어니스트는 곧바로 부두를 떠나 내륙으로 들어가기 시작했다. 색이 희고 말고 할 것도 없이 여기엔 아예 절벽 자체가 없다는 것을 대령에게 들킬 순 없었기 때문이다. “그전에는 날씨가 좋지 않을 거야. 그리고 미군이 아직 다 도착하지도 않았고.”

세스가 말했다. “내 남동생이 에익스의 제2사단에 있는데, 8월이 될 거라더군. 하지만….” 세스는 ‘잠자는’ 대령을 몰래 힐끗거린 뒤 말했다. “독일을 속이기 위해 그 전에 어딘가를 공격할 수도 있대. 여기서 방향을 바꿔.” 세스는 지도를 보며 말했다. “그리고 다음 거리에서 다시 우회전하면 킹스턴으로 가는 길이 나올 거야." 그러면 그들은 포츠머스를 안전하게 빠져나와 런던으로 가는 길에 접어들 것이다.

"너는 너무 자신만만해하지 말라고 했지만, 나는 괜찮다고 생각해." 그들이 서류를 보여주기 위해 부대 집결지 경계에서 멈췄을 때, 세스가 기뻐하며 말했다. "우리는 어려운 일들을 드디어 다 해냈다고."

'맞아.' 어니스트는 생각했다. '나도 해냈어.' 도저히 실현 불가능해 보였지만, 어니스트는 애서튼이 어디에 있는지 찾아냈고, 시간도 한 달이나 남은 상태였다. 그리고 설사 그때까지 어니스트가 애서튼에게 갈 수 없다 할지라도, 전화해서 폴리와 에일린이 어디에 있는지 말할 수 있었다.

'하지만 가능한 한 빨리 해야 해.' 어니스트는 해슬리미어를 통과하며 생각했다. '애서튼의 강하 지점이 집결지 바깥에 있다거나 에일린의 경우처럼 일주일에 한 번 열릴 가능성이 있으니까.' 하지만 어떻게? 지부에서 전화할 수는 없었다. 만약 어니스트가 허가받지 않은 통화를 하는 걸 세스나 프리즘이 본다면….

'전화기를 찾아야 해.' 어니스트는 생각했다. '오늘 밤은 너무 늦어서 〈클라리온 콜〉 사무실이 문을 닫기 때문에 제퍼스 씨에게 원고를 전달할 수 없다고 세스에게 말하고, 내일 나 혼자서 기사를 전달할 방법을 찾아야 해.'

'하지만 그건 기사들이 일러야 다다음 주에 실린다는 뜻인데.' 어니스트는 생각했지만, 그건 이제 문제가 아니라는 사실을 깨달았다.

'이제 더는 메시지를 보낼 필요가 없어.' 어니스트는 기뻐하며 생각했다. '애서튼을 찾았잖아! 이제 내가 할 일은 폰 슈프레히트가 자신이 속았다는 사실을 눈치 못 채게 런던으로 데려가 국방성에 넘기기만 하면 돼.'

그리고 그것마저도 쉬울 듯했다. 잠든 척했던 대령은 진짜로 잠이 들었고, 세스 역시 차 문에 기대 입을 벌리고 잠이 들었다. 어니스트는 그 틈을 타 속력을 높여 킹스턴과 길드포드를 지났고, 진짜로 도버에서 출발해 런던에 들어올 때처럼 방향을 잡으려고 런던 남쪽 가장자리를 가로질러 갔다. 그렇게 하면 대령이 세인트폴 대성당을 보고 그 위치가 다르다고 생각해 작전 전체를 망칠 염려가 없었다.

어니스트가 북쪽으로 방향을 돌려 올드 켄트 로드로 들어섰을 때, 둘은 여전히 자고 있었다. '이제는 다 됐어.' 어니스트는 생각했다. '이제 내가 할 일은 대령을 관계자에게 넘기고….'

세스가 깨어났다. "우리가 어디에 있지?" 그는 졸린 목소리로 물었고, 이윽고 말했다. "엔진 노킹 소리를 들은 거 같아."

'이런, 맙소사. 이번에는 또 뭐야?' 어니스트는 대령을 힐끗 보았지만, 그는 여전히 잠든 듯했고, 가슴이 움직이는 거로 보아 죽은 것도 아니었다.

"저 앞에 주유소가 있어." 세스가 가리키며 말했다.

어니스트는 그 앞에 차를 몰고 가 정차를 했고, 둘은 차에서 내렸다. "뭐가 문제인데?" 엔진 덮개를 올리자마자 어니스트가 속삭였다.

"아무것도. 지도를 봐야 해서. 우리가 있는 곳이 어디야?"

"올드 켄트 로드야. 지도는 왜? 이 길로 쭉 가면 바로 화이트홀과 국방성이야."

"우리는 대령을 국방성으로 데려가지 않아." 세스가 말했다. "먼저 공식 만찬이 있어. 패튼 장군이랑. 우리 계획의 화룡점정이지." 그리고 잠시 후 그는 덧붙여 말했다. "아, 잘됐네. 언론에 발표할 내용을 내가 전달하러 갈 때도 지금 이 길을 그대로 가면 되겠네. 봐." 세스는 어니스트에게 지도를 보여주었다. "이 길을 따라 홀본 비아덕트로 간 다음 베이스워터 로드를 타고 켄싱턴으로 가서…."

'켄싱턴? 맙소사.' "만찬이 어디에서 있는데?"

"켄싱턴 궁전. 켄싱턴 가든스 서쪽 끝이야. 노팅힐게이트역 바로 전."

51

내 차례가 될 때까지 그저 기다리고,
기다리고 또 기다렸다….

— *D-데이 전에 임시 막사에 있었던 종군기자*

런던, 1941년 봄

그날 밤, 리케트 부인의 집에 머물렀던 다른 하숙생 두 명도 리케트 부인과 함께 죽었다. 220킬로그램짜리 고성능 폭탄은 새벽 3시가 되기 몇 분전 그곳에 떨어졌다. 폭격은 그날 저녁 일찍 꽤 심했고(폴리가 아는 대로였다. 폴리는 ENSA 저녁 공연을 하며 폭탄 소리 때문에 고함을 쳐대야만 했다), 시간이 흐르며 잦아들었다. 자정 무렵 독일은 그날 밤 폭격을 마친 듯 보였고, 2시 30분이 되었을 때 리케트 부인은 집에 가서 자기 침대에서 자겠노라고 선언했지만, 그러지 못했다. 그녀는 날아온 유리 파편을 맞고 자기 집 문간에서 죽었다.

다행히도, 라버넘 양과 히바드 양은 리케트 부인과 함께 가지 않았다. 둘은 《신데렐라를 위한 키스》와 《친애하는 브루투스》 가운데 어느 것을 낭독할지를 두고 도밍 씨 그리고 극단의 다른 단원들과 토론을 하고 있었다.

폴리는 리케트 부인보다는 그들과 훨씬 더 많은 시간을 보냈다. 하지만 그런데도 손상되고 불안정한 연속체는 리케트 부인을 죽였다. 그러니 극단 단원들이나 마저리 또는 험프리스 씨가 죽게 될 가능성은 얼마나 크단 말인가? 그리고 폴리가 날마다 만나고 그녀에게 이런저런 요령과 사정을 친절한 태도로 열심히 알려주는 해티를 비롯해 다른 ENSA 단원들은?

'당신들은 나랑 그 어떤 관계도 맺고 싶지 않을 거예요.' 폴리는 그 사람들에게 비명을 지르고 싶었다. '연속체는 계속해서 헛되이 자체 교정을 하려 들 거고, 다음번에는 나와 당신들 모두의 차례예요.'

하지만 그 사람들을 피할 수가 없었다. 모든 단원은 날마다 오후에는 무대에 모여서, 저녁에는 붐비는 무대 옆에서 연습했고, ENSA의 여자들은 분장실 하나를 다 같이 공유했다.

폴리는 할 수 있는 최선을 다했다. 폴리는 일찍 와서 먼저 분장을 마쳤고, 공연이 끝나고 함께 술이나 식사를 같이하자는 제안을 모두 거절했으며, 무대 뒤에서는 거의 늘 '코를 책에 처박고' 있었다. 레스터 광장의 방공호 도서 대여실에서 빌려온 책이었다(그녀를 무척이나 친절하게 대해준 연한 적갈색 머리 사서가 있는 홀본역에는 가지 않았다).

빌려온 책은 애거사 크리스티의 추리 소설이었다. "결말이 어떤지 절대로 짐작하지 못할 거야." 해티가 말했고, 그 말대로였다. 폴리는 페이지들을 멍하니 보면서 전쟁의 패배와 던워디 교수의 데드라인과 자신 때문에 죽게 될 죄 없는 사람들에 관해 생각했다. 스티븐 랭 대위의 날개 건드리기 때문에 방향이 바뀐 V-1에 맞아 죽은 사람들, 폴리의 굼뜬 포장 속도 때문에 방공호에 늦게 간 손님들, 폴리에게 데이트 신청을 하기 위해 극장 문 근처를 서성거리다가 실패하고 밤늦게 몰래 캠프로 돌아가다가 상관에게 걸려 북아프리카나 북대서양으로 보내진 군인들(그들 상당수는 콜린 또래였다).

하지만 군인들을 위해선 폴리와 데이트하는 것보다 캠프로의 귀환이 늦는 게 더 안전했으며, 폴리는 자신이 월등히 더 많이 접촉할 수밖에 없는 배우들이 훨씬 더 걱정되었다. ENSA는 2주마다 새로운 공연을 올렸고, 그래서 그들은 늘 예행연습을 했다.

폴리가 도착했을 때 그들은 'ENSA, 푸딩을 휘젓다'를 연습하는 중이었다. 그다음 주에는 'ENSA, 크래커를 터뜨리다'를 무대에 올렸고, 2주 뒤에는 'ENSA, 승리를 향해 도약하다'를 무대에 올렸다. 하지만 폴리 눈엔 다 그게 그거 같았다. 공연들은 모두가 애국심을 고취하는 노래들과 코러스 라인과 코미디언과 전쟁 관련 소극들로 구성되었다.

폴리는 번개 같은 속도로 아주 짧은 치마들을 갈아입어 가며 방공포 발사원, 껌을 씹는 미 여군, 군수 공장에서 일하는 상류 사교계 아가씨(티아라를 쓰고 야회복을 입고 스패너를 들었다), 그리고 기차역에서 작별 인사를 하는 여자 역을 했다.

"하지만 나는 떠나는걸요." 영국 해외 파견군 군복을 입은 레지가 폴리에게 팔을 두르려 시도하며 말했다. "짧게라도 키스해주면 안 되나요?"

폴리는 수줍어하며 고개를 저었고, 그는 악수하자며 손을 내밀었다. 폴리는 그 손을 보았고, 이윽고 관객들을 보았으며(관객들은 '으, 해줘라, 키스해!'라고 외치고는 요란하게 키스하는 소리를 냈다), 마침내 그의 손을 잡고 몸을 돌려 안기며 깊고 뜨거운 키스를 했다.

"우와!" 그는 깜짝 놀라 폴리를 바라보며 말했다. "작별 키스를 안 해주겠다고 말할 줄 알았어요."

"그럴 생각이었어요. 하지만 전시에는 우리 모두 할 수 있는 건 뭐든 다 해야 한다는 처칠 수상의 말이 생각났어요."

"그래서 키스를 한 거예요?"

"아니요." 폴리는 다정하게 눈을 깜빡이며 말했다. "하지만 기차역에서 제가 할 수 있는 건 이게 전부예요."

또한, 폴리는 공습 사이렌이 울리면 아주 짧은 치마를 입고 무대에 올라가 관객들을 등지고 서서 등을 굽혀 치마가 올라가며 안에 입은 새틴 블루머가 드러나게 하는 역도 맡았다. 블루머에는 빨간 플란넬로 '공습 중'이라는 글씨가 수놓여 있었다.

그 장면은 아주 유명해졌고, 그래서 폴리가 ENSA에 합류한 지 5주가 지났을 때, 태비트 씨는 폴리의 사진(허리를 굽힌 모습이 아니라, 웃으면서 양손을 허리에 댄 자세였다)과 함께 '아델레이드 공습'이라는 설명을 달아 로비 입구의 게시판에 붙였다. 하지만 태비트 씨는 얼마 후 우울한 표정으로, ENSA 책임자가 4월 셋째 주부터 폴리를 공군 비행장 순회공연에 합류시키고 싶어 한다고 말했다.

"돈이 더 될 겁니다." 태비트 씨가 말했다. "그리고 프로그램 제일 처음에 이름이 올라갈 거예요." 그리고 그 일을 맡으면 폴리는 에일린과 알프와 비니에게서 떨어져 있을 수 있었다. 폴리는 아직도 그 셋이 살아남을 수 있으리라 기대했다.

하지만 폴리에게 어떤 해도 입힌 적 없는 해티 역시 이미 그 순회공연에 참여하기로 동의했다. 폴리가 합류하면 둘은 방을 함께 쓰고, 붐비는 버스를 몇 시간이나 함께 타야 했다. 그래서 폴리는 그 제안을 거절했다.

"오, 잘됐군요." 태비트 씨가 말했고, 이튿날 저녁에는 폴리에게 아델레이드 공습 의상을 입고 커튼 앞에 나오게 했다. "공식 발표를 하겠습니다." 태비트 씨가 말했다. "만약 독일 공군이 오늘 밤에 공격하면, '공습 중'이라는 공지가 나올 겁니다."

휘파람과 박수 소리가 쏟아졌다.

"반복해서 말합니다. 만약 독일 공군이 오늘 밤에 공격해오면, 혹시라도 독일 공군이 오늘 밤에 공격을…."

환호성과 박수가 쏟아졌고, 객석 두 번째 줄에서 길고 낮게 '우와' 하는 소리가 났고, 이어서 다른 사람들이 그 소리에 합류하며 공습경보를 알리는, 높아졌다가 낮아졌다 하는 사이렌 소리를 흉내 냈으며, 마침내는 모든 관객이 함께 그 소리를 냈다.

태비트 씨는 귀에 손을 댔다. "이런, 지금 저거 공습경보 소리 아닙니까?" 그가 말했고, 폴리는 앞으로 걸어 나와(환호성, 휘파람, 응원 소리), 커튼 쪽으로 얼굴을 돌리고, 허리를 숙였다.

태비트 씨는 무척이나 기뻐했고, 그 장면을 쇼의 정규 프로그램에 포함하기로 했다. 그 주가 끝났을 때 폴리는 쇼 한 번에 여섯 번씩 그 장면을 했으며, 수취인란에 '내가 제일 좋아하는 사이렌에게'라고 적힌 꽃다발과 사탕 상자들을 받았다.

'난 유명해지면 안 되는데.' 폴리는 절망에 빠져 생각했고, 그 역을 해티에게 넘겨달라고 태비트 씨에게 부탁했지만 거절당했다. "당신 때문에 관객이 몰리는걸요." 그가 말했다.

'정말 미안해요.' 폴리는 군인들의 열렬한 얼굴을 바라보며 생각했다. 하지만 적어도 여기서는 알프나 비니, 타운센드 브라더스 백화점의 직원들이나 고드프리 경 또는 극단 단원들을 위험에 빠뜨릴 염려가 없었다.

이튿날 저녁 중간 휴식 시간에, 무대 매니저인 머친스가 분장실로 고개를 들이밀었다.

"노크하라고 했잖아요!" 코라가 격분해 말했고, 해티는 수건을 움켜쥐며 몸 앞을 가렸다.

머친스는 열린 문을 노크했다. "당신을 만나려고 찾아온 사람이 있어요, 아델레이드." 그가 말했다. "신사예요."

"백스테이지에 남자 출입 금지라던 말은 어떻게 된 거죠?" 코라가 따졌다.

머친스는 어깨를 으쓱했다. "그건 태비트 씨에게 물어봐요. 태비트 씨는 나보고 여기에 들러 당신이 단정한 차림인지를 보고, 만약 그러면 그분을 이곳으로 데려오라고 했어요." 그는 폴리를 가리키며 말했다. "어때요?"

"좋아요." 폴리는 금박 입힌 신발의 뻣뻣한 스트랩을 여미는 것을 포기하고 실내용 가운을 입었다. "누구인가요?"

"한 번도 본 적이 없는 사람이에요. 아주 나이 든 분이던데요." 머친스는 다른 여자들을 돌아보았다. "태비트 씨가 다른 사람들은 자리를 비워달라고…."

"자리를 비워요?" 코라가 말했다. "뭐, 난 좋아요! 그러면 어디로 가 있으면 되나요?"

"그건 말하지 않았어요. 그냥 이곳을 나가 아델레이드가 사적인 이야기를 할 수 있게 하라고만 했어요."

'이런, 맙소사.' 폴리는 생각했다. '무슨 일이 생긴 거야. 그리고 던워디 교수님이 그 이야기를 하러 여기에 온 거야….'

하지만 손님은 고드프리 경이었다. "아, 비올라." 분장실로 들어오며 고드프리 경이 말했다. "'그리하여 축축하고 더러운 땅에 잠든 아가씨를 발견하였구나.'"[29]

'경은 여기에 저를 찾아오시면 안 돼요.' 폴리가 겁을 먹고 생각했다.

"고드프리 경, 여기는 어쩐 일이세요?" 폴리가 말했고, 복도에서 흥분해 속삭이는 소리가 들려왔다.

"고드프리 킹스맨 경?"

"그렇다니까!"

"설마 그 고드프리 경? 배우?"

폴리는 단원들이 고드프리 경을 에워싸고 이곳에 머물면서 쇼를 보라고 권하는 걸 원하지 않았다. 폴리는 고드프리 경을 재빨리 분장실 안으로 더 끌어당긴 뒤 문을 닫고 의자로 문을 막았다.

"모자와 코트를 주세요." 폴리가 말하고 그것들을 받아 칸막이에 걸쳤다. "앉으세요. 여기는 어쩐 일이세요?"

"당신을 찾아다녔습니다." 고드프리 경이 말했다. "생각처럼 쉽지 않은 일이더군요. 타운센드 브라더스 백화점의 전 고용주는 당신이 런던을 떠났다고 생각했고, 극단의 그 누구도 몇 주째 당신 소식을 들은 이가 없었습니다. 그리고 거기에 더해서, 당신의 무대 이름은, 아뿔싸, 비올라도 메리 아가씨도 아니었습니다. 다행히도, 밖에 당신 사진이 전시되어 있더군요."

'태비트 씨가 내 사진을 찍는다고 했을 때 내 얼굴 말고 블루머가 나오게 했어야 하는데 가만히 둬서 이 사단을 만들었네.'

"라버넘 양은, 당신이 공습 대비대 감시원이 되었다고 들었다 했습니다." 고드프리 경이 말하고 있었다. "그래서 저는 상당수의 공습 대비대 지부들을 찾아다녔고, 세인트존스의 지부들과 사고 현장들과…."

'사고 현장들?'

"오, 그러지 마셨어야 해요." 폴리는 놀라서 그를 바라보며 말했다. 심지어 그녀는 사라져서도 고드프리 경을 위험에 빠지게 했다.

"하지만 저는 당신이 필요합니다. 그리고 위대한 탐정을 다시 연기할 좋

<hr>

29 셰익스피어, 《한여름 밤의 꿈》

은 기회였습니다. 오랫동안 맡지 않았던 역이지요. 저는 조사를 통해 직업 배정소의 센트리 부인을 만나러 갔는데, 아뿔싸, 그분은 제가 가기 전주에 유지 소이탄에 돌아가셨습니다. 그리고 그곳에 있는 당신 파일에는 당신이 배정된 극장 이름이 나와 있지 않았습니다. 하지만 제가 말했듯이, 저는 당신의 사진을 통해 당신을 찾아냈고, 어젯밤 공연을 통해 당신이 맞는다는 걸 확인했습니다. 아주 인상적인 연기더군요."

"셰익스피어가 아닌 건 저도 알아요."

"하지만 배리 역시 아니고, 그게 가산점이 되지요. 또한 어떤 부분은 아주 즐거웠습니다. 저는 당신의 공습경보가 꽤 맘에 들었고, 보아하니 저만 그런 게 아닌 듯하더군요. 저는 공연이 끝나고 무대 출입구에서 당신을 만나고 싶었지만, 제가 도저히 대적이 안 될 게 뻔한 팬들이 그곳에 있었고, 그래서 저는 기다렸다가 좀 더 직접적으로 접근하기로 마음먹었습니다."

고드프리 경은 폴리를 보며 웃었고, 그녀는 자신이 얼마나 그를 그리워했는지, ENSA와 공연에 대해 얼마나 그에게 말하고 싶었는지를 깨달았다.

하지만 폴리는 그럴 수 없었다. 심지어 고드프리 경과 여기에 앉아서 이야기하는 것조차도 해서는 안 되었다. "여기 오신 이유가 있으세요, 고드프리 경?" 폴리가 간결하게 물었다. "죄송하지만, 제가 시간이 없어요. 옷을 갈아입어야…."

"물론이지요. 본론으로 바로 들어가도록 하지요. 위번 부인과 제가 현재 극을 하나 준비하고 있는데 당신의 도움을 얻고 싶어서 여기에 온 겁니다."

"위번 부인요?"

"그렇습니다. 당신도 기억하시겠지만, 위번 부인은 세인트조지 교회를 다시 짓고 대공습 때 부모를 잃은 이스트 엔드의 아이들, 그러니까 부인의 표현을 빌리자면, '우리의 가엾고 슬프고, 의지할 데 없는 전쟁고아들'을 돕겠다고 굳게 마음을 먹었습니다. 그리고 두 가지 목적을 한꺼번에 이룰 자선 행사를 계획했습니다. 그래서 연극을…."

"오, 이런." 폴리가 말했다. "바라건대, 《피터 팬》은 아니겠죠?"

"더 나쁩니다. 동화극입니다."

폴리는 웃음을 참을 수가 없었다. "하지만 동화극은 대개 크리스마스 시즌에 하잖아요?"

"그렇습니다. 제가 위번 부인을 설득하기 위해 몇 번이나 그 말을 했지만, 부인은 아주 무시무시한 분입니다. 마치 맥베스 부인과…."

"율리우스 시저를 섞은 거 같나요?"

"독일 탱크를 섞은 존재 같습니다." 고드프리 경이 음울한 목소리로 말했다. "그분에게 저항하는 건 불가능합니다. 위번 부인이 우리 군 지휘를 하지 않아 유감입니다. 그랬다면 벌써 히틀러를 무찔렀을 텐데요. 어쨌든 저는《잠자는 숲속의 미녀》에서 나쁜 요정을 맡을 수밖에 없었습니다. 그래서 제가 여기에 온 겁니다. 저는 당신이 우리 동화극에 참여했으면 합니다. 다른 분들은 이미 참여하기로 동의했습니다. 주임 사제님과 브라이트포드 부인은 잠자는 숲속의 미녀의 부모 역을 할 거고 라버넘 양은 착한 요정, 넬슨은 착한 요정의 개 역할을 할 겁니다. 저는 당신이 주연을 했으면 합니다."

"잠자는 숲속의 미녀를요?"

"맙소사, 아니지요! 잠자는 숲속의 미녀가 하는 일이라고는 3막 내내 누워 있으면서 누군가가 구해주기를 기다리는 게 전부입니다. 베개라도 그런 역은 할 수 있습니다. 우리가 이야기하는 지금도 위번 부인은 하나를 알아보고 있습니다."

"베개를요?"

고드프리 경이 웃었다. "아니요. 영화배우 말입니다. 아마도 마들렌 캐럴이나 비비언 리겠죠. 저는 당신이 남자 주연을 했으면 좋겠습니다."

"남자 주연요?"

고드프리 경이 고개를 끄덕였다. "잠자는 숲속의 미녀를 구하는 왕자입니다. 동화극의 남자 주인공은 늘 여자가 맡습니다. 그리고 왕자는 그 연극에서 가장 중요한 역입니다. 트럼펫 소리와 보라색 연기가 번번이 등장하는 제 역을 빼면 말입니다. 당신은 칼을 휘두르고 깃털 달린 모자를 쓰고, 옷도 아델레이드 공습 때보다 훨씬 더 많이 입을 겁니다. 하겠노라고 말하세요.”

“하지만 저 아니라도 할 수 있는 사람들은 많잖아요. 라일라라든가….”

“라일라는 공군 여성 보조 부대에 입대했습니다.”

“아, 그러면 브라이트포드 부인요. 아니면 비비언 리나요. 비비언 리라면 베개보다는 왕자 역을 더 맡고 싶어 할 거라 생각해요.”

“저는 비비언 리를 원하지 않습니다. 제 마음은 이미 당신으로 굳어졌습니다. 다음 달에 위번 부인을 상대하는 일이 그나마 참을 만해지려면 꼭 당신이 있어야 합니다. 그리고 당신은 무대에 서기 위해 태어났습니다. 남자 옷을 입은 비올라[30]. 그보다 더 어울리는 게 어디에 있겠습니까?”

‘없지요.’ 폴리는 생각했다. 다시 고드프리 경과 함께 시간을 보내고 극단과 연극을 하게 된다면 천국이 따로 없을 것이다. 하지만 너무 위험했다. 심지어 그와 여기에 있는 것마저도….

“저는 할 수 없어요.” 폴리가 말했다. “ENSA….”

“4주 정도 자리를 비우는 건 순순히 들어줄 겁니다. 당신 배역을 대신할 사람을 제가 기꺼이 주선하겠습니다. 열광적인 관객을 위해서라면 자기 블루머를 보여줄 기회를 놓치지 않으려는 여배우들을 저는 많이 압니다.” 고드프리 경이 말했다. “사실, 대상이 누구든 기회만 원하는 사람들이죠.”

그리고 고드프리 경은 태비트 씨를 설득해 계획대로 할 수 있을 게 분명했다. 태비트 씨가 고드프리 경을 무대 뒤편으로 가게 허락한 게 그 증거였다.

“만약 당신이 거절한다면, 앞으로 뻔하게 펼쳐질 이 피할 수 없는 재난을 막을 수 있는 사람이 아무도 없습니다.” 그가 말했다. “하겠노라고 말해 주십시오. 그러면 당신은 제 생명을 구하는 겁니다.”

‘아니요.’ 폴리가 씁쓸히게 생각했다. ‘그랬다가는 제가 경의 사망 진단서에 서명하는 꼴이 될 거예요. 그리고 저는 어떻게든 경이 자체 교정의 대상이 되는 일을 막고 싶어요.’

30 셰익스피어의 희곡 《십이야》에서 세바스찬과 비올라는 쌍둥이 남매이며, 비올라는 남자 옷을 입고 시종으로 변장한다.

"죄송해요, 고드프리 경. 저는 할 수 없어요."

"ENSA의 책임자는 제 오랜 친구입니다. 우리는 《헨리 5세》에서 함께 연기했죠. 그 친구가 동화극 연습과 공연 기간 동안 당신을 국민 동원 의무에서 면제시켜줄 거라고 저는 확신합니다."

폴리는 절망에 빠져 고드프리 경을 쳐다보았다. 그는 거절을 받아들일 의향이 없었다. 그는 내일 그리고 다음 날 저녁에 다시 올 것이다. 위번 부인을 보내 폴리를 설득할 것이다. 아니면 더 나쁘게도, 라버넘 양이나 트로트를 보내 그들 모두를 위험에 노출시킬 것이다. '그리고 저는 그런 일이 일어나게 할 수 없어요. 제 죗값을 다른 사람들이 치르는 모습을 볼 수는 없어요. 특히 경은 안 돼요. 경이 없었더라면 저는 살아남지 못했을 거예요.'

폴리는 자신이 어떻게 해야 하는지 알았다. 고드프리 경을 돌려보내고 다시는 돌아오지 않게 할 방법은 단 하나뿐이었다. "쇼 때문이 아니에요." 폴리가 말했다. "그게… 이 말씀은 정말 드리고 싶지 않았어요. 말을 했다가 혹시라도 경이…. 하지만 저는 만나는 젊은이가 있어요. 우리는 진지하게 만나고 있고, 그래서…."

"젊은이." 고드프리 경이 천천히 말했다. "정확히 얼마나 젊습니까?"

"경보다 훨씬…." 폴리는 말을 멈추고, 마치 그 말이 얼마나 잔인하게 들리는지 이제야 깨달았다는 듯이 입술을 깨물었다가 다시 서둘러 말을 내뱉었다. "겨우 몇 주 전에 만났어요, 여기에서요. 그리고 그이의 연대가 언제든 파병될 수 있어서 저희에게는 시간이 별로 없어요."

그리고 적어도 그 부분은 진실이었다. 이제 남은 시간이 거의 없었다. "이해하시죠, 네? 경도 사랑을 하신 적이 있잖아요, 그렇죠?"

"네." 고드프리 경이 조용히 말했다. "그런 적이 있습니다."

경은 그곳에 잠시 앉아 속마음을 알 수 없는 표정으로 폴리를 바라보았다. '해냈어.' 폴리는 생각했다. '고드프리 경의 마음을 내게서 영원히 멀어지게 하는 데 성공했어.'

'그리고 경의 마음에 잔인하게 상처를 줬어. 정말 죄송해요, 고드프리 경. 하지만 이건 경을 위해서예요.'

"죄송해요." 폴리는 아무렇지도 않다는 듯이 말했다. "이제 곧 저는 가야 해서요." 폴리는 몸을 숙이고 신발의 금박 스트랩을 여미려 애쓰기 시작했다. "저는 의상을 갈아입어야 해요."

"아, 물론이지요." 고드프리 경이 말했다. "이해합니다. 쇼에 늦으면 안 되지요." 그는 폴리가 뻣뻣한 스트랩을 버클에 끼우느라 끙끙거리는 모습을 잠시 지켜보더니 일어나 아주 조심스레 칸막이에서 코트를 내려 들고 몸을 돌렸다.

'저는 경을 다시는 보지 못하겠네요.' 폴리는 신발에 눈을 고정하고 생각했다.

"안녕히 가세요." 폴리가 그대로 고개를 숙인 채 말했다.

고드프리 경은 의자를 옆으로 치우고 손을 문손잡이에 올리고 잠시 서 있더니 이윽고 몸을 돌려 폴리를 바라보았다. "제가 당신은 배우로서 엉망이라고 말한 적이 있던가요, 비올라?"

폴리의 심장이 쿵쾅거리기 시작했다. "아까는 저보고 무대에 서기 위해 태어났다고 하셨잖아요." 폴리가 고개를 들고 말했다.

"그랬지요." 고드프리 경이 말했다. "하지만 당신이 연기를 할 수 있기 때문이 아니었습니다. 당신의 연기는 트로트마저도 납득시킬 수 없습니다. 또는 넬슨마저도요."

"어, 그러면 제가 경의 제안을 거절하길 잘했네요, 안 그런가요?" 폴리가 화난 목소리로 말했다. "다행히도, ENSA 관객들은 그렇게 까다롭지 않답니다." 폴리는 기차역 의상을 가지러 고드프리 경을 지났다. "이제 실례하겠습니다…."

"실례일 것은 아무것도 없습니다." 그가 말했다. "아마도 필요 없이 잔인하게 제 나이에 대해 언급하신 것을 빼면요. 하지만 그것 역시 저를 떠나보내기 위한 시도였지요…."

'그리고 저는 실패했네요.' 폴리가 낙심하며 생각했다.

"그 때문에 당신은 극단적인 방법을 선택했겠지요. 당신은 정말로 무대를 위해 태어났습니다." 고드프리 경이 말했다. "하지만 시치미를 떼고 거짓을 말하는 능력 때문이 아닙니다. 정반대입니다. 당신이 느끼는 모든 것이 얼굴에 나타나기 때문입니다. 당신의 생각, 당신의 희망….” 그는 폴리를 뚫어져라 바라보았다. “당신의 공포. 그것은 드문 재능입니다. 엘렌 테리에게 그 재능이 있었고, 세라 베른하르트도 아주 가끔 그런 재능을 보였습니다. 하지만 그것이 축복이기만 한 것은 아닙니다. 거짓말을 하는 것이 불가능하니까요. 당신이 지난 15분 동안 저에게 그토록 거짓말하려 애썼지만, 너무나도 티가 났듯이 말입니다. 또한 당신이 뭔가 어려움에 처한 것 역시 너무나도 티가 납니다….”

“말도 안 돼요.” 폴리가 말했다. “말씀드렸듯이, 저는 젊은 남자를 만나고 있어요. 우리는 서로 사랑해요….”

고드프리 경은 고개를 저었다. “제 제안을 거절하는 이유가 무엇이든 간에, 그 이유가 무대 밖에서 만났다는 어떤 새파란 풋내기 때문이 아닌 건 확실합니다. 또한 당신이 그 어려움을 혼자서 감내해야 한다고 생각하는 것도 확실합니다. 그렇지 않으면 왜 친구들로부터 숨으려 들겠습니까?”

고드프리 경은 대답해보라는 듯이 고개를 살짝 옆으로 기울였다. “어쩌면 그렇게 하는 게 맞는지도 모르겠습니다. 일리리아[31]는 위험한 장소입니다. 하지만 침묵이 늘 최선의 방어는 아닙니다.” 그는 폴리를 계속 바라보았다. “제가 도울 수 없다고 확신하십니까?”

‘누구도 도울 수 없어요.’ 폴리는 생각했다. ‘그리고 저는 여기 서서 대화하는 것만으로도 경을 위험에 빠뜨리고 있어요. 제발 가주세요. 만약 저를 사랑하신다면, 제발요….’

“2분 남았어.” 레지가 문안으로 고개를 들이밀고 말했고, 폴리는 평생 누군가가 이렇게 반가웠던 적이 없었다.

“갈게요.” 폴리가 외쳤다. “만나서 정말로 반가웠어요, 고드프리 경. 하지만 보시다시피, 저는 이제 무대에….”

“잘 알았습니다. 우리 둘 다 당신이 쓴 각본대로 연기하도록 하지요. 당

---

31 《십이야》에서 비올라가 탄 배가 난파한 곳

신은 젊은 연인을 만났고, 그래서 바보같이 당신을 사모하는 늙은이를 상대할 시간이 없는 겁니다. 그리고 저는 상심하여 물러나 남자 주연을 할 다른 누군가를 찾는 겁니다. 아마도 라버넘 양이 타이츠가 잘 어울릴 겁니다."

"여기까지 오셨는데 헛걸음하시게 해 죄송해요." 폴리가 옷걸이에 걸린 의상을 내리며 말했다.

"아, 헛걸음이 아니었습니다." 그가 말했다. "많은 걸 알게 되었습니다. 그리고 우리 동화극을 할 극장을 찾았습니다. 어젯밤에 샤프츠베리를 따라 이곳에 오는 동안 피닉스 극장이 비었다는 사실을 알게 되었습니다. 그곳 주인과 저는 오랜 친구이고 우리는 《리어왕》을 함께 했었지요. 그래서 그 친구에게 말해 그곳에서 《잠자는 숲속의 미녀》를 공연하기로 했습니다. 만약 당신 마음이 바뀌시면…."

"안 바꿀 거예요."

"만약 당신 마음이 바뀌시면." 고드프리 경은 단호히 다시 말했다. "저는 오늘 밤과 내일 그곳에 있을 겁니다. 저는 무대 뒤쪽에 있으면서 어떤 세트가 가능한지를 살피고, 또한 다가올 재난을 미연에 방지해보도록 노력할 겁니다. 그러니, 만약 당신의 젊은 연인이 못된 망나니라는 게 밝혀지면, 그리고 당신 마음이 바뀌시면…."

"그런 경우에는 경에게 말씀드릴게요." 폴리는 가벼운 목소리로 말하며 칸막이 뒤로 들어갔다. "이제 저는 정말로 옷을 갈아입어야 해요. 안녕히 가세요." 폴리는 가운을 벗어 칸막이 위로 아무렇게나 걸쳤다. "모두에게 안부 전해주세요. 꼭요."

"알겠습니다." 고드프리 경이 말했고, 잠시 뒤 덧붙여 말했다. "나의 아가씨."

그리고 폴리가 칸막이 뒤에 있어서 고드프리 경이 폴리의 얼굴을 볼 수 없어 다행이었다. 그것은 메리 아가씨가 크라이턴과 함께하는 마지막 장면에서 나오는 대사였기 때문이다. 폴리는 메리 아가씨가 했듯이 고드프리 경에게 충동적으로 손을 내밀며 "저는 절대로 당신을 포기하지 않을 거예요."라고 말하지 않기 위해 의상을 가슴에 꼭 끌어안아야만 했다.

폴리는 간신히 침을 삼켰다. "모두에게 행운을 빈다고 전해주세요." 폴리가 가벼운 목소리로 말했다.

아무런 대답도 없었고, 1분쯤 지나 칸막이 밖을 살폈을 때 고드프리 경은 가고 없었다. 영원히. 왜냐하면 《훌륭한 크라이턴》의 마지막 장면은 전부 그에 관한 내용이기 때문이었다. 연인들이 영원히 헤어지는 내용. 그리고 폴리가 원한 것도 그것이었다. 그렇지 않은가? 폴리가 원하는….

동료들이 한꺼번에 분장실로 들어와 의상을 집고, 털썩 주저앉아 화장을 고쳤다. "네가 무대 밖에서 기다리는 사람들과 데이트를 안 하는 것도 이상할 게 없네." 코라가 말했다. "영리한 아이야. 훨씬 멋진 사람에게 눈독을 들이고 있었구나? 그렇지?"

폴리는 대답하지 않았다. 그녀는 의상을 입고 해티가 여미개를 잠글 수 있도록 몸을 돌렸다.

"내가 이해할 수 없는 건, 네가 왜 ENSA에서 이러고 있느냐는 거야." 해티가 말했다. "그분은 너에게 진짜 쇼 배역을 줄 수 있잖아."

레지가 다시 고개를 들이밀었다. "커튼."

폴리는 고드프리 경 생각을 잠시 접어둘 수 있게 할 일이 있다는 사실에 기뻐하며 서둘러 무대로 올라갔다. 그녀가 무대에서 내려왔을 때, 태비트 씨는 아델레이드 공습 의상으로 갈아입으라고 했다.

"하지만 방공 기구 촌극은 어쩌고요?"

"그건 코라가 할 수 있어요." 태비트 씨가 말했다. "오늘 밤 공습은 지독할 거 같은 예감이 듭니다."

태비트 씨 생각이 옳았다. 폴리가 블루머를 제대로 입기도 전에 사이렌이 울렸고, 공습은 지독했다. 거의 모든 폭탄이 고성능 폭탄이었다. 병원 촌극을 위해 간호사 의상으로 갈아입던 폴리는 폭탄이 하나하나 터질 때마다 가슴이 철렁했다. 만약 폴리가 고드프리 경을 충분히 일찍 보낸 게 아니라면?

'고드프리 경과 아예 이야기하지 말걸.' 폴리가 생각했다. '그분 면전에서 문을 닫았어야 했어.'

태비트 씨가 문을 두드리더니 안을 들여다보았다. "폭탄들 때문에 관객들이 불안해하고 있어요. 당신이 공습경보 장면을 다시 해줬으면 해요." 그리고 폴리를 무대로 보내 블루머를 다시 보여주게 했다.

"이거 맘에 안 드는데." 폴리가 무대에서 내려오는데 해티가 초조한 목소리로 말했다. "마지막 건 바로 옆에서 터진 듯한 소리가 났어."

"거리 두 개 건너에서 터졌어요." 레지가 장군 군복을 입으며 말했다. "샤프츠베리요."

"그걸 당신이 어떻게 알아요?" 해티가 캐물었다.

"밖에서 담배를 피우고 있었는데, 공습 대비대 감시원이 말해줬어요. 피닉스 극장이 폭격당했대요."

52

우리는 최대한 오랫동안 혼신의 힘을 기울여
연합군이 파데칼레 지역을 공격할 예정인 척해야 하고,
이 부분의 중요성은 아무리 강조해도 지나치지 않습니다.

— 드와이트 D. 아이젠하워 장군, 1944년 6월

런던, 1944년 5월

어니스트는 세워둔 엔진 덮개 저쪽의 세스를 멍하니 응시했다. "폰 슈프레히트 대령을 데리고 켄싱턴 궁전에 간다고?"

"응." 세스는 말하더니 차 안에서 여전히 잠든 대령을 바라보았다. "뭐가 문젠데, 어니스트?"

'켄싱턴 궁전은 노팅힐게이트역에서 거리 두 개밖에 떨어지지 않았고, 그게 문제인 거야. 리케트 부인 집에서 거리 몇 개밖에 안 떨어진 곳이라고.'

"대령을 데리고 그곳에 가기 전에 대령이 죽을 거라 생각하는 건 아니겠지?" 세스가 걱정스레 물었다.

"그건 아냐." 어니스트가 정신을 수습하며 말했다. "나는 우리 임무가 끝난 줄 알았어. 그게 다야. 대령이랑 조금이라도 더 가면 그만큼 대령이 우리 작전을 눈치챌 가능성이 커지니까."

"우리가 입을 닫고 있으면 괜찮아." 세스는 말했다. "이젠 대령이 어딜 봐도 문제 될 것이 전혀 없어. 우리가 동쪽에서 런던에 접근하는 것처럼 보이도록, 대령이 자는 동안 차를 그쪽으로 이동하다니 정말 멋진 생각이었어. 그리고 켄싱턴 궁전은 그리 멀지 않아."

"그곳이 정확히 어디야? 지도를 보여줘." 어니스트는 말하며 세스 말처럼 그곳이 노팅힐게이트역에서 가깝지 않기를 바랐지만, 지도를 보니 가까웠다. 하지만 궁전으로 곧장 가는 길이 있었다. 어니스트는 지하철역을 지날 필요가 없었고, 패튼 장군 같은 고위 인사가 있으니 궁전 근처에는 민간인 출입을 통제할 것이다.

그리고 상륙작전 전까지 공습은 없었고, 따라서 에일린은 지하철 방공호로 가지 않을 것이다. 노팅힐이든 켄싱턴이든 간에 에일린과 마주칠 확률은 아주 낮았다. '대공습 때는 에일린과 폴리를 몇 주나 찾아다녔지만 결국 찾지 못했잖아.'

'그랬지. 그런데 블레츨리에서는 도착하고 10분도 되지 않아 앨런 튜링과 충돌했어.' 그리고 지금은 에일린이 일을 마치고 집으로 돌아갈 만한 시각이었다.

하지만 에일린은 이제 옥스퍼드 스트리트에서 일하지 않을 것이다. 국민 동원법이 발효된 뒤, 에일린은 뭔가 전쟁 관련 일에 배정되었을 것이다. 어쩌면 이제는 런던에 없을 수도 있었다.

'그리고 만약 내가 그 둘을 구하지 못했다면, 구하지 못한 거야. 그리고 내가 에일린을 보든 보지 못하든, 그건 에일린이 여기에 있는지 없는지를 바꿔놓지 못해. 또한 내가 애서튼에게 연락할 수 있을지 없을지도 바꿔놓지 못하고. 그건 이미 일어난 일이야.'

하지만 어니스트는 애서튼과 연락을 하기 '일보 직전'인 지금에 와서 에일린이 버스에서 내리는 모습 또는 녹색 코트를 입고 거리를 걷는 모습을 봄으로써 모든 일을 망칠까 봐 걱정되었고, 마침내 길 저편에서 궁전이 보이자 큰 안도감을 느끼며 게이트 앞에 정차했다.

경비병은 그들의 서류를 살펴보고 말했다. "저 관용차량 뒤로 가시면 됩니다." 경비원은 궁전까지 길게 줄지어 선 차들의 맨 뒤차를 가리켰다.

"우리가 태우고 온 손님은 아파. 저렇게 멀리까지 걸을 수 없을 거야." 어니스트가 말했다. "문 앞까지 모시고 가야 해."

그들의 서류를 다시 확인하고 뒷좌석의 대령을 살펴본 경비병은 그들에게 문 앞까지 가라고 손을 흔들었지만, 어니스트는 이미 주차된 직원 차량과 롤스로이스들을 지나 그곳까지 차를 몰고 갈 수 있을지 자신이 없었다. 그건 마치 바늘귀를 꿰는 것과 같았다. '이러다가 처칠 수상이나 패튼 장군이 갑자기 내 앞에 나타나고 내가 차로 그 사람을 칠 수도 있어.' 하지만 그들은 안전하게 궁전에 도착했다.

어니스트는 차를 계단 앞에 세우고, 차에서 내려 대령이 내리는 것을 돕기 위해 뒤쪽으로 갔다. 세스 역시 도와야 했다. 어니스트는 대령을 일으켰고, 세스는 슈트케이스를 내리고 차 문을 닫았다.

"너무 불편을 끼쳐 미안하군." 대령이 어니스트에게 말했고, 갑자기 날카로운 연민이 그의 가슴을 찔러왔다.

'당신 때문에 독일은 전쟁에서 질 거야.' 그는 생각했다. '그리고 그걸 알지조차 못하지.'

"죄송합니다만, 이곳에 주차하시면 안 됩니다." 군복 차림의 경비병이 서둘러 다가오며 말했다. "차를 빼셔야 합니다."

"대령님을 안으로 모셔다드리고 바로 빼겠어." 어니스트가 말했다.

"이분은 폰 슈프레히트 대령님이야." 세스가 서류를 내밀며 말했다. "막 도버에서 모시고 오는 길이지. 모어랜드 장군에게 직접 모셔가라는 명령을 받았어." 하지만 경비병은 고개를 저었다.

"죄송합니다. 차를 여기에 대시면 안 됩니다."

"음, 그렇다면 내가 안으로 들어가서 윌커슨 중위를 도울 사람을 데려올 때까지만 기다려줘." 어니스트가 말했다. "대령님은 부축 없이는 저 계단을 올라갈 수 없어."

"그러실 수 없습니다. 대위님의 명령입니다. 지금 차를 이동하셔야 합니다."

"대위님과 이야기하고 싶어…." 어니스트가 말을 했지만 세스가 고개를 저었다.

"여기 서서 입씨름할 시간이 없어." 세스가 말했다. "대령님은 내가 부축할게." 세스는 대령의 팔을 어깨에 걸쳤다. "넌 가서 주차해, 애보트 중위."

"하지만…." 어니스트는 입을 열었지만, 세스는 계단 꼭대기를 향해 고개를 끄덕였다. 그곳에는 군인 두 명이 세스를 돕기 위해 서둘러 내려오고 있었다. '잘됐어.' "어디에 주차하면 되지?" 어니스트가 경비병에게 물었다.

"이 길 끝에 하시면 됩니다." 경비병이 말하며 가리켰지만, 그 좁은 길 끝 역시 차들로 가득했고, FANY와 보조 수송대 군복을 입은 젊은 여자들이 차에서 운전대를 잡고 자신들이 데려온 장군들을 기다리고 있었다.

아, 맙소사. 만약 저 운전사 가운데 한 명이 에일린이라면? 에일린은 국민 동원 신청을 통해 운전사 역을 얻으려 한다는 말을 한 적이 있었다. 그는 백미러를 힐끗 보았다. 관용차량 두 대가 그의 뒤로 들어왔다. 맙소사. 이곳은 켄싱턴의 거리보다 더 위험했다.

어니스트는 모자챙을 이마 깊숙이 내리고 겁이 날 정도로 빠르게 길 끝으로 차를 몰고 갔다. 그곳에는 다른 경비병이 서 있었다. 그가 차로 다가왔다. "여기에 주차하시면 안 됩니다."

"나도 알아. 윌커슨 중위에게 애보트 중위가 주차하려고 모퉁이를 돌아갔다고 말해줘." 그리고 어니스트는 차를 몰아 켄싱턴으로 가서 켄싱턴 가든스 가장자리를 따라 돌아갔다. 폴리가 데드라인이 있다고 그에게 말해줬던 곳이었다.

'폴리.' 폴리 역시 운전사 가운데 한 명일 수 있었다. 단지 폴리라는 이름이 아닐 것이다. 메리 켄트라는 가명을 쓸 것이고, 지금 옥스퍼드의 구급차 지부에 있으면서 덜위치로 전보되길 기다리고 있을 것이다. 하지만 어니스트는 그가 만났던 FANY들을 통해, 그들이 종종 운전사 임무를 맡기도 한다는 사실을 알았고, 오늘은 잉글랜드의 모든 장교가 이곳에 모인 듯했다. 만약 폴리도 이곳에 있다면?

'그럴 리 없어.' 어니스트는 생각했다. '만약 폴리가 여기에 있었다면, 나는 폴리가 탄 차창을 두드려 경고할 수 있었을 거고, 내가 경고하면 폴리는 옥스퍼드에 돌아가 무슨 일이 있었는지 던워디 교수님께 말을 할 것이고, 그러면 교수님은 우리를 절대로 보내지 않았을 거야. 바솔로뮤 씨 때와 똑같아.'

'내가 집중해야 하는 건 애서튼을 찾는 일이야.' 어니스트는 생각했다. '그리고 저기에 전화 부스가 있어. 그리고 세스는 지금 여기 없고.' 그리고 브랙넬 여사는 그들이 대령을 데리고 가는 중에 뭔가 잘못돼 전화해야 할 경우를 대비해 지갑에 돈을 두둑이 넣어주었다. 그는 인도 가장자리로 차를 몰고 갔고, 글러브 박스에서 지갑을 꺼내 차에서 내렸다. 그는 전화 부스로 가서 교환수를 연결했고, 해군 여성 부대원이 준 전화번호를 알려주었다. "잠시만 기다리십시오." 교환수가 말했다.

'연결되어라, 제발 연결되어라.' 어니스트가 속으로 되풀이해 말했다.

"번호가 준비되었습니다." 교환수가 말했다.

"고맙습니다. 여보세요, 애서튼 소령님이십니까?" 어니스트가 말했다.

너무 성급했다. 상대는 여전히 교환수였다. "번호가 준비되었습니다." 교환수가 반복해 말했다. "연결하겠습니다."

어니스트는 기다리며 생각했다. '지금 당장에라도 내가 어디로 사라졌는지 궁금해하며 세스가 저 모퉁이를 돌아 나타날지도 몰라.' "연결되었습니다." 교환수가 말했고, 다음 순간 미국인 여자의 목소리가 말했다. "애서튼 소령 사무실입니다."

'다행이야.' "여보세요?" 목소리에서 흥분을 감추려 애쓰며 어니스트가 말했다. "애서튼 소령님과 통화하고 싶습니다."

"죄송합니다만, 소령님은 지금 자리에 안 계십니다."

'어째 잘 풀리더라니.' "언제 돌아오십니까? 급한 일입니다."

"모르겠습니다. 돌아오시는 대로 연락드리라고 전해드릴까요? 연락드릴 전화번호를 남겨주시겠습니까?"

"아니요." 어니스트가 말했다. "저는 지금 이동 중입니다. 오늘 밤에 돌아오십니까?"

"네. 나중에 다시 거시겠습니까?"

'아니요. 저는 지금 당장 애서튼과 통화를 해야 한다고요.'

"네." 어니스트가 말했다 "그리고 제가 전화했다고 전해주십시오. 저는 마이클 데…"

"난 절대로 안 그랬어." 남자아이의 목소리가 들리기에 어니스트는 고개를 번쩍 들어 그쪽을 보았다. 남자아이와 여자아이 한 명이 거리를 따라 전화 부스 쪽으로 다가오고 있었다. 남자아이는 아홉 내지 열 살 정도 되어 보였고, 여자아이는 그보다 나이가 많아 보였다. 둘은 큰 소리로 말다툼하고 있었다.

"그랬어." 소녀가 말했다.

"난 훔치지 않았어." 남자아이가 말했다. "아줌마가 준 거란 말이야."

'이런, 맙소사.' 어니스트는 생각했다. '알프랑 비니 남매잖아.'

둘은 말다툼하느라 바빠서 아직 어니스트를 보지 못했다. 그는 이곳을 빠져나가야만 했다. 그는 전화를 끊고 전화 부스에서 나와 재빨리 차로 돌아갔다. 그는 세스가 좌석에 두고 간 지도를 낚아채 그것으로 얼굴을 가렸다.

"내가 봤다고." 비니가 말했다.

'이런, 맙소사.'

"그렇지 않아." 알프가 말했다. 둘은 어니스트에 관해 말하는 게 아니었다. 둘은 뭔지 모르지만, 여하튼 알프가 훔친 물건에 관해 이야기하고 있었다. 하지만 안심하기에는 일렀다. 둘이 이스트 엔드에서 이렇게 멀리 떨어진 여기에 있는 이유는 오직 하나뿐이었다. 둘은 에일린을 보러 가는 길이거나 에일린을 보고 집으로 돌아가는 길인 것이다. 그건 에일린이 아직 이곳에 있다는 뜻이었다. 그리고 만약 어니스트가 이곳을 빠져나가지 않는다면 알프와 비니는 그를 볼 것이고, 에일린에게 그가 살아 있으며 그들을 버리고 도망쳤다고 말할 것이다.

어니스트는 시동을 걸기 위해 차 키에 손을 댔지만, 아이들은 이미 차 근처에 와 있었다. 둘은 시동 걸리는 소리를 듣고 어니스트를 볼 것이다. 아이들이 지나가기까지 기다려야 했다.

"이를 거야." 비니가 말했다.

"안 그러는 게 좋을걸!" 알프가 말하더니 이윽고 말했다. "봐!"

'오, 맙소사.' 둘은 어니스트가 탄 차로 곧장 달려오고 있었다. 어니스트는 자신이 애보트 중위이고, 마이크 데이비스가 누구인지 알지 못한다고 아이들을 설득해야만 했다. 하지만 호드빈 남매에게 뭔가를 관철하는 데 성공한 사람이 과연 존재했던가?

아이들은 차를 지나 곧장 거리로 달려갔다. 어니스트는 지도 너머로 조심스레 훔쳐보았다. 관용차량 한 대가 다가오더니 멈췄다. 아이들은 차창으로 달려갔다.

오, 맙소사. 에일린이 운전사일 거라던 어니스트의 생각은 옳았다.

"엄마는 어딨어요?" 알프가 물었다. "우리더러 여기서 만나자고 했어요."

'엄마?'

"너희 어머니는 늦으실 거야." 여자의 목소리(에일린이 아니었다)가 말했다. 어니스트는 창을 통해 아이들을 볼 수 있을 정도까지만 의자 위로 몸을 끌어올린 뒤, 아이들이 차창에 몸을 숙이고 보조 수송대 모자에 군복을 입은 금발 여자와 이야기하는 모습을 지켜보았다. 그리고 치솟던 아드레날린이 누그러들면서 어니스트는 지금까지 보지 못했던 점들을 마침내 알아차리기 시작했다. 아이들은 교복을 입고 책가방을 가지고 있었으며, 아이들 머리는, 아니 적어도 여자아이의 머리는 깔끔하게 빗질 되어 있었다. 둘은 외모며 목소리가 호드빈 남매와 흡사했지만, 알프와 비니치고는 너무나 잘 보살핌을 받는 듯이 보였다.

"너희 어머니는 회의 때문에 베이츠 장군을 태우고 차트웰로 가야 했어." 금발 여자가 말했고, 에일린이 해준 호드빈 부인 얘기를 생각해보면 아이들 어머니가 장군은 고사하고 누군가를 태우고 어딘가에 간다는 것 자체가 상상이 안 갔다. "내게 너희 둘을 데리고 저녁 식사를 하게 하랬어."

"라이언스 코너 하우스에 가도 돼요?" 남자아이가 물었다.

"하는 거 봐서." 금발 여자가 말했다. "그리고 너희 어머니가 너희 숙제했는지도 확인하라셨어."

"우리는 숙제 없어요." 남자아이가 말했다. "학교에서 다 했어요." 남자아이는 여자아이를 돌아보았다. "그렇지?"

"바보 같은 소리 하지 마." 여자아이가 말했다. "쟤는 철자 숙제가 있고 저는 수학 숙제가 있어요. 하지만 제 역사 숙제는 다 했어요." 여자아이는 책가방에서 종이를 꺼내 금발 여자에게 보여주었다.

그가 그날 아침 세인트폴 대성당에서 보았던 알프와 비니는 평생 단 한 번도 숙제하지 않을 아이들이었다. 또한 자진해서 학교에 갈 아이들도 아니었다.

이건 그 아이들이 아니었다. 어니스트가 이 아이들을 호드빈 남매라고 성급하게 결론지었던 건 그가 에일린을 생각하고 있었기 때문이었다. 그리고 젠장, 어니스트는 데니스 애서튼에게 걸었던 전화를 괜히 끊은 것이다. 어니스트는 누군진 몰라도 여하튼 그 아이들이 차분하게 차를 타고 떠나는 모습을 지켜보았다. 그는 아이들이 탄 차가 완전히 떠나면 전화를 다시 걸어 아까 그 여자에게 갑자기 전화가 끊겼다고 말할 생각이었다. 어쩌면 방해를 받은 게 좋은 결과로 이어질 수도 있었다. 지금쯤이면 애서튼이 돌아왔을 수도 있고, 그러면 메시지를 남기는 대신 직접 통화를 할 수도 있겠지.

아이들이 탄 차가 모퉁이를 돌아 사라졌다. 어니스트는 차에서 내려 전화 부스로 걸어가기 시작했다. 그리고 그곳에서는 세스가 손을 흔들며 총총걸음으로 그를 향해 다가오고 있었다. "주차하려고 이쪽으로 왔다고 하더라." 어니스트에게 다가오며 세스가 말했다.

"대령을 넘겼어?"

"응." 세스가 말했다. "이제 브랙넬 여사에게 보고만 하면 집에 가도 돼."

'그게 사실이면 얼마나 좋을까.' 어니스트는 생각하며 브랙넬에게 전화하기 위해 전화 부스로 들어가는 세스를 지켜보았다. 애서튼에게 어떻게 전화를 한담? 어쩌면 며칠 동안 전화 걸 기회가 없을 수도 있었고, 남은 시간은 점점 줄어들었다.

"운이 없네." 세스가 부스에서 나오며 말했다. "연결이 안 돼."

"돌아가는 길에 다시 걸면 돼." 어니스트는 말했다. '그리고 다음번에는 내가 전화를 걸겠다고 해봐야겠어.' "대령을 안전하게 넘겼으니 이제 한두 시간 정도 차이는 문제가 안 돼." 어니스트는 차에 탔다.

"맞아." 세스는 말했다. "하지만 아슬아슬했어."

"아슬아슬해? 무슨 말이야?"

"대령을 넘긴 뒤에 나오려고 하는데, 바로 그 흉악한 늙은이와 마주쳤지 뭐야."

"패튼 장군?"

"내 말이." 세스가 말했다. "장군은 나를 똑바로 응시했는데, 나를 어디서 만났는지 기억하려 애쓰는 게 분명했어. 장군이 나를 환영회에서 만난 걸 떠올리고 그 우렁찬 목소리로 '홀트!'라고 말할까 봐 정말 조마조마했어. 하지만 다행히도 바로 그때 부관이 와서 장군을 데려갔고, 나는 대령이 아무것도 눈치채지 못하는 상황에서 빠져나올 수 있었어."

"그리고 패튼 장군은 네가 대령과 있는 걸 못 봤고?"

"응. 장군은 나를 어디서 만났는지 기억하지 못하는 게 분명해. 하지만 여기를 일찍 떠나는 게 더 안전할 거 같은 느낌이 들어." 세스가 말했다.

"내 생각도 그래." 어니스트는 차의 시동을 걸고 인도 옆에서 벗어났다.

"게다가, 배고파 죽겠어." 세스가 말했다. "우회전. 램프덴 로드에 괜찮은 데를…, 어디로 가는 거야? 방향이 틀려."

"알아." 어니스트가 말하며 글로스터 로드를 질주했다. "갑자기 생각난 게 있거든. 만약 서두르면 〈클라리온 콜〉이 닫기 전에 크로이던에 가서 내 기사들을 넘길 수 있어."

"크로이던?" 세스가 외쳤다. "거기는 한참 가야 하잖아. 배고파 죽겠다니까!"

"거기에 가면 멋진 선술집이 있어. 셰퍼드 파이가 끝내줘." 어니스트는 그 술집에 발을 들여놓은 적이 한 번도 없었지만, 그렇게 말했다. "그리고 종업원이 아주 예뻐." '그리고 〈클라리온 콜〉에서 조금 떨어진 거리에 전화 부스가 있으니 네가 술집에 있는 동안 나는 애서튼에게 전화를 할 수 있어.'

"〈클라리온 콜〉의 데드라인은 4시라고 하지 않았어?"

"맞아. 하지만 편집자는 종종 늦게까지 있고, 만약 조판을 다 하지 않았으면 내 원고를 넣어달라고 설득할 수 있을 거야."

어니스트는 크롬웰 로드를 질주해 남쪽으로 방향을 틀었다.

"브랙넬 여사는 어쩌고?" 세스가 물었다. "아직 보고를 안 했어."

"크로이던에 가서 해도 돼. 식사한 뒤에. 지금 전화하면 곧장 돌아오라고 할 거고, 그러면 넌 정말로 굶어 죽을 거야."

"좋아." 세스는 말했다. "하지만 브래넬이 성질을 부리면 이건 모두 네 생각이었다고 말을 해야 해."

"그럴게. 고마워. 이번 데드라인을 놓치지 않는 게 중요하거든."

세스는 고개를 끄덕이더니 이윽고 잠시 뒤 말했다. "넌 정말로 독일 수뇌부가 '크로이던의 피시앤칩스 포장지'나 뭐 그런 걸 읽는다고 생각하는 거야?"

"〈클라리온 콜〉이야." 어니스트는 말했다. "모르지. 하지만 독일이 우리 무선 메시지를 듣는다거나 마분지로 만든 캠프와 고무 탱크 사진을 공중에서 찍는지 아닌지도 우리는 몰라. 또는 폰 슈프레히드 대령이 우리 연극을 진짜로 믿었는지 어떤지도. 또는 설사 대령이 그걸 믿었다 해도 독일 수뇌부에 그걸 말할지 어떨지 우리는 몰라. 독일 측이 그 말을 믿을지 어떨지도 그렇고."

세스는 고개를 끄덕였다. "그 불쌍한 친구는 베를린에 가기 전에 죽을 수도 있어." 세스는 한숨을 쉬었다. "그게 이런 일의 단점이지. 우리는 우리가 하는 일들이 과연 효과가 있는지 전혀 알 수가 없어."

'그리고 모르는 게 아마도 나을 거야.' 어니스트는 생각하며 속력을 높여 풀햄을 통과했다.

"전쟁이 끝나면 알게 될까? 어떻게 생각해?" 세스가 물었다. "효과가 있었는지 아닌지 말이야."

"만약 효과가 없다면 우리는 그렇게 오래 기다릴 필요가 없을 거야. 다음 달이면 알게 될 테니까. 만약 독일 육군 전부가 노르망디에서 우리를 기다리고 있다면, 효과가 없었다는 증거지."

"맞아." 세스가 말했고, 잠시 뒤 덧붙였다. "역사가 말해줄 거야. 우리가 한 일이 역사책에 나올 거 같아? 폰 슈프레히트며 우리가 그 황소와 만난 것하며 네가 〈펌프킨 위클리 배너〉의 편집자에게 보낸 편지들 같은 거."

'만약 애서튼과 연락이 안 닿는다면, 편집자에게 보내는 편지들이 효과가 있어야 해.' 어니스트는 생각하며 크로이던으로 차를 몰았다. 그는 세스가 전화 부스를 보지 못하도록 극장에서 번화가 옆길로 빠져 〈클라리온 콜〉 사무실을 지나쳤다.

제퍼스 씨의 자전거가 사무실 밖에 있었다. 어니스트가 아까 세스에게 한 말, 즉 〈클라리온 콜〉이 닫기 전에 크로이던에 올 수 있다던 말은 거짓말이었다. 그는 사무실이 이렇게 늦게까지 열려 있으리라고는 기대하지 않았다. 하지만 인쇄기에 또 종이가 걸린 게 분명했다. 그건 그가 어쩌면 진짜로 기사를 이번 주 신문에 실을 가능성이 있다는 뜻이었다.

"우선 너부터 선술집에 내려줄게." 어니스트는 술집 앞에 차를 세우며 세스에게 말했다. "그리고 나는 내 기사들을 전해주고 올게. 시간이 좀 걸릴 거야. 제퍼스 씨는 이야기하는 걸 좋아하거든. 내 것도 주문해줘." 어니스트는 말하고 차를 몰아 전화 부스로 갔다.

교환수는 즉시 전화를 연결해줬고, 아까 통화했던 젊은 여자가 전화를 받았다. "저는 데이비스 중위입니다." 어니스트는 말했다. "던워디 장군님의 부관입니다. 아까 오후에 전화를 드렸는데 그만 연결이 끊겼습니다."

"아, 맞아요." 그녀가 말했다.

"애서튼 소령님과 통화를 해야 합니다."

"아, 이런. 돌아오셨다가 다시 나가셨어요."

'젠장.'

"응급 상황인가요? 저는 그분 간호사입니다. 만약 응급 상황이면 애서튼 의사 선생님께 연락해볼게요."

애서튼 의사. 그는 의사였다. 그건 데니스 애서튼이 아니라는 뜻이었다. 역사학자는 온갖 위장을 하지만 의학용 잠재 교육 과정은 없었다. 심지어 폴리가 구급차를 몰았던 것조차 특이한 경우였고, 그녀는 응급치료 과정을 배운 게 전부였다. 그것도 여기서 배웠다. 2월에 온 애서튼이 여기에서 의학 학위를 받을 수는 없었다.

"중위님?" 여자가 말했다. "들리세요?"

"네. 아무래도 다른 애서튼 소령님에게 전화한 거 같습니다. 저는 데니스 애서튼 소령님과 통화를 하려는 겁니다."

"네, 중위님. 데니스 애서튼 소령님 맞습니다."

"키가 크고 검은 곱슬머리에 20대 중반입니까?"

"아, 아닙니다, 중위님. 애서튼 소령님은 50살이고 거의 머리가 벗어졌어요. 찾으시는 애서튼 소령님도 육군 외과의이신가요?"

'아니요.' 어니스트가 낙담하며 생각했다. '내가 찾는 이는 역사학자이고, 여기선 진짜 이름을 쓰고 있지 않아요.' 던워디 교수는 상륙작전 집결지와 관련된 모든 사람의 이름을 확인하도록 조사실에 시켰을 것이다. 군인 둘이 이름이 똑같으면 당연히 사람들 눈길을 끌 것이고, 역사학자들은 남들 눈에 띄지 않고 잘 섞여 들어야 했다.

'데니스 애서튼이 여기서 가명을 쓴다면, 나는 결코 그 친구를 찾지 못할 거야.' 어니스트는 생각했다. 그는 이 일이 성공하기 어렵다는 사실을 이미 알고 있었지만, 그래도 그 사실은 여전히 배를 한 대 얻어맞은 것처럼 큰 충격으로 다가왔다. 그는 전화를 끊고 그곳에 멍하니 서 있었다.

'제퍼스 씨에게 기사를 전달해야 해.' 어니스트는 생각했다. '이제 내 기사들을 〈클라리온 콜〉에 싣는 일이 더욱더 중요해졌어.' 하지만 그는 계속 그곳에 서서 멍하니 전화기만 바라보았다.

세스가 전화 부스를 두드렸다.

아, 이런. 어니스트는 방금 폴리와 에일린의 구출을 망쳤을 뿐 아니라 세스에게 들키기까지 했다. 세스는 어니스트가 누구에게 전화했는지, 왜 기사를 전달해야 한다고 거짓말을 했는지 캐물을 것이다. 세스는 브랙넬 여사에게 보고할 테고, 브랙넬은 텐싱에게 보고할 것이고, 그들은 남 포티튜드를 취소할 것이다. 독일 스파이 특수 대응 부대에 잠입했을 가능성을 무시할 수 없기 때문이다. 그리고 아이젠하워는 상륙작전을 연기하고 새로운 작전을 짜려 할 것이다. 그리고 연합군은 전쟁에 질 것이다.

세스는 여전히 유리창을 두드리고 있었다. 어니스트가 문을 열었다. "아, 잘됐네." 세스가 말했다. "브랙넬에게 전화하는 걸 잊지 않았구나. 너에게 말할 생각이었는데 그만 까먹어서 널 쫓아 온 거야. 종업원이 예쁘다는 네 말이 맞아. 아주 예쁘더라. 브랙넬이 뭐래? 연결됐어?"

"아니." 어니스트는 말했다. "통화 연결이 안 됐어."

53

저는 이 일을 끝까지 당신과 함께 할 것이고,

만약 이 일이 실패하면, 우리는 같이 망하는 겁니다.

— 윈스턴 처칠이 드와이트 D. 아이젠하워에게, D-데이 전에

런던, 1941년 봄

폴리는 알함브라 극장을 뛰어나와 불길로 환한 거리를 지나 샤프츠베리로, 짙은 안개 속으로 들어갔다.

아니, 안개가 아니었다. 폭발로 인한 먼지였다. 황과 화약 냄새가 났고, 앞이 전혀 보이지 않았다. '이래선 결코 피닉스 극장을 찾을 수 없어.' 폴리는 생각했지만, 앞이라고 느껴지는 곳으로 가는 동안 먼지는 옅어졌고, 피닉스 극장의 표지판이 보였다. 레지가 잘못 안 것이 분명했다. 극장은 아직 그곳에 서 있었다.

하지만 극장 앞 거리에는 줄이 쳐졌다. 그리고 폴리가 가까이 가보니 극장 정면의 절반 정도가 사라져 로비와 황금색 카펫을 간 계단이 드러난 게 보였다. 하얀 헬멧을 쓴 경관이 사고 현장을 뜻하는 파란 조명 옆에 서서 클립보드를 살피고 있었다. 폴리는 줄 아래로 몸을 숙이고 현장 안으로 들어가 그에게 달려갔다. "경관님…."

"여기는 사고 현장입니다." 그가 무뚝뚝하게 말했다. "민간인은 들어오시면 안 됩니다."

“하지만 저는 찾는….”

그가 말을 잘랐다. “극장 안에는 아무도 없었습니다. 이곳에서 떠나주셨으면 합니다. 감시원!” 그는 공습 대비대 감시원에게 신호를 보냈다. “이 아가씨를 모시고….”

“하지만 안에 사람이 있었어요.” 폴리가 말했다. “고드프리….”

“머독 경관님!” 다른 감시원이 거리 저쪽에서 외쳤다. “어서요!” 그리고 사고 지역 담당 경관이 서둘러 그쪽으로 갔다.

폴리는 경관을 따라갔지만, 폴리를 내쫓기 위해 경관이 부른 감시원도 따라왔다. 폴리는 자신이 설명하기도 전에 감시원이 자신을 내쫓을까 봐 두려웠다. 그리고 설사 그가 설명을 듣는다 해도, 이미 그들에게는 힐 일이 산적한 게 분명해 보였다.

폴리는 쏜살같이 거리를 가로질러 한때 극장 정면이었던 목재와 회벽 더미를 기어올라 로비로 들어갔다. 로비는 거의 아무런 피해도 입지 않았다. 소리만 요란했지 폭탄 자체는 45킬로그램짜리에 불과했던 게 분명했다. 폴리는 극장 안으로 들어가는 문을 열려고 애썼지만 문은 잠겨 있었다.

중이층으로 통하는 문은 잠기지 않았다. 폴리는 그 문을 통해 안으로 들어갔다.

안은 난장판이었다. 발코니와 박스석은 아래층에 줄지어 놓인 빨간 플러시 천 의자들 위로 무너져 내렸고, 의자들은 충격파에 날아가 다른 의자들 위에 쌓여 있었다. 하지만 벽들은 여전히 서 있었고, 천장도 한쪽에 커다랗고 깔쭉깔쭉한 구멍이 하나 나 있는 것을 제외하면 여전했다. 그 구멍을 통해 불길에 물든 하늘이 극장 이쪽 면을 분홍빛 도는 주황색으로 비추고 있었다. 극장 전면부와 무대는 그림자 속에 잠겼다.

“고드프리 경! 여기 계세요?” 폴리가 외치며 투각 기법의 금속 지지대들과 내용물이 드러난 쿠션들과 발코니에서 쪼개져 나온 마호가니의 바다를 조심스레 가로질러 가기 시작했다. 의자들 중 어떤 줄은 아직도 온전하게 남았고, 붉은 플러시 천 좌대 부분에는 공연 프로그램 안내지들이 그대로 놓여 있었다. 하지만 이 의자들도 불안정하긴 마찬가지여서, 하이힐 때문에 더더욱 균형을 잡기 힘들던 폴리가 지나가며 등받이를 잡자 의자들은 당장에라도 넘어갈 듯 흔들거렸다.

'이런 상황에서 하이힐은 진짜 아닌데.' 폴리는 극장의 박스석 가운데 하나였던 굴곡진 패널 위를 조심스레 걸으며 생각했다.

고드프리 경은 무대 뒤에서 세트들을 살펴볼 거라고 했다. 폴리는 뒤집힌 의자들 너머를 보며 각광[32]이나 커튼 또는 무너진 무대 작업 통로처럼 무대가 어디인지 가늠할 만한 게 있는지 살폈다. 하지만 뒤엉킨 의자들 너머로는 커다란 담요처럼 보이는 것을 제외하고는 아무것도 없었다. 마치 구조대가 잔해를 가리기 위해 방수천으로 현장을 덮어놓은 것처럼 보였다.

'마치 시체를 덮어놓은 거 같아.' 폴리는 생각했고, 방수천처럼 보이는 게 뭔지 깨달았다. 그건 석면 방화 커튼이었다. 그게 뒤로 무너지며 무대 전체를 덮은 것이다. '적어도 저건 불에 타지는 않아.' 폴리는 생각했다. 하지만 만약 고드프리 경이 저 아래 있다면 폴리는 저걸 들고 그를 꺼낼 방법이 없었다. 알함브라 극장에 있는 방화 커튼은 엄청나게 무거웠다.

폴리는 커튼이 덮인 무대로 가며 "고드프리 경! 어디 계세요?"라고 외쳤고, 마치 징검다리를 건너듯 의자들을 조심스레 밟고 나아갔다. 폴리는 동화극을 보던 여자 가정 교사가 아이들에게 "아니, 안 돼. 의자에서 그렇게 서면 안 돼! 천이 찢어지잖아."라고 말하는 걸 들은 기억이 났다. 하지만 그 생각을 하는 중에도 금박 하이힐이 플러시 천을 뚫고 들어갔고, 폴리는 발목이 비틀거리며 옆으로 쓰러졌다.

폴리는 당장에라도 쓰러질 것 같은 의자 등받이를 붙들고 중심을 잡으며 발을 빼내려 해보았다. 구두의 굽이 뭔가에 끼어서 빠지지 않았다. 의자 스프링이었다. 폴리는 발을 위로 세게 당겨보았지만, 굽은 낀 채로 꿈쩍도 하지 않았다.

"뭐 이따위가 속을 썩인담." 폴리가 말하며 굽이 어디에 끼었는지 살펴보기 위해 의자 천을 좀 더 찢으려 했지만, 천은 보기보다 튼튼했다. 폴리

---

32 연기자의 발 아래쪽에서 위쪽을 향하여 투사되는 조명

는 구두를 벗어야만 했다. 그녀는 구두에서 발을 빼내려 했지만 소용없었다. 폴리는 구두 스트랩을 풀기 위해 몸을 굽혔다. 버클이 어찌나 뻣뻣한지 스트랩이 버클에서 빠지질 않았다. 그래서 폴리는 몸을 더 숙이고 스트랩을 풀려 애썼다.

그때 발코니 쪽에서 희미한 소리가 들렸다. "고드프리 경?" 폴리가 외쳤고, 그 외침에 대답하는 듯한 신음 소리를 들은 듯했다. "제가 가요!" 폴리가 말했다. "제 구두가…." 폴리는 금박 스트랩 끝부분을 거칠게 잡아당겼다. 스트랩이 끊어지며 손에 딸려 나왔고, 폴리는 구두에서 발을 빼낸 다음 다시 의자 속으로 손을 넣어 구두를 잡고 의자에서 빼내려 이리저리 비틀어보았다. 하지만 구두는 빠지지 않았다.

"잠깐만요. 제가 가요!" 폴리가 외치며 구두를 놔두고 소리가 들린 곳으로 재빨리 기어 올라가기 시작했다. "고드프리 경?"

"여기입니다." 대답하는 남자의 목소리가 너무나도 희미해서, 폴리는 그게 고드프리 경의 목소리인지 아닌지 분간할 수가 없었다.

"다치셨어요?" 폴리가 목소리가 들리는 쪽으로 움직이며 말했다. "제가 찾을 수 있게 계속 말을 하세요!"

"'저는 당당히 서서 칼을 움켜쥐었습니다. 버크람 천 옷을 입은 악당 네 명이 제게 돌진했지요.'"[33] 고드프리 경이 확실했다. 달리 누가 이런 상황에서 셰익스피어를 인용한단 말인가?

그는 네 줄 뒤, 뒤엉킨 의자들 아래 깔려 있었다. 폴리는 의자들 사이로 나온 그의 팔을 볼 수 있었다. "고드프리 경." 폴리가 쪼그려 앉으며 말했지만, 의자 밑은 너무 어두워 그의 모습이 보이지 않았다. "고드프리 경이세요?"

"네. 보시다시피, 재난을 피하려던 제 시도는 성공하지 못했습니다."

"여기에서 뭘 하시는 거예요? 무대 뒤에 계시는 줄 알았어요." 폴리는 고드프리 경이 살아 있다는 안도감에 재잘거렸다. "구두가 의자에 걸리지 않았더라면 전 결코 경의 목소리를 듣지 못했을 거예요." 그리고 그 말을

---

33 셰익스피어,《헨리 4세》

하는 순간 어떤 기억이 폴리의 머릿속을 스치고 지나갔다. 에일린이 파젯스 백화점에서 했던 말이었다. "만약 마저리가 너에게 내가 어디에 있는지 말해주지 않았더라면…." 그리고 또 이런 말도 했었다. "만약 알프와 비니 때문에 시간을 쓰지 않았더라면, 나는 바솔로뮤 씨를 만났을 거야."

폴리는 갑자기 이게 중요하다는 느낌이 들어 말을 멈추었다. 이건 뭔가의 중요한 열쇠였다. 만약 폴리가….

"폭탄 터지는 소리를 들었습니다." 고드프리 경이 말했다. "그래서 당신을 찾으러 나가려던 길이었습니다."

'그리고 만약 경이 그러지 않았더라면….' 폴리는 생각했고, 이 상황에 중요한 뭔가가 있다는 느낌이 또다시 들었다. '경은 석면 방화 커튼이 무너졌을 때 그 아래에 깔리셨을 거예요.'

"저는 당신이 어떻게 되었을까 걱정을…." 고드프리 경이 말을 시작했다.

"걱정하지 마세요. 모든 게 괜찮을 거예요. 움직일 수 있으세요?"

"아니요. 다리가 뭔가에 깔렸습니다. '세상은 무대로다'[34]. 지금 이 순간에는 그게 제 위에 있는 듯합니다."

"다리가 느껴지세요? 다리를 다치셨어요?"

"아니요."

다행이었다. "다른 데 다치신 곳은 없고요?"

"없습니다." 잠시 정적이 흘렀다. "'이런 노인에게 그렇게 많은 피가 있으리라고 누가 생각을 했겠는가?'[35]

'오, 맙소사.'

"금방 꺼내드릴게요." 폴리는 고개를 들고 외쳤다. "여기 부상자가 있어요! 들것이 필요해요!" 폴리는 일어나 고드프리 경 위의 의자들을 잡아당기기 시작했다. 의자열은 부서져 있었다. 다행이었다. 만약 하나로 연결되어 있었다면, 폴리는 절대로 그걸 옮길 수 없었을 것이다.

고드프리 경이 뭔가 중얼거렸다. "왜 그러세요?" 폴리가 무슨 말인지 들

<hr>

34 셰익스피어, 《좋으실 대로》
35 셰익스피어, 《맥베스》

기 위해 몸을 숙이며 물었다.

"절 그냥 두십시오." 그가 말했다. "가서 비올라를 찾으십시오. 비올라는 알함브라 극장에 있습니다. 폭탄들이….."

"저 여기 있어요, 고드프리 경. 저예요, 폴리…, 비올라예요."

"아닙니다." 그가 말했다. "'무덤 속 나를 깨우지 말라. 그대 축복받은 영혼이여.'"

'고드프리 경은 그냥 《리어왕》을 인용하는 것뿐이야.' 폴리는 생각하면서도 심장이 터질 것만 같았다. '아무 의미도 없어.'

"움직이려 하지 마세요." 폴리가 문 쪽을 돌아보며 말했다. "도와줄 사람들이 오고 있어요." 하지만 그렇지 않았다. 시고 현장 담당 경관이나 구조원들은 흔적도 보이지 않았다.

'내 말을 듣지 못한 거야.' 폴리는 생각했고, 두 손을 모아 입에 댔다. "여기에 부상자가 있어요! 들것하고 잭이 필요해요! 서둘러요!" 폴리는 다시 의자들을 치웠고, 이윽고 발코니 조각 하나를 치우려 했다.

오, 맙소사, 발코니 조각은 너무나도 무거워 들어 올릴 수가 없었다. 폴리는 두 손으로 한쪽 끝을 잡고 힘껏 밀었고, 폴리의 발 아래 30센티미터 깊이의 좁은 구멍에 고드프리 경이 누워 있는 게 보였다. 고드프리 경은 뒤집힌 의자 등받이들에 걸쳐 누워 있었고, 다리는 발코니 조각에 깔렸는데, 얼핏 보아도 폴리가 움직이기에는 너무 무거워 보였다.

"'그 아이가 살아 있구나….'" 폴리에게 미소 지으며 고드프리 경이 말했다. "'만약 그렇다면, 이건 내가 그동안 느꼈던 그 모든 슬픔을 보상받을 기회이지.'"[36]

폴리는 눈물을 삼켰다. "어디를 다치셨어요?" 그녀는 물었지만, 이미 어디인지 알았다. 고드프리 경의 셔츠 상단부가 붉게 물들어 있었다.

폴리는 구멍 가장자리에 엎드려 상처 부위에 손을 뻗었다. 고드프리 경은 움찔도 하지 않았지만, 그녀의 손이 축축하게 젖었다. 폴리는 그의 셔츠

---

36 셰익스피어, 《리어왕》

를 찢었다. 상처는 폭이 3센티미터 정도이고 심장보다 위에 있었지만 심하게 피가 났고, 지혈대를 감을 방법이 없었다. 그리고 도와달라고 사람을 부르러 갈 시간도 없었다. 폴리가 잔해를 넘어 극장 앞쪽에 갔을 즈음이면, 고드프리 경은 과다 출혈로 사망할 것이다. 그녀는 지금 출혈을 멈춰야 했다.

'직접 압박.' 폴리는 상처 부위의 셔츠를 찢어내고 손바닥으로 상처를 눌렀고, 주위를 둘러보며 뭔가 더 나은 게 없는지 찾았다. 고드프리 경의 코트가 있었지만, 그 코트는 경의 몸 아래 비틀린 채 깔려 있었기에 빼낼 수가 없었다. 의자의 천도 쓸 만하겠지만, 아까 발을 빼려 애쓸 때 이미 그 천이 잘 안 찢긴다는 사실을 알았다.

'만약 직업 배정소의 그 여자가 날 구조원이 되게만 해줬어도….' 폴리는 생각했다. '지금 내게 구급함과 붕대가 있었을 텐데.'

폴리는 무릎을 꿇고 일어나 치마를 찢어냈다. "도와주세요! 여기 부상자가 있어요!" 그녀는 외치고 치마를 접었지만, 지혈대로 쓰기에는 너무 얇았다.

'ENSA의 의상은 옷도 아니야.' 그녀는 생각했고, 웃옷과 블루머를 벗어 치마와 함께 접어 두꺼운 사각형 모양으로 만들었다. 그녀는 수영복만 입은 채 다시 납작 엎드려 접은 천을 상처 부위에 대고 손바닥으로 있는 힘껏 눌렀다.

고드프리 경이 얼굴을 찌푸렸다. "마침내 동화극을 하기로 결정했다고 말할 생각으로 온 겁니까?" 그가 물었다.

"쉿." 폴리가 말했다. "지금은 아무 말씀 하시면 안 돼요."

"터무니없는 소리. 지금이 아니면 제가 언제 제 사망 장면을 연기한단 말입니까?"

폴리의 가슴이 철렁 내려앉았다. "경은 죽는 게 아니에요." 폴리가 단호히 말했다. "그냥 경상일 뿐이에요."

"당신은 늘 연기가 엉망이었습니다, 비올라." 고드프리 경은 목재를 베고 누운 채로 머리를 설레설레 저었다. "이건 제가 상상했던 작별과는 너무나도 다르군요. 저는 늘 무대 위에서 죽고 싶었습니다. 배리의 연극 2막 도중에 죽기를 바랐습니다. 그러면 3막은 하지 않아도 되니까요."

고드프리 경은 언제나 폴리를 웃게 할 수 있었다. 심지어 이런 잔해 속에서, 과출혈로 죽어가는 외중에도, 그리고 구조대가 올 기미가 안 보이는 상황에서도.

'왜 이렇게들 안 오는 거야?' 폴리는 생각했다. '구조팀만큼이나 엉망이야.'

압박을 하고 있는데도 피가 스며 나왔다. 폴리는 충분히 압력을 주지 못하고 있었다. 폴리는 앞으로 좀 더 다가가 자세를 잘 잡으려 애쓰며 있는 힘껏 상처를 눌렀다.

"어느 연설을 들으시겠습니까?" 고드프리 경이 물었다. "햄릿? '마무리를 해주시는 하느님의 힘이 있습니다.'"

'아니, 하느님이 그러는 게 아니야. 나 때문이야. 하지만 내가 돕는다면 고드프리 경은 죽지 않을 거야.' 폴리는 생각하며 온 힘을 다해 상처를 눌렀다. 연속체는 다른 방식으로 교정을 해야 할 것이다.

폴리는 고개를 들고 다시 큰 소리로 도움을 요청했고, 고드프리 경에게 예전에 배운, 1층 객석 제일 끝까지 들릴 만큼 큰 소리로 발성하는 법을 기억해내 그렇게 외치려고 애썼다. "여기요! 도와주세요!" 그리고 그에 대답이라도 하듯이, 멀리서 비행기 소리가 들렸다.

"비행기들이 다시 돌아오는군요." 고드프리 경이 천장을 쳐다보며 말했다. "당신은 어서 방공호로 가셔야…."

"경 없이 혼자 가지는 않을 거예요."

"가야 합니다, 비올라. 저 때문에 당신이 죽는다면, 당신의 젊은 연인은 절대 저를 용서하지 않을 겁니다."

'나의 젊은 연인.' "아까 극장에서 저는 거짓말을 했어요." 폴리가 말했다. "젊은 연인 같은 건 없어요."

"당연히 있습니다. 제가 당신과 함께할 실낱같은 희망마저도 없었던 건 그 사람 때문이었습니다." 고드프리 경이 말했고, 1분쯤 뒤 다시 말했다. "그 사람이 죽었나요?"

"죽은 게 분명해요. 그렇지 않으면 지금 여기에 있어야 하니까요."

"아마도 아직 오고 있을 겁니다." 고드프리 경이 나지막이 말했다. "그러니 당신은 가야만 합니다, 미란다. '도망쳐, 플리언스, 도망쳐.'"[37]

폴리는 고개를 저었다. "'지금 안 오면 장차 올 터. 평소의 준비가 제일이니.'"[38]

"셰익스피어!" 고드프리 경이 경멸하듯 말했다. "저는 그 음유시인을 인용하는 배우들을 언제나 혐오했습니다. '가라, 가거라, 천한 시종이여.'[39] 저 때문에 당신이 죽게 할 수는 없습니다."

"경께서는 잘못 아셨어요." 폴리가 씁쓸하게 말했다. "이건 제 잘못이에요. 경이 이렇게 된 건 저 때문이에요."

"어째서 그렇다는 건지 저는 알 수가 없군요. 지난 1시간 동안 당신이 ENSA의 공습경보 임무를 포기하고 독일 공군에 입대한 게 아니라면요. 저는 이게 저 때문이라고 생각합니다. 동화극에 참여해달라고 당신을 찾아가면 안 되는 거였습니다." 고드프리 경이 말했고, 이윽고 혼잣말하듯이 웅얼거렸다. "그린버그에게 좋다고 말했어야 하는데. 브리스틀로 갔어야 할 것을."

고드프리 경은 고통에 눈을 감았다. "'좋은 의도를 가지고도 최악의 상황을 초래한 이가 우리가 처음은 아닐 터.'"[40]

"맞아요. 우리가 처음은 아니에요." 폴리가 말했다. "우리 누구도 남에게 해를 끼칠 생각 따윈 없었어요."

하지만 고드프리 경은 폴리의 말을 듣고 있지 않았다. "저게 뭐죠?" 그는 마치 무슨 소리를 들으려 한다는 듯이 고개를 살짝 움직이며 물었다. "무슨 소리를 들은 것 같습니다."

"비행기들이 멀어지는 듯해요." 폴리가 말했지만, 고드프리 경은 여전히 주의하는 표정으로 고개를 저었다. 폴리는 고개를 들고 혹시 구급차 종소리나 목소리가 들리지 않는지 귀 기울였다.

37 셰익스피어, 《맥베스》
38 셰익스피어, 《햄릿》
39 셰익스피어, 《베로나의 두 신사》
40 셰익스피어, 《리어왕》

폭격기들의 웅웅거리는 소리는 멀어져갔지만, 여전히 도움의 소리는 들리지 않고 잔해 조각 하나가 삐걱거리는 소리만 났다. 그리고 가스가 새며 희미하게 나는 쉿쉿 소리와….

어째서 폴리는 자신이 시공 연속체 전체와 대적해 이길 가능성이 있다고 생각했던 걸까? 왜 자신이 고드프리 경의 목숨을 구할 수 있다고 믿었을까? 어째서 자체 교정을 하려는 역사의 맹목적인 시도를 멈출 수 있다고 믿었을까?

'정말로 미안해요, 고드프리 경.' 폴리는 생각했다. '정말로 미안해, 콜린.' 그리고 폴리가 울음을 터뜨린 게 분명했다. 뜨거운 눈물이 그녀의 손등으로 떨어져 압박 천으로, 그리고 이미 흠뻑 젓은 고드프리 경의 가슴으로 튀었기 때문이다.

"'얘, 왜 울고 있니?'"[41] 고드프리 경이 말했고, 다른 때라면 경이 가장 경멸하는 극본의 인용에 폴리는 웃음을 터뜨렸겠지만, 지금은 아니었다. 지금은 아니었다.

"왜냐하면, 저는 경의 목숨을…." 폴리의 목소리가 갈라졌다. "구할 수가 없기 때문이에요."

"뭐라고?" 경이 말했고, 그의 목소리는 예전처럼 다시 기운이 넘쳤다. "'거짓말을 하는구나! 그대는 이제까지 나를 죽음의 아가리에서 세 번째로 끄집어냈도다. 그리고 그 무거운 빚을 갚기 위해 이제 나는 그대의 목숨을 구하리라.'"

폴리는 이제 고드프리 경이 어느 극본을 인용하는지 더는 알지 못했지만, 그건 상관없었다. '경은 그럴 수 없어요.' 폴리는 생각했다. '우리는 둘 다 끝났어요.' 그리고 세인트폴 대성당의 돔 중간으로 떨어지는 소이탄을 쳐다보던 남자가 했던 말이 생각났다. "이제는 끝장났어요."

하지만 끝장나지 않았다. 화재 감시원들이 대성당을 구했다. 그리고 비록 고드프리 경과 폴리가 끝장난 것처럼 보일지라도, 폴리는 28개의 소이

41 제임스 M. 배리,《피터 팬》

탄을 끌 필요가 없었고, 밤마다 계속해서 끌 필요도 없었다. 폴리는 그저 도와줄 사람들이 올 때까지 고드프리 경이 죽지 않고 의식을 유지하게만 하면 되었다.

"우리는 절대로 포기하지 않을 거예요." 폴리는 중얼거렸다. "절대 항복하지 않아요." 그리고 구멍 위로 몸을 숙이고 가스를 멈출 방법이 없을지 살펴보았다.

가스 새는 소리는 왼쪽에서 더 크게 났다. 폴리는 '언제든 방독면을 가지고 다니십시오'라는 정부 지시를 따르지 않은 걸 아쉬워하며 고드프리 경에게 고개를 오른쪽으로 돌리고 숨을 얕게 쉬라고 말했고, 가스가 어디서 나오는지를 찾으려 애썼다. 가스는 의자 두 개 사이 좁은 틈에서 나오고 있었다. 만약 뭔가로 그 틈을 막을 수만 있다면….

폴리에게 남은 의상이라고는 수영복뿐이었다. 그걸로는 틈을 막기 충분하지 않을 것이고, 어쨌거나 한 손만 쓸 수 있는 상태에서 꿈틀거려 수영복을 벗을 수 있을 것 같지도 않았다. 뭔가를 가지러 갈 수도 없었다. 고드프리 경은 다시 피를 흘리고 있었다. 폴리는 어떻게든 가스가 흘러나오는 틈을 막아야 했다. 그것도 고드프리 경이 의식을 잃기 전에 빨리.

아직 고드프리 경이 의식을 잃지 않았다면 말이다. "고드프리 경?"

"왜 그러십니까?" 그의 목소리는 이미 흐릿하고 활기가 없었다.

'경에게 계속 말을 시켜야 해.' 폴리는 생각했다.

"고드프리 경, 저에게 어떤 연설을 원하는지 물으셨죠. 우리가 처음 만난 밤에 함께 연기했던 걸 해주세요. 프로스페로의 연설요. '이제 우리의 잔치는 끝났다.'"[42] 폴리가 첫 부분을 알려주었다.

"'아이야, 이제 우리의 잔치는 끝났다.'" 그가 말했다.

"저는 아직도 그게 듣고 싶어요." 폴리가 말했다. "'내 너에게 말한 대로, 이 배우들은 모두….'"

"'내 너에게 말한 대로….'" 고드프리 경이 말했다. "'이 배우들은 모두

<hr>

42 셰익스피어, 《폭풍우》

요정들이었고….'"

'좋았어. 이러면 잠깐은 고드프리 경이 정신이 잃지 않을 거야.' 폴리는 생각했고, 틈을 막을 만한 것이 없는지 주위를 둘러보았다. 의자 쿠션 속이면 될 듯했지만, 손이 닿는 곳의 의자들은 모두 쿠션이 멀쩡했고 공연 프로그램까지 아직 올려진 채였다.

공연 프로그램. 폴리는 오른손으로는 고드프리 경의 가슴을 꽉 누른 상태로 조심스레 몸을 뒤로 조금씩 움직인 뒤 왼손을 뻗어 뒤쪽과 주위의 공연 프로그램들을 잡았다.

그것들은 팸플릿이 아니었다. 그냥 낱장이었다. '종이가 아주 부족한 상태지.' 그녀는 생각했고, 종이들을 뭉쳐 한 장씩 틈에 밀어 넣었다. 이제 폴리는 가스 냄새를 맡을 수 있었다.

"'이제 엷은 공기 속으로 녹아버렸다.'" 고드프리 경이 말했다. "'마치….'" 그의 목소리가 흐릿해져갔다.

"'그리고 기초 없는….'" 폴리가 알려주며 이번에는 앞쪽으로 팔을 뻗었다.

"'그리고 기초 없는 이 허깨비 건물처럼….'" 고드프리 경이 말했다. "'구름 높이 솟은 탑들, 호화로운 궁정들….'"

폴리의 손가락 끝에 뭔가 넓적한 게 닿았다. 나무나 회벽 조각이었다. 폴리는 좀 더 앞으로 몸을 기울이며 근육이 아파져올 때까지 팔을 뻗어보았지만, 간신히 만져지는 정도 이상으로는 더 뻗을 수가 없었다.

'당연히 될 리가 없지.' 폴리는 다른 각도로 시도해보며 생각했다. '이건 자체 교정인걸.'

폴리는 손 아래서 뭔가가 움직이는 걸 느꼈다. 투각 기법으로 제작된 의자 지지대가 부러진 조각이었다. 조각은 너무 작아서, 설령 투각이 아니라 안이 채워져 있다 할지라도 틈을 막을 수 없었다. 하지만 그걸로 나무토막을 끌어올 수 있을 정도의 크기는 되었다.

폴리는 마치 포크를 쓰듯이 그 조각으로 나무토막을 어색하게 찔렀고, 마침내 움켜쥘 수 있는 지점까지 나무토막을 끌고 왔다. 그녀는 나무를 움켜쥐기 위해 의자 지지대 조각을 내려놓았지만, 이윽고 더 좋은 방법이 생각나서 의자 지지대 조각을 고드프리 경의 가슴에 올려놓고 나무토막을 집었다.

"'그리고 이제는 사라져버린 저 환영처럼….'" 고드프리 경이 중얼거렸다. "'희미한 흔적조차 남지 않게 된다.'"

폴리는 나무토막을 가스가 새어 나오는 공간에 빡빡하게 밀어 넣었다. 딱 맞지는 않았지만, 가스 대부분을 막을 수 있을 것이다.

'제발 그렇게 되길.' 폴리는 생각했다. 폴리가 좀 더 단단히 나무를 박아 넣으려고 몸을 숙이자 가스 냄새가 났다. 그건 그들이 이곳을 빠져나가야 한다는 뜻이었다.

하지만 적어도 약간의 시간은 벌었다. 폴리는 구멍 옆 공간을 다시 더듬었다. 다른 의자 지지대나 아니면 금속의 뭔가를 찾기 위해서였다.

파이프 조각이 잔해를 뚫고 삐죽 나와 있었다. '가스관인가?' 폴리는 궁금했다. 그녀는 고드프리 경의 가슴에서 투각 지지대를 집었다.

고드프리 경은 여전히 프로스페로의 연설을 암송하고 있었다. "'우리는 꿈과 같은 존재이므로….'" 고드프리 경이 말했다. "'우리의 자잘한 인생은 잠으로 둘러싸여 있다.'"

폴리는 골조 지지대로 있는 힘껏 파이프를 두들기기 시작했다. 금속은 귀에 거슬리는 소리를 냈고, 다시 돌아오는 듯한 비행기들의 윙윙거림 속에서도 요란한 소리를 냈다. 폴리는 파이프를 치는 사이사이로 "도와줘요!" 또는 "여기예요!"라고 외쳤다.

"누군가가 이 소리를 분명히 들었을 거예요." 폴리는 말하고 자신이 여전히 압박천을 충분히 세게 누르고 있는지 확인하기 위해 잠시 말을 멈췄다. "그렇게 생각하지 않으세요, 고드프리 경?"

그는 대답하지 않았다.

"고드프리 경!" 그녀가 다급히 말했다.

"기운을 내십시오, 나의 아가씨, 청컨대…." 그의 목소리가 흐려지더니 침묵에 잠겼다.

"고드프리 경!" 폴리가 외치며 그가 계속 말을 하게 하려고 뭐든 떠오르는 대로 마구 내뱉기 시작했다. "경은 제가 경의 목숨을 구한 것에 대해 인용하셨잖아요. 그게 무슨 연극에 나오는 거였죠?"

"공습경보가 해제되면 말해드리지요." 그가 힘없이 말했다.

"아니요! 지금요. 어느 연극이었죠?" 폴리는 고드프리 경의 어깨를 흔들고 싶었지만, 압박천에서 감히 손을 뗄 수가 없었다. "배리 거였나요?"

"배리라고요? 그건 《십이야》였습니다. 문을 두드리는 소리가 들리고 당신이 그곳에…. 난파당해서…. 편지…." 그의 목소리가 옅어져갔다.

"무슨 편지요?" 그건 편지가 아니었고, 고드프리 경은 횡설수설하고 있었지만, 그래도 폴리는 그에게 계속 말을 시켜야 했다. "누가 보낸 편지였나요, 고드프리 경?"

"옛 친구…. 우리는 젊었을 때 《한여름 밤의 꿈》을 함께 공연했습니다…."

"오베론의 연설을 해주세요." 폴리가 고드프리 경을 재촉했다. "나는 야생 백리향이 바람에 날리고, 앵초꽃과 고개를 까닥이는 오랑캐꽃이….'" 하지만 그는 폴리의 말을 듣지 못했다는 듯이 계속 말했다.

"그 친구는 편지를 보냈습니다…. 저에게 순회공연의 주연을 맡아달라고요." 그는 잠시 뒤 힘없는 목소리로 느릿느릿 말했다. "바스…. 브리스틀…. 하지만 당신이 왔고…."

"그리고 경은 가지 않으셨죠."

"아름다운 비올라를 떠나요?" 그가 중얼거렸고, 이윽고 간신히 들리는 목소리로 말했다. "당신은 당신의 모든 대사를 알았습니다…."

그리고 폴리는 깨달았다. 심지어 지금 이렇게 고드프리 경을 구멍에서 파내고 출혈을 멈추게 하려 애를 쓰는 와중에도, 폴리는 이 모든 것이 자신들이 입힌 손상을 수정하려는 연속체의 시도 때문이 아니라, 고드프리 경의 말처럼 그녀가 아닌 독일군이 그 원인이기를 은밀히 바라고 있었다. 하지만 원래 고드프리 경은 순회공연에 합류했어야 했다. 런던을 떠났어야 했다. 고드프리 경은 폴리 때문에 머문 것이다.

"정말 죄송해요." 폴리는 말했다.

가스 냄새는 점점 진해졌다. 폴리는 공연 프로그램이든 신문이든 뭔가를 찾아 가스가 새는 틈을 막아야 했다. 홀본역의 도서 대여실에 뭔가가 있었다. 아니, 그곳은 너무 멀었다.

"죽었습니다…." 고드프리 경이 저 멀리에서 말했다. 그녀의 의자는 1층 객석 제일 끝에 있는 게 분명했다. 하지만 그럴 리 없었다. 왜냐하면 고드프리 경이 "비올라! 깨어나십시오! 우리 구조대가 오는 소리가 들립니다." 라고 말하고 있었기 때문이다.

"'이건 나이팅게일이에요.'" 폴리가 중얼거렸다. "'우리 둘은 새장 속 새처럼 함께 노래할….'"[43]

"'아닙니다.'" 고드프리 경이 격노한 목소리로 말했다. "종달새입니다. 구조대가 오고 있습니다…."

"너무 늦었어요." 폴리는 말했고, 여전히 한 손으로는 압박천을 단단히 누른 채 머리를 잔해 위에 누이고 잠에 빠져들었다. "너무 늦었어요."

54

전시를 돌아보면, 시간은 그 기간을 측정할 도구로는 부적절하며
심지어 변덕스럽기까지 하다는 느낌을 금할 수 없다.

— 윈스턴 처칠, *1944년 11월 9일*

전쟁 박물관, 런던, 1995년 5월 7일

"여기서 뭐 하는 거야, 코너?" 그 여자가 말했다. 등화관제 전시관의 칠흑 같은 어둠 속이라 여자의 윤곽밖에 보이지 않았지만, 그녀는 캘빈이 이곳에 도착했을 때 차에서 내려 짐을 내려 박물관으로 가져가던 40대 여자가 분명했다. 하지만 그녀는 메로피라고 하기에는 너무 젊었다.

'그리고 메로피라면 나를 코너라고 부르지 않을 거야.' 캘빈은 생각했다. '그러니 이 여자는 나를 다른 누군가와 헛갈린 게 분명해.' "죄송하지만 아마도 저를⋯." 그는 말을 시작했지만, 그 여자는 아랑곳하지 않고 계속 말했다.

"네가 전시회에 들어오는 걸 봤어. 그리고 '저건 코너 크로스가 분명해.'라고 생각했지."

'이런, 맙소사. 앤이잖아.' 캘빈이 생각했다. "죄송합니다만, 아마도 저를 다른 누군가와 착각하신 것 같습니다." 그는 단호히 말했고, 실내가 어두워 다행이라고 생각했다. "저는 말씀하신⋯."

"날 기억 못 하는구나, 그렇지?" 그녀가 말했다. "앤 페리 기억 안 나?

오래전에 국립 도서관에서 만났잖아. 우리 둘 다 제2차 세계대전 때의 영국 정보부에 관해 연구하고 있었어. 당시 서류들의 기밀이 다 해제가 된 직후인 1976년이었어. 너는 격추당한 조종사들을 구한 사람에 관해 찾고 있었어. 그 사람 이름이 기억이 안 나네. 중령이었는데….”

‘해럴드 중령.’

“그리고 나는 상륙작전이 칼레를 통해 있을 거라고 히틀러를 속이기 위해 정보부에서 신문에 낸 가짜 기사들을 연구하고 있었어.” 앤이 말했다.

‘그리고 당신은 1944년 5월 〈크로이던 클라리온 콜〉에 실린 공지를 보여주었지.’ 그는 생각했다. ‘어퍼 노팅의 제임스 타운센드 부부는 딸 폴리가 제21비행사단 장교인 콜린 템플러와 약혼을 했다고 발표했다. 콜린 템플러 공군 장교는 현재 켄트에 배치되어 있다. 둘은 6월 말에 결혼 예정이다.’라는 내용이었지.’

‘당신 덕분에 나는 마이클 데이비스를 찾을 수 있었어.’ 캘빈은 생각했다. ‘그리고 역시 당신 덕분에 나는 폴리와 일을 했던 누군가를 찾기 위해 이곳에 온 거고.’

하지만 그렇게 말할 수는 없었다. “저는….” 캘빈은 말을 시작했지만, 앤은 여전히 말을 하고 있었다.

“이 전시회는 내가 기획했어.” 캘빈과 팔짱을 끼며 앤이 말했다. “마지막으로 뭔가 빠진 건 없는지 확인하러 오늘 아침에 온 건데, 오길 정말 잘했네. 네 덕분에 제2차 세계대전의 역사를 전공하기로 했다고 이제 말해줄 수 있게 됐잖아.” 앤은 계속 말하며 캘빈을 데리고 하얀 화살표를 따라 출구용 커튼이 있는 곳으로 갔다. “나는 너에게 푹 빠져 있었는데, 너는 전혀 눈치를 채지 못했어.”

‘아니, 알고 있었어.’

“난 네가 이미 여자친구가 있는 게 분명하다고 확신했어….”

‘있었어.’

“또는 뭔가 비극적인 비밀이 있거나.” 여자는 커튼을 옆으로 제쳤다. 그러자 둘이 서 있는 실내로 빛이 쏟아져 들어오며 등화관제용 가리개를 한 전조등이 있는, 잘린 버스 엔진 덮개가 드러났다. 그리고 앤의 모습도.

19년이 흘렀어도 앤은 여전히 예뻤지만, 그 말 역시 할 수 없었다.

"그리고 나는 네 비밀이 뭔지 밝혀내기로 단단히 결심했어…." 앤은 캘빈을 보며 웃다가 갑자기 멈추더니 깜짝 놀라 그의 팔에서 손을 빼냈다. "이런, 정말 미안해요." 앤이 얼굴을 붉히며 말했다. "다른 사람이랑 착각했어요. 완전히 바보처럼 굴었네요."

"괜찮습니다." 캘빈이 말했다. "저도 이런 적이 있는걸요."

"당신이 그 사람하고 똑 닮았을 뿐 아니라…." 앤이 말을 하다가 어리둥절해하며 인상을 찡그리고 캘빈을 바라보았다. "정말로 코너 크로스가 아닌가요? 아니, 물론 아니겠죠. 19년 전에 당신은, 여섯 살이었으려나요?"

"여덟 살이었습니다." 캘빈이 말했다. 하지만 그건 19년 전이 아니었다. 그건 5년 전이었고, 둘 다 스물두 살이었다. 그는 손을 내밀었다. "캘빈 나이트라고 합니다. 저는 〈타임아웃〉 기자입니다. 전시회 기사를 쓰러 왔습니다."

"안녕하세요, 나이트 씨." 앤이 다시 얼굴을 붉히며 말했다. "혹시 당신이랑 똑같이 생긴, 나이가 훨씬 더 많은 형이 있지는 않나요? 아니면 삼촌이라든가?"

"아니요. 죄송합니다."

"아니면 당신 초상화를 어딘가에 숨겨놓았나요? 도리언 그레이처럼요?"

"아니요. 당신이 이 등화관제 전시회를 기획하셨다고요?" 캘빈이 주제를 바꾸려고 물었다.

"네. 사실, 대공습 전시회 전부를 계획했어요." 그리고 캘빈은 앤이 안내해주겠다고 말할까 봐 걱정되었지만, 그녀는 말했다. "안내해드리고 싶지만, 대영 박물관의 회의에 참석해야 해요. 8월에 거기서 첩보전 전시회를 준비하는데, 아마 당신도 흥미가 있을 거예요. 남 포티튜드와 기만 작전에 관한…." 앤은 말을 멈추고 다시 당황한 표정을 지었다. "아니, 관심이 없겠네요. 정말 미안해요. 당신이 코너가 아니라는 사실을 계속 잊어버리네요. 당신은 정말로 그 사람하고 똑같이 생겼어요."

"아주 흥미로운 전시회일 거라고 확신합니다. 꼭 가도록 하겠습니다."

캘빈은 거짓말을 했다. 앤과 다시 마주칠 위험을 감수할 수는 없었다. 앤은 아주 똑똑한 여자였다. 아마 두 번 속이는 건 불가능할 것이다.

"정말 상냥하시군요." 앤이 말했다. "제 바보 같은 행동 때문에 대공습 전시회에 관한 당신의 평가가 나빠지지 않았으면 좋겠네요."

"걱정하지 마세요."

"다행이네요. 다시 한번, 미안해요." 앤은 사과하고 그가 뭐라 말하기 전에 서둘러 떠났다. 차라리 잘된 일이었다. 하지만 캘빈은 그전까지 5년이나 찾아다녔던 실마리를 앤이 찾아준 데 대해 어떻게든 감사를 표할 방법이 없는 것이 실로 아쉬웠다. 그리고 캘빈이 (바라건대) 다음 단서를 찾을 수 있도록 이 전시회를 열어준 것에 대해서도.

어떻게든 그에 대해 감사를 표해야 했다. 하지만 캘빈은 어둠 속에 그대로 몇 분 정도 가만히 서서 멍하니 허공을 보며 옛일을 떠올렸다. 과거에 그는 몇 달이고 열람실에 처박혀 마이클 데이비스와 메로피의 행방에 관한 단서와, 폴리가 죽지 않았다는 증거를 찾고 있었다. 앤은 그와 대화했고, 그의 연구에 관해 물었고, 히터가 고장 난 속에서도 불편한 마이크로필름 판독기와 씨름해야 하는 그를 동정했다. 앤은 그에게 샌드위치와 마실 차를 몰래 가져다줬으며, 위로해주었다. 그가 9월 10일 고성능 폭탄에 죽은 신원미상의 남자에 대한 공지를 발견한 뒤에는 특히 그랬다. 그날은 던워디 교수가 강하해 도착하려던 날이었다.

그날 캘빈은 굉장한 충격을 받았고, 열람실에 앉아 마이크로필름을 멍하니 응시하던 그를 본 앤은 같이 나가 저녁 식사를 하고 '독한 음료'나 한잔하자고 고집을 부렸다. 그리고 그가 술집 화장실에서 토했을 때 머리를 잡아주었다. '당신이 없었으면 난 그 일을 할 수 없었을 거야.' 그는 앤의 뒷모습을 보며 마음속으로 외쳤다.

'그리고 난 아직 그 일을 마치지 못했어.' 캘빈은 생각했다. '난 아직 폴리를 찾지 못했고, 폴리를 아는 사람도 찾지 못했어. 그리고 벌써 10시 30분이야.' 그리고 지금쯤이면 신시아 캠벌리와 다른 사람들은 아마도 이미 반 정도 둘러보았을 것이다.

그는 서둘러 다음 방으로 갔다. 벽들을 따라 모래주머니들이 쌓였고, 문 하나에는 방공호 심볼이 있었다. 그 옆에는 공습 대비대 헬멧을 쓰고 작업복을 입고 휴대용 손 펌프를 든 마네킹이 하나 서 있었다. 닫힌 문 안쪽에서 뭉개진 사이렌 소리와 폭탄 소리가 들려왔다. 방의 다른 벽 세 면에는 진열장들이 줄지었다. 캠벌리는 배급 수첩들과 전시용 조리법으로 가득한 진열장을 보고 있었다. "저 끔찍한 가루 달걀 기억나?" 캠벌리는 꽃무늬 모자를 쓴 여자에게 묻고 있었다.

"그러면. 그리고 스팸이랑. 나는 그때 이후로 통조림이라면 눈길도 안 줘."

캘빈은 전시물을 보는 척하며 사람들을 살폈다. "저건 뭔가요?" 그가 곰팡이 슬어 보이는 회색 빵 덩어리를 기리키며 물었다.

"울튼 경의 국립 밀빵이에요." 캠벌리가 인상을 쓰며 말했다. "잿가루 맛이 나지요. 내 생각이지만, 아마도 저 빵 조리법에는 히틀러가 관여했을 거예요."

"그 말을 인용해도 될까요?" 캘빈은 공책을 꺼내며 물었다. 그는 자신을 소개했고, 이윽고 사람들에게 전시회에 관한 인상과 전쟁 때 무슨 일을 했는지 물었다.

"난 구급차를 몰았어요." 캠벌리가 말했다.

이 여자가 운전대 너머를 볼 수 있을 정도로 키가 컸다는 건 상상하기 어려웠다. "대공습 때요?" 캘빈이 물었다.

"아니요. V-로켓 공격 때요. 나는 덜위치에서 근무했어요."

덜위치. 그곳은 크로이던 근처였고, 그건 이 여자가 폴리를 알 수도 있다는 뜻이었다. 하지만 그건 소용없었다. 그는 폴리를 더 나중에, 아니 더 이른 시기인 대공습으로 간 다음에 그녀를 아는 사람을 찾아야 했다. "이쪽 분노 구급차를 운전하셨나요?" 그는 꽃밭 모자에게 물었다. 그 여자의 이름표에는 '마거릿 포티스'라고 적혀 있었다.

"아니, 아쉽게도 그렇게 멋진 일은 아니었어요. 나는 대공습 동안 샌드위치를 자르고 차를 따랐죠. 나는 지하철 방공호 가운데 한 곳의 여성 의용대 간이식당에서 일했어요." 마거릿이 말했다. "여기에 그곳을 복제한 게 있을 거예요." 그녀는 주위를 대충 둘러보았다.

"어느 역이었나요?" 너무 알고 싶어 하는 티를 내지 않으려 애쓰며 캘빈이 물었다. 만약 폴리가 방공호로 쓰던 역이라면, 그녀가 폴리를 알 가능성도 있었다.

"마블 아치역요." 마거릿이 말했다.

마블 아치역은 폭격당했고, 그러니 소용없었다.

"대공습에 관심이 있나요?" 캠벌리가 물었다.

"네, 제 할머니가 대공습 때 런던에 계셨거든요." '날 용서해줘, 폴리.' 그는 생각했다. "그리고 할머니를 아는 분을 만나고 싶었어요."

"할머니가 뭘 하셨나요?"

"몰라요. 할머니는 제가 태어나기 전에 돌아가셨어요. 대공습 초기에는 타운센드 브라더스 백화점에서 일하셨고, 그 이후에는 전쟁 관련 일을 하셨다는 것을 알고, 삼촌 말로는 아마도 구급차를 운전하셨을 수도 있대요."

"아, 그럼 탤벗이 알지도 몰라요."

"탤벗요?"

"네. 탤벗, 그러니까, 베논 부인요. 전쟁 동안 우리는 서로를 성으로 부르는 버릇이 있었어요. 그리고 우리는 아직도 그렇게 해요. 비록 우리 대부분은 결혼해서 성이 바뀌었지만요. 베논 부인은 나와 같이 덜위치에 있었어요. 그러다가 베논 부인은 대공습 동안에 이스트 엔드에서 구급차를 운전했죠."

만약 폴리가 로켓 공격 동안 베논 부인, 즉 탤벗을 알았다면 대공습 동안에는 그녀를 피해 다니려 했겠지만, 그래도 캘빈은 캠벌리와 함께 탤벗을 찾으러 갔다. 혹시라도 연락할 수 있는 다른 구급차 운전사를 알 경우를 대비해서였다.

탤벗은 캠벌리보다 덩치가 세 배는 되는 무시무시한 여자였고, 헤드폰으로 BBC 녹음을 듣고 있었다. 캠벌리는 그녀의 등을 툭툭 쳐서 돌아보게 했다. "이쪽은 나이트 씨야. 나이트 씨는 자기 할머니를 아는 사람을 찾고 있어. 구급차 운전사였대."

“이름이 뭐였나요?” 탤벗이 물었다.

“폴리요. 폴리 세바스찬.”

“세바스찬….” 탤벗이 고개를 저으며 말했다. “아니요. FANY에서 그런 이름인 사람은 기억이 안 나요. 하지만 누구에게 물어봐야 할지 알아요. 범생이. 램버트 부인요.” 그녀가 설명했다. “램버트 부인은 우리 모임의 역사 학자인데, 대공습 때 일한 사람을 전부 알아요.”

“어느 분이신가요?”

“안 보이네요.” 탤벗이 실내를 둘러보며 말했다. “중간 키에, 흰 머리고 좀 뚱뚱해요.” 캘빈이 오늘 아침에 만난 여자의 4분의 3이 해당했다. “여기 어딘가에 있는 건 아는데. 아마 브라운이 알 거예요.”

탤벗은 캘빈을 끌고 안경 너머로 낙하산 지뢰를 살펴보는 흰머리 여인 에게 갔다. “브라운, 우리 범생이가 어디 있는지 알아?”

“범생이는 여기에 없어. 오늘 아침 시티에서 할 일이 있다고 했어. 뭔지 는 모르지만, 그걸 끝내는 대로 곧장 온다고 했어.”

“아, 이런.” 탤벗이 말했다. “이 젊은 분이 자기 할머니를 아는 사람을 찾고 있어.”

“아, 전쟁 때 할머니가 어떤 일을 하셨나요?” 브라운이 물었고, 캘빈은 처음부터 전부 다 다시 설명해야 했다.

“구급차 운전사이셨나요?” 캘빈이 브라운에게 물었다.

“아니요. 공습 대비대 소속 비행기 식별가였어요. 그래서 나는 런던에 대공습 초기의 두 달밖에 안 있었어요. 할머니가 타운센드 브라더스 백화 점에서 일했다고 했죠? 퍼지도 그곳에서 일했어요. 저기 녹색 원피스를 입 은 사람이에요.” 브라운은 옷 배급 수첩 진열장을 바라보는 마르고 새처럼 생긴 여자를 가리켰다.

하지만 퍼지(이름표에는 폴린 레인스포드라고 적혀 있었다)는 타운센드 브 라더스 백화점이 아닌 파젯스 백화점에서 일했다고 했다. “그곳이 폭격당 하기 전까지는요.” 그녀는 담담하게 말했다. “그곳이 폭격당했을 때 나는 군대에서 일하는 게 좋겠다고 결심했고, 그래서 해군 여성 부대에 자원했어요."

"타운센드 브라더스 백화점에서 일한 사람을 혹시 아시나요?" 캘빈이
물었다.

"아니요. 하지만 누구에게 물어봐야 하는지를 알아요. 램버트 부인이죠.
우리 모임의 역사학자예요."

"하지만 그분은 여기에 안 계시다고 들었어요."

"맞아요." 퍼지가 말했다. "하지만 오고 있어요. 사실 이미 왔을 줄 알았
었는데 아직이더라고요. 램버트 부인이 오는 대로 내가 알려줄게요. 그동
안 다른 사람들에게 물어보도록 해요. 해처!" 퍼지는 트위드 차림에 진주
장신구를 한 우아한 노인을 불렀다. "너 대공습 동안에 런던에 있었지?"

"아니, 블레츨리 파크였어." 그녀가 다가오며 말했다. "하지만 역사학자
들이 표현하는 것처럼 낭만 넘치는 장소가 전혀 아니었어. 대부분은 지겨
운 일이었어. 수천, 수만 개의 조합을 분류하면서 딱 맞아들어가는 하나를
찾는 일이었지."

'지난 8년 동안의 내 삶 같았군.' 캘빈은 생각했다. 그는 좌표를 계산하
고 또 계산하고, 단서를 찾고, 열릴 강하 지점을 찾으려 애를 썼다.

"대공습 동안 런던에 있던 사람을 혹시 알아?" 퍼지가 해처에게 묻고
있었다.

"응." 해처는 전쟁 포스터 진열장을 바라보는 여자 두 명을 가리켰다.
"요크와 체더스가 있었어."

하지만 요크도 체더스(이름표에는 바바라 쳐드윅이라고 적혀 있었다)도 폴
리 세바스찬을 기억하지 못했고, 둘이 안내해준 다른 사람들 역시 알지 못
했다.

"우리 극단에 폴리라는 사람이 있었어요." '코라 홀랜드'라는 이름표를
단 덩치 큰 여자가 말했다.

"군단에요?" 캘빈이 물었다. "육군 여성 보조 부대에 계셨나요?"

"아니, 군단이 아니라, '극단'요." 코라가 또박또박 말했다. "우리는 함께
ENSA 쇼를 했어요. 둘 다 코러스 걸이었죠." 캘빈이 놀라는 표정을 감추

지 못한 게 분명했다. 코라가 노기를 띠고 말했기 때문이다. "믿기 어려워 할 수도 있다는 건 알지만, 당시에 나는 몸매가 좋았어요. 찾는 사람 성이 뭐라고 했죠?"

"세바스찬요."

"세바스찬." 코라가 되풀이해 말했다. "아니, 그런 이름은 기억이 안 나 요. 하지만 그렇다고 실망할 필요는 없어요. 성을 아예 들은 적이 없을 수 도 있으니까요. 태비트 씨는 우리를 모두 예명으로 불렀거든요. 폴리의 예 명은 '아델레이드 공습'이었어요. 만약 그 친구 이름이 폴리가 '맞다면요'. 페기였을 수도 있거든요."

'음, 폴리가 코러스 걸이었을 리는 절대 없어.' 하지만 그래도 확인을 인 할 수는 없었다. "그 폴리라는 분이 어떻게 되었는지 아시나요?"

"아니요." 코라가 사과하듯 말했다. "전시에는 사람들과 연락이 끊기기 너무나도 쉽잖아요."

'그렇지요.'

"공군 비행장과 육군 캠프들을 돌며 공연하는 그룹에 배정되었다고 들 었던 거 같아요."

그렇다면 절대로 폴리는 아니었다. 그리고 데너히 양과 함께 방공 기구 승무원으로 일했다는 폴리 역시 아니었다. 하지만 데너히 양은 자신이 아 는 폴리의 성이 세바스찬이 확실하다고 말했다. "그 친구는 1940년 8월에 죽었어요." 데너히 양이 말했다.

11시 30분이 되었을 무렵, 캘빈은 귀가 너무 어두워 그의 말을 전혀 이 해하지 못하는 백발의 부인 한 명을 빼고는 모두와 이야기를 했다. 그리고 램버트 부인은 여전히 오지 않았다. 하지만 그는 세인트폴 대성당의 전시 회에도 가야 했기 때문에 더 기다리고 있을 수 없었다.

캘빈은 램버트 부인의 주소와 전화번호를 묻기 위해 퍼지를 찾았지만, 그녀는 사라지고 없었다. 그는 등화관제 전시실로 가 커튼을 옆으로 제치 고 안을 들여다보았고, 지하철 방공호를 본뜬 곳도 찾아보았다.

퍼지는 그곳에 없었지만, 탤벗은 그곳에서 터널 벽에 붙은 '거동이 수상한 자를 보면 신고하십시오' 포스터를 보고 있었다. "램버트를 찾았나요?" 탤벗이 물었다. "당신 할머니가 대공습 때 뭘 했는지 램버트가 알던가요?"

"아니요." 캘빈이 말했다. "그분은 아직 이곳에 오지 않으셨고, 아쉽지만 저는 이만 떠나야 합니다. 그래서 혹시 당신이…."

"아직 안 왔어요? 왜 늦는지 모르겠네." 탤벗이 말하고는 그를 끌고 너무 귀가 먹어 이야기를 나누지 못한 그 여자를 찾으러 갔다.

"럼포드…." 탤벗이 말했다. "범생이가 여기 오기 전에 뭘 해야 하는지 너에게 말했어?"

"뭐라고?" 럼포드가 귀에 손을 모아 대고 말했다.

"내 말은…." 탤벗이 소리쳤다. "범생이, 그러니까 램버트 부인이 여기 오기 전에 뭘 해야 하는지 너에게 말했냐고! 램버트 부인!"

"랜턴?"

"아니. 램버트. 램버트가 여기 오기 전에 어디를 먼저 가려 했는지 알아?"

럼포드는 주위를 쓱 둘러보았다. "아직 안 왔어?"

"응. 그리고 이 젊은이가 범생이와 이야기를 나누고 싶어 해. 범생이가 어디에 갔는지 알아?"

"응." 럼포드가 말했다. "세인트폴 대성당."

세인트폴 대성당. 여기서 그녀를 기다리느라 시간을 허비하지만 않았어도 캘빈은 이미 그 성당에 가 있었을 것이다.

"세인트폴 대성당?" 탤벗이 말했다. "걔가 왜 그곳에 갔는데?"

"뭐라고?" 럼포드는 다시 손을 모아 귀에 댔다.

"내 말은, 왜 걔가…. 아, 잘됐네요. 저기 있네요." 탤벗이 말하며 전시실 반대편을 가리켰다. 그곳에는 통통하고 상냥해 보이는 여자가 핸드백을 뒤지고 있었다. "범생아!" 탤벗이 외쳤고, 그녀가 고개를 들지 않자 다시 외쳤다. "램버트! 여기야. 에일린!"

55

우리가 나타날 때 왜 사람들이 손을 흔드는지 알아?
우리가 모두 끝내주는 영웅이라 그래.

— 됭케르크에서 퇴각한 뒤 잉글랜드에 도착해
눈물을 흘리던 레슬리 중사

켄트, 1944년 6월

'1944년 6월 28일.' 어니스트는 타자했다. '편집자님께, 저는 포크스톤 근처 셸린지에 삽니다. 그리고 우리 작은 마을은 언제나 매력 넘치고 평온했습니다. 그런데 지난 2주 동안, 그 평온함은 계속되는 군부대 이동으로 인해 파괴되었습니다. 저는 이제 먼지 때문에 빨래를 실내에 널어야만 하며, 제 고양이인 폴리 플린더스는 두 번이나 차에 치일 뻔했습니다. 이게 얼마나 계속될까요? 데이비스 대위님과 이야기했을 때는 군부대 이동은 적어도….'

어니스트는 타자를 멈추고 상륙작전에 맞추려면 날짜를 언제로 써야 할지를 생각했다. 노르망디에 상륙한 직후[44]에 그들은 가짜 상륙작전의 날짜로 7월 1일을 논의했었다. 하지만 그건 실제 D-데이에서 최대 닷새가 더 지날 때까지도 기만 작전이 먹혀들길 바랄 때의 이야기였다. 지금은 이미 D-데이에서 22일이 지났고, 독일군이 기만 작전을 알아차렸다는 증거는

---

44 실제 노르망디 상륙작전은 6월 6일에 시작되어 7월까지 계속되었다.

여전히 없었다.

"놈들은 곧 알아차릴 거야." 전날 밤, 식당에서 세스는 정나미 떨어진다는 목소리로 말했다. "프랑스에는 연합군이 50만 명이 넘게 있어. 독일군은 연합군이 그곳에서 무엇을 하고 있다고 생각하는 거지? 꽃이라도 줍는 줄 아나?"

"네가 짜증이 나는 건 내기에서 졌기 때문이잖아." 프리즘이 말했다.

어니스트 역시 내기에 졌다. '상륙작전 이후 시기를 공부하지 않은 게 너무 아쉬워.' 그는 생각했다. '50파운드를 딸 수 있었는데.' 어니스트는 개인적으로는 연합군이 노르망디 해안을 공격하는 순간에 기만 작전이 끝날 거라고 믿었지만 그래도 6월 18일, 즉 D+12일에 걸었다. 하지만 어니스트는 6월 마지막 주가 되어서도 여전히 가짜 결혼 발표와 편집자에게 보내는 짜증 섞인 편지를 타자하고 있었다.

어니스트는 채서블을 찾아갔지만, 그는 사무실에 없었고 프리즘 역시 채서블이 어디에 있는지 알지 못했다.

"그웬돌린은 아마 알 거야." 프리즘이 말했고, 어니스트는 그웬돌린을 찾아 차고로 갔다.

그웬돌린은 관용차 아래에 있었다. 어니스트는 차 아래로 몸을 숙이고 물었다. "채서블이 어디에 있는지 알아?"

"채서블은 무선 메시지를 보내러 스테이션 X에 갔어." 그웬돌린이 말했다.

'제길.' "혹시…." 어니스트가 입을 열었지만, 말을 멈추고 위를 바라보며 귀를 기울였다. 희미하게 '풋풋풋' 하는 소리가 동쪽에서 났다. 오토바이가 다가오는 소리와 비슷했다.

"이상하네." 그웬돌린이 차 밑에서 미끄러져 나오며 말했다. "사이렌 소리는 못 들었는데."

"더는 신경을 안 쓰나 보지."

그웬돌린이 고개를 끄덕였다. "아니면 지쳐버렸거나."

'가능해.' 어니스트는 생각하며 점점 크게 들리는 '풋풋풋' 소리에 귀를 기울였다. V-1 공격이 시작되고 2주일이 되었고, 사이렌은 적어도 5백 번은 울렸다.

"좀 전에 뭘 물으려 한 거야?" 그웬돌린이 물었다.

"내가 물으려던 건…." 어니스트는 V-1 소리 때문에 목소리를 높였다. "우리가 프랑스에 상륙하려는 날이 언제인지 아느냐는 거였어."

그웬돌린은 로켓이 머리 위를 안전하게 지나 요란하게 북동쪽으로 향할 때까지 기다렸다가 외쳤다. "프랑스에 상륙하려는 날? 이미 했잖아!"

"아주 재밌네." 어니스트가 외쳤다. "진짜 말고. 우리가 지난 5개월 동안 해왔던 걸 말하는 거야!" 어니스트가 외치고 있는데 갑자기 V-1 엔진 소리가 더는 들리지 않고 조용해졌다.

그웬돌린은 손을 들어 어니스트에게 기다리라고 신호했다. 잠깐 정적이 흐르고 이윽고 북서쪽에서 나지막이 폭발음이 들렸다.

"저게 오늘 여덟 번째 비행 폭탄이야." 그웬돌린이 말했다. "지금쯤이면 히틀러가 새 장난감에 질릴 때도 됐는데." 그웬돌린은 다시 차 밑으로 미끄러져 들어갔다.

"우리가 칼레에 상륙하는 게 언제인지 아직 말 안 해줬어."

"7월 15일로 결정한 거로 알지만, 확실하지 않아. 세스가 알 거야."

하지만 세스는 어니스트를 사무실까지 따라와 그가 타자하는 것을 서서 지켜볼 것이다.

"언제든 간에, 빠르면 빠를수록 좋겠어." 그웬돌린이 차 아래에서 말했다. "이 빌어먹을 곳에서 어서 나가고 싶어."

독일이 기만 작전을 눈치채자마자 이 빌어먹을 곳에서 모두가 나갈 것이다.

'그러고 나면?' 어니스트는 생각했다. 무슨 임무에 배정될까? 프랑스에 파견되는 일만은 피해야 했다. 어니스트는 D-데이가 지난 뒤엔 기만전술부대가 프랑스에서 작전을 펼친다는 사실을 지난주에야 알았다. 도버에서 장교 한 명이 오더니 그들의 가짜 탱크를 전부 징발해갔다. 그들은 프랑스에서 독일군을 헛갈리게 하려고 가짜 탱크사단을 만들 계획을 짜는 게 분명했고, 그 장교는 가짜 탱크사단을 운용할 사람들을 남 포티튜드에서 차

출할 것이라 했다. "우리는 다루기 어려운 이 빌어먹을 고무풍선들을 다룬 경험이 있는 사람들이 필요합니다." 장교는 그렇게 말했고, 그건 이 지부의 누구든 차출될 가능성이 있다는 뜻이었다.

바라건대, 어니스트는 발이 불편해 파견되지 않을 수도 있었지만, 그것만 믿고 있을 수는 없었다. 장교는 어니스트에게 고무 탱크 경험이 얼마나 있는지 물었고, 세스가 그에게 황소 이야기를 전부 해주었다.

어니스트는 D-데이 이후 또 어떤 기만 작전들이 있었는지 알지 못하는 게 아쉬웠다. 그랬다면 어떤 걸 피하고 어떤 걸 하겠다고 자원할 수 있는지 알 수 있었을 것이다. 그는 잉글랜드에 남아 있을 수 있는 임무가 필요했고, 또한 그 임무는 역사학자들의 흥미를 끌 만한 메시지를 보낼 수 있는 종류여야 했다. 이제 D-데이가 지나고 데니스 애서튼이 옥스퍼드로 돌아간 지금은 그것만이 유일한 희망이었다.

또한, 신원조회가 필요하지 않은 임무여야 했고, 중간에 들킬 일이 없는 곳이어야 했다.

지난주에는 아슬아슬했다. 어니스트가 메시지 하나를 타자하고 있을 때 세스가 들어왔고, 그가 종이를 타자기에서 빼기 전에 세스는 그의 어깨너머로 내용을 읽기 시작했다. "있잖아, 폴리라는 이름은 이미 쓰지 않았어?" 세스가 물었다. "흔한 이름이기는 하지만 독일군의 의심을 불러일으킬 만한 일을 하지 않는 게 좋아."

'또는 너나.' 어니스트는 생각했다. '또는 텐싱이나.' 그래서 그는 고분고분히 이름에 X 표시를 하고 그 위에 '엘리스'라고 타자했다.

아마도 가장 안전한 방법은 상이군인으로 제대하고 신문사에 취직하는 것일 것이다. 하지만 뭘 하든 간에, 이곳을 폐쇄하고 그가 다른 곳으로 배정되기 전에 서둘러 결정해야 했다. 일단 임무 배정이 되고 나면 그걸 바꾸는 건 거의 불가능했다.

그리고 그사이, 어니스트는 기사를 마치고 그 기사에 '폴리'라는 이름이 다시 들어간 것을 세스가 보고 의심하기 전에 치워야 했다. 그는 사무실로 돌아가 문장을 바꿨다. '데이비스 대위님과 이야기했을 때는 군부대 이동은 적어도 한 달은 더 걸린다고 했습니다. 셀린지가 도버로 가는 길에 위치한다는 사실은 저도 알지만, 제1군 전체가 제 문 앞을 퍼레이드하며 지나가야만 하는 겁니까? 어찌할 바 모르는 유페미아 힐 양 보냄. 로즈 게이트 코티지…'

"타자를 멈추는 게 좋을 거야." 세스가 문가에서 말했다. "볼 장 다 봤어."

어니스트는 놀라 그를 바라보았다. 세스는 팔짱을 끼고 문설주에 비스듬히 기대 있었다. "뭐라고?"

"'볼 장 다 봤다'고 했어. 미국 은어야. 들켰다고. 히틀러가 마침내 제1군이 없다는 사실을 알아냈어. 그리고 2차 상륙작전 역시 없다는 사실도."

어니스트는 쿵쾅거리는 심장이 진정될 때까지 잠시 기다렸다. "히틀러가 기만 작전을 알아차린 거야?"

"응. 그럴 때도 됐지. 난 이러다가 혹시 몽고메리 장군이 베를린으로 진격하고 나서야 히틀러가 자기가 속아왔다는 걸 깨닫는 건 아닐까 하는 생각이 들기 시작했거든."

'몽고메리 장군이 아니고 러시아군이야.' 어니스트는 생각했다. '그리고 히틀러는 그곳에 있지 않을 거야. 그때면 히틀러는 이미 자기 벙커에서 자살한 뒤일 테니까.' "히틀러가 알아냈다고 누가 그랬어?"

"그런 사람 없어." 세스가 말했다. "나는 정보부 소속이야. 잊었어? 단서들에서 연역했지"

"무슨 단서들?"

"첫째, 알제논이 이곳에 있다. 둘째, 브랙넬 여사가 식당에서 전체 회의를 소집했다."

세스가 옳았다. 볼 장 다 본 듯했다. 여러 면에서 그랬다. '새로운 임무를 맡는 일에 대해 더 일찍 브랙넬과 이야기를 해야 했는데.' 그는 생각했다. 아니 어쩌면 아직도 시간이 있을지 몰랐다. "회의가 언제인데?"

"지금." 세스는 말했지만 떠날 기미를 보이지 않았다.

그리고 어니스트 역시, 타자기에 폴리라는 이름이 찍힌 종이를 놔둔 채 떠날 수는 없었다. "가자." 타자기 위에 커버를 덮고 일어나며 어니스트가 말했다. "넌 가서 그웬돌린에게 말해줘야 해. 그웬돌린은 차고의 관용차 아래에 있어.”

“아, 그렇지.” 세스가 말하고 떠났다. 어니스트는 커버를 재빨리 벗기고 편지를 타자기에서 빼내 파일 캐비닛 안에 숨겼다. 막 문을 나서려는데 세스가 돌아왔다.

“그웬돌린은 차고에 없어.” 세스가 말했다. “이미 회의에 갔나 봐.”

진짜였다. 그리고 채서블을 제외한 모두가 와 있었다. 브랙넬 여사는 군복을 제대로 차려입고(또 다른 나쁜 징조였다) 말하고 있었다. “알제논 대령님이 너희에게 하실 말씀이 있다.”

“고마워.” 텐싱이 일어서며 말했다. “우선, 지난 몇 달간 여러분들의 노고에 감사한다. 그리고 여러분의 노고가 멋진 성과를 이루었다는 사실을 알려주고 싶다. 상륙작전의 시간과 장소를 속이려는 우리의 노력은 기대를 훌쩍 뛰어넘는 성공을 거두었다. 노르망디 상륙작전의 소식을 들은 뒤에도 독일 수뇌부는 계속 그 작전이 양동 작전이며, 주 작전은 여전히 파드칼레를 통해 있다고 믿었다.”

텐싱은 과거형으로 말하고 있었다. 세스 말이 맞았다. 볼 장 다 본 것이다.

“그 믿음의 결과로….” 텐싱이 계속 말했다. “적군은 상당수의 군대와 탱크를 그 작전에 대비해 배치했다. 만약 그 병력을 노르망디에 배치했다면 완전히 다른 결과가 나왔을 정도로 큰 병력이다. 남 포티튜드의 작업은 상륙작전의 결과에 결정적이었으며, 그런 성과를 거둔 데 대해 여러분을 축하하는 바이다.”

사람들이 박수를 치며 환호를 지르기 시작했다. “우리가 해냈어!” 세스가 외쳤다. “우리가 놈들을 이겼어.”

“맞아.” 프리즘이 비꼬아 말했다. “혼자서 싹 다 무찔렀지. 구축함이며 전투기며 낙하산부대며 지상군은 이 승리에 아무런 기여도 하지 못했고.”

“프리즘 중위가 좋은 지적을 했다.” 텐싱이 말했다. “상륙작전은 모두가 노력한 결과이고, 여러분 말고도 수많은 사람이 이번 작전의 성공에 기여했다. 하지만 그 사람들은 훈장을 받을 것이고, 여러 연설에 언급되고 칭찬을 받을 것이다. 신문에도 실릴 것이다.” 텐싱은 어니스트를 향해 가볍게 고개를 끄덕였다. "여러분은 그렇지 않다. 아쉽게도, 이 작전에서 여러분이 한 부분은 비밀로 남겨져야 한다. 나의 감사 그리고 일이 잘됐다는 사실이 여러분이 얻을 수 있는 보답의 전부이다. 그리고…." 텐싱은 극적으로 말을 멈추었다. "여러분의 업적을 건배하기 위한 스카치 한 병이 있다!" 텐싱이 병을 들어 보였고, 더 많은 박수와 환호성이 나왔다.

"그거 가짜 스카치 아니겠죠?" 세스가 의심을 담아 물었다.

"고무풍선 병이야." 프리즘이 말했다.

"아니, 이건 유리다." 텐싱이 말하며 손가락으로 병을 툭툭 쳤다. "진품이라고 확신한다. 레이블에는 '셰퍼턴 영화 스튜디오에서 숙성'이라고 적혀 있다."

모두가 소리 내 웃었다. "지금 열 수 있습니까?" 그웬돌린이 외쳤다.

"아직은 아니다." 텐싱이 말했다.

"본론이 나오는군." 세스가 어니스트에게 속삭였다.

"나는 우리 기만 작전에 속아 독일이 두 번째 상륙작전이 있을 거라 여겼다고 말했다." 텐싱이 계속 말했다. "그건 정확한 표현이 아니다. 독일 수뇌부는 아직도 그렇게 믿고 있으며, 우리는 가능한 한 오랫동안 기만 작전을 계속해야 한다."

"내 생각이 틀렸네." 세스가 속삭였다. "볼 장 다 본 게 아니야."

"그러한 연유로, 여러분은 현재의 기만과 거짓 정보 작전을 계속 수행할 것이다. 덧붙여, 여러분은 파데칼레의 레지스탕스 지하조직에 보내는 무선 메시지 횟수를 늘리고, 현재 극비리에 프랑스로 가는 중인 제3군의 위치에 관한 거짓 정보를 흘릴 것이다. 그 뒤로 여러분의 작업은 패튼 장군이 제3군의 지휘를 맡을 때까지, 제3군과 패튼 장군의 부대가 프랑스에 있다는 사실을 숨기는 것이다."

"오, 맙소사." 몽크리프가 중얼거렸다.

"별 박힌 군복을 으스대고 선동적인 말을 하는 그자랑 일을 한다고?" 세스가 속삭였다. "농담일 거야."

"하지만…." 텐싱이 세스를 노려보며 말했다. "패튼 장군의 존재가 발각

될 경우를 대비해, 우리는 칼레를 공격할 준비를 하는 육군 총사령관이 왜 프랑스에 있는지 이유를 준비해야만 한다. 우리는 패튼 장군이 논란을 불러일으키는 언급을 해서 오마 브래들리 장군 밑에서 일개 부대를 지휘하는 위치로 강등되었다는 이야기를 준비했다."

"제1군 지휘는 누가 맡았습니까?" 그웬돌린이 물었다.

"레슬리 맥네어 장군이다." 텐싱이 말했다. "우리는 맥네어 장군이 통솔을 맡으며, 독일 수뇌부가 제15기갑사단을 노르망디에 보내면 공격한다는 이야기를 준비했다. 그렇게 하면 상륙작전 날짜를 정할 필요가 없다."

'유페미아 힐이 편집자에게 보내는 편지에 날짜를 적지 않기를 잘했군.' 어니스트는 생각했다.

"난 브랙넬 여사에게 원고를 주었다." 텐싱이 말했다. "여러분의 임무는 무선, 발송, 필요하다면 이중 스파이, 사진, 신문 기사들을 통해 보조 자료들을 내는 것이다."

'좋아.' 어니스트는 안도하며 생각했다. '그렇다면 나는 계속해서 메시지를 보낼 수 있다는 뜻이네.' 그리고 역사학자들은 거짓 포티튜드 이야기보다 패튼 장군을 언급하는 기사들을 찾아볼 가능성이 더 컸다.

"하지만 좀 서둘러 해야 한다." 텐싱이 말했다. "패튼 장군이 떠나기 전에 모든 게 준비되어야 해."

"그게 언제입니까?" 몽크리프가 물었다.

"7월 6일." 텐싱은 앓는 소리들을 무시했다. "몽크리프, 나는 떠나기 전에 자네에게서 호송 작전들 보고를 받고 싶어. 그리고 다시 한번 진심으로 작전의 성공을 축하한다. 다음 작전 역시 이번 작전처럼 성공하기를 빌자. 이상." 텐싱이 일어섰다. "세스, 어니스트. 5분 뒤에 브랙넬의 사무실에서 만나지."

그리고 텐싱은 그곳을 떠났다.

"너희 둘이 할 거 같네." 프리즘이 속삭였고, 세스는 걱정스러운 표정으로 고개를 끄덕였다.

"설마 아무도 돌아오지 못하는 그 비밀 임무들 가운데 하나에 우리가 보내지는 건 아니겠지?" 세스가 걱정스레 어니스트에게 물었다. "어떻게 생각해?"

'난 어서 텐싱을 만나고 싶을 뿐이야.' 어니스트는 생각했다.

둘은 브랙넬의 사무실로 갔다. 텐싱은 브랙넬의 책상 뒤에 앉아 있었다. "보자고 하셨죠, 대령님?" 세스가 말했다.

"그래." 텐싱이 말했다. "문을 닫아."

'이런, 젠장, 뭔가 큰일이로군. 우리는 독일로 가나 봐. 아니면 버마나.'

세스는 문을 닫았다. 텐싱은 브랙넬의 의자로 뻣뻣하게 걸어가 앉았다. "그렇게 군법 회의에 회부될 사람 같은 표정 짓지 마." 텐싱이 말하더니 웃었다. "둘을 부른 건 축하해주기 위해서야."

"뭘 말입니까?" 세스가 의심스러운 목소리로 물었다.

"노르망디 상륙작전의 성공을. 방금 소식을 들었거든. 정확히 어디를 통해서인지는 밝힐 수 없지만…."

'울트라.' 어니스트는 생각했다.

"여하튼, 독일 수뇌부가 롬멜 장군의 탱크 부대를 노르망디로 보내지 않은 결정적 이유는 본국으로 송환한 고위급 독일 장교가 도버 지역에서 상당수의 군대와 장비들을 목격했기 때문이야."

"그러면 어니스트가 편집자들에게 쓴 편지는 소용이 없었던 겁니까?" 세스가 실망한 목소리로 말했다. "우리가 바람을 넣은 고무 탱크는요? 여기 어니스트는 목숨과 팔다리를 걸고 그 탱크에 바람을 넣었습니다."

"그 탱크들과 편집자에게 보내는 편지들 역시 효과가 있었을 거라고 믿어 의심치 않아." 텐싱이 자조하는 목소리로 말했다. "하지만 설사 그것들이 효과가 없었다 할지라도, 우리는 여전히 그걸 해야 했어. 안타깝지만, 정보부 일이란 게 그런 식이야. 적어도 한 가지는 먹혀들어 가리라는 희망 아래 온갖 일들을 하는 거지."

'비긴힐과 블레츨리 파크와 맨체스터에 갔던 것처럼.' 어니스트는 생각했다. '그리고 개인 광고란에 구조팀에게 보내는 메시지를 싣는 것처럼.'

"어느 방법이 성공하고 어느 방법이 실패할지 아는 경우는 드물어."

진실이었다. 어니스트는 (만약 전달된다면 말이지만) 어느 메시지가 전달될지, 또는 폴리가 제때 구해졌을지 절대 알지 못할 것이다.

"불공평하지만 사실이야." 텐싱이 말했다. "이번 경우에는 운이 좋아서 결과를 알게 되었어. 물론 전모를 다 아는 건 아니고 아마도 결코 다 알지 못할 거야. 그건 우리가 죽고 오랜 뒤에 역사학자들이 밝혀내겠지."

"T. W. 링골스비 목사와 콘돔에 대해 역사학자들이 뭘 알아낼지 궁금하군요." 세스가 말했다. "그 자체로 챕터 하나를 차지할 정도의 평가를 받을까요?"

'그러길 바라.' 어니스트가 생각했다.

"각주와 함께." 세스가 말했다. "그리고⋯."

"내가 말했듯이." 텐싱이 말을 가로막았다. "우리가 제대로 아는 건, 결정적인 시간 동안 자네 둘 덕분에 롬멜과 제15기갑사단이 파데칼레에 묶여 있게 되었다는 거야. 자네들은 셀 수 없이 많은 목숨을 구했어. D-데이의 원래 예상 사망자는 3만 명이었어. 실제 사망자는 1만 명이었고. 그리고 롬멜의 탱크들이 칼레에 묶여 있는 하루하루 더 많은 목숨을 구했어."

어니스트와 세스는 2만 명 이상의 목숨을 구했다. 그리고 하디가 519명을 구했다고 말했을 때 어니스트는 걱정했었다.

"축하해." 텐싱이 말하며 일어나 책상을 돌아와 둘과 악수했다. "자네들이 한 일의 중요성은 아무리 강조해도 지나치지 않아. 우리에게는 16개 사단뿐이었어. 만약 히틀러가 그 탱크들을 이동했다면, 우리는 21개 사단과 대적했어야만 했어. 내 개인적 의견으로는, 자네 둘 덕에 전쟁에서 이긴 거나 마찬가지야."

'전쟁에 지지 않았어. 이겼어.' 어니스트는 엉킨 프로펠러를 푼 날 이후로, 하디의 생명을 구한 날 이후로, 자신이 어찌어찌 역사의 진행 방향을 원래로 되돌릴 수 없을 정도로 바꿔버린 게 아닐까, 전쟁의 결과를 바꾼 게 아닐까, 그래서 히틀러가 전쟁에서 승리한 건 아닐까 날마다 두려워했다. 그리고 이제⋯.

"그러면 이제 우리가 집으로 가서 영예롭게 지낼 수 있는 겁니까?" 세스가 씩 웃으며 말했다.

"안됐지만 아직은 아니야." 텐싱이 말했다.

'아, 이런. 드디어 시작이군.' 어니스트는 생각했다.

"나는 브랙넬에게 패튼 장군에 관한 신문 기사 작성은 다른 사람에게 맡기라고 했어, 어니스트." 텐싱이 말했다. "자네 둘에게는 다른 임무가 있어."

아, 이런. 둘은 '버마'로 파견되는 것이다.

텐싱은 책상에 몸을 숙이고 두 손을 깍지 꼈다. "독일은 스파이들, 그러니까 우리의 이중 스파이들에게 접촉해서 V-1 폭격의 시간과 장소들을 보고하라는 명령을 내렸어."

"왜요?" 세스가 물었다. "이미 아는 거 아니었습니까? V-1은 원격 조종되는 줄 알았는데요."

텐싱은 고개를 저었다. "독일은 자신들이 V-1을 어디로 보내려 했는지는 알지만 실제로 어디에 떨어졌는지는 몰라. 가령 독일이 목표물로 타워 브리지를 정하고 로켓을 거기로 겨냥하는 거지. 알다시피 타워 브리지는 독일이 아직 명중시키지 못했지만. 어쨌든 그러면 로켓 안에는 기계 장치가 있는데, 그건 미리 정해진 수만큼 회전한 다음 연료 공급 장치를 차단해. 그 시점에서 엔진이 꺼지고 로켓은 수직으로 떨어지는 거야. 하지만 로켓들이 목표물에 도달할지 어떨지는 기계 장치를 정확히 설정했는가 아닌가에 달렸어."

"놈들은 로켓들이 목표에 도달했는지 아닌지 알기 위해 사건 현장의 시간과 장소들이 필요한 거로군요. 그를 통해 로켓 코스를 수정할 수 있도록요." 어니스트가 말했다.

"맞아." 텐싱이 말했다. "그리고 그 때문에 우리 상황이 좀 복잡해졌어. 만약 우리 스파이들의 신뢰성을 보호하기 위해 정확한 정보를 제공한다면, 우리는 적을 돕는 결과가 돼. 특히나 치명적인 형태의 이적행위이지. 이런 상황은 확실히 용납할 수가 없어. 반면, 만약 우리가 적에게 가짜 정보를 줬는데 그게 독일 비행 정찰기의 정보와 맞지 않으면…."

"우리 측 이중 스파이들의 정체가 탄로 나겠지요." 세스가 말했다.

텐싱이 고개를 끄덕였다. "그리고 우리의 향후 기만 작전들이 위태로워지지. 그것 역시 용납할 수 없어."

"그렇다면 우리는 V-1이 실제로는 떨어지지 않은 곳에 떨어졌다고 독일이 믿도록 속여야겠군요." 세스가 말했다. "어떻게 하면 되죠? 폭탄이 떨어진 가짜 장소들을 만드는 건가요?" 어니스트는 풍선으로 만든 잔해가 갑자기 눈에 선했다. 그는 간신히 웃음을 참았다.

"그 방법도 고려해봤어." 텐싱이 말했다. "북아프리카에서는 이미 있는 잔해를 다른 곳으로 옮기는 방법이 효과를 봤어. 하지만 우리 과학자 한 명이 더 나은 방법을 생각해냈어."

텐싱은 남동부 잉글랜드 지도를 책상에 펼쳤다. 지도에는 붉은 점이 많이 표시되어 있었고, 어니스트는 그게 V-1 폭격 현장이라고 추측했다. "우리 정보원이 알려준 정보에 따르면, 페네뮌데에서 로켓 테스트들을 했는데 V-1이 목표물에 못 미쳐 떨어지는 경향이 있었다고 해. 그리고 지도에서 보듯, 그 문제는 계속되었고, 상당수 폭탄이 여기에 떨어졌어." 텐싱은 런던 남동부를 가리켰다. "런던 중심부에 못 미친 거지."

"독일은 그걸 해결하고 싶은 거죠." 어니스트가 말했다. "그래서 정보를 얻으려는 거고요."

"맞아. 하지만 우리는 독일의 궤도 조정을 방해해서 V-1이 계속 목표물에 못 미쳐 떨어지게 해야 해."

"그래서 목표물보다 일찍 떨어진 폭탄하고 목표물을 맞힌 폭탄을 바꿔치기하자는 거군요." 어니스트가 말했다.

"바로 그거야."

"뭐라고요?" 세스가 어리둥절한 표정으로 말했다. "어떻게 폭탄을 바꾼다는 겁니까?"

"폭탄 A가 밤 9시에 스테프니에 떨어졌다고 생각해봐." 어니스트가 설명했다. "폭탄 B는 새벽 2시 30분에 햄스테드 히스에 떨어졌고. 우리 첩자는 독일에 폭탄 A가 2시 30분에 떨어졌다고 말하는 거야."

"햄스테드에." 텐싱이 말했다. "그러면 독일은 폭탄이 목표를 지나서 떨어졌다고 생각해서 궤도를 짧게 조정하겠지."

"그러면 다음 폭탄은 더 일찍 떨어지고요." 세스가 상황을 이해하고 말했다. "하지만 더 일찍 떨어진 폭탄이 아무런 피해도 입히지 않는다는 걸 어떻게 장담할 수 있습니까?"

"불행히도 그럴 수 없어. 하지만 우리는 로켓이 숲이나 벌판에 떨어질 가능성을 높일 수는 있지."

"또는 목초지에 떨어질 수도 있겠군요." 세스가 말했다. "어니스트, 이건 너를 그렇게 골치 아프게 했던 그 황소를 없앨 기회야."

텐싱은 세스의 말을 못 들었다는 듯이 계속 말했다. "그리고 런던 중심부보다 사람들이 덜 있는 곳으로 폭탄을 보낼 가능성을 높일 수 있어."

'우리가 수천수만 명의 목숨을 구했다고 그렇게 강조했던 게 바로 이 때문이었군.' 어니스트는 생각했다. '이제 우리가 사람들을 죽이기 시작할 테니까 말이야.'

"이 방법을 쓰면 우리는 이중 스파이들을 위험에 처하지 않게 하면서 가짜 정보를 넘길 수 있어." 텐싱이 말했다. "그리고 사망자 수를 현저하게 줄일 수 있지."

'그리고 이 방법을 쓰지 않았더라면 죽지 않았을 사람들을 죽이게 되고.' 어니스트는 생각했다. "그러면 저희가 할 일은 뭡니까?" 세스가 물었다. "어느 폭탄끼리 바꾸면 되는지 조사하는 겁니까?"

"아니. 나는 자네 둘이 단서 보강을 해주었으면 해." 텐싱이 말했고, 어니스트에게 잔햇더미 사진을 하나 건넸다. 뒤엉킨 벽돌과 목재 더미를 보고 원래 이게 무엇이었는지 추측하기란 불가능했다.

"이건 화요일 오후 4시 32분에 폭파된 플리트 스트리트의 사진이야. 하지만 우리는 독일에 이게 핀츨리라고 알릴 거야. 심각하게 파괴된 탓에 그렇게 바꿔 말하는 건 상대적으로 쉽지. 우리는 신문사에 우리 허가 없이는 로켓 공격에 관한 그 어떤 정보나 사진도 싣지 말라고 했어."

"신문에 실리는 사망자 명단은 어떻게 합니까?" 어니스트가 말했다. "사망자들의 주소로부터 장소를 알 수 있지 않습니까?"

"그 문제에 관해 생각해봤어." 텐싱이 말했다. "자네들은 사고들에 맞는 가짜 사망 공지를 써야 할 거야. 그리고 우리는 신문사들에 사망 공지를 며칠 늦춰 싣고 또한 죽은 사람들 이름만 실으라고 요청해뒀어. 한 가족 내에서 여러 명이 죽었을 경우, 우리는 그 명단을 각각 다른 날에 실으라고 했어. 그리고 자네들은 이를 뒷받침할 가짜 기사들을 쓰는 거야."

"끔찍한 작업이네요." 어니스트가 씁쓸해하며 말했다.

"맞아." 텐싱이 말했다. "나는 사진과 함께 실릴 제목과 기사를 비롯해 자네들이 만들어낼 수 있는 건 뭐든지 필요해. 목격자 증언, 개인 광고, 편집자에게 보내는 편지 등, 자네들이 이미 해왔던 그런 것들. 물론 장소를 직접 언급하면 안 돼. 우리는 독일이 그건 스스로 알아내길 원해. 그러면 우리 이중 스파이들이 그걸 확인해줄 거야."

"언제부터 시작합니까?" 세스가 물었다.

"지금 당장." 텐싱이 말하더니 서류 가방에서 흑백 사진 뭉치를 꺼내 세스에게 건넸다. "여기서 주요 지형지물이나 간판이 있는지 확인하고 그런 것들은 제거해야 해."

텐싱은 어니스트에게 두 번째 뭉치를 건넸다. 사진마다 진짜 시간과 장소 그리고 가짜 정보가 담긴 메모가 클립으로 끼워져 있었다. "런던의 일간지들에 실을 기본 뼈대야." 텐싱이 말했다. "그리고 지역 신문들과도 연계해야 해. 그곳이 폭격당할 때 다른 지역 주민 누군가가 피폭지의 누군가를 방문하는 식으로. 어떻게 하는지는 잘 알 거야, 어니스트."

그는 어떻게 하는지 정확히 알았고, 더 바랄 나위 없는 임무였다. 버마로 보내질까 걱정하지 않아도 되었을 뿐 아니라, 기사에 자기 자신의 암호 메시지를 넣을 수도 있을 것이다.

"세스, 자네는 런던 일간지들을 맡아줘." 텐싱이 말했다. "어니스트, 자네는 마을 신문들을 맡아. 채서블도 이 일을 할 거야." 텐싱이 서류 가방을 닫았다. "난 떠나기 전에 채서블과 이야기를 하고 싶어."

"제가 가서 채서블을 데려오겠습니다." 세스가 말하고 밖으로 나갔다.

"문을 닫아." 텐싱이 어니스트에게 말했고, 어니스트가 문을 닫자 텐싱이 덧붙여 말했다. "정말로 끔찍한 임무지. 그래서 널 고른 거야. 난 널 믿거든."

"이 계획에 대해 윗사람들은 뭐라고 해?" 어니스트가 물었다.

"그 사람들은 아직 몰라. 기만전술에 관한 논의는 2주 뒤 회의에서 해."

"만약 윗사람들이 이 계획을 승인하지 않으면?" 어니스트는 텐싱을 유심히 살피며 물었다.

"그러면 뭔가 다른 방법을 생각해내야겠지." 텐싱이 말했다. "하지만 난 그 사람들이 그렇게 무책임하게 굴 거라 생각하지 않아. 수백, 어쩌면 수천 명의 목숨을 위태롭게 하게 되니까. 너무나도 많은 사람의 목숨이 달려 있어서, 만약 윗선에서 이 계획을 추진하지 않기로 결정했다고 하면 나는 내게 그 이야기를 전한 사람이 뭔가 내용을 잘못 전달했다고 결론지을 수밖에 없어."

달리 말해, 텐싱은 명령을 무시하고 독일을 계속 속일 것이고, 만약 그러다 발각되면 명령을 잘못 이해했노라고 주장할 거라는 뜻이었다. 넬슨 제독이 코펜하겐 해전에서 그리했듯이. 텐싱은 자신의 경력이 망쳐질 위험을 무릅쓰고 있었다. 그리고 미래도. 그는 군법 회의에 처하거나 명령 불복종 죄로 처벌받을 테지만, 그런데도 어쨌든 그렇게 할 것이다. 사람들을 살리기 위해서.

'나는 진주만의 하웰 포지 군목을 관찰하지 못했어.' 어니스트는 생각했다. '세계무역센터의 소방관들도. 하지만 나는 시간 여행의 목적을 이루었어. 나는 영웅들을 관찰했어.' 텐싱만이 아니라 중령과 조너선. 그 다루기 어려운 풍선 탱크와 성난 황소들과 씨름하던 세스와 프리즘과 채서블. 끈질기게 암호를 해독한 튜링과 딜리 녹스.

그리고 불타는 거리를 누비며 구급차를 운전하고 호드빈 남매들을 건딘 에일린. 그리고 확실하게 다가오는 죽음의 위협을 날마다 감당해야 한 폴리.

'만약 옥스퍼드로 돌아갈 수 있다면, 전 지구적 전염병 시기나 벌지 전투로 갈 필요는 없겠어.' 어니스트는 생각했다. '영웅들에 관한 자료는 이미 여기서 충분히 수집했으니까.'

　"그러면, 그 말은 작전 수행 여부를 결정하는 회의에 너는 참석 안 한다는 뜻이네?" 어니스트가 물었다.

　"물론 참석할 거야." 텐싱이 분개한 듯 몸을 바로 세웠다. "물론, 내 등이 방해하지 않는다면. 내 예전의 부상, 너도 알잖아." 그는 씩 웃음을 지었다. "한쪽 눈이 멀어서 못 봤다는 식으로 핑계 댈 수 있는 사람이 넬슨 경만은 아니거든."[45]

　세스가 문을 열고 들어왔다. "채서블이 방금 텐터든에서 전화했습니다. 오스틴이 다시 고장 났답니다."

　'보나 마나 '황소와 쟁기' 바로 앞에서겠지.' 어니스트는 생각했다. '거기 다프네에게 맘이 있으니까.'

　"그러면 자네 둘은 어서 가서 채서블을 데려와야겠군." 텐싱이 말했다. 그는 서류 가방을 들고 문으로 갔다. "그 사진들은 내일까지 일간 신문사들에 보내야 하고, 지방 신문들에는 다음 마감일 전에 전달해." 텐싱이 문을 열었다.

　"잠깐만요." 세스가 말했다. "막 뭔가가 떠올랐습니다. 이 로켓들, 설마 우리 머리 위로 떨어지게 하지는 않겠죠?"

　텐싱이 고개를 저었다. "여긴 너무 동쪽이야. 만약 이 작전이 제대로 된다면 상당수의 폭탄은 베스날 그린, 크로이던, 덜위치에 떨어질 거야."

45　애꾸눈인 넬슨 경은 코펜하겐 전투에서 상관의 퇴각 명령 신호기를 보고도 "한쪽 눈이 멀어 안 보인다."고 말하며 계속 밀어붙였다.

56

한때는 시간이 연합군의 편이라고 생각했는데,
알고 보니 히틀러의 부하였다.

— 몰리 팬터-다운스, 1940년 6월 15일

전쟁 박물관, 런던, 1995년 5월 7일

"저기 있네요, 나이트 씨." 텔벗이 말했다. "에일린!" 텔벗은 막 대공습 전시회장에 들어온, 실내 반대편에 있는 여자에게 손을 흔들어 보였다.

그 여자는 흰 머리, 중키, 다소 뚱뚱한 몸매로 텔벗이 설명한 그대로였다. "램버트! 이쪽이야!" 텔벗이 외쳤고, 이윽고 캘빈을 돌아보며 활짝 웃었다. "곧 여기에 올 거라고 내가 말했잖아요, 나이트 씨."

"저분 성함이 에일린인가요?" 캘빈은 자신이 잘못 들었기를 바라며 물었다.

"네, 에일린! 범생아!" 텔벗이 다시 손을 흔들며 외쳤다. 램버트 부인은 고개를 들지 않았다. 그녀는 계속 핸드백을 뒤졌고, 아마도 다른 손에 든 이름표에 이름을 쓸 펜을 찾는 듯했다.

'제2차 세계대전 때 에일린이라는 이름을 가진 사람은 많았어.' 캘빈은 불안에 쿵쾅거리는 심장을 달래며 생각했다. '그래서 메로피가 그 이름을 고른 거야. 아주 흔한 이름이니까.' 그리고 이 에일린은 그가 8년 전 옥스퍼드에서 보았던, 날씬하고 예쁘고 녹색 눈에 빨간 머리이던 여자와는 전혀 달라 보였다.

하지만 메로피는 그 이후 55살을 더 먹었으며, 사진 속의 검은 곱슬머리 육군 여성 보조 부대원 역시 캘빈과 대화하던 나이 든 여자와 전혀 닮은 점이 없었다. 이윽고 램버트 부인은 이름표에 이름을 쓰기 위해 진열장 위로 몸을 숙였고, 흰 머리 안에 희미한 붉은 기운이 아직도 남아 있는 게 보였다.

이제 램버트 부인은 이름표를 달기 위해 애를 썼다. 그리고 마침내 그 이름표를 달았을 때 거기에 '에일린 오릴리'라고 적혀 있으면 어찌한단 말인가?

"램버트 부인은 전쟁 때 어떤 일을 하셨나요?" 캘빈이 탤벗에게 물었다. '해군 여성 부대원이었다고 말해주세요. 아니면 코러스 걸이나요.' 그가 기도했다.

"범생이는 구급차를 운전했어요." 탤벗이 말했다. "아, 이런. 아직도 우리를 못 봤네요. 이리 오세요." 그리고 탤벗은 캘빈을 데리고 실내를 가로질러 램버트 부인에게 갔다. 그녀는 탤벗만큼 늙어 보이지는 않았지만, 그건 통통하기 때문인 게 분명했으며, 또한 메로피는 폴리보다 어렸다. 피난 간 아이들은 메로피가 맡은 첫 번째 임무였다. 그리고 만약 이 여자가 메로피라면, 그 임무가 메로피에겐 유일한 임무가 됐을 것이다.

"에일린." 탤벗이 말했다. "널 만나고 싶어 하는 사람이 있어."

에일린은 마침내 이름표를 달았지만, 소용없었다. 이름표에는 단지 '에일린 램버트'와 '제2차 세계대전 여성 동지회'라고만 적혀 있었다. 그리고 그녀가 고개를 들었을 때 두 눈은 연한 녹청색이었고. 따라서 젊었을 때는 눈 색깔이 녹색일 수도 아닐 수도 있었다.

"미안해요." 탤벗이 말하고 있었다. "내가 그만 당신 이름을 잊어버렸네요. 성함이…"

"나이트입니다. 캘빈 나이트. 만나서 반갑습니다, 램버트 부인." 그가 말했고, 램버트 부인과 악수하며 유심히 그녀를 살펴보았다. "저는 옥스퍼드에서 왔습니다." 그가 덧붙여 말했고, 그녀가 뭔가 알아차린 듯하다는 느낌을 받았다. 오, 맙소사. 이 여자는 메로피가 맞았다.

"나이트 씨는 자기 할머니를 알 만한 사람을 찾고 있어." 탤벗이 말했다. "어디 있던 거야, 범생아? 브라운 말로는 뭔가 심부름을 다녀와야 했다던데?"

"응. 세인트폴 대성당에. 내 남동생에게 다녀와달라고 부탁했지만, 걔가 갈 수가 없었어. 오늘 아침에 올드 베일리[46]에 갇혀서 내가 가야만 했어."

남동생. 이 여자에게는 남동생이 있었다. 그러니 그가 찾는 에일린이 아니었다. 배를 한 대 맞은 듯한 느낌과 함께 안도감이 몰려왔다.

"그리고 차도 엄청나게 막혔어." 램버트 부인이 말하고 있었다.

탤벗이 고개를 끄덕였다. "세인트바트 병원 주변에 뭔가 조치를 취해야만 해. 거긴 정말 끔찍해."

퍼지가 나타났다. "아, 드디어 만났군요. 다행이에요. 램버트가 당신 할머니를 안다고 하던가요?" 퍼지가 그에게 물었다.

"아직 안 물어봤습니다."

"이 젊은이 할머니가 대공습 때 런던에 있었대." 탤벗이 에일린에게 설명했다. "이름이 폴리…, 성이 뭐라고 했죠, 나이트 씨?"

"세바스찬요. 폴리 세바스찬." 두 여인은 기대에 찬 눈으로 에일린 램버트를 바라보았지만, 그녀는 이미 고개를 젓고 있었다.

"아니요. 우리 모임에는 그런 이름을 가진 사람이 없어요." 램버트가 말했다. "폴리가 메리의 애칭인가요?"[47]

"네."

"우리 구급차 지부에 메리라는 사람이 있었어요." 탤벗이 말했다. "하지만 걔 성은 켄트였어요."

램버트 부인은 탤벗의 말을 무시했다. "당신 할머니의 처녀 때 성이 뭐였나요, 나이트 씨?"

"세바스찬입니다. 결혼하고는 오릴리라는 성을 썼어요." 그는 만약의 경우를 대비해 말해보았지만, 램버트 부인은 아무 반응도 보이지 않았다.

46 런던 중앙 형사 법원
47 폴리는 그 자체로도 이름으로 쓰이지만 메리나 도로시의 애칭으로도 쓰인다.

"아니요, 미안해요." 그녀가 말했다. "메리 오릴리라는 사람도 없어요. 여기 박물관 기록 보관실을 조사해보았나요?"

'네.' 그가 생각했다. '그리고 대영 박물관 것도요. 그리고 공문서관도요. 그리고 〈타임스〉와 〈데일리 헤럴드〉와 〈익스프레스〉 보관소도요.'

"그거 좋은 생각이네요." 캘빈이 말했다. "오늘은 시간이 없어서 안 되지만, 꼭 다시 오겠습니다. 도와주셔서 고맙습니다. 그러고 부인도요, 베논 부인." 그는 텔벗에게 말했다. "그리고 부인도요." 캘빈은 각자와 차례로 악수했다. "이제 전시회를 못 보게 방해하지 않겠습니다."

"네. 아, 에일린, 너 '대공습 속의 아름다움' 전시를 꼭 봐야 해." 텔벗이 말했다. "미군 PX에서 나온 나일론 스타킹이랑 석회 가루로 만든 끔찍한 얼굴 파우더가 있어. 그리고 옛날에 켄트가 나를 배수구로 밀었을 때 잃어버린 것과 똑같은 립스틱도 있어. 심지어 내가 잃어버린 그 립스틱일지도 몰라. 나는 그 립스틱을 절대로 잊지 못할 거야. '진홍빛 애무'라는 이름이었지." 텔벗과 퍼지는 램버트 부인을 끌고 갔고, 캘빈은 환호성과 불꽃놀이 영상까지 완비된 전승 기념일 진열관을 통과해 출구로 향했다.

이미 11시였지만, 서두르면 정오까지는 세인트폴 대성당에 도착해 대성당 카페에서 점심 식사 중일 방문객 몇 명 정도와 얘기해볼 수도 있을 것이다. 그는 재빨리 출구를 향해 걸어갔다.

"나이트 씨!" 누군가 뒤에서 불렀다. 캘빈은 걸음을 멈추고 뒤를 돌아보았다. 램버트 부인이 그를 쫓아 복도를 열심히 걸어오고 있었다. 그는 걸음을 멈춘 채 램버트 부인이 다가오기를 기다렸다. "아, 잘됐네요." 그녀가 헐떡였다. "아직 여기 있었군요. 가버린 건 아닐까 걱정했어요." 램버트 부인은 캘빈이 서 있는 곳으로 서둘러 왔다.

"왜 그러세요?" 캘빈이 말했다. "뭔가 기억나셨나요?"

램버트 부인은 고개를 저었고, 가슴에 손을 얹고 숨을 골랐다.

"괜찮으세요?" 캘빈이 물었다. "물이라도 가져다드릴까요? 같이 카페에 가셔도 되고요."

"아니요. 곧 모두 점심을 하러 올 거예요. 조금 전에는 미안해요. 텔벗과 퍼지가 있어서 아무 말도 할 수가 없었어요." 부인은 그의 팔을 잡고 기념품 가게를 지나 중앙홀로 가더니 주위를 둘러보았다. 이야기할 만한 곳이 있는지 찾는 듯했다. "당신이 도착하자마자 당신을 만나고 싶었지만, 당신이 어디에 있을지 확신할 수 없었어요. 오늘은 세인트폴 대성당에서도 전시회가 시작되고, 그래서 당신이 그곳에 갈 가능성이 더 크다고 난 생각했죠."

오, 이런. 이 여자는 '에일린'이었다. 그리고 에일린은 폴리가 죽고 혼자 살아남느라 신분을 꾸며내야 했고, 남동생 이야기 역시 꾸며낸 것이었다. 에일린은 전쟁 동안 그리고 전쟁이 끝난 이후에도 쭉 혼자서 모든 일을 감당해야 했다. '그런데도 여기에 서서 이렇게 웃고 있다니.' 그는 생각했다. '내가 자신에게, 모두에게 무슨 짓을 했는지 알면서도 이러는 걸까?'

'절대 에일린일 리 없어.' 캘빈은 생각했다. '에일린이 아니야. 이 여자는 뭔가 다른 것에 관해 이야기하는 거야. 자신이 만나기로 되어 있는 기자나 뭐 그런….'

"그리고 대성당 전체에 전시관이 있었어요. 지하실이며 수랑이며, 그래서 당신이 그곳에 없다는 걸 확인할 때까지 한참 걸렸고, 다시 여기까지 운전해 오느라고 1시간이 걸렸고…." 램버트 부인은 말을 멈추더니 얼굴을 찡그리며 그를 보았다. "콜린 맞지요, 그렇죠?"

그리고 모든 의심이 사라졌다. 에일린이 맞았다.

"아, 이런. 큰 실수를 한 거 같네요." 앤이 그랬던 것처럼 램버트 부인이 말했다. "나는 당신이…."

"실수하지 않으셨어요." 그가 멍하니 말했다. "콜린 맞습니다."

"콜린 템플러?"

그가 고개를 끄덕였다.

"아, 다행이네요." 에일린이 말했다. "다른 사람과 착각한 건 아닐까 봐 잠깐 걱정했어요. 당신을 본 뒤 굉장히 오랜 시간이 지났으니까요." 그녀는 기념품 가게를 힐끗 보았다. 잡담을 나누는 여자 셋이 꾸러미들이 가득 든 가방들을 들고 그곳에서 나와 이쪽으로 오고 있었다. "따라오세요. 이야기를 나눌 수 있는 조용한 곳이 어디 있을 거예요.” 에일린은 대공습 전시실로 다시 그를 데려가더니 ‘공습 방공호’라는 표시가 있는 문으로 갔다.

에일린은 문을 열고 재빨리 안을 둘러보고는 콜린을 문안으로 밀어 넣었다. 문안은 지하철 플랫폼의 복제였다. 굴곡진 타일 벽들을 따라 마네킹들이 앉았고, 바닥에도 담요를 두른 마네킹들이 누워 있었다.

에일린은 문을 닫았다. “딱 좋네요.” 에일린은 뭉개진 폭탄 소리 속에서 말했다. 그녀는 벤치에 앉더니 자기 옆자리를 손으로 톡톡 쳤다.

콜린은 벤치에 앉았다.

“자, 그럼.” 에일린이 말하고 콜린을 보며 활짝 웃었다.

‘어떻게 이럴 수가 있지?’ 콜린이 생각했다. ‘내가 실패한 걸 알면서도?’ “에일린.” 콜린은 힘없이 말했다. “메로피, 정말로 미안해요….”

에일린은 놀란 표정으로 콜린을 바라보았다. “오, 콜린. 미안해요. 내가 당신을 알아봤기 때문에 당신도 나를 알아봤을 거로 생각했어요. 하지만 당신은 아직 나를 만나지 않았다는 사실을 깜박했네요.”

‘아직 만나지 않았다고?’

“그리고 설사 당신이 나를 만났다 할지라도, 그건 50년도 더 전의 일이죠. 제대로 말을 해줬어야 하는데.” 또다시 폭발과 빨간 불이 번쩍였다. “난 에일린이 아니에요. 내 말은, 에일린이기는 하지만 에일린 오릴리는 아니라는 거예요.”

콜린의 가슴 속에서 희망이 널뛰었다. 이 사람이 에일린이 아니라면, 콜린에게는 아직 그들을 구할 기회가 있다는 뜻이었다. 그리고 만약 이 에일린이 그들이 어디에 있는지 안다면….

“이야기를 처음부터 해야 했는데.” 그녀가 말했다. “나는 비니 호드빈이에요. 내 남동생인 알프와 나는 피난민이었죠. 우리는 장원에 보내졌고, 거기서 메…에일린이 하녀로 일했어요.”

알프와 비니, 너무나도 끔찍한 말썽꾸러기들이라 모두가 기억했던 아이들. 그리고 올드 베일리에 ‘갇혔다’는 거로 보아, 알프는 여전히 말썽꾼인 듯했다. 그건 알프가 체포되었다거나 또는 더 나쁜 상황에 처했다는 말을 돌려 한 걸까?

하지만 이건 말이 안 됐다. 비니는 전쟁 때 어린아이였다. "하지만 아까 그분들은 당신이 구급차를 운전했다고 했는데요." 콜린이 말했다.

"했어요. V-1과 V-2 공격 때요."

"하지만 당신은 그때 겨우…."

"열다섯 살이었죠." 비니가 말했다. "나이를 속였어요."

그리고 그건 콜린이 호드빈 남매에 관해 들은 내용과 아주 잘 어울렸다. 그리고 이제 비니를 좀 더 자세히 살펴보니 분명히 다른 여자들보다 더 젊었다. "하지만 당신은 이름이 에일린이라고 말했어요…."

"맞아요. 비니는 진짜 이름이 아니에요. 그건 성인 호드빈을 줄인 거예요. 나는 실제로는 이름이 없었고, 에일린은 나에게 원하는 이름을 아무거나 고를 수 있다고 했죠. 그래서 그 이름을 고른 거예요. 그리고 전쟁이 끝나고, 엄마, 그러니까 에일린과 아빠가 합법적으로 우리를 입양했어요. 그때 그 이름으로 서류를 작성했어요."

'전쟁이 끝나고. 오, 맙소사.' "에일린을 엄마라고 했나요?"

"미안해요. 당신이 아직 이 중 어느 것도 모른다는 사실을 계속 깜박하네요. 우리는 공습 초기에 런던으로 돌아갔고, 그 뒤 에일린이 우리를 맡아서 키웠어요. 우리의 친어머니는 죽었고 우리는 지하철에서 살았는데, 에일린이 우리를 발견하고는…."

캘빈은 듣고 있지 않았다. 에일린이 호드빈 남매를 키웠다. 캘빈은 그들을 구하지 못했다. 그래서 비니가 여기에 있는 것이다. 에일린은 비니를 보내 캘빈이 실패했으며, 그가 자신을 구하러 오기를 55년이나 기다렸다고 말하게 시킨 것이다. 55년이나 헛되이. "에일린은 날 보고 싶어 하지 않는 거군요, 그렇죠?" 캘빈이 물었다. "그럴 만도 하죠. 이해해요."

"아니, 당신은 무슨 말인지 못 알아들었어요." 비니가 말했다. 비니는 숨을 깊이 들이마셨다. "엄마는 8년 전에 돌아가셨어요."

57

켄트, 1944년 10월

'던워디, 제임스.' 어니스트가 타자했다. '급사. 노팅힐의 자택. V-2 로켓 공격으로 인한 부상이 원인임.'

세스가 문에 기댔다. "채서블 봤어?"

"아니." 어니스트가 타자하며 말했다. '옥스퍼드 출신인 던워디 씨의….'

"식당 확인해봤어?"

"아니, 확인해봐야겠네." 세스가 말하더니, 놀랍게도 떠났다. 어니스트는 다시 타자했다. '유가족으로는 딸 세바스찬 던워디와 에일린 워드….'

"안녕." 채서블이 말하며 사진 몇 장을 들고 들어왔다. "지금 타자하는 거, 햄스테드 교회용 설명이야?"

"아니. 그건 여깄어." 어니스트가 자료를 채서블에게 넘겼다. "시간을 확인해보겠어? 네 손 글씨를 알아볼 수가 없었어." 그리고 채서블이 내용을 읽는 동안, 어니스트는 서둘러 타자를 했다. '장례식은 카들의 세인트메리-앳-더-게이트에서 10월 20일 10시에 있을 예정이다.' 그는 종이를 타자기에서 빼서 책상에 엎어놨다. "시간 맞아?"

"아니." 채서블이 말했다. "오후 2시 19분이 아니라 3시 19분이어야 해." 그는 어니스트에게 원고를 돌려주었고, 어니스트는 원고를 타자기에 감아 끼우고 시간에 X표를 한 뒤 그 위에 3시 19분이라고 다시 찍었다.

"진짜로는 어디에 떨어진 거야?"

"채링크로스 로드." 채서블이 말했고, 어니스트에게 사진 몇 장을 건넸다. "이게 지난주 사건들이야. 하지만 우리가 쓸 수 있는 건 없어 보여. 교회 하나랑 쇼핑가 하나뿐이고, 둘 다 완전히 파괴됐어. 알아볼 수 있는 게 아무 것도 없어. V-2는 성능이 너무 좋아."

어니스트는 사진들을 훑어보았다. "이건 뭐야?" 그는 파괴된 학교 사진을 들어 보였다. 사진 속에는 교복을 입은 학생 여남은 명이 즐거운 표정으로 잔해를 올라가고 있었다.

채서블이 고개를 저었다. "그 사진은 이미 〈데일리 익스프레스〉에 실렸어."

"사진을 쓸지 말지는 우리가 먼저 보고 결정해주는 거로 알았는데."

"맞아. 하지만 그 기자는 그 얘기를 못 들었고, 그래서 실려버렸어." 채서블은 사진들을 뒤지더니 뒤엉킨 목재 사진을 어니스트에게 건넸다. "이거 어때?" 그는 한쪽이 부서진 간판을 가리키며 말했다.

어니스트는 눈을 가늘게 뜨고 작은 글씨들을 읽었다. "치과인가?" 그가 추측했다.

"구강외과 전문의." 채서블이 말했다. "아니, '구강외…'가 더 맞는 말이지. 소소하지만, 어쩌면 구체적으로 개인의 이야기를 지어낼 수 있지 않을까 해서. '치통의 극단적 치료법'이나 뭐 그런 식으로. 누군가가 이 치과에 가고 있는데 V-2가 떨어졌고, 그 충격파에 아팠던 이가 빠졌다는 이야기."

어니스트는 고개를 끄덕였다. "이게 어디에 있는 거로 해야 하는데?"

"브릭스턴." 채서블이 말했다. "진짜는 월워스의 거리에 있는 거지만, 마을 회관을 잘라낼 수 있었어. 폭탄이 떨어진 건…." 채서블은 목록을 살폈다. "11일 오전 4시 05분이고."

"4시 05분? 그건 안 돼. 그 시간에는 치과가 문을 안 열어. 설사 응급 치근관 치료라 할지라도 안 돼."

"아, 그러네." 채서블이 말하고는 사진을 돌려받았다. "또 뭐가 있는지 알아볼게." 하지만 그는 떠나지 않았다.

"아까 세스가 널 찾으러 왔어. 급한 일이라고 하던데." 어니스트가 말했고, 마침내 채서블이 떠났다. 덕분에 어니스트는 다시 타자하는 일로 돌아갈 수 있었다. D-데이 이후, 그는 자신의 메시지를 쓸 시간이 점점 더 부족해졌다. 이제 몽크리프와 그웬돌린은 프랑스에 있었고, 세스는 괴롭힐 만한 사람이 달리 없었기에 늘 그에게 찾아와 책상 가장자리에 앉아 시간을 보냈다. 그리고 세스가 없을 때면 채서블이 와서 다프네에 관해 이야기하거나 그의 어깨너머로 원고를 읽곤 했다. 그건 어니스트가 자투리 시간을 이용해 메시지를 써야 한다는 뜻이었다.

그리고 이제 어니스트가 작성하는 거짓 정보 기사에 폴리와 에일린의 이름과 정보를 담을 기회가 줄어들었다. 장소가 가짜여야만 하며 채서블과 세스가 신문사에 그 기사들을 전달하는 일이 잦았기 때문이다. 그런데도 어니스트는 최선을 다해 온갖 공지문과 편집자에게 보내는 편지, 개인 일화들을 작성했고, 자신이 직접 신문사에 V-1과 V-2 사진과 사진의 설명문을 전달하러 갈 일이 생길 때마다 개인적 메시지들도 슬그머니 함께 가져갔다.

'크리스마스까지는 아직 두 달이 남았다.' 그가 타자했다. '하지만 노팅엄에서는 두 여인이 벌써 크리스마스 준비에 한창 열을 올리고 있다. 집에서 만든 크리스마스 크래커를 통해 군복을 입은 우리 용감한 젊은이들에게 대림절의 기쁨을 보내려는 것이다. 카들 힐의 메리 오릴리 양과 에일린 세바스찬 양은⋯.'

"세스를 찾을 수가 없어." 채서블이 돌아와 말했다.

"식당에 가봐." 어니스트가 제안했다.

하지만 이미 너무 늦은 뒤였다. "여기 있구나, 채서블." 세스가 말하며 문가에 나타났다. "사방으로 널 찾아다녔어. 다프네가 너랑 데이트하지 않겠노라고 말했던 거 기억해?"

"잊으려 애쓰는 중이었는데." 채서블이 우울한 목소리로 말했다.

"어, 그럴 필요 없어. 좋은 소식이 있어. 나는 오늘 오후에 다프네를 데리고 고다즈 그린에서 열리는 추수 감사 바자회에 갈 거야. 잠깐!" 세스는 두 주먹을 들어 올린 채서블에게서 물러나며 자신을 보호하기 위해 두 손을 들어 올렸다. "이야기를 끝까지 들어."

"말해봐." 채서블이 우울한 목소리로 말했다. "그게 어째서 좋은 소식이라는 거야?"

"왜냐하면 다프네는 자기 친구인 진을 데리고 올 거고, 나는 진을 위해 내 친구를 데려올 거라고 했거든. 기다려!" 세스는 책상 뒤로 도망쳤다.

어니스트는 타자기 위에 팔을 드리워 종이를 가렸다.

"모르겠어?" 세스가 말했다. "나는 진을 데리고 차 파는 텐트로 가 있을 테니 그동안 너는 코코넛 열매 떨어뜨리기 경기에서 네 능력으로 다프네에게 깊은 감명을 주는 거야. 네가 우리를 발견할 때쯤이면, 나는 나의 치명적인 매력으로 진을 꼬셨을 거고, 너는 너의 치명적인 매력으로 다프네를 꼬신 뒤겠지. 그렇게 우린 서로 짝을 바꾸는 거야. 우리는 10시에 출발해." 그는 문을 나가기 시작했다.

"잠깐." 채서블이 말했다. "추수 감사 바자회를 하기에는 좀 늦지 않았어? 그리고 왜 수요일에 그걸 해?"

"부인회 건물이 V-2 폭격을 받는 바람에 바자회를 연기할 수밖에 없었어." 세스가 말했다. 그는 다시 문을 나가다 몸을 돌려 방 안을 들여다보았다. "아, 하마터면 잊을 뻔했네." 그가 채서블에게 말했다. "브래널 여사가 널 좀 보재."

"무슨 일로? 설마 오스틴에 대해 안 건 아니겠지?"

"아니길 바라." 세스가 말했다. "죽어버리면 넌 내게 아무 쓸모가 없거든." 그리고 둘은 마침내 사무실을 나갔다.

브래널 여사가 뭘 원하는지는 모르지만, 어니스트는 바라건대 그 일이 30분은 걸렸으면 했다. 세스는 브래널 여사가 왜 그러는지 궁금해 문밖에서 귀를 기울일 것이고, 어니스트는 기사를 끝낼 시간을 얻을 수 있을 것이다. '크리스마스 크래커는 마분지 원통과 타운센드 브라더스 백화점이 기부

한 포장지로 만들었으며, 얇은 종이로 만든 왕관이 들어 있다. 빵! 하는 소리가 나는 전통적인 크래커를 만들지 않은 이유에 대해, 친구들 사이에서 폴리라는 이름으로 알려진 오릴리 양은 "아니요. 우리 군인들은 오랫동안 빵 하는 소리를 충분히 들었어요. 그러니 명절에는 평화롭고 조용히 지낼 수 있어야 해요."라고 말했다.'

'군인들은 조용한 명절을 보내지 못할 거야. 크리스마스 주간에는 벌지 전투가 있을 거니까. 그 역시 내가 관찰할 수 없는 사건이지.' 어니스트는 진주만 공격을 떠올리며 생각했다. 당시 그는 가로챈 암호문을 해독하며 시간을 보냈다. 그리고 벌지 전투 때 그는 후방의 크리스마스에 관한 기사들을 타자하고, V-1과 V-2를 무고한 시민들 머리 위로 보낼 것이다.

'크리스마스 크래커에는 또한….' 그가 타자했다. '사탕 그리고 "제때 한 번 꿰매는 것이 나중에 아홉 번 꿰매는 수고를 덜어준다"와 "구하라, 그러면 구할 것이오"처럼 손으로 쓴 문구도 넣을 예정이다.'

채서블이 쿵쿵거리며 들어왔다. "젠장. 그럴 줄 알았어." 그가 짜증 내며 말했다.

세스가 문안으로 고개를 내밀었다. "무슨 일인데?"

'젠장.' 어니스트는 타자를 멈추고 생각했다. 이런 식이라면 크리스마스가 다 가도록 기사를 마치지 못할 것이다.

"크리클우드의 세인트안셀름에서 보일러가 터졌어." 채서블이 화를 내며 말했다.

"크리클우드?" 어니스트가 얼굴을 찡그리며 말했다. "여자들을 데리고 고다즈 그린에 간다더니."

"이제는 아니야. 난 여자들을 데리고 어디에도 안 가. 종탑은 아직 서 있는 모양이야."

"뭐라고?"

"노르만 양식 종탑이야. 유명한 거고. 브랙넬은 사진, 설명, 그리고 그에 맞는 기사를 작성해서 저녁 판 마감 시간 전에 모든 런던 신문사로 보내래."

아, 어니스트는 무슨 말인지 그제야 이해했다. 보일러 폭발로 인한 피해 현장은 V-2 공격으로 인한 것처럼 보였고, 그 유명한 노르만 양식의 탑은 여행안내서에 있을 것이니 독일 첩보국은 그 교회의 모습을 알아볼 가능성이 있는 정도가 아니라, 확실히 알아볼 것이다. 그리고 그곳은 런던 북서쪽으로, 그들은 독일에 V-1과 V-2가 그곳에 떨어진다고 속이려 애써왔다.

"이건 불공평해." 채서블이 풀이 죽어 말했다. "이러다가는 다프네와 잘 될 기회가 영영 없을 거야."

"네 말이 맞아." 세스가 말했다. "넌 여자들을 데리고 고다즈 그린으로 가. 내가 크리클우드로 갈게."

"아니, 내가 갈게." 어니스트가 말했다. 그리고 돌아오는 길에 마을 주간지들에 기사들을 전달할 생각이었다.

"그래 줄래?"

"그래. 하지만 가기 전에, 그 탑과 옆을 V-2 시간을 알아다줘. 그리고 세인트안셀름까지 가는 길을 알아야 해. 아, 그리고 〈헤럴드〉에 전화해서 우리가 허락하기 전에는 세인트안셀름에 관해 아무것도 싣지 말라고 해줘."

"알았어." 채서블이 말하고 서둘러 나갔다.

"고마워, 친구." 세스가 말했다. "나중에 신세 갚을게."

"세인트안셀름까지 가는 길을 알아 와. 그러면 신세 갚은 거로 칠게." 어니스트가 말했다.

세스는 고개를 끄덕이고 사무실을 나갔다. 어니스트에게는 몇 분밖에 없었다. '크래커를 목적지까지 무사히 보내는 일은 콜린 T. 워스 병참 장교가 맡을 것이고….' 그는 타자했다. '운 좋은 수백 명의 군인은 행복한 크리스마스를 맞을 것이다. 이는 수상이 우리 모두에게 요청한 대로 "자기 몫을 한" 유능한 두 여인 덕분이다.'

어니스트는 타자기에서 종이를 빼내고 장례식 공지 역시 챙겨 둘 다 재킷 안쪽에 넣고 다시 책상 뒤에 앉아 빈 종이와 먹지 세 장을 타자기에 끼운 다음 대문자로 '독일의 끔찍한 로켓이 유서 깊은 교회를 파괴하다'라고 타자했다.

"로켓은 지난 수요일에 블룸스베리에 떨어졌어." 채서블이 들어오며 말했다. 그는 재킷으로 갈아입고 타이를 맸다. "오후 7시 20분에."

수요일 저녁. 완벽했다. 수요일 밤에는 성가대 연습이 있었다. "사상자는 있어?"

"응. 네 명. 모두 사망했어. 하지만 10시 56분, 같은 장소에 두 번째 V-1이 떨어졌기 때문에 그건 문제가 안 돼."

'죽은 네 명을 제외한다면.' 어니스트는 생각했다. 그리고 이 사진으로 인해 독일이 로켓의 궤도를 수정했을 때 덜위치나 베스날 그린에서 죽게 될 사람들을 제외한다면.

세스가 들어왔다. "세인트안셀름까지 가는 길을 알아 왔어." 그는 어니스트에게 손으로 그린 지도를 건넸다.

"좋아." 어니스트는 말했다. "〈헤럴드〉에 전화했어, 채서블?"

"응. 우리에게서 연락이 있을 때까지 기사를 싣지 않겠노라고 편집자가 말했어."

"가자." 세스가 말했다. "바자회는 정오에 시작해."

"가." 채서블이 말했다. "이 은혜, 절대로 안 잊을게, 어니스트."

"별거 아냐. 가서 우유병을 쓰러뜨리고 다프네의 마음을 얻기나 해." 어니스트가 말하며 손을 흔들어 채서블을 쫓아냈다.

그는 세인트안셀름 기사들을 썼고, 먹지본과 카메라, 그리고 필름 몇 통을 챙겨 크리클우드로 떠났다.

그곳에 도착하자, 어니스트는 브랙넬 여사가 왜 그리 세인트안셀름에 관해 흥분했는지 한 눈에 알 수 있었다. 독특한 모양의 노르만 양식 탑만 멀쩡한 게 아니라 '세인트안셀름, 크리클우드'라고 쓰인 단철 아치도 멀쩡했으며, 그리고 그 너머의 잔해는 V-2로 인한 잔해와 똑같아 보였다.

"나도 처음에는 그렇게 생각했지." 수다스러운 성당지기가 말했다. "원래 V-2는 사전에 경고음이 없으니까. 〈미러〉에서 나온 기자도 처음에는 나처럼 생각했어. 하지만 그 기자가 사진을 찍는 동안, 나는 비도 오지 않았는데 돌들이 젖어 있다는 사실을 깨달았고, 그래서 나는 보일러일 거라 생각했어. 그리고 진짜로 그렇더라고."

“〈데일리 미러〉에서 기자가 왔었다고요?” 어니스트가 물었다. “그 기자가 기사를 실을 거라고 하던가요?”

성당지기가 고개를 끄덕였다. “내일 아침. 신기한 일이지. 대공습이랑 지난해까지 생채기 하나 없이 멀쩡했는데, 고장 난 보일러 때문에 이렇게 되다니.” 성당지기는 슬프게 고개를 저었다.

“기자가 이름을 알려주던가요?” 어니스트가 물었다.

“응. 하지만 지금은 기억이 안 나. 밀러였던 거 같은데. 아니면 매슈스거나.”

“다른 곳 기자도 이곳에 왔었나요?”

“지역 신문에서만. 아, 〈데일리 익스프레스〉에서도 왔어. 하지민 보일러 때문이라고 알려주자 그곳 기자는 흥미를 잃더라고. 심지어 사진도 안 찍어 갔어.”

어니스트는 사제관에 있는 전화를 쓸 수 있는지 물었고, 브랙넬 여사에게 전화했다. “나는 일간지들에 기사가 안 실리게 막아볼게.” 브랙넬이 말했다. “아니면 적어도 사진들만이라도. 자네는 지역 신문을 막아. 그리고 다시 내게 전화해. 〈미러〉와 〈익스프레스〉만 왔던 게 확실해?”

“네.” 어니스트가 말했고, 전화를 끊은 뒤 성당지기에게 다시 물어보니 그곳에 온 기자는 둘뿐이었다고 거듭 주장했다. 어니스트는 성당지기에게 다른 신문사에서 찾아오면 전화하라고 말하고 브랙넬 여사의 전화번호를 주었다. “그리고 만약 다른 기자가 나타나면 절대로 그 어떤 사진도 찍지 못하게 하세요.” 어니스트가 말한 뒤, 지역 신문 편집자를 찾아가며 제발 그 사람이 질문을 많이 하지 않기를 바랐다.

헛된 희망이었다. “하지만 전쟁과 아무런 관계가 없는 기사를 내보내는 게 이렇게 직에게 정보를 준다는 건지, 이해할 수가 없군요.” 편집자가 말했다. “이건 폭탄이 아니라 보일러가 터진 겁니다.”

“그렇죠.” 어니스트가 말했다. “하지만 뭐든 파괴된 것에 관한 정확한 정보가 넘어가면 적은 그것을 선전 선동에 이용할 수 있습니다.”

“하지만 당신은 이게 V-2에 의해 파괴되었다고 썼잖아요.” 편집장이 얼굴을 찡그리며 말했다. "독일은 자기들 로켓이 어디에 떨어지는지도 모릅니까?"

'만약 내가 이 기사를 내리지 못하면 알게 될 겁니다.' 어니스트는 생각했다.

"그리고 교회가 V-2에 의해 파괴됐다고 쓰면 놈들의 선전 선동만 도와주는 꼴 아닌가요?"

"아닙니다. 왜냐하면 우리는 그런 주장이 나오면 반박을 할 테니까요." 어니스트는 설명했고, 그 말에 편집자는 만족한 듯했다. 일을 확실히 처리하기 위해, 어니스트는 자신이 조판하겠노라고 제안했고, 1면이 인쇄되는 것을 지켜보았다. 덕분에 엄청난 시간이 걸렸다. 그곳의 인쇄기는 〈클라리온 콜〉의 인쇄기보다도 더 자주 고장이 나는 경향이 있었다. 어니스트는 2시가 지나서야 보고를 할 수 있었다.

"나는 신문사들을 위협해야만 했어." 브랙넬 여사가 말했다. "하지만 어찌어찌 결국은 〈미러〉와 〈익스프레스〉의 기사를 죽일 수 있었어. 하지만 아직 새 기사를 넘기지 못했어. 그러니 자네가 어서 플리트 스트리트에 가서 기사를 주고 와줘."

플리트 스트리트? 그곳에 가면 오늘 하루가 다 갈 것이다. "그냥 전화로 하면 안 될까요? 오늘 지역 일간지들에도 사진들을 전달하려고 했는데요."

"안 돼. 〈미러〉와 〈익스프레스〉로 가서 제대로 하는지 직접 살펴봐. 엉망이 되는 건 원치 않아. 한 곳에서만 기사가 잘못 나가도 전체 계획이 망가진다고."

또는 그들의 작전을 모리슨 내무성 장관이 알아차리고 중단 명령을 내릴 수도 있었고, 그러면 어니스트는 더 이상 지역 신문들에 거짓 기사를 실을 명분을 잃게 될 것이다. 그리고 〈미러〉 또는 〈익스프레스〉의 편집자가 기사를 보류하는 데는 동의했지만, 기자에게 말하는 것을 잊을 가능성도 있었다. 또는 조판공에게. 그건 어니스트가 플리트 스트리트로 가능한 한 빨리 가야 할 거란 뜻이었다. 어니스트는 그 두 곳이 크리클우드의 신문사의 경우처럼 어렵지 않기를 바랐다.

어렵지 않았다. 〈미러〉는 3면을 비워두고 있었고, 〈익스프레스〉는 기사를 이튿날 아침 판으로 미룬 상태였다. 두 곳 모두 어니스트가 교정쇄를 확인하게 해주었고, 인쇄공은 그에게 지역 주간지들에 쓸 사진판을 주었으며, 기사를 쓴 프리랜서 이름도 알려주었다.

어니스트는 세인트폴 대성당 근처의 한 술집까지 그 사람을 찾아가 그 글과 사진을 다른 누군가에게 팔지 않았는지 확인했다. 다행히도 그는 팔지 않았지만, 어니스트가 술집을 나설 때 말하길, 자신이 세인트안셀름에 도착할 때 〈데일리 그래픽〉의 기자가 떠나는 걸 봤다고 했고, 그래서 어니스트는 그 사람도 만나야 했으며, 확실히 해두기 위해 남은 신문사들을 모두 가봐야만 했다.

마침내 모든 신문사에 실릴 기사는 어니스트가 쓴 기사 하나로 통일되었지만, 그때는 9시가 되어서 지역 신문사들에 가기에는 너무 늦은 시간이었고, 단 하나 가능성이 있는 곳은 〈클라리온 콜〉뿐이었다. 만약 제퍼스 씨의 인쇄기가 또 고장이 났다면, 그는 자정까지 신문을 인쇄할 것이다.

만약 어니스트가 그때까지 그곳에 갈 수 있다면 말이다. 밖은 칠흑처럼 어둡고 안개가 끼어 있었다. 어니스트는 설설 기다시피 가야 했고, 크로이던에 도착했을 때 〈클라리온 콜〉의 사무실 문은 잠겨 있었다. 하지만 제퍼스 씨의 자전거가 그곳에 있었다. 어니스트는 테이프를 붙인 유리창이 덜컹거릴 정도로 세게 문을 두드렸다. "제퍼스 씨!" 어니스트는 인쇄기가 작동하지 않기를 바라며 외쳤다. 만약 인쇄기가 작동 중이면 제퍼스 씨는 그의 목소리를 결코 들을 수 없었다. "들여보내 주세요!"

"문 닫았어!" 제퍼스 씨가 문 뒤에서 외쳤다. "내일 아침에 와."

"접니다. 어니스트 워딩요!" 그가 외쳤다.

"누군지는 나도 알아! 이 밤에 또 누가 오겠어?" 그는 문을 열었다. "뭐가 그리 급해서 아침까지 못 기다린다는 거야? 히틀러가 항복이라도 했어?"

"아직 아닙니다." 어니스트가 말하며 제퍼스 씨에게 기사들을 건넸다.

제퍼스 씨는 기사를 받지 않았다. "너무 늦었어. 이미 1면을 찍는 중이야."

"1면에 들어갈 필요 없습니다." 어니스트가 말했다. "이것만이라도 넣어주세요." 어니스트는 세인트안셀름 기사를 건넸다. 다른 기사들은 다음 주에 넣어야 할 듯했다.

제퍼스 씨가 어니스트에게서 기사를 받아 들었다. "원고에 '사진 첨부'라고 되어 있어." 그가 말하며 고개를 저었다. "사진판을 준비할 시간이 없어."

"준비할 필요 없습니다. 여기 제가 준비해왔어요." 어니스트가 판을 들어 보였다. "기사 내용만 넣으면 됩니다. 그건 제가 할게요." 어니스트가 말했고, 제퍼스 씨가 반대하기 전에 재킷을 벗어 신문 용지 두루마리 위에 던지고 활자판을 잡았다.

"좋아, 원하는 대로 해." 제퍼스 씨가 손잡이를 쳤다. 인쇄기가 작동하기 시작했다. "하지만 만약 1면을 끝낼 때까지 식자하지 못하면 그 기사는 다음 주로 넘어가는 거야!" 인쇄기의 으르렁거리는 소리 속에서 제퍼스 씨가 외쳤다.

어니스트는 필요한 활자와 식자틀을 찾아 제 위치에 밀어 넣으며 식자를 시작했다. 일은 어니스트가 계획했던 것보다도 더 잘 풀릴 듯했다. 하단의 개인 광고는 이미 식자가 되어 교정까지 마친 상태였다. 만약 그가 사진의 설명부를 충분히 빠르게 배열할 수만 있다면, 저 개인 광고를 빼고 대신 그의 메시지로 넣을 수 있다. 제퍼스 씨는 전혀 알지 못할 것이다.

'만약'. 인쇄기는 일정한 속도로 페이지를 내뱉고 있었고, 종이가 걸릴 듯한 기미는 보이지 않았다. 왜 하필 하고많은 밤 중에 오늘 밤만 저 인쇄기가 멀쩡한 걸까? 그리고 왜 '고풍스러운 역사적 건물'과 같은 문구를 쓰는 것이 좋은 방법이라고 생각했던 걸까?

「역」은 어디에 있는 거지?' 그는 다 된 식자틀을 배치하고 빈 식자틀을 잡았다.

어니스트는 덜거덕 소리를 들었다. '좋아. 인쇄기가 드디어 제 버릇을 보이는군. 그런데 「물」은 어디에 있는 거야?'

덜거덕 소리가 점점 더 커지고 요란해졌다. 마치 기어 사이에 렌치가 꼈을 때 나는 소리 같았다. "끄세요!" 어니스트가 외쳤다. 하지만 1분만 지나면 일부러 끌 필요도 없을 것이다. 인쇄기는 요란한 소리와 함께 분해될 것이니 말이다.

"뭐라고?" 제퍼스 씨가 손을 모아 귀에 갖다 대며 말했다.

"인쇄기의 뭔가가 이상하다고요!" 어니스트가 손가락으로 인쇄기를 찌르며 말했다. "저 덜거덕거리는 소리요. 그…."

갑자기 소음이 뚝 그쳤다. "덜거덕거리는 소리?" 제퍼스 씨가 매끄럽게 작동하는 인쇄기 소리 너머로 외쳤다. "아무 소리도 안 들려!"

'소리가 그쳤으니까.' 어니스트는 생각했다. 그리고 생각했다. '만약 저게 두들…?'

하지만 생각을 끝까지 할 시간도, 제퍼스 씨에게 외칠 시간도, 도망칠 시간도 없었다. 시간이 없었다.

58

짧은 우리 인생은 잠 속에 둘려 있소.

— 윌리엄 셰익스피어,《폭풍우》

런던, 1941년 봄

누군가가 폴리를 부르고 있었다. '공습경보가 해제된 거야.' 폴리는 생각했지만, 그녀를 부른 이는 고드프리 경이었다. "정신 차리십시오." 그가 단호히 말했다. "제 목소리 들리십니까, 아가씨?"

폴리는 머리가 아팠다. '연습 도중에 존 모양이네. 고드프리 경이 불같이 화를 내겠어.' 그리고 다시 생각했다. '고드프리 경일 리가 없어. 경은 늘 나를 비올라라고 부르는걸.' 그리고 그들이 어디에 있는지가 기억났다.

그들은 여전히 폭격 맞은 극장에 있었고, 폴리는 고드프리 경 위에 누워, 온몸으로 경을 누르고 있었다. "죄송해요, 고드프리 경." 폴리가 말했다. "정신을 잃었을 때 경 위로 쓰러진 모양이에요."

그는 대답하지 않았다.

"고드프리 경, 정신 차리세요." 폴리가 말하며 고드프리 경 위에서 내려오려 했지만, 움직인 것만으로도 두통이 더욱 심해졌다.

"움직이려 하지 마세요, 아가씨. 우리가 가고 있습니다." 위쪽 어딘가에서 누군가가 말했다. "조심하세요. 가스 냄새가 나네요."

“고드프리 경.” 폴리가 말했지만, 그는 반응이 없었다.

폴리는 자신이 고드프리 경을 구할 수 없음을, 그리고 구조대가 너무 늦게 올 거라는 사실을 알았어야만 했다. “오, 고드프리 경, 정말 죄송해요.” 폴리는 중얼거리며 그의 어깨에 머리를 기댔다.

“아가씨!” 좀 전의 목소리가 긴급하게 말했다. “갇힌 겁니까?”

‘네.’ 폴리는 생각했고, 이윽고 손들이 내려오더니 폴리를 고드프리 경에게서 들어 올렸다.

“아니, 그러면 안 돼요. 이분은 출혈이 있어요.” 폴리가 항의했지만, 그들은 이미 폴리를 구멍에서 끌어내 앉혔고, 이제 고드프리 경의 다리에서 극장 의자들을 들어올리고 있었다. 그들은 기둥 아래에 잭을 놓고 구멍 안으로 들어가 고드프리 경을 굽어보았다.

“폭탄이 터졌을 때 극장에 다른 사람이 또 있었나요, 아가씨?” 폴리를 구멍에서 꺼낸 사람이 물었다.

“모르겠어요. 저는 그때 여기에 없었어요. 극장이 폭격당한 걸 알고 고드프리 경을 찾으러 이곳에 왔다가 신발 굽이 끼었어요.” 폴리는 설명하려 애썼다. “그리고 굽을 빼내려 하는데 고드프리 경의 목소리를 들었고….”

“굽이 낀 것도 이상할 게 없지요. 이건 사고 현장에 신고 다니기에 적당한 신발이 아닙니다.” 그는 폴리의 금박 구두를 내려다보았고, 다시 신을 신지 않은 발을 보았고, 이윽고 입다 만 듯한 그녀의 의상을 바라보았다.

“저는 압박천을 만들기 위해 치마를 벗어야 했어요.” 폴리가 설명을 시작했지만, 그는 듣고 있지 않았다.

“이 여자분은 부상당했어.” 그가 누군가에게 외쳤고, 아래를 내려다본 폴리는 자신의 수영복과 두 손이 피로 덮인 것을 깨달았다.

“이긴 제 피가 아니에요. 이선 페이지 거예요.” 폴리가 말했고, 비록 너무 늦어서 고드프리 경은 이미 죽었을 테지만, 그래도 폴리는 그들에게 말했다. “고드프리 경은 가슴에 부상을 입었어요. 직접 압박을 가해야 해요.”

“우리가 알아서 하겠습니다. 걱정하지 마세요.” 그 남자는 폴리의 두 손을 살피며 말했다. “당신은 다치지 않은 게 확실해요?”

'내 손에 피가 묻었어.' 폴리는 생각했고, 그가 폴리의 두 손을 뒤집으며 상처가 없는지 살피는 모습을 멍하니 바라보았다. '맥베스 부인처럼.' "'이런, 이 두 손은 영영 깨끗해지지 않는다는 건가?'"[48] 폴리가 중얼거렸다.

"아가씨…."

"당신은 이해하지 못해요. 제가 그분을 죽였어요. 제가 사건들을 변경…."

"이 여자분은 쇼크에 빠졌어." 그가 누군가에게 말했다.

"아니에요." 폴리가 말했다. 쇼크가 아니었다. 쇼크는, 잔해만 남은 세인트조지 교회를 보고 뭔가 끔찍한 일이 일어났다는 사실을 깨달았던 때라든가, 또는 자신을 구하러 올 이가 아무도 없다는 사실을 알게 되었을 때처럼, 의외의 사건이 일어났을 때 오는 것이다. 이건 달랐다. 폴리는 이렇게 되리라는 걸 처음부터 알고 있었다.

"들것을 가져와!" 그가 외쳤다.

'소용없어요. 당신은 나 역시 구할 수 없어요.' 폴리는 생각했다. 그리고 왜 자신은 가스에 질식해 죽지 않았는지 궁금했다. '그러면 더는 내가 피해를 줄 일도 없을 텐데. 더는 나 때문에 사람들이 죽는 일도 없을 텐데.'

"당신을 구급차까지 데려가야 합니다." 그가 말했다. "걸을 수 있겠습니까?"

"네." 폴리는 말하며 생각했다. '들것이 없는 게 분명해. 데네웰 소령이 모두 빌려 갔기 때문이야.'

"다행이군요." 그가 말하고 손을 폴리의 겨드랑이에 넣고 그녀가 일어나는 걸 도왔다. "갑시다."

하지만 막상 걸으려 하자 폴리는 다시 휘청이며 그에게 쓰러졌다.

그가 폴리의 팔을 잡았다. "다리를 다쳤나요?"

"아니요. 구두 때문이에요." 폴리가 말했다. "저는 괜찮아요." 하지만 다시 걸으려 하자 머리가 빙빙 돌았고, 하마터면 고꾸라질 뻔했다. "머리가…."

"가스를 좀 마셔서 그렇습니다, 아가씨. 그래서 어지러운 겁니다." 그가 말하며 뒤집힌 극장 의자에 천천히 폴리를 앉혔다. "잠시 숨을 돌리세요….

<hr>

48 셰익스피어, 《맥베스》

그렇게요."

그는 고개를 들더니 폴리 너머로, 구멍 주위에 모여 있는 사람들을 향해 외쳤다. "여기 잠시만 앉아 계세요, 성함이 어떻게 되세요?"

"메리예요." 폴리가 말했지만, 그건 옳지 않았다. 지금은 V-1 시기가 아닌 대공습 시기였다. "비올라요."

"비올라, 잘 들으세요. 저는 헌터입니다. 여기 잠시만 앉아 계시면 제가 가서 산소통을 가져올게요. 그게 있으면 숨쉬기가 한결 편해지실 거예요. 잠시 기다리고 계실 수 있겠죠?"

폴리는 고개를 끄덕였다.

"곧 돌아오겠습니다." 헌터가 말하고는, 들것을 들고 잔해를 가로질러 오는 두 명에게로 갔다. 헌터는 그들에게 뭔가를 말하고 들것을 건네받았고, 그들은 다시 잡석 더미를 올라 돌아가기 시작했다. 그는 들것을 가지고 구멍으로 갔다. 그곳에선 다른 사람들이 부서진 발코니 벽을 들어내고 있었다.

'이제 고드프리 경의 시체를 치울 수 있겠네.' 폴리는 그 사람들을 지켜보며 생각했다. '가스가 잠길 때까지 기다려야 해.'

"혈장액을 가져다줘." 누군가가 구멍에서 외쳤고, 작업하던 사람 가운데 한 명이 마치 사슴처럼 껑충거리며 뒤엉킨 잔해를 가로질러 뛰어갔다.

'왜 저렇게 서두르는 거지?' 폴리가 어리둥절해하며 생각했다. '고드프리 경은 이미 죽었는데.'

폴리는 절룩이며 구멍으로 다가갔다. 사람들이 고드프리 경을 들어 올려 들것에 싣고 있었다. 고드프리 경의 가슴에는 붕대가 감겨 있었고, 상처에는 하얀 거즈 패드가 붙었다. 손목에도 붕대가 감겼고, 팔에 꽂힌 튜브 끝에는 혈장액이 가득 든 유리병이 있고, 남자 한 명이 그 유리병을 들고 있었다.

"조심해. 흔들지 마." 사람들이 들것을 들자, 병을 든 남자가 말했다. "흔들리면 다시 출혈이 있을 거야."

'고드프리 경은 죽지 않았어.' 폴리가 놀라 생각했다.

하지만 그렇다고 해서 폴리가 그의 목숨을 구했다는 뜻은 아니었다. 폴리는 단지 그의 죽음을 연기했을 뿐이었다. 그는 병원으로 가는 도중에 죽을 수도 있었다. 또는 들것에 실려 잔해를 가로질러 구급차로 가는 도중에 죽을 수도 있었다. "정말로 죄송해요." 폴리가 말했고, 사람들이 그녀를 바라보았다.

"저 사람이 왜 아직 여기에 있는 거야?" 혈장액을 든 남자가 말했다. "저 사람도 치료받아야 한다고."

헌터가 서둘러 폴리에게 다가왔다. "비올라, 이제 당신을 구급차로 데려가겠습니다." 그가 말했다. "제 목에 팔을 두르세요."

"조심해." 둘이 잔해를 가로지르기 시작하자 들것을 든 사람 가운데 한 명이 경고했다. "만약 불꽃이라도 일으키면 우리 모두 산산조각이 날 거야."

"가야 합니다, 비올라." 헌터가 서둘러 말했다. "지금 당장에라도 극장이 폭발할 수 있습니다."

물론, 가스 때문이었다. '들것을 옮기는 누군가의 부츠 밑창 징이 의자의 쇠다리에 긁히면 가스가 폭발해 불덩이가 우리 모두를 집어삼킬 거야. 나를 구하려고 계속 머무른 헌터를 포함해서.'

폴리는 헌터에게서 떨어져야 했다. 어쩌면 극장이 폭발할 때 그가 폴리나 들것 근처에 있지 않는다면, 죽지 않고 다치는 정도로 그칠 수도 있었다. "저는 괜찮아요. 저 혼자 걸을 수 있어요." 폴리가 말하며 헌터에게서 얼른 몸을 뗐고, 뒤엉킨 의자들을 가로질러 한쪽 발에만 신발을 신은 상태로 가능한 한 빨리 걸어갔다.

"조심하세요, 천천히 가세요!" 헌터가 뒤에서 외쳤다. "그러다 넘어집니다."

폴리는 의자열을 가로질러 마호가니 난간을 넘어갔다. 들것을 든 사람들은 극장을 절반쯤 가로질러 갔고, 혈장액 병은 등불처럼 치켜 올라가 있었다.

폴리는 한때 벽이었던, '희극과 비극의 가면들'이 그려진 곳을 밟았다. 그녀는 헌터를 힐끗 돌아보았다. 그는 겨우 몇 걸음 뒤에 있었다.

'저리 가요.' 폴리가 당황해 생각했고, 절룩이며 '비극'을 가로질렀고, 다시 '희극'을 가로질렀다. '내 곁에 있으면 누구든 죽어요.' 그리고 한쪽 발에만 신은 구두가 발목까지 회벽에 박혔다. 그녀는 넘어져 바닥을 짚으며 무릎을 꿇었다.

"무슨 일이에요?" 헌터가 물었고, 폴리가 다가오지 말라고 경고하기도 전에, 그는 폴리 옆에 앉아 그녀를 일으키려 부축했다. "다치셨어요?"

"아니요, 제 발이…."

"여기, 좀 도와줘!" 헌터가 들것을 든 사람들에게 외쳤다. "여기 여자분이…."

"아니에요." 폴리가 말했다. "저는 여기 두고 가서 지렛대를 가져오세요." 하지만 그는 이미 폴리 옆에 한쪽 무릎을 꿇고 그녀의 발목을 잡아당기고 있었다.

"구두가 끼었습니다." 헌터가 말했다. "구두를 벗을 수 있나요?"

'아니요.' 폴리는 생각하며 들것을 돌아보았다. 구조대원들은 극장이 허물어져 뚫린 곳에 거의 도착해 있었다. 가스는 지금 당장에라도 폭발할 수 있었다. 헌터는 설사 지금 폴리를 두고 떠난다 해도 여기를 빠져나갈 시간이 없을 것이다.

"정말로 미안해요." 폴리가 말했다.

헌터는 폴리가 구두에 관해 이야기한다고 생각한 게 분명했다. 왜냐하면 그가 "상관없습니다. 우리는 당신을 여기서 구할 겁니다. 구두랑 전부 다요."라고 말했기 때문이다. 그는 깔쭉깔쭉한 회벽에 손을 넣고 폴리의 발 주위를 더듬었다. "아까 제가 하이힐을 신고 사고 현장을 오가면 안 된다고 말씀드렸죠. 하지만 지금 상황을 볼 때, 하이힐을 신어서 그분을 구했으니 다행이었습니다."

'아니, 그렇지 않아요.' 폴리는 씁쓸하게 생각했다. '당신들 모두가 저 때문에 죽을 거예요.' 폴리는 고드프리 경 그리고 늘것을 옮기는 사람들을 마지막으로 돌아보았다. 하지만 아무도 보이지 않았다.

"어디 갔지?" 폴리는 말했고, 사람들이 외치는 소리, 거칠게 문이 닫히는 소리, 엔진 시동 걸리는 소리가 들렸다.

'구급차야.' 폴리는 생각했다. '고드프리 경을 병원으로 옮기고 있어.'

구급차가 종을 울리며 요란하게 멀어졌다. 그건 고드프리 경이 아직 살아 있다는 뜻이었다. 그리고 구조대원들 역시 살아 있었다. 극장은 폭발하지 않았다.

"안전하게들 빠져나갔어." 폴리는 믿기 어려워하며 중얼거렸다.

헌터가 폴리의 발을 빼내려 애쓰다가 잠깐 고개를 들었다. "잘됐습니다. 그분은 병원에 가서 상처를 꿰매면 괜찮아질 겁니다. 자부심을 가지셔도 좋습니다. 당신이 그분의 목숨을 구했어요."

'마이크가 하디의 목숨을 구한 것처럼.' 폴리는 생각했다. '그리고 에일린이 '시티 오브 베나레스호'에 타려던 알프와 비니를 구해낸 것처럼.'

"옷으로 가스가 새는 구멍을 막은 건 현명했습니다." 헌터가 말하고 있었다. "만약 당신이 그분을 발견하지 못했거나 제대로 대처하지 못했더라면, 그분은 사망하셨을 겁니다."

'그건 진실이야.' 폴리는 생각했다. 만약 구두 굽이 잔해에 박혀 그걸 빼내려 폴리가 몸을 굽히지 않았더라면, 고드프리 경의 목소리를 들을 수 없었을 것이다. 그리고 만약 폴리가 이 하이힐을 신지 않았더라면, 굽이 박히지 않았을 것이다.

"말굽 하나가 부족해…." 폴리가 중얼거렸고, 갑자기 마이크가 이렇게 말하는 환상을 보았다. "만약 내가 제시간에 도착했더라면, 버스를 놓치지 않았을 거고, 살트램-온-시에 갇히지도 않았을 거고, 중령의 보트에서 잠이 들지도 않았을 거고…."

'그리고 만약 내가 공습 대비대 감시원에 자원하려고 직업 배정소에 가지 않았다면, 나는 ENSA에 배정되지 않았을 거고, 알함브라 극장에서 공연을 하지 않았을 거고….'

"발을 앞뒤로 움직여보세요." 헌터가 말했다. "그렇게요." 그는 팔을 더 깊게 밀어 넣었다. "계속 움직이세요. 거의 빼냈습니다."

폴리는 멍하니 고개를 끄덕이며 생각했다. '만약 센트리 부인이 《크리스마스 캐럴》에서 나를 보지 않았더라면, 나는 ENSA에 배정되지 않았을 거야.'

하지만 만약 연속체가 자체 교정을 시도하고 있다면, 왜 연속체는 폴리를 여기 오지 못하게 막지 않은 걸까? 마이크가 도버에 가려던 것을 막고, 29일 밤에 폴리와 에일린과 마이크가 존 바솔로뮤를 만나려던 것은 막았는데 말이다.

'그날 밤, 마이크는 무너지는 벽에서 소방관 두 명을 밀어냈어.' 갑자기 폴리는 생각했다. '그리고 에일린 역시 다른 사람의 목숨을 구했어. 구급차에 실린 남자를.' 그리고 비니가 운전했다. 폐렴에 걸렸을 때 에일린의 간호를 받은 비니가.

만약 마이크가 일으킨 손상을 고치기 위해 과거가 스스로를 봉했다면, 왜 그 과거는 에일린이 폭탄에 부상당한 사람의 생명을 구하는 걸 막지 않은 걸까? 29일 밤에 160명이 죽었다. 그날 마이크와 에일린과 폴리를 죽이는 건 어렵지 않았다. 또는 존 바솔로뮤를 발견해 옥스퍼드로 돌아가게 하는 것 역시 어려운 일이 아니었다.

만약 그들이 돌아갔더라면, 여기에 있으면서 일을 더욱 복잡하게 만들지 않았을 것이다. 폴리는 고드프리 경을 구하지 못했을 것이고, 에일린은 구급차에 실린 사람을 구하지 못했을 것이다. 그리고 에일린은 존 바솔로뮤를 보았다. 그의 뒤를 쫓아가기까지 했다.

하지만 알프와 비니가 나타나 에일린이 존 바솔로뮤를 만나지 못하게 방해했다. 에일린 덕분에 '시티 오브 베나레스호'를 타지 않은 알프와 비니가.

"됐습니다." 헌터가 말했고, 폴리의 구두 굽과 발이 갑자기 자유로워졌다.

폴리는 하마터면 넘어질 뻔했다. "괜찮으십니까?" 헌터가 부축하며 말했다.

"네." 폴리가 말하며 몸을 곧게 세우고 부서진 회벽에서 발을 빼냈다. 헌터 때문에 생각의 흐름이 끊긴 게 짜증이 났다. 내가 조금전 무슨 생각을 하고 있었더라…? 알프와 비니. 둘은 에일린이 존 바솔로뮤를 만나지 못하게 방해했다….

"발목을 다치셨나요?"

"아니요." 폴리는 헌터가 더 말을 하지 못하도록 잔해를 다시 가로지르기 시작했다. 끊어지기 쉬운 생각의 흐름을 방해받지 않기 위해서였다. 만약 알프와 비니가 방해하지 않았더라면, 에일린은 존 바솔로뮤를 만났을 거고….

'둘은 에일린이 임무 마지막 날에 옥스퍼드로 돌아가는 것도 방해했어.' 폴리는 생각했다. '홍역에 걸려서.' 만약 알프가 아프지 않았더라면, 에일린은 격리로 갇히지 않았을 것이고, 둘을 데리고 런던으로 오지 않았을 것이고, 호드빈 부인에게 편지가 전달되는 것도 막지 않았을 것이다. 그리고 만약 네트가 마이크를 원래의 날짜로 보냈더라면, 그는 도버로 가는 버스를 탔을 것이고, 됭케르크에 가지 않았을 것이고, 하디를 구하게 되지도 않았을 것이다.

'그리고 만약 네트가 나를 저녁 6시가 아닌 아침 6시에 보냈더라면, 나는 공습에 갇혀 세인트조지 교회에 가지 않았을 거야. 그리고 고드프리 경을 만나지 않았을 테고.'

하지만 편차는 역사학자들이 사건을 변경하지 못하게 막으려고 있는 거였다. 편차의 원래 기능은….

"방향이 잘못됐습니다." 헌터가 폴리의 팔을 잡으며 말했다.

"네?"

"그쪽으로 가면 안 됩니다. 그곳은 막혔습니다. 이쪽입니다." 헌터가 말하며 폴리를 이끌고 쓰러진 기둥을 넘어가고 부서진 계단을 내려갔다. "이쪽입니다. 몇 걸음만 더 가면 됩니다."

"뭐라고 하셨죠?" 폴리가 자기 팔을 잡은 헌터의 손을 당겨 그를 세우려 애쓰며 말했다.

"'몇 걸음만 더 가면 됩니다'라고 말했습니다. 거의 다 왔어요."

"아니, 그전에요." 폴리가 말했다. "방금…." 하지만 그들은 이제 계단을 다 내려와 극장을 나왔고, 헌터는 폴리를 FANY 둘에게 인도했다.

"병원으로 데려가야 해요." 헌터가 말했다. "내상의 가능성이 있고, 가스에 노출되었어요. 중독으로 살짝 정신적 혼돈 증상을 보입니다."

"이쪽으로!" 거리 건너편에서 헬멧을 쓴 남자가 외쳤고, 헌터는 그를 향해 가기 시작했다.

“잠깐요!” 폴리가 헌터 뒤에서 외쳤다.

폴리는 거의 깨닫기 직전까지 갔었다. 폴리 자신이 고드프리 경의 목숨을 구했다고 헌터에게 들은 이후로 내내 알 듯 말 듯 하던 무언가를 깨닫기 직전이었었다. “저분과 이야기해야 해요.” 폴리는 FANY 둘에게 말했지만, 그는 이미 떠났고, 폴리는 벌써 담요에 감싸여 구급차 뒤쪽에 실리고 있었다. “저분에게 물어볼 말이….”

“당신이 구한 분은 이미 병원으로 가셨어요. 그분과는 병원에서 이야기할 수 있어요.” FANY가 말하며 폴리의 입과 코에 마스크를 씌웠다. “깊게 숨을 들이마시세요.”

“아니요.” 폴리가 마스크를 거세게 밀쳐내며 말했다. “고드프리 경 말고요. 헌터라고, 저를 극장에서 꺼내준 사람요.” 하지만 문이 이미 닫혔고, 구급차는 이미 출발하고 있었다. “운전하는 분, 차를 돌려야 해요. 헌터가 극장에서 저를 데리고 나왔을 때 무슨 말인가를 했어요. 그게 무슨 말인지 물어봐야만 해요!”

“혼돈 증상입니다.” 구급차 요원이 운전사에게 외쳤다. “가스 중독 때문이에요.”

‘아니, 그렇지 않아요.’ 폴리는 생각했다. ‘그건 단서였다고요.’

헌터는… 뭔가를 말했고, 그 말을 들은 순간 폴리는 다른 누군가에게서 같은 말을 들은 적이 있다는 느낌이 들었고… 한순간 모든 게 말이 되는 듯했다. 즉 알프와 비니가 에일린을 방해한 것이나, 마이크가 엉킨 프로펠러를 푼 것이나, 홍역과 편차와 《크리스마스 캐럴》 모두가. 만약 그게 뭔지 폴리가 기억해낼 수만 있다면….

헌터는 말했었다. “그쪽으로 가면 안 됩니다. 그곳은 막혔습니다.” 그들의 강하가 막힌 것처럼. 폴리의 강하 지점은 폭격당했고, 마이크의 것에는 대포가 세워졌고, 에일린의 것에는 철조망이 둘리고 사격장이 되어, 그 어느 강하 지점에도 접근할 수 없었다. 알프와 비니가 에일린을 막은 것처럼, 세인트조지 교회가 파괴되던 날, 노팅힐게이트역을 나가 강하 지점으로 가려던 폴리를 역무원이 역을 나가지 못하게 막은 것처럼.

'그건 그날 밤과 관련이 있어.' 폴리는 생각했다. '역무원은 나를 나가지 못하게 했고, 그래서 나는 홀본역으로 갔고….'

"이건 아프지 않을 겁니다." 구급차 요원은 산소마스크를 폴리의 입과 코에 대고 계속 누른 채 말했다. "그냥 산소일 뿐입니다. 머리가 맑아질 겁니다."

'나는 머리가 맑아지는 걸 원하지 않아요.' 폴리는 생각했다. 헌터가 말한 것을 기억해낼 때까지, 그게 뭔지 알아낼 때까지. 마이크의 십자말풀이처럼, 그것은 수수께끼였다. 그것은 홀본역과 마이크의 버스와 ENSA와 폴리의 구두와 관련이 있었다.

아니, 폴리의 구두가 아니라, 말이 잃어버린 편자와 관련이 있었다. "'말 한 마리가 부족해….'"

구급차가 덜컹거리며 멈췄고, 사람들이 뒷문을 열었고 폴리를 병원 안으로 데려가 접수대의 여자를 지나갔다.

'세인트바트 병원에서 에일린이 그날 밤 봤다던 애거사 크리스티랑 비슷하네.' 폴리는 생각했고, 한순간 그녀는 다시 깨달음에 도달할 뻔했다. 그것은 애거사 크리스티와 관련이 있었다. 그리고 그날 밤, 폴리는 홀본역에 갔다. 사이렌이 일찍 울렸고, 역무원은 폴리가 강하 지점에 가지 못하게 막았고, 그래서 낙하산 폭탄이 터졌을 때 그녀는 역에 있었고, 세인트조지 교회의 모두가 죽었을 거라고 여겨 비틀거리며 타운센드 브라더스 백화점에 갔고, 마저리가 그 모습을 보고 만나던 공군 조종사와 도망을 치기로 결심하고….

"그 옷을 벗겨드릴게요." 간호사가 말했고, 그들은 폴리의 피 묻은 수영복을 벗기고 환자복을 입히고 침대에 눕혔으며, 질문 공세를 퍼부었다. 그래서 폴리는 정신을 집중할 수가 없었다. 폴리는 자기 이름이 비올라가 아니라 세바스찬이고, 윈드밀 극장의 코러스 걸이 아니며 다친 곳이 없노라고 계속해 설명해야 했다.

"이건 제 피가 아니에요." 폴리가 계속 주장했다. "이건 고드프리 경의 피예요."

폴리는 고드프리 경에 관해 거의 잊고 있었다. 헌터가 한 말이 무엇이었는지 떠올리는 데 정신이 팔려 잠시 깜박하고 있었지만, 만약 고드프리 경이 병원으로 오던 길에 죽었다면, 헌터의 말이 뭐였는지는 더 이상 중요하지 않았다. 만약 폴리가 그의 목숨을 구하지 못했다면….

"그분이 여기 있나요?" 폴리가 물었다. "그분은 괜찮으세요?"

"사람을 보내 알아볼게요." 간호사가 약속하며 폴리의 맥박을 쟀고, 담요를 덮어줬다. "이게 잠자는 데 도움이 될 거예요."

"전 자고 싶지 않아요." 폴리가 말했지만, 이미 너무 늦었다. 바늘이 이미 폴리의 팔을 뚫고 들어왔다.

"마저리…." 폴리는 중얼거렸고, 생각의 흐름을 잃지 않으려 애썼다. 마저리는 공군 조종사와 도망치기로 결심했고, 그래서 저민 스트리트에 갔다가 폭격을 만났고, 그래서….

하지만 진정제는 이미 효과를 보이고 있었고, 그녀의 생각은 안개 조각처럼 흩어져 더는 연결되지 않았다. 그녀는 마저리가 어땠는지 기억이 나지 않았다…. 아니, 마저리가 아니었다. 애거사 크리스티였다. 그리고 홍역과 말과 그날 밤의 홀본역이. 그곳에는 앉을 곳이 없었다. 그래서 에스컬레이터가 멈추길 기다리며 간이식당 앞에 줄을 서 있었고, 알프와 비니가 옆으로 뛰어갔고 어떤 여자의 피크닉 바구니를 훔쳤다. 에일린이 세인트폴 대성당으로 가지 못하게 막은 알프와 비니가…. 아니, 에일린이 아니라 던워디 교수였다. 알프와 비니는 던워디 교수가 세인트폴 대성당에 가지 못하게 막았고, 던워디 교수는 앨런 튜링과 부딪혔다. 아니, 앨런 튜링과 부딪힌 건 마이크였다. 던워디 교수는 탤벗과 충돌을 했고, 그녀의 립스틱은 거리를 굴러갔고, 고드프리 경은….

폴리가 그의 이름을 외친 게 분명했다. 왜냐하면 간호사가 서둘러 왔기 때문이다. "그분은 편히 쉬고 계세요. 이제 주무세요."

'전 잘 수 없어요.' 폴리가 녹초가 되어 생각했다. '나는 그곳에 있어야 해.' "만약 당신이 아니라면 이 재난을 막을 수 있는 사람이 아무도 없습니다." 헌터는 그렇게 말했다. 아니, 그건 고드프리 경이 위번 부인과 동화극에 관해 한 말이다. 헌터는 "당신이 어떻게 해야 하는지 알아서 다행입니다."라고 했다.

'나는 그걸 옥스퍼드에서 배웠어.' 폴리는 생각했다. '그래서 구급차 운전사로 일하면서 V-1과 V-2를 관찰할 수 있도록. 하지만 소령은 존 바솔로뮤를 찾아오라며 우릴 크로이던으로 보냈어. 아니, 크로이던이 아니라, 세인트폴 대성당이야. 하지만 거리는 불발탄 때문에 줄이 쳐졌고, 나는 몰래 줄을 넘어 언덕을 올라갔지만, 막다른 골목이었어. 방향이 잘못됐어….'

방향이 잘못됐다. 헌터가 한 말은 그것이었다.

"방향이 잘못된 거였어." 폴리가 중얼거렸고, 홀번역의 연한 적갈색 머리 사서가 애거사 크리스티의 페이퍼백을 한 권 들고 이렇게 말하는 모습이 머릿속에 떠올랐다. "저는 누가 살인자인지 안다고 확신했지만, 결말부에 가까워지면 모든 상황을 잘못된 방향에서 보고 있었으며 뭔가 다른 것이 진행되고 있다는 사실을 깨닫게 되지요."

아니, 사서가 아니라 에일린이 옥스퍼드에서 그날 그렇게 말했다. 아니, 그것 역시 아니었다. 하지만 상관없었다. 왜냐하면 이제 폴리는 알았기 때문이다. 부서진 극장을 가로지르는 내내 떠올리려 했던 생각이 무엇인지 이제는 알았다. 그리고 탤벗과 마저리와 세인트폴 대성당과 홍역과 금박 구두의 뻣뻣한 여미개 모두가 들어맞았다. 그 모든 것이 이치에 닿았고, 폴리는 그 생각을 잊지 않고 꼭 붙들고 있는 게 아주 중요하다는 사실을 알았지만, 그건 불가능했다. 진정제는 이미 안개처럼 모든 것을 가리고 있었다.

"《잠자는 숲속의 미녀》의 주문처럼." 폴리는 말하려 애썼지만, 그럴 수가 없었다. 그녀는 이미 잠들어 있었다.

59

크로이던, 1944년 10월

"우리는 죽지 않았어요." 어니스트는 제퍼스 씨에게 말하려 애썼다. "V-1이 우리를 죽이지 못했어요." 하지만 연기 속에서 편집자를 찾을 수가 없었다. 사방에서 연기가 시커멓게 피어올랐다.

"'아리조나호'를 맞힌 게 분명해.' 그는 콜록거리며 '뉴올리언스호' 갑판 너머를 보려 애썼다.

하지만 그럴 리가 없었다. '나는 진주만에 간 적이 없어.' 어니스트는 생각했다. '던워디 교수님이 내 임무 순서를 바꿨어. 아, 맙소사. 나는 아직 됭케르크에 있어. 내 발…'

하지만 그것도 아니었다. 그는 쓰러져 있었기 때문이다. 보트에는 쓰러져 있을 공간이 없었다. 그는 서 있어야만 했고, 해협을 건너 돌아오는 내내 난간에 떠밀려 있었다. 그리고 됭케르크라고 하기에는 연기가 너무 짙었다.

어니스트는 아무것도 볼 수 없었다. 완전히 캄캄했다. 그는 선실 안에 있는 게 분명했다. 연기 사이로 화염이 보였고, 소방차 종소리가 들렸다.

'소방차는 사고 현장으로 가고 있는 거야.' 어니스트는 생각했고 V-1을 떠올렸다. '인쇄기가 부서지지 않았으면 좋겠는데. 나는 세인트안셀름 사진을 인쇄해야 하는데. 그리고 이 사건 사진도 찍어야 하고.'

어니스트는 주위를 둘러보며 신문사 간판이 아직 그곳에 있는지 찾아보았다. 만약 있다면, 세스는 '크로이던'이라는 단어를 잘라내고, 크리클우드의 〈클라리온 콜〉에서 일어난 일이라고 주장할 수 있었다. 하지만 화재의 불빛은 너무 어두워 그의 뒤쪽 몇 걸음 정도를 비추는 게 전부였고, 이정표도 없었으며 주황빛 도는 먼지에 뒤덮인 벽돌과 부러진 목재들이 전부였다. 그건 연기가 아니었다. 그건 회벽 가루였다. 그래서 그토록 숨이 막히고 기침이 멈추지 않았던 것이다. 어니스트는 몇 번이나 숨을 고르고서야 간신히 말을 할 수 있었다. "제퍼스 씨! 간판을 비춰 볼 회중전등이 필요합니다!"

제퍼스 씨는 대답하지 않았다. '소방차 종소리 때문에 내 목소리를 듣지 못하는 거야.' 어니스트는 생각했다. 소방차 종소리는 아주 요란히 울리다가 이윽고 멈췄고, 문들이 거칠게 닫히는 소리, 그리고 목소리들이 들렸다.

아마도 소방관들에게는 회중전등이 있으리라. "여보세요!" 어니스트가 소방관들을 향해 외치다가 말을 멈추고 기침했다. "회중전등 있어요?"

하지만 그 사람들은 어니스트의 목소리를 듣지 못한 모양이었다. 그가 있는 곳의 반대쪽으로 걸어갔기 때문이다. "아니, 이쪽이에요!" 그는 외쳤다. 실수였다. 그러다 엄청난 회벽 가루를 들이마시고 숨이 막혔기 때문이다.

"누군가가 기침하는 소리를 들은 거 같아." 여자 한 명이 말했고, 그들이 다가오며 나무가 부러지는 소리와 흙이 미끄러지는 소리가 들렸다. "어디 있어요?"

"여기요." 그가 말했다. "제퍼스 씨, 괜찮아요. 누군가가 오고 있어요."

"어디 있어요? 계속 말을 하세요." 잠시 뒤 두 번째 여자가 외쳤지만, 그는 그 말에 대답하지 않았다. 그는 여자의 목소리에 귀를 기울이고 있었다. 왠지 귀에 익은 목소리였다.

"찾았어. 여기야!" 첫 번째 여자가 멀리 떨어진 듯한 곳에서 외쳤다. 어니스트는 뭔가를 쑤석거리는 소리를 들었고, 이윽고 "여기 있어!"라고 하는 목소리가 들렸다. 어니스트는 그 여자의 목소리 톤에서 그녀가 찾은 사람은 죽었다는 것을 알 수 있었다.

'하지만 나는 아니야.' 어니스트는 생각했다. '우리는 V-1의 공격에도 살아남았어….'

"여기 어딘가에 또 다른 사람이 있어." 두 번째 목소리가 말했고, 또 뭔가를 말했지만, 어니스트는 그 말을 알아들을 수 없었다. 좀 더 쑤석거리는 소리가 났다. "여기 있어!" 그 여자가 더 가까운 곳에서 말했다. 이윽고 그 여자가 어니스트를 굽어보며 말했다. "괜찮으세요?"

어니스트는 그 여자를 쳐다보았지만, 화재의 불빛이 밝지 않아 얼굴을 제대로 볼 수가 없었다. 보이는 거라고는 헬멧 아래로 얼핏 보이는 금발이 전부였다. "걱정하지 마세요." 여자가 말했다. "여기서 금방 꺼내드릴게요. 페어차일드!" 여자는 날카롭게 외쳤다. "이쪽이야!" 그리고 그녀는 어니스트의 다리 쪽으로 가 벽돌과 나뭇조각들을 치우기 시작했다. "조명이 필요해!"

페어차일드라고 불린 여자가 도착했다. "살아 있어?" 페어차일드는 어니스트 옆에서 허리를 굽히며 물었고, 화재의 불빛이 더 밝아진 게 분명했다. 어니스트는 '그 여자'의 얼굴을 뚜렷이 볼 수 있었다. 그녀는 아주 젊었다. "얼마나 심각한 상태야?"

"발이…."

"그건 V-1 때문이 아니에요." 어니스트가 말했다. "그건 됭케르크에서 그렇게 된 거예요." 하지만 그들은 어니스트의 말을 귀담아듣지 않았다.

"내가 지혈대를 묶어줬어. 가서 구급함을 가져와." 첫 번째 여자가 페어차일드에게 말했다. "그리고 들것도. 크로이던에서는 아직 아무도 안 왔어?" 그 여자가 물었고, 그 목소리는 폴리의 목소리와 똑 닮게 들렸다.

"아직 안 왔어." 페어차일드가 말했다. "우리가 이 사람을 옮겨도 되는 거 맞아?"

"만약 안 그러면 이 사람은 과다 출혈로 죽을 거야." 폴리 같은 목소리의 여자가 말했고, 어니스트는 페어차일드가 잔해를 가로질러 뛰어가는 소리를 들었다. "크로이던에 전화해. 우드사이드에도." 그 여자가 페어차일드 뒤에 대고 외쳤다. "도움이 필요하다고 말해."

'폴리일 리가 없어.' 그녀가 어니스트를 빼내려는 동안 그가 생각했다. '데드라인은 이미 지났어.'

"걱정하지 마세요. 금방 여기서 꺼내줄게요." 그 여자가 말하며 아주 가까워질 때까지 몸을 굽혔고, 덕분에 그는 화재의 불빛 속에서 그 얼굴을 볼 수 있었다. 그리고 그건 '폴리'였다. 어니스트는 어디에서든 폴리를 알아볼 수 있었다.

'안 돼, 오, 이런, 안 돼.' 폴리는 여전히 여기에 있었고, 이제는 너무 늦은 상태였다. 폴리의 데드라인은 이미 지났다. 어니스트는 폴리를 구하지 못한 것이다. "정말 미안해." 그가 쉰 목소리로 말했다.

"당신 잘못이 아니에요." 폴리가 말했다.

하지만 그건 어니스트의 잘못이었다. 어니스트는 데니스 애서튼을 찾지 못했고, 그의 메시지 중 그 어느 것도 옥스퍼드에 닿지 못했다. 만약 메시지가 닿았다면, 폴리가 여기에 있을 리 없었다. "정말로 미안해." 먼지에 숨이 막히면서도 어니스트는 절망에 빠져 말했다. 그가 했던 그 모든 일들, 개인 광고며 결혼 공고, 편집자에게 보내는 편지들 그 모든 일이 소용없었다. 그가 보낸 메시지는 도착하지 못했다. 누구도 오지 않았다. 폴리는 데드라인이 되었는데도 여전히 이곳에 있는 것이다.

"난 만약 내가 떠나면 내가 너와 에일린을 이곳에서 빼낼 수 있을 거라 생각했어." 어니스트는 폴리를 쳐다보며 말했지만, 불이 다 꺼진 모양이었다. 폴리의 얼굴을 볼 수가 없었다. 하지만 그는 폴리가 아직 이곳에 있는 걸 알았다. 어니스트는 폴리가 벽돌과 나무들을 그의 가슴에서 밀쳐내고 그의 팔을 빼내기 위해 애쓰는 소리를 들을 수 있었다.

"네가 여기에 있으리라고는…."

"말하지 마세요." 어니스트의 다른 쪽 팔을 빼내기 위해 그의 위를 타고 넘어가며 폴리가 말했다.

"넌 여기 있으면 안 돼." 어니스트는 말을 하려 애썼다. "너는 덜위치에 있어야 해.”

하지만 그가 입 밖으로 내뱉은 단어는 ‘덜위치’뿐인 게 분명했다. 왜냐하면 폴리가 “우리는 당신을 노베리로 데려갈 거예요. 그쪽이 더 빨라요. 그건 걱정하지 마세요. 우리가 알아서 할게요.”라고 했기 때문이다.

어니스트는 폴리가 마치 뭔가를 들은 것처럼 갑자기 고개를 드는 소리를 들었고, 이윽고 페어차일드가 멀리서 외치는 소리가 들렸다. “들것을 꺼낼 수가 없어! 끼어서 안 나와!”

“그냥 둬! 우선 구급함부터 가져와.” 폴리가 외쳤다.

하지만 페어차일드는 그 말을 못 들은 게 분명했다. 이렇게 외쳤기 때문이다. “뭐라고? 안 들려, 메리!”

‘메리?’ “메리?” 어니스트가 말했다.

“네.” 폴리는 말했고, 너무 작은 소리로 말해 간신히 그 목소리를 들을 수 있었음에도 깊은 안도감이 어니스트의 가슴에 밀려들었다. 폴리는 이곳에서 데드라인을 넘긴 게 아니었다. 지금 그의 앞에 있는 여자는 폴리가 아니라 메리였고, 이건 그녀의 로켓 관찰 임무였으며, 어니스트는 아직 너무 늦은 게 아니었다. 그 모든 일이 아직 일어나지 않았다. 폴리는 대공습 시기로 가지조차 않았으며, 아직 그녀를 구할 시간이, 이미 그녀를 구했을 시간이 있었다. 그리고 어니스트는 안도감에 흐느낀 게 분명했으며, 또한 눈물이 뺨을 타고 내려 입으로 들어간 게 분명했다. 목구멍 앞쪽의 혀가 축축해지는 걸 느꼈기 때문이다.

“페어차일드!” 폴리가 말했다. “구급함을 가져와! 서둘러!”

어니스트는 폴리에게 강하 지점이 열리지 않을 거라고 말해줘야 했다. 경고해야 했다. “넌 가면 안 돼! 네트에 뭔가 문제가 있어. 강하는 열리지 않을 거야. 가지 마!”

하지만 폴리는 그 말을 이해하지 못했다. “난 가야 해요.” 폴리가 말했다. “잠깐 다녀올게요.” 그리고 어니스트를 떠나기 시작했다.

“안 돼!” 어니스트가 외치며 폴리의 손목을 잡았다. “가면 안 돼! 그곳에 갇힐 거야!”

"당신이 여기에 갇힌 상태로 두고 떠나지 않을게요. 약속해요."

"안 돼! 넌 내가 무슨 말을 하는지 이해하지 못해! 넌 대공습으로 가면 안 돼!" 어니스트는 외쳤지만 그 말이 입 밖으로 나오지 않았고, 입으로 들어온 눈물과 먼지가 섞여 진흙이 되어 그의 숨을 막았다. "네 강하, 그건 열리지 않아…." 그리고 갑자기 요란한 소음이 들렸고, 너무나도 강력한 충격파가 몰아치며 둘을 쓰러뜨렸다.

아니, 그렇지 않았다. 어니스트는 이미 쓰러져 있었다. "아리조나호'야.' 그는 생각했다. "아리조나호'는 탄약고에 직격탄을 맞고 그 충격으로 뒤집혔어.'

폴리는 일어서 어니스트에게 달려왔다. "안 돼!" 그가 외치려 했다. "엎드려! 제로 전투기가 다시 오고 있어!"

폴리는 그 말을 듣지 않고 여전히 달려오고 있었다. "갑판에 엎드려!" 어니스트가 외쳤지만 이미 늦은 뒤였다. 제로 전투기는 이미 폴리에게 기총소사를 했다. 폴리가 어니스트 위로 쓰러졌다.

"어디를 맞았어?" 어니스트가 폴리가 죽었을까 봐 두려워하며 물었지만, 그녀는 총에 맞지 않았다. 그녀는 일어나 무릎을 꿇고 그의 옷깃을 더듬었다.

"V-2였어요." 폴리가 말했지만, 그럴 리 없었다. 어니스트가 공작해서, 독일은 궤도를 짧게 했고, 따라서 로켓들은 크로이던에 떨어질 것이다.

"난 가야 해요." 폴리가 어니스트를 굽어보며 말했다. 아니, 그 말을 한 건 어니스트였나? 알 수 없었다.

"나는 가야 해." 그는 자신이 그 말을 하지 않았을 경우를 대비해 다시 말했다. "네 데드라인 전에 너를 이곳에서 빼낼 수 있는 유일한 방법이야." 하지만 폴리는 듣고 있지 않았다. 그녀는 일어나 갑판을 가로질러 달려가고 있었다.

그리고 그게 제로 전투기라던 생각은 틀렸다. 그것은 스투카였다. 그것은 폭탄들을 투하해 '그래프톤호'를 침몰시켰다. 그리고 '제인여왕호'가 그를 남겨둔 채 방파제에서 떠나고 있었다. "가지 마!" 그가 외쳤다. "독일군이 당장에라도 이곳에 올 수 있어."

그리고, 기적같이, 폴리가 돌아와 다시 어니스트를 굽어보았다. 그리고 그는 뭔가를 말해줘야만 했다. 다만 그게 뭔지 기억이 나지 않았다. 뭔가 중요한 내용이었다. "에일린에게 파젯스 백화점이 폭격당한다고 말해." 어니스트는 말했지만, 말하려던 것은 그게 아니었다.

그럼 뭐였지? 어니스트는 기침 때문에 생각할 수가 없었다. "에일린에게 계단을 쓰라고 말해줘." 멈춰버린 승강기를 떠올리며 어니스트가 말했고, 드디어 무슨 말을 해야 하는지 기억이 났다. 그는 폴리에게 대공습 시기로 가지 말라고 경고해야 했다.

"거기 가면 갇혀." 어니스트가 다시 말했다. "넌 그곳에서 빠져나올 수 없어!" 하지만 그가 말하는 상대는 폴리가 아니라 헬멧을 쓴 군인이었다.

'아, 이런, 독일군이야. 나는 제때 됭케르크에서 빠져나오지 못한 거야.'

독일군은 어니스트의 얼굴에 회중전등 빛을 비췄고, 그 때문에 그는 움찔했다. '독일군은 나를 포로로 잡았고, 심문하고 있어. 만약 독일군이 남 포티튜드에 관해 알아내면, 우리가 노르망디로 상륙할 거라는 사실을 알게 돼.'

하지만 그건 영국 군인이었다. "얼마나 심하게 다쳤나요?" 그 군인이 어니스트를 굽어보며 말하고 있었고, 헬멧은 공습 대비대의 양철 모자였다. "이름이 뭔가요?"

'이 사람은 내가 세스라고 생각해.' 어니스트는 생각했다. '세스가 여기에 없어서 다행이야.' 그리고 어니스트는 공습 대비대 감시원에게 세스는 채서블과 임무를 바꾸었고, 자신은 세스와 임무를 바꾸었음에 대해, 추수감사절 바자회와 다프네와 '왕관과 닻'에 대해 말하려 애썼다.

아니, 그건 옳지 않았다. 그긴 다른 다프네였다. 그곳에 없었다. 그 다프네는 맨체스터에 있었고, 결혼을 했고….

감시원이 그를 흔들고 있었다. "데이비스?" 감시원은 어니스트의 얼굴에서 횟가루를 닦아내며 물었다. "마이클?"

'네.' 그는 생각했다. 하지만 그는 확신할 수 없었다. 자기 진짜 이름을 들어본 지가 너무나도 오래되었으며, 그는 죽은 척한 뒤로 너무나도 많은 이름을 사용해왔기….

감시원은 그를 흔들며 다급하게 말하고 있었다. "내 말 들려요, 데이비스? 마이클?"

"네."

"오, 다행이에요, 마이클. 내 말 잘 들어요. 나는 당신을 옥스퍼드로 데려가려고 왔어요. 나는 콜린 템플러예요."

하지만 그럴 리 없었다. 콜린은 어린아이에 불과했다. "당신은 어른인데." 어니스트가 중얼거렸다.

"오랫동안 당신을 찾아다녔어요."

"내 메시지를 받았구나." 어니스트는 말하고 안도감에 속이 울렁거렸다. 구조팀이 이곳에 왔고, 폴리에게 대공습에 가지 말라고 말할 수 있었다. 그리고 또한….

"찰스를 구해야 해." 어니스트는 팔꿈치를 받치고 일어나려 애쓰며 말했다. "찰스는 지금 싱가포르에 있어. 일본군이 그곳에 오기 전에 찰스를 구해야 해…."

"이미 구했어요." 콜린이 말했다. "찰스는 안전해요. 찰스는 실험실에서 당신을 기다리고 있어요. 일어날 수 있겠어요?"

어니스트는 고개를 저었다. "넌 폴리를 만나서…."

"폴리가 살아 있어요? 당신이 폴리를 떠날 때 폴리가 살아 있었어요?"

어니스트는 고개를 끄덕였다.

"오, 하느님 감사합니다." 콜린이 속삭였다.

정말로 콜린이 맞았다. "넌 폴리를 만나서…."

"폴리를 찾아 여기서 구출할게요." 콜린이 말했다. "하지만 우선 당신부터 이곳에서 구해야 해요."

"아니. 폴리가 여기에 있어." 어니스트는 말을 하려 했지만, 기침이 너무 심하게 났다.

"어디를 다쳤는지 말해줄 수 있어요?"

“발.” 어니스트는 말했다. “나는 엉킨 프로펠러를 풀고 있었어.” 하지만 콜린은 듣고 있지 않았다. 콜린은 잔해에서 누군가를 파내고 있었다.

‘제퍼스 씨일 거야.’ 어니스트는 생각했다. “제퍼스 씨는 괜찮아?” 어니스트가 물었고, 사이렌 소리가 들렸다.

“방공호로 가야 해.” 어니스트가 말했다.

“저건 구급차예요. 구급차가 도착하기 전에 당신을 여기서 데리고 나가야 해요.” 콜린이 말했고, 그를 들어올리기 위해 몸을 굽혔다. “저 사람들에게 들키면 안 돼요.”

“잠깐, 기다려. 폴리를 만나서 가지 말라고 말해야 해.” 어니스트는 말하려 했지만 발작하듯 기침이 터져 나와 말을 할 수가 없었다. 콜린이 제퍼스 씨를 파내느라 횟가루가 마구 날렸기 때문이다. 그래서 어니스트는 숨이 막혔고, 간신히 ‘폴리’라고 말하는 게 전부였다.

“폴리를 데려올게요. 약속해요. 당신을 옥스퍼드로 데려다준 다음에 곧바로요.”

‘옥스퍼드.’ 어니스트는 생각했고, 크라이스트 처치와 세인트마리 처치의 첨탑들, 모들린 칼리지의 탑, 4월 햇살 아래 베일리얼 칼리지의 녹색 정원이 눈에 선했다.

“이거, 아플 거예요.” 콜린이 말하며 두 팔로 그를 감쌌다. “미안해요.” 그리고 V-2가 떨어지며 세상이 산산조각이 났다.

아니, 그렇지 않았다. V-2는 이미 떨어졌고, 그는 잔해 속에 있지 않았으며, 그는 침상에 누워 있었고, 보조 의료요원이 그를 담요로 덮어주고 있었다. “제가 병원에 있나요?” 어니스트는 물었다.

“아직 아니에요.” 보조 의료요원이 말했다. “지금 병원으로 가는 중이에요.”

“그러면 안 돼요.” 이니스드가 말하며 일어나려 버둥거렸다. 그는 이미 병원으로 가는 길에 정신을 잃은 적이 있었다. 한 달 넘게 의식이 없었으며, 정신이 들었을 때, 그가 누군지 아는 이가 아무도 없었다. “오핑턴 병원으로 가면 안 돼요. 구조팀은 제가 어디에 있는지 알지 못할 거라고요.”

“내가 구조팀이에요.” 보조 의료요원이 말했다. “콜린이에요. 콜린 템플

러. 당신은 크로이던에 있어요. 구급차예요. 당신을 옥스퍼드로 데려가고
있어요."

어니스트가 콜린의 팔을 잡았다. "하지만 나는 폴리에 관해 너에게 할 말
이 있어." 그리고 그의 절박한 심정이 전해졌는지 콜린이 고개를 끄덕였다.

"알았어요. 폴리를 마지막으로 본 게 언제죠, 마이클?"

그게 몇 분 전인가 아니면 더 오래되었나? "모르겠어. 폴리는…." 어니
스트는 폴리가 어느 쪽으로 떠났는지 콜린에게 알려주기 위해 손을 들으려
했다. "떠났어."

"당신은 언제 떠났나요?" 콜린이 물었다. "1월 11일인가요? 〈타임스〉에
는 당신이 그날 죽은 거로 나와 있어요."

'1월이 아니야.' 어니스트는 생각했다. '아까 헤어졌고, 지금은 10월이
야.' 하지만 콜린이 묻는 건 그가 런던에서 언제 폴리를 떠났냐는 거였다.
"맞아. 11일이야."

"당신이 떠날 때 폴리는 어디에서 일하고 있었나요? 여전히 옥스퍼드
스트리트에서 일했나요?"

어니스트는 고개를 끄덕였다. "타운센드 브라더스 백화점에서. 4층. 하
지만 폴리와 에일린은…."

"에일린? 메로피도 그곳에 있었어요?" 콜린이 열심히 물었다. "에일린
과 폴리가 함께 있어요? 둘이 어디에 사는지 알아요?"

"14번지." 어니스트가 침을 삼키며 말했다. 입에서 이상한 금속 맛이 났
다. 어니스트는 그 맛을 없애려 침을 꿀꺽 삼켰다. "카들 스트리트." 어니스
트는 말하려 애썼지만 기침 때문에 말을 할 수가 없었고, 너무나 심하게 기
침해 토한 모양이었다. 콜린이 담요 가장자리로 그의 입을 닦아주고 있었
기 때문이다. "리케…."

"말하려 애쓰지 말아요." 콜린이 그의 턱을 닦아주며 말했다. "둘은 리
케트 부인 집에서 살아요. 카들 스트리트. 14번지."

어니스트는 고개를 끄덕였다. "켄싱턴." 그는 말하려 애썼지만, 기침이
더 나오며 말을 할 수가 없었다.

하지만 괜찮았다. 콜린은 이해했다. "켄싱턴요. 맞죠? 우리는 당신이 보낸 메시지들을 해독했어요. 그리고 둘이 사용하는 방공호는 노팅힐게이트 역이고요."

어니스트는 고개를 끄덕였고, 이 모든 것을 말하려 애쓸 필요가 없어서 다행이라고 생각했다. 그것 말고도 콜린에게 말해야 할 게 더 있었기 때문이다. 중요한 이야기가 더 있었다. "폴리는 6월에 도착하지 않았어. 폴리는 1943년 12월에 도착했어. 넌 29일 이전에 폴리를 구해야 해."

"그럴게요. 하지만 우선 당신부터 구하고 난 다음에요." 콜린이 어니스트를 굽어보았다. "내 목에 팔을 두를 수 있겠어요?"

"그러지 마." 어니스트가 말했다. 콜린이 자신을 들어 올릴 때 다시 V-2가 떨어질까 봐 두려웠다. "폴리에게 가서 도와달라고 해. 들것을 가져오라고 해."

"폴리는 여기에 없어요." 콜린이 부드럽게 말했다. "폴리는 1941년에 있어요. 기억나요? 당신은 내가 어디로 가면 폴리를 찾을 수 있는지 알려줬어요."

"아니, 여기. 사고 현장에." 하지만 콜린은 그게 무슨 뜻인지 알지 못할 것이다. 콜린은 역사학자가 아니라 그냥 소년이었다. "나를 잔해에서 찾은 건 폴리야." 어니스트가 말하려 애썼다. "폴리가 나를 구했어. 폴리는 덜위치에서 구급차를 운전해."

하지만 어니스트는 그렇게 말하지 않은 게 분명했다. 콜린이 물었기 때문이다. "당신이 떠났을 때 폴리가 타운센드 브라더스 백화점에서 일한 게 아니에요? 구급차 운전사였어요?"

"아니. 여기에서. 잔해에서." 어니스트는 침을 삼켰다. "V-1이 떨어지고 난 뒤…."

"폴리가 지금 여기에 있었어요?" 콜린이 말을 잘랐다.

"응. 메리라는 이름으로. 아직 대공습에 가지 않았어. 하지만 그건 괜찮아. 폴리는 나를 알아보지 못했어. 나는 망치지 않았어." 어니스트는 기침하는 사이사이에 말을 했다. "네가 경고를 해야 해. 가지 말라고 말해야 해."

"만약 내가 그걸 좀 더 일찍 알았더라면…." 콜린은 말하며 눈빛이 멍해졌고, 어니스트는 그들이 사건 현장에 있지 않다는 사실을, 콜린이 그를 어딘가로 데려왔다는 사실을 알았다.

"우리가 구급차를 타고 있어?" 어니스트는 물었다.

"아니요. 우리는 강하 지점에 있어요. 만약 내가 폴리가 그곳에 있는 걸 알았더라면…." 콜린이 말했고, 그 목소리는 실망과 간절함으로 가득했다.

'내가 런던을 떠나던 그날 밤 같아.' 어니스트는 생각했다. '폴리나 에일린을 다시는 볼 수 없을 거라는 걸 알았던 그때.'

하지만 어니스트는 폴리를 다시 보아야만 했다. "넌 폴리를 막아야 해. 돌아가서…."

"당신부터 먼저 데려가고 난 다음에요. 강하가 곧 열릴 거예요. 실험실에서 응급 처치 팀이 우리를 기다리고 있어요. 다친 곳을 순식간에 말짱하게 만들어줄게요."

"그럴 시간이 없어. 폴리는 가고 없을 거야." 어니스트는 말을 하기 위해 입을 열었다. "넌 가서 폴리를 찾아야 해." 하지만 아무런 징후도 없이 그는 다시 토하기 시작했고, 토사물이 콜린의 작업복에 쏟아졌다. 그리고 그건 토사물이 아니라 피였다.

"내가 둘을 찾을게요. 약속해요." 콜린이 말했고, 두 팔로 그를 감쌌다.

'좋아.' 어니스트는 생각했다. '혼자 외롭게 죽진 않겠구나.'

"대체 강하는 왜 안 열리는 거야?" 콜린이 화를 내며 말했다.

"그건 고장 났어. 우리는 모두 여기 대공습 시대에 갇혔어."

"정신 잃지 말아요, 데이비스. 우리는 금방 돌아갈 거예요. 당신은 병원에 갈 거고, 의사들이 당신을 말짱하게 만들어줄 거예요. 다리도 새로 생길 거고, 그동안 나는 에일린과 폴리를 데려올 거예요. 당신이 수술실에서 나오기도 전에 둘은 옥스퍼드에 와 있을 거예요. 당신을 보고 아주 기뻐할 거예요. 알겠지만, 당신은 영웅이에요."

"알아." 어니스트가 말했다. "나는 세스를 구했어." '그리고 채서블도, 그리고 조녀선과 중령도. 그리고 그 개도.' 어니스트는 그 개가 어떻게 됐을

지, 그리고 그 개가 전쟁에서 이기는 데 도움이 되었을지 궁금해졌다.

"포기하지 말아요, 데이비스." 콜린이 말했다. "당신은 할 수 있어요."

어니스트는 고개를 저었다. "키스해줘, 하디." 그가 중얼거렸다.

"뭐라고요?"

콜린은 더 가까이 몸을 숙였고, 어니스트는 그가 '하디'인 것을 보았다. "당신 목숨을 구해 다행이야." 어니스트가 말했다. "그 결과 무슨 일이 벌어 졌든 말이야."

"마침내!" 하디가 말했다. "하느님, 고맙습니다!" 그리고 그는 어니스트 를 두 팔로 안고 일으켰다.

'세인트폴 대성당에서랑 똑같아.' 어니스트가 생각했다. '아너의 팔에 안 겨 죽어가는 포크너 함장 그대로야.' 하지만 그 그림은 모래주머니들에 가 려져 있었기에 그는 그것을 볼 수 없었다. 그리고 포크너 함장도 그 그림을 보지 못했다. 그는 배 두 척을 묶은 뒤 곧바로 죽었다. 포크너 함장은 자신 들이 승리했는지 아닌지를 결코 알지 못했다.

"우리가 해냈어?" 어니스트는 콜린에게 물었다.

그리고 콜린은 결국 소년에 불과한 모양이었다. 콜린이 외쳤기 때문이 다. "이러지 말아요, 데이비스." 콜린이 간청했다. "지금 이러면 안 돼요. 마 이클!"

아니, 마이클이 아니었다. 마이크 데이비스도 아니었다. 어니스트 워딩 도 아니었다. 그리고 새클턴도 아니었다. "그건 내 이름이 아니야." 그가 말 했고, 자기 이름이 무엇인지 말하려 했지만, 사방이 피였다. 그의 입에, 그 의 두 귀에, 그의 두 눈에 피가 가득했다. 그래서 그는 콜린이 하는 말을 들 을 수 없었으며, 강하가 열리는 것도 볼 수 없었다. "내 이름은 포크너야."

60

런던, 1941년 봄

간호사가 폴리에게 주사한 진정제는 모르핀인 게 분명했다. 꿈이 흐릿하고 미로 같았다. 폴리는 강하 지점에 가려 애를 쓰고 있었고, 그곳은 칠이 벗겨지고 있는 검은 문 바로 반대편에 있었지만, 그곳은 이미 닫혔고 지하철은 이미 출발했으며, 지금 서 있는 곳은 엉뚱한 플랫폼이었다. 폴리는 백베리로 가는 11시 19분 기차를 타기 위해 패딩턴역에 늦지 않게 가야 했지만, 극단 사람들이 폴리의 길을 막았다. 그녀는 그들을 밟고 지나가야 했다. 마저리와 직업 배정소의 여자와 도착 첫날 밤 폴리를 잡아 세인트조지 교회로 데려간 공습 대비대 감시원을 밟고 지나가야 했다. 그리고 페어차일드와 홀본역의 사서와 브라이트포드 부인도 밟고 지나가야 했다. 브라이트포드 부인은 벽에 기대어 앉아 트로트에게 책을 읽어주고 있었다. "그리고 나쁜 요정은 잠자는 숲속의 미녀에게 말했어요. '넌 물레에 손가락을 찔려 죽게 될 거야.'"

"아니, 죽지 않을 거예요." 트로트가 말했다. "착한 요정이 고쳐줄 거예요."

"고칠 수 없어." 알프가 경멸하는 목소리로 말했다. "여기에 너무 늦게 도착했거든."

"할 수 있어." 트로트가 얼굴이 시뻘게지며 응수했다. "이야기에 그렇게 되어 있어, 그렇죠, 폴리 언니?"

"모르겠어." 폴리는 말했다. "사태를 더 악화시키지는 않을까 걱정이야."

"쉿." 브라이트포드 부인이 말했다. "그러자 착한 요정이 말했어요. '마법의 주문은 이미 걸렸고 저는 그걸 풀 수 없어요. 하지만 제가 할 수 있는 최선을 다하겠어요.'" 그리고 폴리는 그곳에 남아 이야기의 결말을 듣고 싶었지만, 이미 시간이 늦었고 폴리는 29일 이전에 덜위치에 가야만 했다. 그녀는 터널과 복도들을 달려 계단을 올랐다. 계단은 어떤 때는 홀본역의 것이었고, 어떤 때는 파젯스 백화점의 것이었고, 아주 빠르게 달릴 수가 없었다. 자신이 궁금해하던 수수께끼의 답을 가지고 있었기 때문이다. 그녀는 그 해답을 마치 지하철 토큰처럼 주먹에 꼭 쥐었다.

폴리는 감히 주먹을 펼 수가 없었다. 그녀는 끈으로 그걸 제대로 묶을 때까지, 모든 가장자리를 매끈하게 포장할 때까지 그것을 배에 꼭 대고 있어야만 했다. 폴리는 덜위치에 늦어 첫 번째 V-1 소리를 듣지 못했다. 그래서 그 소리가 어떤지 알지 못했으며, 그래서 텔벗을 배수구에 쓰러뜨려 무릎을 다치게 했고, 랭 대위를 차에 태워야 했고, 만약 폴리가 그러지 않았다면 랭 대위와 텔벗은 토트넘 코트 로드에서 죽었을 것이고, 그는 V-1의 날개를 치겠다고 생각할 수 없었을 것이고….

하지만 그것은 V-1이 아니라 사이렌이었고, 폴리는 무대에 올라가 허리를 굽히고 치마를 들어올려야 했지만, 그녀의 블루머에는 '공습 중'이라는 글 대신 '잘못된 방향'이라고 적혀 있었고, 고개를 돌려 어깨너머로 메시지를 읽으려 할 때 V-1 한 대가 오토바이처럼 요란한 소리를 내며 날아왔다. 그래서 폴리는 계단을 달려 내려가 파젯스 백화점의 지하 방공호로 숨어야 했고, 그러는 동안에도 해답을 손에 꼭 쥐고 있었다. 에일린의 운전 교습이며 랭 대위와 해군 여성 부대원과 알프와 비니의 앵무새와 홀본역의 도서 대여실 등 모든 것을 논리적으로 연결해주는 해답을.

하지만 폴리는 홀본역에 있지 않았다. 그녀는 세인트폴 대성당에서 지붕으로 올라가는 길을 찾고 있었다. 하지만 찾을 수가 없었다. 너무 어두웠다. 회중전등이 필요했다.

마이크가 회중전등을 가지고 있었다. 그는 그걸 앞뒤로 흔들며 프로펠러가 왜 안 움직이는지 이유를 찾고 있었다. "여기를 비춰줘." 폴리가 말했지만, 마이크는 답했다. "그럴 수 없어. 시간이 없어. U-보트가 곧 여기에 올 거야." 그리고 폴리가 고개를 들어 그들 위로 어렴풋이 보이는 보트를 쳐다보았을 때, 그녀는 그게 '제인여왕호'가 아니라 '시티 오브 베나레스호'라는 사실을 깨달았다.

"등을 가져와." 마이크가 외쳤다.

"무슨 등?"

"그림에 있는 거." 마이크가 말했고, 폴리는 두 손을 모아 해답을 보호하며, 구부러진 계단을 내려가 희극과 비극의 가면들을 지나 북쪽 수랑을 지나고 돔 아래를 지나 남쪽 복도로….

그리고 알프와 비니와 정면으로 충돌하면서 쓰러지지 않기 위해 본능적으로 두 손을 뻗었고, 그러면서 해답이 모두 쏟아졌다. 편차와 애거사 크리스티와 '제인여왕호'와 공습 감시원과 그녀의 블루머가 1페니짜리 주화들처럼, '진홍빛 애무' 립스틱처럼 인도와 차도에 쏟아졌다. "아, 안 돼." 폴리가 말하며 해답을 주우려 몸을 숙였다. "아, 안 돼."

"쉿, 괜찮아요." 누군가가 말했고, 폴리는 눈을 떴다. 머리쓰개를 하고 풀 먹인 하얀 앞치마를 한 간호사가 폴리 위로 몸을 굽히고 맥박을 재고 있었다. "여긴 병원이에요."

"저는 잃어버린…." 폴리가 중얼거렸다.

"그게 뭐가 됐든, 나중에 찾을 수 있을 거예요." 간호사가 말했다. "우선은 주무셔야 해요."

"아니요." 폴리가 말하며 생각했다. '추리 소설들과 관련이 있어. 그리고 《잠자는 숲속의 미녀》와도. 그리고 말과도. "'말 한 마리, 말 한 마리, 말 한 마리를 주면 내 왕국을 주리라….'"[49]

---

49 셰익스피어, 《리처드 3세》

"저는 고드프리 경을 만나야 해요." 폴리가 말했다.

"고드프리 경요?" 간호사가 멍하니 말했고, 그래서 폴리는 생각했다. '다른 병원에 간 거야. 내가 크로이던에서 지혈대를 해주었던 그 남자처럼. 아니면 시체 보관소로 갔거나.'

'고드프리 경은 병원으로 이송되는 도중에 죽었어.' 폴리는 생각했다. '결국 나는 그분의 목숨을 구하지 못했어.'

하지만 간호사는 말하고 있었다. "당신이 그분을 제때 발견해서 참으로 운이 좋았어요. 당신이 응급처치법까지 알아서 더 운이 좋았고요."

'하지만 우린 운이 좋지 않았어.' 폴리는 생각했다. '나는 덜위치에 가는 게 늦었어. 마이크는 도버로 가는 버스를 놓쳤어. 마이크는 살트램 온-시에서 다프네를 만나지 못했어. 그래서 맨체스터까지 가야만 했고, 에일린은 내가 하루 동안 자리를 비운 바로 그날에 타운센드 브라더스 백화점에 왔어.' 그리고 29일 밤을 비롯해 모든 것이 그들이 원하는 것과는 정반대로 진행되었다. 그들이 세인트폴 대성당으로 가려는 바로 그 순간에 그들을 발견한 공습 감시원, 에일린을 불러 세운 의사, 화재와 무너지는 벽과 막힌 도로들. 그리고 알프와 비니.

"왜 내가 가는 곳마다 못된 아이들이 있는 거람?" 에일린은 말했지만, 만약 호드빈 남매가 없었다면, 에일린은 마이크가 죽은 뒤에 살아남지 못했을 것이다. 그리고 만약 에일린이 호드빈 남매를 데리고 있자고 고집을 부리지 않았더라면, 그리고 그 아이들이 앵무새를 데리고 있겠노라고 고집을 부리지 않았더라면, 알프와 비니 때문에 하숙집에서 쫓겨나는 일이 없었을 것이다. 그리고 리케트 부인과 함께 모두가 죽었을 것이다.

"우리가 쫓겨나서 정말 운이 좋았어요. 그렇죠?" 알프는 그렇게 말했었고, 헌프리스 씨는 말했었다. "오늘 세인트폴 대성당에 오시다니, 운이 좋으십니다. 소개해드리고 싶은 분이 여기에 계십니다." 그리고 마이크는 말했었다. "운이 좋게도 그곳이 블레츨리에서 유일하게 빈방이었어. 안 그러면 나는 제럴드 핍스에게 무슨 일이 일어났는지 결코 알아내지 못했을 거야."

"운이 좋게도 감시원이 잔해에 갇힌 내 소리를 들었어." 마저리는 말했었고, 파젯스 백화점에서 그날 밤 에일린은 말했었다. "운이 좋게도 네가 외치는 소리를 들었어."

그리고 어느 순간엔가 폴리는 잠이 들어 에일린의 이름을 중얼거린 모양이었다. 왜냐하면 에일린이 "나 여기 있어."라고 말했고, 폴리가 눈을 뜨자 그녀가 그곳에 있었기 때문이다. 그리고, 아침이었다. 간호사가 높다란 창문에서 등화관제용 커튼을 젖혔고, 햇빛이 병실로 들어왔다.

폴리는 환한 빛에 두 손을 들어 살펴보았다. 펼친 두 손에는 아무것도 없었지만, 상관없었다. 폴리는 조심스레 두 손에 담고 있던 답을 잃지 않았다. 그 답은 계속해 그곳에 있었다. 폴리는 단지 잘못된 방향을 보고 있었을 뿐이었다.

"괜찮아?" 에일린이 물었다.

"응." 폴리가 경탄하며 말했다. "괜찮아." '만약 내 생각이 맞는다면. 만약 알프와 비니가….'

"오, 다행이다." 에일린이 말했고, 폴리는 에일린이 울었다는 것을 알았다. "던워디 교수님이랑 나는 무척이나 걱정했어…. 어젯밤에 네가 집에 돌아오지 않았을 때…. 감시원이 웨스트 엔드 전역이 폭격당했다고 말해줬고, 그래서 극장에 전화했더니 폭격이 있는데도 네가 공연 중간에 밖으로 뛰쳐나가 돌아오지 않았다고 무대 매니저가 말했고, 그래서 나는…."

에일린은 말을 멈추고, 코를 푼 뒤 웃으려 애썼다. "수간호사 말로는, 널 피닉스 극장에서 찾았대. 거기에는 왜 간 거야?"

"고드프리 경의 목숨을 구하러." 폴리가 말했다. "에일린, 비니는 얼마나 아팠어?"

"얼마나 아프다니? 무슨…?"

"홍역을 앓았을 때. 만약 네가 거기 없었으면 그 애가 죽었을까?"

"모르겠어. 비니는 무서울 만큼 열이 났었어. 하지만 넌 죽지 않을 거야, 폴리. 간호사가 너는 괜찮을 거라고…."

"화재 감시원에게는 무슨 일이 있었어?"

"화재…."

"부상당해 바솔로뮤 씨가 세인트바트 병원으로 데려간 사람. 바솔로뮤 씨가 그 사람 목숨을 구했어?"

"폴리, 넌 지금 횡설수설하고 있어. 의사 선생님 말씀이 넌 가스를 많이 들이마셨대. 내 생각에 넌 아직도…."

"네 임무 마지막 날에, 왜 넌 옥스퍼드로 돌아가지 않았어?"

"말했잖아. 격리 상태였다니까."

"아니, 나는 정확히 무슨 일이 있었는지 알아야 해." 폴리가 에일린의 손을 꽉 잡고 말했다. "제발. 중요해."

에일린은 간호사를 불러야 할지 말아야 할지 고민하는 듯한 표정으로 폴리를 보더니 이윽고 말했다. "강하 지점으로 가려는데 새로 피난 온 아이들이 도착했어. 시어도어가 그 가운데 한 명이었고."

시어도어. 그들이 세인트폴 대성당으로 곧장 가서 존 바솔로뮤를 찾으려는 걸 막았던 아이였다. 그들은 시어도어를 스테프니에 있는 집까지 데려다줘야 했고, 그들이 세인트폴 대성당에 도착했을 때 사이렌이 울렸고, 공습 대비대 감시원이….

"나는 새로 피난하는 아이들이 정착하게 도와야 했어." 에일린이 말하고 있었다. "그러고 나서 다시 떠나려는데, 캐롤라인 여사의 부엌 하녀인 우나에게 운전 교습을 해주던 신부님이 날 보더니 제발 자기를 도와달라고, 더 이상 운전 교습을 안 해줘도 되게 해달라고 부탁했어. 그래서 내가 운전해 모퉁이를 돌았는데 알프와 비니가 도로 한가운데에 서 있었어."

길을 막았다. 에일린을 지연시켰다. 29일에 그랬던 것처럼, 병영 열차가 폴리가 백베리에 가는 걸 지연시켜서 체이스 대위가 런던으로 떠난 뒤에야 그녀가 장원에 도착하게 했던 것처럼, 편차가 증가하여 도버로 가는 버스가 떠난 뒤에야 마이크가 도착하게 됐던 것처럼. 폴리는 호드빈 남매가 에일린을 지연시킨 것도….

"알프와 비니가 여기 병원에 있어?" 폴리는 물었다.

"응. 아래층 대기실에 있어. 아이들은 병실 출입이 안 돼."

"던워디 교수님은 여기에 계셔?"

"아니. 어떻게 된 건지 확실하게 알 때까지는 말씀 안 드리는 게 낫겠다고 생각해서…."

'내가 지금 그렇게 하려 애쓰고 있어.' 폴리는 생각했다. '확실하게 알려는 거야.'

"가서 알프와 비니에게 질문을 좀…." 폴리가 말을 하다가 멈췄다. 그 아이들은 에일린에게 진실을 말하지 않을 것이다. 설사 그 사고를 기억한다 할지라도 말이다. 폴리가 세인트폴 대성당에서 던워디 교수를 집으로 데려왔을 때, 알프와 비니는 자기들이 던워디 교수를 어디에선가 만난 적이 있다고 확신했지만(둘은 던워디 교수가 무단결석 지도원인지 물었다) 정확히 어디인지는 기억하지 못했다. 그리고 만약 에일린이 둘에게 물으면, 아이들은 역무원 또는 관계 당국이 관련되었다고 생각할 것이다.

폴리가 애들에게 직접 물어봐야 했으며, 던워디 교수에게도 물어봐야 했다. 만약 던워디 교수가 기억한다면 말이다. 그리고 설사 기억한다고 할지라도, 그건 아무것도 증명하지 못했다. 증거는 고드프리 경에게 있었다. 경은 폴리가 자기 목숨을 구했다고 말했지만, 그는 지금 출혈로 인한 쇼크에 빠져있으며, 가스로 인해 정신도….

"에일린." 폴리가 말했다. "난 고드프리 경을 만나봐야 해. 가서 경이 어느 병실에 있는지 알아봐줘. 그리고 내 옷을 가져다줘." 말을 마치자마자 폴리는 그 옷이라는 게 피에 젖은 수영복이며 신발 역시 금박 하이힐 한 짝뿐이라는 게 기억났다. "네 코트는 어디에 있어?"

"네 소식을 듣고는 곧바로 나오느라 코트를 챙기지 못했어…."

"저기 캐비닛에 가운이 있는지 봐줘."

에일린은 캐비닛과 침대 옆 작은 탁자의 서랍들을 열어보았다. "없어. 오늘 오후에 올 때 하나 가져올게."

"그건 너무 늦어." 폴리가 말했다. "나는 고드프리 경에게 물어볼 게 있어. 급한 거야. 가운을 하나 구해주고, 고드프리 경이 입원한 병실을 알아봐줘. 그리고 사람들 주의를 돌려야 해."

"주의를 돌려? 난 그런 건…."

“너 말고. 알프와 비니.” 폴리가 말했다. “그리고 만약 내 생각이 맞는다면, 그 아이들이야말로 그 일에 딱 맞아.”

“딱 맞는다고?”

“그래. 네가 알프와 비니 둘만으로도 히틀러를 물리칠 수 있다고 말한 거 기억나?”

에일린은 고개를 끄덕였다.

“아마 네 생각이 맞을 거야.”

“하지만 아이들은 병실에 들어갈 수가 없는데 어떻게 사람들 주의를 돌려?” 에일린이 입을 열었지만, 곧바로 한숨을 쉬었다. “네 말이 맞아. 호드빈 남매라면 그 일에 딱 맞아. 그 아이들이 어떻게 하면 돼?”

“그건 그 아이들이 알아서 하라고 해.” 폴리가 말했다. “그 아이들은 그쪽으로 전문가니까. 둘에게 계단에 아무도 없어야 하고, 고드프리 경의 병실 밖 복도에도 아무도 없어야 한다고 말해줘. 그리고 가운 가져오는 거 잊지 말고.”

“안 잊을게. 내가 돌아올 때까지 안정을 취하겠노라고 약속해준다면.”

“약속할게.” 폴리는 거짓말을 했다.

안정을 취할 시간이 없었다. 퍼즐에 꿰맞춰야 하는 조각들이 너무나도 많았고, 해독해야 할 단서들이 너무나 많았다. 마이크는 하디를 구했고, 하디는 519명의 군인을 구했고, 폴리와 다른 FANY들이 도버에서 오핑턴 병원으로 옮겼던 괴저에 걸린 환자는, 됭케르크에서 누군가가 자신을 구해줬는데, 그 사람도 다른 누군가로부터 구조되었다고 말했다. “당신은 제 목숨을 구했어요.” 그 군인은 폴리에게 말했다. “당신이 없었으면 저는 죽었을 거예요.” 그리고 하디도 마이크에게 똑같은 말을 했다.

마이크는 편차가 자신이 됭케르크 구출 작전에 영향을 미치지 못하게 하려 했지만, 무슨 이유에시인가 실패했나고 생각했다. 하지만 만약 마이크가 살트램-온-시로 보내진 이유가 바로 ‘제인여왕호’가 그곳에 있었기 때문이라면? 마이크가 그 배에 탈 수밖에 없도록, 버스가 지나간 다음 그리고 포우니 씨가 떠난 다음에 그곳에 도착하도록 한 거라면?

비니가 진홍색 기모노를 들고 뛰어왔다. “여기요.” 비니는 침대 위에 기모노를 아무렇게나 털썩 내려놓았다. "찾는 분은 한 층 위에 있어요."

"어느 병실?"

"일반 병실이 아니라 개인실이에요. 오른쪽 마지막요." 비니가 말하고 다시 달려 나갔다.

기모노는 등 부분에 커다란 금색 용이 수놓여 있었다. '눈에 띄지 않는 가운으로 부탁한다고 확실하게 말해둘걸.' 폴리는 생각하며 서둘러 기모노를 입었다. 그녀는 이불을 목까지 끌어올려 덮고 가만히 누워 귀를 기울였다.

비명, 그리고 덜커덕거리는 소리, 이윽고 서둘러 가는 발소리가 들렸다. 폴리는 이불을 젖히고 문으로 살금살금 다가가 밖을 살펴보았다. 간호사 둘과 의료요원 한 명이 다른 병실 문으로 막 들어가고 있었다.

폴리는 재빨리 복도를 살금살금 걸어 계단으로 갔다. 또다시 비명이 들렸고, 여자의 목소리가 외쳤다. "저 녀석을 잡아!"

폴리는 곧 병실 문이 열리는 소리와 뛰어다니는 걸음 소리가 들릴 걸 예상하며 계단 통으로 숨어 들어가 계단을 올랐다.

다시 비명들이 들렸다. "이 못된 꼬마…." 여자의 목소리가 말하다가 멈추었다.

'오, 맙소사. 아이들이 누군가를 죽인 게 아니어야 할 텐데.' 폴리는 생각하며 계단참에 도착했고 다음 계단을 오르기 시작했다. 그리고 아래에서 들려오는 소리에 움찔했다. 뭔가가 무시무시하게 부딪히는 소리, 그리고 이어서 어딘가 다른 계단을 요란히 내려가는 발소리와 뭔가가 (또는 누군가가) 떨어지는 소리였다. 폴리는 자신이 막 풀어놓은 혼란이 어떤 결과를 불러왔는지 생각하지 않으려 애썼다.

"아이들이 저쪽으로 간 거 같아!" 누군가가 외쳤다. 다시 비명들이 들렸다.

폴리는 계단 꼭대기에 도착했다. 그 층은 텅 비어 있었다. 수간호사의 책상 앞 리놀륨 바닥에는 서류들이 흩어져 있었고, 복도 중간쯤에는 등나무 등받이를 한 휠체어가 쓰러져 있었다. 다행히 휠체어에는 아무도 없었다.

폴리는 고드프리 경의 병실로 달려갔다. 문은 닫혀 있었다. '오, 안 돼.' 폴리는 생각했다. '돌아가신 거면 안 돼.' 폴리는 거친 숨을 깊이 들이마시고 문을 열었다.

고드프리 경은 베개들에 기대 누워 있었고, 여미지 않은 회색 환자복 상의 안으로 붕대를 감은 가슴이 보였다. 그는 두 눈을 감고 있었고, 얼굴과 두 손은 거의 붕대만큼이나 창백했다. 튜브가 팔에서 침대 옆에 달린 진홍색 혈액병으로 연결되었다. 폴리는 침대로 다가가 그가 희미하게 숨 쉬는 모습을 지켜보았다.

"'내 이 붉은 피가 마를 만큼 아직 시간이 흐르지 않았구나.'"[50] 고드프리 경이 중얼거리더니 두 눈을 떴다.

"맞아요." 폴리가 감사해하며 말했다.

"그렇습니다. 비록 여기에 갇혀 있고, 저를 일으켜주지 않으려는 못된 친구들에 둘러싸여 있지만요. 당신은 어떻게 그 사람들의 강철 손아귀를 벗어날 수 있었습니까?"

"도움을 받았지요." 폴리가 말하며 문을 닫았다. "고드프리 경, 어젯밤에 저에게 말씀하셨…."

"아, 이런. 뭔가 하지 말아야 할 말을 한 건 아니었으면 좋겠군요. 저보다 50살이나 젊은 어떤 아가씨에게 영원한 사랑을 고백한 건 아니겠죠? 아니면 《피터 팬》을 인용했다거나."

"아니, 당연히 아니죠. 경께서는 어제 제가 경의 목숨을 구했다고 말씀하셨어요…."

"바로 그렇습니다. 보시다시피요." 고드프리 경은 두 팔을 활짝 펴 보였다. "저는 새로 만들어졌고, 다시 생명을 얻었습니다. 클라우디오의 영웅처럼요. '저는 확실히 살았습니다. 저는 확실하게….'"[51]

"아니, 어젯밤에 일어난 일을 말하는 게 아니에요. 그 전 일을 말하는 거예요. 우리가 극장에 있었을 때, 저는 경의 목숨을 구할 수 없어서 죄송하다고 말했고, 그러자 경은 이미 제가 경의 목숨을 구했다고 말씀하셨어요."

"바로 그렇습니다, 세 번이나요. 제가 후크 선장 역을 하지 못하게 구해

50 셰익스피어, 《헛소동》
51 셰익스피어, 《헛소동》

주셨고…."

"고드프리 경, 저는 진지하게…."

"저 역시 그렇습니다. 만약 당신이 그 끔찍한 연극을 그만두도록 극단을 설득하지 않았더라면, 저는 디스트릭트 선의 지하철에 몸을 던져야 했을 겁니다."

"고드프리 경, 제발 농담은 그만하시고요. 저는 꼭 알아야 해요."

"좋습니다, 그러면 말씀드리지요. 하지만 먼저 보상을 요구합니다."

"보상이라고요?"

"미녀가 야수의 정원에 들어간 것에 대해 보상해야만 했던 것처럼, 당신도 그래야만 합니다. 결국 제 현재의 곤경은 당신의 잘못이니까요. 만약 제가 그날 밤에 죽었더라면, 저는 동화극을 하지 않아도 되었을 겁니다. 이제 저는 한 달 내내 위번 부인을 감당해야만 합니다. 저는 당신이 그 모든 책임을 져주시길 바랍니다."

'정말로 제 잘못이 맞을 거예요.' 폴리는 생각했다. '아마도 그럴 거예요.'

"당신이 저를…." 고드프리 경이 계속 말했다. "문자 그대로, 죽음보다 더 나쁜 운명에 처하게 했으니, 적어도 제가 그 시련을 견디는 동안 당신이 저와 함께 있어주는 정도는 하실 수 있을 거라 생각합니다."

"네, 좋아요. 약속해요. 동화극을 할게요. 저에게 알려만주시면…."

"좋습니다. 제가 다른 극장을 알아보는 즉시 '우리 둘은 새장 속 새처럼 함께 노래할 것'입니다. 윈드밀 극장이 한 달 동안 무대를 빌려주려 할지 궁금하군요. 당신이 가서 그 설득력 있는 블루머를…."

"제가 보상을 하면 말씀해주시겠노라고 약속하셨어요." 폴리는 말했다. "제가 경의 목숨을 구했다니, 어떻게 구한 건가요?"

"당신은 그랬습니다. 상냥한 비올라, 당신이 제 삶에 들어온 첫날 이후 날마다, 밤마다 저를 구했습니다. 그리고 정말 멋진 등장이었죠! 여신 세라[52] 저리 가라고 할 정도였습니다. 문을 두드리고, 다음 순간 당신은 아름다

---

[52] 세라 베르나르. 1870년에 활동한 프랑스의 연극배우로, 뛰어난 연기로 인해 '여신 세라'로 불렸다.

우면서도 길을 잃고 겁먹은 표정으로 문가에 서 있었지요. 세인트조지의 해안에 밀려온 이국의 피조물이었습니다. 그리고 전쟁이 파괴했다고 생각했던 모든 것의 화신이었습니다."

고드프리 경은 폴리를 보며 미소 지었다. "대공습이 시작되고 처음 며칠 밤 동안, 제게는 극장들뿐 아니라 극문학 자체와 셰익스피어 역시 전쟁으로 인해 죽은 것처럼 느껴졌습니다. 셰익스피어가 그토록 아름답게 읊어대던 명예와 용기와 덕목이 히틀러와 그자의 공군에 의해 모두 죽었다고 생각했지요. 그리고 저 역시 그것들과 함께 살해된 느낌이었습니다."

"그리고 당신이 나타났습니다." 그가 말했다. "셰익스피어의 사랑스러운 여주인공들과 상냥한 딸들 전부를 하나로 합친 듯한 모습으로요. 미란다와 로잘린드와 코델리아와 비올라가 하나로 합쳐져 나타났고, 제 신념은 다시 살아났습니다."

폴리의 생각은 틀렸다. 고드프리 경이 폴리가 자기 목숨을 구했다고 말했을 때, 그건 문자 그대로의 의미가 아니라 비유적인 것이었고, 폴리의 이론은 결국 맞지 않는 것이었다.

"왜 그러십니까?" 고드프리 경이 얼굴을 찡그리고 걱정스러운 표정으로 말했다. "왜 그리 실망한 표정입니까? 이 늙은이를 낙담에서 구원한 걸 후회하십니까?"

"아니요." 폴리가 말했다. "물론 아니에요. 저는 경이 한 말을, 제가 정말로 경의 목숨을 구했다는 거로 알아들었어요."

"하지만 그러셨습니다. 인간이 피 흘리며 죽는 방식은 수백 가지가 있습니다. 그리고 피닉스 극장의 잔해에서 끄집어내진 것과 마찬가지로, 인간은 괴로움과 실망의 잔해로부터도 끄집어내질 수 있습니다. 그리고 둘 중 어느 것이 더 진정한 구원입니까? 아쟁쿠르에서 대궁과 헨리 5세의 성 크리스핀의 날 연설, 그 둘 가운데 어느 것이 더 중요합니까? 이 전쟁에서 기갑사단과 용기, 그리고 고성능 폭탄과 사랑 중에 어느 것이 더 중요합니까? 제가 다시 희망을 품게 된 데는 당신의 역할이 가장 컸습니다."

폴리는 실망한 속에서도 웃음 지으려 애썼다.

"하지만 당신은 제 육체 역시 구원했습니다. 제가 당신을 처음 보았던 그날 밤…."

"여기 있었군요." 간호사가 문을 활짝 열며 폴리에게 말했다. "사방을 찾아다녔어요. 침대에서 나오시면 안 돼요."

"이 젊은 숙녀분이 제 생명을 구하셨습니다." 고드프리 경이 말했다. "저는 감사를 표하고 있었습…."

또 다른 간호사가 격노한 표정으로 나타났다. "고드프리 경은 면회가 안 됩니다." 그녀가 폴리의 간호사에게 말했다.

"제발요. 잠깐만 더 있으면 돼요." 폴리가 말했다.

"이분은 누구죠?" 고드프리 경의 간호사가 폴리의 간호사에게 따졌다. "환자인가요? 이분이 왜 침대에서 나와 있는 거죠? 왜 당신 환자를 돌보지 않는 거예요?"

폴리의 간호사가 방어적인 표정을 지었다. "이분은 제 허락 없이 침대에서 나왔고, 그래서…."

"조용히!" 고드프리 경이 외쳤다. "나가거라, 종자들이여. 나는 이 숙녀분과 이야기하고 싶구나." 하지만 고드프리 경의 간호사는 꿈쩍도 하지 않았다.

"이 환자를 병실로 당장 데려가세요." 고드프리 경의 간호사가 폴리의 간호사에게 말했다.

"제발요." 폴리가 말했다. "당신은 이해하지…."

"도와주세요!" 다인실인 병실의 끝 쪽에서 누군가 외쳤다. "오, 도와주세요."

'비니!' 폴리가 생각했다. '고마워.'

"어서요!" 비니가 흐느꼈다. "엄마가 피를 흘려요. 어서요!"

간호사 둘이 달려 나갔다.

"빨리요." 폴리가 두 손으로 침대 발치의 난간을 움켜잡고 말했다. "제가 어떻게 경의 목숨을 구했는지 말해주세요."

고드프리 경은 고개를 끄덕였다. "당신이 우연히 세인트조지 교회에 들어왔던 날 밤, 저는 제 오랜 친구로부터 편지를 한 통 받았습니다. 레퍼토리 공연[53]에 출연해달라는 제안이었습니다. 솔즈베리, 브리스틀, 플리머스를 순회하는 공연이었습니다. 끔찍한 프로그램이었습니다. 셰익스피어는 전혀 없었죠. 배리, 골즈워디, 게다가 《찰리의 아주머니》[54]라니." 그는 인상을 썼다. "그리고 레퍼토리는 심지어 동화극보다도 더 엉망이었습니다. 하지만 웨스트 엔드의 모든 극장은 문을 닫았고, 런던과 폭탄을 피해 빠져나갈 기회였습니다. 그리고 무슨 연극을 할지, 어디서 할지는 제게 거의 문제가 되지 않았습니다. 모든 게 허망하고 '떠들썩하고 분노 또한 대단하지만, 아무 의미도 없었으니까요.'"

'지금 《맥베스》를 인용할 시간이 없어요.' 폴리가 다급해하며 생각했다. '간호사들이 금방이라도 돌아올 거라고요.'

"그리고 당신이 나타났고, 그때 저는 그게 거짓임을 알았습니다. 아름다움과 용기, 진의는 여전히 살아 있었습니다."

"대체 이게 무슨 일이지?" 고드프리 경의 담당 간호사가 복도 끝에서 외치는 소리가 들렸다. "아이들은 여기에 오면 안 돼."

"그리고…." 고드프리 경이 말했다. "당신이 당신 대사를 이미 외우고 있다는 걸 보고, 저는 떠날 수 없다는 것을 깨달았습니다."

"이리 돌아와, 이 못된 녀석!" 간호사가 외쳤지만, 폴리는 그 말이 거의 들리지 않았다.

"이튿날…." 고드프리 경이 말했다. "저는 친구에게 제안을 거절하는 편지를 썼습니다."

폴리는 감히 입을 떼지 못하고 숨조차 쉬지 못하며 그다음 말을 기다렸다.

"브리스틀의 극장은 《감상적인 토미》 2막 공연 도중에 폭격당했습니다. 직격탄이었죠. 극단원 전원이 죽었습니다."

53 한 극단이 몇 개의 연극을 교대로 상연하는 형식의 공연
54 브랜든 토마스의 희곡

61

미란다: 무슨 음모 때문에 거기를 떠났나요?
혹은 떠난 것이 잘한 건가요?
프로스페로: 둘 다야. 둘 다.

— 윌리엄 셰익스피어, 《폭풍우》

런던, 1941년 봄

병원 직원들이 알프와 비니를 잡기까지는 다시 15분이 걸렸고, 그사이 폴리는 만약 고드프리 경이 동화극을 공연할 다른 극장을 찾을 수 있다면 자신도 공연에 참여하겠노라고 다시 한번 그를 안심시킨 뒤, 얼른 자기 병실로 내려와 기모노를 벗고 침대에 올라갔다. 폴리는 침대에서 거의 알프와 비니 수준의 순진무구한 표정으로 누워 있었고, 두 아이는 목덜미를 잡힌 채 병실로 끌려왔다.

"이 아이들을 아시나요?" 수간호사가 다그쳐 물었다.

"제가 맡아 키우는 아이들이에요." 에일린이 들어오며 말했다. "제가 폴리를 면회하는 동안 대기실에서 기다리라고 아이들에게 말했어요. 아이들은 이모를 무척이나 걱정했어요." 에일린이 설명했다.

알프가 고개를 끄덕였다. "우리는 이모가 죽었을까 봐 무서웠어요."

"우리는 얼마 전에 고아가 됐거든요." 비니가 코를 훌쩍이며 말했다.

알프가 자기 누나를 토닥였다. "에일린 이모랑 폴리 이모가 없으면 우리를 돌봐줄 사람이 아무도 없어요."

“아이들이 저를 보러 병실로 올라오려 했다면 죄송해요.” 폴리는 말했다. “아이들은 나쁜 의도가 있어서 그런 건…”

“병실로 올라오려고 했다고요?” 수간호사가 말했다. “이 아이들은 병원 전체를 발칵 뒤집어놨어요. 복도를 뛰어다니고 환자들을 무서워 떨게 하고, 온갖 소동을 피우며…”

“우리는 그저 알프의 뱀을 잡으려 한 것뿐이에요.” 비니가 말했다. “뱀이 사람들을 겁주기 전에요.”

“뱀?” 수간호사가 말했다. “너희 둘이 병원에 뱀을 풀어놓았어?”

“아니에요.” 비니가 눈을 휘둥그레 뜨고 순진한 표정을 지었다. “저 혼자 도망친 거예요.”

“하지만 걱정하지 마세요. 우리가 잡았어요.” 알프가 말하며 주머니에서 뱀을 꺼내 수간호사 앞에 내밀었다.

수간호사의 얼굴이 창백해졌다. “저는 이 두 아이, 그리고 아이들의 파충류가 지금 당장 이 병원에서 나가길 원합니다.”

“네, 수간호사님.” 에일린이 말하고 아이들을 떠밀며 서둘러 병실을 나갔다.

“아마도 아이들은 돌아올 거예요.” 폴리가 말했다. “저를 무척이나 따르거든요.” 그리고 15분이 채 되지 않아 병원은 폴리가 완전히 회복되고 기운도 되찾았다고 선언했고, 폴리에게 (에일린이 아닌 다른) 누군가에게 전화해서 옷과 핸드백을 가져다달라고 해도 된다는 허락을 했다.

폴리는 해티에게 전화했고, 해티가 알함브라 극장에서 병원에 도착할 때까지, 그동안 있었던 모든 일을 떠올리며 그것들을 하나로 꿰맞춰보려 애썼다.

폴리가 랭 대위를 차에 태웠었기 때문에 페이지 페어차일드는 폴리와 함께 크로이던으로 갔고, 폴리와 대화를 하기 위해 차를 멈췄다. 만약 페이지가 그러지 않았더라면, 그들은 V-1이 떨어졌을 때 그곳에 있지 않았을 것이고, 발이 잘린 남자를 찾지 못했을 것이다. 폴리는 그 남자의 목숨도 구한 걸까?

‘그랬기를 바라.’ 폴리는 생각했고, 그 남자가 자기 손을 움켜쥐던 모습, 그가 그녀에게 미안하다고 말하던 모습이 떠올랐다.

‘마치 나 때문에 죽게 해서 미안하다고 고드프리 경에게 말하던 나랑 아주 비슷했어.’ 하지만 크로이던의 그 남자는 폴리나 페이지 누구도 죽게 하지 않았다. 오히려 반대였다. 만약 페이지가 구급함을 가져오지 않았더라면 V-2가 떨어졌을 때 구급차에 있었을 것이고, 그녀는 죽었을 것이다. 그렇다면 왜 그 남자는 미안하다고 말한 걸까?

“오, 다행이야. 다치지 않았구나!” 해티가 병실로 황급히 들어오며 말했다. “아주 많이 걱정했어. 피닉스 극장으로 달려가는 널 레지가 봤다고 사고 현장 담당 경관에게 계속 말했는데, 그 사람이 내 말을 도통 믿질 않는 거야. 널 찾아보게 하는 데 한참이 걸렸어.” 해티는 폴리에게 옷을 건넸다. “태비트 씨가 오늘하고 내일 저녁에는 오지 않아도 된다고 전해달래.”

‘잘됐어.’ 폴리는 생각했다. ‘그러면 세인트바트 병원에 갈 시간이 있겠네.’ 하지만 폴리가 집에 도착하자 에일린은 그 생각에 강력히 반대했다. “너는 침대로 가야 해.” 에일린이 말했다. “방금 퇴원했잖아. 내가 갈게. 가서 뭘 찾으면 되는데?”

“29일 밤에 네가 세인트바트 병원으로 이송했던 사람들 이름, 특히 너 때문에 과출혈로 죽지 않게 된 장교 이름. 그리고 그 사람들에 관한 정보는 뭐든지 알아보고, 그 사람들이 퇴원한 뒤에 어떻게 되었는지도 알아봐줘. 만약 퇴원했다면 말이야.”

“내가 뭔가 전쟁에 질 만한 일을 벌였다고 생각하는 거는 아니지?” 에일린이 괴로운 표정으로 물었다.

“아니야.” 폴리는 말했다. “오히려 그 반대의 행동을 했다고 생각해. 하지만 증거가 필요해. 알프와 비니는 어디에 있어?”

“학교.”

“던워디 교수님은 어때?”

“마침내 잠이 드셨어. 그리고 깨우면 안 돼. 걱정을 아주 많이 하셨어.”

“하지만 여쭤볼 게 있어.”

“그건 내가 돌아온 뒤에 해도 돼.” 에일린이 단호히 말했고, 폴리를 침대에 들게 했다.

“잠깐, 가기 전에 물어볼 게 있어. 그날 밤 알프가 길 안내를 했다고 했잖아? 알프가 어떻게 그곳을 알았지?”

“비행기 감식을 하며 알게 됐어.” 에일린이 말했다. “잉글랜드와 런던 지역 지도를 엄청나게 들여다봤거든.”

“그 지도는 어디서 났어? 네가 준 거야?”

“아니, 구드 신부님이 주셨어. 격리 기간 때. 알프가 나를 너무 힘들게 했고, 나는 구드 신부님에게 그 아이 주의를 돌릴 수 있는 뭔가를 꼭 가져다달라고 부탁했어.”

만약 에일린이 그곳에 없었더라면, 이 어떤 일도 일어나지 못했을 것이다. 알프는 거리를 알지 못했을 것이고, 비니는 운전하는 법을 몰랐을 것이고, 심지어 둘은 살아 있지조차 않았을 것이다. 마치 계획한 것처럼 이 모든 것이 완벽히 들어맞았다. 마치 ‘공습 중 폭탄 피해자를 구하기 위한 절차’ 같았다.

“내가 돌아올 때까지 쉬고 있어.” 에일린이 말했다.

폴리는 그렇게 하겠노라고 약속했고, 에일린은 떠났다. 폴리는 혹시라도 에일린이 확인차 돌아올 경우를 대비해 5분 정도 기다렸다가 옷을 입고 알프와 비니가 있는 학교로 가서 교장에게 아이들을 집으로 데려가야 한다고 말했다. “응급 상황이에요.” 폴리는 말했고, 그건 사실이었다.

교장은 학생을 보내 아이들을 데려오게 했다.

“에일린 언니는 어디에 있나요?” 폴리를 본 비니가 물었다.

“세인트바트 병원에 있어.” 폴리가 말했고, 비니의 얼굴에 핏기가 가셨다.

“죽은 거죠?” 알프가 쉰 목소리로 말했다.

“아니야.” 폴리가 말했다. “에일린은 멀쩡해. 뭣 좀 알아보라고 내가 보낸 거야.”

“맹세해요?”

“맹세해.” 폴리가 말했고, 비니의 안색이 돌아왔다.

“그러면 여기에 왜 온 건가요?” 알프가 물었다.

“병원에서 나를 도와준 감사의 표시로 단 걸 사주러 왔어.”

“어떤 단 거요?” 알프가 의심이 담긴 목소리로 물었다.

폴리는 거기까지는 생각해보지 않았지만, 호드빈 남매는 어디로 가야 할지 정확히 알았다. 폴리는 둘에게 아이스크림을 사준 뒤 물었다. “지난가을에 너희들 세인트폴 대성당 지하철역에 간 적 있니?”

비니는 아이스크림을 한입 가득 넣은 채 ‘아니요’라고 말하려 했지만, 알프가 이미 진실을 털어놓고 있었다. “그 역무원이 거짓말을 하는 거예요. 우리는 아무 짓도 하지 않았어요. 그 돈은 그 사람이 준 거라고요. 그 역 이름이 뭔지 알려준 대가로요. 그런데 역무원이 오더니 우리가 소매치기라고 했어요. 하지만 우리는 절대 그러지 않았어요. 그 역무원이 우리를 감옥에 넣으려는 건 아니죠?”

“모르겠어.” 폴리는 고민한다는 듯이 말했다. “그 역무원은 너희가 소매치기했다고 말하고 있으니…. 너희에게 그 실링을 준 신사분이 어떻게 생겼는지 기억나니? 만약 너희가 그분을 찾을 수 있다면 그분은 기꺼이 경찰에 진실을….”

“신사라고 하기에는 무리가 있어요.” 알프가 말했다. “소년이었어요.”

“몇 살 정도였는데?”

알프가 어깨를 으쓱해 보였다. “몰라요.”

“우리보다 나이가 많았어요.” 비니가 말했다. “열일곱 살 정도요.”

“그리고 그 사람이 너희에게 돈을 줬을 때 너희는 어디에 있었니?”

“지도 옆에요.” 비니가 말했다. “그 사람이 그곳에 서 있었고, 우리는 지도를 보러 갔어요. 지도를 보면 안 된다는 법은 없잖아요. 그렇죠? 안 그러면 우리가 어떤 노선 지하철을 타야 하는지 어떻게 알겠어요?”

“그리고 무슨 일이 있었니?”

“역무원이 왔어요.” 비니가 격분한 목소리로 말했다. “그리고 그 사람에게 돈과 신분증이 있는지 확인해보는 게 좋을 거라고 말했어요.”

“우리는 아무 짓도 하지 않았어요.” 알프가 말했다.

터널에서 아주 중요한 몇 분을 허비하게 한 것을 제외한다면. 만약 지금 그 사람이 폴리가 생각하는 그 사람이 맞는다면.

비니는 인상을 쓴 채, 생각에 잠긴 듯한 표정으로 폴리를 바라보고 있었다.

'비니가 상황을 파악하기 전에 주제를 바꿔야 해.' 폴리는 생각했다. "병원에서 뱀을 생각해낸 건 아주 현명했어, 비니." 폴리가 말했다.

"그건 내 생각이었어요." 알프가 발끈했다.

"그렇지 않아, 이 바보야."

"홍, 내 뱀이잖아. 뱀 볼래요?" 알프가 주머니로 손을 가져갔다.

"아니." 폴리가 말했고, 아이들에게 막대사탕을 사준 뒤 다시 교장에게 인계하고, 서둘러 집으로 돌아왔다. 에일린은 아직 돌아오지 않았고, 던워디 교수의 방문은 여전히 닫혀 있었다. 폴리는 문을 가볍게 두드리고 안으로 들어갔다.

던워디 교수는 침대에 있지 않았다. 그는 창가에 앉아 밖을 보고 있었고, 폴리는 그가 얼마나 허약하고 지쳐 보이는지를 보고 다시 한번 충격을 받았다. "던워디 교수님." 폴리가 나지막이 말했다.

"폴리!" 던워디가 외치고 폴리를 향해 두 손을 내밀었다. "지난밤에 네가 집에 돌아오지 않아서 나는 혹시라도 네가…."

그는 말을 멈추더니 탐색하는 시선으로 폴리를 바라보았다. "왜 그러니? 에일린에게 무슨 일이라도 일어난 거야?"

"아니요." 폴리가 말했다. 폴리는 그의 의자 앞으로 걸상을 끌고 와 앉아 그를 마주 보았다. "여쭤볼 게 있어요. 마이크 말로는, 29일 저녁에 바솔로뮤 씨가 부상당한 화재 감시원 목숨을 구했다던데, 맞나요?"

"바솔로뮤도 이 일과 관련이 있다고 생각하는 거니?"

"네, 하지만 교수님이 생각하는 방식으로는 아니에요. 맞나요? 화재 감시원의 목숨을 구했나요?"

"모르겠어. 바솔로뮤는 랭비가 소이탄 위에 떨어져 심하게 화상을 입었다고 했어. 아마도 목숨을 구한 게 맞을 거야."

“저도 그렇게 생각해요.” 폴리가 말했다. “이제, 교수님께서 대공습 시기에 처음 도착해서 해군 여성 부대원과 충돌했을 때 무슨 일이 있었는지 정확하게 저에게 말씀해주세요. 비상계단으로 도착했고, 계단을 나가 역으로 들어갔고….”

“맞아. 내 시공간 위치를 확인하기 위해서였어. 그리고 내가 세인트폴 대성당 근처에 있다는 사실을 알고는 그곳을 보고 싶은 마음에 밖으로 뛰어나가서….”

“아니, 그전에요. 역 안에서요.”

“나는 지하철 노선 지도를 보기 위해서 갔고, 지도에는 내가 어디에 있는지 아무런 표시도 없었어. 그래서 내 쪽으로 다가온 아이들 두 명에게 물어봤어. 남자아이랑 여자아이였는데, 남자아이는 내가 돈을 줘야만 알려주겠다고 말했어.”

‘당연히 그랬겠죠.’ 폴리는 생각했다.

“그래서 난 아이들에게 1실링을 줬어.” 던워디 교수가 계속 말했다. “그리고 아이들은 내가 세인트폴 대성당역에 있다고 말했어. 그리고 역무원이 왔고, 혹시 아이들이 귀찮게 하느냐고 내게 물으면서 아이들이 소매치기하지 않았는지 확인해보라고 했어. 그리고 역무원은 아이들을 끌고 갔던가 아이들이 도망쳤던가 했는데 확실히 기억이 안 나. 아주 오래전이거든.”

“아이들이 어떻게 생겼는지 기억하세요?”

“아니, 아주 꾀죄죄했다는 것만 기억나.” 던워디 교수는 눈을 가늘게 뜨고 아이들 모습을 떠올리려 시도했다. “남자아이는 일곱 살 정도였고, 여자아이는….”

던워디 교수는 말을 멈추고 폴리를 바라보았다. “그 아이들이 알프와 비니라고 생각하는구나. 그렇지?”

“아니요, 그냥 생각하는 게 아니라 그 아이들이었다는 걸 확실히 알아요. 아이들이 제게 말해줬어요.” 폴리가 말했고, 던워디 교수가 미심쩍은 표정을 짓자 덧붙여 말했다. “교수님은 잊으셨겠지만, 그 아이들에게는 50년 전이 아니라 겨우 7개월 전에 일어난 일이에요. 하지만 아이들은 자기가 만난 사람이 교수님인 줄 몰라요. 거기에서 얼마나 오랫동안 있으면서 아이들, 그리고 역무원이랑 이야기하셨어요?”

“5분 정도. 길지 않았어.”

“하지만 아이들이 돈을 달라고 요구하는 대신 곧바로 그곳이 어디인지 알려줬다면 교수님이 해군 여성 부대원과 부딪치지 않았을 정도의 시간은 되고요.” 폴리가 몸을 앞으로 숙였다. “저희가 존 바솔로뮤를 찾던 날 밤, 에일린은 바솔로뮤 씨를 보고 뒤를 따라갔어요. 하지만 알프와 비니가 갑자기 나타나는 바람에 바솔로뮤 씨를 따라잡을 수 없었어요. 그리고 에일린이 임무 마지막 날에 옥스퍼드로 돌아가지 못하게 한 것도 그 아이들이에요.”

“무슨 말인지 이해가 안 가. 넌 알프와 비니가 그 일에 어떤 식으로든 책임이 있다고 생각하고, 또한 내가 한 일에도 그렇다고 생각하는 거야? 내 잘못이 아니라 그 아이들 잘못이라고? 하지만 내가 강하를 하지 않았더라면, 내가 세인트폴 대성당을 보기로 마음먹지 않았더라면, 그 일은 일어나지 않았을 거야.”

“맞아요.” 폴리가 말했다. “잘 들어보세요. 그 아이들이 에일린이 옥스퍼드로 돌아가는 것을 막았기 때문에, 에일린은 그 아이들의 목숨을 적어도 한 번, 아마도 한 번 이상 구했어요.” 폴리는 던워디 교수에게 홍역과 ‘시티 오브 베나레스호’ 이야기를 해줬다.

“그리고 그 아이들은 에일린이 존 바솔로뮤를 따라잡는 걸 막은 거로 보답했고?”

“네.” 폴리가 열심히 설명했다. “그리고 그 아이들이 에일린을 지연시켰기 때문에, 에일린은 바솔로뮤 씨를 따라가다가 소방서 대장에게 징발되어 폭탄 부상자를 태운 구급차를 운전해 세인트바트 병원에 갈 수밖에 없었어요. 에일린은 폭탄 부상자의 목숨을 구했고, 마이크는 하디의 목숨을 구했고, 어젯밤에 저는 고드프리 경의 목숨을 구했어요.”

“그리고 넌 그 사람들이 전쟁에서 뭔가 중요한 일을 했다고 생각하는 거야?” 던워디 교수가 물었다. “어떤 일?”

"모르겠어요. 어쩌면 누군가 고드프리 경이 공연할 동화극을 보러 극장에 있는 동안 그 사람들 집이 폭격당했을 수도 있어요. 또는 교수님이 부딪힌 해군 여성 부대원의 전투기 항로 기록이 공군 조종사의 목숨을 구했고, 그 조종사는 베를린 폭격에 갔을 수도 있어요. 아니면 교수님이 부딪힌 해군 여성 부대원을 돕기 위해 가던 길을 멈췄던 해군 장교가 U-보트에 어뢰를 쐈거나 에니그마 암호 책을 획득했거나 '비스마르크호'를 격침시켰을 수도 있어요. 아니면 그 사람들 가운데 누군가가 뭔가를 한 누군가에게 영향을 끼쳤을 수도 있어요. 우리는 하디가 됭케르크에서 519명의 군인을 구한 걸 알아요. 그리고 그 군인들은 각자가 또⋯."

"그리고 넌 이 모든 것이 그랜드 디자인의 일부라고 생각하는 거야?"

"네. 아니, 그건 아니고요, 하지만⋯. 중요한 건 제가 알함브라 극장에서 공연하던 건 우연이 아니라는 거예요. 그리고 고드프리 경이 피닉스 극장에 있던 것도 우연이 아니고요." 폴리는 자기 구두와 ENSA와 직업 배정소의 센트리 부인이 《크리스마스 캐럴》 공연에서 자신을 본 일, 그리고 고드프리 경이 자기 때문에 순회 극단에 합류해 브리스틀로 가지 않은 일에 대해 던워디 교수에게 설명했다.

"제가 그분 목숨을 구할 수 있던 건, 제가 여기 있었기 때문에, 우리의 강하 그 어느 것도 열리지 않았기 때문이에요. 저는 강하가 열리지 않는 이유나 편차가 있는 이유에 대해 우리가 오해한 거라 생각해요. 만약 그런 일들이 일어난 게 우리가 역사의 진행 방향을 바꾸는 걸 막으려는 게 아니라면요? 오히려 우리가 그렇게 할 수 있는 곳에 둔 것이라면요? 우리가 그렇게 할 때까지 우리를 여기에 두는 거라면요?"

폴리는 손을 뻗어 던워디의 두 손을 잡았다. "만약 해군 여성 부대원과 충돌한 게 그 여자를 죽인 게 아니라 살린 거라면요? 그 여자가 죽을 운명인 다른 해군 여성 부대원을 만나러 가는 도중이었고, 교수님이 그 여자를 지체시킨 덕분에 폭탄이 터졌을 때 그 여자가 그곳에 없었다면요? 또는 교수님이 그 해군 장교 목숨을 구한 거라면요? 아니면 검은 양복을 입은 남자를 구했다면요? 그 남자가 세인트폴 대성당 쪽으로 가고 있었나요, 아니면 그쪽에서 오고 있었나요?"

"세인트폴 대성당 쪽으로 가고 있었어."

"그렇다면 그 사람은 근무하러 가던 화재 감시원이고, 29일에 소이탄을 발견하고 그것을 껐을 수도 있어요. 만약 교수님이 그 사람과 부딪히지 않았더라면, 세인트폴 대성당은 불에 탔을 수도 있어요. 그래서 알프와 비니가 교수님이 그 사람과 부딪히게 한 거예요."

"하지만…."

"마이크가 하디 일병의 목숨을 구할 수 있었던 건, 편차 때문에 마이크가 살트램-온-시에 너무 늦게 도착해 버스를 탈 수 없었기 때문이에요. 그리고 제가 고드프리 경을 만난 건 네트가 저를 아침이 아니라 저녁에 도착하게 했기 때문이고요." 폴리는 던워디에게 감시원에게 잡혀 세인트조지 교회로 가게 된 일을 설명했다. "그리고 교수님이 처음으로 강하했을 때의 편차 때문에, 교수님은 세인트폴 대성당 지하철역에 오게 된 거고요. 그 해군 여성 부대원과 부딪혀야 하는 장소로요."

"그러면 너는 편차의 역할은 변화를 막는 게 아니라 변화를 일으키는 거라는 말이야? 그 때문에 우리를 일부러 여기에 가둬놓았다고?"

"교수님이 뭐라고 말씀하실지 알아요. 혼돈계는 의식이 있는 존재가 아니라…."

"바로 그렇게 말하려 했어."

"하지만 의식이 있어야 할 필요는 없어요. 교수님은 우리 강하가 폐쇄된 게 방어 메커니즘이라고 생각하셨어요. 어쩌면 그럴지도 몰라요. 하지만 미래로부터의 영향력을 차단하는 것만이 아니라, 연속체가 위협을 받을 때면 미래로부터 영향력을 끌어오기도 하는 거죠. 만약 히틀러가 전쟁에서 이겼다면, 그자는 원자 폭탄을 개발할 시간이 있었을 거고, 미국과 기타 아리아 종족이 아닌 사람들에게 서슴없이 원자 폭탄을 썼을 거예요. 그자는 이미 아프리카의 '진흙 인간'들을 쓸어버릴 계획을 세웠고, 단지 그 정도에서 멈추지 않았을 거예요. 그자는 결국…."

"모든 것을 쓸어버렸겠지." 던워디 교수가 말했다. "'괴터대머룽(Götterdämmerung)', 신들의 황혼. 하지만 만약 그런 경우라면, 그리고 연속체가 자신을 보호하고 싶었다면, 왜 그냥 우리가 강하해 히틀러를 쏴 죽이는 걸 허용하지 않은 거지?"

"모르겠어요. 어쩌면 연속체는 작은 변화만 허용하는 것일 수도 있어요. 아니면 본의 아니게 일으키는 일들만 허용하거나요. 아니면 그런 분기점들에서 뭔가 다른 일들이 일어나고 있어서 그것들을 변형하는 것이 불가능할 수도 있고요. 또는 우리가 너무 늦게 뛰어들었을 수도 있어요.《잠자는 숲 속의 미녀》에서 착한 요정처럼요…."

"착한 요정?"

"네." 폴리가 진지하게 말했다. "착한 요정은 나쁜 주문을 취소할 수가 없었어요. 단지 덜 나쁜 상태로 만들 수만 있었죠. 시간 여행은 연속체가 시작하고 오랜 시간이 지난 뒤에야 발명되었어요. 어쩌면 우리는 연속체를 완전히 고치기에는 너무 늦었지만 그래도 아직은 어느 정도…."

"하지만 설사 그게 사실이라 할지라도, 그리고 설사 네가 고드프리 경의 목숨을 구했고, 마이크가 하디의 목숨을 구했고, 내가 그 해군 여성 부대원의 목숨을 구했다 해도, 우리는 여전히 사건들을 변형했고, 역사는 좋은 의도로 좋은 행동을 해도 반대의 결과를 가져올 수 있는 혼돈계야. 설사 연속체의 의도가 우리더러 수리하게 하려는 것이었다 할지라도, 우리가 그렇게 했다는 걸 어떻게 확신할 수 있지? 우리가 더 악화시켰을 수도 있잖아."

"왜냐하면, 우리는 이미 악화시켰거든요."

"악화시켜? 무슨 말이지?"

"제 말은, 만약 우리가 전쟁을 잘못된 방향에서 지켜봤다면요? 만약 재난이 이미 일어났고, 그 결과 우리가 나쁜 결과가 일어나도록 변형했었다면요?"

"나쁜 결과?" 던워디가 어리둥절해하며 말했다.

"네. 만약 연합군이 전쟁에서 패배했다면요? 교수님은 균형이 아슬아슬했던 적이 수십 번은 있었다고 말씀하셨어요. 옛말에 있잖아요. '못 하나가 부족해 말굽을 쓸 수 없었네, 말굽 하나가 부족해….'"

“…말을 쓸 수 없었네.”

“네, 그리고 그 때문에 기병 한 명이 모자라고, 전투에 지고, 전쟁에서 졌어요. 제2차 세계대전에서는 그런 경우가 수십 번은 있었고, 만약 상황이 조금만 다르게 전개가 되었더라면, 우리는 졌을 거예요. 만약 우리가 졌다면요?” 폴리가 물었다. “만약 교수님이 부딪힌 해군 여성 부대원이 아베 마리아 레인에서 죽고, 고드프리 경이 브리스틀에서 죽고 에일린의 폭탄 부상자가 구급차를 운전할 사람을 구하지 못해 구급차 안에서 죽고, 하디가 결국 독일 전쟁 포로수용소에 갇히고, 연합군이 전쟁에서 졌다면요?”

“그러면 시간 여행은 절대로 발명되지 못했겠지. 이라 펠드맨….”

“아니요, 연속체는 혼돈계이고, 그건 시간 여행이 이미 그 일부라는 뜻이고, 따라서 연합군은 전쟁에서 지지 않았거든요. 그리고 교수님이 이곳에 와서 그 해군 여성 부대원과 부딪히면서 사건들이 계속해 바뀌었거든요. 그리고 마이크는 그 연속되는 사건의 일부였고, 우리가 여기에 갇힌 것도 마찬가지예요.”

“달리 말해, 우리는 말굽이로군.”

“네….”

“그리고 네 말은, 우리가 이리저리 뛰어다니며 너트와 볼트 몇 개를 조였고, 그래서 전쟁에서 이겼다?” 던워디 교수가 말했다. “역사학자들이 꼬마 요정 수리공 역할을 한다고? 맙소사, 역사는 혼돈계야. 역사는 생각하는 것보다 훨씬 더 복잡….”

“복잡하다는 건 저도 알아요. 우리가 이겼다고 말하는 게 아니에요. 그리고 교수님의 해군 여성 부대원이나 하디 또는 고드프리 경 또는 알프와 비니 또는 12월 29일에 개들과 에일린이 구급차에 태운 누군가의 덕분에 전쟁에서 이겼다고 말하는 것도 아니에요. 심지어 그 사람들을 구했기 때문에 균형을 무너뜨릴 수 있었다고 주장하는 것조차 아니에요. 어쩌면 완전히 다른 일 때문일 수도 있어요. 마저리가 간호사가 되기로 한 결심, 또는 저와 함께 일했던 FANY 중 누군가가 제 무도회 원피스를 빌려 간 일, 또는 마이크가 앨런 튜링과 거의 부딪힐 뻔했던 사건 따위요. 또는 우리가

797

했는지조차 모르는 일일 수도 있어요. 우리가 누군가보다 한발 앞서 에스컬레이터에 탄 일이라든가, 택시를 부른 일, 방향을 물어본 일 같은 거요. 마이크가 병원에서 뭔가를 했을 수도 있고, 에일린이 자기가 돌보던 아이들 가운데 한 명에게 뭔가를 했을 수도 있어요. 또는 제가 손님의 물건을 포장하는 데 너무 시간을 써서 그 손님을 5분 지연시켰고, 그래서 그 여자는 버스를 놓치게 되고 공습경보 사이렌이 울렸을 때 지하철을 타고 있었을 수도 있어요.”

“하지만 넌 그 행동이 뭐든 간에 우리 가운데 한 명이 그걸 했다고 생각하는구나.” 던워디 교수가 말했다. “그리고 전쟁에서 이긴 건 우리 가운데 한 명 덕분이고.”

“아니요.” 폴리가 살짝 답답해하며 말했다. “저는 그런 뜻으로 말한 것도 아니에요. 전쟁에 이긴 건 단 한 사람 또는 한 가지 일 때문이 아니에요. 사람들은 전쟁에서 이긴 게 울트라 때문인지 아니면 됭케르크 후퇴 작전 덕분인지 아니면 처칠의 지도력 때문인지 아니면 상륙작전이 칼레를 통해서 이루어질 거라고 히틀러를 속였기 때문인지 의견이 분분해요. 하지만 전쟁의 승리는 그중 어느 하나만의 덕분이 아니에요. 전쟁에서 이길 수 있었던 건 그 모든 것 그리고 수천, 수백만의 다른 일들 그리고 사람들 덕분이에요. 그리고 단지 군인과 조종사와 해군 여성 부대원뿐 아니라 공습 대비대 감시원과 비행기 식별가와 상류 사교계 아가씨와 수학자와 주말 요트족들과 주임 사제들 덕분이에요.”

“각자의 몫을 함으로써.” 던워디 교수가 중얼거렸다.

“맞아요. 간이식당 직원과 구급차 운전사와 ENSA 코러스 걸. 그리고 역사학자도요. 교수님은 혼돈계에서는 누구도 그럴 수 없으며, 사건들에 원하는 방식으로 영향을 끼칠 수 없다고 하셨어요. 하지만 만약 교수님 그리고 우리가 과거에 온 것이 전쟁에 다른 무기를 더한 거라면요? 프랑스 레지스탕스나 남 포티튜드 같은 비밀 무기 역할을 했다면요?”

“아니면 울트라나.”

“네.” 폴리가 말했다. “울트라 같은 거요. 무대 뒤에서 작동하는 뭔가요.

그리고 다른 모든 것들과 합쳐지면 균형을 깨뜨려 재난을 막기에 충분한 거죠.”

“그리고 전쟁에서 이기고.” 던워디 교수가 나지막이 말했다.

긴 침묵이 흘렀고, 이윽고 던워디 교수는 거의 간절히 바라는 듯한 목소리로 말했다. “하지만 아무런 증거가 없어….”

‘맞아요.’ 폴리는 생각했다. ‘그토록 많은 사람의 목숨을 구하고, 아주 많은 이들이 희생했다는 것을 제외하면요. 그처럼 큰 용기와 친절함과 인내와 사랑이라면 제아무리 혼돈계라 할지라도 뭔가 효과가 있어야 해요.’

“네.” 폴리가 말했다. “증거는 없어요.”

문을 두드리는 소리가 났고, 에일린이 문안을 들여다보았다. 그녀의 붉은 머리는 바람에 날려 엉망이 되어 있었고, 뺨은 빨갰다. “이렇게 어두운 곳에 앉아서들 뭐해요?” 에일린이 말하며 불을 켰다. “두 사람 모두 차를 마셔야 할 거 같네요. 주전자를 올려놓을게요.”

“아니, 잠깐.” 폴리가 말했다. “네가 구한 사람이 누군지 알아냈어?”

“응.” 에일린이 모자를 벗었다. “입원 수속 간호사는 내게 아무것도 알려주지 않으려 했고, 수간호사도 마찬가지였어. 그래서 남자들이 입원한 병실로 가서 거기 간호사에게 말로완 부인이 나에게 알아 오게 시켰다고 말했지.”

“말로완 부인?” 던워디 교수가 말했다.

“애거사 크리스티가 결혼한 뒤에 쓰는 성이에요.” 에일린이 녹색 코트 단추를 풀며 말했다. “간호사와 나는《칼레 기차 살인 사건》에 관해 잡담을 좀 했고, 나는 애거사 크리스티의 새 책에 관해 말했는데, 알고 보니 아직 출간이 안 됐더라고. 괜찮아, 폴리. 그 간호사에게는, 내게 편집자 친구가 있어서 먼저 읽어볼 수 있었다고 말했어. 그 결과, 그 간호사는 내게 구급차 일지를 보여줬어.”

“그리고 네가 구한 남자는…?”

“사실 한 명이 아니고 세 명이야. 어쨌든 그 간호사 말로는, 만약 그 사람들이 즉시 병원에 이송되지 않았으면 아마도 죽었을 거래. 그 사람들 이름을 적어왔어." 에일린이 말하고 핸드백에서 종이 한 장을 꺼내 읽었다. "토마스 브랜틀리 상사, 구급차 운전사인 진 커틀 부인, 그리고 데이비드 웨스트브룩 대위."

던워디 교수는 자신도 모르게 신음을 내뱉었다.

"웨스트브룩 대위가 누군지 아세요?" 폴리가 던워디 교수에게 물었다.

던워디 교수가 고개를 끄덕였다. "그 사람은 D-데이에 죽었어. 증원군이 올 때까지 혼자서 아주 중요한 교차로들을 방어한 뒤에."

62

만약 찾으려 애쓴다면,
찾지 못하고 잃어버릴 것이 없으니까.

— 에드먼드 스펜서, 《요정 여왕》

런던, 1941년 봄

"그러니까 너는 지금 알프와 비니가 '전쟁 영웅'이라고 말하는 거야?" 폴리와 던워디 교수에게서 설명을 들은 에일린이 말했다.

"맞아." 폴리가 말했다. "그 아이들이 비밀 병기라던 네 말이 맞았어. 하지만 우리 편 비밀 병기야. 네가 바솔로뮤 씨를 쫓아갈 때 그 아이들이 네 앞에 뛰어들어 너를 지연시켰고, 그래서 그날 밤 너는 본의 아니게 구급차 운전사로 징발되었지. 그래서 너는 웨스트브룩 대위의 목숨을 구할 수 있었어…."

"그리고 그 아이들은 기차도 지연시켰어."

"기차?" 폴리가 말했다.

"우리가 런던에 있을 때야. 호드빈 남매는 우리 객실에서 여자 교장을 쫓아냈고, 그래서 그 교장은 우리를 기차에서 내쫓으려고 했어. 그 때문에 기차가 역에서 늦게 떠났어. 그리고 나중에 우리는 우리 앞쪽의 철교가 폭격당한 것을 알았지. 알프는 '우리가 늦어서 다행이에요.'라고 말했어." 에일린은 놀라워하는 얼굴로 폴리를 바라보았다. "그 아이들은 내 목숨을 구했어. 그리고 그 교장 선생의 목숨도."

"그리고 넌 웨스트브룩 대위의 목숨을 구했고."

"그리고 던워디 교수님과 너와 마이크와 내가 전쟁을 승리로 이끈 거고?" 에일린이 말했다.

"전쟁에서 이기게 도운 거지." 던워디 교수가 말했다. "균형을 살짝 무너뜨려서."

"하지만 이해가 안 가. 만약 우리가 오기 전에 연합군이 전쟁에 졌다면, 너는 어떻게 전승 기념일에 갈 수가 있었어? 전승 기념일이 있을 수가 '없잖아'?"

"있어." 폴리가 말했다. "왜냐하면 1945년에는 네가 이미 웨스트브룩 대위의 목숨을 구했고, 나는 이미 고드프리 경의 목숨을 구했고…."

"하지만 네가 전승 기념일에 있을 때는 그 일을 하기 전이잖아." 에일린이 완전히 헷갈려 하며 말했다. "너는 그때는 아직 대공습 때에 가지조차 않았어."

"아니, 갔어." 폴리가 끈기 있게 설명했다. "나는 1940년에 대공습에 갔고, 5년 뒤인 1945년 전승 기념일에 트래펄가 광장에 갔어."

"하지만 우리 중 아무도 이곳에 오지 않았던 시간들은? 시간 여행이 발명되기도 전의 시간은? 그때는 전쟁에서 진 거 아니야?"

"아니야." 폴리가 말했다. "전쟁은 늘 이겼어. 왜냐하면 우리가 늘 왔거든. 우리는 늘 여기에 있었어. 우리는 늘 전쟁의 일부였어."

"과거와 미래는 모두가 단일 연속체의 일부야." 던워디 교수가 말했고, 혼돈 이론에 관해 길고도 복잡한 설명을 하기 시작했다.

"하지만 난 아직도 이해가 안 가…."

"뭘 이해가 안 가요?" 비니가 들어오며 물었고, 이제부터 자기를 플로렌스로 불러달라고 선언했다. "플로렌스 나이팅게일에서 따왔어요." 그리고 자기는 간호사가 될 것이라고 했고, 덕분에 대화는 끝이 났다.

하지만 이튿날 알프와 비니가 학교에 간 뒤, 에일린은 다시 그 화제를 꺼냈다. "그러니까 던워디 교수님이 해군 여성 부대원과 부딪히고, 마이크가 엉킨 프로펠러를 풀고, 네가 고드프리 경을 구했기 때문에 상황이 아슬아슬하게 바뀌어 우리가 전쟁에서 이겼다는 거구나, 맞아?”

“응.” 폴리가 말했다.

“그러면 우리를 계속 여기에 잡아둘 이유가 없어.” 에일린이 말했다. “우리는 집에 갈 수 있어.”

“에일린….”

“던워디 교수님, 교수님은 여기에 왔던 모든 역사학자가 사건들을 변경했고, 모두 옥스퍼드로 돌아갔다고 하셨어요. 그리고 교수님도 해군 여성 부대원과 부딪힌 뒤 옥스퍼드로 돌아갔고요. 그러니 이제 우리가 여기서 하기로 되어 있던 일들을 모두 했으니, 구조팀은 여기 와서 우리를 데려갈 수 있을 거예요. 그렇지 않나요? 또는 우리 강하가 다시 작동하기 시작했을 거예요.” 에일린은 기대에 찬 표정으로 폴리와 던워디 교수를 번갈아 보았다. “우리는 가서 강하가 열리는지 확인해야 해요.”

“오늘 오전 중에 세인트폴 대성당에 가서 강하가 열리는지 확인해볼게.” 던워디 교수가 약속했다.

에일린은 폴리에게서도 극장에 가는 길에 강하가 열리는지 확인해보겠노라는 약속을 받아냈지만, 에일린이 플린 장군을 차에 태우기 위해 떠났을 때, 던워디 교수가 폴리에게 말했다. “물론 강하가 열릴 거라는 에일린의 말이 맞을 수도 있겠지만….”

“만약 에일린의 말이 맞는다면, 콜린이 벌써 여기에 왔을 거예요.”

“그래.” 던워디 교수가 말했다. “그리고 콜린이 이곳에 있지 않다는 건 아직 여기에서의 우리 역할이 끝나지 않았다는 뜻일 가능성이 아주 크지.”

“알아요.” 폴리가 말하며 데네웰 소령이 그녀와 다른 FANY들에게 마지믹 해에조차도 선생에 실 수 있다고 말하던 걸 떠올렸다.

“끝이 나기 전에 우리에게서 더 많은 것을 요구할 거야.” 던워디 교수가 폴리에게 말했다.

‘우리 목숨을 포함해서요.’ 폴리가 생각했다.

폴리는 고드프리 경의 목숨을 구하느라 하마터면 죽을 뻔했다. 다음번에는 살아남지 못할 수도 있었다. 잔해에서 사람을 구하고, 방공호로 사람들을 안내하고, 폭탄을 해체하다가 구조대원들과 공습 대비대 감시원들과 소방관들이 수없이 그랬던 것처럼. 또는 마이크나 대공습 중의 사망자들, 병원, 포로수용소, 신문사에서 죽은 많은 사람처럼 그냥 고성능 폭탄에 즉사할 수도 있었다. 전쟁의 사상자 중 하나로 마지막을 맞는 것이다.

하지만 설사 죽는다 해도, 자기 몫을 해야 했다. 마이크가 그랬듯이. 폴리가 직업 배정소로 가서 구급차 운전사로 자원하고, ENSA에 배정되고 고드프리 경의 목숨을 구하게 된 건 마이크의 죽음 때문이었다.

"우리가 돌아가지 못할 가능성이 크다는 걸 알아요." 폴리가 던워디 교수에게 말했고, 말을 하다가 그게 전선으로 떠나는 군인들이 하는 것이란 사실을 깨닫고 충격을 받았다.

"하지만 그건 중요하지 않아요." 폴리가 말했고, 진심이었다. "중요한 건 고드프리 경이 죽지 않았고, 저 때문에 전쟁에 지지 않으며, 라버넘 양과 도린과 트로트가 죽지 않는다는 거죠. 그리고 설사 제가 죽는다 해도, 제2차 세계대전에서 죽는 게 저만은 아닐 거예요. 이런 상황에 교수님을 끌어들여 죄송해요."

"우리 모두 서로를 끌어들였어. 그리고 이곳을 빠져나갈 가능성이 아직 있어."

"그리고 그렇지 않다고 해도, 우리는 여전히 히틀러를 막았잖아요." 폴리가 던워디 교수에게 웃어 보였다.

"진짜로 그랬지." 던워디 교수가 말했고, 갑자기 그는 확 젊어진 듯 보였다. "그리고 세인트폴 대성당과 마찬가지로, 우리 역시 건재하잖아. 최소한 지금 당장은 말이야. 말이 나와서 말인데, 강하 지점을 확인하러 가는 김에 그곳에서 자원봉사를 할 수 있는지 물어볼 생각이야. 나는 늘 화재 감시원으로 일하면서 세인트폴 대성당을 구하는 데 일조…."

던워디 교수는 말을 멈추고 묘한 표정을 지었다.

"왜 그러세요?" 폴리가 물었다. "아프세요?"

"아니." 던워디 교수가 말했다. "막 떠올랐는데…, 아마 나는 이미 그곳을 구한 거 같아서. 내가 도착했던 밤, 휴대용 손 펌프와 부딪혔는데, 그 소리를 들은 화재 감시원 두 명이 무슨 일인가 하고 내려왔고, 지붕을 뚫고 불타던 소이탄을 그 사람들이 발견했어. 만약 내가 그곳에 없었다면….”

“그걸 발견했을 때는 너무 늦은 상태였을 거고, 화재가….” 폴리가 말하다가 역시 말을 멈추고는, 자신이 존 바솔로뮤를 찾으려던 밤에 책상에 붙은 불을 껐던 일을 떠올렸다.

“그리고 만약 내가 그곳에 있었기 때문에 대성당을 구한 거라면, 어쩌면 또 그렇게 할 수 있을지도 몰라.” 던워디 교수가 말하고 있었다. “설사 내가 세인트폴 대성당에 단지 2주만 있을 수 있다 할지라도. 하지만 내가 그 사람들을 설득하도록 네가 도와줘야 해. 그리고 에일린을 설득하는 일도.”

에일린을 설득하는 게 성당 사람들보다 더 힘들었다. “하지만 위험해요.” 에일린이 말했다. “북쪽 수랑은….”

“그곳은 4월 16일에야 폭격을 당해.” 던워디 교수가 말했다. “그날 밤에는 난 전화해서 아프다고 할 거야.”

“5월 10일하고 11일의 큰 폭격들은 어쩌고요? 교수님이 말씀하시기로는 도시 전체가….”

“두 날 밤 모두 세인트폴 대성당은 폭격당하지 않았어.” 던워디 교수가 에일린을 안심시켰다.

‘그리고 그건 상관없어.’ 폴리는 에일린에게 소리치고 싶었다. ‘교수님은 여기 안 계실 거야. 그때면 교수님 데드라인이 이미 지나갔을 거야. 그리고 그 뒤로 나도 2주 정도밖에 시간이 없을 거고.’ 만약 폴리에게 다른 과제가 남았다면, 그건 분명히 지금과 대공습이 끝나는 사이에 있을 것이다. 그 뒤로도 공습이 가끔 있기는 했지만, 사상자는 훨씬 더 적었다. 그건 폴리의 데드라인이 1943년 말이 아니라는 뜻이었다. 데드라인은 5월 11일이었다.

하지만 폴리는 에일린에게 그 말을 할 수 없었다. 우선 에일린은 그 말을 믿지 않을 것이다.

두 번째로, 가장 급한 과제는 던워디 교수가 화재 감시원에 합류하는 일에 에일린이 동의하게 하는 일이었다. 폴리는 말했다. “세인트폴 대성당은 1944년에 V-1과 V-2 공격을 받기 전에는 아무 피해를 입지 않아.”

“하지만 더 피해가 없다면 왜 화재 감시원으로 있어야 하는데요, 교수님?” 에일린이 끈질기게 물었다.

“더 피해를 입지 않은 게 나 때문일 수도 있으니까.” 던워디 교수가 말했지만, 도움이 되지 않았다.

“아니에요.” 에일린이 단호히 말했다. “그건 너무 위험해요. 소이탄과 지붕이랑…. 추락할 수도 있어요.”

“1941년에 다치거나 죽은 화재 감시원은 한 명도 없어.” 던워디 교수가 에일린에게 말했고, 폴리는 혹시 그게 거짓말은 아닌지, 던워디 교수가 세인트폴 대성당에서 일하다가 죽고 싶어 하는 건 아닌지 궁금해졌다.

“그리고 대성당에 있으면 아무도 없을 때 강하가 열리는지 확인할 기회가 더 많아.” 던워디 교수가 말했고, 에일린은 결국 마음이 약해졌지만, 교수가 근무하는 밤이면 그를 대성당에 데려다주고 데려오겠노라고 고집을 부렸다.

“세인트폴 대성당은 안전할 수도 있어요.” 에일린이 말했다. “하지만 여전히 그곳에 가고 오는 과정이 있잖아요. 구조팀이 오기 5분 전에 둘 중 누가 죽는 걸 그냥 보고 있을 수만은 없어요.”

“알았어.” 던워디 교수가 동의했고, 밤마다 에일린이 자신과 동행하는 걸 허락했다. 하지만 17일에는 에일린을 심부름 보내고 폴리와 동행했다. 전날 밤에 공습으로 입은 피해를 에일린이 보지 못하게 하기 위해서였다.

“폭격으로 바닥 중앙에 커다란 구멍이 뚫렸어.” 던워디 교수가 폴리에게 말했다. “만약 에일린이 그걸 보면 내가 화재 감시원으로 일하는 걸 절대로 허락하지 않을 거야.”

“그리고 교수님이 강하 지점에 갈 수 없다는 걸 알아차리겠죠.” 폴리가 진짜 이유를 짐작하며 말했다.

“맞아. 갈 수 없어.”

둘이 세인트폴 대성당에 도착하자 험프리스 씨가 반갑게 폴리를 맞이했다. “세바스찬 양, 당신은 아주 훌륭한 간호사로군요. 홉 선생님 건강이 많이 좋아지신 듯합니다.”

험프리스 씨는 그들에게 북쪽 수랑, 아니 그쪽으로 가는 길을 막은 회벽 더미와 부러진 목재, 그리고 깨진 대리석들을 보여주었다. “하지만 피해가 더 클 수도 있었습니다.” 험프리스 씨가 말했다.

‘훨씬, 훨씬 더 나쁠 수도 있었죠.’ 폴리는 생각했고, 그날 저녁에 알함브라 극장으로 가면서 전쟁에서 이기고 아무도 막을 수 없게 된 히틀러가 노략질과 살육을 일삼으며 잉글랜드로, 그리고 전 세계로 전진하는 모습을 상상했다. 그 경우의 미래가 어떨지를 상상했다.

‘하지만 우리는 그자를 막았어.’ 폴리가 생각했다. ‘우리는 전쟁에서 이겼어.’

“쏙 카나리아를 삼킨 고양이처럼 보이는군요?” 태비트 씨가 말했다. “병원에서 멋진 의사라도 만났어요?”

“죽을 뻔한 사람치고는 기분이 너무 좋은데.” 해티가 말했다.

극단 사람들도 폴리의 즐거운 기분을 알아차렸다. “지나치게 들떠 있네.” 폴리가 첫 번째 동화극 연습을 위해 극장에 왔을 때 비브가 말했다.

“그냥 단원 전부를 다시 볼 수 있어서 그래.” 폴리가 말했다. 고드프리 경과 위번 부인은 동화극을 공연할 다른 극장을 구했을 뿐 아니라(리젠트 극장이었다), 태비트 씨와 이야기해 폴리의 일정을 낮 시간으로 바꿨고, 또한 극단원 전체를 협박하다시피 해서 동화극에 참여케 했다.

라버넘 양은 내레이터 역을 맡았고, 브라이트포드 부인은 잠자는 숲속의 미녀의 어머니와 왕비 역을, 주임 사제는 왕 역, 그리고 왕자의 말 반 마리 역을 맡았다. 비브가 나머지 반 마리를 맡았고, 넬슨은 왕자의 개, 히바드 양은 의상 준비를 도왔다. “우리도 당신을 봐서 기뻐요.” 히바드 양이 말했다.

“그리고 힘든 시련을 이겨내고 이제는 괜찮아 보이니 참으로 좋습니다.” 주임 사제가 덧붙였다.

“봄이라 그래요.” 라버넘 양이 말했다. “봄이 오면 늘 기운이 좋아지더라고요.”

"내 생각에는 남자가 생겨서 그런 거 같은데."

"이유가 어찌 되었든, 좋아 보이네요." 브라이트포드 부인이 말했다. "환히 빛나 보여요."

하지만 폴리가 고드프리 경과 무대 뒤편으로 갔을 때, 그가 말했다. "지금 보이는 이 이상 흥분상태는 어찌 된 일입니까? 그런 분위기는 위험합니다. 저 때문에 겪은 고초에서 완전히 회복한 게 확실합니까? 아무래도 공연을 미루는 게 나을 것 같습니다."

"아니, 그러지 않는 게 나아요." 폴리가 말했고, 고드프리 경이 경계하는 표정을 짓자 이어 말했다. "극장을 일주일 더 쓰는 게 가능하지 않을 거라는 뜻이었을 뿐이에요. 그리고 5월이 되면 아마도 ENSA가 저를 순회공연에 보낼 거예요. 브리스틀 말고요." 폴리가 서둘러 덧붙였다. "연기하실 필요 없어요. 저는 괜찮아요."

그건 진실이었다. 폴리는 콜린을 다시 보지 못하는 게 유감일 뿐이었고, 그녀와 던워디 교수의 구조에 실패한 콜린이 자책할 생각에 마음이 아팠다.

'네 잘못이 아니야.' 폴리는 콜린에게 이야기해줄 수 있으면 좋겠다고 생각했다. '할 수만 있었으면 네가 결국 날 구했을 거란 거 알아.'

고드프리 경은 걱정스러운 눈으로 폴리를 바라보고 있었다. "사신을 한 번 피했다고 해서 사신이 다시 시도하지 않는다는 뜻은 아닙니다. 당신을 잃는 사태를 저는 견딜 수 없습니다."

"남자 주연을 다시 구해야 하실 테니까요." 폴리가 싱긋 웃으며 말했다.

그리고 폴리의 말에 고드프리 경의 걱정이 가신 모양이었다. 그는 다시 원래대로 독재적인 연출가의 모습으로 돌아와 모두에게 으르렁댔고, 세트를 칠하러 불려 온 도밍 씨에게 거친 목소리로 명령을 내렸다. 브라이트포드 부인의 어린 세 딸 역시 소집되었고, 연습이 시작되었을 즈음에는 폴리의 반대에도 불구하고, 알프와 비니까지 불려 왔다.

"아, 그건 좋은 생각이 아니라고 봐요." 위번 부인이 둘을 데려오자고 했을 때 폴리가 말했다.

"아니, 훌륭한 생각이에요." 위번 부인이 말했다. "이번 동화극은 이스트 엔드의 고아들을 위한 공연이에요. 그러니 그 동화극에 이스트 엔드의 아이들이 출연하는 것보다 더 좋은 게 뭐가 있겠어요? 둘은 세례식 장면에 출연하면 돼요."

"우리는 요정이에요." 비니가 던워디 교수에게 자랑스레 말했다.

"난 아니야." 알프가 말했다. "여자아이들만 요정이야. 난 고블린이야. 그리고 가시덤불이야. 1번 가시덤불이지."

"거짓말쟁이." 비니가 말했다. "가시덤불은 다 똑같아. 나는 아름답고 반짝이는 원피스를 입고 날개를 달 거야."

'고드프리 경이 너희들을 먼저 목 졸라 죽이지 않는다면.' 폴리는 생각했다. 그리고 그럴 가능성이 아주 커 보였다. 둘은 넬슨을 괴롭혔고, 페인트 칠한 곳을 마르기 전에 밟고 다니고, 잠자는 숲속의 미녀의 침대 위에 올라가 방방 뛰고, 요정의 지팡이와 공연용 칼로 서로를 때려댔다.

"그 칼들은 로열 셰익스피어 극단에서 빌려 온 거야!" 고드프리 경이 둘에게 으르렁댔다. "다음에 그 칼로 장난치다 잡히는 놈은 내 손에 거꾸로 매달릴 줄 알아."

하지만 소용없었다. 폴리는 에일린에게 아이들이 극장을 망가뜨리지 못하도록 연습 시간에 같이 와달라고 말해야만 했고, 위번 부인은 에일린을 보자마자 곧바로 프롬프터[55] 일을 맡겼다.

"적어도, 구조팀이 왔을 때 우리 모두 한곳에 있을 거잖아." 에일린이 쾌활하게 말했다.

이제는 아무도 올 수 없을 게 분명했지만, 에일린은 희망을 버리지 않았다. "세인트폴 대성당 폭격은 분기점이 분명해." 에일린이 말했다. "그리고 구조팀은 그 시기가 지나기 전에는 올 수 없을 거야."

16일이 되고 17일이 되었지만 아무도 오지 않았다. 18일에 에일린은 말했다. "우리가 더는 옥스퍼드 스트리트에 없고, 리케트 부인 집은 파괴되었

---

55 배우에게 대사를 알려주는 사람

고 구드 신부님은 백베리에 없어서 구조팀은 우리를 찾을 방법이 없어. 우리는 타운센드 브라더스 백화점으로 가서 우리 새 주소를 알려줘야 해. 장원에 있는 소총 사격 훈련소의 헤퍼난 중위에게도 편지를 보내야 한다고 생각해."

'소용없어.' 폴리는 생각했다. '만약 구조팀이 올 수 있었다면, 훨씬 전에 왔을 거야. 구조팀은 던워디 교수님의 데드라인이 5월 1일인 것을 알아.' 그리고 이후 사흘 동안 날씨가 맑을 예정이었다. 폭격하기 딱 알맞은 날씨였다.

"오늘 밤에 집에 돌아가면 장원에 편지를 써야겠어." 에일린이 말했다. "어쩌면 사격 연습장을 옮겼을지도 몰라. 그러면 우리는 백베리의 내 강하 지점을 쓸 수 있어."

'그곳 역시 열리지 않을 거야.' 폴리는 생각했고, 에일린에게 말을 해줄 수 있으면 좋겠다고 생각했다. '우리가 제때 이곳을 빠져나가지 못한 거로 자책하지 마. 네 잘못이 아니야.'

하지만 그렇게 말해줘도 에일린은 단지 이렇게 대꾸할 것이다. "구조팀은 우리를 데리러 올 거야. 두고봐. 그리고 지금 바로 이 순간에도 그곳에서는 우리를 구하기 위해 온갖 사람들이 온갖 일을 하고 있어." 폴리는 에일린이 진실을 감당할 수 있으리라는 생각이 들지 않았다. 그래서 에일린이 던워디 교수를 데리고 세인트폴 대성당으로 떠난 뒤, 폴리는 자신이 하고 싶었던 말을 메모로 남겼고, 또한 임플란트에 있는 모든 V-1과 V-2의 날짜, 시각, 장소 목록도 적었다.

폴리는 자신이 죽었을 때 원본이 파손되는 경우를 대비해 메모를 복사했고, 복사본은 에일린의 《칼레 기차 살인 사건》에 숨겼다. 원본은 봉투에 넣어 봉하고 수신인을 에일린으로 했고, 그 봉투와 반쯤 불에 탄 '세상의 빛' 석판화를 다시 다른 봉투에 담아 코트 주머니에 넣었다.

18일에도 아무 일이 일어나지 않았다. 19일이 되자 에일린은 말했다. "내일 나를 햄스테드 히스에 있는 강하 지점으로 데려다줘. 만일 16일이 분기점이었다면, 런던에서 멀리 떨어진 곳은 영향을 받지 않았을 거야." 에일린은 코트를 입었다. "극장에서 만나. 나는 던워디 교수님을 세인트폴 대성당에 모셔다드려야 해. 오늘 밤에 근무하서. 위번 부인에게 아이들이 만지지 못하도록 내가 마법 지팡이랑 가시덤불 가지들을 의상용 벽장 맨 위에 숨겨두었다고 알려드려."

"알프와 비니도 같이 가?"

"아니." 에일린은 말했지만, 아이들은 같이 가겠노라고 난리를 피웠고, 결국 에일린은 포기하고 둘을 데리고 갔다.

비록 아이들이 연습에 지각할 거고 고드프리 경은 에일린에게 화를 내겠지만, 그래도 폴리는 안심되었다. 에일린과 함께 있는 한, 아이들은 안전할 것이다. 어쨌든 폴리와 있는 것보다는 안전했다. 그리고 던워디 교수는 세인트폴 대성당에서 안전할 것이다. 대성당은 16일 이후론 다시 폭격당하지 않았다.

그건, 던워디 교수는 대성당으로 가는 길 또는 집으로 돌아오는 길에 죽으리라는 뜻이었다. 폴리 역시 같은 순간에 죽을 가능성이 있어 보였지만, 폴리는 그렇게 되지 않기를 바랐다. 폴리는 고드프리 경을 위해 동화극을 끝까지 마치고 싶었다.

비록 고드프리 경은 동화극을 끔찍이 싫어했지만, 그래도 폴리는 동화극을 하는 게 좋았다. 아마도 남은 생에 할 수 있는 마지막 일이기 때문인 듯했다. 극장 안에서는 남은 하루하루가 무자비하게 지나가는 것을 잊을 수 있었고, 또한 전쟁과 작별과 죽음을 잊을 수 있었다. 그리고 오로지 대사와 의상, 그리고 만지는 것마다 망가뜨리는 알프와 비니를 막는 일에만 집중할 수 있었다.

호드빈 남매는 연극에 참여하게 된 이후 밤마다 무대 뒤를 혼란의 도가니로 만들었을 뿐 아니라 동화극에 참여하는 다른 아이들 전부에게도 나쁜 영향을 주었다. 특히 트로트에게 나쁜 영향을 주었다. 호느빈 남매와 일주일을 지낸 뒤, 트로트의 리본은 엉클어졌고, 장밋빛 두 뺨은 얼룩이 지고 더러워졌으며, 폴리가 리젠트 극장에 도착했을 때 트로트는 "나는 바보가 아니야!"라고 외치며 넬슨이 요란히 짖는 와중에 마법 지팡이로 자기 언니들을 때려대고 있었다.

"내가 마법 지팡이를 트로트에게 줬어요." 라버넘 양이 당혹해하며 자백했다. "좀 익숙해지라고요. 하지만 좋은 생각이 아니었던 듯하네요."

라버넘 양은 또한 같은 생각으로 브라이트포드 부인(왕비)에게 왕실 가운을 주었고, 고드프리 경(나쁜 요정)에게는 '혹시라도 떨어질 경우를 대비해' 히틀러 스타일 콧수염을 달도록 강요했다.

"저는 50년 넘게 고무풀로 가짜 콧수염을 달아온 경험이 있습니다! 그리고 단 한 번도 떨어진 적이 없어요!" 고드프리 경은 외치고 있었고, 심지어 알프와 비니가 없다는 사실조차 알아차리지 못했다.

30분 뒤, 폴리는 호드빈 남매가 극장의 뒷문을 통해 들어오는 모습을 보았다. 둘뿐이었다. "에일린은 어디에 있니?" 폴리가 아이들에게 외치며 눈을 가늘게 뜨고 각광 너머를 바라보았다. "같이 돌아오지 않았어?"

"네." 알프가 중앙 복도에 주저앉으며 말했다.

"왜 같이 안 왔는데?"

"에일린 언니는 뭔가를 해야 한댔어요." 비니가 말했다. "그리고 우리가 늦지 않도록 우리만 먼저 보냈어요."

"그리고 자기를 따라오지 말랬어요." 알프가 덧붙였다.

"그리고 따라갔니?"

"아니요." 알프는 자신의 정직함이 상처받았다는 듯이 분노를 가득 담아 말했다.

"따라가보려 했어요." 비니가 말했다. "하지만 언니는 너무 빨랐고, 그래서 우리는 이곳에 왔어요."

'내 강하 지점에 다시 간 거야.' 폴리는 생각하면서도 에일린이 그러지 않았기를 바랐다. 폴리가 이곳에 오는 동안 사이렌이 울렸고, 비행기들의 윙윙거리는 소리, 그리고 멀리서 폭탄이 터지는 소리가 들렸다. 논리적으로 생각하자면 에일린에게는 아무 일도 생기지 않으며 전승 기념일까지 살아남을 테지만, 윙윙거리는 비행기 소리에 신경을 쓰지 않을 수가 없었고, 비행기들이 켄싱턴 지역 상공에 있는 건 아닐까 자꾸만 마음속으로 가늠해보게 되었다.

지금까지는 이스트 엔드 위에 있는 듯했다. 폴리는 무대 뒤쪽으로 갔고, 라버넘 양이 그녀에게 남자 주인공 의상과 벨트, 칼집을 주었다. "이러면 칼을 차는 데 익숙해질 수 있을 거예요."

그리고 폴리가 지금 무대에 서야 한다고 항의하자, 라버넘 양이 말했다. "시간은 충분하고도 남아요. 방화 커튼이 끼어서 움직이지를 않아요. 사람들이 30분째 커튼을 올리려 애쓰는 중이에요. 고드프리 경은 아주 격노한 상태고요."

라버넘 양 말대로 고드프리 경은 격노했다. 폴리가 더블릿과 스타킹 차림으로 무대에 올랐을 때, 그는 주임 사제에게 고함을 치고 있었다. 라버넘 양이 고드프리 경에게 무대 의상을 하고 오르라고 고집을 한 탓에 그 장면은 더욱 험악해 보였다. 그는 총통 군복에 히틀러 콧수염을 했고, 아주 무시무시해 보였다.

"오늘 밤 10시에 비비언 리가 자기 출연 장면 연습을 하러 올 텐데, 배우들이 준비가 안 되어 있을 뿐 아니라 비비언 리가 무대에 올라갈 수조차 없습니다!" 고드프리 경이 외쳤다. "알프와 비니가 이 일의 배후가 아닌 게 좋을 겁니다."

"그 아이들은 방금 여기에 도착했는걸요." 폴리가 말했지만, 그게 아이들이 무죄라는 변명으로는 빈약했다. 그 아이들이라면 지난밤에 미리 방화 커튼에 장난질을 쳐놓고도 남았다.

'그 아이들은 선을 위한 힘이야.' 폴리는 생각했다. '그 아이들은 웨스트브룩 대위의 목숨을 구했어. 그리고 에일린의 목숨도. 그 아이들 덕에 전쟁에서 우리가 이겼어.' 하지만 아무리 그렇게 머릿속으로 되뇌어도 스스로를 세뇌하는 데는 한계가 있었다. 아이들이 폴리의 칼과 도밍 씨의 아직 축축한 페인트 솔을 가지고 무대 뒤에서 칼싸움할 때는 특히 그랬다.

주임 사제와 도밍 씨는 마침내 방화 커튼을 올렸지만, 변화 장면에서 숲과 성이 그려진 망사 막을 올리려 하자 이번엔 그 망사 막이 끼어서 움직이지 않았다. "목수를 불러오는 게 나을 듯해요." 라버넘 양이 소심하게 말했다.

"이런 밤 시간에, 더구나 공습이 한창일 때 대체 어디서 목수를 찾는단 말입니까?" 고드프리 경이 승마용 회초리로 천장을 가리키며 말했다. "기왕이면 바다코끼리도 불러오는 게 나을 겁니다." 그의 콧수염이 떨렸다. "아니면 3월의 토끼나요. 이런 정신 나간 상황에 딱 맞을 테니까요."

"뭘 기다리시는 겁니까?" 고드프리 경이 움츠러든 라버넘 양에게 말했다. "'가서 떨어지는 별을 잡으세요! 맨드레이크 뿌리를 임신시키세요!'"[56]

라버넘 양은 목수를 찾아 서둘러 떠났고, 고드프리 경은 폴리를 돌아보았다. "애초부터 동화극을 하겠노라고 동의하면 안 된다는 걸 전 알고 있었습니다, 비올라."

"《라푼젤》을 해야 했다고 난 생각해요." 트로트가 목소리 높여 말했다. "거기에는 탑이 나와요."

고드프리 경은 히틀러 콧수염을 떨며 위협적으로 승마용 채찍을 쳐들었다.

"그리고 마녀도요." 트로트가 말했다.

"트로트, 가서 다른 아이들을 데려오렴, 착하지?" 폴리가 말하고 아이를 고드프리 경이 보이지 않는 곳으로 보냈다. 그리고 그에게 말했다. "우리는 배경 그림 앞에서 프롤로그랑 제1막 대부분을 할 수 있고, 변화 장면은 목수가 온 뒤에 하면 돼요."

"아주 좋습니다, 프롤로그!" 고드프리 경이 외쳤다. "모두 제자리에…."

무대 옆쪽에서 금속 부딪히는 소리가 요란히 났다. "알프!" 고드프리 경이 으르렁댔다.

알프가 무대용 칼 중 하나를 들고 나타났다. 칼은 살짝 휘어져 있었다. "난 아무것도 안 만졌어요. 그냥 칼들이 혼자 쓰러진 거예요. 맹세해요."

'이 아이들 덕분에 전쟁에서 이겼어.' 폴리가 다시 속으로 되뇌었다. '이 아이들 덕분에.'

"만약 너희 못된 개구쟁이 놈들이 앞으로 뭔가를 만지면, 뭐든지 간

---

56 존 돈의 시 '가서 떨어지는 별을 잡으세요'에서. 불가능한 일을 해보라는 뜻이다.

에…." 고드프리 경이 극도로 분노하며 말했다. "다른 아이들에게 경고하는 의미로 너희 머리를 잘라 극장 문 앞에 걸어놓으마!" 알프마저도 그 말에는 겁을 먹은 듯했다. "그 칼을 내게 주고 저 앞에 앉아라. 막을 닫아요. 모두 제자리에!"

폴리는 막 앞으로 나와 자기 프롤로그를 관객들에게 말했다. 관객은 맨 앞줄에 앉은 알프, 비니, 그리고 호전적인 태도로 작은 가슴을 가로질러 팔짱을 낀 트로트, 그리고 넬슨이 전부였다. 폴리는 그들에게 동화극을 보러 온 것을 환영한다고 말했고, 이제 아주 멋진 것들을 보게 될 것이며, 겉보기와는 달리 해피엔딩이니 걱정하지 말라고 안심시켰다. "결국, 악은 승리하지 못해요." 폴리가 말했다. "실성하고 마는 건 총통이에요."

《라푼젤》 공연을 하지 않는 것에 여전히 화가 난 듯한 트로트를 뺀 다른 관객들은 손뼉을 치며 환호성을 질렀다.

"그리고, 이제, 우리 이야기에서…." 폴리가 커튼 쪽으로 팔을 펼치며 말했다. "처음 장면은 왕궁에서 펼쳐진답니다. 왕과 왕비와 갓 난 딸과 함께요."

다행히도 막이 열리며 왕관을 쓰고 인형을 안은 브라이트포드 부인이 나타났다.

"왕은 어디에 있나요?" 고드프리 경이 무대를 향해 다그쳐 물었다.

"주임 사제님요?" 비니가 말했다. "목수를 데리러 라버넘 양과 함께 갔어요."

"말 한 마리를 주면 내 왕국을 주리라." 고드프리 경이 중얼거렸다. "도밍 씨!"

도밍 씨가 무대 옆에서 페인트 솔과 통을 들고 나타났다.

"당신이 왕 여을 하십시오."

"저는 대사를 모릅니다." 도밍 씨가 말했다.

"프롬프터!" 고드프리 경이 으르렁거렸다.

"에일린은 아직 안 왔어요." 폴리가 말했다.

"내가 왕을 할게요." 비니가 무대로 쏜살같이 달려가며 말했다. "난 대사를 전부 알아요.”

비니는 브라이트포드 부인에게 갔다. “‘나의 왕비여, 우리는 성대한 세례식을 열고 이 나라의 모든 요정을 초대해야 합니다.’” 비니가 고드프리 경을 돌아보며 말했다. “보셨죠?”

고드프리 경은 눈알을 굴리더니 비니에게 손을 흔들어 계속하라는 신호를 보냈고, 그들은 그 장면 그리고 다음 장면(무슨 이유에서인가, 곰 세 마리가 노래하고 춤추는 내용으로 이어졌다)을 안전하게 마쳤지만, 세례식 장면을 하는 데 필요한 라버넘 양과 주임 사제가 아직도 돌아오지 않았다.

에일린 역시 도착하지 않았고, 폴리는 폭탄 소리에 초조히 귀를 기울였다. 비행기들은 첼시 쪽에 있으며 북서쪽으로 이동하는 듯했다. 켄싱턴, 그리고 폴리의 강하 지점이 있는 쪽으로.

“다시 말하건대, 우리는 왕자의 장면을 연습할 겁니다.” 고드프리 경이 말하고 있었다. “만약 가시덤불들 역시 우리를 버리지 않았다면 말입니다.”

“죄송해요.” 폴리가 말하고 아이들을 찾으러 갔다.

아이들은 무대 뒤편, 잠자는 숲속의 미녀의 침대 위에 서 있었다. 알프와 비니는 트로트와 다른 가시덤불들에게 가지로 찌르고 공격을 받아넘기는 법을 가르쳐주고 있었다.

“무대로. 지금.” 폴리가 명령했고, 아이들은 침대에서 뛰어내리고 막 아래로 허둥지둥 통과해 무대로 나와 그럭저럭 한 줄을 이루었고, 가슴 앞에서 가지들을 엇갈리게 뻗었다.

“넬슨은 어디에 있죠?” 알프가 말하며 넬슨을 찾으러 떠나려 했다.

“정지!” 고드프리 경이 으르렁거렸다. “넬슨 없이 해.”

“하지만….”

“당장!” 그가 명령했다.

폴리가 서둘러 말했다. “‘나는 이야기로만 들은 아름다운 공주를 오랫동안 찾아다녔도다.’” 그리고 콜린을 떠올렸다. “‘멀고도 먼 길을 말을 타고 힘들게 왔도다….’”

“용감한 왕자님….” 고드프리 경이 가로막았다. “이건 희극이지 비극이 아닙니다."

"죄송해요." 폴리가 말하며 나름 희망차고 용감한 표정을 지으려 애썼다. "'나는 이야기로만 들은 아름다운 공주를 오랫동안….'"

"잠깐만요." 알프가 말했다. "그거 잠자는 숲속의 미녀를 말하는 거겠죠? 그리고 우리는 공주를 보호해야 하는 거고요."

"맞아." 고드프리 경이 쏘아보며 말했다.

"그러면, 잠자는 숲속의 미녀는 어디에 있나요?"

"10시에 이곳에 올 거야." 고드프리 경이 말했다. "내가 그때까지 살아 있다면 말이다."

"내가 잠자는 숲속의 미녀 역을 할 수 있어요." 비니가 말했다. "난 대사를 다 알아요."

"잠자는 숲속의 미녀는 대사가 없어." 알프가 말했다. "그냥 잠만 자."

하지만 비니는 이미 막 아래를 통해 연극용 침대를 끌어오고 있었다. 비니는 침대에 뛰어올라 눕고는 가슴팍에 단정하게 팔을 포개고 두 눈을 감았다.

폴리는 고드프리 경이 폭발할까 봐 걱정이었지만, 그는 폴리에게 시작하라는 신호로 힘없이 고개를 끄덕일 뿐이었다.

"'멀고도 먼 길을 말을 타고 힘들게 왔도다.'" 폴리가 말했고, 칼집에 손을 가져갔다. "'이 어두운 숲은 어떤 사악함이더냐? 그리고 이 나무들은 무엇이더냐?'"

"'가시덤불이야!'" 알프가 말했다. "'우리는 아무도 통과시키지 않아!'"

트로트가 앞으로 나섰다. "'우리의 가시는 네 몸을 갈가리 찢을 거야!'"

"'가시덤불 몇 개쯤은 두렵지 않도다.'" 폴리가 말했다.

"'우리는 평범한 가시덤불이 아니야!'" 베스가 외쳤다.

"'우리는 '나치' 가시덤불들이야!'" 알프가 선언했다. "'나는 괴벨스야!'" 그리고 가지 팔을 벌리고는 가슴에 있는 나치 선전장관의 사진을 드러냈다.

"'나는 괴링이야!'" 베스가 말했다.

"'나는….'" 트로트가 무게 중심을 다른 발로 옮기고 얼굴을 찡그리더니 이윽고 폴리를 바라보았다. "'나는….'"

"힘러." 폴리가 속삭였지만 소용없었다.

"나는 누구예요?" 트로트가 애처롭게 물었다.

"너는 힘러야, 이 바보야." 비니가 말하며 침대에서 일어나 앉았다.

"나는 바보가 아니야!" 트로트가 외치며 비니보다 더 가까이 있는 알프를 가지로 쳤다.

"왜 프롬프터는 아직 이곳에 없는 겁니까!" 고드프리 경이 말하고는 무대 위로 쿵쿵거리며 올라갔다.

"모르겠어요." 폴리가 말했다. "무슨 사고라도 난 게 아닐까 걱정이…."

"내가 가서 찾아볼까요?" 알프가 자원했다.

"아니." 고드프리 경이 말했다. "도밍 씨! 프롬프터용 대본을 맡아주세요."

도밍 씨가 끄덕였고, 페인트 솔을 통에 넣고 바닥에 내려놓고는(나중에 알프가 차서 쓰러뜨릴 게 분명한 장소였다) 프롬프터용 대본을 찾으러 갔다.

"그만해." 고드프리 경이 여전히 알프를 때리고 있는 트로트에게 말했다. "맙소사, 너희 여섯 명이 5분짜리 장면을 연기하게 하는 것보다 버넘 숲이 던시네인 언덕으로 가는 게 더 쉽겠구나."[57]

"줄을 서거라." 고드프리 경이 아이들에게 명령했고, 비니 쪽을 보았다. "눕거라. 그리고 '우리는 나치 가시덤불들이야!'부터 다시!"

트로트는 고드프리 경으로부터 엄청난 두려움을 느낀 게 분명했다. 트로트는 대사를 제대로 말했으며 이어지는 '가시덤불들의 노래'를 토씨 하나 틀리지 않고 완벽하게 불렀기 때문이다. 그리고 이 노래에 포함된, 유럽 요새[58]에 관한 대사, 그리고 모두가 앞으로 돌진해 폴리에게 가지들을 찌르는 마지막 군무까지 정확하게 해냈다.

"'너희는 나를 막지 못해!'" 폴리가 말하며 칼을 뽑았다. "'내 듬직한 칼인 처칠로 너희를 자를 거야. 자, 칼을 받아라!'"

---

57 셰익스피어의 《맥베스》에서 마녀는 버넘 숲이 던시네인 언덕으로 움직이는 경우에만 맥베스가 패할 거라고 예언한다.

58 제2차 세계대전 당시 나치에 점령당한 유럽을 가리킨다.

"오, 안 돼!" 아이들이 비명을 지르며 한꺼번에 주저앉았다.

"아니, 아니, 아니야!" 고드프리 경이 무대 위로 성큼성큼 걸어오며 말했다. "모두 동시에 그러면 안 돼."

아이들이 허둥지둥 일어났다.

"너희들은 한 명씩 차례로 쓰러져야 해. 도미노처럼." 고드프리 경이 베스의 머리에 손을 얹었다. "네가 제일 먼저, 다음은 너, 그리고 너, 한 줄로 쓰러져야 해."

"그리고 저 아이들은 가지들을 제대로 찌르지도 못했어요." 비니가 침대에서 일어나 앉으며 말했다.

"난 제대로⋯." 알프가 입을 열었다.

고드프리 경이 매서운 눈빛으로 알프를 조용히 시켰다.

"그리고 너희들은 가지를 쳐들고." 고드프리 경은 비니를 돌아보며 으르렁거렸다. "넌 다시 자. 키스를 받을 때까지 움직이지 마." 폴리에게는 지나가며 중얼거렸다. "셰익스피어가 극에 아이들을 넣지 않는 건 다 이유가 있어서입니다."

"소공녀를 잊으셨어요."

"하지만 2막에 살해당하게 할 정도로 정신이 제대로 박혀 있었지요. 다시!"

폴리는 고개를 끄덕였고, 칼을 뽑아 들고 앞으로 나섰다. "'그리고 나의 믿음직한 방패⋯.'"

무대 뒤쪽에서 뭔가가 요란하게 떨어지는 소리가 났다. 폴리는 즉시 알프를 바라보았지만, 알프는 천진난만한 표정을 짓고 있었다.

"단 한 순간만이라도 연극 연습을 제대로 할 수가 없는 겁니까?" 고드프리 경이 말히고 쿵쿵거리며 무대 뒤로 가서 외쳤다. "따라오지들 마! 내가 돌아올 때까지 이 장면하고 다음 장면까지 다 마쳐두도록! 그리고 목수가 도착하면 곧바로 내게 알려줘."

아이들은 흥미로운 표정으로 고드프리 경의 뒷모습을 바라보았다.

"다시 자기 자리로." 폴리가 말했다. "가지들을 뻗어." 폴리가 칼을 들어

올렸다. "'그리고 내 믿음직한….'"

극장 뒤편에서 소리가 들렸고, 뒷문에서 남자가 나타났다. '다행이야.' 폴리는 여전히 칼을 든 채 무대 가장자리로 걸어가며 생각했다. '목수가 왔어.'

하지만 아니었다. 들어온 이는 던워디 교수였다. 그의 코트는 여며져 있지 않았고, 목도리는 한쪽에서 대롱거렸으며 모자도 쓰지 않은 상태였다.

"던워…홉 선생님." 폴리가 아무것도 들지 않은 손으로 눈에 그늘을 만들어 어두운 극장 안을 살피려 애쓰며 외쳤다. "여기서 뭐 하세요? 무슨 일이에요?"

그는 대답하지 않았다. 교수는 비틀거리며 복도를 걸어왔다.

'오, 맙소사. 다치신 거야.' 폴리는 생각했다.

알프가 폴리 옆에 나타났다. "에일린 누나에게 뭔가 일어난 건가요?" 알프가 물었다.

던워디 교수는 말을 하려 애썼지만, 아무 소리도 내지 못했다. 그는 다시 한 걸음 앞으로 나왔고, 폴리는 이제 그의 얼굴을 볼 수 있었다. 그는 놀라 넋이 나간 표정이었고, 얼굴은 잿빛이었다.

'안 돼.' 폴리는 생각했다. '에일린은 안 돼. 그럴 리 없어. 데드라인이 있는 건 던워디 교수님과 나야. 에일린은 전쟁에서 살아남아. 에일린은….'

비니가 이불을 질질 끌며 폴리를 밀치고 지나갔다. "에일린 언니는 어디에 있어요?" 비니가 목소리를 높여 다그쳐 물었다. "언니에게 무슨 일이 일어난 거예요?"

던워디 교수는 고개를 저었다.

'하느님, 감사합니다.'

"괜찮으세요?" 폴리가 던워디 교수에게 외쳤다.

"나는 세인트폴 대성당에 있었는데…." 던워디 교수가 말하고 폴리를 올려다보더니 다시 자신이 들어온 문가를 돌아보았다.

그곳에는 젊은 남자가 서 있었다. 그 남자가 복도를 걸어오기 시작했고, 폴리는 그가 공습 대비대 감시원 완장을 두르고 헬멧을 양손에 들고 있는 것을 보았다. '오, 맙소사.' 폴리는 생각했다. '스티븐 랭 대위야.'

하지만 그럴 리 없었다. 아직 랭 대위는 폴리를 만난 적조차 없었다. 랭 대위를 만나는 건 1944년이었다. 그리고 그 감시원의 머리 색깔은 갈색이 아니라 붉은 기가 도는 금발이었다. "폴리." 그 남자가 말했다.

"고드프리 경!" 트로트가 무대 옆쪽을 향해 외쳤다. "목수가 왔어요!"

"목수 아니야, 이 바보야!" 알프가 트로트에게 외쳤다. "공습 대비대 감시원이야!"

'아니, 그렇지 않아.' 폴리는 생각했다.

그리고 랭 대위도 아니었다. 폴리가 내내 들고 있던 칼, 아직 들고 있는 것조차 잊었던 칼이 힘없는 손아귀에서 떨어졌다.

그건 콜린이었다.

63

과거와 미래를 끄르고 풀고 헤치고
하나로 꿰려 애쓰며

— *T. S. 엘리엇, 〈4개의 사중주〉*

전쟁 박물관, 런던, 1995년 5월 7일

콜린은 모조 방공호 안에 비니와 함께 앉아 있었지만, 사이렌 소리를 듣지도, 빨간 점멸등을 보지도 않았고, 오로지 비니가 방금 한 이야기를 이해하려 애쓰고 있었다. 에일린은 죽었다. 8년 전에. 그렇다면 폴리는 1943년 12월에 이미 죽었다는 의미였다.

비니의 뒤쪽 벽에는 가정주부, 간호사, 공습 대비대 감시원의 그림이 담긴 포스터가 붙어 있었다. 포스터에는 '당신은 전투에서 이길 수 있습니다'라고 적혀 있었다.

'나는 이기지 못했어.' 콜린이 생각했다. 온몸이 마비된 느낌이었다. '나는 너무 늦었어. 에일린은 거의 10년 전에 죽었어. 나는 에일린을 구하지 못했어. 폴리도.'

"정말 미안해요." 비니가 말했다. "그것부터 먼저 말했어야 하는데. 암이었어요."

암. 만약 에일린이 원래 속한 옥스퍼드에 있었다면 쉽게 치료할 수 있는 병이었다. 그리고 만약 콜린이 과거로 가서 제때 에일린을 구할 수 있다면,

여전히 치료할 수 있을 것이다. 만약 에일린이 죽었을 때 혼자였다면, 콜린은 여전히 에일린을….

"에일린이 병원에서 죽었나요?" 콜린이 다급히 물었다. "누군가가 같이 있었어요?"

비니는 얼굴을 찡그리고 콜린을 바라보았다. "물론이지요. 우리 모두 그곳에 있었어요."

그건 마지막 순간에 에일린을 구할 방법이 없다는 뜻이었다. 훔친 구급차에 몰래 에일린을 숨겨 옥스퍼드로 보낼 방법이 없다는 뜻이었다. 콜린은 비니 옆에 털썩 주저앉아 두 손으로 머리를 감쌌다.

"우리 모두 작별 인사를 해야 했으니까요." 비니가 말했다. "아주 평화로운 임종이었어요."

'평화로운.' 콜린은 씁쓸하게 생각했다. '폴리가 먼저 그러했듯, 과거에 표류해 헛되어 구조대를 기다리다 죽어서 문제이지. 다만 에일린은 오래전에 기다림과 희망을 완전히 포기한 게 폴리와 다를 뿐이야.'

"안타까운 일이죠." 비니가 고개를 끄덕이며 말했다. "엄마는 당신을 보면 좋아했을 거예요. 하지만 적어도 우리는 당신을 찾았죠." 비니가 콜린을 보며 활짝 웃었다. "당신이 엄마를 찾지 못했을 때, 우리는 뭔가 잘못된 게 아닐까 걱정했어요. 아니, 적어도 나는 그랬어요. 하지만 알프는 우리가 당신을 찾아야만 한다고 말했어요. 왜냐하면, 만약 우리가 그러지 않았다면, 당신은 폴리 이모를 데리러 오지 못했을 거고…."

"데리러 와요?" 콜린은 비니의 두 어깨를 움켜쥐었다. "지금 무슨 말을 하는 건가요?"

"그 사람들을 구하려고 당신이 강하해서 온 거요."

"하지만 방금 당신은 제가 에일린을 찾을 수 없었다고 했잖아요."

"그렇게 말하지 않았어요." 비니가 놀라 대답했다. "나는 당신이 에일린을 지금 찾을 수 없다고 말했어요. 당시에는 아니에요."

"제가 에일린과 폴리를 찾았나요?"

비니가 고개를 끄덕였다. "그리고 던워디 교수님도요."

"던워디 교수님요? 그분이 살아 계세요?"

비니가 고개를 끄덕였다. "폴리 이모가 교수님을 세인트폴 대성당에서 찾아냈어요."

"교수님이 살아계시는구나." 콜린은 그 모든 사실을 받아들이기 버거워하며 중얼거렸다. "저는 교수님이 돌아가신 줄 알았어요. 신문에 그분 사망 공지가 실렸거든요."

"아니요. 그냥 부상만 당하셨어요."

"그리고 저는 그 사람들을 구하러 갈 수 있었고요?" 콜린이 물었다.

비니가 고개를 끄덕였다.

하지만 만약 콜린이 성공했다면, 에일린이 아직 여기에 있었을 리 없었다. 콜린을 찾으려 애쓰다 죽었을 리 없었다. "무슨 일이 있었던 건가요?" 콜린이 물었지만, 그는 이미 답을 알았다. "제가 그 사람들을 찾아갔을 때는 너무 늦은 거죠? 그렇죠?"

64

사랑하는 이를 만나면 여행은 끝나리.

— 윌리엄 셰익스피어, 《십이야》

런던, 1941년 4월 19일

폴리의 칼이 무대에 떨어지며 철그렁 소리를 냈다. "빨리 칼을 잡아요!" 알프가 말했지만, 폴리에게는 그 말이 귀에 들어오지 않았다.

"콜린." 폴리는 말을 하려 했지만, 아무 소리도 나오지 않았다. 그녀는 던워디 교수 쪽을 흘끗 보았고, 교수는 몸을 지탱하기 위해 극장 의자 등받이를 움켜쥐고 서 있었다. 폴리는 다시 콜린에게로 시선을 돌렸다.

하지만 폴리가 전에 알던 콜린이 아니었다. 공습 대비대 헬멧을 손에 들고 그녀 앞 복도에 선 남자에게서는, 옥스퍼드에서 폴리를 강아지처럼 졸졸 따라다니던, 열정과 활기 넘치던, 자기가 크면 결혼하자고 졸라대던 소년의 모습을 찾아볼 수 없었다.

하지만 그건 상관없었다. 폴리는 복도에 선 그 남자를 보는 순간 콜린임을 알았다. 그리고 콜린이 약속대로 자신을 구하러 왔음을 알았다. 하지만 그러기 위해 얼마나 큰 대가를 치렀단 말인가? 콜린은 나이가 들었을 뿐 아니라 더 슬프고 더 결의에 차 보였으며, 얼굴에는 고생과 피곤으로 인한 주름이 생겨 있었다.

‘오, 콜린.’ 폴리가 생각했다. ‘마지막으로 헤어지고 7개월 동안 너에게 무슨 일이 있었던 거니?’

하지만 폴리는 그 답 역시 알았다. 콜린은 몇 주, 몇 달, 아니 몇 년 동안 그들을 구하기 위해 미친 듯이 노력한 것이다. 강하란 강하는 다 열려 해봤을 것이다. 그리고 그 시도가 실패했을 때 무슨 일이 일어났는지 알아내려 애를 쓰고, 이제는 잃어버린 그들의 자취를 찾으려 애를 썼을 것이다.

‘멀고도 먼 길을 말을 타고 힘들게 왔도다.’ 폴리는 생각했다. ‘오랫동안 가망 없이 찾아다녔도다.’ 그리고 전투를 하고 마법의 주문과 가시덤불과 시간과 싸웠다. 그리고 폴리를 찾아냈다.

그리고 마침내 그들 모두를 발견했다. 폴리는, 여전히 무슨 일이 일어났는지 믿지 못하겠다는 듯이 극장 의자 등받이를 잡고 몸을 지탱하고 선 던워디 교수를 바라보았다. 그는 마침내 배가 도착했을 때 훌륭한 크라이턴과 메리 아가씨가 지었을 게 분명한 표정을 짓고 있었다.

“그 사람들은 남은 생을 그 섬에서 살고 죽을 거라고 체념했습니다.” 고드프리 경은 구조 장면을 연습할 때 단원들에게 그렇게 말했다. “그리고 이제 곧 구조가 됩니다. 아니, 아니, 아닙니다! 웃지 마십시오! 자신들이 구조됐다는 사실이 믿기지 않아 비틀거리고 놀라는 모습을 보여줘야 합니다. 즐겁고 슬프고 두려운 모습이 한꺼번에 보여야 합니다.”

‘그리고 침묵도.’ 폴리는 생각했다. ‘마치 주문에 걸린 것처럼.’

콜린 역시 주문에 걸려 있었다. 그는 움직이지도, 말을 하지도 않았다. 콜린은 공습 대비대 헬멧을 두 손에 들고 꼼짝도 하지 않고 서서 폴리를 바라보며 기다렸다.

‘내가 주문을 깨길 기다리는 거야.’ 폴리는 생각했다.

“오, 콜린.” 폴리가 말하고 계단을 내려와 콜린이 선 복도로 걸어갔다. “만약 문제가 생기면 넌 나를 구하러 올 거라고 했지. 그리고 정말로 왔구나!”

“왔어.” 콜린이 말했고, 그의 목소리 역시 변해 있었다. 소년의 목소리가 아닌, 더 굵고 부드러운, 어른의 목소리였다. “좀 늦었고, 옷도 엉망이기는 하지만.” 콜린이 폴리를 보고 싱긋 웃었고, 폴리는 자기 생각이 틀렸다는 걸 깨달았다. 지금 자기 앞에 선 남자는 그날 보들리 도서관에서 그녀를 따라다니던 바로 그 콜린과 정확히 똑같았다. 전혀 변하지 않았다.

폴리의 심장이 쿵쾅거렸다. "늦지 않았어. 정확한 시간에 왔어."

콜린은 폴리에게 다가가기 시작했고, 그녀는 갑자기 달리기를 한 것처럼 숨이 가빴다. "콜린…."

"폴리 누나!" 알프가 무대에서 외쳤다. "그 감시원이 우리를 대피시키러 온 건가요?" 알프는 폴리에게서 겨우 한 걸음 떨어진 곳에 있는 콜린을 가리켰다.

"당연히 아니지, 이 바보야." 비니가 무대 가장자리로 나와 알프 옆으로 가며 말했다. "공습 대비대 감시원은 사람들을 피신시키지 않아."

"불발탄이 있으면 그렇게 해." 알프가 받아쳤다. "그 형이 폭탄 제거반과 같이 왔나요, 폴리 누나?"

"난 저 오빠가 누군지 알아." 트로트가 알프와 비니의 대화에 끼어들었다. "저 오빠는 왕자님이야. 잠자는 숲속의 미녀를 구하러 온 거야."

"정신 차려." 알프가 몸을 굽히고 요란하게 웃어댈 때 비니가 말했다. "용감한 왕자님 따위는 없어."

'아니, 있고말고.' 폴리는 생각했다. '여기 있잖아. 아주 알맞은 때에 나타났잖아.'

"완전히 왕자님 같은걸." 트로트가 말했고, 무대 옆 계단을 내려가기 시작했다. "내가 보여줄게."

"아니, 그러지 마." 폴리가 말했다. 지금 상황에서 아이들이 아래로 내려와 질문을 해대는 것은 전혀 도움이 되지 않았다. "가서 지금 당장 세례식 장면 의상으로 갈아입으렴."

트로트가 즉시 무대 옆쪽으로 향했고 그 뒤를 빌슨이 따랐지만, 알프와 비니가 폴리의 말을 그렇게 순순히 따를 리 없었다. "고드프리 경은 우리에게 우리가 멈췄던 곳부터 계속하라고 했어요." 비니가 말했다.

"고드프리 경이 뭐라고 하셨는지는 상관없어, 비니. 가서 네 요정 의상으로 갈아입어."

비니 옆에서 콜린이 중얼거렸다. "저 애가 비니야?"

'심지어 콜린마저도 그 악명 높은 호드빈 남매에 관해 들어봤구나.' 폴리가 생각했다.

"응." 폴리가 말했다. "자, 가서 세례식 장면 의상으로 갈아입어."

"그럴 수 없어요." 비니가 말했다. "에일린 언니가 아직 돌아오지 않았단 말이에요."

'에일린. 이제 집에 돌아간다는 걸 알면 에일린이 얼마나 기뻐할까.'

"에일린이 여기 없니?" 던워디 교수가 물었다.

"네. 제 강하 지점을 먼저 확인하러 간 듯해요." 폴리가 말했다.

던워디 교수와 콜린이 시선을 교환했다.

"왜요?" 폴리가 걱정스레 물었다. "오늘 밤에 켄싱턴에 공습이 있는 건 아니죠?"

"아니야. 오늘 밤 공습은 대부분 부두 쪽이야." 콜린이 말했다.

"제가 의상을 제대로 입지 않고 세례식 장면을 할 수는 없어요." 비니가 말했다. "그리고 에일린 언니는 날개를 고치기 전까지는 그걸 입지 말라고 했어요. 부러졌거든요. 알프가 부러뜨렸어요." 비니가 쓸데없는 말을 덧붙였다.

"날개 없이 의상을 입어." 폴리가 명령했다.

'에일린은 집에 간다는 생각보다 이제 호드빈 남매를 상대하지 않아도 된다는 사실에 더 기뻐할 거야.' 폴리는 생각했고, 죄책감이 들었다. 알프와 비니는 이미 어머니를 잃었으며 이제 에일린을 잃을 것이다. 가엾고 어린….

"에일린 언니가 그러지 말라고 했어요." 비니가 도전하듯 말했다. "그리고 고드프리 경은 우리가 마지막 장면까지 멈추지 말고 쭉 해야 한댔어요."

"그리고 나는 너에게 가서 의상을 입으라고 했고." 폴리가 명령했다. "그리고 에일린이 여기에 도착하면, 내가 이야기하자고 한다고 전해."

"알았어요. 하지만 언니는 곤란한 상황에 빠질 거예요." 비니가 위협하듯 중얼거렸다.

'틀렸어.' 폴리는 생각했다. '우리는 이미 곤란한 상황에 있었지만, 이제

는 콜린이 여기에 있는걸.'

"지금 당장 내 말대로 해." 폴리가 말했고, 알프와 비니는 터벅터벅 무대를 떠나 무대 옆으로 들어갔다.

폴리가 던워디 교수와 콜린에게로 다시 돌아섰다. "네가 여기에 있다는 게 아직도 믿기지 않아, 콜린."

"나도 그래. 누나를 찾으려고 끔찍할 정도로 애를 썼거든. 건초 더미에서 바늘 하나 찾는 것보다도 훨씬 더 어려웠어."

폴리는 짐작할 수 있었다. 타운센드 브라더스 백화점의 그 누구도 폴리 일행이 어디에 있는지 알지 못했고, 설사 그들이 리케트 부인 집에 살았다는 사실을 콜린이 어찌어찌 알아냈다 했을지라도….

'신문에 난 동화극 광고를 본 게 분명해.' 폴리는 생각했다. 마이크는 역사학자들이 그들의 행방에 관한 단서를 찾기 위해 신문을 읽을 거라고….

'오, 맙소사, 마이크.' "던워디 교수님." 폴리가 말했다. "콜린에게 마이크에 관해 말씀해주셨어요?"

"콜린은 이미 알아."

'당연히 그렇겠지.' 폴리는 생각했다. '신문에서 그 소식 역시 읽었을 거야. 마이크 데이비스, 〈오마하 옵서버〉의 미국 종군기자. 급사.'

"찰스 보우덴은 어떻게 됐어?" 폴리는 콜린에게 물었다. "그 친구는 싱가포르에 있어. 일본군이 상륙하기 전에 그 친구를…."

"찰스의 강하는 여전히 작동하고 있었어." 콜린이 말했다. "우리는 뭔가 잘못되었다는 사실을 깨닫자마자 찰스를 다시 데려왔어."

'오, 하느님, 감사합니다.' "데니스 애서튼은?"

"아예 강하하지 않았어. 제럴드 핍스도. 잭 소르킨도. 전부 열리지 않았어." 콜린이 말했다. "단 하나, 교수님의 강하만 빼고요, 던워니 교수님. 그리고 교수님이 강하하자마자 그것도 작동을 멈추었어요. 3년 전까지, 우리는 제2차 세계대전의 전 기간이 우리에게 완전히 닫혔다고 생각했어."

'3년 전까지.' 폴리는 생각했다. 그리고 그에 앞서 또 얼마나 오랜 세월을 콜린은 폴리 일행을 영원히 잃었을 거라 생각하면서도 포기하지 않고 계속 찾아다녔을까?

"메로피가 옳았어, 폴리." 던워디 교수가 말하고 있었다. "메로피는 네가 고드프리 경을 구했기 때문에 이제 우리 강하가 열릴 거라고 했잖아. 내 강하 지점을 확인하러 가봤더니 그곳에 콜린이 있었어. 난 처음에는 수량 지붕에 소이탄이 떨어진 걸 보고 그걸 확인하러 온 공습 대비대 감시원인 줄 알았어. 그런데 '여기서 구해드리러 왔어요, 던워디 교수님.'이라고 말하는 걸 듣고 콜린이라는 걸 깨달았지."

"둘 다 구하러 왔어요." 콜린이 말했다. "우리는 세인트폴 대성당으로 돌아가야 해요."

폴리는 고개를 끄덕이며, 왜 콜린이 던워디 교수를 먼저 옥스퍼드로 보내지 않았을까 잠시 생각했다. 콜린은 극장이 어디인지 알지 못했고, 그래서 길을 알기 위해 던워디 교수가 필요했던 모양이었다.

"콜린, 넌 던워디 교수님을 당장 옥스퍼드로 모셔다드려." 폴리가 말했다. "교수님의 데드라인은 열흘밖에 안 남았고, 그러니 교수님이 나보다 훨씬 위험해. 나는 여기 남아 에일린을 기다릴게. 그리고 어쨌든 나는 내가 떠난다고 모두에게 알려야 해. 극단 사람들에게 아무 말도 없이 떠날 수는 없어. 그래야 내 역을 대신할 사람을 구하지. 동화극은 2주밖에 남지 않았어. 나는 그 사람들에게 빚이 있어…."

폴리는 머뭇머뭇 말하다가 말을 멈추었다. '극단 사람들 모두에게 작별 인사를 해야 해.' 가슴이 아팠다. '라버넘 양과 트로트와, 오, 맙소사, 고드프리 경에게도. 그분을 다시 못 보면 나는….'

"폴리?" 콜린이 말했다. "괜찮아?"

"응." 폴리가 말했다. "괜찮아." 폴리는 간신히 웃음을 지었다. "나는 여기 남아 사람들에게 작별 인사를 하고, 에일린이 도착하면 같이 세인트폴 대성당으로 가서 너를 만날게."

하지만 던워디 교수가 고개를 젓고 있었다. "에일린이 올 때까지 나도 기다리고 싶구나." 교수가 말하며 콜린을 바라보았다.

콜린은 고개를 끄덕였다. "시간이 있어요."

폴리가 이해하지 못하는 뭔가가, 둘이 폴리에게 말하지 않은 뭔가가 있었다. "왜 에일린이 늦는 거람?" 처음 들어왔을 때 던워디 교수의 창백한 안색과 콜린 얼굴에 서린 슬픈 표정을 떠올리며 폴리가 말했다. "말해주세요. 에일린에게 무슨 일이 일어났나요?"

던워디 교수와 콜린이 시선을 교환했다.

"말해주세요." 폴리가 다그쳐 물었다.

"폴리?" 에일린의 목소리가 극장 앞쪽에서 들렸다. "어디 있니?"

'오, 하느님 감사합니다.' 폴리는 몸을 돌려 무대 쪽을 바라보며 생각했다.

에일린이 모자를 쓰고 코트를 입은 차림으로 무대 옆에서 나왔다. 무대용 문으로 들어온 게 분명했다. 에일린은 두 손으로 눈에 차양을 하고 눈을 가늘게 뜨고 각광 너머를 바라보았다.

"나 여기 있어." 폴리가 외쳤고, 미처 더 말을 하기도 전에 에일린은 옆 계단을 내려와 복도 쪽으로 오며 물었다. "넌 왜 연습을 안 해? 그리고 다른 단원들은 어디에 있어? 나를 기다리느라 연습을 안 하는 게 아니었길…, 던워디 교수님." 에일린이 그를 발견하고 말했다. "여기서 뭐 하세요? 세인트 폴 대성당에 무슨 일이 일어났나요?"

"아니." 폴리가 말했다. "맞아, 오, 에일린, 콜린이 왔어. 우리를 집으로 데려가려고 콜린이 여기에 왔어."

"콜린?" 에일린은 기쁜 목소리로 말하며 몸을 돌려 콜린을 보았지만, 그러는 에일린의 표정은 뭐랄까, 충격 또는 실망스러움이 담겨 있었다.

폴리는 질문이 담긴 눈빛으로 콜린을 보았지만, 콜린은 에일린을 응시하고 있었고, 그의 얼굴에는 또다시 피곤함이 가득했다.

'왜 그러지?' 폴리는 생각했지만, 다음 순간 폴리는 에일린의 놀라는 표정을 실망히는 표정으로 자신이 오해한 것이라고 결론지었다. 에일린이 앞으로 달려가 콜린을 껴안았기 때문이다.

"네가 올 줄 알았어!" 에일린이 행복하게 외쳤다. "난 폴리에게 우리가 알지 못하더라도 계속 우리를 구조하기 위한 시도가 계속되고 있을 거라고 말했어." 에일린은 한 걸음 물러나 잠시 콜린을 살펴보더니 미소 지었다.

"그리고 여기 네가 왔네! 난 절대로 희망을 잃으면 안 된다고 했어, 네가 절대로 포기하지…." 에일린의 목소리가 갈라졌다. "늦지 않게 폴리랑 교수님을 구하러 올 줄 난 알았어."

"그리고 너도 구하러 온 거야, 이 바보야." 폴리가 말했다. "생각해봐. 넌 다시는 승리 스튜를 먹을 필요가 없어."

하지만 에일린은 웃지 않았다. 에일린은 눈물이 가득한 눈으로 던워디 교수를 보고 있었다. "울지 마." 폴리가 말했다. "행복한 일이잖아. 강하가 다시 작동하고, 찰스는 괜찮아. 일본군이 도착했을 때 찰스는 싱가포르에 있지 않았대. 구조팀이 찰스를 구했어."

"하지만 마이크는 아니고." 에일린이 콜린을 바라보며 말했다.

"응."

에일린은 천천히 고개를 끄덕였다. "너를 보았을 때, 나는 어쩌면 마이크가 괜찮을 거라고, 마이크가 어떤 식으로든 너에게 우리가 어디에 있는지를…, 우리가 어디에 있는지 넌 어떻게 알았어? 백베리나 타운센드 브라더스 백화점에는 우리가 어디에 있는지 아는 사람이 아무도 없고, 리케트 부인의 집은…."

에일린은 마치 그 대답이 아주 중요하다는 듯이 콜린을 뚫어져라 바라보았다. "어떻게 우리를 찾았어?"

"그건 옥스퍼드에 돌아가서 이야기해도 돼." 폴리가 말했다. "공습이 더 심해지기 전에 우리는 돌아가야 해."

"네 말이 맞아." 에일린이 말했다. "물론이야."

하지만 콜린도 던워디 교수도 움직이지 않았다. 셋 모두 마치 뭔가를 기다리는 것처럼 그곳에 서서 서로를 바라만 보았다.

"왜들…." 폴리가 어리둥절해 물었다.

"사람들에게 네가 떠난다고 말해야 한댔잖아." 콜린이 폴리에게 말했다.

"응. 그리고 옷도 갈아입어야 해. 셋이 먼저 갈래? 그리고 세인트폴 대성당에서 만날까?"

"아니." 콜린은 에일린을 보고 있었다. "기다릴게."

"금방 돌아올게." 폴리가 말하고 복도를 달려가 무대에 올라가 옆쪽으로 들어갔다.

그곳에는 브라이트포드 부인이 알프와 비니가 망가뜨린 가시덤불 가지를 수선하는 중이었다. "고드프리 경 보셨어요?" 폴리가 물었다.

브라이트포드 부인은 고개를 저었다. "목수를 찾으러 가셨을 거예요."

'오, 안 돼.' 폴리는 고드프리 경에게 작별 인사 없이 떠날 수는 없었다. "어디에 계시는지 모르시죠?"

브라이트포드 부인은 다시 고개를 저었다.

"만약 돌아오시면, 제가 뵙고 싶어 한다고 전해주세요." 폴리가 말하고 분장실로 달려갔다. 옷을 갈아입은 다음까지 돌아오지 않으면 경이 어디에 있는지 아는 사람이 있는지 알아보고 찾으러 나갈 생각이었다.

하지만 만약 경을 찾는다면, 그때는 뭐라고 해야 한단 말인가? '저는 시간 여행자예요…. 저는 여기에 갇혔었지만, 이제 구조팀이 왔고, 그래서 집에 가야 해요…. 다른 방법이 없어요. 여기 머물면 저는 죽어요….'

어쩌면 폴리가 고드프리 경을 찾을 수 없는 게 나을지도 몰랐다. 그녀는 레깅스를 벗고 스타킹을 신었지만, 급한 마음에 세게 잡아당기다가 한쪽 올이 나갔다.

'상관없어.' 폴리는 더블릿을 서둘러 벗고 프록을 입으며 생각했다. '올이 나가는 걸 다시는 걱정할 필요가 없어. 배급 수첩도, 폭탄도.'

폴리는 프록 단추를 채웠다. "다시는 물건 포장을 할 필요도 없을 거야." 폴리는 말했고, 갑자기 알 수 없게도 눈에서 눈물이 흐르는 걸 깨달았다.

'이건 말도 안 돼.' 폴리는 생각했다. '난 물건 포장하는 거 싫어하잖아. 그리고 이건 해피엔딩이야. 딱 트로트의 동화책 결말처럼.'

폴리는 신을 신고 코트와 모자를 들고나왔고, 걸으면서 코트를 입고 모자를 쓰다가 망설였다. 6개월 뒤면, 브라이트포드 부인이나 비브는 비록 올이 나간 스타킹일지라도 간절히 원할 것이다. 폴리는 분장실로 돌아가 신을 벗고, 스타킹을 벗어 분장용 거울에 걸쳐 놓았다. 그리고 핸드백을 들고 문을 열었다.

고드프리 경이 히틀러 복장을 하고 콧수염을 한 채 문 앞에 서 있었다. 그는 폴리의 옷차림과 코트를 보았다. "그럴 필요 없습니다. 목수가 오고 있습니다." 고드프리 경은 폴리에게 말했고, 이윽고 말을 멈추었다.

"우리를 떠나시는 거군요." 고드프리 경이 말했고, 그건 질문이 아니었다. "당신의 젊은이. 그 사람이 왔군요."

"네. 올 수 없을 거라 생각했지요. 전 그 사람이…."

"죽었다고 생각했군요." 고드프리 경이 말했다. "하지만 도착했군요. '그 모든 장애에도 불구하고, 진정한 사랑이 승리하노니.'"

"네." 폴리가 말했다. "하지만 전…."

고드프리 경은 고개를 저어 폴리를 조용히 시켰다. "시간이 맞지 않았습니다." 그가 말했다. "어울리지 않았을 겁니다, 메리 아가씨."

"네." 폴리는 말하며 왜 어울리지 않았을 것인지, 자신이 사실은 누구인지 경에게 말해줄 수 있으면 좋겠다고 바랐다.

'비올라처럼.' 폴리는 생각했다. 고드프리 경은 그녀에게 별명을 딱 맞게 지어준 것이다. 그녀는 경에게 왜 자신이 여기에 있을 수 없는지, 왜 떠나야만 하는지, 자신이 경의 목숨을 구한 것처럼 어떻게 그 역시도 자신의 목숨을 구했는지, 그가 자신에게 얼마나 큰 의미인지를 말할 수 없었다.

폴리는 자신이 전시의 성급한 사랑에 빠져 그를 버린다고 생각하게 둘 수밖에 없었다. "만약 할 수만 있었다면 저는 동화극이 끝난 뒤에까지 남았을…." 폴리가 말을 시작했다.

"그리고 결말을 망치라고요? 바보 같은 생각하지 마십시오. 언제 퇴장할지 아는 것이 연기의 절반입니다. 그리고 눈물을 흘리지 마십시오." 그가 단호히 말했다. "이건 희극이지 비극이 아닙니다."

폴리는 뺨을 훔치며 고개를 끄덕였다.

"좋습니다." 고드프리 경이 폴리에게 웃어 보이며 말했다. "아름다운 비올라여…."

"폴리 언니!" 비니가 계단 꼭대기에서 외쳤다. "에일린 언니가 서두르래요!"

"지금 가!" 폴리가 말했다. "고드프리 경, 저는…."

"폴리 언니!" 비니가 고함쳤다.

폴리는 앞으로 달려가 고드프리 경의 뺨에 키스하고 계단을 향해 달려 갔고, 계단 난간에 기대 아래를 내려다보고 있는 비니에게 외쳤다. "에일린 에게 지금 가고 있다고 전해줘!"

비니가 서둘러 사라졌고, 폴리는 계단을 뛰어 올라갔다. "비올라!" 계단 꼭대기에 도착했을 때 고드프리 경이 외쳤다. "헤어지기 전에 세 가지 질문 만 더 하겠습니다."

폴리는 난간 너머로 고드프리 경을 내려다보았다. "'말씀만 하소서.'"[59]

"우리가 전쟁에서 이겼습니까?"

폴리는 콜린을 본 뒤로 더 이상 놀랄 일은 없을 거라 여겼지만, 틀린 생 각이었다.

'경이 알아.' 폴리는 놀라 생각했다. '경은 세인트조지 교회의 첫날 밤 이 후로 내내 알고 있었어.' "네." 폴리가 말했다. "우리가 이겼어요."

"그리고 제가 그 승리에 일조했습니까?"

"네." 폴리는 단호하고 확실하게 말했다.

"제가 배리의 극을 할 필요는 없었죠, 그렇죠? 아니, 말하지 마십시오. 그랬다간 용기가 꺾여 제 맡은 바를 다하지 못할 겁니다."

폴리는 웃음이 터져 나왔다. "그게 세 번째 질문이었나요?" 그녀는 간신 히 물었다.

"아닙니다, 폴리." 고드프리 경이 말했다. "더 중요한 겁니다." 그리고 폴리는 그게 진실임을 알았다. 고드프리 경은 《훌륭한 크라이턴》의 그 한 장면을 제외하고는 그녀를 진짜 이름으로 부른 적이 없었다.[60]

"무엇인가요?" 폴리기 물었다. '제가 경을 다시 볼 수 있냐고요?'

'볼 수 없어요.'

'제가 경을 사랑하냐고요?'

59 셰익스피어, 《오셀로》
60 폴리는 《훌륭한 크라이턴》의 등장인물 중 한 명이다.

'그럼요, 영원히요.'

고드프리 경은 앞으로 걸어 나와 계단 난간을 움켜쥐고 진지한 표정으로 폴리를 올려다보았다. "희극입니까, 비극입니까?"

'경은 전쟁을 뜻하는 게 아니야.' 폴리는 생각했다. '경은 이 모든 것을 말하는 거야, 우리 삶과 역사와 셰익스피어를. 그리고 연속체를.'

폴리가 고드프리 경을 내려다보며 웃음 지었다. "희극이랍니다, 고드프리 경."

무대에서 엄청난 소음이 들렸다. "알프! 내가 아무것도 만지지 말라고 말했잖아!" 비니가 외쳤다.

"아무것도 안 만졌어! 망사 막이 혼자서 떨어졌어."

"망사 막!" 고드프리 경이 고함쳤다. "알프 호드빈, 그 밧줄로 장난치지 말라고 내가 말했지!"

"손대지 마." 비니의 목소리가 경고했다. "그러다 찢어져!"

"아무것도 손대지 말거라!" 고드프리 경이 고함치며 계단을 달려 올라가 폴리를 지나 무대로 나갔고, 폴리는 알프와 비니가 "아무것도 안 했어요! 맹세해요!"라고 주장하는 소리를 들을 수 있었다.

"'그 사람들 모두가 해변으로 달려갔어요.'"[61] 폴리가 중얼거리며 고드프리 경의 뒷모습을 바라보았고, 이윽고 몸을 돌려 극장으로 달려들어 가 복도를 지나 에일린과 던워디 교수와 콜린이 선 곳으로 갔다.

셋은 딱 붙어 서서 머리를 맞대고 이야기하고 있었으며, 그 모습을 본 폴리는 자신과 마이크와 에일린이 비상계단에 앉아 서로에게 일어난 일들을 이야기하고 계획을 짜던 첫날 밤이 떠올랐다. "난 너희를 이곳에서 구해 낼 거야, 약속해." 마이크는 그렇게 말했고, 그 약속을 지켰다.

마이크는 죽었고, 그로 인해 폴리는 자기 삶이 조금이라도 쓸모 있으려면 뭐든 해야 한다고 생각했고, 그래서 험프리스 씨에게 구급차 운전사 일을 얻게 도와달라고 부탁할 생각으로 세인트폴 대성당으로 갔다. 그리고

---

61 제임스 M. 배리, 《훌륭한 크라이턴》

폴리가 그렇게 했기 때문에 던워디 교수를 발견하고 절망했다. 만약 폴리가 절망하지 않았더라면, 그녀는 피닉스 극장이 폭격당했을 때 알함브라 극장에 있지 않았을 것이고, 고드프리 경을 구하지 못했을 것이고, 강하는 절대로 열리지 않았을 것이다.

'네가 우리를 구했어, 마이크.' 폴리는 생각했다. '네가 약속했듯이.'

폴리는 사람들에게 다가갔다. 에일린은 울고 있었고, 폴리가 다가오자 어색하게 뺨을 훔치더니 웃어 보였다. "준비됐어?" 에일린이 물었다.

'아니.' 폴리는 생각했다. "응."

"확실해?" 콜린이 말했다. "이게 누나에게 얼마나 힘든 일일지 나도 알아. 우리에게 시간이 많이 있는 건 아니지만, 작별 인사를 할 정도이 시간은 충분히 있어. 만약 또 작별 인사를 해야 할 사람이 있다면….."

'사랑해.' 폴리는 생각했다.

"아니, 준비됐어." 폴리는 무대를 돌아보았다. 아이들과 고드프리 경과 도밍 씨와 넬슨이 무너진 망사 막을 가지고 끙끙대고 있었다.

"우리가 도와야 하는 거야?" 콜린이 폴리에게 물었다.

"아니. 만약 그랬다가는 절대로 빠져나오지 못할 거야. 가자." 폴리가 말하고 몸을 돌려 복도를 걷기 시작했고, 오, 이런, 라버넘 양이 오고 있었다.

"괜찮아요. 목수를 부르러 갈 필요 없어요, 폴리." 라버넘 양이 말했다. "마침내 목수를 찾았고, 곧 올 거예요. 망사 막이 아직도 끼어 있나요?"

"아니요." 폴리가 무미건조하게 말했다.

"아니, 아니, 아니야!" 고드프리 경이 고함쳤고, 라버넘 양이 무대를 바라보았다.

"오, 맙소사! 무슨 일이 일어난 거죠?" 그녀는 복도를 걸어 무대로 향하기 시작했다.

"우리는 가야 해." 콜린이 조용히 폴리에게 말했다. "시간이 많지 않아."

폴리는 고개를 끄덕였다. "난 준비됐어." 폴리가 말했다.

"가요?" 좀 전까지만 해도 무대에 있었던 비니가 폴리 바로 옆에서 말했다. "어디로 가는데요?" 그리고 라버넘 양은 즉시 몸을 돌려 폴리 일행이 있는 곳으로 급히 다가왔다.

알프는 무대에서 뛰어내려 라버넘 양을 따라 달려왔고, 트로트, 그리고 넬슨이 요란하게 짖으며 그 뒤를 따라왔다. "어딜 가는 거예요?" 알프가 외쳤다.

'이제 우리는 여기를 어떻게 빠져나가야 한담?' 폴리는 생각했다.

"무슨 일이 일어났나요?" 라버넘 양이 콜린의 공습 대비대 복장을 그제야 본 듯이 물었다.

"네." 폴리가 말했다. "실망하게 해드려 죄송하지만…."

"이분은 폴리의 약혼자예요." 에일린이 끼어들었다.

"폴리 언니랑 결혼할 거예요?" 트로트가 콜린에게 물었다.

"응." 콜린이 말했다. "그사이에 다른 사람과 사랑에 빠지지 않았다면."

"이분은 갑자기 휴가를 받게 되었어요, 라버넘 양." 에일린이 설명하고 있었다.

'그리고 공습 대비대 감시원 일을 하러 갔고?' 폴리가 생각했지만 라버넘 양은 그게 이상하다고 생각하지 못한 듯했고, 또한 폴리가 이전까지 한 번도 언급하지 않은 약혼자가 갑자기 나타난 것도 이상하다고 생각하지 않는 듯했다.

"오, 세상에. 만나서 반갑습니다…. 성함이…?" 라버넘 양은 대답을 바라는 눈으로 폴리를 바라보았다.

"템플러 중위예요." 에일린이 자진해 알려주었다.

"마침내 만나뵙게 되어 반갑습니다, 라버넘 양." 콜린이 말했다. "아주 친절하신 분이라고 폴리에게 얘기 많이 들었습니다."

"우리는 소개 안 해줄 거예요?" 알프가 다그쳤다.

"이쪽은 알프, 트로트, 비니야." 폴리가 각자 차례로 소개했다.

"비비언이에요." 비니가 정정했다. "비비언 리의 그 비비언요."

"알프, 트로트, 비비언." 폴리가 단념하고 말했고, 콜린은 알프 그리고 트로트와 차례로 악수했다.

"폴리 언니를 백 년 동안 찾아다녔나요?" 트로트가 물었다.

“거의.” 콜린이 대답했고, 비니에게 시선을 돌렸다. “만나서 영광입니다, 비비언.” 콜린이 엄숙하게 말했고, 비니는 의기양양한 표정으로 폴리를 힐끗 보았다.

“왜 폴리 누나는 동화극에 나올 수 없는데요?” 알프가 폴리에게 물었다.

“동화극에 나올 수 없어요?” 라버넘 양이 놀라 물었다. “오, 하지만 세바스찬 양, 지금 우리를 버리고 떠날 수는 없어요. 남자 주연을 할 사람을 어떻게 찾겠어요?”

“내가 할게요.” 비니가 말했다. “내가 대사를 다 알아요.”

“바보같이 굴지 마.” 알프가 말했다. “누나는 그 역을 하기에는 어려.”

“난 다 컸어.”

“넌 이미 요정을 맡았잖아.” 에일린이 말했다. “그리고 가시덤불이랑. 이미 중요한 역을 많이 맡아서 다른 역을 더 맡으면 버거울 거야.” 그리고 알프가 쓸데없는 소리를 하기 전에 덧붙였다. “알프, 가서 고드프리 경에게 목수가 곧 올 거라고 알려드려. 그리고 그동안에 망사 막을 다시 올리는 것도 도와드리고. 트로트를 데려가. 넬슨도.”

가엾은 고드프리 경에게는 잔인한 일이 되겠지만, 적어도 한동안은 알프를 떼어놓을 수 있었다. 이제 라버넘 양만 떼어놓으면 되었다. 라버넘 양이 말하고 있었다. “하지만 이렇게 시간이 촉박해서는 다른 남자 주연을 절대로 찾을 수 없을 거예요. 제발 부탁할게요, 세바스찬 양. 아이들이 얼마나 실망할지를 생각해보세요.”

“나는 어린아이가 아니에요.” 비니가 말했다. “그리고 왕자 역을 할 정도로 충분히 컸어요. 들어보세요.” 비니는 가시덤불이 덮인 두 팔을 극적으로 휘둘렀다. “‘나는 이야기로만 들은 아름다운 공주를 오랫동안….’”

“쉿.” 에일린이 말했다. “가서 폴리의 의상을 좀 사서와줄래.”

비니가 무대를 향해 달려갔고, 에일린은 라버넘 양을 돌아보았다. “제가 폴리를 대신할게요.”

“네가 어떻게 해.” 폴리가 무심코 말했다. “너도 우리와 갈 거잖아.” 하지만 말을 하자마자 폴리는 자기 입을 틀어막고 싶어졌다. 비니가 복도를 다시 달려오며 다그쳐 물었기 때문이다. "같이 간다는 폴리 언니 말이 무슨 뜻이에요, 에일린 언니? 안 갈 거죠? 그렇죠?"

"응. 폴리는 내가 자기 결혼식에 갈 거 아니냐는 말이었어." 에일린이 당황하지 않고 답했다. "폴리와 템플러 중위님은 결혼할 거고, 나도 꼭 가고 싶기는 하지만, 누군가 동화극을 할 사람이 있어야 하잖아." 에일린은 폴리와 콜린을 돌아보았다. "결혼식이 어땠는지 꼭 편지로 모두 다 써서 보낸다고 약속해줘."

"결혼요?" 라버넘 양이 폴리에게 말했다. "결혼하세요? 오, 그럼 당연히 가셔야죠! 하지만 공연이 끝날 때까지 미룰 수는 없을까요? 고드프리 경은 이 공연에 엄청 공을…."

에일린은 고개를 저었다. "폴리는 시간이 없어요. 결혼 허가서도 받아야 하고, 식 준비랑…."

콜린이 고개를 끄덕였다. "우리는 지금 매튜스 주임 사제님을 보러 갑니다."

"그리고 템플러 중위는 휴가가 24시간밖에 안 돼요." 에일린이 술술 말했다. "하지만 그건 괜찮아요. 제가 왕자 역을 할 수 있어요. 비니가 제 대사를 알려줄 거예요. 그렇지, 비니?"

'뭐 하는 거야? 비니에게 거짓말하지 마.' 폴리가 생각했다. '제아무리 우리가 여기서 빠져나가야 한다고 해도 그건 너무해. 비니는 이미 너무나 많은 상처를 받았고, 너무나도 많이 버림받았단 말이야.'

"에일린…." 폴리가 경고하는 목소리로 말했다.

"비니." 에일린이 폴리를 무시하고 말했다. "가서 폴리의 의상을 가져다 주렴. 당신도 같이 가시는 게 좋겠어요, 라버넘 양. 더블릿은 좀 줄여야 해요. 저는 폴리보다 키가 작거든요."

라버넘 양은 고개를 끄덕이고 복도로 향했다. "가자, 비니."

하지만 비니는 그 자리에 가만히 있었다. "내가 홍역에 걸렸을 때, 언니는 떠나지 않겠다고 말했어요." 비니가 말했다. "언니는 약속했어요."

"알아." 에일린이 말했다.

"구드 신부님은 약속을 깨는 건 죄라고 했어요."

'비니에게 약속을 지키는 게 불가능할 때도 있다고 말해줘.' 폴리가 마음으로 에일린에게 명령했다. '비니에게….'

"구드 신부님 말씀이 맞아." 에일린이 말했다. "그건 죄야. 난 떠나지 않아, 비니."

"머물겠다고 맹세해요?" 비니가 말했다.

"맹세해." 에일린이 말하고 비니에게 웃음 지었다. "내가 떠나면 너와 알프를 누가 보살펴주겠니? 자, 이제 라버넘 양과 가렴." 그리고 비니는 라버넘 양 뒤를 쫓아 달려갔다.

이번에는 비니와 라버넘 양이 대화를 엿듣지 못할 거리까지 가기를 기다렸다가 폴리가 말했다. "비니에게 거짓말을 하면 어떡해. 그건 공정하지 않아. 네가 떠날 거란 말 정도는 비니에게 해줘야 예의지."

"그렇게는 말할 수 없어." 에일린이 말했다.

"무슨 뜻이야?"

"나는 너랑 돌아가지 않을 거거든."

65

이별은 아주 달콤한 슬픔.

― 윌리엄 셰익스피어, 《로미오와 줄리엣》

런던, 1941년 4월 19일

"가지 않겠다니 무슨 말이야?" 극장 복도에 차분히 선 에일린을 응시하며 폴리가 말했다. 폴리는 콜린을 보았다가 다시 던워디 교수를 바라보았다. "에일린이 무슨 말을 하는 건가요?"

"나는 남기로 했어." 에일린이 말했다.

"동화극에 남자 주연이 필요해서?" 폴리가 흥분하여 빠르게 말을 쏟아냈다. "남자 주연은 브라이트포드 부인이 해도 돼. 아니면 비니나. 비니는 대사를 전부 다 알아. 그리고 동화극이 끝났을 때 강하가 다시 열릴지 아닐지 어떻게 알아? 괜한 위험을…."

"동화극이 끝날 때까지만 머무르려는 게 아니야, 폴리. 나는 계속 머물 거야." 에일린은 콜린과 던워디 교수를 바라보았다. "이미 정해졌어."

"정해져? 지금 무슨 말을 하는 거야?"

"전승 기념일에 트래펄가 광장에서 나를 봤던 거 기억해? 우리가 구조되지 않아서 내가 거기에 있었던 게 아니야. 나는 돌아가지 않고 남았기 때문에 그곳에 있었던 거야."

"아니, 그렇지 않아. 그날 네가 그곳에 있었던 이유는 열 가지도 넘게 있을 수 있어. 네가 다른 임무를 맡았기 때문에 그곳에 있었을 수도 있고….

에일린은 소리 내 웃었다. 맑고 행복한 웃음이었다. "오, 폴리. 던워디 교수님이 이 일 이후로 나를 어떤 임무에도 보내지 않으실 걸 너도 알잖아. 만약 내가 전승 기념일에 가고 싶다면, 여기에서 기다리다가 가야만 해. 그렇지 않나요, 던워디 교수님?" 에일린이 웃음 지으며 던워디 교수에게 물었다.

던워디 교수는 침통한 표정으로 에일린을 바라보았다.

'던워디 교수님은 에일린을 여기 남게 하려는 거야.' 폴리는 놀라며 생각했다. '하지만 그럴 수는 없어.'

"이건 말도 안 돼, 에일린." 폴리가 말했다. "나는 그때 본 사람이 너였는지조차 확신할 수 없어. 나는 트래펄가 광장에서도 광장 길이의 절반 이상 떨어진 곳에 있었어. 어쩌면 완전히 다른 사람을 잘못 본 것일….

"나는 녹색 코트를 입고 있었어." 에일린이 말했다.

"사과수레 뒤집기에서 누군가가 그걸 샀을 수도 있어." 폴리가 말했다. "빨간 머리가 입으면 딱 어울릴 거라고 너도 말했잖아."

에일린이 고개를 저었다. "그건 나였어. 다른 모든 일이 일어나도록 나는 그곳에 있어야 해."

"하지만 분명히 다른 방법이 있을 거야." 폴리가 말을 하더니 콜린에게 간청했다. "에일린을 여기에 머무르게 하면 안 돼….

"내가 남으려는 게 단지 그 이유만은 아니야." 에일린이 말했다. "알프와 비니도 있어. 나는 구드 신부님께 호드빈 남매를 돌보겠노라고 약속했어. 신부님을 실망시킬 수는 없어."

"하지만 너 말고 다른 사람이 그 아이들을 돌볼 수 있을 거야. 주임 사제님이나 위번 부인이나 누군가가." 폴리는 말을 했지만, 말을 하면서도 그건 불가능하다는 걸 알았다. 에일린이 아이들을 거두기로 했을 때 폴리는 이미 이 토론에서 졌기 때문이다.

"그렇지 않아." 에일린이 말했다. "비니는 지금 너무나도 빨리 자라고 있고, 내년이 되면 잉글랜드는 미군으로 넘쳐날 거야. 난 비니를 버릴 수 없어. 알프도. 전쟁이 한창인 상황이잖아."

'네 말대로, 전쟁 중이기 때문에 설사 네가 남는다 할지라도 그 아이들은 살아남지 못할 거란 말이야.' 폴리는 생각했다. 알프와 비니 둘 중 누구도 전승 기념일에 트래펄가 광장에서 에일린 옆에 있지 않았다. 하지만 폴리가 그렇게 말한다 해도, 에일린은 오히려 더욱더 남아서 둘을 보호하려 들 것이다.

"그리고 만약 알프가 혼자 남게 되면…." 에일린이 말하고 있었다. "그 아이는 결국 시공간 연속체 전부를 파괴할 가능성이 커." 에일린이 웃음 지었다. "모르겠어? 난 그 아이들만 남겨둘 수가 없어. 아직 전쟁이 계속되고 있어. 그리고 그 아이들은 내 목숨을 구했어."

'그리고 내 목숨도.' 폴리는 생각했다. '그리고 잉글랜드도.' 그리고 폴리는 에일린을 단념시킬 방법이 없음을 알았다.

"하지만 넌 여기에 있는 걸 싫어하잖아." 폴리는 눈물을 글썽거리며 말했다. "공습과 배급과 끔찍한 음식. 언젠가 집에 돌아갈 수 있다는 희망 덕분에 그 모든 걸 버티는 거라고 말했었잖아."

"알아. 하지만 전쟁에는 희생이 필요해. 그리고 역사의 이 시점은 그리 나쁘지 않아. 어쨌든 지금은 영국의 가장 위대한 기간이잖아. 그리고 나는 전승 기념일을 볼 수 있을 거야. 내가 늘 가보고 싶어 했던 그때를 말이야."

"하지만…."

"제발 이해해줬으면 해." 에일린이 폴리의 두 손을 잡으며 말했다. "넌 고드프리 경을 구함으로써 네 임무를 다했어. 하지만 내 임무는 끝나지 않았고, 내가 여기 머물지 않으면 그 일을 할 수가 없어."

"그건 진실이 아니야. 콜린, 에일린에게 집으로 돌아가야만 한다고 말…."

"콜린은 그렇게 말할 수 없어." 에일린은 말했다. "콜린은 내가 머무른 걸 알아." 그녀는 다시 콜린을 보았다. "그렇지?"

콜린은 대답하지 않았다.

"던워디 교수님도 그걸 아셔." 에일린이 던워디 교수 쪽을 바라보며 말했다. "그래서 교수님은 세인트폴 대성당에서 바로 옥스퍼드로 돌아가는 대신에, 생명의 위험을 무릅쓰고 여기 극장으로 다시 오신 거예요. 그렇지 않아요? 저에게 작별 인사를 하려고요."

"맞아."

"하지만…, 난 이해가 안 돼." 폴리가 당혹한 표정으로 사람들을 차례로 돌아보며 말했다. "에일린이 무슨 말을 하는 건가요?"

"우리가 어디에 있었는지 콜린에게 알려준 사람은 나였어." 에일린이 말했다. "그렇지 않아?"

그리고 콜린이 대답하지 않자 이어 말했다. "콜린은 전쟁이 끝난 뒤 나를 찾아냈고, 나는 콜린에게 우리가 어디에 있었는지 말해줬어. 그러지 않으면 콜린은 절대로 우리를 찾지 못했을 거야. 그러니 이제 너도 알겠지? 나는 여기에 머물러야만 해. 콜린이 찾아올 때 내가 여기 있어야만 콜린과 내가 만날 수 있어."

"그게 정말이야, 콜린?" 폴리가 말했다. "우리가 어디에 있었는지 네게 알려준 게 에일린이었어?"

콜린은 여전히 대답하지 않았다.

"에일린이었어?" 폴리가 다그쳐 물었다. "말해. 우리가 어디에 있었는지 네게 말해주기 위해 에일린이 여기 과거에 머문 거야?"

"응." 콜린이 말했다. "그랬어."

폴리는 에일린을 돌아보았다. "넌 던워디 교수님과 나를 구하기 위해 너를 희생한 거야?" 폴리는 화를 내며 말했다. "어떻게 그럴 수 있어? 어떻게 네가…."

"그건 희생이 아니었어, 폴리. 너랑 던워디 교수님이 죽는다는 걸 알면서도 내가 그걸 막을 수 없다는 게 얼마나 절망스럽고 고통스러운 일인지 너는 모를 거야. 너는 파젯스 백화점에서 그날 밤에 내 목숨을 구했고, 그 뒤에도 수십 번은 그랬어. 마이크가 죽고 난 뒤에는 특히나. 하지만 나는 너의 목숨을 구하기 위해 아무것도 할 수 없었어."

에일린은 폴리의 두 손을 꼭 쥐었다. "하지만 내가 할 수 있었던, 할 수 있는 일이 있었어. 나는 여기에 머물 수 있어. 콜린을 찾아 우리가 어디에 있는지 알려줄 수 있어." 에일린이 환한 얼굴로 말했다. "그리고 그럴 수 있어서 나는 너무나 기뻐!"

'내가 없던 동안 에일린에게 그 말을 하고 있었던 거구나.' 폴리는 자신이 복도를 걸어올 때 에일린이 눈물을 훔치던 모습이 떠올랐다.

"에일린에게 그 말을 하면 안 되는 거였어요." 폴리가 콜린과 던워디 교수에게 씁쓸한 목소리로 말했다. "그런 무거운 짐을 에일린에게 지우는 건 공평하지…."

"아무도 내게 말하지 않았어." 에일린이 말했다. "난 콜린을 보는 순간 알았어."

'내가 콜린을 보자마자 나를 구하러 왔다는 사실을 알았던 것처럼.' 폴리는 생각했다.

그리고 콜린이 그토록 슬프고 초췌해 보였던 것도 그 때문이었다. 에일린이 함께 돌아가지 않는다는 사실을 알기 때문이었다. 이미 지금으로부터 오랜 뒤에 에일린을 만났기 때문이었다. 에일린은 이미 콜린에게 그들이 어디에 있었는지 말한 것이다.

'그 일은 이미 일어났어.' 폴리가 생각했다. '그 모든 것이. 에일린이 여기 그리고 전승 기념일에 머물고, 우리가 어디에 있는지를 콜린이 에일린에게 물어보는 모든 일이 이미 일어났어. 그리고 그걸 바꾸기 위해 내가 할 수 있는 건 아무것도 없어.'

하지만 시도는 해봐야 했다. "너 없이는 나도 가지 않을 거야, 에일린." 폴리가 말했다.

"네가 맞아. 너는 나 없이 가는 게 아니야. 나는 언제나 너와 함께 그곳에 있을 거야." 에일린은 마치 알프와 비니를 등교시키는 것처럼 아무렇지 않은 목소리로 간결하게 말했다. "이제 가. 나머지는 내가 알아서 할게."

"오, 맙소사, ENSA는 어쩌지? 태비트 씨가…."

"그 사람에게는 네가 순회 극단으로 이동되었다거나 그런 식으로 말할게. 가."

날카로운 소리와 함께 무너지는 소리가 들렸고, 극장이 약간 흔들렸다.

에일린이 천장을 쳐다보았다. "공습이 심해지는 것 같네. 난 너희 모두가 여기서 폭탄에 죽는 꼴은 절대 못 봐. 모두를 여기서 빼내려 그 모든 일을 해놓고, 아니, 할 거니까, 여기서 죽으면 안 되지. 그리고 만약 내가 알프와 비니를 제대로 안다면, 그 둘은 지금 당장에라도 무대에서 쫓겨날 거고, 여기로 쳐들어와서 온갖 질문을 해댈 거야. 그러면 결코 제시간 안에 돌아가지 못할 거야."

에일린은 던워디 교수를 껴안았다. "안녕히 가세요. 몸조리 잘하시고요."

"그러마, 에일린. 사랑하는 내 제자."

"폴리, 나 대신 달걀과 베이컨을 많이 먹어. 설탕도 잔뜩 먹고." 에일린이 폴리를 꼭 껴안았다. "그리고 행복해야 해."

"'이건 희극이지 비극이 아니야.'" 폴리가 중얼거렸다.

"맞아." 에일린이 명랑하게 말했다. "생각해봐. 넌 집에 가는 거야!"

"하지만 널 여기 혼자 두고 간다는 생각에…."

"난 혼자가 아니야. 아이들이 있어. 그리고 고드프리 경과 라버넘 양과 윈스턴 처칠도. 애거사 크리스티도. 그리고 무슨 일이 일어날지 누가 알겠어? 다음번에는 애거사 크리스티와 개인적으로 만나서 내가 그 작가에게 얼마나 큰 빚을 졌는지 말할 기회가 있을지도 몰라. 난 수수께끼 푸는 법을 그 사람에게서 배웠으니까." 에일린이 말했고, 콜린에게 시선을 돌리고 웃어 보였다.

"착한 우리 아가." 에일린은 말하고 콜린을 껴안더니 콜린을 잡은 채 팔을 쭉 뻗고 다시금 그를 바라보았다. "나 대신 폴리를 잘 보살펴줘."

"그럴게." 콜린이 엄숙하게 말했다.

"자, 이제 가." 에일린이 명령하며 사람들을 출구 쪽으로 밀었다.

"잠깐." 폴리가 말하더니 주머니에서 편지를 꺼냈다. "이거 받아. 런던과 런던의 남동쪽 교외에 떨어진 V-1과 V-2 목록이야. 하지만 켄트나 서식스 쪽 목록은 없으니 가능하면 그쪽은 피해."

"나는 아무 일 없을 거야." 에일린이 말했다. "넌 날 전승 기념일에 봤잖아.

기억나?”

‘너는 봤지만 비니와 알프는 아니었어.’ 폴리는 생각했고, 마치 그 이름들을 큰 소리로 외치기라도 한 것처럼 알프가 코트를 입고 모자를 쓰며 그들을 향해 복도를 달려왔다.

“왜 고드프리 경을 돕지 않고?” 에일린이 엄격한 목소리로 말했다.

“저보고 목수를 찾아오라고 했어요.” 알프가 그들을 지나가며 말했다.

“지금 밖에 나가면 안 돼.” 에일린이 알프의 앞을 막으며 말했다. “지금은 공습 중이야.”

“난 안 죽을 거예요.” 알프가 에일린을 지나려 하며 말했다. “나는 공습 때 많이 나가봤어요.”

“이번에는 아니야.” 에일린이 말하며 알프의 어깨를 잡더니 단호하게 돌려세웠다. “가서 고드프리 경에게 목수가 도착하는 즉시 내가 알려드리겠다고 말씀드려.”

에일린은 무대로 돌아가라고 알프를 밀었지만, 대신 알프는 콜린에게 가서 말했다. “정말 목수가 아닌 거 확실해요?”

“확실해.” 에일린이 말했다. “말했잖아. 그분은 폴리의 약혼자야. 휴가를 받아 온 거야.”

“어디에서 온 건데요?” 알프가 의심스러운 목소리로 말했다.

“조종사야.” 폴리가 서둘러 말했다. 콜린에게 군대 이동과 공습 둘 다를 연구할 시간이 없었을 게 분명했기 때문이다. “영국 공군.”

“어떤 비행기를 조종하는데요?” 알프가 물었다.

‘갈수록 태산이네.’ 폴리가 생각했지만, 그녀는 콜린을 과소평가한 것이었다.

“지금은 스핏파이어.” 콜린이 말했다. “격추당하기 전에는 블렌하임을 조종했어.”

“격추를 당했어요?” 알프가 경외하는 목소리로 말했다.

“두 번. 두 번째에는 영국 해협에 떨어졌어.”

“그러면 형은 영웅이네요?”

'맞아.' 폴리는 생각했다.

"당연히 이 오빠는 영웅이지, 이 바보야." 비니가 날개와 반짝이 요정 드레스를 입고 복도를 걸어오며 말했다. 날개 하나는 부러져 등 뒤에서 대롱거렸다. 비니는 폴리의 의상을 들고 있었다. 녹색 타이츠는 뒤쪽으로 길게 늘어졌고, 칼집 역시 복도 카펫 바닥에 질질 끌렸다. "모든 영국 공군 조종사들은 영웅이야. 처칠 씨가 그렇게 말했어."

"바보는 너야." 알프가 외치더니 마치 황소처럼 고개를 숙이고 비니의 몸통을 향해 돌진했다. 비니는 칼집으로 알프를 도리깨질하기 시작했다.

"정말로 마음을 바꿔 우리랑 같이 가고 싶지 않은 거야?" 폴리가 속삭였다.

에일린이 싱긋 웃었다. "구미가 당기는 제안이네." 에일린이 속삭이더니 알프의 목덜미를 움켜쥐었다. "알프, 비니. 그만." 그녀는 비니에게서 칼집을 빼앗았다.

"누나가 먼저 시작했어요." 알프가 말했다.

"누가 먼저 시작했는지는 상관없어. 네가 비니의 날개를 어떻게 했는지 봐. 비니, 날개를 더 망가뜨리기 전에 분장실로 가서 그걸 떼어놔. 알프, 접착제를 가져와."

비니는 격렬하게 고개를 저었다. "라버넘 양이 더블릿을 줄이려면 먼저 입혀봐야 한다면서 언니를 데려오라고 했어요."

"폴리와 작별 인사를 마치자마자 가겠다고 전해드려. 이제 가봐." 에일린이 말하고는 둘을 밀었지만, 비니는 저항했다.

"나도 작별 인사를 하고 싶어요." 비니가 말했다.

'우리가 에일린을 데려가지 못하게 확실히 하려는 거겠지.' 폴리는 생각하며 비니를 바라보았다. 비니는 부러져 내통거리는 날개를 단 채, 호전적인 자세로 팔장을 끼고 단호한 천사처럼 그곳에 서 있었고, 필요하다면 완력이라도 써서 막겠다는 듯이 보였다.

"맞아요." 알프가 말하고 자기 누나 옆에서 꿈쩍도 하지 않았다. "우리도 에일린 누나처럼 작별 인사를 할 권리가 있어요."

알프 말이 맞았다. 둘에게는 그런 권리가 있었다. 둘은 구급차를 몰았고, 지도를 제공했고, 비밀리에 만날 장소를 제공했고, 에일린이 강하 지점에 가는 것을 막았고, 존 바솔로뮤를 만나는 것을 막았고, 절망하는 것을 막았다. 던워디 교수를 지연시켜 해군 여성 부대원과 충돌하게 했고, 간호사들을 막아 폴리가 고드프리 경과 이야기를 할 수 있게 했고, 온갖 것들을 방해하고 간섭하고 막았다. 지금 에일린이 가지 못하게 막는 것과 마찬가지로.

폴리는 혹시 지금 자신과 던워디 교수의 구조가 연속체의 계획 일부인지, 그리고 에일린이 여기에 머물러야 하는 데에 뭔가 다른 이유가 있는 건지, 그녀가 이 전쟁 또는 역사 기록에 있는 더 큰 전쟁의 승리에 기여해야 하는 다른 부분이 있는 건 아닌지 궁금했다. 또는 이 아이들이 그런 존재는 아닌지 궁금했다.

비록 작별이 연속체에 불가결하다 할지라도, 그게 작별을 더 쉽게 해주지는 않았고, 고드프리 경이 사랑해 마지않는 시인은 자신이 무슨 말을 하는지 알지 못했다. 작별에 달콤함 따위는 없었다.

"오, 에일린." 폴리가 에일린을 껴안으며 말했다. "나는 떠나고 싶지 않아."

"그리고 나는 네가 그런 생각을 하지 않았으면 해." 에일린이 말했다.

"그날 기차역이랑 똑같네." 알프가 경멸조로 말했다. "우리가 시어도어를 기차에 태우던 때요. 시어도어도 가고 싶지 않아 했어요. 지금도 그때랑 똑같지 않아, 비니 누나?"

"시어도어가 에일린 언니를 발로 찬 것만 빼고." 비니가 말했다. "그리고 구드 신부님이 여기에 없는 거랑."

'맞아.' 폴리는 에일린의 얼굴에 어른거리는 고통을 보며 생각했다. '이제 구드 신부님도 여기에 없고, 마이크는 죽었지.'

그리고 아직도 4년이나 더 전쟁과 결핍과 상실을 견뎌야 했다. "너희 둘이 에일린을 잘 보살펴줘야 해." 폴리가 단호하게 말했다.

"그럴게요." 비니가 말했다.

"에일린 누나에게 아무 일도 안 일어나게 할게요." 알프가 약속했다.

"그리고 너희 둘 다 착하게 지내야 해."

"쟤가 착하게 지내요?" 비니가 비웃으며 알프를 바라보았고, 알프는 그 즉시 비니의 정강이를 발로 차 그 말을 증명했다. 비니가 알프를 마구 때리기 시작했다.

"알프, 비니." 에일린이 말하며 끼어들기 위해 움직였지만, 에일린이 그러기도 전에 무대에서 격노한 외침이 들렸다.

"알프 호드빈!" 고드프리 경이 고함쳤다. "비니!"

"우리는 아무 짓도 안 했어요!" 알프가 말했다. "우리는….'

"가시덤불들, 무대로!" 고드프리 경이 외쳤고, 알프와 비니가 말했다. "잘 가요!" 그리고 둘은 복도를 달려갔다.

'다행이야.' 폴리가 생각했다. '이제 우리는….'

귀청을 찢을 듯한 요란한 폭발음과 함께 극장이 흔들렸다. 샹들리에들이 달그락거렸다. "우리는 정말로 가야 해, 폴리." 콜린이 천장을 쳐다보며 말했다.

"알아." 폴리가 말하며 공습 목록을 에일린의 손에 쥐어주었다.

"말했잖아." 에일린이 말했다. "우리는 괜찮을 거야…."

"네가 괜찮은 게 그 목록을 암기했기 때문인지 아닌지 네가 어떻게 알아?" 폴리가 에일린의 손가락들을 접어 목록을 쥐게 했다. "9일과 10일 밤에는 꼭 지하철역 제일 아래층에 있어야 해. 천오백 명이 죽었고, 천팔백 명이 부상당했어. 이때만 조심하면 V-1 이전까지는 더 이상 대공습은 없어. 하지만 그래도 공습경보에는 주의를 기울여야…."

"용감한 왕자!" 고드프리 경이 무대에서 외쳤고, 폴리는 자신도 모르게 그쪽을 돌아보았지만, 그는 폴리를 부른 게 아니었다. 그는 에일린을 부르고 있었다. "오릴리 양! 무대로! 당장!"

"가요!" 에일린이 말했다.

"크로이던에 가까이 가지 마." 폴리는 말했지만, 여전히 에일린의 손을 놓아주지 않았다. "그리고 베스널 그린이랑…."

"나 가야 해." 에일린이 부드럽게 말했다.

"알아." 폴리가 떨리는 목소리로 말했다. "정말 보고 싶을 거야."

“나도 네가 보고 싶을 거야.” 에일린은 몸을 앞으로 기울여 폴리의 뺨에 키스했다. “울지 마. 우리는 다시 볼 거잖아. 트래펄가 광장에서. 기억나?” 에일린이 말했다.

“용감한 왕자!” 고드프리 경이 으르렁댔다.

“지금 가요!” 에일린이 외치고 재빨리 복도를 달려갔다. “안녕히 가세요, 던워디 교수님!” 에일린이 어깨너머로 외쳤다. “콜린, 폴리를 잘 부탁해! 전쟁이 끝나고 보자.” 에일린은 서둘러 계단을 올라 무대에 오르더니 방화 커튼 뒤로 사라졌다.

“드디어 왔군요.” 폴리는 고드프리 경이 방화 커튼 뒤에서 외치는 소리를 들을 수 있었다. “오릴리 양, 아무래도 당신은 우리가 크리스마스 동화극을 한다고 생각을 하시는 것 같습니다. 틀렸습니다. 개막 공연까지는 2주밖에 남지 않았습니다. 시간이 중요한 상황입니다!”

‘그리고 저게 내 신호야.’ 폴리는 생각했다. ‘언제 퇴장할지 아는 게 연기의 절반이지.’

하지만, 폴리는 여전히 그곳에 서서 커튼이 드리워진 무대를 바라보고 있었다.

폴리 뒤에서 콜린이 말했다. “폴리, 우리는 이제 가야만….”

“알아.” 폴리가 말했다.

“미안해.” 콜린이 말했다. “시간이 그리 많지 않거든. 던워디 교수님?”

던워디 교수는 고개를 끄덕이고 복도를 걸어 출구 쪽으로 향했다.

“폴리?” 콜린이 부드럽게 말했다. “준비됐어?”

“응.” 폴리가 말했다. “집으로 가자.” 그리고 콜린과 함께 복도를 걷기 시작했다.

“잠깐!” 고드프리 경이 외쳤다. “당신들이 떠나기 전에 할 말이 있습니다.”

폴리와 콜린은 문가에서 고개를 돌려 무대를 바라보았다. 고드프리 경이 히틀러 복장과 우스꽝스러운 콧수염 분장 차림으로 커튼 앞에 서 있었다.

“부르셨어요, 고드프리 경?” 폴리가 말했지만, 고드프리 경은 폴리를 보고 있지 않았다. 그는 콜린을 보고 있었으며, 그는 오시노 공작이 아니었고,

심지어 크라이턴조차 아니었다. 그는 그들이 세인트조지 교회의 지하실에서 같이 공연했던 첫날밤의 바로 그 프로스페로였다.

"'지금 여기서 내 삶의 3분의 1, 내 삶의 목적 자체를 당신에게 주었네.'" 고드프리 경이 말했다.

콜린이 고개를 끄덕였다.

"'이제 평온한 바다를 약속하겠노라.'" 고드프리 경이 외치며 축복을 내리기 위해 두 손을 들어 올렸다. "'그리고 상서로운 바람과 멀리 앞선 전하의 선단을 따라잡을 신속한 항해를 약속하겠노라.'"[62]

62 셰익스피어, 《폭풍우》

66

그 아이가 살아 있구나.
만약 그렇다면, 이건 내가 그동안 느꼈던
그 모든 슬픔을 보상받을 기회이지.

— 윌리엄 셰익스피어, 《리어왕》

전쟁 박물관, 런던, 1995년 5월 7일

'나는 결국 강하를 해서 폴리와 메로피를 찾았구나.' 콜린이 생각했다. '하지만 너무 늦게 도착해서 둘을 구할 수 없었던 거야.' "제가 너무 늦은 거죠, 그렇죠?" 콜린은 비니에게 물었고, 마치 그게 신호라도 되듯이 폭탄 효과음이 다시 들리기 시작했다.

"아니에요." 비니는 폭탄 소리가 잦아들어 자기 목소리가 들릴 수 있게 되자 말했다.

"네? 제가 폴리와 던워디 교수님을 데드라인 전에 구했어요?"

"모르겠어요. 당신이 둘과 함께 강하 지점으로 떠난 건 알아요. 그리고 엄마는…, 그러니까 에일린은 당신이 잘 돌아간 게 분명하다고 말했어요, 왜냐면…."

"하지만 만약 제가 둘을 데리고 강하 지점으로 갔다면, 왜 메로피는, 그러니까 에일린은 우리와 함께 가지 않은 건데요?"

"우리 때문에요." 비니가 말했다. "알프와 나 때문에요. 엄마는 우리를 떠나지 않겠노라고 약속했어요. 그리고 엄마는 폴리 이모와 던워디 교수님이 어디에 있었는지 당신에게 말해주기 위해 이곳에 있어야 했어요."

그래서 에일린은 자신을 희생하고 이곳에 남은 것이었다. 하지만 분명 다른 방법이 있을 것이다. 콜린에게 말을 해준 이가 에일린이 아니니 특히 더 그랬다. 말을 해준 이는 비니였다. 하지만 그건 나중에 생각해도 되었다. 우선은 폴리 일행이 어디에 있는지 알아야 했다.

"비니." 콜린이 간절하게 말했다. "우리는 모두가 함께 있던 시간을 알아내야 해요. 당신은 에일린이 머물기로 결정했다고 말했죠. 그건 에일린 역시 그곳에 있었다는 뜻이고요. 그러니 셋 모두가 함께 있던 시간이어야만 해요. 5월 1일 이전으로요. 던워디 교수님의 데드라인이 그날이거든요. 모두가 함께 있을 가능성이 가장 큰 때는 공습 때라고 생각해요. 공습 때 모두가 지하철 방공호에 갔나요?"

"네. 하지만…."

"그리고 폴리 일행이 살던 곳 그리고 모두가 집에 있을 만한 시간도 알려줘야 해요. 저는 리케트 부인에 관해서는 알아요. 모두 아직 켄싱턴에 사나요? 만약 그렇다면, 그건 폴리가 쓰던 강하가 열릴 수도 있다는 뜻…."

비니는 콜린을 보며 인상을 찡그렸다.

"이게 아주 오래전이라는 걸 알아요." 콜린이 말했다. "그리고 특정 시간에 모두가 어디에 있었는지 정확히 기억하기 어렵다는 것도요. 하지만 이건 중요해요. 만약 정확한 날짜를 기억할 수 없다면, 어느 지하철 방공호였는지만 말해줘도 제가 공습이 있던 날짜들을 찾아…."

비니는 여전히 인상을 찡그린 채 고개를 저었다.

"왜 그렇게 하면 안 되는데요?" 콜린이 말했다. "공습이 있을 때 늘 지하철역으로 가지 않았나요?"

"그곳에 가고 안 가고의 문제가 아니에요." 비니가 말했다. "그곳에 있지 않았다는 게 문제지요."

"그곳에 있지 않았다니 그게 무슨…."

"당신이 왔을 때요." 비니는 어리둥절해하는 콜린의 표정을 보며 싱긋 웃었다. "당신은 까먹고 있는데, 이 모든 일은 이미 일어났어요. 50년도 더 전에요. 엄마는 가지 않고 남았어요. 여기에 있으면서 자신들이 어디에 있는지 당신에게 말해주기 위해서요." 비니는 애처로운 웃음을 지었다. "그리고 당신을 만날 수 없는 상황이 되자…."

"당신을 보냈고요."

"맞아요."

"에일린은 자신의 정체를 당신에게 밝혔나요?" 콜린은 이 모든 상황을 이해하려 애쓰며 말했다.

"네. 하지만 우리는 엄마가 말해주기 한참 전에 먼저 스스로 알아냈어요. 우리가 장원에 있었을 때, 우리는 강하 지점에 가는 엄마 뒤를 밟았지요."

"에일린이 강하하는 걸 봤어요?" 만약 근처에 누군가가 있으면 강하는 열리지 않게 되어 있었다.

"못 봤어요. 하지만 우리는 엄마가 돌아온 직후의 모습을 목격했고, 다른 단서들도 많았어요. 실수들도 있었고 기타 등등요. 그리고 당신이 와서 폴리 이모와 던워디 교수님을 데려갔을 때, 우리는 확실히 알았죠. 물론 아직 우리가 모르는 게 많이 있지만요. 왜 당신이 이곳에 오는 데 그렇게 오래 걸렸나 하는 것 따위요."

"1940년 잉글랜드의 강하는 하나도 열리지 않아요." 콜린이 말했다. "던워디 교수님이 돌아오지 않았을 때 우리는 가능한 모든 시간, 공간 위치를 시도해보았지만, 그 어느 것도 열리지 않았죠. 처음에 우리는 모든 강하가 그렇다고 생각했지만, 다른 장소와 시간은 영향을 받지 않았고, 오로지 잉글랜드와 스코틀랜드 그리고 1941년의 첫 석 달만 그랬어요. 우리는 3월 중순 이후로 몇 개의 강하를 열 수 있었지만, 그때 우리는 폴리 일행이 어디에 있는지 전혀 단서가 없었어요. 폴리는 타운센드 브라더스 백화점을 떠났고, 노팅힐게이트역에도 없었어요."

"그래서 당신이 폴리 이모를 알 만한 사람을 찾아 이곳에 온 거군요. 폴리 이모가 어디에 있는지 말해줄 수 있는 사람을요." 비니가 말했다.

"맞아요." 콜린은 폴리와 에일린이 자원할 계획이었다고 마이크에게 들은 뒤로 몇 달에 걸쳐 국민 동원과 민방위 기록을 뒤졌다는 말은 하지 않았다. 또한 그전에는 몇 년에 걸쳐 도서관과 신문 보관소에 앉아서 그들이 아직도 살아 있는지 자료를 뒤지고, 강하를 열려다 실패하고 다시 다른 강하 지점을 위해 계산을 하고, 바드리와 리나에게 구조가 가능하다고 확신을 주려 애쓰고, 이시와카 박사를 비롯해 만날 수 있는 시간 여행 이론가라면 누구라도 어떻게든 만나서 대체 뭐가 잘못되었는지 알아내려 애쓰며 보냈다는 말도 하지 않았다.

"알프는 당신이 분명 연례 종전 기념행사들 가운데 하나에서 엄마를 만나 얘기했을 거라고 했지요." 비니가 말하고 있었다.

"잠깐만요." 콜린이 말했다. "제가 오늘 여기에 올 거라고 에일린이 당신에게 말하지 않았어요?"

"네."

"이해가 안 되네요." 콜린이 말했다. "왜 말하지 않았죠?"

"왜냐하면 엄마는 당신이 어디에 있을지 몰랐으니까요. 엄마가 아는 건, 어느 순간에 자신들이 어디에 있는지 엄마가 당신에게 말했고, 그래서 어디로 찾아와야 하는지 당신이 알게 되었다는 것뿐이었어요."

"하지만….."

"엄마는 알 필요가 없다고 했어요. 당신을 찾을 수 있을 거라고 했죠. 엄마가 이미 당신을 찾았기 때문이라고 말하면서요." 비니가 말하고 싱긋 웃었다. "엄마는 늘 상당한 낙관주의자였어요. 심지어 암에 걸린 걸 알게 된 다음에도 우리에게 '걱정하지 말렴. 결국은 다 잘될 거야.'라고 했지요. 엄마가 죽었을 때, 나는 뭔가 잘못되었을까 걱정했지만, 알프는 그럴 리 없다고 했지요. 당신이 올 수 없다면 우리가 그 일이 일어나게 해야 한다면서요." 비니는 콜린을 보고 환하게 웃었다. "그리고 우리는 해냈죠."

"하지만 아직도 이해가 안 가요. 어떻게 당신과 당신 동생은 제가 바로 오늘 이곳에 있을지 알았나요?"

"몰랐어요. 우리는 엄마가 죽은 뒤로 줄곧 당신을 찾아다녔어요."

"에일린이 죽은 뒤로….."

비니가 고개를 끄덕였다. "처음에 우리는 노팅힐게이트 지하철역과 옥스퍼드 스트리트, 그리고 당연하겠지만, 데네월 장원에 집중했어요. 장원은 이제 학교가 됐어요. 하지만 찾아다녀야 할 지역이 너무 넓었고, 마이클과 메리가 함께 했어도….”

“누구요?”

“마이클은 내 아들이에요. 메리는 내 여동생, 정확히는 법적인 동생이고요. 비록 나는 걜 한 번도 친동생이 아니라고 생각해본 적이 없지만요.”

“메리가 에일린의 딸이에요?”

“미안해요. 난 자꾸만 당신이 이 모든 걸 알고 있다고 착각하네요. 엄마, 그러니까 에일린은 결혼….”

‘쉬익’ 하는 크고 날카로운 소리가 들리더니 이윽고 폭발음이 들렸다. 방공호 벽이 흔들렸고, 폭탄에서 나오는 빛을 흉내 낸 밝고 하얀 빛이 번쩍였다. 그 빛은 노란색이 되었다가 다시 빨간색이 되어 방공호를 물들였고, 비니의 얼굴 역시 기괴한 빛으로 물들였다.

“에일린이 결혼했어요…?” 콜린이 소음 너머로 외치며 답을 재촉했다.

비니는 대답하지 않았다. 그녀는 마치 뭔가 깨달았다는 듯이 이상한 표정을 짓고 콜린을 바라보았다.

“왜 그래요? 뭐가 잘못되었는데요?” 콜린은 혹시 폭음에 뭔가 끔찍한 기억이 떠오른 건 아닐까 걱정하며 말했다. “괜찮으세요?”

“정말 이상하네요.” 비니가 중얼거렸다. “혹시 엄마가…? 그러면 설명이 되겠네요….”

“누가 뭐요? 누구요? 에일린요? 왜 그러세요?”

비니는 마치 머리를 맑게 하려는 듯이 고개를 저었다. “아무것도 아니에요. 당신이 그때 일어난 일에 관해 아무것도 모른다는 사실을 자꾸만 깜박하네요. 에일린은 전쟁이 끝나고 얼마 안 되어 결혼했고, 아이 둘을 가졌어요. 내 말은, 알프와 나 말고요. 아들인 고드프리도 우리를 도왔지만, 우리 모두 나섰어도 당신을 찾을 수가 없었죠. 그때 알프가 ‘우리는 콜린의 관점에서 생각해봐야 해. 콜린이라면 어디를 찾아볼까?’라고 했지요. 그리고 당신이라면 대공습을 겪은 사람들이 갈 만한 곳을 갈 거라는 생각이 떠올랐어요. 그리고 다행히 그때가 전쟁 발발 50주년 기념일이 되기 직전이었고….”

“이걸 1990년부터 했단 말인가요?”

“아니요. 1989년부터요. 제2차 세계대전은 사실 1939년에 시작됐거든
요. 비록 근 1년 동안은 진짜 전투가 없었지만요. 하지만 피난 아동 친목회
가 몇 개 있었고, 봄에는 영국 본토 항공전 전시회들이 열렸고, 당연히 해
마다 전승 기념일 퍼레이드들이 있었죠. 그것들이 가장 힘들었어요. 너무
나도 많은 도시에서 같은 날에 퍼레이드를 했으니까요….”

“6년 동안 퍼레이드며 연례 축하 행사며 박물관 전시회들을 다녔다는
건가요?” 그건 수십 개 아니 수백 개는 될 것이다. “몇 개나 다녔나요?”

“전부 다요.” 비니가 간단하게 답했다.

‘전부 다.’

“생각보단 할 만했어요.” 비니가 말했다. “다 5월이니까요. 종전 50주년
이후로, 해마다 축하 행사가 있었어요. 12월 29일 세인트폴 대성당에서 열
린, 화재 감시원들을 위한 특별 추모 미사를 포함해서요.” 비니는 장난기
어린 웃음을 지어 보였다. “적어도 당신은 그곳에 오지 않았어요.”

‘안 갔죠. 하지만 갈 계획이었어요.’ 콜린은 생각했다. ‘그리고 도버에서
열린 됭케르크 기념식과 비긴힐의 이글 데이 에어쇼와 런던 교통 박물관의
‘지하철역 방공호에서의 삶’ 전시회도 갈 생각이었고요.’ 그리고 만약 그가
갔다면 비니 또는 알프 또는 에일린의 다른 자식 가운데 한 명이 그곳에 있
었을 것이다. 콜린이 폴리를 찾기 위해 들인 것만큼이나 많은 시간과 노력
을 그들 역시 콜린을 찾기 위해 들였다.

“세상에, 이것 좀 봐.” 몇 걸음 떨어진 곳에서 어떤 여자가 말했다. “방
독면이야! 이걸 어디든 가지고 다녀야 했던 거 기억하니? 그리고 그 끔찍
한 희생방 훈련도?”

“아, 이런. 사람들이 점심 식사를 마치고 돌아오네요.” 비니가 속삭였
다. 그녀는 일어났다.

“잠깐만요.” 콜린이 말했다. “당신은 아직 폴리 일행이 어디에 있는지
말해주지 않았어요.”

비니가 다시 앉았다. "내가 당신에게 그걸 말했는지 확신이 안 가요. 내 생각에는 던워디 교수님이…."

"던워디 교수님요? 모두 함께 있었다고 했잖아요?"

"함께 있었어요. 하지만 당신을 찾은 건 던워디 교수님이에요. 아니면 당신이 그분을 찾았거나요. 그리고 그곳에 당신이 온 거예요. 그 부분에 대해서 나는 전혀 몰라요."

"그러면 제가 그분을 어디서 찾았죠?"

"세인트폴 대성당에서요."

세인트폴 대성당? 그렇다면 콜린은 던워디 교수의 강하 지점을 썼다는 뜻이었다. 하지만 던워디 교수가 대공습 때로 간 뒤, 그곳을 열기 위해 수천 번을 시도해보았지만, 번번이 열리지 않았다. "제가 세인트폴 대성당의 강하를 썼나요?"

"그것도 몰라요. 왜요?"

"왜냐하면, 그곳은 작동하지 않거든요."

"아, 그러면 당신은 교수님을, 또는 교수님이 당신을 어딘가 다른 곳에서 찾으셨을 거예요. 내가 아는 건, 그날 밤 우리가 세인트폴 대성당에 교수님을 두고 떠났다는 것뿐이에요…."

"어느 날 밤요? 당신은 아직 날짜를 안 알려줬어요."

"안타깝지만, 그것도 몰라요. 너무나도 오래전이고, 우리는 어린애였으니까요. 아마도…."

"방공호 아직 안 봤어?" 어떤 여자가 말했고, 문이 열리더니 탤벗, 캠벌리, 퍼지가 보였다. "여기 있었구나, 범생아." 탤벗이 벌떡 일어난 비니를 보며 말했고, 다시 콜린을 바라보았다. "둘이 여기서 뭐 해?"

"나는 이분에게 방공호를 보여주고 있었어." 비니가 말했다.

"알아." 퍼지가 무미건조하게 말했다. 그녀는 방공호 주위를 둘러보았다. "와, 여기 아늑하네."

"그리고 내가 기억하는 방공호보다 훨씬 더 좋아." 탤벗이 말했다. "우리는 널 찾고 있었어, 범생아. 너 구급차 전시를 꼭 봐야 해. 넌 구급차를 운전했잖아.”

“곧 갈게.” 비니가 말했다. “나이트 씨와 나는 아직 볼일이….”

“그래 보이네.” 텔벗이 말했다.

“한두 가지 질문만 더 하면 됩니다.” 콜린이 말하며 뒤늦게 노트를 꺼냈다. “램버트 부인과 조금만 더 같이 있어도 될까요?

“물론이죠.” 텔벗이 말했다. “우리는 진정한 사랑을 방해하고 싶지 않아요.”

“바보 같은 소리 하지 마, 텔벗.” 비니가 말했다. “나이트 씨는 기자야. 그리고 내 손자뻘이라고.”

“말도 안 됩니다.” 콜린이 정중하게 말했다. “그리고 사실, 저는 늘 연상의 여자에게 꽂힌답니다.”

“그렇다면….” 텔벗이 콜린의 팔을 잡으며 말했다. “우리랑 같이 가서 구급차 전시를 꼭 봐야만 해요.”

“맞아요.” 캠벌리가 말했다. “우리가 몰던 것과 똑같아요.”

“범생이에게 할 질문은 거기에 가면서 해도 돼요.” 텔벗이 말하며 콜린과 단단히 팔짱을 끼고 구급차 전시장으로 갔고, 콜린은 비니에게 질문을 할 기회가 전혀 없었다. 전시장에 도착하기 전에, 여섯 명 정도 되는 여자들이 비니에게 달라붙어 질문들을 해댔고, 구급차에 도착했을 때는 다시 여섯 명 정도 되는 사람들이 비니를 기다리고 있었다. 그 사람들은 비니에게 뒷문으로 들어가보라고 했고, 운전석에 앉아보라고도 했다.

콜린은 사람들을 헤치고 비니에게 가서 창문 안으로 몸을 기울였다. “몇 가지만 좀 더 자세히 알려주세요, 램버트 부인.” 콜린이 말했다. “웨스트민스터 수도원 폭격에 관해 말씀하셨죠. 그게 언제였습니까?”

“5월 10일이에요.” 비니가 대답하기 전에 캠벌리가 말했다.

‘나름 좋은 방법이라고 생각했는데.’ 콜린이 생각했다.

“난 똑똑히 기억해요.” 캠벌리가 말했다. “그날 저녁에 아주 멋진 공군 조종사와 저녁 식사를 하고 쇼를 보기로 약속했는데, 그 대신 밤새 사상자들을 실어 날라야 했거든요. 내 저녁을 망친 히틀러를 절대로 용서하지 않을 거예요.”

“무슨 쇼를 보러 가려고 했는데?” 비니가 물었다.

‘지금은 ‘대공습 시기의 극장’에 관해 토론할 시간이 없는데.’ 콜린은 짜증스러워하며 생각했다.

“윈드밀 극장의 야한 뮤지컬 코미디 아니었어?” 텔벗이 짐작해 말했다.

“‘우리는 절대로 닫지 않습니다.’” 퍼지가 인용했다.

“‘옷도 입지 않습니다.’” 텔벗이 말했다.

“아니야.” 캠벌리가 말했다. “그 사람은 나를 연극에 데려갔어! 그리고 내가 입은 옷은….”

“어떤 종류의 연극이었어?” 비니가 물었다. “동화극?”

“동화극?” 캠벌리가 물었다. “그건 아이들용이잖아.”

“난 대공습 때 동화극을 본 적이 있어.” 캠벌리의 말을 못 들었다는 듯이 비니가 계속 말했다. “《잠자는 숲속의 미녀》였어. 리젠트 극장에서. 고드프리 킹스맨 경이 나쁜 요정이었어.”

“아, 잠자는 이야기가 나와서 말인데….” 이름표를 나눠주던 여자가 말했다. “너희 모두 ‘대공습 시기의 수면’ 전시를 꼭 봐야 해. 홀릭스[63] 기억나? 그리고 방공복도? 이쪽이야.” 그녀가 말했고, 모두 비니를 데리고 문을 통과해 복도를 걸어갔다.

콜린이 따라갔지만, 그가 문에 도착하기 전에 이름표에 영국기 표시가 있는 새로운 여자 그룹이 들이닥쳤다. 콜린은 비니가 없어졌을 거라 생각하며 복도로 나갔지만, 비니는 복도를 반 정도 간 곳에 서서 탑이 불길에 싸인 교회의 흑백 사진 앞에 서 있었다.

“저거 세인트브라이즈야?” 비니가 사진을 가리키며 물었다. “저게 불에 타던 날이 기억나. 그날 밤은 공습이 무척이나 끔찍했어. 아마도 4월 말 언제….”

“아니, 그렇지 않아.” 브라운이 말했다. “세인트브라이즈는 12월에 불탔어.”

“아, 그렇지.” 비니가 말했다. “세인트폴 대성당이 거의 불에 탈 뻔했던 때와 같은 날 밤이지.” 비니는 콜린 쪽을 바라보았다. “내가 헷갈렸어. 4월

63 몰트 우유 상표

말에 무슨 일이 좀 있었거든."

'그때 내가 폴리와 에일린과 던워디 교수님을 찾아낸 거야.' 콜린이 생각했다. '고마워요.' 콜린은 입술만 움직여 비니에게 말했지만, 그녀는 이미 몸을 돌려 사진을 보고 있었다. 캠벌리가 비니에게 뭔가를 말했고, 다른 여자들이 비니 주위에 가까이 몰려들어 콜린은 그녀를 볼 수 없었다. 영국기 여자들이 흥분한 목소리로 떠들며 복도로 몰려나왔다.

"해리스!" 밝은 녹색 모자를 쓴 누군가가 외쳤다. "여기 있었구나. 널 절대로 찾지 못할 거라 생각했어. 이제 갈 시간이야."

'갈 시간이야.' 콜린은 사람들을 비집고 복도를 빠져나와 전시장을 통과해 출구로 향했다. '그리고 이제 나는 던워디 교수님의 강하가 열리게 해야 해. 만약 그게 내가 사용한 강하 지점이라면. 그리고 화재 감시원에게 잡히지 말아야 하고. 또는 만약 그 강하가 열리지 않는다면 다른 강하 지점을 찾아야 해. 그리고 던워디 교수님을 찾아야 해. 그리고 극장도.' 하지만 이제 콜린은 그 극장 이름을 알았다. 또한 자신이 너무 늦지 않았으며, 폴리가 아직 살아 있다는 사실도 알았다.

그는 출구에 도착했다. 그곳은 전승 기념일에 환호하는 군중에게 버킹엄 궁전 발코니에서 손을 흔드는 왕과 왕비의 사진이 붙어 있었다. 그리고 실물 크기의 윈스턴 처칠이 승리의 V자를 그리는 사진도 있었다. 그가 문을 통과해 걸어갈 때, 공습경보해제의 의기양양한 소리가 울려 퍼졌다.

콜린은 재빨리 로비를 통과해 표 판매대로 갔다. "앤 페리에게 메시지를 전달해주시겠어요?" 그가 매표원에게 부탁했다. "고맙다고, 그리고 전시회가 아주 도움이 되었다고 전해주세요. 그리고 내가 앤이 생각하는 사람이 아니어서 정말로 미안하다는 말도요."

"네, 알겠습니다." 매표원이 그 말을 받아석었고, 콜린은 이세 어떻게 해야 할지를 생각하며 밖으로 나갔다. 리젠트 극장의 주소를 알아내고, 세인트폴 대성당에서 그곳에 가는 방법, 그리고 '4월 말'의 의미를 파악해야 했다. 그게 20일을 뜻하는 걸까? 아니면 30일일까? 콜린은 30일이 아니길 바랐다. 던워디 교수의 데드라인은 5월 1일이었다. 30일은 너무 빠듯했다.

비니는, 콜린이 왔던 날 밤에 공습이 심했다고 말했다. 4월에 날마다 공습이 있던 게 아니라면, 그걸로 어느 정도 날짜를 좁힐 수 있을 것이다. 콜린은 계단을 내려갔다. 만약《잠자는 숲속의 미녀》의 공연 날짜를 알아낼 수 있다면….

비니가 '릴리 메이드' 옆에 서 있었다. "어떻게 빠져나왔어요?" 콜린이 물었다.

"알프에게서 배운 기술을 썼죠." 비니가 말했다.

콜린은 등 뒤의 건물을 돌아보았다. "전쟁 박물관에 불을 지른 거예요?"

"아니요, 당연히 아니죠. 친구들에게 콘택트렌즈를 떨어뜨렸다고 말했어요." 그리고 콜린이 멍하니 자신을 바라보자 말했다. "콘택트렌즈는 눈에 바로 대는 렌즈예요. 깨지기 쉬운 렌즈죠. 친구들은 지금 콘택트렌즈를 찾느라 모두 바닥을 기어 다니고 있어요. 하지만 시간이 많지는 않아요. 당신이 모든 것을 다 제대로 이해했는지 확인하고 싶었어요."

"네. 리젠트 극장.《잠자는 숲속의 미녀》동화극 공연 때."

"아니요, 연습 때예요." 비니가 말했다.

"그리고 날짜는 모르고요?"

"네. 알프와 나는 그 날짜를 알아내려 애썼어요. 그날은 세인트폴 대성당의 북쪽 수랑이 폭격당한 다음이…."

그건 4월 16일이었다. "그리고 그날 밤 공습이 있었고요?"

"네. 어쨌든, 나는 그렇다고 생각해요. 기억하기 어려워요. 공습이 너무나 많았거든요. 더 도움이 되지 못해 미안해요." 비니는 콜린의 팔을 잡았다. "정확한 날을 곧장 알아낼 수 없다고 해서 용기를 잃으면 안 돼요."

"무슨 일이 있었는지 에일린이 당신에게 말을 했나요?"

"아니요. 그리고 과연 그랬는지 확신이 안 가요. 그리고 그곳에 왔던 날의 당신은 오늘의 당신보다 더 어려 보였어요."

"그래서 아까 방공호에서 저를 보며 그렇게 이상한 표정을 지은 건가요?"

"방공호요?" 비니가 갑자기 궁지에 몰렸다가 잡힌 듯한 표정을 지으며 말했다.

“네.” 콜린이 말했다. “우리는 에일린에 관해 이야기하고 있었고, 이어서 폭탄 효과음이 들리며 방공호가 번쩍였고, 당신은 이상한 표정으로 나를 보며 ‘어쩌면 혹시 엄마가… 그러면 설명이 되겠네요….’라고 했잖아요. 그게 무슨 의미죠? 제가 나이 들어 보여서 그런 건가요?”

“그랬을 거예요. 그게 늙어갈 때의 가장 나쁜 점이죠. 5분 전에 한 이야기도 기억을 못 하거든요.” 비니가 소리 내 웃었다. “달리 마땅한 이유는 생각나지 않네요. 아, 기억났어요. 당신 때문이 아니었어요. 네터튼 부인은 방공호에 붉은 조명이 있는지 기억이 나지 않는다고 말했고, 나는 네터튼 부인이 무슨 말을 하고 있는지 몰랐어요. 그분은 정신이 좀 산만하거든요. 그러고 나서 폭탄 효과음이 났을 때 붉은 조명이 있었고, 그때 나는 부인 말이 이런 뜻이었구나 하고 깨달은 거예요.”

그럴듯하게 들렸다. 만약 피난민 위원회 책임자에게서 ‘호드빈 남매는 눈앞에 서서 눈을 동그랗게 뜨고 천진난만한 표정으로 세상에 다시 없을 새빨간 거짓말을 하곤 했어요.’라는 말을 들은 적이 없었더라면 콜린은 그 말을 믿었을 것이다.

하지만 비니가 왜 콜린에게 거짓말을 한단 말인가? 비니는 콜린에게 진실을 말해주기 위해 이제까지 6년 동안 그를 찾아 이곳저곳을 돌아다녔다. 진실을 숨기려 그를 찾아다닌 게 아니었다.

뭔가 끔찍한 일이 아니라면 숨길 일이 없었다. 하지만 비니는 고통스러운 표정이 아니라 흥미로운 표정이었다. 아마도 비니가 오늘날까지도 제대로 이해할 수 없었던 어떤 일이 그날 밤 극장에서 일어났던 모양이었다.

그게 무엇이었든 간에, 비니는 그 일에 대해 콜린에게 말해줄 의향이 없는 게 분명했다. “나를 찾기 전에 가봐야 해요.” 비니가 박물관을 올려다보며 말하고 있었다. “안 그러면 우리가 함께 도망쳤다고 생각할 거예요.”

“우리가 그럴 수 있으면 좋겠습니다.” 콜린이 말했다. “고맙습니다. 전부 다요.” 콜린은 몸을 숙였고, 비니의 평판을 망칠 수 있음에도 불구하고 그녀의 뺨에 키스했다. “의무감 이상의 일을 해주셨어요.”

비니는 고개를 저었다. “엄마가 우리에게 해주신 일을 생각하면 적어도

이 정도는 해야 해요. 엄마는 우리를 입양해 먹이고, 입히고, 학교에 보내주셨어요. 내 동생이 입버릇처럼 말했듯이 엄마는 '우리에게 잘해주는 유일한 존재'였어요." 비니가 콜린에게 웃어 보였다. "엄마가 없었으면 우리는 전쟁에서 살아남지 못했을 거예요. 그리고 설사 살아남았다 할지라도, 나는 결국 거리로 나가야 했을 거고, 알프는…, 알프가 어떻게 되었을지는 생각만 해도 끔찍해요."

"하지만…, 아까 알프가 올드 베일리에 갇혔다고 말하지 않았나요?"

"맞아요. 아, 알프가 갇혔다고 해서 피고인이라고 생각했군요." 비니는 소리 내 웃었다. "아, 이런. 알프에게 그 이야기를 꼭 해줘야겠네요. 아니에요. 알프는 이번 주에 중요한 사건이 있고, 배심원들이 생각보다 더 오래 시간을 끌었어요."

"알프가 변호사예요?" 콜린이 놀라 물었다.

"아니요." 비니가 말하고 다시 소리 내 웃었다. "알프는 판사예요."

67

잘될 것이다. 모든 것이 다 잘될 것이다.

— *T. S.* 엘리엇, *〈4개의 사중주〉*

런던, 1945년 5월 7일

3시에 에일린은 사보이 호텔 앞에서 관용차에 에이브럼스 대령을 태웠다. "국방성으로, 중위." 대령이 말했다.

"네, 대령님." 에일린이 말했다. 그녀는 사보이 호텔 앞 진입로를 빠져나와 스트랜드로 들어섰지만, 갑자기 누가 차 바로 앞으로 뛰어든 뒤 길을 건너가는 바람에 브레이크를 밟고 외쳤다. "조심해요!"

"V-2가 떨어진 건 아니겠지?" 미국에서 방금 도착한 에이브럼스 대령이 초조하게 창밖을 살피며 말했다.

"아닙니다." 에일린이 말했다. '전쟁이 끝난 거예요.'

에일린은 대령을 데리고 국방성에 갔고, 대령이 안으로 들어가자마자 알프와 비니의 학교로 곧장 차를 몰고 갔다.

"알프와 비니를 데리러 왔어요." 에일린이 교장에게 말했다. "지금 당장 애들을 데리고 가야 해요."

"무슨 소식이라도 들으신 건가요?" 교장이 물었다.

이 질문에 뭐라고 대답해야 하나? 독일은 오늘 새벽 3시에 항복 문서에

서명했지만, 그 소식은 내일에야 공식 발표가 날 예정이었다. 그리고 오는 길에 본 신문 판매대의 뉴스판에는 '곧 항복?'이라고만 되어 있었다.

"공식적인 소식은 아무것도 듣지 못했어요." 에일린이 말했다. "하지만 곧 성명이 있을 거라고 모두 말하더군요."

교장이 활짝 웃었다. "아이들을 데려올게요." 교장이 말하고 서둘러 복도를 걸어갔다.

에일린이 느끼기에 교장은 영원히 돌아오지 않는 것만 같았다. '하필 내가 오는 날 무단결석을 하지는 않는 게 좋을 거야.' 에일린이 초조하게 생각했다.

에일린은 문밖으로 몸을 내밀고 복도를 살폈고, 복도 끝의 벽장에서 코트를 꺼내는 10대 소녀를 흘끗 보았다. 그 소녀는 반짝이는 금발이었고, 키가 컸고 우아했다. '정말 예쁜 아이네.' 에일린이 생각했다.

소녀는 벽장 문을 닫고 돌아섰으며, 에일린은 그게 비니인 걸 깨닫고 충격을 받았다. '맙소사, 비니가 언제 벌써 저렇게 아가씨가 됐지.' 에일린은 생각했고, 비니가 놀란 표정을 짓는 것을 보았다.

에일린은 그 표정을 전에도 본 적이 있었다. 폴리가 이곳에 이미 온 적이 있다고 에일린이 마이크에게 말했을 때 마이크의 표정이 그랬다. 그리고 마이크가 죽었다고 감시원이 그들에게 말했을 때 폴리의 표정이 그랬다.

'비니는 뭔가 끔찍한 일이 일어난 거라 생각하는 거야.' 에일린은 생각하고 비니를 안심시키기 위해 서둘러 복도를 걸어갔다. "나쁜 소식이 아니야. 전쟁이 끝났어. 흥분되지 않니?"

"흥분돼요." 비니는 말했지만, 흥분한 목소리가 아니었다.

요즘 비니는 아주 시무룩했다. '오늘은 까다롭게 굴지 말렴.' 에일린이 생각했다. '이럴 시간이 없어.' "네 동생은 어디 있니?" 에일린이 물었다.

알프가 복도를 질주해 왔다. 알프의 셔츠 자락은 빠져나와 있었고, 양말은 흘러내렸으며, 넥타이는 삐뚤어졌고, 교장이 뒤를 쫓아왔다.

"전쟁이 끝난 거죠, 그렇죠?" 알프가 복도를 미끄러져 에일린 코앞에서 멈추며 말했다. "오늘 끝날 줄 알았어요. 언제 들었어요? 우리는 오늘 교실에서 온종일 라디오를 들었어요…." 알프는 죄지은 듯한 표정으로 교장을 힐끗 보았지만, 그녀는 여전히 활짝 웃고 있었다. "하지만 라디오에서는 아직 아무 소식도 없었어요!"

"가자." 에일린이 말했다. "가야 해. 알프, 네 코트는 어디 있니?"

"아, 이런. 깜빡했어요! 교실에 있어요. 가져올게요." 알프가 부리나케 복도를 달려갔다.

"다른 사람들에게는 아무 말…." 에일린이 말했지만, 너무 늦은 뒤였다. 복도 끝 쪽에서 요란한 함성이 들렸고, 이어 환호성과 함께 문들이 요란히 열리는 소리가 들렸다. 교장은 사태를 진정시키기 위해 서둘러 복도를 걸어갔다.

알프는 가슴에 코트를 움켜쥐고 다시 복도를 달려왔다. "알프." 에일린이 나무라듯 말했다.

"방금 라디오에서 나왔어요!" 알프가 외쳤다. "전쟁이 끝났어요! 가요, 어서요. 피커딜리 서커스에서 조명을 켠대요."

알프는 비니의 얼굴을 보더니 얼굴에서 웃음이 사라졌다. "우리 가도 되죠, 그렇죠, 엄마?" 알프가 에일린에게 말했다. "모두가 그곳에 있을 거예요. 왕과 왕비와 처칠도요."

'그리고 폴리도.' 에일린은 생각했다.

"런던 사람들 전부가 갈 거야. 전쟁은 끝났어!" 알프가 비니에게 호소했다. "엄마에게 우리도 가야 한다고 말해!"

"우리도 가나요?" 비니가 물었다.

"그러면, 물론이지." 에일린이 말했고, 혹시 비니가 자신의 초조함을 어찌어찌 알아차린 건 아닐까 생각했다. "우리는 그곳에 갈 거야. 가자, 알프, 비니."

알프는 문으로 달려갔지만, 비니는 여전히 그곳에 서서 분개한 표정을 지었다.

"비니?" 에일린이 말하며 비니의 팔을 잡았지만, 비니는 여전히 움직이지 않았다. "미안, 록시라고 불렀어야 했는데." 비니는 진저 로저스가 〈록시

하트〉에서 회개하지 않는 살인자 역을 하는 걸 본 이후 줄곧 그 이름을 고집해왔다. 그건 놀라운 일이 아니었다.

비니는 에일린의 손에서 팔을 빼냈다. "엄마가 날 뭐라고 부르든 전혀 상관없어요." 비니는 말하고, 학교 밖으로 뛰쳐나갔다.

알프는 계단 발치에서 그들을 기다리고 있었지만, 비니는 알프를 지나더니 거리를 따라 지하철역으로 향하기 시작했다. "우리는 지하철을 타지 않을 거야." 에일린이 말했다. "에이브럼스 대령의 차를 가지고 왔어."

"내가 운전해도 돼요?" 알프가 앞자리에 기어오르며 말했다.

비니는 차를 바라보며 그냥 서 있었다. "본부에 돌려줘야 하지 않나요?"

"알아차리지 못할 거야." 에일린이 말했다. "타렴."

비니는 차에 타더니 거칠게 문을 닫았다.

"그리고 거기까지 갈 수 있을지 자신이 없어. 내가 지나가며 보니까 사람들이 이미 왕궁 앞에 모이기 시작했거든." 에일린이 거짓말을 했다.

"우리가 가는 곳이 거기예요, 엄마?" 알프가 물었다. "버킹엄 궁전요?"

"아니. 나는 군복을 갈아입어야 하니까 집에 먼저 가야 해." 에일린이 말했다.

"잘됐네요. 난 국기를 가져가야 하거든요."

"차를 돌려줘야만 할 거 같은데요." 뒷좌석에서 비니가 말했다. "만약 문제가 생기면, 직장을 잃을 거예요."

"엄마는 직장을 잃을 수가 없어. 더 이상 직장을 다니지 않을 거거든." 알프가 들떠 말했다. "그리고 너도 이젠 구급차 운전사를 할 수 없어. 전쟁은 끝났어. 우리는 피커딜리 서커스에 먼저 갔다가 그다음에 버킹엄 궁전에 가면 될 거야." 알프는 창밖으로 몸을 내밀고 손을 흔들었다. "전쟁이 끝났다! 만세!"

에일린은 거짓말로 사람들이 많을 거라고 했지만 도착해보니 그건 이미 진실이었다. 사람들이 거리를 막고 고함을 치고 국기들을 흔들었다. 그래서 블룸스베리까지 가는 데는 엄청나게 오랜 시간이 걸렸다.

'이런 인파를 뚫고 차로 트래펄가 광장까지 가는 건 불가능해.' 에일린이 집 밖에 주차하며 생각했다.

"난 아직도 엄마가 본부에 차를 돌려줘야 한다고 생각해요." 비니가 말했다.

"시간이 없어." 에일린이 말했고, 군복을 갈아입기 위해 위층으로 뛰어올라갔다. 에일린은 여름용 원피스와 녹색 코트를 입었고, 오언스 부인에게 전화해 기쁜 소식을 알렸다.

"방금 들었어요." 오언스 부인이 말했다. "시어도어의 어머니가 막 전화했어요." 그리고 에일린은 시어도어가 뒤에서 말하는 걸 들을 수 있었다. "난 전쟁이 끝나는 게 싫어!"

'어련하겠니.' 에일린은 생각했다.

비니는 하얀 원피스를 입고 나왔다. 알프는 새장에 든 앵무새를 들고 있었다. "배스컴 아줌마도 같이 가도 돼요?" 알프가 물었다.

"당연히 안 되지, 이 바보야." 비니가 말했다.

"배스컴 아줌마는 우리가 승리해서 정말 기뻐해. 얘는 전쟁을 싫어했어."

"안 돼. 배스컴 아줌마는 우리와 함께 갈 수 없어." 에일린이 말했고, 알프를 자기 방으로 돌려보냈다.

알프는 국기와 성냥 한 상자, 길쭉한 원통형 폭죽 3개, 기다란 불꽃놀이 줄 하나를 가지고 방에서 나왔다. "그거 다 어디서 구한 거니?" 에일린이 캐물었다.

"승리하면 축하할 때 쓰려고 모아두었던 거예요." 알프가 말했다. 그건 질문의 답이 아니었지만, 이미 6시 30분이 지나 있었고 그들은 여전히 트래펄가 광장에 가야만 했다.

"불꽃놀이 줄과 폭죽 하나는 가지고 가도 돼." 실망하는 비니의 표정을 무시하고 에일린이 말했다. "그리고 근처에 사람들이 있을 때는 쓰면 안돼. 가자."

에일린은 아이들을 데리고 서둘러 문을 나서 러셀 광장으로 향했다. 그곳 역시 가는 게 만만치 않았다. 거리와 역은 사람들로 꽉 찼고, 지하철 몇 대를 보내고 나서야 겨우 껴 탈 수 있었다.

그들이 레스터 광장에 도착했을 때는 이미 8시가 되었다. "내리자." 에일린이 알프와 비니에게 명령했다.

"왜 여기서 내려요?" 알프가 물었다. "아직 피커딜리 서커스역에 도착 안 했어요."

"피커딜리 서커스에 가지 않을 거야." 에일린이 말하고 아이들을 데리고 인파를 뚫고 노선 라인 플랫폼으로 향했다. "트래펄가 광장에 갈 거야." 에일린은 아이들을 데리고 지하철에 탔고, 다행히도 실내가 너무 붐벼 더는 대화할 수가 없었다.

트래펄가 광장역은 심지어 더욱더 붐벼서, 발 디딜 틈 없이 들어찬 사람들이 외치는 소리에 호루라기며 딱딱이, 색테이프로 정신이 없었다. "여기 훔칠 거 많은데요." 알프가 말했다.

"아무도, 아무것도 훔치지 않아." 에일린이 말하고 알프와 비니의 팔을 잡고 에스컬레이터로 밀었고, 그다음에는 계단을 올라 거리로 나섰다.

사방이 사람들이었다. 사람들은 환호성을 지르고 노래를 하고 국기를 흔들었다. 교회 종들이 요란하게 울렸다. 영군 해외 파병군 한 명이 눈에 띄는 모든 여자에게 키스하며 지나갔고, (꽃 모자를 쓰고 하얀 장갑을 낀 나이 지긋한 여자 둘을 포함해) 그 어떤 여자도 그걸 싫어하는 것 같지 않았다.

손으로 '히틀러는 버스를 놓쳤습니다!'[64]라고 쓴 현수막을 건 이층 버스가 쉼 없이 경적을 울리며 앞의 사람들을 비키게 했고, 에일린과 아이들은 사람들이 다시 길을 막기 전에 길을 건널 수 있었다.

하지만 길 건너편에 도착한 순간, 그들은 인파에 휩싸였다. "여기 말고 피커딜리 서커스에 갔어야 해요." 알프가 말했다.

"우리는 트래펄가 광장에 갈 거야." 에일린이 단호히 말했다. "괜찮을 거야. 서로 떨어지지 않고 붙어 있기만 하면 돼."

"붙어 있어." 비니가 냉랭하게 되풀이해 말했다. 비니는 다시 부루퉁해져 있었다.

---

64 'miss a bus'에는 문자 그대로 버스를 놓치다라는 뜻과 실패했다는 뜻이 있다.

'얘가 왜 이런담?' 에일린이 생각하며 비니의 팔과 알프의 소매를 잡았고, 둘을 밀고 인파를 헤치며 트래펄가 광장으로 향했다.

광장은 수병들과 군인들, 해군 여군 부대원들과 아직도 앞치마를 한 여급들로 터져나갈 것 같았고, 모두가 국기를 흔들고 있었다. 그들은 기념탑 기부와 모래주머니들을 쌓은 초소들 위에 올라갔고, 미국 해병 한 명은 기념탑 자체를 올라가려 애썼으며, 경찰 한 명은 그 해병에게 어서 내려오라고 소리를 치고 있었다.

에일린은 알프와 비니를 끌고 광장에 들어가려 애를 썼다. 폴리는 에일린이 사자상 가운데 하나 옆에 서 있는 모습을 봤다고 했었지만, 그곳에 가는 건 말처럼 쉽지 않았고, 아이들을 붙잡고 있는 건 더욱더 힘들었다. 에일린은 몇 미터도 가기 전에 알프를 놓쳤고, 그래서 알프의 옷깃을 잡고 다시 끌고 와야만 했다.

에일린은 손목시계를 보기 위해 손목을 비틀었다. 아, 이런, 이미 9시가 넘었는데 사자상은커녕 아직 근처에도 가지 못한 상태였다. 심지어 인파에 가려 사자상들이 보이지조차 않았다. 에일린은 발끝으로 서서 머리들과 모자들과 깃발들 위로 목을 빼고는 코가 깨진 사자상을 찾아보려 애썼다.

마침내 사자상을 찾았지만, 그곳까지 갈 수가 없었다. 인파가 사자상 반대편인 분수 쪽으로 몰려가고 있었다. 그녀는 길을 트기 위해서는 손을 써야 했지만, 알프와 비니를 잃어버릴까 봐 두려워 아이들을 놓을 수가 없었고, 그녀와 기념탑 사이의 인파는 금세 인간들로 이루어진 단단한 벽이 되었다.

'우리가 저기에 가지 못하면 어쩌지?' 에일린이 생각했고, 공황 상태에 빠져 속이 울렁거렸다.

'물론 갈 수 있어.' 에일린이 생각했다. '이미 갔잖아. 그리고 나 혼자 할 필요 없어. 나를 도와줄 지원군이 있으니까.'

에일린은 알프를 옆으로 잡아당겼다. "우리가 저 사자상으로 갈 수 있게 도와줘." 에일린이 가리키며 말했다. "할 수 있겠니?"

"당연하죠." 알프가 말했고, 주머니에서 미군 지포 라이터를 하나 꺼냈다. 에일린은 그게 어디서 났느냐고 다그치고 싶은 마음을 꾹 참고, 대신 알프가 다른 주머니에서 커다란 폭죽을 꺼내 높이 치켜드는 모습을 지켜보았다.

"하나 발사합니다!" 알프가 외치며 라이터 불을 켜 폭죽에 가까이 들고는 사람들 사이로 거침없이 걸어갔고, 사람들은 비명을 지르며 양옆으로 갈라섰다. 그렇게 했음에도 그들은 사자상 받침대에 도착할 때까지 거의 두 번이나 헤어질 뻔했고, 또한 알프가 라이터를 끄자마자 비켜섰던 사람들이 다시 원래 자리로 돌아갔다.

에일린은 몸을 돌려 국립 미술관 계단의 폴리를 찾아보았고, 알프와 비니는 밀려드는 인파에 쓸려가는 바람에 에일린에게 돌아오려 용을 써야 했다.

"만약 우리가 헤어지면…." 에일린은 인파 사이로 간신히 어깨에서 핸드백을 내려 열면서 말했다. "기념탑 기부로 가서 나를 기다려." 에일린은 반 크라운 주화 두 개를 꺼냈다. "그리고 만약 나를 찾지 못하면 여기 이 돈으로 지하철을 타고 집으로 가."

에일린은 알프에게 반 크라운 주화를 건네고 비니에게도 반 크라운 주화를 내밀었다.

비니는 돈을 받으려 하지 않았다. 비니는 그곳에 서서 에일린을 빤히 바라보았고, 얼굴이 아주 창백했다.

"내가 받을게요." 알프가 말하면서 돈에 손을 뻗었다.

에일린은 반사적으로 주화를 든 손을 주먹 쥐었고, 눈으로는 창백한 비니의 얼굴을 계속 바라보았다. "왜 그러니, 비니? 아프니?"

"아니요." 비니가 분개한 목소리로 말했다. "난 엄마가 오늘 왜 우리를 여기로 데려왔는지 알아요. 폴리 이모가 여기 있지요? 그렇죠?"

"폴리 이모요?" 알프가 말했다. "폴리 이모는 그 공습 대비대 감시원이랑 결혼해서 캐나다로 갔다고 했잖아요. 폴리 이모가 어디에 있는데요?" 알프는 사자상 기부 옆면을 기어오르기 시작했다.

“그래서 그 코트도 입은 거고요.” 비니가 알프 말을 무시하고 말했다. 비니의 시선은 에일린의 얼굴에서 떨어지지 않았다. “그래야 인파 속에서 폴리 이모가 엄마를 찾을 수 있으니까요. 폴리 이모가 여기 있죠? 그렇죠?”

“그래.” 에일린이 말했다.

“어디에요?” 알프가 위에서 그들에게 외쳤다. 알프는 받침대를 기어 올라가 사자의 콧등에 매달려 있었다. “아무 데도 안 보여요.”

“엄마는 떠나려는 거죠? 그렇죠?” 비니가 물었다. “그래서 알프에게 폭죽을 가져오게 했고, 구태여 차를 돌려주는 수고를 하지 않은 거고요. 떠나니까요. 엄마는 폴리 이모를 찾아서 같이 돌아가려고 여기에 온 거예요.”

“돌아가?”

비니가 고개를 끄덕였다. “엄마가 온 곳으로요. 극장에서 엄마가 하는 말 들었어요. 그리고 엄마를 보기도 했어요. 장원의 숲에서요.” 비니는 예전의 코크니 억양으로 돌아가 말했다. “알프는 엄마가 숲에서 누군가를 만나고 있다고 했어요. 알프는 엄마가 스파이라고 생각했어요. 그래서 나는 엄마를 따라가봤죠. 그리고 나랑 알프는 엄마가 비상계단에서 말하는 것도 들었어요.”

이 아이들은 에일린이 생각했던 것보다 늘 두 걸음 앞서 있었다. “비니…”

“엄마는 이 인파 속에서 우리를 일부러 잃어버릴 거예요. 그렇죠?” 비니가 비난하는 목소리로 말했다. 《헨젤과 그레텔》에서처럼요….”

“아니야, 비니. 나는 아무 데도 안 가.” 에일린은 비니에게 손을 뻗었다.

비니는 에일린의 손을 피해 몸을 휙 틀었다. “그러면 왜 우리를 이곳에 데려왔는데요?” 비니는 분노해 거의 울음을 터뜨리며 말했다. “왜 그 코트를 입었는데요?”

“왜냐하면 폴리는 우리가 이곳에 서 있는 걸 봐야 하거든.”

“그래서 폴리 이모가 우리에게 와서 엄마를 데려갈 수 있게요.”

“아니야.”

에일린은 주위 인파를 힐끗 둘러보았다. 지금 여기서 이런 대화를 해서는 안 되었지만, 그들에게 신경 쓰는 사람은 아무도 없었다. 사람들은 모두 환호성을 지르고, 큰 소리로 웃고, 국기들을 흔들었다. "이제까지 일어난 모든 일이 일어날 수 있게 하려면 폴리가 우리를 봐야만 해. 왜냐하면 내가 온 곳에서는 오늘 밤은 이미 일어났고, 그 일이 일어났을 때 폴리는 인파 속에서 녹색 코트를 입은 나를 봤거든. 그리고 폴리는 너도 봤어."

"그러고 나면요?"

'그러고 나면, 폴리는 옥스퍼드로 돌아가.' 에일린은 생각했다. '그리고 우리는 베일리얼 칼리지 안뜰에 서서 마이크에게 이야기하고, 마이크는 됭케르크로 가서 발을 다치고, 너희는 홍역에 걸리고, 우리는 런던으로 가고, 너희 어머니는 폭탄에 죽고, 마이크도 죽고, 폴리와 나는 너희를 입양하고, 우리는 던워디 교수님을 발견하고, 너희는 우리의 생명을 구하지.'

"그러고 나면요?" 비니가 화를 내며 다시 말했다.

"그다음은 없어. 폴리는 나와 이야기하지도 않았어. 폴리는 나를 데리고 가지 않았어. 심지어 자신이 본 게 나였는지조차 확신하지 못했어. 그리고 그건 이미 일어난 일이야. 그러니 설사 내가 원한다 할지라도 나는 돌아갈 수 없어. 그리고 나는 돌아가는 걸 원하지 않아. 왜냐하면 나는 여기에서 너와 알프와 함께 있고 싶으니까."

'그리고 만약 내가 돌아가면, 던워디 교수님은 내 임무를 취소하고, 우리 모두의 강하를 취소할 거고, 이 어떤 일도 일어나지 않을 거거든. 지금 전승 기념일도 포함해서.'

환호하는 인파도, 교회 종들도, 승리도 없을 것이다. 비니는 폐렴에 걸려 죽고, 알프는 '시티 오브 베나레스호'에서 죽고, 웨스트브룩 대위는 구급차를 기다리다 죽고, 연합군은 제2차 세계대전에서 질 것이었다.

"폴리 이모가 언제 우리를 봤는데요?" 비니가 캐물었다.

"확실하지 않아." 에일린이 말했다. "폴리는 트래펄가 광장에 9시 30분 정도에 도착했고, 광장에 1시간 정도만 있었다고 말했어."

"그러면 왜 우리를 데리러 학교로 온 거죠? 왜 우리를 서두르게 한 거예요?"

만약 에일린이 지금 비니에게 거짓말을 하면, 비니는 다시는 에일린을 믿지 않을 것이다. "왜냐하면 나는 콜린…, 그러니까 그날 밤에 폴리랑 던 워디 교수님을 데리러 왔던 남자가 여기에 있기를 바랐거든."

"그리고 그 사람이 엄마를 데리고 가고요."

"아니. 나는 콜린에게 말했어. 아니, 말할 거야. 우리를 어디에서 찾을 수 있는지 말이야. 그리고 내가 콜린에게 그 말을 해주는 게 아마도 오늘일 거 같았어. 하지만 확실히는 모르겠어. 나는 내가 언제 콜린에게 말했는지 몰라. 오늘 밤일 수도 있고, 지금부터 오랜 세월이 흐른 뒤일 수도 있어."

"그리고 엄마가 그 오빠에게 말하면, 그 오빠는 돌아가 극장에서 모두를 찾는 거고요." 비니가 말했다.

"맞아."

비니는 에일린에게 얼굴을 찡그려 보였다. "그 오빠에게 언제 말을 했는지 그 오빠에게 물어봤었어야죠." 비니가 나무라듯 말했다. "그리고 어디에서였는지도요. 그랬으면 그 오빠를 찾아 사방으로 다니지 않아도 되었잖아요."

"맞는 말이야." 에일린이 말했다. "하지만 그건 문제가 되지 않아. 우리는 때가 되면 서로를 찾을 거고, 그러면 나는 콜린에게 말해줄 거야."

"왜냐하면 콜린 오빠가 엄마를 찾아내지 못했다면 엄마가 어디에 있는지 모를 거고, 그러면 극장으로 올 수 없으니까요." 비니가 말했다.

'난 왜 비니가 시간 여행을 이해할 수 없을 거라고 혼자 지레짐작했던 걸까?' 에일린이 생각했다. "바로 그거야."

"그래서 엄마가 여기에 있어야만 했던 거고요. 콜린 오빠에게 말을 하려고요."

"아니. 나는 너와 알프를 두고 떠날 수 없었기 때문에 여기에 남은 거야." 에일린은 비니를 보며 웃으며 말했다. "만약 내가 떠나면 누가 너희를 돌봐주겠…?"

하지만 에일린은 말을 끝까지 마칠 수가 없었다. 비니가 에일린에게 달려들어 목을 껴안았고, 너무나도 딱 달라붙는 바람에 에일린은 거의 숨을 못 쉴 지경이었다.

“비니….” 에일린이 부드럽게 말하며 비니의 팔을 풀었다.

“폴리 이모가 어디에도 안 보여요.” 알프가 말하며 사자상에서 뛰어내렸다. “폴리 이모가 여기 있는 게 확실해요?”

“응.” 에일린이 말했다.

“광장 어느 쪽에 있었어요?” 비니가 물었다.

“몰라. 폴리는 멀리서 나를 봤다고만 했어.”

“음, 난 아무것도 안 보여요. 폴리 이모는 넬슨 동상이나 뭔가에 올라가 있었을 거예요.” 알프가 사람들을 밀치고 가로등 쪽으로 다가가며 말했다.

“폴리는 가로등에 올라가지 않았을 거야.” 에일린이 말했다.

“알아요.” 알프가 말했다. “잘 보려고 올라가는 것뿐이에요.” 알프는 들고 있던 국기봉을 마치 해적의 단검인 듯이 입에 물더니 가로등을 올라갔다.

“폴리가 보이니?” 에일린이 알프에게 외쳤다.

“아니요.” 알프가 입에서 국기를 빼며 말했다. “정말로 폴리 이모가 여기 있는 게 확실…, 저기 있어요!” 알프가 국기로 국립 미술관 쪽을 가리켰다. “군복을 입고 있어요.”

에일린은 발끝으로 서서 균형을 유지하기 위해 가로등을 잡고 목을 쭉 뺐었다. ‘군복, 군복….’

“폴리 이모가 보여요!” 비니가 흥분해 말했다.

“어디? 어디 서 있는지 알려줘.”

“저기요.” 비니가 가리키며 말했다. 에일린은 비니의 쭉 뻗은 팔이 가리키는 곳을 바라보았다. “포치에요.”

“아니, 폴리 이모가 아니야.” 알프가 가로등 중간쯤에서 외쳤다. “폴리 이모는 계단을 내려오고 있어.”

“어디?” 에일린은 여전히 폴리를 볼 수 없었고, 만약 폴리가 이미 계단을 내려왔다면…. “어디?”

“저기요. 계단 발치에요.”

만약 폴리가 이미 계단을 내려갔다면, 그녀는 이미 사자상 옆에 선 에일린을 보았고, 이미 햄스테드 히스의 강하 지점으로 떠나고 있는 것이다.

"봤어요?" 비니가 물었다.

"아니." 에일린이 말했다. "하지만 상관없어. 내가 봐야 할 필요는 없어."

하지만 에일린은 폴리를 잠깐이라도 볼 수 있기를 무척이나 바랐었다. 지난 4년 내내, 에일린은 멀리서라도 폴리를 다시 볼 수 있기를 바라왔다.

"유감이에요, 엄마." 비니가 말했다.

"괜찮아." 에일린이 비니를 안아주었다. "저녁 먹으러 가자." 에일린은 알프를 찾았지만, 알프는 더 이상 가로등에 있지 않았다. "알프는 어딨니?" 에일린이 물었다. "보여?"

"아니요." 비니가 사람들을 훑으며 말했다.

비니는 갑자기 광장 한가운데로 쏜살같이 달려갔다. "비니, 기다려! 안돼!" 에일린이 비니를 잡으려 손을 뻗으며 말했지만, 비니는 이미 멀찌감치 가버렸다.

그리고 보이지도 않았다. 사람들은 마치 물처럼 비니가 지나간 자리를 채우며 아무 흔적도 남기지 않았다. "비니! 돌아와!" 에일린은 외치며 인파를 헤치고 비니를 쫓아가기 시작했다.

그리고 폴리를 보았다. 폴리는 겨우 몇 미터 떨어진 곳에서 인파의 흐름을 거슬러 채링크로스를 향해 가고 있었다. 그녀는 에일린의 기억보다 어려 보였다. 거의 비니만큼이나 어려 보였으며, 얼굴에는 있어야 할 걱정과 슬픔의 기색이 없었다. 그리고 콜린이 왔던 날 밤의 무지막지한 기쁨도 보이지 않았다.

'왜냐하면 그 모든 일은 아직 일어나지 않았으니까.' 에일린이 생각했다.

에일린은 마지막으로 한 번만 더 폴리를 보고 싶었었지만, 이게 끝이 아니었다. 이것은 시작이었다. 파젯스 백화점에서의 탈출, 29일 밤 세인트 폴 대성당으로 달려가던 일, 라버넘 양과 히바드 양과 도밍 씨와 함께 한 크리스마스 저녁 식사를 포함해, 그 모든 것의 시작이었다. 지하철역 간이 식당 앞에서 길게 줄을 서고, 공습경보해제 사이렌이 울린 뒤 안개 낀 여명 속에서 노팅힐게이트역에서 집으로 걸어가고, 모두가 잠든 뒤에도 플랫폼에 앉아 있고, 리케트 부인의 끔찍한 식사와 상품 포장과 스타킹 수선의 시련에 관해 이야기하던 기억들.

"오, 폴리." 에일린이 중얼거렸다. "우리는 아주 좋은 친구가 될 거야!"

그리고 에일린의 말을 들을 수 없었을 텐데도 불구하고, 폴리는 마치 그 말을 들었다는 듯이 고개를 돌리고 에일린을 똑바로 바라보았다. 하지만 단지 한순간이었고, 미군 병사 무리가 호루라기를 불며 에일린 앞으로 밀려들면서 폴리의 모습을 가렸다.

에일린은 폴리의 모습을 놓쳤다고 생각했지만, 그렇지 않았다. 폴리는 여전히 그곳에 있었고 지하철역을 향해, 강하 지점을 향해, 옥스퍼드를 향해 꾸준히 나아갔다. '옥스퍼드에서 폴리는 오리얼 칼리지로 가는 나를 만날 거고, 나에게 운전 허가를 먼저 받아야 한다고 말해줄 거고, 나는 콜린이 폴리에게 빠졌다고 말해줄 거고, 우리는 베일리얼 칼리지에 가서 햇빛 비치는 뜰에 서서 마이클 데이비스와 이야기를 할 거야.'

"잘 가!" 에일린은 '집으로 가는 길을 알려주세요' 연주를 시작한 취주악대 소리 속에서 폴리 뒤에 대고 외쳤다. "결국은 모든 일이 잘 풀릴 테니 겁먹지 마." 에일린은 그곳에 서서, 음악도, 소음도, 자신을 밀치고 부딪치는 사람들도 아랑곳하지 않고, 폴리가 시야에서 사라질 때까지 그 뒷모습을 지켜보았다.

이윽고 에일린은 알프와 비니를 찾기 위해 주위를 둘러보았지만, 이렇게 많은 사람 속에서 어떻게 그 둘을 찾아야 할지 알 수가 없었다.

국립 미술관 뒤에서 '쉬익' 하는 소리와 '펑' 하는 소리가 들리더니 비명들이 뒤따랐다. 알프의 폭죽 소리였다. 에일린은 분수 가장자리로 올라가면 더 잘 볼 수 있으리라는 희망에 그쪽으로 향했다. 그녀는 인파를 헤치며, 술에 취해 비틀거리는 군인 몇 명 그리고 처칠 사진이 들어간 배지를 열성적으로 파는 남자를 지나쳤고, 앞쪽에 자신과 같은 방향으로 가려 애쓰는 검은 양복 차림의 나이 지긋한 사람이 있는 것을 보았다. 만약 에일린이 그 사람이 터놓은 길을 따라갈 수 있다면 알프에게….

"험프리스 씨!" 에일린은 그 남자를 알아보고 외쳤다. 에일린은 그의 옷소매를 잡았고, 그는 누가 자신을 잡았는지 보기 위해 고개를 돌렸다.

"안녕하세요!" 에일린이 소음 너머로 외쳤다.

"오릴리 양!" 험프리스 씨도 외치더니 마치 세인트폴 대성당의 문에서 인사를 한다는 듯이 말했다. "만나서 반갑습니다!"

험프리스 씨는 마구 밀어제치는 인파를 둘러보았다. "저는 세인트폴 대성당에 가는 중입니다. 매튜스 주임 사제님이 전화해서 이미 대성당에 수백 명이 모였다고 하셨어요. 그래서 가서 도와드리는 게 좋겠다고 생각했습니다."

험프리스 씨는 에일린을 보며 활짝 웃었다. "멋진 밤이지 않습니까?"

"네." 에일린은 인파를 둘러보며 말했다. 에일린은 1학년 학생일 때부터 줄곧 이 광경을 보러 이곳에 오는 게 소원이었다. 그리고 던워디 교수가 자신이 아닌 다른 누군가를 이곳에 보냈다는 사실을 알고 격분했었다.

하지만 만약 던워디 교수가 보내서 에일린이 이곳에 왔다면 이 상황을 결코 제대로 즐기지 못했을 것이다. 에일린은 행복해하는 사람들과 영국 국기들과 모닥불들을 보았겠지만, 어둠 속에서 몇 년을 보낸 뒤에 빛을 보는 것이 어떤 의미인지, 다가오는 비행기들을 두려움 없이 올려다보는 것이 어떤 의미인지, 몇 년 동안 공습 사이렌을 듣다가 듣는 교회 종소리가 어떤 의미인지 절대로 알 수 없었을 것이다.

저 웃음과 환호 뒤에 몇 년에 걸친 배급과 허름한 옷과 공포가 있다는 것을, 이날이 오게 하려고 어떤 대가를 치러야 했는지를 절대로 알 수 없었을 것이다. 그 모든 군인들과 수병들과 공군들과 시민들의 생명이 희생되었다. 마이크와 심스 씨와 리케트 부인과 고드프리 경의 생명도. 고드프리 경은 2년 전 군인 위문공연을 마치고 집으로 돌아오던 길에 사망했다. 또한 에일린은 남편과 외아들을 잃은 데네웰 여사에게, 혹은 세인트폴 대성당을 구하기 위해 그토록 열심히 노력해온 험프리스 씨와 그 모든 화재 감시원들에게 이날이 갖는 의미를 절대로 알 수 없었을 것이다. 다행히도 화재 감시원들은 훗날 세인트폴 대성당이 결국 어떤 일을 당하는지 알지 못할 것이다.

"저는 이날이 절대로 오지 않을까 봐 두려웠습니다." 험프리스 씨가 말하고 있었다.

"알아요." 에일린은 말하며 마이크가 죽은 뒤의 그 모든 암울했던 날들을, 자신들을 구하러 아무도 오지 않을 거라 생각했던 때를, 폴리가 죽을 거라 생각했던 때를, 심지어 자신과 알프와 비니 때문에 전쟁에서 질 거라 생각했던 더 암울했던 날들을 떠올렸다.

"하지만 결국에는 모든 것이 괜찮아졌습니다." 험프리스 씨가 말했고, 모닥불 근처에서 '쉬익' 하는 소리와 '펑' 하는 소리가 들렸다. 비둘기들이 광장 위로 요란하게 날아올랐다.

"저는 가서 알프와 비니를 찾아보는 게 좋겠어요." 에일린이 말했다. '아이들이 누군가를 죽이기 전에요.'

"그리고 저는 세인트폴 대성당으로 어서 가보는 게 좋겠습니다." 험프리스 씨가 말하고 성당지기로서 최대한 공손하게 덧붙였다. "내일 감사 예배가 있습니다. 아이들과 함께 오셨으면 합니다."

"그럴게요." 에일린이 약속했다. '만약 알프가 올드 베일리에 있지 않으면요.'

험프리스 씨는 인파를 밀치며 스트랜드 쪽으로 향했고, 에일린은 계속해서 들리는 '펑' 소리와 "이 못된 자식!"이라는 외침과 불꽃을 따라 국립 미술관으로 가기 시작했다. 피곤해 보이는 어머니와 작은 여자아이 셋이 모두 아이스크림을 먹으며 지나갔다. 콩가 춤 줄이 구불거리며 에일린을 치고 지나갔다.

에일린은 춤 줄이 완전히 지나가기를 기다리며 목을 쭉 뻗어 폭죽 불꽃과 비니의 금발을 찾아보았다. "알프!" 에일린이 외쳤다. "비니!" 하지만 이런 인파 속에서는 도저히 찾을 수 없을 듯했다.

"이 아이들을 찾으셨습니까, 부인?" 에일린 뒤에서 어떤 남자가 말했고, 그녀가 돌아보니 군목 복장의 남자가 한 손으로는 비니의 어깨를 잡고, 다른 한 손으로는 알프의 옷깃을 단단히 잡고 있었다.

"우리가 누굴 찾았는지 봐요!" 알프가 행복해하며 말했다. "구드 신부님이에요!"

구드 신부는 이틀 정도 면도를 못 했고, 피곤해 보였다. 군목 복장은 진흙으로 덮여 있었고, 엄청나게 야윈 상태였다.

"구드 신부님." 에일린은 말했다. 그녀는 구드 신부가 이곳에 있다는 사실이, 그리고 다친 곳 없이 성하게 돌아왔다는 사실이 너무 좋아 믿기지 않을 정도였다. "여긴 어떻게 오셨어요?"

"전쟁이 끝났잖아요." 알프가 말했다.

"오늘 오후 비행기로 돌아왔습니다." 구드 신부가 말했다. "편지들을 보내주셔서 고맙습니다. 그 편지들이 없었으면 저는 버텨낼 수 없었을 겁니다."

'그리고 신부님의 편지들이 없었으면 저도 버텨낼 수 없었을 거예요.' 에일린이 생각했다.

"잘 돌아오셨다고 말 안 할 거예요?" 비니가 재촉했다.

"잘 돌아오셨어요." 에일린이 부드럽게 말했다.

"무슨 환영 인사가 그래요?" 비니가 야유를 보냈고, 알프가 말했다. "신부님에게 키스 안 해줄 거예요? 전쟁이 끝났다고요!"

"알프!" 에일린이 나무라는 목소리로 말했다. "구드 신부님은…."

"아닙니다. 알프 말이 맞습니다. 이제 키스를 할 차례가 맞습니다." 신부가 말했고, 에일린을 안더니 키스했다.

"내 말이 맞지?" 비니가 알프에게 말했다.

"이런 소란 통에서 당신을 만나리라고는 생각도 못 했습니다." 에일린을 놔준 뒤 구드 신부가 말했다. "그런데 갑자기 저 가이 포크스[65]가 보이더군요." 신부는 알프의 어깨를 흔들었다. "하지만 이 아이들을 알아본 건 기적에 가까웠습니다. 아주 많이 달라졌더군요. 알프는 30센티미터는 더 컸고, 비니는 거의 아가씨가 다 되었더군요."

65 1605년 영국 의사당을 폭파하고 제임스 1세를 살해하려던 화약 사건의 주동자

“우리랑 같이 가실래요?” 알프가 신부에게 물었다. “우리는 피커딜리 서커스에 갈 거예요.”

“아니야.” 비니가 말했다. “엄마가 우리는 저녁을 먹으러 갈 거랬어.”

“실은 아이들이 썩 달라지지 않았다는 걸 곧 알게 되실 거예요.” 에일린이 비꼬아 말했다.

“다행이네요. 저는 이 아이들이 브라운 씨의 소들에 등화관제용이라고 줄무늬를 그려 넣은 일을 생각하며 어려운 때를 이겨냈거든요.”

“구드 신부님이 기차역에 와서 엄마가 시어도어를 기차에 태우는 걸 도와줬던 때를 기억하세요?” 비니가 물었다.

“기억해.” 에일린이 말했다. 그녀는 신부를 바라보았다. “딱 알맞은 때에 저를 구해주러 오셨죠.”

“만약 지금 피커딜리 서커스에 가지 않으면….” 알프가 애처로운 소리로 말했다. “조명이 다 꺼진 다음에 도착한다고요!”

“피커딜리 서커스에서 저녁 식사는 어떻습니까?” 구드 신부가 물었다.

“진짜로 우리와 같이 가고 싶으세요?” 에일린이 구드 신부에게 물었다. 그는 금방이라도 주저앉을 것처럼 보였다. “아마도 구드 신부님은 집에 가서 좀 쉬고 싶으실 거야.”

“그리고 전승 기념일을 못 보고요?” 구드 신부가 에일린을 보며 웃었다. “절대 안 되죠.”

“오늘은 진짜 전승 기념일이 아니에요.” 알프가 말했다. “진짜는 내일이에요.”

“그러면 내일도 봐야겠구나.” 구드 신부가 말하고 에일린의 팔을 잡았다. “내일은 무슨 일이 있나요, 아십니까?”

‘배급이 계속돼요.’ 에일린은 생각했다. ‘그리고 음식 부족이 너무나도 심각해서 미국은 우리에게 구호품을 보내고, 히로시마와 냉전과 석유 파동과 덴버와 핀포인트 폭탄과 전 세계적 전염병이 있지요. 그리고 비틀스와 시간 여행과 달의 식민지도요. 그리고 애거사 크리스티의 소설이 거의 50권 정도 더 나와요.’

알프가 에일린의 소매를 끌었다. "신부님이 내일은 무슨 일이 있냐고 묻
잖아요." 알프가 군중의 환호성 너머로 외쳤다.

"모르겠어요." 에일린이 말하고 구드 신부를 보며 웃었다.

68

런던, 1941년 4월 19일

콜린은 지하철을 타고 세인트폴 대성당까지 가고 싶어 했지만, 공습 중에 역무원에게 저지당해 밖으로 나가지 못한 경험이 떠오른 폴리가 말했다. "역에 갇히는 위험을 무릅쓸 수는 없어. 우리는 그곳까지 걸어가야 해."

"택시를 잡을 가능성은 없어?" 콜린이 물었다.

"지금 여기서? 안 될 거라고 봐. 오늘 밤 공습이 어디라고 했지?"

"부두 쪽이야." 콜린이 말하고는 어느 방향으로 가야 하는지 알아내려고 거리를 살폈다.

폴리는 콜린이 불과 탐조등을 등지고 서서 세인트폴 대성당으로 가는 길을 찾는 모습을 지켜보았다. 그 모습은 V-1을 떨어뜨릴 방법을 찾으려 애쓰던 스티븐 랭 대위와 비슷했다. 콜린은 랭 대위와 무척이나 비슷해 보였다. 그건 둘의 임무가 똑같이 결단력과 임기응변 능력이 필요하기 때문일까? 아니면 랭 대위와 페이지 페어차일드가 콜린의, 음…, 증조부모 정도 되기 때문일까?

"폭격 대부분은 템스강 근처에 있을 테니까…." 콜린이 말했다. "스트랜

886

드로 가서 플리트 스트리트로 가는 게 제일 좋을 거 같아.”

던워디 교수가 고개를 저었다. “시티의 미로 같은 거리에서는 길을 잃기에 십상이야.”

“교수님 말씀이 옳아.” 폴리는 그들이 바솔로뮤를 찾으려 애쓰던 밤을 떠올리며 말했다.

“임뱅크먼트가 가장 빠른 길이야.” 던워디 교수가 말했다.

“하지만 그곳에는 폭격이 있어요.” 폴리가 반대했다.

“아니, 교수님 말씀이 맞아.” 콜린이 말했다. “폭탄 대부분은 타워 브리지 동쪽에 떨어졌고, 공습 대부분은 자정이 지난 뒤에 있었어. 그러니 우리는 서둘러야 해.”

“그리고 가능한 한 조용히 움직여야 해.” 폴리가 말했다. “감시원에게 들켜서 방공호로 끌려갈 수는 없어.”

“잊은 모양인데, 내가 감시원이야.” 콜린이 헬멧을 툭툭 치며 말했다. “만약 감시원이 우리를 막으면 내가 누나와 교수님을 안전한 곳으로 데려가는 중이라고 말하면 돼. 사실, 그건 맞는 말이고.”

콜린은 앞장서서 던워디 교수를 부축하며 건물들에 가까이 붙어 걸었다. 비가 내린 뒤였다. 인도는 물기 때문에 반짝거렸고, 여전히 구름이 끼어 있었지만, 머리 위 하늘은 맑았다. 탐조등 불빛 속에서, 폴리는 별들을 볼 수 있었다.

트래펄가 광장에 가까이 갔을 때 콜린이 말했다. “지난번에 왔을 때보단 덜 붐볐으면 좋겠네.”

“전승 기념일에 나를 찾으러 왔어?”

콜린은 고개를 끄덕였다. “너를 찾지 못할 거라는 건 알았어. 왜냐하면 이미 난 누나를 찾지 못했으니까. 하지만 그 시점에서 나는 뭐든 해볼 작정이었어. 그리고 너무 보고 싶었고.”

“그래서 봤어?” 폴리는 축하하는 사람들 틈 어딘가에서 자기를 찾는 콜린을 생각하며 물었다.

“아니, 어떤 말썽꾸러기 아이가 폭죽을 내게 던져서 난 하마터면 발이 잘릴 뻔했어. 하지만 완전히 실망스럽지만은 않았어. 예쁜 여자들이 잔뜩 내게 키스를 해줬거든.” 콜린은 한쪽 입가를 올리며 씩 웃어 보였다.

“아, 전처럼 붐비지 않네.” 황량한 광장에 도착했을 때 콜린이 말했다. 분수들은 잠겼고, 사자상들은 회색과 은색 정적 속에 잠들어 있었다. 심지어 비둘기들마저도 잠들었다.

‘잠자는 숲속의 미녀가 있는 궁전 같아.’ 폴리는 생각했다. 정말로 광장의 모두가 그 마법의 주문에 걸린 듯했다. 그들은 조용히 광장을 통과해 스트랜드로 갔고, 유령처럼 움직여 어둡고 황량한 거리를 통과했다.

몇 곳에 바리케이드가 쳐져 길을 우회할 수밖에 없었으며, 그 때문에 폴리는 길을 완전히 잃었지만, 콜린은 어느 방향으로 가야 하는지 정확히 아는 듯했다. 건널목 두 곳에서 콜린은 폴리가 연석에서 떨어지지 않게 그녀의 팔을 잡았고, 한번은 고르지 않은 벽돌 포장길에서 손을 잡았다. 그 외에 콜린은 폴리를 만지지 않았다. 그런데도 콜린이 전혀 보이지 않을 정도로 가장 어두운 길들에서조차도 폴리는 콜린의 존재를 선명하게 느낄 수 있었다.

템스강에 가까워질수록 주위는 점점 더 밝아졌다. 흐린 하늘에는 탐조등 불빛들이 기둥처럼 서 있었고, 부두에 난 화재의 불빛이 구름을 분홍색으로 물들였으며, 덕분에 길을 알아보기가 훨씬 더 쉬워졌다. 우회로를 따라가야 했기 때문에 그들은 원래 계획보다 서쪽으로 가야 했다. 웨스트민스터 사원의 쌍둥이 첨탑은 그들 정면에 있었고, 사원 뒤쪽으로 빅 벤 타워가 보였다.

“11시 30분이에요.” 임뱅크먼트로 가는 계단을 내려갈 때 콜린이 말했다. “서둘러야 해요.” 그리고 그들은 강의 굴곡을 따라 벽이 세워진 보도를 빠르게 걸었다.

공기에서는 진흙과 물고기 냄새가 나야 마땅했지만, 실제론 그렇지 않았다. 공기는 차갑고 깨끗했고, 비 냄새가 났다. 그리고 한번은 라일락 향기도 났다. 그들은 재빨리, 그리고 조용히 걸어서 의사당 건물과 웨스트민스터 다리와 클레오파트라의 바늘을 지났다. ‘이걸 보는 것도 마지막이야.’

폴리는 생각했다.

던워디 교수는 잠시 멈춰 5월이 되면 파괴될 하원 건물을 바라보았고, 폴리는 교수도 자신과 같은 마음일까 궁금해했다. 또한 폴리는 긴 여행이 던워디 교수에게 너무 부담되지 않을까 걱정했었지만, 그는 비록 콜린의 팔에 아직 기대어 있기는 해도 피곤한 기색을 보이지 않았다. 그래서 콜린이 '여기서 잠시 쉬었다 가야 해요.'라고 말하며 던워디 교수를 임뱅크먼트 벽 쪽에 설치된 쇠 벤치로 데려갔을 때, 폴리는 걱정되었다.

"난 계속 갈 수 있어." 던워디 교수가 항의했다.

콜린이 고개를 저었다. "누나도 앉아, 옥스퍼드로 가기 전에 먼저 내가 해줄 말이 있어."

그리고 폴리는 그 표정을 알았다. 그녀는 그 표정을 전에도 본 적이 있었다. 마이크가 죽었던 날 밤 라버넘 양의 얼굴에서였다. 또한 자신이 미래를 파괴했다고 폴리에게 말하던 던워디 교수의 얼굴에서였다.

'넌 교수님과 나 둘 가운데 한 명만 데리고 갈 수 있는 거구나.' 폴리는 생각했다. '또는 너는 우리와 함께 갈 수 없거나.' 폴리는 벤치 뒤에 서서 마음의 준비를 했다.

"나 혼자 힘으로 누나를 구한 게 아니야." 콜린이 말했다. "도움을 받았어. 마이클 데이비스가 도와줬어."

"마이클이 신문에 낸 메시지 중 하나를 본 거구나." 폴리가 말했다.

"응. 마이클이 1944년에 쓴 메시지였어…."

"1944년?" 폴리가 말했다. 하지만…."

"마이클은 영국 정보부의 남 포티튜드에서 일하면서 그걸 썼어. 마이클은 하운즈디치에서 그날 밤에 죽은 게 아니야. 마이클은 데니스 애서튼을 찾고 메시지를 옥스퍼드로 보내기 위해 죽은 척한 거야."

'마이크는 죽지 않았어. 하지만 그건 좋은 소식이잖아.' 폴리는 생각하며 던워디 교수를 살폈지만, 그의 표정 역시 콜린과 같았다. 나쁜 소식이 뭐든지 간에, 콜린은 이미 그 내용을 던워디 교수에게 말한 상태였다. 그리고 폴리는 갑자기 자신이 옷을 갈아입고 왔을 때 그들이 극장 복도에 서 있고 에일린이 눈물을 훔치던 모습이 떠올랐다.

"말해줘." 폴리가 말했다.

"신문에 난 약혼 공지였어." 콜린이 짓궂게 웃었다. "폴리 타운센드가 공군 조종사인 콜린 템플러와 약혼했다는 공지였지. 데이비스의 임무는 가짜 신문 기사와 개인 광고, 그리고 지역 신문들의 편집자들에게 보내는 편지를 작성하는 거였지만, 그 가운데 일부는 우리에게 보내는 암호문이었어."

'에일린 말이 맞았어.' 폴리는 생각했다. '우리가 전혀 알지 못하는 일들이 무대 뒤에서 벌어지고 있었어.'

"그래서 나는 다른 메시지들도 찾기 시작했어." 콜린이 말했다. 콜린은 일행에게 자신이 남 포티튜드에 관해 찾을 수 있는 모든 것을 찾아다닌 일, 데이비스가 사용한 가명, 그리고 어디에 주둔했는지를 알아낸 일에 관해 이야기했다.

"그리고 넌 마이클을 구하러 갔고." 폴리가 말했다. "하지만 제때 도착하지 못한 거구나."

콜린이 고개를 끄덕였다. "우리는 노력했지만, 강하를 제때 열 수 없었고…." 콜린은 하려던 말을 차마 맺지 못했다. "마이클을 구하기에는 너무 늦은 뒤였어." 콜린은 대신 그렇게 말했다.

하지만 던워디 교수와 술집에 있던 그날과 마찬가지로, 그게 전부가 아니었다. 아직도 나쁜 소식이 더 있었다.

그리고 폴리는 그게 무엇인지 알았다. 폴리는 잠재의식 속에서 늘 그 사실을 알고 있었다. "마이클은 V-1 때문에 죽었어." 폴리가 말했고, 그 사실을 확인하기 위해 콜린의 얼굴을 보지 않아도 되었다. "크로이던의 신문사 사무실에서."

"맞아."

"나는 마이클 옆에 남아 있어야 했어." 폴리가 중얼거렸다. "페이지를 도우러 가면 안 되는 거였어. 만약 내가 마이클과 함께 있었다면, 나는 마이클을…."

콜린은 고개를 저었다. "우리조차 마이클을 구할 수 없었어. 마이클은 너무 부상이 심했어. 하지만 누나가 묶어준 지혈대 덕분에 마이클은 죽기 전에 자신이 1941년 1월에 떠났을 때 누나가 아직 살아 있고, 에일린이 너와 함께 있다는 말을 할 수 있었어.”

그래서 콜린은 전쟁이 끝난 뒤에 에일린을 찾으러 갔고, 에일린은 그들이 어디에 있는지 콜린에게 말해준 것이다. 마이크는 자신이 한 약속대로 그들을 구한 것이다. 하지만 엄청난 대가를 치르고서!

“그 사람이 마이크란 걸 알았어야 했는데.” 폴리가 말했다.

콜린은 고개를 저었다. “마이크는 누나가 자신을 찾을 수 없게 최선을 다했어. 그 사람은 오직 누나를 구하겠다는 생각뿐이었어. 그리고 만약 누나가 떠나지 않았더라면, 나는 그곳에서 마이크를 구해 옥스퍼드로 데려갈 수 없었을 거야.”

‘브릭스턴에서 구급차를 타고 온 게 너였구나.’ 폴리는 콜린을 보며 생각했다. 지금 폴리 앞에 서 있는 남자에게서는 전에 알던 성급하고 구제 불능이던 소년의 모습은 찾아볼 수 없었으며, 또한 부주의하면서도 매력적이던 스티븐 랭 대위의 모습도 전혀 없었다.

‘콜린 역시 자기를 희생했어.’ 폴리가 절망하며 생각했다. 콜린은 폴리를 집으로 데려가기 위해 젊음의 얼마나 큰 부분을, 얼마나 오랜 기간을 희생했을까? ‘정말 미안해, 정말 미안해.’

“마이클은 내가 자신을 옥스퍼드로 데려가기 전에 먼저 내게 모든 것을 말해줘야 한다고 고집을 부렸어.” 콜린은 말했다. “일단 병원에 가면 기회가 없을지도 모른다고 생각했어. 자신이 누나를 구한 걸 알면 무척이나 좋아했을 거야.” 콜린은 폴리에게 웃어 보였다. “그리고 이제 내가 누나를 구하려면, 그만 가는 게 좋겠어.”

폴리는 피곤한 표정으로 고개를 끄덕였다. 콜린은 던워디 교수를 부축해 천천히 일으켰고, 그들은 비행기들의 윙윙거리는 소리와 폭탄이 요란히 터지는 소리와 별처럼 반짝이는 치명적인 소이탄 불꽃의 인도를 받으며 다시 장밋빛 강을 따라 걸었고, 마침내 루드게이트힐에 도착했다. 이제 거리 끝에 어두운 하늘을 배경으로 은색으로 우뚝 선 세인트폴 대성당이 보였고, 그 주위의 잔해들은 어둠 속에 감춰지거나 마법에 걸린 정원으로 바뀌어 있었다.

"아름다워." 콜린이 속삭였다. "70년대에 이곳에 왔을 때는 콘크리트 건물들과 주차 빌딩들에 완전히 가려져 있었는데."

"70년대?"

"정확히는 1976년." 콜린이 말했다. "남 포티튜드 문서를 기밀 해제한 해야. 나는 여기에 더 예전에도 왔었어. 내 말은, 더 나중에. 80년대에 왔으니 더 전이기도 하고 더 나중이기도 하네. 우리는 1960년 이전에는 아무것도 열람할 수 없었고, 온라인을 쓰게 된 1995년 이후로도 아무것도 찾을 수 없었어. 그래서 어려운 방식을 택해야만 했어. 나는 이곳에 와서 보관된 신문들과 전쟁 기록을 열람하며 무슨 일이 있었는지 단서를 찾았어."

십자군 시대에 가고 싶어 했던 콜린이 열람실과 도서관과 먼지 쌓인 신문 보관소에 처박혀 있었다니, 그것도 거기서 얼마나 오랜 시간을 보냈단 말인가?

"그리고 약혼 공지를 발견했고." 던워디 교수가 말했다.

"네. 그리고 교수님의 사망 공시도 발견했어요. 폴리 누나 것도요."

"내 것?" 폴리가 말했다. "하지만 나는 〈타임스〉와 〈헤럴드〉를 확인했어. 거기에는…."

"〈데일리 익스프레스〉에 실렸어. 누나가 켄싱턴의 세인트조지 교회에서 죽었다고 실려 있었어."

집에서 80년이나 떨어져 혼자 있던 콜린이 그 기사를 읽었을 때 어떤 느낌이었을까? 그리고 콜린은 얼마나 오랫동안 그 기록 보관소들에 웅크리고 앉아 노랗게 바래가는 신문들을 읽고 마이크로필름 판독기를 들여다보았을까?

"하지만 너는 포기하지 않고 계속 찾았구나." 폴리가 말했다.

"응. 나는 그 기사를 믿지 않았어."

'에일린처럼.' 폴리는 생각했다.

"마이클 데이비스가 누나와 에일린이 리케트 부인 집에 있다고 했는데,

그 집이 폭격당한 것을 알고 나서 누나가 살아 있다는 믿음이 좀 흔들리기는 했어." 콜린이 폴리에게 웃어 보였다.

"하지만 너는 포기하지 않고 계속 찾았고."

"응. 그리고 누나는 죽지 않았어. 그리고 던워디 교수님도. 적어도 지금은. 하지만 둘을 옥스퍼드에 더 빨리 데려갈수록 나도 더 안심될 거야. 가자." 콜린이 말했고, 둘을 데리고 서둘러 세인트폴 대성당으로 향했다.

대성당을 향해 절반쯤 갔을 때, 던워디 교수가 고개를 숙이고 인도 위에서 걸음을 멈추었다.

'오, 안 돼.' 폴리가 생각했다. '지금은 안 돼, 이렇게 가까이 왔는데, 안 돼.' "괜찮으세요?" 폴리가 물었다.

"나는 그 여자와 여기에서 부딪혔어." 던워디 교수가 보도를 가리키며 말했다. "해군 여성 부대원."

"웬디 아미티지 중위였습니다." 콜린이 말했다. "현재 블레츨리 파크에서 일합니다. 딜리의 소녀 중 한 명이죠. 아미티지 중위는 울트라 작전에서 독일 해군 암호 해독을 도왔습니다. 가요. 거의 자정이에요."

그들은 서둘러 언덕을 올랐다. "북쪽 문으로 들어가야 해요." 콜린이 말했고, 정원을 가로지르기 시작했다.

던워디 교수가 콜린을 잡아당겼다. "화재 감시원들이 우리를 볼 거야. 그 사람들은 아직 지붕에 있어. 이쪽으로." 던워디 교수가 속삭이더니 그들을 데리고 계속 어둑한 곳만 찾아 걸으며 정원 가장자리를 에둘러 포치까지 데리고 갔다.

"우리는 아직도 공터를 가로질러야 해요." 콜린이 그들과 계단 사이 10미터 정도 거리를 가리키며 속삭였다.

"다음 폭격기가 올 때까지 여기서 기다리자." 던워디 교수가 말했다. "화재 감시원들은 하늘을 쳐다볼 거고, 우리는 그때 얼른 계단까지 뛰어가면 돼. 저기 폭격기가 오는군." 그리고 던워디 교수 말이 옳았다. 콜린과 폴리는 비행기 엔진이 윙윙거리는 소리에 본능적으로 하늘을 쳐다보았다.

"지금이야." 던워디 교수가 말했다. 그의 목소리는 도르니에의 으르렁거리는 소리에 가려 간신히 들을 수 있었다. 던워디 교수는 공터를 가로지르기 시작했다.

콜린은 폴리의 손을 잡았고, 둘은 던워디 교수를 따라 재빨리 공터를 가로질러 계단을 올라가, 소이탄이 떨어졌던 별 모양으로 탄 자국을 지났다. 그리고 폴리와 마이크와 에일린이 13일 아침에 앉아 있던 곳을 지나, 폭탄 제거반이 불발탄을 해체하던 첫날에 폴리가 재빨리 가로질렀던 포치로 올라가, 그 그늘 아래 숨어들어 북쪽 문으로 갔다. 콜린은 육중한 문손잡이를 당겼다.

문은 열리지 않았다. "잠겼어요." 콜린이 말했다. "서쪽 대문은 어때요?"

"그 문은 중요한 행사가 있을 때만 열어." 던워디 교수가 마치 지금은 자신의 인생에서 가장 중요한 때가 아니라는 듯한 목소리로 말했다.

"지하실로 가는 옆문은 잠기지 않았을 거예요." 콜린이 말하더니 계단 쪽으로 돌아가기 시작했다.

"아니, 잠깐만." 폴리가 말했다. "그곳에는 화재 감시원이 몇 명 내려와 있을 거야. 남쪽 문을 먼저 시도해보자." 폴리는 포치를 따라 가볍게 달려가 손잡이를 잡아당겼다. 그 문 역시 열리지 않았다. 하지만 그 문은 29일 밤과 마찬가지로 단지 어딘가에 걸린 것뿐이었다. 콜린이 함께 손잡이를 잡고 당기자, 문은 쉽사리 열렸다. "던워디 교수님." 콜린이 속삭이며 손짓했고, 던워디 교수를 먼저, 그리고 다음으로 폴리를 어두운 현관으로 밀어 넣었다.

봄이고 근처에 화재가 났음에도, 성당 안은 겨울처럼 춥고 아주 어두웠다.

"무슨 소리 들려?" 콜린이 등 뒤로 조용히 문을 잡아당기며 속삭였다.

"아니." 폴리가 속삭여 대답했다. 세인트폴 대성당에서 늘 들리던, 커다란 공간에 정적이 흐를 때 들리는 특유의 쉿 소리뿐이었다. 공간과 시간의 소리. "내가 길을 알아." 폴리가 나지막이 말했고, 그들을 이끌고 남쪽 복도를 걸어갔다. 구름에 반사된 화재 불빛과, 폭격기들을 찾는 탐조등의 빛 덕에 주위가 어렴풋하게 보였다. 하지만 딱 그 정도가 전부였다.

오래 걸은데다 막판에 포치까지 달려 올라온 탓에 던워디 교수는 지칠 대로 지친 상태였다. 그는 아주 숨 가빠했고, 콜린의 팔에 심하게 의지했다.

폴리는 둘을 이끌고 그녀가 29일 밤에 도망쳐 올라갔던 나선형 계단을 지나, 마이크의 장례식이 열렸던 예배당을 지났다. 물론 마이크는 그때 아직 죽지 않았었지만.

아니, 그건 틀렸다. 마이크는 크로이던에서 그날 밤에, 폴리가 런던 대공습에 오기도 전에 죽었다.

그들은 복도를 따라 걸었고, 유리가 깨진 창들을 지나 폴리가 던워디 교수를 발견한 벽감으로 갔다. 폴리는 마치 그림 속의 황금 주황색 등이 어둠을 밝혀주기를 바란다는 듯이 '세상의 빛'이 걸린 벽감을 바라보았지만, 너무 어두운 탓에 등불도, 그림도 보이지 않았다.

아니, 그림은 그곳에 있었다. 폴리는 유령처럼 실체가 없어 보이는 하얀 가운과 등 안의 희미한 황금색 불꽃을 간신히 알아볼 수 있었다. 그리고 마치 불꽃이 점점 더 밝아지기라도 하듯이, 그 주위 공기가 밝아졌고, 그림의 문과 예수의 가시 면류관, 그리고 마침내 예수의 얼굴이 보이기 시작했다.

예수는 마치 저 굳게 닫힌 문(어디로 통하는 문일까? 집? 천국? 평화?)이 절대로 열리지 않으리라는 사실을 안다는 듯이 체념한 표정이었고, 동시에 비록 앞으로 무슨 희생이 요구될지 알 수는 없지만 그런데도 자신의 몫을 다하겠노라고 결심한 듯이 보였다. 예수 역시 이곳에, 자신이 속하지 않는 곳에 갇혀 자신이 가담하지 않은 전쟁에 봉사하며 참새들과 군인들과 백화점 여점원들과 셰익스피어를 구해야 하는 걸까? 균형을 살짝 바꿔야 하는 걸까?

"저 빛은 뭐지?" 복도가 점차 밝아지자 던워디 교수가 속삭이며 물었고, 잠시 긴장하며 기다리다 다시 말했다. "누군가가 회중전등을 비추고 있어."

"아니, 아니에요." 콜린이 말했다. "저건 강하예요. 열리고 있어요." 콜린은 둘을 데리고 복도를 따라 서둘러 돔으로 갔다.

'생각보다 시간이 훨씬 더 많았잖아.' 폴리는 생각했다. 빛무리는 이제 막 밝아지기 시작했다.

하지만 폴리는 폭탄이 끼친 피해를 잊고 있었다. 수랑 중앙의 거대한 구멍은 여전히 그곳에 있었고, 그 주위로는 깨진 나무들과 부러진 기둥들과 으깨진 돌조각들이 쌓여 있었다. 강하 지점으로 가려면 그 무더기를 기어 올라 넘어가야만 했다.

그곳을 치우려는 시도가 있었지만, 그 때문에 그곳은 오히려 더 엉망이 되어 있었다. 사람들은 조각상을 보호하던 모래주머니들을 가져와 접이식 나무 의자들과 함께 수랑 입구에 쌓아 올려 바리케이드를 만들었고, 구멍 을 건너야 할 경우를 대비해 부러진 목재와 서까래를 구멍 옆쪽에 놓아두 었다.

그리고 빛무리는 점점 밝아지고 커지며 수랑을 채우기 시작했다. 아직 지하실에는 화재 감시원이 아무도 없는 게 분명했다. 그렇지 않으면 누군 가가 빛무리를 보았을 것이다. 폴리는 구멍 가장자리에 몸을 기울이고 내 려다보았고, 지하실 바닥까지 곧장 내려다보였다.

콜린이 잔해를 오르더니 몸을 돌려 폴리에게 손을 뻗었다.

"아니, 던워디 교수님부터 먼저 가셔야 해." 폴리가 말했다. "교수님 데 드라인이 나보다 먼저야."

콜린은 고개를 끄덕였다. "교수님?" 그가 말했지만, 던워디 교수는 듣 고 있지 않았다. 그는 고개를 돌려 이제 빛무리의 이글거리는 빛을 받아 황 금빛이 된 돔과 그 너머 어둠에 잠긴 세인트폴 대성당을 바라보고 있었다.

'교수님은 여기를 떠난다는 사실이 견딜 수 없이 마음이 아프신 거야.' 폴리는 생각했다. '이곳을 다시 볼 수 없다는 사실을 아시니까. 내가 에일린 과 고드프리 경과 라버넘 양과 다른 모두를 두고 떠나는 게 견딜 수 없이 마음 아픈 것과 마찬가지로.'

하지만 콜린이 "던워디 교수님, 서둘러야 해요."라고 말하자 던워디 교 수는 그들을 향해 고개를 돌렸고, 얼굴에는 상냥한 웃음이 피어 있었다. 폴 리에게 대성당을 안내하며 안전을 위해 옮겨둬야 했던 모든 보물을 보여주 던 때의 험프리스 씨와 비슷했다.

'아마 나도 그 사람들을 그런 식으로 생각해야 하겠지.' 폴리는 생각했 다. '극단 사람들과 스넬그로브 양과 트로트. 그리고 고드프리 경을.' 잃은 게 아니라, 안전을 위해 지금 이 순간으로 옮겨둔 것으로.

그건 그들에게는, 험프리스 씨와 해티와 넬슨에게는, 이곳에 속한 이들에게는 괜찮았다. 하지만 폴리를 구하기 위해 여기에 남은 에일린에게는 아니었다. '에일린이 나를 구하기 위해 자기 목숨을 희생했다고 생각하니 슬픔을 참을 수가 없어.'

"던워디 교수님?" 콜린이 말했다. "시간이 됐어요."

"알아." 던워디 교수가 말했고, 콜린의 부축을 받아 바리케이드를 넘고 잔해를 가로질렀다. 폴리는 던워디 교수가 미끄러질 경우를 대비해, 뭔가 잘못될 경우를 대비해 둘의 뒤를 따라갔다.

"조심해." 콜린이 던워디 교수를 부축해 잔해를 올라가며 등 뒤의 폴리에게 외쳤다. "여기 도착해서 이곳을 지날 때 난 하마터면 죽을 뻔했어. 아주 불안정해."

'역사처럼.' 폴리는 생각했다. '늘 칼날 위의 균형 상태이고, 살짝만 발을 잘못 디뎌도 무너져 우리를 심연으로 집어 던지겠노라고 위협을 하는 역사처럼.'

이제 몇 미터만 더 가면 되지만, 그곳까지 가는 데는 영겁의 시간이 걸릴 듯했다. 잔해는 구멍을 향해 기울어져 있었고, 그들은 지나가며 미끄러지지 않게 근처의 조각상들을 잡고 몸을 지탱해야만 했다. 폴리는 육군 장교의 조각상을, 그다음에는 험프리스 씨가 그토록 여러 번 이야기했던 포크너 함장 기념비를 움켜쥐었다. 포크너가 함께 묶은 배들은 그의 뒤에서 얕은 돋을새김이 되어 있었고, 쓰러진 포크너는 아녀의 두 팔에 안겨 죽어 갔다. 자신이 전투에서 이겼다는 사실을 알지 못한 채.

마이크처럼.

콜린이 던워디 교수를 부축해서 잔해의 마지막 몇 걸음을 나아가는 동안, 빛무리는 빠르게 밝아져 수랑 끝부분 전체를 채우고 부서진 문들과 부러진 기둥들, 박살 난 유리들을 비추었다. 빛무리가 이글거리기 시작했다.

'우리는 결코 제시간에 저기까지 갈 수 없을 거야.' 폴리가 생각하며 재빨리 서까래 위로 발을 디뎠다. 그것은 부러졌고, 폴리는 두 손을 뻗으며 앞으로 비틀거렸고, 쪼개져 쌓인 나뭇조각 사이로 다른 발을 디뎠다. 그리고 발이 끼었다.

'안 돼. 지금은 안 돼.'

폴리는 죽어가는 포크너에 기대 아녀의 팔을 잡고 자기 발목을 비틀며 발을 빼려 애썼다. 신발이 단단히 낀 상태였다. '또 피닉스 극장에서와 같은 꼴이 되어버렸네.' 폴리는 생각했다.

콜린은 깨진 돌덩어리에서 이미 가볍게 뛰어내린 다음, 내려가는 것이 불가능해 보이는 던워디 교수가 잔햇더미에서 내려오게 돕고는 그를 이끌고 문 앞의 밝은 곳으로 가고 있었다. 콜린은 폴리를 힐끗 뒤돌아보았고, 그녀에게 돌아오기 시작했다.

"교수님과 가!" 폴리가 잔해 너머에서 나지막이 외쳤다. "나는 다음번에 갈게. 먼저 가!"

콜린은 고개를 젓더니 던워디 교수에게 뭔가를 말했고, 빛무리가 닿지 않는 곳으로 물러섰다.

"콜린, 너 먼저⋯."

"나는 누나 없이는 어디에도 안 가." 콜린이 말했고, 빛무리는 백색의 뜨거운 화염으로 밝아졌다.

'소이탄이랑 똑같아 보여.' 폴리는 생각했다. 빛무리는 던워디 교수의 얼굴을 비췄고, 이윽고 얼굴을 감추고, 지웠으며, 빛은 흐릿해지며 줄어들기 시작했다. 던워디 교수는 더 이상 그곳에 있지 않았다.

'교수님은 해내셨어.' 폴리가 생각했다. '교수님은 안전하게 집에 돌아가셨어.' 마음을 짓누르던 부담감이 사라진 듯했다. '하지만 마이크는 해내지 못했어. 에일린도. 그 둘은 나를 위해 자신들을 희생했어. 그리고 콜린도 그렇게 했어.'

콜린은 이미 잔해를 기어올라 폴리에게 다가오고 있었다. "거기 그대로 있어." 콜린이 속삭였다.

"내게는 다른 선택이 없어." 폴리가 말했다. "발이 끼었어."

"그런데 나보고 누나를 놔두고 먼저 가라고 한 거야?" 콜린이 화난 목소리로 말했다. "발을 다친 거야?"

“아니, 신발이 낀 것뿐이야. 조심해.” 콜린이 서둘러 다가오자 폴리가 경고했다.

콜린은 폴리 옆에 무릎을 꿇고 앉아 목재들을 옆으로 옮기기 시작했다. “발이 끼지 않도록 조심해.” 폴리가 말했다.

“남 말 하시네.” 콜린은 널빤지 끝을 부러뜨려 그걸로 다른 서까래를 버티며 들어 올린 뒤 구멍에 손을 뻗어 폴리의 발목을 잡았다. “이 신발이 소중한 겁니까, 신데렐라 아가씨?”

“아니.”

“다행이네.” 콜린은 폴리의 발을 잡았고, 그런 뒤 폴리의 발을 짓누르던 그 무언가를 위로 당겨 올렸다. 폴리의 맨발이 갑삭스레 자유로워졌다.

콜린이 몸을 일으켰다. “이제 됐어. 다른 일이 생기기 전에 가자.” 콜린이 말했고, 그가 옆으로 밀어뒀던 서까래가 요란한 소리를 내며 잔햇더미에서 미끄러져 내리더니 구멍으로 떨어졌다.

“이런, 맙소사! 서둘러! 아니, 그쪽 말고.” 콜린은 폴리를 수랑 입구 쪽의 잔해로 다시 밀었다. “만약 누가 오면, 수랑에는 숨을 곳이 없어.”

그들은 재빨리 잔햇더미를 올라 나무들과 부러진 돌들을 가로질렀다. ‘제발 우리 둘 다 들키지 않기를.’ 폴리는 생각했다.

빛무리는 빠르게 흐려지고 있었다. 그들이 바닥(다행히도 이쪽에는 유리 조각들이 흩어져 있지 않았다)에 안전하게 돌아와 바리케이드를 넘었을 때, 빛은 거의 사라지고 없었다.

“숨을 수 있는 가장 좋은 장소가 어디야?” 콜린이 속삭였다. “성가대석?”

“아니.” 폴리가 말했다. “그곳에는 빠져나갈 방법이 없어.” 폴리는 콜린의 손을 잡았고, 둘은 쏜살같이 본당을 가로질러 남쪽 복도를 따라갔다. 둘은 세인트마이클앤드세인트조지 기사단 예배당, 기도용 걸상들 뒤에 숨을 수….

콜린이 폴리의 허리를 감싸 안더니 그녀를 기둥 뒤로 밀었다. “쉿.” 콜린이 폴리의 귀에 대고 속삭였다. “발소리를 들었어.”

폴리는 귀를 기울였다. “나는 아무 소리….” 그녀가 말을 시작했지만, 이윽고 걸음 소리가 들렸다. 본당 계단에서 나는 걸음 소리였다. 그리고 회중전등 빛이 보였다.

둘은 기둥에 딱 달라붙어 더 몸을 숙인 채 귀 기울였다. 걸음 소리가 바닥을 따라 북쪽 수랑으로 갔고, 이윽고 다른 회중전등 빛이 보였다.

'잔해를 살피는 거야.' 폴리는 생각했다.

걸음 소리가 더 들렸고, 그가 회중전등으로 수랑을 천천히 훑는 동안 빛이 한 번 쓱 지나갔다.

"강하가 다시 열리려면 얼마나 더 있어야 해?" 폴리가 콜린에게 속삭였다.

"12분에서 13분." 물론 화재 감시원이 이곳에 있으면 강하는 열리지 않을 테지만, 그들에게는 시간이 없었다. 공습경보해제 사이렌이 울리면 사람들은 지붕에서 내려올 것이고, 그때부터는 사람들이 지하실에 있고, 비번인 사람들도 있을 것이다. 폴리는 30일 아침에 화재 감시원들이 본당을 걸어 다니고, 계단에 서서 이야기하던 모습을 기억했다. 그리고 던워디 교수 말에 따르면, 화재 감시원들은 아침에 순찰하면서 끄지 않은 소이탄은 없는지, 피해 상황은 어떤지를 확인했다.

이제 화재 감시원은 뭔가 떨어진 게 없는지 확인하기 위해 회중전등으로 천장을 비추고 있었다.

'여기서 떠나줘요.' 폴리가 마음속으로 말했지만, 마침내 회중전등이 꺼지고 걸음 소리가 위층으로 통하는 계단에서 나기까지는 영겁의 시간이 걸린 듯했다.

발소리가 멀어져 갔지만, 콜린은 여전히 움직이지 않았다. 그는 그곳에 서서 폴리를 기둥에 밀고 팔로는 여전히 그녀를 껴안은 채 기다렸다. 폴리는 뺨에 와 닿는 콜린의 숨결과 그의 심장 고동을 느낄 수 있었다.

"간 거 같아." 마침내 콜린이 그녀의 머리카락에 입을 대고 속삭였다. "아쉽네." 그리고 폴리는 가슴이 콩닥거렸다.

하지만 제아무리 사랑이라 할지라도 콜린이 희생한 그 긴 시간을, 젊음을 어떻게 보상할 수 있단 말인가?

"우리가 여기에 영원히 서 있을 수 있으면 좋겠어." 콜린이 폴리에게서 떨어지며 말했다. "하지만 여기서 나가는 것이…." 빛이 번쩍였다. "그 사람이 돌아오네." 콜린은 폴리를 기둥 뒤로 밀었다. 그리고 곧이어 그가 말했다. "회중전등이 아니야. 빛무리야. 강하가 이미 다시 열리고 있어."

"아니, 그렇지 않아." 폴리가 말했다. "이건 밖에서 들어오는 빛이야. 화염인 듯해." 하지만 그건 소이탄이 분명했다. 왜냐하면 노란 기운이 도는 주황빛이 복도를 채우기 시작했기 때문이다.

폴리는 그들이 '세상의 빛' 그림이 있는 벽감에 있다는 걸 그제야 깨달았다. 그림 속 등불처럼 황금색인 빛이 점점 더 밝아짐에 따라, 폴리는 그 어느 때보다도 더 뚜렷하게 그 그림을 볼 수 있었다. 그리고 험프리스 씨 말이 옳았다. 그 그림은 볼 때마다 새로운 뭔가를 보여주었다.

폴리는 이전까지 예수가 자신의 의지에 반해 전쟁에서 싸우기 위해 불려 왔다고 오해했었다. 하지만 예수는 가시 면류관을 썼음에도 희생을 하는 이처럼 보이지 않았다. 심지어 '내 몫을 하리라'고 굳은 결심을 한 사람처럼 보이지조차 않았다. 그 대신 예수는 간호 부대에 들어가겠다고 폴리에게 말하는 마저리처럼, 세인트폴 대성당을 구하기 위해 양동이들에 물과 모래를 가득 채운 험프리스 씨처럼, 코트들을 가지고 타운센드 브라더스 백화점으로 찾아오던 날의 라버넘 양처럼 보였다. 두 척의 배를 묶으며 포크너 함장이 지었을 게 분명한 그런 표정을 짓고 있는 듯이 보였다. 작은 보트를 타고 얼음 바다를 가로지르던 어니스트 섀클턴처럼 보였다. 던워디 교수를 부축하고 잔해를 건너던 콜린처럼 보였다.

예수는…, 만족한 듯 보였다. 마치 자신이 원했던 곳에 있는 듯이, 원했던 일을 하는 듯이 보였다.

마치 자신은 머물기로 결정했다고 폴리에게 말했을 때의 에일린을 보는 듯했다. 켄트에서 결혼 공고들과 편집자에게 보내는 편지들을 작성할 때의 마이크가 저런 표정이었을 것이다. '고드프리 경과 잔해에 있으면서 그분의 가슴을 내 손으로 누르고 있었을 때 나도 저렇게 보였을 거야.' 고양된 표정으로. 행복한 표정으로.

그 대상이 잉글랜드이든 셰익스피어이든, 개 한 마리이든 또한 호드빈 남매이든 역사이든 간에 자신이 사랑하는 이나 사랑하는 대상을 위해 뭔가를 하는 것은 절대로 희생이 아니었다. 설사 그로 인해 자유를, 목숨을, 젊음을 잃는다 할지라도.

폴리는 콜린을 돌아보았다. 그는 왜 그러느냐는 표정으로 폴리를 보고 있었고, 숯검정이 된 얼굴은 폴리가 고드프리 경에게 그러했듯이 경계심이 없었다. "콜린, 나는…." 폴리는 입을 열었지만 놀라서 말을 멈추었다.

폴리는 이제까지 콜린 역시 제대로 보지 못하고 있었다. 폴리는 콜린의 얼굴에서 자신이 알던 17살 소년의 흔적을 찾기 위해 열심이었고, 그의 얼굴이 랭 대위와 닮았다는 사실에 정신이 팔려 콜린의 얼굴에 그토록 뚜렷하던 무언가를 못 보고 있었다. 하지만 에일린은 분명히 그것을 보았다.

에일린이 "내가 갈 수 없는 걸 너도 알잖아."라고 말한 것도 이상할 게 없었다. 그리고 에일린이 "콜린은 내가 머무른 걸 알아, 그렇지?"라고 말했을 때 콜린이 에일린을 한참 동안 바라본 뒤에 "응, 알아."라고 말한 것도 이상할 게 없었다.

어떻게 폴리는 이전까지 닮은 것을 알아차리지 못했던 말인가? 저렇게 명백하게 콜린의 얼굴에 나타나 있는데. 마지막에 에일린이 폴리를 끌어안은 뒤 "괜찮아. 나는 언제나 너와 함께 있을 거야."라고 말한 것도 이상할 게 없었다. 에일린이 콜린을 "착한 우리 아가."라고 부른 것도 이상할 게 없었다.

'오, 사랑하는 나의 친구야.' 폴리는 생각했고, 예수의 얼굴에 빛이 점점 진해지고, 더 밝아지는 듯했으며….

"빛무리가 나타나고 있어." 콜린이 부드럽게 말했다. "우리는 가야 해."

폴리는 고개를 끄덕였고, 고개를 돌려 '세상의 빛'을 마지막으로 한 번 더 보았다. 폴리는 자기 손가락들에 키스한 뒤 그 손가락들로 그림을 가볍게 눌렀고, 이윽고 폴리와 콜린은 손을 잡고 복도를 달려 본당을 가로질렀다.

콜린은 폴리가 바리케이드 넘는 것을 도와주었고, 그들은 잔해를 올라가 포크너를, 아너를, 서로를 잡고 의지하며, 불안정한 목재 더미를 가로지르고 깨진 돌벽과 회벽을 조심스레 넘은 뒤 다시 잔해를 내려와 스테인드글라스가 흩어진 바닥으로 내려왔다.

　"조심해." 콜린이 말했고, 폴리는 고개를 끄덕이고 콜린을 따라 빛무리 속으로 들어갔다.

　"어디에 서야 해?" 폴리가 물었다.

　"여기." 콜린이 폴리의 손을 잡기 위해 손을 뻗었고, 그때 갑자기 무슨 소리가 들리며 정적을 잘라냈다. 콜린이 경계하며 위를 쳐다보았다.

　"괜찮아." 폴리가 말했다. "공습경보해제 소리야."

　콜린이 고개를 저었다. "'그건 종달새였어요.'" 콜린이 말했고, 폴리는 숨이 탁 멎었다.

　"'아침의 전령이지요.'"[66] 폴리가 말했다.

　빛무리가 밝아지기 시작하더니 이글거렸다. 폴리는 콜린의 손을 잡고 그와 함께 빛의 중심으로 들어갔다.

　"거의 다 왔어." 콜린이 말했다.

　폴리가 고개를 끄덕였다. "'볼지어다, 내가 문밖에 서서 두드리노니.'" 폴리가 말했고, 강하가 열렸다.

〈끝〉

66　셰익스피어, 《로미오와 줄리엣》

감사의 글

《등화관제》가 단권에서 《올클리어》까지 두 권으로 불어나면서 내가 스트레스를 받아 천천히 미쳐가던 때가 있었다. 그때 나를 도와주고 내 곁을 지켜준 모든 사람에게 고마움을 전하고 싶다.

믿을 수 없을 만큼 참을성이 강한 내 편집자 앤 그로엘, 오랫동안 고통을 당한 출판 대리인 랠프 비시난자, 심지어 더 오랫동안 고통을 당한 비서 로라 루이스, 내 딸이자 가장 친한 친구 코델리아, 내 가족과 친구들, 반경 160킬로미터 내의 모든 사서들, 그리고 내게 차, 정확히는 차이(chai)를 주고 날마다 함께 안타까워해 준 마지스, 스타벅스, UNC 학생 조합의 바리스타늘. 나를 인내해주고, 내 곁을 지켜주고 나와 책을 포기하지 않은 여러분 모두에게 고마움을 전한다.

하지만 그 누구보다도, 자료 조사 때문에 대영제국 전쟁박물관에 갔을 때 만난 멋진 여성분들에게 특히 고마움을 전하고 싶다. 알고 보니 이분들은 런던 대공습 때 구조원이나 구급차 운전사 또는 공습 대비대 감시원으로 일한 분들이었다. 당시에 관해 이분들이 들려준 여러 이야기는 이 책에

없으면 안 될 소중한 자료가 되었고, 나는 히틀러와 맞선 영국 국민의 용기
와 결단성과 유머를 이해할 수 있었다.

그리고 내 '멋진' 남편에게 고마움을 표하고 싶다. 그분들을 발견하고는
앉으시라고들 한 뒤, 차와 케이크를 사드리고 나를 데려와 그분들과 인터
뷰할 수 있게 해준 사람이 바로 그이다. 역사상 최고의 남편이다!

옮긴이　최용준

대전에서 태어나 서울대학교 천문학과를 졸업했으며, 미국 미시간 대학교에서 이온 추진 엔진에 대한 연구로 항공 우주 공학 박사 학위를 받았다. 현재는 플라스마를 이용한 핵융합 발전에 대한 연구를 한다. 옮긴 책으로 세라 워터스의 《핑거스미스》, 《티핑 더 벨벳》, 에릭 앰블러의 《디미트리오스의 가면》, 맥스 배리의 《렉시콘》, 아이작 아시모프의 《아자젤》, 마이클 프레인의 《곤두박질》, 마이크 레스닉의 《키리냐가》, 루이스 캐럴의 《이상한 나라의 엘리스》, 제임스 매튜 배리의 《피터 팬》 등이 있다. 헨리 페트로스키의 《이 세상을 다시 만들자》로 제17회 과학 기술 도서상 번역 부문을 수상했다. 시공사의 '그리폰 북스', 열린책들의 '경계 소설선', 샘터사의 '외국 소설선'을 기획했다.

올클리어

초판 1쇄 발행　2026년 4월 10일

지은이　　코니 윌리스
옮긴이　　최용준
펴낸이　　박은주
디자인　　김선예, 이다솔, 이수정
마케팅　　박동준

발행처　　(주)아작
등록　　2015년 9월 9일(제2015-000140호)
주소　　10542 경기도 고양시 덕양구 청초로 19
　　　　아이에스비즈타워센트럴 A동 707호
전화　　02.324.3945-6　**팩스**　02.324.3947
이메일　　arzaklivres@gmail.com
홈페이지　　www.arzak.co.kr

ISBN　　979-11-6668-834-8　04840
　　　　979-11-6668-830-0　04840(세트)

책 값은 표지 뒤쪽에 있습니다.
잘못 만들어진 책은 구입하신 서점에서 교환해 드립니다.